U0506136

國家古籍整理出版專項經費資助項目
上海大學211工程第三期項目『轉型期中國的民間文化生態』資助項目

乾嘉詩文名家叢刊

張寅彭 主編

蔡錦芳 點校

王昶詩文集

人民文學出版社

圖書在版編目（CIP）數據

王昶詩文集 ：全四冊 /（清）王昶著 ；蔡錦芳點校. -- 北京 ：人民文學出版社，2024. -- （乾嘉詩文名家叢刊）. -- ISBN 978-7-02-019144-4

Ⅰ. I214.92

中國國家版本館 CIP 數據核字第 20243TE964 號

責任編輯　董岑仕　杜廣學　李　昭
裝幀設計　李思安
責任印製　張　娜

出版發行　人民文學出版社
社　　址　北京市朝內大街 166 號
郵政編碼　100705

印　　刷　三河市中晟雅豪印務有限公司
經　　銷　全國新華書店等

字　　數　1781 千字
開　　本　880 毫米×1230 毫米　1/32
印　　張　67.75　插頁 8
版　　次　2024 年 12 月北京第 1 版
印　　次　2024 年 12 月第 1 次印刷

書　　號　978-7-02-019144-4
定　　價　498.00 圓(全四冊)

乾嘉詩文名家叢刊總序

張寅彭

歷史概而言之，就是由時間貫穿起來的人和事件。文學則是用凝聚和刻畫的特有方式來呈現歷史的一種形式。而對於歷史也好文學也好，感受和認識反過來又需要時間。例如唐代文學的價值，就是在當代人和宋明以後人持續的感受中被認識的；宋代文學的特徵，也是在當代人及明清以後人的贊成與反對中逐漸被廓清的。明清文學的被認知歷程自然應該也是如此。惟距今時間尚不遠（尤其是清代文學），故對其面貌和性質的認識，目前仍還處在探究的過程之中，尚未達成如同唐宋文學那樣的共識程度。當然，如從根本上來說，對於文學和歷史的體認，又總是不可能窮盡的，永無停止的那一刻。

此次編纂『乾嘉詩文名家叢刊』，就是嘗試認識清代文學特徵的一次新的努力。

清代文學由於距今較近，較多地受到諸如晚清以來所謂『新學』的影響〔一〕，以及西式生活方式流行等現實因素的干擾，一直並非正常地處於主流研究及普偏閱讀的邊緣。在諸種體例中，小說、戲曲等或以俗文學之故，尚能稍受優待，詩、文等正統樣式則最爲新派人士所排擊，如『桐城派』、『同光體』

〔一〕民國以來學者多視清代學術爲高峰，文學爲小丘。其論最典型和影響最大者，莫如梁啓超《清代學術概論》，其有云：『清代學術在中國學術史上價值極大，清代文藝美術在中國文藝史美術史上價值極微，此吾所敢昌言也。』

等文、詩派別，多被置於負面的地位，誤會至今未能盡去。直至近三十年，對於清代詩文的正面研究，方才漸次開展。

如再就詩、文之體進一步細究之，則清初和晚清兩個時期之作，以能反映家國變故、社會動盪的緣故，其遇又稍優；惟中葉乾隆、嘉慶兩朝，或又以『國家幸』之故，作爲文學時期反而最受漠視，詩、文作家能被新派文學觀詮釋的，可謂寥若晨星。故今欲研究有清一代之詩文，宜其從世人相對較爲陌生的乾嘉時期入手乎？

乾隆朝歷六十年，嘉慶朝歷二十五年，前後凡八十五年，約占全部清代歷史的三分之一。這是中國傳統社會的最後一個盛世。此後歐西文明長驅直入，中華文明遂不復純粹矣〔二〕。作爲文學創作的外在生成環境，這一『傳統盛世殿軍』的特殊性質，使得乾嘉時期文學最後一次從内容趣味到技法形式仍然整體地保持著傳統樣色，其内在所有的發展變化，都仍屬固有範疇内部之事。而在這一點上，詩、文以其正統性，較之其他體例顯示得尤爲典型。這個最大的時代社會性質最終投射予文學的影響，不論是積極的還是消極的，無疑都是最值得關注的。它使乾嘉詩文而不是此後的道咸同光文學，平添上文學史最近一塊『化石』的意義。

另一個方面，與此義形同悖論的是：事實上國家的幸與不幸，對文學的好壞又並不具有決定的意義。文學寫作是個人之事，文學作品的價值最終取決於作者個人。詩人的至情至性，無論『幸』與

〔二〕此用余英時之說。見其《試論中國文化的重建問題》等文。

『不幸』，才更關乎作品的成敗。而國家的盛衰與否，反而是退居其次的因素。在現實層面上，國家幸，詩人也可以不幸；而詩人又可能將現實的『不幸』，轉換超越爲文學的『幸』，這才是永恆的。這也才可以解釋堪稱中國文學最上品之一的《紅樓夢》何以產生於此一盛世時期的事實。本時期袁枚、汪中、黃景仁等詩家文家的現象，莫不如是。縱覽全清一代詩史，前期的錢謙益、吳偉業、王士禛，以及後期的龔自珍、鄭珍、陳三立，也莫不如是〔二〕。

這一個末期盛世的詩、文作品數量和作者數量，如以迄今容量仍爲最大且最具一代整體之觀的詩文總集《晚晴簃詩匯》和《清文匯》爲據，作者即已達一千七百餘家之多，詩七千六百餘首，文近二千篇〔三〕，比例占到四分之一以上。而實際的總數目，按照柯愈春《清人詩文集總目提要》的著錄，乾隆朝詩文家達四千二百餘人，詩文集近五千種；嘉慶朝詩文家一千三百八十餘人，詩文集近一千五百種。這是目前最爲確切的統計了〔三〕。這個龐大的數量表明其時詩文寫作風氣

〔二〕蔣寅曾提出一個清代最傑出詩人的十人名單：錢謙益、吳偉業、施閏章、屈大均、王士禛、袁枚、趙翼、黃景仁、黎簡、龔自珍（見其《清代文學的特徵、分期及歷史地位》一文，載其《清代文學論稿》）。余則稍有不同：前期牧齋、梅村、漁洋，中期隨園、蘀石齋、兩當軒，晚期定庵、巢經巢，末期散原、海藏，亦爲十人。說詳另文。

〔三〕徐世昌輯《晚晴簃詩匯》約從卷七十至卷一一二爲乾隆時期，錄詩人一千二百餘家，卷一一三至卷一二九爲嘉慶時期，錄詩人五百五十餘家。此據正文統計，原目人數標示有誤。又沈粹芬等輯《清文匯》，乙集七十卷錄乾嘉兩朝作者四百八十餘家，文一千九百六十餘篇，今以作者詩、文往往兼善，故不重複統計。

〔三〕參見柯愈春《清人詩文集總目提要》（北京古籍出版社二〇〇一年）。

的普及，應該是不在話下的〔二〕。

普及之餘方有精彩多樣可期。此時論詩有『格調』、『性靈』、『肌理』諸説並起，論文有桐城派創爲『義理、考據、辭章』之説，駢文亦重起文、筆之爭，一時蔚爲大觀。更有一奇文《乾嘉詩壇點將録》，將並世近一百五十位詩人月旦論次，分别短長重輕，結爲一體，雖語似遊戲，然差可抵作一部當代詩的史綱。此文今署舒位作，實乃其與陳文述等多人討論之作也〔三〕。凡此皆屬未及染上道光以後新習之見識，宜成爲現代閱讀及研究的基礎。

本叢書第一輯所選各家，驗之《點將録》，如畢沅爲『玉麒麟盧俊義』，錢載爲『智多星吴用』，王昶爲『入雲龍公孫勝』，法式善爲『神機軍師朱武』，彭兆蓀爲『金槍手徐寧』，楊芳燦爲『撲天雕李應』，孫原湘爲『病尉遲孫立』，王曇爲『黑旋風李逵』，郭麐爲『浪子燕青』，王文治爲『病關索楊雄』，皆爲天罡或地煞首座；惟王又曾未入榜，則又可見此文或亦不無疏失矣。

上述十餘位，加上此前已爲今人整理者如袁枚（及時雨宋江）、蔣士銓（大刀手關勝）、趙翼（霹靂火秦明）等所謂『三大家』，以及黄景仁（行者武松）、洪亮吉（花和尚魯智深）、舒位（沒羽箭張清）、張問陶（青面獸楊志）等人，庶幾形成一規模，可爲今日閱讀研究乾嘉詩文者提供一批基本的文獻。而爲避免重複出版，袁枚等遂不再闌入，非未之及也。

〔二〕袁枚《隨園詩話》十六卷，録詩人近二千家，對當年作詩普及的現象，更有直接的記載。

〔三〕詳見拙文《汪辟疆〈光宣詩壇點將録〉與晚清民國舊體詩壇》。

整理標準則以點校爲主。底本擇善而從，如彭兆蓀《小謨觴館集》取有注本等。無善本者則重編之，如畢沅有詩集無文集，其文則須重輯之；王文治亦無文集，今取其《快雨堂題跋》代之；王曇集別本甚夥，此次不僅諸本互勘，且考訂編年，斟酌補入，彙爲一本；諸如此類。同一家之詩、文集，視其篇幅，或合刊，或分刊。各家並附以年譜、評論等資料，用便研讀者參看。其他校勘細則，依各集情形而定，分別弁於各集卷首。

乾嘉時期，詩文名家眾多，至於第二輯的繼續整理出版，則請俟來日。

作於上海大學清民詩文研究中心

前言

一

王昶（一七二五—一八〇六），字德甫，號述菴，又號蘭泉、琴德、定香居士，江南松江青浦縣（今上海青浦區）人。清代乾嘉時期著名學者、文學家，亦爲乾隆後期頗爲倚仗之重要官員。先世居浙江蘭溪縣。高祖懋忠，字思岡，始遷青浦縣西珠街角鎮（今朱家角）。曾祖之輔，字幼清；祖璵，字魯淵；父士毅，字鴻遠，皆不仕，因王昶貴，敕贈如其官。嫡母陸氏，生母錢氏，皆封一品夫人。

王昶生於雍正二年甲辰十一月二十二日（公元一七二五年一月六日）。少穎異，四歲即能讀宋人周弼編《三體詩》。每日自塾歸，父又授以自編《百世師錄》二三十行。十八歲始學詩詞，二十四歲好金石之學。嘗從沈德潛、惠棟等先輩游。早年與王鳴盛、錢大昕、吳泰來、趙文哲、曹仁虎、黄文蓮等以詩名，有『吳中七子』之稱。乾隆十八年（一七五三），鄉試中式。十九年，年三十一，成進士。二十二年乾隆南巡，獻賦行在，得一等第一，賜内閣中書舍人，即用。二十三年至京任職。二十四年京察，欽定第一。八月，充順天鄉試同考官；九月，協辦内閣侍讀；十一月，直軍機房。二十四年至二十八年，連續五年充鄉試、會試同考官，洊升刑部主事、員外郎、郎中。三十三年，以言兩淮鹽運提引事不密罷職。後隨雲貴總督阿桂在西南滇蜀從軍九年，軍中奏檄多出其手。飛書草檄，出入矢石間，勞苦功多，屢蒙議敘加級。四十一年二月兩金川平定，三月班師，五月回京，時王昶已五十三歲。以功升授鴻臚寺卿，賞戴花翎，在軍機處行走。後又升爲大理寺卿、都察院左副都御史。在京與大興朱筠互主騷壇，時有『北朱南王』之稱。四十四年至五十三年，又先後出任河南布政使、江西按察使，丁憂，復起爲直隸按察使、陝西按察使、雲南布政使、江西布政使等職，後遷刑部右侍郎。五十八年，年七十，以老病蹣跚不能供職乞歸，乾隆允其以原品休致，並謂：『歲暮苦寒，宜竢明歲春融回籍。』蒙上體恤如此，時人以爲異數。返里後，額其堂爲『春融堂』，後亦名其詩文集爲《春融堂集》。暇時，則編撰書籍並整理詩文，亦時與錢大昕、王鳴盛等老友共數晨夕。乾隆六十年底赴京，預次年嘉慶帝登基大典並千叟宴。歸家後，主太倉婁東書院，又主杭州敷文書院。嘉慶十一年六月初七日（公元一八〇六年七月二十二日），病逝於家，年八十三。後阮元爲撰神道碑，秦瀛爲撰墓誌銘，管同爲撰行狀。《清史稿》、《清史列傳》有傳。

二

王昶於乾嘉時期，仕途通達，功名顯赫，著述豐碩，有通儒之譽。詩文詞皆勤於創作，因能文而錢大昕譽爲『今之歐陽子』[二]。主要著作有：《春融堂集》六十八卷，其中詩二十四卷，詞四卷，文四十

[二] 錢大昕撰《封資政大夫大理寺卿加十四級王公神道碑》，陳文和主編：《嘉定錢大昕全集》之《潛研堂文集》卷四十一，鳳凰出版社，二〇一六年，第六五四頁。

卷；《春融堂雜記》八種：《滇行日錄》三卷、《征緬紀聞》三卷、《征緬紀略》一卷、《蜀徼紀聞》四卷、《商洛行程記》一卷、《雪鴻再錄》二卷、《使楚叢譚》一卷、《臺懷隨筆》一卷。另編纂有：《金石萃編》一百六十卷、《湖海詩傳》四十六卷、《湖海文傳》七十五卷、《明詞綜》十二卷、《國朝詞綜》四十八卷、《國朝詞綜二集》八卷、《青浦詩傳》三十六卷、《天下書院志》十卷等。此外，《續修西湖志》、《青浦縣志》、《太倉州志》、《陝西舊案成編》、《雲南銅政全書》等，王昶亦出力頗多。

作爲學者，王昶治學有成，其論學之名言法語，《春融堂集》中所在多有。如論治經云：『《論語》、《孟子》，令甲以之取士。《孝經》亦卷帙無多，此外《公羊》、《穀梁》與《左傳》同爲《春秋》之學，《周禮》、《儀禮》與《禮記》同爲三《禮》之學，合之《易》、《詩》、《書》爲五種。先習一種，然必通諸經，乃於一經之旨無不明晰。凡習經，先通漢、唐注疏，再閱宋、元以後經說，始不墮於俗說。』其論讀史云：『史有四：有紀傳之學，自《史記》、《漢書》至《明史》，所謂二十二史是也；有編年之學，《通鑒》、《綱目》是也；有紀事之學，袁樞《紀事本末》各書也；有典章之學，《通典》、《通志》、《通考》、《續通考》是也。得其一而熟究之，於古今治亂之故，無不了然胷臆間。上之開物成務，足以定大事、決大疑；下之擷華采英，足以宏著作。』[一]此類言論，於今日欲治經史學子仍有指點迷津之功用。其他論詩、古文、駢文、詞、道學、小學等言論，可資啓迪者亦多，不再贅引。

[一] 均見王昶《春融堂集》卷六十八《示戴生敦元》，嘉慶十二年塾南書舍刻本。後文所引《春融堂集》詩文，均見此本，不再一一出注。

關於詩文創作，王昶爲人稱道者亦不少。雖然王昶論詩講究學、才、氣、聲四者之統一，身爲乾嘉學者，論詩亦頗重學爲根柢，博採衆長，但王昶作詩，興會自然，直抒胸臆，用典適當而不堆砌，亦不喜將考據引入詩歌，考據學風之興盛對其詩作似無太大影響。其詩作最爲人欣賞者，爲從軍西南時所作之《勞歌集》，在詩集中占有五卷之多（卷十至卷十四，外加卷十五開篇若干首）。錢大昕《述庵先生七十壽序》云：『公於下馬草露布之餘，揮灑千言，紀行書事，以詩當史，於未經人到之地，作未經人道之語，遂於李、杜、韓、蘇而外，别開生面矣。』〔二〕如《春融堂集》卷十《夜聞灘聲奇詭可怖詩以壯之》詩云：『灘聲欲抉羈人夢，萬竅刁調浩呼洶。石林夜幽神鬼衆，土伯山魈率其從。一足夔躨嘯且踴，赤豹文狸互鬭鬨。譆譆出出聚巒峒，偷使陰雷劇簸弄。勢挾千巖各飛動，挾之不得折而趨。尻輪一駕風雲俱，九地忽裂聲嗚嗚。』即可見一斑。當然最有認識價值者，還是其親臨戰場前線時所作的戰爭紀實詩，其數量之大，描繪之真切，古往今來皆少有人能與之匹敵，謂之滇緬之戰、兩金川之戰的生動詩史，誠不爲過。此類詩往往爲長篇大作，如《勞歌集》中所收相關五七言長詩或組詩，排比鋪張，敘述生動完整，將戰場之壯闊、慘烈、風雲變幻、神機妙算等描繪得令人有身臨其境之感。遺憾的是，此類詩爲人徵引和表彰者並不多，評論者往往僅摘錄稱道一些佳句。如法式善《梧門詩話》云：『近見其從軍諸作，如「明星影聚澄潭水，清露寒凝暑月霜」，「一龕佛火縈琴薦，萬壑猿聲落茗杯」，「鳥飛天外徼，人倚水邊

〔二〕錢大昕撰《述庵先生七十壽序》，陳文和主編：《嘉定錢大昕全集》之《潛研堂文集》卷二十三，鳳凰出版社，二〇一六年，第三五四頁。

樓」，「有花俱是藥，無路不通樵」，戎馬間能作如許雋語，可謂別有懷抱。』[二]《春融堂集》卷二十二《舟中無事偶作論詩絕句四十六首》，李慈銘評爲『議論平允，詩亦蘊藉可傳』[三]。如王昶評朱彝尊：『賀貯《華林》《七錄》編，沈詩任筆更誰先。多聞第一原無忝，還有倚聲抵玉田。』評潘耒：『稼堂師法本亭林，慟哭歸來慕向禽。五嶽清遊詩百軸，脊令寧肯負初心。』評杭世駿：『詩筆西泠是總龜，書倉武庫更無遺。知心獨有鱄溪叟，新婦初婚問竈炊。』均能知人知心，品評得實，適當用典而不累贅。其他寫景抒懷，亦時見佳作。如《春融堂集》卷五《東鄉夜宿》二首，其一云：『寒鴉數點戍樓東，十里黃塵捲朔風。卻愛前山如畫裏，夕陽一抹棗林紅。』其二云：『長亭古道柳毿毿，鈴馱聲中晚息驂。茆屋霜濃燈焰短，一鈎寒月挂西南。』東鄉夕照之明麗，夜色之清寒，羈旅之況味，令人難忘。又如卷二十二《蒲褐山房花藥盛開賦七絕志之》組詩，作於乾隆六十年春天，時王昶七十二歲，致仕居家剛一年。組詩頗有杜甫《江畔獨步尋花七絕句》之風味，蒲褐山房周圍花光滿眼，姹紫嫣紅，如繡如畫，令人應接不暇，從中既可見王昶功成名就後終得悠遊林下的愉悅閒適，亦可見乾隆時期江南水鄉的田園優美。正因王昶能妥善處理學問與才情之關係，不以學害才，故其詩形象生動，詩味濃郁。

此外，王昶亦喜不厭其煩地修改詩作，使臻完善，故版本不同，詩作風貌亦常有不同。如《春融堂

[二] 法式善《梧門詩話》卷一，稿本。

[三] 李慈銘著，由雲龍輯，虞云國整理，《越縵堂讀書記》〔五〕，遼寧教育出版社，二〇〇一年，第九六八頁。

集》卷一《題蘇文忠公書春帖子詞後》詩云：

聚奎五緯昭人文，眉山蘇氏當其倫。錢唐召還掌制誥，强圉單閼逢新春。蒼龍挂闕農祥正，協風已有豐年慶。璿宫瑞雪獨承歡，椒寢仙雲凝譽命。於時世運轉昇平，陰曀全消朝旭明。涑水名臣先入相，一時舊德盡充廷。惟公榮遇膺書局，落筆風生散珠玉。召對承恩先賜緋，退歸入夜還攜燭。陽回芳律轉殘冬，帖子書成進兩宫。龍樓鳳閣春雲麗，玉署鑾坡曉日融。一心一德多歡讌，高才自足雄三館。進御時邀明主知，題詩更得宣仁眷。一自明年社飯寒，南荒九死歷艱難。家鄉雲樹風濤外，宫闕觚稜夢寐間。可憐姓氏連鉤黨，詞章又見遭文網。玉躞金題幾變更，鸞翔鳳翥仍蕭爽。撫卷徘徊太息深，汴梁臺殿久銷沉。只餘環翠亭中物，想見孤臣海外心。

閱乾隆十八年刻沈德潛編《七子詩選》本，此詩題目作《題東坡書春帖子詞後》。在『進御時邀明主知』一句前，詩句多有不同，詩云：

熙寧元祐多人文，一時臺閣皆名臣。廬陵文章已超邁，涑水勳業何嶙峋。堂堂坡老來巴蜀，落筆風生散珠玉。召對嘗蒙賜紫緋，退朝每見攜蓮燭。陽回芳律轉殘冬，帖子書成進兩宫。龍樓鳳閣春雲麗，玉署鑾坡曉日融。昇平此際多歡讌，高才自足雄三館。

改後之作與改前之作相比，不僅詩句多八句，内容有充實，尤爲重要者，蘇東坡作爲詩歌中心人物，一開篇便被突顯出來，更切合主題。此等處或可略見王昶詩藝之進步。王昶一生非常景仰蘇軾，詩文中多處提及，早期詩歌中提及蘇軾時多稱『東坡』，至刻《春融堂集》時，則均已尊稱爲『蘇文忠公』。

又如《春融堂集》卷二《韓蘄王廟》詩云：

空堂神鬼半青紅，飄颻雲旗鬬朔風。五國君臣終陷沒，一家婦女盡英雄。廟中墜馬仇難復，湖上騎驢恨未窮。聞說鐵山碑十丈，幾時剔蘚讀元功。墓在靈巖山下，有趙雄碑，甚高。

閱《七子詩選》本、《四家詩鈔》本和乾隆五十五年刻《述菴詩鈔》本，詩句差異亦頗大。《七子詩選》本云：

蘄王古廟傍城東，殘碣猶書舊日功。半壁江山留戰蹟，一家婦女盡英雄。中朝冤獄悲三字，絕塞蒙塵痛兩宮。驢背歸來何限恨，靈旗日暮卷秋風。

乾隆二十三年刻《四家詩鈔》本除『留戰蹟』作『經戰伐』、『何限恨』作『無限恨』外，餘同《七子詩選》本。《述菴詩鈔》本云：

貂蟬冕服古城東，忠勇猶鐫舊日功。湖上騎驢心未已，廟中墜馬恨何窮。旌旗橫海兼三鎮，桴鼓臨江痛兩宮。獨有背嵬相對侍，靈帷日暮捲淒風。

可見王昶於此詩大改一次尚不滿意，又大改第二次後纔覺妥當。第三版既於韓世忠報國遺恨深寄同情，又欲親往靈巖山其墓地謁碑，意蘊更爲豐厚。

由於王昶對詩句喜歡如此錘煉，又不喜掉書袋，注重興會自然，故其詩在乾嘉學人中實屬翹楚。李慈銘曾有讚譽：『乾隆中經儒之稱詩者，沃田最勝，蘭泉次之。』[二] 即在乾隆時期眾多經儒中，王昶

〔二〕 李慈銘著，由雲龍輯，虞雲國整理，《越縵堂讀書記》〔五〕，第一〇〇四頁。

詩歌之地位僅次於華亭學者沈大成，可居第二。

另外，隨著王昶後期官漸高名漸重，其心態亦發生某些變化，這從其改詩並改動詩集作品編次中亦可見端倪。如《憩阜城》一詩，本作於乾隆十九年正月赴京考進士途中，刊入乾隆五十五年刻《述菴詩鈔》本卷九，詩云：『風勁寒沙響，雲深曉日昏。雞豚棲古寺，牛馬散荒原。亭障虛傳柝，村墟盡閉門。冰霜侵短褐，憔悴與誰論。』抒寫的是清貧寒士旅途中的辛酸與憔悴。然而，在嘉慶十二年刻的《春融堂集》中，此詩與同載《述菴詩鈔》卷九的《行次汶上》卻被安插至詩集卷二十二乾隆六十年歲暮十一月十二月進京預千叟宴的途中，此詩之末聯，亦由原先的『冰霜侵短褐，憔悴與誰論』改爲『晚晴更裋褐，頗覺似春溫』，瞬間將一介寒士的辛酸憔悴改成了晚晴春暖。類似之舉，還有《春融堂集》詩集卷四《晚泊澄江》（乾隆十八年臘月二十八日作）首聯云『苦竹黃蘆晚泊船，江湖歲暮自蕭然』，在經訓堂本《述菴詩鈔》卷九《晚泊澄江時小除夕前一日也》中次句作『江湖歲暮最堪憐』；又《春融堂集》詩集卷五《高郵舟次》（乾隆十九年正月作）末聯云『吳雲回望遠，寂寞向征途』，在乾隆二十三年刻《四家詩鈔》本《岱輿詩選》卷二同題詩中，次句作『有淚灑征途』。諸如此類，均可見王昶後來之修改，有意淡化了早年江湖漂泊之辛酸及人生之牢愁。

就文章而言，王昶一貫强調教化、厲世。爲此，王昶曾與朱筠就韓、蘇文之高下有過一爭。《春融堂集》卷三十《與朱竹君書》云：

昨於魚門席上，論蘇文忠公撰行狀、神道、墓志，雖不多，實大勝韓，足下深不謂然，發聲徵色，坐客至失箸，莫能措一語。僕既歸，酒醒，取蘇集中如范蜀公、富鄭公、司馬溫國公數文讀之，讀已復歎，歎已復讀，既而且讀且泣，恨不生與同世，廁其門牆，以親炙其言論風采也。及閱董晉、鄭餘慶行狀，如嚼蠟，如搖鞞鐸，毫無足感者。以此益自信，信蘇之工。

凡文以傳人也，傳人以厲世也，故《孟子》曰：『聖人，百世之師。』『聞者莫不興起也。』『頑夫廉，懦夫有立志。』文必如之，然後可謂之文。今董、鄭諸人之狀具在也，能使人廉而立乎？能使人聞而奮起乎？以此益自信，蘇勝於韓。

王昶欣賞蘇軾所作行狀、神道碑、墓志銘，如范蜀公（鎮）、富鄭公（弼）、司馬溫國公（光）數文，以爲高於韓愈所作董晉、鄭餘慶行狀等，卽是基於他對此類文體教化功能之重視：『要使人聞而興起』，『頑夫廉，懦夫有立志』。就詞章來説，王昶心儀於柳宗元文，以爲本於《公羊傳》、《穀梁傳》和《史記》之峻潔清峭。《春融堂集》卷三一《與蔣應嘉檢討書》中云：『作文詞不患不富，要歸於峻潔。曩時以柳州文瑰麗，疑從魏晉人出。今暇時讀之，乃知本於公羊、穀梁子及太史公，瀏然以清，孑然而峭，瞿然而堅以貞，傳詞設采，咸有西漢風力。鹿門以配昌黎，良不虚也。』由此可見，内容上之教化厲世與辭章上之峻潔清峭，爲王昶衡文之二要素。

王昶對於學古文，一再主張先師法百家，再自成一家。《春融堂集》卷六八《示戴生敦元》云：『古文之學。世所傳韓、柳、歐、蘇、曾、王八大家外，《兩晉文紀》、《唐文粹》、《宋文鑑》、《南宋文選》、《元文類》、《中州文表》、《明文授讀》，皆宜瀏覽，博觀約取，以一家爲宗。』又同卷《示長沙弟子唐業敬》云：『古文自茅氏八家外，如唐之獨孤文公、李文公、皮子，宋之李泰伯、蘇門六君子、朱子、周益公、陸務觀、葉石林，皆自成一家言，至如元之吳、虞、揭、黃、柳、戴，明之宋、王守仁、王慎中、歸、唐，均堂入室。』

可師法。若既本經緯史，又於諸家中擇一性所嗜者，熟復而深思之，久之深造自得，旁推交通，自爾升

王昶爲文，根柢深厚，熔鑄經史，師法百家，而大要以《史記》、《漢書》、柳宗元、蘇軾諸家爲宗，思想上重視教化厲世，語言則典雅峻潔。文章題材非常廣泛，於乾嘉時期政治、經濟、軍事、學術、文學、教育、吏治、風土等，均有具體之描述，譽爲時代之鏡，亦不爲過。究其最突出之處，大概有二：一是在西南邊徼從軍期間『取異見駭聞之事與境，以發其瓌偉之詞爲古文，人所未有』。如《春融堂集》卷四十九《雅州道中小記》，由四篇短文組成，描寫四川邊地特有之邛筰、索橋、溜索、犛牛皮船、棧道及山峯道路之險峭等，奇詭怪異，駭人心魄。二是文集中給同時人所寫傳記文字，包括墓誌銘、神道碑、行狀、傳記、祭文、哀辭等，頗具文獻價值。王昶官位高，閱歷富，交遊廣，文名盛，門生多，加之年壽長，又勤於寫作，故《春融堂集》中留下許多學者文人之生平事蹟。長篇如惠棟、江永、戴震、錢大昕、王鳴盛等著名學者之墓銘傳狀，完整而具體；短篇如卷六十《翰林院編修朱君墓表》，爲大興人朱筠而作，其中言及朱筠因與于敏中有衝撞，故未能預《四庫全書》編纂事；卷六十四《陸元輔傳》，爲嘉定人陸元輔（翼王）而作，言及陸氏精研經術，多撰題跋，朱彝尊《經義考》多取其言爲據等，皆言之可信，有資於清代學界掌故之考證。《春融堂集》中還有一些篇章，乃爲無名士子表微而撰，如卷四十九《畢雨稼行旅圖記》，卷五十八《朱上峨墓誌銘》，卷六十《蔣升枚墓表》、《汪聖言墓表》、《朱子存墓表》，卷六十四《周洽傳》等，所寫多爲一些年輕有才但卻命運多舛、英年早逝之士子，讀來令人扼腕嘆息，唏嘘不已。其他頗爲傳神之文字，如卷五十六《雲南沅江府知府商君墓誌銘》寫詩人商盤鍾情于秦淮美姝竟至竭

澤尋玉；卷四十七《袁又愷漁隱小圃記》記述江南小鎮西塘風情及沈德潛等文人詩酒風流；卷四十九《遊珍珠泉記》、《游龍泉記》描述泉水靈動多姿等，皆屬美文。然而，王昶也有一些文章，教化味甚濃，時有畫蛇添足之嫌，此點與其衡文標準有關，實亦與其朝廷重臣之身份有關。

三

王昶詩文集，有嘉慶十二年（一八〇七年，王昶去世次年）塾南書舍刻《春融堂集》，由其子王肇和與姪孫王紹成負責校勘刊刻，收《春融堂集》六十八卷、《春融堂雜記》八卷，並附其壻嚴榮編《年譜》二卷。卷首刊有魯嗣光撰《總序》，法式善、趙懷玉分撰之《文序》，吳泰來、王鳴盛分撰之《詩序》，錢大昕撰《詞序》。六十八卷之後，有王肇和跋語。《年譜》前，有嚴榮序。其後，在光緒十八年（一八九二），當時青浦縣令錢志澄與王昶曾孫王景禧等，重新對之前的《春融堂集》等書版進行了修補，印行於世。光緒間修補版時，於錢大昕撰《詞序》後，增入光緒十八年俞樾撰《補刻春融堂集序》、錢志澄撰《重修春融堂集序》；於《春融堂集》之末，增入朱寶善跋語和王景禧跋語。版片破損處雖經修補，但書中仍多漫漶不清之字。

王昶詩，於嘉慶十二年結集刊刻之前，曾有四個選本刊行：一是乾隆十八年刻沈德潛編選《七子詩選》本，所選爲王鳴盛、吳泰來、王昶、黄文蓮、趙文哲、錢大昕、曹仁虎七人之詩，共十四卷，其中卷五、卷六爲王昶《履二齋集》。二是乾隆二十三年刻鄭廷暘編選《四家詩鈔》本，所選爲朱昂、吳泰來、王昶、曹仁虎四人之詩，王昶選集名《岱輿詩選》，分二卷。三是乾隆二十四年刻江昱編選《三家絶句選》本，所選爲吳泰來、王昶、曹仁虎三人，共五卷，王昶居卷二、卷三，集名《蒲褐山房集》，書前有署『乾隆己卯上元前一日江都江昱賓谷』之序。該《三家絶句選》另有抄本存世，抄本前江昱序則題『乾隆丁丑上元前一日序』，較刻本時間要早兩年。四是乾隆五十五年刻《述菴詩鈔》本，十二卷，分古體詩、近體詩，先後編排。《述菴詩鈔》存世本有早印、晚印之别。早印本書封僅題『述菴詩鈔』，而晚印本中部分文字經校勘、剜改，存世本如上海圖書館藏本，書封題『乾隆庚戌年鐫/述菴詩鈔/經訓堂藏板』。在四種選本中此本屬選詩最多者，且已收至乾隆五十五年，時王昶已六十七歲。書前有王昶門人施朝幹撰序。序云：『今諸同學以先生之詩體大而思深，文繁而理富，患世之不能遍觀盡識也。因取《琴德居》、《蘭泉書屋》諸集，掇其尤者，依阮亭、堯峯之例爲《述菴詩鈔》。』可知此本爲王昶門下諸弟子所選。

王昶詞，天一閣博物院藏有寫刻本之《紅葉江邨詞》一册，共存一卷，從題『卷一』來看，所存似非完帙。此詞集依年編次，所存卷一部分收録乾隆六年、七年、八年、九年、十二年、十三年、十四年詞作四十三首，及友人酬唱之作四首。書前有錢大昕序，後來此序亦收入《春融堂集》前，略有删改。錢大昕序中稱王鳴盛爲『王鳳喈孝廉』，而王鳴盛乾隆十二年成舉人，十九年會試中式，殿試一甲第二名，故錢大昕此序當作於乾隆十九年以前，亦可知此集爲王昶早年詞作之結集[二]。至嘉慶十二年塾南書舍

〔二〕該本介紹，可參羅蘊哲《天一閣藏孤本王昶〈紅葉江邨詞〉輯録》，《詞學》第五十輯，二〇二三年第二期。不過，羅蘊哲未注意到此本《月華清（秦淮舊院）》一詞前實有『屠維大荒落』一行，故此本末六詞實皆乾隆十四年己巳（一七四九）所作，而非承前文的『著雍執徐』（乾隆十三年），録文亦偶見誤字。

刻《春融堂集》時，則刻《琴畫樓詞》四卷。後來有兩種詞選收錄王昶詞較多，一是馮震祥編選《國朝六家詞鈔》時，鈔有王昶《春融堂詞》兩卷，爲抄本，這次點校未寓目；二是陳乃乾輯《清名家詞》時，其第五卷收王昶《琴畫樓詞》一卷。所謂一卷，實爲王昶《春融堂集》中《琴畫樓詞》四卷之全部。陳乃乾《清名家詞·凡例》云『惟晚年自定者，則採定本』、『以一家爲一卷』，其所輯王昶詞，當本自《春融堂集》嘉慶十二年本，而陳乃乾校勘改正了部分刻本之誤字。筆者所見《清名家詞》，爲上海書店一九八二年排印本。

此次整理點校王昶詩文集，以嘉慶十二年塾南書舍刻《春融堂集》本爲底本，參校諸本，並作輯佚。本書之點校整理，王新歌、唐宸、彭麗娜、王麗、張生奕、許琛琛諸學子，出力頗多，其中唐宸於輯佚用功尤鉅，在此一併深表感謝。由於我們學識有限，加之王昶學問淵博，作品涉及面很廣，書中錯誤定所難免，宏達君子，幸垂教焉。

蔡錦芳謹撰

凡例

一、此次點校王昶詩文集，共六十八卷，包括詩二十四卷、詞四卷、文四十卷。以嘉慶十二年王氏塾南書舍刻《春融堂集》本爲底本。

二、《春融堂集》書前載録總序及各體之序，若亦見於他人别集或王昶作品早年所刊選本，亦取資校勘。

三、詩集，參校選本四種：乾隆十八年刻沈德潛編選《七子詩選》本，簡稱『七子本』；乾隆二十三年刻鄭廷暘編選《四家詩鈔》本，簡稱『四家本』；乾隆二十四年刻江昱編選《三家絶句選》本，簡稱『三家本』；乾隆五十五年刻《述菴詩鈔》經訓堂藏版之本，簡稱『經訓堂本』。此四種選本，均早于嘉慶十二年刻《春融堂集》，異文依選本刊刻時間排序。若早年選本列入組詩而《春融堂集》同題下收録不全者，則據以校補。

四、詞集，參校天一閣博物院藏王昶《紅葉江邨詞》，簡稱『《紅》本』；另參校陳乃乾輯《清名家詞》卷五所收王昶《琴畫樓詞》。

五、文集，參校光緒十八年修補本《春融堂集》及方志、清人别集等文獻。

六、正文後，爲詩詞文之輯佚，依文體排列，並注出處。

七、書後附録，包括四部分内容：一爲『輯序』，收《春融堂集》未見而清人别集或王昶選本所載序文；二爲嚴榮編《述庵先生年譜》，據《春融堂集》塾南書舍本整理；三爲傳記資料，輯録王昶神道碑、墓志銘、行狀等；四爲評論，彙集前人對王昶作品之評論。

八、本書校勘，若底本文字顯然訛誤，且有可靠文獻爲依據者，加以改動並出校説明。校本與底本有異而皆可通者，或在疑似之間者，不改底本而出校記。字有通假，一般不作改動亦不出校。

九、避諱字原則上徑改爲本字，不出校記。少數明顯俗字改作通行字。底本之留白、墨釘等，則以闕字符（□）予以標示。

目錄

前言
凡例

春融堂集

序

總序……魯嗣光 三
文序……法式善 四
又……趙懷玉 五
詩序……吴泰來 七
又……王鳴盛 九
詞序……錢大昕 一一
補刻春融堂集序……俞樾 一二
重修春融堂集序……錢志澄 一四

春融堂集卷一 蘭泉書屋集 辛酉 壬戌 癸亥 甲子

練時日……一七
帝臨……一七
齊房……一八
景星……一八
楊柳篇……一九
送人之武林……二〇
贈張行人大木先生梁……二〇
皇甫林弔陳黄門子龍故居……二一
送别……二一
采蓮曲……二二
螢……二二
東菴夜宿……二二
宿静長書屋……二三
題蘭泉書屋壁……二三

山中曉起見梅花 …… 二四
慧日寺東偏梅數百株花時極盛或云昔年寺僧所植又云卽副使王元翰圻梅花林皆不能考其所自 …… 二四
晚眺 …… 二五
張墨岑宗蒼畫冊 …… 二五
小蒸訪元曹貞素知白故居 …… 二六
偶作 …… 二六
月夕泊小鑑湖 …… 二七
過東佘憩明陳中醇繼儒神清室白石山房故址在其右蓋章公覲憲文所居 …… 二七
奉酬張大木先生 …… 二七
寄法蘭上人 …… 二八
秋夜夢一泉上人實源卻寄 …… 二八
言愁三首 …… 二八
塞上曲 …… 三〇
書李舒章雯與蒲圻相公高宏圖書後 …… 三一
七賢詩
張曹掾翰 …… 三一
陸補闕龜蒙 …… 三一
衛文節涇 …… 三二
楊提舉維楨 …… 三二
王布衣逢 …… 三二
陸文定樹聲 …… 三三
陳黃門 …… 三三
雨後登澱山望薛澱湖 …… 三三
過雲和道院 …… 三四
晚入圓津禪院觀書畫 …… 三四
修竹吾爐 …… 三五
青龍江懷元瞿慧夫智王原吉逢 …… 三五
由香花橋過七寶教寺 …… 三六
雪後渡泖登長水塔院 …… 三六
西齋聞琴有懷邵秀才玉蕖炎 …… 三六
金澤入頤浩寺還泊蘆花村乃楊鐵厓倪雲

林游賞處 三七
蓮湖寄陸秀才湘萍貽穀 三七
吳淞江口曉發 三八
過石浦 三八
經真義村蓋玉山草堂故址所在明夏太常昶亦卜築於此 三九
橫塘 三九
登橫山訪姑蘇臺故址 四〇
支硎寺示靜蓀上人 四〇
寒山寺 四一
天平山 四一
登穹窿山絕頂 四二
龍興寺 四二
楞伽寺晚坐 四三
坐小吳軒 四三
題夏内史完淳玉樊堂集 四四
送楊石漁磊之安陸 四四
題蘇文忠公書春帖子詞後 四五
題黄尊古鼎小幀 四六
曉坐泖上水亭 四六
水館對雨 四七
崧宅塘舟次 四七
榦山啜玉竇泉循雨華洞而下 四七
晚登崑山過泗州壇院訪二陸讀書臺 四八
玉屏僧居秋夜 四八
再過神清之室 四九
宿茗幕菴 四九
尋西佘花影菴追悼明施子野紹莘 四九
晚入清河義莊再晤一泉 五〇
落葉 五〇
泗濱有懷元孫山人明叔 五一
過謝氏山居 五一
田家雜詩 五一
雪 五三

送人歸苕溪 …… 五三
雪後懷杉公歸真州 …… 五三
送性恆上人歸天台 …… 五四
李長蘅流芳西湖小幀 …… 五四
題沈少卿宗敬江村圖 …… 五五
題高氏石壁寺鐵彌勒像頌後 …… 五五
過吳江 …… 五六
蘆墟 …… 五七
鴛湖道中 …… 五七
上天竺 …… 五七
飛來峯 …… 五八
靈隱 …… 五八
林處士祠 …… 五八

春融堂集卷二　琴德居集　丁卯　戊辰　己巳

邢女廟 …… 五九
茜墩訪顧寧人先生故居 …… 五九
過崧宅塘 …… 六〇
南翔問李長蘅檀園荒廢已久 …… 六〇
春申君廟 …… 六〇
臨頓里 …… 六一
伍相里 …… 六一
何隱君別墅 …… 六二
宿中峯庵 …… 六二
過蔣編修西原先生恭棐小飲時李編修玉舟重華在坐 …… 六二
泊西神寺山麓 …… 六三
五牧 …… 六三
贈吳教諭企晉泰來 …… 六四
秦淮水榭 …… 六四
卞忠貞公墓 …… 六五
方正學祠 …… 六五
雨後登燕子磯 …… 六六

江上……六七
京口晚泊……六七
倪雲林故居……六八
梁谿舟次……六八
葑谿曉泊……六九
泊青暘……六九
罨畫谿……六九
西氿……七〇
國山碑……七〇
訪任公釣臺……七一
溧陽道中懷李布衣客山果……七二
楓隱寺宿……七二
蓮湖夜泊……七二
晚渡滆湖……七三
吳門寒夜……七三
歸家得邵玉蕖信……七四
移居八首……七四
西齋雨夜懷淩秀才祖錫應曾……七五
春陰……七六
游虞山同家碩夫大椿蘇顯之去疾兩秀才作……七六
破山寺夜宿止公山房……七七
拂水山莊……七七
過陳見復先生祖范園居……七八
爲家碩夫題畫卽效其體……七八
訪李客山……七九
滕氏家祠……七九
韓蘄王廟……八〇
題徐秀才薈林薌坡水亭……八〇
虢國夫人蚤朝圖爲張丈擔伯錫爵題……八一
蘇文忠公赤壁圖……八二
題沈徵君冠雲彤登岱圖……八三
題趙秀才升之文哲春感詩後……八三
至吟嘯堂……八四

臥病 …… 八四
題余布衣蕭客仲霖秋鐙夜讀圖 …… 八五
贈許丈子遜廷鑅 …… 八五
題閨秀姜桂春耕圖 …… 八六
送家鳳喈鳴盛之楚中 …… 八六
平原郵 …… 八七
重過小鑑湖 …… 八七
落花 …… 八八
題太真上馬圖 …… 八八
寄鳳喈武昌 …… 八九
蓮花峯遇雨 …… 八九
千尺雪 …… 九〇
石湖懷范文穆公 …… 九一
懷蔣秀才升枚業鼎兼寄曹秀才來殷仁虎 …… 九一
武林閨秀方芷齋芳佩以在璞堂詩集見示卻寄 …… 九二
寄內六絕 …… 九三
雨中滄浪亭同錢秀才曉徵大昕作 …… 九三
雨後尋汲雲庵 …… 九五
秋晚寄淩祖錫 …… 九五
厲徵君太鴻鶚將歸西湖過訪不值以詩送之 …… 九六
題趙丈飲谷虹小吳船 …… 九六
曉徵枉過草堂夜話 …… 九七
同曉徵過慈門寺 …… 九八

春融堂集卷三　三泖漁莊集　庚午　辛未

添勝菴紀事 …… 九九
由崑山南麓過華藏寺望龍洲道人墓 …… 九九
歸雲閣雨坐 …… 一〇〇
喜沈侍郎歸愚先生德潛予告南歸 …… 一〇〇
芙蓉湖小泊 …… 一〇一

艤舟亭拜蘇文忠公像……一〇一
海嶽菴……一〇二
龍潭曉發……一〇二
秦淮客舍遇吳企晉……一〇三
秋江歸興圖爲企晉題……一〇三
汎舟後湖至雞鳴山麓……一〇四
同企晉升之游牛頭寺坐一鐙樓……一〇四
大報恩寺十六韻……一〇四
登招隱寺……一〇五
晚登宏濟寺……一〇五
答褚秀才搢升寅亮見懷之作……一〇六
冬日泖上聞企晉已歸硯山用蘇文忠臘日訪惠勤惠思二僧韻卻寄……一〇六
鳳喈從楚中歸相遇吳門仍次前韻……一〇七
用昌黎會合聯句韻送王侍御艮齋先生峻歸常熟……一〇八
雪中聯句……一〇九
雪後宿西疇閣與升枚夜話……一一〇
沈孝子詩……一一一
由木瀆至光福宿奉慈菴曉登聖恩寺四宜堂望太湖諸山還泊虎山橋同企晉策時作……一一二
舟還木瀆別企晉……一一三
春感……一一三
宋人梅花長卷爲企晉題……一一四
無題和企晉策時……一一五
送張鴻勛棟淩祖錫褚搢升錢曉徵曹來殷赴金陵召試……一一七
山塘雜詩同朱上舍適庭昂及企晉升之來殷作……一一七
題翁徵君霽堂照飲酒圖……一一八
聞過湘雲春山訃有感……一一九
普照教寺……一一九
西林禪寺……一二〇

酬大木先生……一二〇
送曉徵舍人之淮南總河幕府……一二一
送歸愚先生游黃山……一二二
八尺晚泊……一二三
重過尚湖寄蘇顯之及家碩夫……一二三
清涼寺……一二四
竹堂秋夕寄張策時……一二四
送張鴻勛之武林書局……一二四
題鴻勛所畫漁村晚霽圖……一二五
旅夜寄淩祖錫……一二五
同企晉斗初過上沙入水木明瑟園還望磵上草堂……一二六
禮堂寫經圖爲鳳喈題……一二六
寒夜集家岡齡庭槐小停雲館分得露字……一二七

春融堂集卷四　鄭學齋集　壬申　癸酉

璜川書屋喜晤趙升之時余與企晉將往金陵……一二九
京口聞潮……一三〇
龍潭遇雨不得游寶華山悵然有作……一三〇
同企晉來殷眺後湖……一三一
自牛首山至獻花巖同企晉作……一三一
秦淮……一三二
吳閶雜感……一三二
沙布衣斗初維杓黃孝廉芳亭文蓮吳企晉趙升之及朱上舍吉人方藹杜顧寓齋同曹來殷過滄浪亭至韋公祠而別並訂西山之游……一三三
家秀才存素愫爲畫三泖漁莊圖因題六絕……一三四

同作……沈德潛 一三五
題王孟端畫竹……一三五
遠翠樓月夜有寄……一三五
題翁丈霽堂三十三山草堂圖兼送其
北行……一三六
雨後同斗初企晉來殷過支硎山寺……一三七
雨夜宿靜蓀上人法音菴……一三七
寒山別館……一三八
法螺……一三八
秋夕宿楞伽寺……一三九
陸魯望祠……一三九
橫塘……一三九
新月……一四〇
九日企晉相招小集因病不赴以詩見
示賦此奉酬……一四〇
邨居雜詠……一四一
飯慶陽院訪水月軒故址……一四二
秋暮入簳山圓智寺望圓泖……一四二
泊細林山下夜雨……一四三
紫堤……一四三
題岡齡南園新居次歸愚先生韻……一四四
題姜孝廉靜宰恭壽秋夜讀書圖五十韻……一四五
秋夜寄曉徵于京師效元白體……一四五
同朱子存研適庭淩霄漢倬肅徵莅恭
孟容士廉游天平山……一四六
寄周秀才欽萊準……一四七
寄徐上舍穀函以坤德清……一四七
題盛上舍青嶁錦細雨騎驢入劍門圖……一四八
家二癡玖亦作漁莊圖題兩絕句……一四九
送霽堂之淮上……一四九
企晉招集遂初園……一五〇
題子存吉人企晉所畫冊……一五〇
自橫塘泛舟至木瀆登靈巖還宿企晉青瑤
池館晨與企晉適庭斗初來殷暨張布衣

崑南嵩過上沙水木明瑟園抵天平入龍門歷法華洞諸勝……一五一
題鄭上舍迂谷廷暘乘槎圖……一五二
過惠山不及游晚至芙蓉湖泊……一五三
秦淮感舊示嚴秀才東有長明……一五四
秦淮別淩祖錫張策時趙升之……一五四
天發神讖碑……一五五
樊秀才明徵贈瘞鶴銘……一五六
青溪夜泊寄朱肅徵……一五六
泊北固山下入甘露寺訪六朝諸遺蹟……一五七
京口寄江秀才賓谷昱及其弟于九恂……一五七
夜泊丹陽……一五八
自京口放船至揚州……一五八
舟中曉雪懷張崑南……一五九
古仙女廟……一五九
訪水繪園故址……一五九
田家夜宿……一六〇
曉發……一六〇
晚泊澄江……一六一
座主夢文子先生麟贈詩四章敬答……一六一
原作……夢麟　一六二

春融堂集卷五　履二齋集　甲戌

將往京師歸愚先生以詩贈行敬答……一六五
原作……沈德潛　一六五
企晉置酒送行即次原韻……一六五
原作……吴泰來　一六六
再別企晉……一六六
贈別肅徵……一六六
廣陵留別汪韓懷棣吴梅里經兩貢生及江賓谷……一六七
高郵舟次……一六七
界首驛……一六八

途中口號示黃芳亭陸聽三芳槐兩孝廉……一六八
渡河後作……一六八
雨夜寄蔣升枚……一六九
宿遷……一六九
嶧縣……一七〇
嶧山……一七〇
道中望泰山……一七〇
東平……一七一
恩縣……一七一
次德州……一七二
蘇祿國王墓……一七二
獻縣……一七二
秦少宗伯樹澧先生蕙田招修五禮通考移
寓味經窩……一七三
題家舍人受銘又曾龍湫晏坐圖……一七三
得曹來殷書……一七四
白衣菴贈姚孝廉姬傳鼐……一七四
送狄同年思和詠篪之官成都……一七五
贈諸贊善襄七錦移居……一七五
送吳舍人珙芍寬歸新安……一七六
送江于九之官長沙感事言情遂成六首不
自知其詞之複沓也……一七六
將往濟南樹澧先生餞于味經窩並示吳
司業尊彝鼎戴上舍東原震吳舍人荀叔
烺及搢升鳳喈曉徵諸君……一七八
金閣學檜門德瑛招同錢編修坤一載蔣舍
人心餘士銓汪孝廉康古孟鋗送往濟南
用心餘韻留別二首……一七八
同作……蔣士銓 一七九
送胡同年吟石溶歸太倉……一七九
鳳喈曉徵諸君相送宣武門外……一八〇
雍奴夜泊聞笛有懷……一八〇
舟次德州寄南北諸同學……一八〇
齊河道中……一八一

紀事……一八一
曉發……一八二
半年……一八二
同門人楊星標懷棟吳廷韓玉綸游佛峪……一八二
觀趙松雪鵲華秋色圖……一八三
懷人絶句……一八三
江陰翁徵君霽堂……一八三
長洲許明府子遜……一八四
秀水諸宫贊襄七……一八四
長洲周秀才欽萊……一八四
太倉沈光禄子大起元……一八四
保昌胡侍御静園定……一八五
元和惠徵君定宇……一八五
長洲彭侍郎芝庭啓豐……一八五
無錫吳學士尊彝……一八五
長洲陳徵君和叔黄中……一八六
山陽吳秀才山夫玉搢……一八六
秀水家刑部受銘……一八六
奉賢吳秀才梅里……一八七
吳縣沙布衣斗初……一八七
江都江秀才賓谷明府于九……一八七
長洲宋方伯軼才邦綏……一八七
秀水錢編修坤一……一八八
德清徐上舍穀函……一八八
長洲鄭上舍迂谷……一八八
吳江張秀才鴻勛……一八八
長洲朱上舍子存……一八九
上海張秀才策時……一八九
吳縣張布衣崑南……一八九
如皋姜孝廉静宰……一八九
上海淩上舍祖錫……一九〇
元和褚舍人搢升……一九〇
全椒金孝廉鐘越兆燕……一九〇
吳縣朱上舍適庭……一九〇

上海曹舍人鴻書錫寶……一九一
桐鄉朱上舍吉人……一九一
全椒吴舍人荀叔……一九一
大興朱庶常竹君筠……一九一
嘉善謝編修崑城墉……一九二
儀徵汪秀才韡懷……一九二
長洲朱布衣孔林楷……一九二
鉛山蔣舍人心餘……一九二
太倉家秀才存素……一九三
桐城姚孝廉姬傳……一九三
長洲吴教諭企晉……一九三
嘉定錢庶常曉徵……一九三
上海趙秀才升之……一九四
江寧嚴秀才東有……一九四
無錫薛庶常鳳叶田玉……一九四
嘉定曹秀才來殷……一九四
家鳳喈……一九五
靜蕖上人……一九五
答企晉見懷之作……一九八
秋暮游漆山……一九九
柏山寺夜宿……一九九
長清道中……一九九
東鄉夜宿……二〇〇
重過仙女廟……二〇〇
過泰州……二〇一
海陵……二〇一
如皋官舍陳如虹先生焜連宵置酒絲竹駢闐感事觸懷因成八絕……二〇一
題文子先生西園圖……二〇三

春融堂集卷六　述庵集　丁丑　戊寅

大風自揚州渡江望圌山殘雪……二〇五
澄江人日有懷吴中故人……二〇六

過圓覺菴……二〇六
泊焦山偕嚴東有游定慧寺……二〇六
蕭梁公主祠……二〇七
謝太傅祠……二〇七
雨後有懷……二〇七
雨夜……二〇八
曉泊山塘……二〇八
上乘菴雨後……二〇九
題朱適庭桐江濯足圖……二〇九
得家書……二〇九
題李晴洲經天際歸舟圖次韻……二一〇
贈松亭上人兼題其畫卷……二一〇
移寓秦淮……二一一
別趙上舍易叔大經……二一一
同陶秀才蘅川湘李晴洲嚴東有過袁明府子才枚隨園……二一一
盧運使雅雨見曾招同張補山庚陳楞山撰朱稼翁稻孫金壽門農張漁川四科王載揚藻沈學子大成陳授衣章董曲江元度及惠定宇江賓谷諸君汎舟紅橋集江氏林亭觀荷分得外字三十八韻……二一二
題汪范湖讀書秋樹根圖……二一四
題沈學子松陰伴鶴圖……二一四
戴明府遂堂亨以詩見贈寄答……二一五
重宿隨園……二一六
澄碧洞爲子才賦……二一六
程徵君綿莊廷祚以易通見示……二一七
晚泊江口……二一七
寄陶篁村元藻……二一七
聞文子先生巡視河堤卻寄……二一八
陳徵君楞山歸老武林卻寄……二一九
暮過梁溪作……二二〇
彭少司馬芝庭先生園亭……二二〇
過石門……二二一

酒旗和沈學子作……二二一
湖樓旅夜用蘇文忠臘日遊孤山韻……二二二
將遊淨慈再用前韻柬大恆上人明中……二二二
曉坐湖樓……二二三
謁四賢祠……二二三
淨慈寺……二二四
湖樓夜起觀月……二二四
湖中晚歸簡齊侍郎次風召南杭編修大宗世駿……二二五
萬峯山房示讓山上人篆玉……二二五
月夜……二二六
聞吳山夫之越中卻寄……二二六
題東有樊川詩意圖……二二七
集璜川書屋觀伏波銅鼓同企晉吉人策時祖錫聯句一百二十韻……二二七
冬夜再集企晉小查山閣同吉人策時來殷聯句限月字……二三〇
無隱菴消寒聯句次皮陸北禪院避暑韻……二三一
寒夜集蘋花水閣觀玉壺冰琴……二三二
香櫞聯句……二三二
出閘……二三三
定慧寺示鐵機上人……二三四
送劉侍講映榆星煒歸毘陵……二三四
同沈學子對雪有懷惠定宇……二三五
學子將歸雲間雪中小飲有作……二三五
古風贈學子即送其歸里……二三六
觀劇六絕……二三七
送戴遂堂由儀徵之常熟……二三七
將北行留別親友……二三八
硯山丙舍……二三八
泊山塘……二三八
閨秀徐若冰暎玉以題蘭泉書屋詩見示和韻……二三九
企晉招同崑南斗初餞別一首……二三九

小停雲山館岡齡招同迂谷及錢秀才思贊襄留飲……二四〇
題金壽門梅花畫冊二首……二四〇
重過梁溪東顧祭酒震滄先生棟高……二四〇
蘭陵道中……二四一
泊京口……二四一
瓜洲……二四一
雅雨運使招壽門曲江東有小集……二四二
答朱吉人見贈之作並送其歸桐鄉……二四二
追和催妝詩爲學子作……二四二
韡懷招同學子東有梅里漁川易松滋諧再餞有作……二四三
高郵途次……二四三
舟過寶應懷朱秀才直方宗大……二四三
露筋祠……二四四
訪程秀才魚門晉芳淮上兼寄華師道……二四四
晚泊淮關……二四五
微山湖……二四五
太白酒樓……二四六
舟次贈沈廉使椒園廷芳……二四七
南旺……二四七
口號二絶……二四七
直廬曉起……二四八
禁中即事……二四八
題李西華先生友棠賞番圖……二四九
徐文長花草冊……二五〇
唐六如竹谿仙館圖……二五〇
哭文子先生……二五〇
喜來殷同年至京……二五一
送文子先生葬四首……二五二
書伯祖瀫溪公會圖自撰年譜……二五三

春融堂集卷七　蒲褐山房集　己卯

庚辰　辛巳

元夕……二五五
題項舍人芸堂淳畫……二五五
爲陳侍讀寶所鴻寶題華秋岳嵓山水小幀……二五五
程編修午橋夢星南齋種花圖……二五六
姜秀才光宇晟屬題其高祖學在先生埰所畫山水小幀……二五六
碧瀣觀潮圖爲齊侍郎次風題……二五七
贈周孝廉元木大樞……二五七
卽事……二五八
海淀道中……二五八
喜雨用蘇文忠和張昌言韻……二五八
蒲褐山房……二五九
題張孝廉商言塤竹葉庵記夢冊……二五九
懷淨慈大恆上人……二六〇
入闈卽事……二六一
適庭既別復以詩見示次韻……二六一
大閱恭紀……二六一
回部平定恭紀一百韻有序……二六二
和來殷除夕悼亡作……二六五
爲周農部讓谷天度題春渚垂綸圖……二六六
題陳楞山墨梅……二六六
項孝子詩……二六七
吳企晉陸健男錫熊同至京師招鳳喈荀叔鐘越來殷諸君小集……二六七
故園……二六八
送嚴東有還揚州……二六八
病中有懷沈學子用蘇文忠寒食同游西湖韻……二六八
雨後由西直門赴直廬作……二六九
題沈石田夏日山水長卷……二七〇

蘆洲倚棹圖爲鄭編修炳也虎文題……二七〇
內閣槐樹……二七一
憶朱子存……二七一
和申府丞笏山甫郊居四首……二七二
吳淩雲先生士功惠鄭宅茶……二七二
題顧舍人北墅雲秋夜讀書圖……二七三
送吳企晉南歸……二七三
西華門外寓舍夜作……二七四
再入秋闈……二七四
悼鄒孺人十六首……二七四
九月杪移居教子衚衕……二七六
題汪博士韡懷後譚藝圖二十二韻……二七七
雪夜感悼……二七八
駕幸五臺祝釐恭賦有序……二七八
盛孝廉秦川百二自歷城至都過訪有懷桑
農部弢甫調元弢甫時爲濼源書院院長
用蘇文忠新渡寺席上韻……二八一
試院閱文用放翁韻示同事諸君……二八一
送金鐘越歸揚州……二八二
海淀……二八二
澄懷園即事六首……二八三
絕句……二八四
蒲褐山房雜詩八首……二八五
送梁孝廉兼士夢善歸錢塘四首……二八七
爲彭進士允初紹升題畫……二八八
送門人申孝廉圖南還南……二八八
寄家南明啓焜於重慶……二八八
吳荀叔以江米見贈賦謝……二八九
送座主王芥子先生太岳回西安觀察任……二八九
畢修撰秋帆沅新納姬人諸桐嶼重光趙
雲松以詩戲之次韻二首……二九〇
臘月初七日雪夜嚴孝廉憩堂翼祖以次
蘇文忠北臺壁韻詩見示因成二首……二九〇

春融堂集卷八　蒲褐山房集　壬午　癸未　甲申

夏太常墨竹爲松崖上人題……二九三
題曹雲西叢篠草堂長幅……二九三
澄懷園雜詠……二九四
闈中蔣心餘連夕以詩見贈……二九六
琴谿圖爲徐上舍友竹堅題……二九六
寒夜招曹來殷張策時集蒲褐山房聯句
送朱吉人歸桐鄉用昌黎雨中寄孟幾道韻……二九七
瀛臺卽事……二九八
送同年平瑤海聖臺回臨川縣任……二九八
題一泉上人出塞圖六絕……二九九
闈夕雲松和心餘詩見示感作……三〇〇
送戴孝廉東原歸新安兼詢金秀才輔之榜……三〇〇
重游豐臺王氏園林有感二首……三〇一
西苑侍耕耤恭紀……三〇一
林溝道中……三〇二
過密雲……三〇三
南天門……三〇三
青石梁……三〇四
出古北口……三〇五
喀喇河屯……三〇五
常山峪晚直……三〇六
熱河雜咏……三〇六
固爾札廟新成……三〇七
詐馬……三〇七
榜什……三〇八
相撲……三〇九
教駣……三一〇
八月十五日夜進哨……三一〇
自熱河至張家營作……三一一

木蘭圍中和申光祿笏山韻……三一二
再次前韻……三一二
古長城……三一三
錢唐相國惠哈密瓜賦二十二韻……三一三
翁編修振三方綱移寓東偏喜而有作……三一四
四十初度劉閣學映榆招飲于畢秋帆聽雨樓並邀陸健男趙升之兩舍人共爲百年之祝賦此致謝……三一五
招家蓬心宸小飲……三一五
直廬曉坐……三一五
東直門……三一六
蘆溝橋道中……三一六
寄盧運使雅雨德州四首……三一七
倪給諫穟疇國璉七芳遺冊爲敬堂太僕承寬題……三一八
輓受銘……三一九
七月初八日隨蹕起行……三一九
灤陽雜咏……三二〇
進圍場……三二〇
哨鹿行……三二一
殺虎行……三二一
還至熱河寄家信作……三二二
鄂爾楚克同陳通政星齋兆崙晚坐……三二二
商太守寶意盤至都畢秋帆招同劉映榆錢坤一趙升之嚴東有程魚門陸健男童梧岡鳳三吳鑑南璜集聽雨樓和寶意韻……三二二
贈寶意太守卽送之雲南順寧新任五十韻……三二三
送周侍講稚圭升桓赴蒼梧鹽道任……三二四
過梁文莊公楊梅竹斜街舊第有感……三二五
送吳上舍樸庭爚文游房山卽往易州書院……三二六
奉命同汪舍人康古閱續藏經……三二六

春融堂集卷九　聞思精舍集　乙酉

丙戌　丁亥

送藥根上人湛汎往五臺三首……三一七
書錢湘靈陸燦所藏宋搨顏魯公爭坐位帖……三一八
題王元照仿梅道人山水……三一八
兼值經咒館……三一九
蕭寂……三一九
聞查上舍藥師岐昌訃感悼二首……三一九
題陸葵翁秉笏吳淞歸棹圖……三二〇
七夕有憶……三二一
早赴古北口……三二二
折卜尊丹巴瑚土克圖再世來朝在張三營進見詩以紀之……三二二
宛馬行……三二三
孫通政虛船灝行帳中啜茗和韻……三二三
蒙賜綠蒲萄梨栗諸品恭紀……三三四
輓景孝廉雲客人龍……三三四
送宋上舍瑞屏維藩由天津歸湖州……三三五
聞李貢生憲吉旦華之訃兼訊其尊人繹芻同年集……三三六
題明莫廷韓小幅……三三六
題敬堂太僕所橅毯疇給諫六憶圖並序……三三七
題張農部懷月霽梅花疎影小冊……三三八
和尹相國賜絢春園紀恩之作……三三八
輓董庶常東亭潮……三三九
柳汀觀稼圖爲來殷尊人檀漘先生桂芳題五十四韻……三三九
題蔣湘帆衡摹刻聖教序後……三四〇
董文敏山水……三四一
同曹來殷趙升之陸健男嚴東有沈雲椒初吳沖之省欽觀覺生寺大鐘聯句一百八韻……三四一

爲慶侍衛晴村霖題畫……三四三
臘月八日侍直闡福寺作……三四四
歲暮賜魚雉鹿兔果品恭紀……三四五
隨蹕啓行三絶……三四五
塗中口號……三四六
入盤山……三四六
千相寺……三四七
經天成天香諸寺有感……三四七
水月禪林……三四七
李靖舞劍臺歌……三四八
喜李南澗文藻過訪……三四八
再過文莊公舊第……三四九
悼亡十二首爲芸書作……三四九
中秋前二日夜雨……三五〇
中秋有感……三五一
雨效李義山……三五二
十六日曉徵升之諸君招飲醉歸有作……三五二
送邵中允蔚田嗣宗乞假歸太倉卽題其垂綸圖小幀……三五三
重九前三日以菊酒送升之兼侑以詩……三五四
重九陶然亭小集……三五四
查同知恂叔禮招坤一魚門康古升之健男來殷鑑南諸君集澹安廬看菊分得五言古詩卽仿坤一體……三五五
宋謝文節公橋亭卜卦硯爲恂叔作……三五六
題坤一墨菊……三五七
十月校武進士於西苑侍直恭紀……三五八
送來殷給假南歸……三五八
題趙雲松耘菘圖卽送之鎮安守任……三五九
莊滋圃先生有恭以福橘見貽有作……三六〇
送朱子穎孝純復任東川同知……三六〇
小除夕追悼芸書……三六一
爲嚴明府海珊遂成題畫冊……三六一
楊芬港卽事……三六二

望水西莊追悼查心穀先生爲仁 …… 三六二
題錢方壺先生桂發歲寒三友圖 …… 三六三
題山陰閨秀駱琴風繡餘學吟 …… 三六四
題蔣甥瑞應雲師夜詠圖 …… 三六四
晚至熱河 …… 三六五
七月二十九日爲芸書忌日蓋謝世已經年
矣風雨感懷因作五絕 …… 三六六
閏七夕 …… 三六七
興州客舍臥病無聊因憶袁中郎云天下聲
至清者惟蛩聲雨聲茶鑪聲耳今秋多雨
蛩聲達旦而奚童供茗至午夜始絕火歒
枕獨聽差足破寂乃各系以詩 …… 三六七
十二日夜 …… 三六八
噶顏哈達 …… 三六八
重經雙黃寺 …… 三六九
二十六日永安拜口曉行 …… 三六九
九松山 …… 三六九
爲瑞應悼亡 …… 三七〇
哭張策時一百韻 …… 三七〇
瀛臺觀冰嬉 …… 三七三
送查恂叔出守寧遠 …… 三七四
送胡雲坡季堂赴慶陽新任 …… 三七五
送畢秋帆赴鞏昌道任 …… 三七五

春融堂集卷十　勞歌集　戊子

題曹來殷蘸燭脩書圖 …… 三七七
贈莊上舍似撰炘 …… 三七八
同朱學士竹君過介座主受茲福故第 …… 三七八
題錢上舍志堂茗水山莊圖三十二韻 …… 三七八
參贊珠侍郎魯訥輓詩 …… 三七九
奉命往雲南辦理靖邊左副將軍雲貴總督阿
廣庭先生桂軍務許侍御穆堂寶善招集朱
竹君曹來殷程魚門沈南雷世煒兩舍人暨

梁孝廉兼士置酒餞别慨然有作三首 …… 三八〇
魚門以詩贈行次韻 …… 三八一
與鑑南話緬甸舊事再次前韻 …… 三八一
竹君來殷魚門馮員外君弼廷丞吳孝廉泉之省蘭置酒再餞仍次前韻留别 …… 三八二
發京師二首 …… 三八二
良鄉夜宿示升之 …… 三八二
涿州道中再示升之 …… 三八三
晚次安肅寄來殷 …… 三八三
宿定州再寄來殷 …… 三八三
定州曉發示升之 …… 三八四
龍興寺 …… 三八四
欒城旅夜 …… 三八五
示張同年鳳鳴時爲邯鄲知縣 …… 三八五
懷洪舍人伯初朴 …… 三八五
途遇吳侍讀沖之卽别 …… 三八六
新鄭驛中見月季花方開有感三絶 …… 三八六
旅夜懷南北舊遊 …… 三八七
泊襄陽 …… 三八七
自漢江至江陵道中作 …… 三八八
漸臺行 …… 三九一
鐵女祠行 …… 三九一
欒戶行 …… 三九二
宋玉宅二首 …… 三九三
自沙市放船至虎渡口次升之韻 …… 三九三
孱陵侯廟 …… 三九四
至滙口聞鴈 …… 三九五
公安雨泊 …… 三九五
夜泊洞庭湖口聞笛寄懷江于九司馬程莿南明府夢湘 …… 三九五
烟雨 …… 三九六
曉望滄浪水 …… 三九六
鴈 …… 三九七
將至桃源書淵明集後 …… 三九七

聞笳……三九八
換船上灘有作……三九八
泊桃源縣……三九八
自綠蘿溪過新湘水石奔峭爲入灘之始……三九九
過甕子洞遂抵倒水巖皆水石奇絕處……三九九
過巖望漁仙寺……四〇〇
穿石灘……四〇〇
虎子磯……四〇一
明月巖……四〇二
雷回灘……四〇二
自大萸溪至清浪灘長四十里上有馬伏波祠……四〇三
北斗灘……四〇三
過灘夜泊晴見微月……四〇四
昔者……四〇四
風雨過橫石灘……四〇四
北風……四〇五
沙嘼灘……四〇五
辛女巖……四〇六
沅陵……四〇七
泊沅陵城外長橋蓋卽雷滿所鑿塹也……四〇七
望善卷洞……四〇八
泊辰谿城下……四〇八
大酉觀……四〇八
寄吳泉之兼憶沖之……四〇九
白沙灘曉行見溪山出雲作……四〇九
鸕鷀灘……四一〇
黃獅洞灘……四一〇
夢升之……四一〇
曉雪……四一一
瀵水灘……四一一
行黔陽道中望諸山積雪……四一二
玉樹灣二十餘里石皆瓏玲離立吾鄉湖嵌殆不足數也……四一二

謁昭靈祠……四一三
七里灘……四一四
曉晴……四一四
復雨……四一四
日暮過大遲灘……四一五
夜聞灘聲奇詭可怖詩以狀之……四一五
舟泊晃州驛……四一六
三汊灘雨……四一六
舟至玉屏……四一六
水驛……四一七
泊舟玉屏北郭……四一七
書所見……四一七
沿平溪過天生橋西行……四一八
入雞鳴關……四一八
栗子沖曉行……四一八
抵鎮遠寓舍臨溪水榭彷彿秦淮因題三絕句兼寄子才蘅川兩君……四一九
游中河山入青龍洞還過中山寺觀太和洞四十四韻……四一九
文德關……四二〇
相見坡……四二一
舁輿甚險偶爲短歌……四二一
斗狼箐道中遇雨……四二二
飛雲巖……四二二
巖畔見梅花……四二三
黃平州道中……四二三
游雲溪洞……四二四
過魚梁江新橋……四二四
游牟珠洞……四二五
龍里道中微雪……四二六
養龍阬行……四二六
行抵普定令客長洲蔣秀才堪來見言昔欲從學於余而未果具道黔中洞壑甚詳且訂歸日同游之約……四二七

十二月十五日夜月……四二七
曉行巖石忽墮壓擔行李皆損……四二八
白水巖瀑布……四二八
雨中自老鷹巖至白沙驛三首……四二九
松歸塘……四三〇
驛旁梅花……四三〇
下淩……四三一
入滇南境……四三一
過青溪洞石狀之奇甲於諸洞入二里許以火盡旋返導者云洞復有洞左右旁穿歷十餘里不能窮也……四三二
晚次白水驛聞宋瑞屏于前二日已過此矣不得相見爲之悵然卻寄……四三二
大雪過分水嶺……四三二
馬龍州驛館曉雪……四三三
小除夕前至昆明馮觀察泰占光熊留宿齋中……四三三

春融堂集卷十一 勞歌集 己丑

過圓通寺……四三五
自發京師相好者多言滇南炎熱飲酒易以致疾道中屢欲絕之而不果既抵昆明馮泰占光熊戒余益堅自分此身來去如臂屈伸本不足深計然良友諄復之言不可忘也乃和淵明止酒詩以自警……四三六
浴安寧州溫泉……四三六
雲濤寺曉發……四三七
白崖懷古……四三八
洱海向多長風甚者至掣肩輿去輿夫每患之今晨過下關微風偶作無熛怒狀詩以紀之……四三九
寄謝經過途次諸君……四三九

送張同知質齋煥歸永綏次升之韻……四四〇
過楊升庵先生故居……四四〇
送同年仲明府松嵐鶴慶回大邑任……四四一
易羅池亭……四四一
將往騰越先寄雲松四首……四四二
渡潞江……四四三
八灣曉起……四四三
經高黎貢山……四四四
過龍江鐵索橋……四四五
宿橄欖坡竹屋……四四六
抵騰越後寓同年錢觀察黃與邸舍長宵絮語感成三律……四四六
黃與勸余小飲言兩年在戎幕中杯杓不輟而眠食如常飲酒引瘴蓋其說未可憑也乃復和前詩以自解……四四七
龍江道中墜馬有作示錢黃與趙雲松……四四七
再渡潞江……四四八
重宿龍江稅房……四四八
移居城東李氏宅和淵明韻……四四九
雜咏李氏寓中草木……四四九
珍珠蘭……四四九
菖蒲……四五〇
竹……四五〇
芋……四五一
薔薇……四五一
病起……四五一
聞師期定於七月二十日有作……四五二
南甸……四五二
師次干崖甚熱……四五三
盞達……四五三
出銅壁關……四五四
陽爽河道中有懷升之……四五四
野牛壩……四五五
紅淜……四五五

夜雨……四五六
經火焰山下……四五六
蠻暮雜詩……四五七
再過香楠林中……四六〇
寄門人蔣檢討舜游鳴鹿……四六〇
重九……四六〇
猛暮道中……四六一
西帕河邊叢竹數十里……四六一
渡南大金江……四六二
再渡南大金江卽事……四六二
阿副將軍里衮輓詩……四六三
送升之回騰越……四六三
卽事次升之韻……四六四
再次前韻……四六四
別升之後有懷三次前韻……四六五
四次前韻……四六五
寄升之五次前韻……四六六
升之夢作宮詞詞旨深婉六次前韻以足其意……四六六
入虎踞關……四六六
過太平坡……四六七
回至隴川與黃與夜話七用前韻……四六七
送黃與還駐隴川八用前韻……四六八
抵騰越後寄同里邵珏廷玘高士伯景光兩貢生……四六八
騰越寓舍九用前韻……四六八
再過升庵先生故居……四六九
臘月十七日傅經略阿副將軍前制府補堂暨參佐諸君合樂置酒酒罷奉呈副將軍……四六九
送孫侍讀補山士毅……四七〇
副將軍既振旅回永昌時屆歲除官齋尊酒追溯用兵顛末述事抒情輒成聯句八十韻……四七〇

除夕和蘇文忠公韻八首……………………四七三

春融堂集卷十二　勞歌集　庚寅

由杉木和赴花橋作……………………四七五
威寧哨道中……………………四七五
博觀察晰齋明至永昌攜樽酒歌伶見過
有作……………………四七六
昆明上元……………………四七六
題升庵先生小像……………………四七七
昆明客舍地主招尋置酒連宵偶成絕句
不自知其振觸也……………………四七七
明撫軍德招游近華浦……………………四七八
黑龍潭……………………四七九
龍泉觀……………………四七九
鳴鳳山太和宮……………………四八〇
優曇花爲阿廣庭先生賦……………………四八〇
曉行……………………四八一
將往雞足山禮大迦葉自雲南驛前抵梁
王山宿途中卽景成篇略無詮次……………………四八二
賓川驛館曉行……………………四八二
渡盒子孔橋……………………四八三
自石淙寺至華首門禮大迦葉並游悉壇
諸寺讚佛頌……………………四八三
傳衣寺……………………四八六
赴永昌道中次阿廣庭先生韻……………………四八六
宿合江段氏樓四絕……………………四八六
復至騰越示黃與……………………四八七
重過大樹園……………………四八七
次升之韻……………………四八八
夜渡潞江……………………四八八
廣庭先生以雨後書懷詩見示次韻……………………四八九
讀升之放言一篇再疊前韻……………………四八九
三疊前韻示升之……………………四九〇

黄與和韻見示四疊前韻……四九〇
與黄與話去秋從軍時事五疊前韻……四九一
前作意有未盡以詩足之六疊前韻……四九一
奉酬黄與見示之作七疊前韻……四九二
寄博晰齋八疊前韻……四九三
雨後再過易羅池亭……四九三
七月初九日曉夢忽得十四字不知是何題也醒而成之因憶前此夢中似至恆春舊居憑欄眺望有一把柳絲二句今亦足成一絕……四九四
七夕……四九四
廣庭先生以詩見示次韻……四九五
八月十七日黄與招同明侍衛碧夢仁及升之集易羅池小飲待月次碧夢韻二首……四九五
永昌水仙花臨秋已開或有疑其非時者次蘇文忠公韻以解之……四九六
游寶山寺……四九七
秋夜……四九八
臂痛……四九八
升之生日次廣庭先生韻四律……四九九
碧夢以所獲野梟見餉有作……四九九
病中生日升之復次前韻見贈奉酬四首……五〇〇
廣庭先生復以詩見示次韻四首……五〇一
原作……阿桂 五〇二
金松次韻……五〇二
魯梅次韻……五〇三
庭梅試花有作……五〇三
除夕口占……五〇四

春融堂集卷十三　勞歌集　辛卯　壬辰

騰越寓舍後廢圃見梅花一株有感……五〇五

上元前一日易羅池亭觀燈有作…………五〇五
重過大樹園與升之聯句…………五〇六
疊水河瀑布…………五〇六
清明…………五〇七
繇來…………五〇七
奉旨移師往討金川啓程途中有作…………五〇八
別段生雲程…………五〇八
同副將軍溫公福赴蜀發永昌…………五〇八
寄查觀察恂叔…………五〇九
七星橋…………五一〇
威寧道中…………五一〇
旅次…………五一〇
夜至古廟…………五一一
次畢節…………五一一
馬神廟小憩…………五一一
將至瀘州小憩有作…………五一二
夜半至雲松官舍飯畢又行留別…………五一二
成都懷古五首…………五一二
朱太守子穎述峨眉之勝感作…………五一三
大相嶺夜宿曉書所見…………五一四
邛州笮橋…………五一四
殘夜過郫城小憩南明官舍把酒惘然述舊撫今輒成十絕…………五一五
離堆…………五一六
溜筒…………五一七
竹索橋…………五一七
皮船…………五一八
與升之夜坐…………五一八
贈貴州哈提督敬齋國興…………五一九
軍抵山神溝…………五一九
行碉頭草坡間作…………五二〇
過天舍山至格節薩…………五二〇
得恂叔詩卻和…………五二一
望日耳碉寨有作…………五二二

次丹陽陸上舍赤南炳韻四絕……五二三
程魚門以詩見憶卻寄……五二三
雹……五二四
病中早起……五二四
隨廣庭先生馳赴南路統兵作……五二五
還至雜谷腦寄升之……五二五
過汶川……五二五
草堂寺……五二六
榮經道中閱楊笠湖刺史潮觀所貽吟
風閣雜曲偶題七絕……五二六
過楚卡戎葵山色絕勝書寄曹來殷吳
沖之……五二七
過大巖二十八韻……五二七
悼亡……五二八
破翁古爾壟……五二九
克僧格宗……五三〇
軍次美諾……五三一
美篤寺……五三二

春融堂集卷十四　勞歌集　癸巳

甲午　乙未

元旦鄧生進討……五三三
四月十五日大雪……五三三
移師至翁古爾壟作……五三三
馳傳過清溪得沖之學使手書兼詩見憶
讀已雪涕於逆旅主人索破紙倚馬背
次而和之……五三四
聞陸健男改官侍讀奉寄……五三五
蟋蟀……五三五
功插……五三五
將之西路道出成都南明留宿官齋縷陳
近事並悼升之鑑南家太守丹辰日杏
三君……五三六
桃門驛和沈莘田太守清任韻五首……五三七

瓦寺道中……五三九
再過斑斕山……五三九
喜官軍收復美諾……五三九
寄彭觀察樂齋端淑……五四〇
五十生日……五四一
元日大雪由美諾進討……五四一
攻克羅博瓦四峯作……五四二
瓦角曉望……五四二
羅博瓦道中……五四三
晨過喇穆至羅博瓦周視形勢有作……五四三
谷噶……五四四
五日……五四四
即事……五四五
赴色淜普有作……五四五
官軍下日則……五四六
六月初二日雷雪……五四六
六月初三日雪……五四七
曉行……五四七
克喇穆……五四七
克色淜普……五四八
覽遜克爾宗賊碉作……五四九
喇穆及登古之北爲達爾札克循山梁而下爲日爾巴當噶直遜克爾宗之北又下爲墨格爾又下爲羅博瓦鄂博總名凱立葉至是則横截作固頂滅金嶺及勒烏圍中間下賊巢道路最捷故本年正月分兵萬餘於此進取而賊據達爾札克久不得進及西路兵至遜克爾宗兩月餘賊亦慮乘隙上此山因於日爾巴修築碉卡不期我兵從墨格爾上也十月十七日由墨格爾據密拉噶拉木二十一日克達爾沙朗日爾巴當噶遂與達爾札克兵會合云……五五〇
從格魯古盡克滅金嶺作魯頂……五五一

克空薩爾……五五二
望北路官軍攻克宜喜二十六韻……五五三
官兵下木思工噶遂克噶爾丹寺……五五四
恭和御製賜將軍詩畫扇原韻……五五五
再和前韻呈定西將軍……五五五
醉後大雷雨醒而書所夢……五五五
朱明府梓見示帳房詩頗工次韻……五五六
卽事……五五六
六月十九日……五五七
七月十六日雨……五五七
聞蟬……五五八
秋霞幻麗詩以賦之……五五八
九月十七日……五五九
再送徐同知袖東觀海歸任……五五九
番人獻一禽高三尺餘長二之一其翎白與
澹紅澹綠相間體輕而毛細或曰此鸞也
飼之米不食數日而殞……五五九

春融堂集卷十五　杏花春雨書齋集一

丙申　丁酉

克噶喇依卽刮耳厓賊巢獻俘奏凱紀事……五六一
汶川道中望青城山……五六二
吳學使沖之杜方伯凝臺玉林曹員外
秋漁焜楊刺史笠湖餞別松茂官舍
并懷恂叔……五六二
發成都……五六三
過梓潼文昌宮……五六三
謁諸葛忠武侯祠……五六三
劍關……五六四
寧羌州……五六四
定軍山望諸葛忠武侯墓……五六五
漢中……五六五
鳳嶺……五六五
過畫眉關戲作……五六六

鳳州……五六六
馬嵬驛楊貴妃墓……五六六
行至西安秋帆撫軍合樂留飲即席四首……五六七
渡河……五六七
曉行……五六八
鎮定道中……五六八
抵良鄉上命誠親王大學士舒公賜將士飯恭紀……五六八
二十七日聖駕幸黄新莊行郊勞禮奉命戎服入預鉅典翌日賜宴紫光閣賞朝珠文綺銀幣等物紀恩四言詩一百六十韻……五六九
歸京師……五七一
病瘍……五七二
孟秋時享齋宿鴻臚寺署……五七二
授通政司謝恩赴熱河作……五七二
塗中即事……五七三
三道梁喜見張舍人商言夜話……五七三
原作……張塤　五七三
八月初七日奉命重赴山莊進哨……五七四
永安圍中上親射鹿一發中之命進慈寧恭紀……五七四
合圍後有鹿逸至金壇相國帳中縶以呈獻膳房特賜雙眼花翎以誌嘉瑞……五七四
萬樹園陪蒙古王公賜宴二十四韻……五七五
進古北口……五七五
題清涼挹翠冊爲周舍人發春作用二十五合二十二韻……五七六
送李勉伯純之恩樂任……五七六
題畫冊二首……五七七
家敦初上舍復至都賦贈……五七八
題申副憲笏山三分水二分竹圖……五七八
消寒小集分賦鄺湛若硯四十韻……五七九
元旦……五八〇
初四日曹太僕慕堂學閔紀曉嵐昀曹竹虛

文植兩學士招同小集……五八〇
奉命同大學士梁國治副都統博清額給事中劉謹之恭輯大喪儀……五八一
良鄉道中……五八一
仲夏送瑞應南歸四首……五八一
錢獻之坫徐尚之書受金振之沖胡元謹量張漢宣彤家敦初招同朱竹君陶然亭小集分得五言排律二十四韻……五八三
家上舍冀川浩招同漢宣元謹小飲酒罷同過憫忠寺……五八四
李撫軍右川湖惠湘蓮寄謝……五八四
八月二十六日夜集鄭學齋送尚之赴鹽山聯句六十四韻……五八五
同人復集鄭學齋送獻之赴西安分得七言長律二十韻……五八七
秋林授經圖爲同年韋慎占謙恆題……五八八
題潭州鐵佛寺塔柱文後……五八九
送錢上舍魯思伯駉南歸……五九一
題文衡山五柳歸來圖……五九一

春融堂集卷十六　杏花春雨書齋集二

戊戌　己亥

扈從……五九三
秋瀾早起……五九三
朱竹君翁振三暨孔農部體生繼涵編修眾仲廣森家虞部懷祖念孫小集陶然亭……五九三
送張總憲墨莊先生若淮予告南歸三十六韻……五九四
題汪孝廉劍鐔端光禪雨山房詩詞後……五九五
送吳少宰樹屏嗣爵予告南還并呈余司寇文儀……五九五
乩仙山水圖爲曹慕堂題……五九六
題周分司雪舫宣猷遺照……五九七

送羅孝廉臺山有高歸江西 …… 五九八
餞門人楊蓉裳芳燦赴蘭州六十韻 …… 五九九
過海南院 …… 六〇〇
太子堡道中作 …… 六〇〇
黑龍潭 …… 六〇一
遊大覺寺及諸蘭若 …… 六〇二
陸觀察青來燿刻其尊人虔實先生瓚所臨漢魏隸書各種見示因題其後 …… 六〇三
奉命總修一統志 …… 六〇四
冬日郊外 …… 六〇四
泰東陵扈從 …… 六〇五
歸葬出都作 …… 六〇五
趙北口 …… 六〇五
東方朔祠 …… 六〇六
東平雨後望蠶尾山 …… 六〇六
東阿 …… 六〇六
至沂水垛莊驛 …… 六〇七
即事 …… 六〇七
到家 …… 六〇七
朱節婦詩 …… 六〇八
蔡孺人詩四十韻 …… 六〇九
題徐氏萬一公像 …… 六一〇
壽夏秀才承天表兄雲龍六十 …… 六一一
葬畢即營生壙口占 …… 六一二
蒲褐山房夜坐 …… 六一二
泊閔行鎮 …… 六一二
上海晤陸長卿淩祖錫喬樸園鍾沂樸園留飲有作 …… 六一三
桐鄉 …… 六一三
秋日過淨慈寺佛裔上人出恒公小影索題感贈四絕 …… 六一三
雲棲寺宿 …… 六一四
題奚鐵生岡贈富春長卷 …… 六一四
過吳門晤企晉 …… 六一五

晤彭進士允初……六一五

贈陸貫夫紹曾江鱸濤聲兩布衣……六一五

顧觀察晴沙光旭及同年周抑亭際清楊上舍永叔搢和叔掄遊惠山入聽松庵觀王孟端畫卷小飲寄暢園時晴沙將製竹爐相贈……六一六

北固山舟次與子才話別……六一六

戲贈袁子才……六一七

題藥根上人織山松隱圖……六一七

張布衣玉川洽畫子穎詩意冊索題……六一八

汪明經容夫中同諸子平山堂餞飲……六一八

黃石公廟……六一九

渡河……六一九

儀封……六二〇

過延津……六二〇

汲縣……六二〇

涿州旅舍……六二一

題陸同年莆塘惇宗水邊林下圖三十六韻……六二一

題查梅壑士標畫冊十絕……六二二

題惲南田山水小幀……六二三

題元劉貫道畫蘭亭圖……六二三

春融堂集卷十七　杏花春雨書齋集三

庚子

元日朝賀侍班……六二五

初四日同鄉小集……六二五

祈穀齋宿都察院……六二六

扈蹕南巡起行作……六二六

趙北口行宮命諸臣觀燈火入宴聯句恭紀三十四韻……六二七

恭和御製賜隨營眾臣及山東大小吏食得句元韻……六二七

恭和御製賜隨營眾臣及江南大小吏食

得句示志元韻……六二八
恭和御製渡黃卽事元韻……六二八
至淮安奉命祭先賢祠……六二八
至蘇州復奉命祭先賢祠……六二九
硯山丙舍卽事……六三〇
蓬萊道院故址……六三〇
至杭州復奉命祭先賢祠……六三一
恭和御製賜扈蹕諸臣及浙省大小吏食元韻……六三二
恭和御製瑪瑙寺元韻……六三二
恭和御製葛嶺元韻……六三二
散直後同梁溪相國劉少宰石菴彭少司空雲楣元瑞吳太常廷韓放舟至三潭印月……六三三
同諸公遊白沙泉……六三三
行至嘉興奉命讞事青州……六三四
去秋偕子才明府泊舟北固山下令小史桂郎度曲因作五絕比入都羅布衣兩峯聘余秀才少雲鵬翀繪圖記之長安傳爲佳話今次京口澹雲微雨風景略似去年獨與漢宣青燈危坐回憶子才在白下桂郎在金閶而予先奉命將由山左按察江西曩時雅興了不可得復作五絕索漢宣屬和兼寄子才不勝今昔之感云……六三四
三汊河……六三五
盂城道中……六三五
寶應道中……六三六
界首……六三六
清口驛……六三六
桃源書所見……六三七
宿遷關雨泊……六三七
峒峿道中遇雨……六三七
李家莊早發……六三八

次沂水……六三八
過穆陵關……六三九
喜阿侍郎揚阿至青州時同讞事……六三九
青州懷古……六三九
至壽光宿同年李子授封宅書以寄之……六四〇
過新城訪王文簡公別墅感而有作……六四〇
濟南喜晤王進士元啓兼示盛孝廉秦川……六四〇
自博平復命南行……六四一
韓莊……六四一
過昭陽湖三絶……六四一
召伯曉泊口號……六四二
過揚州風利不及泊寄汪韓懷諸君……六四二
京口二絶……六四二
蘭陵書寄雲松諸友……六四三
舟過梁溪顧晴沙製竹爐相贈賦謝并示荔裳……六四三
過桐溪橋有懷竦雨樓及蘋花水閣并懷企晉秦中……六四三
自家起程途中所見偶成四絶……六四四
南湖……六四四
自桐鄉至石門……六四五
過閘口换舟至富陽……六四五
桐廬道中口號……六四五
大雨過七里瀧……六四六
嚴州……六四六
自玉山至進賢道中雜詩……六四七
貴溪……六四八
百花洲……六四八
滕王閣……六四八
署中卽事……六四九
族子次辰陳梁六十雙壽……六四九
題渚紅小照……六五〇
蘇雲卿祠……六五一

春融堂集卷十八　杏花春雨書齋集四

癸卯　甲辰　乙巳

就莊爲座主陳文勤公別業感賦……六五三
宿雨初晴同周秀才仲育厚堉家嶰谷宜月
夜汎湖以山高月小水落石出爲韻分得
石小二字……六五三
被旨授直隸按察使刻日北行崔幔亭龍見
同書局楊西和倫馬依墀緯雲趙晉齋魏
張芑堂燕昌項金門墉汪書年家敦初朱
映湑文藻李書田賡芸餞行是夜大雨賦
此留別……六五四
題振華上人畫像……六五五
別故居……六五五
訪念亭上人於中峯話舊賦贈……六五五
嶧縣道中……六五六
滋陽……六五六
過茌平……六五七
茶庵……六五七
千秋臺傳是光武卽位處……六五八
井陘關懷古……六五八
芹泉道中曉行……六五九
過蒲州沈運使方穀業富出迎小飲……六五九
潼關……六五九
渡河至華陰……六六〇
驪山溫泉……六六〇
西安懷古……六六一
初秋臥病秋帆中丞特遣伶人來過賦二
十韻爲謝兼示企晉舍人東有侍讀友
竹上舍……六六一
友竹出所摹董北苑夏山欲雨文五峯夏
山及吳漁山湖山秋曉三長卷屬題追
感舊游率成長句……六六二
卽事……六六三

企晉辱和前韻歷敘舊游循誦愴然復次一
章並寄崑南布衣吳下來殷侍講都中 …… 六六四
哭黃仲則六十六韻 …… 六六五
六十初度 …… 六六六
附作 …… 六六七
蘇文忠公生日秋帆中丞招企晉東有友
竹稚存亮吉淵如敦初家半庵開沃程彝
齋敦集終南仙館作 …… 六六八
題秦中允端崖潮縫衣圖 …… 六六九
慈恩寺 …… 六七〇
盛京慶將軍桂以御賜東巡詩篇見示敬
和四章兼寄晴村都統於黑龍江 …… 六七〇
寄壻嚴瑞唐榮 …… 六七一
得門人白侍講麟書賦答 …… 六七一
寄蓉裳伏羌時有被圍之信 …… 六七一
聞程魚門抵西安卻寄 …… 六七二
邠州道中 …… 六七二
邠州謁范文正公祠 …… 六七三
泰峪道中夜行 …… 六七三
靈臺何氏書齋小憩 …… 六七三
天堂鎮雨後 …… 六七四
汧陽道中 …… 六七四
旅夜寄渚紅 …… 六七五
隴州夜宿 …… 六七五
鳳翔東湖謁蘇文忠公祠三首 …… 六七六
東湖夜宿 …… 六七六
吳嶽 …… 六七七
七夕再過許明府古芸光基永壽衙齋 …… 六七七
將回省留別長武諸生 …… 六七八
窑 …… 六七八
回署 …… 六七八
奎將軍林總統伊犁道出西安留飲賦別
三首 …… 六七九
附來詩 …… 奎林 六七九

題洪稚存寒檠永慕圖……六七九
送李侍御藝圃漱芳還蜀……六八〇
蘇文忠公生日再集終南仙館作……六八〇
集廉讓堂送吳企晉之開封聯句五十二韻……六八一
鴈足鐙……六八三
同作并序……翁方綱 六八四
吳鑑南蘇門聽泉圖寓開封所作距殉節時已十四年矣感題二律……六八五
題蔣同知紹初業晉開逕圖卽送其歸吳下……六八六
送淵如後有寄……六八七
蘇文忠公生日招同人集廉讓堂卽事四首……六八七
除夕……六八八

春融堂集卷十九　杏花春雨書齋集五

丙午　丁未　戊申

送史誦芬歸吳江……六九一
春雨兼旬讀來殷欲游杜曲未果諸詩感題其後并寄……六九一
慈恩寺牡丹盛開中丞同幕府諸人並集口號……六九二
七月十七日夜宿藍田行館半庵見過留飲有作……六九二
秦嶺謁韓文公廟……六九三
由商州赴山陽作……六九三
詠商山四賢……六九四
棣花鋪道中……六九五
武關……六九五
苦雨……六九五
梳洗樓……六九六

雒南道中……六九六
自山陽至曼川關將由漢江行……六九七
過銀花河……六九七
上津鋪……六九八
柳村鋪……六九八
烟草花……六九八
仙娥碥……六九九
自白水河至藍灘……六九九
兩河關……七〇〇
聞陸任雲南之命……七〇〇
至韓城望龍門形勢……七〇〇
過新豐……七〇一
至青柯坪欲登蓮花峯風雪不果……七〇一
過平定州有感……七〇二
故關……七〇二
聞竇東皐先生光鼐復官……七〇三
瀛臺觀冰嬉……七〇三
曹竹墟侍郎招飲話舊……七〇三
茶庵三絕時瑞應重暉相送於此……七〇四
真定寓梁氏秋碧堂蕉林相國故第也感
成四絕……七〇四
順德……七〇五
秋帆中丞邀至開封置酒觀劇有作……七〇五
襄城早發……七〇五
除夕宿建陽驛……七〇六
望荷葉山懷明袁中郎兄弟……七〇六
常德晤錢通政東注灃時督學湖南……七〇七
沅陵道中望壺頭山……七〇七
晃州驛大雪曉行……七〇七
初至雲南使署……七〇八
得四川家書二首……七〇八
汪殿撰潤民如洋視學臨滇賦詩見贈
次韻奉酬……七〇八
朱秀才林一桂自樵李來訪留宿官齋

有作……七〇九
輯銅政全書有感……七〇九
得楊進士西和書時主武昌書院講席……七一〇
寄壽子才七十……七一〇
雲南布政使署雜詠……七一一
梅花書屋……七一一
禪悅齋……七一一
後樂軒……七一一
譽處堂……七一二
詠絜齋……七一二
杏花春雨書齋……七一二
紫霞書屋……七一二
優鉢曇華亭……七一三
浮翠亭……七一三
風漪檻……七一三
佇月廊……七一三
清俟井……七一四
聞來殷學士訃……七一四
廣通道中……七一四
行抵楚雄得旨以年老多病雲南距本籍較遠移任江西恭紀……七一五
往在長武遇李制軍嶽麓侍堯忽誦予龍尾關詩怪而問之云茲詩石嵌在大理官舍壁上聞係學使孫令儀嘉樂所刻今過此關視之果然蓋令儀爲予會試所取士常求予在滇篇什予錄而貽之不知其出使時攜以南來刻于此也爲之憮然著手摩挲因題一絕……七一五
過大理驗緬人貢物提督烏君大經留飲園亭有作……七一五
暮雨望點蒼山……七一六
纂成銅政全書有作……七一六
別昆明作……七一七
版橋……七一七

關索嶺……七一七
行次貴陽汪又新方伯新邀寮佐迎餞時提督許君世亨由臺灣奏凱還黔同席……七一八
再過飛雲洞……七一八
鎮安蔡太守宗建招飲……七一八
七夕寄渚紅……七一九
辰州途次……七一九
至常德聞荊州江堤潰決改道長沙有作……七一九
登龍陽館舍後園……七二〇
卽事……七二〇
嶽麓書院贈羅少卿徽五三十韻……七二一
臧觀察榮青衙齋夜集……七二二
蒲圻舟中山水清遠偶成四絶……七二二
東湖夜泊……七二二
懷程荊南卽題其松寥山館詩後……七二三
至武昌寓江漢書院見楊西和史誦芬吳學使泉之亦至……七二三
恨這箇關……七二四
過信陽州懷明何大復先生……七二四
夜行……七二四
良鄉道中……七二五
兩間房作……七二五
熱河召對恭紀……七二五
遙亭……七二六
紀曉嵐少宗伯招諸同年夜集……七二六
白溝河是日霜降……七二六
東光驛……七二七
新橋驛……七二七
柳泉……七二七
濠梁驛……七二八
紅心驛……七二八
自清流關至醉翁亭二首……七二八
至江寧同年劉方伯松崦墫袁觀察春圃鑑招飲瞻園……七二九

太湖道中……七二九
楓香驛……七二九
過停前驛望蓮峯有作……七三〇
潯陽驛……七三〇
德安……七三〇
賙恤……七三一
鄱陽……七三一
入廬山自黃巖至開先寺望峯下瀑布僧云嚴冬凍合不得見也留題而返……七三一
棲賢寺夜宿……七三二
晚至歸宗寺飯有作……七三二
臘月二十一日招翁學使振三及曹仲梅秉鈞家若農金寶函鴻書施錫蕃晉江子屏藩汪上章庚吳照南照何夢華元錫諸君小集……七三三
即事……七三三

春融堂集卷二十　杏花春雨書齋集六

己酉　庚戌

初八日復邀振三及仲梅諸君官齋小集……七三五
題余伯扶黃鶴樓卷即送入都……七三五
題宋綿津先生留開先寺小照次原韻……七三六
憶舊寄禹卿……七三六
韓明府暢歸太湖屬訪明蕭伯玉春浮園故址……七三七
南昌北蘭寺中有綿津書屋蓋牧仲先生撫江西時嘗率賓僚觴詠於此故名今扁額雖在遺迹渺然適余過廬山獲見先生小像令工摹繪供於斯屋并偕汪書年蔣藕船知讓家若農奠蘋藻焉……七三七
將去南昌重游烟江疊嶂亭題壁……七三八
自德安循廬山至九江作……七三八
重過潛山……七三九

靈壁道中……七三九

滕縣所見……七四〇

兖州高太守佩紱宮璽留飲署中話別……七四〇

景州……七四〇

至京借寓勾欄衚衕是桂林相國舊第……七四〇

扈從避暑山莊……七四一

兩間房即事……七四一

小寓……七四一

恭和御製啓蹕幸避暑山莊即事元韻……七四二

恭和御製出古北口元韻……七四二

恭和御製至避暑山莊即事元韻……七四二

恭和御製西峪元韻……七四三

恭和御製題秀起堂元韻……七四三

恭和御製留京王大臣奏報得雨詩以誌慰元韻……七四三

恭和御製山莊即事元韻……七四四

恭和御製游獅子園元韻……七四四

恭和御製題宜照齋元韻……七四四

恭和御製將軍鄂輝等奏巴勒布歸順實信班師回藏事宜詩以誌事元韻……七四五

恭和御製題澄觀齋元韻……七四五

恭和御製觀瀑元韻……七四五

恭和御製清閟閣賞荷元韻……七四六

恭和御製立秋日疊乙巳詩韻元韻……七四六

恭和御製七月朔日元韻……七四六

夜雨……七四七

灤陽秋日丁祭奉命祭啓聖祠……七四七

恭和御製安南戰圖六律……七四七

八月十六日夜……七四八

題洪舍人桐生梧所藏其兄伯初太守詩冊四十四韻……七四九

奉命讞事新安……七五〇

錢少宗伯坤一以孤雲處士元王振鵬梅花見贈……七五〇

東安門外口占次翁閣學振三韻……七五一
白澗道中遇風次玉閣學闐風保韻……七五一
登獨樂寺閣次振三韻……七五一
恭和御製經雄縣城南因命加賑有作元韻……七五二
恭和御製思賢村行館四疊舊韻元韻……七五二
恭和御製命截留漕糧三十萬石於北倉以備直隸賑恤之用詩以志事元韻……七五二
恭和御製紅杏園七疊前韻元韻……七五三
恭和御製德州過浮橋作元韻……七五二
恭和御製降旨豁免山東緩徵積欠詩以誌事元韻……七五三
恭和御製賦得野含時雨潤元韻……七五四
恭和御製再題曲陸店元韻……七五四
恭和御製雨元韻……七五五
恭和御製靈巖寺七疊前韻元韻……七五五
恭和御製賦得泗濱浮磬元韻……七五五

恭和御製行館元韻……七五六
將至濟寧寄黃同知小松易次振三韻……七五六
振三以北廬詩見示蓋即今所云帳房也次韻……七五六
聖駕躬詣孔林行釋奠禮奉命分獻亞聖恭紀……七五七
奉命祭少昊陵及先賢顏子墓仲子任子祠……七五七
寓顏孝廉運生崇榘書齋賦贈并示孔舍人信夫繼涑二首……七五八
青縣……七五八
紅花埠……七五九
至徐州寓館與叔華夜話……七五九
舟中示樹齋尚書二絕……七五九
高郵寓王文肅公故宅……七六〇
回至紅花埠得旨復往江寧讞事送樹齋尚書北上……七六〇

睢陽驛……七六〇
大柳驛……七六一
滁陽驛……七六一
訪姚姬傳鍾山書院……七六一
六合渡江示許員外秋巖兆椿……七六二
暮抵臨淮關……七六二
過泰安官舍示宋太守藹若思仁……七六二
交河懷古……七六三
七月二十八日同吉侍郎有堂慶奉使長沙出郊有作……七六三
邯鄲呂公祠……七六三
邯鄲曉發……七六四
望蘇門山懷孫徵君鍾元……七六四
行次滎陽家明府敦初同陳學博理堂燮夜過寓齋兼示新刊吳會英才集小飲有作……七六五
許州……七六五
觀魏大饗受禪二碑……七六六
登黃鶴樓夜飲作示秋帆制府諸君……七六六
宿臨湘萬年庵……七六七
過洞庭湖滙口……七六七
湘江晚泊……七六八
九月初十日家梅溪觀察家賓諸君餞於湘江驛舍……七六八
湘鄉……七六八
安南國王阮光平以萬壽祝釐入覲禮成而返棹過長沙聞余等卽日回京來見紀之……七六九
松滋亭作……七六九
羅徽五院長招飲……七六九
過觀音磵上吉祥寺卽太白所詠白兆山也……七七〇
荊川寓劉氏江村碧樹山房將去有作……七七〇
重過湘纍廟……七七一

長沙除夕……七七一

春融堂集卷二十一 杏花春雨書齋集七

辛亥 壬子 癸丑

家太守蓬心自永州來訪并出所作雲栖教觀圖相贈蓋十年前舊約也因題其後……七七三
永明林明府崑瓊以澹山石刻見示……七七三
題杜秀才春亭文斗草堂課子圖……七七四
岳陽樓望月……七七四
荊門道中寄崔太守幔亭……七七五
荊州曉泊寄余元亭慶長……七七五
南陽道中謁諸葛草廬……七七五
范滂墓……七七六
西平……七七六
夜宿郾城口占……七七七
新鄉道中……七七七
滏陽驛夜行……七七七
暑中韋慎占紀曉嵐吳沖之陸健男招集寓齋……七七八
送羅兩峯聘南歸……七七八
李編修皐塘驥元以詩集見示賦贈……七七九
題家太守少林嵩高藉山讀書圖即送之平樂府新任……七七九
和袁子才病中自輓四首……七八〇
題座主錢文敏公墨梅……七八一
田山薑秋帆圖爲馮編修鷺庭集梧題……七八一
賈島峪……七八二
自龍泉關上長城嶺……七八三
臺麓道中……七八三
大文殊寺……七八三
甘露泉……七八四
明月池……七八四
中臺寺……七八五
微雪口號……七八五

殊像寺……七八五
出山卽事……七八六
過邱太守至山學勄官齋觀所藏古墨……七八六
回至紫泉……七八六
爲馮郎中星實應榴題夢蘇草堂圖……七八七
題馮侍御實庵培種竹圖……七八七
題曾郎中賓谷燠西溪漁隱圖二十八韻……七八八
幔亭太守以望岫息心卷自荊州寄示索題因成長句五十韻追往念舊情詞拉雜蓋不獨爲此圖作也……七八九
題阿少司空彌達尋河源卷四十四韻……七九〇
題法庶子開文式善詩龕圖……七九二
題申圖南瓦當冊……七九二
題祝孝廉西澗喆墨梅……七九三
被命入闈與同考諸君夜坐有作……七九三
放榜後李侍講玉漁傳熊洪編修稚存被命督學滇黔卽招分校諸君小集送行……七九三
送黃通判秉哲赴浙江……七九四
題韋鴻臚慎占炳燭課孫圖……七九四
題錢塘項上舍溶集趙松雪所書千字文頌趙中丞升裔詩冊爲趙舍人億生懷玉作……七九五
生朝卽事……七九五
歲暮送水仙木瓜于劉冢宰石庵墉詩以侑之……七九六
同作……劉墉 七九六
恭謁東陵隨蹕……七九七
盤山……七九七
坐東甘澗望西甘澗作……七九七
晾甲石懷古……七九八
順義……七九八
題錢侍郎坤一所畫曹慕堂古中盤五松圖……七九九
題汪副憲時齋承霈按行革布什咱圖……七九九

從盤山回卽請省墓出都至趙北口……八〇〇
塗次聞彭進士允初之訃……八〇〇
江布衣鱷濤聲以篆字尚書亼注音疏見示……八〇〇
贈李秀才尚之銳……八〇一
硯山丙舍……八〇一
梵香齋……八〇一
棲雲閣……八〇一
聞思室……八〇二
半月池……八〇二
雪葭丙舍……八〇二
耳聾……八〇二
秋杪過圓津禪院仿一言至七言體作示慧照……八〇三
曉徵過訪三泖漁莊因邀慧照同游佘山適汪書年張坤厚興載金治興鏞昆仲亦至登皆山閣徘徊久之至千山入周氏山舟堂還過萬壽道院明日復登清華閣得詩六首……八〇三
舟過吳門汪藕堂奐置酒款留感賦……八〇四
七十初度是日泊舟惠山下……八〇五
獨酌第二泉酒有作……八〇五
望魚山上有神女祠下有陳思王墓碑在祠內字兼篆隸頗怪偉……八〇五
過河間韋明府靜山協夢以近時所著見示因題三絕……八〇六
題伊光祿雲林朝棟梅花書屋圖……八〇六
題億生舍人古藤書屋冊二十六韻……八〇七
送家荔亭錫奎赴穎州府任卽寄石君中丞……八〇七
除夕……八〇八

春融堂集卷二十二　存養齋集　甲寅　乙卯　丙辰　丁巳

蒙恩予告紀事四首……八〇九
四月初三日雨……八一〇
天津……八一〇
晤嵇運使藿浦承志……八一〇
青縣道中即事……八一一
五月二十八日泊舟鄭灣夜雷雨……八一一
戲題明妃出塞圖二絶……八一一
舟過德州懷桂教諭未谷馥……八一二
僕人得白鴿二頗馴擾因賦之……八一二
將至濟寧先寄黄司馬小松及李布衣鐵橋東琪朱秀才映湑……八一二
望太白酒樓……八一三
題何上舍夢華得碑圖……八一三
舟中無事偶作論詩絶句四十六首……八一四
楊家莊夜泊……八一七
將過維揚口占四絶先寄賓谷運使……八一八
酬賓谷見贈之作……八一八
聞趙侍郎鍈無病而逝……八一八
還家即事……八一九
重九登琴畫樓作……八一九
元旦……八二〇
三月二十四日金秀才青儕學蓮諸子邀鳳喈及予小集山塘舟次樽酒飛騰笑譚拉雜書截句以紀之……八二〇
瞿遠邨兆騤招飲輞師園……八二一
輞師園雜詠……八二一
蔣紹初招同鳳喈曉徵集虎丘塔影園……八二三
恆春橋二絶……八二三
蒲褐山房花藥盛開賦七絶志之……八二三
立夏偶作……八二三
絶句……八二四

衰病……八二五
料理塾南書庫示從孫紹成……八二五
偶題……八二六
蒲褐山房前連日桃花玉蘭間發時八月
中秋後二日也……八二六
度城湖……八二六
胥口……八二七
訪吴哲甫未見獨往三峯……八二七
再宿雲棲……八二七
桐鄉訪門人金西曹雲莊德輿……八二八
奉敕召預千叟宴北行喜而有作……八二八
梁溪道中鈕布衣匪石樹玉以方輿紀要
圖見寄……八二八
泊舟江口作……八二九
清江浦……八二九
沙窩……八二九
鄒縣道中……八三〇
行次汶上……八三〇
郌阜城……八三〇
聞胡少宗伯煦追謚文良作……八三一
寧壽宫侍千叟宴恭紀……八三一
翁學士振三吴侍講穀人諸君餞別
并以詩卷贈行……八三二
同作……吴錫麒 八三二
題桂未谷思誤書小照……八三三
羅兩峯畫二妙寫真圖爲翁振三題……八三三
別金青儕後卻寄……八三四
初四日夜……八三四
沈同年方穀招飲……八三四
閨秀駱佩香綺蘭贈聽秋軒集因題其後……八三五
將赴婁東過趙屯浦書所見……八三五
題太倉于刺史滄來鼇圖賑粥圖……八三五
鄧菽原來訪卽送其歸浮梁……八三六
婁東書院卽事……八三六

汪編修敬箴學金招同嵇藿浦小集并以衡山畫卷索題時值靜厓園居落成次韻……八三七
許太守秋巖過訪……八三七
病中和于滄來重陽二首……八三七
九月二十三日夜……八三八
秋暮偶作并示書院諸生……八三八
題鮑氏慈孝堂圖……八三九
爲顧秀才千里廣圻題其兄抱沖小讀書堆圖……八四〇
題唐明府陶山仲冕荊溪畫卷……八四〇
正月初九日鍾賈山舟中……八四一
斜塘曉行……八四一
蔣紹初招集拙政園次趙雲松韻……八四二
題敦初龍門攬古長卷二十韻時與黃小松武虛谷同游……八四二
得吉水彭明府秋潭淑書卻寄……八四三
玉中丞達齋德招阮學使伯元元蘇鹽政楞額同游西湖瑪瑙寺……八四三
阮伯元招鮑秀才以文廷博丁教授小山杰朱秀才映湄錢貢生晦之大昭陳訓導映之焯張進士子白若采許孝廉周生宗彥臧秀才在東鏞何上舍夢華再集瑪瑙寺……八四三
訪主雲上人於淨慈宿聽松軒與朱映湄及僧慧照夜話……八四四
再宿聽松軒作……八四四
雲棲夜宿石悟軒與首座初樸上人夜話……八四四
宿理安松巔閣……八四五
自楊梅嶺經點石庵法雲石屋二寺皆荒廢而風景幽絕各記以詩……八四五
韶光寺……八四六
秦小峴招同潘侍御蘭垞庭筠及萬秀才近篷福游龍井寺……八四六

孫臬使令儀嘉樂孫侍御貽穀志祖沈觀察榮勳龔太守匏伯敬身張主事虞琴時風皆門人舊屬也置酒相邀感而有作并憶沈觀察函九世燾于廣東吳進士倬雲霽于吳縣……八四七
達齋中丞再來小照……八四七
爲阮伯元題修書圖七言排律三十韻……八四八
賞雨茆屋小幀爲王秀才介人文潞題……八四九
題陸璞堂適園圖卽送其赴江西六十韻……八四九
題門人吳照南照石湖課畊圖……八五〇
送照南歸南昌……八五一
聞鳳喈訃……八五一

春融堂集卷二十三　臥游軒集　戊午

己未　庚申

懷吳訓導盤齋桓……八五三
春日偶筆二首……八五三
沐堂寺僧了性送蘭笋茶……八五四
題沈秀才安成靖琢詩圖……八五四
題張墨岑崧山古柏圖蓋昔以壽蔣樹存先生者失而復得故紹初屬余賦之……八五四
袁又愷招同曉徵紹初潘榕皋奕儁諸君看牡丹以是日也天朗氣清惠風和暢分韻得日字……八五五
題任太守曉林兆炯虎丘白公祠長卷……八五五
得稚存書卻寄……八五六
殘燈……八五七
琴德居閒坐……八五七
初秋雨後……八五七
七月十八日……八五八
聽張金治彈蒼龍嘯月琴……八五八
晚晴……八五八
題陳太守桂堂廷慶臨得天居士梅花……八五九
虎丘卽席送阮少宗伯伯元還朝……八五九

望亭……八五九
再過儀舟亭……八六〇
丹陽……八六〇
寶華山……八六〇
棲霞……八六一
幽居庵……八六一
天開巖……八六一
珍珠泉……八六二
紫閣峯……八六二
晴村將軍招飲並出示述懷之作次韻……八六二
晴村署中玉蘭開後忽生紅果蓋上瑞也詩以紀之……八六三
留別曾賓谷及諸君……八六三
追題汪蛟門先生少壯三好圖長卷……八六三
高旻寺示巨超慧超二上人……八六四
舟過蘭陵錢明府竹初維喬招集諸君夜飲感賦……八六四
初六日夜……八六五
十六日石上舍遠梅鈞邀同探諸山梅花至石壁而返共得詩五首……八六五
守風金山下……八六六
臺莊……八六六
東平道中大雪……八六六
雪夜……八六七
德州……八六七
題盧溝折柳圖送伊太守墨卿秉綬任惠州四絕句……八六七
謁阿文成公墓……八六八
京城德勝橋西有明李文正公東陽宅開文祭酒訪得其處去年戊午六月初九因公生日邀同人祀之並作長卷今予來都索詩以繼其後……八六九
題謝侍御薌泉振定雲將小草二絕……八七〇
題鄒閣學曉屏午風堂集……八七〇

送尹給諫楚珍壯圖歸雲南……八七〇
曹侍御定軒錫齡招同紀宗伯曉嵐小集……八七一
題金青儕雪意圖冊時青儕悼亡……八七一
將出京師何侍御蘭士道生法開文洪稚存趙億生王孝廉惕甫芑孫餞於西花園……八七一
又別開文……八七二
天津小泊……八七二
金鄉道中……八七二
舟中偶作三首……八七三
塗中寄翁振三……八七三
珠湖夜泊白蓮盛開……八七三
泊舟京口有懷巨超慧超二上人并寄家柳村豫……八七四
黎貢生簡民簡以詩集見示有寄……八七四
哭門人魯孝廉習之嗣光……八七四
題潘榕臯歸帆圖……八七五
除夕……八七五
早春……八七五
聞稚存讁伊犁……八七六
敷文書院示諸同學……八七六
過花神廟……八七六
題舒雲亭瞻蘭藻堂集後……八七七
雷雨……八七七
題溫忠烈公璜像并家書墨蹟卷……八七八
周同年松靄春自榜下分攜不相聞者忽經四紀今在武林以四詩見贈纏綿往復情溢於詞作此答之……八七八
西湖餞送張子白赴鎮番縣任……八七九
得吳庶常山尊鼒書知乞假將至武林詩以迎之卽用其和蘇文忠公岐亭詩韻……八七九
聞繹堂司空奉使川陝軍營有寄……八八〇
西湖第一樓爲阮中丞伯元賦……八八〇
予以乾隆辛酉年補博士弟子迄今六十年矣錢學使撫棠樾趙太守鑑堂宜喜循例

請重游泮宮有作……八八一
附作……趙汝霖 八八一
題孫侍御詒穀深柳勘書圖……八八二
項金門陳花南招集述古堂卽事四首……八八三
東風大作聞海中賊船損壞俘獲甚多
喜而有紀……八八四
聞吳侍講泉之時有參劾作……八八四
臥遊軒晚坐……八八四
題吳漁山歷畫冊……八八五
偶成……八八五
吳淞道中……八八五
贈武陟令翁……八八六
喜史誦芬至……八八六
題蔣秀才葆存炯蔣邨草堂第一圖……八八六
九月二十八日馮實庵孫淵如招游西溪老
病畏寒不能如約爲賦四章以當晤語……八八七
遙賀吳沖之得子……八八八
題沈太守莘田清任爲南明畫冊……八八八
漪園雨飲次實庵韻……八八八
答程明經彝齋兼懷董孝廉炤……八八九
秦廉使小峴移任長沙招飲湖樓話別……八八九
示周泉南郁濱……八八九
十一月廿二日爲予七十七歲生辰舟
過鴛湖偶賦……八九〇

春融堂集卷二十四 臥游軒集 辛酉

壬戌 癸亥

題姚上舍春木椿望雲集……八九一
許駕部周生梁上舍曜北玉繩邀飲湖
上許莊……八九一
和潘榕皐綠晦山房四首……八九一
題繆石林頌小像……八九二
第一樓夜起有懷伯元中丞……八九二
再宿第一樓作……八九三

康太守茂園基田過訪……八九三

口號……八九三

秋夜得楊員外蓉裳及其弟方伯荔裳揆書……八九四

厲徵君太鴻及茗姬月上歿葬於西溪王家塢木主遺失久矣今春何布衣春渚琪得於田舍送至武林門外衙灣黃文節公祠清風閣中以供香火因紀以詩……八九四

重陽後三日阮伯元招同孫淵如及諸同學集第一樓作……八九四

朱映漘同陶上舍寧求梁錢秀才同人侗及從孫紹成游西溪歸述交蘆庵諸勝且爲梅嶼上人乞詩是日約展太鴻徵君墓予以病目未往……八九五

聞何太守蘭士病假還京有寄……八九五

題竹垞太史遊澱山唱和長卷……八九五

將移居宗祠作……八九六

送慧照往金山受具……八九六

家柳村自京口過訪……八九七

臥遊軒月夜……八九七

門人蔣秀才應質徵蔚以詩寄示卻寄……八九七

喜聞韓城相國致仕……八九八

九月八日吳司成穀人陳太守桂堂張司馬古餘敦仁枉顧留飲蘭泉書屋兼示映漘獻之同人三君……八九八

同作……吳錫麒……八九九

同作……朱文藻……九〇〇

汪庶子敬箴復乞假自都回里有寄……九〇〇

門人吳子山嵩梁過訪卽送其歸東鄉……九〇一

石遠梅同家柳村楊時庵欣于靜齋淵三君自京口來訪有作……九〇一

生朝有作……九〇二

元旦試筆……九〇二

立春……九〇二
繹堂少宰由武陵按事北還見余檇李舟中送至望亭而別感賦……九〇三
四月初三曉徵杠顧虎阜寓齋兼贈二詩次韻……九〇三
虎丘寓舍卽事……九〇三
牡丹盛開同映湑諸君小飲……九〇五
長夏懷人絕句……九〇五
無錫秦文恭樹澧……九〇六
無錫顧祭酒震滄……九〇六
長白夢侍郎文子……九〇六
南昌呂布衣青陽泰……九〇七
錢塘厲徵君太鴻……九〇七
長洲沈宗伯歸愚……九〇七
常州劉侍郎映榆常熟邵編修叔勉齊燾……九〇八
會稽商太守寶意……九〇八
嘉興鄭編修炳也……九〇八
鄞縣陳徵君玉几……九〇八
錢塘金布衣壽門……九〇九
錢塘袁明府子才……九〇九
大興朱尚書石君……九〇九
諸城劉相國石庵……九〇九
錢塘梁侍講元穎……九一〇
大興翁鴻臚振三……九一〇
無錫顧觀察晴沙……九一〇
河間紀宗伯曉嵐……九一一
常州趙觀察雲松……九一一
丹徒家太守禹卿……九一一
上海陸副憲健男……九一一
歙縣程編修魚門……九一二
長白慶似村蘭……九一二
海鹽朱明府笠亭……九一二
無錫鄒侍郎曉屏……九一二

休寧金殿撰輔之……九一三
陽曲申明府圖南……九一三
儀徵施宗丞小鐵……九一三
嘉興汪殿撰潤民……九一三
南城魯明府絜非孝廉習之……九一四
錢塘吴祭酒榖人……九一四
無錫秦觀察小峴……九一四
常熟吴儀部抵甫……九一五
南城曾運使賓谷……九一五
儀徵阮中丞伯元……九一五
偃師武明府虛谷億……九一五
元和馮給事實庵……九一六
欽州馮農部魚山敏昌……九一六
福建李員外畏吾威……九一六
綿州李舍人墨莊鼎元弟編修鳧塘驥元……九一六
靈石何太守蘭士遂寧張檢討船山……九一七
長白法祭酒開文……九一七
武進趙同知億生……九一七
武進楊員外蓉裳弟方伯荔裳……九一七
陽湖孫觀察淵如……九一八
陽湖洪編修稚存……九一八
太倉蘇貢生加玉維晉……九一八
錢塘朱貢生青湖……九一九
惠州趙明府渭川希璜……九一九
長白那少宰繹堂……九一九
長白英侍郎煦齋……九二〇
長洲家博士惕甫……九二〇
海寧吴貢生槎客騫……九二〇
元和蔣秀才應質……九二〇
錢塘蔣秀才葆存……九二一
蘇顯之和予八十元旦詩并遺其子來祝寄謝……九二一
聞巨超上人焦山退院……九二一

菊……九二二
曉起……九二二
袁貢生時亮文揆自昆明來訪卽別有贈……九二二
壽錢徵君晦之六十……九二三
題吳節愍公嘉允遺像……九二三
陳忠裕公祠宇落成詩以誌之……九二三
遙送陳桂堂主蕺山書院……九二四
喜沈觀察函九見訪……九二四
寒夜洪稚存見訪……九二四
元作……洪亮吉　九二五
八十生辰口號十二首……九二五
失明已久入冬來暗室中時見光明殆與放翁所得略同然見在未申酉三時餘時不見又未可解也因書寄梁元穎侍講趙雲松觀察……九二六
除夕……九二六

春融堂集卷二十五　琴畫樓詞一

綺羅香（嫩柳縈烟）……九二七
琵琶仙（黃篋衝波）……九二七
瑣窗寒（桂棹衝烟）……九二八
洞仙歌（梨雲夢遠）……九二九
丁香結（松桂團欒）……九二九
南浦（雲色半晴陰）……九三〇
甘州（正蕭蕭朔雪暮寒餘）……九三〇
更漏子（玉爐寒）……九三一
擊梧桐（十里橫塘路）……九三一
倦尋芳（一溪碎雪）……九三二
惜餘春慢（綠滿籬根）……九三二
憶舊游（正偏提載酒）……九三三
曲游春（雨後春山潤）……九三四
高陽臺（載酒輿輕）……九三四

女冠子（虎丘寺側）……………… 九三五
浪淘沙（鬧掃試新妝）……………… 九三五
更漏子（曉霜寒）……………… 九三六
清平樂（傷春病酒）……………… 九三六
臺城路（鄱陽石帚飛仙後）……………… 九三六
更漏子（乳鴉啼）……………… 九三七
秋波媚（黄葉聲多顫晚風）……………… 九三七
虞美人（迴廊曲檻苔花壁）……………… 九三七
消息（石蜜漿寒）……………… 九三八
百字令（茅齋向晚）……………… 九三八
疎影（山房寂静）……………… 九三九
河傳（翠浦）……………… 九四〇
浣溪沙（聽得銀屏玉佩搖）……………… 九四〇
又（魚子單衫怯暮寒）……………… 九四一
又（一翦東風到碧紗）……………… 九四一
又（柳下紗窗月下階）……………… 九四一
風入松（緑秧畦外版橋斜）……………… 九四二
洞仙歌（吴船三版）……………… 九四二
又（鴉棲疎柳）……………… 九四三
又（廉纖細雨）……………… 九四三
又（鷗沙亭外）……………… 九四三
又（水天閒事）……………… 九四四
月華清（宫粉香飄）……………… 九四四
摸魚兒（正江南）……………… 九四五
金縷曲（波浪兼天湧）……………… 九四五
月華清（一段清愁）……………… 九四六
高陽臺（南部新聲）……………… 九四六
采桑子（櫓牀冷撥龍山下）……………… 九四七
金縷曲（歲晚漁村閉）……………… 九四七
采桑子（彎環緑水皋橋路）……………… 九四八
南柯子（野火山中屋）……………… 九四八
月華清（雪颭蘆花）……………… 九四八
天香（孤島蟠雲）……………… 九四九
水龍吟（玉妃乍換新妝）……………… 九五〇

摸魚兒（正吳江）……九五〇
臺城路（千秋未了齊宮怨）……九五一
桂枝香（江楓欲舞）……九五二
鬢雲鬆令（理雲梳）……九五三
百字令（一枝冷燭）……九五三
天香（綠映滄波）……九五四
又（銀鴨烟銷）……九五四
清平樂（檀欒翠篠）……九五四
百字令（霜飛白簡）……九五五
一枝花（碧浪生南浦）……九五六
臨江仙（過了礬清路）……九五六
新鴈過妝樓（鶴怨秋風）……九五七
瑤華（烟沈蕙徑）……九五七
惜紅衣（繡結衣船）……九五八
法曲獻仙音（白苧衫輕）……九五八
秋霽（放艇秦淮）……九五九
南鄉子（溪雨初肥）……九五九
摸魚兒（正江南）……九六〇
桂枝香（半畦秋澹）……九六〇
憶真妃（數枝斜曳疎烟）……九六一
臺城路（歸雲閣外梅風軟）……九六一
大聖樂（水榭吟鷗）……九六一
惜秋華（波冷桐橋）……九六二
八聲甘州（記天台）……九六三
二郎神（分襟南陌）……九六三
摸魚兒（問江南）……九六三

春融堂集卷二十六　琴畫樓詞二

金縷曲（急雪如鴉大）……九六五
暗香（青溪三度）……九六五
梅子黃時雨（白紵寒生）……九六六
一枝花（杏子飄紅豔）……九六六
木蘭花慢（正柴桑門掩）……九六七

南浦（新漲滿銀塘）……九六七
法曲獻仙音（梅屋聯牀）……九六七
清平樂（清江一曲）……九六八
摸魚兒（聽瀟瀟）……九六八
瑤華（試燈風軟）……九六九
玉京秋（孤館淨）……九六九
疎影（寒濤晴吼）……九六九
惜紅衣（翠竹初抽）……九七〇
探春（梅雪初殘）……九七〇
霜天曉角（清霜初降）……九七一
風入松（園林面面對雲峯）……九七一
浣溪沙（結得香茅五畝居）……九七一
蹋莎行（小闌花蹊）……九七二
漁家傲（楓葉蘋花秋漸老）……九七二
月照梨花（畫棟香重）……九七二
掃花游（性耽紅葉）……九七三
邁陂塘（正春城）……九七三
又（問三十三山詞客）……九七四
綺羅香（屈戌花濃）……九七四
臨江仙（湘弦彈怨秋波冷）……九七四
鳳凰臺上憶吹簫（秋雨如塵）……九七五
鵲橋仙（烟花小部）……九七五
梁州令（微雨濛濛墮）……九七六
百字令（山樵百子）……九七六
臨江仙（梅坪竹塢閒游處）……九七七
木蘭花慢（蓉湖風漸緊）……九七七
憶舊游（記楚波送別）……九七七
離亭燕（簷外冰輪初起）……九七八
減字木蘭花（桐花小鳳）……九七八
南歌子（碧蘚攤錢地）……九七九
邁陂塘（記春城）……九七九
探芳新（御街前）……九七九
喜遷鶯（峭寒漸徹）……九八〇
聲聲慢（蒼枝偃雪）……九八〇

憶舊遊（嘆青牛路杳）……………………九八一
金縷曲（午節匆匆過）……………………九八一
長亭怨慢（正槐蔭）……………………九八二
剔銀燈（嫋嫋蒹葭波起）……………………九八二
又（何日簷花夜落）……………………九八三
又（十載吟詩看劍）……………………九八三
又（腸斷慈親頭白）……………………九八三
西河（閒窗寂）……………………九八四
法曲獻仙音（側帽尋花）……………………九八四
解珮令（殘鐘微度）……………………九八五
臨江仙（昨夜鯉魚風起）……………………九八五
華胥引（生綃滑笏）……………………九八五
秋霽（矮幅藤溪）……………………九八六
秋波媚（故里歸心寄扁舟）……………………九八六
早梅芳近（畫屏開）……………………九八六
揚州慢（初月涵雲）……………………九八七
減字木蘭花（一樽清醑）……………………九八七
臨江仙（記得金鑾初唱第）……………………九八八
又（小泊雲陽驛外）……………………九八八
東風第一枝（沙燕風閒）……………………九八八
浣溪沙（漏靜鐙殘酒欲消）……………………九八九
解連環（平湖渺矣）……………………九八九
浣溪沙（尚湖小景不須多）……………………九八九
夏初臨（燕子初飛）……………………九九〇
摸魚子（望蒼崖）……………………九九〇
又（正銀塘）……………………九九一
南鄉子（雨霽起秋嵐）……………………九九一
祝英臺近（小屏深）……………………九九一
金縷曲（隔水鳴遮了）……………………九九二
秋波媚（香稻風生繫吟艭）……………………九九二
憶秦娥（情脈脈）……………………九九三
一翦梅（小閣寒生玉篆銷）……………………九九三
金縷曲（蜀棧雲千尺）……………………九九三
踏莎行（旅館敲風）……………………九九四

又（古驛長亭）……九九四
小重山（楓霜昨夜著雲幬）……九九四
行香子（一幅孤篷）……九九五
玲瓏四犯（家近西泠）……九九五
湘月（抱琴歸去）……九九五
浣溪沙（裊裊東風拂畫闌）……九九六
徵招（玉鳧香灺蕭齋靜）……九九六
石湖仙（湖山雨霽）……九九七
高山流水（水牕連日掩簾櫳）……九九七
霓裳中序第一（高槐傍禁苑）……九九八

春融堂集卷二十七　琴畫樓詞三

惜餘春慢（雨屋疎槐）……九九九
綺羅香（太液秋澄）……九九九
露華（玉山秋晚）……一〇〇〇
臺城路（楊青驛外垂楊樹）……一〇〇〇
采蓮令（啓精藍）……一〇〇〇
梅子黄時雨（小別三年）……一〇〇一
玉京秋（人乍別）……一〇〇一
江城子（一襟涼思入清宵）……一〇〇二
徵招（青瑤膚裏叢叢列）……一〇〇二
好事近（溪外小梅花）……一〇〇三
雪獅兒（寒山春暖）……一〇〇三
一萼紅（護茅廬）……一〇〇四
揚州慢（白埵芒寒）……一〇〇四
探春令（唐花欲謝）……一〇〇五
如夢令（看盡東闌春絮）……一〇〇五
臺城路（簪花晏罷司清要）……一〇〇五
瀟瀟雨（南樓霜月冷）……一〇〇六
芰荷香（暑將歸）……一〇〇六
點絳唇（彔曲闌干）……一〇〇七
漁父（綠樹清江碧四圍）……一〇〇七
聲聲慢（詩宗北郭）……一〇〇七

一枝春（曉夢初醒）……一〇〇八
釣船笛（疎柳掃江橋）……一〇〇八
臺城路（軟紅三尺啼螿少）……一〇〇八
竹香子（過盡桑堤柳陌）……一〇〇九
疎影（疎槐墜葉）……一〇〇九
探芳信（禁林曉）……一〇一〇
解連環（翠屏千尺）……一〇一〇
留春令（似夢聞香）……一〇一一
望梅花（苔石猶存殘雪）……一〇一一
尋芳草（嫩柳綠如許）……一〇一一
采桑子（版橋桑葉陰陰綠）……一〇一二
海棠春（海棠開遍香階側）……一〇一二
品令（風信泠）……一〇一二
更漏子（倦彈碁）……一〇一三
華清引（碧梧葉葉下銀牀）……一〇一三
一落索（幾日含情添線）……一〇一三
醉花間（濃香起）……一〇一四
清商怨（苔茵小坐香軟）……一〇一四
河傳（性耽）……一〇一四
雲仙引（窗紫邀花）……一〇一五
綺羅香（半軃雲鬟）……一〇一五
思遠人（趙北燕南憑振策）……一〇一六
簇水（如墨層雲）……一〇一六
疎簾淡月（荒灣遠水）……一〇一六
天香（蠻砦蒸雲）……一〇一七
瀟瀟雨（羣峯凝曉翠）……一〇一八
臺城路（雪峯十九橫天際）……一〇一八
瑤花慢（名山回首）……一〇一九
水調歌頭（今夕此何夕）……一〇一九
金縷曲（何事能消遣）……一〇一九
減字木蘭花（靈犀一點）……一〇二〇
憶江南（中秋憶）……一〇二〇
浪淘沙（羅幙篆燈紅）……一〇二一
渡江雲（路盤金筑盡）……一〇二二

玉漏遲（三旬風雨半）…………………… 一〇二二
燕山亭（風埽危巢）…………………… 一〇二三
沁園春（檀篦生香）…………………… 一〇二三
淒涼犯（冰輪如濯）…………………… 一〇二四
金縷曲（衰謝今如許）…………………… 一〇二四
陽關引（雪嶺飄秋雪）…………………… 一〇二五
解連環（西風送喜）…………………… 一〇二五

春融堂集卷二十八　琴畫樓詞四

絳都春（崢嶸金碧）…………………… 一〇二七
高山流水（百年遺墨最淒清）…………………… 一〇二七
霜葉飛（清霜初向層檐下）…………………… 一〇二八
大聖樂（如此江山）…………………… 一〇二八
金縷曲（試問真真影）…………………… 一〇二九
又（令節過重午）…………………… 一〇二九
八歸（圜鑪小集）…………………… 一〇三〇
謁金門（香茅矮）…………………… 一〇三〇
渡江雲（垂虹橋外路）…………………… 一〇三一
萬年歡（竟體芳蘭）…………………… 一〇三一
醉花陰（檀心碧葉香風遠）…………………… 一〇三一
齊天樂（小桃源近河干路）…………………… 一〇三二
釣船笛（蘅畹起新涼）…………………… 一〇三二
沁園春（卸卻青衫）…………………… 一〇三三
夢芙蓉（商飆高閣敞）…………………… 一〇三三
國香慢（雉堞如雲）…………………… 一〇三四
清波引（風梳雨沐）…………………… 一〇三四
金縷曲（何處重尋醉）…………………… 一〇三五
早梅芳（柳橋深）…………………… 一〇三五
點絳脣（翔鶴堂寒）…………………… 一〇三六
聲聲慢（廳正當三）…………………… 一〇三六
三姝媚（長安閒小住）…………………… 一〇三七
渡江雲（春來猶未醒）…………………… 一〇三七
金縷曲（醋醋紅於火）…………………… 一〇三八

驀山溪（三高祠外）……………………一〇三八
水調歌頭（誰伴老夫病）………………一〇三八
龍山會（病起仍消瘦）…………………一〇三九
秋霽（紫閣藍山）………………………一〇三九
壺中天（峯迴路轉）……………………一〇四〇
買陂塘（念幽人）………………………一〇四〇
長亭怨（正寒夜）………………………一〇四一
摸魚子（看金江）………………………一〇四一
應天長（鑾江一線）……………………一〇四二
瑣窗寒（斷浦凝雲）……………………一〇四二
三部樂（戲馬臺高）……………………一〇四三
霜天曉角（曉日初紅）…………………一〇四三
解連環（竹西鼓吹）……………………一〇四三
徵招（鷄鳴埭外彎環水）………………一〇四四
瑣窗寒（友結東堂）……………………一〇四四
催雪（石炭凝紅）………………………一〇四五
數花風（楝花開處）……………………一〇四五
西江月（詩卷慣吟樊榭）………………一〇四六
又（雪影未消鴛瓦）……………………一〇四六
霓裳中序第一（菱花光似雪）…………一〇四六
小重山（屈曲屏山晚寂寥）……………一〇四七
一萼紅（展吳綃）………………………一〇四七
擊梧桐（半繭今何在）…………………一〇四八
國香慢（銅雀臺荒）……………………一〇四八
百字令（吾廬三徑）……………………一〇四九
曲游春（白髮人重到）…………………一〇四九
木蘭花慢（望澄波烟水）………………一〇五〇
酹江月（兩番過我）……………………一〇五〇
步月（承露盤空）………………………一〇五一
雙頭蓮（歸自瀟湘）……………………一〇五一
孤鸞（靈旗香火）………………………一〇五二
露華（調脂殺粉）………………………一〇五二
百字令（鴛湖放櫂）……………………一〇五三
綠意（橫斜小朵）………………………一〇五三

遠朝歸（鴉陣嘶寒）……一〇五四
金縷曲（小舫停波面）……一〇五四
湘月（方池碧漲）……一〇五五
霜天曉角（秋嵐如沐）……一〇五五
青衫濕（秋蘭零落芳魂杳）……一〇五六
浣溪紗（帶得餘杭玉屑來）……一〇五六
掃花遊（雨疎風細）……一〇五六
雪獅兒（漆園醒後）……一〇五七
玉京秋（秋香馥）……一〇五七
西江月（柳圃時聞犬吠）……一〇五八
綺羅香（雉堞連雲）……一〇五八
霜天曉角（泉枯木落）……一〇五八
聲聲慢（只談風月）……一〇五九
清平樂（無人采擷）……一〇五九
探春慢（幺鳥穿林）……一〇五九
三姝媚（三珠誰得似）……一〇六〇
瑤華慢（水仙久謝）……一〇六〇

春融堂集卷二十九　賦

固窮賦……一〇六三
陸機宅賦……一〇六四
聖駕再幸江南賦……一〇六五
精理亦道心賦……一〇六七
進次賦……一〇六八
夏雪賦……一〇六九
臥龍岡賦……一〇七〇
三高祠賦……一〇七〇

春融堂集卷三十　書一

答翁静子徵君書……一〇七三
與顧上舍禄百書……一〇七四
與沈果堂論文書……一〇七五

與顧震滄司業書……一〇七六
與彭晉函論文書……一〇七七
與夢文子座主薦士書……一〇七八
答呂青陽書……一〇八〇
與朱竹君書……一〇八一
與惠定宇書……一〇八二
與褚舍人搢升書……一〇八三
與秦味經先生書……一〇八四
與門人張遠覽書……一〇八五
答甥蔣瑞應書……一〇八六
與趙升之書……一〇八八
與曹來殷書……一〇八八
與杭大宗書……一〇九〇

春融堂集卷三十一　書二

與錢沖齋書……一〇九三
又與錢沖齋書……一〇九三
與陳絅齋書……一〇九四
與蔣應嘉檢討書……一〇九五
與余庚有書……一〇九五
與袁文康書……一〇九六
又與袁文康書……一〇九六
與楊孝廉書……一〇九七
答吳沖之學使書……一〇九八
又與吳沖之學使書……一〇九九
又答吳沖之學使書……一一〇〇
與陸耳山侍講書……一一〇〇
與南明族弟書……一一〇一
又與南明……一一〇二
又與南明……一一〇二
又與南明……一一〇三
又與南明……一一〇四
又與南明……一一〇五

與顧晴沙觀察書……一一〇五
與顧晴沙觀察……一一〇六
與彭樂齋觀察書……一一〇七
又答彭樂齋觀察書……一一〇八
答錢曉徵學士書……一一〇九
與李世傑按察書……一一〇九
與趙少鈍書……一一一〇

春融堂集卷三十二　書三

與吴竹堂書……一一一一
與盧紹弓書……一一一二
與梁山舟侍講書……一一一三
與錢曉徵少詹書……一一一四
與江艮庭論六書書……一一一五
答許積卿書……一一一六
答門人陳太暉書……一一一七
與吴二匏書……一一一八
答李憲吉書……一一一九
覆倪敬堂書……一一二〇
又覆倪敬堂書……一一二一
與畢秋帆制軍論續通鑑書……一一二一
與孔洪谷主事書……一一二三
與汪容夫書……一一二四

春融堂集卷三十三　論

經義制事異同論……一一二七
許世子論……一一二八
漢文帝論……一一二九
太玄論……一一三〇
馬謖論……一一三三
阮籍論……一一三四
王羲之論……一一三五

唐宋兵制得失論……一一三六
續復讐論……一一三八
王安石論……一一三九
張浚論……一一四〇

春融堂集卷三十四　考辨

齊風汶水考……一一四三
韋顧昆吾考……一一四四
封建考……一一四六
鄭氏書目考……一一四八
伏波將軍印考……一一五五
隱公不書卽位辨……一一五六
子以母貴辨……一一五七
公山弗擾以費叛辨……一一五八
外丙仲壬辨……一一五九

春融堂集卷三十五　解說

乾鑿度主歲卦解……一一六一
鄭氏爻辰解……一一六五
文祖藝祖解……一一六九
九族既睦說……一一七〇
文王受命稱王說……一一七一
北過洚水至于大陸說……一一七三
許積卿字說……一一七四
四士說……一一七五

春融堂集卷三十六　序一

顧陶元重刻易隱序……一一七七
沈仲方尚書條辨序……一一七八
朱眉洲詩緒輯雅序……一一七九

汪少山齊魯韓詩義證序……一一八〇
汪少山大戴禮記解詁序……一一八二
陳宏猷四書就正錄序……一一八五
傅賓石六書分類序……一一八六
新修榆林府志序……一一八八
重修青浦縣志序……一一八九
傅副憲緬甸圖序……一一九〇
壬子順天鄉試錄後序……一一九二
先大夫百世師錄後序……一一九三
金石萃編自序……一一九四

春融堂集卷三十七　序二

石午橋律例薈鈔序……一一九七
阮吾山秋讞總志序……一一九八
黃氏族譜序……一一九九
李氏家譜序……一二〇〇
夏氏族譜序……一二〇一
陶氏尋陽義莊志略序……一二〇二
朱氏刻陳忠裕公集序……一二〇三
何氏再刻陳忠裕公集序……一二〇四
祠塾規條自序……一二〇六
世譜小序……一二〇七
世譜前錄小序……一二〇七
吳方來吟香閣印譜序……一二〇八
馮廣文墨香居畫識序……一二〇九
汪秀峯田居雜記序……一二一〇
滇行日記自序……一二一一
征緬紀聞自序……一二一二
歸葬小志自序……一二一二

春融堂集卷三十八　序三

唐冶父詩序……一二一五

二彭集序……一二二六
陳句山先生紫竹山房詩文集序……一二二七
李恆齋先生金筑槎謠序……一二二八
朱吉人春橋草堂詩集序……一二二八
沙斗初布衣白岸亭詩集序……一二二九
張崑南布衣鶴健堂詩鈔序……一二三〇
張策時華海堂集序……一二三一
趙升之婞雅堂詩集序……一二三二
趙升之娵隅集序……一二三三
朱子穎匏繫集序……一二三五
吳沖之白華詩鈔序……一二三六
褚左峩學士詩鈔序……一二三七
高秋士七峯草堂詩集序……一二三八
蔣立崖司馬詩序……一二三九
吳鑑南黃琢山房集序……一二四一

春融堂集卷三十九　序四

金二雅播琴堂詩集序……一二三三
楊蓉裳吟翠樓藁序……一二三四
翁石瓠布衣賞雨茆屋詩集序……一二三五
魯絜非山木居士集序……一二三七
索綽羅氏家集序……一二三八
胡安公吟石詩集序……一二三九
汪東湖明府詩序……一二四〇
吳照南聽雨齋詩集序……一二四一
施鐵如宗丞詩文集序……一二四二
張金冶紅椒山館集序……一二四四
李味亭舍人詩序……一二四五
吳企晉淨名軒遺集序……一二四六
鄒曉坪午風堂詩序……一二四七
家條山蘭綺堂詩集序……一二四九

族子叔華詩序……………………………………一二五〇

春融堂集卷四十　序五

方恪敏公詩集序……………………………………一二五一
潘榕皋三松堂詩集序……………………………………一二五三
吳子山香蘇山館詩序……………………………………一二五四
宋瑞屏滇游集序……………………………………一二五五
楊蓉裳伏羌紀事詩序……………………………………一二五六
家竹所濟南竹枝詞序……………………………………一二五七
吳麗煌閉戶著書圖詩序……………………………………一二五八
張太夫人培遠堂詩序……………………………………一二五九
徐若冰女史南樓詩集序……………………………………一二六〇
廖織雲女史仙霞閣詩鈔序……………………………………一二六一
毛今培試體唐詩序……………………………………一二六二
劉星洲據鞍倡和詩序……………………………………一二六三
升庵雅集序……………………………………一二六四
訪菊詩序……………………………………一二六四
官閣消寒集序……………………………………一二六五
脩禊吟序……………………………………一二六六
酒帘倡和詩序……………………………………一二六七
干山竹枝詞序……………………………………一二六八
西湖柳枝詞序……………………………………一二六九
徐山民禊湖詩拾序……………………………………一二七〇

春融堂集卷四十一　序六

四家文類自序……………………………………一二七一
青浦詩傳自序……………………………………一二七二
湖海詩傳自序……………………………………一二七三
江賓谷梅鶴詞序……………………………………一二七四
朱適庭綠陰槐夏閣詞序……………………………………一二七五
趙升之曇華閣詞序……………………………………一二七五
吳竹橋小湖田樂府序……………………………………一二七六

孫鑑之海月詞序…………………………一二七七
陶梟香紅豆樹館詞序………………………一二七八
姚茝汀詞雅序………………………………一二七九
琴畫樓詞鈔自序……………………………一二八〇
明詞綜自序…………………………………一二八一
國朝詞綜自序………………………………一二八二
沈柏參時文稿序……………………………一二八三
送馮郎中從軍赴滇序………………………一二八四
送談君赴黄州任序…………………………一二八五
送張偉瞻歸西華序…………………………一二八六
送魯絜非赴夏邑任序………………………一二八七
送施明府赴公安任序………………………一二八九
送張偉瞻赴鎮遠任序………………………一二九〇
送唐晴川曹秋漁歸嘉興序…………………一二九一
送景孝廉雲客序……………………………一二九二
送丁小山歸湖州序…………………………一二九三
送唐陶山赴海州任序………………………一二九四

春融堂集卷四十二　序七

沈歸愚先生八十壽序………………………一二九七
黄醴泉五十壽序……………………………一二九八
邵西樵八十壽序……………………………一二九九
孫虹橋六十生辰詩序………………………一三〇〇
蔣瑞應六十咏懷詩小序……………………一三〇一
張玉壘七十壽序……………………………一三〇二
錢曉徵七十壽序……………………………一三〇三
段得莘先生九十壽詩序……………………一三〇四
阮湘圃封翁七十壽序………………………一三〇五
梁山舟八十壽序……………………………一三〇七
從子次辰雙壽序……………………………一三〇八
吴母程太夫人八十壽序……………………一三〇九
李母張太淑人八十壽序……………………一三一〇
沈母朱太恭人九十壽序……………………一三一一

高母□太恭人八十一壽序……一三一二
王母張孺人七十壽序……一三一四
高母陸孺人七十壽序……一三一五
武母程太孺人七十壽序……一三一六

春融堂集卷四十三　跋一

跋周易乾鑿度……一三一九
周易義海撮要跋……一三二〇
惠氏周易述跋……一三二〇
易漢學跋……一三二一
跋稽古編……一三二二
宋刻周禮跋……一三二二
宋本春秋左傳跋……一三二三
春秋集傳微旨跋……一三二三
書褚先生補史記後……一三二四
跋漢紀……一三二五

書陶淵明傳後……一三二五
封氏見聞錄跋……一三二七
宋本元和郡縣志跋……一三二七
跋唐書直筆新例……一三二八
通鑑纂跋……一三二九
革朝志跋……一三三〇
唐律疏義跋……一三三一
平叛記跋……一三三一
墨子跋……一三三二
莊子跋……一三三二
荀子跋……一三三三
跋劉子……一三三四
書文選李善注王仲宣從軍詩後……一三三四
書王維送元二使安西後……一三三五
書李義山詩後……一三三六
陸宣公集跋……一三三七
書蘇文忠公岐亭詩後……一三三八

書蘇文定公商鞅論後……一三三八
烏臺詩案跋……一三四〇
環谷集跋……一三四〇
題剡源文鈔……一三四〇
元詩跋……一三四一
山中白雲詞跋……一三四一
書張叔夏年譜後……一三四二
跋夏節愍集……一三四三

春融堂集卷四十四　跋二

跋駢枝別集……一三四五
明儒學案跋……一三四六
書曝書亭集跋危氏雲林集後……一三四六
書嵩少先生詩後……一三四七
感舊集跋……一三四九
書回部蕩平樂府後……一三四九
書陸郎夫愛日圖詩後……一三五〇
跋坤一詩鈔……一三五一
載酒淩雲詩冊跋……一三五二
獺髓集題詞……一三五二
跋內江令許君詩卷後……一三五三
困學編題詞……一三五四
舊篋集題辭……一三五四
汪秀峯春游小詠題詞……一三五五
葉玉存小游仙詩跋……一三五五
書國朝詞綜後……一三五六
跋玉篇……一三五六
匡謬正俗跋……一三五七
書隸釋後……一三五八
漢隸字原攷正跋……一三五九
跋子敬十三行石刻後……一三六〇
跋翁氏重刻漢石經……一三六〇
跋伊墨卿藏漢并天下瓦當硯圖……一三六一

宋搨九成宮跋……一三六二
雜書聖教序後……一三六三
題宋搨爭坐位帖……一三六四
跋舊帖……一三六四
題錢穉廉集古帖後……一三六五
跋羅兩峯丙舍帖……一三六五
跋淳熙祕閣續帖殘本……一三六六
跋棲霞寺碑……一三六七
唐人書蓮華經殘字跋……一三六七
跋趙松雪書梵網經……一三六八
題趙松雪手札……一三六八

春融堂集卷四十五　跋三

跋文信國與吳架閣名揚劄子……一三六九
董思翁臨顏魯公送裴將軍詩跋……一三六九
跋祝希哲書黃庭經後……一三七〇
跋陸師道隸書周易本義後……一三七一
澱山唱和長卷跋……一三七一
跋竹垞太史手札……一三七二
跋金誦清清歗閣帖所刻惲南田書……一三七三
題陸清獻公書餘齋恥言卷……一三七三
跋儼齋司農臨李北海米元章書冊……一三七四
跋伊墨卿藏劉文正公墨蹟後……一三七四
跋法開文學士所藏鄂剛烈公詩卷……一三七五
題陸虔實隸書千文……一三七五
跋山舟侍講書賢首經後……一三七六
跋朱竹君手札……一三七六
題賈素齋詩冢帖……一三七七
查氏烈女編跋……一三七七
書史烈女傳後……一三七八
題莊似撰元池訪古圖卷……一三八〇
古藤詩思卷跋……一三八〇
題蓺圃圖冊後……一三八二

題先伯祖澂溪公遺像卷後……一三八二
跋吕語集粹……一三八三
跋人譜……一三八三
臨漢隱居詩話跋……一三八四
玉壺清話跋……一三八四
懷麓堂詩話跋……一三八五
硯箋跋……一三八五
法書攷跋……一三八六
禁扁跋……一三八六
跋函海所刻金石存……一三八七
名媛尺牘跋……一三八七
題陸包山山水……一三八八
李長蘅山水挂幅……一三八八
陳仲醇江南秋畫卷……一三八八
跋張文敏公畫梅花冊……一三八九
馬江香秋色小幀……一三八九
題一泉上人墨梅冊……一三九〇
跋華嚴經……一三九〇
龍舒淨土文跋……一三九一
書楞嚴經後……一三九二
再書楞嚴經後……一三九三
書佛頂蒙鈔後……一三九三
心經淺釋跋……一三九四
書王鶴溪昭慶寺修建記後……一三九四
題贈僧旭齡文冊……一三九五

春融堂集卷四十六　策　策問

殿試策進呈……一三九七
己卯順天鄉試策問第一道……一四〇〇
庚辰順天鄉試策問三道……一四〇一
辛巳會試策問二道……一四〇四
壬午順天鄉試策問三道……一四〇五
癸未會試策問一道……一四〇八

壬子科順天鄉試策問五道…………一四〇九

春融堂集卷四十七　記一

軍機處題名記…………一四一三
修長武縣學記…………一四一五
重興烏鎮社學記略…………一四一六
騰越州署草堂記…………一四一七
雲南布政使署記…………一四一八
疊水河觀瀑樓記…………一四二〇
揚子雲亭記…………一四二一
味初齋記…………一四二二
青乳齋記…………一四二三
萍廬記…………一四二四
三鶴堂記…………一四二五
袁又愷漁隱小圃記…………一四二六
鄂不軒記…………一四二七
履二齋記…………一四二八
駱佩香聽秋軒記…………一四二九

春融堂集卷四十八　記二

殷氏祠堂記…………一四三一
楓涇王氏祠堂記…………一四三二
陸氏義莊碑記…………一四三三
蔣氏祠堂碑記…………一四三四
修慈門寺碑記…………一四三五
大崇仁寺五百羅漢記…………一四三七
西安大興善寺重修轉輪藏經殿記…………一四三八
重修清華閣記…………一四三九
慈門寺新修鐘樓碑記…………一四四〇
湖州下昂邨清遠橋記…………一四四一
韓孺人畫像記…………一四四三
記畫…………一四四四

屈季超刻印記……一四四五
雙林寺硯記……一四四六
竹鑪記……一四四七

春融堂集卷四十九　記三

畢雨稼行旅圖記……一四四九
汪文端公松泉圖記……一四五〇
陶然亭雜集圖記……一四五一
授經圖記……一四五二
大樹山房圖記……一四五三
游珍珠泉記……一四五四
游龍泉記……一四五四
近華浦游宴記……一四五五
游雞足山記……一四五七
雅州道中小記……一四六〇
木耳占記……一四六三
美篤寺災記……一四六四

春融堂集卷五十　釋　辭　贊　銘
哀辭　誄　祭文

釋盧橋……一四六五
中峯水明樓辭……一四六六
游小鑑湖辭……一四六七
游歷下亭辭……一四六七
丁丑秋暮將有京雒之行門人汪心葵出楓林茅屋圖相示蒼厓紅樹如見故山因作楚詞貽之亦庸以志余感焉……一四六八
得古琴於市中上玉柱篆文曰蒼龍嘯月眂其空中有大宋雍熙四年及孤桐應鐘數字尚可微辨餘不能模寫矣因爲之辭刻于匣上……一四六八
壬寅小雪後顧觀察光旭曹員外焜枉顧寓齋適開化戴秀才敦元亦至同汎舟西湖

雨中小飲日晚言别乃作此辭…… 一四六九
題陸朗夫中丞畫像贊…… 一四六九
諸申之像贊…… 一四七〇
題顧治齋成志小照…… 一四七〇
見復齋銘…… 一四七一
硯銘…… 一四七一
蓮葉硯銘…… 一四七二
鄺湛若硯銘…… 一四七二
金生慰祖哀辭…… 一四七二
程荊南哀辭…… 一四七三
汪雲壑哀辭…… 一四七三
金孝子哀辭…… 一四七四
汪容甫哀辭…… 一四七五
郭文學誄…… 一四七六
祭山川風雨神文…… 一四七七
祭陣亡將士文…… 一四七八
祭山川旗纛諸神文…… 一四七八
太白山祈雨文…… 一四八〇
祭蘇雲卿文…… 一四八〇
祭王次山先生文…… 一四八一
祭孫虛船通政文…… 一四八二
祭沈歸愚宗伯文…… 一四八二
祭陳文勤公文…… 一四八三
祭來文端公文…… 一四八四
祭太保大學士尹文端公文…… 一四八五
祭御前侍衛副都統博君靈阿神柩歸京文…… 一四八六
祭穆荔帷文…… 一四八七
祭魯絜非文…… 一四八八
祭嵇文恭公文…… 一四八八
祭張太夫人文…… 一四八九
焚黄先墓文…… 一四九〇

春融堂集卷五十一　碑

慰忠祠碑……一四九一
碑陰……一四九三
郭舟山廟碑……一四九六
永昌王氏家廟碑……一四九八
重建永昌楊文憲公祠堂碑……一五〇〇
六賢祠碑……一五〇一

春融堂集卷五十二　神道碑

戶部侍郎署翰林院掌院學士夢公神道碑……一五〇三
刑部左侍郎贈尚書錢文敏公神道碑銘……一五〇六
工部右侍郎阿君神道碑銘……一五一〇
兵部尚書都察院右都御史湖廣總督贈太子太保畢公神道碑……一五一一

春融堂集卷五十三　墓志一

太子太保大學士謚文襄舒公墓志銘……一五一九
卹贈光祿寺少卿戶部主事趙君墓志銘……一五二四
雲南迤東道錢君墓志銘……一五二六
廣西柳州府通判朱君墓志銘……一五二八
誥封中憲大夫安徽和州州同知王君墓志銘……一五二九
湖北布政使朱君墓志銘……一五三三

春融堂集卷五十四　墓志二

甘肅涼莊道署四川按察使司顧君墓

志銘……一五三七
廣西巡撫孫君墓志銘……一五四二
四川鹽茶道王君墓志銘……一五四五
禮部員外郎前四川按察使司孫君墓志銘……一五四八
山西寧武縣知縣彭君墓志銘……一五四九
同知署廣西平樂府知府余君墓志銘……一五五一
廣西蒼梧道周君墓志銘……一五五三

春融堂集卷五十五　墓志三

惠定宇先生墓志銘……一五五七
江慎修先生墓志銘……一五五九
戴東原先生墓志銘……一五六二
都察院左副都御史陸君墓志銘……一五六六
詹事府少詹事錢君墓志銘……一五六八

春融堂集卷五十六　墓志四

都察院左副都御史申君墓志銘……一五七三
雲南沅江府知府商君墓志銘……一五七五
翰林院庶吉士吉君墓志銘……一五七六
翰林院庶吉士汪心揆墓志銘……一五七七
內閣中書舍人張君墓志銘……一五七九
翰林院編修嚴君墓志銘……一五八〇
翰林院編修蔣君墓志銘……一五八一
翰林院侍讀學士褚君墓志銘……一五八三
翰林院檢討前兵部右侍郎吳君墓志銘……一五八四
刑部員外郎汪君墓志銘……一五八七
浙江按察使陸君墓志銘……一五八九
前經筵講官都察院左都御史吳君墓志銘……一五九一

春融堂集卷五十七　墓志五

含山縣訓導蔡先生墓志銘……………一五九五
歲貢生陳先生墓志銘………………一五九六
寧國府教授施君墓志………………一五九七
金壇縣教諭葛君墓志銘……………一五九八
誥贈朝議大夫縣學生賀君墓志銘……一六〇〇
誥封中憲大夫中書科中書舍人劉君墓志銘……………………………一六〇一
文學楊君墓志銘……………………一六〇二
候選員外郎李君墓志銘……………一六〇四
碭山縣教諭瞿君墓志銘……………一六〇五

春融堂集卷五十八　墓志六

蔡希真墓志銘………………………一六〇七
邵珉高墓志銘………………………一六〇八
朱上峩墓志銘………………………一六〇九
羅臺山墓志…………………………一六一〇
蘇州府教授俞君墓志銘……………一六一二
黄仲則墓志銘………………………一六一三
張藴輝墓碣銘………………………一六一四
國子監生陸君潤之墓志銘…………一六一五
金誦清墓志銘………………………一六一六

春融堂集卷五十九　墓志七　志略　墓碣

節母陶孺人墓志銘…………………一六一九
張母吴太孺人墓志銘………………一六二〇
葉孺人墓志銘………………………一六二一
誥封許母胡夫人墓志銘……………一六二三
亡妻鄒氏志略………………………一六二四
芸書志略……………………………一六二五

許孺人志略……………………一六二五
汪容甫墓碣……………………一六二六
文學汪君墓碣…………………一六二七
振華長老塔銘…………………一六二八

春融堂集卷六十　墓表

翰林院編修朱君墓表…………一六三一
誥贈奉政大夫訓導馮君墓表…一六三三
翰林院侍講學士充國史館提調官邵君
墓表……………………………一六三四
河南道監察御史胡君墓表……一六三六
進士劉君墓表…………………一六三七
山東長清縣知縣朱君墓表……一六三八
蔣升枚墓表……………………一六四〇
江聖言墓表……………………一六四一
朱子存墓表……………………一六四二
文學呂君墓表…………………一六四四
貢生吳君偕朱孺人合葬墓表…一六四五
邵西樵墓表……………………一六四六
國子監生焦君墓表……………一六四七
湖北襄陽呂堰鎮巡檢王君墓表…一六四九
楊孺人墓表……………………一六五一
金孺人墓表……………………一六五二
法師劉君墓表…………………一六五三

春融堂集卷六十一　行狀一

太子少保協辦大學士刑部尚書諡
文勤阿公行狀…………………一六五五
太子太保東閣大學士梁文莊公行狀　…一六六一

春融堂集卷六十二　行狀二
太子太保武英殿大學士一等誠謀英勇公謚文成阿公行狀……一六六九
春融堂集卷六十三　行狀三　事略
國子監司業王公行狀……一六八三
先母錢太夫人事略……一七〇二
春融堂集卷六十四　傳一
顧在觀傳……一七〇五
陸振芬傳……一七〇六
沈荃傳……一七〇七
周洽傳……一七〇八
鄒允颺傳……一七一〇
周綸傳……一七一二
王原傳……一七一五
張德純傳……一七一六
周士彬傳……一七一七
胡寶瑔傳……一七一八
宋德宜傳……一七二〇
陸元輔傳……一七二一
吳偉業傳……一七二一
王掞傳……一七二三
春融堂集卷六十五　傳二　小傳
王原祁傳……一七二五
顧陳垿傳……一七二七
趙俞傳……一七二七
沈起元傳……一七二八

張鵬翀傳……一七二九
秦倬傳……一七三〇
王鳴盛傳……一七三二
曹仁虎傳……一七三四
吳西林先生小傳……一七三五
周斯盛太守小傳……一七三七
潘君上舍小傳……一七三九
繆君笏巖上舍家傳……一七四〇
節母黃孺人傳……一七四一
節孝孔母唐孺人小傳……一七四二
顧英小傳……一七四三
節母蔣孺人小傳……一七四四
女粹卿小傳……一七四五

春融堂集卷六十六　公牘一

與畢中丞……一七四七
與圖布政使薩布……一七五四

春融堂集卷六十七　公牘二

與顧鹽法道長紱……一七六一
與馮布政使光熊……一七六五
與陳布政使步瀛……一七六六
答敷副都統森布……一七六六
覆浦布政司霖……一七六七
致書安肅鳳道儀……一七六八
致鞏秦階道宋維琦……一七六九
與同州閔太守鑑……一七六九
與歐同知煥舒……一七七〇
與咸寧長安兩縣……一七七一
與楊蓉裳……一七七二
與南明書……一七七三
致蘇顯之去疾……一七七四

上兩江李制府……一七七五

春融堂集卷六十八　書事　雜著

書黄公纘事……一七七七
書奎公遺事……一七七九
新纂雲南銅政全書凡例……一七八〇
友教書院規條……一七八四
示戴生敦元……一七九一
示長沙弟子唐業敬……一七九二
示朱生林一……一七九五

春融堂集跋

跋……王肇和……一七九九
又……朱寶善……一七九九
又……王景禧……一八〇〇

輯佚

詩

雞鳴曲……一八〇五
企喻歌……一八〇五
秋懷……一八〇六
艾如張……一八〇六
西門行……一八〇七
渡江……一八〇七
江上聞笛……一八〇八
澄江夜泊……一八〇八
懷沈冠雲徵君……一八〇八
贈許丈子遜……一八〇九
秋懷寄吳澤均……一八〇九
白馬篇……一八一〇
戰城南……一八一〇

懷曹來殷……一八一一
苦寒行……一八一一
懷吳澤均……一八一二
送吳頡雲歸杭州……一八一二
真州夜泊懷趙升之……一八一二
尚湖夜泊……一八一三
清涼寺……一八一三
送人之武昌……一八一四
秋夕……一八一四
送潘璜溪之南陽……一八一四
雨霽宿橫雲山寺……一八一五
陳授衣江臯張喆士軼青以三泖漁莊詩見贈賦答……一八一五
過鴛湖懷家受銘西曹……一八一六
雪中盧雅雨運使招集官梅亭分得蓑字……一八一六
題家存愫蓑笠探梅圖三十六韻……一八一七
寄朱適庭……一八一八
舟中至夜……一八一八
寒夜登惠山……一八一九
雨夜……一八一九
牽牛花……一八一九
輓張蘊輝……一八二〇
將歸松江留別……一八二〇
邗江旅舍懷吳企晉……一八二一
九日……一八二一
易松滋陳授衣蔣秋涇招飲抱山堂遲予不至復以詩見憶賦此奉酬且爲志別……一八二二
細林山……一八二三
寄曹來殷……一八二三
送吳企晉之武林兼作黃山之遊……一八二三
春日雜感……一八二四
宮詞……一八二四

有憶……一八二五
春夜……一八二五
秋海棠次韻……一八二六
徐蘭墓……一八二六
絕句……一八二六
秋夜……一八二七
曉過虎丘偶作……一八二七
寄淩祖錫……一八二八
寄内時將往金陵……一八二八
題鳳喈洞仙歌詞後……一八二九
夢草書齋觀劇……一八二九
紅閨……一八二九
寄張鴻勳吳江……一八三〇
松陵驛前楊柳……一八三〇
畫竹……一八三一
題朱桂泉山塘雜詩後……一八三一
題畫菊……一八三一
西湖雜詠……一八三二
上之回……一八三三
春夜曲……一八三四
班婕妤……一八三四
綠墀怨……一八三四
超果寺遇雨……一八三五
坐湖橋問舊西湖故道……一八三五
讀兩漢書……一八三六
徐昭法先生畫馬……一八三七
入崇真道院謁四賢祠……一八三八
題趙升之秋江泛艇圖……一八三八
拙庵吳丈招同趙升之沙斗初黃芳亭陸聽三集遂初園有作……一八三九
題周山怡畫冊……一八四〇
吳淩雲運使招飲……一八四〇
盧雅雨運使招同張補山陳楞山朱稼翁三徵君金壽門布衣張喆士

通判董曲江庶常王載揚秀才沈學子陳授衣兩上舍及江賓谷集蘇亭賦江字四十韻……一八四一
暑中登燕子磯眺覽……一八四二
過小有天園……一八四二
答謝崑城編修……一八四三
祝豫堂典籍屬題曹雲西長江萬里圖……一八四三
詠柿聯句三十八韻……一八四四
病中偶作七言長句升之復次韻見示黃與亦斐然有作意欲迫人於險乃復和一篇以自解嗣後當以一丸泥封函谷任君輩濟河焚舟也……一八四五
獨飲和升之仍用前韻兼柬黃與……一八四六
書門人陳廣文綱齋詩集後……一八四六
題胡元謹秀才載酒圖卷……一八四八

題曹劍亭員外小影……一八四九
八月二十七日就莊夜坐有作……一八四九
廖古檀明府招同家條山孝廉劉伴霞鍊師及仲育游蘭筍山歸復修禊檀園再訂展上巳之會分賦得以字四十八韻……一八五〇
題李叟據梧圖……一八五一
九月二十八日雨雪同人小集以東坡岐陽九月天微雪已作蕭條歲暮心分韻得微雪二字……一八五二
爲袁子才題隨園雅集圖四十韻卽用其體……一八五二
夜坐……一八五三
沐堂山舍喜友人見過……一八五四
水明樓是吳企晉教諭築……一八五四
園居秋夕……一八五四
村居曉起……一八五五

春夜小飲……一八五五
題泖湖水閣……一八五五
憶湧月亭荷花……一八五六
曉渡吳溪……一八五六
葑溪夜行……一八五六
喜友人過訪……一八五七
寒山寺……一八五七
聞蟬……一八五七
衡門……一八五八
送人之桐廬……一八五八
虎丘……一八五八
遊何山……一八五九
懷翁霽堂徵君……一八五九
山居雨夕寄曹來殷……一八五九
夜坐橫雲溪館……一八六〇
雨夜懷張策時……一八六〇
蓉湖夜泊懷趙升之歸松江……一八六〇
題朱適庭荻浦夜漁小像朱適庭荻浦夜漁小像……一八六一
梅花小冊……一八六一
三峯……一八六一
懷朱肅徵卽題其鸎鵡集後……一八六二
留別……一八六二
寒夜有寄……一八六二
靖江夜泊……一八六三
憶鄧尉梅花寄沙斗初……一八六三
高唐州道中……一八六四
送汪東湖同年歸新安……一八六四
秋夜書懷……一八六四
宿遷……一八六五
揚州夜泊……一八六五
寄念亭……一八六五
廣陵春日寄曹來殷……一八六六
夜雨中由京口赴龍潭口號……一八六六

將歸松江別蔣敬持孝廉陳授衣江
皋兩上舍汪韡懷主事及張喆士
嚴東有諸君……一八六六
過桐鄉訪朱吉人不值……一八六七
泊丹徒……一八六七
秋山琴趣圖爲施定庵作……一八六七
除夕寄内……一八六八
懷宮九敘方伯劉印于侍講兼示鞠
謙牧編修……一八六八
別廣陵友人……一八六八
送李西華先生歸臨川……一八六九
送梁山舟編修歸錢塘兼寄齊次風
宗伯杭堇浦編修及大恆讓山二
長老……一八六九
寄懋膺律師……一八七〇
瀟照書堂卽事……一八七〇
秋夜懷吳企晉舍人……一八七一
寄念亭……一八七一
送吳澤均縣丞歸長洲……一八七一
題畫……一八七二
兩鬢……一八七二
贈歌者玉蘭和慶樹齋閣學……一八七三
土銼……一八七三
生春詩用元微之韻……一八七三
過淇縣懷景雲客孝廉……一八七五
懷中拂珊太僕……一八七五
自騰越隨師啓行……一八七六
在昔……一八七六
晚眺次韻……一八七六
秋夜次韻……一八七七
易羅池亭燕射廣庭先生以詩垂示
次韻……一八七七
廣庭先生復次前韻見示再成一律……一八七八
鞍背……一八七八

題畫冊……一八七八
黃仲則諸子過蒲褐山房小集……一八七九
清河道中別鄂樓……一八七九
題吳蓉洲秀才讀書秋樹根圖……一八七九
寄慶似村……一八八〇
渭南見余少雲秀才華州見毛羅照舍人畫皆亡友遺墨也感而有作……一八八〇
灞橋有寄……一八八一
將赴滇南寄別半庵石華兩宗老……一八八一
題慶晴村抱子圖……一八八一
檀園展上巳修禊詩分得嶺字……一八八二
重至京師宿西莊兄齋中口占爲贈……一八八二
題竹柏樓居圖……一八八三
題小檀欒室讀書圖……一八八三
法源寺八詠之遼幢……一八八三
題李西齋詩……一八八四
題守瓶公小像……一八八四
題觀潮圖……一八八五
題羅聘鬼趣圖卷……一八八五
爲袁簡齋題十三女弟子湖樓請業圖……一八八六

詞

憶真妃（涼風夜度南樓）……一八八七
臺城路（蕭蕭梅雨池塘暮）……一八八七
臺城路（長堤疎柳蟬嘶斷）……一八八八
滿江紅（芳信天涯）……一八八八
如夢令（門外馬嘶亭堠）……一八八九
解連環（暈霞酥臉）……一八八九

文

答簡齋先生書（三通）……一八九一
履二齋尺牘（十五通）……一八九四
與楊蓉裳尺牘（七通）……一九〇二
杏花春雨樓尺牘（六通）……一九〇七
致錢大昕尺牘……一九一〇

致吳錫麒尺牘……一九一〇
致洪亮吉尺牘……一九一一
答王鐵夫書（二通）……一九一二
與張希和書（二通）……一九一四
與平恕書……一九一五
致朱爔手札（二封）……一九一八
致王瑞鏡手札……一九一九
致錢維喬手札……一九二〇
王昶手札（二封）……一九二一
致顧張思手札……一九二二
說文引經考序……一九二二
唐詩錄序……一九二三
重刻江湖群賢小集序……一九二四
王方伯詩文全集序……一九二五
清素堂詩集序……一九二六
漢皋集序……一九二七
心武殘編序……一九二八
榮性堂集序……一九二九
諧鐸序……一九三〇
練川五家詞選序……一九三一
同岑詩選序……一九三二
天下書院總志序……一九三三
墨花禪印譜序……一九三五
曹慕堂先生碑銘志傳逸事冊跋……一九三五
王元章墨梅長卷跋……一九三六
張玉川夢游竹葉庵圖跋……一九三七
老子道德經跋……一九三七
杜少陵詩跋……一九三八
水心文集跋……一九三八
張氏集注百將傳跋……一九三九
綠曉齋集跋……一九三九
蔡中郎年表識語……一九四〇
讀易感言……一九四〇
寶山縣學記……一九四一

金鼓洞御製詩碑紀……一九四一
陳忠裕公像贊……一九四二
婁東書院祭先賢文……一九四二
王公師李墓志銘……一九四三
放生會引……一九四四

附錄

附錄一 輯序
王述菴先生文集序……施朝幹 一九四九
述菴文鈔序……姚鼐 一九五〇
述庵詩鈔序……施朝幹 一九五一
述庵詩稿序……汪學金 一九五二
附錄二 述庵先生
年譜……嚴榮編 一九五五
附錄三 傳記資料……二〇一一
附錄四 評論……二〇二三

春融堂集

春融堂集序

總序

魯嗣光

天下豪傑奇儁之士，代不乏人，要必有一二鉅儒以爲一時之宗。夫奇傑之士，材藝角出，行能殊别，各不相下，各不相能，豈其性情之有異歟？抑其材力之有偏歟？蓋勤心學問，殫精畢慮，而卒專門名家，以其業自見于天下，固亦卓然自立、不隨流俗之人也。而所謂一二鉅儒者，包孕富有，博大醇懿，恢恢然莫窺其涯涘，渾渾然莫窮其底蘊也。海内一材一藝之士，欲彷彿其形似而卒不能得，即出生平憔悴專一之業以相較，而亦不能逮也，是非天生之以爲一時之宗歟？

青浦王述庵先生，自少以通經史、工詩文名海内，一時才士望風景和，如恐不及，而于其學問之邃、用心之密，則或未之盡知也。先生壯年成進士，服官中外歷數十年，由中書舍人位至司寇，所處皆繁劇。當其出塞從軍、入掌内制，孳孳矻矻，手一編不置。其後予告在籍，年逾七十，猶復懷鉛握槧，無少休日，蓋其勤于學如此。先生治經，博通注疏，精研義理，兼采諸家之説，而以漢、唐爲宗。爲古文，自周秦以至百家，無不博取，要以《史》、《漢》、韓、歐諸家爲宗。至于作詩，自魏、晉、六朝以迄元、明，無不偏覽，要必以杜、韓、蘇、陸爲宗。蓋才力原于天授，而博觀約取，其宗法一出于醇正，不襲古人之形貌，而神理氣味無不與之符合，宜乎海内材藝之士傾心愛慕，爭師事之，惟恐不及也。夫世之以材藝名者，或長于詩，或長于文，能其一亦足以名家矣。至于詩與文兼長，而又能合經史、詞章而一之者，則自韓、歐、蘇、曾、虞、揭諸君子而外，殆不多覯焉。若先生，豈非天所篤生以爲一時學者之宗乎？

先生爲人，風裁高潔，性情和易，而尤愛惜人才，培植士氣，雖偏長薄藝，亦奬勉交至，惟恐其材之不就，其肫誠懇摯待之，一出于天性，若不知其然而然。嗣光年二十三從先君子謁先生于京師，辱先生所以期許之者甚至，時先君子方出令山西，先生爲贈序以寵其行。其後六年，再見先生于太倉州，而先君子已前卒，先生執手道故，悽愴太息久之。又三年，先生重來京師，嗣光亦以試禮部至京，先生示以《春融堂集》，且命之序。顧先生屢典文闈，門生通籍遍天下，自惟譾陋無似，不足窺見先生于萬一，讀先生文集，乃益憬然于鉅儒之有數，而爲一時學問之士幸也。

嘉慶四年夏，新城魯嗣光撰。

文序

法式善

有盈不能無虚者，天也；有豐不能無嗇者，地也；有盛不能無衰者，人也；而維持於古今絶續之交，綿綿延延，虚而盈、嗇而豐、衰而盛者，文章而已。文章之途不一家，弋功獵名者無論已，即一二好奇嗜博之士，瀏覽諸家，弗求歸宿，出其性情以成其術業，有失之隘者焉，有失之偏者焉。夫日羅載籍，低首下心，一名一物辨析于幾微疑似之間，窮其理而致其曲，僅自怡悦而已，綱常名教何裨益乎？

甚或膠持己見，入主出奴，是猶味棗栗之甘，遽詆薑桂之辛烈也，可乎哉？

述庵先生見解超邁，根柢深厚。方其少年，結客名場，東南耆舊，俱及薰炙之，耳濡目染，醞釀已深。其後橐筆承明之廬，得悉國家掌故、因革損益、大經大法。及編撰典籍，發凡起例，半出先生手定，先生之遭遇可謂厚矣。乃造物又恐其奇險之不備涉也，萬狀之不盡窺也，驅諸荒徼，淬厲其精神，振盪其胷臆，山川巖谷之阻，鳥獸草木之奇，妖星之灼人，鬼雄之吐氣，時時在心目間。當夫餓馬悲鳴，窮蠻夜哭，先生惻然；上帳請纓，入關奏凱，先生凜然；旬宣萬里，司寇五年，先生秩然。嗚呼！何其志之大也，何其文之偉也。蓋嘗卽其閲歷，徵諸篇章，所著《春融堂文集》，又能貫串羣經，陶鎔諸子。考據之文，期於綜古今也；辨論之文，期於窮識見也；闡幽抉奧之文，期於教忠孝而動鬼神也。一代之典常，四方之風土，胥於是乎在。徒驚其藻采高翔，猶淺之乎視斯集矣。

近日制古文家，推袁簡齋、朱梅崖，然簡齋失之偏，梅崖失之隘。先生文不名一家，又無一家不受其籠罩，較二公固已勝之。由是溯接鈍翁、西河、竹垞而上，班、馬、韓、歐之遺緒，將賴先生以維持于絕續之交而不墜焉。區區之心，固不僅爲先生一時私幸也夫！

長白法式善序。

又〔一〕

趙懷玉

今海內操觚之士，其趨不出二端：曰訓古之學，曰詞章之學。通訓故者，以詞章爲空疎而不屑爲；工詞章者，又以訓故爲餖飣而不願爲。膠執己見，隱然若樹敵焉。夫董生、揚子奧於文，於經未嘗不深；匡鼎、劉向邃於經，於文未嘗不茂。彼好爲異同，交相訾議，必其中有所歉，淺之乎窺古人，而意猶未盡融也。若去二者之弊，又克兼二者之長，則世頗難其人，而人且宜以爲法，吾於侍郎述庵先生見之。

先生年三十成進士，又三年以奏賦授中書舍人，入贊機庭，出參幕府，荷朝廷倚畀之重，躋位卿貳。雖事務殷湊，戎馬倥傯，無一日廢書。所過名山大川，窮極幽阻，暇則與賢士大夫相劘鏃。凡可以爲文之助者，是非得失悉以自鏡，蓋數十寒暑於茲。門下士定其所爲《春融堂文集》四十卷〔二〕，懷玉受而讀之，其考古也覈，其尚論也嚴，其扶奬人倫也力，其攄發性情也摯。國家之掌故與邊防之利病，皆灼然洞本末。自名公鉅卿以逮通人宿儒，志狀之出，類得一言以爲華，碑版流傳，照耀四裔，何其盛歟！

先生治經，淹貫衆說，有《九經揭櫫》若干卷。雅好碑版文字，輯《金石萃編》一百六十卷，又裒輯平生師友詩文以行於世，凡百餘卷。著述等身，亦可謂富矣〔三〕。自其少時，即以說士爲己任，既通顯，有一藝來謁，津津樂道弗置，初不設畛域于胷，故人多樂從之游。夫取諸人以爲善，善莫大焉，豈直爲文云爾哉？世之膠執己見、交相訾議者，讀先生之文，必將驚其浩博，服其精審，心折意消，有不可及之歎，以爲直能合訓故、詞章而爲一，而非偏於習尚、泥古而未融者所可相提並論也。懷玉譾陋，不足究先生文，辱知愛，謂可與語，敢就所見以相質焉。

武進趙懷玉撰〔四〕。

【校記】

〔一〕 此文序，亦載於趙懷玉《亦有生齋集》（道光刻本，以下簡稱『趙集』）文卷三，題作『王侍郎述菴文鈔序』，略有異文。

〔二〕 門下士定其所爲《春融堂文集》四十卷，趙集作：『頃始定其所爲《述菴文鈔》二十卷見示，曰：「昔人有言，學者如牛毛，成者如麟角，傳之與否，殆有命存。予文多爲人代草，亦有出自他手而傳予名者，今皆不敢闌入，先後掇拾，如是而已。」』

〔三〕 『淹貫衆說』至『亦可謂富矣』，趙集作：『宗鄭君，雅好金石文字，著錄之夥，幾於等身。又裒集平生師友詩文，以行於世。』

〔四〕 武進趙懷玉撰，趙集作『嘉慶元年春正月』。

詩序

吳泰來

余與述庵先生別，又四年矣〔一〕。今年夏，先生以觀察來秦，遇于西安〔二〕，余請其集而讀之〔三〕。先生云：『我兩人以文字交久，知我深者莫如君，願道所以爲詩之意，弁于簡端。』嗚呼！先生之詩學至矣。

余嘗聞其緒論曰：『詩之爲道，偏至者多，兼工者少，分茆設蕝，各據所獲以自矜。學陶、韋者，斥盤空硬語、妥帖排奡爲麤；學杜、韓者，又指不著一字、盡得風流爲弱。入主出奴，二者恆相笑，亦互相絀也。吾五言詩，期于抒寫性情，清真微妙；而七言長句，頗欲擬于大海迴瀾〔四〕，縱橫變化。世之偏至者，或可以無譏也歟？』又曰：『士大夫略解五七字，輒以詩自命，故詩教日卑。吾之言詩也，曰學、曰才、曰氣、曰聲〔五〕。學以經史爲主，才以運之，氣以行之，聲以宣之〔六〕。四者兼，而弇陋生澀者庶不敢妄厠于壇坫乎？』又曰：『尊賢友士〔七〕，立懦廉頑，後世誦詩〔八〕，所以尚論也。如少陵之上哥舒翰、贈張垍、與蘇渙，吾猶目以失言，況其下者？近代集中，取友之嚴，莫如亭林、漁洋、竹垞三公〔九〕，吾竊奉以爲法焉。』蓋先生命意如此。嗚呼！誦先生之言，可以知先生之詩矣。

余以丁卯定交于秦淮〔一〇〕，己巳從宿松假歸，隨先生於吳門，蓋七八年山水之游、花月之坐，無不共也。而先生乃以召試入内閣，迄今計二十四年〔一一〕，因舉其緒論以還質之，俾誦是集者識所嚮往焉。先生直内制、掌機密最久，既而立功邊徼，受聖天子不次之擢，洊歷中外臺，而被服儒素，專心風雅，壹以詩教厲天下，則是集實爲質的。由其論而思之，詩學之盛必有徵也，於是乎書。

長洲吳泰來〔一二〕。

【校記】

〔一〕此詩序，亦載於經訓堂本卷首，題『原序』。又，經訓堂本《述庵詩鈔》作『十』。

〔二〕遇，經訓堂本上有『復』字。

〔三〕余請，經訓堂本下有『出』字。

〔四〕擬于大海迴瀾，經訓堂本作『幾於驅使典籍』。

〔五〕聲，經訓堂本作『調』。

〔六〕聲以宣之，經訓堂本作『調以舉之』。

〔七〕友，經訓堂本作『取』。

〔八〕誦詩，經訓堂本無。

〔九〕漁洋竹垞，經訓堂本作『竹垞漁洋』。

〔一〇〕定交，經訓堂本作『識先生』。

〔一一〕計二十四年，經訓堂本作『又二十八年矣』。

〔一二〕長洲吳泰來，經訓堂本作『乾隆四十八年臘月侍生吳泰來序』。

又〔一〕

王鳴盛

余少工詩，粗構一隅〔二〕，于古作者之波瀾房奥懵然未有所得。其後從家述庵游〔三〕，與之上下其議論，不覺心開目明，始得稍稍窺見六義之指。

述庵之言曰：『詩之爲教，雖小夫婦人一語稱工，輒能傳世；而論其極，則學士大夫窮老盡氣，翦刻規橅，往往不逮。唐、宋以來號大家者，代不數人，斯其故何歟？宋、元君之命史作畫也，其始，儃然不趨，其既，解衣而槃礴。鄭師文之學琴也，内得于心而外應于器。彼皆全乎天者也。文章之能事，惟詩境爲最闊，而其感人亦最微。若唐、宋諸大家，詩外皆有事在。當其休乎天鈞而根器學問，心精骨力，悟詣才鋒，遂種種湧現于詩。後之人乃逐影而求之，詎有當歟？』述庵性質篤厚，而神觀超越，懸解獨契，能照澈古人心髓于千世之上。興酣搖筆，急起而追之，故持論如是。蓋其宗法之高、鑪鞴之妙，皆勝予數十籌，而餘子之退舍卻步，又無足道矣。

曩丁卯秋，初與述庵會于長干水榭〔四〕，自後離合不常，惟巳、午、申、酉四年，同客臨頓里，過從極歡。〔五〕甲戌同居南宫〔六〕，予留京師而述庵轉客濟南，予送之廣寧門外，執手悽咽，悵悵不能去，佇立道旁，望其車塵漸遠，乃彳亍回寓。今追憶，惝怳如昨日事，蓋吾兩人離別未有如是之久者。而述庵別後詩益奇，合前後所作，都爲一集寄示。予發而讀之，奄有衆妙，不名一體，挹《風》、《騷》之趣，規開、寶之格，而擺脱凌轢，演迤涵嚌于蘇、陸之間〔七〕，中有天焉，而不可以人力與也。洵乎其爲今代一大宗無疑矣！

予入都以後詩，如拙工之畫、俗師之琴，舐鉛和粉，鉤弦柱指而已，天不存焉爾。蓋離羣索居，所得日以頽墮〔八〕。回念昔日相從，山游水汎，塗嬉巷飲，每遇會心，狂呼大叫以相娱，未知平生何日再得此樂。序述庵之詩以貽之，庶幾述庵之有以進予也。

嘉定弟鳴盛〔九〕。

【校記】

〔一〕此詩序，亦載於《四家》本、經訓堂本卷首； 王鳴盛《西莊始存稿》（乾隆三十年刻本，以下簡稱『《西莊》本』）卷二六亦收，題作『王琴德詩集序』。《西莊》本異文略夥，擇其要者出校。

〔二〕粗構，《四家》本、《西莊》本作『祖構』。

〔三〕述菴，《四家》本、《西莊》本作『琴德』，下同。

〔四〕『曩丁卯秋』至『長干水榭』，《西莊》本作『曩丁卯歲初，與琴德會于金陵，旋別去』。

〔五〕『惟巳、午、申、酉』至『過從極歡』，《西莊》本作『己巳、庚午，同客吳門，予居桃花塢，琴德寓滄浪亭畔，間數日輒相見，詩篇詶和頗多』。

〔六〕居，《四家》本作『舉』。

〔七〕蘇陸，《四家》本作『坡谷』。

〔八〕所得，《四家》本上有『故』字。

〔九〕嘉定弟鳴盛，《四家》本作『乾隆二十有一年十二月四日，弟鳴盛謹撰於京師珠巢巷寓舍』。

詞序

錢大昕

詞者，詩之餘也，而古今才士多不能兼此二者。有宋三百年間，如美成、邦卿、君特、公謹、中仙、叔夏諸君子，卓然爲詞中大家，而其詩率不傳。惟姜堯章《白石道人集》、陳君衡《西麓漫稿》，詩差清曠可喜。至眉山、劍南，偶作長短句，亦未爲擅場。甚矣！人之才力有限，而兼而工之者之難得也！

吾友王君述庵〔一〕，以詩名聞吳會間，酒酣刻燭，拈韻賦詩，纚纚成數千百言。〔二〕間復倚聲樂府〔三〕，偷聲減字，慢詞促拍，一一叶於律呂。其選言也新，其立意也醇，緣情體物之作，清新婉約，出入《風》、《雅》，有一唱三歎之音。〔四〕予素不能詞，而東南詞家多能識之。吾鄉趙飲谷徵君、王鳳喈孝廉，長洲顧祿百上舍、吳企晉外翰，上海趙升之、張策時兩文學，尤其傑出不羣者。顧於述庵之詞，交口推服無間言，信其詞之工而必傳於後無疑也。

述庵家在九峯三泖間，有山可游，有水可釣，竹樹蕭森，林木翳如。又與溪朋酒友日相往來，結樓吟嘯其中，春秋佳日。〔五〕相與按《蕢洲漁笛》之譜，和《圭塘欸乃》之集。其得山水之助如此，宜其詩詞之無不工也。讀述庵之詞者，無徒以詞人目之可矣。

嘉定錢大昕序〔六〕。

【校記】

〔一〕此詞序亦載於天一閣藏王昶撰《紅葉江邨詞》卷首。「述庵」，《紅》本均作「琴德」。

〔二〕「千百言」後，《紅》本多一句：「其詩專宗盛唐，自元和、長慶以下，皆置不學。」

〔三〕倚聲樂府，《紅》本作「倚聲爲樂府」。

〔四〕「三歎之音」後，《紅》本多數句：「無叫囂淫哇之習。每一脱稿，而有井水處，無不能歌之者。」

〔五〕結樓，《紅》本作「結三椽老屋」。

〔六〕此句《紅》本序作：「嘉定同學弟錢大昕。」

補刻春融堂集序〔一〕

俞　樾

青浦王蘭泉先生，以名進士由召試起家，官至九列，揚歷中外，典領兵刑。乾隆時王師征緬甸、征小金川，先生與其役，崎嶇戎馬間，戰功甚多。其陳臬江西，以六十餘日決獄百餘，蓋文學、武功、政事三者兼長，卓然爲一代名臣，非止以著述傳也，而著述亦自足千古。先生少時與王鳳喈、吴企晉、錢竹汀、趙升之、曹來殷、黄芳亭諸公齊名，號吴中七子。及在京師，與朱笥河互主騷壇，有南王北朱之目，海内知與不知，皆稱爲蘭泉先生。其所居曰春融堂，蓋以刑部侍郎告歸，高廟有「俟春融南歸」之命，述天語，誌恩榮也，故其所著詩文全集卽以『春融堂』名。兵燹之後，版本故在，但殘缺不全，未能摹印，於是其邑中諸君子謀補而全之。會有間，款言於邑侯錢怡甫大令，鳩剞劂之工而從事焉。怡甫大令念先生爲其五世祖門下之門生〔二〕，而又與籜石侍郎同官數十年，時相唱和〔三〕，有累世通家之誼，乃又捐廉俸以助其成，缺者補之，漫漶者亦重刻之。既畢工，求序於余，余之譾陋，何足序先生之書？且先生之書亦豈以余言爲重哉？

惟余博觀宋代諸家之集，楊億《括蒼》、《武夷》等集一百九十四卷，而今止存《武夷新集》二十卷；曾肇《曲阜》等集九十二卷，今止存四卷；李廌《濟南集》二十卷，今止存八卷；張舜民《畫墁集》一百卷，而今止存八卷；其甚者，晏殊文集多至二百四十卷，而今止存一卷；卽幸而如王禹偁之《小畜集》，固尚完善，而其外集十三卷，則自第一卷至第六卷皆闕矣；沈括之《長興集》亦尚可讀，而卷一至卷十二並闕，卷三十一又闕，卷三十三至四十一又闕，則闕至二十二卷之多矣。夫自唐季至五代，卽有雕印書籍之事。貫休《禪月集》，方外之書，尚爲刻印流傳，則宋代名公之集自必皆有刻本，乃任其殘缺，不爲補刊，當時士大夫不得辭其責矣。

青邑諸君子惓惓於鄉哀之遺書〔四〕，不敢廢墜，此固先生之珠光劍氣，自不可掩，而諸君子抱殘守闕之功，與怡甫大令篤念故家、興廢舉墜之雅意，亦有不可沒者矣。先生之書，雖不以余言爲重，而補刻先生集之盛舉，則不可不著，余所以不辭而爲之序也。

光緒十有八年歲在玄黓執徐閏月，德清俞樾〔五〕。

【校記】

〔一〕此序，亦載於俞樾《春在堂襍文》（光緒二十五年彙印續刻《春在堂全書》本，以下簡稱『俞本』）五編卷六。

〔二〕『五世祖』下，俞本有『文端公』三字。

〔三〕唱和，俞本作『過從』。

〔四〕青邑，俞本作『青浦』。

〔五〕『光緒』至『德清俞樾』，俞本無。

重修春融堂集序

錢志澄

乾隆中葉，我五世祖文端公致仕里居，與長洲沈文慤公主持風教垂二十年，時則江浙有二大老之目。又二十年，而青浦王述庵先生繼之，碩德耆儒，後先鼎峙。先生於吴中七子知名最蚤，自文慤選其詩而名益起。乾隆辛巳，先文端祝釐入都，訪先生寓齋，談藝竟日，時先公年已七十有六，先生纔三十八耳。洎癸丑乞休，年亦七十矣。是時海内清平，日與二三朋舊校刊所著書，提奬後進，遠近從游受業者虚往實歸，坐席常滿，蓋優遊林下又十餘年。先公而後，東南壇坫之重，未能或之先也。志澄少聞先人論詩古文辭，若辨證古碑刻同異，輒稱道先生，私竊歎慕。光緒甲申，來宰青溪，得縣誌，猶先生原本也，喜甚。因訪求未刻諸稿，則子姓兵後式微，遺書板亦佚亡過半，爲慨惜久之。

先生於學無所不通，不屑屑於章句，所著《金石萃編》、《湖海文傳》、《詩傳》等詞章考據之屬如干種，《太倉州志》、《銅政全書》等掌故地里之屬如干種，都五百餘卷，並蚤刊行。其未刊者，若《天下書院考》、《法藏經籍志》、《朝聞錄》等稿本，尚十餘種，可謂富有矣。此《春融堂集》六十八卷，尤畢生心力所萃，眇思自出，不名一家，而凡師友見聞身世離合之故與夫性情學術治行本原，胥於是乎在。近歲諸行省設局刊書，徵求文獻。吳自軍興以來二百餘年，老師宿儒，專家鉅製，若存若亡；官私行本，時時間出。先生遺著諸舊刻，亦頗掇拾流播於灰燼之餘，或先後輯廁叢書中，大較犄備。獨是集傳本幾絕，原板漫漶殘闕特多，擬重刻之，而難其費，遷延至今。

夫興廢舉墜，表彰前賢，官師之責，鄉人士君子之所宜有事也。今春有以修補是集爲請者，遂慫恿之撥公款助剞劂，不足則捐廉以要其成，蓋距先生手校時已九十餘年，吳平亦三十年矣。是舉也，不惟都人士故家喬木之懷不能自已，抑亦先生博學孱守心得之精微有不可得而終閟者也。刻既成，請爲之序。自顧譾陋，於先生之書茫乎莫測涯涘，何能贊一辭？獨念先文端之識先生，始由錢文敏維城，文敏爲先公乙丑所得士，而先生實出其門，又與我籜石少宗伯同官十數年，時相唱和，並選列於《湖海詩傳》中。是則先生之於我錢氏，仍世交親，切劘最久。余又適承乏於是，獲觀斯集之成，挂名其間，誠生平之厚幸。而兩家文字淵源，固宜爲邦人所樂而興起者，雖甚無似，其敢以不文辭？爰述舊聞，並次先生譔著之大凡，書諸簡首，用自誌其景仰之私，且使續訪遺編者取證焉。

光緒十有八年歲次壬辰十月，嘉興錢志澄謹序。

春融堂集卷一　蘭泉書屋集　辛酉　壬戌　癸亥　甲子

練時日

練時日，亶吉蠲。昭爛爛，升燔烟。耤蕭薌，張帳筵。憺惚怳，睎幽玄。儼有對，諲且虔。靈之旗，紛般裔。翳金支，蔭華旆。樹苓麗，總容衛。靈之車，瑲鸞鈴。扶列缺，奔猋霆。厲玉軑，震砿砿。靈之來，頖修門。忽晻靄，臨周軒。窅若豫，歆脤膰。靈之坐，設沉齊。晉瑄玉，羞豐犧。鏗鼖鎛，兼拊篪。武宿夜，參以馳。神鬱搖，恣攬嬉。靈奚虞，眷惇德。微揆著，孚九極。胥竫人，噓濊澤。媿泰元，桐生息。用綏祉，錫褫祥。裔慶蒸，握譽光。長離儀，秋蹌蹌。戩元祐，申無疆。永億秭，楙樂康。

帝臨

帝臨中壇，五神祇承。粵耀魄寶，太微感生。東靈威仰，西白招拒。北汁光紀，南赤熛怒。惟含樞紐，是相是俌。齋夙翼若，瘞薶作昌。郝郝繹繹，化柔種剛。施暨枯槁，靈示用長。

齊房

有苗其跗，有煒其華。玄精曼羨，雲陽之都。聖德夏崇，迺禧在宫。神賁匪慆，聿彰懿恭。

景星

景星掞燿，燭象穹宇。依躔離斗，祥氛霄聚。赤青三氣，赫戲璣璇。周伯格澤，相次爛然。汾脽寶鼎，靈德以宣。揆元攸卒，粹精是諴。蒼萌黄芽〔一〕，迺契浸潭。犮符施況，報敢弗欽。實柴璧邸昭幽宗，蕿鼓坎坎殷廟宫〔二〕。溢童常羊行若馮，旄羽茀離卑以崇。華始浩倡諧洪厖，瑶席朘食醍齊從。和酸若苦烝殽隆，曜靈西奄纖阿東。天門詄蕩精熊熊，昌光抱戴縣兆同。川珍嶽貢明應豐，歆雲助期景命融。綿千億禩祚聖躬。

【校記】

〔一〕　蒼萌，《七子》本、《四家》本作「玄萌」。

〔二〕　蕿鼓，《七子》本、《四家》本、經訓堂本均作「蕿鼗」。

楊柳篇

寒律移新序，芳時及豔陽〔一〕。乍見垂楊臨玉所，漸看細柳拂銀塘。銀塘玉所春方早，妝成碧玉多繚繞。密樹雙棲並命禽，疏枝共宿相思鳥。文禽幽鳥向人啼，十里濃陰望欲迷。每先南國桐花放，長伴西津蕙葉齊。隱隱朝烟籠繡陌，迢迢春水生蘭澤。貴主樓臺到處移，上公甲第爭先植。翡翠窗邊影乍黃，茱萸網外絲初碧。小侯長樂更繁華，日夕狂游事狹邪。官渡營前迴玉勒，永豐坊外駐香車。更衣愛市臨邛酒，側帽微搴鄠杜花。誰家宛轉開羅幕，何人窈窕臨珠箔。葉裏當壚紫玉釵，林間挾瑟黃金索。挾瑟當壚極望同，倡家妓館盡青葱。濛濛露濕蘼蕪逕，漠漠烟迷芍藥叢。可憐花滿靈和殿，可憐月照宜春苑。婀娜遙傳鳷鵲樓〔二〕，低徊斜拂鴛鴦幔。金屋通宵奏鳳笙，玉堦永日移虬箭〔三〕。班女蘭房怨早鶯，楚妃椒寢懷歸雁。別有扶風織錦人，年年歲歲對芳辰。心悲驛路飄香絮，目斷江隄起麴塵。麴塵香絮相思處，黃榆遙憶龍城戍。塞北胡笳信未通，江南玉笛愁難度。江南塞北共青青，況復分攜向短亭。渭城細雨情何極，灞水斜陽淚欲零。此時楊柳春如夢，此時畫閣春陰重。對鏡臺前憶舞鸞，吹簫樓上誰招鳳。金閨寂寞度華年，傅粉熏香整翠鈿。畫成眉黛無人見，瘦損腰肢只自憐。腰肢眉黛多悽惻，坐挽柔條長嘆息。不作亭皋解佩身，寧招梁苑彈琴客。惆悵延年一曲歌，芳暉欲晚感蹉跎。應知紅杏累花盡〔四〕，應惜青梅落實多。青梅紅杏開還謝，金鋪又見飛綿下。北館悠悠拂畫橋，東郊冉冉凝雲榭。畫橋雲榭迴生愁，無那年光易報秋。斷腸明月烏啼夜，搖落西風杜若洲。

【校記】

〔一〕　及黯陽，經訓堂本作『入黯陽』。

〔二〕　遙傳，《七子》本、經訓堂本作『遙垂』。

〔三〕　移蚪箭，《七子》本、經訓堂本作『虛龍聲』。

〔四〕　累花，《七子》本、經訓堂本作『繁花』。

送人之武林

渺渺西泠路，烟波唱《竹枝》。梅花高士宅，芳草水仙祠。細雨停官舫，輕風颺酒旗。蕭孃遺蹟在，愁絶柳如絲。

贈張行人大木先生梁〔一〕

久向人間作歲星，翛然山澤緬儀型。縹緗自檢高人傳，花藥先開佚老亭。西磧梅香笻杖健，南湖蓮放釣船停〔二〕。蕉衫篛笠神仙似，團扇圖來又畫屏。

【校記】

〔一〕　詩題，經訓堂本作『贈張幻花先生』。

〔二〕　蓮放，經訓堂本作『蓮葉』。

皇甫林弔陳黃門子龍故居〔一〕

湘真遺閣久飄零，細柳新蒲滿夕汀。正則懷沙魂未散，萇弘藏血墓誰銘。東吳賓客開壇坫，北地文章示典型。所惜玉樊俱泯滅，雲旗風馬共揚靈〔二〕。

故國銅駝已寂寥，寧終瓶盎侶漁樵。乙酉四月後黃門已易僧服。申徒抱石心猶壯，正則懷沙恨未銷。遺宅遠連吳會樹，靈旗怒捲海門潮。玉樊一種荒涼盡，更有何人賦《大招》。謂存古太史。

【校記】

〔一〕此詩底本僅錄第一首，第二首係據經訓堂本補。詩題，《七子》本、《四家》本、經訓堂本作『過陳黃門故居』。

〔二〕《七子》本、《四家》本、經訓堂本此詩詩句多有不同。詩云：『湘真遺閣久飄零，烟柳風蒲滿夕汀。故里尚傳元亮井，行人猶識子雲亭。東吳賓客新壇坫，北地文章舊典型。太息華林殘劫後，荒祠落日泣英靈。』《四家》本除『文飄零』作『半飄零』，『元亭井』作『元亮館』外，其餘全同《七子》本。經訓堂本除『久飄零』作『半飄零』外，其餘全同《七子》本。

送別

春水送行舟，春江起暮愁。花殘金屈膝，歌牘玉搔頭。細雨蘼蕪逕，香風杜若洲。踏青攜手地，何日繼清游。

采蓮曲

江南烟雨新波漲，白蘋紅蓼秋江上。浥露芙蕖曉盡開，迎風菡萏遙相向。蓮葉蓮花一望同〔一〕，鴛鴦翡翠滿芳叢。澄潭遠嶼參差見，曲檻迴橋宛轉通。此時越女妝成早，弄珠拾翠思芳草。自放蘭橈向曲池，親攜桂楫臨華沼。池沼水沄沄，相思隔曉雲。紅衣明玉腕，翠蓋映羅裙。羅裙玉腕情何極，相逢細語垂楊側。北渚將迴青翰舟，西津猶駐黃金勒。杳杳微聞《水調歌》，西風欲起奈愁何。紅蓮結子心終苦，碧藕牽絲恨轉多。殘霞散綺天將暮，回首雲中明月吐。滿船涼露濕吳衫，畫樓燈火催歸去。惆悵關山人未歸，涉江望遠淚霑衣。祇愁蘭澤清霜下，寂寞横塘墜粉稀。

【校記】

〔一〕一望，《七子》本、經訓堂本作『極望』。

螢

燕城舊苑事俱非，又向深林幾處飛。梅雨池塘時遠近〔一〕，藕花庭院見依稀。畫簾月暗光初度〔二〕，書幌烟深影漸微〔三〕。最是新涼團扇底，有情夜夜照羅衣。

【校記】

〔一〕遠近，《四家》本作『近遠』。

〔二〕畫簾，《四家》本作『珠簾』。

〔三〕書幌，《四家》本作『綉幌』。經訓堂本作『羅幌』。

東菴夜宿

空山蘭若靜，況復近深秋。清露滴苔逕，夜寒生竹樓。月高香梵寂，風急磵泉流。此夕東林社，緇經對惠休。

宿靜長書屋在横雲山清河義莊内

方池澹微波，迢遙映明月。竹外水禽歸，露下荷香發。夜靜獨憑欄，涼風起蘋末。

微雲度遠山，夕陽下高閣。梧竹何蕭森，綠陰散簾幕。曲逕不逢人，茶烟出林薄。

題蘭泉書屋壁

愛吟支道林語，『蘭泉淨色身』，支公語也。恰獲顧雲美書。額本顧苓隸書〔一〕。移置小窗深處，香燈儼似精廬。

【校記】

〔一〕隸書，經訓堂本作『八分』。

山中曉起見梅花

初日照幽徑，微霜零碧苔。空山春信早，一夜梅花開。暗水響叢竹，寒香生石臺。翠禽嘑未已，杳杳曉鐘催。

慧日寺東偏梅數百株花時極盛或云昔年寺僧所植又云郎副使王元翰圻梅花林皆不能考其所自

手植何人不記名，千枝如雪隔橋橫。冰霜歲晚香先發，水月宵寒影更清。品格豈容霑粉墨，風標只合老柴荊。殘鐘冷磬伽藍近，常與松篁締舊盟。

晚眺

雨過荒磎長揭車，殘雲收盡暮天虚。春花拂地聚棲鳥〔一〕，野水臨門聞打魚。世事都消憑几裏，閒情只在看山餘。傍籬高樹緣坡竹，清夜含風一嘯舒。

【校記】

〔一〕拂地聚棲鳥，經訓堂本作『墜砌見啅雀』。

張墨岑宗蒼畫冊在京師作〔一〕

鴨頭新漲滿迴谿，略彴斜横著水低〔二〕。一夜東風吹雨過，蘆芽荻筍葉初齊。

編得香茅築小亭，藥欄菭逕草青青。閒門六枳無人到，自檢《琴經》與《鶴經》。

梅坪竹塢水粼粼，袯襫漁衫穩趁身。何似西勾橋畔路，春衣日日涴紅塵〔三〕。

【校記】

〔一〕詩題，三家本作『題畫』，經訓堂本作『題張墨岑畫冊』。

〔二〕略彴斜横，《三家》本、經訓堂本作『彴略横橋』。

〔三〕紅塵，《三家》本作『黄塵』。經訓堂本第三首完全不同，詩云：『蕭蕭鸞尾拂池塘，籬落貓頭雨後長。不是白雲窗裏客，誰能寫遍紫筤簹。』

小蒸訪元曹貞素知白故居〔一〕

沿緣小釣灘，問訊雲西宅。亭橋遺宿莽，花竹翳頹石。流連十晦間，緬想文章伯。曉畫寫烟巒，春漁啓篷席。雪月最佳處，臺名。往來曳筇策。跌宕撰芳辰，招邀侶逋客。趙鄧暨虞黄，見陶南村《曹氏園池行》，謂趙文敏、鄧文肅、虞文靖、黄文獻也。風標映琴冊。玉山草堂賢，異地信同迹。清門幸未墜，勝踐久非昔。落照下澄湖，遥峯亂蒼碧。

【校記】

〔一〕詩題，經訓堂本作『蒸溪訪曹貞素故居』。

偶作

碎金小帖未模餬，帖集趙承旨殘字。吟嘯堂高筆力孤。額爲董思翁所書。俯仰兩賢留妙蹟，閒窗斜日愛臨摹。

桂影團圞上粉墻，如珠仙露不勝涼。最憐秋月圓於鏡，應有姮娥伴夜長。

月夕泊小鑑湖

斷靄蒼然來，頹陽下單舸。頗愛玉一奩，恰對山九朵。西潭見明月，幽賞今始果。漁網晚未收，商帆遠仍妥。偶聞邨犬鳴，柴荊出燈火。絕景似剡川，贈名奚不可。惜無四明客，來此共敷坐。爐熏息帷幔，嵐氣襲巾裹。柳梢風露零，時向篷窗墮。

過東宗憩明陳中醇繼儒神清室白石山房故址在其右蓋章公覲憲文所居

愛山循山堤，幽花播籬落。未登金沙地，已契烟霞約。徵君夙所廬，幽蹤宛如昨。卅年謝簪紱，壹意隱巖壑。至今神清室，扁額照林薄。其左水部居，粼粼白石鑿。巧類愚公移，瘦疑鼂氏削。勝地蕪軒廊，佳游緬絃酌。水邊林下路，何人再棲託。三復畫禪詩，箬帚終擬縛。

奉酬張大木先生〔一〕

生平幸接孟家鄰，倒屣題衿意倍親。長句豈能追李白，小言聊復比殷鈞。每從樽酒欽前輩，卻愧文章附後塵。計日泖湖秋色裏，笑談還得共漁艕。

【校記】

〔一〕詩題，經訓堂本作『奉酬張幻花先生』。

寄法蘭上人

憶昨山中宿，柴門聞夜尨。孤燈青薜壁，寒雨白雲窗。泉響穿苔澗，花深覆石矼。贊公今不見，獨聽曉鐘撞。

秋夜夢一泉上人實源卻寄

梧葉墜清響，西堂夜氣深。烟波離思遠，殘夢到祇林。澹月明幡影，涼風遞梵音。香嚴前偈在，一笑證禪心。

言愁三首〔一〕

清愁本無端，觸緒乃繚繞。乍來似霏微，漸入更窅渺〔二〕。杳如霧未收，遠若夢初曉。對月輒銷魂，聞歌愈盈抱。生平作愁人，愁味頗能了〔三〕。非根亦非塵，象外每孤裊。意惟大悲心，於茲偶萌兆〔四〕。

秦客詠《蒹葭》，鄭詩怨《風雨》。靈均溯《湘君》，木葉下江渚。《九辯》乃繼之，西堂塵延佇。其詞皆愁吟，其人盡愁侶。微諷已悽馨〔五〕，再讀轉酸楚。悠悠望古心，千載渺愁緒〔六〕。《風》《騷》不可作，此意誰與語〔七〕。

洗馬玉樹枝，渡江百端集。綺羅尚不堪，慘顇安可極。袁郎屈瀨鄉，登臨眺芳隰。遼落感江山，陳詞幾欲泣〔八〕。凡此工愁人〔九〕，言愁最欷唈。夙昔攬其書，掩卷輒勞悒。何況晚燈寒，虛窗寡朋執。愁深不知愁，飄渺遠難戢。轉覺佳趣來，時於此中入。夜深梧竹鳴，風雨助淒急。時聞孤鴻音〔一〇〕，伴我青衫濕。

【校記】

〔一〕詩題，經訓堂本作『詠愁三首』。

〔二〕窅渺，經訓堂本作『幽渺』。

〔三〕頗能了，經訓堂本作『頗能道』。

〔四〕『意惟』聯，經訓堂本作『意惟香莊嚴，差可證深窅』。

〔五〕悽馨，經訓堂本作『幽馨』。

〔六〕渺愁緒，經訓堂本作『共襟素』。

〔七〕誰與語，經訓堂本作『渺誰許』。

〔八〕幾欲泣，經訓堂本作『頗於邑』。

〔九〕 凡此，經訓堂本作『此皆』。

〔一〇〕 鴻音，經訓堂本作『鴻來』。

塞上曲〔一〕

軍符昨日下西京，都護行邊事遠征。鼓角風高秋出塞，戈鋋月冷夜移營〔二〕。

羽林十萬盡橫戈，不許天驕更請和。纔捲旌旗臨上郡，前軍已渡白狼河。

風沙莽莽萬重山〔三〕，醉把雕弓月下彎。回憶君恩身未報，不教兒女唱刀環。

颯颯風霜點鐵衣，親提一旅破重圍。沙場日暮黃雲合，獨斬樓蘭報捷歸。

絕塞秋高萬馬霜，邊城寒色曉蒼蒼。夜深明月橫滄海，獨上高臺望故鄉。

烽烟萬里憶從戎，欲寄征衣路未通。一片寒砧聲不斷，西風吹入建章宮。

【校記】

〔一〕 組詩，《七子》本、《四家》本、《三家》本、經訓堂本均收，而排序與底本不同，底本之六首，依次爲諸本之第一首、第四首、第二首、第五首、第三首、第六首。

〔二〕 戈鋋，《七子》本、《四家》本、《三家》本、經訓堂本作『旌旗』。

〔三〕 風沙，《七子》本、《四家》本、《三家》本、經訓堂本作『黃雲』。

書李舒章雯與蒲圻相公高宏圖書後〔一〕

五馬南來已式微，一緘猶藉塞鴻飛。過江人物懷王導，入洛聲名感陸機。仳仳方誇爭有穀，哀哀誰肯賦《無衣》。最憐蘇李知交舊，皇甫孤墳對落暉。謂陳黃門。

【校記】

〔一〕詩題，經訓堂本作『書李舒章與蒲圻相公書後』。

七賢詩

張曹掾翰

步兵工文詞，託蹟乃清介。遠懷南山蕨，歸羨中吳鱠。適志名可忘，知幾身始泰。作賦在首丘，蕭然軼塵壒。

陸補闕龜蒙

閒園顧渚山，小築吳江岸。一詠迎潮辭，幽棲宛如見。襄陽耆舊詩，甫里先生傳。何時把釣車，烟波繼蕭散。

衛文節涇

文節鬱忠貞，陳書必謇諤。殷殷憂國心，園林表後樂。權門詎可通，僞學何妨託。櫟齋亦聞人，說《禮》肆鴻博。公弟湜撰《禮記集説》一百六十卷。

楊提舉維楨

寓縣駭龍戰，江湖適鴻冥。時攜水仙舫，來對光淥亭。鐵篴忽吟嘯，瓊花爭娉婷。永懷雲林子，垂老仍飄零。倪元鎮瓚亦時游瀲泖，寓曹雲西家最久。

王布衣逢

席帽山人逝，梧溪精舍荒。青龍萍梗地，想見鬢毛蒼。節烈輒慷慨，歌辭時激揚。持較杜陵叟，無媿一瓣香。

陸文定樹聲

非仕亦非隱，中清還中權。簪纓遺夙累，山水滋深緣。身踐夷惠蹟，壽契喬松年。蜀洛分爭日，出處良悠然。

陳黄門

聲氣紹東林，詞章邁北地。艱危豁經綸，盤錯展忠義。何慚漳浦知，矧有玉樊繼。一詠松柏桐，懷沙共賷涕。

雨後登澱山望薛澱湖

晨飆振微寒，曉雨豁新霽。言訪一拳山，緣涯泊蘭枻。浮圖久傾頹，練若半蒙翳。澄泓十仞泉，下有蛟龍衛。蓮漪縈秋蘋，竹徑蔭芳桂。昔年雪浪中，盼此等螺髻。冉冉感桑田，依依坐苔砌。夢窗詞最工，梧溪句誰繼。還憶白雲窗，何由接衿袂。

過雲和道院

下山漸邐迤，入院更蕭爽。紅葩冒砌繁，翠蔓緣籬上。不聞雲和琴，頗愛松風響。羽流清而癯，邀我卻藤杖。旌蓋表華龕，爐香繞幽幌。坐間冰玉姿，宛契真人想。規中妙緣督，物外游象罔。仿佛洞庭秋，淩虛謝塵坱。丹訣儻可希，黃庭庶能養。終擬學餐霞，于茲遂沖賞。

晚入圓津禪院觀書畫〔一〕

斷雲開夕景，天水餘清蒼。回塗訪初地，入戶聞名香。翠筠被曲徑，朱槿依層廊。夙眷墨華禪，小憩依藜牀。鐘魚歇幽響，翰墨遺羣芳。容臺及烟客，妙蹟紛成行。上人似知藝，見《華嚴經》。累葉傳縹緗。空門本非空，手澤何能忘。掩卷起太息，斂袂登歸航。漁梁路未暝，纖月升柴桑。

【校記】

〔一〕詩題，經訓堂本作『晚入圓津禪院』。

修竹吾廬匾爲宗人素巖編修喆生隸書

曲徑堆黃葉，荒陂匯碧渠。猶留數竿竹，長映八分書。農圃傳先業，漁樵守故廬。叩門佳客至，倚檻看芙蕖。前爲湧月亭。

青龍江懷元瞿慧夫智王原吉逢〔一〕

龍江如龍蟠，天水湛寒綠。黃雲萬頃田，翠葆千竿竹。時聞雞犬聲，漁樵隱叢木。前修高蹈處，習尚頗淳樸。因懷畫蘭翁，慧夫工蘭〔二〕。于此主庠塾。詩書擁皋比，絃誦振蓬屋。賓朋載酒行，野饌招近局。詞翰至今傳，珊瑚溢緗軸。詩文俱載《鐵網珊瑚》。梧溪亦卜居，避世守初服。上策契飛鴻，原吉築冥鴻亭于此。中原忘逐鹿。幾如畏壘山，鄉人但尸祝。獨惜醉眠亭，烟蕪昧遺躅。米碣久不存，蘇咏誰堪續。向晚春潮生，風濤滿迴隩。

【校記】

〔一〕詩題，經訓堂本作『青龍江懷瞿慧夫王原吉』。

〔二〕經訓堂本無此注。

由香花橋過七寶教寺

晚經梅家庫，晴檥香花橋。微露泫蘋葉，寒漪浮緯蕭。時看滯穗積，因驗秋田饒。夤緣度一曲，名刹森孤標。機雲賸陳蹟，吳越傳精寮。鐘魚午梵寂，翠羽啼涼飆。函開經藏古，坐久鑪烟消。不逢碧山僧，獨撫蒼檜條。曠思隨松雪，撰杖長吟謠。陸文裕公《題七寶寺僧詩卷》小序云：『此卷蓋張友山先生筆，初爲法忍寺作，復書此以遺碧山僧，豈其所珍愛者耶？』寺有五代時檜，趙子昂亦有詩。

雪後渡泖登長水塔院

晨起朔風寒，烟篷綴殘雪。放櫂出長湖，初陽尚明滅。顧茲景色清，契予襟情潔。漁步罾未施，僧寮磬初徹。稍見藏經樓，金輪更巀嵲。冰銷苔逕滋，茗罷鑪烟絕。洗石席屢移，援藤屐頻抑。蕭蕭閑鷗外，數點空翠列。問禪懷導師，選勝企前哲。何時翫月堂，天水攬澄徹。

西齋聞琴有懷邵秀才玉蕖炎〔一〕

殘雪滿叢竹，夜寒彈玉琴。商聲起瑤席，蕭瑟散疎林。風寂鴈初下，霜清鐘欲沈。佳期杳難卽，月落水雲深。

【校記】

〔一〕 詩題，經訓堂本作『西齋聞琴有懷邵玉蕖秀才』。

金澤入頤浩寺還泊蘆花村乃楊鐵厓倪雲林游賞處

寒濤散千頃，曲渚渺一痕。翳然林木際，躡屐游祇園。斜穿貝多室，徐踐梅雪軒。琅璫振高閣，薜荔衣重垣。忠定榻久圮，文貞衮猶存。遺徽等玉帶，妙諦懷風幡。還橈冒雨雪，近泊蘆花村。雲西昔卜築，藉卉攜芳樽。廉夫既鳳隱，元鎮仍鴻騫。釣灘詎云小，蜚遯超卑喧。前脩世莫覯，絕景情所敦。願邀蓮社侶，寺東有蓮社菴。攜手歸衡樊。

蓮湖寄陸秀才湘萍貽穀〔一〕

五茸屆東南〔二〕，烟波互吐納。挂席向長空，依稀水天合。人日近初春，時初十日立春。寒風餞殘臘。葦間維松舲，柳外攜畫榼。閑揩石徑筇，遂造禪家闔。頗憐伽藍寒，孤僧挂毳衲。寂無梵音放，遠有漁歌答。茲湖洵清虛，夙少秋蕖帀。乃聞蓮菂繁，每與莼絲雜。靈異匪所思，湖中並無蓮花，而時浮蓮實，人咸異之。塵蹤愧造遝〔三〕。晴雪滿疎梅，折枝寄朋盍。

【校記】

〔一〕詩題，經訓堂本作『蓮湖寄陸湘萍秀才』。

〔二〕東南，經訓堂本作『西南』。

〔三〕塵蹤愧逌還，經訓堂本作『凡俗何由踏』。

吳淞江口曉發

曉聞榜人喧，颯颯潮初涌。淩空白鷺濤，觸岸勢疑動。蒼茫雲下垂，浩淼雪齊擁。將毋天吳驕，能使河伯恐。震澤導歸墟，三江實其總。魚龍恍蟉蚴，朝夕互澒洞。南洋萬里沙，蹌口時閉壅。比來疏瀹勤，畚臿並騰踊。遂無旱潦虞，坐致禾麻蓁。客帆寫容與，漁唱樂閒宂。何繇仿天隨，誅茅闢荒茸。

過石浦〔一〕

漁步烏墩涇，邨橋道褐浦。西行盡水鄉，湖漊眇難數。樹杪風忽生，送此烟中艣。迢迢見紺塔，往往聞戍鼓。春光寒食前，泥暖芹芽吐。誰憐小梅花，零落在香土。農家東作興，荷蓧雜亞旅。穡事良可懷，曩哲何由侶。行從上冢還，數椽開小圃〔二〕。

【校記】

〔一〕詩題，經訓堂本作『過石浦爲歸震川顧亭林兩先生遊歷地』。

〔二〕數椽開小圃，經訓堂本作『竟問誅茅處』。

經真義村蓋玉山草堂故址所在明夏太常昶亦卜築於此

松篁遠如畫，隱見江上村。雲巒隔春郭，烟水環衡門。玉山最佳處，曾此開琴樽。簾櫳浣華館，荷芰釣月軒。往來漁樵侶，況味同蘭蓀。卑棲乃足樂，避世差能存。太常稍後出，接蹟營丘樊。遂使信義里，幽勝疑桃源。酒旗泫清露，漁屋明初暾。願言偕金粟，抗手辭囂喧。

橫塘

春水三篙綠，春巒一桁青。乘潮挂帆席，風色正泠泠。吒犢烟中徑，叉魚柳外汀。酒樓聞擫笛，淒切最堪聽。

登横山訪姑蘇臺故址

宿鳥起疎林，初陽破蒼靄。捨舟杖策行，蕭然絶塵壒。層厓互蔽虧，古屋相映帶。言訪姑蘇臺，榛蕪足深慨。憶昔棲越時，復讐志已快。遂因神木來，金碧窮藻繪。春宵既邐迤〔一〕，海靈更瀟灑。玉檻與銅溝，窈窕供粉黛。重違靈胥言，復作黄池會。一經洩庸軍，參雲竟安在？杳杳放梵聲，依依出香界。重巖翳浮嵐，清泉下幽瀨。迴步聽樵歌，松風響虚籟。

【校記】

〔一〕邐迤，經訓堂本作「逶迤」。

支硎寺示静蓀上人〔一〕

春盡草木長，叢竹俱扶疎〔二〕。嘉游興未愜，弭櫂尋精廬。偶愛烟際寺，遂即林中塗。日晚粥鼓静，鐘梵流空虚。石泉滋芒屨，幽鳥鳴堦除。緬懷支道林，清風動賢愚。沃洲與報恩，瓶盋隨所如。何年過石室，小築營禪居。想與王謝輩，妙解蒙莊書。有時放孤鶴，縹緲西南隅。空亭既蕪没，往蹟成荒墟。與君捉麈尾，望古徒煩紆。

【校記】

〔一〕詩題，經訓堂本作『入支硎寺示靜菾上人』。

〔二〕叢竹俱，經訓堂本作『竹樹森』。

寒山寺〔一〕

微雲淡春陰，叢薄起清吹〔二〕。細雨未霑衣，幽尋得山寺〔三〕。名藍放梵初，鐘聲出林際。長松洗孤青，修竹落踈翠。生平愛佳游〔四〕，頗識清淨退。擬從不二門，齋心問妙諦。日暮登層樓，烟嵐更髣髴。回首眺楓橋，漁燈晚迢遞。

【校記】

〔一〕詩題，經訓堂本作『寒山』。

〔二〕清吹，經訓堂本作『寒吹』。

〔三〕山寺，經訓堂本作『古寺』。

〔四〕愛佳游，經訓堂本作『厭塵勞』。

天平山

昨從東菴來，已見山南寺。攝衣再登臨，水石亦幽異。遠峯乘微清，殘照下深翠。新篁欲參天，解籜紛墮地。何處竹鳩啼，繚繞松杉際。入暮聞疎鐘，芳露霑衣袂。

登穹窿山絕頂

六六洞天不數此，丹臺何以誇崚嶒。茲來絕磴望不極，始覺一氣運青冥。憶昔茅君此棲託，乘龍上馭傳初成。嬴秦嘉平始改臘，遂慕遠祖期飛昇。太元玉女下指示，授以九錫升瑤京。一家兄弟入仙籙，句曲勝地留佳名。吳中後亦有遺蹟，至今祠廟標朱甍。烟霞終古閟巖穴，香篆永日飄檐楹。層崖肅穆少人蹟，惟聞朝夕鏗華鯨。空壇仿佛見神鬼，古洞淵渟來風霆。綠文赤字世莫識，羣真下讀生光晶。清游更登白馬嶺，下瞰蒼莽雲烟橫。七十二峯列几席，五湖波浪交迴縈。法華漁洋半隱現，爾時意欲無滄溟。生平局促在塵海，天都地肺無由登。對此良足拓懷抱，恍惚身在雲霄行。便思舉手招白鶴，東去方丈求仙靈。青童真人共遊戲，醉聽玉洞吹鸞笙。

龍興寺

巍巍化人居，穆穆蓮花域。傑閣聳層霄，飛樓俯廣陌。幡幢初地嚴，象緯諸天逼。香界何森沈，緇流來絡繹。緬思龍興初，青宮扶社稷。夜半隕繁星，武韋並誅殛。王業實中興，乃歸象教力。賜額表禪林，往事具簡冊。高棟承雕甍，欂櫨附文碣。獅象拱層臺，蛇龍走古壁。煇煌清河公，雄文麗碑刻。

更有校書郎，銘詞氣旁魄。迄今二千載，依然見遺蹟。法雲擁香林，花雨灑講席。因思南北禪，故址盡荊棘。惟此尚崢嶸，蒲牢響朝夕。梵唄仿潮音，松杉照秋色。俯仰感廢興，遥山夕陽碧。

楞伽寺晚坐

青山生夕寒，餘暉澹蒼浦〔一〕。蘿徑起春飆〔二〕，殘梅滿磵戶。遠墟出疎燈，古寺鳴法鼓。稍聞斷雁聲，隱隱落前滸。不見雲門流〔三〕，晚烟散平楚。

【校記】

〔一〕蒼浦，經訓堂本作『高樹』。

〔二〕春飆，經訓堂本作『涼飆』。

〔三〕雲門，經訓堂本作『支公』。

坐小吴軒

綠陰語幽鳥，山館晚初晴。苔徑少人蹟，雲堂遞梵聲。篆香風外度，墖影水中横。何處吹長笛，微茫月已生。

題夏內史完淳玉樊堂集

家國淪亡後，詞章喪亂餘。八哀歌杜甫，七日哭包胥。字斷疑科斗，文殘恨魯魚。賦才追小庾，千載共欷歔。

事已悲青蓋，官猶重紫薇。黎侯靡所與，郰子又無歸。起舞攜長劍，從軍拂短衣。飄零鮫客淚，點點化珠璣。

慷慨籌時略，蒼涼絶命詞。蠟丸通間道，奩粉恨偏師。敏慧前生業，流傳後代悲。湘真遺刻在，珍重並尊彝。《湘真艸》，陳黄門所撰，内史，其受業弟子。

送楊石漁磊之安陸〔一〕

客游已寂寞，話別更淒然。江遠帆如雪，春深艸似烟。野花鄖子國，新月楚人船。計過昭丘路，題詩向玉泉。

【校記】

〔一〕詩題，經訓堂本作『送人之安陸』。

題蘇文忠公書春帖子詞後〔一〕

聚奎五緯昭人文，眉山蘇氏當其倫。錢唐召還掌制誥，强圉單閼逢新春。蒼龍挂闕農祥正，協風已有豐年慶。璿宮瑞雪獨承歡，椒寢仙雲凝譽命。於時世運轉昇平，陰曀全消朝旭明。涑水名臣先入相，一時舊德盡充廷。惟公榮遇膺書局，落筆風生散珠玉。召對承恩先賜緋，退歸入夜還攜燭。陽回芳律轉殘冬，帖子書成進兩宮。龍樓鳳閣春雲麗，玉署鑾坡曉日融。一心一德多歡讌，高才自足雄三館。進御時邀明主知，題詩更得宣仁眷。一自明年社飯寒，南荒九死歷艱難。家鄉雲樹風濤外，宮闕觚稜夢寐間。可憐姓氏連鉤黨，詞章又見遭文網。玉蹬金題幾變更，鸞翔鳳翥仍蕭爽。撫卷徘徊太息深，汴梁臺殿久銷沈。只餘環翠亭中物，想見孤臣海外心。

【校記】

〔一〕詩題，《七子》本作『題東坡書春帖子詞後』。在『進御時邀明主知』句前，詩句多有不同，詩云：『熙寧元祐多人文，一時臺閣皆名臣。廬陵文章已超邁，涑水勳業何嶙峋。堂堂坡老來巴蜀，落筆風生散珠玉。召對嘗蒙賜紫緋，退朝每見攜蓮燭。陽回芳律轉殘冬，帖子書成進兩宮。龍樓鳳閣春雲麗，玉署鑾坡曉日融。昇平此際多歡讌，高才自足雄三館。』

題黄尊古鼎小幀〔一〕

昨夜葦苕風起，今朝瓜蔓潮生。看取小舟三兩，魚罾蟹籪奇横。

烟外青簾小舫〔二〕，雨中紅版長橋。誰在山樓理詠〔三〕，隔江楓葉蕭蕭。

【校記】

〔一〕此詩底本及《七子》本僅錄第二首，第一首據經訓堂本補。詩題，《七子》本作『題畫』，經訓堂本作『題黄尊古小幀』。

〔二〕小舫，經訓堂本作『小店』。

〔三〕理詠，《七子》本、經訓堂本作『吹笛』。

曉坐泖上水亭

遙夜清溪口，林端碧漢斜。涼波滲風露，開遍白蓮花。山月墮深樹，湖雲生曉霞。滄浪傳逸響，烟際有漁槎。

水館對雨

黯黯秋陰重，霏霏暮雨遲。稍增紅藥潤，漸覺碧苔滋。密響叢篘得，初涼小簟知。水亭閑曠望，蕭瑟滿方池。

崧宅塘舟次

十日寒塘雨，白蘋花漸稀。烟中釣艇過，已見水禽飛〔一〕。野店落黃葉，山橋通翠微。忽聞小海唱，清籟滿林霏。

【校記】

〔一〕已見，經訓堂本作『蕭瑟』。

簳山啜玉竇泉循雨華洞而下

簳山如散人，素尚在真率。久辭花藥繁，豈厭荊榛密。況逢霜信餘，落葉滿橫術。卽景頗荒寒，臨秋倍蕭瑟。獨吟梧溪詩，緬想思翁筆。彌羨笥隱生，當年結蓬篳。名流偶延佇，微步信超逸。雨華洞已湮，玉竇泉猶溢。小試紫茸茶，餘馨散愁疾。還循冷水灣，幽賞興未畢〔一〕。

【校記】

〔一〕興未畢，經訓堂本作『何由畢』。

晚登崑山過泗州墖院訪二陸讀書臺

撫序屬蕭森，緘情慕婉孌。迢迢谷水陽，嘯侶愜微眷。墖院蹟未湮，書臺勝堪玩。永懷南國紀，潘尼贈士衡詩：『穆穆伊人，南國之紀。』似媿東曹掾。成都誤因依，莊武枉論薦。遂蒙酪奴譏，終軫鶴唳嘆。揭來奠尊羹，蘭植信幽贊。《晉書》二陸傳贊云：『蘭植中途，必無經時之翠。』徘徊弔古餘，畢景下叢灌。從知才患多，庶幾性能繕。

玉屏僧居秋夜〔一〕

烟鶴語苔逕，秋山風露寒。蒼蒼竹林月，流影柴門端。幽草暗蛩歇，閒堦落葉殘。丘中有孤賞，玉軫爲誰彈。

【校記】

〔一〕詩題，經訓堂本作『玉屏山居秋夜』。

再過神清之室

谷口起暝色，蒼蒼行徑深。松風落寒吹，萬壑有清音。試問徵君宅，烟霞尚可尋。稍看東澗月，清影上疎林。

宿茗幕菴

名藍自蕭寂，況在秋山偏。蘿月散清影，竹風流暗泉。雲堂禪唄響，雪屋佛鐙懸。不遇南能侶，誰同證梵天。

尋西佘花影菴追悼明施子野紹莘〔一〕

東佘信邐迤，西佘復深窈。苔磴隱高杉，蘆灣背叢篠。子野昔此居，遺蹟儼未埽。隨宜置軒窗，刻意繕林沼。愛尋佳士遊，兼集佼人僚。遂與清微亭，風格鬬分杪。祝花更吟雪，清詞比香草。金谷賞不窮，玉樓竟先兆。襟韻羨幼輿，年華等叔寶〔二〕。勝地今雖蕪，芳名遠終紹。想當挾飛鸞，氣共秋天杳〔三〕。

【校記】

〔一〕詩題，經訓堂本作『尋西佘花影菴追悼明施浪仙』。

〔二〕等叔賓，經訓堂本作『謝叔賓』。

〔三〕秋天杳，經訓堂本作『秋雲杳』。

晚入清河義莊再晤一泉〔一〕

橫雲遠如雲，雲碧間嵐翠。小泊近前灣，蘆花起涼吹。取逕入閒園，循墻即初地。名僧高坐流，豎拂解譚藝。墨參花光妙，書愜懷仁意。沉水證香聞，茗柯獲禪味。夕陽忽滿山，臥具何由寄。惜別獨歸舟，涼霏濕衿袂。

【校記】

〔一〕詩題，經訓堂本作『晚入張氏橫雲山莊晤一泉上人。』

落葉

太息深秋景物非，謝家芳樹見應稀。飄零如雨來書牖〔一〕，斷續隨風下釣磯。波起洞庭人渺渺，歌殘漢殿思依依。故園回首春遊處，一路濃陰接翠微。

【校記】

〔一〕書牖，經訓堂本作『妝閣』。

泗濱有懷元孫山人明叔〔一〕

夙慕停雲子，扁舟逸興多。洞簫今寂寞，映雪齋名復如何。月出見鷗鳥，夜寒聞櫂歌。秋江烟水碧，誰爲理漁蓑。

【校記】

〔一〕詩題，經訓堂本作『泗濱有懷孫明叔』。

過謝氏山居

紅葉滿林薄，寒山樵徑微。永懷孟處士，獨掩荒園扉。雨雪故人少，桑麻生事稀。願持一瓢酒，歲暮好相依。

田家雜詩〔一〕

茅屋八九間，門前臨江湄。江中饒蒲葦，菱葉何紛披。日中采菱去，濯足臨清漪。蒼蒼遠山淨，渺渺寒林稀。采摘既已足，浩歌從此歸。道逢漁舟來，相見情依依。謀生雖各異，衣食同所資。笑言不覺暝，夜火生柴扉。

晨起霜氣白，寒鵲散前村〔二〕。初陽麗東隅，微風扇餘溫。層雲冉冉合，朝景忽已昏。東家具酒食，西舍羅盤飧。隔溪召亞旅，刈獲爭紛紜。穉子亦奔走，負任歸柴門。藉以勞筋骨，且免風雨患〔三〕。農事幸稍畢，頹然臥前軒。比鄰夜相見，笑語多餘歡。

有孫纔十齡，從師入鄉塾。清晨抱書去，日暮歸來讀〔四〕。秋清燈火閑，經聲出茅屋。對此發長嘆，人世多寵辱。幸作農家流，俯仰亦已足。豈爲富貴謀，聊使辨簡牘。夜深寒月升，流光照喬木。呼孫且出門，空場掃餘穀。

小圃僅畝許，編籬以護之。秋風忽淒厲，瓜壺各已萎。一半築爲場，平坦頗不欹。牛羊縱橫臥，烏雀亦分飛〔五〕。餘地久不理，蔓草餘荄萁〔六〕。萬物乘時出，寒暑率有宜。不見嚴霜下，菜甲方含滋。園蔬雖云賤，佐食恆于斯。奈何任荒穢，遂使地利遺〔七〕。太息荷鉏去，力作終難辭。

【校記】

〔一〕　詩題，《七子》本、經訓堂本作『擬田家雜詩』。《七子》本排序亦不同，第一首爲『晨起』，第二首爲『有孫』，第三首爲『茅屋』，第四首爲『小圃』。

〔二〕　寒鵲，《七子》本、經訓堂本作『寒鴉』。

〔三〕　『藉以』聯，《七子》本、經訓堂本作『筋力豈不瘁，風雨夙所患』。

〔四〕　來讀，《七子》本、經訓堂本作『來宿』。

〔五〕　鳥雀亦分飛，《七子》本、經訓堂本作『童稚相娛嬉』。

〔六〕　『餘地』聯，《七子》本、經訓堂本作『其餘不復理，蔓草空離離』。

〔七〕　遂使地利遺，《七子》本、經訓堂本作『隙地將安施』。

雪

竹外蕭蕭響，風吹到曲欄。紙窗一夜雪，草閣不勝寒。老鶴鳴苔徑，飛鴻度遠灘。江鄉生事好，燈火話團圞。

送人歸苕溪

忽有故山感，逢春返釣磯。江梅經雨盡，沙鴈入雲飛。亂水通漁汊，孤村掩竹扉。臨風如見憶，莫使尺書稀。

雪後懷杉公歸真州〔一〕

籬落翠禽語，杳然谿路幽。寒烟生竹屋，殘雪滿漁舟。楚寺人方遠，吳波晚更愁。早梅入江笛，應好寄前游。

【校記】

〔一〕　詩題，經訓堂本作『雪後懷杉上人歸真州』。

送性恆上人歸天台

赤城終古削岧嶢，杖策重看度石橋。百道飛流懸絕磵，六時清梵出層霄。瓊臺秋散香林雨，華頂雲連碧海潮。欲問法華求止觀，何時信宿共團蕉。

李長蘅流芳西湖小幀

桃花雨過水連天〔一〕，十里長堤送柳綿。好是段家橋下路，遊人齊放總宜船。
一桁遙山翠色濃〔二〕，白雲渺渺路重重。斜陽欲落微風起，吹過南屏寺裏鐘。
柏堂舊蹟久荒蕪，烟水微茫接裏湖〔三〕。風外楊花濃似雪，清陰綠遍酒家壚。
布穀聲中暮雨餘，溪山樓閣迴清虛。何時小築西泠路，碧樹晴雲好讀書〔四〕。

【校記】

〔一〕　桃花雨過，《三家》本、經訓堂本作『綠波新漲』。

〔二〕遙山，《三家》本作『春山』。

〔三〕微茫，《三家》本、經訓堂本作『迢迢』。

〔四〕晴雲，《三家》本、經訓堂本作『晴沙』。

題沈少卿宗敬江村圖〔一〕

結得香茅八九椽，閒將詩卷作因緣〔二〕。魚租鸖俸分支罷，穩向繩牀跂脚眠。

湖田一稜傍平蕪，麂眼籬笆入畫圖。瘦石疎花藏鵲子，曲屏小檻臥貍奴。

彔曲横橋對廣津，一溪秋水碧粼粼。夕陽楓葉孥舟去，知是南溪射鴨人。

【校記】

〔一〕此詩底一僅録兩首，第三首係據《三家》本、經訓堂不可一世補。詩題，《三家》本作『題江村圖』，經訓堂本作『題沈獅峯少卿江村横卷』。

〔二〕閒將，經訓堂本作『酒瓢』。

題高氏石壁寺鐵彌勒像頌後

墨花秀勁清而腴，問誰作者由名姝。文詞先標林謂譔，題額次紀參軍書。兹寺在晉西山隅，像設久已淪榛蕪。文德過此偶不豫，玉衣旋覆沈疴除。詔令名山悉表刹，遂復金榜昭寰區。燉煌邑宰繼有作，長廊峻殿相縈紆。導師更鑄慈氏像，飛簾回祿嘘洪爐。序云：『回祿爇雲而噴鍊，飛廉噫風而沸液。』製成如在兜率院，萬人踴躍天神趨。買園施樹昔有記，思勒貞碣蟠龜趺。鐫華石墨藉女士，渤海高氏名鄉閭。妝臺晝靜想下筆，彤管有煒雲霞舒。開元名人盛蓺事，顔真卿張少悌殷元祚李邕蘇靈芝裴潾徐浩。不圖閨幨乃擅此，應與衛鑠千秋俱。廷堅政頌惜遺佚，《古今碑帖攷》有房嶙妻高氏書太谷縣令安廷堅美政頌，今不可考。安得盡攬珣琪玗。獨憐嶙也本士族，宰相世系同崔盧。奚爲文采罕表見，愚惷得不慙金夫。摩挲望古莫深喟，聊與綉閣供臨摹。碑載『前濮州鄄城縣林諤撰，朝議郎太原府司錄參軍常山蘇伣題額，太原府參軍房嶙妻渤海高氏書』。寺在西山石壁谷，太宗文德皇后過此不豫，禮佛而愈，更爲修建。開元間邑宰燉煌張某增葺之，僧灌潤等又鑄鐵彌勒像一軀，修諸好相，故爲頌銘。

過吴江

烟村一路鷓鴣啼，油菜花殘豆莢齊。幾日東風微雨過，春蕪緑遍畫橋西。

黄茅小屋映桑麻，芳渚迢迢略彴斜。竹外水邊無客到，門前開盡碧桃花。

筍溪早放貓頭筍〔一〕，柳岸初添雉尾莼。鶯脰湖邊風物好，緑陰深處繫漁綸〔二〕。

枳籬宛轉護柴門，書屋斜臨水竹村〔三〕。一曲澄湖平似鏡，櫂歌聲裏月黄昏。

【校記】

〔一〕 筍溪，《三家》本、經訓堂本作『瓜棱』。

〔二〕 綠陰，《三家》本、經訓堂本作『綠楊』。
〔三〕 書屋，《三家》本作『茅屋』。

蘆墟

微雨清宵過，村墟更晏然。雞豚依稻廩，鷗鷺上漁船。機響窗中織，炊深竹外烟。此鄉同建德，何羨武林仙。

鴛湖道中

綠水泠泠映碧紗，落梅風裏纜輕槎。行人但覺春寒悄，竹外緗桃已著花。

上天竺

移舟泊金沙，宿雨欣初霽。躡屐遵山程，招提露松際。先尋繙經院，遂造法喜寺。林霏尚杳靄，精舍互相次。瑞像表瓌材，歷世著靈異。幡幢備莊嚴，香火集婦稚。往往降和甘，春秋走羣吏。閱時歷宋元，亭軒頗荒廢。小坐啜名茶，翛然發幽思。稍聞清梵聲，隨風出嵐翠。

飛來峯

芒鞵不知疲，賈勇望靈鷲。言從印度來，此語或非謬。天工出怪奇，山骨妙琢鏤。大士既莊嚴，應真互輻輳。瓔珞儼飄揚，幡幢見雜糅。冰柱挂重崖，石隨結淵溜。獅王昂厥鼻，鬼伯引其脰。栴檀暨曼陀，散空莫可究。乙乙穿瓏玲，紛紛極緺瘦。間以千歲藤，輪囷絡巖岫。洵由天竺飛，至此表浙右。兼以唐宋刻，凹凸莓苔厚。仰觀兼俯察，徘徊逾日晝。飢渴乞冷泉，聊用資盥漱。

靈隱

寶地聲名著，花宮世代遙。景因慧理勝，詩數駱丞超。鐘版雖閒靜，靈山未寂寥。天香方丈裏，小坐借團蕉。時漢月後人住此，雍正年間以其悖天童之教，不許開鐘版。

林處士祠在聖因寺後

孤山南麓寺開門，巾拂翛然絕點埃。身在莊嚴香界裏，不須子鶴又妻梅。

春融堂集卷二　琴德居集　丁卯　戊辰　己巳

邢女廟

風卷靈旗半掩門，時聞報賽薦雞豚。不知銀杏雙株下，誰奠雲芳烈女魂。明烈女楊雲芳墓在澱山後。

茜墩訪顧寧人先生故居〔一〕

寒飆卷平原，落葉走長陌。誰知叢灌中，舊有名儒宅〔二〕。抽思跂賢關，發憤窮聖籍。六藝廣研覃，羣言綜繁賾。尚友在詩書，論交類草澤。頗羞子雲居，欲侶田横客。志不忘刀繩，情豈慕旌帛。燕秦適莽蒼，嵩華徧行役。終焉需於泥，洵矣介如石。惟此一畝宮，曾聞展函席。梁父空謠吟，平陵痛屯戹。衡茅迹已荒，著撰人爭惜〔三〕。雞豚曉日紅，鳧雁滄江碧。再拜向遺墟，仰止何由釋。

【校記】

〔一〕　詩題，經訓堂本作『茜墩訪顧亭林先生故居』。

〔二〕　名儒，經訓堂本作『先儒』。

〔三〕 爭惜，經訓堂本作『還惜』。

過崧宅塘

吳天横斷靄，漁火遠江生。杳杳蒹葭岸，時聞欸乃聲。孤邨連雨暗，野戍入雲平。忽憶宗城令，高風萬古情。唐顧謙拜貝州宗城令，棄官隱此。

南翔問李長蘅檀園荒廢已久〔一〕

薄靄收殘雨，輕雷送晚陰。層樓多傍水，小市半依林。夜火官橋靜，人烟古巷深。檀園遺址盡，悵望一沾襟。

【校記】

〔一〕 詩題，經訓堂本作『過南翔』。

春申君廟

楚相勳名盛，吳墟廟祀存。笙簫春社靜，風雨古墻昏。崇道知荀況，遺謀失李園。三千珠履客，誰解報深恩。

臨頓里

曉日魚蝦市，遺墟鴈鶩田。松筠成小築，水石足清緣。軼事襄陽傳，叢書笠澤編。獨嗟皮逸少，故宅有誰傳。

伍相里〔一〕

神座當殘照〔二〕，靈衣覆古苔。竟成破楚志，空擅伯吳才〔三〕。問渡情猶在，投江事可哀。扁舟輸少伯，浩蕩五湖回。

【校記】

〔一〕 詩題，經訓堂本作『伍相祠』。

〔二〕 神座，經訓堂本作『玉座』。

〔三〕 伯吳才，經訓堂本作『霸吳才』。

何隱君別墅

虎阜留初地，横山得故居。古松低覆屋，流水曲通渠。掩徑苔紋石，臨牕貝葉書。安能攜坐具，來此闢精廬。

宿中峯庵〔一〕

杖策尋山徑，焚香宿化城。空齋人語歇，遥夜佛鐙明。願息塵中駕，相於物外情。況逢支許侶〔二〕，端坐學無生。

【校記】

〔一〕詩題，《七子》本、經訓堂本作「宿棲雲庵」。

〔二〕支許侶，《七子》本、經訓堂本作「支許在」。

過蔣編修西原先生恭棐小飲時李編修玉舟重華在坐〔一〕

摳衣奉席仰前修，留客花間共勸酬〔二〕。三館詞章歸載筆，五湖雲月付拏舟。著書自欲齊中壘，名德人知重太丘。笠澤蘇臺成二老〔三〕，往來笻屐最風流。

【校記】

〔一〕詩題，經訓堂本作『過蔣西原編修小飲時李玉舟編修在坐』。

〔二〕花間共勸酬，經訓堂本作『頻教注玉甌』。

〔三〕蘇臺，經訓堂本作『花洲』。

泊西神寺山麓

小舫維沙岸，精寮近水隈。帘垂風外柳，碑蝕雨中苔。幽鳥臨谿語，疏花夾澗開。雲堂清梵寂，坐聽放參回。

五牧

莽莽寒蕪路，驚心戰伐年。成仁悲尹玉，行法失張全。搠指殘軍痛，招魂故相憐。傳聞千載後，青燐尚淒然。

贈吳教諭企晉泰來

玉樹遥思久，瓊枝結契初。風華江左習，詞賦茂陵書。譽已經平子，企晉極爲李布衣果稱許。人真似幼輿。祇堪山澤裹，鸞鶴伴幽居。

秦淮水榭〔一〕

酒醒燈殘夢不成，坐看涼月映潮生。板橋疎柳青溪埭，蕭寺寒鐘白下城。穆穆金波光萬里，依依玉笛夜三更。江頭砧杵秋來急，易動天涯旅客情。

玉鑪香燼漏聲稀，漸覺輕寒到葛衣。涼露娟娟楓欲下，澂江淼淼雁初飛。好聽北里新歌起，莫問南朝舊事非。回憶五湖秋色遠，白蘋花發徧苔磯。

【校記】

〔一〕　此詩底本僅錄第二首，第一首係據《七子》本、經訓堂本補。

卞忠貞公墓

歷陽營鼓聲登登，犢牛六足恣奔騰〔一〕。大馬小馬童謠作，尚書謀國憂塡膺。永昌何爲乏遠計，司農下詔徵常侍。不能廷尉望山頭，寧知狼子終難制。東陵渡口兵倉黄，烽火夜照臺城旁。背瘡未合力戰死，二子策馬相從亡。忠臣孝子真無兩〔二〕，況有宏訥爲陳狀。出走空悲劉大連，俘囚卻笑刁元亮。當時賜祭贈葬錢，經營廟貌留千年。侍郎都尉各拱侍，靈旗玉座紛巍然。嗚呼！人臣要在能報國，士行坐視終何益？地下擎拳透爪時，應知獨望江州檄。

【校記】

〔一〕恣奔騰，《四家》本作『行奔騰』。

〔二〕真無兩，《四家》本作『古無兩』。

方正學祠

亭空木末倚江邊，祠外寒濤怒蹴天。南去冠裳隨玉步，北來烽火恨金川。學宗吳柳文章古，名並齊黄節義全。恰與侍中遺廟近，雲車相遇一悽然。

雨後登燕子磯

勞人積羈心，矧茲值秋晏。駕言從遠游〔一〕，征屨事怡衍〔二〕。朝辭建康城，聿來肆游眄〔三〕。援蘿躡危磯，捫葛躋絕巘。密霧隱前汀，屯雲聚高岸。大江向東來〔四〕，烟水互涵演〔五〕。傾崖棲潛虯，層阿起宿雁〔六〕。九派水此歸，三楚地所限〔七〕。升喬悟超越，憑虛駭汗漫。心賞寧有渝，情愜得所愿〔八〕。感時奏長謠，庶免盈襟嘆〔九〕。

【校記】

〔一〕遠游，經訓堂本作『嘉遊』。

〔二〕征屨，《七子》本作『振策』。

〔三〕游眄，《七子》本作『淩緬』。

〔四〕向東來，《七子》本作『日夜流』，經訓堂本作『從東遊』。

〔五〕涵演，《七子》本作『陵亂』。

〔六〕起宿雁，《七子》本作『振飛雁』。

〔七〕『九派』聯，《七子》本作『徒驚九派雄，未覺三楚遠』。

〔八〕所願，《七子》本作『所款』。

〔九〕『感時』聯，《七子》本作『覽物奏長謠，庶令鄉思遣』。

江上

寒雁下蕪城，暮靄生遙巘。蕭蕭楓葉疏，漠漠蘋花晚。雲颿烟際收，江笛風中斷。何處最相思，殘鐘楚天遠。

京口晚泊〔一〕

暫作南朝客，孤篷此日還。烟波揚子縣，雲木戴公山。水閣明流外，風帆夕照間。高陽舊侶在，樽酒慰離顔。

縹緲三山路，烟嵐深幾重。寄奴餘往跡，蕭帝有遺蹤。露下聞孤鶴，秋高數斷鴻。夜深雲水静，香梵出前峯。

明月生江上，天寒萬籟清。依依聞遠笛〔二〕，渺渺度深更。客舫參差泊，漁歌次第生。謝郎千里思，兹夕倍關情〔三〕。

【校記】

〔一〕 此詩底本僅録第三首，第一、二首係據《四家》本、經訓堂本補。詩題，經訓堂本作『京口晚泊同曹來殷秀才作』。

〔二〕　依依，《四家》本作「迢迢」。

〔三〕　關情，《四家》本、經訓堂本作「含情」。

倪雲林故居〔一〕

問訊蕭閒館，疏林起暮颸。晴嵐當畫閣，碧樹隱平池。詩卷俞和寫，風流饒介知。飛花浮茗處，憑弔起相思。

【校記】

〔一〕　詩題，經訓堂本作「雲林故居」。

梁谿舟次

水國斜陽晚，停橈古渡前〔一〕。白蘋殘暮雨，紅葉滿清泉。遠火明山寺，寒鐘入夜船。愁聽雲外雁，嘹唳度長天。

【校記】

〔一〕　古渡前，《七子》本作「古渡邊」。

葑谿曉泊

一夜菰蒲雨，鱄谿秋水生〔一〕。臥聞榜人語，烟際釣船横。蘋葉曉微墜，野禽時獨鳴。稍看叢竹外，初日數峯晴。

【校記】

〔一〕鱄谿，經訓堂本作『南湖』。

泊青暘

風竹晚蕭蕭，云是青暘路。籬落緑雲中，沿谿見漁步。兹來秋已殘，紅葉散津渡。荒墟竄鼪鼯，遠渚亂鷗鷺。不逢絕世人，何從展幽愫。微吟《感遇詩》，彌廑《閒居賦》。明晨楚詶亭，行縢縛雙屨。玉局表高懷，悠然啓遐慕。

罨畫谿

谿山宛如畫，誰信畫不如〔一〕。含翠峯窈窕，殷紅樹扶疏。澹旭偶明滅，微雲互卷舒。絕景詎能狀，心賞與之俱。微寒霜未降，妍暖同春初。我時駕扁舟，弭櫂依簰筏。香秔林下飯，臺笠烟中漁。毋乃隱君子，耦耕希溺沮。屬時歲將晏〔二〕，孤征情豈攄。忽增世外想，清磬來精廬。

【校記】

〔一〕誰信，經訓堂本作『誰云』。

〔二〕屬時，經訓堂本作『屬序』。

西氿〔一〕

未游善卷洞，先汎長蕩湖。茲湖稱西氿，寒淥涵清虛。涼風晚不起，明鏡開奩初。迢迢蘋荇亂，漠漠飄檣舒。北流接梁谿，西路通具區。疏陰桑柘外，竹屋棲秋漁。微霜昨夜降，楓葉明邨墟。斜陽澹暮靄，遠見征鴻書。雲山洵幽絕，逸抱何時攄。誓擕雪中櫂，來卜水榭居。〔二〕

【校記】

〔一〕詩題，經訓堂本作『過西氿』。

〔二〕經訓堂本此句有注：『杜牧之《水榭》詩：「他年雪中櫂，陽羨尋吾廬。」』

國山碑

我從洞汭來，山水倍葱蒨。烟巒遠迤邐，蒹葦互淩亂。罨畫已幽深，銅官復婉孌。或言國山陰，石囤尚可辨。踰嶺一摩挲，斑駁麗苔蘚。其圍度丈餘，刻畫稍漫漶。其行四十三，其字徑二寸。造自天璽年，歲陽尚可按。時皓頗驕盈，羣臣乃逸諺。甘露霏林巒，瑞星爛霄漢。赤文比金符，綠字擬錦段。下至物類繁，奏上恣欺謾。一千二百餘，巧曆誰能算。司徒與太常，持節莅封禪。自謂功德隆，三五欲同貫。南蠻已交攻，西晉正强悍。阿童駕樓船，木杮徧江岸。薛瑩先乞降，張悌復死戰。倉黄輿櫬時，奉書詞悽惋。回憶初平初，英雄起江甸。父子騁奇材，兄弟亦交贊。略地劉繇奔，用火曹瞞竄。遂定業三分，鼎峙河山奠。四傳逮彭祖，生民日塗炭。乃知幸禎祥，實以兆禍患。碑辭豈足憑，先機失吾彥。嗟嗟《板》《蕩》時，臣工擅詞翰。掞藻仿典墳，結體沿隸篆。蘇建與華覈，才名高東觀。當並敦彝傳，豈同耳目翫。行將闢荊榛，響拓極神變。第恐六丁收，蛟螭激雷電。

訪任公釣臺

昔誦《南華經》，投竿向東海。樂安非其倫，巨犗意何在。騎兵忽升庸，俯首備朝寀。一麾出守時，託興轉瀟灑。頗聞決事餘，蹤跡雜樵採。烟波寄風標，詞藻散霞采。從游有茂沿，相於擷蘭茝。校書性所敦，食麥貧無悔。冉冉高臺傾，渺渺清流匯。一諷《絕交》篇，含悽亘千載。

溧陽道中懷李布衣客山果〔一〕

夜寒宿葭葦，清曉聞䍐音。涼風吹雨過，衆嶺澂微陰。殘葉墮秋水，棲鳥鳴孤岑。眷言同心友，離居思難任。想見衣薜荔，讀書松桂林。躬耕諧古處，高臥辭塵襟。素侶時復遇，鳴此風中琴。興發流水引，還爲滄浪吟。應知念行役，悵然嗟滯淫。

【校記】

〔一〕詩題，《七子》本作『溧陽道中懷吳澤均』。

楓隱寺宿

斜照下秋澗，蒼然斷靄空。人來疏竹外，犬吠暮雲中。落葉亂無數，寒泉響不窮。幸隨蓮社客，清話一宵同。

蓮湖夜泊〔一〕

日暮北風寒，落颿向南浦。薄靄空山來，蒼然散平楚。野徑極清曠，稍見漁樵侶。竹樹翳遠墟，烟火起別墅。時聞雲外鐘，禪林信何所〔二〕。秋江生層波，杳杳征鴻語。夜久鐙遂昏，孤篷滴微雨。

【校記】

〔一〕詩題，《四家》本、經訓堂本作『蓮河溪夜泊』。

〔二〕何所，《四家》本、經訓堂本作『何處』。

晚渡滈湖

雲水渺無際，楚天聞斷鴻。烟中辨漁唱，杳杳清谿東。細雨亂蒲響，危橋曲渚通。瀲湖飄落後，孤驛夜鐙紅。

吳門寒夜

已過鳴雞埭，重游走鹿場。江山經楚甸，風雪灑吳裝。作客當殘歲，還家尚異鄉。故人一尊酒，相對慰愁腸。

客路棲遲久，高堂問訊疏。誰人供負米，有夢憶牽裾。歲晚猶催織，天寒尚倚閭。回看慈母線，涕淚滴方諸。

歸家得邵玉蕖信

小船昨夜返郊居，蛛網蝸涎自掃除。龜手誰人知買藥，蠅頭獨自愛鈔書。薄寒小酌三升酒，晚食先挑半畝蔬。猶喜故人能記憶，已從圓泖寄雙魚。

移居八首〔一〕

移宅清谿畔，閒居得地偏。階緣沙石甃，門藉竹籬編。窄徑通瓜圃，低窗傍藥田。蓬蒿吾已足，偃仰度殘年。

五畝開樵路，三間闢草廬。東西陸氏宅，南北阮家居。竹裏尋花屐，梅間采藥鋤。便隨穫若去，未惜世緣疏。

別港鄰花嶼，回汀抱柳橋。芰荷秋瑟瑟，梧竹雨蕭蕭。捕蟹留寒火，叉魚候蚤潮。此中生計得，隨分老漁樵。

卷幔開疏箔，移牀近短檽。研分蛾黛綠，墨漬麝煤青。殘碣《來禽帖》〔二〕，叢書《相鶴經》。芸蟫堪永日，門巷晝長扃。

水檻閒憑處，江樓悵望時。漁家烟際篴，酒市雨中旗。短柵沿谿曲，孤颿隔浦遲。高眠方跂脚，落葉又催詩。

菜自園丁送，薪從野客分。封泥培橘友，曬藥驗桐君。盤飣霜前栗〔三〕，羹調雪底芹〔四〕。更知下潠熟，安穩臥谿雲。

獨處懷《招隱》，幽棲藉《解嘲》。宗雷蓮社侶，嵇阮竹林交。荷篠尋魚椮，扶藜數鶴巢。清言同散髮，款款坐林坳。

暮靄生樵徑，斜陽下釣灘。雲生長泖闊，木落四峯寒〔五〕。鄰織鐙前急，邨舂月下看。西郊行藥返〔六〕，露滿菊花團。

【校記】

〔一〕詩題，經訓堂本作『移宅八首』。

〔二〕殘碣，經訓堂本作『殘刻』。

〔三〕霜前栗，經訓堂本作『雞頭芡』。

〔四〕雪底芹，經訓堂本作『雉尾蓴』。

〔五〕四峯，經訓堂本作『九峯』。

〔六〕行藥返，經訓堂本作『行藥地』。

西齋雨夜懷淩秀才祖錫應曾

黯黯窗下鐙，沈沈雨中漏。松篁互蕭森，稍辨滴簷溜。幽念集清宵，遙情屬故舊。眷我離居人，晤言阻林岫。夜半雁聲寒，想見吟詩瘦。

春陰

冥冥薄靄興，漠漠寒霏積。叢篠翳春陰，殘梅泫清滴。幽悰夙無豫，矧茲感離逖。微波江路遙，佳期杳難卽。孤館澹餘香，獨聽林間笛。

游虞山同家碩夫大椿蘇顯之去疾兩秀才作〔一〕

入世寡諧心，尋幽協徵慮。方舟泝尚湖，言訪海隅路〔二〕。屬值春夏交，曾飈扇和煦。蔥蒨滋陵苕，敷榮粲丘樹。始經巫咸祠，繼造言子墓〔三〕。海色横空濛，湖光藹回互。淩緬塗既紆，登頓徑屢誤。悠悠玄雲興，微微零雨注。攬景得大觀，撫化足鳴豫。逝矣攜朋曹〔四〕，懷哉遂幽素。

【校記】

〔一〕詩題，《七子》本、經訓堂本作『游虞山』。

〔二〕言訪海隅路，《七子》本、經訓堂本作『言陟虞山路』。

〔三〕言子墓，《七子》本、經訓堂本作『言偃墓』。

〔四〕攜朋曹，《七子》本、經訓堂本作『謝淄磷』。

破山寺夜宿止公山房〔一〕

雲松何窈窕，勝地愜招尋。人語落花徑，鳥嗁修竹林。斜陽生暝色，寒澗瀉清音〔二〕。獨往空山裏，幽懷慕向禽。

花竹森樵徑，雲山秀梵宮。永懷僊尉句，吟望思無窮。清磬疏林外，禪鐙暮靄中。夜寒涼露滴，解帶聽松風。

【校記】

〔一〕詩題，《七子》本作『過破山寺夜宿止公山房』，經訓堂本作『破山寺夜宿止上人山房』。

〔二〕瀉清音，《七子》本、經訓堂本作『有餘音』。

拂水山莊〔一〕

烏目山頭夕照餘，舊時臺榭已成墟〔二〕。南朝江令荒遺宅〔三〕，西蜀揚雄認故居。紅豆花殘悲往劫，絳雲樓燼失藏書〔四〕。蘼蕪舊事何從問〔五〕，月照香嬰對綺疏。

【校記】

〔一〕詩題，《四家》本作『過拂水山莊』。

〔二〕已成墟，《四家》本作『總荒墟』。
〔三〕荒遺宅，《四家》本作『無留宅』。
〔四〕樓燼失藏書，《四家》本作『樓廢感遺書』。
〔五〕『蘼蕪』句，《四家》本作『何從更問蘼蕪事』。

過陳見復先生祖范園居〔一〕

數畝丘園裏，蕭然古意存。夕陽明遠岫，流水抱衡門。棲隱名偏重，《譚經》道自尊。東皋耆舊在，來往共琴樽。

【校記】

〔一〕詩題，《七子》本、《四家》本、經訓堂本作『過陳見復先生園居』。

爲家碩夫題畫卽效其體

至人寂滅悟幻境，山河大地皆虛無。妙明心地一涌見，華嚴彈指知非誣。吾觀畫理亦如是，豈有刻畫煩規模。閒窗無人氣蕭爽，忽對藤牋發深想。蘸墨旋看烟靄生，揮豪已覺楓杉響。山前茅屋幽且閒，篠簜萬个遮柴關。寒陂古柵人不到，但有碎玉鳴潺湲。居家烏目山間住，灌莽荒叢不知數。窈窕危峯半入雲，圖中仿佛前游處。聞君臥病愁塵勞，茶烟藥裏耽蕭寥。曷不東歸破龍澗，便攜坐具依松寮。三峯遺指況未沫，相期參叩忘昏朝。他時乾慧滅見性，一笑此卷如秋毫。

訪李客山

曲巷荊扉草一叢，檐牙初日照簾櫳。廚開賸有春葅綠，竈滅曾無宿火紅。品到清寒方足貴，文歸澹雅自然工。當門乞得蒙山茗，讀畫譚詩興不窮。

滕氏家祠

宋水部員外郎滕茂實，字秀穎，臨安人。靖康初以工部員外郎使金，爲所留。欽宗及郊，茂實迎謁，號泣。金人諭以大用，迫令易服，茂實力拒之，請從舊主北行，金人不許。憂憤成疾，卒雲中。其友人董詵拔歸，言于張浚，上其事，贈龍圖閣學士，官其家三人。

仗義三吳重，孤忠萬古靈。衣冠瞻舊德，俎豆仰前型。月窟初徵夢，雲亭蚤問經。訏謨威敵國，議論動朝廷。伉直心原壯，艱危運獨丁〔一〕。金符天子命，玉節使臣星。生死黃旛慟〔二〕，身名碧篆銘。英風昭日月，壯烈震雷霆。異地叢祠盛，空山古墓扃。殊勳標史冊，遺像肅門庭。念遠音徽著〔三〕，懷先涕淚零。炳麟河岳氣，長與照丹青。

【校記】

〔一〕『伉直』聯，經訓堂本作『奕世傳家厚，司空秉性貞』。

〔二〕黃旛慟，經訓堂本作『黃旛哭』。

〔三〕音徽著，經訓堂本作『音徽在』。

韓蘄王廟〔一〕

空堂神鬼半青紅，飄颻雲旗鬬朔風。五國君臣終陷沒，一家婦女盡英雄。廟中墜馬仇難復，湖上騎驢恨未窮。聞説鐵山碑十丈，幾時剔蘚讀元功。墓在靈巖山下，有趙雄碑，甚高。

【校記】

〔一〕此詩，《七子》本、《四家》本、經訓堂本文字均不同。《七子》本云：『蘄王古廟傍城東，殘碣猶書舊日功。半壁江山留戰蹟，一家婦女盡英雄。中朝冤獄悲三字，絶塞蒙塵痛兩宮。驢背歸來何限恨，靈旗日暮卷秋風。』《四家》本除『留戰蹟』作『經戰伐』，『何限恨』作『無限恨』外，其餘全同《七子》本。經訓堂本云：『貂蟬冕服古城東，忠勇猶鐫舊日功。湖上騎驢心未已，廟中墜馬恨何窮。旌旗横海兼三鎮，桴鼓臨江痛兩宮。獨有背嵬相對侍，靈帷日暮捲淒風。』

題徐秀才蒼林薌坡水亭〔一〕

憐君頻失路，歸種傍湖田。濯足清谿去，蘆中聞扣舷。菰蒲鳴夜雨，鷗鷺散江烟。秋水南華意，誰人得共傳。

【校記】

〔一〕詩題，經訓堂本作『題友人水亭』。

虢國夫人蚤朝圖爲張丈擔伯錫爵題〔一〕

月落未落光曈朧，露花烟柳天空濛〔二〕。阿姆侍監紛左右〔三〕，沙隄前後紅鐙紅〔四〕。赤絲結尾連錢驄，玉鞭斜轉回銀騣。内府奚官好身手，控御蹴踏隨春風〔五〕。八姨馬上意態濃，羅衣珠壓俱瓏璁，蚤朝直入華清宫。宫中深宵事歡宴〔六〕，那復問夜勤銅龍。韓休已老九齡謫，無人抗疏開皇衷。銀闕欲啓鳴清鐘，五家朱轂爭追從〔七〕。雄狐一時尤獨出，賜錢百萬誇豪雄〔八〕。曲江江頭驪山上，琲璣瑟瑟隨行蹤。寧知軋犖來關中，長安樓殿旋成空〔九〕。倉皇聞難走馬去，馬嵬遺恨將毋同。丹青千載淚痕在，對此太息陳倉東〔一〇〕。

【校記】

〔一〕詩題，《七子》本、《四家》本作『虢國夫人早朝圖』。

〔二〕天空濛，《七子》本、《四家》本作『春空濛』。

〔三〕紛左右，《七子》本作『分左右』。

〔四〕沙隄前後，《七子》本、《四家》本作『長堤十里』。

〔五〕蹴踏隨春風，《七子》本、《四家》本作『不與尋常同』。

〔六〕深宵，《七子》本、《四家》本作『春宵』。
〔七〕朱轂，《七子》本、《四家》本作『車子』。
〔八〕詩豪雄，《七子》本、《四家》本作『真豪雄』。
〔九〕旋成空，《七子》本、《四家》本作『俱成空』。
〔一〇〕太息，《七子》本、《四家》本作『忽憶』。

蘇文忠公赤壁圖〔一〕

大江日夜流洪濛，蒲圻魚嶽爭巃嵸。齊安赤鼻更秀絕，晴天削出青芙蓉。蘇子召客晚置酒，扁舟一葉淩長空。涼風修修白露下，極目寒鏡明雲峯。爛銀盤涌大海底，瀲碧下照馮夷宫。坐中洞簫聲幽咽，餘音驚起深淵龍。西望武昌東夏口，三分形勢蟠心胷。忽憶孫曹限南北，水師百萬驅艨艟。旌旗蔽空號令肅，笑指烏鵲真豪雄。誰知夜半風信便，周郎列炬千山紅。霸圖勝負長已矣，千秋圓月懸青銅。撫時感事輒太息，舉杯論古情無窮。誰圖此景在卷軸，羽衣鶴氅何雍容。竭來兩賦照霄漢，常與勝踐留遺蹤。騎箕去後五百載，何人繼起追高風。應知魂魄定戀此，翩然披髮隨星虹。捲圖還君一俯仰，夢駕孤鶴横江東。

【校記】

〔一〕經訓堂本卷一有題爲『爲周欽萊秀才題赤壁圖』之詩，與本詩押韻同，然多有異文，經訓堂本作：『大江日夜趨朝宗，山迴南戒爭巃嵸。齊安赤鼻更秀絕，晴天削出青芙蓉。蘇子召客夜置酒，扁舟一葉淩長空。涼風修修白露下，極目寒鏡明秋峯。爛銀盤涌大海底，一碧下照馮夷宮。西望武昌東夏口，蒼茫懷古填心胷。忽憶孫曹限南北，水師百萬驅艨艟。旌旗寂靜號令肅，此時横槊真豪雄。誰知周郎已受命，半夜舉火千山紅。霸圖勝負長已矣，惟有明月懸青銅。撫時感事一太息，相與酌酒傾黄封。誰圖兹景在縑素，羽衣鶴氅何雍容。詩篇賦筆照天地，日與絕壁留奇蹤。騎箕去後五百載，何人繼起追高風。定知魂魄有遺戀，翩然披髮乘飛龍。鮓溪詩叟老更窮，僅餘此卷拱璧同。前身應是洞簫客，曾見孤鶴横江東。』

題沈徵君冠雲彤登岱圖〔一〕

縹緲烟霞一望收，振衣長嘯倚高秋。雲開碧海三更日，地接黄河九曲流〔二〕。漢碣秦碑傳勝蹟，金泥玉檢照神州〔三〕。何時策杖從君去〔四〕，詄蕩天門賦《遠遊》。

【校記】

〔一〕詩題，《七子》本、《四家》本、經訓堂本作『題沈冠雲徵君登岱圖』。

〔二〕九曲流，《七子》本、《四家》本作『萬里流』。

〔三〕玉檢，《四家》本作『玉簡』。

〔四〕何時，《七子》本、《四家》本、經訓堂本作『何當』。

題趙秀才升之文哲春感詩後〔一〕

試鐙風定雨如絲，寂寞西窗漏板遲。不分茶烟禪榻畔，夜深吟徧斷腸詞。

三年舊事不勝情〔二〕，香灺鐙昏百感生。料得小樓人獨倚，杏花如雨撲簾旌。

【校記】

〔一〕詩題，《三家》本作『題趙璞菴春感詩後』。

〔二〕三年，《三家》本作『十年』。

至吟嘯堂

輕颺斜挂緑楊絲，一笑猶嫌攬袂遲。去日蘼蕪方被徑，歸來菡萏已盈池。秋當七夕穿針節，人到三星在戶時。聞說冶春吟興好，先攜團扇索新詞。

臥病

短枕横繩牀，空齋此臥疾。鐙落夢回時，蕭蕭秋雨滴。
紙窗響枯葉，幽鳥時一鳴。閒門人不到，緑蘚被階生。

題余布衣蕭客仲霖秋鐙夜讀圖

曉起聞嚴飆，六花響簾押。平頭銜雪來，打門送畫匣。開函展長圖，松篁互蕭沓。曲砌沿苔衣，疏櫺翳梧葉。中有雒誦人，蕭然脱巾帢。仰眺明河長，俛視零露浥。夜深秋氣凉，青鐙理故業。蠹簡雜繩牀，筐墳啓藤笈。汲古思奥窔，搜奇恥涉獵。泯默千載心，欲與前賢接。對兹益感喟，儒術久晦瞀。私記已佌離，俗學更紛緤。儒宗有惠施，謂惠徵君定宇棟。六藝恣該洽。議《禮》定廟郊，學《易》辨挂揲。高論泝羲軒，羣言陋鄒夾。一笑唐宋來，爭排但謫諜。君能從之游，師承未云乏。定得禮堂傳，差令小儒懾。趙商訊《風》詩，張逸問禘祫。紹述期無諼，昕夕攷遺法。嗟我本檮昧，蚤爲世網脅。破屋圓泖濱，遺書頗滿篋。舊學愧疏蕪，羈游益疲苶。幸逢賓館間，相於偕步屧。深知慕前修，素心良已愜。呵凍爲此詞，飛騰動臂胛。

贈許丈子遜廷鑅

元亮久知歸栗里，天隨近喜住松陵。白頭尚任《風》《騷》重，青眼相看意氣增。卻病文先傳《七發》，鬬强酒立盡三升。賞音梅會人雖逝，少爲竹垞太史所賞。訪舊鱄谿興可乘。謂歸愚先生。

題閨秀姜桂春耕圖〔一〕

橫橋矮屋帶荒谿，雲外春山面面低。好似江郵三月晚，一林烟雨鷓鴣啼。萋萋芳草接平蕪，野寺雲林入有無。想得瑣窗閒潑墨，烟波仿佛水郵圖。青鐙白髮不勝情，點染橫圖眼倍明。可是敬亭山下路，纍臣老去事春耕。桂爲萊陽如農先生曾孫女〔二〕。

【校記】

〔一〕詩題，經訓堂本作『題姜桂春耕圖爲姜光宇秀才作』。

〔二〕『桂爲』句，經訓堂本作『桂貞女爲如農先生曾孫』。

送家鳳喈鳴盛之楚中

寒風蕭瑟送行舟，一片孤颿上鄂州。夏口烟波連赤壁，襄江形勢接巴丘。崇蘭芳杜騷人思，折戟沈沙異代愁。到日關河春色好，題詩應上仲宣樓。

平原邨

芳洲度殘雨，柳陰生晝寒。孤邨隱桑柘，迢遞青山端。望古懷國琛，風流被林巒。書臺久蕪沒，清流激潺湲。松明夕照斂，篠動時禽還。誰爲遡芳躅，棲息營柴關〔一〕。

【校記】

〔一〕棲息，經訓堂本作『小築』。

重過小鑑湖〔一〕

夕霽孤邨路，清谿一櫂過。斷雲時作雨，遠水偶生波。春盡閒花少，林蔭落絮多。桂樓重盼望，縹緲隔烟螺〔二〕。

【校記】

〔一〕詩題，經訓堂本作『過小鑑湖』。

〔二〕『桂樓』聯，經訓堂本作『桂樓凝望處，迢遞隔烟螺』。

落花

斷粉零香滿綠墀〔一〕，一番花信欲殘時。何人解讀傷心賦，有客重吟長恨詞。紫陌春深風臭臭，紅樓夜靜雨絲絲。江南無限韶華景，禪榻茶烟入夢思。

【校記】

〔一〕綠墀，經訓堂本作『玉墀』。

題太真上馬圖〔一〕

四人執杖遙傳呼，二人返顧行踟躕。一人宮妝極窈窕，結束自與尋常殊。連錢寶馬當道立，欲上未上愁難扶。宮人嬋娟各侍側，内監絡繹爭旁趨。或捧銀罌及粉盝，或執寶帕連華裾。得非驪山隨輦去，金鐙玉勒同馳驅。當年天寶號清晏，掖庭無事相嬉娛。紅塵一騎自涪水，雲錦萬匹來羌胡。長安水邊南苑裏，黄門飛鞚無時無。豈知霓裳舞未歇，青騾蜀棧徒欷歔。荒宮無馬淚暗滴，夜深風雨鳴楸梧。

【校記】

〔一〕詩題，《七子》本作『太真上馬圖』。經訓堂本作『太真上馬圖同錢思贊秀才題』。

寄鳳喈武昌〔一〕

分攜當歲暮，雨雪滿關津。忽見東風轉，江梅又蚤春〔二〕。音書愁遠道，尊酒憶蕭晨。何日謀棲隱，羊求結比鄰。

天際碧雲合，瀟湘春雁飛。知君官閣裏，終日對清暉。漢上詩篇好，襄陽耆舊稀。東風芳杜若，悵望挂飄歸。

君家練水上，雲木迴清虛。我亦居三泖，烟波足釣魚。耦耕知未得，作客竟何如。睠念瑶華至，臨風一起予。

【校記】

〔一〕此詩底本僅錄第一、二首，第三首係據《七子》本、經訓堂本補。詩題，《七子》本作『寄家鳳喈』，經訓堂本作『寄鳳喈』。

〔二〕蚤春，《七子》本、經訓堂本作『早春』。

蓮花峯遇雨〔一〕

吳山遠勢環如宮，翠屏峭列瀫湖東〔二〕。華山一支竟獨屬，虎牙孤立森奇峯。圖經舊事猶可攷，當年菡萏開薰風。仿佛金天華岳上，奇葩十丈飄蔫紅〔三〕。我來狂游愜幽討〔四〕，石路犖确拖枯笻。殘鐘渺渺出林際，香梵杳杳來虛空。西望漁洋勢夭矯，南瞻鄧尉形寵嵸。具區一碧浩無際，汀花浦樹森青葱。須臾白雲蓊匌起，化作烟霧春空濛。蠟屐衝泥綸巾墊，問徑往往煩邨童。是時殘梅已飄盡，杏花幾點明芳叢。酒帘隱約短彴外，僧寮明滅寒雨中。石湖詩版不可見，殘碑斑剝蒼苔封。欲訪西空居士宅，瀑流抉石鳴琤瑽〔五〕。谿山如此少遊歷〔六〕，幽棲空復思臺佟。明星玉女不可從，明區遙隔秦關雄。卽此西岸孤絕處，香茅差足棲疏慵。菖花桂子恣行樂，日日揮麈依長松。

【校記】

〔一〕詩題，經訓堂本作『雨中登蓮花峯』。

〔二〕『吳山』聯，經訓堂本作『吳山如霍還如宮，翠屏環列澄湖東』。

〔三〕蔫紅，經訓堂本作『紺紅』。

〔四〕愜幽討，經訓堂本作『恣幽討』。

〔五〕瀑流抉石，經訓堂本作『亦僅飛瀑』。

〔六〕少遊歷，經訓堂本作『誤歸隱』。

千尺雪

山行愛樵唱，況復聽寒泉〔一〕。映竹穿苔徑，緣崖到藥田。飛流雲際落，急響雨中傳。誰挈軍持去，花龕伴夜禪〔二〕。

【校記】

〔一〕寒泉，經訓堂本作『秋泉』。

〔二〕伴夜禪，經訓堂本作『此習禪』。用郤詵事。

石湖懷范文穆公

石湖本勝地，別墅始范公。烟波越谿上，營此五畝宮。天鏡既蕭爽，綺川復沖融。手栽梅千樹，晴雪香春風。身辭簪紱侶，迹喜漁樵從。想當驂鸞歸，願繼鴟夷蹤。平園與白石，來往琴樽同。迄今緬遺構，巖壑埋芳叢。惟聞楞伽寺，夕梵閒疏鐘。幽境宛如舊，前喆何由逢。漁篴在杳靄，商飆出空濛。終期狎鷗鷺，卒歲攜烟篷。

懷蔣秀才升枚業鼎兼寄曹秀才來殷仁虎〔一〕

交翠池邊路〔二〕，垂楊起麴塵。花時常病酒，夢裏度殘春。風雨思嘉會，琴尊憶故人。雲藍芳訊在，珍重托文鱗〔三〕。

吳苑銷魂地，何堪賦別離〔四〕。柳深鶯晛睆，風定燕差池。細雨真孃墓，春蕪短簿祠。舊游無限意〔五〕，好爲寄陳思。

【校記】

〔一〕詩題，經訓堂本作『懷蔣升枚秀才兼寄曹來殷』。

〔二〕交翠池，經訓堂本作『秦女祠』。

〔三〕珍重，經訓堂本作『迢遞』。

〔四〕賦別離，經訓堂本作『又別離』。

〔五〕無限意，經訓堂本作『無限恨』。

武林閨秀方芷齋芳佩以在璞堂詩集見示卻寄〔一〕

雙魚迢遞寄瑤華，繡閣聲名兩浙誇〔二〕。謝女詩才工詠絮，衛孃書格妙簪花。雲生北嶺開疏箔，月滿西湖放短槎〔三〕。回首六橋烟柳地，瓊窗縹緲隔朝霞。

【校記】

〔一〕詩題，《四家》本經訓堂本無『芳佩』二字。

〔二〕兩浙誇，《四家》本、經訓堂本作『一代誇』。

〔三〕短槎，《四家》本作『釣槎』。

寄內六絕〔一〕

渺渺星河入蚤秋，斷雲疏樹一登樓。相思今夜西窗月，獨對涼風詠《四愁》。
紅蕅花殘憶故廬，天涯風物感離居。谿橋綠水迢迢遠〔二〕，腸斷雲藍一紙書。
娟娟風露夜初長，睡鴨熏鑪罷晚香。燕子欲歸秋社近，碧梧殘葉下回廊。
澄江楓落雁初飛，杳杳紅樓隔翠微。料得故園砧杵急，一燈清淚寄寒衣。
離亭風笛晚蕭蕭，水館鐙殘酒半銷。歸夢不知江路永〔三〕，夜深還渡赤欄橋。
傷春中酒事堪憐，又值秋聲到枕邊。憔悴江湖人不見，鬢絲禪榻度華年。

【校記】

〔一〕此詩底本題爲『寄內四絕』，第四、六首據《七子》本、《三家》本補。

〔二〕谿橋，《七子》本、《三家》本作『河橋』。

〔三〕永，《七子》本、《三家》本作『遠』。

雨中滄浪亭同錢秀才曉徵大昕作

秋涼未來暑欲退，紙窗殘雨風淒淒。陰雲解駁日腳漏，我友好事相招攜〔一〕。詩囊無多每手挈，茶具豈俟煩童奚〔二〕。翠玲瓏外短略彴，半畜流水堆琉璃。古槐時有老雀啅，天棘高曳疏蟬嘶。荒草一道石屈曲，殘荷數點花萋迷〔三〕。天憐才人苦遷謫，付與勝地聊羈棲。錢孫池館盡蕪沒，小築亭子當迴隄〔四〕。碧灣翠阜人不到〔五〕，幅巾獨往儔鳧鷖。卽今遺迹尚如昨，石枏精舍連招提。苔花黿蝕佛火暗，灑掃往往勤闍黎。僉壬自喜一網盡，後來弔古餘酸悽〔六〕。鄉邨本適魚鳥願〔七〕，蕭齋近在横雲西〔八〕。清芬分栽蘭桂菊〔九〕，佳果雜致柑櫨梨〔一〇〕。匡牀八尺當晝臥〔一一〕，遥聽籬落鳴莎雞〔一二〕。朅來魚城作羈旅，年華晼晚眉全低。我思吳峯多秀絕〔一三〕，蒼崖碧嶂浮天梯。采香涇外硯山下〔一四〕，亞牆細路緣柔荑。矧逢清秋漸蕭槭，坐見紅葉酣邨畦。會須與君放舟去，更蠟雙屐窮攀躋。銀鑪雙頭酒百斛，江山風月恣評批。

【校記】

〔一〕我友，經訓堂本作『故人』。

〔二〕『詩囊』聯，經訓堂本作『躡屐不須借款段，持囊且復煩童奚』。

〔三〕『殘荷』句後，經訓堂本多『籲嗟長史不可作，當年飲酒遭排擠』一聯。

〔四〕『錢孫』聯，經訓堂本作『南園池館久蕪沒，小築亭子當花堤』。

〔五〕碧灣，經訓堂本作『荒灣』。

〔六〕『僉壬』聯，經訓堂本作『歐公梅老吟歎後，恆見文士來留題』。

〔七〕鄉邨本適，經訓堂本作『平生雅有』。

〔八〕蕭齋近在，經訓堂本作『草堂本在』。

〔九〕清芬分栽，經訓堂本作『名花繞籬』。

〔一〇〕雜致，經訓堂本作『壓逕』。

〔一一〕匡牀八尺，經訓堂本作『簟紋滑笏』。

〔一二〕籬落，經訓堂本作『院落』。

〔一三〕吳峯多秀絕，經訓堂本作『吳山最秀處』。

〔一四〕采香涇外，經訓堂本作『楞枷湖畔』。

雨後尋汲雲庵

石徑雨初歇，遠山生夕暉。涼風動修竹，殘滴滿秋衣。觸石泉聲急，經霜木葉稀。遵華巖在望，丙舍好因依。先曾祖墓在庵東，上有大石，勒『遵華巖』三字，係宋淳熙年間題，而丙舍頹廢，尚未能修葺也〔一〕。

【校記】

〔一〕『係宋』三句，經訓堂本作『係淳熙年間所刻，華嚴丙舍距庵半里許』。

秋晚寄淩祖錫〔一〕

寒風生北渚，暮雨來西洲。開門見江水，日夜從東流。東流去不息，念遠情無極。芳序變蕭晨，徘徊空記憶。憶昔五茸城，旅舍相逢迎。悲歌陳慷慨，置酒訴生平。生平最蕭瑟，依依共晨夕。折柳上河橋，孤舟仍作客。作客已經時，江皋雁信遲。清商紛暮節，遠道感佳期。佳期渺何處，夢向春申渡〔二〕。仿佛見佳人，攜手申良晤。良晤不可常，芙蓉落曉霜。瑤華頻悵望，明月滿空梁。

【校記】

〔一〕詩題，《七子》本、經訓堂本作『秋日寄淩祖錫』。

〔二〕春申，《七子》本、經訓堂本作『江南』。

厲徵君太鴻鶚將歸西湖過訪不值以詩送之

披衣相訪未相親，又報吳船指去津。老挈樵青供隱伴，歸尋和靖作鄉人。觀濤江晚潮如雪，放鶴亭寒月似銀。秋雁一繩來往便，長箋寄遠莫辭頻。

題趙丈飲谷虹小吳船時太鴻未行適遇于此

陸處寧無屋，蓬窗日晏然。人囂知市近，巷曲任門偏。茗試浮槎水，書繙泊宅編。鄰牆斜照遠，疑是片飄懸。

耆舊知名盛，相逢遂宿緣。言歸高士宅，偶泊孝廉船。二老風流古，三冬日景偏。到家春信蚤，梅放草堂前。

曉徵枉過草堂夜話〔一〕

歲晚嚴風急，郇荒積雪高。蒙君懷故舊，此夕到蓬蒿。失喜移明燭，驅寒進薄醪。草堂同款語，何用首頻搔〔二〕。

貧賤多倉卒，生涯足苦辛。舟車長道路，書劍雜風塵〔三〕。作客誰知己，還家媿老親。耦耕虛夙約〔四〕，一飽竟何因。

小築臨長谷，幽居對短陂。家貧凋舊業，才拙負明時。徑僻苔生徧，階荒鳥下遲。生平淒寂意，獨有故人知。

感激懷良友，分攜愴別魂。遠遊猶未返，家鳳喈。臥病與誰論。淩祖錫。道路蒼江隔，音書故篋存。寥寥餘數子，來往共晨昏。

少壯容顏改，窮愁意氣增。詩書從季次〔五〕，湖海憶陳登。時命無煩卜，文章或可稱。白雲謀送老，采藥我猶能。

【校記】

〔一〕 詩題，《七子》本作『錢曉徵枉顧草堂夜話』。

〔二〕 何用，《七子》本作『慘澹』。

〔三〕 雜風塵，《七子》本作『辱風塵』。

〔四〕耦耕虚夙約，《七子》本作『鄉田逢歲歉』。

〔五〕詩書從季次，《七子》本作『風塵悲趙壹』。

同曉徵過慈門寺〔一〕

蕭條景物近殘冬，遙指香林並過從。日午烟消花院竹，天寒雪壓石壇松。傳心未得通三昧，出世何當叩五宗〔二〕。欲向南原參大義，魚山清梵響疏鐘。

【校記】

〔一〕詩題，《四家》本、經訓堂本作『同錢曉徵過慈門寺』。

〔二〕叩五宗，《七子》本、《四家》本作『問五宗』。

春融堂集卷三　三泖漁莊集　庚午　辛未

添勝菴紀事

蕭蕭翠竹繞溪沙，寂寞何人問歲華。三尺蒲帆垂柳外，又聞驚起欲棲鴉。

六花幾點上簾時，略怯春寒到鬢絲。小小雲房清似水，只留香篆表相思。

隔牆清磬報黄昏，偶撥圍爐火尚溫。更有誰來同索笑，小窗疎影見梅魂。

由崑山南麓過華藏寺望龍洲道人墓

崑山屬華亭，此名乃竊取。路經天開巖，瑞光隔數武〔一〕。春餘表孤花，候暖延宿莽。藤蘿挂烟巒，菽麥繡村隝。九峯隔吳淞，百里但平楚。兹從梅峪登，江湖入遙睹。粼粼白石秀，鏤刻謝斤斧。精藍出松篁，日午聞法鼓。我訊野鶴軒，遐想論文侶。誰知青碧間〔二〕，名賢昔容與。見震川記。層雲忽西來，林葉竟飆舉。卻望有道阡，蒼茫久凝佇。

【校記】

〔一〕瑞光隔數武，經訓堂本作「遂訪瑞光處」。

〔二〕青碧，經訓堂本作「蒼碧」。

歸雲閣雨坐閣東爲傳是樓故址

孤閣掩芳晝，急雨來清谿。稍看風蝶亂，已識林禽棲。客居意罕適，書筴聊參稽。悠然緬東海，營此如金閨。朝香染翠墨，夜火分青藜。重樓署傳是，意與菉竹齊〔一〕。縹緗早零落，臺榭俱萋迷。餘花幽逕盡，疎柳荒池低。憑欄試流矚，暮靄生晴霓。雲歸人亦歿〔二〕，望古懷餘悽。

【校記】

〔一〕意與菉竹齊，經訓堂本作「菉竹安能齊」。

〔二〕亦歿，經訓堂本作「不返」。

喜沈侍郎歸愚先生德潛予告南歸〔一〕

三載春卿值禁垣，抽簪喜見向丘樊。譚詩共作南皮會，雅集仍開北海樽。千古詞章留虎觀，四方冠蓋聚龍門〔二〕。清時文獻誰能及，甪里松陵敢並論。

麟鳳文章仙佛身，故園舊雨倍情親。總持風雅稱詩老，嘯傲湖山荷聖人。笠澤烟消攜釣艇，銅坑花放整綸巾〔三〕。近來好事知多少，團扇家家繪畫真。

【校記】

〔一〕詩題，經訓堂本作『喜沈歸愚先生予告南歸』。

〔二〕聚龍門，經訓堂本作『集龍門』。

〔三〕銅坑，經訓堂本作『盤螭』。

芙蓉湖小泊〔一〕

疎楊響絡緯，月上新雨餘。碧雲映空翠，玉露沾芳裾。遙夜已幽曠，矧復臨澄湖。我行三過此，此度尤清虛。村春隱桑柘，漁唱鄰菰蒲。浪紋靜湘簟，星影涵冰珠。頗與市塵遠，彌覺秋興舒。應有世外侶，卜築開精廬。朝夕飲寒綠，燈火繙仙書。

【校記】

〔一〕詩題，經訓堂本作『過芙蓉湖小泊』。

艤舟亭拜蘇文忠公像〔一〕

竹樹罨晴波，言近蘭陵郭。謫仙小泊處，風景尚如昨。淒涼嶺南歸，經此偶棲託。昔游軫張秦，往事空蜀洛。近指楚誦亭，買田負宿約〔二〕。西方本非無，但化洵云樂。迄今賸遺蹤，人思薦明酌。懸知挾飛鸞，晚趁横江鶴。

【校記】

〔一〕詩題，經訓堂本作『過艤舟亭拜東坡先生像』。

〔二〕宿約，經訓堂本作『幽約』。

海嶽菴

長虹歇涼雨，葭菼風脩脩。已經雲陽郭，遂見海嶽樓。大江浩東逝，日夜蒼烟浮。溪山盡一覽，翰墨空千秋。淨名及寶晉，寧異棲丹丘。迄今伽藍神，常傍禪燈幽。妙高亦無恙，玉座臨長流。飆輪應來往，晞髮騎龍虬。前徽不可卽，塵世如輕漚。扣舷還酹酒，欲作逍遥游。

龍潭曉發

殘月餘半弦，輕風動五兩。龍潭此發船，烟水空漭泱。高槐疎鳥驚，細草秋蛩響。不知秋露盈，但覺秋山爽。我生嗜遠游，低頭困塵鞅。兹行豁勝情，宛有蓬瀛想。江潮如雪飜，海日緣雲上。漸近玉鑑堂，聞鐘已神往。

秦淮客舍遇吳企晉〔一〕

江海三年别，相思隔暮雲〔二〕。那知涼雨後〔三〕，水館又逢君〔四〕。遠道憐覊宦，天涯惜離羣。故園松菊在，歸去課耕耘〔五〕。

【校記】

〔一〕詩題，《七子》本作『金陵遇吳企晉』。

〔二〕相思，《七子》本、經訓堂本作『相望』。

〔三〕涼雨後，《七子》本、經訓堂本作『涼雨夜』。

〔四〕水館，《七子》本、經訓堂本作『孤館』。

〔五〕課耕耘，《七子》本、經訓堂本作『好耕耘』。

秋江歸興圖爲企晉題

迢遞舒州路，羈棲復幾年。行吟三楚地，時泛九江船。官舍連荒驛，山城接渚田。故鄉千里思，相望渺風烟。

汎舟後湖至雞鳴山麓

秋暑苦未闌，幽尋挾童丱。遂上秦淮船，涼飔已吹面。鳴雞埭久荒，射雉場猶見。當年繡襦迴，旌旗掣飛電。蒼茫餘霸圖，寂寞罷龍戰。卻緣覆舟山，蒼蕪滿蘭甸。鳧鷖時縱橫，蒲柳共蕭散。清響聞雲英，編書集朝彥。四部詎可求，十廟知誰薦。還睇鍾阜長，頹陽下溪澗。

同企晉升之游牛頭寺坐一鐙樓

空翠落衣屨，夾道森松鱗。秋清石骨露，雨霽苔痕新。山寺已在望，天闕雙嶙峋。銀杏亦千仞，倒出蒼厓垠。瞻禮古導師，了悟清淨因。一鐙衍宗派，世與南華論。臨高豁遠視，閱古悲前塵。當年蕭常侍，相賞娱幽真。齊梁眇遺蹟，支許欣同羣。微風下木葉，涼意穿霜筠。還指獻花巖，欲躡東峯雲。

大報恩寺十六韻

畫舫停青雀，名藍訪赤烏。吴赤烏年建。創脩經六代，形勢冠三吴。宮殿同兜率，園林等給孤。鐸鈴傳替戾，欄楯表浮圖。星斗當窗挂，風雷絕頂驅。燈輪圍遠近，梵唄警賢愚。峻極雕檐敞，高標繡栱扶。曼陀仙女散，優鉢樹神敷。法鼓千山應，齋鐘萬指趨。往常干氣象，近漸就荒蕪。秋氣凋黄葉，霜飆隕碧梧。香廚光照曜，碧沼樂涵濡。時方脩藏經殿及放生池，聞明歲南巡將幸此。落日滄江外，朝霞碧海隅。鬟雲屯覺地，蘭若耀通衢。雁塔留新式，龍宫换舊模。他時迎玉輅，勝地重南都。

登招隱寺

籃輿穿竹林，一徑入蘭若〔一〕。夾路青楓殷，已識微霜灑。泉聲深磵裏，石骨層巖下。我從曲阿來，標致最心寫。戴公昔卜居，託興在郊野。逍遥述真經，寂寞嗜宵雅。衡陽況下賢，詎嘆知音寡。山水故依然，今誰結鷗社。再登玉蕊亭，一望滄江瀉。

【校記】

〔一〕一徑，經訓堂本作『沿緣』。

晚登宏濟寺〔一〕

躡屐登空巖，重上宏濟寺〔二〕。精廬晚蕭寥〔三〕，鐘魚隔嵐翠。高樓更巉絕〔四〕，登桄得游憩。商燈隱疎烟，漁唱雜涼吹。風寂濤不鳴，月暗徑彌邃〔五〕。下俯長江長，溟濛羃雲氣。棲禽偶格磔，流螢破薈蔚。既舒旅人懷，乃發静者意。名香從空來，妙獲無言契。神清骨亦寒，歸舟悦難寐。

【校記】

〔一〕詩題，經訓堂本作『晚至宏濟寺有作』。

〔二〕『躡屐』聯，經訓堂本作『沿緣石城門，小泊宏濟寺』。

〔三〕精廬，經訓堂本作『蘭若』。

〔四〕高樓，經訓堂本作『觀音』。

〔五〕月暗，經訓堂本作『月晦』。

答褚秀才搢升寅亮見懷之作〔一〕

芳露滴蕙草，清風來竹林。徘徊孤館夕，枉致瑤華音。以我紫霞想，緬君滄洲心。迢迢隔天末，時搢升客洞庭東山〔二〕。起坐調玉琴。

【校記】

〔一〕詩題，《七子》本、《四家》本、經訓堂本作『答褚搢升見憶之作』。

〔二〕小注，《七子》本、《四家》本無。

冬日泖上聞企晉已歸硯山用蘇文忠臘日訪惠勤惠思二僧韻卻寄〔一〕

横雲山，圓泖湖，蒼烟杳靄無時無。朝看飛鳧晴自浴，夜聽哀雁寒相呼。香稉初熟歡妻孥，醡頭春雨良堪娱。一林紅葉時獨往，不厭溪路多縈紆。忽聞良友歸衡廬，爲憶猿鶴秋來孤〔二〕。九華數點豈不好？決意投劾還菰蒲〔三〕。人生合作耕耘夫〔四〕？何爲擾擾連昏晡。與君共有歲寒約，躡屐高蹈真良圖〔五〕。寧羨夏屋高蘧蘧，堆盤苜蓿味嚼蠟〔六〕。香林舊侶多詩逋，抒山篇什憑相摹〔七〕。

【校記】

〔一〕詩題，經訓堂本作『寄吴企晉靈巖山中用東坡臘日訪惠勤惠思二僧韻』。

〔二〕『忽聞』聯，經訓堂本作『忽憶故友山中廬，曲廊窈窕寒林孤』。

〔三〕『九華』聯，經訓堂本作『釣師禪客接軟語，桑門設饌羅伊蒲』。

〔四〕耕耘夫，經訓堂本作『棲山夫』。

〔五〕躡屐，經訓堂本作『鑿坏』。

〔六〕『寧羨』聯，經訓堂本作『三間茅屋樂有餘，底事夏屋高蘧蘧』。

〔七〕『香林』聯，經訓堂本作『松陵唱和多詩逋，溪藤栗尾相編摩』。

鳳喈從楚中歸相遇吴門仍次前韻〔一〕

雲夢澤，洞庭湖，長風駭浪南戒無〔二〕。冥冥細雨斑竹暗，楓林猿狖相號呼。千里作客辭妻孥，江山險絶供清娱。天門中斷勢峭崒，赤壁卓立形盤紆。一朝挂席辭匡廬，眺望已徧大小孤〔三〕。問訊草堂幸無恙，迴塘清鏡抽新蒲。鳳喈所居在清鏡塘。況君才力雄萬夫，覃經汲古窮昏晡。力攻啖趙述《左》義〔四〕，遠紹毛鄭傳《詩》圖。名山事業良有餘，叢書稗説嗤劉蘧。故園東指歸而逋，楚游詩句休追摹〔五〕。

【校記】

〔一〕詩題，經訓堂本作『鳳喈從楚中歸相遇吳門次東坡臘日訪惠勤惠思二僧韻』。

〔二〕南戒，經訓堂本作『天下』。

〔三〕眺望已徧大小孤，經訓堂本作『扁舟直下經小孤』。

〔四〕左義，經訓堂本作『杜義』。

〔五〕楚游，經訓堂本作『遠遊』。

用昌黎會合聯句韻送王侍御艮齋先生峻歸常熟〔一〕

眩目雪花高，痒肌朔氣重鳳喈。忽興故園思，遂見歸計勇德甫。裝成一羽輕，寒壓兩肩聳曉徵。竅振風尚號，帆開浪猶湧來殷。養痾公志便，問字我忱壅鳳喈。結添卜商衣，履曳原憲踵德甫。叩莛駭洪鐘，論典溯荒壟曉徵。游常昪輿從，境嘆望洋恐來殷。硜伉嗟俗師，流傳盡繆種鳳喈。勃窣鮮囊該，踏駁徒雜宂德甫。逖矣昧火珠，誰歟搜汲塚曉徵。袞袞逐頹瀾，紛紛博世寵來殷。先生管道樞，末學作梁栱鳳喈。砭俗論必嚴，匹古意未恟德甫。覃思斡玄造，購籍損官俸曉徵。幽鍵啓奧窔，銛斤斲拳踵來殷。十道九域探，萬卷百城擁鳳喈。聞昔烏臺遷，羣鶩白簡捧德甫。志欲懲訓狐，沸豈奈羣蚃曉徵。正色排媕娿，直筆刺微尰來殷。然犀燭罔象，强弩射闕鞏鳳喈。佼佼厲丰規，稜稜振傝㑳德甫。乃知一士諤，直令百夫悚曉徵。旋解紫綬還，閒薙碧草茸來殷。酒兵整韉靮，騷壇集球珙鳳喈。遂初欣歸吳，耽榮嗤得隴德甫。吾谷峯嶙嶙，尚湖波溶溶曉徵。閒身付蓑笠，塵鞅脱桎拲來殷。揭來主講席，多士資發冢鳳喈。教比時術蛾，文喻吐絲蛹德甫。問事愧長頭，解疑快曲踊曉徵。茲聆驪駒歌，正值鳥獸氄來殷。往矣冰堅腹，來思花坼甬鳳喈。佇立望河干，霜林浩呼洶德甫。

【校記】

〔一〕詩題，經訓堂本作『同鳳喈及錢曉徵曹來殷用昌黎會合韻送王次山先生歸常熟』。

雪中聯句

作客欣得朋鳳喈，消寒開酒坐〔一〕。忽焉繁霙集德甫，乍疑微雨墮。淰淰愁雲凝曉徵，稜稜寒意作。槎枒古樹撐來殷〔二〕，啁啾凍雀餓〔三〕。六花舞欄楹鳳喈，四野洗堀堁。灑松密復疎德甫，碾塵揚更簸。疎篁折有聲曉徵，老屋壓欲破。頗畏酸風尖來殷，差喜酒戶大。韭芽糝吳羹鳳喈，蜜餌歌楚些。食單列無多德甫，新詩聊可和〔四〕。醉吟馬耳埋曉徵，狂擬驢背馱。我儕苦羈孤來殷，生計每摧挫。今秋望倉箱鳳喈，連村收秫稬。歲宴緩租庸德甫，時平謝勞癉。矧見宿麥抽曉徵，益資春種播。對景良足歡來殷，稱瑞彌當賀〔五〕。蝻蜪類已殲鳳喈〔六〕，松栝寒猶裹〔七〕。白戰勿致師德甫，閉門任僵卧曉徵。

【校記】

〔一〕消寒開酒坐，經訓堂本作『畏人但枯坐』。

〔二〕槎枒古樹撐，經訓堂本作『樹訝乖龍蟠』。

〔三〕啁啾，經訓堂本作『箒軫』。
〔四〕聊可和，經訓堂本作『正可和』。
〔五〕彌當賀，經訓堂本作『行當賀』。
〔六〕類已殲，經訓堂本作『土已殲』。
〔七〕松栝寒猶裹，經訓堂本作『粘栝冰猶裹』。

雪後宿西疇閣與升枚夜話〔一〕

殘雪留清響〔二〕，挑燈入夜聽〔三〕。偶看池上月，共坐竹間亭。蠟燼霜初下〔四〕，烏啼酒漸醒。蕭晨重話别，烟際理松舲〔五〕。

【校記】

〔一〕詩題，經訓堂本作『雪後宿蔣升枚交翠堂』。
〔二〕留清響，經訓堂本作『墮清響』。
〔三〕挑燈，經訓堂本作『寒燈』。
〔四〕蠟燼，經訓堂本作『鶴語』。
〔五〕經訓堂本詩末有注：『時將歸松江。』

沈孝子詩歸愚先生作傳

曾閔一逝成千秋，誰與至性超同儔。沈君自少敦姱修，生平奇節驚庸流。探丸嘯侶纏兜鍪，竄姓孌婢嬰厹矛。視血漉地巾恇憂，以身代父何吚嚘。萑苻遂去無相仇，九龍灘險乘鳧舟〔一〕。奔濤激箭烟雲浮，獰飆震盪聲飀飀〔二〕。失勢一落成鯢鰌，攫身下水銜陽侯。相援竟得棲沙洲，便出薄夜供晨羞〔三〕。更生有喜稱神庥，東鄰曲突無良謀。擺磨出火騰林丘，神焦鬼爛靡存留。直入負母精神遒，還視貍首心蹇妯。赤熛感動來干掫，空堂筦秸仍幽幽。中年孤露悲松楸，楣柱苴杖形臞脙。祥虞中禮敢苟媮，鮮民銜恤幾王裒。觀者嗟嘆相喧啾，百年歲月如浮漚。故老零落誰詳求，吾師文筆同韓歐〔四〕。作爲記傳傳方州，用事史冊資徵搜。況今孝治垂鴻猷，表宅有典行遐陬。曷不抗疏陳珠旒，定見綽楔森烏頭。勿但傳詠供吳謳。

【校記】

〔一〕鳧舟，經訓堂本作『扁舟』。

〔二〕震盪，經訓堂本作『忽起』。

〔三〕便出，經訓堂本作『羸具』。

〔四〕同韓歐，經訓堂本作『淩韓歐』。

由木瀆至光福宿奉慈菴曉登聖恩寺四宜堂望太湖諸山還泊虎山橋同企晉策時作

小艇度斜橋，北行向光福。雪消露蘭苕，雨霽淨篁竹。冉冉見江梅，盈盈照溪綠。淒風忽西來，衣襟染芳馥。香界此沿洄，忍寒意亦足。矧有出世人，孤標等冰玉。相與呼青奴，茶溫酒初熟。

斜照轉林麓，寒雲罨湖陰。落帆過淺嶼，宛對羅浮岑。捨舟入窈窕，策杖歡登臨。深蘿竄飢鼠，密篠翻珍禽。適窺荊扉靜，遂造精廬深。甘泉通竹筧，偶滴如絃琴。疎籬散叢雪，漠漠沾清襟。還餐松花飯，共作擁鼻吟。

寒鴉散林表，落月明墻西。幽人襆被行，夾道香初齊。迎風半開落，映水紛高低。背人宛獨笑，對我如含悽。恍疑翠微路，姑射耽幽棲。澄暉上東嶺，曙色開丹梯。遠聞塔鈴語，松篠藏招提。

仙猨叫絕巘，野鶴鳴崇崗。身行花雪裏，鼻觀參微香。朅來四宜閣，萬頃開湖光。莫鼇既髣髴，石公亦微茫。羣峯七十二，點點分青蒼。漁舟若鳧鴈，欸乃烟波長。窅然遺身世，濯足歌滄浪。

茲山刱萬峯，三峯後繼起〔一〕。緇流共接席，珠林照清綺。日午不逢人，香雲覆流水。石牀瓶盋存，憑誰研法喜。更窮碧照軒，幽興何能已。斜暉下竹林，半入蒼烟裏。禪房放梵終，佛屋明燈始。沿月向湖麋，獨喚孤舟艤。

水明殘夜靜，小泊依山橋。扣舷望西崦，圓魄升松梢。波澄鏡皎潔，露下風蕭騷。江梅宛送客，肯使芳華凋。所愁清夢覺，翠羽紛刁調。他時五湖秋，再約乘蘭橈。

【校記】

〔一〕三峯後繼起，經訓堂本作『後有三峯嗣』。

舟還木瀆別企晉〔一〕

梅海行來晝不如，雲將同此上籃輿。溪山處處漁樵伴，村塢家家水竹居。喜有晴光飛乙鳥，慚無吟卷繼辰魚。時讀《鄧尉山志》，中有明梁辰魚詩甚佳〔二〕。列仙儒竟推君獨，後夜相思隔望舒。

【校記】

〔一〕詩題，經訓堂本作『舟還木瀆別吳企晉』。

〔二〕明梁辰魚，經訓堂本無『明』字。

春感〔一〕

東風飄蕩沈郎錢，躑躅開殘倍可憐。柳絮橫塘三尺水，年年辜負載花船。

芳草裙腰一道斜，王孫消息渺天涯。青苔小院無人到，暮雨瀟瀟落杏花。

養花風裏夜更遲〔二〕，蘭燼香消欲睡時。料得繡桐吟罷後，綠窗明月寫烏絲。

畫篋粉消金縷盒，紗幮香減藕絲裙。故園夢去分明見，小折梨花對夕曛。

【校記】

〔一〕組詩詩題，四家本作『有憶』。

〔二〕風裹，四家本作『風定』。

宋人梅花長卷爲企晉題〔一〕

微霜下蘭皐，衆芳各已歇。淒淒歲欲殘，寒花見幽潔。夕霽明清流，空林上初月。遥憶昔時人，孤懷寫冰雪。

烟村在何許，渺渺依雲岑。閒門隔流水，脩竹鳴寒禽。微風湖上至，餘香散疎林。對此起遐慕，太息嗟塵襟。

愛君卜閒居〔二〕，欲作五湖長〔三〕。疎花散幽香，寒流發微響〔四〕。以兹清淨心，披圖愜幽賞。空山雨雪多，相期共來往。

【校記】

〔一〕詩題，經訓堂本作『宋人梅花圖爲吴企晉題』。

〔二〕愛君，經訓堂本作『聞君』。

〔三〕欲作五湖長，經訓堂本作『縹緲近雲嶂』。

〔四〕『疎花』聯，經訓堂本作『寂寂寒泉流，隱隱疏花放』。

無題和企晉策時〔一〕

繡幌璇題接畫墻，昔時曾住永豐坊。已憐元相稱中表，未許檀奴預末行。傳粉共盤紅綬帶，熏香爭珮紫羅囊。邃牀竹馬年方少，誰省微波足斷腸。

幾載烟波別玉真，瓊樓重見寄花人。見《過去因果經》〔二〕。露涼紅粉穿鍼夜，風暖青蘋袚禊辰。裙衩吳綾分燕尾，釵梁楚玉刻魚鱗。名香儻許經行共〔三〕，敢向芝田擬洛神。

櫻桃欲謝掩重門，肯爲春殘一愴魂。珠佩自稱羅萼綠，瓊函常事魏華存。牌分碧樹占花信，釵劃紅欄記月痕。更蘸泥金書玉檢，銀皃縹緲麝烟溫。

鬱金堂北玉欄杆，竹密花深欲到難。燈下瓊簫聲引鳳，烟中綵扇畫乘鸞。梧桐月轉珠簾靜，荳蔻香消寶簟寒。小疊紅箋何處寄，連絲點點濕冰紈。

紅輪碧瓦夢迢迢，不分三星在此宵。鶴館靈僊懷許掾，魚山神女降弦超。低鬟細語瓊籤靜，擁髻微吟綵燭銷〔四〕。晴雪迴廊殘臘近，鸞牋十樣頌春椒。

橫塘東畔柳如絲，約略春寒病起時。錦檻花濃鶯睡暖〔五〕，玉階風急燕歸遲。香添屈戌閒調瑟〔六〕，雨潤罘罳晚鬭棊。取次踏青時節近，王孫芳草最相思。

雲母屏空閉玉除，隴西上計感離居。吳綿夜冷相思淚，蜀錦親裁遠道書。菡萏香銷霜落後，蒹葭風定鴈來初。秦嘉從此成漂泊〔七〕，誰理明璫伴曉梳。

朱鳥文牕掩碧紗，嬉春嬾上七香車。綠池過雨生芳草，青瑣無人落杏花。寶帳獨看圍蛺蝶，清歌誰共譜琵琶。最憐紅板橋南路，官柳絲絲起暮鴉。

蕭晨落鎖畫堂開，花影扶疎上翠苔。鳳脛燈銷寒未減，蝦鬚簾捲夢初回。熏餘繡領移簾局，調罷香脂拂鏡臺。悵望西洲芳訊遠〔八〕，玉羅牕下折殘梅。

璇閨永日惜娉婷，愁向衡皋望短亭。芳信未傳金翡翠，閒情誰按玉瓏玲。杜鵑啼罷棋風薄，夜合開時竹露零。晴碧樓前銀漢轉，新蟾影裏拜雙星。

罨畫樓臺作晚陰，瀟湘六扇翠筠深。妝殘自掩茱萸帳，酒醒低垂瑇瑁簃〔九〕。夜雨夢回烟浦笛，秋風寒動楚江砧。東堂折桂歸期杳，金薄搔頭夜夜心。

鯉魚風起峭寒生，明鏡瑤釵憶敘情。錦字空留香漠漠〔一〇〕，羅衿曾漬淚盈盈。綠蕪小院人千里，碧蘚空階夜五更。何日玉櫳偕寫韻，便攜笙鶴上瑤清。

【校記】

〔一〕詩題，經訓堂本作『無題和吴企晉張策時』。

〔二〕見過去因果經，經訓堂本無『過去』二字。

〔三〕經訓堂本此處有注：『見本行經。』

〔四〕綵燭，經訓堂本作『桂燭』。

〔五〕花濃，經訓堂本作『花深』。

〔六〕香添，經訓堂本作『香濃』。

〔七〕秦嘉，經訓堂本作『檀奴』。

〔八〕　芳訊，經訓堂本作『芳信』。

〔九〕　璹瑁，經訓堂本作『玳瑁』。

〔一〇〕　空留，經訓堂本作『尚留』。

送張鴻勛棟淩祖錫褚搢升錢曉徵曹來殷赴金陵召試〔一〕

柳外東風度翠旗，恰宜獻賦向鑾輿。璇宫方上升恆頌，碧海頻傳賜復書。建業鶯聲新雨後，滄江飆影夕陽餘。自憐抱病風塵下，遙望淩雲重子虛。

【校記】

〔一〕　詩題，《七子》本、《四家》本作『送淩祖錫張鴻勛褚搢升錢曉徵曹來殷赴金陵召試』，正文與底本差異較大，作『柳外東風度翠輿，故人獻賦向行廬。崔駰應上時巡頌，司馬無勞諫獵書。建業鶯花新雨後，大江飆影夕陽餘。自憐抱病風塵下，遙望淩雲待子虛。』經訓堂本詩題與《七子》本、《四家》本同，正文與各本互有異同：『柳外東風度翠輿，恰宜獻賦向行廬。璇宫方上升恆頌，碧海頻傳賜復書。建業鶯花新雨後，大江飆影夕陽餘。自憐抱病風塵下，遙望淩雲待子虛。』

山塘雜詩同朱上舍適庭昂及企晉升之來殷作〔一〕

芳草東風二月天，杏花春水一溪烟。桐橋南去絲絲柳，多少濃陰覆畫船。

落梅風定雨廉纖，水岸春波一夜添。好是玉羅牕格下，賣花聲裏捲珠簾。
綠蕪紅蕚望中迷〔二〕，白舫青簾到欲齊。正是嬉春風日好，黄鶯啼過玉樓西。
疎柳微黄映晝旗，輕陰漠漠雨絲絲。横塘二月春如水，誰唱當年白傅詞。
寒更歷歷夜迢迢，水館春深奏玉簫。銀燭未殘明月上，一溪花影度紅橋。
纔過花朝是禁烟，銀泥畫舸盡堪憐。客游又度傷心節，日日船牕跂脚眠。

【校記】

〔一〕 詩題，《七子》本作『山塘雜詩同企晉升之來殷升枚澤均作』，三家本作『山塘雜詩同竹嶼適庭璞庵習菴作』。經訓堂本作『山塘雜詩同朱適庭上舍趙升之秀才及吳企晉作』。

〔二〕 紅蕚，《七子》本、《三家》本作『紅藥』。

題翁徵君霽堂照飲酒圖

我聞東皐子，結屋耕河濱。君平坐召不可致，醉鄉作記全其真。又聞白左司，退官居渭上。高臥吟詩獨閉門，雨中盡日傾村釀。兩賢高尚世所無，不惜痛飲稱狂奴。暨陽先生昔嗜此，更倩好手成新圖。鴟夷縱横列左右，訶陵錯雜羅前後。曹事惟知中聖人，醉吟每結空門友。廿載江湖載酒行，人間問字爭逢迎。龍頭犢鼻聊寓意，豈有芒角胷中生。九月西風木葉下，故山黄菊行堪把。比鄰近局共招呼，杯中宜有珍珠瀉。我亦生平倒接䍦，興酣聊復一中之。白衣何日來經過，細和淵明《飲酒》詩。

聞過湘雲春山訃有感〔一〕

巾拂翛然謝世喧，巫陽猶復望修門。曉猨夜鶴空招隱，秋菊春蘭藉禮魂。蹋雪僧來開貝葉，碎琴客至薦芳蓀。五湖花落真歸去，吟斷清詩浥淚痕。君有詩云：『我本滄洲一散仙，蘋花零落五湖船。如何對此不歸去，七十二峯生曉烟。』

【校記】

〔一〕詩題，經訓堂本無『春山』二字。

普照教寺〔一〕

寶地雨初晴，緜蠻報春曙。夙知普照名，蠟屐此吟步。寺傳慧旻開，榜記乾元署。繡朵軒名既蕭閒，涵暉室名足閒豫。翛翛海月堂，長共眉山住。鐘魚時有聲，香火久如故。景蘇閣名暨懷晉亦軒名，前修已雲騖。惟欣西方觀，託蹟在閒素。綠陰罨晴廊，青苔潤蘭路。還撫北磵碑，低徊未能去。

【校記】

〔一〕詩題，經訓堂本作『遊普照教寺』。

西林禪寺〔一〕

鮮飆卷層陰，落景在林杪。逸興晚未闌，放艇春江渺。遥瞻窣堵波，髣髴露雲表。穿逕信逶迤，登桃復窈窕。創興歷宋元，勝槩俯峯泖。上方諸品寂，香外鐘魚裊。邇研梵筴書，始悟桑門好。有爲本非法，無相乃能了。誦帚契忘言，便衣事幽討。還叩西疇禪，于焉洗煩惱。寺爲僧法瑀所修，瑀受法于徑山比丘西疇。

【校記】

〔一〕詩題，經訓堂本作『晚過西林禪寺』。

酬大木先生〔一〕

京雒歸來三十年〔二〕，酒瓢詩卷作因緣。宛丘詩法誰人會，接蹟家風在後賢。
最憶風漪堂外路，疎梅瘦竹罨清池。知君禪榻茶烟裏，日課香山半格詩。
頻年身世媿蹉跎〔三〕，短句長篇感慨多〔四〕。誰向旗亭來畫壁〔五〕，雙鬟小部唱黄河。
漂泊江湖會面難，常從驛使報平安。何由買得閒田地〔六〕，老屋青燈耐歲寒。

【校記】

〔一〕詩題，《三家》本作『酬張幻花進士』，經訓堂本作『酬幻花先生』。

〔二〕三十年，《三家》本、經訓堂本作『二十年』。

〔三〕頻年，《三家》本、經訓堂本作『廿年』。

〔四〕短句，《三家》本、經訓堂本作『短令』。

〔五〕來畫壁，《三家》本、經訓堂本作『風雪裏』。

〔六〕何由，《三家》本、經訓堂本作『何當』。

送曉徵舍人之淮南總河幕府〔一〕

相送淮南去〔二〕，迢迢千里程。北風吹五兩〔三〕，幾日過蕪城。夜火明山縣，寒笳響戍營。到時秋汛急，辛苦念民生。

東閣開樽日，南樓點屐餘。新詩供嘯咏，妙理析玄虛。三十三山客，憑君問起居。懸知對牀處，詳晰考河渠。

淮泗交流處，哀鴻未定居。雲梯誠可念，清口復何如。伐柳勞民力，增堤護歲儲。東南憂不細，悵望獨躊躇。

聯床寒雨夕，相對共悲歌。一作銷魂別，相思奈遠何。白蘋江驛晚，紅樹楚山多。應有瑤華贈，臨風寄綠波。

【校記】

〔一〕 詩題，《七子》本作『送錢曉徵之淮南』。此詩底本共錄二首，《七子》本爲三首，僅第一首兩本大致相同，二、四首係據《七子》本補。

〔二〕 相送淮南去，《七子》本作『送子淮南去』。

〔三〕 北風，《七子》本作『東風』。

送歸愚先生游黃山〔一〕

一帆遠溯富春潮，直上天都道路遥。萬古烟霞開絕頂，千層殿閣倚層霄〔二〕。丹崖翠壁終飄渺，白鳳青鸞久寂寥。想得高峯長嘯處，蓮華石筍鬱岧嶤。

聞說仙人有舊壇，丹經寶鼎祕層巒。蒼松拔地枝千尺，碧嶂淩空路百盤。鳥道遥連雲氣合，龍潭倒挂瀑泉寒。自憐枉負名山約，未得相從倚杖看。

【校記】

〔一〕 詩題，《七子》本作『送沈歸愚夫子游黃山』，《四家》本作『送沈歸愚先生遊黃山』。

〔二〕 千層，《四家》本作『千尋』。

八尺晚泊

亂鴉啼密竹，溪口泊吳船。潮落見收網，風高聞扣舷。湖雲寒作雨，山樹晚生烟。帶索誰家子，行吟意渺然。

重過尚湖寄蘇顯之及家碩夫〔一〕

碧水渺無際，秋帆喜獨乘〔二〕。絲垂三汊柳〔三〕，花落半湖菱。雲樹情方永，烟波樂更增〔四〕。相期招地主，來此下寒罾。

【校記】

〔一〕詩題，經訓堂本作『重過尚湖寄蘇顯之唐八綉及碩夫三君』。

〔二〕秋帆喜獨乘，經訓堂本作『秋風送短舲』。

〔三〕絲垂，經訓堂本作『絲疎』。

〔四〕樂更增，經訓堂本作『興更增』。

清涼寺

遥望三峯晚，松篁罨碧雲。幽禽臨磵語，香梵隔溪聞。逕曲流泉咽，壇空夕照曛。孤笻歸路遠，涼葉墜紛紛。

竹堂秋夕寄張策時

晚涼松露滴，山月墮西林。捉席坐苔逕，臨風張玉琴。蕭條高館裏〔一〕，寂寞倚梧陰。無復共幽賞〔二〕，烟波勞素心。

【校記】

〔一〕高館裏，經訓堂本作『高館夕』。

〔二〕無復，經訓堂本作『無自』。

送張鴻勛之武林書局

高陽舊侶悵飄零，録別河橋柳尚青。秋水一帆離北郭，涼風幾日到西泠。澄湖山色愁中度，遠寺鐘聲夢裏聽。曾是翠華臨幸地，好將盛事譜圖經。

題鴻勛所畫漁村晚霽圖〔一〕

碧玉烟中遠嶂，青瑤雨後寒流。結个香溪田舍，遶籬楓葉鳴秋。
落葉逕無人蹟，酣霜林有鵶嚇。屋後千叢竹秀，門前三版橋低。
沙觜斜陽渺渺，山腰秋樹娟娟。攜得瓜皮艇子，菰蒲深處鳴舷。
數摺汀花浦樹，幾棱蓮浪蘆漪。好挈背篷圓笠，村南來約罛師。

【校記】

〔一〕詩題，經訓堂本作『漁村晚霽圖爲張鴻勛題』。

旅夜寄淩祖錫〔一〕

橫雲東望渺愁余，蕉萃風塵未定居。水館孤燈秋夢後，江城新雨夜涼餘。白蘋花發思鄉信，紅豆歌殘憶故廬。何日吳淞江畔路，扁舟一棹共樵漁。

【校記】

〔一〕詩題，《七子》本、《四家》本作『旅夜寄張策時』。

同企晉斗初過上沙入水木明瑟園還望硐上草堂〔一〕

振衣潭上行，水木遠明瑟。相攜入名園，初晴值秋律。層軒抱池開，修逕依林出。紅藥冒曉烟，珍禽語初日。浒東信逶迤〔二〕，硯北最蒙密。孤亭仍翼然，往者隱遺逸。依稀介白蹤，烟霞遂痼疾。後賢復此居，名流萃膠漆。曾移太史星，未賦畸人室〔三〕。勝地稍荒蕪，新涼漸慘慄。還思硐上堂，高風渺難述。冰霜表清貞，書畫寫真率。百世良可師，三吳誰與匹〔四〕。

【校記】

〔一〕詩題，經訓堂本作『同沙斗初家鳳喈吳企晉過上沙入水木明瑟園還望澗上草堂有作』。

〔二〕浒東，經訓堂本作『浒水』。

〔三〕未賦，經訓堂本作『來賦』。

〔四〕『百世』聯，經訓堂本作『懷哉百世師，允矣千秋匹』。

禮堂寫經圖爲鳳喈題〔一〕

兩漢以來盛經術〔二〕，後鄭著作尤超羣。旁通七緯驗飛伏，遠究三統窮幽玄。發爲箋注百餘萬，扶風涿鹿難同倫。微言大義昭宇宙，皎如日月懸乾坤。惜哉徐州避地去，不得寫定傳諸孫。日西方暮恐失墜，作書訓誡含悲辛。何爲景侯逞私意，妄恣排擊爭囂喧。中間復遇孝昌亂，師承家學嗟沉淪。誰能更向千載上，遠思一髮留千鈞。吾兄崢嶸起東海，覃精畢力窮天人。常登金臺叩閶闔，手拓石鼓搜遺文〔三〕。復從武昌遡樊口，坐看江勢來峨岷。一朝扁舟忽東返〔四〕，遺經獨抱歸荒村。詞章鞶帨不足道，要在經義窺淵源。手編五禮作類考，州居部次羅紛繁。空堂幽幽人蹟絶，眈思旁訊忘朝飧。深衣皮弁氣象古，大帶赤舄儀容尊。庭前幼子來問業，接武布武何溫醇。羨君此圖信千古〔五〕，如君撰述真紛綸。他年立朝典制作，定使至治追羲軒。卽今空山自負犢，亦足砭俗開愚昏。經師況有沈惠在，謂冠雲、定宇兩徵君。力追北學偕窮論。不朽大業著藝苑〔六〕，會看通德來題門。

【校記】

〔一〕詩題，《四家》本、經訓堂本作『題鳳喈禮堂寫書圖』，《七子》本作『題家鳳喈禮堂寫□圖』。

〔二〕兩漢，《七子》本、《四家》本、經訓堂本作『東京』。經術，《七子》本、《四家》本、經訓堂本作『儒術』。

〔三〕『常登』聯，《七子》本作『常從滄波觀日月，迴潮濁浪相崩奔』。

〔四〕東返，《七子》本、《四家》本、經訓堂本作『東下』。

〔五〕『羨君』句，《七子》本、經訓堂本作『披君此圖三嘆息』，《四家》本作『披君此圖三太息』。

〔六〕著藝苑，《七子》本、《四家》本、經訓堂本作『照今古』。

寒夜集家岡齡庭槐小停雲館分得露字

日落孤館寒，羈人感歲暮〔一〕。相於訪素心〔二〕，依依接情愫。眷言丘中緣，共遵花下路。叢竹來西風〔三〕，孤松滴寒露〔四〕。回矚青芝山，蒼蒼起烟霧。稍欣塵慮忘，琴樽得佳趣〔五〕。夜深纖月明，流光照疎樹。蘆間漁火生，雲外禪鐘度。星霜從此辭，悵然念良晤。

【校記】

〔一〕羈人感歲暮，經訓堂本作『幽人感羈旅』。

〔二〕素心，經訓堂本作『故心』。

〔三〕西風，經訓堂本作『清風』。

〔四〕寒露，經訓堂本作『涼露』。

〔五〕得佳趣，經訓堂本作『淡容與』。

春融堂集卷四　鄭學齋集　壬申　癸酉

璜川書屋喜晤趙升之時余與企晉將往金陵〔一〕

三年輾轉不相見，江湖淪落俱貧賤。子方抱病守衡門，余亦辭家居異縣。今春鼓櫂闔閭城，吴郎倒屣相逢迎。開筵爲置玉壺酒，設饌更進金盤羹。挑燈共對忽不樂，遙思故舊嗟離索。遠道方愁積雪高，前溪已報孤舟泊。攜手相看一解顔，卻陳舊事雜悲歡。九秋伏枕已憔悴〔二〕，八口求食徒艱難。憶昔相逢在白下，書牀花嶼娛清暇〔三〕。嵇阮風流世所稀，應劉文采誰堪亞〔四〕。一别蒼茫歲月馳，短衣雄劍返茆茨。高歌恥學干時術，落魄常餘感舊思。人生會合知難據〔五〕，斷梗飄蓬隨所遇〔六〕。後約空期茂苑游，離羣重向金陵去。明發沿流放畫橈，滄江風急雨瀟瀟。祇將玄武湖邊信，遠寄春申浦上潮。

【校記】

〔一〕詩題，《七子》本作『吴企晉宅喜晤趙升之時余將往白下』，經訓堂本作『吴企晉宅喜晤趙升之時余與吴將往白下』。

〔二〕九秋，《七子》本、經訓堂本作『三秋』。

〔三〕書牀花嶼娛清暇，《七子》本、經訓堂本作『命儔嘯侶當清暇』。

〔四〕 堪亞，《七子》本、經訓堂本作『能亞』。

〔五〕 知難據，《七子》本、經訓堂本作『知何許』。

〔六〕 隨所遇，《七子》本、經訓堂本作『難自主』。

京口聞潮

篷牕半夜聞疎雨，篷尾寒深人自語。始知風捲暮潮來，颯颯清流滿孤嶼。勢衝沙觜斷還連，聲激殘蘆散仍聚。我憶焦山枯木堂，燭冷香銷曾聽取。隔溪漁火半微茫，對月梵音雜淒楚。而今江海尚飄淪，病身難借觀濤愈。不如木石等吳兒，弄潮日向春申浦。

龍潭遇雨不得游寶華山悵然有作

冥冥江雨繁〔一〕，活活春泥潤。竹靄雜松雲，不辨峯嵐峻。遙緬寶華山，誌公此發軔。銅殿祕華鬘，戒壇契香印。羣遵梵綱嚴，妙獎毘尼進。茲日阻招尋，多生愧起信。入暮溪館寒，孤燈半成暈。獨夢碧琉璃，還思寄芳訊。

【校記】

〔一〕 江雨繁，經訓堂本作『江雨昏』。

同企晉來殷眺後湖〔一〕

西上鷄鳴山，北望玄武湖。湖濱雪消春水漲，十里漠漠湘紋鋪。青溪秦淮互暎帶，覆舟鍾阜相縈紆。白波碧嶂非一狀，江山奇麗南中無。憶昔創始自寶鼎，開渠引水勞千夫。大興元嘉遞增飾，華林宮闕雄南都。朝吟新詩召詞客，夜設綺席陳宮奴。繡襦玉漏一瞬耳，六朝佳蹟堪嗟吁。射雉場空長宿莽，聞雞埭遠餘寒蕪〔二〕。惟有茲湖尚千載，浴凫飛鷺相嬉娱。嚴城燈火出畫堞，古寺鐘梵來浮圖。徘徊弔古不忍别，回看落日烟模餬。

【校記】

〔一〕詩題，經訓堂本作『再同吴企晉曹來殷眺後湖』。

〔二〕寒蕪，經訓堂本作『青蕪』。

自牛首山至獻花巖同企晉作

春雪已盡消，春風亦漸轉。浮青雲外出，嫩緑草中顯。我友選勝懷，呼朋往游衍。出郭三十里，修途近層巘。石亂泉暗響，松深徑難辨。此間名天闕，壯觀恣睇眄。祖堂與幽棲，歷代勝堪選。古蹟不盡存，遺墟尚可緬。相與循兩崖，苔滑誰能踐。拾級喜先登，敢辭雙足趼。

隔林聞寒鐘，引入招提勝。碧雲見青松，嵐翠更相映。匼㡇望孤巖，逶迤盤曲徑。聞香入寺門，龍象諸天正。融公啓道場，瓶盉南來盛。古公復繼之，一一華嚴境。豈惟願力深，實藉禪心定。欲尋十笏齋，于此愜幽性。

秦淮

攔街猶放上元燈，比似秋來景倍增。絃管風和聲細細，綺羅人遠影層層。半輪蟾月依簾下，幾樹梅花隔檻憑。況是石城多俊侶，不辭浮白共飛騰。

吳閶雜感〔一〕

東風早過試鐙天，又是清明欲禁烟。愁絕通波橋下路，杏花微雨濕秋千。

春來臥病闔閭城，碧杜紅蘭葉又生。記得青旗江店路，海棠花底按銀箏。

翠葉成陰倍可憐，蹋青人去草芊芊。桃花落盡春無主，約略東風到杜鵑。

芳渚迢迢送綠波，紅欄橋外畫船多。花時玉笛三更月，齊唱江南水調歌。

板橋楊柳一枝枝，嫩綠柔黃日影遲。誰向棗花簾子下，玉簫重譜斷腸詞。

玉蘭花發度芳辰，十里長堤起麴塵。寂寞金閶亭子畔，綠陰門巷送殘春。

水天閒話淚沾衣，回首樽前舊事非。夢雨傷春寒食後，一簾斜日燕初飛。
舊游悵觸十年情，又向紅窗聽曉鶯。惆悵横塘春欲暮，焙茶風裏下簾旌。
水國春寒唱《竹枝》，誰人更奏玉參差。江湖載酒心情嬾，禪榻茶烟感鬢絲。
小院蘼蕪緑幾叢，落花飛絮滿牆東。衣香人影年年事，都付愁中與病中。
絳螭初殘寶篆溫，春來無處不銷魂。故園忽憶吴淞路，細雨菰蒲水到門。
落花風定試春衫，回首江鄉夕照銜。何日扁舟圓泖上，一溪緑水送輕帆。

【校記】

〔一〕 此詩底本收八首，分别爲第一、三、四、五、六、九、十、十一首，第二、七、八、十二首係據《七子》本、《三家》本補。《四家》本收十首，無第一、九首。

沙布衣斗初維杓黄孝廉芳亭文蓮吴企晉趙升之及朱上舍吉人方藹杜顧寓齋同曹來殷過滄浪亭至韋公祠而别並訂西山之游〔一〕

緑草盈堦生，春光靄已暮。同人相過從，依依話情愫。溪樹藏鳴禽，蘭皋落飛絮。一咏滄浪吟，幽尋共微步。

平橋凡幾曲，緑水生微波。東風一以至，落花行復多。溪亭紛窈窕，竹樹森陂陀。歐梅久寂寞，懷古情如何。

行行遵枉渚，言尋韋公祠。青蕪被苔逕，綠樹陰堦墀。緬懷流亡句，千載同歔欷。昔賢不可作，此意誰能知。夕霽明春流，池塘忽已晚。林端古壇斜，烟外蒼山遠。悵然從此辭，悠悠即長阪。幸有山中游，佳期庶能踐。

【校記】

〔一〕詩題，《七子》本、經訓堂本作『沙斗初黄芳亭朱吉人吴企晉趙升之枉顧寓齋同曹來殷過滄浪亭至韋公祠而別并訂西山之游』。

家秀才存素愫爲畫三泖漁莊圖因題六絶

生平不擬託樵漁，故紙堆中作蠹魚。賸有恆春橋下屋，更煩老筆畫幽居。

米堆稻廩隔溪明，薹菜花繁豆莢榮。落盡緗桃春過半，烟中布穀勸躬耕。春

漠漠山雲午漸收，新苗雨過緑如油。捲書還向橋南去，垂柳陰中課飯牛。夏

小小茅茨儘日閒，偶然生計雜漁蠻。高梧搖落秋槐盡，望見東南數點山。吾鄉九峯，玉屏、蘭笋四山，秋後皆可望見。秋

柴門不啓槿籬斜，小雪西風餞歲華。喜見東皐滋瑞麥，更開臘酒伴梅花。冬

溪山平遠是南湖，畫出《豳風》小樣圖。説與江湖諸舊侣，頭銜從此作潛夫。

同作

長洲　沈德潛歸愚

魚扈連延接鴈汀，伊人新勒草堂銘。三重湖泛天邊白，九點螺横鳥外青。菰米飯炊香淡淡，水仙操動韻泠泠。往來時有樵夫迹，問答微言惣性靈。

題王孟端畫竹

古來畫竹豈勝數，要在雅尚先孤超。取神工意不工似，斯覺格外留芳標。蕭郎竹譜誰得見，輞川石刻今蕭條。洋州松雪並蕪沒，妙蹟何處存生綃。友石山房最幽潔，頗愛月夜聞清簫。何時寫此數尺畫，淋漓淡墨横霜毫。不疎不密互掩冉，若遠若近通迢遥。慧車山水吾肺腑，乃得此意烟雲高。想當六月挂素壁，不畏溽暑蒸炎歊。生平癖好異喧俗，拄杖叩門何辭勞。一見眼明欲輕舉，但乏好句如瓊瑤。空庭無人黄葉墜，書罷日落風刁騷。

遠翠樓月夜有寄

東望吴淞路渺漫，月華如水露華寒。離鴻聲斷銀燈暗，睡鴨香銷玉漏殘。遠道頻傳黄絹字，佳期遥隔碧雲端。金波三五依然在，莫怪方諸淚未乾〔一〕。

【校記】

〔一〕莫怪方諸，經訓堂本作『賦就魂消』。

題翁丈霽堂三十三山草堂圖兼送其北行〔一〕

君山黄山高崒嵂，蒼崖碧嶂青巉巉。松風亭榭各杳靄，石潭澗壑爭空嵌。茶岐覆酒及彭墓皆山名，岡阜出沒森岑嵒。下瞰長江落東海，洪濤急溜何沖溉。山盤水鬱儲靈氣，宜有碩士超羣凡。譬之森森豫章木，就中獨秀惟松杉。先生天才本卓犖，玄文自少參機緘。生平嗜學五十載，矮牕短檠恆詁諵。篋中著述自祕惜，一一金薤垂琅瑊。力追《風》《雅》宗漢魏，下逮唐宋供雕劖。詩才已足雄一代，經義更欲窮千函。緬思孫炎馬昭不可作，鄭學往往遭譏讒。《詩》箋《禮》注絕業在，諸儒同異勞爬芟。昨者翹材大闢館，鶴書鄭重來空巖。掉頭一笑不肯顧，荷衣豈願更朝衫。三十三山幸無恙，漫郎漁父稱頭銜。朝聽飛泉聲颯颯，暮看新月光纖纖。蘋溪把釣泛小艇，竹院種藥攜長鑱。題襟載酒有素侶，相與酬倡揮秋毫。輞川朋好和裴迪，左司弟子來王咸。襄陽耆舊月泉社，主盟風雅誰能監。即今鶴髮垂過耳，猶自健步追屭贔。籃輿筍屐足行樂，底事筇杖相扶攙。國家雍熙尚儒術，大臣薦牘本至誠。石渠天祿久寂寞，須待都講窮洪纖。莫向白雲愛高臥，亟趁六幅烟江帆。

【校記】

〔一〕 詩題，《七子》本作『題翁朗夫徵君三十三草堂圖』。正文與底本差異較大，照録如下：『君山黄山高崒嵂，蒼崖碧嶂青巉巉。旁有江海相吐納，洪濤瀇瀁何沖瀜。山盤水鬱聚靈氣，宜挺碩士超群凡。譬之森森豫章木，就中獨秀惟松杉。先生天才本卓犖，玄文自少參機緘。生平嗜學五十載，矮牕短檠時詁諵。篋中著述千百卷，一一金薤垂琅瑊。力追風雅宗漢魏，下逮唐宋供雕鑱。掃除淫哇黜《鄭》《衛》，鏗擊鐘吕調《雲》《咸》。詩才已足雄一代，經學更自窮千函。橋楊筦冥絕業在，諸儒同異俱爬芟。前年翹材大闢館，鶴書鄭重來空巖。掉頭一笑不肯顧，荷衣豈願更朝衫。三十三山幸無恙，漫郎漁父稱頭銜。朝聽飛泉風外落，暮看纖月雲中含。襄陽耆舊月泉社，主盟風雅誰能監。即今鶴髮垂過耳，猶自健步追巉巉。籃輿筍屐足行樂，底事筇杖相扶攙。國家雍熙尚經術，大臣薦牘本至誠。石渠天禄久寂寞，須待都講窮洪纖。莫向白雲愛高卧，亟趁六幅烟江帆。』

雨後同斗初企晉來殷過支硎山寺

杳杳白雲合，空山欲暮天。青松滴疎雨，碧澗響寒泉。風度竹房磬，燈明茆舍烟。愛看林際月，流影照溪田。

雨夜宿静蓀上人法音菴

苔逕滴寒雨，草堂明夕燈。疎鐘沈遠寺，落葉下荒塍。習隱偕宗炳，棲禪共惠能。秋山應更好，明發試同登。

寒山別館[一]

自別寒山路，重游六載餘[二]。風泉秋更響，霜竹晚來疎。翰墨留遺宅[三]，雲林憶隱居。盤陀一片石，吟眺渺愁予。

【校記】

〔一〕詩題，《四家》本作『再過寒山』。

〔二〕六載，《四家》本作『十載』。

〔三〕翰墨，《四家》本作『鐘梵』。

法螺[一]

修竹杳無逕，秋禽自在嗁。松雲開遠嶂，石瀨響迴谿。叢篠緣階上，疎花入戶低。不逢向居士，誰與共禪栖。

【校記】

〔一〕詩題，經訓堂本作『法螺庵』。

秋夕宿楞伽寺

涼雨夜蕭槭，清溪流暗泉。稍聞宿禽響，時墮西齋前。短鬢已如此，素心誰更傳。無生思妙契，願證永嘉禪。

陸魯望祠

渺渺寒波動碧虛，天隨祠廟對荒墟。聯吟尚憶松陵集，勝事空存笠澤書。泉石高風留史册，江湖遺蹟感樵漁。獨憐杞鞠無人薦，斜日空庭落葉疎。

横塘〔一〕

菰蒲秋水晚生涼，杳渺青山送夕陽〔二〕。十里薖花香不斷，畫船燈火到横塘。一行白鷺下滄波，水檻生涼秋意多。不道寒塘風露冷，夜深還唱《采蓮歌》。

【校記】

〔一〕 此詩底本收一首，爲第一首，第二首係據《四家》本補。

〔二〕 杳渺，《四家》本、經訓堂本作『渺渺』。

新月

遠水殘虹送夕陽，又看清影度梅梁。珠簾乍捲銀鉤冷，玉鏡新開翠黛長。早鴈星河光黯澹，棲鴉池館夜昏黄。故園忽憶蕉花逕，下拜曾同一炷香。

綠苔生閣晚蕭條，一抹微茫近綺寮。清景難同仙漏永，澄暉欲向暮烟銷。玉繩夜轉吟徐鉉，銀漢秋横感鄭遙。最是離人魂斷處，西風疎柳似殘宵。

西窻人靜掩珠櫳，依約初弦薄暝中。一縷晚沈秋水碧，三分斜映暮霞紅。金盤露冷低蘭渚，玉笛風寒暗桂叢。料得曉妝初罷處，恰將眉譜鬬玲瓏。

娟娟翠色下檐楹，漸到西南倍有情。花外銀屏光尚淺，階前瓊樹影初横。玉鉤仍照人千里，桂魄難禁夜五更。惆悵烏啼殘夢後，獨留珠斗在瑤清。

九日企晉相招小集因病不赴以詩見示賦此奉酬

風雨重陽節候臨，書來相約比兼金。畏凉只喜蒙頭睡，强起猶爲擁鼻吟。吹帽遥知詩筆健，漉巾誰愛酒杯深。病中歲月匆匆過，應俟春來再盍簪。

邨居雜詠〔一〕

卜築離塵市，栖遲掩石關。岕茶花下試，砌草雨中删。鳥散茆檐寂，香銷竹院閒。小樓簾半捲，恰對夕陽山。

硯譜隨時讀〔二〕，漁經信手鈔。幽棲思五柳，真逸憶三茅。乘月開琴匣，衝波載酒肴。自憐才性拙，仿佛似青匏。

竹榻臨疎牖，藤窻對小池。漆書明古本，石墨校殘碑。飛絮時時落，疎花故故垂。此中愛蕭寂，褦襶豈能知〔三〕。

藤刺輕衫罥，苔痕短杖粘。緣籬收豆莢，臨砌辨花籤。爐焙雲腴潤，庭移玉版尖。徘徊當薄暝，一桁照新蟾。

袯襫漁舟服，苻篂野屋窻。遠山春緯繣，涼雨暮琤瑽。短笠勞僧送，疎鐘愛寺撞。静中殊自得，非擬鹿門龐〔四〕。

圓泖烟中寺，吴淞水上亭。柳絲風嫋嫋，蒲葉雨冥冥。游屐隨來去，行歌雜醉醒。生平江海意，幽興託松舲。

【校記】

〔一〕 此詩經訓堂本只有五首，無第六首。

〔二〕 隨時讀，經訓堂本作『隨時拾』。
〔三〕 『此中』聯，經訓堂本作『此中蕭寂意，未許俗塵知』。
〔四〕 『靜中』聯，經訓堂本作『不須載傢俱，已近鹿門龐』。

飯慶陽院訪水月軒故址

曉聞雲外鐘，徐出山間寺。蠟屐載招尋，禪宮洵幽異。霜餘楓葉稠，雨過禽聲細〔一〕。偶領旃檀香，兼飫伊蒲味。遂訪水月軒，前賢渺延企。懸知秋夜長，遺經究深祕。未成春曹詩，自撰讀書記。標格接清翁，師承軫遜志。晚從白鶴仙，素業久凋墜。丹泉俛澄泓，竹屋起涼吹。還度錦溪橋，斜陽疊蒼翠。

【校記】

〔一〕 禽聲細，經訓堂本作『禽聲憙』。

秋暮入篺山圓智寺望圓泖〔一〕

我從六峯來，檥櫂向溪口。碧雲如有情，招邀出林藪。遂尋開士居，遙聽霜鯨吼。天馬勢猶騰，神魚化已久。小山儼屏障，濃綠撲窗牖。何人斲石骨，一試干將手。西風忽淒寒，計日過重九。聊分出竇泉，稍代盈樽酒。俯眺圓泖湖，漁村隔疎柳。更聞欸乃聲，烟中屢回首。

【校記】

〔一〕詩題，經訓堂本作『秋暮入干山圓智寺望圓泖』。

泊細林山下夜雨〔一〕

落帆長谷東，烟波漾微瞑。初月下蘆碕，層霏隱漁徑。時來蕭蕭雨，隨風動清聽。遠參寺鐘疎，偶雜村舂應。遂增秋意寒，彌使禪心定。獨客黯青燈，同誰賞幽興。緣知雲外山，詰朝倍脩靚。

【校記】

〔一〕詩題，經訓堂本作『晚泊細林山下遇雨』。

紫堤夏考功允彝沉淵之所

望重三吳社，身填百尺潮。清廉循吏傳，哀慟義公謠。玉樹還同隕，謂節愍。霜松亦後彫。陳黃門之沒，後考功月餘。空傳堂斧築，難覓《楚辭》招。盛侍御符升曾葬考功，有詩云在小崑山，見《繹堂詩鈔》。其墓今求之不獲。

題岡齡南園新居次歸愚先生韻〔一〕

小築新開水石居，松篔蕭瑟輞川如。麝煤靜校雙鉤帖，魚卵分題四部書。元亮閑田供種秫，杜陵小徑足栽蔬。枯荷折葦楓溪路〔二〕，吳詠吟殘獨掩廬。

蓬蒿甘作野人居，蕙圃梅坪畫不如。叢篠風生聞鳥語，疎槐葉落見蟲書。山廚曉煮青精飯，藥徑晴分赤甲蔬。水北花南誰與共，羊求來往伴衡廬。

惆悵停雲少舊居，羨君接蹟有誰如。君齋額『小停雲』。藤窻小幀梅花卷，竹榻新簽貝葉書。雨後評茶移石銚，尊前翦韭足香蔬。不須漁火江楓畔，烟水迢迢憶故廬。君舊宅楓橋。

橫雲山下卜幽居，料理殘經日晏如。六學先推虞氏《易》〔三〕，千秋已定伏生《書》〔四〕。伯喻自分終丘壑，季偉知能具草蔬。可許叩門頻看竹，茶烟禪榻共精廬。

【校記】

〔一〕詩題，經訓堂本『歸愚』前有『沈』字。

〔二〕楓溪，經訓堂本作『鮃溪』。

〔三〕經訓堂本此處有注：『時余方撰《周易古義》，發明上虞旁通、得正兩法。』

〔四〕經訓堂本此處有注：『余仿吳氏《纂言》例辨壁《書》之僞。』

題姜孝廉靜宰恭壽秋夜讀書圖五十韻

金行虀斂風訇哮，鶺鴒夜語啼鶻鵃。繁霜蔽野枯芁蒿，誰結老屋營香茆。君才兀奡雄虎虓，經笥義府供爬抓。發爲奇作盤螭蛟，洪河泱漭峯巉崤。落紙十手爭傳鈔，廿年作客揮長鞘。馳驅南北淩磝磽，斑斑櫑具光文鮫。軟紅不惜緇征袖，沈錢散玉多蘭交。詩歌倡和如笙簫，陳設壇觶誰讙呶。汗漫忽憶山靈嘲，故園無恙歸巖坳。回溪綠淨疑湖瀯，歸來結隱棲書巢。駒隙忍使從閒拋，墜葉蕭槭飄危梢。階語蚣蝑纏蠨蛸，老鶴孤宿拳矛骹。玉盤出海懸高櫟，銅蟾燈燄花含苞。中夜雒誦聲嘐嗃，漏籤每至鷄喈嘐。倩人擣麝和魚胞，作畫爲解丹青包。我亦避俗辭紛殽，蟫函蝨簡供珍庖。《禮》宗鄭氏辨禘郊，《易》師虞氏探蓍爻。會稽北海咸峍嵺，惜哉陋儒徒炰烋。詩學近更多輕訬，西江格律人爭藻。槎枒寒瘦矜私佼，漢魏初盛垂雲旓。何李繼起同雙崤，底事彈射飛金髇。汝曹磨滅猶流泡，隻手誰爲懲昏怓。望古灑淚常心剿，知君信我言非嘵。苔岑夙契漆投膠，願扶古學除鼉咬。興酣攄寫煩推敲，偶倣時格毋訾謷。

秋夜寄曉徵于京師效元白體（二）

露蛬聲咽鴈聲遲，薤簟初涼欲睡時。吟遍閬州元相句，憶君無計寫君詩。

當時競説王錢體，醉墨題詩蜀紙紅。不料有人摹本去，家家粘遍畫屏風。

滄浪一曲水如天，日日旌亭貰酒錢。不奈鯉魚風又起，數行秋柳罥疏烟。

曹郎勸酒紅螺盌，馬叟徵歌白鴿鹽。絶憶嬉春來往路，幾枝疎竹亞重簷〔二〕。

殘葉蕭蕭下碧梧，秋風欲起旅懷孤。西窗寂寞無人到，竹榻茶烟對潤奴。潤奴，習菴小字。

萬年枝上娟娟月，此夕知君侍建章。吟得翻堦紅藥句，好傳芳訊到江鄉。

【校記】

〔一〕此詩底本僅收四首，爲第一、二、四、六首，第三、五首係據《三家》本補。詩題，《三家》本作『秋夜寄錢曉徵舍人效樂天體』。

〔二〕亞重簷，經訓堂本作『壓重簷』。

同朱子存研適庭淩霄漢倬肅徵莅恭孟容士廉游天平山〔一〕

雨過泉聲急，迢迢出翠微。白雲松際寺，紅葉竹間扉。日暮疎鐘斷，山寒過客稀。只應修靜社，來此坐忘機。

【校記】

〔一〕詩題，經訓堂本作『同朱子存適庭淩霄肅徵孟容游天平山』。

寄周秀才欽萊準〔一〕

問訊迂村叟，憑誰共歲寒。遠游登白嶽，投老向黄冠。壯志虚千里，悲歌感萬端。青鐙茆屋裏，風雪獨盤桓。

【校記】

〔一〕 詩題，經訓堂本作『寄周欽萊』。

寄徐上舍穀函以坤德清〔一〕

歲晚匆匆别，分襟一黯然。人歸三泖渡，客上五湖船。雨雪懷良晤，溪山憶勝緣。餘不春漸好，相望渺風烟。

苕水溪邊路，聞君有故廬。樓臺明鏡裏，雲樹夕陽餘。篋滿新題句，家藏舊賜書。相商攜釣具，來共卜幽居。

【校記】

〔一〕 詩題，《四家》本、經訓堂本作『寄徐穀函德清』。

題盛上舍青嶁錦細雨騎驢入劍門圖〔一〕

若遠若近山有無，忽起忽滅雲模餬。峯如玉簪互重疊，水似羅帶相縈紆。蠶叢鳥道古天險，蒼茫直控西南隅。鞭絲在手笠在頂，朅來劍閣驅征驢〔二〕。羡君意氣本豪縱〔三〕，揮斥八極隘九區。江山奇麗入眺覽，不畏閣道多崎嶇〔四〕。踏泥盤盤躋絕壁，眼界開豁窮遐陬。俯眎河潼在几席，遠瞰沔漢同杯盂〔五〕。烟中仿佛辨荊郢，鳥外縹緲連夔巫。爾時雨師作狡獪，奇景變現來須臾。枯林冥冥叫猨狖，苦竹颯颯啼鼪鼯。長嘯忽憶渭南伯，當年此地想馳驅〔六〕。流傳詩卷七字在，千秋清興誰能如。便倩好手拂縑素，雲烟咫尺生空虛。我思放翁在西蜀，女真日日尋戈殳。大散關前烽火急，秋風鐵馬淩晨趨。賦詩草檄感大義，中原未定空嗟吁。方今太平一寰宇，梁益以外歸方輿〔七〕。白鹽赤甲冠天下，但有絕景供嬉娛。古今俯仰事勢異，性耽山水無差殊。今君席帽回東吳〔八〕，遁跡近託先人廬〔九〕。山塘晚霽水漠漠，銅坑雨過花疏疏。韋公白傅來往地，曷不放櫂游五湖。更礬一片好東絹，重寫蓑笠玄真圖。

【校記】

〔一〕詩題，《四家》本作『題許青嵩觀察細雨騎驢入劍門圖』，經訓堂本作『題盛青嶁上舍細雨騎驢入劍門圖』。

〔二〕朅來，《四家》本作『誰人』。

〔三〕羡君，《四家》本作『許君』。

〔四〕閣道，《四家》本、經訓堂本作『棧道』。

〔五〕沔漢，《四家》本、經訓堂本作「江海」。

〔六〕想馳驅，《四家》本、經訓堂本作「嘗馳驅」。

〔七〕梁益以外歸方輿，《四家》本、經訓堂本作「益州萬里登方輿」。

〔八〕席帽回，《四家》本作「持節臨」，經訓堂本作「席帽歸」。

〔九〕遁跡近託先人廬，《四家》本作「香凝燕寢如精廬」，經訓堂本作「遁跡幸託先人廬」。

家二癡玖亦作漁莊圖題兩絶句

斷靄殘雲隔遠汀，柳陰深處見魚舲。莫嫌水墨翻新樣，還是山人舊典型。二癡爲烏目山人季子。

新裁袨衵伴玄真，修竹鄉間作隱淪。他日期君來過訪，緑蘋紅蓼共垂綸。

送霽堂之淮上〔一〕

作客同誰侶，蒙君獨過存。長貧憐趙壹，知己感虞翻。聽雨開書卷，尋山命酒樽。相逢仍話別，黯淡欲銷魂。

三十三山裏，茆齋傍翠微。夕陽栽藥圃，春水釣魚磯。石逕花爭發，雲林鳥自飛。何時歸隱去，載酒過柴扉。

藥裹憐多病，征衣念暮寒。匆匆臨遠道，款款話加餐。蕙草春前發，梅花雨後殘。文游臺畔路，吟眺足清歡。

【校記】

〔一〕詩題，經訓堂本作『送翁霽堂徵君之淮上』。

企晉招集遂初園

夢覺聞鳴禽，松檐雨新霽。良友相招尋，春風送蘭枻。遙望靈巖雲，湖山澹蒼翠。杳杳循修塗，依依踐叢薄。遠水明橫橋，疏林翳高閣。相於素心人，琴樽此棲託。歸鳥趨寒林，夕陽下高樹。睠茲丘中緣，幽尋共微步。日暮聞疏鐘，迢迢出烟霧。空廊寂無人，入夜轉幽獨。寒飆激長松，清露滴疏竹。幾曲花溪深，澄波漾微綠。白雲靜遙天，明月出高嶺。蕭蕭梅花林，寒香散幽迥。忽憶盤螭山，前溪放烟艇。

題子存吉人企晉所畫册〔一〕

石磴繞寒雲，茆齋依宿莽。古逕杳無人，寂歷秋泉響。香茆竹外亭，秋草松間路。想見尋幽人，閒曳孤筇去。

落葉被重崖，飛泉赴空谷。烟際夕陽明，疎林見茆屋。

曲磵爭流寒瀑，平林怒捲長風。安得龍鱗石上，焚香靜理枯桐。

石逕荒寒碧蘚斑，蕭蕭叢竹翳柴關。有人草閣疎窻裏，閑對溪南一棱山。

【校記】

〔一〕詩題，經訓堂本作『題朱子存吳企晉及朱吉人畫冊』。詩只錄三首，無第四、第五首。

自横塘泛舟至木瀆登靈巖還宿企晉青瑤池館晨與企晉適庭斗初來叚暨張布衣崑南崗過上沙水木明瑟園抵天平入龍門歷法華洞諸勝〔一〕

弭櫂遵山行，倚杖搴宿莽〔二〕。蒼翠散寒空，步步愜心賞。漸進塗轉紆，升高勢益敞。枯木含華滋，喬松激清響。頫首矚具區，烟水互漭泱。幽境非淺涉，靈蹤發深想。會物感自今，弔古悼已往。招提雲中開，孤遊緬疇曩。眷言來卜居，繕性脫塵鞅。

空山生暝色，喬柯曖微暾。揚舲迴北渚，望見烟中村。靡迤雲木暗，晻藹桑麻繁。吾友解簪紱，居此辭塵喧。睽孤意久索，嘉會情彌敦。矧有良知輩，古義來同論。明星照榆柳，華月升前軒。置酒布瑤席，振衣登丘園。夜寂發澹慮，景曠安營魂。思劭羊求蹤，抱樸棲衡門。

晨起天宇曠，朝曦麗東隅。同人陶嘉月，縱棹尋椒塗。桑荑被新術，叢條藏精廬。先民觴咏地，朱竹垞先生有《水木明瑟園賦》。水木森縈紆。沿溪抗高館，對嶺疏幽居。初入尚荒藹，稍行遂清虛。薄雲送飛翼，棲川緬儵魚。師彼濠上意，卽事良多娛。

吳山恆逶迤，天平殊竦峭。陽崖豁厜㕒，陰洞森窈窕。谽谺駭鬼工，欹仄見天巧。羣峯麗近翫，廣澤延遠眺。覽奇意無歉，歷險境逾妙。遂恊謝客懷，擬發阮生嘯。叢篁起層飈，喬林澹頹照。緣塗謝振策，映泫理歸櫂。逝將期重游，永獲仁者樂。

【校記】

〔一〕詩題，《七子》本作『自橫塘泛舟至木瀆登靈巖山還宿吳氏青瑤池館晨與吳企晉張崑南沙斗初朱適庭錢曉徵曹來殷過上沙水木明瑟園抵天平入龍門歷法華洞諸勝』，經訓堂本作『自橫塘泛舟至木瀆登靈巖山還宿吳企晉青瑤池館晨與企晉張崑南沙斗初兩山人朱適庭錢曉徵曹來殷過上沙水木明瑟園抵天平入龍門歷法華洞諸勝』。

〔二〕倚杖，《七子》本、經訓堂本作『振策』。

題鄭上舍迂谷廷暘乘槎圖〔一〕

祝融應節揚蒸歊，火雲赤日連昏朝。蕭齋無事蹋壁臥，每思決起衝風飆。忽聞打門送急遞，開緘仿佛生波濤。龍門西去望不極，長空一氣連魁杓。大章豎亥昔未步，莫向星宿探支條。枯槎斑斑積古色，但記七日乘靈潮。何人振衣獨危坐，竟想絕域恣遊遨。馮夷擊鼓倏隱現，鯨魚跋浪紛周遭。牽牛河鼓若可卽，俯仰恍忽淩層霄〔二〕。我聞大行昔奉使，西域大夏驅星軺。出駹出冉極寥泬，邛枝蒟醬來迢遥。鑾君番長受約束〔三〕，坐令東面歸王朝〔四〕。黄姑機邊一片石，幾曾銀漢尋星橋。流傳錯誤不足數，要在功業垂岧嶤〔五〕。今君慨慷負偉略，常笑搶地同鷦鷯。桑弧蓬矢有素志，時倩好手圖生綃。他年乘時持玉節〔六〕，馳驅萬里誇人豪〔七〕。題詩落筆一長嘯〔八〕，涼風颯颯來林梢。

【校記】

〔一〕詩題，《七子》本作『題汪蘅圃乘槎圖』。

〔二〕恍忽，《七子》本作『惚恍』。

〔三〕『邛枝』以下二句，《七子》本無。

〔四〕東面，《七子》本作『禁昧』。

〔五〕岧嶤，《七子》本作『邊徼』。

〔六〕乘時持玉節，《七子》本、經訓堂本作『英蕩奉玉節』。

〔七〕誇人豪，《七子》本、經訓堂本作『真人豪』。

〔八〕題詩落筆，《七子》本、經訓堂本作『卷圖還君』。

過惠山不及游晚至芙蓉湖泊

風利不得泊，言經西神山。山當具區背，雲水縈烟鬟。此區洵清遠，世亦出世間。朗人每輩出，友石懷孟端。竹爐圖畫古，自寫松濤寒。迄今翫遺製，赤埴雕琅玕。昔賢尚幽闃，吾道宜淒酸。嘉游惜未遂，蛾綠何由餐。頗聞泉第二，小杓分龍團。茶熟風亦定，月上芙蓉灣。

秦淮感舊示嚴秀才東有長明〔一〕

頻年閑訪秣陵秋〔二〕，南部繁華感舊游。銀葉香銷天似水，棗花簾捲月如鉤。板橋往事思沙嫩，畫閣新聲記石州。惆悵六朝殘夢在，藥鑪經卷伴牢愁〔三〕。

潮落秦淮起暮颸，斷蛩新鴈薄寒時。玉箏誰勸花前酒，金縷空留壁上詞。渺渺烟波桃葉渡，依依風露小姑祠。江關憔悴無人省，只有傷心小庾知。

【校記】

〔一〕詩題，四家本作《秦淮感舊示嚴東有》。

〔二〕頻年，《四家》本作「十年」。

〔三〕牢愁，《四家》本作「清愁」。

秦淮別淩祖錫張策時趙升之

長颸送烟帆，忽届金陵道。正值素心人，蘭言展幽抱〔一〕。水閣擁匡牀，梧陰趁夕涼。風華江左舊，珠樹粲成行。聽罷《三臺》曲，芳樽湛寒淥。劇飲醉何辭，歡言意未足。冉冉月初圓，清燈照別筵。來朝聞欸乃，各上渡江船。三君鸞鶴姿，夙著春申浦。世譽儼羊何，詞章動吳楚。黯黯惜同羣，天涯袂又分。幾時還聽雨，浹月憶論文。求名非所知〔二〕，學道期相共。歸路向丘樊，笙墳足吟諷。寥落白門秋，溪山感勝游。相思如命駕，好放剡溪舟。

【校記】

〔一〕蘭言展幽抱，經訓堂本作『披衣展言笑』。

〔二〕求名非所知，經訓堂本作『浮名非所用』。

天發神讖碑在江寧縣學

煌煌禮樂地，赫赫金絲堂。東偏聳高閣，數仞連宮牆。其中貯寶刻，倒薤生精光。云是吳天璽，勒石垂高岡。歲久裂爲三，剝蝕難成行。齾缺臥草莽，牴觸來牛羊。越時千百載，乃得歸曹倉。珍奇神鬼護，輾轉依膠庠。晶瑩蒼且潤，體質堅而剛。剜苔抉塵土，筆勢分低昂。或如二曜麗，或如五緯彰。虹霓鬬絢采，雷電爭礌硠。鯨鼇躍巨渤，騏驥騰康莊。軒軒鸞鳳翥，宛宛蛟螭翔。倚天長劍拄，射日雕弓强。五重錯錦繡，兩邸侔珪璋。遺灋變籀篆，俗體陋鍾王。自從保氏後，六書久微茫。盤杅暨蝌蚪，《爰歷》兼《凡將》。失傳至秦漢，惟此稍頡頏。自當與球圖，藝苑傳琳琅。維時東吳末，驕主行荒亡。扶輿示警戒，厥咎呈機祥。玉函發神讖，矯詐詎可詳。蘭臺與東觀，相繼摛鴻章。誰知削木柹，風浪浮龍驤。黄旗語終驗，青蓋歸洛陽。禎符豈足信，妙蹟焉能忘。摩挲逮曛黑，欲去心旁皇。

樊秀才明徵贈瘞鶴銘

樊君嗜古如歐趙，示我碑文出江徼。挂壁猶疑波浪奔，入函更覺風烟繞。此碑舊刻在山巖，何時淪陷歸深奥。水落常看猿狖游，潮生屢值蛟龍嘯。豈期五石出崇淵，實刻重教瞻墨妙。滄洲使君既好事，紀元退谷精讐校。自來比儗换鵝經，不識仙蹤更清峭。通明當日住三茅，華陽真逸傳真誥。玉柱金廷自昔聞，洞天福地疇能到。重重樓閣仰巍峩，謖謖松風動窈窕。空中鸞鳳尚時聞，華亭靈羽何須召。縞衣硃頂上圓壇，警露餐風伴高蹈。清唳時聞出九皋，招魂自遠歸三詔。丹陽仙尉亦留連，江陰真宰俱傷悼。摩崖奇蹟記千秋，直向山陰侔逸少。後來聚訟互評量，魯望逋翁焉足道。太息松寥我未經，與君何日攜單櫂。摩挲殘碣發幽光，並望胎禽游海嶠。

青溪夜泊寄朱肅徵

今夜秦淮宿，娟娟玉露秋。風生桃葉渡，夢遶荻花洲。舊宅思江令，新詞唱莫愁。惟聞一片水，嗚咽向東流。

畫舫青溪渡，迴牆白下城。西風楊柳岸，搖落倍含情。水調三更遠，銀河永夜清。曉寒聞斷鴈，淒怨又南征。

遠道傷漂泊，佳期感滯淫。風花吳苑地，悵望每沾襟。蘅杜逢秋晚，烟波入夜深。更愁東去路，殘葉滿楓林。

泊北固山下入甘露寺訪六朝諸遺蹟

一試乳井泉，再啜新豐酒。秋風向晚寒，瑟瑟凋烟柳。江山合雄俊，勝概數京口。蕭郎昔北顧，嘉稱被陵阜。何時壽丘荒，空見很石醜。飛揚蓋世才，寂寞千載後。玉蕊亭亦蕪，崖州但回首。甘露獨巋然，僧伽傳最久。落照下長波，紫翠無不有。樓臺儼畫圖，形勢抱跟肘。海月猶未生，奔濤激林藪。

京口寄江秀才賓谷昱及其弟于九恂〔一〕

明月照江水，笛聲江上樓。西風吹落木，一夜送行舟。我欲搴芳杜，因之寄昔遊。隋堤秋色遠〔二〕，相望不勝愁。

【校記】

〔一〕 詩題，經訓堂本作『京口寄江賓谷于九兄弟』。

〔二〕 隋堤，經訓堂本作『隨堤』。

夜泊丹陽

櫂歌人語共淒清〔一〕，又聽江鴻第幾聲。寒月如霜霜似雪，雲陽驛外夜三更〔二〕。
香水溪邊別舊遊，二分明月夢揚州。舵樓橫笛誰同聽〔三〕，只有寒燈伴客愁。

【校記】

〔一〕櫂歌，經訓堂本作『棹歌』。

〔二〕夜，經訓堂本作『又』。

〔三〕橫笛，《四家》本、經訓堂本作『玉笛』。

自京口放船至揚州

玉帶山門路，扁舟幾度來。依然聞放梵，縹緲出香臺。
雲樹西津渡，樓臺北固山。江帆斜照裏，相送度邗關。
綠檻烟中艇，青帘水上樓〔一〕。夜深聞玉笛，涼月滿寒流〔二〕。

【校記】

〔一〕青帘，《四家》本作『青旗』。

〔二〕 涼月，《四家》本作『明月』。

舟中曉雪懷張崑南

晨起聞嚴風，孤篷灑殘雪。茆屋炊烟稀，古逕人蹤滅。初日曉更陰，層冰散還結。稍聞寒禽啼，或恐孤松折。川塗曠無垠，平蕪但蕭屑。忽憶素心人，清唫對林樾。彈琴慕古歡，掩關事禪悅。蕭然委巷中，渺與人世絕。迢迢千里餘，相思值窮節。良晤日已疏，遠問何由達。緬懷林下居，惆悵天涯別。

古仙女廟〔一〕

殘雪迴塘夕照遲，明珠翠羽儼空祠。蕙香幃卷爐烟歇，時有靈風颺畫旗〔一〕。

【校記】

〔一〕 颺，《三家》本作『捲』。

訪水繪園故址

何人置酒更逢迎，勝地猶聞重雉城。敗舫久無賓客坐，荒畦尚付子孫耕。簾前菫宛曾題畫，花下雲郎記合笙。吟罷迦陵腸斷句，亂鴉殘照不勝情。

田家夜宿

疎烟起茆茨，朔吹動林麓。飛禽相與還，行人計棲宿〔一〕。蒼蒼夕靄中，一逕入喬木。農家農事閒〔二〕，留賓解款曲〔三〕。虛牖隱荒榛，頹垣翳苦竹。夜深寂無人，寒燈照深屋。卽次幸已安，稅駕何時卜。歲晏思故居，悵然感幽獨。

【校記】

〔一〕行人計棲宿，經訓堂本作『予亦事棲宿』。

〔二〕農家，經訓堂本作『田家』。

〔三〕解款曲，經訓堂本作『頗款曲』。

曉發

臥聽嚴更盡〔一〕，推篷問去程。江波寒自湧，海月曉還明。雪霽瓜州渡，雲迷鐵甕城。中流聞旅鴈，浩蕩感浮生。

【校記】

〔一〕臥聽，經訓堂本作『一聽』。

晚泊澄江〔一〕

苦竹黄蘆晚泊船，江湖歲暮自蕭然〔二〕。寒潮渺渺來千里，芳序駸駸又一年〔三〕。村舍參差殘雪地，烟嵐層疊夕陽天。回思西蠡湖邊路〔四〕，曾試岡頭第二泉〔五〕。

【校記】

〔一〕詩題，經訓堂本作『晚泊澄江時小除夕前一日也』。

〔二〕自蕭然，經訓堂本作『最堪憐』。

〔三〕駸駸，經訓堂本作『迢迢』。

〔四〕回思，經訓堂本作『明朝』。

〔五〕曾試岡頭，經訓堂本作『重試松寮』。

座主夢文子先生麟贈詩四章敬答

騶虞游郊藪，五彩分丹黄。鸞鳳棲阿閣，六律諧宫商。英賢出間世，天地增嘉祥。公家由溟渤，箕尾垂光芒。簪纓傳累葉，勛業銘太常。少時握彩筆，高步登巖廊。中州拔杞梓，南海收圭璋。竭來持玉節，星象臨文昌。生平愧檮昧，寧敢馳康莊。豈期國士遇，親炙居門牆。

天文賁人文，山河分牛斗。誰爲大雅宗，宗伯實稱首。歸愚先生。洪鈞發鏘鳴，賡歌著朝右。王鳳喈錢曉徵並師承，吳企晉曹來殷泝先後。承蓋得趙升之張策時，摛辭媲瓊玖。黽勉文字交，徵逐嗤杯酒。幸逢伯樂來，空羣別牝牡。數子皆雅才，道藝各自負。儻能拔其尤，風雲偕奔走。摳衣奉教思，立言期不朽。

梧桐生高嶺，意在干青霄。蘭蕙出遠浦，花欲揚芳皋。生年迨壯盛，當路誰能招。何時出泥滓，登席如瓊瑤。玉衡忽南至，長養斁寒條。微材被潤澤，弱植歸甄陶。惠以五言詩，高唱繇《風》《騷》。書紳垂永矢，歸去誇同袍。

君山近東溟，長江繞其足。朔風一夜號，飛雪皓巖麓。寒士裘蒙茸，獨賴擁爐宿。經帷矧可戀，輕裝豈忍束。公車戒嚴程，驪歌已迫促。歸舍辭春萱，羣賢互相逐。盈盈酒一罇，隱隱帆半幅。欲行未曾行，攬袂淚頻續。科名詎可期，道義奉所勗。永佩金玉音，征塗日三復。

原作　　蒙古　夢麟文子

璚葩麗雕樹，春飆扇崇蘭。美人袪服坐，瑤瑟聊獨彈。朱絃靜理蘊，遠調清徽完。音希闕古意，闔戶資幽歡。殊響繁夜叢，泠泠曲就殘。綜往兼慮來，引領起微嘆。願折珊瑚枝，持謝知音難。

之子亦何好，窈窕光容儀。落葉朝翩翩，手持瓊樹枝。翠璫飾珠珮，翔步臨前墀。噓蘭拭洞簫，不惜勞空閨。明月來廣除，曲斷無人吹。含睇稍延佇，我願神爲移。曲調寧不嘉，白日方西馳。努力愛景光，崇德爲子期。

暄風被陽林，巖構榮丹葩。蘭芷及荃蕙，郁郁回春華。輕飈發芳豔，孤秀淩朱霞。太古忽已遙，入耳皆淫哇。不悲玄音遠，坐患流無涯。斯人詣淳古，指摘勞相加。願製芰荷衣，怡子以清嘉。謂鳳喈、企晉諸子。

玄音逝已久，瓦缶空陳陳。哀哉枯桐枝，俯首同殘薪。大雅出晚世，古意陶天真。靜參淳悶趣，援手扶奔輪。沈光祕玄訣，和性噓芳春。斯人亦已然，此曲何難申。咫尺獨緘憶，悵望勞嘉辰。謂沈宗伯。

春融堂集卷五　履二齋集　甲戌

將往京師歸愚先生以詩贈行敬答

數仞門牆峻，經年杖履親。一枝方幸折，三策豈能陳。世望科名重，心希德業純。公車催早發，欲別更逡巡。

原作　　長洲　沈德潛歸愚

之子魁南國，邦人願枕經。此行冰雪路，歷盡短長亭。水湧黄流濁，山横岱嶽青。廣川三策在，望爾對明廷。

企晉置酒送行即次原韻

置酒燒鐙月上初，朋簪小集送征輿。懷人路遠梅先折，贈別詩成錦不如。薄有聲名傾沈范，敢思遭際比嚴徐。最憐此後關河夢，時向璜川問起居。

原作　吴泰來

雪霽吴關放溜初，東風楊柳拂征輿。渡江門第人爭羨，入洛才名我不如。樹裏河流分汴泗，馬頭嶽色接青徐。燕臺酒伴今憔悴，好向天涯問索居。

再別企晉

分手旗亭夕照殘，烟帆從此向長安。十年琴酒論交切，千里關河話別難。巷里花開梅信早，雪中人去鴈聲寒。盤螭山色靈巖月，何日同君倚杖看。

贈別肅徵

頻年樽酒共流連，鸜鵒聲華世早傳。張協詩才留錦段，溫岐詞格妙金荃。花時寫韻紅絲硯，月下分題碧玉箋。怊悵舞裀歌扇裏，不堪風雨對離筵。

風笛長亭惜解攜，舊游回首更含悽。尋芳每過真娘墓，載酒同登白傅堤。花落青燈追往事，雨昏紅壁記前題。銷魂此去燕臺路，殘月荒山聽曙雞。

廣陵留别汪韡懷棣吴梅里經兩貢生及江賓谷〔一〕

唱罷驪歌不忍聽，别君西上弄珠亭。烟中楚水波將綠〔二〕，雪後康山樹半青〔三〕。遠道風塵勞悵望〔四〕，異鄉朋舊感飄零。歸鴻好寄相思字，莫負蘅蘭漸滿汀〔五〕。

【校記】

〔一〕詩題，《四家》本作『廣陵留别江賓谷汪韡懷』，經訓堂本作『廣陵留别江賓谷及汪韡懷吴梅里兩上舍』。

〔二〕波將綠，《四家》本作『迢迢綠』。

〔三〕樹半青，《四家》本作『點點青』。

〔四〕遠道風塵，《四家》本作『京雒風塵』，經訓堂本作『客路風霜』。

〔五〕漸滿汀，《四家》本作『滿夕汀』。

高郵舟次

白髮親闈隔，青鐙客夢孤。音塵千里别，書札一行無。衰草秦郵驛，疎楊甓社湖。吴雲回望遠，寂寞向征途〔一〕。

【校記】

〔一〕寂寞向,《四家》本作『有淚灑』。

界首驛

城西疎柳拂輕槎,一幅雲帆逐暮鴉。欲訪雷塘荒草合,何從更弔玉鈎斜。

烟雲無際合盂湖,水驛人家儼畫圖。最愛酒醒欹枕處,漁榔隱隱出菰蒲。

途中口號示黄芳亭陸聽三芳槐兩孝廉

少小嬉游每並肩,公車同坐話纏綿。僕夫稍進茅柴酒,又倚征篷跂脚眠。

柳邊微颺鬢絲風,雨歇長途淨軟紅。手把殘書拋未得,半醒半睡誦南豐。見《震川集》序。

茅店郵亭道路賖,車輪臨渡互喧譁。閒中忽憶查山閣,看過梅花又杏花。

渡河後作

清淮東下衆流趨,高堰長堤一棹孤。聞説敵黄功久著,雲梯關下省薪芻。

一葉輕舟趁曉風，桃花汛近水瀜瀜。傳聞七省神倉米，已挂雲帆入會通。

雨夜寄蔣升枚

春陰漠漠雨絲絲，八寶田西日暮時。南浦緑楊誰贈別，東風紅豆最相思。花前石鼎曾聯句，燈下香囊憶鬭棊。回首蘇齋天末遠〔一〕，芳馨好爲寄江蘺。

【校記】

〔一〕蘇齋，經訓堂本作『昔遊』。

宿遷〔一〕

寒月當空靜，嚴風入夜哀。天低彭祖國，雲暗漢王臺。山勢爭東向，河流繞北迴。人烟寥落處，誰與闢蒿萊。

【校記】

〔一〕詩題，經訓堂本作『泊徐州』。

嶧縣

日晚斜城道，蒼涼意不勝。高風溪樹折，積雨岸沙崩。破屋編衰草，荒田刈敗艿。窮簷生計薄，對此旅愁增。

嶧山

西風動新霽，遠近開寒氛。驅車過北郭，列嶂參差分。獨蜀屬爲嶧，釋詁夙所聞。《詩》《書》連類舉，箋注滋紛紜。青徐本聯亘，地軸通絪緼。黄罏與石屋，皆嶧縣山。一氣浮烟雲。村墟盡衍沃，樹藝勤耕耘。愛此鄒魯境，孤桐發清芬。我行數百里，仰止心所殷。何時營別業，抱犢來卜鄰。《志》稱昔有王老抱犢隱此。

道中望泰山

自我入魯境，翠色瞻龜蒙。羣山東來不可數，岡阜疊出森青葱。今晨新雨忽開霽，雲霞斑駁浮晴空。東嶽巨鎮亘百里，氣象特兀連穹窿。春來盛德本在木，條風況復蘇蒙茸。靈威仰居五帝首，出震庶物歸昭融。皇初七十有二代，金泥玉檢層雲封。三茅五脊今不乏，允宜銘德垂豐功。往年鸞輅親莅止，云亭未禪殊謙沖。我今望嶽祇三舍，計偕策蹇愁倥偬。崢嶸但覺日觀近，詄蕩何自天門通。我師夙昔珥采筆，明堂太室尋遺蹤。星輝霞煥數百字，紙上光怪搖長虹。文子先生有《泰山明堂歌》，極偉麗。眼前有景愧疲苶，局縮竟似號寒蟲。杏花上苑將舒紅，行當進試明光宮。天逵雲路或可到，他時扈蹕隨飛龍。東望蓬瀛笑海若，西指汶泗懷河中。狂游高唱應未晚，回首灝氣蟠心胷。

東平

風色滿平蕪，蒼茫獨問途。沙崩山路窄，日落戍樓孤。地迥人難見，春寒草未蘇。蘆泉行在望，紫翠遠模餬。

恩縣

黯淡明星落，蒼茫曉霧横。風旗懸古戍，霜角振嚴城〔一〕。灌木無禽語，荒榛少客行〔二〕。誰知殘夢裏，烟水憶柴荊。

【校記】

〔一〕振，經訓堂本作『斷』。

〔二〕 荒榛，經訓堂本作『崩榛』。

次德州

厭次遺墟在，荒城長薜蘿。日斜官市散，風急客帆多。地勢連三輔，潮聲接九河。歷城鏖戰地〔一〕，流恨更如何。

【校記】

〔一〕 歷城鏖戰地，經訓堂本作『盛庸爭鬥地』。

蘇祿國王墓

寥落殘碑在，當年王會同。獻珠因物產，釀蔗憶夷風。滄海歸魂遠，長河古墓空。溫明祕器盡，枯柏夕陽紅。

獻縣

蕭颯東光驛，風塵跋馬過。地形蟠鉅鹿，水勢接滹沱。五壘遺墟盡，三關夕照多。荒原誰校獵，萬騎散明駝。

秦少宗伯樹灃先生蕙田招修五禮通考移寓味經窩

容臺重望冠諸卿，喜慰門牆負笈情。座主芥子先生，宗伯門下士也。下榻已同陳仲舉，譚經真見鄭康成。事包列史規模備，書彙羣儒議論精。東海遺編堪久大，何辭昕夕奉橋衡。

題家舍人受銘又曾龍湫晏坐圖〔一〕

我昔圖五嶽，好入名山游。身騎兩黄鵠，汗漫淩滄洲。靈芝碧霄夙所慕，便欲杖策尋丹丘。風塵十載空憔悴，悠悠此意何由遂。夢寐長經天柱峯，烟雲每憶靈雲寺。舍人瀟灑非常才，年年采藥窮崔巍。赤城華頂遍游歷，更上雁宕恣徘徊。初過白雨澤〔二〕，再渡水簾谷。金光瑤草望中明，碧嶂丹梯看不足。峯迴忽到大龍湫，萬仞晴空灑寒瀑。銀河一道垂長虹，蒼崖白晝生雷風。石上斜飛雨颯沓，林間直下烟空濛。盤旋噴薄不可即，疑有雲氣隨游龍。忘歸亭上遙相覩〔三〕，濺玉跳珠互吞吐〔四〕。天台石梁那足奇，羅浮青峽知難數。拂衣長嘯開心顏，擬修淨業辭塵寰。只愁勝地難久駐，飛流回首徒潺湲。今春相遇長安陌，促膝明燈話疇昔。示我當時晏坐圖，依稀遠接神靈宅。惆悵仙源深復深，何當濯足一登臨。好攜蓮社支公侶，重和麻源謝客吟。

【校記】

〔一〕詩題，《四家》本、經訓堂本作『題家受銘舍人龍湫晏坐圖』。

〔二〕白雨澤，《四家》本、經訓堂本作『白雨潭』。

〔三〕相覩，《四家》本、經訓堂本作『相顧』。

〔四〕濺玉跳珠互吞吐，《四家》本、經訓堂本作『跳玉濺珠共奔赴』。

得曹來殷書

碧雲日暮感佳期，悵望瑤華慰別離。愧我無才依玉樹，憐君有恨寄瓊枝。豐臺夜雨花開後，吳苑春深燕到時。讀罷江湖千里信，燈前雙鬢欲成絲。

白衣菴贈姚孝廉姬傳鼐　時下第先歸〔一〕

生平蹤跡各風烟，此夕相逢倍黯然。名士從來多落拓，酒人誰與共流連。楚江舊業虛歸計，燕市悲歌感世緣。聽遍禪牕深夜雨〔二〕，剪燈欹枕話龍眠。

頻年鈴馱向天涯，詩卷叢殘閱歲華。楚調吟成空自賞，吳歌醉後向誰誇。秦嘉上計功名薄，王粲辭家道路賒。何日司空山色裏，論文相對共烟霞。

【校記】

〔一〕詩題，《四家》本作『與姚姬傳夜話』，無第二首。

〔二〕禪牕，《四家》本作『西牕』。

送狄同年思和詠篪之官成都〔一〕

京雒分符去，關河叱馭行〔二〕。壯游真不忝，惜別若爲情。細雨征塵減，疎楊驛路清。武擔山色裏，士女望前旌。

雲樹三巴路，烟波萬里橋。錦官餘故蹟，玉壘識前朝。蜀紙書難寄，郫筒酒易銷。郵程凝望遠〔三〕，有夢逐征軺。

【校記】

〔一〕詩題，經訓堂本作『送狄思和同年之官成都』。

〔二〕關河，經訓堂本作『岷峨』。

〔三〕郵程凝望遠，經訓堂本作『使星回望遠』。

贈諸贇善襄七錦移居

數椽老屋月城陰，猶是成連去後心。屋爲江西李牧堂先生舊宅，贇善其弟子也。泠澹虀鹽供午膳，淒涼燈火伴宵吟。清貧未買還山櫂，高雅誰投諛墓金。獨喜阿蒙垂盼睞，一甌苦茗日招尋。

送吳舍人烘芍寬歸新安〔一〕

倦踏東華十丈塵，孤舟遙下潞河濱。姓名不用登官簿，已擬頭銜作散人。分明詞格似屯田，香逕春風寫玉牋。不待小紅來按拍，井華汲處早流傳。家在天都峯下住，丹梯碧嶂望巑岏。知君西渡新安水，閒聽松風六月寒。

【校記】

〔一〕詩題，《三家》本、經訓堂本作『送吳烘芍歸新安』。

送江于九之官長沙感事言情遂成六首不自知其詞之複沓也〔一〕

作客京華路，同爲汗漫游〔二〕。經過無趙李，理詠有應劉〔三〕。斷碣偕摹搨〔四〕，叢書並校讎。如何還遠別，捧檄下湘州〔五〕。

會合知難卜，分張奈遠何。揚舲雲夢澤，弭節洞庭波。舊俗懷三楚〔六〕，微詞續《九歌》。行吟堪吏隱，未許怨蹉跎。

玉笥雲山迥，桃源驛路長。新愁臨望楚，遺恨感沈湘。暮雨楓林暗，微風杜若香。廣陵花月地，回首夢池塘。謂賓谷。

青草湖邊雨，蒼梧嶺上雲。幽蘭酬郢客，芳芷贈湘君。征雁逢春盡，哀猿入暮聞。章華深夜月，應爲照離羣。

天闊雲帆遠，江清桂櫂斜。烟波通七澤，驛路近三巴。《惜誦》遺文在，《招魂》往事賒。湘山祠下過，好擷白蘋花。

我亦飄零久，風塵感世緣。遠游思楚澤，歸夢向吴田。高隱師宗炳，傳經繼服虔。沅江芳草緑，早爲寄蓀荃。

【校記】

〔一〕六首，《四家》本作『五首』，無第五首。

〔二〕同爲汗漫遊，《四家》本、經訓堂本作『相逢得舊遊』。

〔三〕『經過』聯，《四家》本、經訓堂本作『高名傾沈范，好句近應劉』。

〔四〕偕，《四家》本作『同』。

〔五〕下湘州，經訓堂本作『下巴邱』。

〔六〕舊俗懷三楚，《四家》本作『舊事懷三戶』。

將往濟南樹灃先生餞于味經寓並示吴司業尊彝鼎戴上舍東原震吴舍人荀叔烺及搢升鳳喈曉徵諸君

悤悤襆被上輕車，折簡來招再攬袪。失路長嘶嗟瘦馬，過河欲泣念枯魚。登筵頻勸三升酒，授館還叨一紙書。吴運使淩雲士功來聘，先生之薦也。話到賓朋皆雪涕，燈殘賦別更踟躕。

金閣學檜門德瑛招同錢編修坤一載蔣舍人心餘士銓汪孝廉康古孟鋗送往濟南用心餘韻留別二首〔一〕

短車深巷雨冥冥，開閣相招屐齒停〔二〕。已分生涯同散樗〔三〕，敢將蹤迹怨飄萍。回思壯志今安在，欲寫悲歌恐不經。明發潞河亭下泊，烟波愁見柳條青。

歷下烟巒事事佳，謝公曾此愜幽懷。閣學曾任學政于此。吟成白雪知難和，游徧青山願未乖。蓮子波生攜釣艇，藤花秋好繫芒鞵。卻憐禁苑微鐘夜，載酒何時得共偕。

【校記】

〔一〕詩題，經訓堂本作『金檜門先生招同錢坤一編修載蔣心餘舍人士銓汪康古孝廉送予往濟南次韻留別二首』。

〔二〕『短車』聯，經訓堂本作『空階微雨晝冥冥，折簡相招屐齒停』。
〔三〕散樗，經訓堂本作『散木』。

同作

鉛山　蔣士銓心餘

感遇傷離雜醉醒，摩空猶是未梳翎。已成鸞鳳仍飄泊，自古風雲有晦冥。旅食深知貧是病，才名虚指客爲星。鵲華山畔尋君路，夢裏還應一再經。

明湖秋柳至今佳，打疊蜻蛉泛水涯。歷下山川名士地，江南烟月旅人懷。文章事大期千古，主客詩成憶小齋。聽到登樓堪隕涕，壯心容易付沈埋。

送胡同年吟石溶歸太倉〔一〕

京華憔悴倍情親，愁向河梁問去津。伏雨闌風催録别，殘鐘夜火共傷神。潮生潞水移征櫂，秋到婁江下釣緡。他日鵲山湖畔路，相思兩地望音塵〔二〕。

【校記】

〔一〕詩題，《四家》本作『送胡安公同年歸太倉』，經訓堂本作『送胡吟石同年歸太倉』。
〔二〕《四家》本此句下有注：『時予將往濟南。』

鳳喈曉徵諸君相送宣武門外

白楮坊南雨乍晴，路隅執手不勝情。文章有命疑神鬼，臺閣無緣負友生。漫道風塵總蹭蹬，那知意氣尚崢嶸。此行講席攤書卷，南面何殊擁百城。

大羅同日咏霓裳，何意飄零又異鄉。通潞烟波浮遠櫂，明湖風月貯空囊。蓴絲可采歸南國，萲草方榮侍北堂。三泖漁莊秋色裹，再從野老問行藏。

雍奴夜泊聞笛有懷

昔歲金陵驛，曾聞短笛吟。星河當永夜，烟水渺遺音。悵望楚蘭咏，魂銷楓樹林。直沽橋下聽，南望更沾襟。

舟次德州寄南北諸同學

落葉下寒潭，離情兩不堪〔一〕。孤蹤辭薊北，遠夢到江南。風急聞津鼓，燈明見佛龕。舊游千里隔，誰與共清譚。

【校記】

〔一〕　兩不堪，《四家》本作『最不堪』。

齊河道中

涼露滴衣袂，荒原人曉行。清暉散烟靄，遠見秋山横。芳樹稍欲落，野禽時一鳴。寒雲連古堞，知已近譚城。

紀事時準噶爾四部衛拉特來降，遣兵往撫之〔一〕

丹詔遥聞出上闌〔二〕，元戎拜命早登壇。九邊傳檄軍威壯〔三〕，萬里行師運道難。絕塞定占擒頡利〔四〕，中朝已議靖烏桓〔五〕。請纓枉負終軍志〔六〕，夜夜旄頭倚劍看。

【校記】

〔一〕　詩題，《四家》本『紀事』後無小注。

〔二〕　上闌，《四家》本作『上蘭』。

〔三〕　軍威，《四家》本作『兵威』。

〔四〕　定占，《四家》本作『何時』。

〔五〕　已議靖烏桓，《四家》本作『久擬破烏桓』。

〔六〕 枉負，《四家》本作『空抱』。

曉發

櫪馬喧殘夜，林烏散曉天。斷雲時作雨，遠水忽生烟。舊俗徵安德，遺書問廣川。行行聞櫂語，卻羨捕魚船。

半年

半年人海類籧篨，反喜東來慰索居。偶論文章當七發，偏探經史愛三餘。齋中有武英殿版《十三經》、《廿一史》。鴉窺石鉢晴爭浴，鹿傍筠牀暗齧書。正似淞江茅屋底，綠蕪黃葉滿階除。

同門人楊星標懷棟吳廷韓玉綸游佛峪〔一〕

斗柄在戌寒始威，荒郊草木萋以腓。騰騰曉日明晴暉，相於二子馳驂騑。鑱天山色橫翠微，鳥道詰屈人迹希。路旁栝柏莽十圍，山鳥驚覺鳴且飛。閴然野寺開雙扉，青紅古佛長而頎。畫壁荒怪無是非，山僧迎客病已痱。香積索寞纏蛜蝛，瓦盆麤糲聊充飢。寺後奔瀑懸珠璣，迎霜野卉猶芳菲。古碣突兀依林霏，字畫蝕缺餘妃豨。新碑笏立森崔巍，厥辭怪偉無刺譏。碑文廷韓所作。落葉颯沓飄秋衣，游興頗極振策歸。嗟哉勝地空依稀，安得卜築來耕機。

【校記】

〔一〕詩題，經訓堂本作『同楊星標吳廷韓遊佛峪』。

觀趙松雪鵲華秋色圖

水晶宮裏神仙子，所過湖山來筆底。已將佳勝盡吳興，更向明湖寫烟水。明湖澄碧匯諸泉，常與詞人泛酒船。少陵北海遨遊處，蘋花蘋葉兼蒲蓮。吾昨一篙依短嶼，扣舷擊楫鷗羣舉。橋東遙望鵲華山，天際分明見眉嫵。今觀此卷若重游，遠村近堞望中收。采香雖無佚女在，清響偶有漁童謳。書堂涼到正蕭瑟，又展吳綃玩秋色。《騷》《辨》彌增宋玉愁，風流更愛王孫筆。北苑南宗理不殊，頓生歸思寄蓴鱸。好攜歷下亭中景，比似苕溪與霅湖。

懷人絕句〔一〕

江陰翁徵君霽堂〔二〕

廿載中吳老布衣，頻煩薦牘上彤闈。君山如黛江如練，重擬抽帆叩竹扉。

長洲許明府子遜〔三〕

閩海珠江入望中，紀游詩句氣如虹。白頭亂髮垂垂老，酒後猶彎兩石弓。

秀水諸宮贊襄七〔四〕

草廬太史文章伯，許我新詩似迪功。應是秋來歸思切，峭帆直過鶴洲東。

長洲周秀才欽萊〔五〕

南臨湘楚北游燕，骨月凋零感暮年。意乞黃冠投老去，不須名氏占詩仙〔六〕。

太倉沈光禄子大起元〔七〕

皓首窮經歷歲年，心知崔爆范長生有真詮。孤舟遥下婁江去，枕膝何人得共傳。

保昌胡侍御靜園定〔八〕

幾年歸臥掩蓬廬，重捧彈章侍玉除。禿尾驢閒毳飯冷，退朝仍理舊鈔書。

元和惠徵君定宇〔九〕

少日箋詩矜奥博，定宇有《漁洋山人精華録訓纂》。中年經術更紛綸。仲翔易學康成《禮》，只有先生是替人。

長洲彭侍郎芝庭啓豐〔一〇〕

麟鳳文章冠古才，譚詩曾許共追陪。慚無水部新篇什，也荷名卿獎借來。

無錫吴學士尊彝〔一一〕

抱犢窮年聖主知，鑾坡簪筆奉恩私。晴窗注得羲爻在，小箧黄綾進玉墀。

長洲陳徵君和叔黄中〔一二〕

門對葑溪流水碧，秋槐落葉覆閒庭〔一三〕。柯維淇王惟儉舊本叢殘後，新史何時付汗青。時和叔方重修《宋史》。

山陽吴秀才山夫玉搢〔一四〕

遍從故籍搜奇字，更向殘碑搨古文。杜林許慎張揖曹憲留絶業，肯教帝虎共紛紜。山夫精于小學，著《别雅》、《金石存》諸書〔一五〕。

秀水家刑部受銘〔一六〕

詩句東華舊擅名〔一七〕，逃禪中酒足平生。龍湫瀑布青溪月，千載何人識此情〔一八〕。

奉賢吴秀才梅里〔一九〕

明湖秋柳半蕭條，落葉棲鴉伴寂寥。誰道有人攜畫榼，白蘋花裏度紅橋。時梅里僑寓廣陵。

吴縣沙布衣斗初〔二〇〕

髯翁浪迹江湖上，檰具高冠迴自奇。拓戟長歌成底用，何人肯寄草堂貲。

江都江秀才賓谷明府于九〔二一〕

二分明月是維揚，樂府思君最擅場。還憶天涯羈宦苦，冷猿哀鴈過瀟湘。

長洲宋方伯軼才邦綏〔二二〕

忽奉恩綸下九霄，棧雲千疊送征軺。錦城玉壘何由到，心折清江萬里橋。

秀水錢編修坤一〔二三〕

曾將新句寫雲藍，送我征車向濟南。殘暑小齋涼雨下，黄藤樽酒憶清談。

德清徐上舍穀函〔二四〕

尚書故里苕溪畔，緑樹青山面面匀。恨不早營三畝宅，移家真作孟家鄰。

長洲鄭上舍迂谷〔二五〕

柘湖格律有家傳，尊人季野先生有《柘湖小藁》。三體新詩字字妍。更愛法書臨大令，明璫翠羽並嬋娟。

吴江張秀才鴻勛〔二六〕

桃根渡口匆匆别，聞向樅陽作客游。欲寄生綃煩畫取，白蘋紅樹五湖秋。鴻勛工畫，有『白蘋江驛遠，紅樹客帆孤』之句。

長洲朱上舍子存〔二七〕

華苹翰墨久通神〔二八〕，道北新詩亦絕塵。令姪淩霄秀才〔二九〕。近喜賢郎能繼起，揚州烟月屬斯人。謂令子肅徵〔三〇〕。

上海張秀才策時〔三一〕

張君才氣如青兕，跌宕詞場舊有名。安得狂歌中酒夜，共盤硬語對寒檠。

吴縣張布衣崑南〔三二〕

山人孏似嵇中散，賣藥修琴意邈然。漁火楓橋官市晚，蘆簾紙閣枕書眠。

如皋姜孝廉靜宰〔三三〕

京華梅雨感分襟，南望臯原暮靄深。落葉空階聞蟋蟀，挑鐙愁展《竢秋吟》。《竢秋吟》三卷，靜宰所撰。

上海淩上舍祖錫〔三四〕

苦吟詩似孟東野，散體文如戴剡源。羡爾秋風歸去早，荻花楓葉到江村。

元和褚舍人搢升〔三五〕

苑樹宫雲退直餘，閉關學《易》事幽居。幾時歸向滄浪水，蘆雪菰烟共校書〔三六〕。

全椒金孝廉鐘越兆燕〔三七〕

曾上天都最高頂，松風瀑布萬峯寒〔三八〕。知君近更懷三隱，西澗烟波倚櫂看。

吴縣朱上舍適庭〔三九〕

迢迢尺素到長安，知向烟波理釣竿。吟得碧雲詩句好，西風荻浦夜漁寒。

上海曹舍人鴻書錫寶〔四〇〕

薇垣重望擅清詞，禁苑微鐘直宿時。紅蠵香殘封誥罷，玉繩低轉萬年枝。

桐鄉朱上舍吉人〔四一〕

曾聽吴孃唱《竹枝》，山塘烟月不堪思。瀟瀟暮雨無人夜，忍誦君家《雜咏》詩。吉人有《吴中雜咏》百首。

全椒吴舍人荀叔〔四二〕

舍人家住青溪埭，花月新聞最愴懷。爲憶苕苕舊時曲，一鐙涼雨夢秦淮。

大興朱庶常竹君筠〔四三〕

禁城春晚接簪裾，兄弟同時典石渠。謂令弟石君侍講珪。一自西勾橋上别，烟波何處寄雙魚。

嘉善謝編修崑城墉〔四四〕

聽鐘山舍近禪寺，醉竹移花無世情。禁苑秋閒下直早，半簾斜日捶琴聲。令兄東君同年垣工琴。

儀徵汪秀才韡懷〔四五〕

一卷新詩號對琴，瀟湘雲水有清音。世間箏笛紛紛在，誰識昭文苦用心。

長洲朱布衣孔林楷〔四六〕

破屋數間人迹絕，瘦妻稚子苦飢寒。遺經獨抱堪千古，那羡時人作達官。

鉛山蔣舍人心餘〔四七〕

雨後鳴蟬照碧窗，移鐙話舊意難降。聞君近乞金門假，六幅烟帆泝大江。

太倉家秀才存素〔四八〕

四王縑素琳琅重，接迹家風只數君。曾憶名園來讀畫，雨窗一幀寫烟雲。

桐城姚孝廉姬傳〔四九〕

蕭寺鐘殘夜漏遲，香銷酒冷共論詩。薊門皖水俱千里，腸斷紅亭送别時。

長洲吴教諭企晉〔五〇〕

詩人小築靈巖下，短李迂辛共往還。最愛聽松樓上坐，一池秋水數棱山。

嘉定錢庶常曉徵〔五一〕

三年同醉錦帆春，京雒相逢意倍親。寂寞今宵對吟卷，在旁知狀並無人。

上海趙秀才升之〔五二〕

茶經藥錄書千弖，竹塢梅坪地幾塍。擬放吳淞江上棹，夜寒來對草堂燈。

江寧嚴秀才東有〔五三〕

舊院銷沈怨綺羅，西崑才調近如何。石頭城下絲絲柳，不及秋來別緒多。

無錫薛庶常鳳叶田玉〔五四〕

石枰精舍歇秋雨，白帢臨風愛晚涼。更有河陽好詞筆，謂潘瑨溪望齡，時爲南陽書院院長。水亭濯髮詠滄浪。

嘉定曹秀才來殷〔五五〕

少小同游近十年，曹王詩卷共流傳。不知今夕旗亭月，誰炙笙簧上笛鈿〔五六〕。

家鳳喈〔五七〕

吾家坡老才雄絕，落紙新詩萬口傳。惆悵生平三度别，中宵風雨憶同眠。

静蓀上人

天平山下名藍好，曾與宗雷作勝游。絕憶巳公茆屋下，一宵寒雨長溪流〔五八〕。

【校記】

〔一〕詩題，《三家》本作『濟南旅夜懷人絕句』；經訓堂本作『懷人絕句』，有小序云：『濟南旅夜秋思欃槮，忽感故知，遂成短什，聞漏下四鼓而止，不以人限也。』

〔二〕詩題，《三家》本作『江陰翁朗夫徵君照』，『照』爲小字；經訓堂本同《三家》本，但無小字『照』字。組詩後面未作特别説明者，均同此例。

〔三〕詩題，《三家》本作『長洲許子遜明府廷鑅』。

〔四〕詩題，《三家》本作『秀水諸襄七宫贊錦』。

〔五〕詩題，《三家》本作『長沙周欽萊文學準』，經訓堂本作『長沙周欽萊秀才』。

〔六〕名氏占詩仙，《三家》本作『名字號詩仙』，經訓堂本作『名氏號詩仙』。

〔七〕詩題，《三家》本作『太倉沈子大光禄起元』。

〔八〕《三家》本無此首。經訓堂本詩題作『保昌胡静園侍御』。

〔九〕詩題，《三家》本作『元和惠定宇徵君棟』。

〔一〇〕詩題，《三家》本作『長洲彭芝庭少司馬啓豐』。

〔一一〕詩題，《三家》本作『無錫吴尊彝學士鼎』。

〔一二〕詩題，《三家》本作『長洲陳和叔徵君黄中』。

〔一三〕閒庭，《三家》本作『門庭』。

〔一四〕詩題，《三家》本作『山陽吴山夫文學玉搢』，經訓堂本作『山陽吴山夫上舍』。

〔一五〕著《别雅》、《金石存》諸書，《三家》本作『著《别雅》十六卷』，經訓堂本作『著《别雅》、《金石存》二書』。

〔一六〕詩題，《三家》本作『秀水家受銘刑部又曾』。

〔一七〕東華，《三家》本、經訓堂本作『西曹』。

〔一八〕《三家》本此處有『受銘有《瀧湫觀瀑》、《青溪邀笛》二圖』小注，經訓堂本『瀧湫』作『龍湫』。

〔一九〕詩題，《三家》本作『奉賢吴梅里文學經』。

〔二〇〕詩題，《三家》本作『吴縣沙斗初布衣維杓』。

〔二一〕詩題，《三家》本作『江都江賓谷文學昱于九明府恂』。經訓堂本作『江都江賓谷秀才于九明府』。

〔二二〕《三家》本、經訓堂本無此首。

〔二三〕詩題，《三家》本作『秀水錢坤一編修載』。

〔二四〕詩題，《三家》本作『德清徐穀函上舍以坤』。

〔二五〕詩題，《三家》本作『長洲鄭迂谷上舍廷暘』。經訓堂本作『長洲鄭嵎谷上舍』。

〔二六〕詩題，《三家》本作『吴江張鴻勳文學棟』，經訓堂本作『吴江張鴻勳上舍』。

〔二七〕詩題，《三家》本作『長洲朱子存上舍研』。

〔二八〕翰墨，《三家》本作『書畫』。

〔二九〕令姪凌霄秀才，《三家》本作『令姪凌霄文學』，經訓堂本作『猶子凌霄秀才』。

〔三〇〕謂令子肅徵，《三家》本作『謂令郎桂泉』，經訓堂本作『謂肅徵』。

〔三一〕詩題，《三家》本作『上海張策時文學熙純』。

〔三二〕詩題，《三家》本作『吴縣張崑南布衣岡』。

〔三三〕詩題，《三家》本作『如皋姜静宰孝廉恭壽』。

〔三四〕《三家》本無此首。經訓堂本詩題作『上海淩祖錫上舍』。

〔三五〕詩題，《三家》本作『元和褚搢升舍人寅亮』。

〔三六〕《三家》本此處有小注：『搢升寄余詩有云「静對滄浪水，閑鈔笠澤書」。』

〔三七〕詩題，《三家》本作『全椒金鐘越孝廉兆燕』。

〔三八〕萬峯寒，《三家》本作『萬重寒』。

〔三九〕詩題，《三家》本作『新安朱適庭上舍昂』。

〔四〇〕《三家》本無此首。經訓堂本詩題作『上海曹鴻書舍人』。

〔四一〕詩題，《三家》本作『桐鄉朱吉人上舍方靄』。

〔四二〕詩題，《三家》本作『全椒吴荀叔舍人烺』。

〔四三〕詩題，《三家》本作『大興朱竹君庶常筠』。

〔四四〕詩題，《三家》本作『嘉興謝金圃編修墉』。經訓堂本無此首。
〔四五〕《三家》本、經訓堂本無此首。
〔四六〕詩題，《三家》本作『長沙朱孔林布衣楷』。
〔四七〕詩題，《三家》本作『鉛山蔣苕生舍人士銓』，經訓堂本作『鉛山蔣心餘舍人』。
〔四八〕詩題，《三家》本作『太倉王存素文學慓』，經訓堂本作『太倉王存素上舍』。
〔四九〕詩題，《三家》本作『桐城姚姬傳孝廉鼐』。
〔五〇〕詩題，《三家》本作『長洲吴竹嶼教諭泰來』，經訓堂本作『長洲吴企晉教諭』。
〔五一〕詩題，《三家》本作『嘉定錢曉徵庶常大昕』。
〔五二〕詩題，《三家》本作『上海趙璞菴文學文喆』，經訓堂本作『上海趙升之秀才』。
〔五三〕詩題，《三家》本作『江寧嚴東有文學長明』，經訓堂本作『江寧嚴東有秀才』。
〔五四〕《三家》本、經訓堂本無此首。
〔五五〕詩題，《三家》本作『嘉定曹習菴文學仁虎』，經訓堂本作『嘉定曹來殷秀才』。
〔五六〕誰炙笙簧上笛鈿，《三家》本、經訓堂本作『誰按箏絃與笛鈿』。
〔五七〕詩題，《三家》本作『家兄鳳喈鳴盛』，經訓堂本作『鳳喈』。
〔五八〕寒雨，《三家》本作『夜雨』。

答企晉見懷之作

蹇劣難空冀北羣，飛龍羽翼又中分。琴書獨對明湖月，耕釣終懷笠澤雲。遠道相思勞舊雨，薄寒早中愛朝曛。升沈分定吾何歎，端擬歸來作五君。吳中七子，時鳳喈、曉徵已官京師。

秋暮游漆山

振策緣危逕，循谿到古巖。飛泉當石碎，老樹入崖銜。細路盤梨峪，層雲覆玉函。枯林寒日薄，蕭瑟竄麏麚。浮翠諸峯合，酣紅萬樹交。空厓啼怪鳥，深洞伏神蛟。濺溜虛沙滑，寒苔古石凹。伽藍餘故蹟，誰更理衡茅。

柏山寺夜宿

爲愛秋峯好，扶笻過水南。濤聲千樹合，雲色萬山含。星影沈苔澗，霜華散石龕。夜深羣籟寂，清磬出烟嵐。

長清道中〔二〕

鞭絲帽影夕陽紅，又過譚城古驛東。回首香孤山色遠，青螺數點暮雲中。

寒燈破屋夜迢迢，落葉無聲倍寂寥。最是夢魂忘不得，菰蒲秋水鵲華橋。

【校記】

〔一〕《三家》本只錄第一首，第二首錄在《東鄉夜泊》題下，爲其第二首。

東鄉夜宿〔一〕

寒鴉數點戍樓東，十里黄塵捲朔風。卻愛前山如畫裏，夕陽一抹棗林紅。長亭古道柳毿毿，鈴馱聲中晚息驂〔二〕。茆屋霜濃燈焰短，一鈎寒月挂西南。

【校記】

〔一〕詩題，《三家》本作『東鄉夜泊』，共錄二詩，第一首卽本組詩第一首，第二首卽本卷前《長清道中》第二首，而無本組詩第二首。

〔二〕聲中，《四家》本作『無聲』。

重過仙女廟

更聽《神絃曲》，靈祠水驛前。書傳青鳥使，碑記紫霞仙。玉珮澄寒月，銖衣散暮烟。疎林殘雪外，仿佛見雲駢。

過泰州

西溪雲起晚冥冥，有客扁舟此再經。日落雞豚歸古巷，江寒鳧鴈下荒汀。松蘿難問清風閣，竹柏空懷積翠亭。聞説梅花詩石在，麝煤無計搨遺銘〔一〕。

【校記】

〔一〕經訓堂本此處有注：『曾致堯《積翠亭》詩：「當軒攢竹柏。」又《清風閣》詩：「只有松蘿繞檻生。」』

海陵

曉發羅塘路，輕帆近海陵。村橋分薯蕷，水市買菠薐。鳥啄寒林雪，魚翻斷岸冰。蟹黄新釀在，取醉任瞢騰。

如皋官舍陳如虹先生焜連宵置酒絲竹駢闐感事觸懷因成八絶〔一〕

鈐閣琴牀迴絶倫〔二〕，重來蹤蹟尚風塵〔三〕。此生不合金鑾直〔四〕，穩向歡場作酒人。

衙齋近接小三吾，猶記雲郎染畫圖〔五〕。水繪荒涼寒碧盡，重排絃管喚花奴〔六〕。水繪園中有小三吾、寒碧堂，今皆頹廢。《雲郎小影》，余在京師從商丘陳氏處見之〔七〕。

鳳尾龍香按拍齊，銀燈如月照銅蠡。青衫欲濕還重掩，怕染愁蛾一樣低。

寥落青山故相家，箏師琴客總天涯。平泉舊事知誰記，賸與徐郎説夢華。諸伶舊屬青山莊張氏。其中徐郎蓮生者，色藝兼工，能談舊事。

曾寫雙鬟畫壁詞，旗亭傳唱月明時。夢中彩筆知無用，合譜新聲付段師。

雪泥鴻爪不勝情，忽聽當筵《白紵》聲。從此玉堂無夢到〔八〕，瀟瀟暮雨憶吴城。

羯鼓聲高咽管絃，暗將清淚灑鈿蟬。新詞莫怪多淒怨，漂泊江湖又一年。

心情寥落似眠蠶，聽罷吴歈酒半酣。望裏紅欄三百六，故園歸去狎何戡。

【校記】

〔一〕詩題中「陳如虹先生焜」，《三家》本、經訓堂本作「惕齋先生」，「八絶」，《三家》本、經訓堂本作「八首」。

〔二〕鈐閣琴牀迥絶倫，《三家》本、經訓堂本作「湖海飄零近十春」。

〔三〕重來，《三家》本、經訓堂本作「誰憐」。

〔四〕此生不合金鑾直，《三家》本作「此生已似沾泥絮」，經訓堂本作「分明身作沾泥絮」。

〔五〕猶記，《三家》本作「猶憶」。

〔六〕喚花奴，《三家》本作「換花奴」。

〔七〕《三家》本中「水繪園」後有「在如皋」三字，「頹廢」後有「無復存者」四字，「京師」後無「從商丘陳氏處」六字。經訓堂本「水繪園」後有「在如皋城中」五字，「頹廢」後有「無復存者」四字。

〔八〕從此玉堂，《三家》本作「差喜軟紅」，經訓堂本作「自分玉堂」。

題文子先生西園圖〔一〕

疎雨歇青山，春陰澹幽幌。中有清吟人，溪亭自偃仰。鳥下綠蕪深，風遞寒松響。一挂烟江帆，何因寄心賞。

【校記】

〔一〕詩題，《四家》本作『題夢文子座主西園圖』。

大風自揚州渡江望圌山殘雪〔一〕

江船十丈如游龍，峭帆獵獵乘長風。金焦北固忽過眼，回首已在圌山東。圌山山勢迭變幻，初看絕壁森青葱。舟迴壁轉萬象出，眾嶺突兀開窊窿。山南稍下勢平衍，磵道盤屈含谽谾。岸東一峯最橫出，下與怒浪相撞舂。峩岷至此又一束，蛟螭偃蹇低寒空。如爲江海別疆紀，不使直下趨洪濛。我行正在殘雪後，遙天變現瓊瑤宮。珠塵銀礫迭虧蔽，丹梯碧磴紛瓏璁。東霞古寺若可即，金繩珠網明杉松。惜不更逢玉戲日〔二〕，縱覽六出翻層穹。寶花世界遞明滅，一洗塵埃開心胷。山家早寒尚閉戶，時聽社鼓聲逢逢。茅柴乍壓春酒熟〔三〕，笑語共喜田園豐。人生祗宜課耕稼，祝雞牧豕稱溪翁。何爲故鄉負芳序，淩厲絕險誇豪雄。扣舷清唱振烟莽，金烏已上雲林紅〔四〕。

【校記】

〔一〕詩題，《四家》本、經訓堂本作『大風渡江望圌山殘雪』。

〔二〕更逢，《四家》本、經訓堂本作『更遇』。

〔三〕茅柴乍壓春酒熟，《四家》本、經訓堂本作『想見茅柴壓春酒』。

〔四〕 已上，《四家》本、經訓堂本作『欲墜』。

澄江人日有懷吴中故人

屈指東歸未有期，偶來江步曳笻枝。寒濤遠接焦先洞，荒草春回楚相祠。林港風生帆影盡，香山雪霽鴈行遲。崦西想見梅花發，對酒誰裁寄遠詩。

過圓覺菴

珠閣澄暉晚，幽禽下石壇。烟巒穿竹見，晴雪隔池寒。芳墅層層上，疎鐘杳杳殘。惠崇吾最許，悵望碧雲端。墨隱上人工畫，惜未得見。

泊焦山偕嚴東有游定慧寺

曉夢聞疎鐘，隨風度烟艇。春江上早潮，泊此松寥境。三載別名藍，重遊款澄景。石嶼零微霜，竹禽散清影。幸逢華構新，益眷諸天靜。閒與餐霞人，微步寫淒耿。蒼蒼海雲巖，層波渺修迴。名蹟遠未湮，高蹤思彌永。庶果結夏期，澄懷共遙領。

蕭梁公主祠

明璫翠羽映瑤墀，傳是南朝帝女祠。花外名香縈楚珮，燈前暮雨濕江蘺。不同蕭史登真去，應似瓊華入道時。遙望東陵聖母在，迴風仿佛颺靈旗。

謝太傅祠

擁鼻清吟已渺然，尚餘雙檜鎖寒烟。衣冠想見清譚日，史冊長留出鎮年。古埭烟波思召伯，空山草木走苻堅。獨憐幼度虛從祀，不共芳蘋薦綺筵。

雨後有懷

蕭蕭風竹夜窗幽，細雨輕寒似早秋。故里久蕪芳草逕，歸心遙憶木蘭舟。斷鴻聲急回鄉夢，殘麝香消起別愁。欲折瓊枝頻悵望，文鱗何日下瓜洲。

雨夜

積晨翳春陰，零雨遂蕭散。微聞叢竹喧，稍覺餘花泫。迴飈颺殘笛，仿佛江南怨。盈盈眷分攜，惻惻念鄉縣。來茲歲方徂，逮爾春將晏〔一〕。明辭廣陵鐘，遐睇吳門練〔二〕。行藏尚未卜〔三〕，彌廑盈襟嘆。佇立至清宵，疎燈耿幽幔。

【校記】

〔一〕春將晏，經訓堂本作『春已晚』。

〔二〕經訓堂本多『趨途尚迢遙，芳晤何由展』一聯。

〔三〕行藏尚未卜，經訓堂本作『悵望烟蕪深』。

曉泊山塘

小船如幽居，夢回聽柔櫓〔一〕。湖天尚春陰，層雲被洲渚。迴風掃垂楊，殘滴下如雨。溪橋寂無人，眷此孤禽語。曠望極西山，烟巒渺何許。

【校記】

〔一〕聽柔櫓，經訓堂本作『愛清曙』。

上乘菴雨後

蘭若本蕭閒，中宵更岑寂。夢回聞簷聲，清響墜苔石。始知西堂前，微雨散蘿薜。黯黯餘寒生，沈沈憂思積。入道願已殷，勞生事猶迫。伏枕眷長更，攬衣感羈疾。投蹟如可希，扁舟就魚麥。

題朱適庭桐江濯足圖

夙咏滄浪吟，結契在烟水。一與塵網嬰，行役未云已。之子敦雅懷，蕭條侶園綺。渺渺桐君江，幽棲信爲美。寂歷見游魚，空明漾芳芷。如聞青瑤流，曲折寒溪裏。雨時釣絲垂，月下漁舟艤。嚴陵去已遙，依然見芳軌。嗟余賦遠行，星霜嘆勞止。已欣印渚游，聊悟濠梁旨。相期躡屐來，扁舟共徙倚。

得家書〔一〕

迢迢芳鯉遡江流，忽見香箋詠玉鉤。自愧秦嘉猶上計，獨憐蘇蕙更離愁。歸心暮雨長亭路，客夢烟蕪故國樓。爲報藁砧相見近，不須憔悴憶刀頭。

【校記】

〔一〕詩題，經訓堂本作『到江寧後得家書』。

題李晴洲經天際歸舟圖次韻〔一〕

故里經時別，天涯獨客歸。旅情雲外驛，鄉夢竹間扉。遠嶂青千疊，明流碧四圍。烟消漁舍遠，風定鴈行稀。下潠田無恙，陽華願未違。琴書堪樂志，耕釣足忘機。隱士松花飯，僊人槲葉衣。披圖增逸興，惆悵薄游非。

【校記】

〔一〕詩題，經訓堂本作『題李晴洲秀才天際歸舟圖次韻』。

贈松亭上人兼題其畫卷

勞生疲塵鞅，幽賞依禪居。珍禽語叢木，欣此新霽初。積雨潤苔蘚，鮮飆振篠簩。上人習禪定，名與支公如。孤吟偶相示，冰雪同清虛。

畫圖寫幽寂，素月澄寒潯。江梅稍舒萼，叢筠亦蕭森。長松互颯沓，庶以娛沖襟。空色本無別，淨染寧異心。知君斷滯見，聊復棲烟林。

弱齡悟幻華，頗學清淨退。夙知無生緣，起滅偶如寄。榮祿信非真，詞章亦爲累。斷集雖初因，由茲獲本智。願從聞思修，遠企妙明地。瓶拂如可依，相於掃文字。

移寓秦淮

一桁珠簾踠地垂，隔窻絃管最相宜。衣香並過長干里，燈火真同小庾師。風定始知蓮漏永，雲開正見月華時。昇平樂事南都少，明日簪毫上鳳池。時將召試。

別趙上舍易叔大經

三年別鶴不勝情，又賦分襟百感生。花落湖橋同載酒，春陰官閣坐聞箏。烟波歸櫂吳淞遠，梧竹殘宵楚雨清。他日京華相見處，對牀欹枕話蕪城。時易叔將入都。

同陶秀才蘅川湘李晴洲嚴東有過袁明府子才枚隨園〔一〕

城南城北鳴鳩飛，經旬苦雨如塵微。僧齋寥蕭掩關臥，草痕被逕苔花肥〔二〕。隨園咫尺不得往，預恐積水淹春衣。朝來層陰忽開霽，快躡雙屐趨荊扉。重樓突兀俯烟莽，小檻宛轉沿蘆碕。疎籬幾曲芳槿遶，短彴三板長松圍。小倉山勢更秀絕，青蘿翠石相因依。扶筇直上豁遠視，蒼茫萬象供指揮。滄江如帶繞天際，石頭鍾阜爭崔巍。車馬斑斑溢城闕，人烟漠漠紛郊圻。奧如曠如各有態，園林如此人間稀。主人夙是香案吏，雅材百五遙相晞。高名合沓動寥廓，長句噴薄迴珠璣。三年臥閣理花縣，便買丘壑辭塵鞿。鳳匜螭敦署祕笈，牙籤錦贉充書幃。江湖逸客共譚藝，時理研墨調冰徽。蕺園詩老謂程魚門昔傳述，令我悵望生調飢。茲晨攀躋慰夙抱，況有勝侶同元韋。篠檐側帽足幽賞，藤牀跂脚堪忘機。櫻桃躑躅雖稍謝，漸見婪尾增芳菲。安得山廊最深處，日夕吟眺無乖違。獨愁荼蘼尚未已，金烏隱隱澄餘輝。綠陰回首不忍別，春雲杳靄生寒霏。

【校記】

〔一〕詩題，《四家》本作『同陶衡川李晴洲嚴東有過袁子才明府隨園』。

〔二〕草痕被逕苔花肥，《四家》本作『綠苔被徑行蹤稀』。

盧運使雅雨見曾招同張補山庚陳楞山撰朱稼翁稻孫金壽門農張漁川四科王載揚藻沈學子大成陳授衣章董曲江元度及惠定宇江賓谷諸君汎舟紅橋集江氏林亭觀荷分得外字三十八韻〔一〕

客居如晴蝸，炎天苦塵壒。濕地走蝓蠣，荒階羃茅茷。桃笙火欲然，羈蹤寡聊賴。誰爲河朔飲，喜君盛佳會〔二〕。上客延陳遵，名流偕郭泰。詞人盡應徐，書史並韓蔡。招邀集丘園，放曠蔭杉檜。長廊互逶迤，短彴宛鉤帶。篠簃激槭槮，楸梧翳蓊薈。碧池漾琉璃，紅蕖破䨴䨰。指點空明中，游舫隱苹蘋。澹蕩謝簪裾，逍遙散巾襘。相於汎重湖，松舟齊擊汰。粼粼燕尾流，青瑤瀉澄汰。珍禽共頡頏，寒蜩競鳴噦〔三〕。興酣拓水窻，遙指崇崗外。紺壒矗嶙峋〔四〕，層巒竦嶒嵲。延緣方未窮，濃雲漸窅靄。疾風起刁騷，急雨走砰磕。密響滿林艿，清波漾渠澮〔五〕。須臾雷車停，殘霞儼圖繪。圓月涌銀盤，明星照文旆。繁暑忽驅除，依稀去鉗鈦。杜牧詩：熱去解鉗鈦。設席陳羊腔，行廚出鱸膾。芳葅擣香蔬，佳果薦甘柰。羅酒玉雪清，分曹列旌旜。小部更催歌，檀槽振林籟。四座恣沈懽，芳游洵云最。猶憶上巳初，桃華發幽藹。祓禊快浮梧，妍詞寫璣貝。雅集繼前修，風徽被秀艾。良辰復追陪，遭逢亦已太。惜無健筆扛，陳詩陋《曹》《鄶》。他時長安街，羸驂走輡軑。南風吹驚沙，軟紅厭昁昧。回念廣陵鐘，何由接飛蓋。

【校記】

〔一〕詩題，經訓堂本作『雅雨運使招同諸子汎舟紅橋集江氏林亭觀荷分得外字三十八韻』。

〔二〕喜君，經訓堂本作『喜公』。

〔三〕寒蜩，經訓堂本作『枯蜩』。

〔四〕矗嶙峋，經訓堂本作『出嶙峋』。

〔五〕漾渠澮，經訓堂本作『溢渠澮』。

題汪范湖讀書秋樹根圖〔一〕

侍郎舊圃委榛莽，潛山圓谷空蒼茫。籤牌樹簏亦寂寞，但有老樹參天長。羡君風流紹曩哲，叢筠仄徑開書莊。浮嵐積翠互虧蔽，秋林葉葉酣新霜。君於此時掩關坐，有若乾蠹耽芸緗。自維生平頗好古，上虞《易》義書歐陽。惜哉風塵百顛頷，未得蠶舍親丹黄。今觀此圖信幽絕，況有三逕來求羊。西曹筆力如挽强，受銘比部。太史詩句森開張。錢坤一編修。鴟夷宅邊共道古，使我望遠神飛揚。何當蘋邊繫五瀉，結鞋來訪金陀坊。

【校記】

〔一〕詩題，經訓堂本「汪范湖」後有「舍人」二字。

題沈學子松陰伴鶴圖

孤松百尺森寒梢，秋風激響如絃匏。下有老鶴俯且啄，白翎丹頂真矛骹。幽人散髮當此坐，似欲避世辭喧呶。便倩好手作圖畫，紙上倏忽雲烟交。三竿二竿竹抽笋，十點五點花含苞。社公新雨一朝過，鴨頭春漲生林坳。海沙糝逕石子細，瓏玲翠石紛磽磝。鄉園如此良可憩，忍令歲月從空拋。憶昔驅車過燕趙，黃塵堀堁風颮飀。飛磁一晌竟何樂，非獨形瘵兼心勦。何如細林山下路，枳籬竹瀵編團茆。嘉客逍遙恊詩什，幽人貞吉占靈爻。菰蘆況有我輩在，相於載酒門常敲。三泖漁莊近咫尺，蔚藍萬頃同湖灤。笨篸笭箵罷垂釣，琴原藥錄期傳抄。夜聞寒濤響北垞，朝聽清唳來西郊。柴桑栗里夙所慕，那惜下士相訾謷。捲圖喜君竟歸去，蕙帳免使山靈嘲。

戴明府遂堂亨以詩見贈寄答〔一〕

遼左稱耆舊〔二〕，如君復幾人。士風徵魯衛〔三〕，儒行比荀陳。寥落雲霞氣〔四〕，飄零海岱身。扁舟欣把袂，款款話前塵〔五〕。

鴈塞風沙遠，龍荒歲序遷。生涯仍北地，涕淚憶南天。集中有《寄閩中諸妹》詩。雪鬢他鄉改，萍蹤客路懸。武林烟水窟，回首一悽然。

才擅《風》《騷》體，名傳翰墨場。君與李鐵君、陳石門號『遼東三老』，有集行世〔六〕。經年空想望，遠道各蒼茫。暮雨江濤急，濃陰驛路長。白沙旅舍近〔七〕，計日喜升堂。

【校記】

〔一〕該題，經訓堂本作『戴遂堂明府以詩見贈寄答』。

〔二〕遼左，經訓堂本作『當代』。

〔三〕士風徵魯衛，經訓堂本作『卑名傾沈宋』。

〔四〕寥落雲霞氣，經訓堂本作『濩落風雲氣』。

〔五〕話，經訓堂本作『語』。
〔六〕經訓堂本無此注。
〔七〕旅舍，經訓堂本作『官舍』。

重宿隨園〔一〕

客路逢炎夏，芳園喜再過。露涼千頃竹，香汎一池荷。嘉會開樽數，清言入夜多。坐來山閣靜，螢影下烟蘿。

【校記】

〔一〕詩題，經訓堂本作『宿袁子才明府隨園』。

澄碧洞爲子才賦

劚地成幽洞，疏林引碧湍。松龕雲欲潤，竹榻晝常寒。小閣三層接，閑窻十笏寬。可容消夏侶，偃臥展琅玕。

程徵君綿莊廷祚以易通見示

衡門曲折掩秋桑，大帶深衣氣自昌。古本久聞宗費直，象占寧復問京房。道原《十翼》流傳正，夢食三爻意義長。只惜蒲輪徵未到，何由高議動巖廊。

晚泊江口

生平蹤蹟如飄絮，春風五問滄江渡。雪霽曾看鷗鷺翻，潮生屢犯蛟螭怒。今來雨歇磨青銅，海山滅沒殘霞紅。棹歌未斷漁歌續，時有疎燈出茅屋。

寄陶篁村元藻〔一〕

水漲紅橋瀉綠紋，藕花香裏喜逢君。新聲共聽歌三疊，清詠先傳月二分。篁村有『若論揚州二分月，紅橋應占一分多』句，爲時所稱。楚驛微波愁遠道，吳山涼雨惜離羣。江湖別夢何由慰，寫就詩篇好寄聞。

【校記】

〔一〕詩題，經訓堂本作『寄陶篁村上舍』。

聞文子先生巡視河堤卻寄〔一〕

長河雨黑翻崩濤〔二〕，陰雲黯澹騰魚蛟。風雷夜半走平地，數十百戶如蓬飄〔三〕。九重側席屢宵旰，我公奉命馳星軺〔四〕。經營工築集眾力，相度形勢偕羣寮。荊山橋南遍歷覽〔五〕，急與黼座分憂勞。用淮敵黃總歸海〔六〕，一語竟破千言牢〔七〕。自來河渠少上策，虹堤終古排雲霄。長波萬里一線束，下瞰田舍同堂坳。伏秋兩汛蟻穴潰〔八〕，得不性命爭秋毫。雲梯關下益漫散〔九〕，朝潮夕汐淤泥高〔一〇〕。歸墟赴壑稍填咽〔一一〕，竊恐雪浪橫豗呶〔一二〕。海昌昔欲通濟水，海昌相國昔有開大清河之議。南北入海分支條。濁流兩路不並駛，終致壅塞仍諠譊〔一三〕。濬深取直兩利舉，可免婦孺常啾號〔一四〕。小儒籌時昧通變〔一五〕，臨風寄遠陳芻蕘。江湖無由接高議，悵望台斗臨寒宵。

【校記】

〔一〕詩題，『文子』《四家》本作『夢文子』。

〔二〕崩濤，《四家》本作『奔濤』。

〔三〕百戶，《四家》本作『郡縣』。

〔四〕我公，《四家》本、經訓堂本作『公亦』。又，《四家》本此聯後多『指揮旋使河伯伏，叱吒擬殺天吳驕』一聯。

〔五〕荊山橋南，《四家》本作『淮徐楚豫』。

〔六〕用淮敵黃總歸海，《四家》本、經訓堂本作『南歸滄江北歸海』。

〔七〕竟破，《四家》本、經訓堂本作『已破』。

〔八〕 兩汎，《四家》本作『雨汎』。

〔九〕 雲梯關下益漫散，《四家》本作『雲梯關外更紆折』。

〔一〇〕 朝潮夕汐，《四家》本作『尾閭日夕』。另，此聯後多『居民逐工利金幣，小吏就近貪薪茭』。

〔一一〕 稍填咽，《四家》本作『益填咽』。

〔一二〕 竊恐，《四家》本作『坐致』。

〔一三〕 仍諠譊，《四家》本作『成諠譊』。

〔一四〕 婦孺，《四家》本作『婦子』。

〔一五〕 籌時昧通變，《四家》本作『憂時頗感激』。

陳徵君楞山歸老武林卻寄〔一〕

汐社荒涼舊雨稀，抽帆歸隱舊柴扉〔二〕。葦塘水淺垂漁釣〔三〕，竹閣雲寒放鶴飛。聱叟杯湖應不改，天隨下洞未全違。溪南詩老多清興，好並扶笻上翠微。謂丁敬身、吳西林諸君〔四〕。

【校記】

〔一〕 詩題，經訓堂本作『聞陳玉几徵君歸老武林卻寄』。

〔二〕 抽帆，經訓堂本作『秋帆』。

〔三〕 垂，經訓堂本作『看』。

〔四〕 經訓堂本『吳西林』名後尚有『汪西顥』。

暮過梁溪作

浦外傳漁唱，烟中見鷺羣。江帆臨樹卸，村笛背風聞。暮靄忽成雨，遠山斜入雲。篷窻頻剪燭，小酌愛微醺。

彭少司馬芝庭先生園亭〔一〕

綠野裴公第，青山謝傅居。園林齊下杜，田舍似西沮。黄葉琴齋晚，青蘿藥院虚。數棱湖石畔，竹影上瓊疏。

碁局依雕檻，書牀近綺寮。微吟涼雨度，晏坐篆香銷。叢桂娟娟落，芳蓮冉冉凋。溪堂弦酌罷，岸幘更逍遥。

烟水村邊路，雲巒郭外山。松樓宜晚眺，竹屋到秋閒。斜日梧陰繞〔二〕，微霜薜色斑。何由陪勝賞，來往共漁蠻〔三〕。

【校記】

〔一〕　詩題，經訓堂本作『過彭芝庭少司馬園亭』。無第二首。

〔二〕　繞，經訓堂本作『減』。

〔三〕 共，經訓堂本作『伴』。

過石門

秋水車溪路〔一〕，涼風薄暮天。殘燈臨驛市，寒篴隔橋船〔二〕。桑柘蕭蕭葉，菰蒲漠漠烟。披衣清露下，吟望意儵然。

【校記】

〔一〕 車溪路，經訓堂本作『鴛湖路』。

〔二〕 寒篴隔橋船，經訓堂本作『寒笛隔溪船』。

酒旗和沈學子作

東風山店熟茅柴〔一〕，取醉曾看繫客懷。重碧香生知早挂，小槽珠滴見初排。楊花暮雨春江市，竹影斜陽驛路牌。掩映當壚人在否，何辭側帽過銅街。

【校記】

〔一〕 東風山店熟茅柴，經訓堂本作『東風裊裊拂茅柴』。

湖樓旅夜用蘇文忠臘日遊孤山韻〔一〕

秋葉落，飄重湖，湖湄游艇漸已無。夕陽欲沒魚尾赤，唯聽漁父相招呼。雅欲梅鶴爲妻孥〔二〕，況對山水諧清娛。小樓三面瞰清鏡，下見沙碕相縈紆〔三〕。隱囊麈尾如僧廬，晏坐不復愁羈孤。夜深月出風浪涌，寒露清滴鳴菰蒲。明當夙戒趣輿夫，攀躋林莽窮昏晡。紅衫青笠恣獨往，好索畫史成新圖。燭花吐焰三更餘，馳想絕景心蘧蘧。惜哉良侶乏酒逋，空藉詩筆供規摹。

【校記】

〔一〕詩題，《四家》本、經訓堂本作『寓湖樓夜和東坡臘日遊孤山韻』。

〔二〕雅欲，《四家》本、經訓堂本作『生平』。

〔三〕沙碕，經訓堂本作『沙石』。

將遊淨慈再用前韻柬大恆上人明中〔一〕

十載夢，懷西湖，舊時遊蹟今有無〔二〕。詩場酒座零落盡〔三〕，但聽猿鶴時嗚呼。殘秋暇日辭妻孥，擬訪勝侶行嬉娛。頗聞大士入詞海，一見頓豁中煩紆。永明窅渺真精廬，粥魚茶板同給孤。三乘演法指柏子，六時設饌陳伊蒲。喬松離立古大夫，山花開落忘朝晡。相期笻屐更造訪，白蓮重寫廬山圖。

涅槃大義原無餘，圓覺何必形神蘧。誓脱塵網如亡逋，息心寶藏窮形摹。

【校記】

〔一〕詩題，《四家》本、經訓堂本作『將遊淨慈再用前韻柬大恆禪師』。

〔二〕有無，《四家》本、經訓堂本作『在無』。

〔三〕詩埸，《四家》本作『詩腸』。

曉坐湖樓

清曉水烟昏，雲中露山頂。層樓適游眺，愛此澄湖永。微霜凋杉楓，寒波悴蘋荇。沙嶼遠空濛，遥辨漁艇。

謁四賢祠

蘭薄生暮寒，夕景在叢竹。散步出荒蹊，希風遡芳躅。羣喆去已遥，清標映巖谷。入門槲葉黄，被砌苔痕緑。空聞流寒泉，無復薦秋菊。緬彼澄湖陰，珠宫麗遐矚。小築獨踈蕪，誰爲激時俗。慨息下亭皋，蒼烟滿平麓。

淨慈寺〔一〕

紅葉滿長堤，林疎見蘭若。僧語石廊前，鳥散香臺下。夙昔慕幽夐，況迺逢蓮社。竹籟遠淒清，松風靜瀟灑。絶景悵難留，微尚何由寫。

【校記】

〔一〕詩題，經訓堂本作『遊淨慈』。

湖樓夜起觀月

夢回忽覺明重檐，起視殘月横東南。月光射湖湖影動，寒淥倒映湘紋簾。沙戶人歸漁火歇，一鏡瀲碧無塵纖。蒹葭風微沙鴈宿，蒲葦霜重游魚潛。羣山凹凸已不辨，何從指點知精藍。唯看高峯最奇絶，雲外矗立青瑤篸。依稀身在銀世界，差欲舉手攀涼蟾。生平愛月入三昧，況有絶景湖山兼。軒欞面面瞰烟水，藥罏經卷如香龕。惜無溪朋共好事，喚起小榜臨澄潭。扣舷自和小海唱，長庚星動秋雲曇〔一〕。勝地已知世無兩，對影幸有人成三。徘徊唫賞天欲曙，曉鴉颯沓噪杉楠。

【校記】

〔一〕長庚星動秋雲曇，經訓堂本作『坐待碧宇低横參』。

湖中晚歸簡齊侍郎次風召南杭編修大宗世駿〔一〕

杳杳昏鐘隔浦清，夕陽欲下斷霞明。鳥歸疎柳禪燈上〔二〕，人散迴塘釣艇横。雲樹蕭疎藏野寺，烟波迢遞繞江城。習池不共山公賞，獨對寒流待月生。

【校記】

〔一〕詩題，經訓堂本作「湖中晚歸簡杭堇浦編修」。

〔二〕禪燈，經訓堂本作「林燈」。

萬峯山房示讓山上人篆玉〔一〕

黄葉翳秋苔，野逕無行迹。蕭蕭竹樹中，扶筇訪禪伯。名藍掩荊扉〔二〕，梵鐘晝方寂。遠嶺出檐端，澄湖隱林隙。壁間畫滄洲，烟莽紛如積。既忻初地閑，復愛名言適〔三〕。坐久衣袂寒，松風灑泉石。惜無臥具攜〔四〕，逍遥此終夕。

【校記】

〔一〕詩題，《四家》本「上人」作「禪師」，且無小注。

〔二〕荊扉，《四家》本、經訓堂本作「柴扉」。

〔三〕名言適，經訓堂本作『名賢適』。

〔四〕臥具，《四家》本、經訓堂本作『坐具』。

月夜

夢覺聞跳魚，東巖月初上。清露滿蘅皋，華雲散林嶂。屢聞梵鐘寒，稍見鑪烟颺。清宵乏同歡，烟波渺悽怏。

聞吳山夫之越中卻寄〔一〕

已倦游燕志，還成適越吟。扁舟三楚客，惜別兩年心〔二〕。微霰兼霜下，孤猿隔浦深〔三〕。山陽聞笛意，日暮更沾衿〔四〕。

【校記】

〔一〕詩題，經訓堂本『吳山夫』後有『上舍』二字。

〔二〕兩年，經訓堂本作『幾年』。

〔三〕隔浦深，經訓堂本作『日暮吟』。

〔四〕『山陽』聯，經訓堂本作『劉蓀空有慕，悵望重沾衿。江總詩：「劉蓀慕子雲。」』

題東有樊川詩意圖〔一〕

珠簾十里夜迢迢，曾記尋春皂莢橋。小杜重來芳緒減〔二〕，嬾依明月聽吹簫。

踈柳青旗罨畫樓，玉驄芳草付前遊。淮南花落春風盡，吟對香臺木葉秋。

白門霜落夜嘑烏，桃葉空堤長綠蕪。江北江南俱寂寞，小窻和雨寫新圖。

香雪初開竹外枝，鄉心搖落鴈聲遲。茶烟禪榻殘燈裏，忍話樊川被酒時。

【校記】

〔一〕詩題，《三家》本、經訓堂本「東有」前有一「嚴」字。

〔二〕重來，《三家》本、經訓堂本作「新來」。

集璜川書屋觀伏波銅鼓鼓爲企晉祖銓官廣西利養州時所得同企晉吉人策時祖錫聯句一百二十韻

陽曦射高堂德甫，寶氣肆騰躍。古色侔尊彝吉人，流芒動簾幙。熊熊詑雲歊策時，熤熤怪雷爚。巖昏饕餮蹲企晉，月黑蜿蜒辵。蒼疑木髮髟德甫，黝類火爇燋。鼖鼛同形模吉人，米黍恊尺度。彭亨豕腹寬策時，倔强豹股博。綠碎瓜皮皴企晉，黄披楮葉皵。回文結脽尻德甫，斷蹟豁齦齶。字缺史頡銘吉人，奸遁飛廉魄。蝌蚪周四腔策時，蝦蟆欹三脚。列象天山均企晉，分位雷風薄。腰如己甗圓德甫，面比辰鑑廓。低陋縶馬錞吉人，窄哂棲鳳鐸。完質無佤離策時，韜光仍渾噩。審器知金鎔企晉，辨音異皮鞹。揎袖發鏗鍧德甫，援枹恣磅礴。小鳴星精搖吉人，大響雨點落。獰飆蕩穹巖策時，急瀑赴巨壑。轟天走之而企晉，殷地駭不若。雲垂林熊嗥德甫，石裂谷虎愕。同鐃鐲鐘鏞吉人，殊笙笆管籥。歌風想其鏜策時，肄雅徵或咢。稽典心縈紆企晉，辨物手捫摸。窮沙顯晶瑩德甫，剔蘚露璀錯。流傳東都時吉人，采拾南夷略。瘴海波滔淫策時，蠻陬山嶄岩。貪吏失撫綏企晉，獷俗善劫掠。伏莽踰狴狺德甫，投林過猿玃。荒箐蒙幽遐吉人，强弩逞矯躩。猺獞蒼狐羣策時，鬟髻熾妖雪。赤伏方中興企晉，炎精又增灼。璽書集貔貅德甫，羽檄翦鯨鱷。健婦空跳梁吉人，老翁尚矍鑠。下瀨陳雄師策時，伏波拜新爵。誓眾發樓船企晉，連屯趨浪泊。毒霧看墮鳶德甫，盤渦訝浮蜉。險披荊榛叢吉人，勇淬霜雪鍔。營開闢戟明策時，陣動琱戈拓。塵飛揚旗麾企晉，血模餬刀斫。孽種揃雛將德甫，孱夫竄詩索。弢弓震天綱吉人，立柱表地絡。雕題來粵人策時，崩角受漢約。舁曳呈轅門企晉，焜煌照鈴閣。蟠猊紫繡蒙德甫，翔鷺流蘇絳。賓從爭摩抄吉人，徒御互趠踔。上將思驊騮策時，良工付煅爍。駿尾宛蕭捎企晉，驕蹄像逴躒。金門獻種種德甫，玉墀羅各各。功應冠寇岑吉人，威已殫越駱。胡然謠諑興策時，幾致湯沐削。訟冤誰慨慷企晉，藁葬終寂寞。奇勛貽至今德甫，賸物撫猶昨。體非凫氏攻吉人，制想獠奴作。音老誇多藏策時，俚人笑羣搏。蘆笙迭參差企晉，椰酒共斟酌。雉翎豎了叉德甫[一]，贏瀫挂瓔珞。六幅拖花裙吉人，一綳騰草屩。蹋臂凌長溪策時，招手度危筰。破屋蔽榕陰企晉，短牆絡藤格。綿李實蓊薆德甫，匾桃花姍嫋。賽社巫叮嚀吉人，留歡客酬酢。箬裹堆生鹽策時，瓦盆貯乾酪。羅列兼禽猩企晉，熏炙到鼠鼩。雜飲態痙劇德甫，讕言笑嘔噱。脱釵扣淵淵吉人，蹋歌行蹻蹻。傾耳聆敲鏗策時，攘腕任揮綽。節促交錚鏦企晉，聲圓屏砯硑。聽隱隱轔轔德甫，視索索矍矍。僻陋良足嗤吉人，駢闐亦云樂。譚論考始終策時，收藏見矩矱。表座映尊罍企晉，宿懸繼罄鏄。置傍青玉案德甫，襲用紫罽橐。舊玩供撇撳吉人，新詩遞咀嚼。拂拭耽近好策時，蒼茫興遠託。今皇恢八紘企晉，覃化遍六漠。入侍紛梯航德甫，獻寶聚河雒。陰羽陳騏驎吉人，火珠上鴸鵲。邊堠銷朝烽策時，嚴城斷宵橐。方看重譯朝企晉，詎意小醜惡。梟踞前王庭德甫，蟻聚左賢幕。䑼舕蝮蛇張吉人，劉刺蠭蠆蠚。聖武赫斯怒策時，帝命求其瘼。側席思范韓企晉，築壇遣衛霍。攻同吉日諏德甫，撻伐凶門鑿。神符甲乙占吉人，士鮮癸庚諾。虎帳夜椎牛策時，龍沙晨表貉。殺氣纏蚩尤企晉，邪氛掃格澤。三千驅水犀德甫，百萬潰風鶴。喪膽諸部降吉人，係頸元兇縛。惴惴就斧碪策時，欣欣免鼎鑊。鐃曲傳數章企晉，戎衣欣一著。洗兵魚海陰德甫，振旅狼居堨。罷六道輓輸吉人，安四郊耕穫。酬庸珪瓚璋策時，薦廟嘌膮臛。敷文舞羽干企晉，視學奏簫勺。靈鼉四簴懸德甫，華鯨九乳擽。瘖彼百里驚，照茲萬物郭。冠帶罔弗同，賮琛詎煩卻。我儕樂淳熙吉人，是器足揚搉。翠葆靡銅腥策時，雲花絕塵墣。神夔吼不聞企晉，隱蛤彩尚敫。年深建武存德甫，代古真玄作。紐斷非淵淪，痕斑想泥㲉。驃國遜輪囷祖錫，象州謝磦硌。砐硪壓寶輪吉人，硼硠撼綺構。授受閱弓裘策時，顯晦等龍蠖。氈包武溪濱祖錫，網罩璜川𤅢。高軒辱寵靈，健筆起衰弱。擊鉢喧雷鳴企晉，續貂愧螢爝余後至，故云。狂揮鼩鼱毫，渴把鸕鷀杓。子石磨白蕉祖錫，哥窯插紅萼。擁罏芋火煨吉人，汲井茶槍瀹。禿巾頭鬅鬙策時，解帶步跮踱。捃摭窮冥搜，摹畫資眾謔。擘牋侍史勞祖錫，秉燭奚童㑃。壁空風颼飀德甫，簷凍冰洛澤。潛鱗蟄蛟虬吉人，厲翮振雕鶚。角殘烏咿啞策時，漏盡鷄膈膊。矯首視長庚企晉，熒熒燭虛霩德甫。

【校記】

〔一〕 了叉，王昶《湖海詩傳》（清嘉慶刻本）卷十八收錄此詩，此處作『丫叉』。

冬夜再集企晉小查山閣同吉人策時來殷聯句限月字〔一〕

雅尚聯心朋吉人，輕橈烟際發。蘭沚遵逶迤德甫，蓮峯望嵱崒。古洞呀然闖策時，危崖倏而突。宿莽走鷩麕來殷，枯林颺俊鶻。凝霜杉屋寒企晉，濺溜苔岑滑。一徑沿礁磽吉人，雙扉豁林樾。眷兹澹宕人德甫，渺爾烟霞窟。棲元敦古歡策時，養拙謝夭伐。拓地展百弓來殷，結廬容十笏。綠淨澂溪毛企晉，蒼寒綴石髮。長林鶴柴遮吉人，細水魚梁汨。款冬花已闌德甫，破臘香漸馞。依人憐凍禽策時，迎客狎吠猲〔二〕。蹊幽窺橚槮來殷，閣迥俯硉矹。巡簷遠眺舒企晉，布席豪情勃。雲雷陳漢尊吉人，趯趯辨周碣。香焚鵲尾溫德甫，篘動蝦鬚揭。鐙紅綻燭華策時，蕘碧盛肴核。野供屏羶腥來殷，山庖具筍蕨。射覆角兩曹企晉，銜杯甘百罰。銜愁出奇兵吉人，卻敵誇勁卒。半醺臉微潮德甫，痛飲頭盡沒。狂思中聖賢策時，渴欲吞溟渤。底須舞傞傞來殷，漸覺醉兀兀。茗烟瀹旗槍企晉，芋火煨榾柮。雄談侈矜奇吉人，清景坐超忽。銀箭咽虬更德甫，冰壺湛蛾月。霧沒山模餬策時，風搖樹槎杌。澮澮雲裂膚來殷，稜稜水生骨。炙硯吟方酣企晉，攬環興未竭。奇思鬱輪囷，硬語辨倉猝。開軒快披襟吉人，接座欣結襪。交應慕荀陳，情詎分吳越。伊余困塵囂德甫，多君避朝謁。屏蹟依丘樊，帶經事耕垡。採芝商皓歌策時，樹蕙楚騷曰。花鳥供友于，史書羨詒厥。欣此裙屐同來殷，勿使敦槃歇。逸翮偕鷺鷗，遊蹤比蛩蟨。盟心保歲寒企晉，堅貞庶無闕吉人。

【校記】

〔一〕詩題，經訓堂本作『冬日過遂初園夜集小查山閣聯句』。

〔二〕狎吠猲，經訓堂本作『狎吠玁』。

無隱菴消寒聯句次皮陸北禪院避暑韻

把袂衝嚴飆吉人，閒尋開士宅。聽鐘駐籃輿企晉，拾磴捨藤策。龍攫輪囷松德甫，虎踞倔强石。崖裂皴霜痕策時，巖封漬雨蹟。徑靜稀樵兄肅徵，澗枯斷漁伯。丘中誰鳴琴吉人，方外或卓錫。佛座倚雲根企晉，齋廚引泉脈。炷香禮蓮龕德甫，懸燈照葦席。清言容踞牀策時，高臥時蹋壁。結跏宗雷儔肅徵，豎拂支許敵。安禪訶小乘吉人，妙諦證大易。偈從黃檗參企晉，旨向青原摘。嗒然身世忘德甫，悠哉襟韻適。觀空度六時策時，斷愛戒三昔。夜悄月盈規肅徵，氣凝雲過尺。樸朔匿氄毛吉人，畢逋翻凍翼。危柯綴斑紅企晉，荒坂鋪禿白。冰苔滑侵衣德甫，風竹低壓幘。逍遙企鴻情策時，局促陋蜾識。幸窺薝蔔林肅徵，快聚菰蘆客。梵筴任冥搜吉人，經幢恣玄索。寶筏超津迷企晉，珠林羅海賾。言依竺國緣德甫，誰羨桐君籍。舀水貯一瓢策時，穿霞藉雙屐。夙願償未能肅徵，勝地棄堪惜。溷蹟尚塵囂吉人，息心終野寂。澹味宜敲茶企晉，幽芳愛蒴柏。回瞻薄靄蒼德甫，悵望層嵐碧。何當證淨因策時，庶可療奇癖。晴雪遍南枝肅徵，討春復來覓吉人。

寒夜集蘋花水閣觀玉壺冰琴

朔風振枯林，初月澹幽幌。舊侶復此偕，開軒得蕭爽。芳酌欣同持，素琴展孤賞。頗愜世外心，彌廑丘中想。惆悵夜燈寒，無人發清響。坐久聞烟鴻，微霜下宿莽。

香櫞聯句

入座聞幽芬，枸櫞供山廨德甫。徵形得團圞，賦色呈䵍黊來殷。光疑崖蜜塗，氣類沈檀灑德甫。體搓玉帕圓，紋錯金毬畫來殷。手拈留馣馤，鼻觸敵䭞𩞄德甫。靜愛桑皮堅，寒防蠆蔕壞來殷。綴葉餘葳蕤，含瓢貯沆瀣德甫。橙柑羞異容，橘柚許同派來殷。鉅如龍卵懸，嫩若鶯衣絓德甫。差齊瓠瓢枵，不數楓癭怪來殷。香清沁腑脾，液冷軟齽齘德甫。顆顆堆硱磳，纍纍簇豩豩來殷。寧憂蝸痕涎，已免烏喙囁。珍從園客藏，得自獠奴賣德甫。小閣三椽低，閒房十笏隘。垂垂折枝斜，短短橫幅挂來殷。敦摹雲雷文，鼎列水火卦。殘碣剔枯菭，法書搜倒籭德甫。焦琴橫椅桐，古硯啄礇硁。三層綈几陳，六扇鏤屏界來殷。碧磁中微凹，紅架上旁殺。淨洗安盤盆，揩摩藉麻林德甫〔一〕。磊砢傍軸籤，霏微縈裾褚。夕熏和氤氳，朝旭射灼烗來殷。仙荄海國移，嘉種炎方屆。瘴鄉霧陰霠，蠻嶺山院嶭。錫包祕篚筐，箬裹入艆䑨德甫。植株攜鏺鉏，分本用杈杷。擴清去神椔，持護刪薉蘾。澆泉注連筒，壅土加一簣來殷。栽培老嫗諳，撫視鄰翁誡。椑㯕梢鶴巢，榀椏蔽鹿柴。森森撐檐牙，落落拂冠髤。似樝栗楔樜，殊楧枏棔棑德甫。攀柯悅茯蔬，憩陰辭翦拜。熏除穴根蚳，剔去哂葉蝝。回欄周瓏玲，疊石矗礨砎。風和開花跗，雨凍挂木介來殷。落實斗建坤，含苞月在央。湛綠逢夏贏，焜黃值秋噫。頡頏翔鵯鶋，睍睆集鷃鴒德甫。璀璀皓露凝，杲杲朱曦曬。熟看一樹垂，收遇千林敗。匀裝質長完，醉攫心亦快來殷。落剪倩小奚，擎拳須走价德甫。馥郁醒宿酲，辛酸愈虛咳來殷。分友提筠籃，奉僧伴梵唄德甫。溫馨懸帳杠，的歷絡衣裓來殷。雅翫忘寂寥，清娛慰罷憊德甫。幽可伴茶鐺，賞宜開酒醋來殷。品題爭歔歙，投贈破忦悇。辨名郭璞疏，寫狀稽含讚德甫。虛窻積雪明，曲砌層冰解。體物揮纖毫，聊當翦燈話來殷。

【校記】

〔一〕『林』字不押韻，疑誤。

出閘

石牐緣江壯，虹梁逼漢懸。風霆迴靜夜，冰雪瀉長川。牽輓千尋接，喧呼萬口傳。浩歌驚出險，回首意茫然。

定慧寺示鐵機上人〔一〕

清絕松寥境，重游近暮冬。江空斜見鴈，潮落遠聞鐘。霽景山廊竹，寒雲石磵松。更逢蓮社侶，款款話南宗。

【校記】

〔一〕詩題，經訓堂本作『重過定慧寺示鐵機長老』。

送劉侍講映榆星煒歸毘陵〔一〕

晴雪依叢薄，扁舟下楚波。江寒漁唱少，天遠鴈聲多。候火明瓜步〔二〕，林烟近曲阿。梅花官閣好，芳會莫蹉跎。

【校記】

〔一〕詩題，經訓堂本作『送劉印於侍講歸毘陵』。

〔二〕候火，經訓堂本作『堠火』。

同沈學子對雪有懷惠定宇〔一〕

淅淅承檐飄，冉冉緣堦上。曙寒人語稀，烟蘿散微響。虛館偕良知，憑襟遂玄賞。稍忻清言舒，彌使離忱長。故人不在茲，江湖屢延想。頗聞漳濱卧，尚乏剡谿訪。仿佛窮巷深，閒扉掩榛莽。蕭晨颯道書，樵蘇罕還往。延佇澄輝遥，無由慰悽惘。征鴻下層雲，疎梅澹幽幌。庶幾溯微波，緘情託吳榜。

【校記】

〔一〕詩題，經訓堂本「惠定宇」後有「徵君」二字。

學子將歸雲間雪中小飲有作〔一〕

殘雪滿虛檐，蕭齋晚逾静。幸接故人杯，共此疎鐙永。遠别眷良宵，羈忱屬暮景。頗聞楚江濱，烟中理歸艇。欲折早梅枝，依依寄淒冷。

【校記】

〔一〕詩題，經訓堂本「學子」前有「沈」字。

古風贈學子卽送其歸里

戴匡綴霄灝，鴻絅函人文。元符賁河雒，圖範開愚芚。水精繼受命，烏鳥翔端門。經成夜告斗，虹玉流彤雯。至人篹六藝。窫窔參明神。手陳邃古藴，意抉蒼靈根。一罹溫谷劫，萬禩幾冥昏。頹壁響繁會，破冢光氛氲。羣儒遂鉤摘，如日重溫暾。圜橋牙填咽，奪席爭騰騫。傳疏數百萬，各各懸乾坤。司農稍後出，旁魄羅前論。箋《詩》撰鄭譜，贊《易》明爻辰。《書》從杜林受，《禮》自淹中存。風角驗祕術，乾象窺長垣。下逮讖緯候，內學綜紛繁。三才筦鈐鍵，萬象通惛忞。想當禮堂上，肅穆垂纓紳。閎言詔弟子，大義貽諸孫。子幹暨子慎，疇敢齊嶙峋。嘅彼辰巳夢，泰岱悲崩奔。永留尺二簡，南北傳芳芬。子雍本踳駁，氣焰依天婚。盱睢作聖證，索垢空呻喧。孫炎馬昭尚角立，韅靷張單軍。何爲張融案，澒涊乖前聞。綿延歷唐宋，撼撞爭搖脣。斯文恍墜地，霧霾埋晴暄。篁墩最舛逆，衡決資狂狺。膠均黜栗主，髦俊咸煩寃。愚生三季後，咄喈心如焚。每思昌北學，疲苶無由振。論交得耆舊，惠施定宇徵君真超羣。同時呂青陽布衣顧震滄司業戴東原上舍，並起芟荒榛。亦有錢曉徵編修與褚搢升舍人，賈勇追羲軒。吾兄更雄絕鳳喈編修，檢覈該皇墳。眾賢盛戠𡌿，旋斡迴千鈞。況逢東陽沈，隻手扶奔輪。夙知富攟摭，四庫窮崖垠。摛詞擽鐘鏄，演雅雕瓊珣。爬羅訖後代，瑣細供齗齗。晚造益沖邃，古義專攀援。集解準兩漢，辨字衷先秦。師承溯高密，一掃羣言棼。感生著斗極，世妃詳姜嫄。作廟審五室，大禘推三年。類此悉墨守，討賾鉤其玄。發蒙起痼疾，顯道寧長湮。會見書帶草，羃䍥當階翻。益思及小同，世業光璘彬。伊余苦檮昧，奔走衝埃塵。舊學雖蕪廢，嗜古情彌敦。百川導渤澥，靈祀宗河源。幸此旅館暇，應和諧篪塤。奉手接研講，上下忘昏昕。窮冬忽賦別，感激淒煢魂。獰飆捲庭樹，冰雪堆江濆。援豪寫宿抱，相勉期毋諼。

觀劇六絶

瓊筵花露汎紅螺，六曲鐙檠照綺羅。晴雪一檐香霧裏，雲鬟十隊舞鞺鞳。

秦淮舊夢已如塵，扇底桃花倍愴神。仿佛鸚籠初見日，香鈿珠衱不勝春。桃花扇。

秋風一夕別雲屏，款語匆匆掩淚聽。回首河東蕭寺遠，碧雲紅葉滿長亭。西廂。

長生殿裏可憐宵，曾炷沈檀禮鵲橋。一樹梨花人不見，青騾蜀棧雨蕭蕭。長生殿。

花影層層下玉除，歸來燈火旅窻虛。夜深微醉誰相憶，剗襪香堦女較書。紅梨記。

聽遍新聲出絳紗，故鄉歸夢落雲沙。應知今夜筠欄月，獨對江梅數點花。

送戴遂堂由儀徵之常熟

落燈風裏雪初晴，官閣分襟倍愴情。久識詩才兼鮑照，近聞仙訣受茅盈。春回胥浦寒猶在，人到琴湖草又生。他日燕臺更南望，吳天無際暮雲横〔一〕。

【校記】

〔一〕經訓堂本此處有注：『時予將入都。』

將北行留別親友

久承恩命自長楊，一幅雲帆別故鄉。柳陌風和春正麗，萱帷花發景初長。釣遊且作歸時約，翰墨尤思舊日場。謂松桂讀書堂、雙桐書屋，少日從師處。一曲橫橋三畝竹，丁寧鄰里護漁莊。

硯山丙舍靈巖山北一支爲硯山，山下爲篗村，稍西獅峯，先曾祖墓在焉。屋十餘椽，中有梵香齋、棲雲閣，久廢。惟硯山丙舍尚存，時修葺之。

羣峯蒼翠接山村，蹴踏獅王氣象尊。五夜香燈僧已散，四時烟靄閣無存。遙聞碧澗潛通沼，近種青松半出垣。他日焚黄重上冢，《瀧岡阡表》記高原。

泊山塘

細雨度芳辰，鶯花分外新。依依水楊柳，相送版輿春。絃管尋詩路，衣香拾翠塵。所嗟鄉漸遠，回望意難申。

閨秀徐若冰瑛玉以題蘭泉書屋詩見示和韻〔一〕

吳苑詩名擅玉臺，忽傳芳藻灑瓊瑰。夢花深愧江郎筆，詠雪頻勞謝女才。背燭夜吟珠露泠，澡香曉展繡簾開。弓衣織與屏風畫，未比瑤箋寫麝煤。

【校記】

〔一〕詩題，經訓堂本作『閨秀徐若冰以詩見示和韻』。

企晉招同崑南斗初餞别二首

窈窕名園記屢經，今晨裙屐喜重停。遂初欲繼先賢躅，樂志同符處士星。檻外濃花開魏紫，樽前雅曲愛秦青。此行持贈憑良友，珍重名言促膝聽。

解褐三秋等散樗，綸音重奉直中書。階翻紅藥同聯佩，謂來殷。巷夾青楊好駐車。鳳階書來，擬於京城賃屋數椽，庭有青楊兩樹。西崦溪山懷勝賞，東華風月感離居。往來頻望相思字，莫向滄江負鯉魚。

小停雲山館岡齡招同迂谷及錢秀才思贊襄留飲

東君昨已別花叢，時三月二十八日立夏。不分將離照酒紅。今日停雲惟子繼，他時話雨與誰同。草生書帶才偏麗，瑟鼓湘靈句最工。欲共三賢還痛飲，長年又報一帆風。

題金壽門梅花畫冊二首

破墨圖成每自矜，數枝高格倚崚嶒。清寒不許春禽到，滿徑青霜滿磵冰。

刻意幽寒水月涼，一塵不許近詩囊。水仙雅靚梅花澹，別具清心領妙香。

重過梁溪柬顧祭酒震滄先生棟高

官梅亭子名送別又經年，舊疾春來尚未痊。紫詔崇儒聞晉秩，青衿仰德待陶甄。縣中牛酒應頻致，門下《麟經》定並傳。祭酒著有《春秋大事表》，門人華師道玉淳及其弟澱峯淞傳之。只惜雲帆風正快，未能枕膝小流連。

蘭陵道中

櫻桃風急水盈盈，雨後溪山分外清。竹屋茅菴隨路轉，楊花如雪酒旗橫。

泊京口

兩點金焦在眼前，一回憑眺一流連。鐘魚水寺傳山寺，燈火吳船雜楚船。遠樹微明瓜步月，殘霞猶映竹西烟。細斟北府兵廚酒，小倚篷窗已似仙。

瓜洲

潮落沙洲似鏡平，空江雨歇夕陽明。船窗短夢誰驚覺，水月禪房粥鼓聲。

雲帆獵獵趁南風，回首松寥指顧中。記得去年風浪裏，危崖獨上俯蛟宮。

楚尾吳頭薄暮天，滄江西望盡雲烟。一行燈火瓜洲市，已有人家弄管絃。

雅雨運使招壽門曲江東有小集

小別矜新侶，重來訪舊盟。風騷留勝地，湖海半耆英。斫雪江鰣雋，凝香潞酒清。諸人豪氣在，譚麈不時横。

答朱吉人見贈之作並送其歸桐鄉〔一〕

三載香溪別夢賒，相逢客路感瑶華。吟秋獨泛鴛湖櫂，去秋至桐鄉奉訪不值。對酒同看楚地花。江驛青蕪聞戍鼓，湖田碧樹隱漁家。卻憐分手仍南北，不惜官橋折柳斜〔二〕。

【校記】

〔一〕詩題，經訓堂本『答』前多『重到廣陵』四字。

〔二〕折柳，經訓堂本作『緑柳』。

追和催妝詩爲學子作

花前催上六萌車，蟬鬢妝成鬧掃餘。回憶竹西亭下路，珠簾捲盡有誰如。

吳閶楊柳可憐生，叩叩香囊早定情。最好白蘋風信穩，抽帆同到五茸城。
彔曲迴廊小院深，明河絡角影沈沈。應知金井烏啼夜，酒冷燈銷伴苦吟。
書囊琴薦一塵無，繡閣寒生炷玉梟。看取横雲山色好，彎環重畫十眉圖。

韓懷招同學子東有梅里漁川易松滋[諧]再餞有作

清江滑笏碧於油，又向紅橋盡日遊。花鳥春濃歸小志，去歲予撰《紅橋小志》，有二十四景。管絃風細送長謳。酒痕墨瀋添詩興，燭燼香銷起別愁。記取禁林清漏夜，夢魂猶遶綠楊舟。

高郵途次

澹雲殘雨月籠明，初過邗江第一程。荷蓋忽傾知露重，柁牙微響識潮生。羅衾頻展香猶膩，畫燭將昏夢未成。翠羽欲啼風漸轉，榜人已試半帆輕。

舟過寶應懷朱秀才直方宗大(二)

昨別紅橋路，烟帆檥渚磯。湖田春後熟，楚客雨中稀。舊侶遲衿契，新愁減帶圍。何由親玉舉，極目柳依依。

【校記】

〔一〕詩題，經訓堂本作『舟過寶應懷朱直方上舍』。

露筋祠〔一〕

曲渚依疏柳，叢祠掩碧苔。芳蘋吳客薦〔二〕，瑤瑟楚巫哀。水鳥翛翛下，風蓮漠漠開。靈旗吹暮雨，彷彿翠軿迴。

【校記】

〔一〕詩題，經訓堂本作『過露筋祠』。

〔二〕吳客，經訓堂本作『湖客』。

訪程秀才魚門晉芳淮上兼寄華師道〔一〕

零雨悽長別，相逢更尠歡。有懷悲詠絮，時初喪女。無夢兆徵蘭。芳杜淮流碧，叢篁楚寺寒。祇應華右史，傳舍共盤桓〔二〕。

【校記】

〔一〕詩題，經訓堂本作『訪程魚門上舍淮上兼示華師道秀才』。

〔二〕傳舍，經訓堂本作『蠶舍』。

晚泊淮關

雨霽黄梅節，沿堤撲柳綿。潮生漁網動，風急酒旗偏。鐘版溪邊寺，魚鹽郭外船。竹西行漸遠，回首更淒然。

微山湖〔一〕

石梁瀉清溜，急響生寒風。孤舟就前路，雲水延空濛。層陰淡初日，歷歷開諸峯。蒼翠宛相次，瀟照依晴空。露蕪悉蔥蒨，石嶼森玲瓏。村烟楊柳岸，漁唱菰蒲叢。鳧鴨曉淩亂，風景安能窮。思偕沿緣者，欸乃移青篷〔二〕。

緬昔蘇武功，巖巒愜幽眷。徘徊撰良辰，絃酌展高宴。山水既清暉，賓僚復珍彥。曠望小洞庭，涼蕪被遙甸。耿耿秋星移，泠泠緒風善。芳詞播瓊瑤，遺徽激耆諺。欲溯洄源亭，翛然渺星漢。

夙昔愛具區，雲濤信奇詭。單椒秀漁洋，亭亭明鏡裏。梅篠罨澄潭，禽魚散幽沚〔三〕。十載别溪山〔四〕，清夢滿烟水。今來望空冥，青螺紛可喜〔五〕。生平五湖約，芳景屢延企。矧乃行路餘〔六〕，何由稅塵軌。轉幸南風遲〔七〕，扁舟蹔徙倚。

【校記】

〔一〕此詩底本僅錄二首，第二首係據經訓堂本補。詩題，經訓堂本作『過微山湖望鼉尾諸山』。

〔二〕『思偕』聯，經訓堂本作『思諧沿緣者，欸乃攜青篷』。

〔三〕幽沚，經訓堂本作『幽芷』。

〔四〕十載，經訓堂本作『三載』。

〔五〕青螺紛可喜，經訓堂本作『今來望空冥，鼉尾宛相似。青螺點層波，隱見紛可喜。始知新城翁，由茲歎觀止』。

〔六〕矧乃行路餘，經訓堂本作『相違百里餘』。

〔七〕轉幸，經訓堂本作『庶希』。

太白酒樓

新漲綠粼粼，高樓俯畫津。長留狂道士，坐對謫仙人。詩酒襟懷曠，風流意氣親。南池餘杜老，千古結芳鄰。

舟次贈沈廉使椒園廷芳

月旦知名久，江湖奉教遲。書宗虞監帖，吟仿白公詩。捧手欣今日，談心恐後時。閒官當有暇，常擬侍皋比。

南旺

層層石磡鎖迴塘，運道由來異漢唐。汶水西流兼洑濟，衛河北折受清漳。三分直藉神靈助，千古羣需利澤長。不是名人垂至計，雲帆何自達通倉。

口號二絕

米鹽略營生計，井臼稍具家貲。堂北已移萲草，陔南好采蘭枝。

放懷自知未得，經世不識如何。且喚青騾一輛，淩晨小試鳴珂。

直廬曉起

官燭熒熒夜向闌，玉階清露濕紅欄〔一〕。風高鈴柝傳中禁，月暗觚棱隱上蘭。珠樹影深華闕外，銀河秋淨碧雲端。紗籠夾道重門啓〔二〕，早有千官候八鑾〔三〕。是日卯時上還宮。

【校記】

〔一〕紅欄，經訓堂本作『欄杆』。

〔二〕重門啓，經訓堂本作『仙詔動』。

〔三〕早有千官候八鑾，經訓堂本作『早見期門駕八鑾』。

禁中卽事

磵道疎泉接御溝，禁林清暇奉宸游。涼生銅埒頻觀射，風靜金微數獻囚。碧樹遠含烟嶂雨，青蟬近報玉階秋。晚來中使聞宣旨，檢點封章待曉籌。時將御門〔一〕。

【校記】

〔一〕經訓堂本小注爲：『時上以後日御門。』

題李西華先生友棠賞番圖

獰飆獵獵吹旄旗，樓船萬里懸牙符。摐金伐鼓鳴霜笳，諸羅崩角來馳驅。蒼松攫網挐重櫨，濃陰偃蓋森椶櫚。韓門霽色騰金烏，海雲下照紅氍毹。鹿韡虎韔班胥徒，禿衿短袖排傖奴。甲螺鴉瞬張虯鬚，袴刀鞠跽聲呪嘔。州僚將佐意氣麤，指揮萬象同猨狙，側踵連蘩相攙扶。或矗椎髻鬖囟顱，或襞花練纏膊髃。或琢蚌貝緣裳襦，或界項領編蠙珠。齜童耋老偕妻孥，手奉布帛羣嬉娛。公時晏坐形神腴，聲如雷動開惷愚。國家上治儕黃虞，愷澤下逮周蟱蝺。眷汝鹿耳東南隅，命持英簜來吹欨。春菑汝菑畬汝畬，賓賧織作漚絲纑，服汝祖業供庸租。融風喬露恆膏濡，汝毋虓武資呑屠。朝有憲典銛戈殳，猓玀聞語駭且愉。蘆沙花鼓盈荒嵎，永守令甲誰窺覦。惟安平鎮丁遐區，荷蘭日本交盤紆。黏天黑浪鮫人趨，乖龍晝立神魚徂。雲濤惚恍連方壺，獷賊牙踞名東都。桓桓靖海彎雕弧，水犀萬隊從貔貙。捶驅虎井擁澎湖，如風卷蘀嬰王鈇。桶盤赤嵌咸昭蘇，今公重望蠻方孚。口揚威德綏睢盱，南暨蘇祿東苻婁，疇不職貢陳珣玗。況逢明聖操璇樞，欃槍掃定清伊吾。流沙西極天柱孤，屯田計畝如堂塗。奇肱緩耳驚神謨，間道重驛爭懽呼。屠州黑豹禺騶駼，方揚皇烏丘鸞雛。碧基陰羽揚爻閭，畫史豈尠閻與吳。好寫瑰異窮錙銖，配此並上明堂圖。丹青王會永弗渝，百祀後與東蠻俱。《柳宗元集》：既克東夷，羣臣請圖，狀如《周書·王會》。

徐文長花草册

淺絳深黄滿露叢，品題第四語非公。文長自稱書第一、文第二、詩第三、畫第四。如何不使鈐山見，獨賞青詞白鹿工。文長在總督胡宗憲幕時，嘉靖方好仙，分宜以青詞受知，而宗憲又諂事分宜。適得白鹿，命文長作表文以進，先示分宜，分宜頗爲擊賞，遂得嘉奬，晉宗憲秩。由是遇文長益重。

唐六如竹谿仙館圖

秋山澹澹隔晴涯，野屋層闉一徑斜。獨有胎禽相對立，分明仙境勝桃花。

仙館清閒近竹谿，篔簹蒼翠碧雲西。儒冠道服何須辨，淨業新來問準提。六如居桃花塢，傍有準提菴，後人與文待詔、祝京兆像並設其中。準提有《淨業經》，見《大藏》。

哭文子先生〔一〕

一夕霜風掃碧梧，招魂何處降神巫。雲屯箕尾星躔暗〔二〕，山坼龍門底柱孤。黄髮功名虚上壽，青年懷抱鬱良圖。夜臺有恨知難盡，未逐嫖姚斬骨都。阿睦爾撒納叛，先生每以不得從軍追討爲恨〔三〕。

崆峒戴斗氣嶙峋，十載鳴鸞侍紫宸。陸贄清材參內相，戴逵重望表成均。貂冠共切三台望，鵲印頻頒九澤春。先生由侍講陞祭酒〔四〕，歷戶、工兩部侍郎。造士頻年持玉節〔五〕，嵩丘粵海擁征輪。汴泗清流漲碧空，口銜天詔出淮東。茭薪夜偃桃花汛，楗石秋成瓠子功。玉粒千帆停鷁首〔六〕，金堤萬仞壓龍宮。至尊南顧頻欣慰，早免蒼生泣斷鴻〔七〕。

朽質幾同爨下殘，枉蒙拂拭比琅玕。深知梁肅提攜切，終愧虞翻骨相寒。雨歇西園思授簡，春深東閣慶彈冠。予在揚州，先生寄書云：『花深東閣，可卜彈冠之慶矣。』生平乞墅無窮恨，忍過朱門躍錦鞍。

【校記】

〔一〕詩題，經訓堂本『文子』前有『夢』字。

〔二〕星躔，經訓堂本作『臺階』。

〔三〕不得從軍追討，經訓堂本作『不得身擒逆酋』。

〔四〕由侍講陞祭酒，經訓堂本作『由祭酒陞閣學』。

〔五〕造士，經訓堂本作『更看』。

〔六〕停，經訓堂本作『通』。

〔七〕斷鴻，經訓堂本作『澤鴻』。

喜來殷同年至京〔一〕

薊門雲樹度高秋，聞汝南來豁別愁〔二〕。搦管舊傳《鸚鵡賦》〔三〕，鳴鑣新侍鳳凰樓。玄堂珪瓚光龍勺，十月初一日，時享太廟。別苑笳簫擁翠斿。時命大閱。盛典即今須紀錄，好將雅頌播方州。

【校記】

〔一〕詩題，經訓堂本作「喜曹來殷舍人至京」。

〔二〕豁，經訓堂本作「緩」。

〔三〕搦管，經訓堂本作「授簡」。

送文子先生葬四首

笳鼓臨泉路，旌旐出國門。提攜餘弱息，涕淚溢諸昆。馬鬣秋原壯，鷄碑曉霧昏。扶風帳下士，誰與共招魂。

夙抱匡時略，長殷濟物情。勳階羞許史，事業陋韋平。湖海收奇士，曹來殷、趙升之、張策時、嚴東有，皆公所延譽以成名者。關山恤戍兵。金川之役，部議欲追軍士預給口糧，公力止之。銜恩何地報，灑淚遍寰瀛。

磊落風雲氣，崢嶸海嶽才。蒹葭秦客咏，蘭杜楚臣哀。卓犖空前輩，流傳待後來。桓譚誰竟是，詩卷忍重開。

遺疏傳丹禁，恩綸下紫庭。禮咨宗伯議，功俟太常銘。石馬幽宮閉，銀蠶墓道扃。千秋誰定謚，翹首望層冥。時遺本初下，奉旨應得卹典，該部察議。具奏部議。上給予半葬，以例未得贈官予謚也。

書伯祖瀫溪公會圖自撰年譜

半生席帽老山林，略記年華感喟深。要使諸孫佔畢夜，一鐙知古又知今。起崇禎六年，止康熙四十四年，中間遇時事大者，皆記其略。

春融堂集卷七　蒲褐山房集

己卯　庚辰　辛巳

元夕

昇平樂事萬方覃，回憶前游意最耽。月映香車聞擲果，花移繡帕見傳柑。歌樓玉笛珠爲鈿，蘭若明燈錦作龕。遥望緑楊城郭裏，銷魂今夜是江南。

題項舍人芸堂淳畫

蒼山杳然深，楓杉翳寒緑。石林罕人蹤，磴道自盤曲。得非白嶽間，層雲滿崖谷。芸堂列仙儒，夙尚寓樵牧。經年夢家山，裴裒寫幽躅。曷不補茅齋，虚窗蔭叢竹。添我抱琴來，支笻聽飛瀑。

爲陳侍讀寶所鴻寶題華秋岳嵒山水小幀

午寂罷彈碁，見此明窗畫。珍木兩三叢，蕭森得清概。倚逕絶茅茨，臨溪罕雲碓。依稀略彴間，細雨鳴秋瀨。我欲櫂扁舟，淩風入烟靄。

程編修午橋夢星南齋種花圖〔一〕

藥圃梅坪地數弓，緗桃開遍亞枝紅。春畦雨過芹泥潤，檢點鴉鋤課僰童。

養花時節浣花居，小綠長紅繞碧渠。蘜譜蔬經都檢遍，不妨重訂種花書。

金壽門陳竹町王受銘沈學子江湖客〔二〕，嘯竹吟梅寄興殊。知有詞人爲地主〔三〕，款門來往數花鬚。

浪迹蕪城近五年，篠園竹木已寒烟。誰人更作栽花計〔四〕，還看濃香滿綠田〔五〕。

【校記】

〔一〕詩題，經訓堂本作『程午橋編修屬題南齋種花圖』。

〔二〕壽門，經訓堂本作『冬心』；受銘，經訓堂本作『穀原』。

〔三〕詞人，經訓堂本作『幽人』。

〔四〕誰人更作栽花計，經訓堂本作『重來要與獠奴約』。

〔五〕還看，經訓堂本作『坐看』。

姜秀才光宇晟屬題其高祖學在先生埰所畫山水小幀

碧血紅蕪滿故關，之罘何路訪孱顏。隃麋染得生平淚，別寫秋江一片山。

烟外秋崖數點青，有人枯坐望層冥。分明不是吳中路，水石蒼寒憶敬亭。

碧澥觀潮圖爲齊侍郎次風題

洪飆鼓金輪，真宰結區宙。神州絡其中，裨瀛互奔湊。盈虚限望弦，來往劃宵晝。初生激迴瀾，漸長濺飛溜。蒼茫銀山移，倏忽雪嶺走。如雷遞闐砰，若車競輻輳。垂虹媲蹬跜，快馬狀馳驟。渦生蛟鰐蟠，浪擁黿鼉鬬。振翼駭儵鳙，張帆識乘鶩。珠宫龍伯都，貝闕鮫人守。石華散葳甤，海月錯文繡。偉哉百谷王，具此萬物宥。我聞榑桑東，金銀燦層構。烟嵐蔽樓臺，花鳥麗園囿。時有羣真來，鸞鶴滿巖岫。金城隸木公，玉節降川后。誰乘靈槎游，親覩神居富。先生藴奇懷，清思擅刻鏤。波瀾湧文詞，沙石悟篆籒。小築愛滄洲，碧流供枕漱。爲展雲夢胷，望洋快延袤。吳綃寫遠勢，抉眥豁蒙瞀。繚繞卷雲霞，横斜挂星宿。嗤彼井底蛙，蠡測最弇陋。我無玄虚才，作賦等金奏。頗知華嚴藏，法性絕塵垢。淨覺本無心，去來寧有漏。企彼波斯王，照影驚面皺。詎誇廣陵奇，豈羨海山舊。行將事月光，水觀起研究。

贈周孝廉元木大樞

行卷聲名久，僑居歲月遷。蒼苔沿井厚，緑樹映門圓。耆宿鄉人重，經疑弟子傳。鑑湖山色好，何日榜歸船。

即事

空齋梅雨靜炎蒸，散直歸來意不勝。小榻臥看苔壁畫，名香晚炷竹龕燈。心情寥落殘宵夢，身事淒涼退院僧。忽憶西湖千頃碧，幾時漁步結行縢。

海淀道中

短幘迎風拂面涼，班輪宛轉度魚梁。菰蒲忽送蕭蕭響，荷芰猶聞冉冉香。雲際樓臺青瑣近，林中烟靄翠微長。祈年應有甘霖降，已見濃陰罨苑牆。

喜雨用蘇文忠和張昌言韻〔一〕

日日晴暉映紫雯，忽看疎雨下層雲。虚堂微潤生琴薦，短榻初涼入簟紋。告祭久聞虔北畤，豐年應已協南薰。牕前只少千竿竹，獨聽簷聲憶此君。

【校記】

〔一〕詩題，經訓堂本『蘇文忠』作『東坡』。

蒲褐山房

賃得城南屋數椽，冰牀雪被舊因緣。敢云精舍同高座，略稱閒齋似小眠。葦箔風寒添篆炷，苔階雨過潤茶烟。淨名説法休嫌窄，十笏能容善現天。

題張孝廉商言塤竹葉庵記夢冊

閻浮提界本夢境，夢中作夢紛諠闐。乘車入穴盡流注，恍惚異境窮人天。前塵宿命亦涌現，漏業往往隨三緣。蒲池寺中雨淅瀝，郥亭湖畔波淪漣。兩翁清夢世所羨，豈知生滅同雲烟。張郎仙才具仙骨，病來化作飛行仙。蒙茸宿莽入古徑，淙潺急溜聞鳴泉。層崖絶厂嵐翠濕，馭風竟度昆侖巔。槿樊宛轉草似帶，石梁屈曲花如蓮。聳身忽覺近霄漢，舉手直可攀星躔。童初易遷迭隱現，中有姝女姿便娟。綠綃衣輕畫金鳳，紅膏鬟薄低秋蟬。昭靈雖聞降許遜，萼綠何意親羊權。海山舊院幸無恙，歸時篁篠餘清妍。玉童依然進瓜果，藥鼎誰更燒丹鉛。真靈洞府游未足，醒來宿火仍孤眠。翠禽啼樹殘漏盡，曉雪委砌寒冰懸。蓬山一隔空想像，擁衾倚枕心悁悁。淋漓落墨記紈素，欲使異事人爭傳。空華幻色竟無住，何乃刻畫煩華篇。雲臺飛昇尚難就，寧有詩酒供留連。趙舍人雲松翼詩有『不如神仙足風流，詩酒聲色百不失』之句，故以此正之。欲天依報縱不乏，終恐謫墮歸憂煎。吾亦當時慕飆舉，思駕玄鶴資騰騫。琴心三疊非了義，竟向六度希真詮。蝗螟嘉穀古有戒〔一〕，勸君慎勿相縈纏。清詞自成新宮句，妙諦還證雲居禪。意根不轉心識斷，世間睡覺皆安便。庭前翠竹儻有悟，一任阿閦從空旋。〔二〕

【校記】

〔一〕古有，經訓堂本作『昔有』。

〔二〕按，王昶後曾追跋此圖冊，參見輯佚部分。

懷淨慈大恆上人〔一〕

斷雲殘照暮晴餘，迢遞湖山憶淨居。一榻清陰蘭蕙靜〔二〕，半牕涼雨芰荷疎。法融已辨觀心義，孝穆猶稽誓願書。輸與東林蓮社侶，長攜瓶盇聽鐘魚。

【校記】

〔一〕詩題，經訓堂本『上人』作『長老』。

〔二〕蘭蕙，經訓堂本作『梧竹』。

入闈即事

首擢頻叨愧不材，前年召試、今春試差，皆蒙恩一等第一。雲階月地又追陪。鮫珠海客期連掇，鴛錦天孫喜共裁。正對蟾光明玉鏡，況逢驥足聚金臺。紫薇影近霓裳舞，定見人文麗斗魁。

適庭既別復以詩見示次韻

襆被蕭然逐斷鴻，單車相送潞河東。有情世界難爲別，無意詩章更自工。燕樹千重懸北路，吴帆五兩趁西風。歸時亟與諸郎道，辛苦燈牕莫恨窮。

大閲恭紀

文德通三極，軍威振八方。彤雲扶鳳輦，曉日整龍驤。芳甸移旌仗，和門肅斧斨。太平周典在，羽獵陋長楊。

校尉三河將，良家六郡兵。鉤陳森御宿，天駟走星精。虎豹韜鈐祕，龍蛇陣勢横。欲呈猨臂技，鳴鏑各分堋。

表貉遵周禮，驅熊邁漢年。厹矛千隊集，楯盾六營先。十鼓周宣字，雙龍夏后篇。風雷軍令肅，隱隱出中權。山海黄圖闊，星辰紫極雄。高臺連渤碣，别苑接崆峒。日動旌旂影，秋高鼓角風。三驅仍習禮，宵旰厪深宫。文武宏猷壯，尊親郅治覃。車書通勃律，玉帛走黎儋。絶域風霆震，遐方雨露涵。近聞班定遠，捲甲更西戡。威斗璇璣北，長城渤澥西。羽林同帓首，屬國盡雕題。向晚雲霞麗，回軍壁壘齊。共調《朱鷺曲》，歡喜動羣黎。

回部平定恭紀一百韻有序

臣聞：壽丘御世，築壇陳五意之符；若水膺期，司地定九黎之罰。舞兩階之干羽，尚記徂征；集萬國之共球，猶傳撻伐。蓋宅中圖大，必期怙冒于靡涯；而奮武揆文，要在撫綏于莫外。欽惟我皇上明同離照，德叶乾剛。列九州疆索之中，羣需愷澤；處兩戒河山之外，共沐熙和。迺者厄魯殄平，伊犁底定。天山迢遞，遥傳頡利之俘；葱嶺崎嶇，已勒祁連之碣。占星昧谷，驗昏旦于羲和；拓地渠搜，步東西于章亥。和闐震慴，或泥首以歸誠；烏什歡欣，悉傾心而向治。大宛列部，籥雲來天馬之奇；布露諸蕃，重譯進文犀之寶。蠡茲霍集占，兄弟本屬幺麽；向屬準噶爾，拘留長嬰縲絏。賴聖世懋安邊之略，得免俘囚；荷天朝宏繼絶之仁，仍居荒服。固宜佩深恩于高厚，用以効微悃於尊親。何乃恃厥要荒，遂成豕突，率其種類，漫肆鴟張。爰運神機，重行天討。千軍雷動，舉烽則賊壘俱穿；萬騎飆馳，傳檄而名城悉下。凶渠跋扈，已無免死之方；小醜潛逃，詎有游魂之地。剗蚩尤於大野，授首轅門；誅窫窳於窮荒，陳尸幕府。回人喪膽，盡俘姦黨以迎降；酋長驚心，並遣賢王而奉款。戢干戈於萬里，永垂耆定之休；通耕鑿於三邊，用兆阜成之慶。纂列聖未成之緒，豈誇地盡西陲；建前王罕覯之功，共使星瞻北極。樹千秋之駿烈，奇勛默佑於天心；規萬禩之鴻圖，大業仰成於廟略。玉琯居三陽之始，愈增長至嘉祥；璇闈迎萬壽之期，益助慈寧燕喜。展橋山之弓劍，用告成功；陳寢廟之圭璋，丕承先烈。宏敷惠澤，馨香遐格於神人；疊布恩綸，雨露普霑於中外。樹豐碑於泮壁，遂邁周王石鼓之詩；抒偉論於藝林，儼同軒后金人之篆。虎牙晉秩，馳驅盡伏夫天威；龍頷封侯，綏定原歸於睿算。車書並範，萬年垂清晏之休；玉帛來同，六宇切生成之戴。臣濫叨薇省，近侍楓宸。幸際昌期，亭障遙通於絶域；欣逢景運，幅員直達於窮陬。敬志五言，恭成百韻。鋪張盛軌，鴻模遠紹於羲軒；揚厲宏規，麗藻竊慚於崔蔡。

聖德輝三極，皇威震八方。布和文教洽，靖遠武功彰。當宁符軒籙，開階契燧皇。昭華光爛漫，延喜玉琳琅。膏雨三時潤，威霆萬國匡。幽都胥北爝，丹徼並南煬。奉義陪冠帶，懷仁進篚筐。傾心歸版籍，稽首隸封疆。貫耳陳琛切，雕題納賮忙。碧基王會盛，赤縣帝圖昌。往者餘幺麼，居然擅陸梁。累朝煩斧鉞，數道整錸斨。已致鴞音革，俄傳螳臂攘。控弦誇獨勇，鳴鏑恣相戕。襁負歸函夏，提攜挈婼羌。取殘經訓舊，龕暴聖謨臧。乞命哀窮鳥，投誠念沸螗。五營馳豹旅，兩路遣龍驤。張幕吹笳競，陳師擊鼓鏜。遂看封豕縛，旋見怒蛙狂。絕漠還重掃，犁庭待大創。殘骸陳窴窳，妖彗掃欃槍。異域通離昧，方輿接混茫。土圭占象緯，銅臬驗穹蒼。尚有熊羆守，何期梟獍翔。解懸忘䠞𠩵，負德肆披猖。更遣乘槎使，仍階執戟郎。奉詞旗正正，討逆氣趪趪。寶轡裝玫珂去聲，鉤膺飾鏤鍚。雕弓開勁箙，畫戟淬神鋩。鴈翼分還合，魚麗頡更頏。韜鈐紛迭變，荼火鬱相望。敵氣爭騰踔，同仇矢激昂。連營排柘楯，列帳逼陴隍。牙拍齊懸布，雲梯悉繫桄。前茅疎斥堠，間道失隄防。一鼓名城下，三驅逋寇亡。窮追過嬀水，乘勝下河湟。布魯東西部，宛城左右王。種猶沿鐵勒，地最近烏萇。並獻蒲萄酒，均攜瑪瑙漿。占風深讋慴，向日競恛惶。罷虎軍雖振，驊騮力已尫。鑿門猶搏戰，守堡倍騰裝。挾纊羣情恊，投醪士氣揚。神泉流沆瀣，石廩出稉粱。刁斗誰能犯，𧊒弧詎致傷。兩軍仍繼進，四面合顏行。羣醜宵偕潰，凶渠走且僵。銜枚探虎口，捲甲剖蠹腸。巨刃摩天倚，虞羅匝地張。窮邊收滴博，絕徼下狼朧。免死終無地，游魂自召殃。潛蹤情觳觫，息喙意劻勷。三窟知難據，諸蓄孰敢藏。飛書陳國典，壓境示天常。首惡誅毋寡，羣凶獻鬼章。風聲昭細柳，露布上長楊。絕塞傳三捷，嘉辰值一陽。圓丘供繭栗，配位報壇薌。星日增糺縵，雲霞助煒煌。神功超子姒，上德媲炎黃。寰宇歡呼誦，羣工拜手颺。宸襟彌劼毖，睿慮更周詳。永荷圓穹佑，咸因世德長。慈闈親送喜，太室肅升香。弓劍橋山重，松楸祕殿涼。告成昭繼序，奏績表鴻慶。晉秩兜鍪並，酬庸圭瓚將。勞師臨武帳，執馘上明堂。瑞氣盈長樂，恩綸出未央。聲靈昭赫赫，茂澤益瀼瀼。奎藻頒中禁，豐碑勒上庠。蟠螭森氣象，彩鳳煥光芒。用作千秋鏡，宜陳萬壽觴。經營懷始事，擘畫孰同襄。不惜維州棄，惟驚頡利强。運籌頻瑟縮，決策每周愓。遠略疑難就，奇勛豈易償。九重親震動，萬里運乾剛。指顧平烏滸，從容定白羊。收功如破竹，勝算在因糧。拓土增千驛，論時閲五霜。自能綏倔彊，終見靖撞搪。列戍開屯政，分區置榷場。黄雲秋覆壠，碧黍早盈箱。路鑿條條陌，渠通曲曲塘。連村收玉粒，列部喜金穰。官吏勤咨度，軍民懋俊良。蠲除周陝洛，賑貸徧伊涼。世共登仁壽，人咸賴迪康。宏模徵顯顯，令德頌光光。樂和神農瑟，衣垂帝舜裳。化孚漸碧海，兵盡洗銀潢。脱劍歸熙皡，櫜弓肇吉祥。竹宫生蓮莆，璇室産芝房。結屋雲重麗，成珠露浥芳。珍輸三足鳥，貢晉九苞凰。鐃吹傳《朱鷺》，聲詩譜《白狼》。惟應千萬禩，長此運璇綱。

和來殷除夕悼亡作〔一〕

春信初迴歲又終，知君嘆逝恨無窮。空留臘酒凝重碧，誰摘唐花插小紅。翠袖依稀魂夢裏，青衫蕉萃淚痕中。遶欄詠絮人何在，忍見飛霙上畫櫳。

油燈無焰漏籤遲，長簟空牀晚更悲。死别恰當生别後，來殷時隨往木蘭〔二〕。單棲忍憶並棲時。熏爐寶麝沈簫局，薹篋殘螺漬研池。回憶擘箋吟賞處，幾番清淚落連絲。

萬户桃符動早春，海山難覓謝庭人。敬君畫在空留影〔三〕，苟令香消倍愴神。一夜聽風兼聽雨，三生如夢更如塵。雲藍小字休傳寫，贏得銜愁淚滿巾〔四〕。

【校記】

〔一〕詩題，經訓堂本作『讀來殷除夕悼亡諸作有感和韻』。

〔二〕經訓堂本無此小注。

〔三〕留影，經訓堂本作『懸淚』。

〔四〕滿巾，經訓堂本作『滿襟』。

爲周農部讓谷天度題春渚垂綸圖

風定春江水似羅，橛頭小艇傍烟莎。筆牀茶竈兼書卷，比似松陵家具多。
蘆葉青青覆釣船，柳陰春暝薄寒天。楝花風起江潮上，自釣槎頭縮項鯿。
小築香茅薜澱東，西泠相去一帆風。憑君著我松舲裏，共數青螺暮靄中。

題陳楞山墨梅〔一〕

處士偏工覓句，畸人最愛逃禪。好取藥罏經卷，竹牕相伴高眠。
月下是影非影，風前有香無香。妙諦誰能拈出，憑君問取花光。

【校記】

〔一〕詩題，經訓堂本作『題畫梅』。

項孝子詩

吾昔作詩紀瘦沈，崑山沈孝子，歸愚先生作傳，余以詩紀其事。感激至行淩穹旻。今來復覩孝子傳，異事卓絕超前聞。松明天都鬱靈氣，播爲懿德清而醇。窮崖幽厂爭嶙峋，中有馬鬣封高墳。苫茨數椽絕人迹，澗泉嗚咽交荒榛。松檟翳雪白日暗，猿鳥嘯雨層雲屯。陰房鬼火晚蕭瑟，淚灑草樹難生春。安豐孝門已罕覯，矧乃童丱敦彝倫。嗚呼廬墓古無禮，陋儒議論徒紛紜。過及智就賢所贊，奚用墨守推遺文。相州參軍素芝見，衡陽博士靈烏馴。乾精坤貺亦昭應，寧不嗟嘆興齊民。愧我詞章遜遐叔，莫與二孝揚清芬。承思景先世不乏，庶見令迹鑱青珉。

吴企晉陸健男錫熊同至京師招鳳喈荀叔鐘越來殷諸君小集

三載相思一旦伸，門前已報駐雕輪。擬將燕市同吴市，況有詩人並酒人。路近香林宜卜夜，時企晉寓法源寺。風暄杏苑好尋春。不須更説登瀛喜，且合名流作勝因。

故園〔一〕

芳訊頻憂驛使遲，故園迢遞入離思。芹香江燕銜泥候，花落吴蠶上箔時。薄病不禁連夜雨，清愁閑寄餞春詩。殘宵鄉夢經行處，柳外茅堂竹外籬。

【校記】

〔一〕詩題，經訓堂本作『故山』。

送嚴東有還揚州

相見東華第幾朝，急裝重見上征軺。春陰正喜逢花市，客路何堪折柳條。燈影秋波邀笛步，簫聲涼月擣衣橋。舊游兩地真如夢，並與離魂一夜消。

病中有懷沈學子用蘇文忠寒食同游西湖韻〔一〕

寒食紅橋又二年〔二〕，柔波憶共木蘭船。檀槽急響風燈下，藍尾深杯水閣前。春貢烟蕪空想像，豐臺紅藥漸芳妍。病懷略似東陽沈，獨對屏山枕手眠。

【校記】

〔一〕詩題，經訓堂本『蘇文忠』作『東坡』。

〔二〕二年，經訓堂本作『一年』。

雨後由西直門赴直廬作

聽盡三更雨，平添一尺泥。正西坊下水，已澀玉驄蹄。

荷蓋差差綠，秧針剡剡青。村歌何處起，縹緲出烟汀。

白鷺飛還下，青蟬斷復吟。濃陰纔幾日，忽見綠蕪深。

稍露牆腰日，猶生樹杪雲。中峯深幾疊，嵐翠杳難分。

淺碧西湖水，柔藍北澱波。樊川池館好，分得潤烟蘿。謂介少宗伯別墅。

竹樹層垣迴，菰蔣短彴斜。酒旗風不定，一路落槐花。

接畛家家水，横林處處烟。不知醉竹後，翻作熟梅天。

烟暝千條柳，風開十字蘋。芳堤平似掌，不起麴絲塵。

竹町傳芸鼓，香林颺梵鐘。雲帆江漲路，回首憶吳淞。

苦瓠緣階上，戎葵向檻黏。今宵官燭底，清溜聽排簷。

題沈石田夏日山水長卷

荊關董巨誰能師，叔明子久乃繼之。中間衰謝二百載，相城筆力能驅馳。崇山巨壑互稠疊，朝嵐暮靄縈屜𢉷。解索擘斧皴法具，宜與造化參深微。今觀此圖長二丈，卷舒一氣無端倪。巉巖拔地亘百折，清樾蔽日紛千圍。螺旋蟻徑窈而曲，約略村店開茅茨。松檜盤拏戴霜雪，篔簹蕭颯翻風漪。最後草堂對遠浦，藥欄花當環疎籬。溪濱畸客若過訪，亦有童子相追隨。筠牀蕙帳淨如拭，宛然尊宿窮黃義。圖中景物最開豁，支硎鄧尉非其宜。同時翰墨多小品，唐寅文璧終難幾。自惟獨擅千古勝，染濡大筆恣淋漓。先生況生郅盛日，湖山田宅供嬉怡。良辰方值夏五後，綠陰芳草盈階墀。蕭閒自在命柔翰，至今開卷生涼颸。直廬視草正清暇，素衣幸免風塵緇。山林忽動麋鹿性，妙墨應共良朋知。朝衫在笥正可典，急沽佳釀澆深卮。晚來更值小三昧，可與韋愼占褚左峩同嗟咨。時兩君接直將至。

蘆洲倚棹圖爲鄭編修炳也虎文題

吾家茅屋吳淞上，翠瀲澄潭遠相向。湘簟流平暮靄勻，韡紋色淨柔波漲。每看連鴈下晴空，時有飛鳧來蕩漾。霜落蒹葭映遠汀，秋寒筠篠疎層嶂。未能家具備三舟，聊付閒情消五覝。近乘薄笨入春明，日日瑤階侍仙仗。望中烟雨憶漁竿，夢裏溪山懷鷁舫。開圖滿眼足菰蒲，欒瀨欹湖連竹漾。一路蘋花映玉沙，半江楓葉明銀浪。燕尾波深桂櫂浮，鯉魚風起蒲帆颺。會稽夏統共吟謠，上洞楊禺伴疎放。生綃隱約寫東湖，疎柳枯荷足遥望。羨君高隱計先成，顧我歸耕心不忘。他時乘興過南田〔一〕，扣舷好作山陰訪。

【校記】

〔一〕過南田，經訓堂本作『過春波』。

内閣槐樹〔一〕

斷雨殘虹薄霽天，扶疎嘉樹晝堂前。花濃粉壁棲湘燕〔二〕，葉覆紅牆蔭露蟬。瓊珮趨朝清影重，瑣窗封事緑陰圓。承華愧乏連枝頌，八尺風漪藉晚眠〔三〕。

【校記】

〔一〕詩題，經訓堂本作『詠内閣槐樹』。

〔二〕粉壁，經訓堂本作『晝省』。

〔三〕晚眠，經訓堂本作『午眠』。

憶朱子存

可嘆追歡地，江山付别愁。石壇松影寺，烟舫葦花洲。水鳥窺棊局，明燈照酒籌。桃椎應見憶，扶杖數前游。

和申府丞笏山甫郊居四首

樫柳陰陰繞逕遮，別開小築蘚垣斜。輞川亭榭疑仙宅，韋曲烟波近帝家。雲起西山縈晚樹，泉分北淀潤名花。安陽戇叟時來往，搨畫行棊一笑譁。

荊扉仍著薜蘿遮，欒瀨欹湖磴道斜。鐘颺秋聲來遠寺，竹分清影過鄰家。評詩快瀉長瓶酒，校字閒挑短檠花。信是軟紅飛不到，晚烟涼露靜無譁。

小閣疎簾窣地遮，瓜苗藤蔓上階斜。香廚已擬淹中宅，蘭畹仍同谷口家。遶徑碧烟新焙茗，拂檐紅雨亞枝花。清吟蹋壁蕭齋靜，坐聽疎林翠羽譁。

清景依然似玉遮，茅茨不剪槿籬斜。閒招賸客修琴譜，晚共畸人論畫家。竹屋風疎聞墜果，藥欄雨霽數開花。謝公自有丘樊志，肯羨紅幺十部譁。

吳淩雲先生士功惠鄭宅茶

鄭宅滋春茗，芳名重建茶。焙來風味雋，包致道途賒。退食開松竈，呼僮汲井華。相如忝著作，消渴藉雲芽。

題顧舍人北墅雲秋夜讀書圖

雉皋我昔逢姜君，余曾爲姜靜宰題秋夜讀書圖。曾見吳綃寫良夜。翛翛叢篠罨巖扉，漠漠寒蕪滿庭樹。眼明擬覓畫中山，竹几松龕伴閒暇。今觀此冊更清深，短栅虚櫺互相亞。小築纔規地數弓，幽居恰剪茅三架。桐華羃歷罥簷牙，蕉葉疎森低石罅。蕭齋隱約啓牙籤，漏永燈寒不能罷。中經新簿恣撦撏，別錄羣經供膾炙。覃精不惜屢編蒲，得味懸知同噉蔗。自嗟俗學昧真詮，誰復澄心觀道化。季緒論文尚呰讋，子雍説禮爭彈射。竟令正學絶師承，但與前賢鬬雄跨。喜君磊砢出風塵，標格嶙峋比泰華。邇來給札草詞頭，嘗侍鉤陳參法駕。華林誥敕正紛綸，故里丘樊虚枕藉。幸看北淀足蒲荷，復有西山饒檿柘。雨霽中峯烟靄濃，冰消裂帛湖流瀉。故應載酒愜清游，何事臨風思舊舍。幽襟無那慕王裴，素尚依然侔沈謝。南陌扶笻愛討春，北窗鬬茗容消夏。況值初涼入研屏，開函恰對清秋乍。月冷縑囊剔蠹蟫，露凝湘管磨松麝。雅才自喜近皇墳，老圃何妨親草稼。牆東老屋翳蓬蒿，水北長塍翻穲稏。他時遙憶校書人，吟聲應繞楓林下。

送吳企晉南歸

上第仍如下第時，南歸況味我深知。莫言風雨還睽隔，且與雲山慰別離。解褐已通金榜籍，拂衣更富錦囊詩。吳中故舊如相問，爲報東方尚苦飢。

西華門外寓舍夜作

清簟疏簾事事幽，蕭齋十笏足淹留。未央宮近聞虬箭，太液波長繞鳳樓。珠綴芳蘭金掌露，香涵仙桂玉輪秋。紅牆碧漢天然景，約與年年此際游。

再入秋闈

校士經闈乍隔秋，又看恩旨出龍樓。聲名屢映魁三象，拔擢還居第一籌。去年考差第一，今年第三，而奉出硃筆仍舉首列。海底珊瑚寧盡獲，山中杞梓冀同收。少時勒白曾遭斥，頻向長檠拭短眸。

悼鄒孺人十六首

秋色淒清白露天，雲車恰趁月初弦。也知破鏡終難合，不待冰輪作意圓。孺人以七月初八日謝世〔一〕。

繚繞迴廊散步遲，重門鼓角振秋飈。不堪試院煎茶日，正是紅蘭委露時〔二〕。

謝公嬌女最鍾憐，選壻頻煩著膝前。回憶金堂留宴處，桂花秋老遍苔錢。外舅吟嘯堂前古桂兩株，輪囷蕃茂，蓋二三百年物也。自外舅下世，桂亦摧爲薪矣。

小蒸村北管公樓，松雪名書重玉鉤。檢起碎金初拓本，墨華零落掩羅幬。予外家在章練塘，與小蒸接壤，爲管仲姬所生之地。趙承旨往來於此，遺墨最多。外舅之祖彦林先生嘗哀爲《碎金帖》，董思白、陳仲醇俱有跋語。昔年舅氏曾以繕本見贈，今奩具中惟此帖尚爲舊物也。

集蓼何時襟抱開，今朝仍送紙錢財。生涯約略如元相，貧賤夫妻百事哀。

補綴裙衫黯澹妝，凌晨擽釜蹋嚴霜。斵冰還撥深爐火，手瀹清泉供北堂。

噉粥分虀近十年，黔婁生計總蕭然。朝朝自掃風廊葉，卻與山廚作竈烟〔三〕。

曾隨計吏放征驂，苦語分明石闕銜。最憶春燈留別夜，連絲和淚灑征衫。

往歲青衫困軟紅，燕齊來往等飛蓬〔四〕。鵲華秋色蘆溝月〔五〕，多在深閨望眼中。

采綠歸期久未占，慈幃衰病入秋淹。禦冬計與終天恨，縞袂通宵血淚沾。甲戌冬先妣陸安人見背。

仙果生遲未有因，篝燈相對話酸辛。如君更比韋叢苦，病裏扶牀少降真。

貧無葠朮供醫藥，病乏巫姑作解禳。今日歸魂知有地，應隨湛母謁明王。

羈宦何堪復悼亡，多情薄命易迴腸。秋陰庭院靈牀畔，一盞寒燈半炷香。

二毛久已嘆侵尋，又值哀弦感寸心。拚个霜華齊上鬢，更無人詠《白頭吟》。

重陽纔過峭寒生，風雨宵來尚滿城。已是鰥魚眠未穩，不堪榆柳送秋聲。

粉墨虛傳病日容，遂將遺恨寫眉峯〔六〕。不須更畫張溫妹，作傳他年待蔚宗。時寫遺挂殊不似，故云。

【校記】

〔一〕七月初八日，經訓堂本作『八月初九日』。

〔二〕經訓堂本此處有注：『時在鎖院分校順天鄉試。』

〔三〕卻與，經訓堂本作『恰與』。

〔四〕『往歲』聯，經訓堂本作『上第依然下第同，書來雁足感飄蓬』。

〔五〕蘆溝月，經訓堂本作『明湖水』。

〔六〕遂將，經訓堂本作『誰將』。

九月杪移居教子衚衕〔一〕

賃廡頻年類轉蓬，卜居新喜得牆東。梢簷樹色濃于畫，合作先生一畝宮。

多病經時廢簡編，敢將風雅替前賢。南陽弟子西都客，載酒依稀似昔年。是宅舊爲趙天羽給諫寄園故址，嗣李玉舟、沈椒園及邵叔宀諸公先後寓此〔二〕，後歸愚宗伯亦居焉，迄今幾二十年。余復以門生繼其迹，雖名位相懸，而賓從之盛，殆不減曩昔云。

也結絲絇侍禁庭，趨班歸後戶常扃。閒來早與山僮約，添種蒼筤一桁青。

纔罷衡文更校文，時余爲史館纂修〔三〕。書生結習正紛紜。求碑又報南華使，雙屐閒階破蘚紋。南華資長老寓書，求圓通庵碑記。

打頭矮屋似吴艭，半炷香篝半掩窗。夢醒不知殘葉下，誤聽疎雨滴秋江。

掃地焚香度歲華，圍壇結界是生涯。旁人休擬華陰市，已似淞南野客家。

玉局香山是本師，蕭閒心迹故人知。道緣漸勝塵緣減，並少移牀避客時。

生平彌勒慣同龕，況有精廬近路南。從此澆書行藥罷，粥魚茶板趁時參〔四〕。

【校記】

〔一〕詩題，經訓堂本作『秋日移居教子衕衕』。

〔二〕李玉舟，經訓堂本作『李玉華』。

〔三〕經訓堂本注不同：『余八月充順天鄉試同考，九月卽移居于此，時充方略館纂修。』

〔四〕經訓堂本此處有注：『南直大憫忠寺。』

題汪博士韡懷後譚藝圖二十二韻

一寮晴日朝融融，暄景略與江南同。銅蠡烟深石研潤，獨吟負手巡簾櫳。平頭示我三尺畫，畫間樹石森巃嵸〔一〕。辛夷齊開泫新雨，石蘭暗拆搖香風。幽人單衣撫膝坐，游目遠送南歸鴻。座旁佚老不可辨，把卷似契無言中〔二〕。得非王裴共情話，或是嵇阮相過從。君言瓣香在昌穀，標舉譚藝爲詞宗。吁嗟詩旨尚明悟，華嚴樓閣森千重。散花未許染結習，指月並在參虛空。性情才學互涌現，誰能刻楮摹遺蹤。廸功當年本精詣，鳳毛麐角超凡庸。近參三俊固姸雅，遠躋四傑殊豪雄。殘雪在地映新月，世人評泊難爲工。胡爲軨材但墨守，文章江左資排攻。嗟我失學愧踳駁，藉君妙論開愚蒙。瘦羊博士況閒冷，坐嘯差足娛殘冬。耽思貴遡作者意，命侶未厭詩人窮。稍待朔雪翻層穹，相期酤取春醪濃。扣門剝啄繫瘦馬，清譚並對紅爐紅。

【校記】

〔一〕樹石，經訓堂本作『樹木』。

〔二〕無言中，經訓堂本作『無言衷』。

雪夜感悼

漠漠三秋隔，悤悤百日臨。辛勤懷舉臼，慘澹憶彈琴。《雜寶藏經》云：優陁羨王夫人名曰有相，遺王彈琴，王素善相，觀其死相已現，即撫琴長嘆〔一〕。鏡掩塵長漬，燈殘雪漸深。斷行何處鴈，淒切度寒林。

【校記】

〔一〕經訓堂本注略有不同：『《雜寶藏經》云：優陁羨王夫人名曰有相，侍于王寵，遣王彈琴，王素善相，觀其夫人死相已現，即撫琴長嘆。』

駕幸五臺祝釐恭賦有序

蓋聞空桐西居，風傳四埵名山；恆岳南來，羣仰五臺勝地。岧嶢寶刹，曼殊演化之區；肅穆金繩，妙德闡宗之域。標嘉名於法藏，柰苑宏開；傳靈迹於華嚴，竹林斯啓。緬竺法蘭之建宇，恍親印上烟霞；暨波叱利之橅碑，益廣寶王樓閣。峯圍雙樹蘢葱，現聖臺邊；塔聚千花縹緲，棲賢谷下。考水晶之界，每聞崇建於前朝；開金粟之園，更沐檀施於聖世。鳳林春曉，屢停翠鳳之旂；龍窟泉迴，恆駐蒼龍之駕。青髻現仙人五百，均覆慈雲；玉毫遍沙界三千，普霑化雨。固已緗蓮照野，長敷稱意之華；青豆開房，永茂恆春之樹。況迺珠囊御宇，遠闢黃圖；玉燭調時，重清紫塞。息玉河之烽燧，遐陬並隸版章；藝葱嶺之桑麻，絶域胥歸琛貝。重光協歲，欣逢萬壽之期；大火司晨，正居三春之節。覲榮光於閶闔，升恆呈合璧之符；彰寶道於璇璣，宿離繪編珠之景。扇虞廷之瑞蓂，聖孝彌昭；抽唐室之仙蓂，慈暉倍永。蘭階侍膳，奏三殿之簫笙；椒寢承顔，集六宮之環珮。溥慈暉於禹甸，咸伸純嘏之誠；揚慶典於堯天，再展祝釐之禮。詔來玉陛，指三晉以鳴鑾；路出銅池，望五溪而啓蹕。仙仗開而韶華正麗，蓋拂芝田；鉤陳肅而淑景尤澄，塵清蕙阪。仰慈寧之鹵簿，煌煌紫罽文軿；肅長信之威儀，燦燦金根翟羽。鳳凰琢勝，色映褘衣；玳瑁承簪，光齊翠葆。雲現慶都之邑，遠協鴻徽；風傳聖母之墟，福徵靈佑。茶檣酒肆，村村聞亶厚之謠；土銼茅簷，處處播《思齊》之誦。蜺旌綷縩，早縈雪浪亭臺；星罕飛揚，迴照玉花池沼。聽千林之鐘梵，樂奏迦陵；俯萬壑之松杉，香生優鉢。靈區志喜，光湧銀橋；淨域標奇，燈輝寶焰。唯王母無疆，合德數過河沙；在聖人不匱，承歡籌添海屋。天人叶慶，胥徵介祉便蕃；民物雍熙，豫卜榮祺合集。加以講武則舟師効技，皇威下震蛟龍；敷文而筆陣騰輝，宸藻遥飛麟鳳。允矣熙朝之懋典，洵爲盛世之隆儀。臣叨直黃扉，獲覩受釐之盛；未隨翠駕，欣聞《時邁》之隆。瞻大輅之遙臨，祇增鼇忭；仰安輿之至止，倍羨鳧趨。頌京室之徽音，百福已同於《洪範》；溯瑤池之燕喜，三多竊附於華封云爾。

萬壽膺期駕上閑，祝釐親爲禮名山。地標紫府烟霞迴，路入青峯日月閒。鐘梵曉鳴金閣嶺，松篁晴護石門關。介祺喜動人天界，縹緲祥光碧落間。

絳杓南指入韶春，王會圖成絕徼親。西域蕃王輸鸑鷟，東都名將畫麒麟。金壺獻瑞來諸部，玉管吹風動遠人。正值璇閨稱慶日，皇朝仁壽被無垠。

天家孝治邁皇初，萬乘巡方侍起居。菊部鳴葭移玉饌，椒宮結珮奉金輿。花迎輦道條風暢，雨霽經塗化日舒。最喜頻年逢聖壽，九重春色動林閭。

彤宮春暖恊昌符，日御靈臺告瑞圖。二曜榮光連玉葉，五星煥采麗金樞。直看太史河如鏡，不數文昌氣似珠。佛佑應同天貺合，青蓮花湧照雲衢。

花信風和淑景遲，省方恰值仲春時。九逵競炷迴波篆，萬井徐縈拂霓旗。雪潤嘉蕣青羃䍥，冰消新柳碧參差。衢歌巷舞皇情豫，到處諠傳萬壽詞。

虒陽峯嶺控三邊，寶鐸雕甍自儼然。瓔珞珠幢森妙諦，琉璃淨國啓初禪。梵宮夙示華嚴界，福地仍同化樂天。聖德尊親還法祖，鴻規重拂翠珉鐫。

盛孝廉秦川百二自歷城至都過訪有懷桑農部弢甫調元弢甫時爲濼源書院院長用蘇文忠新渡寺席上韻〔一〕

東風吹仙桃，花事逮春半。閉閤養疎慵，趨班愧廉悍。偶然寫新詩，塗鴉等畫墁。聞君濟南來，驚起就賓館。袖中一卷書，談經恣疑難。中星步羲和，相宅溯姬旦。秦川有《尚書釋天》六卷。美玉久不衒，胡爲老憂患。頗與五岳翁，清吟雜悲嘆。翁年亦衰遲，插架空三萬。暮節侶樵漁，狂游共童冠。絲絢侍禁庭，昔夢已霄漢。所喜枕膝人，微言悟一貫。秦川爲弢甫高弟，時方應禮部試。我吟薦士詩，三復腸欲斷。敢云神所勞，深恐鬼將彈。衹期倒玉壺，及此春冰泮。蕭齋幸數過，慰我衣帶緩。

【校記】

〔一〕詩題，經訓堂本「濼源書院」作「歷城書院」。

試院閱文用放翁韻示同事諸君〔一〕

迢迢瓊漏夜將徂，尚想青袍立萬夫。郎鑑幸看君輩在，佳文得似古人無〔二〕。珍材應植千秋樹〔三〕，靈羽須求五色雛。倦眼摩挲官燭底，肯將茗飲問風爐。時諸君皆和試院煎茶作，故云〔四〕。

【校記】

〔一〕詩題，經訓堂本作『三月十四日試院閱文和放翁韻呈同事諸君』。

〔二〕佳文，經訓堂本作『新文』。

〔三〕應植千秋樹，經訓堂本作『定覓千年樹』。

〔四〕經訓堂本無此注。

送金鐘越歸揚州〔一〕

上計來燕市，依人下蜀岡〔二〕。圖傳周小史，曲記杜秋娘。鐘越有侍史定郎小影，又撰《雙鬟畫壁》傳奇，甚工。花絮三春晚，風塵兩鬢蒼。好偕東閣侶，樽酒話清狂。

【校記】

〔一〕詩題，經訓堂本作『送金鐘越孝廉』。

〔二〕下，經訓堂本作『赴』。

海淀〔一〕

玉漏將殘曙色澄，早看劍佩集疑丞。清塵初灑長堤雨，照夜猶懸夾道燈。北嶺烟嵐浮羽仗〔二〕，東華雲樹隱觚稜。西風欲起林鴉散〔三〕，一縷明霞海日升。

【校記】

〔一〕　詩題，經訓堂本作『海淀道中同吳沖之舍人作』。

〔二〕　北嶺，經訓堂本作『西嶺』。

〔三〕　西風，經訓堂本作『涼風』。

澄懷園即事六首〔一〕

水鏡當窗照，花枝入戶橫〔二〕。松深聞鶴語〔三〕，萍破見魚行。背日青苔長，臨風白苧輕。偶然嘉客至，倪太僕敬堂承寬、謝編修崑城〔四〕。解帶罷逢迎。

路接昆明近，山連石景深。菰蒲秋水漲，榆柳夕陽沈。野鶴依簷聚〔五〕，風蟬墮地吟。東華塵十丈，未許到清襟。

露檻全依石，橫橋半積莎。池荒紅芰少，雨久白蘋多。曲徑朝盤馬，回溪晝浴鵞。依稀魚步上，笭箵漾層波。

地是平津閣，本錢塘相國寓園〔六〕。園疑輞水莊。琴書娛寂寞，樹石寄蒼涼。飯屑青精細〔七〕，茶烹紫橘香。回飈聞壓箋，縹緲按霓裳。

入直聽銅漏，趨班近玉除。校文同景伯，給札愧相如。擬作千秋鏡，長繙《七略》書。頻聞催進御，點筆愛幽居。時纂《通鑑輯覽》〔八〕。

近水秋先到，迎涼暑欲殘。夜燈筠簟冷，曉露葛衣寒。清夢懷薇帳，孤吟傍藥欄。漳濱多病客，歸思滿漁竿。

【校記】

〔一〕詩題，經訓堂本作『寓園即事六首』。

〔二〕『水鏡』聯，經訓堂本作『水館耽瀟照，書床任縱橫』。

〔三〕松深，經訓堂本作『松高』。

〔四〕此注，經訓堂本爲：『倪太僕敬堂、謝編修東墅。』

〔五〕野鶴，經訓堂本作『野鵲』。

〔六〕此注，經訓堂本爲：『本梁薌林先生寓園。』

〔七〕青精，經訓堂本作『青飿』。

〔八〕此注，經訓堂本爲：『早進軍機儤值，退即修《通鑑輯覽》於此。』

絕句

荷葉蕭疎點翠鈿，翻風多倚橛頭船。淩波不見紅衣舞，辜負雙鴛對月眠。

一頃青萍掩綠紋，蕭蕭葑葉遠如雲。只應喚作秋聲館，冷燭虛窗隔雨聞。

夢回薇帳夜堂幽，蓮漏丁丁送曉籌。烟鶴一聲山月墮，松風荷露已如秋。

小院微陰長碧苔，玉簪澀雨未全開。孤花剩有戎葵在，半伴幽人入戶來。

清蟬夜咽露華濃，絡緯蕭蕭響易窮。莫怪韭花湘簟冷，吟秋先已報寒蛩。

蒲褐山房雜詩八首

昨歲遷城南，所喜就蕭曠〔一〕。古樹十餘株，盤枝互相向。三月芽始抽，四月葉齊放。六月暑雨滋，清陰滿詩帳。叢槐亦作花，散落青苔上。閒窗晚無人，爐烟自飄颺。跂脚偶高眠，臥游入江嶂。

坐參蒲褐禪，起聽風甌語。坡詩如幺絃，淒清愜微緒。寫此署山房，差足棲禪侶。禪那亦多門，圓通二十五。教體在聲聞，當機堪自主〔二〕。我欲證人空，入流漸亡所。幸有小齋幽，塵囂隔庭戶。扁以聞思修，隱囊自容與〔三〕。秋禽時啄木，秋蛩或振羽。觀行妙圓明，諠寂兩無取〔四〕。山房後聞思精舍時亦新葺。

數椽稍葺治，三徑仍疎蕪。春與獠奴約，亟理金鴉鋤。層臺種芍藥，小盎分芙渠。曉風玉簪發，晚露戎葵舒。丁香與薔薇，先後開紅跗。葡萄未滿架，青乳如懸珠。稍欣蘜秧盛，坐致霜花腴。惜無五畝地，趁雨栽嘉蔬。

吳淞黃葉村，籬落緣村步。疎影夕陽中，鄰翁共來去。京華少筠竿，此景何由遇。聊取葭葦編，閒窗倩遮護。蠻瓜忽罥蔓，絲瓜一名蠻瓜。繚繞黃花吐。藊豆亦離離，結子垂秋露。時有小貍奴，沿緣上高樹。

生平擅癖好，修竹兼寒梅。寒梅未易種，修竹真當栽。畦丁頗健步，遠斸洪園材。蕭蕭數叢列，簌簌清風回。疎枝散蒼雪，密葉蔭青苔。玉板不爭春，迸出乘秋雷。高者簷牙並，低者籬根排。預思殘臘尾，盆盎梅花開。歲寒得二友，把琖傾茅柴。

當暑雨連綿，入秋勢轉劇。淙淙響瓦溝，瀏瀏下簷脊。懸霤挂餘痕，承塵漏清滴。小婢諠移牀，奚童苦運甓。況聞老屋傾，頗畏層垣坼。遙想桑乾東，河流定奔激。安得閃金鴉，層穹掃秋碧。

小雨足清塵，急雨遂破塊。久雨積堂坳，乃有江湖概。微風皺圓紋，急流起疎籟。繞簷芳樹陰，倒影宛圖畫。蒼蘚半蒙茸，青萍漸破碎。生平印渚游，久已隔塵壒。朝來理屐行，頗喜得清快。時聞一部蛙，鼓吹出荒穢。

吾生寡兄弟，聽雨空蕭瑟。所喜推襟人，款語散愁疾。秋潦滿槐街，雙扉斷車轍。又聞瓊樹枝，早度華嚴劫。時汪庶常心揆爲善初歿。傳經往事空，載酒風流歇。黯黯掩燈檠，沈沈卷書帙。聊仿杜陵翁，援毫撰秋述。

【校記】

〔一〕『昨歲』聯，經訓堂本作『中庭才數弓，老屋恰方丈』。

〔二〕堪自主，經訓堂本作『最堪取』。

〔三〕隱囊自容與，經訓堂本作『規作安閒處』。

〔四〕無取，經訓堂本作『無與』。

送梁孝廉兼士夢善歸錢塘四首

昨宵西風生，久雨作新霽。客意已悲秋，況乃臨分袂。凄凄候蟲吟，策策疎葉墜。良覿雖有時，別悰杳無際。扁舟下三沽，值此秋濤厲。途長嘆易盈，節暮寒初至。幸共苔岑侶，清吟慰蕉萃。時偕予門人申圖南兆定同行。

春燈照巷陌，春雪鳴簾櫳。君時賦哀絃，欲語淚霑胷。我宿青乳齋，相對殘釭紅。夜長强呼酒，取醉開愁悰。悼亡恨未已，上計途仍窮。淹留度暑雨，歸向東吳東。世事本如幻，彈指成塵空。生平夢游春，問取香山翁。

山房薦樽酒，聊慰飄萍迹。觴行未及終，涼雨忽蕭槭。坐久茶香殘，孤燈照吟席。攬衣不能眠，清愁耿遙夕。君思衛洗馬，過江擅標格。我慕康僧淵，入林事閒適。古歡豈在同，神氣定非隔。不逢世外人，微尚何由釋。

夙向西泠游，並踏西興渡。至今清夢中，猶繞南屏路。羨君理烟帆，還向湖山住。材與不材間，頗愛南華句〔一〕。圖中木鴈齋，篁石紛可慕。何況歸丘樊，自草郊居賦。義學叩深公，謂大恆讓山。清言共法護。謂梁元穎侍講同書。他時楓柏殷，清霜滿村步。高窗聞斷鴻，憶我定回顧。兼題其《木鴈齋圖》。

【校記】

〔一〕 南華句，經訓堂本作『南華語』。

爲彭進士允初紹升題畫

柔波如簟碧沄沄，石壁蒼寒欲作雲。絶似故園横泖上，蒓鄉橘塢罨斜曛。

㰁頭船小壓菰蒲，茶具書籤滿畫圖。只恐軟紅緣尚在，未容秋夢落江湖。

送門人申孝廉圖南還南〔一〕

薊門秋半送征槎，每憶招尋步屧斜。信有微詞憐宋玉，愧無奇字付侯芭。涼飆欲落長堤樹，碧水還浮驛路沙。回首鯉庭知更切，暮雲迢遞隔京華。

【校記】

〔一〕　詩題，經訓堂本作『送申圖南孝廉』。

寄家南明啓焜於重慶時奉檄採木

羊車聲望滿人寰，薄宦誰知道路艱。益部烟巒連鳥道，巴中風景入烏蠻。紀程應近銅梁縣，捧檄先臨石笋山。楓葉江鄉休更憶，天涯容易鬢毛斑。

吴荀叔以江米見贈賦謝

燕南秋雨繁，秋畦被秋水。瀕湖種秫田〔一〕，漠漠生葭葦。東吴更愁霖，禾頭半生耳。何由問長腰，索糴分閭里。幸我勝東方，竊飽太倉米。復承知己憐，餉遺溢笥几〔二〕。提攜付蕘童，歡喜及竈婢。老親病將瘥〔三〕，噉粥良可以〔四〕。銅瓶石炭紅，歷歷香風起。所冀來歲豐，三農免庚癸。我亦奉一囊，庶以報木李。

【校記】

〔一〕瀕湖，經訓堂本作『千村』。

〔二〕笥几，經訓堂本作『几笥』。

〔三〕將瘥，經訓堂本作『初差』。

〔四〕良可以，經訓堂本作『聊可繼』。

送座主王芥子先生太岳回西安觀察任

頻年絳帳隔咸陽，此日重窺數仞牆。簪筆舊推周太史，懸鞭今覩漢循良。賈生暫許陪宣室，白傅終應夢玉堂。召對微聞温旨切，何辭戀闕淚千行。

朔風殘雪感蕭晨，又向東華送畫輪。落落詞林存舊雨，迢迢行李壓征塵。楊橋水退初歸櫂，繡嶺花開漸報春。何日橋衡重奉席，龍門西望倍霑襟。

畢修撰秋帆沅新納姬人諸桐嶼重光趙雲松以詩戲之次韻二首〔一〕

兩行椽燭照玻璃，昵枕愁聽翠羽嘅。歌罷北方情易感，人來南國見應迷。促妝休比吹笙妓，詠絮聊當舉案妻。聞道劉楨許平視，款門不惜錦障泥。

蕭齋重拓小紅窗，花下鸚哥月下尨。烟暖銀篝香似霧，燈明綺席酒如江。臘前春信梅三九，客裏仙緣璧五雙。料得始平工寫怨〔二〕，早緘織錦寄吳艭。

【校記】

〔一〕詩題，經訓堂本作『畢秋帆殿撰新納姬人諸申之趙甌北兩編修以詩戲之次韻二首』。

〔二〕始平，經訓堂本作『秦川』。

臘月初七日雪夜嚴孝廉愬堂翼祖以次蘇文忠北臺壁韻詩見示因成二首〔一〕

昨看新月兩頭纖，忽覺寒風一夜嚴。畫閣與誰吟柳絮，茶爐差喜下薑鹽。青燈黯黯低衣桁，翠竹蕭蕭罥帽簷。擬仿歐陽誇白戰，層冰已上紫毫尖。

無復枯槐噪晚鴉，閒門寂寂冷柴車。潤回宿麥將抽葉，寒入江梅欲鬭花。清影儼同修月戶，寒聲灑徧釣魚家。酒徒幸有公榮在，不惜空梁落畫叉。

【校記】

〔一〕 詩題，經訓堂本作『初七日雪夜嚴憩堂秀才以次東坡北臺壁韻詩見示因成二首』。

春融堂集卷八　蒲褐山房集　壬午　癸未　甲申

夏太常墨竹爲松崖上人題

夏卿一个竹，西涼十錠金。當時寸縑已寶貴，至今何啻千球琳。試觀此圖纔九幅，幅幅風雨含蕭槮。或作柔梢展寒碧，縹緲烟雲拂苔石。或作勁節撑晴空，槎枒林壑生霜風。三竿兩竿自孤挺，千葉萬葉相縈映。其餘高下互横斜，漠漠湘波極秋淨。想當盤礴時，見竹不見畫。麻箋快掃墨淋漓，仿佛濃陰滴清瀣。昔見友石寫蒼筠，疑有落翠霑衣巾。合與此圖成二妙，令我遠夢依江村。去年我亦移叢篠，愛聽寒聲颭清曉。狂飆呼洶壓黄塵，坐使幽姿日枯槁。安得疎寮面面涼，茶瓜閑宿贊公房。更攜寶繪同評泊，遥領林中煮筍香。

題曹雲西叢篠草堂長幅

千枝萬簳緣坡綠，解籜抽梢看不足。清和正值日初長，時向西窗寫寒玉。元季三曹俱有名，雲西翰墨更縱横。石隱南軒偕出處，風流老鐵共逢迎。卽今絹素猶如舊，亦有書堂傳世守。渡泖前遊已十年，涼波一頃空回首。我鄉三曹，元末俱擁厚貲，獨雲西以風雅稱。今子孫多讀書，猶居小蒸舊地。

澄懷園雜詠〔一〕

上直依名園，頻年愜幽適。昔去槲葉黄，今來芳草碧。鳥跡印閑堦，蝸涎篆虚壁。開牕俯清流，鳧鴨共拍拍。稍看紫蒲抽，已覺青蘋積。三春在城市，若被軟紅迫。及茲拂几榻，聊可布琴弈。仍聞烟鶴鳴，一笑墮巾幘。

園林數十畝，池水凡幾曲。迢迢接玉泉，渺渺帶書屋。緬昔新建公，於茲理幽獨。一捲蒼雲空，明流湛寒緑。更種千芙蕖，紅衣散清馥。小艇載茶烟，泛雨傍叢竹。公去已三年，勝景何由復。葭菼掩橋椿，菰蒲亂溪谷。水檻故依然，誰爲咏濠濮。敗舫柳陰邊，惟有閑鷗宿。裘少農叔度曰修舊寓于此，命園丁刪葑茭，買舟吟嘯其間，並繪《園東寓直圖》，鳳喈題句所謂『短彴臥來横蝃蝀，小船撑去亂鳧鷖』者也。公去，池遂荒蕪矣。

禁園近西山，想去僅數里。分明倭妥鬟，靚妝傍階戺〔二〕。且當積雨餘〔三〕，晴翠諸峯洗〔四〕。山態既縈紆，雲容倍渺瀰。雲山互鉤帶，隱現紛難紀。山靈似故人，愛我重來止。意欲弄清暉，稍示幽居美。惜我如春蠶，經年困塵軌。輸與山棲人，日夕秋雲裏。

窗陰杏兩株〔五〕，盈盈映清曙〔六〕。經旬漸飄零，微徑萎朝露〔七〕。芍藥與薔薇，亦逐春歸去。我來炎夏初，碧蘚但盈路。差喜戎葵花，孤叢冒烟霧。此花世所輕，蕉萃誰能顧。我欲伴淒涼，開時輒微步。嬝嬝石欄前，聊足慰遲暮。

生平寡歡悰，遇賞輒遙嘆。逢花固淒迷，對酒亦清惋。況聽西窗雨，霑灑及夜半。纔密忽復疎，將連似還斷。松杉頗刁騷，葭葦遂零亂。涼風送檐花，穿牖入書案。未秋已先秋，商聲滿深院。欲遣秋士知，又使秋蛩怨。秋蛩而勿吟，悲秋吾已慣。

五月苦積潦，六月仍愁霖。檐端雷虺虺，屋角雲沈沈。園中芳草路，化作秋江潯。水鳥亦厭水，夜語青楓林。我居似蓬島，坡公詩：況我官居似蓬島。聽雨猶蕭森。何況南北淀，茅舍沿溪岑。濕烟被門巷，婦子相悲吟。所冀清風來，一掃開層陰。二麥已早刈，幸勿淹秧鍼。

退直稍蕭閑，掩關便高臥。臥起理生衣，獨行誰可那。所幸小雲林，謂倪太僕。躡屐頻來過。過我出新詩，珠玉生咳唾。詩成悉手書，老筆仍婀娜。知君小閣居，烟鬟對高坐。濕翠滿簾衣，理詠作清課。愧我韈綫材，雅倡何由和。惟有擁鼻吟，藉以養慵惰。曲室語未終，濃陰行復播。遙憶瀟湘使，此時策鈴馱。時曉徵侍講方典試湖南。

池南已欲雨，池北仍斜陽。黑雲截天半，稍露殘霞光。沿池老杉木，颯沓隨風颺。輕雷雖噎噎，急電何堂堂。西山尚蒼翠，未許陰霾藏。浮嵐忽斑駮，斜界長虹長。遂還雨師駕，松月來銀塘。欲倩米於菟〔八〕，寫此歸芸緗〔九〕。

【校記】

〔一〕詩題，經訓堂本作『瀟照書堂寓園雜詠』。

〔二〕靚妝傍階阯，經訓堂本作『繚繞層雲際』。

〔三〕且當，經訓堂本作『況茲』。

〔四〕 晴翠諸峯洗，經訓堂本作『峯峯洗晴翠』。
〔五〕 窗陰，經訓堂本作『牆陰』。
〔六〕 映清曙，經訓堂本作『瞰窗戶』。
〔七〕 『經旬』聯，經訓堂本作『別院久無人，花開半風雨』。
〔八〕 欲倩，經訓堂本作『誰倩』。
〔九〕 芸緗，經訓堂本作『巾箱』。

闈中蔣心餘連夕以詩見贈

一丸涼月照重闈，十首新詩所見稀。愧我頻年持鐵網，喜君連日點朱衣。掄才信合知言選，妙義能尋杜德機。好慰青袍如鵠立，非誇落筆散珠璣。

琴谿圖爲徐上舍友竹堅題

夙聞琴谿名，今見琴谿畫。杳杳重巖深，蒼蒼兩崖對。寒泉一道來，曲折瀉清快。長虹忽横截，急溜遂澎湃。依然彈七弦，幽響振林藹。君家山中居，老屋互鈎帶。綠樹隱鷗沙，青羅翳鶴柴。日弄清瑤流，蕭條絕塵壒。況有蒼龍鱗，吟風奏天籟。一洗箏笛耳，逍遥寄物外。我從聞思修，欲入三摩界。

十載不聞聲，此境何由逮。他時桐廬江，時友竹在富春。小舫破烟靄。來聽玉琮琤，爲余掃竹廨。

寒夜招曹來殷張策時集蒲褐山房聯句送朱吉人歸桐鄉用昌黎雨中寄孟幾道韻〔一〕

祭軷俶行裝，合簪肅雅拜德甫。依依贈策情，款款臨歧話來殷。風月暫同堂，山川漸分界吉人。蕭寥羈客悲，颯踏商聲噫策時。消寒藉酒罍，破寂備詩械德甫〔二〕。醉脢生輪囷，狂吟吐荒怪來殷。何妨歌且謠，未敢噍以殺吉人。異地欣合並，黯魂惜遄邁策時。方期雲相從，詎意石終介德甫。卑論任揶揄，達觀寧癖疥來殷。大雅意鵬摶〔三〕，微才異馬快吉人。風鬟定見收，雲翮豈長鎩策時。休嗟趙壹窮，聊備高彪誡德甫。憶從題素襟，霍若起沈瘵來殷。末契儷金蘭，微詞合鍼芥吉人。捶琴發清機，賭弈忘宿憊策時。高攀鳥道危，險踏魚梁壞德甫。胷藏嶽崚嶒，興吞夢澎湃來殷。飛筆鬬錦箋，燒燈眩紅韎吉人。昔共對牀眠，今聽離笛噶策時。青霜五夜濃，黃葉千林敗德甫〔四〕。鳳城轅欲馳，鴛水櫂將屆來殷。削牘悔雕蟲，持竿擬垂犗吉人。知君雖解弢，念我寧棄蒯策時。搖搖心似旌，卷卷髮如蠆德甫。舊雨跡誰同，清風道先戒來殷。難禁別淚零，忍逞飢涎噶吉人。五噫軫梁鴻，百端集衛玠策時。枉訊佇瓊枝，贈言愧金薤德甫。嘉會非終睽，獨行慎占夬來殷。

【校記】

〔一〕詩題，經訓堂本作『重九集蒲褐山房送朱吉人歸桐鄉用昌黎雨中寄孟幾道韻』。

〔二〕詩械，經訓堂本作『酒祴』。
〔三〕意鵬搏，經訓堂本作『應鵬摶』。
〔四〕千林，經訓堂本作『千村』。

瀛臺即事

麗景載暄和，層冰尚演漾。寒銷太液池，展眺神彌王。疎林畫艦傍〔一〕，殘雪觚棱上。茲地本瓊華，金源記開創。恍疑真仙居，勝槩等蓬閬。紅橋往復迴，白墖晴相向。隱隱金地鐘，北爲永安、闡福二寺。肅肅瑤堦仗。簪筆肆餘閒，振衣適遐望。誰云江湖佳，對此遜幽曠。願偕靈沼禽，游泳遂微尚。

【校記】

〔一〕畫艦，經訓堂本作『畫檻』。

送同年平瑤海聖臺回臨川縣任〔一〕

人生真似飛鴻迹，一別東華良會隔。南北差池十載餘，相逢仍在長安陌。感時豪氣動鬚眉，中酒清譚露肝膈。回想東堂折桂時，走馬金門同射策。君登朵殿染江毫，我理歸舟悲楚璧。泰岱朝披霽旭紅，廣陵秋攬飛濤碧。此時戴斗望空桐〔二〕，夢裏分明見標格。雌伏雄飛那可期，白衣蒼狗須臾易。翠華萬乘莅南邦，獻賦帷宮奏金石。聖恩優許厠薇垣，稍向青霄舒倦翮。誰知君又適西江，彭蠡晴雲振飛舄。臥閣濃花拂印牀，行春秀穗依車軛。果看報最上巖廊，共喜循聲蜚簡策。昨朝引見動天顔，御屏姓氏真烜赫。我方趁曉直乾清，竊聽温綸增悦懌。預期特擢獎賢良，豈獨高才領繁劇。去年暑雨漲滄江，九派風潮互澒洚。中澤難安雁鶩居，荒村欲作黿鼉宅。至尊南顧每咨嗟，賜復蠲租紛絡繹。凋瘵終須慈惠師，拊循端藉文章伯。父老應仍望細侯，友朋何計留征客。沖瀜淑景解冰霜〔三〕，迢遞郵程慎眠食。他時燕寢晝凝香，好寄瑶華慰相憶。

【校記】

〔一〕詩題，經訓堂本作『送平瑶海同知歸臨川』。

〔二〕空桐，經訓堂本作『空同』。

〔三〕沖瀜淑景解冰霜，經訓堂本作『飛騰暮景迫冰霜』。

題一泉上人出塞圖六絶

京洛重逢雪滿顛，漉囊筇杖意蕭然。諸方行脚休辭老，持較曹溪少十年。

薊門北去萬山雄，戍鼓軍旗颭朔風。知是南方嫌軟熱，坐聽磵雪學清公。見《夢遊集》。

岫雲寶地舊知名，松竹香林分外清。行過華嚴開講處，磵泉秋雨玉琮琤。

停雲舊館已雲烟，方外風流見後賢。莫作啞羊方口食，西堂翫月是真詮。文氏小師，文山先生之後也〔一〕。

懷仁書法贊寧詩，慣寫江梅玉一枝。想見塞垣孤寺晚，藤窗小嶝墨淋漓。

石門風口望中收，香界天池憶昔游。舊主蘇州華山講席。更有家山忘未得，碧雲紅葉泖湖秋〔二〕。

【校記】

〔一〕此注，經訓堂本爲：『兼示文氏小師』。

〔二〕經訓堂本此處有注：『師松江人，住横雲山最久。』

闈夕雲松和心餘詩見示感作

重闈華月色如銀，掩卷挑燈笑語親。所見豈皆如我意，相知自在識其真。從來義理無窮境，自古文章有替人。陸内相同梁補缺，見《韓文公集》。昔賢愛士與誰論。

送戴孝廉東原歸新安兼詢金秀才輔之榜

天都歸去謝紛譊，通潞亭前竟打包。文字何人迷五色，神明有夢授三爻。更隨老宿窮經緯，謂江君慎修永。細與同心辯禘郊。時輔之方習《三禮》。作記已煩名鄭學，鞶楹先付小胥鈔。

重游豐臺王氏園林有感二首〔一〕

兼旬小極息勞筋，行藥城南意正勤〔二〕。淺水尚留前夜雨，寒霏仍接遠山雲。餘花荏苒臨風落，好鳥間關隔屋聞。莫恨尋春來較晚，古槐高柳滿晴曛〔三〕。

名園一徑草芊芊，彈指前遊近五年。無復亭臺留寸碧，李格非《洛陽名園記》：董氏東園獨流杯、寸碧二亭尚完〔四〕。微聞花木入平泉。古藤壓架依危石，疎柳眠池拂壞船。依舊小樓吟賞地，斷垣風雨繡苔錢。

【校記】

〔一〕詩題，經訓堂本無『王氏園林』四字。

〔二〕意正勤，經訓堂本作『趁薄曛』。

〔三〕滿晴曛，經訓堂本作『緑初勻』。

〔四〕李格非，經訓堂本作『李廌』。

西苑侍耕耤恭紀〔一〕

芳郊扇暄風，文囿潤靈雨。太史晉禮儀，音官驗鐘呂。聖念廑春田，鳴鑾啓清籞。崇門直桃蹊，曲逕踐蘭圃。迢遙豐澤園〔二〕，帝耤劭往古〔三〕。吉蠲擇元辰，俶載重覛土。四推典可循，《禮》著三推，世宗憲皇帝加四推之禮，遂爲令典。一墢義攸取〔四〕。布穀響池塘，犎牛係林莽。黄纖從中升，青紘次第舉。徂畛備公孤，扶犁迨亞旅。有年雖頻書，農事敢遑處。酒從太室頒，粒俟神倉貯。用徵二氣和，永協九功敘。會見嘉種登，吹豳報田祖。

【校記】

〔一〕詩題，經訓堂本『耕耤』作『耕藉』。

〔二〕迢遙，經訓堂本作『迢迢』。

〔三〕帝耤，經訓堂本作『帝藉』。

〔四〕義攸取，經訓堂本作『器咸具』。

林溝道中

曉拂吟鞭趁馬羣，近山嵐靄漸氤氲。沙汀寂歷聞疎雨，烟郭參差辨密雲。長坂呼牛芳草足，回溪放鴨亂流分。人家一路垂楊裏，報午村雞隔樹聞〔一〕。

【校記】

〔一〕隔樹，經訓堂本作『隔屋』。

過密雲

地是厗奚舊，時從玁較來〔一〕。風高雙旆捲，日出衆峯開。宿霧霏霏斂，輕雷漠漠催。緣邊形勝地，斷壘接烽臺。

【校記】

〔一〕 玁較，經訓堂本作『獮蒐』。

南天門〔一〕

路迴天門接，山高地脈分。女牆高挂月，鳥道遠淩雲。古戍黄花鎮，清秋白鴈群。從臣爭試射，鳴鏑不時聞〔二〕。

【校記】

〔一〕 詩題，經訓堂本作『度南天門』。

〔二〕 『從臣』聯，經訓堂本作『潮河東下水，嗚咽隔溪聞』。

青石梁

兹梁何歲鑿，杳窕通龍廷。雨崖盡積鐵〔一〕，忽起森崢嶸。斗削砥其上，綿亘如墉城。連連互排比，磴道中盤縈。仰企想懸綆，直下儕建瓴。偉哉鴻鈞力，作障藩幽并。緬惟聖祖日，蒐獮懷邊庭〔二〕。取道在鞍匠，此路夙未經〔三〕。迄今屢開闢，浩蕩容輜軿。巍峩雲臺仗，赫奕陰晁旌。上下三十里〔四〕，初旭生光晶。斑斑野卉綴，決決流泉鳴〔五〕。因思古北外〔六〕，厥險周重扃。奚爲崖厂畔〔七〕，在昔疎屯耕。乃嘆前代陋，馭遠無奇營。下梁暫憩足，乞漿叩衡荊。陰霧稍翳藹，回首塵沙清〔八〕。層巒不可數，一氣橫蒼青。誰云路險阻，我馬方奔騰。

【校記】

〔一〕雨崖，經訓堂本作『兩巖』。

〔二〕懷邊庭，經訓堂本作『長親征』。

〔三〕未經，經訓堂本作『未名』。

〔四〕上下，經訓堂本作『相望』。

〔五〕流泉，經訓堂本作『寒泉』。

〔六〕古北外，經訓堂本作『虎北口』。

〔七〕崖厂畔，經訓堂本作『長城外』。

〔八〕塵沙清，經訓堂本作『秋森清』。

出古北口〔一〕

重鎮接盧龍，巖關鎖碧峯。盤空千堞峻，亘古一丸封。笳鼓排軍壯，人烟列肆重。白河流水急，浩蕩想朝宗。

纔望金溝淀，旋過石匣城。西涼莽蕭瑟，北口自崢嶸。墨斗山名誰能指，蠶房尚有名。虛傳楊業廟〔二〕，石馬負熊旌。

【校記】

〔一〕 經訓堂本僅錄第一首詩。第二首錄在《自古北口赴喀喇河屯有作》（即底本下一首《喀喇河屯》）中，爲其第一首。

〔二〕 楊業廟，經訓堂本作『楊太尉』。

喀喇河屯〔一〕

戍呰黄崖古，烟巒黑谷存。地曾分五帳，城尚啓三門。壁壘思渾黜，軍鋒想撒敦。高臺吹角罷，自古重軍屯。

牆嶺依關壯，灤河並海趨。星辰通北戒，日月接東隅。萌骨封仍大，金源蹟未孤。蕃王爭望幸，氈帳滿平蕪。

興元曾置縣，寧朔更名軍。後衛雄天險，中都據地垠。奚王牙帳舊，鎮將列城分。尚憶前朝事，傳烽入暮雲。

【校記】

〔一〕詩題，經訓堂本作『自古北口赴喀喇河屯有作』。

常山峪晚直

馳道緣崖築，行宮傍嶺升。前驅先射虎，別騎晚調鷹。夕照千峯雨，疎烟萬帳燈。秋風殘暑退，涼氣滿衣稜。

熱河雜咏〔一〕

地氣通西顥，山形枕北庭。峯當斜照紫，樹入暮雲青。亭障傳三衛，人烟雜五廳。誰知甌脫路，箏板唱玲瓏。

路本鄰三會，營仍列八旗。蕃奴工牧馬，村婦慣呼豨。熱河豢豬甚夥，婦女呼聲旦晚不絕。郡邑傳興化，封疆遡女祁。織皮坊市盛，不擬望寒衣〔二〕。

碉道通紅紵，城牆繚翠稜。工峉將作監，樹記上林丞。紺塔開初地，時舍利塔初成。珠宮演上乘。溥仁、溥寧二寺皆以喇嘛居之。更營固爾札，鈴鐸拱三層。

【校記】

〔一〕詩題，經訓堂本作『熱河』。

〔二〕望，經訓堂本作『寄』。

固爾札廟新成

丹青絕壁繪天龍，初地移來倚碧峯。玉塞早聞經劫火，珠林重與煥慈容。都綱遠示莊嚴相，步薩兼傳祕密宗〔一〕。象教依然同月竃，蕃渾驚喜聽鯨鐘。

【校記】

〔一〕兼傳，經訓堂本作『重傳』。

詐馬

詐馬爲蒙古舊俗，今漢語所謂跑等是也。然元人所云詐馬，實咱馬之誤。蒙古語謂掌食之人爲咱馬，蓋呈馬戲之後，則治筵以賜食耳。札薩克於上行圍木蘭進宴時，擇名馬數百，列二十里外，結髮尾去羈韉，命幼童騎之。以鎗聲爲節，遞施傳響，則衆騎齊騁，騰越山谷，不踰晷刻而達，掄其先至者賞之。

突如急箭離弓鞘，捷如快隼除鞲絛。蕃王詐馬夙所調，觀者目眩心神搖。名駒數百陳平臯，束髮解轡開鈴鑣。健兒離立垂輕髫，忽開火礮聲周遭。應節直上儕猿猱，先者怒出追秋飆。後者絡繹驚奔濤，耳畔但覺風刁騷。勢較晷刻爭分毫，或越林莽登山椒。二十里外恣逍遥，御筵黄屋蒼天高。諸蕃列侍同班朝，坐歎絶技真嫖姚。三十六騎神勇超，錫以金幣榮嘉褒。如此迅疾逾龍蹻，何難直達崑崙尻。

榜什

榜什，蒙古樂名。其器則笳、管、箏、琶、阮、火不思之類。將進酒，于筵前鞠跽奏之〔一〕。

秋笳忽起聲嗚嗚，琵琶絃管爭傳呼。衆音方競歌響作，低昂雜遝鼓嚨嘲。十番由來本塞上，用以侑食爲嬉娛。我皇蒐苗向朔漠，名王萬部羣奔趨。團團廣幕設平陸，爛爛綺席陳行廚。鞠跽再拜衆技列，上壽用博天顔愉。大曲小曲互繚繞，先奏後奏咸虛徐。叩宫應徵悉中節，合以古調原無殊。軒皇張樂洞庭野，周王設樂崑崙墟。寧如行圍並錫宴，雜陳禁味兼僸侏。樂停雲日明爻閶，應有靈鳳儀天衢。

【校記】

〔一〕於筵前，經訓堂本作『於御筵前』。

相撲

相撲之戲，蒙古最重，筵宴時必陳之。本朝亦以是練習健士，謂之布庫，蒙古語謂之布克。脱帽短褠，兩兩相角，以搏之仆地爲分勝負。

一人突出張鷹拳，一人昂首森貙肩。欲搏未搏意飛動，廣場占立分雙甄。猛虎掉尾宿莽内，蒼鶻側翅秋雲巔。須臾忽合互角觝〔一〕，揮霍掀舉思爭先。擣虚時時見蹴踏，扼吭往往愁傾顛。壯心終擬作後勁，努力寧肯輸先鞭。三禽三縱逾拗怒，再接再厲紛騰騫。曳柴僞遯陋狡獪，舉鼎絶臏猶喧闐。要使一蹶不復振，如鳥蹋翅魚投筌。勝者昂藏作山立，命酒飽食黄羊鮮〔二〕。相叉相撲出《法華經》雖小技，較藝亦足威窮邊。豈如翹關拔河戲，僅資嗢噱誇輕儇。

【校記】

〔一〕互角觝，經訓堂本作『大角觝』。

〔二〕命酒，經訓堂本作『命賞』。

教駣

教駣，《周禮》所載，今惟蒙古熟習其法，謂之騎額爾敏達騂。馬三歲以上曰達騂，額爾敏則未施鞍勒者也。每歲札薩克驅生馬至宴所，散逸原野，諸王公子弟雄傑者執長竿馳縶之，加以羈韝，騰踔而上，始則怒馳逸騁，豨突人立，頃之乃調習焉。

塞垣生馬猶生龍，瞬息百里騰長空。騏驎誰能赤手捕，蕃王王子真驍雄。長竿一丈如飛虹〔一〕，摉身直上披花騣。馬驚且怒作人立，奮迅一躍無留蹤。雲沙颯颯烟濛濛，山移谷立秋濤衝。或蹄或齧無不有，倏起倏落焉能窮。須臾力盡勢稍息，俯首始受金羈籠。朱纓玉轡紛玲瓏，歸來振策何雍容。圉人太僕盡歎羨，真足立仗長楊宫。是時大蒐寘顔東，天閑十二相追從。蘭筋硍礧森方瞳，更命考牧搜名驄。花門萬騎聲隆隆，降精天駟寧難逢。嗚呼！降精天駟寧難逢，莫使大野夜夜嘶霜風。

【校記】

〔一〕一丈，經訓堂本作『百尺』。

八月十五日夜進哨〔一〕

出塞仍逾塞，中秋不當秋。沙驚圓月暗，風挾怒泉流。累石橋仍窄，連山雨漸稠。依巖茆店小〔二〕，仿佛一燈幽。

隔嶺人烟少，緣溪虎蹟多。霜寒嘶病馬，沙澀伏明駝〔三〕。遠戍聞傳柝，前驅見荷戈。今宵留滯客，紅蠟唱伊那〔四〕。

【校記】

〔一〕詩題，經訓堂本作『八月十五日夜行』。

〔二〕茆店，經訓堂本作『茅屋』。

〔三〕沙澀，經訓堂本作『沙濕』。

〔四〕『今宵』聯，經訓堂本作『今宵妝閣裏，相望隔銀河』。

自熱河至張家營作

令典秋三月，康莊第一程。滄溟連鴈塞，古戍亘龍城。禾黍徵豐稔，烽烟息太平。何期韋帶士，得與佽飛行。

紫塞盧龍北，檀河又白河。日暄乾稻稾，風勁轉蓬科。鳥雀因寒聚，雞豚就食多。羲皇風俗古，竹馬更婆娑。

六十七圍場，方輿及大荒。秋高峯更翠，霜重草全黃。地界卡平聲倫接，泉源淖爾長。每一圍場中必有哈達，山下有泉，眾流積水，謂之淖爾。彎環紅柵在，來往便戎行。圍場八旗，分四正四隅，相距二三十里不等，近者或距六七里，蓋中有山者始爲圍場，以山大則禽獸多，山小則禽獸少，故遠近不能一概也。

木蘭圍中和申光祿笏山韻〔一〕

霓旌風急動龍蛇，跋馬秋原野徑斜。指點溪山真似畫，可無茅屋兩三家。

歷盡孱顔鳥道平，萬峯頂上曉霜清。不妨預作登高會，只少籃輿載酒行。

沙河纔過碧山開，前一日住永安拜，蒙古語沙河也。古木秋深翠作堆。空谷何人能見賞，年年風雪老琴材。

短衣茸帽曉迎風，塞鴈行行映碧空。知是山程行過半，初陽一抹樹梢紅。圍中路程遠者不過三四十里，近者乃十餘里，每黎明啓行，至曉日三竿則已抵下營矣。

【校記】

〔一〕詩題，經訓堂本作『木蘭和申拂珊光祿韻』。

再次前韻

溪流曲曲綰秋蛇，列帳層層傍嶺斜。人語雞聲成小住，居然來往似鄰家。

絕磴初開木棧平，蒼崖雨過十分清。書生忽欲誇身手，笑與期門縱轡行。

旃門兩翼畫旗開，颯沓風生萬馬堆。今歲獻禽知倍富，龍沙天驥正呈材。侍衛傅君靈安新從大宛市馬歸，高伉壯健，異于常品。

千林黄葉颭秋風，殘日初沈暮靄空。散直歸來頻覓路，停鞭遥指帳燈紅。

古長城

亂山層疊不可登，中有岡阜森崢嶸。高者龍身漸迤邐，卑者豕腹餘彭亨。年深絶無樓櫓迹，日出但有麏麚行。方輿志乘久失載，相傳指點稱長城。後王德薄地亦隘，豈能直北踰龍庭。觜嶲箕尾值燕趙，專心分野曾硜硜。或言剏造由秦嬴，西起臨洮東滄瀛。當時將兵三十萬，欲使蒙氏誇邊甿。迄今古址在北口，去此千里難爲並。應當循蜚疏仡代，本《御製長城記》。幽都荒略歸生成。是以舜封州十二，厥壤蒼莽包并營。我皇拓境極西域，已盡月窟全綖紘。況此木蘭等苑囿，校獵歲歲飛皀旌。中外一統奚足辯，但思肆武覘豪英。蕃君盟長會治事，舉柴助殺輸精誠。樫柳條邊易古志，豈限南北分行程。簪毫幸得侍仙蹕，九丘八索疇能名。見聞所及豈可忽，擬補伯翳窮荒經。

錢唐相國惠哈密瓜賦二十二韻

異蓏殊方進，嘉名舊譜傳。色如沈碧瑩，類似早青妍。辯種來箕水，移根傍露川。觚瓠同繚繞，瓞瓟各聯蹝。下子獠奴熟，分秧圃老便。離離盤複壠，漠漠擁平田。弱蒂依沙長，脩莖隔樹牽。融風殘暑候，細雨蚤涼天。靈液滋旋滿，長苞味已全。含瓤真玉潤，賦質恰珪圓。共識瓜州產，真逾石蜜煎。傾筐堆畎畝，壓擔赴郊鄽。荒服稱奇最，邊氓錫貢虔。受和徵土物，表美應星躔。封裹馳官驛，陳肴進御筵。殊恩頒上相，特命走中涓。乍拆筠籠細，高裝翠甀連。擎來涼似雪，削處汁如泉。色映頗黎琖，香陪藥玉船。品非湖橘賤，質勝楚萍鮮。作賦懷張翰，摹形媿傅玄。分甘攜畫榼，推惠到書氈。最稱消寒酒，偏逢小雪天。燒燈將餞臘，竊喜得加籩。

翁編修振三方綱移寓東偏喜而有作

數椽老屋在東頭，茶銚花磁位置幽。仿得樂天詩句好，綠槐宜作兩家秋。

秐菘移宅已三旬，先是趙秐菘居此。幸得君來共結鄰。可是寄園風雅地，卜居往往得詩人。

西南小巷實荒涼，桐嶼新來又望湘。諸同年升之向與同巷，今出守辰州。彩筆豈能干氣象，魁三差喜近文昌。前考試差，君第一，予第三，故云。

一道茅牆僅及肩，詩筒酒榼往來便。只愁忽得驚人句，夜半狂吟醒醉眠。

四十初度劉閣學映榆招飲于畢秋帆聽雨樓並邀陸健男趙升之兩舍人共爲百年之祝賦此致謝

雪中退直感蕭辰，折簡緣知綺席陳。正值晉卿悲子卯，時鄭林相國方薨。敢同楚客賦庚寅。百年致語叨深意，三壽齊稱愧後人。明日登樓還報謝，西山遥望玉嶙峋。

招家蓬心宸小飲

又是殘冬近小除，蕭條雨雪掩衡廬。經年詩卷從頭校，換歲春聯信手書。估客遠來貽醉蟹，庖人新味薦冰魚。隔牆相唤開新甕，莫爲窮愁結柳車。

直廬曉坐〔一〕

東華扃已開，北闕鐘初響。鳴鑣入建章，瑤帊躡宏敞。殘月遠無痕，明河高有象。直廬散微香，封事猶未上。偶與鵷鷺行，披襟勵誠讜。松火轉茗爐，蘭膏映書幌。静欣翰墨閑，晴覺雲霞朗。禁地肅清嚴〔二〕，簿書謝鞅掌。慙非經世材，謬作鈞天想。

【校記】

〔一〕 詩題，經訓堂本『坐』後多一『作』字。

〔二〕 肅清嚴，經訓堂本作『眷幽深』。

東直門

陵寢紆宸念，和鸞啓仲春。日隨龍蓋影，風淨馬蹄塵。牟麥青盈隴，荑楊綠覆津。焚香諸父老，夾道擁朱輪。

蘆溝橋道中

滕六宵來尚撒鹽，寒林風色鬬清嚴。柳邊忽上三竿日，微溜還看滴帽簷。

蘆溝河畔夜如雷，兩岸層冰一道開。鼓橐緣知春氣早，石橋隄外玉山堆。

雲開石徑翠巉巉，聞説金經近百函。除是水西莊上客，誰能親手剔貞瑊。望石經山，山中有唐刻石經，查恂叔曾親往摹搨。

寄盧運使雅雨德州四首〔一〕

往事如雲遠，前遊入夢長。每思官閣夜，還憶廣川鄉。懷袖三年字，心期一瓣香。歲星遊戲久，人擬是東方。

聞説抽簪後，園林事事宜。調琴松下屋，檥櫂竹間池。漢上耆英會，松陵唱和詞。幽居兼學道，應已放楊枝。

畫扇家風在，雲莊接杜亭。皆盧氏故事〔二〕。扶笻穿窈窕〔三〕，散曲按瓏玲。瑣事彈棋格，仙方服食經。猶多問字客，載酒叩鐘莛。謂周書昌永年、梁鴻翥諸君〔四〕。

追憶清狂日，招邀樂事偏。春陰瓜步笛，夜雪廣陵船。物論推前輩，風流似昔年〔五〕。樊川今漸老，爲報鬢蒼然。

【校記】

〔一〕詩題，經訓堂本作『寄盧雅雨運使四首』。

〔二〕經訓堂本無此注。

〔三〕扶笻穿窈窕，經訓堂本作『孤笻穿窈窕』。

〔四〕此注，經訓堂本爲：『謂周書昌諸君。』

〔五〕似，經訓堂本作『擅』。

倪給諫穟疇國璉七芳遺冊爲敬堂太僕承寬題〔一〕

作畫如作詩，妙意在標格。翛然玉雪胷，豈染塵土迹〔二〕。先生姑射仙，蓬閬偶降謫。生平書畫詩，一一探幽賾。過眼等雲烟，聊剩海水滴。流傳到克家，鄭重祕先澤。斜陽小窗明，清香凝去聲簾帟。端拜出示我，墨華動琴冊。梅蘭孕微馨，松竹湛深碧。叢菊本佳友，秋蕖亦溪客。猗猗水仙王〔三〕，淩波向寒魄〔四〕。羣芳不並時，孤潔正相敵。冰霜老歲華，水月伴晨夕。桃李雖漫山，豈中作儓役。譬之眾正居，學業各有適。趣異道必同，雅契比金石。風流房相琴，瀟灑謝公屐。吞腥啄腐流，未許近几席。持此論前賢，寄興庶可測〔五〕。嗟我生苦晚，何由接巾舄。讀畫得其真，清襟定岑寂。遺韻足千秋，蕭蕭起寒色。君今慎藏弆，已比萬金璧。雖無寒具汙，勿使塗鴉戹。君家近西溪，儼似眾香國。圖中數種花，芬敷遍阡陌。他年乞鑑湖，提攜歸硯北。相與山澤臞，摩挱永無斁。

【校記】

〔一〕詩題，清端方《壬寅銷夏録》（稿本不分卷）『倪穟疇七芳圖冊』條引此詩作《恭題給諫年伯大人畫冊爲敬堂前輩作》。

〔二〕豈染，《壬寅消夏録》作『不染』。此句後尚多『泠泠見孤清，宛在冰壺滌。乃至眩青紅，陋等飾羽畫』四句。

〔三〕水仙王，《壬寅消夏録》作『水仙花』。

〔四〕此處，《壬寅消夏録》尚多『暈以淡墨痕，吴箋妙婉嫿』二句。

〔五〕此處，《壬寅消夏錄》尚多『徒誇豪翰工，詎審神明宅。如望杜德機，終焉昧肝鬲』四句。

輓受銘〔一〕

藥裹茶鐺慣臥痾，忽聞《薤露》促悲歌。飾巾忍見風流盡，掩袂難禁雪涕多。矍相不堪頻舉觶，匿王何處更觀河。《楞嚴》波斯匿王長水，義疏稱爲『匿王』。丁辛老屋新塗墍，誰料披帷痛逝波。深譚揮麈又何年〔二〕，重溯前遊只惘然。犀角有人能拂拭，子復少慧，爲香樹尚書所賞識〔三〕。牛腰無計與雕鐫。時詩集未刊〔四〕。生虚下壽天真酷，死更長貧鬼亦憐。瓜步烟波燕市月，迴腸愁過酒壚前。

【校記】

〔一〕詩題，經訓堂本作『輓王受銘同年』。

〔二〕揮麈，經訓堂本作『拂麈』。

〔三〕此注，經訓堂本爲『謂香樹尚書』。

〔四〕詩集，經訓堂本作『新集』。

七月初八日隨蹕起行

銀河絡角隱茅茨，擁篲兒童滿路岐。試看吉行誰送喜，曉鵶啼過見芻尼。

鳳城雉堞逗晴暉，夾路疎楊綠未稀。水曲風來涼意足，又看清露濕征衣。

小橋流水尚沖瀜，知是前宵雨澤豐。黍稷已收門巷淨，偶聞雞犬出深叢。

灤陽雜咏

再過秋蒐地，深知武德長。連雲開雉堞，計日會龍驤。苑樹森榆柳，山田熟稻粱。人烟廛市足，誰信近圍場。

每共簪毫侶，常娛扈蹕心。磬錘晴日麗，墨斗慶雲深。五渡水名瞻清景，三驅樂德音。自來湖海客，誰及此登臨。

舊典三秋重，新恩十載宣。自甲戌、乙亥後，準夷回部蕩平，台吉宰桑及哈薩克布魯特使臣皆與蒙古王公等，輪班至熱河朝覲、賜宴。笙簧陳法部，鼎俎列賓筵。風定銀花放，雲開玉鏡圓。魚龍爭曼衍，羣樂侍鈞天。

進圍場

康熙年間，準噶爾方强，侵軼蒙古諸部，聖祖親征擊走之。蒙古銜恩，共獻地五百餘里以奉秋冬較獵，木蘭圍場自此始也。

木蘭千里龍荒接，準部强梁共震懾。王師赫怒殲兇渠，從此諸蕃奉游獵。獮蒐年年出塞行，選徒每值秋風清。講武寧惟習勞勩，來覲要使攄精誠。兹逢晴爽移仙仗，碧山紅樹如屏幛。伏莽先搜狐兔藏，解縧已見鷹鸇颺。半圍如月分遮防，須臾止殺收旗槍。一十四圍連日舉，風毛雨血齊騰驤。

哨鹿行

期門壯士枝鹿冠，馳馬半夜踰孱顔。雲生月暗萬籟寂，哨音一縷清而圜。雄鳴雌和欲嘯侶，深林潛出來相看。忽逢人立駭躑躅，神鎗應手遭傷殘。同時所獲豈勝計，他他藉藉皆騰歡。大庖不盈古所誌，豈爲多殺資盤餐。彎弧已快三耦中，解網飭使千軍旋。由鹿已憐殺機重，放鹿曾仰仁恩寬。御製有《放鹿》詩。上林定有蒼白至，虞人告瑞歌般般。

殺虎行

塞垣霜落千山涷，五夜行圍開萬衆。坡頭地角盡包羅，貪狼狡兔羣惶恐。看城早設帷宫張，亭亭黄纖雲霞縱。健兒驍將正馳驟，忽聽深林呼嘯共。始覺山王已負嵎，半倚巉崖半巖洞。彎弧如月那得傷，爆竹如星亦難中。牙爪猶令百獸驚，目光直射千夫詷。周阹雖已列三重，袒裼終虞成一鬨。五人突出忽當場，敢冒猩風爲此弄。虎窮無計亦騰飛，當心一戟乘其空。四人併力刺麑蹄，斑斑委地知何用。長絙巨索曳平蕪，獻來尤覺鬚毛動。昔年一矢播天威，此時徒御何喧哄。預知白獸定開尊，歸去青絲且緩控。殪兕應同《小雅》詩，射熊休比《長楊》頌。

還至熱河寄家信作

興安霜雪點征裘，歸路頻嘶玉腕騮。爲報高樓休悵望，行人今已度茅溝。
土銼松柴半榻溫，曉燈殘菊印牆痕。秋霜吹過重陽節，風雨依然滿塞垣。
淡雲微雨釀寒天，疎柳蕭條拂錦韉。差喜刀環行漸近，秋河三度月華圓。

鄂爾楚克同陳通政星齋兆崙晚坐

塞山秋晚最淒清，笑看玲瓏翠壁橫。細數昔賢誰得到，幸逢名宿與同行。半痕新月穿雲出，一曲幽泉繞澗鳴。知有雪坑香茗在，竹鑪松火待徐傾。

商太守寶意盤至都畢秋帆招同劉映榆錢坤一趙升之嚴東有程魚門陸健男童梧岡鳳三吳鑑南璜集聽雨樓和寶意韻〔一〕

高樓樹杪鬱嵯峨，深巷鳴鑣上客過。詩卷久看淩鮑謝，賓筵重見集陰何。蠻烟瘴雨羈愁劇，劉井柯桐昔夢多。感事不妨拚痛飲，酒星芒動拂明河。

巖疆幾載擁干旄，入覲依然意氣豪。四海人才歸月旦，千秋詩派接《風》《騷》。湘屏風細催檀版，定琖波生鬭玉醪〔二〕。聽雨卽期常話雨〔三〕，咬春燕九共嬉遨。

【校記】

〔一〕詩題，經訓堂本作『商寶意太守至都門畢秋帆殿撰招同劉印於錢坤一諸申之童梧岡趙升之嚴東有程魚門陸健男吳鑑南集聽雨樓和寶意韻』。

〔二〕『湘屏』聯，經訓堂本作『湘屏霜落圍銀燭，定盌波生鬭玉醪。』

〔三〕卽期，經訓堂本作『卽看』。

贈寶意太守卽送之雲南順寧新任五十韻〔一〕

憶昔羈丱年，論交遍江甸。好事聚敦槃，名流肆譚讌。維時侍御公〔二〕，次山先生。丰稜表羣彥。亦有大布衣，李徵君客山。蕘若任蕭散。我常相追隨，昕夕共几研〔三〕。兩君出示我，質園詩數卷。殷如鐘鎛鳴，朗若珠玉炫〔四〕。雲霞麗縹緲，波浪激汩湡。容裔垂長旓，芳華飾修鬋。低徊秦青謳，惻愴楚妃嘆。洵爲六義宗，豈容一辭贊。快讀四五番，手脚輕欲旋。側聞夫子名，雄才著臺院。聲華元白亞，譽望揚劉選。好句織弓衣，清標畫團扇。佐郡向金陵，秋江澹澄練。六朝餘韻在，三閣遺蹤徧。聽箏仍慨慷，邀笛頗婉孌。復有臨汝郎，袁子才。風流互游衍。濛濛花月地，作達傾都羨。長風送高軒，鑾鄉擁郵傳。天柱矗崚嶒，靈渠瀉洄漩。偶逢驛使來，問訊眠餐善。所思在桂林，慊慊心目睊。今秋從長楊，親侍頭鵝宴。連山叫鵰鶚，匝地射彪虥。歸來聞雙旌，前驅過灰淀。相望二十年，春明忽相見。議論翻江濤，精神閃巖電。軒昂動鬚眉，矍鑠著顔面。文章老更成，篇什多益辦。依然次公狂，未覺長卿倦。名賢更翕集，鳴鑣溢里閈。風霜小閣寒，燈火重樓粲。折簡並招邀，銜杯輒繾綣。道古泝《風》《騷》，勵學本經傳。賓朋一代才，著述千秋擅。仰睎天市垣，德星迴霄漢。更闌話舊雨，身世等夢幻。王李歸道山，陳根付深唁。袁虎亦分袂，停雲隔槃澗。茲復萬里行，專城就邊宦。論心感夙契，執手動遐戀。所喜西南屏，山水盡峭蒨。天躔近井鬼，地勢異蒙段。靈蹟古未開，新詩應獨煥。壯游良足誇，遠別詎爲患。焚輪振獰飆〔五〕，野淞急飛霰。萬嶺聽嘑猨，三冬逐征鴈。還當酌酒人〔六〕，城南待追餞。

【校記】

〔一〕詩題，經訓堂本無『順寧』二字。

〔二〕侍御公，經訓堂本作『侍御君』。

〔三〕共几研，經訓堂本作『共摩研』。

〔四〕珠玉炫，經訓堂本作『珠玉晛』。

〔五〕獰飆，經訓堂本作『寧飆』。

〔六〕酌酒人，經訓堂本作『約酒人』。

送周侍講稚圭升桓赴蒼梧鹽道任

本朝故事詞臣重，講幄森嚴陪法從。上殿熒煌仙仗開，御門清曉爐烟動。明禋祝版肅郊壇，稽古經筵陳《雅》《頌》。定例：上升殿、御門南北、兩郊、時享、經筵及視祝版，皆有講官侍班。儒生接武近雲霄，特躋崇班依藻棟。未論文彩楦麒麟，已羨聲華等鸞鳳。矧君本是白眉良，君行第三，見《北史·孫靈暉傳》。瑤琨雅稱荊揚貢。章程書迹俗同誇，經進詞章世爭誦。高名漸欲擬嚴徐，榮遇方期頡沈宋。一朝恩旨忽超遷，萬里長征需餉用。夙嗟榷算重鹽鹾，食貴時時困黎眾。當爲農末利均輸，肯使僮胥恣喧鬨。算緡定在斥錙銖，選吏兼須剔譊詷。此行風土入蒼梧，約計郵籤過章灨。送臘年光近小除，迎陽冰雪開微凍。贈策將歌驪在門，當筵莫負蛆浮甕。十載親知詎忍離，百分快飲何嫌痛。璇斗行看柄插寅，使車到處春當仲。五雲如憶上林鶯，衙齋應有還朝夢。

過梁文莊公楊梅竹斜街舊第有感〔一〕

靈輀一慟隔郊原，還過平津更愴魂。高閣漸看成馬廄〔二〕，華堂誰復仰龍門。巳辰空悼經幃夢，子午深懷黼座恩。想見鷄頭南去路，炙雞漬酒共聲吞。

【校記】

〔一〕詩題，經訓堂本作『送梁文莊公靈櫬南歸復經楊梅竹斜街舊第有感』。

〔二〕馬廄，經訓堂本作『馬肆』。

送吴上舍樸庭爚文游房山即往易州書院

來如飄風去如雹，三載京華幾相見。一朝剥啄叩閑門，復此空齋言笑晏。碧海黄塵看已空，白鬚紅頰身猶健。頗將心法問禪那，剩有空華在詩卷。愛君學道已蕭閒，愧我多生積憂患。正思妙語破春容，九九消寒接昏旦。何爲又作打包僧，桑下寧無三宿戀。拂衣遥指大防山，一髮青蒼心所羨。河山兩戒本中條，玉堂石室千秋擅。百尺雲崖仙鼠飛，數重雪竇銀鱗現。静琬碑叢藤蔓封，長江峪古泉流濺。已知地主足留連，謂商明府衡。復有詩人偕汗漫。謂商太守寶意。經行應憶柘坡仙，循覽遺文淚幾泫。謂萬孝廉循初有《游莎題山記》。當時吐氣虹霓垂，誰料前題罥苔蘚。游歷頻紆感舊心，分張詎免盈襟嘆。時寶意將赴滇南。蹇驢歸蹋翠屏西，偃蹇青山對空館。黄金臺榭弔荒蕪，絳帳生徒供問難。玉川寂寞抱遺經，楊子深湛作玄贊。相期遠道貢書緘，仍擬殘冬共霜霰。盍盍先從文度謀，謂令子鑑南。平原十日恣游衍。

奉命同汪舍人康古閲續藏經

覺海三生獲問津，重來内院展金輪。珠林繙譯均堪寶，椒寢流傳恐失真。因《續藏》内有明《九蓮菩薩》等書，頗入淺俗。樹接觚稜卿月麗，時諸城相國監辦。香霑經案法雲新。支那撰述何能盡，支許相隨喜夙因。

春融堂集卷九　聞思精舍集　乙酉　丙戌　丁亥

送藥根上人湛汎往五臺三首

生平物外心，愛與幽人侶。琴聽暨蜜殊，接蹟滿庭宇。入冬事朝參，每趁蘭臺鼓。未暇理書籤，何由接巾屛。春來賸餘閒，擬作茶瓜語。又聞理條衣，倏然卽羈旅〔一〕。碧雲感湯休，零雨愴孫楚。雖無三宿心，詎能浣離緒。

牛首獻花巖，幽棲祖堂寺。烟霏靄層巒，松竹起清吹。寶坊始融公，諸天儼環侍。吾昔過牛頭〔二〕，支笻探靈異。遙望西風嶺，金碧炫蒼翠。所悵夕陽斜，幽尋興未遂。知君繼石谿，風流照初地。詩如清磬寒，殘夜破昏睡。詞章亦空華，略等摶沙戲。相期紹黄梅，盡掃文字諦。藥根曾住祖堂方丈。

東方大震那，最數清涼境。宵燈散月峯，秋雪凍天井。文殊童子居，金閣現空影。華嚴有大師，墨海掃千穎。疏鈔百萬言，辯才絕馳騁〔三〕。卓哉賢首宗，義與雲天永。君今攜軍持，焚香禮五頂。猿鳥答梵聲，冰霜寫清景。應參法界觀，一笑六塵靜。歸來過敝廬，爲我破幽耿。如談十會文，豎拂猶可領〔四〕。

【校記】

〔一〕 儵然即羈旅，經訓堂本作『明日臺懷去』。

〔二〕 吾昔過牛頭，經訓堂本作『昔過一鐙樓』。

〔三〕 絕馳騁，經訓堂本作『妙馳騁』。

〔四〕 猶可領，經訓堂本作『猶能領』。

書錢湘靈陸燦所藏宋搨顔魯公爭坐位帖

平原石墨重兼金，自記生平歲月深。更載湖州莊氏史，存亡何限故人心。

題王元照仿梅道人山水

小亭孤閣遠重重，一幅雲山似粤中。應與奉常相上下，不須更説學思翁。見陳眉公跋語。

尚未分符到始興，中年山水已飛騰。緣知麟鳳洲邊住，臨徧烟巒滿剡藤。考此幀自題『己卯小春』，蓋崇禎十二年。其後始爲廉州太守。及遭兵變回吳，筆墨流傳更少矣。

兼值經咒館時命將《首楞嚴經》重繙國語、蒙古、梵字、漢文四種，用烏金紙分行横書之，送往前後印度謹藏。而經中漢、魏、六朝文義，僧人未能通悉，何從繙譯？故先以朱竹君任其事，近竹君督學安徽，屬昶代之。

墨海珠林未有涯，偶逢奇字苦聱牙。三乘妙偈雖能解，四句旁行尚恐差。當與什公繙祕密，兼同神珙辨聲華。《楞嚴》流變《華嚴》字，義學何人得共誇。

蕭寂

蕭寂何須遣，幽閒得自如。清樽蓮葉酒，小帖韭花書。香鼎春寒後，瓶笙午夢餘。夕陽聞鳥語，吟望下庭除。

聞查上舍藥師岐昌訃感悼二首〔一〕

彈指華年駒隙過，竹林游蹟邈山河。舊交漸似孤花少，詩卷空留束筍多。魂魄有知應悵望，文章無命更蹉跎。横溪老屋依然在，藥師爲初白先生孫〔二〕，横溪老屋見《敬業堂集》。欲奠椒漿奈遠何。

不分新知是舊知，相逢把臂慰相思〔三〕。寒缸夜倒荼蘼酒，長卷爭題芍藥詩。此述辛巳歲藥師在京時事。《夏課》《春帆》風格在，《夏課》、《春帆》二集，亦見《敬業堂集》中。山程水驛訃音遲。廿年馬鬣虛封樹，歿視何由慰積悲。時初白先生未葬，藥師力營窀穸事，比集而藥師復以病亡。

【校記】

〔一〕詩題，經訓堂本作『聞查藥師上舍訃感悼二首』。

〔二〕孫，經訓堂本作『文孫』。

〔三〕慰，經訓堂本作『豁』。

題陸葵翁秉笏吳淞歸棹圖〔一〕

纔別酒人燕市，便隨釣客吳江。想見推篷一笑，九峯翠滴船窗。

淅淅風吹五兩，迢迢水漲三篙。回首軟紅香土，何由更上征袍。

久羨厠牏浣滌，旋看笻杖扶攙〔二〕。從此杏花春雨，不須更寄銀緘〔三〕。

家本平原內史，人如錦里先生。計到抽帆時候，金臺紀述還成〔四〕。君家文裕公有《金臺紀聞》。

烟外一痕鴈陣，林間幾簇漁罾。指點柴門如畫，隔溪紺墖層層。

守歲詩成夜雪，先生去冬除夕詩甚工。還家節近秋颸。故里樵兄漁弟，相逢爲說相思。謂叔子諸君〔五〕。

高秋七月八月，絕塞千山萬山。想遍江村風景，何堪更出巖關。時余將扈蹕木蘭。

一幅吳淞烟水，依然三泖漁莊〔六〕。也擬將來歸去〔七〕，蘆灣同聽鳴榔。

【校記】

〔一〕詩題，經訓堂本作『題陸葵翁吳淞歸櫂圖八絕』。

〔二〕笻杖，經訓堂本作『籃輿』。

〔三〕此處經訓堂本有注：『虞文靖詞：「憑誰寄，錦字銀械，報導先生歸去也，杏花春雨江南。」』

〔四〕還成，經訓堂本作『初成』。

〔五〕此注經訓堂本爲：『謂淩祖錫、劉東書諸君。』

〔六〕此處經訓堂本有注：『予有《三泖漁莊圖》。』

〔七〕將來，經訓堂本作『抽帆』。

七夕有憶

碧蘚紅牆蝕雨瘢，虛窗孤燭夜漫漫。香殘小院穿針會，月暗空階乞巧盤。錦字誰傳千萬恨，朱絃欲起再三嘆。分襟便是明河隔，惆悵宵來鬢似潘〔一〕。

【校記】

〔一〕惆悵宵來鬢似潘，經訓堂本作『雙鬢宵來已似潘』。

早赴古北口

邊月初升夜色開，秋霖纔霽澗泉哀。鈴聲風動鷹鸇颺，葉響林疑虎豹來。上將功名覘衛霍，時伊犁將軍、參贊相次入覲。從臣才藝愧鄒枚。簫笳早見排前隊，往例：古北口提督統兵排陳於此。劍佩常欣接上台。

折卜尊丹巴瑚土克圖再世來朝在張三營進見詩以紀之

拉麻之號古未聞，番僧祕密開金源。八思巴與膽巴繼，法王玉印當時尊。婆羅能切唄多字，諸國音韻通喉脣。三百年來稍凌替，後出猶說宗迦文。至廿四祖遺支分，達摩傳法棲嵩雲。一花五葉在震旦，其餘各散紀載湮。宗喀巴者亦無考，後有兩派傳其真。額爾得尼在後藏去聲，如寶珠耀恆河濱。達喇更如清淨海，莊嚴世界臨羌渾。兩支各住五印度，其徒有四領諸髡。或名補答善變化，倏忽來去無留痕。一喀爾喀住遼左，遙識王氣先來賓。章嘉入居松竹寺，博涉外典兼皇墳。三藏五部有闕佚，召詢陳說流泉奔。朱輪長轂駐複道，時時進見蒙殊恩。折卜丹巴又其一，均以六度昭愚芚。往年涅槃入滅度，瓶鉢何地招游魂。胡畢爾漢忽出世，夙慧了了通前身。旃裘君長駭相告，坐牀受具驚羣番。聖朝威德讋禁昧，異教久已霑深仁。流沙萬里不惜遠，欲因秋獮朝天閽。惟時日在大火次，講武初畢旋六軍。羽林虎衛千萬眾，朱斿碧罕捎彤雯。熊羆麋鹿積大阜，鶻鷂鷹隼摩高旻。四十八旗悉踴躍，紅黄二教交歡忻。煌煌霞日爻閶闔，和南頂禮申惓勤。被以吉語同春溫，賜茶賜坐復賜幣。伊嘎舞蹈威儀馴，蒙古蕃長驚如神。再來夙命超凡塵，舉首競進排鼋鼊。兜羅綿手摹弗諼，鞠跽拜跪除嚚諠。稽諸往牒從未有，異事振古由昌辰。白國先民伯翳記，碧基陰羽《周書》陳。簪毫載記豈夸誕，懷柔用紀垂千春。

宛馬行

大宛天馬古未聞，漢廷得此誇殊勳。振鬣長鳴忽超越，正似鵰鶚摩風雲。星精未墜太乙況，每陋疲駑屯千羣。爾來皇威闢月窟，流沙萬里通球琅。昂藏逸足亦隨至，偉哉閶闔開麒麟。貢入天閑有餘羡，奚官示我真殊倫。不帶銀鞍並玉勒，牽出當軒皆動色。竹披兩耳待騰空，風入霜鬟輕絕磧。惟時朔吹漸凋騷，知我戎裝隨警蹕。豹尾龍蹄綷縩間，正賴神駒森八尺。生平羞作儒生孱，直控絲鞭跨腰脊。期門震慴鼓嚨胡，不獨幽州駭馬客。卽今大狩輪臺東，風毛雨血千山同。叢林密箐捕狐兔，山崖邃壑驅羆熊。番君塞主選驍騎，奔霄躡電來朝宗。合圍是馬亦馳突，欲與騏驥爭豪雄。方今太平邊圉靖，山林牛馬歸耕農。奇材未用亦足樂，年年出入隨飛龍。

孫通政虛船灝行帳中啜茗和韻

南樓秋日短，興桓爲遼南樓地。斜照明爻閶。先生輟講幄，余亦歸行廬。前峯儼如畫，紅葉映遺墟。

緣崖泉幾曲，滮滮鳴清渠。羸瓶挈易至，敲火安松爐。欲嘗雀舌味，先聽羊腸車。一酌塵俗遺，再飲腥羶除。宛然在南屏，幽興同樵漁。悔昨乞鹿脯，漫擬平原書。前日從先生乞鹿肉，故云。

蒙賜綠蒲萄梨栗諸品恭紀

扈蹕承恩最，盈筐拜賜齊。蒲萄榆塞北，瓜蓏玉門西。磊落雕陵栗，甘寒大谷梨。味均金掌露，退直更提攜。

輓景孝廉雲客人龍〔一〕

都亭上道感離羣，死別誰知此日分。秋榜姓名成鬼錄，雲客，壬午余所取士也。寢門涕淚憶生墳。見《水經注》。筠牕人去生芻隔，《筠牕》，雲客集名。柳翣春深宿草曛。不用招魂憑掌夢，良常新築待雄文。

壓脚星芒入夜垂，返生何處覓秦醫。求仙空習三尸訣，雲客學仙能終夕趺坐。琢句終傳五字詩。異地飄零游蹟遠，全家轉徙買山遲。雲客本籍真州，一遷衛輝，近遷嘉興〔二〕。蕭蕭遺墨芸籤上，余《廿一史》書籤皆雲客所題。腸斷燈牕對酒時。

【校記】

〔一〕詩題，經訓堂本作『輓景雲客孝廉』。

〔二〕真州，經訓堂本作『揚州』。

送宋上舍瑞屏維藩由天津歸湖州

菰城山水冠天下，石林評泊非虛稱。煦鮮結汰聚靈氣，勝流輩出爭飛騰。吾生結客遍西浙，耆舊第一誇吳興。朅來京雒才十載，海珊嚴明府遂成化鶴歸崑崚〔一〕。蓮花莊空曉雲澹姚玉裁，玉芝樓圮秋苔凝茅湘客。惟餘石田胡編修彥穎老且病〔二〕，矮牋寫韻棲林艿。吾衰亦復嬾投贈，閉門委巷寒如冰。城南坊巷近百步，子嗟一見神明增。新詞已逾紅錦段，長句更作朱絃緪。江風海雨激牙齒，珠槃玉敦輝肴烝。水晶宮闕秀絕處，時向筆下雲烟蒸。懸知諸老徂謝後，總持風雅推君能。歸昌六翮炫光采，宜與鵷鷺齊騫升。何爲遍行不上究〔三〕，霧豹未得隨鯤鵬。人生遇合等劍吷，文章名節差堪矜。骯髒寧甘作樓護，勃窣要在師張憑。胷中雲夢吞八九，肯與流俗同淄澠。秋飆昨夜穿吳繒，朝來取別裁行縢。秦川公子尚流宕，梁園行客殊殑殑。大台小台接渤澥，登覽聊足誇惛瞢。故鄉烟景清更遠，曷不歸翦茆三層。楓霜蕭蕭理釣罾，葦雪漠漠開耕塍。前賢文獻待結集，述作便可垂書縢。所嗟傾蓋旋贈策，紅亭上道愁難勝。跧伏暫同櫪下馬，決起應似韝間鷹。名山著書他日就，好屬秋鴈傳溪藤。

【校記】

〔一〕遂成，經訓堂本作『海珊』。

〔二〕石田胡編修彥穎，經訓堂本作『石田胡編修石牕』。

〔三〕 遍行，經訓堂本作『跡行』。

聞李貢生憲吉旦華之訃兼訊其尊人繹芻同年集〔一〕

鴛水西風嘆逝波，長埋玉樹竟如何。青蓮舊館荒蕪盡，憲吉有《青蓮館》詩。白石新詞感慨多。憲吉近工詞，常屬余作序。塵劫三生終杳渺，文章九命獨蹉跎。落花詩讖今真驗，慘綠年華掣電過。憲吉有《落花》二律最工。

經歲文園疾未瘳，誰知零落向山丘。姓名無復填銀榜，詞賦偏教動玉樓。早有高名傾李郭〔二〕，空存清咏敵曹劉。九泉悵望應難盡，泣血何由慰白頭。

文度頻看著膝前，從真一逝最潸然。顧況有哭子從真詩。身非金石原難料，箪有詩書定可傳。思子未須悲短命，抱孫好爲伴殘年。生平孔李知交舊，苦憶閒門繫錦韉。

【校記】

〔一〕 詩題，經訓堂本作『聞李憲吉明經之訃兼訊其尊人繹芻進士』。

〔二〕 傾李郭，經訓堂本作『傾沈范，憲吉爲耐圃司農所知』。

題明莫廷韓小幅

灌木陰陰溽暑天，溪亭雙槳綠楊船。更題詩句真幽絕，吟罷涼生已是仙。此畫作于壬寅仲夏，蓋嘉靖二十一年也。餘見余撰《青浦詩傳》中。

年少翩翩重弇州，詩書畫並見風流。僅餘小幅藤箋在，遺墨何因問玉樓。

題敬堂太僕所橅毯疇給諫六憶圖並序〔一〕

毯疇先生少與金副使江聲共游處。雍正庚戌在京師時〔二〕憶舊游，乃繪《六憶圖》，寄副使於古北口。一、湖堤新柳；一、讀書吳山仁王寺樓江帆風景；一、巢湖烟水；一、鑾江秋泛；一、雲林松靄山房；一、艮山門水竹之勝。後金氏不戒於火，圖成灰燼。而先生落藁時，敬堂太僕所摹猶有在者，因裝潢藏弆。金閣學雨叔甡既有絶句以記顛末〔三〕，復屬余題其後，因成此作〔四〕。

幽人擅幽懷，例多山水玩。留連惜知交，瀟灑寄詞翰。餘事畫兼書，晚行付禪觀。心迹迴雙清，豈復論婚宦。自從前哲亡，此意誰與按。先生清淨身，微言師忍粲。廿年客湖海，偶作金閨彥。退朝掃精廬，默數舊游讌。宛同波斯王，前塵耿未斷。吳山遠如環，巢湖清似練。鑾江夕照明，柔櫓出葭亂。更愛松靄中，筧泉落西澗。城東亞竹居，湖上垂楊岸。前游墮莽蒼，一一似夢幻。夙因留藏識，故侶感零散。殷勤《六憶圖》，寄遠託江鴈。境清畫更清，未許塵土溷。重霄下六丁，忽等焦桐爨。不聞桓廚化，空作秦灰嘆。誰知過庭人，臨橅上緗卷〔五〕。譬諸飛星淪，遺影在秋漢。翛翛古性情，湛然溢縹絹。高齋啓巾箱，合爪互吟讚。鑿楹守遺書，漬淚捧留硯。況此希世珍，高標走俗諺。行當貞石鐫，佐以寒香薦。他時傳藝林，定冠寶章選。

【校記】

〔一〕詩題，經訓堂本作『題倪敬堂太僕所摹毯疇給諫六憶圖並序』。

〔二〕庚戌，經訓堂本作『庚申』，誤。

〔三〕金閣學雨叔甡，經訓堂本作『金雨叔閣學』。

〔四〕屬余，經訓堂本作『屬予』。

〔五〕臨橅，經訓堂本作『臨摹』。

題張農部懷月齋梅花疎影小册

香塵寂歷背筠窗，蹋壁孤吟興未降。正是月昏雲薄夜，招魂端合倩銀釭。

雪蕊苔枝韻自佳，更憑疎影作同儕。分明對月三人共，勝似吟朋伴竹齋。

柳漁詩格有誰覘，幸見吳綃入畫堪。肯與仙源桃萬樹，晴波影裏鬪春酣。

破墨橫斜幾縷纖，圍爐晏坐證香嚴。落燈風與江樓笛，穩護梨雲下翠簾。

和尹相國賜絢春園紀恩之作〔一〕

風烟里近樹交柯，新賜名園佳氣多。勝地久聞同鄠杜〔二〕，清吟又見壓陰何。琴樽重啓平津閣〔三〕，園爲鄂文端公舊墅。草樹遥霑太液波。下直最欣衡宇接，執經來往豈蹉跎。余所寓瑞園正直絢春園南。

【校記】

〔一〕詩題，經訓堂本作『和相國望山先生紀恩賜絢春園之作』。

〔一〕同，經訓堂本作『儕』。

〔二〕重啓，經訓堂本作『更啓』。

輓董庶常東亭潮〔一〕

惜别經年意不勝，驚聞哀訃自蘭陵。生涯寥落同齊贅，詞格芳華近駱丞。吴郡書成青簡在，時東亭方修《常州府志》。新宫賦就白雲凝。玉堂一瞬華胥夢，鄰笛西風更拊膺。

【校記】

〔一〕詩題，經訓堂本作『輓董東亭庶常』。

柳汀觀稼圖爲來殷尊人檀溍先生桂芳題五十四韻

先生卜宅南城南〔一〕，瀓江繞郭拖柔藍。荒蹊屈曲如螺蚰，絲楊踠地陰龕鬖。水田十字遥差參，歲收一鍾衆共耽。土物不獨宜桑蠶，熟梅時節雨似泔。銜花乳燕聲呢喃，黄麥初收盈石壜。綠秧齊出分瑤簪，此時墟巷邀丁男。短衣挽脛新泥滰，村歌四起聲微韽。江鄉農樂足笑歈，中有茅屋疑蒲庵。經師齗齗誦孔聃，耽思稽古披陳函。帶索恆飫道味醰，文場屢戰森鋒鐔。未得王路馳征驂，被褐懷玉貧自甘。老去學稼供嘲唅，劬躬焉後古所談。譬諸栝栢生穹嵁，吾友才氣如彪甝。龍文百斛一擔擔，校書東觀追衡譚。文昌七宿光芒含，下照墨海波泓涵。索米歸養樂且湛，華黍比雅真無慚。捧來玉誥覆以盦，鸞綾縹軸君恩覃。世榮已愜詎更貪，耕畬差喜安江潭。少男風起春雲曇，梘南梘北花䔰醃。《齊民要術》夙昔探，督耘催種事頗諳。畫作横卷開芸蟫，超然物外同劉惔。輕衫小箑娛清酣，兩鬢未覺霜毿毿。豈藉弟子扶乘籃，猗歟風景洵可媅。嗟我夢寐懷林嵐，一落人海行趁趯。紫宫視草當魁三，自顧樗散終難堪。思隱有若飢而惏，逝將歸去依苔龕。水汀烟塢紅杏憨，相從好把長鑱錟。

【校記】

〔一〕南城，經訓堂本作『瞜城』。

題蔣湘帆衡摹刻聖教序後

摹搨千年久損神，慈恩空說重懷仁。丁頭鼠尾爭傳寫，誰識龍跳虎卧真。

董文敏山水

淺綠柔藍夏漲時，臨摹松雪更無疑。如何畫舫尋山客，渲染紅衣作釣師。

同曹來殷趙升之陸健男嚴東有沈雲椒初吴沖之省欽觀覺生寺大鐘聯句一百八韻〔一〕

華鐘鎮祇園，大可容萬斛德甫〔二〕。佞佛成祖營，役徒少師督來殷。地隨亳社移，運歷秦灰速升之。討秋攄奇懷，趁日訪往躅沖之。車遲曾城阿，寺聳大道曲東有。豐碑蛟螭蟠，巍座龍象蹴雲椒。威神屏方良，怪偉圖忽儵健男。周遭庖廥廡，錯立栝松槲升之。駮蘚鋪堿階，倒茄麗欂栿東有。流鈴戛郎當，法鼓震塗毒德甫。繡繒內家旛，琳笈中禁軸健男。幽響飄迦陵，妙香散蔦耨雲椒。逌然靈院閒，屹爾崇樓矗沖之。鼇柱擎坤維，鴈堂仿乾竺來殷。風櫺呀差參，露栱盤歷碌東有。上桄腰彎環，緣壁脚彳亍健男。蟻穿窈以深，螺旋往而復雲椒。趫趫笱虡橫，帖帖蒲牢伏德甫。辨名殊重脣，取象肖大腹升之。其圍四尋餘，厥徑三仞足來殷。頂爲盂體圜，身作鏡光煜沖之。重八千衡贏，高十六尺縮東有。積石容廩囷，量祛越方幅雲椒。排欒饕餮蹲，介篆虹蜺束來殷。昂俄夔首撐，瑣碎虬紋簇德甫。哆張陋釜鬵，峙立雄鬴鬻沖之。有銑復有鉦，非錞並非鐲升之。中懸廬象穹，下覆室成寢健男。熊熊景常歊，黝黝色轉沃德甫。烟熅湧帝青，繚繞暈官綠東有。含霜九芒寒，炫日五彩昱升之。鋒棱沙畫錐，縵理錦交縟來殷。重爲遶匝行，共作迴環讀健男。華嚴繙寶函，般若譯珠櫝雲椒。品經貝葉傳，真偈蓮花續沖之。體變盧佉文，語想釋迦囑德甫。蠡紐危自垂，鯨桴怒相觸來殷。雷音走隆隆，飆韻迴謖謖雲椒。應大昭小鳴，中左羽右録沖之。豈立號立橫，乃滿坑滿谷升之。曰動氣必宣，維空聲斯蓄健男。警宵分雞籌，報午間魚粥東有。旅魂感恫惶，山鬼拜蹌踢德甫。大地方震醒，諸天正清穆來殷。聲聞豁塵襟，喟息稽故牘東有。主鬯藐孱孫，操戈恣悍叔健男。時方息龍爭，事忽符燕啄升之。腹心寄齊黃，羽翼翦代蜀雲椒。葛藟忘庇根，椒聊使盈匊沖之。啓疆假以權，睨器求所欲東有。連營諸將驍，入幕一翁禿升之。讖誇瓦墮空，計詭壁藏複健男。飛颺韝脱鷹，跳突原走鹿雲椒。歌風北方强，占繇南國蹙來殷。臨江勢已成，割地議空瀆德甫。國門讙征鼙，陵闕閃戰纛沖之。宮中傳披緇，殿上儼受籙東有。周公輔誰欺，和尚誤難贖來殷。紀年付革除，鈎黨窮訊鞫沖之。著緋衷刃趨，要経投筆哭雲椒。喌呼冤哉烹，狼藉弱之肉升之。株連榜姓名，羅織籍家族健男。雨仗修羅宮，列鋸波吒獄德甫。孰雪重泉冤，莫逃一字恧雲椒。魯弓假不歸，周鼎遷重卜來殷。鑄鐵悔六州，貢金來九牧升之。象功愧和平，懺禍懲殺戮東有。大慈見應嗔，宏願持頗篤沖之。濁劫經刀兵，道場會水陸德甫。考功庀爾材，將作敕其屬健男。銅調牝牡龢，火扇文武焀沖之。制器倕工能，揮毫學士獨雲椒。一礫復一波，三薰更三沐來殷。幅整資臨摹，坏圓試鏤鑿東有。搏泥外渾淪，化蠟中滲漉健男。封冶長庚監，開鑪太乙矚德甫。瀉液凝碧烟，騰煇爍朱旭升之。咒鱗降蜿蜒，封衅縶觳觫來殷。審音析毫釐，中度辨黍粟德甫。雄梁高引絙，飛架圓轉轆雲椒。大眾歡贊揚，羣靈駭馳逐升之。漫將毅魄招，直使陰魔服東有。解脱驅三災，祈求迓百福沖之。是爲有漏因，詎稱無疆祝健男。玄言闡徒勞，黑業種已宿雲椒。縱依淨土安，終俾吉金辱升之。疢心積孽多，彈指流光促東有。沈埋痛瓜蔓，倉卒報榆木健男。十朝舊物貽，萬壽崇基築來殷。明代是鐘本貯大內，後移漢經廠。萬曆五年建萬壽寺于西直門外，移鐘于寺。日俾六僧擊之，見《野獲編》及《帝京景物略》。賜出從紫闥，移來近蒼麓沖之。聽周釋界千，撞選僧彌六德甫。遷徙隨禪緣，廢興易世局東有。鴛舍藏至今，虎分禁自夙升之。天啓中有言，寺在帝里白虎分，不宜鳴鐘，遂臥鐘于地。見《燕都游覽志》。啞廢堆泥沙，僵眠蔽樸樕沖之。剝蝕更曉昏，堙淪閲涼燠雲椒。摩苔過客憐，擲礫游童撲健男。代已變滄桑，物仍奇輦轂德甫。流傳四丁訛，《燕邸紀聞》云，是鐘鑄造及徙置萬壽寺年月日時，皆四丁未。今考永樂朝無丁未年，蓋汪氏之訛也。呵護六甲肅來殷。景運逢轉輪，昌時協調燭健男。開濟周人天，秉持徧道俗德甫。選勝闢化城，棲真傍靈囿雲椒。挽以千馬車，見《法苑珠林》。貯之萬鱗屋來殷。奏殊辟雍鼖，陳比房序玉升之。帝臨星罕移，聖作奎章燭沖之。正覺發顓蒙，多生遂熙育東有。水源功德滋，雲氣吉祥郁來殷。毋愴憑弔情，且暢登臨目升之。新詩感物鳴，用補春明錄德甫。

【校記】

〔一〕詩題，經訓堂本作『同曹來殷趙升之吳沖之嚴東有沈景初陸健男遊覺生寺大鐘聯句一百八韻』。

〔二〕大可，經訓堂本作『廓然』。

爲慶侍衛晴村霖題畫〔一〕

谽谺蒼厂橫，杳靄寒霏積。春雨化春泉，下灑重苔碧。旁有之而鱗，盤拏勢千尺。撫膝偃松陰，蕭然脱巾幘。生平澹蕩心，晏坐息塵役。君本蘭錡家，仕宦笑執戟。雪銷禁苑晴，月澹香山夕。侍從足游觀，豈戀一卷石。應以竹帛勳，謝茲烟水適。不聞安陽叟，築堂羨醉白。

晉公午橋莊，衛公平泉記。巖崖疊玲瓏，花木森蔽芾。類皆娛優閒，藉以樂幽邃。我師宰璣衡，憂勞抒國計。七葉雖蟬聯，一畝謝塗塈。此景何處來，泉林頗幽異。得毋賦《子虚》，聊用寄高致。

君從江南來，衣帶江南雨。至今圖畫間，宛似春江渚。烟嵐上幽襟，松竹映芳墅〔二〕。想君傫直餘，清夢在雲樹〔三〕。我亦蕭澹人，家鄉接淞浦〔四〕。此圖此景中，夙昔曾游處〔五〕。何時共嚶鳴，良辰歌有蕒〔六〕。

【校記】

〔一〕詩題，經訓堂本作『爲慶雨林題畫』。

〔二〕『烟嵐』聯，經訓堂本作『烟嵐上鬟眉，花霧浥巾屨』。

〔三〕『想君』聯，經訓堂本作『想君清夢時，猶繞東吳路』。

〔四〕接淞浦，經訓堂本作『近漁步』。

〔五〕夙昔曾遊處，經訓堂本作『少小夙遊處』。

〔六〕『何時』聯，經訓堂本有四句：『何當歸故山，獨速理農圃。坐聽濊濊泉，讀書倚秋樹。』

臘月八日侍直闡福寺作

嘉平月始臨，蜡臘時當届〔一〕。皇情眷豫游〔二〕，寶地此云邁。相傳浴佛辰，爰涉蓮華界〔三〕。丹禁布崇基，黄衣別分派。寺爲黄教喇嘛所居。積雪麗旙幢，寒飆激梵唄。寧嫌朔凍嚴〔四〕，最喜初暘藹。合殿聞慧香，深林起虚籟。八葉驗瑞蓂，五味飫芳菜。璣衡星迴躔，簪筴占近泰。是月十六日立春。何幸紫宸朝，簪毫預恩賚。

【校記】

〔一〕蜡臘，經訓堂本作『社臘』。

〔二〕皇情，經訓堂本作『皇清』。

〔三〕爰涉，經訓堂本作『爰步』。

〔四〕朔凍嚴，經訓堂本作『層冰嚴』。

歲暮賜魚雉鹿兔果品恭紀

臘祭行將舉，天廚已早頒。江魚冰鬣壯，山雉錦翎斑。珍合殊方産，恩深内殿班。惟乾清門侍衛、軍機房章京有之，部院郎官皆不及也。撤來供晚膳，歡喜溢慈顔。

隨蹕啓行三絶

明霞一縷上樓臺，第四籌中輦路開。父老不須頻灑掃，昨宵雪已淨塵埃。

敬念衣冠月出游，兩年分次展松楸。推恩先看謄黄挂，給復蠲租徧近州。每年謁陵經過地方，悉加蠲免。

垂楊垂柳映郊原，婦稚相攜笑語諠。共炷沈檀迎玉輦，香風吹徧杏花村。

塗中口號

蒼厓翠壁盡龍虬，荷橐還同物外游。緣是萬松青不了，青峯寺外又青溝。

山徑螺旋曲曲通，沙平草軟試青驄。一鞭遥指南臺寺，正在浮藍暖翠中。

峯頭樹頂雪全消，急瀑琤琮響自遥。山意似嫌春色澹，數株紅杏出香寮。

松杉一徑静無塵，《雲笈》《珠林》總淨因。知是法門原不二，辨才何必論全真。

入盤山

地是田疇宅，人傳李愿居。喬松千萬樹，蒼翠接鑾輿。鳥語風初暖，泉鳴凍已舒。天香知路近，香氣滿清虚。

千相寺

圓通在聞思，究竟絶行相。云何寶刹名，舉象令瞻仰。象行且以千，糾紛恐難狀。不知千卽一，妙義本同量。至人肅春巡，濃露滴青嶂。綠葉互參差，碧雲更清曠。悟此非無色，莊嚴儼相向。星斗天宫尊，波濤雲海壯。兼雨曼陀羅，隨風任飄颺。乃知空不空，法界實宏暢。禮罷出珠林，西風送梵唱。

經天成天香諸寺有感

野店荊爲壁，山樓石作梯。經聲松磵北，幡影竹壇西。絕頂高鯨甲，晾甲石一名鯨甲。寒蕪襯馬蹄。謝公游賞地，詩句忍重題。夢文子先生舊有盤山諸詩最佳。

水月禪林

本是烟霞徑，云何水月名。石孤疑獸立，湍急亂禽鳴。寺向山坳轉，人從樹杪行。童真應住此，香海有同情。

李靖舞劍臺歌

韓擒宅相非常流，孫吳兵法王佐儔。南平蕭銑定江漢，北伐頡利清邊陬。西吐谷渾又奔竄，信以勳業昭神州。從征高麗詔不許，安得挾策爲東游。高臺峩峩一千仞，傳有靈蹟當中丘。藥師生平未曾到，此臺傳說無因繇。我念其人本倜蕩，入關有意干諸侯。手攜紅粉獨夜出，大索十日方窮搜。目瞋語難誰可託，避世不惜來并幽。東西相隔路殊遠，太行北去尋田疇。曼胡短後行間道，毛錐已棄攜純鉤。風塵僅有三尺仗，道路安得千金求。摟身拔鞘白日動，奮袂斫地青雲愁。十盪十決意氣壯，再接再厲神明遒。矜奇固已重薛燭，妙術儻是傳莊周。瀏灕竟作渾脫舞，莫辨左右旋而抽。迄今林木尚振厲，有似雷雨翻蛟虬。鐵山賜冢已頹廢，勝事乃復垂千秋。方今聖武被遐裔，西極月窟輸珙球。龍韜豹略尚姑置，還戢弓矢橐戈矛。常山爲帶渤海繞，安用突鬢兼蓬頭。我見虎賁亦脫劍，望古長嘯風颼飀。歌終日暮霞采上，疑有星光貝氣空中浮。

喜李南澗文藻過訪

喜聞屐齒到唐塗，捉麈清談忘日晡。捐俸祇希書到手，寫經不惜汗霑膚。君來寓中，手抄惠氏《明堂大道錄》。勝流共許豐年玉，朗鑒真同照夜珠。觸熱豈堪行萬里，秋風取次動高梧。

再過文莊公舊第〔一〕

地是平津閣，人推履道坊。蒼藤秋落子，青果晚含漿。宅中藤花、蒲萄最佳。絳帳終蕭瑟，沙堤漸渺茫。何堪箠馬策，更憶讀書堂。

【校記】

〔一〕詩題，經訓堂本「文莊公」前有「梁」字。

悼亡十二首爲芸書作名湘，姓陸氏，九歲來余家，善事錢太夫人。事余，生一女，病瘵不起。〔一〕

宿火殘香掩舊扉，海山何處叩音徽。青槐樹底深深屋，誰料西風捲素幃。

罷繡苓牀月似銀，天寥詩卷最清新。如今真似《秦齋怨》，碧簟寒香鎖病身。芸書略能識字，愛誦葉天寥《秦齋怨》及湯卿謀《湘中草》，不知遂爲今日懺也。

數椽精舍對花開，時看花前點屐來。秋菊滿庭秋草碧，折花無復踏蒼苔。

授記分明似玉耶，筆牀鍼管稱宜家。誰知一掬萱幃淚，又灑湘屏頃刻花。

如幻如塵已十秋〔二〕，曇花零落付寒流。傷神最是平陽小，軟白衣衫拜蕙幬。

烏啼珠斗夜闌干，蕙帳蕭蕭掩玉棺。悵望薔薇花外路，一燈如豆隔窗寒。

買花掃塔證人天，暫結三生未了緣。一卷金經珠髻畔，慈光願似鏡光圓。斂時以小本《金剛經》及菱花鏡安置其旁。

忉利良緣未有期，見《分別功德論》。横窗梅影費相思。見《窈聞》。風暄冰淨真難狀，誰省楊雲絕妙詞。見《震川集·王氏畫贊》。

紙閣蘆簾絕點埃，天寒翠袖獨徘徊。開箱簇蝶裙猶在，疊雪香羅惜翦裁。

上直瑤階日影遲，偶翻石墨淚如絲。那知腸斷鷗波帖，已是秋窗永訣時。是日因神觀尚清，襆被入直。會直廬有《三希堂帖》，信手繙得趙松雪書一冊，内皆爲管仲姬懇中峯大師作普度法事，閲其情詞懇至，愴悢久之。詎知芸書即于是時化去，豈神明已先告耶？

羅帳春寒擁翠釭，思家話舊意難降。斷魂休作還鄉計，路隔長河又隔江。芸書臥病時，屢有還家之志，故云。

金蟾齧鏁對斜曛，寂寞簾櫳響不聞。可是童初宫闕裏，雲軿隨侍魏城君。謂鄒孺人也。

【校記】

〔一〕詩題，經訓堂本作『悼亡十二首』。

〔二〕已十秋，經訓堂本作『二十秋』。

中秋前二日夜雨

瑟瑟秋中雨，幢幢夜半燈。聲兼殘葉下，影與落花凝。夢似初昏月，魂如欲斷冰。此中蕭寂味，已是住山僧。

屋鼠飢還響，秋蛬冷不啼。可堪人寂寂，更聽雨淒淒。亂竹梢簷重〔一〕，濃雲覆戶低〔二〕。斷行今夕鴈，何處覓雙棲。

【校記】

〔一〕亂竹，經訓堂本作『野竹』。

〔二〕濃雲，經訓堂本作『山雲』。

中秋有感

明河秋淨不勝涼，露滿虛簾月滿廊。清淚至今無可滴〔一〕，背燈淒咽似寒螿。

已是臨秋不耐秋，更逢三五月當樓。冰娥莫現團圞影，只替方諸作淚流。

侍娘收拾紅妝粉，小婢新裁白練裙。縱使西風吹短夢，夢中相見亦如雲。

校獵秋山萬騎鳴，論文瑣院一燈明。移家幾載京華住，人月何時得共清。余以戊寅入都，己卯、庚辰、壬午分校鄉闈，癸未、甲申、乙酉從獵木蘭，中秋在家惟辛酉及今歲耳。

清宵無復共嬋娟，香霧雲鬟望渺然。縱使已成奔月去，也愁風露冷瑤天。

蠨蛸罥戶晚沈沈，窮子迷家淚滿襟。母老家貧兼女幼，不知何處覓安心。李後主悼亡詩：空王應念我，窮子更迷家。

【校記】

〔一〕無可滴，經訓堂本作『無可灑』。

雨效李義山

已訝祟朝合，仍教入夜聞。灑分湘女淚，行伴楚神雲〔一〕。隔竹彈荷蓋，粘花濕蘚紋。謝孃衫袖潤，小閣薦鑪熏。

【校記】

〔一〕楚神雲，經訓堂本作『楚神魂』。

十六日曉徵升之諸君招飲醉歸有作〔一〕

碧海青天恨正長，相隨舊雨促行觴。已悲取冷同荀粲，終賴銷愁對杜康。璧月未虧前夜影，金飆漸似暮秋涼。不辭投轄從轟飲，好向華胥覓睡鄉。

【校記】

〔一〕詩題，經訓堂本作『十六日錢曉徵趙升之諸君招飲醉歸有作』。

送邵中允蔚田嗣宗乞假歸太倉卽題其垂綸圖小幀〔一〕

槐街秋暑繁，未覺秋風冷。何爲澹宕人，先已謝朝請。知君十載來，幽思江湖迥。撫絃愛吟月，論詩慕思潁。不待蓴絲長，早擬放烟艇。家近桃源涇，桑麻散丘墅。雖無嵐翠濃，雅作烟波主〔二〕。長歌歸去來，日逐樵青侶。宛如偶海翁，幽居署江雨。軟紅十丈塵，何由拂巾屐。賀下不賀上，昔賢有遺則。不見兩文忠，辭榮耿胷臆。廬陵終未歸，陽羨竟何及。喜君脱朝簪，荷衣已先緝。拏舟謝古人〔三〕，臥聽蘆中笛。香餌非可求，直鉤本無用。難進而易退，此誼古所重。矧君擅三長，椽筆活鸞鳳。考史搜志傳，君向充《續文獻通考》館纂修，故云。聲詩協《雅》《頌》。報國有文章，漁父已可誦。憶昔佳月時，煎茶共試院。披襟作槃譚，永夜風燈眩。紅亭忽分袂，夢逐歸帆便〔四〕。此行世所稀，高情照江甸。應有好事人，繪畫滿團扇〔五〕。

【校記】

〔一〕 詩題，經訓堂本作『送邵蔚田編修乞假歸太倉卽題其垂綸圖小幀』。

〔二〕 雅作烟波主，經訓堂本作『饒有淪漣趣』。

〔三〕 古人，經訓堂本作『故人』。

〔四〕 歸帆便，經訓堂本作『烟帆遠』。

〔五〕 繪畫，經訓堂本作『圖畫』。

重九前三日以菊酒送升之兼侑以詩〔一〕

殘秋似早秋，連晨剩微燠。昨宵雪雨過，始覺秋意足。令節近重陽，應共展遐矚〔二〕。登高苦無緣，迹比駒局促。西山修眉長，堪笑熱官熟。先生中書君，退朝等休沐。燈火晚青熒，何以佐夜讀。聊分長瓶酒，兼致瓦盆菊。菊早尚含苞，滄酒亦新漉。殷勤贈石交，臭味取清馥。想當掩關暇，采采定盈掬。舉杯一中之，企脚北窗宿。醉餘有微吟，示我尚能續。

【校記】

〔一〕 詩題，經訓堂本『重九』作『重陽』。

〔二〕 應共，經訓堂本作『例宜』。

重九陶然亭小集

秋寒漸緊秋陰薄，滿地秋蕪雲漠漠。城南烟水欲生鱗，風颺蘆花如雪作。先生退直無所之，得得隨行且行樂。斜日横堤正莽蒼，荒灣斷靄空廖廓。黑窰敞北有招提，殿角郎當振疎鐸。驅車一徑上陂陀，古寺層梯得珠閣。東華已少軟紅飛，西嶺遥看眉翠約。意行攔入酒人場，聊爾銜杯共醻酌。裸國羣游未足誇，老兵呼飲何須怍。坐中忽致兩明童，宛轉清商間絃索。絲竹中年感慨多，烟霜晚景情懷惡。歌殘紅豆已萋迷，淚掩青衫還寂寞。歸路相隨古樹鵶，寒更愁聽嚴城柝。生涯何處覓陶然，獨臥蕭齋燈燼落。

查同知恂叔禮招坤一魚門康古升之健男來殷鑑南諸君集澹安廬看菊分得五言古詩即仿坤一體〔一〕

霜晴秋日暖，壓簷霜花腴。招邀作重九，賞玩齊賢愚。幽華似高人，可敬不可娛。有酒雖如澠，肯與俗士俱。今夕信良會，寒檠照繩樞。剡藤白於雪，灑掃十笏廬。繞廊百本花，瘦絕真吾徒。人已澹如菊，花影爭扶疎。間以曲室語，一一妙貫珠。惜君美雨膳，未稱山澤癯。請借劍南詩，爲花洗煩紆。從今斷火食，飲水繙仙書。末二句放翁《梅花》詩也。

【校記】

〔一〕詩題，經訓堂本作『查恂叔太守招同錢坤一學士曹來殷中允陸健男鑑刑部汪康古程魚門兩吏部吴鑒南户部及趙升之諸君集澹安廬看菊分得五言古詩即仿坤一體』。

宋謝文節公橋亭卜卦硯爲恂叔作〔一〕

歙溪一片寒於鐵，傳自弋陽謝文節。其修一尺廣僅半〔二〕，正氣稜稜迴不滅。上有題識字云是，橋亭卜卦時所置。旁有銘語鐫云是〔三〕，窮餓不食守義賢。硯旁鐫程文海銘云：『此石吾友也，不食而堅。語有之：人比如石〔四〕，不如石堅。誰似當年，採薇不食。守義賢也。』嗚呼！謝公風節真雷硠，上書傳檄何堂堂。提攜此硯閱寒暑，哀哉宋社仍滄桑。團湖坪前鼓不起，飄泊垂簾建陽市。海陵風信澌江潮，天意寧容論卜筮。想當變名姓，遁迹茶板間。蟾蜍亦淚滴，相對含辛酸。乾坤否泰未可轉，明夷獨自貞艱難〔五〕。石田可耕等採蕨，頑民誓同此石頑。何人創議徵遺士，紿甥厮養今誰是。江南豈復有人材，草屨麻衣欠一死。攢宮拜哭秋草毵，木波禮謁同朝參。指南有願竟未遂，翻幸此硯留天南。靈旂歸來風雨怒，十丈崩濤夜奔鶩。蛟螭拏攫鬼神扶，洗濯良材出烟霧。硯左有趙元題字云：『明永樂丙申七月，洪水去，橋亭易爲先生祠，掘地得之。』何年輾轉來燕陲，月東畸人欣得之。星芒壓脚贈石友，什襲珍重伴槃彝〔六〕。硯近爲津門周上舍月東所得，寶玩特甚，及病亟，命其子走數千里至粵西致硯於恂叔。酒闌睨客誰敢把，古色蒼然照杯斝。漬墨應揮思肖蘭，臨池肯寫鷗波馬。曹娥碑下塵冥冥，重吟采石悲零丁。雲根瘦削堪千古，如見西山疊疊青。宋劉如村紀謝公詩有『采石吟成期絕粒』及『千載西山疊疊青』之句。蓋公於興國軍安置時，因謫所西山層疊，自號『疊山』故也。見元李道源《謝公神道碑》。

【校記】

〔一〕詩題，經訓堂本『爲恂叔作』作『爲恂叔屬題』。

〔二〕廣僅半，經訓堂本作『廣半之』。

〔三〕云是，經訓堂本作『云似』。

〔四〕人比如石，經訓堂本作『人心如石』。

〔五〕獨自，經訓堂本作『獨有』。

〔六〕伴槃彝，經訓堂本作『侔槃彝』。

題坤一墨菊〔一〕

紛紜互高低，漠漠亂前後。藤牋二丈餘，墨瀋淋漓走。摩抄儼幽香，感歎不容口。微霜吹東籬，象外本難取。模餬月印牆，宛轉燈移牖。稍足見天真，落墨率已醜。惟君契忘言，筆下淨塵垢。疑有楚騷魂，揮灑動跟肘。我聞彭澤翁，采掇盈座右。無人送酒來，寂寞作重九。今君拓筠窗，文几列尊卣。招邀高陽侶，槃餐等翦韭。妙作炙轂談，快瀉新蒭酒。對花更寫花，清絕兩無偶。宛如烟霜中，遇此眠雲叟。持螯尚嫌粗，肉食更何有。差許無絃琴，寥蕭日相守。此間形影神，妙意孰能剖。未審會中人，多似柴桑否。我詩愧木桃，詎可望瓊玖。幸值秋殘時，楓杉集雅舅。叢叢小金鈴，依然發蕙畝。擬呼冰雪朋，涼夜覆大斗。再蘄拂蛔蛉，佳約幸無負。

【校記】

〔一〕詩題，經訓堂本『坤一』前有『錢』字。

十月校武進士於西苑侍直恭紀

禁籞掄材馬步同，紫光高閣敞晴空。雲開袞鄂丹青壯，日映蕭曹劍佩雄。百丈毬場弓似月，八旂羽衛氣如虹。生平枉負終軍志，未及西陲戡武功。時畫平定準夷回部諸將帥像，首輔第一。

送來殷給假南歸〔一〕

冰雪將殘暑，風沙薄笨車。頻年依禁闕〔二〕，此日指鄉閭。入舍親溫清，登堂問起居。喜同諸弟子，安穩舁籃輿。

聞說長洲老，年年笑口開。尋山仍命櫂，話雨更銜杯。物論尊耆宿，時名接斗魁。計過通德里，納屨共徘徊。兼訊歸愚先生。

屈指知交久，論心氣誼投。聲名稱二鳥〔三〕，著述命千秋。小別仍悽惻，重來待唱酬。征途豈岑寂，李郭正同舟。時與趙少鈍秉淵同舟〔四〕。

四九年光盡，三千驛路遲。去應霜滿鬢，到及柳垂絲。北郭欣攜手，謂鳳喈、企晉。《南陔》樂介眉。

獨憐羈宦客，上冢更何時。

【校記】

〔一〕詩題，經訓堂本「來殷」前有「曹」字。

〔二〕禁闕，經訓堂本作「禁闈」。

〔三〕二鳥，經訓堂本作「二鬼」。

〔四〕趙少鈍秉淵，經訓堂本作「趙泉明」。

題趙雲松耘菘圖卽送之鎮安守任

庾郎鮭菜二十七，獨好春韭遺秋菘。豈知霜根味佳絕，綠葵紫蓼難爲工。算緡雖堪鄙王彧，佐饌正足資周禺。郇公食單但肥膩，未省玉糝逾燔熊。我生夙具藜莧腹，畦棱喜見抽新叢。虀鹽百甕債未畢，花臺手摘香蔬豐。何期邠卿有同好，學圃思趁晴泥融。家鄉回憶環堵宮，梅坪竹塢地數弓。白鷗三兩忽飛下，石牀曉坐泠然風。鳴簷疎雨昨夜過，坼甲出土青茸茸。傾筐無煩送園叟，分種賸欲求鄰翁。翰林主人本蕭寂，灌溉差足催連筒。今君擁傳百蠻裏，虞衡桂海物產充。釣絲竹搖嫋嫋細，燕支木染斑斑紅。蘘荷諸芋備採擷，官廚豈復呼鞠窮。獨憐餞行近餞歲，寒葅臘菜徂殘冬。元修戲語定何日，展卷不覺心憂忡。願君推此勤劭農，青榆一樹百木蔥。民間豈可有此色，制令當與蒲亭同。任棠拔薤安足法，慎勿束濕驚愚蒙。

莊滋圃先生有恭以福橘見貽有作

嘉貺來南海，開緘奉北堂。傾筐珍滿席，濺齒潤甘漿。公紀懷堪慰，靈均頌可忘。陔蘭慚未採，臘酒喜同嘗。

送朱子潁孝純復任東川同知〔一〕

信美西川尹〔二〕，羣推北地賢。甘棠春聽訟，香稻曉行田。輿誦《巴人》曲〔三〕，郵程楚客船。閒官風味好〔四〕，須報故交傳。君詩有『官卑須報故人書』之句，故云。

【校記】

〔一〕 詩題，經訓堂本作『送朱子潁復任東川』。

〔二〕 西川尹，經訓堂本作『東川令』。

〔三〕 輿誦巴人曲，經訓堂本作『昔夢巴山雨』。

〔四〕 閒官，經訓堂本作『宂官』。

小除夕追悼芸書〔一〕

西風吹雪暮紛紛，死別經時歲又分。竊藥已知隨月姊，採蘋何處薦湘君。重帷燈火疑留影，小閣香烟欲化雲。腸斷去年中酒夜，墜釵聲向隔簾聞。

【校記】

〔一〕 詩題，經訓堂本『夕』作『日』。

爲嚴明府海珊遂成題畫冊〔一〕

茅屋明殘雪，杉林帶晚烟。山僧除夕近，催送佛燈錢。
雲深燕子龕，雪霽蓮華界。松影滿幽窗，月向東峯挂。
嶺斷寒村見，林枯宿鳥稀。溪邊穫若侶，兩兩扣柴扉。
朝霞映石林，秋水通江步。一逕落松花，清香浥巾屨。
寒扉紅樹裏，清磬碧雲間。石逕無人到，幽禽自往還。
清曉楚山寒，殘僧尚孤坐。微聞蹋葉聲，遙識麏麚過。
藥嶼條條水，蘋窗冉冉風。似攜竹葉酒，來對菊花叢。

村烟竹外生，漁篴蘆中響。渡口小船横，知是秋潮上。

【校記】

〔一〕詩題，經訓堂本作『爲嚴海珊明府題畫册』。

楊芬港卽事

雨後春潮漲綠波，别開花港似銀河。層層臺榭聞絃管，處處香燈映綺羅。才子試歸分槖筆，時召試獻賦諸生。侍臣退食共鳴珂。昇平韻事天然勝，並入明良喜起多。

望水西莊追悼查心穀先生爲仁

北郭人何在，西莊雪昨晴。春雲連禁籞，野水上柴荊。時命誰能料，文章晚得名。十年成宿草，悵望不勝情。

早歲功名薄，中年樂事豐。臥游牀上下，把釣水西東。花藥三間屋，謂其弟恂叔。圖書一畝宫。試茶兼鬭酒，料理有明童。

更有蘭閨伴，齊眉復比肩。山林耽韻事，風雅作因緣。獨坐聞吳詠，分題擘蜀箋。芸書閣名今已圮，人望想神仙。

盤敦聲名久，舟車雅集多。青燈留客住，謂杭大宗、厲太鴻、趙歛谷諸君。白氈喜僧過。高雲上人。月旦歸前夢，風流付逝波。少微星隕處，誰念碩人薖。

題錢方壺先生桂發歲寒三友圖曉徵尊人

日暖南枝破紅萼，蒼雪紛紛捲疎籜。鱗鬣之而五粒松，秋濤風鼓殷千壑。歲寒三友古所稱，畫評最數黄華作。黄庭筠有《歲寒三友圖》。豈知異代有同規，冰雪襟期謝炎灼。家園本近練祁湖，碧浪瀲如上下箬。五畝田收秔稻豐，數椽屋老藤羅絡。井里羣推王彥方，詞章雅重唐文若。桃李新陰在鯉庭，楂梨嘉譽傳芸閣。去年襆被來京華，行李蕭然縛雙屩。閒尋古寺肆夷猶，小覓鄉朋共嗢噱。入舍方欣愛日長，趣途肯負還山約。耦耕命駕事西疇，隱几忘形等南郭。風絮閒門掃綠楊，粉香小圃圍紅藥。非無翠葆舞迴碕，亦有青棠倚疎箔。先生素尚獨孤清，臭味差池遠叢薄。水邊竹下愜幽尋，臘尾春頭高寄託。茸帽枯筇得得來，未厭年光尚蕭索。梅花似玉映微霜，冷蕊疎枝全戍削。竹窠如纛趁長飆，亂葉交柯爭拂掠。蒼髯老叟更輪囷，元氣淋漓走龍蠖。命侶真疑一笑同，論心欲證千金諾。結隱情懷冷似鷗，耐寒標格清於鶴。我昔挐舟拜德公，白板雙扉遠塵漠。耘鋤漁槴半横斜，史篋書箱互參錯。酒兌餘杭清醽醇，茶分洞岕寒泉瀹。不須符子王一邱，已見榮期獲三樂。今觀此冊倍蕭森，畫法居然妙皴皵。樂志從知擅後彫，放懷信足忘豐爵。躡屐寒披氅子裘，提壺晚就陶公酌。儻容撰杖比奚童，相隨欲試游春脚。

題山陰閨秀駱琴風繡餘學吟本姓胡，名慎儀〔一〕。

秋河庭院蔚藍天，甲帳羅襦駐鳳軿。彔曲紋窗清似水，玉鳧香膩擘瑤箋。

苧蘿濃翠接眉棱，門第清華本駱丞。梅嶺烟霞珠浦月，江山點染入溪藤。先是從其尊人幕，游越中、江右〔二〕。

綠淨流傳絕妙詞，許德音。西泠才藻藝林知。方芷齋。南樓近刻苕華玉，徐若冰。大雅扶輪屬總持。

不將檀畫鬬濃妝，經卷書籤滿石牀。退直歸來同寫韻，分明仙侶是劉綱〔三〕。

【校記】

〔一〕詩題，經訓堂本無『山陰』二字及小注。

〔二〕經訓堂本此處無注。

〔三〕是，經訓堂本作『似』。

題蔣甥瑞應雲師夜詠圖〔一〕

龍門百尺桐，渭川千畝竹。引露既亭亭，含風更肅肅。移根入丘園，並植近林麓。譬如隱君子，攜手結遐躅。迴塘清且寒，芳草萋以綠。逢秋漸蕭森，入夜轉幽獨。惟應澹蕩人，清坐理篇牘。吾甥靜者流，麗采照南服。昨來試春官〔二〕，龍文扛百斛。方當躋天衢，豈復戀家塾。何爲尺幅中，雲嵐互迴複。仿佛玉屏山，江鄉連滬瀆。看竹寄高懷，據梧邁凡俗。懸知行藥餘，劇愛挑燈讀。爐烟寒更颺，茶響晚漸熟。涼宵風露深，微詠尚未足。頗憂童子癡，屏風定誤觸。子才媲師川，吾衰甚山谷。少游翰墨場，已類蟲蠹木。敢誇老識塗，差喜光炳燭。寓齋近城南，槐樹覆高屋。久擁百城書，愧彼八州督。卻逢長夏時〔三〕，退直便沐浴〔四〕。行將持一卷，相與度三伏。春容待叩莛，討論妙炙轂。如希枕膝傳，微言猶可錄。

【校記】

〔一〕詩題，經訓堂本作『題甥蔣瑞應梧竹夜吟圖』。

〔二〕試春官，經訓堂本作『試秋闈』。

〔三〕卻逢，經訓堂本作『遙思』。

〔四〕沐浴，經訓堂本作『休浴』。

晚至熱河〔一〕

路是三叉舊，人經四度來。桑麻增鴈戶，烽火絕龍堆。雨霽河流闊，雲高晚色開。今宵欣卽次，好與酌村醅〔二〕。

【校記】

〔一〕詩題，經訓堂本作『晚赴熱河』。

〔二〕好與酌村醅，經訓堂本作『先與撥村醅』。

七月二十九日爲芸書忌日蓋謝世已經年矣風雨感懷因作五絕〔一〕

孤館蛩聲夜夜添，紵衫涼透晚風尖。半牀殘燭千行淚〔二〕，恰伴愁霖下草簷〔三〕。

欲擷蘋花薦楚筵，京華回首隔蒼烟。遠行上直離家慣，薄倖今年似去年〔四〕。

頻年別淚滴羅衣，盼我龍沙一騎歸。此日秋山千萬疊，香魂何路望金微。

寥落秋光逢小建，淒清夜色報初涼。夢中忽到青苔院，芸葉香塵滿簟牀。時所居已爲藏書所。

玉露銀河閏早秋，穿鍼人去冷香篝。斷腸風景今年甚，兩度銷魂乞巧樓。時閏七月。

【校記】

〔一〕詩題，經訓堂本作『七月二十九日爲芸書忌辰蓋謝世已經年矣風雨有悼作』。

〔二〕半牀殘燭，經訓堂本作『一牀孤獨』。

〔三〕草簷，經訓堂本作『短簷』。

〔四〕經訓堂本有注：『去秋芸書病逝，正當夜直之期，無從訣別，今復從獵塞垣，故云。』

閏七夕

再度穿鍼節，雙星望儼然。歡仍留卜夜，別不待經年。玉塞人千里，銀河月一弦。高樓瓜果會，惆悵碧雲天。

興州客舍臥病無聊因憶袁中郎云天下聲至清者惟蛩聲雨聲茶鑪聲耳今秋多雨蛩聲達旦而奚童供茗至午夜始絕火歙枕獨聽差足破寂乃各系以詩

窮塞抱微痾〔一〕，清秋軫暮節。孤鴈尚未來，寒蟬已先絕。誰同伴泬寥，砌蛩最蕭屑。臨風忽纏綿，隔雨倍悽切。知我苦悲秋，微緒無人說。幽幽訴棲遲，耿耿話離別。似彈獨繭絲，三嘆心如結。轉恐微霜零，清宵漸嗚咽。蛩聲。

錘峯落秋泉，其味寒且硬。攜來瓦鼎烹，松風動孤聽。潺湲杳莫窮，颯沓仍難竟。稍聞羊腸迴，已覺蟹眼迸。故人況好事，苦茗屢移贈。倪閣學敬堂以龍井茶相饋〔二〕。小啜破微寒，餘香入清詠。石炭火未殘，竹鑪烟欲冷〔三〕。我方契聞思，不礙禪心定。茶鑪聲。

秋雲起松巖，秋雨下苔石。疎疎濕牆腰，瀏瀏墜簷脊。似同敗葉鳴，迴使寒更隔。灑簾密復疎，入戶斷仍滴。晨雞咽未啼，秋蛩亂還積。孤衾生薄寒，夢醒愁難釋。遙想鳳城南，虛堂掩離夕。孤燭話巴山，西窗耿淒憶。雨聲。

【校記】

〔一〕抱微痾，經訓堂本作『抱微屙』。

〔二〕相饋，經訓堂本作『相餉』。

〔三〕烟欲冷，經訓堂本作『烟欲暝』。

十二日夜

颯颯風初勁，娟娟月漸盈。山深湘簟冷，夜久藥烟清。村犬隔雲吠，秋蛩浥露鳴。不眠聽曙鼓，誰識此時情。

噶顏哈達噶顏，蒙古語，謂古戰場。哈達，山也〔一〕。

哈達鑱天翠，傳聞古戰場。山形俱拗怒，雲氣尚飛揚。世遠鯨鯢絕，林深虎豹藏。封尸何處弔，京觀久蒼茫。

【校記】

〔一〕詩題，經訓堂本小注爲：『哈達，蒙古語，謂古戰場。』

重經雙黄寺

疎豁行宫地，重來恰五更。山雲寒更薄，秋月曉還明〔一〕。隔塢人烟遠，依牆戍火明。紅闌臨石澗，永夜響琮琤。

【校記】

〔一〕曉還明，經訓堂本作『曉偏清』。

二十六日永安拜口曉行

殘月低氊帳，清霜凍馬韉。嶺紅昨放燒，圍中八月盡草枯，遺火所燒，光焰經宿不息，俗謂之放荒。嵐白曉炊烟。路入圍場近，永安拜口至鄂爾吉庫哈達，僅十一里。旗分獵陣圓。唯聞九曲水，嗚咽似秦川。

九松山

一點青螺小，傳聞名九松。長風吹落翠，遙映碧芙蓉。仄徑逶迤度，寒流宛轉通。下山山寺近，數折亞牆紅。

爲瑞應悼亡

頻年慣作悼亡詞，淚灑瑤琴獨繭絲。忽見羊曇傳怨句，江南又度落花時。

長紅小綠拂秋千，漸近清明冷食天。十七年來如夢裏，風吹笙鶴送雲軿。

芳香明鏡定何如，無復秦嘉上計書。苦憶瑤華相别處，涼風庭院菊花初。

誅茅卜宅計纔成，畫裏移家喜共行。誰料竟成歌哭地，辛夷如雪撲簾旌。

牽蘿舊事淚霑巾，紙閣蘆簾冷篆塵。記取贈錢營奠日，辛勤莫忘斷機人。

哭張策時一百韻

夙因如飄花，往事似轉轂。俄看執友亡，彌悼浮生促。七日奚由蘇，百身詎能贖。惟君生瀛壖，靈德氣所蓄。輪囷鬬肝膽，爽颯露眉目。百尺龍門桐，孤生泰山竹。丰規冰含稜，意氣矢厲鏃。絞直紹杜根，俳諧陋袁淑。大欠風刁調[一]，雄譚泉濫沃。文披錦十綈，詩瀉璣千斛[二]。倚聲仿碧山，演雅記華谷。羣誇跅弛才，造物使自獨。聲華二十春，青衫蹇場屋。頗同厄閏楊，誰重荒年穀。四壁空長卿，一錢窘元叔。繩樞翳蓬蒿，黔突斷饘粥。俛首趨庠黌，低眉課門塾。甘從櫟社樗，肯乞監河粟。饑或市豬肝，脹豈畏羊肉。枯鱗涸蛟螭，逸轡蹶駬騄。孰容運海鵬，坐繫摩天鵠。聲因不平鳴，事以有感觸。淒鏘伯玉琴，蕭瑟漸離筑。擲帽呼梟盧，飛籌倒爐醽。釣思巨壑鼇，抱厭故山犢。摟身辭東吴，放脚走南服。花穠蘇公堤，瀧濺嚴子麓。白鷺淩秋濤，金鵶眩晨旭。楞嚴登巍壇，君有《楞嚴壇長歌》甚奇偉。桐柏瞰祕籙。靈湫乖龍都，古蕩羣鴈族。勝踐開心胷，清游解顰顣。終如豕負塗，未見鴻漸陸。前年登鄉科，昨歲始朝祿。槖筆依編扉〔三〕，校書整衣襆。吟成四座驚，文出萬人伏〔四〕。論事稍軒昂，檢身益拳踢。薄宦謀虀鹽，冷官混聿牘。空憐蟻銜羶，自嘆蠶綴蔟。憂終能傷神，性況輒忤俗。懸牆影驚蛇，入座賦傷鵩。藥無仙島芝，餌乏秋潭菊。冉冉芳膏煎，悠悠年歲蹙。我惟古誼士，執雉等圭玉。取茲耿介性，可殺不可辱。捐生全其仁，致命遂所欲。崢嶸方寸間，獨行砥庸碌。末流多洪沕，一生徇禍福。闇然學媚世，蝸角等出縮。豈知伯始徒，糞土爲世僇。嗟余本畸人，矯志刮諂瀆。締交遍江湖〔五〕，涕唾睎時局。與君契忘形，龍象並踏蹴。氣協磁聯鍼，聲諧圉應柷。好修集芳菲，植行勵澡浴。道古誓激昂，研經恣往復。吟場操敦槃，文戰擁旌纛。蛩蟨爭負趨，夔蚿喜追逐。墅寒聆宵霖，君寓吴氏遂初園最久。巖響攬飛瀑。乙亥君讀書寒山別墅。雨刷山眉青，春回湖面綠。嶼風芰擢香，椶雪梅破馥。豪胷吞八九，勝侶締五六。謂企晉、鳳階、來殷、斗初諸君〔六〕。松溪並榜行，桂館翦燈宿。拍肩笑之而〔七〕，連臂互彳亍。瞢騰醉更醒，跌宕歌兼哭。戠合色每飛，睽孤意逾篤。馳訊罕虛旬，寓書定盈幅。呴沫輒相存，箴規尚交勗。歲憶在敦牂，我方忝校錄。仰觀五緯星，俯映萬枝燭。拆卷唱君名，滿堂喜驚爆。惟時文莊公，踐斗莅鼎軸。清標激廉頑，厚德斡亭毒。辟如攻玉工，伐山採精璞。後堂引彭宣，前席奉吴育。自從乘騏驎，神道拱宰木。今君游清都，庶往躡仙躅。金液問方平，玉樓叩羅郁。笞鳳升高旻，騎鯨謝昏黷。矧自來京華，聞已學乾竺。閻浮等塵沙，賢劫比眺朒。覺空從此超，滅景安所牿。習氣斷瀑流，幻軀釋桎梏。所悲同岑人，鮫珠瀉盈掬。念我初別君，新秋掃潤溽〔八〕。闈中隨和鸞〔九〕，塞上待卽鹿。初訝稀書函，再聞困牀褥。維摩疾偶嬰，羅什咒堪祝。何期匿膏肓，遽致啓手足。脈真驗薪然，候果應禾熟。豈因兩鬢華，遂致一棺束。魂從厲神占，數昧季主卜。大招陳餦餭，小斂具湯沐。官同殘夢短，壽比浮漚速。志寧遂鱸蓴，祭已奠魚菽。家憑健婦持，書付嬌女讀。受弔乏敝廬，歸裝剩破簏。逶迤水堠遙，颯沓霜飆肅。酸辛遍親朋，哽塞逮僮僕。牙絃輟孤聆，郢堊想同斵。告哀不成章，聊以訴衷曲。

【校記】

〔一〕刁調，經訓堂本作「匀調」。

〔二〕詩瀉，經訓堂本作「詩寫」。

〔三〕編扉，經訓堂本作「綸扉」。

〔四〕萬人伏，經訓堂本作「萬人恧」。

〔五〕遍江湖，經訓堂本作「遍直諒」。

〔六〕斗初諸君，經訓堂本作「斗初、升之、崑南諸君」。

〔七〕笑之而，經訓堂本作「快嬉娛」。

〔八〕掃潤溽，經訓堂本作「金尚伏」。

〔九〕闈中，經訓堂本作「回中」。

瀛臺觀冰嬉

玄冥應節陰始凝，液池百頃初含淩。水晶宮闕銀世界，琉璃影徹光層層。頻年歲暮習勁旅，測量先命遣疑丞〔一〕。雞人待漏報將曉，霞霏隱隱明觚稜。西華門開啓鳳蹕，靈沼一望清而澄。京營卒伍本驍武，此更妙選神飛騰。結裝不用組甲麗，逸足要試冰鞋能。厥形如履齒如屐，束縛只藉雙行縢。毬門前後夾侍立，彎弧似月絃將絙。拖牀柳下小於舫〔二〕，周遭御幄張吳綾。我皇祕殿視事畢〔三〕，亭亭黃繖從中升。一麾盡出鬬身手，追風逐電相憑陵。或同鴈行列横陣，或等魚貫懸長繩。迴環依稀旋磨蟻，決去恍惚離韝鷹。左射右射互揮霍，上舉下舉紛因仍。挽强命中入睿鑒，羣喜綵帛隨行堋。本朝定制勤肄武，詎使清宴恣矯矜。燈宵欲陳布庫戲，山寺屢見堅碉乘。嚴冬復此騁絕技，但覺勇氣如川增。二十四旂尚未竟，明晨更看流飛矰。

【校記】

〔一〕疑丞，經訓堂本作『凝丞』。

〔二〕拖牀，經訓堂本作『施床』。

〔三〕我皇，經訓堂本作『吾皇』。

送查恂叔出守寧遠

詩人例作入蜀詩，李杜放筆攄雄詞。石湖劍南兩繼之，漁洋後出窮研思。水厲山刻分豪釐，天彭井絡天下稀。形勝絶險名坤維，瞿唐雪瀨蟠蛟螭。劍門烟莽藏貔貍，荒忽怪偉騷人悲。瀘山地更鄰邛夷，葛砧鑱天爭巇巇。叢箐密樾相蔽虧，金沙之源清且瀰。瘴雲忽起香葳蕤，番民錯處稱難治。漢唐設衛空羈縻，今君叱馭雙旌麾。沿河歷陜經梁岐，九盤關險路迤逶。入疆威惠兼所施，均田行水稽耘耔。講堂石室餘荒基，日撫耆幼同嘔咿。循良媲古應無差，矧君昔莅暹水麋。其俗祀蠱崇神機，含沙中人痏生肌。精夫蠻里紛苗黎，蘆笙銅鼓戛且吹。如牛榕葉濃陰攲，蜑烟毒雨迷晨曦。君也服息安常規，神全有得心熙怡。朱顏紅頰松筠姿，輔車雖落無勞疲。君在太平被瘴病發，頦頰間齒落者十六七。時飲獞酒甘如飴，獠刀潑眼光流離。醉後起舞驚魍魎，君常招余小集，出獞酒飲客，色黑而甘。又視所藏獠刀，銛可劗髮。舞酣琢句星芒垂。知君邊徼無不宜，此行詎復愁孤羈。邇者幺麽煩王師，將軍前日臨滇池。軍書旁午來綿虒，調發勁旅徵熊羆。火龍之標試發機，兼以萬匹追風騅。馱運更復須犛犪，檄下郡縣疇敢娭。筦庫分給千朱提，用備萬里軍行貲。自川入滇分兩逵，建昌畢節屯行輜。是時大兵進勦緬甸，調成都駐防兵二千名。又於川省購備牛馬萬餘，運送雲南。又自川至雲南皆取道建昌，總督阿爾泰以一路行走恐致擁滯，請從建昌、畢節分道並發。川省火鎗有火龍標者最爲迅利，提督岳鍾琪亦請送往雲南備用。君往董率紆籌咨，肯以儲偫勞鞭笞。風梳雨櫛頭蒙倛，蜀牋雖好如凝脂。遑暇舒嘯同平時，力與前哲相追隨。君言夙昔本好奇，盤根錯節始見知。脱穎而出囊中錐，此行正值功名期。安事摘句尋章爲，煌煌太乙懸纛旗。遠眺大劍連峨眉，都亭日落揚秋颸，上馬揮手西南馳。

送胡雲坡季堂赴慶陽新任

星郎才望久翩翩，出守欣聞詔旨宣。鼓角千山迎紫蓋，風霜五夜上花韉。沮渠蒙遜經營地，禿髮烏孤戰伐年。多少英雄遺迹在，知君詩興快行邊。

送畢秋帆赴鞏昌道任

金鴉麗玄枵，爵發振萬竅。颯颯枯蓬飛，晶晶積霰耀。君奉尺一書，褰帷届番徼。雖誇直指榮，詎免離緒摽。憶君通籍初，慘綠正年少。我亦纔三旬，聲華各驚爆。心知媲苔岑，奚用贈紵縞。我上春官第，南歸仍毷氉。君也入紫微，簪筆掌墳誥。風波兩葉萍，豈意共鍘芼。同年復同官，並典溫室詔。駏驉每偕行，夔蚿更相笑。君本蓬閬姿，公卿互傾倒。均律叶笙球，薦同贊圭瑁。長離翥慶霄，鵷羽但俯覜。果看一鳴驚，豈弟神所勞。由茲躋春坊，兼侍講帷幬。譽望侔邢禺，官聯等華嶠。木天本蕭閒，談藝悅同調。春秋劇招邀，巾車屢請造。未嫌次公狂，見喜長卿傲。同時十數君，翰墨盡高蹈。謂坤一宮詹、曉徵學士、升之舍人諸君。相將梯岑樓，遠嶺黛如埽。樓旁槐柳疎，落陰亂旗纛。依稀初白庵，往躅猶可弔。咄嗟敕中廚，菹軒愜同好〔一〕。君雖小戶飲，頗識酒中要。醉鄉樂既長，觴政舉必妙。開檽指酒旗，爛爛星影掉。夜闌再分題，鬬句競嘯詔。一年三四會，斯樂誰可料。朝來忽分張，話舊祗悽悄。秦川古西陲，隴塞極䖲䴵〔二〕。天垂井鬼芒，地阨雍梁隩。鶉火氣所鍾，故俗尚彊虓。自來戰鬬場，雲沙亦排奡。長城高截天，洪河遠連澳。羌渾恆雜處，桀黠慣寇鈔。唐宋詫窮邊，軍屯列井竈。韓范數經營，旗鼓萬旅譟。邇者皇威宣，天山儼堂奧。鳴沙庲穰間，人物被聲教。遺風迴敦龐，夙習刮雄鶩。比年更屢豐，村戶富廩窌。厥田維上上，黃壤鮮乾澇。清波暨碧雲，渠流足利導。今君坐堂皇，何以計息耗。首先重興甿，次迺廑詰盜。苟蘄地肥開，不竢陰雨膏。勿與睽眂徒，束濕事陵暴。庶幾孔君魚，前徽定能劭。此邦況仙都，圖經久垂號。吾聞昌黎言，山厲水刻峭。又聞蘇文忠，九十九泉繞。仇彝百頃餘，覆壺瀉懸瀑。清虛小有天，福地豈難到。佇見簿領閒，往遂知仁樂。青蒼攬春嵐，殷紅望秋燒。洮河水玉研，潑墨寫幽眺。寄我黃金臺，開椷一舒嘯。

【校記】

〔一〕愜同好，經訓堂本作『隨所好』。

〔二〕䖲䴵，經訓堂本作『䖲𩫎』。

題曹來殷羆燭脩書圖

紅袖娉婷傍藥欄，紬書靜夜灑銀翰。共知徐庾詞章麗〔一〕，更訝尹邢格相端〔二〕。八字梳成雲嫋嫋，五銖衣薄珮珊珊。持裾差覺蒼菭滑，剗韈遙憐碧露漙。宮燭金蓮移短檠，名香寶盒爇旃檀〔三〕。穿檐月自窺雙笑〔四〕，繞砌花宜證合歡。坐倚藤牀書匼匝，路迴蕉檻石巑岏。妝殘衹益低鬟媚，秋冷還添半臂單。蚤識待年占命合，好逢當夕佇更闌。非烟非霧成三影，爲雨爲雲想二難。南國鏡中真有伴〔五〕，西清天上豈嫌寒〔六〕。說文點畫分魚魯，君時纂《音韻述微》。釋地圖經辨馬韓。君修《文獻通考》，奉敕辨三韓之謬。起草漸看盈縹軸，早朝便擬進金鑾。蓬山閬苑聲華遠，舞幛歌裀偃仰寬。小字茗華鐫疊璧，內家裙釵製輕紈。渡江楫已迎桃葉，織錦圖兼羨若蘭。君時迎夫人于苕溪、兩如君于練水，會于吳閶北上。信有風懷侔小宋，斷無霜鬢等愁潘。漁莊笑我思投老，擁髻分明幻影看。

【校記】

〔一〕　徐庾，經訓堂本作「庾信」。

〔二〕　尹邢，經訓堂本作「崔徽」。

〔三〕名香寶盒爇旃檀，經訓堂本作『名香銀葉爇沉檀』。

〔四〕月自，經訓堂本作『月定』。

〔五〕南國，經訓堂本作『金粉』。

〔六〕西清，經訓堂本作『玉堂』。

贈莊上舍似撰炘

執手頻驚歲月馳，青衫如舊鬢成絲。文章未合終三黜，身世何當賦《五噫》。桂海花濃鄉夢遠，時初從粵西歸。蘭陵酒熟客歸遲。窮愁莫忘名山業，自有桓譚異代知。

同朱學士竹君過介座主受茲福故第在東城燈市

金張甲第禁城東，辰巳曾悲昔夢空。燈市仍看明夜月，經帷誰與坐春風。衹留虎觀文章在，回望龍門涕淚同。更憶名園郊外路，琴書寥落野棠紅。

題錢上舍志堂苕水山莊圖三十二韻

吳興水晶宮，宮闕在寒鏡。生平諷其詞，輒欲往洄泳。泖湖接苕溪，一帆路非敻。悠悠二十年，烟波負吳榜。錢君家溪濱，雲林宛鈎暎。山峯佛髻旋，田棱僧衣淨。捎檐竹萬竿，繞彴荷千柄。香茆綠柳陰，軒窗頗明瑩。定有壓架書，夜讀翦短檠。訪秋散清衿，逭暑樂幽性。矧逢三巳餘，緗桃鬬春令。繁花互芳妍，老幹轉枯硬。沄沄蘋葉生，簇簇蘆芽迸。呷啞鴨觜船，茶具足容併。跂腳復持頤，沿流理漁詠。吾聞古畸人，秉志必孤勁。進不諧時榮，退乃守閒靚。用表歲寒心，素履獨雅正。玄真昔浪跡，寔亦謝營競。今君及盛年，方期試從政。有如傾城姝，重錦初待聘。奚爲賦郊居，遠比谷口鄭。君言戀蘭陔，海南事溫清。自攜尺幅圖，庶豁鄉思怲。洵矣物外心，塵勞豈能病。我本山水人，舉足畏機穽。黃塵壓烏帽，空思奉朝請。結習沿多生，耽幽悟宿命。故園渺橫雲，久負松蘜盛。方將騁遠遊，自分愧清行。況此鷗波邨，勝踐何由更。夙願未易償，沈唫慕張邴。

參贊珠侍郎魯訥輓詩

時在木邦被圍，水斷糧絕，遂自剄。督臣鄂寧奏其曾勸降人，以致眾心不服，後尹文端公力白其誣，乃得予恤〔一〕。

旃門獵罷奉軍符，時從獵木蘭，被旨卽行〔二〕。豈意旋捐六尺軀。慷慨何人能斷指，護印之知府等乘間先逃，無有爲請援者。蒼黃獨夜效銜鬚。憑城雨礮千夫慟，歸國雲旂萬騎趨。後有戍卒夜見侍郎與福公明瑞入關，騎從甚盛。詄蕩天門游帝所，定持長彗掃蠻區。

簪毫曾共侍瑤墀，就死終由力不支〔三〕。拜井心危揚水後，賊瞰知城中水道已絕，悉力攻圍。囊沙力盡唱籌時。時糧儲久絕，士卒無固守志。戮降尚苦邊臣議〔四〕，卹死深邀聖主知〔五〕。太息歸元還未得，空留宰樹護穹碑。

【校記】

〔一〕詩題，經訓堂本無題後小注。

〔二〕卽行，經訓堂本作『卽赴緬甸軍營』。

〔三〕就死終由力不支，經訓堂本作『取義成仁是我師』。

〔四〕經訓堂本此處有注：『公先時防僰夷反覆，殺十餘人，總督遂摭以爲罪。』

〔五〕深邀，經訓堂本作『終蒙』。

奉命往雲南辦理靖邊左副將軍雲貴總督阿廣庭先生桂軍務許侍御穆堂寶善招集朱竹君曹來殷程魚門沈南雷世煒兩舍人暨梁孝廉兼士置酒餞別慨然有作三首〔一〕

短衣雄劍逐嫖姚，餞別多君折簡招。促坐明鐙偕近局，閉門投轄趁長宵。行隨日月雙丸駛，凡馳驛赴軍前者，必晝夜兼行。遍歷河山兩戒遙。後夜相思如騁望，纛旗指處是征軺。

明河欲落酒旗張，卜夜歌呼意轉長。但望東風占噢律，《拾遺記》：東風入律，則遠人來服。何辭朔雪犯嚴裝。心關去住頻彈指，語雜悲歡總斷腸。賴有石交蛩駏似，炎陬萬里共扶將。時升之同行〔二〕。

東都賓客此宵俱，揮袂何堪趣首塗。河朔樽開拚酩酊，日南版納嘆崎嶇。普洱、邊外、普藤等十二土司，加以宣慰使，號十三版納，猶言隸版圖納貢稅也。雲連寶井浮兵氣，寶井在猛密，今春公明瑞由象孔旋師經此。路繞金沙接鬼區。大金江發源青海，本鬼家宮裏雁所居。歸日定成蠻府客，夜闌如夢話娵隅。

【校記】

〔一〕詩題，經訓堂本作『將隨副將軍阿公赴永昌軍營許穆堂侍御招集竹君學士來殷編修程魚門沈南雷兩舍人梁兼士孝廉置酒餞別慨然有作三首』。

〔二〕經訓堂本此注爲：『謂升之。』

魚門以詩贈行次韻

忽隨征旆蹋霜花，萍水行蹤豈有涯。筮仕何能商出處，談兵尚欲辨堅瑕。怒江雲壓夷官寨，瘴雨春濃犵老家。涕淚餘生意氣盡，敢將磨盾向時誇。

與鑑南話緬甸舊事再次前韻

炎風瘴雨炫蠻花，路隔瀾滄水一涯。久識彈丸同爨睒，何須設版視焦瑕。中朝文德諧虞舞，絕徼神靈奉漢家。南賮旋看來職貢，白狼詩句爲君誇。

竹君來殷魚門馮員外君弼廷丞吳孝廉泉之省蘭置酒再餞仍次前韻留別

東籬久負故園花，是日座間菊花盛開。叱馭將經洱海涯。歸日要當歌競病，餘生終畏摘疵瑕。卜居苦戀三間屋，時眷屬仍住蒲褐山房。乞米空憐十口家。賴有送行詩句壯，酒酣燭跋更長誇。

發京師二首

往事真如夢，誰知得此行。纔看摻別袂，已促赴嚴程。生理何從數，羈懷未忍明。更無腸可斷，搖漾任心旌。

草草裝衣被，淒淒問寢興。三年從此隔，萬事總難憑。黯澹離羣鴈，傍徨穴紙蠅。蘆溝嗚咽水，聽罷祇瞢騰。

良鄉夜宿示升之

萬里嚴裝一葉身，生涯終擬作勞薪。艱難尚幸依良友，流落何堪媿昔人。斜日心懸仙闕樹，秋郊腸斷屬車塵。丙戌從謁泰陵，又扈從天津，皆經此路。最憐今夕重幃裏，已對寒燈鬣指頻。

涿州道中再示升之〔一〕

驛路蕭條柳十圍，斜陽影裏共驂騑。詩場酒座前塵遠，橘社蓴鄉宿願違。落葉隨風難自料，長星配月好相依。誰知畫省簪毫客，袴褶秋原學佽飛。時與索倫侍衛同行。

【校記】

〔一〕詩題，經訓堂本無『再』字。

晚次安肅寄來殷

紅亭昨日始分襟，別夢羈愁已不禁。老淚豈堪頻洗面，短書何忍訴傷心。青山送客程程遠，白髮依人種種深。百韻新詩聯未就，知君翦燭更長吟。

宿定州再寄來殷

土銼茆檐蠟影斜，相思排日寄疏麻。近來好事知誰與，別後新詩莫厭賒。夢裏琴尊尋米市，來殷近寓米市衚衕。客中風雪趁柴車。書回應與斑騅客，謂陸重暉秀才伯焜〔一〕。罷酒扶牀一嘆嗟。

【校記】

〔一〕經訓堂本此注爲：『謂陸璞堂。』

定州曉發示升之

郵籤一百廿程遥，自京師至永昌，凡一百二十驛。第七程中第四宵。支枕卻貪殘夢短，攬衣重覺別魂銷。横斜野水冰將合，颯沓商聲樹盡凋〔一〕。安得中山千日酒，與君扶醉上征軺。

【校記】

〔一〕商聲，經訓堂本作『商風』。

龍興寺〔一〕

法鼓香雲供梵天〔二〕，膽巴遺蹟尚依然。金人永鎮三千界，石墨曾經五百年。莽莽關河分趙魏，冥冥沙霧隔幽燕。太行一角青如畫，用東坡句〔三〕。洵卜隨師萬里旋。

【校記】

〔一〕詩題，經訓堂本作『過真定龍興寺』。

〔二〕供，經訓堂本作『拱』。

〔三〕經訓堂本此處無注。

欒城旅夜

迅於激箭疾於丸，併日兼程敢自寬。健僕喧呼攜襆被〔一〕，庖丁倉卒具盤餐〔二〕。魚梁水落秋沙擁，馬背霜濃曉色寒。一髮常山天際路，五雲何處望長安。

【校記】

〔一〕健僕，經訓堂本作『童僕』。

〔二〕庖丁，經訓堂本作『廚丁』。

示張同年鳳鳴時爲邯鄲知縣

飛舄稱仙令，談經儼大師。相逢纔摻袂，爲我已端蓍。瘴癘炎方劇，干戈棘道危。重離雖不動，未敢卜歸期。君精《易》理，蓍得《離》卦，六爻皆不動，言止戈之兆也。

懷洪舍人伯初朴〔一〕

卓犖清才世共知〔二〕，頻年同直鳳凰池。叢書欲仿容齋筆，澀體仍沿玉父詞。坐擁青綾宮燭暝，封殘紫詰禁鐘遲。而今華萼何由見，令弟孝廉將次入都〔三〕。心折江湖萬里思。

【校記】

〔一〕詩題，經訓堂本作『懷洪素人舍人』。

〔二〕卓犖，經訓堂本作『琬琰』。

〔三〕經訓堂本注爲：『令弟同生孝廉將次入都。』

途遇吳侍讀沖之郎別時從貴州主試回京

不分河梁此際登，風沙滿目意難勝。深知道路容顏改，欲話家門涕淚增。噩夢驚心終自咎，歸期屈指正難憑。煩君說與慈親道，辛苦加餐力尚能。

新鄭驛中見月季花方開有感三絶

十月西風打面寒，誰知紅萼未凋殘。短牆一簇垂垂發，留與征人掩淚看。

淩冬景色倍悽妍，弱葉輕塵驛舍前。自嘆不如花信準，時時開傍月輪圓。

青腰未忍損薦紅，猶有芳華發故叢。便是折來當歲暮，不堪蕉萃寄征鴻。

旅夜懷南北舊遊

廿年傾蓋盡名流，旅館寒燈數舊遊。嘯侶仍同燕市酒〔一〕，攜家重上越人舟。心餘近主蕺山書院。西湖春漲淹漁艇，曉徵近遊錢塘〔二〕。北郭花深當酒籌。企晉。我似西南秋月迴，獨留孤影照蠻陬〔三〕。

【校記】

〔一〕經訓堂本此處有注：『竹君、來殷、左峨、沖之、君弼、魚門、康古、東有、泉之諸君。』

〔二〕經訓堂本注爲：『曉徵近遊錢塘月餘。』

〔三〕經訓堂本此處有注：『坡詩：「使我如秋月，孤光照天涯。」』

泊襄陽

望裏溪山罨楚雲，蕭條遷客竟何云〔一〕。傷心賦早同開府，誓墓書真愧右軍。鐵鹿連檣江外渡，銅鞮舊曲夜深聞。莫辭墮淚碑前過，衫袖嗁痕已不分。

【校記】

〔一〕遷客，經訓堂本作『旅客』。

自漢江至江陵道中作〔一〕

攬袂登扁舟，烟水已盈目。參差雉堞閒，疎林間茆屋。鹿門遠可辨，峴首近相屬。溪山紛有情，競欲慰羈束。漢江獨西來，送我下安陸。相隨數百里，明流尚洄洑。沿江富邨墟，宛似華亭谷。扣舷忽眼明，見此千畦竹。豈徒緩離忧，頗覺愜遐矚。所嗟京雒遙，窮巷委家族。拒門風雪深，誰爲具饘粥。寒鴻杳不來，何由悉煢獨。

昨泊茅草洲，今過多寶灣。涼波漾蘋末，側側西風寒。楚雲正清曉，拂面增凄酸。別緒已寥落，復此征衣單。心神忽憯懍，欲狀愁無端。秋冬款緒風，騷客古所嘆。況我遠行邁，搖落臨江山。天低欲釀雪，黯淡誰能歡。且趁獸炭煖，呼酒聊開顏。

楚天本凄清，雲物結陰曀。古來遷客居，江山亦蕉萃。有如傷心人，一往輒墮淚。我登樊水船，五日罕晴霽。今宵驟雨來，灑空忽作勢。飄蕭下船脣，颯沓走沙次。何人更夜漁，漁歌激悲厲。聽此歌聲哀，毋乃風土異。意者屈宋魂，遺音在南裔〔二〕。

曉雨已蕭寥，暮雨更凄槭。楚山萬重雲，杳與寒空積。嚴風亦刁騷，如弩射牕隙。愁人本不眠，假寐旋遠適。依俙在庭闈，起居視巾冪。稍疑容顏殊，慘淡異疇昔。復如倚梧巢，蒼蕪沒苔石。舊遊出視吾，殷勤問行跡。是夜所夢如此。倚梧巢則蔣升枚所居，在閶門內桃花塢。忽驚江濤喧，船舷互推激。累此孤征魂，往來度關驛。夢殘天未明，輾轉何由釋。終當學無生，稍以杜羈疾。

我作苦雨吟，三朝復三暮。水宿淹程期，風濤戒徒御〔三〕。其來自初昏，其還逮清曙〔四〕。嘆我遠飄蕭，誰與慰悽愫〔五〕。蕭條入篷牕，如怨更如訴。助以嗚咽音，徐疾互相赴〔六〕。我老不堪愁，無淚共傾注。翳翳戍燈殘，杳杳寒笳度〔七〕。生平西窗懷，擁衾渺何處〔八〕。

曉雲尚未霽，理楫遵川塗。迴帆入澤口，水落寒江枯。汀洲互隱現〔九〕，沙石相縈紆。潺潺不盈尺，何以勝方艫。繫纜一嘆息，我命良艱虞。不謂行路中，復此多崎嶇。所賴黃頭郎，跣足爭號呼。邪許竟何益，欲進仍趦趄。天寒苦厲揭，或恐傷肌膚。坎止亦有分，請爲待斯須。楚天方陰霿，積露增箖箊。儻幸夜雨驟，決溜鳴長渠。朝來溪水活，一葦從所如。

長年報新晴，天晴水更落。別換蜻蛉舟，尚苦礙浮泊。僕人勸陸行，肩輿度林壑。從以斑斑車，捆載雜囊橐。書笈與筠籃，提攜亦紛若。前道兩騎奴，觀者頗眙愕。幾如搬薑鼠，或類營巢雀。辭家更移家，相視一嘔噱。

久爲別鄉人，喜見故鄉勝〔一〇〕。我遵潛江行，江堤忽南亘。堤旁得農村，午雞遠相應。竹中八九家，茆茨各幽靚。秔稻豐已收，麥苗潤方迸。烏犍亦安閑，寢訛適天性。何知練雀來，犄角互爭競〔一一〕。地僻天機深，宅幽塵事屏。崽子頗好事，見我儼生敬。投以大谷梨，乞茗報相稱〔一二〕。

桓公鎮荊南，感此垂楊覆。手植皆十圍，依依使心疚〔一三〕。憶予辭京華〔一四〕，落葉盈井甃。何爲漢江濱，疎翠尚如舊。江斐儻念我，蕭晨歷楚岫。恐增搖落悲，留此慰邂逅。或因楚雨滋，兼以江波漱。托根得地殊，蔈蘲竟異候。攀條忽泫然，物理奚足究。但取清蔭疎，隨風拂衿袖〔一五〕。

憶我去家時，新月初上弦。盈盈照執手，皎皎窺離筵。辭家家漸遠，月尚隨行韉。楚江半旬雨，疑月霾雲烟。豈知碧漢路，依舊如鈎懸。長庚亦吐曜，清夜相回旋。我家竟何處，一別分江天。見月不見家，月見應悽然。家人入月愛，見佛說『入月愛三昧』經。對此嗟幽妍。下堦定祝月，照我游黔滇。更將我比月，永望澄暉圓。

昌黎謫潮州，心折子厚賢。劇喜流竄路，十日同被眠。況今我與君，萬里從南遷。朝行飽麤飯，晚泊棲寒氊。出處勗大義，非獨憐夔蚿。孤舟更清曠，稍稍開陳編。杜韓及蘇集，夙昔經丹鉛。三公我所師，萬古星杓懸。仰思接謦欬，俯讀供漁畋。其言偶感激，如聽雍門絃。師友此已足，何事羈愁煎。示升之。

【校記】

〔一〕經訓堂本只錄十首，無最後一首。

〔二〕南裔，經訓堂本作『江汜』。

〔三〕經訓堂本此處多『何期江上雲，復送江中雨』一聯。

〔四〕其還，經訓堂本作『其止』。此聯後多『似因寒夜長，欲共幽人語』一聯。

〔五〕誰與慰悽悽，經訓堂本作『相於慰悽苦』。

〔六〕互相赴，經訓堂本作『非一緒』。

〔七〕『翳翳』聯，經訓堂本作『翳翳守寒燈，沉沉聽戍鼓。』

〔八〕何處，經訓堂本作『何許』。

〔九〕隱現，經訓堂本作『隱見』。

〔一〇〕故鄉勝，經訓堂本作『故鄉景』。

〔一一〕 犄觕互爭競，經訓堂本作『鳴啄在項領』。

〔一二〕 乞茗報相稱，經訓堂本作『聊用報苦鳴』。

〔一三〕 『桓公』至『心疚』，經訓堂本作『古人賦分攜，都亭折垂柳。可憐銷魂樹，孤客每回首』。

〔一四〕 憶予，經訓堂本作『念我』。

〔一五〕 隨風，經訓堂本作『依依』。

漸臺行

漸臺下，王出遊。漸臺上，夫人留。江波忽涌臺欲折，使者馳來少符節。宮人舊約詎敢忘，肯以倉皇求苟活〔一〕。噫吁嘻！夫人雖死真如生，清操直等清江清。宋宮火，楚臺水。貞姜伯姬兩相似，惜哉未入《春秋》史。

【校記】

〔一〕 倉皇，經訓堂本『蒼黃』。

鐵女祠行

唐時有孫姓者，業冶〔一〕，以非罪獲重辟，將刑。其二女痛父冤，投爐而死，化爲鐵人。有司以聞，乃釋其父，並賜祀以旌之。

似鐵非鐵容模餬，似血非血形焦枯。迫而視之乃兩姝，灼爛靡有完肌膚。當時痛父嬰刑誅，九閽虎豹誰能呼。以死殉父明父辜，騰騰烈燄方歊噓。連袵一擲輕錙銖，下飲鐵汁如醍醐。冶神驚爆爭趨扶，肉耶骨耶知有無。鐵心鼓鐵成鐵軀，躍冶宛爾凝雙趺。旋活死父驚鄉巫，嗟哉剛烈鐵不如，後世重與鑄金俱。

【校記】

〔一〕業冶，經訓堂本作『業冶工』。

樂戶行

張獻忠破荊州，召惠府樂戶行酒。內有瓊枝者，弗從，賊怒，臠以飼犬。同時有曼仙者，乘間置毒於酒以進。獻忠呢之，令先飲，一飲而斃，獻忠始覺，並磔之。今有冢在南門外。

樂戶侑酒不侑賊，當筵豈畏鋒鋩逼〔一〕。臠之與犬不忍食，誰知忍死計更長。一卮欲爛兇渠腸，惜哉先飲身先亡。兩人異死心則一，漸離海青此其匹。罵賊酖賊各出奇，一死能令賊股栗。瓊枝品與瓊瑤同，曼仙仙俠真英雄。何當立廟圖其容，靈旗風雨來高空。吁嗟乎！何人乞命西王府，孤墳視此兩樂戶。獻忠破荊州，自稱西王〔二〕。

【校記】

〔一〕 鋒鋩，經訓堂本作『鋒刃』。

〔二〕 『吁嗟』至詩末，經訓堂本無此數句。

宋玉宅二首

蘭臺舊宅傍江濆，誰識當時諷諫文。夢澤旌旗深夜火，陽臺風雨暮天雲。賦成好色規傾國，受得微辭冀寤君。賴有渚宮故事在，牆東城北溯遺聞。

登山臨水正蕭晨，悵望千秋灑淚頻。洵有才華開庾信，誰知風義接靈均。西堂感夜人何處，南浦招魂迹已湮。聞說歸州餘井臼，傳芭併欲薦芳蘋。

自沙市放船至虎渡口次升之韻

浩蕩驚如許，蒼茫喚奈何。地形連楚蜀，水道別江沱〔一〕。荻岸蕭蕭雪，鷗沙淰淰波。白雲望更遠，悽斷橘林多。

【校記】

〔一〕 經訓堂本此處有注：『江水東，別爲沱入江，經江陵縣，縣有洲號曰枝迴，江水自此爲南北。南爲外江，北爲内江，故有枝江之稱。是南江爲岷江之經流，北江卽沱。其後北流漸盛，南江日微，世遂指南爲沱、北爲江，而《禹貢》「東至於澧」之文遂不可解。今江陵縣西南虎渡口，南江從此東南流注于澧水，同入洞庭，此導江至澧之故道也。」

孱陵侯廟

陰廊白晝呼鵂鶹，苔衣石馬風颼飀，孱陵祀此紛兜鍪。周郎已殀子敬逝，君也繼起當軍籌。白衣搖櫓吾不取，失計斷在圖荊州。左將軍昔住油口〔一〕，本以重地資扞掫。奸雄臨書忽落筆，實懼併力申同仇。後來乘間定巴蜀，形勢稍稍分曹劉。前將軍復向襄漢，雷雨快決樊江舟。阿瞞瑟縮欲鼠竄，埽境盡遣張徐儔。此猶兩虎各死鬭，可乘其敝生良謀〔二〕。擣虛搤吭古有訓，攻所不備真何憂。渡淮應先舉青兖，輕騎北略平并幽。河山坐致天下半，後迫鄴郡揕其喉。剗除漢賊尊漢室，蜀且備位陳珙球〔三〕。何爲大計不出此，妄以脣齒生猜尤。紫髯孝廉識已誤，富陂贊畫彌謬悠。入穴取子詎應爾，僅得南郡如浮漚。卒使當塗固磐石，遂盜天命誇岐周。東吳稱藩亦北面，臣服仍等南昌侯〔四〕。都亭獨出候魏使，建武涕泗隨交流。伯符若在定不許，謀國竊爲君臣羞。古城雖存壁壘失，飛騰戰伐空千秋。生平流宕好奇偉，論世輒欲懷嘉猷〔五〕。迺知失策自古恨，狂歌斫地澆新篘。

【校記】

〔一〕左將軍昔，經訓堂本作「左公當年」。

〔二〕生良謀，經訓堂本作「徐招收」。

〔三〕珙球，經訓堂本作『共球』。
〔四〕臣服仍等，經訓堂本作『策命甘作』。
〔五〕懷嘉猷，經訓堂本作『抒深謀』。

至滙口聞鴈

水驛三千里，烟鴻一兩行。可憐風雨夕，送我到瀟湘。

公安雨泊

楚江渺渺罨層雲，戍鼓無聲夜欲分。帆腳西風篷背雨，蕭條併向枕函聞。

夜泊洞庭湖口聞笛寄懷江于九司馬程荊南明府夢湘

楚江十月南行客，五兩高帆挂空碧。積靄遙經石首山，疎楊不辨孱陵驛。古驛蕭條三戶餘，楓林橘社度重湖。空洲潦盡魚龍徙，極浦霜高鸛鶴呼。此時弭節真蕉萃，柁樓晚飯漁商市。未捐芳佩弔湘娥，卻睇幽篁惜山鬼。傷心蹤跡狎鳧鷗，更載雲旗事遠游。金沙鐵壁人難到〔一〕，堠火軍書戰未收。揚舲日暮方憑眺，忽聽篷聲激清峭〔二〕。更深雨止月微明，長笛中流聞楚調。楚調吳歈相間生，似訴辭家去國情。東華昔夢風中結，南浦新愁曲裏縈。昔夢新愁如匪澣，擬向知心寫淒惋。逢人問訊合江亭，荊南時在清泉。朱陵承水郵籤遠。亦有醴陵解恨人，聽雨瀟湘剪燭頻。于九有《瀟湘聽雨錄》。苦竹黃蘆途更永，荷衣蕙帶意難申。娟娟烟水佳人隔，臨風騁望雙飛翼。紅蘭碧杜漸凋零，欲寄馨香終嘆息〔三〕。涉江何處託微辭，七澤茫茫唱《竹枝》。折麻爲報離居意，搖落天涯有鬢絲。

【校記】

〔一〕人難到，經訓堂本作『人誰到』。

〔二〕激清峭，經訓堂本作『激清悄』。

〔三〕馨香，經訓堂本作『聲香』。

烟雨

烟雨層巒翠，波濤亂石殷。誰知一線路，卻出兩崖間。野艇隨風泊，荊扉盡日關。候人休問訊，身已似魚蠻。

曉望滄浪水

滄浪水，清見底，欸乃一聲楚烟裏。行吟無人山月低，漁火曉寒生竹扉。

鴈

旅雁辭燕塞，隨人過楚都。思歸仍慘淡，欲別尚號呼。未惜烟波遠，終悲節候殊。烟江墮清月，今夜益羈孤。

將至桃源書淵明集後

夙愛桃源圖，屢讀《桃源記》。頗笑後賢作，疑信等蜩沸。自來真逸流，山水曠高寄。一聞塵外區，結念廑夢寐。未須論有無，先與託文字。何況柴桑翁，身丁典午季。折腰固不堪，乞食更非計。久懷荷蓧徒，畫扇見神契。偶傳武陵谿，風土信幽異。雞犬各自如，妻子未爲累。悠然寫其人，聊以詔塵世。裹糧必問津，遐想毋乃滯。我今來沅南，溪山悉姝麗。寒水澄綠波〔一〕，層巒倒空翠。人家楓竹林，卽此可終憩。安得花紅時，一鼓漁郎枻。

【校記】

〔一〕 澄綠波，經訓堂本作『仍綠波』。

聞笳

遠火江船泊，哀笳楚戍懸。灘高聲易亂，風急響頻傳。猨狖吟難穩，魚龍聽不眠。明朝烟霧裏，餞我更悽然。

換船上灘有作

又向麻陽喚小舠，驚聞七十二灘遥。連谿淨緑濃於染，雜樹浮青晚未凋。樵路懸崖埋雨雪，戍樓架木傍雲霄。便充水手應無媿，身是吴兒解弄潮。

泊桃源縣

寒江無月水雲昏，山縣淒涼只似村。仙犬不鳴燈火靜，行人今夜泊桃源。

自綠蘿溪過新湘水石奔峭爲入灘之始

沅江本北流，扁舟乃南向〔一〕。我過花源西，江色已殊狀。頗聞綠蘿陰，新雨起寒漲。潺潺逼山來，清緊不流宕。尚喜雲嶂平，間以烟墟曠。長年指示我，去路隘而妨。名灘七十二，灘灘駕高浪。此灘方首程，毋爲遽惆悵。

山夾水而蟠，水薄山而走。山水互奔迫，怒流遂噴漱〔二〕。不謂雪灘舟，人能與水鬭〔三〕。奮臂或孤撐，翻身忽全仆。眼花落水眠，恐與巨石湊。生平得未曾，見此頗眩瞀。何暇遡桃林，一向漁父扣。

【校記】

〔一〕南向，經訓堂本作『南上』。

〔二〕經訓堂本此處多『夙聞雪濤名，鳴灘此其首』一聯。

〔三〕『不謂』聯，經訓堂本作『不謂持篙人，狎水與水鬥』。

過甕子洞遂抵倒水巖皆水石奇絕處

湍水從南來，銳石忽右拒去聲。水爲石所搏，奔流更東注。豈知限坡陀，欲走不得去。回旋蹴浪花，蓄勢作馳騖。偉哉甕子灘，灘勢實最鉅。何爲一葉舟，竟往殺其怒。舟水相撞舂，進退屢淫豫。乘間突而前，能事詑徑度。我身本窮薄，履險亦何怖。

大石如覆舟，小石如斷臼。其色侔豬肝，其狀肖熊首。其積累重甗，其裂豁破缶。譎詭非一形，爭出扼溪口。三石更頎然，永結烟霞友。面面匀丹青，疎疎蔭篁柳。《水經注》：『三石間鼎足均峙〔一〕，秀若削成，其側茂竹便娟。』臨空露竅穴，大小靡不有。俾受篙師篙，真宰信非偶。

【校記】

〔一〕三石間，查《水經注》，當作『三石澗』。

過巖望漁仙寺

眺遍十二峯，峯峯翠如沐。倒水巖十二峯，有赤霞嶂、仙蜕巖諸勝。山形稍欲平，忽見檣竿矗。四五麻陽船，相次泊林麓。上開數棱地，地蓋數間屋。屋前種芸薹，屋後翳簩竹。婦女各忻然，雞犬散樵牧。層崖最高處，亦放兩觳觫。微聞漁仙寺，疎磬落幽谷。此鄉捕魚人，朝夕飲寒綠。起居在雲烟，豈俟駕鸞鵠。一笑十種仙，何爲墮六欲。

穿石灘

孤峯碧筍如，獨出秀無比。岧嶤數十丈，直下插江底。風濤所磨攡，赤立淨泥滓。何由竅其中，了了見彼此。其南若堂皇，其北圓若碁。隔石兩相望，過者駭觀止。得毋儵忽逢，於此縱神技。惟有僧結圖，僧結圖，蒙古謂玲瓏山也，在木蘭圍場中，峭壁高懸，中通一穴。玲瓏略相似。茲石類高人，中虛豁石髓〔一〕。亭亭俯清流，終古絕依倚。石丈洵可師，我將肅拜跪。

【校記】

〔一〕豁石髓，經訓堂本作『豁蒙蔽』。

虎子磯

曉行虎子磯，磯流忽震掉〔一〕。上有穿雲壁，壁勢削奇矯。頗聞怒漲時，百丈浸浩淼。至今山腹間，屢見沙痕繞。斗絕臨飛湍，悲鳴極猨鳥〔二〕。何年斲石骨，微徑出林杪。劣餘二分垂，窄比一線遶。戚師稍失腳，已被蛟鰐飽。橫空亘鐵繩，稍藉扶指爪。哀哉性命危〔三〕，造次安得保。扁舟逗其間，氣奪爲悽悄。嶮巇誰所開，負嵎角奇峭〔四〕。我無冠古才，敢與繪天巧。頫首謝山神，已被君壓倒。

【校記】

〔一〕磯流忽震掉，經訓堂本作『灘流忽奔峭』。

〔二〕悲鳴極猨鳥，經訓堂本作『猨鳥尚難造』。

〔三〕哀哉，經訓堂本作『悲哉』。

〔四〕『嶮巇』聯，經訓堂本作『嶮巇誰所營，雄怪兩難肖』。

明月巖

江山更助我，詩情忽而縱。巖如圓月圓，臨江待賓送。單椒秀獨出，旁嶺敢伯仲。儼然柱石姿，圭冕領侍從〔一〕。蒼蒼兩崖間，横石狀蝃蝀。中有餐霞人，往來課梵誦。悵望仙靈都，蔑由躡飛鞚。懸知烟霄清，縹緲下鸞鳳。

【校記】

〔一〕經訓堂本此聯後多『朱甍冠其巔，青樾繞其踵』一聯。

雷回灘

船尾一枝柁，船脣兩行槳。篷間帆六幅，岸上繩百丈。兼以青竹篙，五物俱可仗。舟子四五人，取舍各有當。忽聞雷回灘，風霆戛漭瀁。家具竟齊施，賈勇互下上〔一〕。叫呀張口吻，指點鼓手掌。手口偶未及，色授得其象。乍駭紛亂麻，諦視鮮鹵莽。分持仍併力，一氣謝心想〔二〕。昔聞庖解牛，惠施得所養〔三〕。今以悟吾詩，勞歌激慨慷。

【校記】

〔一〕互下上，經訓堂本作『並跳盪』。

〔二〕 經訓堂本此聯後多『洵矣習坎能，於茲行有尚』一聯。

〔三〕 經訓堂本此聯後多『長史見劍器，草書更神王』一聯。

自大萸溪至清浪灘長四十里上有馬伏波祠

天公欲游戲，駭此遠行客。截彼浮雲根，擲爲揵水石。高者矗尋餘，倭矮亦數尺。大或徑連畝，小乃展片席。摺疊類衣裾，剡鋭等圭璧。行次別堂斧，合離成蜀嶧。紞紞三門開，浩浩九逵闢。橫磨十萬劍，一一與水敵。水跌忽成窪，急起復相射。幻師作幻技，信手妙摶埴。持以恐詩魂，且洗見聞窄。毛髮森欲寒，扣舷三嘆息。

嘆息尚未終，入眼益奇變。洶洶清浪灘，灘闊勢轉悍。水急風旋生，廿里激雷徧。寸步須千篙，十夫助一縴。浪花併怒飛，直前搏人面。側聞馬伏波，於此下蠻甸。至今古祠留，時有行客薦。將軍西川豪，氣冠雲臺彥。中興效馳驅，垂老歷轉戰。如何薏苡讒，千古共悲嘆。英靈倘未徂，乘此洩憤懣。我亦從軍人，嗚呼淚如霰。

北斗灘

挂席來南斗，空桐望已遙。誰知蠻峒路，猶得見璇杓。

過灘夜泊晴見微月

過灘方五里，日暮遂栖泊。稍喜灘勢平，尚畏灘聲惡。如風復如潮，如雨更如雹。客耳雖喧闐，客心轉寂寞。何期三五月，偶破寒雲薄。娟娟瞰篷窗，向我枕簟落。我宿水月間，塵夢何由著。

昔者

昔者讀《山鬼》，其音哀以悽。冥冥青楓晚，噭噭青猨啼。蕭蕭風雨急，公子來何遲。竊嘆放逐臣，激楚纏心脾。茲行楚南境，不謂親見之。扁舟掠山來，山雲日弄姿。如人欲隕淚，障袂銜其悲。清晨雲忽合，密雨何淋漓。窮山晚仍晦，咫尺蒙烟霏。黄蒿與苦竹，颯沓荒江湄。怪鳥不知名，叫嘯同歔唏。遥聞芝灘水，嗚咽通巫溪。此中信幽渺，孤客魂已迷。應有含睇人，要我申然疑。手持女蘿帶，窈窕陳微詞。

風雨過横石灘

水逆信可憂，風順或稍快。詎知風水遭，色變衆所戒〔一〕。風高揚其威，水怒扼其隘。兩雄不相能，一葉轉生礙。春撞屢難前，簸蕩良已太〔二〕。頗恐失秋毫〔三〕，觸石致厲夬。狂風更挾雨，烟霧晝冥晦。誰料千萬山，竟作雲海滙。茫茫吾安之，舉目盡荒怪。未敢叫天閽，揮淚滴飛瀨。

【校記】

〔一〕色變眾所戒，經訓堂本作『頃刻出奇駭』。

〔二〕已太，經訓堂本作『已大』。

〔三〕秋毫，經訓堂本作『秋豪』。

北風

地越南嶽南，火維寔荒幻。萬彙眩青紅，烟雨亂昏旦。頊冥所未經，誰敢下霜霰。今宵北風來，送寒過江甸。上與竹樹鏖，下與水石戰。排空自叫號，短檝屢回顫。稍欣擁被溫，終惜重裘綻。客路誰裝綿，默數慈母線。

沙罾灘

一日過數灘，灘灘獻奇警。一灘亘數峯，峯峯露妍靚。峯根千萬石，作態互馳騁。其餘沒中流，浮沈類蛙黽。不知水落時，巧怪復何等。況此沙罾灘，濃綠鬱千頃。宛疑青琉璃〔一〕，倒漾翡翠影。洲曲山更幽，杳杳接欬謦。篙聲如琴絃，答響亦清迥。惜哉住谿蠻，妙意誰能省。何當誅香茅，暫此適閑靜。

【校記】

〔一〕青琉璃，經訓堂本作「吠琉璃」。

辛女巖

石壁數里遙，如屏插瀲灩。青冥不可梯，疇能躡崖广〔一〕。排空出洞府，厥狀大且儼。剝蝕無軒楹〔二〕，橫斜剩楣檻。疊疊弆笥箱，疎疎露船艦。或云仙者都，長物駭奇覽。或云武鄉侯，餘糧此藏斂。圖經已錯迕，流傳更黯黮。吾聞四裔濱，悽怪氣所感。半爲魑魅居，出沒在坎窞。鑄鼎象其奸，牡⿰牜韋絕其險〔三〕。先王用牖民，不使夔兩掩。何迺熒見聞，誇客屢指點。差愛下巖泉，色白沸氿濫。水品如可詳，吾將溯鴻漸。

【校記】

〔一〕崖广，經訓堂本作「崖厂」。

〔二〕剝蝕，經訓堂本作「傾圮」。

〔三〕牡⿰牜韋，經訓堂本作「牡⿰木韋」。

沅陵

沅陵控六省，來往稱通衢。頻年籌邊徼，絡繹馳軍符。常恐勤父老，供億荒耘鉏。茲來見二麥，愛此青扶疎。農人言昨者，勁旅來京都。騰驤四千名，勇趫如彪貙。衣裝逮弓箭，傳送資車徒。每車坐兩兵，挾一傔從俱。無車以馬代，三馬抵一輿。無馬以夫代，五夫抵一駒。二百名一起，接踵來徐徐。蟬聯逾兩月，竣事歸田廬。時維值夏令，陰雨膠泥塗。趨事庶人義，違敢辭其劬。況賴聖恩厚，給直清錙銖。薄田雖不治，亦足贍妻孥。今秋京兵歸，取道由溪湖。更鮮調發慮，比戶增忻愉。收稻積高廩，治圃豐嘉蔬。終歲諒温飽，執役真區區。爲吾告父老，努力勤菑畬。用兵不知兵，自古良所無。

泊沅陵城外長橋蓋卽雷滿所鑿塹也

楊柳歌詞送郵傳，輅車已抵金祥殿。鼉聲紫色屬午溝，從此羣雄角爭戰。文身斷髮勇絕倫，擊鮮釃酒何嶙峋。澤中大獵置伍長，吹笙王子何能馴。廣陵歸來刹刺史，請命于唐稱節使。杜洪成汭兩燼灰，輕舟攻劫窮江汜。楚南形勝連洞庭，鑿開水府增池亭。裸衣擲器自閑暇，出沒未畏蛟龍獰。千丈飛橋作虹挂，土團蠻士今何在。南平兵後霸圖空，萬堞參差遠如畫。

望善卷洞

仙人墓何在，空翠九峯間。忽憶洮湖雪，曾經離墨山。宜興有善卷洞，丁卯予于雪中過之。

泊辰谿城下

孤城睥睨臨層嶂，人家雞犬緣雲上，下瞰澄潭綠於釀。寒江鋪前天下稀，碧雲如水生微飔，灑我白髮寒絲絲。竹林浮烟山欲雨，隔岸哀笳落孤戍，驚起沙禽拂帆去。

大酉觀

我經辰谿陽，城堞排山椒。其南大酉觀，隔水淩嶕嶢。翺翔祀羣帝，秩禮殷宗祧。恭聞洞天內，祕簡垂黃姚。六丁守雷電，五緯臨雲霄。南方赤熛怒，絳節時來朝。弇山羣玉府，媲此同兒曹。嗚呼三古邃，元命空符苞。左神靈威護，汲冢不平聲準淆。寶書百二國，存者倖瓊瑤。矧乃子姒前，墳索誰能操。傳經在經世，何意藏苗獠。我將夜簪筆，炷香禮琁杓。願啓蝌蚪文，永配圖書標。逢逢伐鐘鼓，大酉洞旁有鐘鼓洞〔一〕。萬禩開聾昭。薄遊志未遂，側望心悁勞。

【校記】

〔一〕大西洞旁，經訓堂本作『大西觀旁』。

寄吴泉之兼憶沖之

佩刀長揖出都亭，惜别知君眼倍青。客路山曾經二西，舊遊人最憶雙丁。孤舟盡日逢寒雨，歸夢兼旬託使星〔一〕。爲報楚江搖落後，蘅蘭猶未墜芳馨。

【校記】

〔一〕經訓堂本此處有注：『先是沖之從粤西典試北還遇于衛輝。』

白沙灘曉行見溪山出雲作

聽雨更聽風，看山復看水。楚南十日行，觀妙歎止矣。豈識白沙灘，雲容更如此。山雲宛佚女，巾裹隨所使。一重復一掩，窺簾偶徙倚。溪雲擅淩波，濛濛曉方起。動影沖瀜間，半入青鸞尾。層雲忽相遭，作態照清泚。依然尹與邢，隱約鏡奩裏。不知巫山陽，持較復何似。誰擕芳華詞，贈彼嬋娟子。

鸕鷀灘

前過鸕鷀砦，今歷鸕鷀灘。傳聞千點墨，屢爲行旅艱。茲晨何瀟灑，出沒依澄瀾。共眠翼戢戢，偶立紋斑斑。扁舟掠其吻，翹足殊悠閑。此鳥或似我，樂志耽溪山。不鳴亦不飛，雲路忘騰騫。舟人笑相謂，幸此臨清湍。前有黃獅怒，掉尾方巑岏。

黃獅洞灘

我來黃獅灘，不見怒蹴踏。溪聲如廣長，俛首聽說法。

夢升之

小舫參差似鴈羣，清宵語笑定相聞。夢魂尚恨篷窗隔，愛傍殘燈更夢君。

曉雪

我昔在興安，八月雪霑浥。隨風凝行帳，冰棱不得襲。頗怪鑱天峯，眩作玉筍立。今時仲冬中，六花何未及。夢回聞篷聲，似雨轉悽急。榜人凍相語，微霰詫先集。雜以霢霂飛，烟靄亘原隰。吹面生餘寒，拂袖泫微濕。浩歌下危灘，蛟龍快全蟄〔一〕。

【校記】

〔一〕快全蟄，經訓堂本作『定全蟄』。

灢水灘

灘奇雨亦奇，見客輒交射。每距數里遥，氣象已可怕。昨驚連珠險灘名，灢水亦其亞。未到先薄人，作色變嗚啞。殷殷春霆轟，浩浩高浪駕。助以陰霧霾，晦昧竟疑夜。石角怒而前，排奡欲爭霸。舟水互搪衝，失勢忽一瀉。榜人稍恫惶，我命伺其暇。出奇遂出險，椓纜向桑柘〔一〕。回首嵐霧濃，風濤尚淩藉。連溪斑竹叢，冥冥叫山鷓。

【校記】

〔一〕桑柘，經訓堂本作『杉柘』。

行黔陽道中望諸山積雪

楚黔地絡陽，三冬罕積雪。昨者落旋消，曉來復蕭屑。入午勢纔停，舉目皓已潔。不知萬層山，玉屏忽齊列。有時露蒼嵐，白雲補其缺。雲雪杳莫分，界天並巀嶪。穹崖稍難留，微痕象環玦。人家殘雪中，戶牖半明滅。夕陽落孤舟，松竹更清徹。一轉又一奇，可攬不可說。龍公借玉戲，萬里慰仳別。喚買拋青春，酒名。推篷賞幽絕。

玉樹灣二十餘里石皆瓏玲離立吾鄉湖嵌殆不足數也

五日畫一水，十日畫一石。挂我高齋間，觀者歎神蹟。詎知一日間，千萬飽奇癖。林林立寒溪，不作獅象擲。谽谺渾雕鎪，宛轉擢筋脈。偶同簴筍穿，忽比鼎耳坼。何年仙人橋，淩虛更無跡。得非修月斧，斲此渡溪客。我家近太湖，雲根等圭璧。香山偶載歸，已足示高格。況茲廿里餘，家家倚青壁。臨江風露寒，入夜烟霜積。脩然山澤癯，豈肯近研席。應有金華兒，牧羊共昕夕。

謁昭靈祠

寥落芷江地，三間有舊祠。蘿衣山鬼笑，蘭藉楚人悲。風雨頽蓀壁，烟波載桂旗。千秋懷石意，未許賈生知。

宗國餘三族，羈臣歷九年。《抽思》還婞直，《惜誦》屢屯邅。枉渚辰陽隔，修門郢路懸。牢愁無可畔，決絕在沈淵。

地已亡丹淅，兵仍絕武關。怒齊空失助，走趙竟無還。太息龍門遠，誰知華路難。夷陵烽火日，想像淚痕潸。

渺志追三古，芳菲姱節彰。肯同桑扈裸，尚鄙接輿狂。鸞鳳爭承駕，虹霓使作梁。欲知耿介性，世譖接高陽。

蘭杜凋中沚，莓苔上步櫩。靈祠三楚遍，遺像百蠻瞻。魂魄巫陽召，生平太卜占。先民如可作，風義激頑廉。

慘淡逢辰缺，蒼涼遡甲朝。修能宗聖哲，文采啓《風》《騷》。天遠寧難問，魂歸豈用招。從來蕉萃客，雪涕薦申椒。

七里灘

茆屋杉籬不見門，數棱殘雪印鞵痕。半溪斜日孤罾捲，時有漁人歸竹村。

曉晴

稍喜晴光霽，仍愁霧氣濃。寒溪千百折，遠障兩三重。水急多魚步，山深有鹿蹤。松杉青似沐，誰信是嚴冬。

復雨

雪晴雨未晴，沈沈下穹碧。欲將萬斛珠，洗此千山白。雪瀑與雪同，飛流界苔石。懸知沅江波，今夜漲盈尺。岸旁千篠簩，閉此漁人宅。惟聞楓香林，日暮響格磔。前呼不如歸，後語行不得。我行日方長，欲歸豈敢憶。自分愧溪禽，故山栖倦翮。停燈灑連絲，共向烟篷滴。

日暮過大遲灘

灘自便水驛，節節森坡陀。小遲與大遲，狠石尤嵯峨。一石逼一浪，一浪盤一渦。千渦浪所聚，鬱屈噴長波。水底更列石，急溜無由過。全江壅而上，快瀉龍騰梭。舟人理竹索，逆挽肩相摩。百丈繫百指，彼此通招訶。誰知風霆震，欲語聲先訛。溪迴水雲黑，後艇方蹉跎。中流縴忽礙，挂石如藤蘿。幸有肉飛仙，水面淩黿鼉。兩舟卒並濟，佇立瞻層阿。一燈誰家屋，歲晏方婆娑。

夜聞灘聲奇詭可怖詩以狀之

灘聲欲抉羈人夢，萬竅刁調浩呼洶。石林夜幽神鬼眾，土伯山魈率其從。一足夔夔嘯且踊，赤豹文貍互鬭鬨。譆譆出出聚蠻峒〔一〕，偷使陰雷劇簸弄。勢挾千巖各飛動，挾之不得折而趨。尻輪一駕風雲俱，九地忽裂聲嗚嗚。

【校記】

〔一〕 譆譆，經訓堂本作『嘻嘻』。

舟泊晃州驛

經月方辭楚，乘風欲届黔。已添帆腹飽，並免石棱尖。野市柑初賣，蠻鄉酒更甜〔一〕。詩成百廿首，勝事我能兼。

【校記】

〔一〕『野市』聯，經訓堂本作『薄冷頻拈酒，微香屢破柑』。

三汊灘雨

三汊灘前一尺雨，濕到篷根印衣屨。比似春寒寒更苦，楓篁月黑猨交語。

舟至玉屏

性命真悲一髮輕，寒灘日日鬪崢嶸。人從激箭流中坐，船在崩崖罅裏行。喜見杉筠圍野邏，愁聽風雨走山精。驚魂才定輿人報，前路千峯劍戟橫。時將陸行。

水驛

水驛龍塘北，人烟雉堞西。呼船村度近，北門外有平溪渡。編竹客廛低。邑小當三楚，灘高挾九溪。宛溪、焦溪、梅溪、松溪、牙溪、勇溪、鐵溪、小田溪、白水溪謂九溪，皆從鎮陽江達於沅水。前宵未殘雪，隱與玉屏齊。

泊舟玉屏北郭

㵲水沅江道路紆，又經北郭檥征艫。休嗟流落同商婦，自笑稽留類賈胡。短燭孤舟風浪湧，亂山殘雪歲華徂。故人恰惠衡陽酒，同年戴君涵令於此〔一〕。稍潤詩腸幾日枯。

【校記】

〔一〕經訓堂本此處無注。

書所見

一畝誰家築考槃，雪時景物未凋殘。芭蕉滴翠栟櫚綠，偏與松杉伴歲寒。

沿平溪過天生橋西行

長溪蜿蜒乖龍蟠，古路犖确修蛇斑。路緣溪行互曲折，忽見橋影搖澄瀾。獅王象主皆峯名共相屬，中有人烟隔櫪竹。失喜寒溪滑笏平〔一〕，一角雲嵐浸寒渌。

【校記】

〔一〕寒溪，經訓堂本作『秋溪』。

入雞鳴關

巖關呀然忽西折，古路低盤如入穴。羊腸一線凹且凸，寬尺有咫亂叢樾。山色陰沈鑄積鐵，飛泉灑道泥活活。輿夫十步九恐跌，道欹欲卸石半裂。板薄如紙補其缺，行人俛眎魂駭絕。萬仞崩崖萬疊雲，萬道轟流萬條雪。

栗子沖曉行

月黑山霧高，舉手不見掌。出門纔數武，亂石密於網。半里四五盤，一盤六七上。微路緣山腰，著腳僅容兩。肩輿已淩空，天風尚簸蕩。俯臨萬仞谿，下有麻陽舫。篷燈細如螢，人語難髴髣。惟聞灌莽中，輥雷激泉響。

黔陽兩月雨，飛瀑弩發機。昨日雪亦銷，界道噴冰澌。豈堪一綫路，攬此三尺泥。土膏如炙粿，石滑如累棊。前者把火照，繼以明燈隨。猶恐臥虎怒，中宵蹋其頤。有目不得見，何由測嶮巇。忽聞天雞唱，矯首呼晨曦。

抵鎮遠寓舍臨溪水榭彷彿秦淮因題三絶句兼寄子才蘅川兩君〔一〕

翠箔紅欄敞水亭，人烟客舫聚寒汀。分明丁字簾前路，添得青山作畫屏。

殘冬節候峭寒天，初月雲中影尚偏。行客莫嫌箏篴少，溪聲終夜弄冰絃。

袁虎詩才老更蒼，通明高逸似柴桑。誰知江左文章客，獨上吟鞍過夜郎。

【校記】

〔一〕詩題，經訓堂本作『抵鎮遠寓舍臨溪背山彷彿秦淮因題三絶句兼寄袁子才陶蘅川兩君』。

游中河山入青龍洞還過中山寺觀太和洞四十四韻

臨溪忽擢芙蓉朵，聞有兩洞長而墮。日暮清游約竟果，青龍衙衙在其左。鉤梯半似右師跛，石髮陰森垂鬅鬙。瘦竹長松亦婀娜，穹巖下垂冕旒緌。構屋堅牢絕搖簸，對眎山城分射垛。轇轕民鄽穴蜾蠃，檣竿百尺不及髁。香爐之石峙磊砢，香爐山在中河山側，峙立清漪，上豐下削，宛若香爐。北扣中山禪闔鎖。殘僧出迎口先哆，導我入洞礙裾袘。庌然忽登萬斛舸，東西九筵平不頗。其白晶晶帶珮瑳，其黑斑斑贅瘯蠡。如雲聚族如葉裹，如筍抽萌如箭笴。旁寄二穴並砐硪，暗泉交滴串珠顆。小池規月承其墮，中供聞思菩薩埵。妙香晚寂幡影嚲，倚廊短碣沒塵堁。剜落欲讀命炬火，感嘆遺詩良帖妥。洞內有臺使任國璽詩碣，詩、字俱工。西臺御史丁坎坷，巡覽周黎痡勞癉。留取丹心照裳祼，激揚風義誰則那。晦翁遺祠在山邏，嘉靖九年知府黃啓英有紫陽書院碑，言於是山建書院設學田，且以祠奉朱子。今遺跡俱不可考矣。所惜遺蹤蔓瓜蓏。學舍書田誰負荷，空剩花龕留梵坐。黔山如此森崒嵯，朗人秀士出應夥。敢告有司起庸懦〔一〕，亟啓皐比論卿軻，洞比鹿洞無不可。

【校記】

〔一〕庸懦，經訓堂本作『庸惰』。

文德關

兩崖雲樹交，百丈旌竿直。詄蕩關門開，大書表文德。我聞九股苗，處此實云逼。其人悉狼貪，其技甚鼠卽。往往弄潢池，窮年費搜殛。殺氣之所鍾，箐林至今黑。邇者聲教敷，媕徒樂生息。羣知國憲尊，胥奉長官職。嚴關空崢嶸，戍邏出遙碧。霜風卷哀笳，清曉壯行色。我願揭此名，移向蒲甘勒。

庶幾烏帑墟，萬古洗兵革。

相見坡

前坡行客忽招手，後坡行客竟開口。兩坡相望尋丈餘，豈識千盤越岡阜。天梯萬級淩巑岏，下視邃谷何斑斑。寸人豆馬杳莫數，望我應在層霄間。一迴一折屢隱現，直上峯巔總相見。安得京華亦似此，日與家人覿顔面。

舁輿甚險偶爲短歌

下山走阪丸，上山逆水船。下用四夫夾，上用四夫牽。長繩繫版當胷穿，舁者四耦相回旋。二十四足爭後先，如魚逐隊蝗附羶。如羊倒挂禽齊騫〔一〕，尋橦之戲將毋然。輿聲格磔鳴秋烟，吾身托輿輿托肩。肩上竿木絙以緣，腳底細路欹而偏。俯視何啻千仞萬仞懸，中有千石萬石森戈鋋。

【校記】

〔一〕禽齊騫，經訓堂本作『鴻鶩翮』。

斗狼箐道中遇雨

雨颯颯，風淒淒。據于石，需于泥。一轉復一折，一高更一低。轉折安可極，高低數千尺。上山臥肩脊，下山驚魂魄。怪樹如龍擘巾幘，怨鳥嘑空杳無迹。萬仞穹崖危已坼，半嶺飛泉碎璣璧。灌莽青黄濕烟積，足底千峯那可識，雲海蒼茫界天白。

飛雲巖

飛雲之巖雲所宫，欲飛不飛留奇蹤，雲老化石與石同。如鐘乳乃寒泉鐘，如星光賷成硿礱，千朵萬朵攢一峯。窔然石屋敞且崇，垂天之勢何逢逢。凡雲所載類以從，之而鱗鬣蟠應龍。橢角戢戢眠雨工，光音天人瓔珞重。紫猊寶座青芙蓉，繡幡華鬘花丰茸。獰獅香象拳毛鬉，兜羅綿現舒晴空。亦有仙叟方雙瞳，手持絳節朝樊桐。鶴翎鸞羽隨豐隆，璚華芝草翻靈風。石上刻仙人像。殊形異狀紛玲瓏，一罨以雲空濛。左折兩洞咸巃嵸，一洞如厂架棟隆，涓流下注鏘珩琮。一洞杳黝不可窮，云是夏秋水所宗。右轉石筍攙崆峒，有石扣之應笙鏞。笙鏞從《尚書》鄭義。前聳三石蹲羆熊，構亭其首延青紅。亭上合十南詢童，稽首觀行超圓通。巖坳高閣以奉觀自在，對面小峯爲善財童子亭。繞巖合沓杉柟松，瀑布一道噴長虹，是日雨霽陰霏蒙。羣山杳靄迴高穹，擬排兩翮騫高翀〔一〕。登輿三里東坡東，尚有雲氣摩心胷。

【校記】

〔一〕騖高翀，經訓堂本作『資騖翀』。

巖畔見梅花

香從冰雪境中聞，玉蕊疎花已吐芬〔一〕。開向華嚴樓閣裏，不須同夢憶梨雲。

【校記】

〔一〕玉蕊疎花已吐芬，經訓堂本作『空際疎花尚未匀』。

黄平州道中

隔嶺殘陽雪已晞，風迴石竇約雲衣。人家漸有初春意，翠鳥嚥烟竹半扉。
沙際春歸草甲開，尖於韭葉緑於苔。可憐未作裙腰樣，已費江郎賦別才。
家家修竹當門屏，竹裹茅堂對石汀。六枳籬中蔬圃緑，矮牕都傍碧瓏玲。
小小肩輿短幕遮，一蒲團地足趺跏。夢回忽見寒山月，空翠如烟濕碧紗。

游雲溪洞

昨登飛雲巖，如入華嚴閣。萬疊香雲華蓋雲，隨風作態巖前落。今來雲溪洞，如入脩羅宮。天魔眾擊大海浪，手遮日月摩蒼穹。高十餘丈庨然垂，其袤兩倍深四之。沙石犖确流寒澌，洞復有洞千萬姿。其左洞二黑如夜，杳不見底寒氣射，疑有肥蠙此中舍。其右洞一開門閌，磬折而入通天光，洞口冰柱排明璫。最後一洞深冥冥，不見鬵沸聞琮琤，蒼峙洞天傳道經。頗聞龍虎翔仙靈，內藏鐘鼓鏘流鈴，迴潭百畝如鑑平。後出更見炊烟青，人家修竹開林扃，《省志》：洞深二十餘里，中有蒼龍、白虎、石鐘、石鼓。又潘淳《游記》云：內一潭廣百畝，晶瑩澄徹。石壁間石穴僅可通人，匍匐而入，行未數武，豁然雲開，修竹茂林，望人家炊烟，上穿屋脊。郵傳竊恐非真形。我友好事幸勿聽，況無列炬燒松明。時升之賈勇欲進，余以無炬止之。迴塗復上岑樓上，石室嵯峨並奇壯。寒骨悽神不可留，恐激天風忽排蕩。洞一名大風洞。潘《記》云：洞中時殷作雷聲，少頃風起，不減海中颶。

過魚梁江新橋

亂山浮翠雨新晴，徑轉蒼崖拔地生。雪瀑三層緣石瀉，虹梁百尺絕溪橫。苔碕瀨急魚難上，竹塢叢深鳥亂鳴。我亦吳淞垂釣客〔一〕，何因閑坐聽琮琤。

【校記】

〔一〕 吴淞，經訓堂本作『吴楓』。

游牟珠洞〔一〕

我經平伐司，道過牟珠洞。龕座荒鐘魚，椒塗罥茅葑。仰看石樓開，遥見古佛供。近前稍谽谺，小折遂昏瞢。擁炬崽子先，楷笻獠奴共。地脈劃町畦，山根界錯綜。初陟呀短扉，再窺豁斷甕。三進豈及霤，一線僅餘縫。忽拚袍袴汚，悉解衣裘重。首下尻敢高，手揮目難送。蟻穿曳朋儕，魚貫綴僕從。需泥震乃厲，出窞笑成哄。雲蒸熏饋餾，泉滴凝乳湩。久爲兑澤鍾，兼積夏雨涷。土膏劇塗脂，苔滑險蹋涷。危梯阻崚嶒，仄徑峭横縱。錯趾愁淩兢，捉臂憊引控。進比蛇鬭鄭，退等鷁過宋。怪訝夸娥移，秀逾仙客種。千尋更陡落，一柱恰當空。轟然豎棖闑，儼爾直家弄。迴聞波濤翻，近覺震霆動。得非應龍潛，毋乃巨鼇閧。杳冥迷垠涯，陰慘罨霧霿。人傳水怪騰，時向石牀玒。未知張鱗鬣，頗辨印跟踵。神奸偶此潛，出没奚足恐。夙慕澹臺雄，差哂昌黎慟。惜未執燃犀，曷由整飛鞚。回途意未厭，品石奇益衆。綗攫臥羆熊，毿髿舞鸞鳳。詰曲挂蜿蜒，横斜亘蝃蝀。長如瀑垂紳，潔比月綴棟。斑斑槭杏開，纍纍橘柚貢。三界所應有，萬彙靡不統。猗與實神區，欹矣侶鑾峒。營魂駭眩掉，耳目飫鴻絧。幸藉靈蹟繇，用寫羈忱壅。天工富雕鐫，人事愧悾惚。稽首辭空王，登輿恍如夢〔二〕。

【校記】

〔一〕詩題，經訓堂本作『游牟珠洞四十韻』。

〔二〕如夢，經訓堂本作『疑夢』。

龍里道中微雪

天無三日晴，地無三里平。人言黔陬惡，險滑難爲名。誰知山水好，不畏崖路陗。味如食諫果，愈濇乃愈妙。所憂雲陰陰，化作霖淫淫。飛流爭界道，何由度危岑。南來五日已不雨，更乞經旬放晴煦。搔首叩天天不語，竹外雪花颺輕絮。

養龍阬行

蠻溪水立蠻雲徂，衝風涷雨雷霆俱。溪濱游牝忽覯止，用鄭箋。鼉星墮地生神駒。洪武年初入職貢，其高九尺長丈餘。六龍法駕禮夕月，如山不動行亨衢。飛越峯名冠天廄，學士作贊中涓圖。吾聞烏蒙之馬本卓絕，番長寶貴千金須。教駣有術在孳乳，先縶厥母臨崎嶇。時其飢渴乃一縱，決起直上蒼鷹如。更番迭試調習久，鼉叢鳥道行空虛。軀幹雖小骨力健，陟險要與北馬殊。邇者朱提阻聲教，渡師洱海彰天誅。黑雲落鴈飛食肉，思得神駿供馳驅。川黔楚粵悉助騎，雲錦絡繹經巖隅。潭中神物今豈無，癡龍百萬睡未蘇。何當鞭起蹴烟霧，太乙下況苗狳區。眼前突兀見此馬，追風躡電三江趨。縛其渠帥登其俘，嗚呼！縛其渠帥登其俘。千騎萬騎弢雕弧，歌陳天馬歸來乎。

行抵普定令客長洲蔣秀才堪來見言昔欲從學於余而未果具道黔中洞壑甚詳且訂歸日同游之約〔一〕

京洛揞筇得得來，每逢巖壑劚蒼苔。洞天清話君能解，勝似符家老秀才。

【校記】

〔一〕詩題，經訓堂本無『堪』字。

十二月十五日夜月

鐙火蠻村夕，風霜餞歲時。六千經遠道，三五值佳期。雨久雲歸緩，山高月見遲。遙憐香霧裏，永夜倚簾帷。

曉行巖石忽墮壓擔行李皆損

晨發傍山行，橫空忽飛礮〔一〕。仰看巨石崩，萬眾叫而愕。隱轔摩層崖，所遇輒相搏。氣劘千圍松，聲走萬仞壑。晴雷入九地，餘怒尚磅礴。一卷偶飛來，壓擔碎囊橐。得非罡飆吹，恐因積雨落。物理果茫昧，警魂竟安託。或云此欃槍，光賈化砟硌。左角無復纏，小醜行就縛。聞語更听然，解鞍且釂醑叶〔二〕。

【校記】

〔一〕飛礮，經訓堂本作『擁鐸』。

〔二〕且釂醑叶，經訓堂本作『且熙嚼』。

白水巖瀑布

輿中作夢騎長鯨，徑度香海游層城。忽聞殷雷動萬壑，到眼乃是奔泉傾。泉初夾山曲折行，與石相搏成瑤瓊，白水之白因以名。滙於巖上青苔凝，瀦於巖下碧玉平。懸崖獨成無色界，一落百丈開空明。怒者盤螭鱗甲橫，飛者仙鷺翹修翎。疾者揭天㭊鼓震，徐者蜿地游絲輕。楊花萬點綴瑣闥，珠顆百串垂簾旌。卷空如烟復如雨，水面盡化雲英英。隨風過溪灑客袂，游子目眩心神瑩。黔山蜀獨尖而青，涓涓淺瀨流石泓，詎若茲瀑能移情。想當六月山雨驟，素車白馬爭闐轟。橋邊獠狑數家住，栟櫚如纛搖檐楹。拓窗正對一匹練，川霞雪浪四字刻在巖下窮其形。安得賃屋依林坰，解衣日臥松間亭。對河有觀瀑亭。遙天欲雨陰霧生，僕夫彳亍催嚴程。長歌擊竹出金石，深潭恐有蛟龍驚。志稱：巖下有怪物潛此。

雨中自老鷹巖至白沙驛三首

晨發花貢驛，午屆老鷹巖。巖高億萬丈，千盤造其尖。峻阪不受足，泥深滑如泔。輿同垂藤猿，一線梯空嵌。石壁更橫出，其脣侈而弇。天風恐吹墮，俯仰心憂惔。

苦雨已蕭騷，層雲更霼霴〔一〕。無風圛圛升，見《說文》引《古文尚書》。浩蕩眩銀海。不知下界中，羣峯復何在。奚奴咫尺間，相望兩難逮。我身屆烟霄，終難叩真宰。何時得解駮，金鵶露精彩。入雲須出雲，輿人再厲乃。

蠻樹寒不落，蠻草冬仍花。經旬洗霧雨，紅翠如朝霞。宛疑江南路，寒食芹初芽。又疑迎梅候，霧靄低鷗沙。下有泉琮琤，旁有石谽谺。惜此清絕境，淪落獠狑家。豈無肥遯士，編竹甘幽遐。連山杜鵑叫，和我相歎嗟。

【校記】

〔一〕霼霴，經訓堂本作「杳霴」。

松歸塘

淰淰寒泥滑，棱棱石竇虛。泉聲迴木棧，雲氣擁籃輿。村店三家市，蠻田一歲畬。招提松翠裏，未得聽鐘魚。

驛旁梅花

蠻村臘尾東風早，雪後溪山未枯槁。石橋西畔見寒梅，數樹扶疎向蒼昊。嵐深已覺暗香滋，石瘦還憐春蓓小。細雨如珠有淚垂，濕雲似夢無人曉。未逢晴旭趁黃蜂，半帶朝霏呢翠鳥。先生京國打包來，直泝湘沅擷芳草。舉頭蒼翠亂楠櫧，放腳青黃蔓蘿蔦。邂逅何緣對佼人，忽揩病眼開幽抱。吳趨春信想銅坑，斗轉參橫水雲渺。畫舫籃輿日日停，香林酒舍重重繞。都城九九尚銷寒，唐花厭擔橫枝裊。粉葯參差照碧瓷，銀燈迴合傾清醥。兩地淒涼正憶君，移根豈意來蠻獠。仙衣零落枳籬間，丰格依然出塵表。肯依池館鬭穠花，自向溪泉甘窈窕。橫篴誰知怨寂寥，簪巾我亦慚衰老。停輿欲去更咨嗟，漫與新詩慰悽悄。

下淩

非霧非霰還非霜，如烟如雨空中颺。著草著樹白於肪，冰線縷縷垂㡘筤。問之曰淩不可詳，淩人伐淩垂經常。似此藺屑何能藏，在木爲介霧爲凇。方言偶爾異蠻硐，九溪以南炎瘴重。飛雪稀聞縢六送，得之陰陽斂其用。客程不畏薄寒中，祇喜農家歌飯甕。

入滇南境平彝縣宣威嶺上有萬里亭，爲滇、黔交界處〔一〕。

征鞍茸帽日鬖鬖，羈客真成萬里心。山盡地還開赤埴，冬殘雪尚覆青林。松針分綠齊鋪地，梅蕊含香欲上簪。莫嘆長安今更遠，鬼方北望暮雲深。

【校記】

〔一〕 詩題，經訓堂本『境』字後有『有作』二字。

過青溪洞石狀之奇甲於諸洞入二里許以火盡旋返導者云洞復有洞左右旁穿歷十餘里不能窮也

我乘龍蹻行，狂游入山腹。肺腑忽槎枒，腧穴盡連屬。造化枵其中，神靈實所族。大之高以軒，隘乃繚而曲。怒垂雲萬縷，倒拔筍千束。音同鐘鏞調，狀肖裳裾蹙。奇蹤呑八九，勝踐漏五六。隸人倦執燧，羈友勸迴躅。誓裹十日糧，盡探億仞谷。再蘸墨海濤，大書紀巖麓。

晚次白水驛聞宋瑞屏于前二日已過此矣不得相見爲之悵然卻寄

來往千山路，艱危萬里身。同爲黔筑客，不見霅溪人。時命寧終謬，文章自有神。蹇驢風雪裏，歲暮莫酸辛。

大雪過分水嶺

北風吹山馬欲倒，雪雲不辨千峯縞。誰信同亭炎瘴鄉，新莽改牂牁爲同亭。駝褐茸衫寒料峭。未春已覺春茫茫，六花遙帶梅花香。多羅海畔瓜皮艇，行人愁問瀟湘景。瀟湘江在南寧縣城外。

馬龍州驛館曉雪

宵經多羅山，不辨紅軍哨。殘更詣驛亭，始有松明照。啜粥復圍鑪，一睡失寒峭。有如飲酒醺，豈省村雞報。稍聞小窗南，西風等噫嘯。起來視苔砌，雪竹亂旂纛。屋後木客箐，山名。鑱天一色縞。絕景得未曾，誰能見奇妙。古來尋幽人，蠟屐豈能到。何爲在行邁，偏覺憂心繞。乃知緣境移，此識實顛倒。一笑呼趣塗，吾將展遐眺。

小除夕前至昆明馮觀察泰占光熊留宿齋中

十年結珮侍楓宸，形影相隨是夙因。公事紛繁憐我拙，交情款曲愛君真。烽烟慷慨從軍日，溝壑顛危出險身。歲晚官齋留對榻，喜心翻倒欲霑巾。

紫誥輝煌出禁門，元臣推轂領軍屯。已掄貔虎分天仗，直掃鯨鯢盡地垠。三策自聞籌遠略，一宵暫得慰羈魂。飄流萬里猶堪仗，到處提攜有弟昆。聞趙雲松、錢黄與受穀已在騰衝。

春融堂集卷十一　勞歌集　己丑

過圓通寺

一身如孤雲，愛覓溪山去。忽聞螺峯高，丹碧層厓布〔一〕。入門肆曠覽，拾磴信微步〔二〕。仰睇補陀巖，青蒼掩朝曙。林鳥不知春，自與東風訴〔三〕。孤亭憩納霞，萬象互奔赴。人家渺炊烟，江流隔宿霧。上有千株松，寒濤在雲路。二十五圓通，教體皆堪悟〔四〕。欲叩此方機，微鐘出烟樹。

【校記】

〔一〕丹碧層厓布，經訓堂本作『層嵐互軒翥』。

〔二〕『入門』聯，經訓堂本作『入門已清迥，拾磴足容與。』

〔三〕東風訴，經訓堂本作『東風語』。

〔四〕『二十』聯，經訓堂本作『圓通二十五，教體應誰度』。

自發京師相好者多言滇南炎熱飲酒易以致疾道中屢欲絕之而不果既抵昆明馮泰占光熊戒余益堅自分此身來去如臂屈伸本不足深計然良友諄復之言不可忘也乃和淵明止酒詩以自警〔一〕

吾生如落花，藩溷隨所止。甚欲效東皋，終老醉鄉裏。豈知墮百蠻，家家食蘆子。蘆子性辟瘴，如檳榔、茴香之屬，滇人多食之。良朋搖手戒，麴糵慎勿喜。此去千里山，炎烟日夜起。腐腸古所云，引瘴實其理。不見劉元城，生還自得已。殷勤謝苦語，吾病知免矣。有酒縱如澠，不復望涯涘。何須求鴞炙〔二〕，往問勞子祀。

【校記】

〔一〕詩題，經訓堂本「馮泰占光熊」作「馮君泰占」，題末尚有「庶直止云爾」五字。

〔二〕何須求鴞炙，經訓堂本作「何至化鼠肝」。

浴安寧州溫泉在雲濤寺側〔一〕

滇中多溫泉，甚者等執熱。此邦直南交，火德易蒸泄。妃丁兼婦壬，兩者會扃鐍。真如大冶融〔二〕，不俟硃砂結。流爲山下泉，與世助芳潔。我經萬仞山，浴此一池雪。解衣先盤礴，小坐已澄徹。

不知春何來，盎盎浮竅穴。漸同飲醇醪，微溫散肢節。塵污豈待驅，自與肌膚別。吾性本無垢，云何染緇涅。茲猶麻姑搔，宿穢旋消滅。歸來憩禪牀，津梁轉疲茶。欲誦功德水，千偈何處覓〔三〕。門前螳螂川，自寫廣長舌。

【校記】

〔一〕詩題，經訓堂本無小注。

〔二〕大冶，經訓堂本作『鐵冶』。

〔三〕千偈何處覓，經訓堂本作『何處覓千偈』。

雲濤寺曉發

昨宵新浴歸，竟擬躡飛鳳。忽聞五更鐘，吹斷游仙夢。殘僧四五人，爲客起禪誦。了知非梵音，已覺豁塵霿。佛火曉未殘〔一〕，晨光早先動。起來罷盥漱，稍稍集傔從。出寺沿雲巖，谽谺森古洞。乃識地氣靈，應許神漿供。所恨疥壁書，斜行等嘲弄。惟餘菏澤詩，壁間劉中丞素存藻詩最工雅。清妍尚堪諷。朝陽雜紫翠，林影亂鞭鞚。猶喜石淙泉，潺湲遠相送。

【校記】

〔一〕曉未殘，經訓堂本作『曉未山』。

白崖懷古

朝經黎石關，暮宿白崖口。青蒼九龍山，萬笏出堆阜。覆釜復崢嶸，鳥道綴跟肘。西爲畢鉢羅，洞窟劃甕缶。南爲毘雌江，寒濤激清瀏。此邦本巖疆，白國垂已久。誌始阿育王，系出西海後。歷傳龍祐那，姓自武鄉受。四姓暨五部，緣崖設城守。郵聞天寶年，國事失樞紐。邊臣妄開邊，士馬詑騰蹂。維時皮邏閣，六詔無與偶。倔强等鹵承，獷猾類桑藕。猶然奉朝正，爻閭會圭卣。何期張虔陀，牆茨最堪醜。官邪當屋誅，用以警九有。仲通權奸徒，黨惡兆戎首。懸軍出兩道，謾擬誅貳負。謝罪尚弗容，遂使鋋險走。濮髳互煽動，爨睒隨指嗾。萬牛供臠炙，萬甕恣行酒。鐸鞘眂月瑩，銅鼓殷雷吼。惡氛漲南溟，殺氣射北斗。眈眈虎在嵎，赫赫蛇蟠藪。虛傳肉薄攻，轉致飽毒手。李宓復繼之，深入中詿誘。時違嬰疾癘，道遠乏糧糗。賁軍更殺將，膏血動杵臼。至今骨已殘，舊鬼恨未朽。追思唐中葉，盭運迫陽九。國枋落外家，雄狐綰相綏。使節領劍南，萬里託干掫。蒼涼《兵車行》，感慨杜陵叟。旋令金蝦蟇，虛無動蚴蟉。郎當蜀棧間，至尊犯塵垢。爲數生厲階，始事在誰某。蠻陬異函夏，雜種如瘈狗。羽干儻可懷，揵伐非所取。我欲書其事，深刻類岣嶁。大理有禹碑，蓋楊升庵摹岣嶁碑所刻。庶與殷鑒同，諷誦待矇瞍。

洱海向多長風甚者至掣肩輿去輿夫每患之今晨過下關一名龍尾關微風偶作無熛怒狀詩以紀之

南行度下關，四山亂青碧。點蒼中最高，洱海復瀰漘。山水所結蟠，陰陽亦迸迫。野老前致詞，去路直穹壁。焚輪每晝號，侵淫肆橫擊。其聲駭波濤，其力厲霹靂。端可靡林莽，詎止走瓦礫。從空掣行人，快若颶飛鷁。聞言彈指嗟，噫氣何太劇。黑雲況頳天，勢掩餘霞赤。頗憂厄豐隆，宵寐未安席。朝來金烏升，土囊忽寥寂。披襟獨泠然，曾未動淺辟。衡山陰可開，海市怪能覿。我無古人才，幸爲神靈惜。稽首謝天公，蠻氛苦未滌。吹律尚弗同，何以靖鋒鏑。所蘄不鳴條，長養被黍麥。遙應南薰絃，解此甕牖戚〔一〕。

【校記】

〔一〕經訓堂本詩末有小注：『宋玉《風賦》：邪入甕牖，至於室廬，生病造熱』。

寄謝經過途次諸君

單車南下逐飛鴻，適館頻承授粲豐。自分勞薪同賸客，偏教行李累羣公。衰遲敢嘆功名薄，文采虛叨物望雄。寄語江湖東道主，久將爭席任鄰翁。

送張同知質齋煥歸永綏次升之韻〔一〕

石交廿年餘，同臭劇蕙茝。豈期流落地，相遇近滇海。意態仍昂峨，胷次足礨碨。去夏被檄來，從戎戒冑鎧。功曹重常頎，從事得呂凱。陳詩賦溫其，設誓勗敵乃。行將逐槍櫐，取道出喇唻。緣塗蹋箐篁，俘敵夾鈹鐓。寧憂南陬南，山水限嵬磊。師期尚未徵，春信入蓓蕾。初候蟄始驚，小住蟾再朏。謂竢汙裸平，鐫功附鼎鼐。君言鑒微誠，所賴良朋美。自從辭燕湘，彈指忽經載。色養已久睽，浮榮何足采。曉看雜卉紅，回首想舞綵。執訊勢非遙，懷親情更倍。念君歸緒殷，感我淚痕涴。三冬序潛移，萬里信難逮。登高望白雲，下有子舍在。軍諮媿無狀，詎敢叩真宰。送君欲贈君，援筆氣先餒。懸知覲蘐幃，火令值初改。入境父老歡，迎門童稚待。重展陔蘭圖，更憶蜀中寀。時君屬大邑令仲松嵐作《墨蘭》橫卷。

【校記】

〔一〕詩題，經訓堂本作『送張質齋歸永綏次趙升之韻』。

過楊升庵先生故居

不信詞章士，忠能叩九關。呼號真有厲，衰老尚難還。客夢三巴樹，羈愁六詔山。小桃紅欲染，猶似杖痕斑。

著譔多爲貴，聲名愛更傳。生徒稱六學，文采播三宣。俎豆知何日，先生祠未入祀典。松篁不記年。朝陽樓閣上，獨照斷腸篇。壁上書黄夫人『三春花柳』一詩。

送同年仲明府松嵐鶴慶回大邑任〔一〕

豈料同年舊，翻從異地親。形容俱慘澹，肝膽尚輪囷。決勝楸枰在，澆愁酒琖頻。及瓜聞有信，西笑望峩岷。

聞道松潘路，將徵雜谷兵。九司搜鋭卒，千里赴行營。列帳炊烟黑，連山堠火明。不逢班定遠，何以息邊氓。前以三雜谷土司兵頗驍悍，將移檄徵之。副將軍廣庭阿公謂雜谷地寒，緬甸炎熱，水土不宜，乃止。

【校記】

〔一〕詩題，經訓堂本『回大邑任』作『回四川大邑之任』。

易羅池亭

噫氣決土囊，喁吁振萬竅。水輪應亦然，迸激安可料。大塊稍遇隙，逆上湧飛瀑。臨水更見水，動影自清妙。亭亭青蘋底，纍纍仙璣繞。明湖柳絮泉，舉似儼相肖。池方百畝寬，未容一塵到。涵虚露玉沙，聊許孤雲照。春深尚清寒，宛如積秋潦。偶有金尾魚，時向空明掉。日斜鳥雀散，我來展遐眺。其平比湘簟，其澹等雪縞。略彴界危亭，無復魚師釣。想當夜涼時，缺月挂蘿蔦。波光動簾旌，悽寂類仙嶠。何人賞澄瀾，來此獨倚櫂〔一〕。

【校記】

〔一〕獨倚，經訓堂本作『一倚』。

將往騰越先寄雲松四首〔一〕

瘴嶺千重絕域鄰，騰身汗漫竟何因。冰霜驛路回殘歲，烽火邊關託故人。急難終憐青眼在，窮交喜見白頭新。中宵噩夢心猶悸，肺腑槎枒敢再陳〔二〕。

彈指前塵七載餘，承明蹤跡駏蛩如。得錢市酒挑燈酌，乞米朝餐並屋居。蒲褐空齋家更遠，耘菘舊約計還虛。阿奴碌碌君須記，只憶生平下澤車。

鐵甲連雲戰未收，毛錐何意雜兜鍪。浮蹤約略同齊贅，假面分明作楚優。天入南溟窮鬼宿，地過西濮盡神州。小人有母知同感，望斷孤雲萬里愁。

一麾出守歷蠻邦，又向哀牢擁碧幢。方寸久知生五嶽，前籌竟擬渡三江。謂南大金江、南得籠江、河瓦江也〔三〕。鸛鵝陣合將軍令，雲松時從兩將軍駐盞達。龜象琛期屬國降。時屢有緬甸乞降之信。金印果堪求斗大，深譚還欲翦銀釭。

【校記】

〔一〕詩題，經訓堂本『雲松』作『趙甌北太守』。

〔二〕再陳，經訓堂本作『再論』。

〔三〕經訓堂本此注爲：『緬酋所居阿瓦城一名三江城，蓋大金江、南大金江、南得籠江皆於此入海。』

渡潞江

蟻徑盤旋五十里，自蒲縹至此凡五十里。直下山根若釜底。蠻江西來疾於矢，太息吾行胡至此。茲江發番蒙，奔流掠騰衝，潞江在瀾滄之西，番名哈拉烏蘇，即《禹貢》之黑水。其水自前藏東北哈拉腦兒流出，東南入喀木界。又東南流入怒夷界，爲怒江。入雲南大塘隘，爲潞江。不滙海泊兼銀龍。二江名。下經車里越擺古，張機江考，潞江一名怒江。經芒市至木邦，名查里江。又經流八百車里地，至擺古東入海，俱金沙江以下之支流也。南荒獨與環瀛通。江間茆竹數家住，黃果叢深塞道路，云有祆神於此據。朝蒸炎烟暮毒霧，瘴氣如虹亂花絮。千峯層疊高刺天，經時不得春風顛。喚船江岸日似火，行人下馬汗交墮。

八灣曉起

瘴霧炎雲極望同，蕭條破驛一鐙紅。人行兩戒圖經外，路入三宣版籍中。月暗深叢啼怪狖，春回荒砌沸鳴蛩〔一〕。朝來慣送疎疎雨，已聽輕雷碾碧空。

【校記】

〔一〕鳴蛩，經訓堂本作『鳴蟲』。

經高黎貢山

蒙氏時，封是山爲南嶽，上有磨盤嶺，即李定國抗王師處。嶺之上名五十三參，最高者爲分水嶺，南流入龍江，北流入潞江。明王驥討麓川、侯璡由大侯川與大軍會，皆取道於此山〔一〕。

疾雷隱轔南山陲，猛雨曉霽收層霏。舍輿振策不憚疲，欲與僮僕同艱危。舉頭巒影高厜㕒〔二〕，如蛇之路山腰欹。旁伏猩狒兼貒貍，夔魈來往行人稀。邇者吏卒初脩治，稍闢榛莽刪菑翳〔三〕。天梯石棧通隇陜，三尺一級侔累棊。駿馬行此旋倭遲，十步五步鳴酸嘶。萬千老樹擁幢麾，腔枵腹裂攢秋菭。倒者臥地僵尻脽，其根絡石縈綆絲。蜜香花發香葳蕤，貼雪一捻紅胭脂。蜜香花如蠟梅，貼雪則辛夷之屬也。下蘗密竹笙簩篦，甘蕉葉大栟櫚肥。蒼藤翠蔦纏柯枝，十里不見行天曦。但聞颯沓吹寒颸，蠻雲潑墨春淋漓。猨公什伯相遨嬉，嘯羣連臂聲嚘咿。呼烟山鶘兼子規，雜以慳鳥噫吁嘻。酸螿如雨喧迴碕，聽此忽覺哀纏脾。雪山天際橫長眉，爛漫眾皺兒童隨。僰人三兩同蒙倛，杉皮作屋圍槿籬。茲山蒙段昔所私，封比吳岳金天儀。升柴瘞玉求蕃釐，靈祀蕪沒迷荒基。東鹿尚書熊虎姿，澤州於此偕驅馳。磨盤之嶺干雲逵，曾聞蟻賊鏖雄師。至今殺氣橫祲鑴，層巔流水分兩岐。南龍北潞殊派支，五十三參孰諏咨。艱難詰曲頗似之，南詢我已窮坤維。德雲慈氏真導師，河山久識皆心爲。大荒南經奚以悲，獨惜此區劃怒夷。蒲蠻蒲卡自古遺，坐致瑋麗無人知。九州之外良幽奇，愧無巨筆磨天麾。盤旋漸下龍江湄，又見雪浪翻蛟螭。

【校記】

〔一〕六侯川，當作『大侯州』。王世貞《弇州史料》（萬曆四十二年刻本）前集卷二十九《侯璡傳》云：『賊攻大侯州靖遠伯，璡往援襲擊，大破之，斬首萬級。』又《（雍正）雲南通志》（《四庫全書》本）卷二十六『順寧府』云：『大侯州故城在城南，卽州舊治，與雲夢接壤，土名大侯寨。明正統三年改爲州。』

〔二〕巒影，經訓堂本作『嵐影』。

〔三〕稍闢榛莽刪菑翳，經訓堂本作『稍剷菑翳成莊馗』。

過龍江鐵索橋

昨過蘭滄森欲墮，鐵索千尋顫如簸。龍川今到心徘徊，下瞰怒石濺風雷。崑崙岡前山勢住，一線崩流莽迴注。傳自春多不知處，龍川江之源，從喀木所屬春多嶺南流入滇。上亘金繩作飛渡。六州鑄錯噓炎烟，鴻鑪鼓錟淩丹天，見《本行經》。鍊成鈎鎖通關鍵。如猨接尾臨崖懸，如蛇蜕骨繞樹纏，誰斲石竅深而圓。巨靈隻手分經緯，忽屈青冥作平地。縮版仍排雁齒斜，憑欄未懼蛟涎沸。尋橦度笮寧足豪，梯空蕩漾淩奔濤〔一〕。前軒後輊吾豈免，見慣不須愁腳軟。

【校記】

〔一〕淩奔濤，經訓堂本作『當奔濤』。

宿橄欖坡竹屋

高黎貢如屏，龍江亘其肘。南爲橄欖坡，居蠻僅八九。此山萬古荒，茅茨亦何有。截取青篬筤，規以安甗瓿。縷縷界紋簾，條條約疎柳。窄同鳥在籢，疎類魚潛罶。用紙繚繞之，不藉圬人手。山風日吹撼，裂痕互糾紐。行人度屋外，了了見踵首。疑洞亘一方，斯術授誰某。夜深展單衾，枕簟落星斗。夏雨儻淋漓，便擬作土偶。隨處等蘧廬，我已悟莊叟。

抵騰越後寓同年錢觀察黄與邸舍長宵絮語感成三律

青蛉南下路千層，翦韭炊粱有舊朋。霜鬢年華經轉戰，黄與前歲從將軍進討緬甸，至天生橋而返。月燈宴會憶同升。摭言同年有月燈宴。不須止酒師元亮，卻愧哦詩替右丞。黄與謂予五言今古體多似右丞。話到更殘渾不寐，搥牀彈淚誦春陵。

蕭瑟嚴關正勒兵，又聞授鉞重專征。銀槍分駐烽烟遠，隴川、盞達、龍陵皆分駐勁旅。金印新頒壁壘更。中書書殯賁兩副將軍印至滇。自有臧宫圖遠略，何須樊噲議横行。時總兵哈國興等復有取木邦之議。小儒豈習韜鈐術，也試弓刀戛擊鳴。

鼓角無聲夜漸分，匡牀促坐息勞筋。客窗且幸同聽雨，子舍空愁獨望雲。鐵索横橋通急遞，時修龍江鐵索橋，君董其事。羽書匝地走雄軍。奉旨派京城健鋭、火器兩營及索倫、西𣞙、鄂倫春兵，並吉林水師，成都、荊州各駐防兵，以次分起前赴永昌。杜陵憤切成何補，蘇息窮檐在使君。

黃與勸余小飲言兩年在戎幕中杯杓不輟而眠食如常飲酒引瘴蓋其説未可憑也乃復和前詩以自解〔一〕

生平慕簡文，淵靜更閑止。肯斅陳驚坐，投轄重門裏。茲來況避瘴，已分謝酒子。君言蠻獠區，食物無可喜。鏡中黃槁顔，端待微醺起。既用蠲幽憂，兼可葆生理。齊物久任天，彭殤豈由己。我懷如膏煎，一沃斯已矣。何妨由糟丘，更溯醉鄉涘。仍陶劉伯倫，往配鴻漸祀。《雲麓漫鈔》：近鬻茶者，陶陸鴻漸像祀之。

【校記】

〔一〕詩題，經訓堂本「黃與」作「錢黃與同年」。

龍江道中墜馬有作示錢黃與趙雲松〔一〕

鷄既鳴矣雲尚黑，東風吹雨濕青壁，泥融于膠滑于漆。廄吏送馬堵牆如，何爲欲逐羣駿趨，一躍而上踣泥途。緣途很石紛狂象〔二〕，下偪湍江更千丈，中有飢蛟倏來往〔三〕。石間尋丈青蒙茸，聳身直上祗席同〔四〕，無須攜酒勞諸公。僕馭爭扶謝神庇，我識山神有深意，不作三公忍折臂。

【校記】

〔一〕詩題，經訓堂本「雲松」作「甌北」。

〔二〕很石，經訓堂本作「狠石」。

〔三〕倏來往，經訓堂本作「鬥雪浪」。

〔四〕直上，經訓堂本作「直下」。

再渡潞江

又向蠻江喚短篷，久將身世付觀空。天知炎瘴無由著，轉與清涼拂面風。

重宿龍江税房

繩橋斜日駐征蹄，竹屋茆藩識故蹊。小憩又增三宿戀，重來恰便一枝棲。前山雨過江聲急，遠砦烟生暮靄齊。猶有吏人相問訊，孤燈如豆助炊藜。

移居城東李氏宅和淵明韻

一身寄蠻荒，何者爲真宅。街西僦數椽，頗似鷄棲夕。蕭然挂單僧，肯爲寢處役。腹疾兼秋霖，聊取安筦席。移居東門東，幽境異疇昔。問疾如文殊，妙理端可析。

雲嵐間烟堞，繞屋無聲詩。面城更近市，巷僻誰知之。神情忽散朗，病去不可思。明知等桑下，託宿寧多時。滿庭翳花藥，素尚良在兹。結居必林泉，斯言不我欺。

雜咏李氏寓中草木

珍珠蘭

珠蘭本非蘭，時俗號魚子。空齋風露清，幽香宛相擬。乃知古論交，同心具微旨。所尚臭味諧，不取標格似。兹花在南吳，其長尺有咫。炎陬易敷榮，叢條俯牕几。離離綴微翠，九畹娣姒耳。誰補楚騷詞，定可續芳芷。

菖蒲

昌陽非小草，本爲神仙資。蕭然水石間，永與塵土辭。端如勁節人，義不貪膏脂。誰云根一寸，頗有淩寒姿。我來蠻濮中，藥物何由支。日噉薏苡粥，聊用扶衰遲。寓齋忽見此，青蒼照鬚眉。其根皺瘦透，慤苦良我師。何須十二節，服食淩輕颸。

竹

濕地饒脩篁，如蓬最繁庶〔一〕。翛翛亞牆邊，新翠滿行路。我衰更流落，病起澹無豫。此君真高朋，浮筠照巾屨。蠻陬無歲寒，何以別貞素。地磽笋亦苦，餉客難下箸〔二〕。惟餘清節在，對我永朝暮。因思蒲褐齋，叢叢尚如故〔三〕。應爲報平安，含風曉相語。

【校記】

〔一〕 最繁庶，經訓堂本作『不可數』。又，此聯後多『簹實與筍空，材每中樑柱』一聯。

〔二〕 『地磽』聯，經訓堂本作『可憐地力磽，生筍亦悽苦』。

〔三〕 尚如故，經訓堂本作『臥涼雨』。

芋

連禪本蜀產，寔可供盤飧。未作白石粲，先有青蓋翻。欹斜雜荷芰，零亂穿蘋蕵。眼明數莖碧，颯颯當前軒。瓦溝流新雨，竟夕生微喧。蠻方方食貴，比屋虛藏囷。且茹甘蕉子，兼劚梟芘根。似應廣植此，庶充老瓦盆。

薔薇

薔薇兒女花，花宜傍臺榭。如何背東風，開偏近清夏。有如貧家女，幽獨羞早嫁。嫣然吐紅芳，肯與春榮亞〔一〕。盈盈梅雨時，冉冉槿籬下。微香不自薦，零落滿橫架。誰丐翠微堂，調鉛寫嬌姹。

【校記】

〔一〕經訓堂本此聯後多『蠻孃愛蠻花，採擷在所舍』一聯。

病起

山浮雲氣入松杉，聽雨空牀側枕函。老矣精真銷燭武，全然病已遇巫咸。芻糧載路傳呼急，寓所近倉，聞輓運鈴馱聲，宵旦不絕。礮石淩空激響嚴。近新鑄大礮重三千餘斤，其子重一百二十兩。試之，聲若奔雷。屈指師期知有日，喚磨長劍製征衫。

聞師期定於七月二十日有作

元戎十乘啓行先，不俟邊關掃瘴烟〔一〕。玁狁自應征六月，鬼方何至克三年。禡旗宜社軍容肅，委火炎風氣候偏。聞說戛鳩衣帶水，羣蠻早檥渡江船。先是戛鳩頭目賀丙，率猛拱夷官脱猛烏猛來，言被緬人虓虐，願爲內地屬夷〔二〕，且集船於江滸，以備濟師。

【校記】

〔一〕掃，經訓堂本作「靜」。

〔二〕願爲內地屬夷，經訓堂本作「願內屬」。

南甸

昨過黃果樹，今度曩宋關。關門僅尋丈，一逕當市闤。邊防久不慎，疎略由治安。出關忽浩蕩，眾嶺紛巑岏。丙弄聳其北，稍東爲蠻干。皆山名。南牙闞雲霧，下有奔流寒。南牙山甚高，延袤百里，下有流泉，流爲小梁河。刁氏世厥土，廨宇深而寬。往因麓川功，宣撫躋崇班。山川豈異昔，昔勇今何孱。正統八年，刁氏以隨征麓川，授宣撫司。王師振霆雹，多士爭桓桓。曷不軒猛氣，鍛戟隨征鞍。

師次干崖甚熱

騰衝陰慘悽，六月失煩暑。居恆擁毳罽，無復事纖紵。經旬乃熯乾，驕陽氣仍聚。兩日更蘊隆，燒空劇束炬。祝融權久弛，臨秋轉具舉。炎光熨甲裳，揮汗欲成雨。行人下馬坐，正值日當午。頭眩目亦眵，據地氣如縷。遙聞海泊江，風濤戛萬鼓。執冰往枕流，庶洗煎灼苦。南荒直熒惑，毒淫固其所。所憂逼歊蒸，瘴癘困徒旅。柳下扇暍人，慨然念前古。

盞達

盞達宣撫司，厥壤與緬接。初夏曾見之，欲語已嗚唈。爲言千載前，烟火等都邑。禍始自柔兆，朱波肆掩襲。嵯峨萬仞關，竟使烽烟入。兒童被創痍，婦女亦俘縶。餘者悉逃亡，百戶僅存十。我聞怒眥盈，眥裂髮旋立。茲來過其墟，蒼蕪遍原隰。長湖空澄泓，緬寺半頹壓。何時揃磨梳，軍書早奏捷。平平太平街，街名。再使邊黎輯。

出銅壁關

八關孰剏建，晉江實豪雄。袤延逾千里，自西徂南東。猛密路久絶，誰復收漢龍。存者僅有七，銅壁居其中。銅壁關爲控制蠻暮要道，神護、巨石、萬仞在其西，鐵壁、虎踞、天馬在其東。又東南爲漢龍關，蓋入猛密之路，今已不屬内地。八關皆天啓年間巡撫陳用賓所築。陳，福建晉江人。嶕嶢布嶺上，鳥道梯寒空。磴高泥復滑，健馬悲嘶風。出關轉平曠，逕稍分窊窿。我聞古設險，塞阸當要衝。一夫奮長戟，萬衆疲仰攻。兹何失地利，毋乃籌未工。抑歷年歲久，改築迷前蹤。戍兵結木柵，周遮等垣墉。芭蕉森十丈，灌木紛蘢蓯。長天欲釀雨，深谷雲濛濛。玉門幾時入，回首心憂忡。

陽爽河道中有懷升之時升之從經略由止丹山渡南大金江〔一〕

出關已黯淡，冒雨赴陽爽。長途不見天，萬古失軒敞。陰陰昧日車，慘慘寒林莽。氣蒸雲霧滋，沮洳漬平壤。積潦兼奔泉，萬馬驟來往〔二〕。瀺灂成塗泥，滑與豨膏仿。淺者已數尺，其深遂盈丈。木根嵌石齒，千萬迴巨蟒。豈無追風足，一步輒俯仰。顛蹶寧可知，攬轡敢用罔。偏裨咋督運，陳詞苦惚恍。前此守備李文升報陽爽河至野牛壩六十餘里深谷淖泥，騾馬多有斃者。能吏亦束手，呼號費錢帑。修治竟何能，艱危逾疇曩。矧聞止丹高，險惡出心想。身手媿健兒，曷以恣掉鞅〔三〕。何時度重山，平皋忽詄蕩。擊楫共橫江，含悽訴恇攘。

【校記】

〔一〕詩題，經訓堂本「從經略」後多「傅公」二字。

〔二〕萬馬驟來往，經訓堂本作「馬蹄更推盪」。

〔三〕惢掉鞅，經訓堂本作「利攸往」。

野牛壩

劫風飄微漚，緣空立世界。蒼茫坤軸中，一卷僅纖芥。往往枵然虛，吐納應吹鞴。茲山更恢奇，離列儼擯介。桓桓萬貔貅，芟林築營砦。夜深刁斗鳴，巖巒忽嗚噫。宛撞巨石鐘，訇轟和梵唄。每有鼓角刁斗聲，四山及地下皆應之，其響更鉅。不知耳目眩，坐覺乾坤隘。猿鳥息號吟，鬼神走荒怪。儻如泗石浮，下有六鼇戴。我欲拂珊瑚，誰作九牛犗。

紅淜

亂山不知名，云抵紅淜宿。是時天欲陰，雲霧變慘黷〔一〕。蝮蛇如樹長，驚人上楓槲。怪鳥亦偶嘑，其聲雜歌哭。奔湍遶碉流，徒旅競飲沐。忽催傳羽書，磨盾缺明燭。就爨吹濕薪，濃烟苦眯目。據地揮禿毫，淋漓兩三幅。字畫亂真行，半作蛟龍蹙。封成旋入幕，默坐藉草蓐。我馬忽哀鳴，跲地頗彳亍。盡日行山箐，何由覓芻牧。艱難忍汝飢，分飼出囊粟。明晨蹋青泥，庶幾力騰蹴。

【校記】

〔一〕 慘黷，經訓堂本作「摻瀆」。

夜雨

山泉奔如雷，夜半捲衽席。枕戈本不眠，濕痕漬肩脊。軍令未敢喧，獨起召徒役。不知帳外雨，更作飛雹擲。谷音合蕭騷，地籟互迸迫。月落雲氣昏，諦視迷咫尺。偶從破鞍坐，稍待東方白。未遑收脯糒，聊用抱圖籍。遥想前山泥，比舊更增劇。征夫三千名〔一〕，淚與雨泉積。

【校記】

〔一〕 三千名，經訓堂本作「三千人」。

經火焰山下

蠻山號火焰，怪異傳兒童。垂老乃過之，深黑聯箐叢。是時積久雨，雲靄彌鴻濛。十日匿不見，何由覿青穹。僰人言此地，丹天司祝融。其帝赤熛怒，火德常藴隆。炎烟裂坤軸〔一〕，上耀金鵶紅。石棱作竇餤，剡剡猶騰空。毒泉兼熱瘴，饋鐵填心胷。神鬼尚焦爛，矧乃行人蹤。茲來幸陰霧，庇祐叨神工。不然等夸父，暍死層林中。殘暑尚未淨，晴光肇長虹。爲念後來者，愁嘆何時終。

【校記】

〔一〕坤軸，經訓堂本作『神軸』。

蠻暮雜詩

絕徼踰千里，懸軍及二旬。蠻江開地脈，自銅壁關至東谷，悉層岡重阻，惟蠻暮西南沿江，平壤幾二三百里。炎嶺斷風輪。士報逃亡數，人傳瘴癘頻。飛書聞送款，消息未曾真。

莽莽中秋雨，銀蟾定有無。江湖連浩蕩，南大金江在西，蠻暮江在南，南來湖在北，繞營三面皆距水〔一〕。雲霧入模餬。卑濕嗟何及，艱危病未蘇。不堪重把酒，堅坐守羈孤。時廉使諸君肇仁穆親以杯酒見餉〔二〕。

物候殊堪怪，天時未可憑。日高紅霧漲〔三〕，秋盡火雲蒸。妖彗光初隱，時有長星于七月下旬見烏柳間，十餘日而滅。長虹氣尚騰。雷公真好事，頻夜試轟輷。

下壤成沮洳，平臯長秸莞〔四〕。蚊雷晴撲帳，蟻陣曉登盤。荒徼真堪異，殷懷敢自寬。秋蟲嘑最苦，永夕伴長嘆。

行李誰能惜，塗泥幾日通。儲胥虛秸秷，隱語託芎藭。取稻搜夷壘，求金訊使筒。椎牛千帳厭，絡格見《禮記》鄭注灑腥風。

蠻暮蠻司地，荒城有舊蹤。屢經思陸據，明嘉靖中任思陸自麓川奔此。曾入孟都封。蠻暮本屬木邦。孟都，木邦之別名也。沃壤豐粳稻，番船聚貝賨。印孃今內徙，寥落賸溪農。先是土司瑞團奉其母來降，入居內地，蠻暮土司城遂廢。今僅存南來、甘立、弄種、甕谷數寨耳。

荒落平蕪遠，蒼茫勝概存。橫舠通孟養，隔岸蒼蒲蠻岡卽孟養地。擊柝及官屯。傍嶺通軍火，瀕江啓壁門。後期催未至，薄險與誰論。

策馬萬山秋，梯雲指戛鳩。熊羆開絕徑，提督哈國興率衆先行。鮫鰐避橫舟。聞經略已渡南大金江。雨久旌旗暗，泥深饋餉愁。和門仍執訊，未覺損前籌。

薄伐追前代，樓船下瀨多。夾江三路進，時議戛鳩西路兵由猛拱收猛養，搗緬西境。東路兵取猛密，掠緬東境，合中路水師直指阿瓦。順水一帆過。形勝懷沙垻，《明史》：王驥造舟于沙垻。圖經考阿禾。元人由阿禾、阿昔二江乘舟以進。造舟工作急[五]，督運敢蹉跎。騰越州龍江、潞江皆流入緬境，然難以通舟。惟大金江其流直逕阿瓦，入于南海，由蠻暮放船順流數日可至。蠻暮少木，弗能造船，且四五月間瘴癘方盛，人不可居。乃伐野牛垻之木，爲舷、桅、颰、楫皆備。至是令兵士運至蠻暮，使工人合成之。下蠻暮江，以達於大金江。

未具艨艟艦，先徵組練兵。飛騰經粵嶠，絡繹過神京。先是命選吉林水師一千、福建水師二千，赴滇備用。浮鼻風濤慣，湛身性命輕。水犀真勇決，端可制奔鯨。

再選川黔騎，兼程楚粵材。三十二年，川、黔、楚、粵選擇馬匹運送滇省。至是復令四川購馬八千匹、貴州購馬六千四百餘匹、湖廣購馬一萬七百餘匹、廣東廣西購馬九千九百餘匹，以濟軍需。芻茭連路積，雲錦遍山開。入淖誰能出，嗚瘖迴自哀。駑駘存幾輩，珍惜等龍媒[六]。

磊落征南帥，風雲動指麾。名仍當右拒，責已任全師。忠藎神明鑒，憂勞將佐知。生平表餌術，盤錯未曾施。謂副將軍廣庭先生。

伏莽游氛亟，前茅斥堠長。未能擒任豹，差喜獲餘皇。八月二十八日，偵者知賊弄船來，率兵密掩之，殺二人，餘赴水竄去。獲船以歸。秋霽弓刀健，宵清鼓角揚〔七〕。頗聞驅雜種，捧土固隄防。小校陳作材來報，緬人調僰夷波竜一二千人在老官屯駐守。又野人頭目早梗稱，蠻老、甘立諸砦僰夷俱爲蠻暮頭目賀倒脅去守滚弄、孟戛各寨〔八〕。

本是侏离俗，真成魑魅居。圍腰絪布密，貫耳野花疎。設穽驅狂象，排籤掩懦魚。夷人謂美爲懦，言魚味美也。聞風和震礮，先後獻芳蔬〔九〕。古剌高里諸野人皆以蔬果來獻。

羽檄流星急，軍書刻晷題。生涯催白髮，道路怯青泥。日久車容壯，自九月初雨霽後，各隊兵漸集。秋高馬力齊。明晨移壁壘，更指大江西。時將進屯新街。

【校記】

〔一〕南大金江，經訓堂本作『大金江』。繞營，經訓堂本作『營』。

〔二〕廉使，經訓堂本作『按察使』。穆親，經訓堂本作『猶』。

〔三〕紅霧，經訓堂本作『江霧』。

〔四〕『下壤』聯，經訓堂本作『下壤兼泥淖，平皋並秸莞』。

〔五〕造舟，經訓堂本作『樓船』。

〔六〕經訓堂本無此首詩。

〔七〕揚，經訓堂本作『長』。

〔八〕緬人，經訓堂本作『緬酋』。

〔九〕 先後，經訓堂本作『絡繹』。

再過香楠林中

畫楠萬本遠叢叢，雨過初晴日色烘。行過一程聞不斷，染香人在緑雲中。
千軍萬竈作勞薪，早爨還聞玉桂辛。知是山靈終愛寶，不教編栰下通津。

寄門人蔣檢討舜游鳴鹿〔一〕

北望羊苴咩，經時信使疎。烽烟初告警，瘴癘未全除。雨積空江漲，田蕪列砦虚。艱危誰見憶，莫忘十行書。

【校記】

〔一〕 詩題，經訓堂本作『寄門人蔣舜游檢討』。

重九

興安嶺上作重九，雪打鬢眉大於手。風毛雨血快行圍，笑指黃熊銜箭走。怒飛萬里真奚爲，昔依北斗今南斗。重逢九日到蠻谿，寒暑分司竟何有。是時初霽金鵶張，戎旃似火洪鑪揚。飛蠅接翅晝障案，怒蛇奮尾宵蟠牀。武溪毒淫真足閔，一望金沙波泯泯。征夫不忍説登高，憶度危崖幾艱窘。官屯隱約重雲遮，尅期進屯臨江涯。晝楠黃果千萬本，無從小摘思黃花。昨嫌蠻酒辛而刻，一醉於今安可得。祓祥豈用佩茱萸，瘴雲殺氣漫空黑。

猛暮道中

薄霽泥塗淨，荒叢逕路微。灘回奔萬弩，樹古漲千圍。兵氣浮殘壘，軍鋒指大旂。游氛知漸避，斥堠報書稀。

西帕河邊叢竹數十里

忽見千竿竹〔一〕，何當萬畝寬。臨溪晴更潤，罨逕晝長寒。歲久苔花遍，秋深粉籜殘。夕陽回駐馬，真作翠雲看。

【校記】

〔一〕千竿，經訓堂本作『千尋』。

渡南大金江〔一〕

乘流更狎水犀軍，指顧秋濤接海濆。島嶼箐深藏堠火，江中島長四五里，上有滾弄、孟戛二砦。江湖波合漲蠻雲。蠻暮江、南來湖皆於此合流入江。紅淜驛路沿流近〔二〕，蒼浦烟嵐隔岸分。爲問建瓴形勝在，何時飛渡策奇勳。

荊襄曾記挂飄過，又向蠻江溯逝波。秋老沙田鳴鸛鶴，風高雪浪駕黿鼉。連雲殺氣居人少，下瀨軍烽列竈多。水師禁舟中舉火，炊爨者率于岸旁穴竈。擊楫横戈追往事，靖南碑刻定重磨。《明史》：王驥造舟下金沙江，與任思陸約，立石表誓江上曰：『石爛江枯，爾乃得渡。』。

【校記】

〔一〕　詩題，經訓堂本無『南』字。

〔二〕　近，經訓堂本作『接』。

再渡南大金江卽事

南荒經南空未鑿，誰考江源溯臼霍。蠻暮南來大展拓，斷岸長天莽寥廓。何爲衝風振長薄，不見軒然大波作。野田秋鶴長于人，盤雲忽落呼其羣。大魚躍水蒼無鱗，丙穴石首非其倫。小船三人槳薄贏，時與阿制府補堂、思哈諾廉使肇仁同渡。數尺斜陽射林邏。殺氣如山蔽空墮，激電一聲飛礮火。

阿副將軍里衮輓詩〔一〕

上公威望壓朱波，緬甸頭目以書求款者，必致公麾下。近領樓船已臥痾。公久病瘡，登舟益劇。温嶠登舟心尚壯〔二〕，文淵鑿室病難瘥〔三〕。三號何處從升屋，時卒于舟次。五夜空聞喚渡河。除道梁溠人不覺，冬雷聲激怒濤多。是夕雷雨。

昨傳星象隕瑤樞，公次猛拱，夜有大星隕于西方，越月餘，公卒。北落光芒定有無。共悼背瘡亡卞壺，最憐視含有荀吳。謂公子豐昇額〔四〕。上方祕器君恩遠，下水危檣士氣孤。此地年來多戰鬼，雲旂來往衆靈趨。

【校記】

〔一〕詩題，經訓堂本作「副將軍果毅阿公輓詩」。

〔二〕温嶠登舟，經訓堂本作「士伯憑城」。

〔三〕鑿室，經訓堂本作「穿岸」。

〔四〕「含」下，經訓堂本有小注「去聲」。豐昇額，經訓堂本作「豐盛額」。

送升之回騰越

前生出家人，一念逐仕宦。天將警其貪，遂使歷憂患。家鄉在句吳，骨肉隔京縣。炎陬瘴癘蒸，軍壘烽烟亂。艱危有萬端，經歲閲已徧。差幸聞道早，生死齊夢幻。礮聲夜盤空，過枕了不眩。誰知今送君，老淚轉飄泫。與君共羈孤，哀鳴等連鴈。相依萍偶聚，相別圭屢瑱。騰衝雖瀕邊，烟螺映林館。藥餌足自醫，水土況平善。裸夷尚未誅，安能定謀面。緣江柵砦堅，排日事攻戰。他時儻死綏，馬革本非戀。隨地有青山，荷鍤最稱便。君其賦禮魂，荔蕉薦几案。披髮下大荒，一笑激奔電。

即事次升之韻

料量劍箙與弓檠，時向蒲甘問去程。解帶擬陳攻壘具，張帆頻望下江兵。負嵎賊已同狼顧，穴地人方等蝨行。仰首憑誰占泰壹，陣雲如墨壓山橫。

再次前韻

身如三尺倚牆檠，瓠落難期匠石程。束緼自維喧櫪馬，饋漿親問裹創兵。瘴烟入夜緣壕起，礮石淩風傍帳行。刁斗聲中心欲折，憂時頻按劍鐔横。

别升之後有懷三次前韻

昨宵絮語對燈檠，忽送歸人又一程。揮袂便辭磨盾侶，望關恰趁運糧兵〔一〕。旱墖戸牖頗憂伏莽，今與運糧軍士同行，可無他慮。肩輿最喜獠奴便，舁輿者皆南甸、盞達僰夷。手劍先看驛吏行。經略令驛人護送入關。永夜相思如念我，水雲深處大江橫。

【校記】

〔一〕運糧，經訓堂本作『運租』。

四次前韻

遮眼文書對鐵檠，幕中功籍幾時程。督郵屢調三關卒，先是設郵傳於銅壁，既至新街，移調鐵壁。今以老官屯距虎踞關最近，復令移設。剷壘同催兩鎮兵。時開化鎮總兵永平爲鎗所傷，鶴麗鎮總兵德福陣亡。綠營兵皆歸楚姚鎮于文煥、昭通鎮馬彪管轄〔一〕。圍向箐林深處合，人從矢石隙中行。同仇志切真堪痛〔二〕，往歲秋原骨尚横。

【校記】

〔一〕『開化』至『陣亡』小注，經訓堂本無。

〔二〕真堪痛，經訓堂本作『真非過』。

寄升之五次前韻

爇盡松明當短檠，何時馬首指歸程。聞雞起舞朝催戰，捫蝨雄談夜論兵。師老難期旬日下，年衰羞逐衆人行。杜詩：『老逐衆人行。』羡君歸憩蕭閑甚，藥裹書籤自在横。

升之夢作宮詞詞旨深婉六次前韻以足其意

經年挑盡雨窗檠，路隔昭陽又幾程。敢望樊姬能諫獵，尚期鄧曼善論兵。黄金誰賦長門怨，青冢頻愁絕塞行。猶有當熊心事在，臨風未肯臉波横。

入虎踞關〔一〕

一戰聲先奪，重圍武更揚。攻心能震盪，喪膽敢侜張。乞命詞尤屈，尋盟誓不忘。錦袍排十四，緬甸頭目十四人出寨議降。拱手話來王。

炎徼烽烟靜，窮邊景象新。聚觀連婦孺，列肆雜夷民。納賮軍威振，垂櫜士氣馴。鐃歌傳凱樂〔二〕，正及一陽春。時值冬至。

銅壁高猶在，金江望已沈。未成磨劍志，尚愜棄繻心。鸛鶴迴行列，鴟鴞識好音。戍人迎候遠，旌旆滿林岑。

【校記】

〔一〕此組詩，經訓堂本只録兩首，少第一首。

〔二〕凱樂，經訓堂本作『愷樂』。

過太平坡

霜華薄薄上疎襟，鳥語猨嘑並好音。木棧縈迴連石棧，松林迢遞接杉林。請纓差遂平生志，負米偏愁歲暮心。喜見太平真有象〔一〕，蔬畦稻廩徧高岑。

【校記】

〔一〕太平，經訓堂本作『豐登』。

回至隴川與黄與夜話七用前韻

竹屋仍挑聽雨檠，生還辛苦算郵程。敬容猶肯留殘客，升之諸君皆先後寓此。宣武真拚作老兵。日晚黄茆蒸霧起，風高青燐隔江行。撞胷舊事悲重訴，嘆息宵看斗柄横。

送黃與還駐隴川八用前韻〔一〕

離堂重翦一宵檠，去住悤悤又異程。轉餉尚監搜粟尉，擁旄仍護駐關兵。時以虎踞關駐兵未撤，且弄燕、干崖糧儲尚夥，復令黃與監視。春燈臘酒誰人伴，霜驛風郵信馬行。想見小梁河畔路，梅花如雪隔林橫。

【校記】

〔一〕詩題，經訓堂本「黃與」前有「錢」字。

抵騰越後寄同里邵珏廷玘高士伯景光兩貢生〔一〕

玉關生入卸戎衣，回望吳淞萬里違。櫻筍鄉中殘夢在，枌榆社裏舊遊稀。輕帆五兩青油舫，矮屋三間白版扉。擬向西枝尋小隱，煩君重置釣魚磯。

【校記】

〔一〕詩題，經訓堂本作「抵騰越後寄同里邵栴亭諸君」。

騰越寓舍九用前韻

挂壁弓衣已卸檠，空將南北憶行程。呼鷹玉塞秋圍獵，立馬金江曉勒兵。塵劫何堪燈下話，家鄉只許夢中行。飄零蒲柳年年甚，莫怪霜花著鬢橫。

再過升庵先生故居

茆屋三間護槿籬，重來駐馬謁荒祠。風流軼事傳金齒，諫疏高名動玉墀。花下題詩諸伎乞，雪中酹酒故人思。南行卻羨君猶近，未到蘭鳩浴象池。南大金江東岸有瀦一泓，夷人云是羣象浴處。

臘月十七日傅經略阿副將軍前制府補堂暨參佐諸君合樂置酒酒罷奉呈副將軍〔一〕

池曲晴暉傍檻明，笙歌叢裏列羣英。徒誇丘仲工吹笛，誰是桓伊善撫箏。入坐風霜催歲暮，當筵鐘鼓樂時清。祝公借箸休三嘆，閭左齊聞快息兵。

【校記】

〔一〕詩題，經訓堂本作『臘月十七日前制府阿補堂先生邀經略傅公副將軍阿公暨參佐諸君合樂置酒酒罷奉呈副將軍』。

送孫侍讀補山士毅〔一〕

十行詔下赦封豨，奏凱仍看振國威。頒賞敢思歌《杕杜》，還家差免嘆蛜蝛。繡裳照路隨黃閣，玉佩分行入紫微。時與劉鴻臚德引秉恬隨仝經略還朝。多少沙蟲留徼外，知君南望更歔欷。

【校記】

〔一〕詩題，經訓堂本作『送孫補山侍讀』。

副將軍既振旅回永昌時屆歲除官齋尊酒追溯用兵顛末述事抒情輒成聯句八十韻〔一〕

詔撤三年戍升之，人依萬里城。受降唐節度德甫〔二〕，振旅漢營平。尚藉邊籌遠升之，旋逢歲籥更。星霜回暮節德甫，烽火息嚴程。蓉幕叨陪侍升之，椒盤快合並。紀勳詞磊落德甫，感事意迴縈。在昔承恩命升之，於茲習義征。重邀王母福德甫，益勵丈人貞。公初受命督師，啓行時詣皇太后宮請安，賞賚甚渥。並傳諭所賜青瓶如意皆寓吉讖云。穴竄將窮鼠升之，波翻未翦鯨。先聞傾鼎餗德甫，繼悼結冠纓。以上敘楊制府應琚貽誤軍事及將軍明公等猛育殉節，並錫箔江木邦兵潰之事。倉猝殲于遂升之，消搖散在彭。改弦軍政肅德甫，挾纊士心傾。戎略書詩裕升之，儲胥竹木贏。習勞曾運甓德甫，肆武亦開棚。分埒騰騮駱升之，排囷積稏秔。威真敷絕徼德甫，念愈軫疲氓。勢可乘因壘升之，功偏待秉衡。以上敘經略赴滇統師進討，凡取道諏期，副將軍皆悉心籌議，往復再三〔三〕。儀容諸將慴德甫，號令一軍驚。借箸師中協升之，飛符閫外行。周咨常旁午德甫，祕算必先庚。吉日應徐卜升之，凶門詎急爭。深燈輸悃愫德甫，側席費論評。薪恐難移突升之，棊虞易下枰。終朝惟仰屋德甫，前路遽揚旌。萬仞巖關峙升之，時副將軍由銅壁關前駐野牛壩督造戰艦，而經略由萬仞關渡南大金江收撫猛拱以通西路〔四〕。千重駭浪橫。蠻雲凝作嶂德甫，淫雨積爲阬。振策經途速升之，浮查問渡輕。幸牽巾幗戀德甫，得使櫬輿迎。猛拱土司渾覺先已逃匿，因縶其小妻，遂率夷衆詣軍門降。勇決空羣醜升之，平安屬使伻。遠期姬旦舄德甫，來就亞夫營。時副將軍已進駐新街，屢遣夷人間道賫書，與經略大軍約期會合。此地雙江扼升之，蠻暮江自東來滙于南大金江，斜對哈坎爲東西兩軍會合所經。維公隻手撑。夾鈇親戮叛德甫，隴川人蘇明燦、段世瑞來往賊寨，爲賊致書，皆奏誅之〔五〕。插羽亟徵兵。削柹高檣矗升之，鎔金巨礮轟。何須燃斷鎖德甫，絕勝渡浮罌。乘艑馳溫嶠升之，時遣伊將軍西迎經略。揚麾挈顧榮。謂制府阿補堂。東西連玉帳德甫，水陸應銅鉦。會合歡初沸升之，飛騰氣已盈。非緣欺小敵德甫，直與奪先聲。姑蔑收空壁升之，餘皇徙斷濱。猿亡斯就縛德甫〔六〕，禽逸乃遭抨。十月十日新街水戰，擊敗賊兵，獲其舟並旂纛、器械無算。頭目賓雅得諸被創而死。風陣催帆飽升之，霜棱淬劍瑩。官屯趨浩蕩德甫，賊柵列崢嶸。以下敘進駐老官屯攻圍賊寨之事。當轍螗宜捕升之，藏嵎虎莫攖。越蛙徒自式德甫，衛鶴那堪令。忠藎通神鬼升之，恩勤邁父兄。有言皆激奮德甫，無物不抒誠。瘴癘寒猶熾升之，瘡痍力轉勍。鎗烟摧拉雜德甫，機石擊鏗訇。執鋭兼持燧升之，臨衝競挽輣。梯危懸碧漢德甫，隧曲穴青坪。俘卒聯徽纆升之，逋夷驗刺黥。時舟師生獲十餘賊，並有自寨逸出來歸者，驗其下體黥涅，知爲真緬人也。下游援漸絕德甫，中夜諜頻偵。裹血方酣戰升之，炊骸遂乞盟。老官屯被圍既久，舟師又斷其南來救援，賊寨垂破。而阿瓦酋長已具貝葉降書，遣使乞款。卑辭函鏤貝德甫，吉語應占蔓。副將軍赴滇時途中遇善筮者，筮得《離》卦，六爻皆不動，偃武之兆也。時值文淵病升之，羣欽諸葛名。時經略抱病，緬人來乞降者，副將軍諭遣之。至誠孚裸虜德甫，大議洽豪英。表餌幾全握升之，韜鈐術盡屏。盤根衷獨苦德甫，省括計彌精。待振虞階舞升之，微調傅相羹。旋師符敕諭德甫，請命爲婺惸。軍中方受降，而中旨適下，已令撤兵。納款求陳幣升之，攄忱謝宰牲。懽呼喧爨僰德甫，感泣遍柴荊。臘後蛩催織升之，滇中冬候蟲聲不絕。春前犢試耕。祲看消枉矢德甫，瑞定表華苹。遠譯風諧律升之，古謂東風入律，遠人來服，時緬甸貢使將至，故云。新郊雪散霙。滇中少雪，而連朝四山積素彌望，兵後豐年于茲可卜。朝天歸上輔德甫，計日近元正。經略于嘉平十九日起程赴闕。斑管停磨盾升之，琱弓罷繫檠。薦辛挑細菜德甫，透甲擘香橙。泥飲蛆浮瓮升之，徵歌鴈語箏。燕私蒙款款德甫，鴻論劇觥觥。烏本期頭白升之，魚還念尾赬。仲宣仍逆旅德甫，元叔剩餘生。夢寐嗟相對升之，然疑忍共明。追思從袴褶德甫，誓欲掃欃槍。匪尚犁庭績升之，終酬攬轡情。居恆時若厲德甫，履險道能亨。偉節強哉矯升之，嘉謨展也成。畫圖垂紫閣德甫，譽望溢丹瀛。猷壯推方叔升之，知深荷晏嬰。願從元白後德甫，驃樂載同賡升之。緬甸即古驃國，唐韋皋爲節度時進其樂部，元微之、白樂天皆有詩紀事。

【校記】

〔一〕詩題，經訓堂本作『副將軍阿公振旅回永昌時屆歲除官齋尊酒追溯用兵顛末述事抒情輒成聯句八十韻亦勞者思歌之意也』。

〔二〕德甫，經訓堂本作『述庵』。

〔三〕以上，經訓堂本作『以下』。凡，經訓堂本作『各』。副將軍，經訓堂本作『公』，下同。

〔四〕南大金江，經訓堂本作『大金江』，下同。

〔五〕『隴川』前，經訓堂本有『時』字。

〔六〕亡，經訓堂本作『窮』。

除夕和蘇文忠公韻八首〔一〕

冰槃擘黄果，翠釜羞青蒿。謂將一夕樂，稍慰終年勞。年增年正減，衰謝安能逃。終媿狂接輿，卻曲煎明膏。除夕無可除，羈愁亂如毛。塊然聊取醉，負此長檠高。

憶我童丱初，膝下最酣適。每逢歲云暮，狂走覓梨栗。憐我任取攜，飽食不須乞。如夢四十年，舊事半遺逸。老親寓京華，守此懸罄室。況復悲孤兒，荷戈萬里出。今宵對酒樽，一笑未可必。

地爐松火温，微紅照燈背。隱隱鐘初鳴，迢迢夜未艾。春歸雖尚遲，明年正月九日始立春。已與東風會。回憶從軍時，死生付大塊。豈僅如杜陵，崎嶇走劍外。乘墉親矢石，踰嶺冒叢薈。艱難苦戰餘，卒歲身仍在。敢遽慕步兵，寒江問鱸膾。

先人最伉直，斗筲豈屑數。手書《百世師》，先君採屈子以下至史閣部可法，共一百二十人，爲《百世師錄》。鑿楹示遺語。小兒楊德祖，大兒孔文舉。精心辨邪正，刻畫分脈縷。勗我臿齒牙，名教在搘拄〔二〕。今我等枯蓬，年年走風雨。文章既罄帨，才量亦筐筥。所冀邊塞安，九穀賤如土。耿耿憂世心，九原儻應許。

荊蠻古要服，驃國尤遐荒。幸逢威德播，贄幣來相望。醜徒今內向，殺氣迴穹蒼。邊防亦布置，普洱連永昌。庶幾補牢善，豈用嗟亡羊。寄言繕牧圉〔三〕，辛螫期毋忘。

我生如田仲，巨瓠不容斲。與世頗聱牙，其故坐愚慤。行年四十六，壯歲等風雹。梟鶴各短長，衰晚豈能學。宵分更酒悲，方寸起五嶽。獨慚任道力，遠遜圉人犖。偶欲破觚圜，撫躬輒形渥。決策謝干時，何庸叩牛角。

鈿山湖畔路，疎柳三家村。自從掩蕙帳，薜荔頹牆垣。傳聞屋後竹，遍地穿龍孫。屢思刺一櫂，雪夜歸柴門。老成雖淪喪，頗有親串存。探春攜蠟屐，卜夜開盤飧。旋京尚未卜，此意同誰論。桑弧射菟首，何日師劉昆。

去冬逢舊雨，留我娛殘年。官衙夜置酒，不用青銅錢。誰知鳴陰鶴，分飛隔吳田。往歲除夕在馮泰占署中，今泰占以内艱歸嘉興矣。所幸踐戎幕，仍得栖寒氈。驅愁供一醉，賴此杯中賢。醉計歸時路，寒食紛秋千。約計明春三月可以北還，故云。

【校記】

〔一〕詩題，經訓堂本作『除夕和東坡八首』。

〔二〕搘拄，經訓堂本作『枝柱』。

〔三〕繕牧圉，經訓堂本作『繕圉者』。

春融堂集卷十二　勞歌集　庚寅

由杉木和赴花橋作

亂山迴合無路通，濃雲斷靄含空濛。初陽一痕照溪曲，忽見候館依巖東。新年野逕少人迹，戍旗影出林梢紅。昨聞松飆振颯沓[一]，更愛竹雪分玲瓏。始知瀾滄五更雨，已化玉屑來天宮。念我經時涉炎徼，要使毒瘴春來空。深知清寒沁肺腑，何啻香水湔心胷。月光三昧夙所習，流浪豈免塵埃蒙。稽首山神藐姑射，睨此絶景誰能逢。幽禽喚客琴筑同，下應碧磵泉琤琮。明晨更躋博南去，横眺西嶽摩高穹。點蒼，蒙氏封爲西嶽。

【校記】

〔一〕昨聞，經訓堂本作『乍聞』。

威寧哨道中

西嶺尚漏斜陽明，東巖忽吹雨脚横。白雲堆中黑雲起，頃刻下覆松梢平。我與雨師緣已熟，巒呰經秋泥沒足。先春三日弄晴暉，初上征韉飛霡霂。稍欣碧澗戛琳琅，誰識山靈意更長。爲憐羈客風塵減，略與梅花助洗妝。

博觀察晰齋明至永昌攜樽酒歌伶見過有作〔一〕

雋唐雲樹渺天涯，細柳軍中過使車。月底歌仍傳北里，燈前酒已喚西家。論交共憶三條燭，君丁卯孝廉，出阿文勤公門下。卜歲還占六出花。前夜微雪。猶話石渠故事在，紬書簪筆傍官鴉〔二〕。

【校記】

〔一〕詩題，經訓堂本作『博晰齋至永昌攜樽酒歌伶見過幕府有作』。

〔二〕官鴉，經訓堂本作『宮鴉』。

昆明上元

燈輪仍共月輪新，走馬香街不動塵。箏板參差三閣曲，滇池曲調往往與白下相同，蓋沐英就國時，多挾南直隸人以去故也〔一〕。烟花縈繞五華春。營收白羽初弢甲，盤簇青絲恰薦辛。莫怪銜杯頻悵望，兩番元夕一羈人。

【校記】

〔一〕經訓堂本此處無注。

題升庵先生小像

去歲過先生舊居，爲詩志感，今將北還〔一〕，晰齋先寓書太和令屠君可堂述濂〔二〕，令攜點蒼山感通寺中所藏遺像〔三〕，至龍尾關索余題句，因復成一律。連前作三首併書於左方，庶表生平瓣香之願云。花朝後三日〔四〕。

寫韻樓高瞰洱河，生平玉貌未消磨。中朝仕宦羞張桂，北地詩章敵李何。才子相門前代少，詞臣羈迹異方多。省城碧嶢精舍及永昌明詩臺、大理寫韻樓，皆先生棲息處。畫圖合挂靈均廟，添取幽篁帶女蘿。

【校記】

〔一〕『去歲』至『北還』，經訓堂本作『去歲余以從戎留寓金齒，每過先生舊居，輒爲詩以志感，今將赴闕』。

〔二〕晰齋，經訓堂本作『博君晰齋』。屠君可堂述濂，經訓堂本作『屠君可堂』。

〔三〕遺像，經訓堂本作『先生遺像』。

〔四〕經訓堂本『花朝』前有『庚寅』二字。

昆明客舍地主招尋置酒連宵偶成絶句不自知其振觸也

小閣頻開翡翠屏，兩牀絲竹響零星。傷懷最是王長史，月落燈殘掩淚聽。

春江哀鴈久離羣，玉椀金釵隔世分。又是棠梨寒食近，東阡腸斷魏城君。

小小朝雲足斷魂，六如亭下近黄昏。傷心一念償前債，東坡句。多少春衫染淚痕。

滇池春漲浣征衣，京國分明萬里違。誰識燕山亭下路，有人和淚寄當歸。

繞梁絕似囀春鶯，裊裊楊絲踠地輕。錯認生依神女廟，屋梁初日是芳名。楊郎名暹。

春風一曲按紅牙，羅襪生成衆口誇。問姓已堪金屋貯，徵名更合刻茗華。陳郎名玉。

吳頭楚尾可憐生，羈客幽懷未忍明。只有江城小龍女，也知淚眼不曾晴。杜郎名龍。

一串歌珠伴綠樽，不曾真个也銷魂。薩天錫句。而今夜雨相思處，只向春衫驗酒痕。

宿世生來六欲天，陰陽執手亦前緣。誰知久證香嚴觀，一笑人間十種仙。

落拓江湖是牧之，舞裀歌管寄愁思。縱教書記平安在，不奈燈檠照鬢絲。

十隊紅妝勸酒卮，纖娘媚子總芳時。如塵如夢兼如幻，合把風情付偃師。

明撫軍德招游近華浦

近山不知山，漠漠重雲掩。天公未放晴，雨脚滿湖崦。清游纔出郭，已望蒲帆颭。稍開春陰濃，遂見初日閃。野船銜尾行，歌聲隔葭菼。小泊登迴碕，平蕪綠如毯。空堂署澄碧，村樹盡遙覽。此浦接滇池，柔波寫澄澹。錫名等西湖，嘉景詎能貶。錢塘與歷下，兩者吾所慊。茲來悦昔游〔一〕，況有深杯釅〔二〕。獨愁馬首東，欲別竟先感。不及趁薰風，來看千菡萏。浦又名西湖，夏日荷花最盛。

【校記】

〔一〕悦昔遊，經訓堂本作『宛昔遊』。

〔二〕況有深杯釃，經訓堂本作『深杯況澄湛』。

黑龍潭

陟山城西隅，環抱氣清肅。出泉匯爲潭，云是羣龍族。升雲兼噓霧，罟網誰敢觸。貝闕賸文魚，演衍托卵育。堂堂萬千頭，煦沫互沿洑。我游等濠梁，憑檻送遠目。蘋絲合樹影，零亂湛深緑。道人雖非魚，魚樂在所熟。牢丸與薄夜，隨手散溪隩。掉尾忽駢趨，跳波競相逐。大魚獨含靈，背有金紋蹙。倔强未即前，似知貪餌毒。偶來一朵頤，豈肯計果腹。我聞聖王世，必重四靈畜。非徒表禎祥，實可通嗜欲。不知此泉源，羣鱗誰服屬。昨者麥初收，駃雨尚未沃。中丞方步禱，排閶奏丹籙。會須鞭蜿蜒，爲我降優渥。

龍泉觀

觀祀劉真人淵然與其徒邵以正及羣真像。淵然南宗，明洪武間賜號長春真人。旁有商輅、陳循二碑，具述真人寵遇始末甚備。

禪宗判南北，道家亦如之。偉哉七真教，遠暨西南陲。長春本上仙，墮謫生邾滕。淵源在孫馬，守一羞神奇。流沙三萬里，往作帝者師。窮荒角端見，去殺不復疑。其徒守末法，猶能役雲霓。朅來造精舍，花藥涵芳滋。香烟映遺像，逸氣浮階墀。方瞳冰玉顏，定是雲水姿。翛然超物外，珪冕何由淄。可堪修廊下，龜石刊文詞。鋪張敘世寵，詎免真靈嗤。門前百頃潭，蛟龍夜蹲踞。想見馭風雨，來往三山崖〔一〕。古梅五百秋，亦與長生期。惜逢春已暮，不值花萎蕤。森森兩翠栢，根脈含清漪。何當採其實，服食同隱芝。觀前梅二、栢四，皆四五百年物，旁有流泉繞之。

【校記】

〔一〕三山崖，經訓堂本作『三山湄』。

鳴鳳山太和宮

朱鳥南交地，偏崇北極祠。虛危昭法象，玄武動旌旗。袞冕威靈壯，風雷陟降遲。松林環翠外，金碧耀罘罳。宮係巡撫陳用賓建，鑄銅爲殿，簾幙几案皆以銅爲之。殿右有環翠宮。

優曇花爲阿廣庭先生賦

年來苦被世味醺，交梨火棗何由陳〔一〕。南行萬里飽憂患，思借鼻觀祛塵氛。海榴未開婪尾謝，忽見數朵揚清芬。是非曼陀非薝蔔，曰優鉢曇經所云。色如帝青石鉢淨，臭比牛首栴檀熏。一枝非從瞿夷乞，十笏疑向維摩分。人間囊子豈可致，來自印度西南垠。竹林精舍柰苑裏，想像清蔭依迦文。梵天朝霑鷲嶺雨，德水夜潤恆河濆。何年移根植滇海，蠻奴棘長驚芬薀。相傳一開閱千載，肯與俗豔娛凡羣。膽瓶攜來尚未坼，已奪篤耨兼蘭薰。空庭入夜更幽澹，逆風自足驅腥葷。先生夙世本龍象，蹴踏香海蒸香雲。邇來清齋日宴坐，《楞嚴經》：宴晦清齋，香氣寂然來入鼻中。坐令藕孔窮魔軍。奇葩此時恰示現，正似阿閦開彤雯。桃花飯熟可啓悟，木樨秋靜堪同聞。何況茲花世希有，木槵作種含絪縕。巴波遺迹儼重見，南詔皮盛羅時，僧菩提巴波自天竺來，以所攜念珠分種之，成優曇花樹。舊在土主廟中者，今枯。瓣能紀閏絲纏紋。嗟我過去差一念，瘴鄉流浪違榆枌。俱絺羅教夙所欣，對此差解憂心焚。誓依蓮幢破結習，敢逐柳絮滋紛紜。拈花儻許更放下，不妨微笑娛朝曛。

【校記】

〔一〕何由陳，經訓堂本作『虛鋤耘』。

曉行

南榮夜霤曉猶懸，正是春餘穀雨天。紺墖遠銜雙嶺樹，翠屏橫亙半湖烟。香風梵唄緣空度，松逕茅茨到處連。將届靈山風景近，薄寒吹鬢更翛然。

將往雞足山禮大迦葉自雲南驛前抵梁王山宿途中即景成篇略無詮次

肩輿晚過雲南驛，欲向空山覓靈迹。問途卻指古城東，繞郭民居莽蕭索〔一〕。鳥道千盤落照黃，螺峯一角晴嵐碧。亞簷樫柳縷初稊，依戶榹桃花半坼。嶺覆童童似蓋松，塍鋪剡剡纔生麥。豆莢斑時子未成，萊薹肥處花堪摘。樵逕雲濃暝色低，溪村人靜氿泉激。紛紛鳥鵲噪柴荊，稍稍麏麚竄阡陌。遙聞舂杵響烟中，漸有機燈出林隙。月暗偏增野路紆，風生偶覺清寒迫。夙世因緣在此行，多生誓願知難釋。西竺伽黎應尚存，南華香火將安適。獨往欣看叩道師，孤蹤久分同禪客。田衣笻杖劇蕭閒，襆被腰包稱遷謫。避席猶煩野老驚，掃門重累候人逆。小窗蔬食一逌然，盥罷趺跏便終夕。

【校記】

〔一〕民居，經訓堂本作「人居」。

賓川驛館曉行

羣山蒼翠驛樓西，已換籃輿更杖藜。風轉迦陵隨梵唱，花殘優鉢和香泥。山家蕙圃兼蘭圃，精舍桃溪又柳溪。兜率應知同此勝，願從華首問伽黎。

渡盒子孔橋本名雪陰橋

薜逕蘿蹊次第尋，春山亭午尚微陰。石橋三折通孤嶼，雲瀑千重下遠林。結侶苦無支許伴，遠游真愜向禽心。過河更喜香宮近，纔聽鐘音又梵音。

自石淙寺至華首門禮大迦葉並游悉壇諸寺讚佛頌

覺海本圓明，緣空世界設。金輪妙合凝，河嶽迺分列。域外四名山，雞足居其一。假彼五德名，喻此雙距植。雖非須彌倫，實與靈鷲匹。我讀放光部，梵筴記詳悉。葉榆古未通，故不具典籍。點蒼東蜿蜒，高黎南峝岃。金沙繞其西，洱海帶其北。福地與洞天，培塿吲蹇劣。是爲靈奥區，羣真共棲息。考摩訶迦葉，夙世由金師。相與婆陁女，發願成菩提。經九十一劫，紫色光容儀。最後皈瞿曇，苦行頭陀持。正法得眼藏，不在文字爲。大哉涅槃心，別傳疇能知。一笑且放下，天花落葳甤。金棺忽上湧，入滅哀歔欷。更惟阿逸多，次應補佛位。授汝金伽黎，以俟慈氏至。法寶交手付，用以表信智。因慶喜多聞，未到三摩地。屬其聞思修，超然世出世。演說恆河沙，結習俱已旣。爰相四部中，勝地冠南暨。湛然入大定，終古巖扉閉。伊予愧檮昧，夙稟烟霞心。壯歲登仕版，風塵長髮髮。巨嶽徑其麓，徒然歷崎嶔。官程歌鞅掌，名勝遲登臨。況此牂牁隔，豈遑果幽尋。今從典午職，遙抵蘭滄潯。裸夷昨納款，仲夏行獻琛。上舒格鬬苦，下免瘴厲侵。皇威讋涅土，兵氣消蒼黔。是皆慈力被，瞻禮情彌深。東皇正司權，和暄洽芳甸。分途從普淜，頗覺風雲變。迴環屆賓川，羣峯已蔥蒨。阡術互横斜，村墟類隱現。杉櫧蔽重崖，藤蘿翳虛磵。本無豺虎藏，偶見麏麚竄。靜室及茅篷，迢遞從空獻。輿梁躡雪陰，兩河遞洄漩。厓垠顯谽谺，牝穴暗輪灌。漾波出鯈鱨，穿沙簇葭亂。谿迴仰華構，突兀扁石淙。志作鍾。樓臺焕金碧，儀象森青紅。招邀憩精舍，無語契圓通。鹿苑自岑寂，幽景彌沖融。更移賓榻坐，長明照簾櫳。宵分聞刁騷，天籟鳴虛空。疑是春雨急，開軒月朦朧。乃知奔溜壯，戞響兼杉松。清寒不能寐，趺跏待晨鐘。虯箭尚丁丁，法鼓旋逢逢。喃喃禪誦啓，浩浩潮音同。闍黎願前導，爲我開蒙茸。朝霞亦漸明，瀼露尚未已。籃輿併笻笠，彳亍層巖裏。初摩詩石臺，再歷畸人址。謂楊黼洞。奇迹盡堪詑，往事屢屈指。延緣迦葉堂，規模最雄偉。幡幢耀棨椙，罘罳映階戺。想見妙莊嚴，合與天宫比。北望敞晴窗，屏扆崇霄峙。祖庭在其間，迴向並胡跪。手足互騰奮，耳目駭聽視。蘭陀鬱崔嵬，銅瓦轉迤邐。將從猢猻升，危梯斷徙倚。四峯觀岧岧，盤旋到金頂。浩蕩入鴻濛，清空絕溟涬。山深高更寒，寺古堅而整。積雪春未消，斑駁漬苔鼎。雲路近九重，烟光納萬頃。遠眺月窾西，雪山露微景。縹緲黄金塔，目力無由騁。至此塵根窮，一氣化孤迥。再仰華首門，萬仞類搢珽。誰倩巨靈掌，剜出雙扉並。棖闑儼分明，榱桷極嚴靚。上臨觀自在，石像出形影。下爲受記泉，滴瀝蓄清泂。方祈作道場，工巧神鬼逞。是惟梅咀利，說法兜率天。修習唯心識，遇實俱成圓。恆闢內外院，三災何繇緣。香雲華鬘雲，樓閣重重懸。天龍八部等，合沓歸陶甄。妙因得未曾，果位昭紘綖。苾蒭告靈應，法力殊無邊。西南五天竺，萬里窮坤壖。僧號宗喀巴，調御教所沿。班禪偕達賴，其徒各萬千。是爲大寶王，供養陳嘉筵。

自然盤陀石，寬博百丈平。如矢復如砥，絶少蒼蕪纏。黄帽騈繭至，膜拜昭精虔。醍醐雜酥酪，鐵鼓參鈴絃。旋繞亦跳舞，每歲期無愆。如是不思議，廣大更圓滿。聞言還作禮，徐退復游衍。日斜窣堵波，歸禽漸催晚。微步至華嚴，香廚飽一飯。虀鹽倒瓶盎，筍蕨飣盤椀。嵐翠欲霑衣，壇燈忽照眼。賈勇過悉壇，雄傑推首選。松龕圖發身，十光五采散。依然三十二，好相映丹巘。裴裒不忍去，聞鐘乃思返。鬖髿雀母飛，傀儡獅王偃。烟暝嚚哀猿，塢深嗾獰犬。發願何寺僧，經聲遠可辨。天空星河希，夜久香絲斷。曉陟藏經樓，飛槅對岩崿。三藏十二部，迦文聖教作。罡風偶震盪，大地響鈴鐸。初桄次第登，經厨煥丹雘。或爲世主請，或令羣生學。時地間不同，妙義並展拓。試諷陀羅尼，藕孔修羅愕。龍樹得其詳，鳩摩志其略。玄奘之所搜，澄觀之所約。華藏清淨海，般若恣包絡。繙譯起魏晉，唐宋更宏博。蠻荒萬里陬，高僧乃棲託。旁行四句書，十年共槃礴。時時散天花，往往奏天樂。功德豈可思，此游彌踴躍。老僧謂余言，茲山踰華岱。峯崖三十九，泉洞數幾倍。寺觀百有餘，祠廟不勝載。水石鬬玲瓏，花藥盡罨藹。優曇亞崇壇，栴檀徧溪瀨。鼠姑黄叢叢，虎蘭雪蔚蔚。芭苴大於門，栟櫚長似旝。青篙抱數圍，黄團巨方罫。杜鵑十丈纏，寶相千重挂。緡蠻嘐念佛，迦陵亦搖曳。潭深赤鯶浮，嶺峻碧雞會。團茅六十秋，猶未悉梗概。官程太悤忙，勢難徧津逮。矯首入定處，烟巒横霋靆。清磬出迴飈，迢迢醒塵界。林杪銀河翻，數道各澎湃。琤瑽諸澗流，送我奏清籟。回途抵牛井，傳舍除埃氛。挑燈讀山志，開士手所掄。錢邦芑作。藝文暨古蹟，幽渺搜殊珍。當與霞客記，志乘爭紛綸。乃識造化蘊，難以尋常論。五臺妙吉祥，炎夏冰霜屯。普陀面歸墟，晏坐翻鯨鯤。峩眉大因力，光耀西南垠。及此成四大，允爲十方尊。作詩和梵唄，一滴滄海分。書罷翰音唱，金鴉翥朝暾。

傳衣寺禪房前山泉一股，就地迸出，高丈餘。旁有冬青，全萃其上，皆成珠樹。扁曰『篆烟泉』。

豈有飆輪扇九淵，六時騰湧散淪漣。當空瑟瑟珠爲顆，直上亭亭篆化烟。月照玲瓏千尺雪，風迴霑灑百重泉。知從地軸還銀漢，長潤花宫玉樹顛。

赴永昌道中次阿廣庭先生韻〔一〕

不待言愁已欲愁，吟懷寥落句難搜。稍欣細雨添秧水，偶愛涼風報麥秋。實塞軍須猶未息，緣邊民莫尚應求。蠻村略與江村似，吡犢聲中語栗留。

【校記】

〔一〕詩題，經訓堂本無『阿』字。

宿合江段氏樓四絶

遶牆蘘薜亂楓櫧，窄牖危梯倦埽除。絶似紅溯蠻砦裏，竹房秋夜雨聲疎。

合江如玦復如環，濺雪跳珠下遠灘。更和雨聲來枕上，夢魂那得到長安。

往來七度閲山程，伏雨闌風馬倦行。寄語南樓絃誦士，澤車款段足生平。段氏兄弟父子〔一〕，皆博士弟子也。

一燈明滅隱衡茅，羈客如僧剩打包。腸斷當年逢短至，蕭蓈罐火侍龍旃〔二〕。時距夏至六日矣，正前歲北郊時也。

【校記】

〔一〕『段士』前，經訓堂本有『主人』二字。

〔二〕罐火侍龍旃，經訓堂本作『爟火侍龍旃』。

復至騰越示黄與

昔别嘆萬里，再聚欣經年。滇池復抗手，後晤真茫然。豈知更一笑，棲託來窮邊。有如五緯星，變段行長天。疾留與伏見，偶爾同瑤躔。所願光皎皎，不逐塵霧遷。君類房次律，頗悟前生緣。我比邢和璞，物外空周旋。非仕非寓公，來往隨戎旃。小泊安石渚，相依良所便。宵來半窗雨，松竹鳴山泉。從茲頻翦燭，呼酒除勞悁。

重過大樹園去年經略居此

銀杏四五本，翠竹千萬竿。緑陰不見日，蕭颯生微寒。昔邪上几榻，瓜苦敦門闌。當時草檄處，今誰駐征鞍。園丁占隙地，架木成枅欒。見客如驚鹿，款語意稍安。何人得似此，婦稚終團圞。文淵病難起，定遠生未還。廢興等一瞬，涕淚留餘潸。

次升之韻

角巾東路更何時，旅夜虛窗翦燭遲。薄宦敢論如士燮，安禪端合叩楊岐。人同石鷁飛常退，詩比林猿響更悲。就使并州真似舊，望雲終起北堂思。

艱危何意說秦青，三嘆曾看酒琖停。已分客嫌原父傲，未妨人忌次公醒。心情無復泥沾絮，身世空憐雨打萍。誰識來思詩句好，殘宵燈火謝家庭。昨家書來，知弱女已誦《小雅》矣。

夜渡潞江

六千君子已沙蟲，依舊奔流怒殷空〔一〕。自笑老夫頑更健，又呼舴艋過江東。

瘴雲如墨夜冥冥〔二〕，江館荒涼六度經。津吏不來燈火滅，坐聞鬬鼠墮寒廳。

【校記】

〔一〕殷，經訓堂本作『隱』。

〔二〕墨，經訓堂本作『黑』。

廣庭先生以雨後書懷詩見示次韻〔一〕

象齒南金貢未錫，蠻雲涅土軍猶壁。已停彍騎報烽烟，偶較彎弧鳴霹靂。是日較射。江遠虛傳鬼彈生，氣烝時聽雷車激。霽餘斜景耀琴書，秋近涼飈拂巾羃。鈐索誰知戎幕清，茶烟宛似禪林寂。先生道眼久已空，晚歲安心豈須覓。勤學偶開伯業書，勞歌一任爰生笛。逝將香觀埽塵根，更演潮音破憂戚。去來一致不容思，垢淨兩忘何用滌。深知解脱珠早還，自顧貪癡棒終喫。鈍根擬斷睡虵昏，清境思隨夢蝶適。東山況復緩遄歸，西邸常欣奉良覿。月華夜夜對三人，海味朝朝傳一滴。先生頻日示詩，皆見道語。伸紙休驚筆有神，談空久識詩無敵。

【校記】

〔一〕詩題，經訓堂本『次韻』後多『書於紙尾』四字。

讀升之放言一篇再疊前韻

吾才鈍劣如鉛錫，日日吟餘臥蹋壁。驟驚强句似飛黄，忽向龍池生霹靂。依稀天問與招魂，欲擬湘纍豈有激。博博誰窮九地深，高高詎測三重羃。出出譆譆任吉凶，烏烏雅雅從諠寂。牛哀化虎本何因，樂廣疑虵難更覓。醉醒還憑下若篘，存亡空感山陽笛。浪傳貳負久横尸，孰信刑天工舞戚。放眼君今懷抱寬，洗心見《李氏易傳》我已肝腸滌。不見去年炎徼外，如墨江流自煎喫。金甲春來雖未銷，掃地焚香已酣適。家人在室感蠨蛸，蓍莢寧須三歲覿。戎州無事雨初停，偶聽檐花階下滴。槎枒肺腑一賡吟，不比昆陽輕大敵。

三疊前韻示升之

條侯不奉師中錫，獨挈孤軍走吳壁。一朝喜得灌夫來，舌有風雷飛霹靂。生平肝膽本輪囷，寶劍生鉎飛矢激。邇來世路苦邅迴，劇甚疇人算方冪。百鍊鋼成繞指柔，竟欲投閒耽闃寂。鹿脯頻須作帖求，豬肝自分從人覓。賞音終愧遇中郎，仍向柯亭斲殘笛。土塯何堪接鼐鼒，蔗枝詎足諧干戚。關前赤羽儻旋停，衣上緇塵當更滌。幽居時與蔣卿游，珍果還同朱老喫。杜詩：『梅熟好同朱老喫。』長流已免似虞翻，晚達何心羨高適。君歸如復向淞南，烟水拏音定長覿。好倩奚奴壓酒槽，更呼小婢排酥滴。閒人端可作閒詩，擁盾詞場再求敵。

黃與和韻見示四疊前韻

錢郎標格如金錫，擁被高吟聲撼壁。黃與每夕必背誦韓、杜詩十數首。忽拈劇韻鬬雄豪，落筆空堂響霹靂。詞摹《冰柱》豈嫌怪，意倣《石壕》寧患激。何爲芒彩忽中弢，大似彝尊疏布冪。君言往歲忝軍諮，借籌肯作寒禪寂。殺氣如山欲壓營，伏戎獨入箐林覓。殷天巨礮亂繁星，仍臥沙場夜吹笛。歸來殘血漬征衣，未許妻孥問歡戚。擬紓噫氣發刁調，毿毫更向冰壺滌。指天只恐忤雲門，棒殺還教狗子喫。羨君意氣已漸平，呼馬呼牛從所適。我今處此似桃源，已過花紅復來覿。胷中壘磈勿復云，差愛真珠當瓮滴。糟丘有路達華胥，笑睨人間蠻觸敵。

與黄與話去秋從軍時事五疊前韻

去年上將彤弓錫，分路揚旌出銅壁。兩軍合勢夾江趨，蛇鳥風雲迴霹靂。自慚記室本非材，横槊嗚鞘差壯激。積潦汪汪霪雨深，蒸歊漠漠蠻雲羃。長圍兩岸督環攻，巨礮中宵猶未寂。炎陬地惡病河魚，肘後奇方安可覓。所欣釜底剩游魂，死聲已入伶倫笛。乞款書來忽受降，番衆讙闐破慘戚。爾時君亦駐窮邊，兩踝衝泥無暇滌。飛書警報刺閨來，毳飯寒菹隨頓喫。關門並轡得歸休，夢到鈞天無此適。追思殘暑始分襟，豈意窮冬再相覿。如今羈旅數經過，重話艱危淚潛滴。儒生磨盾竟何爲，詎有重瞳萬人敵。

前作意有未盡以詩足之六疊前韻

隱峯神足工飛錫，坐使强軍俱入壁。乃知至人無畏施，蟻睨衝車走霹靂。我今荏苒柔木同，安擬孫郎多感激。頻將學道陋張津，閉戶蒙頭絳帕羃。去年仗劍飽艱辛，始悟禪那堪守寂。此間寥闃過精藍，枯松剩有寒鴉覓。雙鳩學語亦未圓，偶聽嚶鳴等琴笛。顛毛已自久成翁，肺腑誰人密似戚。伊威永夜感淒清，牏厠終年虛澣滌。僑居略比一枝棲，意緒闌如七椀喫。青山倭墮滿牆頭，欲望中吳究安適。名園底處羨樊重，妙墨何當問孫覿。不學丹砂絕徼尋，寧思石髓空山滴。小窗虛白證《楞嚴》，澄心自埽陰魔敵。

奉酬黄與見示之作七疊前韻

碩人渥赭如公錫，舞應編鐘懸四壁。深知律呂召寒溫，不取徽絃名霹靂。詩成示我再三歎，嘽諧肉好[糸蜀]悽激。識君繕性兼尊生，浮沈本任蒼穹羃。況聞少日本單寒，破屋三間甘闃寂。壯年流宕轉他鄉，溪南一飽無由覓。忽從奏賦上金鑾，自此雲韶聞籥笛。差堪算榷效裴諝，未肯干時慕甯戚。從戎頻歲按炎陬，洗兵志在蠻氛滌。庶幾絕徼免征徭，粗飯窮黎得飽喫。元魯山與黄道州，置君其列殊堪適。生平清德似袁楊，久畏人知謝貨覿。飲冰茹蘗不嫌辛，此味傳家如乳滴。請看犀角兩兒郎，頭玉嶢嶢虎豹敵。

寄博晰齋八疊前韻

使君才似薩天錫，曾向蓬瀛看畫壁。朅來按部抵邪龍，十八溪流轟霹靂。世事圍棋劫未闌，人情踏弩機常激。君今處此獨忻然，太清肯被微雲冪。巖關絕隘自迴旋，藥裹書籤伴岑寂。元卿況復在比鄰，沽酒空齋定相覓。蔣檢討舜游時主大理書院講席。憶昔邊城衅甲時，燈月雙圓試笙笛。登場一聽囀春鶯，左驥史妠俱悽戚。舊夢如雲不可尋，柔情似水何能滌。知君病起萬緣疎，一口西江竟能喫。雪泥鴻爪本無痕，義髻銀箏隨所適。只聞馬首欲東行，參商相望何由覿。此詩莫遣細奴知，恐惹蠻箋紅淚滴。天涯蕉萃又西風，寄聲秋士愁無敵。

雨後再過易羅池亭

遙峯影落清池底，一叚濕雲收不起。閒鷗偏掠雲上飛，零亂穿雲魚數尾。半痕淺碧秋羅紋，未容荷芰翻紅巾。山神連夕送急雨，蘋華荅葉俱鮮新。我來倚檻數層嶂〔一〕，脚底忽聞人蕩槳。前池隱與後池連，水閣如橋通小舫。

【校記】

〔一〕倚檻，經訓堂本作『依檻』。

七月初九日曉夢忽得十四字不知是何題也醒而成之因憶前此夢中似至恆春舊居憑欄眺望有一把柳絲二句今亦足成一絕〔一〕

萬疊春雲碧似烟，京華何處望南天。鴈回莫恨無消息，路過衡陽又五千。

燕泥珠網挂簾鉤，別館蕭條只似秋。一把柳絲風又雨，更無人與綰春愁。

【校記】

〔一〕詩題，經訓堂本『初九日』作『十九日』，『恆春』作『淞南』。

七夕〔一〕

梧桐一葉秋，悽懷最難釋。星宮亦有情，誰能禁孤隻。所以來復期，於茲契靈蹟。今年逢午閏，經月已見厄。入秋又兩旬，迺始遘嘉夕。宛如人間世，羈臣少歡懌。五角與六張，事事動乖隔。黃姑本諸天，橫陳已久斥。執手成陰陽，此懷尚脈脈。生爲璇室女，明妝應揄翟。自從貰聘錢，瀕河處幽僻。雖有神足通，微波限咫尺。青鸞未肯承，烏鵲獨遙惜。願以雙翠羽，踐此文綦迹。遂令癡兒女，乞巧薦瑤席。蘭香終自熏，明慧究何益。不見七襄工，終朝勞緯繣。我本不解事，南來更衰白。聱牙古性情，人世應棄擲。稽首煩裨遺，諒神非所嗇。還書祈拙文，幸無室人謫。

【校記】

〔一〕詩題，經訓堂本作『庚寅七夕』。

廣庭先生以詩見示次韻〔一〕

此生已學意生身〔二〕，偶爲明河感昔塵。客裏秋期渾似夢，病餘詩筆愧如神。小窗燈火依初月，故國刀環隔暮春。先有今春回京之約〔三〕。尚是關山戎馬日，莫教雙鵲報歸人。

【校記】

〔一〕詩題，經訓堂本題末有注：『七夕後一日。』

〔二〕此生，經訓堂本作『此身』。

〔三〕經訓堂本無此注。

八月十七日黄與招同明侍衛碧夢仁及升之集易羅池小飲待月次碧夢韻二首〔一〕

亭臺到處有清緣，雨過長空卵色鮮。碧漢尚留前夜月，本擬以十四日來游，有事不果。青山低映半湖烟。翦燈便作停雲地，闘酒初逢冷露天。是日交白露節。我亦提戈經轉戰，西風吹鬢已蕭然。亭舊有明參將鄧子龍對聯云〔二〕：『百戰歸來贏得鬢邊白髮，千金散盡惟餘湖上青山。』

勝地重來有勝緣，波紋星影共澄鮮。依城佛墖淩秋嶂，隔岸人家罨暮烟。柳葉蘋絲橋外路，玉沙金礫鏡中天。羈懷只合瞢騰醉，聽盡歌雲倍黯然。

【校記】

〔一〕詩題，經訓堂本作『八月十七日黄與招同碧夢升之集易羅池小飲待月次碧夢韻二首』。

〔二〕明參將，經訓堂本無此三字。

永昌水仙花臨秋已開或有疑其非時者次蘇文忠公韻以解之〔一〕

水仙本仙種，又如守節賢。蕭條冰雪裏，芳澤終能全。所以楚靈均，瓊佩中流捐。茲開值秋仲〔二〕，弦月初行天。忽疑江南岸，餞臘當殘年。亭亭淩波出，冉冉微香傳。炎方花事盛，紅紫春新鮮。似憐秋落寞，數朵歛涼烟。依然歲寒意，雨夜爭幽妍。明燈耿檀暈，照我曲尺眠。尚愁麝火觸，豈敢茶鑪煎。惜無梅山礬，物外同靜便。招此斷腸魂，永作一笑緣。更與覓清供，石筍兼苔錢。

【校記】

〔一〕詩題，經訓堂本作『永昌水仙花臨秋已開或有疑其非時者詩以解之用蘇文忠公寄晁叔美韻』。

〔二〕值秋仲，經訓堂本作『值秋令』。

游寶山寺寺在法寶山，蒙氏異牟尋所建。

客中情緒如眠蠶，亡何日飲誰能堪。忽聞城東山寺古，走馬一逕遵烟嵐。苔厓翠厂儼屏扇，九隆離立高相參。危碕短彴度村聚，山椒雜沓圍松柟。崇階登頓八九級，入門調御排蓮龕。丁香正發糝紅片，淩風金粟香初含。老僧肩衣乞食去，雙扉自闔無人監。沙彌一兩洗故衲，氣象蕭寂兼清嚴。旋由經廚啓梵筴，多聞義學窮詁諵。函中如維摩、圓覺諸經皆係寫本，其餘俱有鈔撮他注者。荒陬猥瑣士失學，經史散佚無人耽。桑門結習尚復爾，青衿對此當懷慚。碑書古刹肇蒙舍，南詔立國紛戈鐔。傳異牟尋正七世，西破吐蕃陳貢函。地圖方物進絡繹，清平官使齊朝簪。銀窠金印示寵錫，作藩南服聲靈覃。鐸鞘浪劍誌武烈，何亦佞佛開精藍。想當建剏役萬指，琅璫鐵鳳飄重簷。閲時千禩屢興廢，數椽仍見留空嵌。層樓縹緲出林莽，振衣直上恣幽探。拓窗俯視堆眾皺，沙河一派流澌澌。原從大雪及交椅，山下沙河發源交椅、大雪二山，合流循山而下，入諸葛堰，達于東湖堰。相傳武侯所築，村農洩以灌田。循山曲折趨東潭。當年雍闓實逆命，建寧烽火傳川南。王伉呂凱誓死守，神兵一掃妖烽熸。安邊自應濬水利，豈必附會如叢譚。況今秋成逢大稔，黃雲萬頃盈甗甔。武侯既往遺蹟在〔一〕，利澤萬世偕巉嵁〔二〕。遐陬弔古不忍去〔三〕，荒林何意停驘驂。殷雷欲奮雨脚挂，下嶺猶戀鐘聲韽。

【校記】

〔一〕武侯，經訓堂本作『公雖』。

〔二〕利澤萬世，經訓堂本作『公並法寶』。

〔三〕遐陬，經訓堂本作『徘徊』。

秋夜

滇南不知寒，豈識秋氣到。今宵振微飔，著體頗料峭。林葉雖未翻，微黃已見告。有如中年人，忽忽近衰耄。蠻奴率愚惷，安能解悽悼。空將寥落懷，付與蟪蛄弔。我本九辨徒，尻輪落南詔。行年四十七，往事益縈繞。明月漸如珪，秋雲薄于縞。清燈鑒羅幃，此意與誰道。惟應淨塵根，羈愁庶可掃。

臂痛

隻手扶天綱，壯懷本磊砢。人道況尚右，臂胛用尤夥。如何忽痿痺，督脈困拘鎖。去年暑未殘，奮身入汙裸。毒淫纏心脾，蒸濕注骨踝。肩背亦受傷，動若遭箭笴。蠅頭久不書，搦筆謝璨瑳。何由儆清臣，脚氣篭叢瑣。所擬從期門，殺敵尚須果。今茲筋肉弛，寧異左師跛。拓戟曁彎弧，二者無一可。矧此雲幕中，從事兩砐硪。偏剩一人半，定見等廢惰。懸知時命慳，遠客仍轗軻。昨者思據鞍，欲上已㦬懡。實緣精氣衰，豈能藉藥裹。只合歸江湖，隱囊趁單舸。臨秋更持螯，此計庶非左。

升之生日次廣庭先生韻四律

比歲同軍府，霜清拂劍花。何期弧矢節，仍望斗杓斜。文采傳窮徼，聲名冀克家。兼懷令嗣少鈍〔一〕。依劉真得地，彈鋏不須嗟。

促坐收書帙，哦詩散墨花。西風寒漸峭，南陸景初斜。雪鬢三千丈，秋砧十萬家。孤生虛負米，獨起望雲嗟。

生意沾泥絮，微蹤落溷花。題襟從慰藉，步屧互横斜。雲樹遥當戶，琴樽宛在家。回思烽火日，致語莫興嗟。去年升之從軍有路，此日正抵哈坎。

菊淨朝團露，楓殷遠鬭花。夜寒石溜響，風起篆香斜。翦燭宵疑夢，銜杯醉是家。杜詩：『得醉卽爲家。』庚寅懷誕降，應笑楚臣嗟。

【校記】

〔一〕少鈍，經訓堂本作『泉明』。

碧夢以所獲野梟見餉有作〔一〕

昔我未仕儕村農，繡鴨作隊柴門東。拍浪兒挾桃枝弓，數獲往往誇盈籠〔二〕。誰知火鎗用更宏，㓨木三尺鬆以紅。中剜一竅枵而空，實子五銖鉛所融。和厥硝藥能飛衝，是時秋高盡稏穜〔三〕。滯穗盈畝禽所從，綠頭接翅翾涼風。日晚且啄膚革充，君也袀服馳黃驄。天發殺機聲隆隆，流星一點行青穹。中必疊雙等五豵，如皋之笑迴明瞳。歸飭膳宰和椒蔥，羶膏鮮羽真宜冬。知我杞菊厨不供，臺餽欲使加朝饔。游畋畢弋古所崇，羨君藝比蒲且工。微生每爲口腹窮，只合長避菰蒲叢。打魚有嘆將毋同，歡娛蕭瑟一飽中，對此忽憶歸吳淞。

【校記】

〔一〕詩題，經訓堂本作『明碧夢以所獲野鴨見餉有作』。

〔二〕數獲，經訓堂本作『履獲』。

〔三〕盡稏穜，經訓堂本作『收稏穜』。

病中生日升之復次前韻見贈奉酬四首

十笏維摩室，新詩宛散花。獨憐人漸老，竟似日將斜。寥落三年戍，飄零兩地家。感君鄭重意，伏枕更長嗟。

此日京華路，仍添供佛花。冰霜時慘澹，燈火淚橫斜。已分愁爲宅，長憑夢到家。我辰竟安在，莫慰倚閭嗟。

龍鐘四十七，一夢等空花〔一〕。每廑中年感〔二〕，兼逢暮景斜。繙經依佛地〔三〕，致語藉僧家。先是，寶山寺僧言，余生辰當爲焚香展祝。舊雨同今雨，猶欣憶子嗟。是日，黄輿、碧夢及吳知州式齋楷皆見過。梅糝千枝玉，蘭抽九畹花。恰從禪榻伴，留畔藥烟斜〔四〕。客久拚更歲，時艱敢憶家。何當聞吉語，把酒免咨嗟。

【校記】

〔一〕經訓堂本此處有注：『坡詩：「龍鍾三十九。」又云：「四十七年真一夢。」予年正如其數。』

〔二〕廛，經訓堂本作『切』。

〔三〕經訓堂本此處有注：『時書《無量壽佛經》初畢。』

〔四〕經訓堂本『榻伴』作『榻畔』，『留畔』作『留伴』。

廣庭先生復以詩見示次韻四首

蕭瑟三冬節，衰遲一葉身。幸隨西府掾，敢擬北樓賓。垂老才華減，相知笑語頻〔一〕。微生同小草，竊喜近韶春。

昨歲逢今日，初收遠戍身。去年此日，正班師至黑石河。烽烟停轉戰，琛賮佇來賓。論事驚心久，籌邊屈指頻。青雲漸干呂，吹律應回春。

父母劬勞日，關河漂泊身。鞶楹思教子，翦髮憶留賓。鄉夢蒼茫隔，家書悵望頻。采蘭與懷橘，何計報三春。

不分懸弧志，終成斷梗身。生涯隨鴈旅，職業託龍賓。把酒挑燈數，看山拄笏頻。醉餘忘失路，疑在故園春。

【校記】

〔一〕相知，經訓堂本作『蒙私』。

原作　長白　阿桂廣庭

瘴地三年客，軍中百戰身。傳經崇世講，蘭泉鄉試座主夢少司農文子，會試座主錢少司寇稼軒及房師李少空西華，皆先文勤公乙丑所取士。借箸重嘉賓。白髮歸還未，青鐙聚正頻。初辰一巵酒，梅放近陽春。

金松次韻

喬松金氏宅，其勝夙未經。趁閒試一訪，舉策開幽扃。蒼然起寒色，問歲非修齡。何爲蟠屈意，已若鍾英靈。一枝欲直上，忽折橫空庭。盤拏不得放，鱗鬣爭浮青。森森鬬遠勢，颯颯回層冥。過牆兼覆屋，力足排飛霆。濃苔久更暈，弱羽愁難停。其根亦墳起，盡得蛟螭形。安知九地底，負土無仙苓。寒飆雖振蕩，儼激山泉泠。終看後凋性，不作先秋零。主人頗絃誦，守獨哦遺經。人生應孤勁，此可當前型。勿同宋社櫟，擁腫論荒坰。

魯梅次韻

梅花似幽人，相賞不在衆。一枝竹外斜，已足挂幺鳳。況茲古梅古，意外出奇縱。生涯倚破屋，孤瘦誰與共。頻年苦蕉萃，豈免時俗諷。終看標格在，桃李敢伯仲。我欲訪冰花，一洗邊瘴重。蕭然白版扉，繫此青絲鞚。更攜益友三〔一〕，黄與、升之、碧夢。不藉閒賓從。遶枝但清吟，未敢狂擊甕。可憐青銅柯，半倒蒼石縫。餘香仍返魂，洵爲天所種。坡詩：『嘉藹天所種。』春禽亦苦寒，深夜絶啁哢。宛然姑射仙，翠袖守僵凍。誰爲聘海棠，佳耦匹齊宋。清愁無可浣，庶幾酒一中。歸途聞霜鐘，烟月宛如夢。

【校記】

〔一〕益友三，經訓堂本作『三益友』。

庭梅試花有作

依依疎影傍檐楹，空裏寒香逆鼻生。客爲重來增悵望，花如舊侶共淒清。冰霜蕭瑟春猶淺，燈火青熒夢未成。莫怪鄉愁今更亂，天涯又近歲華更。

除夕口占[一]

滇南三度餞華年，最是今番寄絕邊。斗大山城同聚落，偶聞爆竹響春烟。
藥椀經旬旅病淹，心如黄蘗幾時甜。頻年不見梅間雪，暗向征人鬢上添。
先春桃杏已飄英，隱隱殘雷度碧城。守盡長宵眠不穩，獨聽漏版過三更。
不拈臘酒不吟詩，坐對緗桃一兩枝。更有紅鑪知伴我，瓶笙永夜奏參差。

【校記】

〔一〕 詩題，經訓堂本作『庚寅除夕口占』二字。

春融堂集卷十三　勞歌集

辛卯　壬辰

騰越寓舍後廢圃見梅花一株有感

粉牆東畔影參差，始覺疎梅發數枝。寒不依人原自惜，瘦今如我副相思。冰霜性格圓蟾照，松竹丰標翠鳥知。卻恨經年離別久，春醪重酌已嫌遲。

上元前一日易羅池亭觀燈有作

半月東風入柳條，傳柑佳節荷招邀。邊民正喜消兵久，火樹銀花破寂寥。

水光山色照溪亭，亭下珍珠百斛渟。更聽十番絃索好，新聲來自錦帆涇。時彰制軍寶由江蘇布政使陞任至此。

山花野鳥盡開敷，烟火熒煌蠟炬俱。更有新奇人未識，鯉魚跋浪鶴將雛。

蠻奴亦傚囀春鶯，臺閣裝成對畫楹。明月未斜筵未散，直教結束到三更。

三載邊城度上元，近來憔悴豈堪論。緣知節使投醪意，不惜青袍浥酒痕。

重過大樹園與升之聯句〔一〕

大樹今無恙德甫〔二〕，閒門昔屢經。重遊耽寂寞升之，相對話飄零。春半花如埽德甫，宵分竹自扃。林深初逗月升之，葉罅忽穿星。泥潤新除逕德甫，苔荒舊憩亭。履綦懷往躅升之，翰墨認前型。台座愁頻坼德甫，經略傅公及副將軍阿公里袞已先後捐館。鑾陬恨未寧。仍煩神筆運升之，謂廣庭先生。幾見旅騶停。卜夜容疎放德甫，遵塗入杳冥。居然成傳舍升之，聊爾比郊坰。噩夢猶餘悸德甫，嘉謨憶共聽。談深歌更哭升之，吟苦醉還醒。泛泛杯浮白德甫，幢幢燭暈青。歲時三改燧升之，身世兩漂萍。羈迹同齊贅德甫，鄉音伴楚伶。虛舟先負壑升之，陋室尚留銘。經略有園記尚存。誰分愚公谷德甫，人稱謝傅庭。山楹當埤堄升之，仙刹傍岧嶤。到處鴻留爪德甫，歸來鶴蛻翎。金城搖落意升之，霑灑問園丁德甫。

【校記】

〔一〕詩題，經訓堂本作『過大樹園聯句』。

〔二〕德甫，經訓堂本作『述庵』。

疊水河瀑布〔一〕

玉龍奮迅空山裂，箭激長洪走凹凸。終古恆疑香海翻，懸空直恐銀河竭。不雨頻馳晴日雷，未寒先灑炎天雪。建瓴卻藉墜形高，鼓橐無虞元氣泄。齦齶崩崖豁百尋，沖瀜急瀑迴三疊。大盈江派此其源，下注檳榔快劍吷。我居夷裔正蕭寥，欲出闉闍溯奇譎。斜抱城根帶玦環，初濺石齒鳴籥篴。從風蕩漾散雲烟，緣嶂奔騰挂虹蜺。儻逢畫手有吳生，持較嘉陵豈見劣。危亭小立聽喧豗，獨剜落衣讀殘碣。餘姚太守真好事，手闢榛蕪斫槎櫱。豐城老將亦名流，亭建於知府嚴時泰，參將鄧子龍復增拓之。嚴，餘姚人。鄧，豐城人。更餙香茆敞櫨楶。坐使潨湍傍屋行，響入椶楠尚蕭屑。十年流水不聞聲，安得趺跏證禪悅。深磵懸知蘊怪靈，蠻區應爲湔歊熱。濃陰如更沛長霖，走馬重來看奔決。

【校記】

〔一〕詩題，經訓堂本作『游疊水河』。

清明

節物傷心值禁烟，輕寒暫暖雨餘天。棠梨花外西郊路，蠻女家家送紙錢。

繇來

繇來岐路更多岐，錯互流傳信又遲。石闕已銜難計事，鬼車並載庶亡疑。休將黑白分全局，正恐蒼黃涅素絲。一枕華胥俱噩夢，曹騰只合倒深巵。

奉旨移師往討金川啓程途中有作

歲陰單閼陽月朔，我客南詔經三秋。盲風怪雨歷炎瘴，羊腸鳥道供狂遊。疾病雖多神力王，意氣尚覺無全牛。昨宵衙前搥大鼓，尺一有詔移貔貅。狼貪鼠竊三十載，鄰封切齒思同仇。臨邊連帥專姑息，恐致虺蜴成蛟虬。裸夷況已親納賮，八關撤警烽烟收。櫜弓執冰亦何用，自宜合勢誅蚩尤。玄冬已屆風霜遒，曉來朔氣穿重裘。嗚笳吹角分隊起，敵愾並奮騰驊騮。高黎點蒼若送我，出雲山翠明雙眸。諸君摻袂共留餞，凍醪百斛觥船浮。興酣不作兒女別，悲歌斫地森吳鈎。雪山玉壘又絕險，軍諮記室無長籌。獨憑威靈震薄海，重臣韜略相咨諏。手挽天河洗兵馬，試看露布馳皇州。

別段生雲程

戎馬間關日，江山搖落辰。憐君中夜別，萬里話窮塵。

同副將軍溫公福赴蜀發永昌

露重風淒月半明，蕭蕭斑馬出巖城。循陔將踐三年約，絕塞仍爲萬里行。井鉞參旗垂浩蕩，松潘雪嶺倍崢嶸。故鄉卻望今誰是，回指哀牢涕淚橫。

寄查觀察恂叔〔一〕

烽火頻年歷瘴鄉，又隨定遠過華陽。陌刀二百軍鋒鋭，見牛叢《與南詔綽斯書》，時率滿洲兵二百同行。組甲三千殺氣揚。時調黔兵三千續至。星拂參旗開北落，地窮井絡入西羌。書生參佐真何補，聚米憑君指戰場。

決策淩冬鏟賊壕，木坪瓦寺陣雲高。雜夷何敢思蠶食，上將重煩運豹韜。羽檄徵兵三道集，繩橋輓粟萬夫號。熏香畫省南吳客，袀服頻憐壓孟勞。

東華游醼昔時同，獞酒猺刀讖語中。擁傳君先辭薊北，從軍我亦度岡東。緬人稱老官屯爲岡東。梅花人日勞相憶，杜宇春山望不窮。何意天涯雙鬢白，維關風雪並臨戎。

杜陵清才萬古傳，敢誇詩筆鬬前賢。江山寥落身將老，戎馬間關病未捐。遠道驚心悲陟屺〔二〕，餘生回首念歸田。祇應共醉郫筒酒，欲訴牢愁更惘然。

【校記】

〔一〕　詩題，經訓堂本作『寄查恂叔觀察』。

〔二〕　陟屺，經訓堂本作『陟岵』。

七星橋

鐵柱規模壯，金繩結構牢。斗杓分地脈，是滇、黔交界處。羽扇想人豪。相傳諸葛武侯祭斗於此，故名。彔竹尋源迥，盤江得勢高。虹梁通鳥道，不卹馬蹄勞。

威寧道中〔一〕

向晚威寧道，昏昏欲雨天。愁看雲似墨，偶露月如弦。怪樹妨狨帽，深泥及馬韉。僕夫相顧泣，何處辨人烟。

【校記】

〔一〕詩題，經訓堂本作「初八日威寧道中」。

旅次

萬疊山巒繞客程，半輪微月暗還明。淖深九折黃泥坂，樹罨三家紫邏營。魑魅欲來先怪鳥，驊騮已病仗殘兵。天涯幸值同袍侶，同年威寧知州崇君士錦。濯足招魂餉芋羹。

夜至古廟

冷炙殘虀間濁醪，一餐聊復解塵勞。寒蛩獨語知霜重，宿鳥頻驚見月高。陰壁尚欹塗毒鼓，靈旗斜拂赫連刀。最憐疲馬虛芻牧，踣地長鳴枉自豪。

次畢節

今夕知何夕，荒城落百蠻。雲霾山一角，沮洳屋三間。羽檄方傳警，毛錐未得閒。寒燈明滅裏，催卻鬢絲斑。

馬神廟小憩

雨霽雲消見碧天，昏昏殘月屋西偏。壞牆有牖縈蛛網，破廄無槽置馬韉。難覓候人供酒食，恐驚鬼卒荷戈鋋。穿林跋淖津梁倦，聊拂塵牀枕手眠。

將至瀘州小憩有作

荒祠供頓稍勾留，敗壁頹垣觸目愁。柱刻蛟龍猶攫䋎，庭棲禽鳥亂鈎輈。未經蜀棧千重險，先試瀘河一葉舟。歲歲從軍今更甚，殘冬霜雪滿茸裘。

夜半至雲松官舍飯畢又行留別

月昏雲暗度層巒，及到官齋夜已闌。幸有元戎溫將軍招對酒，更憐舊友勸加餐。棖棖絃索聲偏急，漠漠泥途雨未乾。此别何時重見面，揮鞭忍淚上危鞍。

成都懷古五首

天彭井絡氣嶙峋，自古名賢蹟未湮。共説錦官還綺麗，誰知禮殿久荒榛。淩雲已見留《封禪》，投閣無儇更《劇秦》。太息文人多失志，譙周老去又稱臣。

裴相文章柳尹書，高才健筆有誰如。諸葛武侯碑爲裴晉公撰，柳公綽書。魚龍八陣留奇蹟，牛馬千山送積儲。天護將星歸冥漠，人思炎鼎共欷歔。英靈假手誅鍾鄧，並使當塗社稷墟。滅蜀後，鍾、鄧即就誅，司馬炎篡魏。

同谷飄零赴蜀州，浣花溪上草堂幽。雲間白雪三城戍，橋外青江萬里舟。傷亂已哀耆舊盡，收京尚爲國家憂。誰憐稷卨心期壯，晚歲思隨粲可遊。

長嘯聲華異域傳，謂范淑公鎮。三蘇繼起正齊肩。氣鍾嶓冢江源盛，身列甘陵黨部先。韓富一時推國士，秦黄六子附名賢。投荒萬里知無憾，瓊海瀛洲總是仙。

第一科名宰相家，力爭大禮謫天涯。詞章自織扶風錦，著作如乘博望槎。空有香閨工唱和，不嫌紅粉互夭斜。荒基猶説升菴在，桃杏新栽百樹花。時查恂叔重葺升菴，雜樹花藥。

朱太守子穎述峨眉之勝感作〔一〕

雞足峨眉兩處尊，此來不用愴征魂。天知宿業多聞在，使作頭陀入願門。予在雲南，曾謁雞足山，敬禮大迦葉尊者華頂道場。尊者，頭陀第一。而普賢則願門也〔二〕。安得筇枝箬笠，往遂此志耶？

【校記】

〔一〕朱太守子穎，經訓堂本作『朱子穎太守』。

〔二〕『而普』句，經訓堂本作『而普賢菩薩摩訶薩則願門第一也』。

大相嶺夜宿曉書所見

經行大相山，廿里穿菑翳。風饕雪又虐，馬瘏僕亦疲。到門夜昏黑，不辨何賢祠。山僧爇松明，始得寬征衣。煖湯頮我面，豆粥解我飢。嗒然一榻臥，漏盡誰能知。喧聞爭剉秣，惡馬羣蹄嘶。雲房鐘鼓動，約略黎明時。起就窗下飯，蠻酒如酸梨。飯罷啓東牖，微光照罘罳。松杉戛零亂，冰霰紛縭縰。浮雲將解駁，明霞倒射之。十光互蕩漾，三素分葳蕤。七襄錦繡段，百樹珊瑚枝。六章燦翬翟，五緯迴璇璣。亘天長虹挂，映日彩鳳儀。青圭間白琥，黃絹兼色絲。斑斕鍾氏羽，璀璨天孫機。琪球合王會，茶墨陳軍麾。又如華嚴海，蜃市開恢奇。樓臺變頃刻，人物窮豪氂。罕譬寧足罄，幻化難思維。斯須金烏升，巖谷收寒霏。蔚藍千萬里，雲樹含清暉。出門見冠冕，是諸葛忠武祠。再拜臨階墀。清高肅遺像，坐鎮西南陲。指揮出絕景，用慰羈人悲。舉鞭還四望，萬嶂真崔巍。云是九折坂，子贛常驅馳。明當趁晴霽，賈勇超厜㕒。

邛州笮橋

翠竹編排束笋齊，輕浮水面淨無泥。行人來往如平地，餘潤何妨濕馬蹄。

殘夜過郫城小憩南明官舍把酒惘然述舊撫今輒成十絶〔一〕

抛擲江鄉水竹緣，飄零薄宦滯西川。誰知蕉萃楓江客，慘緣當時最少年〔二〕。

射雉城西木葉凋，一樽風雪晚蕭蕭。如何東閣淒涼夢，又在清江萬里橋。南明與予在如皋官舍中聚處最久〔三〕。

衰老渾如病葉零，憐君雙鬢尚青青。觀河面皺誰能識，差喜鄉音剪燭聽。

小雪輕冰逼歲除，蠟梅花向膽瓶舒。忽思翻襪菴居士，宿火清齋寫梵書。時出山舟侍講所書《賢首經》見示。

短几虛櫺彔曲牀，殘僧風味儘蒼涼。也無人向重簾底，擁髻挑燈說故鄉。南明內子已歸吳下，而細君亦留敘州，衙齋蓋如水也。

香楠萬本隔荒陬〔四〕，瘴雨蠻烟木客愁〔五〕。閱盡千山笻杖底，何人碑版記西樓〔六〕。

草檄談兵絶徼趨，如雷礟石萬人呼。誰堪更向巴渝路，滿目干戈著腐儒。

南蠻定後又西戎，絶域分明指顧中。料得據鞍吟嘯處，雪山雲海蕩晴空。

十七年前七字詩，最憐白石有清詞。征衣如雪年年浣〔七〕，又是天涯歲暮時。南明曩以白石道人絶句書扇見贈，追憶及之。

虎頭無復問封侯，垂老心情憶故丘。安得鄉園老兄弟，青蓑同上釣魚舟。

【校記】

〔一〕詩題，經訓堂本作『殘夜過郫城小憩秋汀官舍把酒惘然述舊撫今輒成十絕睡眼瞢騰不復成點畫尤可一哂也』。

〔二〕慘緣當時，經訓堂本作『慘綠當年』。

〔三〕南明，經訓堂本作『秋汀』，下同。

〔四〕隔荒陬，經訓堂本作『閟靈根』。

〔五〕木客愁，經訓堂本作『下蜀門』。

〔六〕碑版記西樓，經訓堂本作『援筆記蘿村』。

〔七〕如雪，經訓堂本作『和雪』。

離堆 上爲灌坂，有秦守李冰父子廟。

岷山塞外來，厥流最迅利。奔騰逮汶川，響若風雷厲。直下爲中江，激箭尤雄肆。東南乃成都，衍沃宜樹藝。膏腴之所殖，畝以數鍾記。惜哉形勢高，安得水泉濟。坐令嘆暵乾，石田付蔚薈。太守本天人，山川在腸胃。相度開洪荒，決排破幽噎。疊石扼其衝，湍波遂分二。又左作伏龍，堰名。迫速益涌沸。後水擁前水，俾之載高地。激行可過山，似難寔轉易。飆發與星馳，逆流盡南暨。昀昀千萬井，霑被無遺計。黍稌獲成熟，壩閘時啓閉。不待靈雨甘，豐登慶嘉瑞。北之仍合江，雙津肆容裔。所以天府名，秦蜀表神異。東吳賴轉輸，西土富秉穗。偉矣萬世功，粒食慶作乂。我來灌坂上，解鞍恣瀏愬。榱桷焕丹青，楓槠耀紫翠。鼖鼓戛訇鏗，豐碑插贔屓。鼎鼐蕭薌升，陂陀血膋漬。後祠二郎神，威靈共炎熾。皆云挾雕弧，雲霄自遊戲。尊嚴神鬼呵，叱咤蛟龍避。此堆尚屹然，永寧等帶礪。鄉老重春祈，祠官肅秋祭。紛紜走巫覡，雜遝拜婦穉。俯察仰更觀，目眩心亦悸。

溜筒

我從灌口來，詰屈歷窈窱。稍下至危磯，峯巒圍幽奥。磯水沸湯湯，欲渡迷津要。裴裒望林間，巨木森旗纛。問名識溜筒，尋橦古所號。一高復一低，緪縆互繚繞。引之到彼岸，鑿石繫深竅。剖竹合其間，督令征夫抱。手足還縶之，一放等鷹鷂。遙睇惡谿長，林林立刀鞘。風雷擺訇轟，冰雪亂奔跳。營魂已迷離，耳目並震掉。既濟雖無恙，更生尚自悼。目擊真旁皇，津吏持符告。云聞大軍至，萬衆何由蹈。前途竹索橋，已爲大人造。用《周易》。解驂酌村沽，眺覽資詩料。仰看筒上人，天半正呼嘯。

竹索橋

昔過鐵索橋，下俯江如雪。今來出汶川，竹橋更奇絶。憑空束浮筠，環柱挺高節。動經十丈强，迥異五重篾。層層繞綍纚，處處聯箐筏。鷙鳥愁飛翻，哀猿驚巀嶭。避險去桃關，策蹇循丘垤。製仿徒杠低，形似短彴截。此間本要津，軍須日闐咽。昨宵輓運來，愁雲暗巖月。千口共呼號，五更聲未徹。

性命懸一絲，凜凜墮魚穴。今晨風未平，餘威尚飄瞥。欲濟愁褰裳，僕夫左右掖。百步過江心，羈魂餘戰慄。迴看橋左偏，舊笮半綻裂。

皮船

獨木刳作舟，厥腹枵然空。體圓易攲側，涉水愁長風。西番更用竹，編緝形如籠。密繩互糾結，鞏用牛革蒙。蓋當兩山間，石壁高巃嵸。無由纜笮索，詎可懸溜筒。番中多犛牛，千百皆蒙茸。道斃取其鞹，價賤物易充。綳之三四疊，問渡可奏功。溪流一道來，暴怒聲鼕鼕。兩人椉礴贏，戰色枯灰同。一人持斷木，直泝兼橫衝。適逢驟雨過，水石相磨礱。團團快轉磨，颯颯疑飛篷。隻手苟失誤，破碎何由縫。刹那便數里，小泊登旁峯。篙師顏色定，羈客心神融。不爾一滲漏，性命歸幽宮。下眎更駭絕，攢石千刀鋒。歷險豈易盡，感嘆何時窮。

與升之夜坐

路滑城橋雪，寒深瓦寺雲。今宵還見面，兩日惜離羣。虀酒何村覓，勞歌永夜聞。殘燈毿帳裏，鰔頷復何云。

贈貴州哈提督敬齋國興

上將移師自戛鳩，魚通韜略賴前籌。銜枚千騎穿雲棧，踏雪三更剷石樓。斫陣誰當楊大眼，讀經偏愛賈長頭。鐃歌《朱鷺》行將近，圖畫淩烟表壯猷。

軍抵山神溝

劍南自負多奇氣，直造岷山看江水。我今更度大峩西〔一〕，已踰江源一千里。巖下哀磵琤琮鳴，濺人飛沫衣生稜。危石戴冰怒獅踞，喬柯凍雪乖龍横。層崖遠邁羊腸惡，駿馬十步九步卻。豈無健兒好身手，尚恐虛沙崩欲落。生平豪氣老不除，揮鞭徑上淩崎嶇。垂堂之言寧足戒，但恨奇險難爲書。空山忽聞撾大鼓，巨礮如雷走林莽。風旗獵獵舞龍蛇，已見軍營排隊伍〔二〕。

【校記】

〔一〕大峩，經訓堂本作『大荒』。

〔二〕已見軍營排隊伍，經訓堂本作『云是將軍駐營處』。

行碉頭草坡間作〔一〕

碉頭之路如蟻旋，斗削翠壁千尋懸。怪石林林萬刀劍，下護絕底蛟龍淵。行人一望頭目眩，駿馬哀鳴踵流汗。我來不惜二分垂，要看羣峯接霄漢。崑崙山勢西南來，天山葱嶺爭崔嵬。向南一支到滇蜀，千巖萬壑雲中堆。此是太倉一稊米，西戎得此輒驕侈〔二〕。時平絕險少鴞音，何乃蚍蜉效封豕。出師兩道何彭彭，偉伐欲掩前賢名。蠻烟瘴雪忽開朗，笮橋石屋空崢嶸。軍鋒未動眾已怕，番官土職爭迎迓〔三〕。此中險隘汝弗矜〔四〕，試看神兵自天下。

【校記】

〔一〕詩題，經訓堂本作『行碉頭道中作』。

〔二〕輒驕侈，經訓堂本作『誇雄恣』。

〔三〕爭迎迓，經訓堂本作『紛來迓』。

〔四〕汝弗矜，經訓堂本作『切弗矜』。

過天舍山至格節薩〔一〕

朝抵松林口，午陟天舍山。玉龍倏忽戲雲海，琉璃萬頃堆銀盤。人言此是太古雪，白日不化封層巒。細路千迴若懸綆，雪爲階級冰爲磴。上山苦滑下更難，何限驊騮此蹭蹬。瓦寺番人等猿鹿，躡險梯空不留躅，乞與元戎作僮僕。五人曳馬鬉，十人持馬足。雙旗颯沓下重巖，走丸激箭誇神速。我老轉愁腰腳慄，舍馬而徒行更蹇。道逢兩卒慣冰嬉，扶持始得如風轉〔二〕。山木慘慘天將昏，手足皸瘃拳肩跟。夜深茇舍燈火暗，恍惚魑魅呼精魂〔三〕。嗚呼！男兒横行休闒鰨，騰踔應須骨精聳。不見當年經略公，一蹴此山爵忠勇。

【校記】

〔一〕詩題，經訓堂本末有『宿』字。

〔二〕如風轉，經訓堂本作『如風旋』。

〔三〕此處以下數句，經訓堂本無。

得恂叔詩卻和

旌竿毿幕遠層層，風起焚輪不自勝。沃日每夕多大風。掠地鴉翎翻雪影〔一〕，凝霜馬背起冰稜。硐樓遙出前山霧，堠火齊明半夜燈。同是戰場同晚歲，新詩吟罷涕霑膺。

三歲籌邊舊有聲，飛書借箸賴長城。伊涼士馬初臨境，時調固原、西寧兵由維州會勦。髳濮番夷別駐營。恂叔時赴雜谷腦，調土兵屯練。雨礟風旗荒徼路，春燈臘酒昔年情〔二〕。藁街計日銷兵甲，應許閒鷗話宿盟〔三〕。

【校記】

〔一〕經訓堂本此處有注：『地多白鴉。』

〔二〕昔年，經訓堂本作『判年』。

〔三〕宿盟，經訓堂本作『舊盟』。

望日耳碉寨有作

碉寨之堅誰始作，唐名石屋今猶昨。絕徼千山連脈絡，碎石林林遍谿壑。大比輈輪小鐘鐸，齊厥大小裁寬博。累棋直上出叢薄，七層浮圖十丈閣。四面孤懸聳而削，高矗烟霄捎鸛鶴。築之不俟匠人約，塗之不藉圬人堊。其巔木石交相錯，旁開圭竇睇寥廓。庸以施鎗注矰繳，飛桄佤斜藤絙縛。汲水砍薪跣兩腳，背負以登任騰躍。戰碉如峯已峼嶨，此更垣墉狀郛郭。昨所攻克之斑斕山斯底葉安僅有戰碉，此則附以牆垣寨落。鬬角鈎心頗恢擴，南北有扉兩扇拓。蟻蛭蜂房羣所托，以安作息斂畊穫。以蕃子姓共熙釂，引貫流泉冬不涸。當時制度殊非略，寧料日久氛祲惡。負嵎設險窮貪虐，側嶺危梁聳跗萼。或兩或三形勢各，日耳南北山上碉座甚多。合抗我師敢弗恪。城小而固古所愕，矧乃倚巖成聚落。不勝爲笑則嗟若，蠆蜂有毒毋謂弱，詰朝先用鎔金鑠。

次丹陽陸上舍赤南炳韻四絕〔一〕

年來鞍馬逐嫖姚，西出峩岷路更遥。一澗寒雲萬峯雪，不知櫻筍是春朝。

天涯同是作勞薪，兵籍軍符積案陳。莫怪江鄉無夢到，八千里外戰場人。

滄波如簟獨揚舲，回首茆齋隔翠屏。可是錦帆涇外櫂，分明吳詠隔烟聽。爲恂叔題扇。

柳營無侶獨蕭然，毳帳風來燭影偏。禹步已窮河勢轉，西流終夜響潺湲。

【校記】

〔一〕詩題，經訓堂本作『次韻』。

程魚門以詩見憶卻寄〔一〕

雅雨黎風絕徼行，猶煩詩札訊鷗盟。簿書仍似東曹掾，袴褶真同北府兵。送雪奔雷頻霹靂，連山苦霧失崢嶸。蠻方只合工蠻語，莫怪來詩久未賡〔二〕。

【校記】

〔一〕詩題，『程魚門』，經訓堂本作『魚門』。

〔二〕來詩，經訓堂本作『新詩』。

雹

一日二日弗雨雹，雨雹迺際長嬴初。維坤西南古雪嶺，履霜冰至垂簭書。不分秋冬暨春夏，同雲變現纔須臾。東皇昨者雖巽位，祝融詎敢揚彤旟。阿香殷殷迴靁車，玉女一笑急電舒。冰堅澤腹陰所儲，山神弗取騰空虛。彈丸脱手萬弩俱，宛宛玉粒堆槃盂，颯颯瓊珮鏘襜褕。海藏忽涌鮫客淚，天宮齊獻摩尼珠。夜光非同剜蚌殼，畫響絶類捋羊鬚。亂飄笮橋互的爍，急灑石屋紛模餬。勻圓萬顆不可盡，衛尉十斛何當如。挾以淒風雜苦雨，楚幕豈復聞唬烏。申豐有説匪失誣，此間沴伏氣更殊。吾聞番人亦畊畬，山田莜麥方紛敷，坐見遺種靡錙銖。撥醅何從博酩酊，摶飯安得填嚨嗬。皇天助順殲厥辜，汝酋萬里行頭顱。雨師然後來徐徐，一洗兵馬寧彭盧。

病中早起

西風吹鬢滿霜華，歸計何心問及瓜。石帚未除千幕雪，松爐微響一瓶茶。亂山層疊懸軍壘，殺氣蒼茫走礮車。堆案文書仍自了，鼠肝蟲臂任生涯。

隨廣庭先生馳赴南路統兵作

驚得魚通信，軍殲麥壟溝。雪深埋後路，糧絕失先籌。覆餗誠當罪，宵衣恐廑憂。時前任大學士阿爾泰參勃總督桂林。飛旌旋卷甲，踴躍效同仇。

還至雜谷腦寄升之

輾轉支離笑此身，又隨大旆逐風塵。千尋危棧雲間戍，一簇孤花雪裏春。聽慣哀猿渾不省，終成老馬是何因。裁詩慰藉真無益，只抵頻伽餉遠人。

過汶川

苦竹黄蒿一路多，春風未見況清和。江鄉此日交芒種，萬頃新秧緑映蓑。

草堂寺寺旁建少陵書院，有像刻石。

一曲花溪路，曾爲杜老居。樓臺臨爽豁，鐘梵出空虛。風篠千竿竹，香雲四句書。寺有《南藏經》。清高遺像在，旁有遺像已刻石。憑弔一欷歔。

滎經道中閲楊笠湖刺史潮觀所貽吟風閣雜曲偶題七絶

黎風雅雨道途艱，院本傳來一啓顔。鐵版銅琶差快意，不須小部按雙鬟。

博浪沙中未報讐，西行借箸佐炎劉。赤松黄石辭仙侣，獨上河潼第一樓。張子房。

雲車風馬萬靈趨，不怨炎天竟渡瀘。緣識七擒還七縱，旋師北伐埽當塗。諸葛忠武侯。

輒宴思親涕淚多，盤堆紅蠟罷笙歌。憑君更寫澶淵會，萬隊黄旂唱渡河。寇萊公。

宦海浮沈意氣豪，生平蕭瑟本風騷。聽猿下淚聞雞舞，又賴新詞解鬱陶。

四山雲黑雨淋漓，燭跋猶開絶妙詞。淪落天涯聊自遣，直勝擊筑與彈絲。

芝龕諸記播淮西，絲竹聲中半滑稽。要下英雄千古淚，鉛山那得並梁溪。時鉛山蔣心餘芝龕諸記亦行于世。

過楚卡戎葵山色絕勝書寄曹來殷吳沖之

名山落蠻荒，萬古絕吟賞。未麗水經書，詎來畸客訪。卜居稀獠狑，入夜但夔魍。山靈豈不靈，寧免色悵惘〔一〕。我行殊戚速，屆此一停鞅。嵐分天女眉，崖擘巨人掌。碧雲兜羅綿，射目暈寶綱。[illegible]櫧十人圍，檜栝千尋上。濃綠染蒼厓，新翠變黃壤。鶺鴒集其陰，麏麚得所養。潺潺百道泉〔二〕，赴壑等修蟒〔三〕。奔霆軋鏗訇，戛雪走晃朗。勢急斷鰋魴，地寒絕篠簜〔四〕。緣谿紅薔薇，頗乘夏氣長。枝穿荊榛叢，色與錦繡仿。慰我羈魂愁，發我幽尋想。茲山十日遊，恐未窮所往。一鞭抗手辭，含悽付翹仰。睇後路既遐，瞻前渚彌枉。聊攄耳目奇，折簡寄吾黨。

【校記】

〔一〕色悵惘，經訓堂本作『困塵坱』。

〔二〕潺潺，經訓堂本作『涓涓』。

〔三〕經訓堂本此聯後多『匯流下長溪，忽驟軋千雨』一聯。

〔四〕絕篠簜，經訓堂本作『鮮蘋蔣』。

過大巖二十八韻

茲巖真橫絕，如堂復如厂。忽疑地維斷，頓使天宇掩。六扇宛負扆，千層肖刻槧。蘊靈高以奇，結體大且儼。句倨或磬折，上合乃脣弁。龜文疊原瓦，卦象凸《離》《坎》。突嵌黄琉璃，斜綴青菡萏。斑斑翟搏羽，纍纍翠暈靨。虎牙卓東峯，蛟尾曳西崦。縱横開九筵，遐邇接一攬。回巒象障袂，懸石駭垂頷。氿泉時滴滴，枯蘚偶點點。風露晚不到，雲日曉還霮。邇年方遏蠻，討逆等伐鄁。擁躅千軍停，轉粟萬夫喊。道長弗及舍，于此和羹糝。濛濛炊烟迷，熒熒野火閃。長宵來托宿，弗畏夔魖魘。蔭庇欣得憩，寢處遂忘險。縈經玉屏風，對此衽當斂。可堪絕景奇，迺爲窮陬貶。我行魚通路，陟屺劇憂感。解鞍藉草坐，柔卉亂藿菼。鉅觀溢瞳眥，爽氣沁脾膽。愚叟未可移，巨靈詎能撼。涪溪暨燕然，兩者媲無慊。師旋儻勒銘，磨厓我猶敢。

悼亡 爲許孺人作，歿於京師。

星橋頻歲憶星娥，憶別傷離涕淚多。誰料斷腸今更甚，雪山深處望銀河。信到正當七夕。

娟娟涼露報新秋，錦瑟年華逝水流。此夕黄姑星已去，他時誰與伴牽牛。

軍書訟牒正紛紜，時讞大學士阿爾泰、總督桂林之訟。苦報青鸞侶又分。淚灑西風迴望遠，千山烽火萬山雲。

白嶽黄山本世家，明文穆公之後。夙因偶得配秦嘉。可堪蜀道三年別，便作優曇一現花。

川西薊北道途賒，歸夢長憂不到家。雪嶺楓林關塞黑，更從何處度雲車。

花樣團圞月樣清，藏鈎鬬酒最娉婷。銷魂琴畫樓中坐，時聽唐梯點屐聲。

懺悔親書梵字經，叢編小志寫零星。手書《般若經》至數十本，又書《水經注》及放翁《入蜀記》，皆百餘番，似爲余今日識也。倩誰收拾簪花格，留與香籢待汗青。

胥江秋水碧于苔，每得紅箋浥淚開。各有傷心難自寫，祇應攜手話泉臺。長洲徐若冰有《南樓詩草》，時已先歿。

高柔聞已得賢妻，在璞堂深海燕棲。每讀西泠詩一卷，臨風拜月倍含悽。若冰、芷齋二閨秀皆與孺人以詩筒往來，今芷齋已歸侍御汪君新，故云。

夢中何處見珊珊，路隔秦關更漢關。縱使飆輪真可馭，也知難越萬重山。

破翁古爾壟

大蹂婁仰山，苦戰甲爾木。虎嵎堅不動，蟻穴何由鑿。翁古爾壟當達烏，臨河細路高盤紆。師之所衝禦益固，空以血肉膏戈殳。其西布勒壁千丈，山根插水風雷俱。東西鎗石互相守〔一〕，阻隘難攻舍已久。置之死地然後生，淮陰此意真堪取。是時水殺流稍平，浮橋西渡通奇兵。兵分三路蟻附上，霜濃月黑方三更。前茅登者揮旗幟，後隊攀藤踵而至。竟升絕頂入高碉，賊人驚覺旋誅殪〔二〕。上路已克中路清，東山賊勢知孤惸。麾兵直進拔其柵，駭走不敢還搪撐。第一扂塞一旦破，歡呼動地如山傾。嗚呼！郭舟自歿三千眾，今春總督桂公進兵至達烏，賊人守此甚堅。或惎之從郭舟繞路以進，賊截其後，全軍皆歿〔三〕。每望蒼厓各哀慟〔四〕。皆云絕境限蠻獠，誰肯乘危爲此弄。今朝出險更長驅〔五〕，始覺疲兵仍可用。更教大將酹殺尸，一慰忠魂洩悲痛〔六〕。

【校記】

〔一〕互相守，經訓堂本作『可互救』。

〔二〕誅殪，經訓堂本作『誅死』。

〔三〕經訓堂本無此小注。

〔四〕哀慟，經訓堂本作『心痛』。

〔五〕更長驅，經訓堂本作『便長驅』。

〔六〕洩悲痛，經訓堂本作『激群勇』。

克僧格宗

奢龍拉約已乞降，單甲多功次攻克。隔水遥看僧格宗，層碉上抵烟霄直。其碉依倚危厓巔，一線螺旋寧可卽。茲本默藏居，子姓分兩區。給以號紙土千戶，車斯墹及佳蘭圖。攷厥地界良不小，北昂俄角南達烏。後拉爾丹合吞噬，赤瀘據此成負嵎。大金川番名促浸，亦名赤佔。小金川名儹拉，亦稱赤瀘。兩金川皆姓拉爾丹。赤佔謂居於大河濱，赤瀘謂居於小河濱者。我軍欲攻之，直前未可拔。維時日廿一，月黑霜風刮。夜乘皮船齊濟師，潛聲毋許篙相撥。三更以後傅其旁，神鎗如電爭飛揚。番人驚起力拒守，別隊從西出其後。兩軍合擊不可支，麕奔鼠竄分而馳。細看寨中決泉水，寨前山木堆崔嵬。乃知本意在死守，出其不備終安施。郎車爾宗曁斯土〔一〕，往往沙泥間斥鹵。番人頗復擅熬煎，將來兵食堪資取。千軍呼洶揚旂旃，千峯北望氛祲消。蚌魯尺木奚足道，先指美諾摧窮巢。

【校記】

〔一〕斯土，經訓堂本作『斯處』。

軍次美諾

金川肇何代，列土由前明。本因番僧寺，遂以演化名。其印刻『金川寺演化禪師』。東爲別思蠻，南爲車斯垌。嵩州及揚塘，衆建分番氓。嵩州長官司印係洪武十一年造，揚塘安撫司印係永樂四年造，二處皆爲儹拉所併，今《明史》失載。儹拉所得地，不過百里贏。犬牙互相錯，深用防憑陵。曁乎康熙初，吉爾仍歸誠。封號襲舊貫，異俗何庸更。俾居在占固，卵育衍其生。赤佔與同祖，助惡資吞併。虺蛇暗盤結，欲作掉尾鯨。新遷營美諾，異志潛抽萌。豺狼復生貙，牙爪矜鋒硎。遂圍鄂克什，氣已無木坪。湯湯甲楚渡，漉血波濤腥。巉巉巴朗拉，殺氣雲烟横。我皇赫斯怒，兩路揚雄兵。參贊信雄武，轉敗功旋成。長驅歷要隘，虎穴倏以傾。迢遥蒙固橋，亦見相國旌。時溫公已拜大學士。兩軍驟會合，堠火排崢嶸。吁嗟此絕險，自古訖未經。高碉聳百仞，仄嶺縈千層。達烏曁甲木，美美連龍登。是皆一夫當，萬衆無由升。苦戰必閱月，始能開一程。埽除經匝歲，額手憑威棱。崩角數千衆，幸澤威雷霆。仰眺井鬼間，天日開光晶。蚩尤不敢動，芒采森長庚。西南諸土司，自兹心骨驚。疾風捲舊巢，焉能固重扃。會窮弗夷駾，速即藁街刑。

美篤寺

岧嶢美諾寨，寨後峯如蔟。厥寺更巍然，厥名曰美篤。嚴事者喇嘛，云本出天竺。非黃亦非紅，喇嘛有黃、紅二教，以衣帽爲別。白教世未矚。祖堂達爾黨，達爾黨，地名，在西藏之後。世傳在窮谷。有布魯思古，梵行衆所服。其胡畢爾漢，神魂之謂。轉輪每來復。其經達思拉，誦之可禳福。其佛色丹巴，尊與瞿曇屬。其衆盡獷悍，其術悉陰毒。番酋愚且頑，崇信等尸祝。層樓三重高，寶網四阿蹙。畫壁所見稀，猙獰千手目。纍纍懸髑髏，森森橫劍韣。憶昔四天王，護法願已熟。臂或擎日月，身乃乘獅鹿。警茲行道人，清修倍齋遬。禦彼波旬徒，幻化免撓觸。何期變本初，遂作天魔族。嗚呼西方理，清淨斷六欲。其衣尚壞色，其食僅齋粥。頗怪達賴徒，衣帛兼食肉。加以演揲教，祕戲佐淫瀆。何況奔布爾，像設示誅戮。睚眦起詛咒，鬬爭助奔逐。鈴鐸仍鏗鏘，楣欄互起伏。旁行四句書〔一〕，亦用銀泥錄。曩宋莎羅奔，土司適子出家曰莎羅奔，庶子出家曰曩宋。出家擅利祿〔二〕。瞋習發交衝，併吞漸成俗。奇衺終無效，殺機久逾蓄。因致絶儌人，膏血塗草木。真當聚而殲，焚廬詎爲足。癸巳冬，是寺果爲官兵所燬。

【校記】

〔一〕四句書，經訓堂本作「四書句」。

〔二〕擅利祿，經訓堂本作「擅威福」。

春融堂集卷十四　勞歌集

癸巳　甲午　乙未

元旦鄧生進討

何知今日是元正，息鼓銜枚近五更。雪上鬚眉寒有色，冰凝脣舌噤無聲。令嚴誰敢爭先後，路險安能卜死生。待得日高謀蓐食，前茅又指第三程。古人行兵五十里爲一舍，是日行一百五十里。

四月十五日大雪

又遇長嬴日，還看雪雹零。稍分殺氣黑，全沒亂峯青。雷電同飄瞥，蛟龍動杳冥。擁爐寒料峭，何處索銀瓶。

移師至翁古爾壟作大學士溫公之兵潰于木果木，美諾亦失，賊人並力窺當噶山，故副將軍退兵于此。

橫雲卻月一時收，左次何當缺斧銶。楚國亡猨真足恨，塞翁失馬亦須愁。余有馬牧于色木則，賊至，爲鎗所斃。全師豈直爲中策，得地仍能控上游。從古苗民多逆命，誰同伯翳贊良謀。

馳傳過清溪得沖之學使手書兼詩見憶讀已雪涕於逆旅主人索破紙倚馬背次而和之時奉旨令廣庭先生馳往西路收木果木，餘兵別籌進討〔一〕。

絕塞飄零不記旬，勞君款曲溯窮塵。久因烽火淹青幕，忍向雲霄憶紫闈。雪嶺天炎冰塞徑，七月十六日過大礟山，諸峯積雪如玉笋，且有雪花飄灑。繩橋雨漲水連津。年來髀肉都消盡，六見迎秋六餞春。

昨聞上將隕蝥弧，棄甲空餘十萬夫。插羽再看馳彍騎，峙糧合議弛刑徒。軍鋒齊淬風胡劍，民力先陳鄭俠圖。何日洗兵江灌上，更煩文教暨蠻區。

千山崷崒虎牙同〔二〕，礟雨聲中記首功〔三〕。潦倒已慚青瑣客，衰遲久作白頭翁。故人藏血經秋碧，新鬼飛燐入夜紅。慟哭飢烏銜肉地，九原何路寄郵筒。謂鑑南、升之諸君俱歿于兵亂〔四〕。

慘切長如素女絃，老親書札枉頻傳。百年豈暇爲身後，萬事難堪是眼前。客久愁腸先已斷，山遙歸夢併難圓。裹屍馬革尋常事，寄語休嗤作計偏。

【校記】

〔一〕詩題，經訓堂本無小注。組詩只錄三首，無第二首。

〔二〕千山，經訓堂本作『千崖』。

〔三〕礟雨聲中記首功，經訓堂本作『礟雨矢林藉首功』。

〔四〕俱歿于兵亂，此五字經訓堂本無。

聞陸健男改官侍讀奉寄

十年譽望著明光，果看恩綸出上方。簪筆已參周內史，趨班仍攝漢中郎。紫微芒動詞初進，黄絹書封夜未央。同是西清同儤直，獨憐烽燹滯危疆。

蟋蟀

在野頻遷地，經時每易名。秋高分殺氣，夜靜軫哀情。江國長仳別，蠻方鬱鬭爭。睡餘思起舞，渾擬怒蛙鳴。

功插

烽火連天往事空，又勞叱馭過魚通。身臨萬仞松梢上，馬出千盤石劍中。遺杖恐教同夸父，時秋暑甚熱。棄繻何事效終童。卻奇晴雪晴雲裏，槲櫪高林挂彩虹。

將之西路道出成都南明留宿官齋縷陳近事並悼升之鑑南家太守丹辰日杳三君〔一〕

憶別三秋晚，重逢半載過。江山仍錦里，風露接銀河。七夕後一日〔二〕。衿袖黄塵涅，容顔白髮多。此生真似葉，隨分逐流波。

投機終何益，銜鬚豈自戕。空聞移壁壘，溫相國於木果木駐營，距山巔賊碉稍遠。繼聞副都統春林送箭來營且眎師，遂移營向前，頗失地利，故爲所乘〔三〕。重見出欃槍。雪嶺埋京觀，雲旗擁國殤。木果木、登春諸處，文武死事者甚眾〔四〕。蓬婆連失守〔五〕，何以遏蠻方。

文采人爭羨，刀兵運忽屯〔六〕。艱危惟汝共，悲痛與誰論。遽歿蠻奴手，聊酬國士恩。相國遇諸從事，于升之最厚。故人慚後死，翦紙爲招魂〔七〕。

疑醉還疑夢，驚呼鴈失羣。一麾曾出守，丹辰以戶部郎中出爲貴州銅仁府知府〔八〕。三黜更從軍。猨鶴嗟初化，龍蛇驗昔聞。今歲在巳。窮山暴骨處，無計瘞孤墳〔九〕。

應歷華嚴劫〔一〇〕，偏教蜀道行。歸元知未得，薄宦竟何成。鑑南由戶部主事選湖南澧州知州，未至而丁憂，今以揀發四川來于軍，亦未得缺也。書札頻思我，干戈肯愛生。寢門驚覆醢，老淚一時傾。鑑南，余己卯鄉試所取士。

又逐千軍去，難爲一日留。峩嵋連殺氣，巴蜀弊軍籌。赤羽書仍急，青燐血未收。惟餘老兄弟，翦燭慟應劉。

【校記】

〔一〕詩題，經訓堂本作『將之西路道出成都秋汀弟留宿官齋縷陳近事並悼升之漱田鑑南三戶部』。
〔二〕經訓堂本此處無注。
〔三〕經訓堂本此處無注。
〔四〕經訓堂本此處無注。
〔五〕連失守，經訓堂本作『消息斷』。
〔六〕刀兵，經訓堂本作『兵戈』。
〔七〕經訓堂本此處有注：『升之。』
〔八〕丹辰，經訓堂本作『漱田』。
〔九〕經訓堂本此處有注：『漱田。』
〔一〇〕華嚴，經訓堂本作『刀兵』。

桃門驛和沈莘田太守清任韻五首〔一〕

沙蟲猨鶴未分明，循誦新詩倍愴情。河外一軍亡傅燮，鄴中七子失劉楨〔二〕。衰年久已傷哀樂，戰地安能定死生。幾度相思畏相見，如何血淚一齊傾〔三〕。

絕域方期飲月支〔四〕，旄頭何竟拂軍麾。荓蜂有毒言終驗，班馬無聲事屢危。雲罨箐林啼蜀魄，山迴冰雪瘞殽尸。鬼方端俟三年克，利涉分明兆卜蓍。廣庭先生將赴四川，蓍得《頤》之上九『利涉大川』，占者以爲克大金川之兆〔五〕。

颯沓層厓動楩楠，青城山外晚停驂。秋兼殺氣寒偏早〔六〕，雨挾江聲響更酣〔七〕。壯不如人今已老，樹猶似此我何堪。玉關生入渾難料，空向西風拂劍鐔。

丁零絕塞不逢辰，空作瞻雲陟屺人。有子已成長戍客，無孫誰奉久衰親。刀兵並擾慈萱夢，枕簟難酬寸草春。縱使平安書屢報，開緘知已淚盈巾。

井鉞參旗動紫閽〔八〕，重教上將統軍屯。時有旨令廣庭先生以定西將軍赴西路總統諸軍〔九〕。莫愁窫窳雄荒徼，自有熊羆出禁門。閫外旌幢新拜命，師中部曲舊承恩。煩君更畫平蠻策，先戮防風慰怒魂。

【校記】

〔一〕詩題，經訓堂本作『桃門驛次和韻四首示沈莘田太守』，組詩只錄四首，少第四首。

〔二〕經訓堂本此處有注：『升之與余輩向有吳中七子詩刻。』

〔三〕如何血淚一齊傾，經訓堂本作『如河血淚恐齊傾』。

〔四〕方期，經訓堂本作『方看』。

〔五〕廣庭先生，經訓堂本作『阿公』。大金川，經訓堂本作『兩金川』。

〔六〕寒偏早，經訓堂本作『欺茸帽』。

〔七〕響更酣，經訓堂本作『鬥石潭』。

〔八〕紫閽，經訓堂本作『紫宸』。

〔九〕『時有』句小注，經訓堂本作：『時有旨令阿公赴西路，以定西將軍總統諸軍。』

瓦寺道中

又度繩橋第一程，翠屏如畫鬭崢嶸。懸厓怪樹留題句，余前冬過此，有『絕澗風雷寒不歇，鑱天冰雪晝長霾』之句刻於樹上，今驗之猶存。夾道番兒指姓名。奮臂何由擒醜虜，拊心先計惜疲氓。千山搖落秋風裏，腸斷蠻江作雪傾。

再過斑斕山

寒雲高與陣雲浮，萬刃攢空石筍稠。無復心情隨越鳥，不堪喘息似吳牛。戰場曾記留三宿，瘞骨誰知共一丘。辛卯十一月克斑斕，今求前次陣亡將士骨合瘞之。怪絕數峯濃雪裏，山雷如礮殷清秋。

喜官軍收復美諾

水底委蛇纔詰屈，倏化狂鯨肆奔突。官軍已次日隆關，誰料長驅張撻伐。是時初集陜楚兵，火器健鋭來京營。秋高士厲議再進，道旁築室紛諠爭。或云宜向南山走，始能直出美諾後。或云中路尚可由，堂堂正正仍前籌〔一〕。木塔爾小金川頭目先來歸順者言此非計，南山不如北山利。南山陰翳北高空，第克三峯事已濟。謂碩藏噶阿、卞爾布里及斯達拉〔二〕。越別思鑾斷右臂，美諾居中安所恃。將軍擲帽忽色喜，是番之言良有以。更計先掀美美橋，橋東寨路皆已矣〔三〕。亥月廿九五鼓餘〔四〕，奪橋之兵爭風趨。北山諸峯亦克獲，中路守賊歸而逋。色渠東瑪皆橋東寨落名已寂寞，一麾渡澗登兜烏。登達占固再服屬，諸道軍鋒如破竹。醜徒跂跂走金川，一旬儹拉全收復。嗚呼！古來用兵審大勢，一節一枝寧足擬。胷中全局斷乃成，批郤導窾皆披靡。憶昔造攻自斑斕，數日續得斯當安。資里沃日動數月，窮轟狼闘嗟艱頑。何況木果木變後，遺以兵仗多於山。兩酋合力作輸守，安得一舉淩巑岏。乃知名將洵神授，此言此計何從看。

【校記】

〔一〕 仍前籌，經訓堂本作『如前籌』。

〔二〕 卞爾布里，當作『卡爾布里』。《春融堂集》卷三十一《又與南明》文云：『北山碩藏噶阿、卡爾布里地敞，番人村寨皆出其下。』

〔三〕 寨路皆已矣，經訓堂本作『塞落皆應棄』。

〔四〕 亥月，經訓堂本作『子月』。

寄彭觀察樂齋端淑〔一〕

韡刀幾度肅軍裝〔二〕，未暇摳衣謁講堂。問齒真宜先一飯，論文更自遜三長。西京耆宿推轅固，北地經師重馬光。何日巴山聽夜雨，焚枯酌醴話行藏。時爲錦江院長。

【校記】

〔一〕詩題，經訓堂本作『答彭樂齋』。

〔二〕肅軍裝，經訓堂本作『過華陽』。

五十生日

彈指韶光又十年，亂山殘雪困華顛。休將大衍占來日，待得知非感逝川。唱和何人嗟宿草，往年，余與升之生日，必作詩往返酬和。生涯猶自托戎旃。玉溪錦瑟真成讖，常寄愁心與杜鵑。

元日大雪由美諾進討

勝算今年似去年，宵來下令束櫜鞬。風饕雪虐三更盡，泥滑崖高一線懸。嚮導屢疑番卒誤，催行頻聽後軍傳。臨深履薄何容計，爭指前山賊壘堅。

攻克羅博瓦四峯作

山横十里凋九座，喇穆巉巖不可過。偏師忽指此山偏，出奇絕險須臾破。奇峯崱屴登古名〔一〕，前羅博瓦尤崢嶸。四峯相次賊門戶，峯峯刀槊攢青冥。將軍愁絕計忽發〔二〕，先令虎臣海蘭察。第二三峯汝往攻，佐汝以攻額與達。謂護軍統領額森特、侍衛達蘭泰。是日天凍風如刀，緣厓積雪一丈高。軍未及登已早覺〔三〕，舉鎗投斧何嗃哮。自上下下衆不動，持滿而迎射輒洞。豕突狼顧躅且奔，乘勢飛追躡其踵。别隊紆道穿林躋，所據與賊地勢齊。兩軍合擊呼動地，兩峯連克無留稽。其第四峯亦席捲，餘第一峯尚未翦。領隊普爾普圍之，火器騰空盡焚燹。懸其首級陳其俘，取其器械充軍須。刲羊釃酒饗將士，更掃喇穆清前途。

【校記】

〔一〕奇峯，經訓堂本作「偏峯」。

〔二〕愁絕，經訓堂本作「愁寂」。

〔三〕已早覺，經訓堂本作「賊早覺」。

瓦角曉望

連朝濃霧罨高旻，巨礮如雷隔嶺聞。雨霽猶留千嶂雪，風寒先凍一溝雲。深林點點盤雅陣，芳草茸茸散馬羣。計日新晴爭罙入，捷書先慰九重殷。

羅博瓦道中

炙轂塗泥滑，攢刀石角分。泉聲千壑雨，霧氣四山雲。嘶馬驕還躍〔一〕，嗁烏遠漸聞〔二〕。兵鋒乘破竹，又擬進前軍〔三〕。

【校記】

〔一〕嘶馬驕還躍，經訓堂本作『驕馬嘶還躍』。

〔二〕遠，經訓堂本作『聽』。

〔三〕又擬，經訓堂本作『速擬』。

晨過喇穆至羅博瓦周視形勢有作

登嶺苦霧塞，過嶺陰霾空。金鴉浴夜雨，已射西巖東。劃然亂雲底，眾壑分窊窿。綠者灌莽積，蒼者寒烟封。其白綴殘雪，其青蔭長松。孤花霜淩餘，黃紫兼蔫紅。暗泉不可睹，觸石聞琤琮。憶昨晚過此，天地忽改容。迅霆破萬鼓，急雹彈千弓。疲馬毛尾豎，回首嘶狂風。今晨喜曉霽，無復塗泥融。惟餘寒料峭，賴此衣裘重。

谷噶山勢横，如牆繚且曲。其前復一重，番言號喇穆。縱爲羅博瓦，四峯作蠶簇。第四峯忽變，似人跂其足。一屏劚嶙峋，萬馬盡拳跼。下湫水深青，傳有乖龍伏。蠻奴偶犯之，雷雹輒相逐。峯盡勢徐下，堆阜尚出縮。中有色淜普，隆然五碉矗。週遮栅巨材，弗畏金礟觸。我望凱立山，副將軍豐盛額駐此。旌竿儼連續。日旁隱寒雲，亦見堠火煜。重岡俯奔川，危巢竟在目。春菽花稀疎，小麥穗黃熟。農功不迨收，賊勢知日蹙。誓將一鼓登，早取專車僇。

谷噶

天半旌旗列戍營，窮荒風景迥難名。引雷電忽緣帷過，釀雨雲爭傍烏生。不見裸蟲因物化，偶看藥卉應時榮。雪葭渡口秧針緑，此日扶犁正課耕〔一〕。

【校記】

〔一〕經訓堂本此處有注：『雪葭灣，先君丙舍所在。』

五日〔一〕

頻歲烽烟討不庭，殊方節物感重經。峯浮殺氣雲常黑，雪壓薰風草半青〔二〕。奮地雄雷疑巨礟，連天堠火亂繁星〔三〕。一身衰病干戈在，五日冰霜涕淚零。

【校記】

〔一〕詩題，經訓堂本作『午日』。

〔二〕半青，經訓堂本作『未青』。

〔三〕繁星，經訓堂本作『寒星』。

即事

四山雲霧晝茫茫，暑雨猶然變雪霜。鶉火未能移節氣，蚩尤已落損光芒。蒼頭奮擊雄師集，鉤援臨衝戰陣張。時甘肅、貴州兵至，而京城火器營、雲梯諸物亦到。聞説故人乘傳至，好將勝兆達瑤閶。聞袁侍郎迂谷守侗、姜郎中光宇傳旨來營。

赴色溯普有作

雞鳴蓐食曉蒼蒼，遥指濃雲是戰場。此日定當窮鼠技，諸軍久欲奮龍驤。明星影拂靈湫水，清露寒凝暑月霜。捷奏不須誇送喜，尚煩司馬察痍傷〔一〕。

【校記】

〔一〕痍，經訓堂本作『夷』。

官軍下日則

礟雲未動陣雲高，喜聽前鋒鏟賊壕〔一〕。小醜已難容喘息，同人何用更號咷。濃烟挾火驚焚砦，急雨隨雷助洗刀。明日更當乘勝入，榑桑弓影不須弢。

【校記】

〔一〕賊壕，經訓堂本作『賊巢』。

六月初二日雷雪

一聲兩聲雷迅烈，千片萬片雪飄瞥。紫電如虹數道來，烏雲黑霧時明滅。空際惟聞風嘯號，眼前忽失峯凹凸。豈惟廬帳濯簸揚，直恐營牆旋毀裂。怪事荒唐夙未經，茯神鬼伯爭奇譎。得毋愚叟欲移山，或擬乖龍將出穴。萬馬羣嘶尾鬣卷平聲，千夫痒噤旗槍折。蒼皇相叩此何時〔一〕，已是林鍾初應節。晚景何當變晦明，炎天頓覺殊寒熱。滅竈幾無餐可傳，燎衣猶仗柴堪爇。須臾雷止雪亦收，新月半弦清欲徹〔二〕。

【校記】

〔一〕蒼皇，經訓堂本作『蒼黃』。

〔二〕欲徹，經訓堂本作『欲澈』。

六月初三日雪

暑已當三伏，寒終凝六花。希聲仍颯颯，空色尚斜斜。敢怨龍公虐，長教虎士嗟。擁鑪如餞歲，滿幕是霜華〔一〕。

【校記】

〔一〕幕，經訓堂本作『帳』。

曉行

千峯堠火曉無光，起聽收更鼓角長。殘雪欲消三伏暑，餘花猶被五更霜。皮絃番部淒涼調，鈴蓋天魔祕密妝。時德爾格特番僧布薩。軍壘蠻陬風景異，幾時拋卻綠沉槍。

克喇穆

二十二日月季夏，進取喇穆分官兵。茲山東西雖可上〔一〕，均有石卡連木城，護以垣墉及堆坑。醜徒戢戢潛而偵，屢劘其壘弗克登〔二〕。惟中兩峯聳然起，南北兩面同削成。戡之必從羅博瓦，下溪再上緣崢嶸。猨猱及此尚躊躅，豈料人力工飛騰。攻其不備首尾斷，妖𤢖何地容搪撐。聲東擊西各部署，中權六百抽其英。其時四更月乃明，乘黑先已穿栟樫。千尋滑壁徑本絕，樹楂石角紛縱横。以手援手手捧足，鱗集碉下嚴無聲。月高別隊前後起，火鎗金礮聲鏗訇。賊人叫呀分拒迎〔三〕，擣虚誰覺奇兵升。拔刀突上超躍入，鯨鯢盡戮無留形。東葦下投兩木柵，赤燄勢掩朝霞赬。諸蕃望見心膽裂，欲潰而出圍層層。黑雲忽起澍雨降〔四〕，對面不見峯崚嶒。諸軍冒雨攻益急，賊乘以竄如鼯鼪。邀而擊之血於硎，數獲器物難方程。風吹劍槊血氣腥，番君蠻長賀且驚，此猶神鬼猶雷霆。從茲下取色淜普，壓卵形勢無留停。移營回首望喇穆，雙尖天半攙青冥〔五〕。

【校記】

〔一〕可上，經訓堂本作『可下』。

〔二〕克登，經訓堂本作『克勝』。

〔三〕分拒迎，經訓堂本作『各拒迎』。

〔四〕忽起，經訓堂本作『忽浮』。

〔五〕攙青冥，經訓堂本作『纔青冥』。

克色淜普

從羅博瓦下逶迤，山勢將盡分兩支。一爲該布達什諾，一色淜普咸嶮巇。番壁于上勢甚聳，我軍擊之浩呼洶。或用噴筒或火彈，迸落其中傷者眾。迺復環柵開深濠，柵上置版厚且牢。石碉石卡互聯絡，三面鎗礮如風飆。七月廿一秋雪霽，熟計凶頑堅且鋭。力摧肉薄徒爾爲，必絕其後斯能濟。先令都統越左攻，厥醜坌集紛來衝，殛其頭目摧其鋒。其麓本屬耕稼地，投以炎火乘融風。窮殲苦鬭矢欲盡，引出姑與前軍通。風雨收兵日色盡，事機一失奚由振。護軍參領額森特從右行，穿林繞碉偏奮迅。且行且戰上危梁，亦焚聚落成灰燼。遂揮別隊連宵馳，昨所未剷重截之。麕奔豕突半僵斃，分師侵掠無留遺。兹山自從谷噶上，下至此間始一放。遜克爾宗在眼前，俛視廛居懸指掌。獨愁番地千巑岏，尺峯寸地皆艱難。榮噶爾博作負扆，界以湍水流淙潺。諸軍乘勝信雄武，尚勿輕此一簣山。

覽遜克爾宗賊碉作

堅碉非堅堅乃心，番心忍悍甘幽深。壘石作屋當高岑，浚濠三面暨十尋。細卡點綴侔橫參，大師攻之羆虎臨。有奟聲似雄雷音，有鎗影似流星沈。不畏血肉膏刀鐔，碉傾卡塌摧崎嶔。入于坎窞誰爲禁，沿濠駕木齊著簪。仍以孔穴覘淩侵，自穴出擊工酌斟。經旬雪冶兼雨霪，窟室滲漏成淵潯。番也處是猶袵衾，濕疾無患跛與瘖。粉糜寧俟溉釜鬵，口實卒殫求諸林。木芽野卉同所歆，其人獷詐毛而黔。有時叫嘯魑魅吟，一線可據來駸駸。至死弗變肯獻琛，我軍飲食調陽陰。與此爲敵何以任，薙之弗懼迪弗諶。安能格以虞階琴，非然夫豈好斧碪，戕其醜類如獘禽。

喇穆及登古之北爲達爾札克循山梁而下爲日爾巴當噶直遜克爾宗之北又下爲墨格爾又下爲羅博瓦鄂博總名凱立葉至是則横截作固頂滅金嶺及勒烏圍中間下賊巢道路最捷故本年正月分兵萬餘於此進取而賊據達爾札克久不得進及西路兵至遜克爾宗兩月餘賊亦慮乘隙上此山因於日爾巴修築碉卡不期我兵從墨格爾上也十月十七日由墨格爾據密拉噶拉木二十一日克達爾沙朗日爾巴當噶遂與達爾札克兵會合云〔一〕

仰攻既不易，俯攻亦良難。不見遜克爾，三月稽平巒。俯攻既良難，仰攻或轉易。不見墨格爾，寒空立旗幟。此嶺迴合倚高穹，榮噶爾博一氣通。萬層栝栢人迹絶，千古雪霰山靈封。嗚呼我兵信勇決，飛騰不管蒼厓裂。月黑風嚴虎豹藏，蟻盤猨挂登山缺。道逢三碉附其巔，熸其寨落光燭天。下掃羅博瓦鄂博，奔霆所至無餘堅。賊知此險去，巢亦不可據。嘯呼數千指，爪角爭扞禦。神鎗如星毒矢注，桀石揮刀死無懼。我兵不動猶堅城，黄昏拗鬭迨五更。賊散復聚聚復散，殲其頭目連鯢鯨。遂駐密拉噶拉木，摐金伐鼓朝移營。此間地勢殊開朗，高低丘隴多膏壤。天晴雲日發光晶，迴眺諸峯神颯爽。喇穆横嶂真雄哉，登古以北紛崔巍。達爾札克莫爾敏，兩地名。兩峯積玉青冥開。下爲凱立亘百里，神龍掉尾臨江限。賊亦料我必越此，修日爾巴謂可恃。何圖出險更出奇，阸塞一重今克矣。是路逕捷無與同，去臘議用偏師攻。豈知一駐閲十月，寸步弗克乘其墉。只今番眾已恇怯，更令熊羆往會合。中宵烽火忽連山，小校如風來報捷。

【校記】

〔一〕詩題，經訓堂本『西路兵』作『中路兵』。

從格魯古盡克滅金嶺作魯頂〔一〕

滅金之嶺通丹壩，上連作魯如龍馬〔二〕。當時岳公將萬眾，坐逼堅碉困其下。我軍今已穿心胷，批窾自可收全功。沿溪欲截不可截，有達斯札寨名當要衝。諦觀達斯札，右爲格魯古。其前瞰大江，其上通作魯。箐林蒙復密，厓磡高更阻。麾眾潛而登，人人互踵武。天明未明登石梁，羣醜奔突來披猖。懸厓撒手轉死鬬，應絃霹靂誰能當。侍衛薩爾吉岱督兵力射，殪斃無數，賊乃竄去。一克當噶海，格替亦瓦解〔三〕。其餘上下百十寨，悉猶飆捲波濤灑〔四〕。是時丹壩兵，久駐揚麾旌。巍哉高嶺弗可上，隔嶺忽見傳烽明。撲龍瑪讓乘勝取，番境東北同時傾。千軍四面讙聲動，巖壑槎枒應呼洶。鼓行從搗勒烏圍，幺麿安得泥丸壅。

【校記】

〔一〕詩題，經訓堂本『作魯頂』作『作固頂』。

〔二〕作魯，經訓堂本作『作固』。

〔三〕格替亦瓦解，經訓堂本作『再克格爾替』。

〔四〕波濤灑，經訓堂本作『波濤洗』。

克空薩爾

榮噶爾博山〔一〕，厥麓別四支。中曰冷角寺，南曰勒烏圍。北木思工噶，蜿蜒底江麋。又北空薩爾，攫挒連尻脽。鑾方類習坎，跬步靡平夷。一重苟設守，坐卻千熊羆。唵吉達甲布，雖克空爾爲。敵頑眾轉怒，地險謀偏奇。刲羊歃盂血，畢志攻艱危。碉外既有柵，柵外溝環之。溝外復鹿角，株橛爭參差。嗟我刀斧手，捷足穿蒺藜。再前度重壕，鎗石已不訾。橫身擲火彈，揮霍星芒馳。猿臂工仰射，一一皆麗龜。前者嘯而登，迴手揚旌麾。後者接踵上，作勢疑拚飛。驟如江河湧，烈若雷霆威。十壘更十決，小醜奚能搘。五碉連屬處，有隧藏路蹊。黝然繚而曲，架木排枅栭。奔騰忽以塌，投葦供焚爔。神焦鬼並爛，燔灼成菹虀。其餘墜巖壑，膏血懸荊茨。三日更三夜，斬刈窮鯨鯢。斯舉實雄快，席捲風帆移〔二〕。危巢一撮土，豈俟天戈揮。老夫衰久病，消渴枯心脾。今宵正上元，雪兔分豪釐。燒燈再磨盾，逸氣橫鬢眉。坐聽萬眾懽，侑我傾玻瓈。先是將軍酒禁甚嚴，自通丹壩，客民始有售酒者。

【校記】

〔一〕爾博山，經訓堂本作『博爾山』。

〔二〕風帆移，經訓堂本作『風帆馳』。

望北路官軍攻克宜喜二十六韻

宜喜真天險，頻年此力攻。峯巒横境北，窟穴限河東。鄰界周搜接，危厓甲索通。道途從昔峻，西北爲周搜，西南爲甲索，皆係促浸與綽斯甲布接壤處。乾隆十三年，分日旁、甲索、俄坡三路進攻，俄坡即屬宜喜，俱未得利。碉寨幾時空。積雪經春白，傳烽入夜紅。磨牙騰猰貐，袖手坐羆熊。牽綴先名將，三十七年，上命參贊率兵駐此，以牽綴促浸助儹拉抗拒之力。危疑賴上公。三十八年六月，相國溫公之師潰于木果木，時已命參贊駐此撫馭綽斯甲布得以不動。縱能制豕突，何以闢蠶叢。地勢寒空外，神機想像中。西路官兵駐密拉噶拉木，隔河望宜喜，形勢纖微皆見。將軍以爲可取，遂決進攻之策。新軍馳羽檄，時新調四川兵三千，又調南路兵四千五百，均赴宜喜以助兵力。密策寄郵筒。覓間人誰料，乘瑕計獨工。一朝淩崒嵂，再舉破鴻濛。上年六月，將軍屬參贊從南路移師攻宜喜，已克七碉，至是盡克之。鋭卒皆酣戰，奇兵早建功。刀録光掣電，旌旆飽帆風。舉礮濃烟合，焚巢烈焰烘。連天鳴箭筈，匝地走罦罿。競舞凝霜劍，齊彎挂月弓。凶蠆腸肚剖，猛虎爪牙窮。乘勝鋒芒鋭，長驅氣概雄。緣溪窮坎窞〔二〕，循壟刈蕢麷。壁壘迎初日，橋梁挂彩虹。於得式梯茹寨造索橋以通兩軍信息。已欣人共奮，何慮事難終。坐鎮資陶侃，摧堅倚祭肜。時參贊海蘭察率西路鋭師往宜喜助勢。尸多陳貳負，俘定獲三朡。輓粟行程近，先是，軍儲由楸底經卓克采，從噶克兩土司境始入綽斯甲布境內，然後達宜喜。今西、北兩路已通，糧儲從西路轉輸北路，十餘站悉撤，所省運費無算。飛書奏凱同。平蠻須大計，方略誦元戎。

【校記】

〔一〕 窮坎窞，經訓堂本作『摧石屋』。

官兵下木思工噶遂克噶爾丹寺

番山一幹區數支，一支上下仍多岐。其間或凹或凸起，或拳而縮張而垂。番人于斯善審勢，木城石屋隨其宜。木思工噶更嶮巇，峯巒呀處爲通逵。旁矗兩阜生厜㕒，眈眈守此吁艱危。大師攻之兩閱月，計弗出奇不可越。相厥右阜巴木通，首冠三碉高巀嶪。碉外齊將列柵環，虞我雄兵驟衝突。火龍鱗甲化鉛丸，神鎗直貫千重鐵。偉哉猛將國與曹，揮刀直上淩重濠，萬衆隨湧同奔潮。一柵忽開別碉潰，剷其餘壘迴風飆，七峯悉已懸旌旓。惟得式梯臨江皋，噶爾丹寺祆神驕。督兵再下撤左腋，夜深雨黑紛潛逃。夾河萬竈炊烟飄，烝徒駢闐互叫囂，計日破竹摧危巢。獨憐國也中鎗卒，空荷萬里頒香包。國興，□□人，貴州副將。捷書上時，正值午日，上賜將軍、參贊香包，國君與焉。比至，而君已卒。國君之父名士豪，其亡先以創于腰，兩世死事堪永號。自從絶徼纏烽燧，刀途血路寧勝計。止誇奇險出奇功，安知肝腦爭塗地。壯夫烈士過茲山，淚灑平蕪一酸鼻。

恭和御製賜將軍詩畫扇原韻

一函松箑御仙豪，頒賜將隨節鉞操。稽首又瞻宸藻麗，同心深感聖言褒。後幅御筆畫蘭一叢，題云：『二人同心，其利斷金。同心之言，其臭如蘭。』揮麈永使邊隅靖，握策寧愁眾論撓。軍檄已馳三捷喜，宵衣端慰九重勞。卽看入覲依宮扇，宛見披香侍袞袍。指日紫光頒賞處，薰風和暢更頻叨。

再和前韻呈定西將軍

天生名世領羣豪，決策常符睿算操。文武勳名推吉甫，中和樂職媿王褒。欣看羆虎爭騰奮，坐視鯨鯢久屈撓。計等用棋工轉敗，墨壟溝被挫後，將軍至南路，不數月卽破翁古爾壟，進掃美諾。木果木潰後，將軍至西路統兵再進，數日而收儹拉。恩深挾纊共忘勞。聲靈今已威魋結，燕喜將期解戰袍。聞説郊臺先築就，懸知湛露許同叨。

醉後大雷雨醒而書所夢

向暮雨纖纖，入夜雪簌簌。先生草檄倦，頭欲屏風觸。何人肯好事，貺我芳醪綠。三琖纔入口，一笑自捫腹。青燈耿將殘，黑甜倏而熟。六丁知我醉，風雷護牀足。阿香搖不醒，夢入瑤臺曲。横空新宫銘，金書昡巖谷。生平長虹氣，塵土困跼促。遂乞帝臺漿，手控丹山鹿。徑思拔鯨牙，遠與鯤鵬逐。鈞天樂鴻絧，香海波蹋蹴。營魂忽驚回，翰音早咿喔。起眺上將星，芒共長庚屬。雨工竟何歸，想作羣羊牧。

朱明府梓見示帳房詩頗工次韻〔一〕

壁門羅列儼星躔，數幅偏能護夜眠。新製正同虚白室，上層遠稱蔚藍天。棲烏嚎罷人初靜〔二〕，餮蝨行時舍屢遷。山谷詩：『太常供帳餮虱行。』回憶帷宫旁設處，屬車違侍已多年。

【校記】

〔一〕詩題，經訓堂本『次韻』作『因次其韻』。

〔二〕經訓堂本此處有注：『《左傳》：幕上有烏。』

即事

紋紗宛似小窗扉，斜倚烏龍羽檄稀〔一〕。西日欲烘殘雪盡，東風爭送亂雲歸。夾河列戍開烽火，時北路官兵從宜喜而下，沿河分列營壘。傍嶺新軍擁纛旗。時陝西、甘肅、貴州兵六千餘新至。屈指凱歌應漸近，歸鞍正拂柳依依。

【校記】

〔一〕斜倚烏龍羽檄稀，經訓堂本作『茗椀香爐興未違』。

六月十九日

山椒作雨山頭雪，脚底驚雷山欲裂。如墨濃雲潑面來，電光一線從中掣。似同巨礟鬭神威，卻與昨朝湔戰血。西峯忽見掩金烏，東嶺猶看挂雌蜺。飛雹寧容雕鶚藏，回飆半覺杉櫧折。横空積霧晦東西，轉瞬嚴寒變炎熱。天識詩人例選愞〔一〕，故教絕景供饕餮。直疑大壑起蛟螭，俯視塵寰信蠓蠛。黄昏開霽月徐生，隱約南箕仍翕舌。

【校記】

〔一〕例選愞，經訓堂本作『例柔愞』。

七月十六日雨

北風催雨雨催雹〔一〕，颯沓緣坡萬顆俱。絕似江鄉花港裏，青荷蓋上亂跳珠。虹影彎環雨脚横，黑雲如墨冒崢嶸。河西轉見千峯翠，兼有紅霞數縷明。

老夫雪嶺三年過，毳帳常披五月裘。不耐者番秋暑劇，愛看風雨作新秋。神鎗聲與殷雷接〔二〕，此景尋常未許同。雨勢欲停雲影破，半看清月上天東。

【校記】

〔一〕雨催雹，經訓堂本作『還催雹』。

〔二〕殷雷，經訓堂本作『奔雷』。

聞蟬

萬古無人草樹荒，蕭蕭作意報新涼。數年不聽秋蟬語，邊方少蟬，如滇之老官屯、永昌、騰越，蜀之達烏、谷噶，皆無蟬。腸斷西風送夕陽。

秋霞幻麗詩以賦之

赤日將落尚未落，黑雲半天來罨之。陽烏迸迫光下射，百道並列西南陲。依稀睢渙漾絺繡，恍惚錦水浮漣漪。忽黃忽紅鮮定態，亦紫亦碧皆呈姿。或如青鸞振厥羽，或似赤鱓揚其鬐。重輪重光詎足擬，五采五色疇能施。舉頭祇困目光暈，遠眺彌覺心神怡。當前妙景不可道，善畫誰得窮豪釐。晚霞江上已叫絕，況在山冢高厜㕒。或云夜半雷駃雨，野田亢旱須淋漓。或云秋暑尚饙熾，炙背竊恐來晨曦。或云此地邇佛土，交光寶網由峩嵋。我非保章稔天道，但詫造化輸恢奇。山靈知我行路苦，迺獻絕景娛孤羈。涼飆忽來散萬縷，殘陽已覺臨崦嵫。蒼蒼涼涼暝色起，又見顧兔升雲逵。時十六日。

九月十七日

秋樹青紅望不分，數聲嘑鳥隔烟聞。雨餘曉色真清絕，半嶺初陽半嶺雲。

再送徐同知袖東觀海歸任

氈衣茸帽結行裝，話別東歸淚數行。邊騎嘶風真慷慨，賓鴻咽雨助淒涼。試看華髮人將老，遙指蒼溪路正長。差喜經年勞勩后，官齋清暇樂秋光。

番人獻一禽高三尺餘長二之一其翎白與澹紅澹綠相間體輕而毛細或曰此鸞也飼之米不食數日而殞

依稀五色似歸昌，風調翛然淺澹妝。可是玉壺人世少，又隨蕭史上瑤閶。

乾嘉詩文名家叢刊

張寅彭 ● 主編

王昶詩文集

蔡錦芳 點校

人民文學出版社

克噶喇依即刮耳厓賊巢獻俘奏凱紀事

四面雄師喙走難，蒺藜梐枑亘層巒。芻糧已竭山泉斷，礮石頻摧窟室殘。尺組羣看擒頡利，槀街定擬斬樓蘭。餘黎仍俾安耕鑿，始識天朝雨露寬。

列營清曉振鳴鼉，無復烽烟遶澗阿。旗幟連雲歸翰墨，時詔繪金川戰圖并説以進。笳簫動地演鐃歌。石碉剷燬耕鋤便，鐵索安閒襁負多。七十二番通衛藏，蕩平從此戢干戈。

捷書夜奏未央宮，錫爵酧勳禮數隆。五色蟠龍紅抱日，雙翎孔雀翠迎風。篚筐絡繹馳中使，綸綍輝煌冊上公。一德君臣承廟算，斷金洵與畫蘭同。

分起貔貅振旅旋，維關瓦寺仲春天。魚龍十隊供宵戲，雞犬千村盡晝眠。柳浪初晴聞鼓角，麥風乍暖拂櫜鞬。須知忠勇邀天佑，吉語還徵大有年。是日，得批蜀中二麥清蔥、春收豐稔摺，奉旨：『是皆汝等忠勇所致也。』

汶川道中望青城山

名山天下共有八，五在中夏三蠻荒。岷山東來走千里，青城特起峯巒長。五岳丈人帝所命，衡恆泰華相低昂。靈峯六六洞八十，高臺太乙疇能詳。羣尊來朝欻隱見，端冕搢笏鷖瑤閶。彤幢絳節互出沒，雲裾霞珮時翺翔。神靈來去莫究詰，但見簾泉百道飛山陽。昔讀洞天福地記，夢中每欲驂鸞凰。天彭井絡豈易到，側身西跂徒徬徨。往年領軍曾過此，仰見突兀摩穹蒼。其時玄冥方屆節，風雨冰雪嗟其雱。千巖萬壑勢難越，安得躡蹻還褰裳。仙靈撫掌應笑我，凡情俗骨難飛揚。方今西師已大捷，櫜弓捲甲歸龍驤。雷霆遠震慴烏滸，雨露旁曁通狼䀎。回軍還過是山麓，青雲干呂升初暘。飛樓連榭宛可覩，貞松古檜遙成行。惟緣郊勞屆期日，豈敢跋涉窮仙鄉。我聞長生此修道，千人輕舉朝虛皇。閬風玄圃絕塵世，方壺圓嶠迴重洋。仙人吹笛跨黃鶴，老子攜杖驅青羊。彼多遇也此入境，悔不雀躍從雲鏘。徘徊申旦不能寐，起視丹火森光芒。天晴時，山中夜間常有火影，土人云此丹鑪火也。

吳學使沖之杜方伯凝臺玉林曹員外秋漁焜楊刺史笠湖餞別松茂官舍并懷恂叔

松州高館綺筵張，凱樂聲喧奏白狼。中禁昔同裁鳳詔，謂沖之。大羅憶共詠霓裳。謂凝臺。依依雪後攀村柳，冉冉花開戀海棠。回首升菴人更遠，恂叔時奉檄在三果羅，未見。相思夢繞碧雞坊。

發成都

高牙大纛捲雲蜺，正值春晴驛路泥。萬隊軍裝紅靺鞈，千山凱唱白銅鞮。浣花婦女歡清宴，錦水賓朋惜解攜。從此秦關兼蜀棧，回鞭尚指劍鋒西。

過梓潼文昌宮

九曲神靈異，千秋祀典詳。人間尊孝友，天上煥文章。映月寒無暈，穿雲夜有芒。端宜偕吉甫，豈合夢姚萇。陰騭殊堪信，科名莫易量。化書存法解，司命慎行藏。際此鑾氛定，徐看德教彰。朅來斜照裏，稽首薦馨香。

謁諸葛忠武侯祠

玉座靈旗閟殿開，綸巾羽扇見清裁。早籌炎漢三分業，寧媿當塗十倍才。八百株桑傳世澤，二千尺柏蔭香臺。錦官舊蹟都銷歇，還有遺民涕淚哀。

劍關

昨宿昭化縣，今過大劍山。關門據梁益，其頂齊雲烟。色黯積鏐鐵，峯鋭倖戈鋋。西排踰百里，猨鳥愁騰騫。其東臨大壑，壁立窮洄淵。欂森松栝暗，慘澹蛟螭蟠。石欹危緣足，徑仄愁摩肩。一夫苟荷戟，萬衆嗟重趼。所以張孟陽，勒銘發悲歎。兹來太平久，阨塞齊雕鐫。弓刀聽戛擊，鼓角聞喧闐。旌旗出復没，躍馬皆安便。寄語奸雄輩，慎勿思泥丸。

寧羌州

寧羌隘而瘠，其地實要衝。南爲巴蜀道，北行入秦中。其西接漢沔，山勢爭巃嵸。秦楚既互據，劉曹亦交攻。地利苟不悉，何以成霸功。我來憩傳舍，日昃輪微紅。洗兵雨又至，黑霧連長空。偶聞虎豹嘯，恐有魍魎逢。荊榛罥門户，沙礫堆牆墉。自古鏖戰地，怪變何能窮。須臾風霾盡，新月懸高松。俯仰念豪傑，豁達開心胷。

定軍山望諸葛忠武侯墓

山水盤高塚，風雲相霸圖。臥龍神尚在，石馬夜常趨。一德追伊吕，三分限魏吳。英雄千古恨，霑灑遍蒼蕪。

漢中

雍益千里餘，南鄭扼孔道。烟雲雜明晦，岡嶺更環抱。櫛比聯市廓，崇墉富秔稻。厥土多膏腴，收穫免旱潦。贍財而厲兵，雲雷應天造。非惟制三秦，兼可抗八表。龍準先開基，豫州承大寶。堂堂諸葛公，威靈申義討。統兵向洛陽，河朔定風埽。志大未逢時，將星貫穹昊。千秋王霸人，憑弔心如擣。我從金牛來，中原睇韓趙。地險真可恃，胡然任雲擾。乃知遇庸臣，關輔遂難保。兹行際春和，風日喜晴曉。懷古亦奚爲，臨風散憂悄。

鳳嶺

早度柴關危，晚見鳳嶺曠。雲山奇不了，到眼但悲壯。松偃蛟龍形，石拏虎豹狀。商洛渺人烟，褒斜屹屏嶂。一髮瞰中原，坤輿信浩蕩。我聞周籙興，鸑鳳此引吭。梧桐亦葰萋，卜年兆無量。今兹慶乂安，烽烟息邊障。歸昌行娑娑，雝喈發高唱。

過畫眉關戲作

閣道春深日影遲，珍禽處處轉花枝。喚將傳檄飛書筆，歸向章臺學畫眉。

鳳州

薑芽不見手纖纖，新酒微酸又半甜。只有城南數株柳，柔黄淺緑颺茅檐。

馬嵬驛楊貴妃墓

蓬萊雲海久茫茫，剩有靈祠對夕陽。四壁遺詩鐫石墨，知縣顧聲雷集唐宋詩，刻嵌於壁。千秋過客弔香囊。驪山賜浴承恩渥，劍閣聞鈴飲恨長。休説一抔紅粉墓，古今從此鑒興亡。

行至西安秋帆撫軍合樂留飲卽席四首

十隊旌旗映日紅，凱歌聲裏笑言同。轉輸久已侔蕭相，籌畫尤能贊晉公。陝西爲入川要道，君運驢匹衣裝相繼不絕，又常以書陳攻勦之策甚詳。星隕欃槍綏井絡，地安畊鑿偏河潼。愧無典午如椽筆，未勒豐珉記鉅功。

高牙大纛啓華筵，正值和風旭日天。誅蕩嚴關開百二，驍騰禁旅過三千。時索倫秦晉之兵已撤萬餘，隨侍將軍者三千名，犒賞甚優。明燈似月笳簫壯，旨酒如池角觝駢。卻憶碉門經百戰，韡刀伏突見《李臨淮碑》映櫜鞬。

香案仙班第一人，十年填撫重三秦。豐年久兆和甘應，溫旨常叨賚予頻。賓館詞章珠履盛，鈿車金粉畫奩新。政成清暇猶勤學，著作琅函日日親。

酒酣耳熱氣飛揚，摻袂題襟樂未央。況值三春逢舊雨，時袁侍郎迂谷、嚴侍讀東有在坐。休嗟兩鬢點新霜。參旗映月更籌轉，華嶽臨河驛路長。抗手鳴鞭馳馬去，桃林燈火已輝煌。

渡河

九曲自崑崙，龍門復孟門。風雲連趙魏，嶽瀆表乾坤。兩戒神功在，千秋故道存。酈桑我不取，端與孟堅論。

曉行

曉出同戈驛，金盆落月低。鈴高邊馬疾，弓響怪禽啼。得雨桑陰密，翻風麥穗齊。回瞻蘆筍色，已在亂雲西。

鎮定道中

蓐食纔收見早曦，恆山晉水路逶迤。喜聞驛馬嘶風去，正值林鳩喚雨時。戍卒鳴笳開道路，村僮攘袂指旌旗。八年不見晴光好，菜莢桃花滿路歧。

抵良鄉上命誠親王大學士舒公賜將士飯恭紀

衮衣繡黼示恩綸，絡繹天廚賜八珍。滅竈頻年驚蓐食，傳餐此日飫芳醇。壺漿簞食遐方靖，玉膾金虀巽命申。近望五雲同稽首，投醪久已沐深仁。

二十七日聖駕幸黄新莊行郊勞禮奉命戎服入預鉅典翌日賜宴紫光閣賞朝珠文綺銀幣等物紀恩四言詩一百六十韻

柔兆涒灘，月實沈次。吉日乙丑，長嬴昌熾。薰風徐來，晴暘初霽。兩金川平，萬方和會。詔令班師，策勳飲至。崇功懋賞，稠頒疊賜。櫜弓衅戈，往典罔替。捷書所傳，德音所示。率土騰歡，山陬海澨。以上總序。洪惟聖朝，憲天出治。悉主悉臣，暨于奕世。雨露以仁，雷霆以義。同軌同倫，胥霑汪濊。東踰嵎夷，西迨月窟。梯山航海，獻琛受贄。爰有幺麽，伏莽爲祟。渺若蟣蠓，碎猶螻蟻。厥號促浸，儹拉爲比。居河之麋，妄思呑噬。往覘跳踉，歲在己巳。元臣上將，是伐是肆。厥角稽首，蘄留其類。飛章入告，詔從寬大。以上序乾隆己巳年，大學士傅恒進剿金川，郎卞受款撤兵。垂三十春，微孽迄乂。豺狼貙貔，逆種相繼。血人于牙，遂踵兇悖。畺吏以聞，乞加誅殪。帝曰徐之，毋勞烽燧。命九土司，各簡精鋭。嗾蠻攻蠻，犇走自斃。首鼠游移，兩端疑貳。績用弗成，妖氛益厲。戕萼克什，雜谷驚悸。封豕長蛇，洊食是恣。帝曰咈哉，是奚可貰。非張六師，曷讋四裔。特命騰衝，移師往刈。時溫將軍治兵騰衝，爲征緬之舉。申命司農，謂户部侍郎桂林。有虔載旆。豈虞阸塞，潛竄魑魅。毒懷辛螫，狡甚嚜尿。墨隴夜熸，木果晚潰。虞殯空悲，殺尸孰瘞。羣情回惑，疇決大計。以上序金川索諾木與小金川僧格桑糾結侵截，兩路進討失利之事。睿計精詳，默孚天意。言念重臣，公忠篤摯。櫜在西陲，羌胡懷畏。仍命統師，總率羣帥。金印煌煌，定西最貴。出諸史宬，用遵節制。輔以虎臣，羽林宿衛。再簡雄驍，索倫彍騎。配以京營，雲梯火器。梅鋮儹巴，火鎗名。益以武械。分道太行，循于河渭。秦關蜀棧，旌旄綷縩。投石超距，羣材奮勵。以上序詔令再舉進剿。惟茲梁益，萬山鈎帶。逮五印度，攢青湧翠。上拂天根，下紐地肺。如鵬張翼，如鼇露背。或剡而飛，或排而跂。谽谺詰屈，嵯峨幽曀。藤蘿窌寥，杉櫧蒙薆。冬雷殷殷，夏霰泥泥。路仄艱循，巖虛凜墜。崇碉崔嵬，堅卡迤邐。醜徒莘莘，傍窺密伺。火鎗碚礧，機石礧硋。揚沙斷木，竊撐螳臂。熊羆萬千，敢以身試。以上序兩金川地方險惡。將軍曰吁，莫負英鷙。聚米呈圖，總攬全勢。出奇乘間，九天九地。先服美諾，用紓忿懥。三道進兵，由噶爾始。執冰而渡，操螯而隮。懸布而登，緣絙而縋。斷彼橧橥，聯跨阻隘。川流湯湯，兩崖兵滙。皮船截浪，厥母先繫。奓石同摧，衝車齊曳。既斷泉源，兼窮糧糒。梁折棟橈，牆圮垣壞。逋逃無門，喘息奚恃。面縛輿櫬，觳觫擗踊。連拘妻孥，旋縶兄弟。土官土目，延頸縲絏。盡掃狡窟，蕆我戎事。以上序連克兩金川，俘賊酋全家，僧格桑走死，亦獲首級之事。明駝宵馳，甘泉曉遞。詔賜上公，封同帶礪。龍衮微卷平聲，雀翎雙綴。白馬紫韁，來于上駟。畫箟芳蘭，斷金是契。異數殊恩，九霄霑被。次及羣僚，悉叨寵施。遷秩晉階，庸獎勞勩。乃敕禮官，粵稽經誼。樂游陳傳，觀德唐志。西師昔還，儀炳金匱。郊勞鴻規，有舉莫廢。惟時綍綸，已播中外。蠲租賜復，輕傜薄稅。井絡天彭，旄鶉掃彗。兩川蒙庥，三秦送喜。振旅啓行，分營別隊。欅柳連陰，麳麰岐穗。緗桃紅殷，芳草綠膩。白狼朱鷺，愷樂爭沸。後舞前歌，達于幽薊。以上序行賞凱旋之事。宣諭宗藩，宰衡同萃。載飭大官，勞以酒胾。進抵良鄉，基如方罫。高臺崇壇，煊赫雲際。戎服袀袀，儒冠棣棣。穆穆皇皇，六飛臨莅。七萃扶輪，八能承蓋。金鴉騰空，祥輝布瑞。寶纛霱皇，于以次植。抱膝而前，天顏有晬。樂作禮全，笳簫鼓吹。聚觀駢闐，徧及婦稚。翠華還宮，刑官奏議。獻俘午門，肆諸朝市。

俾緬人觀，魂驚魄碎。迺幸苑西，金鼇玉蝀。太液池寬，晴波溶濆。紫光巋然，丹青藻繪。千步毬場，向以策士。上圖將相，淩烟之似。褒鄂弓刀，蕭曹劍佩。戰績輿圖，前徽具在。用啓長筵，再宣慈惠。膳宰具匕，饔人備食。觴以清醥，嘉以珍味。折俎蒸殽，溢于鼎鼒。修鉶脯胖，馥芬陳饋。湛露彤弓，宮懸分寘。麴部清音，梨園仙籟。拔河翹關，示以瓌瑋。度索懸橦，侂以疑駭。耳目眩易，樂此百戲。娭娛漸畢，重以優賚。奕奕琲珠，重重文笥。舞蹈歡呼，皇仁雱霈。仰見廟謨，運在清閟。謀斷乃成，任專斯濟。帷幄折衝，功成五歲。上于山陵，告于洙泗。更攄天文，鴻章鉅製。鏤鐫瑞玫，負以贔屓。令置軍屯，用安耕耒。歸馬放牛，邊隅永賴。凡此宸猷，昭示邊吏。漢收谷蠡，唐擒頡利。伊古準今，莫能爲儷。以上序賜飯、賜食、賜宴、郊勞等事。臣本軨才，典午攸寄。據鞍磨盾，偏長末藝。忝在戎行，夙知覯記。豈曰能文，敢同崔蔡。庸矢讕言，佐太史記。

歸京師

九載年華等逝波，循陔陟屺兩蹉跎。入門砌已開紅藥，轉徑牆猶罥碧蘿。香鼎茶爐仍帖妥，書籤畫匣載摩挲。喜心倒極言難盡，更愧慈親涕淚多。

病瘍蓋染緬中瘴毒，在雪山不發，至內地則發也

蠻服繇來瘴厲多，戛鳩惡劣甚牂柯。金城雖已隨充國，土室終疑困伏波。炎暑何堪長就枕，庸醫直恐致沈痾。閑官不聽蘭臺鼓，時已授鴻臚寺卿。已覺兼旬廢歗歌。

孟秋時享齋宿鴻臚寺署

素商憯將臨，炎氣午猶熾。向晚入官廬，微飔振涼吹。維茲句臚居，羣藩所瞻視。棟阿既崔巍，几席亦周置。古樹高拂牆，雜華下綴砌。明晨值孟秋，齋宿獲清閟。法駕蒐興桓，肅命親藩莅。昭事敢勿勤，洗心詎遑寐。少聞九門開，旋覺六街沸。迢迢禁鐘嚴，銀河亘天際。

授通政司謝恩赴熱河作

脱劍櫜弓乍六旬，拜恩又復上征輪。幾年不過盧龍塞，仍見青山面面勻。

丫髻臨秋色倍明，單衫快馬又經行。山林似亦知人意，埽盡陰雲與目成。

白河繚繞更灤河，斷汊荒灣雜樹多。行傍塞垣三十曲，石橋莊外下滹沱。

土竈茆檐晷正長，風吹餅餌散餘香。鄉村贏得兒童喜，撲棗爭梨又滿筐。

鵲語稀聞絡緯多，一鈎鮮月近明河。居人豈解穿鍼節，也有香燈隱薜蘿。

閒窗小簟覺微寒，屢過無如此夕安。最喜山泉秋更漲，石矼南去夜潺湲。

塗中卽事

流火時方屆，長贏氣尚融。乞漿呼走隸，説餅愛村童。上市樝梨富，登場黍稷豐。披襟還小憩，香滿棗花叢。

三道梁喜見張舍人商言夜話

西南轉徙八年餘，每荷瑤華訊起居。顧我形容還潦倒，喜君意氣正軒渠。詞章少擬《三都賦》，校勘新研四庫書。時君充文淵閣校理。自笑麤官多夙習，相從尚欲攷蟲魚。

原作　　張塤商言

看月山梁山翠無，月中相對話榮枯。十年慈母雙行淚，萬里歸裝八陣圖。名士縱橫能仗劍，詩篇彊硬亦彎弧。慰忠祠記蒼茫在，又爲知交一歎吁。成都建慰忠祠，蓋祀亡友趙升之、程香巖諸君者，述庵撰碑記。

八月初七日奉命重赴山莊進哨

新月弦將上，清秋節近中。安仁閒已久，公幹體還沖。南極星杓麗，西陲琛賮同。重行瞻舊典，振策躍青驄。

永安圍中上親射鹿一發中之命進慈寧恭紀

共驚神臂應天功，一矢兼收福祿崇。乍見團圞開滿月，旋聞霹靂響生風。蒐苗自合通靈佑，巧力俱全等化工。聖武由來歸聖孝，朝馳珍膳達璇宫。

合圍後有鹿逸至金壇相國帳中縶以呈獻膳房特賜雙眼花翎以誌嘉瑞

四山萬騎殷雷霆，黄閣開帷對翠屏。豈有射聲來虎帳，竟同折角出龍廷。八珍絡繹增仙膳，雙眼匀圓耀彩翎。總與明良添盛事，好傳佳話玉堂聽。相國時掌翰林院事。

萬樹園陪蒙古王公賜宴二十四韻

七萃從禽罷，三驅振旅還。蒼崖邊外路，紅樹苑中山。禁籞霜初肅，平皐草盡刪。鷹緌看共解，馬潼喜均頒。盛典徠諸部，鴻慈洽大寰。位分藩服坐，行次侍臣班。入覲儀容恪，來王禮度嫺。拜颺申振動，《周禮》九拜，有『振動』之拜。蹌濟倍安閒。角立空拳奮，淩虛巨索扳。低昂神錯愕，排蕩影媥嬛。緣絙奇爭炫，尋橦氣不孱。袄神紅帓首，姝女翠低鬟。摶拊咸韶亞，俳優旃孟閒。明燈開歷落，爆竹響連環。晃朗龍鱗麗，飛翔鶴步翾。繁星流碧漢，大礮震重關。燕飲寧辭醉，徵歌祗自憪。豆登歆苾苾，鼎鼐色斑斑。綠蟻浮三爵，銀蟾露半彎。銜恩原浹髓，飽德更開顏。香爇帷宫暖，雲圍御幄殷。龍光施北國，豹略懾南蠻。時遣緬人南歸此日樊渠奏，先時帶礪盼。前年已封貝子、貝勒、王公等。嵩呼皇澤溥，灤水比潺湲。

進古北口

獵獵旌旗萬騎旋，蒼崖紅樹夕陽邊。寒求妙藥醫龜手，飢入行廚斫彘肩。撲面尚驚風似翦，當頭又見月如弦。不知灤水緣何意，嗚咽尤聞出塞泉。

題清涼挹翠冊爲周舍人發春作用二十五合二十二韻

聞君卜幽居，門對長干墖。樹影罨孤亭，苔痕上橫榻。彎環翠幾稜，昕夕烟霏合。景色如此佳，何事紅塵踏。君本娟雅材，七略心胷納。校字火吹藜，載書車用蠟。佇睇籋雲姿，致身宜省閤。偶然繪江鄉，溪山靜喧遝。矧有六朝松，閱世屢僧臘。不攜古錦囊，不挂鴟夷榼。蕭條便高寄，頗似梅花衲。洵矣絕清虛，於焉謝紛雜。秦淮我夙經，觀覽朋簪盍。埭古敞平蕪，湖澂渺歕欱。依稀埽葉樓，樓在清涼山寺中。乘秋躡雙趿。曩游已廿年，從戎更韎韐。勝境天一隅，相望但嗚唈。臨窗展此圖，彈指繞三匝。良辰正深秋，黃鞠照扉闔。酒鐺既淋漓，詩筆俄飄沓。何日續前盟，寺門趁飛鴿。與君飲蛾綠，清吟互相答。

送李勉伯純之恩樂任〔一〕

華陽黑水惟梁州，滇池更越西南陬。自此東行復千里，猛摩者島非人儔。漢宋以來未屬役，元明稍稍通共球。本朝聲教迄禁昧，生蠻漸已知耕耰。黑玀白馬罷爭鬭，蘆笙銅鼓銷戈矛。種人究覺習尚異，瘴母或作征途愁。君也行年近六十，捧檄萬里驅前騶。東吳回望天一角，羈宦詎免憂心怞。酌君一杯勿紆軫，牂柯我昨曾遨遊。蒼山洱海窮驛遞，金沙鐵壁參軍籌。此中風景頗熟悉，請以臆對君無訛。銀生風俗醇不偷，厥土赤埴恆倍收。滿山紅殷開躑躅，遍野黃落登麷麰。烟邨日曉共駿篠，平田雨足閒耕牛。男能把鋤女能績，賦稅本薄輕誅求。訟庭無人獄生草，往往經歲虛呼囚。碧羅之山烟雲稠，屏扆環帶峯巒遒。曩時蒙氏號南嶽，禮與朱鳥同牲羞。杉木江水濃如油，屈曲下注瀾滄流。溪山左右帶畫堞，足恣幽討兼冥搜。矧君詩名三十載，十字重比珊瑚鉤。蠻荒自古乏清賞，要藉翰墨垂千秋。君今此去毋夷猶，登高作賦揚清謳。我有舊刻存巖幽，予游昆明之近華浦、大理之龍尾關、永昌之易羅池，皆有詩，學使孫君令宜刻于石。期君與我遙相酬。

【校記】

〔一〕詩題，經訓堂本作『送李勉伯之恩樂知縣任三十韻』。

題畫冊二首

樹老鮮繁枝，霜淨無留葉。蕭條欲雪天，野徑何人涉。惟餘竹數莖，疎陰互交接。石丈更清癯，雲根皺千疊。兩君各耐寒，與世洗炎熱。人間炙手徒，對此神應懾。誰爲絕俗者，於茲幽賞愜。

寒山幾疊青，遠水千重碧。依依葭菼亂，隱隱楓櫧積。危堞出層雲，譙樓俯空磧。誰人櫂扁舟，遠檥垂楊驛。頗似襄樊間，我舊曾于役。何當如次山，洄溪就魚麥。

家敦初上舍復至都賦贈〔一〕

九載重逢執手頻，零丁身世共霑巾〔二〕。誰憐葛帔衝寒雪，空見麻衣染路塵〔三〕。抵掌笑譚驚再世，鏤心詩句足千春。時以新刊《丁辛老屋詩集》見示。代興他日須君等，莫爲窮愁便損神。

【校記】

〔一〕詩題，經訓堂本作『敦初至都賦贈』。

〔二〕零丁，經訓堂本作『丁零』。

〔三〕空見，經訓堂本作『終見』。

題申副憲笏山三分水二分竹圖

卜得幽居遠市廛，疏池掃籜作因緣。懸知生計無多許，合配城西第五泉。

春色三分未足多，濠梁清境比如何。先生八九吞雲夢，一任人誇萬頃波。

綠坡恰種千竿秀，拂座欣披六月涼。更葺三椽茅屋好，十分清蔭滿林塘。

消寒小集分賦鄭湛若硯四十韻〔一〕

湛若名露，漁洋所謂『海雪畸人死抱琴』者也。工諸體書。學使者以恭、寬、信、敏、惠發題，湛若制藝五比，用大小篆、八分、行、草分書之。常亡命入廣西〔二〕，尋鬼門舊蹟，又爲猺女執兵符者雲彈孃書記。歸撰《赤雅》一編，以紀其事。家蓄藏真墨蹟，又蓄二琴：一曰南風，宋理宗宫中物；一曰綠綺臺，唐武德年製。其詩名《嶠雅》，手自開雕，甚工。今硯長四寸六分，寬二寸有七〔三〕。鐫『天風吹夜泉』五字分書，又『湛若』二字楷書，又『明福洞主』小印，皆勒在左側。

先生昔空居〔四〕，長物竟何有。生平嗜陶泓，再拜盟石友。茲硯更溫如，嘉品實無耦。材爲端溪良，質乃下巖首。朝洗暨夜吟，十年恆著手。自賦從軍行，西南共巡掫。嶺雪高入雲，江瘴濃于酒。草檄兼飛書，羣蠻隨指嗾。萬里幸歸來，堅貞共无咎。安排侶楮墨，拂拭淨塵垢。維時屆嘉平，霜飆刮窗牖。張鐙暮開筵，捧出陳座右。其理潤而栗，其色蒼且黝。天風吹夜泉，五字等蝌蚪。曰明福洞主，小印細堪剖。坐客爭摩挲，歎賞豈容口。畸人緬海雪，滄桑遭不偶。于書得藏真，護惜倍瓊玖。于琴得綠綺，鄭重踰圭卣。與此寶成三，勒銘志不朽。巾笥互提攜，蠻徼伴奔走。想當綴文時，蛟龍動蚴蟉。是硯亦浮筠，六書別跟肘。暨乎游鬼門，土伯雄血拇。挾此硯與俱，作書紀凶醜。至其侍雲彈，侏儒遍林藪。端惟寶硯功，軍符列紛糾〔五〕。劫灰蕩南溟，戹運逼陽九。從容遂舍生，浩氣拂星斗。琴書靡孑遺，潛璞誰所守。精靈本不沫，肯使資覆瓿。堅剛謝虧缺，完好存樸厚。龍尾與鳳咮，睎此瞠乎後。玉蟾如有知，清淚定迸瀏。層冰凍檐牙，落月挂櫸柳。笑譚氣成虹，感激胷堆阜。祕同罛伯匜，重比太公缶。懸知餘澤存，取用敢或苟。應以寫《嶠雅》，千古並垂久。

【校記】

〔一〕詩題，經訓堂本末有『并序』二字。

〔二〕常亡命，經訓堂本作『嘗亡命』。

〔三〕寬，經訓堂本作『博』。

〔四〕昔空居，經訓堂本作『夙空居』。

〔五〕列紛糾，經訓堂本作『埽紛糾』。

元旦

啓明光已耀東廊，椽燭紅爐照畫梁。六日七分春乍轉，五更三點漏方長。消寒臘酒開新釀，稱體朝衫認舊香。行至虎坊橋漸近，御街燈火更輝煌。

初四日曹太僕慕堂學閔紀曉嵐昀曹竹虛文植兩學士招同小集

頻年元夕渺天涯，裙屐重來賞物華。喜聽笙簫連爆竹，更移簾幕護梅花。新詩共愛湘靈瑟，同人謂予楚中詩最佳。異事如乘博望槎。時閱《征緬》、《蜀徼紀聞》。憑仗諸君蠲宿疾，敢辭轟飲醉流霞。

奉命同大學士梁國治副都統博清額給事中劉謹之恭輯大喪儀

思齊徽德徧紘綖，月馭風輿上九天。大禮森嚴昭會典，新綸稠疊纂長編。鸞旗翠葆威儀肅，桂酒蘭肴涕淚連。聖孝通微超萬古，衹虞海墨盡難宣。

良鄉道中

桑柘陰陰隔近村，素車白馬比雲屯。午前更灑疎疎雨，似與從平聲臣益淚痕。

塵沙早已淨陂陀，共炷名香候輦過。同此東風同此路，不知今日是清和。

山村水郭路重重，雨過前山斷靄濃。知是招提皆禮佛，白雲峯外數聲鐘。

仲夏送瑞應南歸四首〔一〕

南風播時薰，綠陰帶芳甸。溽雨尚未行，頗覺征塗便〔二〕。驅車犯浮埃，擊楫下高堰。六年別故鄉，雲山彌可戀。深憐舊業凋，豈謂客游倦。忍聞鈴馱聲，抗手戒清旦。

吾姊夙儉勤，相夫數鹽米。經營負郭田，分析迨諸子〔三〕。何圖中道亡，寧堪訊天咫。子又軫哀絃，尚乏南山梓〔四〕。惟餘咏絮人，差能辯文史。此恨與我同，語次悲何已。今歸過金閶，良家禽可委〔五〕。不煩雙白璧，便足侍牀笫。提攜儻北來，分宅真可以。

嗟我別江鄉，奄忽踰廿載。容鬢竟全非，艱危殊可駭。菟裘既未營，瀧岡寧有待。吾聞諸禮經，不葬服不改。生平則古先，念此憂如痗。煩子省先塋，松楸便埽灑。插槿補樊籬，編茆擇爽塏。庶備堂斧封，事半功乃倍。我趁鯉魚風，一帆溯江海。定能乞君恩，朝紱暫容解。

念昔從軍時，萬里事征討〔六〕。苦留白髮親，形影伴昏曉〔七〕。齒衰疾病多，勢失過從少。狐烏爭叫喧，門戶焉可保。感子自南來，渭陽情獨抱〔八〕。摒擋繕醫藥，料理逮微渺〔九〕。芸帙免飄零，萱幃藉安好。是誼寧可忘，欲語淚傾倒〔一〇〕。今歸纔及期，又聽驪歌繞〔一一〕。別離雖不長，終覺心旌掉。所期慎眠餐，聊用慰悽悄。

【校記】

〔一〕詩題，經訓堂本「瑞應」下多一「甥」字。

〔二〕征塗便，經訓堂本作「征途善」。

〔三〕諸子，經訓堂本作「諸季」。

〔四〕南山，經訓堂本作「北山」。

〔五〕「今歸」兩句，經訓堂本作「今歸淞南村，詎鮮良家子」。

〔六〕事征討，經訓堂本作「入炎徼」。

〔七〕伴昏曉，經訓堂本作「共相弔」。

〔八〕 情獨抱，經訓堂本作『情所劭』。

〔九〕 『料理』句，經訓堂本作『算數暨錢鈔』。

〔一〇〕 淚傾倒，經訓堂本作『淚先到』。

〔一一〕 驪歌繞，經訓堂本作『驪駒告』。

錢獻之坫徐尚之書受金振之沖胡元謹量張漢宣彤家敦初招同朱竹君陶然亭小集分得五言排律二十四韻〔一〕

趁暇呼朋熟，尋幽得地高。亭虛遙對堞，水涸細通濠。路隘纔容騎，車低略似舠。回塘穿雚薍，枯樹聽虭蟧。紺宇淩千尺，蒼嵐映四遭。披襟涼更爽，摻袂喜斯陶。洵美南都彥，均推北地豪。謂竹君。衣冠從灑落，禮數謝繁囂。旋設桃枝席〔二〕，徐斟竹葉醪。擣珍充鼎實，佐豆潔溪毛。投分情逾愜，論文首重搔。篆書宗許慎〔三〕，珠典泝徐敖。古義康成訓，詞源正則騷。質疑羣説具，舉要片言牢。經術須前輩，身名歎爾曹。遷期鶯出谷，和媲鶴鳴臯。絢彩丹山鳳，扶輪碧澥鼇。且俱窮蝕簡，何事慨綈袍。一飽風猶在〔四〕，三商日漸韜。於焉娱放曠，彌足浣塵勞。雨氣濃鋪墨，雷聲殷伐鼛。蟾昏催舉燭，騶鬨促鳴鑣。豈覺狂言怕，終將樸學操。再期河朔飲，重把鼩鼢毫。時余復將觴諸君於此。

【校記】

〔一〕 詩題，經訓堂本作『錢獻之徐尚之金振之張鄂樓四上舍胡元謹秀才家敦初招同竹君編修陶然亭小集分得五言排律二十四韻』。

〔二〕經訓堂本此處有注：『見《尚書》孔疏。』

〔三〕篆書，經訓堂本作『籀書』。

〔四〕一飽，經訓堂本作『一飯』。

家上舍冀川浩招同漢宣元謹小飲酒罷同過憫忠寺〔一〕

晚日松梢將落，涼風牆角初生。扶得酒邊殘醉，小香臺畔微行。

瘦權癩可舊識，短李迂辛新知。坐久長林欲暝，空堂放梵聲遲。

六月何當逭暑，十年重訪前游〔二〕。不是香羅疊雪，精藍深處如秋。

缸蓱已開十字，籬菊纔種千行。絕勝開樽河朔，浮槎小試流觴。

【校記】

〔一〕詩題，經訓堂本作『冀川招同張鄂樓胡元謹小飲酒罷過憫忠寺有作』。

〔二〕十年，經訓堂本作『廿年』。

李撫軍右川湖惠湘蓮寄謝

瀟湘連洞庭，青青徧蘭芷。碧莖與香蘅，幽芳散洲沚。間以菡萏花，淩波渺雲水。扁舟落其實，良可佐服餌。生平寡嗜欲，膏羶夙所鄙。頗復愛芳蓮，包茅來千里。君如玉壺冰，貞廉久自矢。同心辱餽遺，不惜疑薏苡。我今將歸吳，土物亦清綺。雉蓴品最佳，鱸膾味益美。行將致一函，庶幾等報李。

八月二十六日夜集鄭學齋送尚之赴鹽山聯句六十四韻〔一〕

合戠意未厭德甫〔二〕，分襟手先抗。高齋劇清虛青浦徐薌坡薈林〔三〕，詞客盡倜儻。谷空懷駒維昭文吳蔚光悊甫〔四〕，塗遠感驪唱。聚散風搏沙嘉興汪大經書年〔五〕，去來塵掘坱。契緣耦居殷秀水王復敦初〔六〕，情用小別愴。今序際秋高烏程張彤漢宣〔七〕，晴曦轉春盎。露華綴金莖無錫楊芳燦荔裳〔八〕，霞彩豁蓬閬。涎涎鳦辭橑武進徐書受尚之〔九〕，淒淒蛬語瓽。荷衰香未銷德甫，葦折霰徐颺。景物逼蕭森薈林，河山攬悲壯。黃騰潞水波悊甫，碧剗鴈門嶂。霽久旱塗泥書年，涼深絕炎炕。選勝景彌佳敦初，追歡神頗王。叢譚翦韓檠漢宣，促坐列歐舫。臭合味逾蘭荔裳，言溫挾同纊。矧余本愚惷尚之，入世豈亢長。秀是江東推德甫，美非城北讓。舊家鐵甕鄰薈林，新製玉臺貺。慘綠雖少年悊甫，中黃等飛將。一噴真一醒書年，十決還十盪。摩霄鵬擘雲敦初，橫海鯨跋浪。門庭得真傳漢宣，臺閣肯依樣。賦疇西都賓荔裳，碑考北海相。問字喜春容尚之，說經嘉硜伉。文思聿湛深德甫，志性乃慈諒。棲鴿類乾篋薈林，食虀侶張暢。獨行眾所推悊甫，浮榮視猶儻。會看簪吉征書年，寧復軫剝放。應起曲江名敦初，遂侍含元仗。今春辭蘭陵漢宣，上計過督亢。始至賃皐廡荔裳，繼遷依釋藏。時寓永樂禪院。畸士偕許渾尚之，謂許介山。經師服戴望。謂錢獻之。步趨蛩後先德甫，賡和禽頡頏。名流爭攬環薈林，上客互投狀。論心恨已遲悊甫，識面嘅非妄。譚藝抗其精書年，道古敦所尚。相期彼岸登敦初，庶幾我軍張。茲違鄴下游漢宣，聊作剡溪訪。詎憂邁靡靡荔裳，終覺情悵悵。咄嗟煩官廚尚之，悤卒辦祖帳。鍘童飭招邀德甫，竈婢競摒擋。琖浮雀舌茶蒼林，壜撥松花釀。蟹熟芼以薑悊甫，豚蒸濡用醬。虀葅發宿儲書年，餅餤詫新創。銜杯笑正酣敦初，投箸神忽迋。襆被幸同攜漢宣，時與錢魯思偕行。春糧誰見餉。瑯環書百函荔裳，觳觫車一輛。杳杳鴈銜蘆尚之，勞勞獸走壙。游目乍依依德甫，回首定悢悢。青垂梨半林蒼林，紅綻棗一桁。縣僻夷郈墟悊甫，邑巖置亭障。童山屹有棱書年，卤井寒無漲。旅程頓羸驂敦初，甥館卸輕裝。哦松訴合離漢宣，咏絮寄醻唱。時尚之舅爲鹽山尉，其内人工詩。佩萸席上分荔裳，鈴鞠籬邊傍。時未怨蹉跎尚之，趣方適閒曠。鹿鳴芳訊傳德甫，鯉躍層津上。一舉快先登蒼林，三捷驚輩行。土拭出龍泉悊甫，葉穿開虎韔。銀榜著聲華書年，月燈展諧鬯。還過白楮坊敦初，再躡黑窯廠。須傾榼三升漢宣，重著屐幾兩。刻羽佇郢謳荔裳，斲輪待齊匠。摳衣復升堂尚之，毋畏俗人謗德甫。

【校記】

〔一〕詩題，經訓堂本作『八月廿六日夜集經訓堂送徐尚之赴鹽山聯句六十四韻』。

〔二〕德甫，經訓堂本作『述庵』。

〔三〕青浦徐薌坡蒼林，經訓堂本作『徐蒼林』。

〔四〕昭文吳蔚光悊甫，經訓堂本作『吳竹橋』，第二次出現時作『竹橋』。

〔五〕嘉興汪大經書年，經訓堂本作『汪西村』，第二次出現時作『西村』。

〔六〕秀水王復敦初，經訓堂本作『王敦初』。

〔七〕烏程張彤漢宣，經訓堂本作『張鄂樓』，第二次出現時作『鄂樓』。

〔八〕 無錫楊芬燦荔裳，經訓堂本作『楊荔裳』。

〔九〕 武進徐書受尚之，經訓堂本作『徐尚之』。

同人復集鄭學齋送獻之赴西安分得七言長律二十韻〔一〕

朔吹㰚槮木葉殘，送君迢遞到長安。劉蕡豈信文詞累，君以策語被擯。鮑照深愁道路難。棘下遺經真獨抱，淹中異本必親刊。書追絶業惟周史，友結當塗悉仲桓。每謂鹿鳴思野食，屢羈鵬翼望風摶。中年陶寫原無藉，下第情懷迴自寬〔二〕。抗手非同題柱客，折腰恥作寫書官。來經薊子摩銅狄，去指仙人捧露盤。古驛蒼蕪沙獵獵，征途叢薊影團團。三千法界臨高蹠，百二關門擁急湍。渤碣雲深行漸遠，崤函雨霽候初寒。建牙東道依賢主，秋帆中丞。躡屐南樓接古歡。來殷中允。去軫遥看隨塞鴈〔三〕，分衿詎免惜蜺蟠〔四〕。世親久已攀蘿蔦，交誼從來媲蕙蘭。共泝微言千載合，别裁俗解百夫讙。幸邀下榻同燈火，未哂空堂剩秸莞。卜夜再逢佳士聚，開筵仍飽腐儒餐。依微蟾欲沈弓影，脂膊烏將振羽翰。勸學頻教師鄭服，知人端在辨殷韓。驪駒歌罷重迴首，含譽星芒拂馬鞍。《禮緯》：下有賢人聚，則含譽星明。

【校記】

〔一〕 詩題，經訓堂本作『同人復集經訓堂送錢獻之赴西安分得七言長律二十韻』。

〔二〕 迴，經訓堂本作『好』。

〔三〕 隨塞鴈，經訓堂本作『隨雁逝』。

〔四〕 衿，經訓堂本作『襟』。

秋林授經圖爲同年韋慎占謙恒題〔一〕

九師遺訓久失傳，先天河洛爭喧闐。野文誰始始輔嗣，專舉人事爲真詮。兩漢遺法悉慭置，猶出蕭艾芰芳荃〔二〕。後來輇材益勦説，率以臆對誇虛玄。卓哉資州功最鉅，三十二氏相鈎鍵。鄭君爻辰契象緯，孟喜卦氣隨衡璇。旁通最數上虞奧，升降敢議慈明偏。納音納甲亦偶及，茹納萬派規其全。坐令後代汲古士，先河尚得窮靈淵。我昔從軍過莊道，讀書臺圮叢寒烟。撫髀太息告牧守，亟奉栗主供几筵。春秋享祀幸匪懈，大書深刻青瑤鐫。資州有李鼎祚讀書臺，辛卯冬予過其地，詢之士人，莫有知者。鄉賢祠內亦無其名。因告之知州本著，俾作主以祔于學宮，并爲文鑱諸石。豈能昌言紹絶業，望古聊免心憂悁。韋君崢嶸起上第，鴻詞彩筆相新鮮。螭坳鼇禁聲望偉，文昌華蓋光芒聯。絳節衡才赴東海，思用經訓爲開先。明湖況復好山水，步有酒舫家漁船。鐘樓迥出紅樹杪，穉子獨往青溪邊。講堂曉開椎大鼓，子衿幾輩隨差肩〔三〕。六詩三禮姑舍是，首明羲畫敷寒氈。清言霏霏等屑玉，精義衮衮同飛泉。智者忻喜愚者歎，金篦刮目開蒙顓。公餘清暇更課子，小狐濡尾俾無愆。君自題有句云：『小狐濡其尾，戰兢斯无咎。』歷城我亦舊游地，曾記授館資丹鉛。圖書萬卷列左右，有若蟫蠹紛旁穿。端拜雒誦竟何補，僅與弟子排蹏筌。流光一瞬已廿年〔四〕，卻視斯卷情悠然。褎衣博帶當檻坐，雛鳳以次偕勤拳。漢京經術重師法，汝陽會稽咸家傳。矧君九世遞承受，膝下陳義聞便便。豈惟門風等房杜，定見行誼儕淵騫〔五〕。天人理象浩烟海，古曰在昔稱先賢。《折楊》、《皇荂》諒勿取，陸澄有説期覃研。

【校記】

〔一〕詩題，經訓堂本作『秋林授經圖爲韋約軒同年題』。

〔二〕猶出，經訓堂本作『猶植』。

〔三〕幾輩，經訓堂本作『萬輩』。

〔四〕廿年，經訓堂本作『廿載』。

〔五〕儕淵騫，經訓堂本作『侔淵騫』。

題潭州鐵佛寺塔柱文後

《潭州志》：唐開元時，衡岳降神，舍鐵造佛，兼以鑄塔。乾隆四十年，梁階平中丞國治修寺〔一〕，工畢，次及墖，除舊甓，得鐵柱如幢貫塔中，長丈有四尺，圍尺有八寸。上刻觀察李思明皈依慈氏發願生内院文〔二〕，下刻陀羅尼咒，皆宋淳化元年進士董護書。僧曰道崧，工曰李昇，計字七百六十有奇，完好可誦。臬使梁幼循敦書搨以遺余〔三〕，且屬作詩以記之〔四〕。

我聞阿逸多，事蹟著梵夾。生於日月燈，兄弟並藏業。稽首師妙光，好游心不乏。厥名志求名，利養頗噂沓。因得唯識觀，行滿塵沙劫。記次補佛處，無生忍所攝。現在兜率宮，雷音振衰苶。人天百萬萬，瓶拂繞千匝。有願上生者，彈指但一霎。分處内外院，根器了不雜。各各悟身塵，紛紛謝夢魘。

坐待末教時，金輪起傾壓。爾時閻浮提，紹位更説法。是以雞足山，入定有迦葉。手持金伽黎，萬仞閉巖闔。而此震旦中，投地累肩胛。舍生復受生，三摩冀親習。判官故自超，清齋飽米汁。不欲阿閦居，不欲蓮池涉。願生天中天，免卵胎化濕。敬聞第一諦，衣袂天花裛。惟大陀羅尼，密因機最捷。如昇天得桄，如浮澥獲楫。冀渡一切眾，雕鑱照眉睫。巍巍鐵佛寺，矗以千花塔。年深半傾欹，已慮相輪塌。中丞更新之，傭夫佐鋈鍤。中標鐵柱尊，稜稜久尚插。厥長尋六尺，厥圍二九恰。厥首蟠龍螭，之而震鱗甲。刓剔蘚與菭，磨洗泥與壒。字畫忽分明，精鏐助光熠。深觀發願文，血誓宛盟歃。速求正等覺，慈氏儼可接。李昇爲鐫工，道崧乃老衲。年紀宋淳化，閲世六百臘。其文七百餘，字字妙妥帖。念彼觀音力，鬼神盡震讋。呵護永不刊，覽者並懽洽。登登拓藤紙，裝潢伴白氎。懿與華嚴境，樓閣何人躡。善財昔南詢，伸睇見巾屧。香雲華鬘雲，莊嚴麗層疊。普告善男子，信此勿呀呷。我亦懷西方，刻意修淨業。無礙大悲心，熏修愧周浹。五色爛金沙，七重蔭簾押。勝果諒不殊〔五〕，須彌容互納。放筆爲此詞，海潮應歎欱。

【校記】

〔一〕梁階平中丞國治修寺，經訓堂本作『梁階平中丞修之』。

〔二〕觀察，經訓堂本作『判官』。

〔三〕梁幼循敦書，經訓堂本作『梁君幼循』。

〔四〕且屬，經訓堂本作『且命』。

〔五〕勝果諒不殊，經訓堂本作『密因緣不殊』。

送錢上舍魯思伯駉南歸

垂楊無復覆寒津，欲覓將離尚隔春。草草分衿增悵望，紅亭誰可贈行人。筆如臥虎更游龍，共讓臨池八體工。此去有人爭破械，長塗莫嘆客囊空。茸裘不敵五更霜，鈴馱聲中整客裝。幸有同人謂尚之相慰藉，茅檐土銼夜歌商。秋風毾㲪不堪論，共逐征鴻返故邨。今日送君歸獨後，臨岐銷盡未銷魂。

題文衡山五柳歸來圖後幅并錄《移居》詩

陶公返柴桑，高節著千古。古來賢達流，圖繪豈勝數。是卷衡山作，林巒互容與。横橋接蘅皋，清溪繞農圃。從容扶杖回，垂柳拂眉嫵。琴樽映簾櫳，花芍散庭戶。疇昔所植松，青蒼歷風雨。相對歲月長，足以貞出處。從茲想高情，不翅鸞鶴舉。後錄南村詩，風流宛相語。是畫并是詩，生平性所許。何期廿載餘，塵網久羈旅。捲圖益自慚，遥憶青溪墅。庶藉息壤盟，歸作漁樵主。

春融堂集卷十六　杏花春雨書齋集二　戊戌　己亥

扈從

扈從猶前度，經行異昔年。慈徽長自在，永慕意彌虔。縞素遥空雪，蒼涼欲暮天。道旁嗚咽水，凝聽尚淒然。

秋瀾早起

占候春回晚，清寒尚不勝。秋瀾昨夜宿，野火對殘燈。塵壓宵前雪，風凝月下冰。莫愁裘袴薄，初日漸東昇。

朱竹君翁振三暨孔農部體生繼涵編修衆仲廣森家虞部懷祖念孫小集陶然亭

荒灣斷阜廠亭前，上日初過祓禊天。自有文章歸我輩，莫教風雅讓先賢。堨來裙屐人千里，時北雍試者二十餘人。卻喜琴樽月一弦。好約時時爲此會，潞河聞到酒如泉。

送張總憲墨莊先生若淮予告南歸三十六韻〔一〕

杏花已坼桃花紅，潞河官舫張飄篷。都門祖道車百輛，羽儀爭羨南飛鴻。惟公壯年始通籍，公才公望人所崇。聲華夙推丹穴鳳，名節共避青絲驄。香廚四部恣綜錄，龍矕萬卷蟠心胷。端如師丹在漢室，爲國黃耇時儒宗。年逾七十頗未老，意氣直上森長虹。隔冬偶爾困腰脚，玉階趨走難爲工。引年致仕稽昔典，抗疏遂達明光宮。聖朝優老重雅尚，俞旨特許歸江東。迴翔非無北闕戀，游戲擬繼東方蹤。湔裙節過春水碧，便拂塵袂辭羣公。我思古人習嘉遯，鐘鳴漏盡羞悤悤〔二〕。皋夔已足贊郅治，高蹈不惜師臺佟。里名集賢花木富，坊記履道琴尊同。輞川鑑湖亦幽絕，海宇延望侔方蓬。今公蕭然僅壁立，樓臺無地開林叢。千金裝本遜陸賈，一區宅未如揚雄。春秋佳日撰杖屨，曷以寫興娛幽悰。惟聞龍眠好山色，彎環眉翠摩高穹。朝霏夕霧互窈窕，汀花浦樹含豐茸。賜金園子矧猶昔，勝踐是處堪扶筇。別來益嘉清景麗〔三〕，到日未值炎光融。身居伯時圖畫裏，烟雲供養無時窮。懸知怡神並繕性，會見兒齒方雙瞳。自憐蘭臺日走馬，應官聽鼓連春冬。璇源之館垂雲洪，雖有夢寐無由通。歲星可望不可即，安得接席聞春容。忽憶吾友乞身去，謂姚郎中姬傳。讀書學道兼畊農。聞公歸來喜折屐，村南村北時過從。舁輿應預弟子列，結韈定似前賢風。洛中儻有唱和作，尺素好付郵書筒。

【校記】

〔一〕詩題，經訓堂本作『送總憲張墨莊先生予告南歸三十六韻』。

〔二〕悤悤，經訓堂本作『倥傯』。

〔三〕益嘉，經訓堂本作『益知』。

題汪孝廉劍鐔端光禪雨山房詩詞後〔一〕

迎鑾鎮外水雲賒，曾記清游繫短槎。今日讀君腸斷句，分明江左最清華。

舊向烟波試釣輪，吳閶明月廣陵春。卷中詩句清於雪，肯與溫岐作替人。

小令長牋不自持，戲圍紅袖寫烏絲。好將白石新填譜，重按江湖絕妙詞。

【校記】

〔一〕詩題，經訓堂本無『端光』二字，而『劍鐔』作小注。

送吳少宰樹屏嗣爵予告南還并呈余司寇文儀〔一〕

緩上籃輿出鳳城，都門祖帳羨恩榮。望中烟水還山路，夢裏觚稜戀闕情。竹箭流平舟子慶，楝花雨過候人迎。淮黃保障功猶在，遥指金堤一線横。少宰任河道總督最久。

共辭丹禁共歸田，二老風流邁昔賢。時與司寇同行。放櫂先尋清隱閣，流觴重遡永和年。司寇居會稽。攜來笻杖閑身健，分得刀圭宿病蠲。鑑曲香山多故事，任人圖畫等神仙。

【校記】

〔一〕詩題，經訓堂本作『送吴樹屏少宰予告南還并呈余大司寇文儀』。

乩仙山水圖爲曹慕堂題

河山大地原虚幻，妙明心境從空現。何煩游戲借扶鸞，灑墨金壺示奇翫。今看是畫獨超然，染碧挼藍溢東絹。桃華漠漠映桑榆，竹箭叢叢雜葭亂。石澗微緣古逕斜，柴門下瞰清溪漫。溪回逕轉架横橋，暖翠浮嵐紛撲面。扶杖人將適莽蒼，抱琴童亦能蕭散。六柱舟循遠步移，三家村向寒墟斷。何方有此好江山，不慕蓬萊隔霄漢。入世因緣詎易推，多生結習知猶眷。聞説高齋晝閉時，焚香乞畫陳青案。須臾信手寫烟霞，數尺剡藤分峭蒨。紫府丹臺不署名，洞天福地良堪羨。豈須宗派問誰家，自識仙真定名彦。絶境難教子驥尋，俗書應被彌明謾。君今雅尚乞刀圭，慕堂常讀《性命圭旨》。我亦遐心壓塵坌。擬從知藝叩根源，爲遡風輪持震旦。

題周分司雪舫宣猷遺照〔一〕

遠山萬千疊，近山一兩峯。蒼雲古木杳無數，環以湖漵波沖瀜。世間俗塵飛不到，於此乃築幽人宮。幽人宮，秀而野。翠石隱雲欄，香茅接檐瓦〔二〕。錦疊銅匜位置工，龍賓鳳味安排雅〔三〕。呼僮拂几開牙籤，似欲掃秃霜毫尖。詩情已得勝地助，豪興更藉藏鉤添〔四〕。香象渡河翅擘海，想見揮毫九州隘。槎枒肺腑不須鐫，雲夢胷中何芥蔕。我昔逢君廣陵驛，雪片如雅打窗格。留犂風動酒瀾生，醉後長歌頻拓戟。嗚呼！騎鯨化鶴空千齡，圖中彷彿存儀型。誰知此日頭顱白，猶復看君鬢髮青。迴思昔過瀟湘渚，斷鴻哀狖啼吟苦。幽篁欞槭女蘿深，毋乃圖中卜居所〔五〕。君長沙人。題殘清淚挹連絲，湖海蒼茫又一時。空慙宿草延陵劍，擬作空山有道碑。時方欲作君墓表。

【校記】

〔一〕詩題，經訓堂本作『題周雪舫通判遺照』。

〔二〕『翠石』兩句，經訓堂本作『上有香茅垂，下有層欄亞』。

〔三〕龍賓鳳味，經訓堂本作『隃麋端石』。

〔四〕藏鉤添，經訓堂本作『秋醪添』。

〔五〕居所，經訓堂本作『居處』。

送羅孝廉臺山有高歸江西〔一〕

禁城差喜炎氛過，又聽愁霖懸溜大。隔窗竟夜落檐花，曉起槐街泥沒髁。來牛去馬總艱辛，君也奚爲理鈴馱。君言三度走春明，暴鰓點額頻摧挫。分同鶂退慣隨風，身似蟻行還繞磨。稱名雖未比聱牙，賦性偏常嫌堀堁。夙生況復愛柴門，曇花貝葉嚴清課。亟思淨侶共茶瓜，不惜貧居飽糠莝。祇憐京雒故人多，説有譚空資切磋。古寺鐘餘叉手行，余常飯臺山於法源律寺。蕭齋酒罷聯牀臥。此行摻袂復何時，未免相思費勞瘽。嗟君素尚本蕭閒，莫向長塗憾坎坷。晨攜藤笈上征輪，晚疊生衣埽烟銼。卽看放溜下清淮，恰值秋光滿津邏。處處濃香糝桂枝，家家晚飯炊香糯。女墳湖與武林山，山翠湖波淨難唾。早暮恆依般若參，烟雲好伴維摩坐。況有金閶物外交，謂彭子允初紹升、汪子大紳搢。寒山拾得相唫和。安心不復叩云何，舉掌知能窮這箇。三觀去真修到滅空，十玄妙義從翻破。回頭一切本狂華，泡影寧容供顛簸。學道知君願已成，休官愧我心猶懦。瘦馬騰驤自不勝，春蠶裏縛誰能柰。履道逍遥讓白公，出關羈旅懷周賀。三叉河畔想經行，爲我和南禮蓮座。謂照月禪師〔二〕。乞師方便作鉗錐，一洗從前詩酒涴。

【校記】

〔一〕詩題，經訓堂本作『送羅臺山孝廉南歸』。

〔二〕照月，經訓堂本作『照圓』。

餞門人楊蓉裳芳燦赴蘭州六十韻（一）

古郡緣邊路，初秋餞別筵。情依燕市筑，興協祖生鞭。柳識將攀苦，桐因遇閏偏。時閏六月。蕭蕭沙苑馬，嘒嘒驛亭蟬。小促良宵飲，聊紓別緒牽。湘醪浮大斗，湖荈佐加籩。鄉味披魚膾，雄譚削彘肩。蒼茫開遠思，怊悵觸前緣。憶昔巴山雨，回聽蜀國絃。鐃歌朱鷺競，愷樂白狼闐。德行推荀淑，經師禮服虔。予自金川奏凱，始識笠湖先生，時撰《春秋左鑒》。拊心嗟薄宦，屈指數諸賢。羣從聲名盛，同時譽望傳。珍材森巨嶽，璧宿合高躔。文采千重錦，詞華十樣牋。謂方叔、承叔及令弟荔裳。驚人咸踔厲，念子更清妍。謦咳珠成唾，雕鎪玉作編。識麟由綺歲，吐鳳在髫年。豹鼠搜奇僻，蟲魚任貫穿。早誇延壽賦，嬾學子雲《玄》。已覺蜚聲遠，仍憂涉世邅。空居多侘傺，作客費盤旋。殘雪西泠櫂，晴霞北固船。風雲供詄蕩，山水謝拘攣。逸興千夫上，高懷百代前。琴尊來雜遝，縞紵獻填駢。袁虎招邀數，子才明府。嚴維歎賞便。東有侍讀。香囊逢謝傅，謝少宗伯崑城以君明經入貢。絲竹感彭宣。君爲雲楣少司空所知。豈謂三霄迥，行將六翮騫。陸機初入洛，樂毅遂游燕。榻署陳蕃客，舟推郭泰仙。凌雲須奏伎，晝日待持權。方羨江湖侶，應陪省閣員。何當宜望縣，矧乃注窮埏。秦雍黄河界，甘涼黑水壖。星文兼井鬼，戎索半岐岍。扼塞西陲廣，安屯北部聯。風沙恆匝地，野燒忽連天。遠略追蒙遜，雄圖壯赫連。瓜沙餘種落，隴坂重關鍵。古堠荒原樹，遺墟版屋烟。郵程經太華，亭障逼居延。地亢稀甘澍，年饑剩石田。九重方軫恤，兩稅擬齊蠲。穜稑經秋熟，瘡痍計日痊。土毛回瘠鹵，官舍省緡錢。駐軷三都谷，鳴琴五眼泉。

兹行堪嘯傲，且莫塵幽悁。自分同蒲柳〔二〕，寧期接蕙荃。三辭勞上謁，一飯愧居先。宋玉風華首，侯芭學術專。佇看騰仕版，不竢卜靈篿。世德高瑩鳥，前徽講席鱣。風騷存我輩，衣鉢賴真詮。藝苑勾中正，才人員半千。代興知有藉，高蹈幸無愆。碧漢秋期近，金飆暑氣捐。分襟還彳亍，贈策倍勤拳。腸甚如輪轉，膏毋向火煎。後時愁最劇，遥指兔華圓。時以十五日行。

【校記】

〔一〕詩題，經訓堂本作『餞楊蓉裳之蘭州即用其體』。

〔二〕同，經訓堂本作『將』。

過海南院

名藍隔御溝，半露幡竿尾。垂垂樹影中，忽見雙扉啓。殘僧如村農，樸質亦可喜。茶杯既冷濇，香烟亦迤邐〔一〕。導我望賜臺，云在秋雲裏。不惜馬蹏遥，清游從此始。

【校記】

〔一〕迤邐，經訓堂本作『沉細』。

太子堡道中作

四山抱村塢，秋盡剩微燠。夾道列垂楊，霜輕葉尚綠。此間多水田，縱横等棊局。虚牖挂鋤犁，廣場走碌碡。何殊大江南，數鍾號衍沃。

三輔先暵乾，黍苗失所養。旬間連夜雨，霑潤徧高壤。麥芽爭迸土，青蔥已有象。果園亦齊收，疎林愈蕭爽。騾馬偃平皋，雞豚散林莽。婦女更熙熙，攔街指過鞅。

黑龍潭

神瀵貫巖脈，出土如噴珠。潦清纔數尺，曷以神此都〔一〕。斜北俯坎窞，觱沸長傾輸〔二〕。森寒豎毛髮，似有陰氣噓。幽燕地高亢，日夕風沙麤。每逮四五月，未見甘霖敷。麥焦菽豆槁，豈免勞呼雩。我皇恆祭告，萬乘移旜旟。羣公亦齋祓，劍佩交通衢。青詞布誠懇，上達虛皇居。雨工驟鞭起，雹母偕雷車。金鱗挾烟霧，坐見千村濡。雨餘復報貺，香帛懸神廚。是以畿輔地，終得成膏腴。今我來九月，水涸初歸墟。玉沙粲可數，荇藻紛根株。上有萬年藤，絡架相盤紆。嶷嶷出角爪，且復雄牙須。旁有數折水，遶澗鳴笙竽。老樹礙肩脊，落葉飄襟裾。層堦五十級，玉殿開方疏。昂俄秉圭璧，民命司其樞。碑亭供左右，列聖垂神謨。兩朝著靈應，封號良非誣。稍南炳宸藻，星日纏欒櫨。其陰勒睿詠，雲漢同嗟吁。傳之千萬禩，直與思文俱。憶歲在申酉，三度隨鑾輿。仰見羣小祀，致敬天神如。信宜格靈祐，澍雨霑墳壚。前游倏十載，日月同奔駒。壇墠儼猶舊，埽灑祠官趨。回首睇村落，高廩依桑榆。所祈入冬後，瑞雪盈平蕪。早春復降澤，不藉焚神符。嘉祥協十五，永使皇情愉。

【校記】

〔一〕神此都，經訓堂本作『龍此都』。

〔二〕長傾輸，經訓堂本作『交傾輸』。

遊大覺寺及諸蘭若〔一〕

日見西山面，不作西山游。山神應見哂，病俗難爲瘳。我聞翠微路，烟景堪窮搜。精藍七十二，各各名林丘。遠行既未果，近踐良可求。一笑靈泉寺，紅葉盈雙眸。

林稀路漸高，岧嶢聳白塔。復聞星星鐘，偶與秋風荅。策馬更西行，乍見禪扉闔。鄰僧導我前，逢迎得老衲。忻然叩姓名，揖讓等朋盍。逶迤度橫橋，殘荷已蕭颯。呼童進杯茗，坐我東齋榻。

寒曦上鐘樓，映以楓葉赤。幸逢時未晚，尚可恣游歷。開軒竹萬竿，一一拂巾幘。舊幹霜欲枯，新叢泥尚坼。其旁桃杏枝，橫斜埽窗格。僧人指示我，惜不來寒食。繞欄玉盤盂，殷紅照瑤席。

微行繞畫廊，丁東奏方響。過牆見清池，其寬僅尋丈。絕底寫空明，纍纍琲珠上。龍脣亦噴瀉，冬夏無消長。分流入寒磎，彎環潤幽壤。池中金色魚，百十自溶瀁。

茲區實古刹，創造由遼年。曁乎明昌世，八院尤爭傳。厥初號清水，繼迺名靈泉。緬惟南陽裔，永結檀施緣。彈指現樓閣，百萬捐金錢。珠宮移海藏，四部函人天。上祝無量壽，次以祈洪延。併及南北院，願力浩無邊。吁嗟那羅窟，誰考瑤華鐫。披榛拭古碣，稍補青鞻編。

名山近玉泉，神皋勝所聚。石景既逶迤，畫眉亦蟠互。蒼蒼鸕鷀谷，夙昔駐鑾輅。至今雲構開，宛似含香署。禁扁炫彤霞，楹聯綴珠露。陂陀勒奎章，高下傍嘉樹。豈惟詞客拜，定使山靈護。禪僧望幸心，頻年候三素。

西巖隱殘暑，東院懸明燈。法鼓振靈響，魚版聲頻仍。香蔬晚飯罷，緩卸雙行縢。心清本無寐，了了涵寒冰。道人埽土銼，亦復鋪綿繒。山空聞見寂，宵靜心神凝。惟有幽磵水，繞檻鳴琮琤。

日出露未晞，秋林益妍好〔二〕。昨晚所經行，朝來肆搜討。寒禽亦驚起，對我話幽抱。惜我世緣深，緇塵未能埽。明春定重游，枯笻拄芳草。尚擬共巾車，歷遍莎題道。

【校記】

〔一〕詩題，經訓堂本作『遊大覺寺』。

〔二〕妍好，經訓堂本作『妍妙』。

陸觀察青來燿刻其尊人虔實先生瓚所臨漢魏隸書各種見示因題其後

蘭陵弟子李斯，荀卿門人蓺偏工，摹勒更番妙蹟空。祇有史晨韓敕在，何繇盡見古人風。

石經殘燬六書亡，隸法仳離逮魏唐。劉升史惟則已工韓擇木蔡有鄰出，可將金薤比琳瑯。

北宋而還篆隸淪，衡山百穀貌相因。奉常獨起追千古，朱竹垞鄭汝器仍當步後塵。

一官顛頷近邊城，古帖臨摹百幅盈。若使同時論筆力，小蓬萊館共崢嶸。謂黃松石樹穀。

暮夜何由動素衿，收藏先澤似球琳。官齋暇日臨池罷，更勒貞珉播蓺林。
漢隸藏來興未闌，還將唐宋比琅玕。如今更得中郎似，閉閣從容盡日看。

奉命總修一統志

一統規模邁漢唐，屢經編輯更求詳。百年久頌聲靈大，四海重瞻控馭長。地步大章通北極，經從伯翳亘南荒。自慚徼外身曾到，筆力何由富括囊。山谷詩有『晁子智囊可以括四海』句。

冬日郊外〔一〕

扶上肩輿夢未闌〔二〕，水關流響尚淙潺〔三〕。山腰欲散雲千疊，屋角猶堆雪一彎〔四〕。秋穫有餘烏鳥樂，耕農無事馬牛閒。幾束米價經時減，報社吹豳各破顏〔五〕。

【校記】

〔一〕詩題，經訓堂本作『出東便門書所見。』

〔二〕肩輿，經訓堂本作『籃輿』。

〔三〕淙潺，經訓堂本作『琮潺』。

〔四〕一彎，經訓堂本作『一灣』。

〔五〕『報社』句，經訓堂本作『繫壤懸知慰聖顏』。

泰東陵扈從

白柰花殘歲兩更，大祥聖孝倍關情。上陵未到清明節，先肅期門謁寶城。

孝思維則動頑愚，回首江鄉淚眼枯。尅日陳情行就道，春風一騎下南吳。

歸葬出都作

故園回首望松楸，抗疏陳情願已酬。先具帆檣谿潞水，太夫人從水路南行。更裝袴褶度蘆溝。兼程自覺馳驅便，慢葬難禁涕泗流。最幸禮成升祔後，恩綸重錄告山丘。

趙北口

趁早先鴉起，循堤跋馬過。驟綱烟外遠，漁唱淀中多。飄渺聯三輔，微茫近九河。垂楊垂柳岸，攀折嘆婆娑。

東方朔祠

休道詼諧著漢庭，懸珠編貝見儀形。人間何處窺王母，天上誰知隱歲星。宣室宴遊雖已罷，上林苑囿竟難停。夏侯像讚山陰筆，更有平原作典型。《東方朔像讚》本王右軍書，顔魯公又書大字。

東平雨後望蠶尾山

夙聞小洞庭，迤邐蠶尾山。烟雲互綿渺，水月資蕭閑。是以新城翁，相賞生幽歎。今我適經此，夜雨曉漸闌。湖天倍瀟照，何異蓬瀛間。地豈異今昔，人疇能往還。獨羨五太守，樽酒臨潺湲。千秋擅風雅，高致殊難攀。征途桑柘裏，濃緑生微寒。解鞍坐遙睇，良足開塵顔。淼淼左神洞，浤浤銷夏灣。我鄉絶勝地，鼓櫂行盤桓。

東阿

試問魚山路，何如洛水濱。淩波時見影，微步豈生塵。籟響神絃應，雲開翠黛真。賦才饒八斗，含怨與誰陳。

至沂水垛莊驛

沂水望沂山，青蒼亘百里。參差海岱間，靈秀固莫比。高非葛嶧同，長與徂徠似。《周禮》表青州，作鎮良有以。想當薦馨香，烟嵐共渺瀰。惜少尋幽人，緣谿展屐齒。經過迨夏初，緑陰猶可喜。山下紅花溝，遠匯芙蓉水。肯構屋數椽，明窗布棐几。日長清景多，妙境誰能理。蒙陰況未遥，或夢南華子。

卽事

雲靄風輕放畫橈，望亭游墅路非遥。廿年不作鄉關夢，喜聽吴淞上晚潮。

到家

一别家鄉廿載餘，恆春橋下認幽居。推窗更望諸峯在，謂横雲、天馬神諸山〔一〕。還似當時對讀書。
經營工築用無多，茶竈繩牀足嘯歌。更喜小池桑柳外，濃陰添得竹千窠。
舊家宅第徧吴趨，相勸遷喬卜一區。敢擬廬陵歸老去，雲山愛住潁西湖。

西秧田湖名北水沄沄，六里湖波兩縣分。正是雜花生樹日，一時葭菼綠如雲。雪葭丙舍係崑山縣境。

團蒲小小敞虛楞，守望新阡自可憑。但使晨鐘兼暮鼓，不妨竟置啞羊僧。

【校記】

〔一〕『橫雲』、『天馬』均爲山名，『神』字疑衍。

朱節婦詩

葉裕昔著震川詞，厥母煢獨悽心脾。今觀朱母吁更悲，年二十六分衿縭。春華驟霣秋霜施，無夫無子誰因依。七日不食將相隨，絕命有作陳哀危。書以指血紛淋漓，姑舅慰撫聲酸嘶。吾老何恃何弗思，矧子可嗣弗棄基。汝宜忍死還餔糜，母拜受訓垂漣洏。逾年貍首躬扶持，葬在北望阡之陲。未幾舅也頹崦嵫，附身附槨靡不爲。歷年一紀蘐枝萎，致哀盡禮人嗟咨。勞勞井臼手足羸，搰搰紡績形神疲。歲復大祲虛晨炊，不惜雷轉空腸飢。子漸毀齒能嗄咿，爰命就傅通書詩。寒燈破案夜誨之，卒明義理承弓箕。今邁六十推女師，永貞苦節甘如飴。烏頭綽楔匪所希，區明風烈乃事宜。行將上請籲有司，先屬彤管揚幽徽。吾兄巨筆摩天麾，謂鳳喈。文與熙甫同驅馳。洞庭東西峯厜㕒，三萬餘頃堆琉璃。孅行先後稱貞嫠，我亦作此攄芳規，庶以下激氓蚩蚩。

蔡孺人詩四十韻羅少卿徽五典作傳〔一〕

慎齋與我稱石交，皐比講《易》芟榛茅。少卿工《易》，常與余及少司空鄂君忻聚講。鏗伉可信誰敢詨，何況苦節傳娥媌。孺人族望出蔡郊，婉娩至性鍾垂髫。大父父愛不待教，利貞柔順占坤爻。嬪于東海鸞同巢，戒旦共警雞喈膠。藁砧逖出經湖滶，蛜蝛網室窗蠨蛸。門戶瑣屑田肥磽，倉囷錢幣迴不殽。淳母親沃兼煇庖，內政穆肅除號呶。姑也相視憐其佼，汝勿勞勩思兼操。亡何姑病疲脛骹，輾轉牀蓐紆煩恔。時呻以吟頻抑搔，便溺不惜手自包。上醫何處求申麃，王母忽逝乘雲旓。血淚永夜霑堂坳，緒紾鼎敦黍稷筲。附身附槨孰訾謷，此身幾等枵然匏。瘍疾復作不可譙，俯視子女悲同胞。屬以顧復無鞭敲，奄謝正似夢幻泡。曾史之行由妍姣，不勝喪死詎可嘲。蓬萊一去山峄嵺，空留懿行人傳鈔。少卿文字非嘖嘵，瀟湘路阻騰魚蛟。德音我亦揚孔昭〔二〕，後志列女期毋淆。

【校記】

〔一〕題下小注，經訓堂本作『羅徽五少卿作傳』。

〔二〕孔昭，經訓堂本作『孔膠』。

題徐氏萬一公像名某，其六世祖名揆，殉靖康之難，見《宋史·忠義傳》

毛駝岡上烽連天，南薰門外駕未旋。開封進士頸濺血，至今廟食歆明禋〔一〕。忠義之後澤累世，東園繼起當其傳。居吳山水占名勝，卜地堂構堪承先。圖成橫卷示來裔，深衣大帶昭安便。孝友睦婣溯厚德，詩書禮樂仍前賢。何時什襲忽遠適，巾箱幾墮湘江壖。文孫載歸喜無恙，拂拭不啻瞻星躔。魯人大弓返故國，王氏舊業遺寒氈。梅顛益覺意匠古，丹青未損形神全。屬我題句志其事，展卷肅攀心悁悁。昭陵圖像剩贔屓，麟閣冠劍空連翩。愷之落筆寫宣武，摩詰妙意規浩然。伏生授經已惝怳，熙載夜宴徒嬋娟。何如茲圖十餘世，猶見盎睟留承顴。洞庭震澤波淪漣，左神幽虛棲真仙。清門喬木逾蔥鬱，遶砌玉樹紛芳妍。東堂西序啓寢祏，春祠秋禴嚴牢牷。薦馨鼎鼐考制作，稽古碑碣工雕鐫。雲礽舒鴈共行列，坎坎伐鼓鳴神絃。道德之容山澤氣，式臨其上生恭虔。回思宣教更奇偉，精爽未泯風雷懸。忠魂磅礴蔭奕葉，信史感激垂千年。士食舊德農服田，仰事宗祖期無愆。

【校記】

〔一〕明禋，經訓堂本作「明蠲」。

壽夏秀才承天表兄雲龍六十〔一〕

流光過隙同奔駒，舊游漸見霜生鬚。波斯照影古所嘆，況我萬里隨戈殳。參辰相望久離別，所喜交誼無差殊。憶昔與君共讀書，中表兼幸依葭莩。君時弱冠我總角，有若朝旭明芙蕖。小園花木秀不枯，兩株松桂森堂隅。淞南夫子稱大儒，褒衣博帶譚黄虞。惟君曁我規步趨，夜窗細雨青燈孤。論文考義分錙銖，出入亦等蛩駏驉。人生飛伏那可圖，花落裀席隨風區。君爲諸生棲衡廬，我偶通籍行亨衢。金閨待漏聽鈴索，瑣院校士研丹朱。尋從上將西南趨，直入驃國窮彭盧。斗牛南盡開壁壘，岷西越通儲胥。款段之馬下澤車，回憶故侶頻嗟吁。兵銷奏凱歸京都，陳情并得南還吴。牛眠馬鬛方勤劬，未獲一見心煩紆。聞君今年屆六十，腰脚不俟笻枝扶。老妻稚子鹽米共，幽花疎竹琴樽俱。庚桑畏壘言豈誣，羡君洵是山澤癯。惜我悤遽將首途，臨秋未遂謀蓴鱸。安得知止追迂逋，方今六月暑欲徂。相期致語依桑弧，缸面酒熟傾雲腴。叢談脞説毋揶揄，絕勝鼓瑟吹笙竽。

【校記】

〔一〕詩題，經訓堂本作『壽夏承天六十』。

葬畢卽營生壙口占

卜築瀧岡意尚賒，便封馬鬣對雲沙。終依祖父差堪慰，儉示兒孫不用奢。兩岸蒲蓮臨浦漵，幾重松竹護籬笆。宅幽勢阻人誰到，休望他時有過車。

蒲褐山房夜坐

銀河絡角不勝涼，俯仰前塵黯自傷。疏柳迴風驚宿鳥，芳叢浥露泣寒螿。梧桐頻落蕭蕭葉，荷芰猶聞冉冉香。卻計生平殊未定，與誰絮語論行藏。

泊閔行鎮

圓泖東來一道行，新涼景物倍淒清。江聲曉落春申浦，海色高懸滬瀆城。紫蟹紅鱸紛市集，青楓黃葉映柴荊。閒身欲覓漁樵侶，欸乃烟中樂此生。

上海晤陸長卿淩祖錫喬樸園鍾沂樸園留飲有作

前因昨夢不勝思，攜棹東來訪故知。池倒南宮三品石，長卿所居尚屬文裕公舊宅，池中太湖石百餘，猶故物也。架陳北郭七賢詩。謂《吳中七子詩選》。沈香院落筠廊斷，娛雅堂空蘚徑欹。猶有睢陽豪興在，感懷相勸覆深卮。

桐鄉

兩山晴翠小如螺，雞犬人家一棹過。欲訪清江居士宅，丹楓黃葉白雲多。

秋日過淨慈寺佛裔上人出恆公小影索題感贈四絕

白蘋花老水沄沄，重訪名藍憶故羣。猶是湖南清勝地[一]，數聲鐘梵出秋雲。

接蹟前賢了不疑，惠崇小筆瘦權詩。恆公句。吟牋畫卷兼瓶盋，合付西堂作總持。上人，恆公弟子。

方袍笻杖各風流，二老清宵共放舟。塔影湖光涼月底，廿年如夢話前遊。乾隆丁丑九月，余過南屏，恆公招讓山長老、杭堇浦太史茶話。至漏下二十刻，湖心月露浩然，乃呼小艇送余回寓。迄今已二十二年矣。

瘦骨條衣尚儼然，湖山笠屐是因緣。影堂月落明燈暗，祇擬長參不語禪。

【校記】

〔一〕清勝地，經訓堂本作『清絕地』。

雲棲寺宿

湖山自東來，錢江乃西繞。蒼蒼五雲山，梵刹最荒渺。大師繼棲真，濃陰愛翠篠。禪室樸不華，清規久能紹。攝此閻浮提，共率西方道。往生本多門，大愿力所造。昏黄宿空齋，菽乳快一飽。偶聞放生鹿，絡繹出林表。

題奚鐵生（岡）贈富春長卷

奚生性聱牙，刻意在不屑。窮巷背城居，衡門少車轍。青衿已久謝，翰墨肆怡悦。師法在宋元，半是大癡出。常拒兼金貽，晨炊耐冰雪。聞我來西泠，造門效磬折。摻手相眉棱，洵與塵凡別。更貺富春圖，雲山互明滅。石澗杳無人，松楓露僧刹。精舍八九椽，依稀蕙帳設。深知招隱心，感歎豈容説。塵緣尚未終，明將返京闕。移挂蒲褐齋，臥遊契寥泬。宛如見清標，且以慰仳別。

過吳門晤企晉

一年兩度過吳門，舊雨來招共酒樽。詩友久亡誰執手，適庭、斗初、崑南先後下世。詞伶相見亦銷魂。舊日周伶在坐。圖書已逐烟雲散，亭榭俱荒水竹存。木瀆遂初園亦廢。我亦風塵憔悴久，何年吟嘯樂晨昏。

晤彭進士允初

雪嶺炎洲滯極邊，重逢標格更翛然。清修將證三摩地，歷劫能超六欲天。翰墨久成居士集，香燈常禮往生編。自惟積習塵勞在，擬話抽簪未有緣。

贈陸貫夫紹曾江鱷濤聲兩布衣〔一〕

高齋紅豆久飄零，長有畸人見典型。版愛麻沙求異本，貫夫多宋刻書，鈔本亦富。草生書帶守遺經。鱷濤專守鄭學。簞瓢屢空身猶樂，翰墨長留德自馨。藝苑不憂知遇少，徵車應向里門停。

【校記】

〔一〕鱷，底本作『鯨』。江藩《國朝漢學師承記》卷二『江艮庭先生』記云：『先生諱聲，本字鱷濤，後改叔澐。』

江藩曾師事江聲，此說當可信。下同。

顧觀察晴沙光旭及同年周抑亭際清楊上舍永叔搢和叔掄遊惠山入聽松庵觀王孟端畫卷小飲寄暢園時晴沙將製竹爐相贈〔一〕

曲徑迴廊樹影重，坐看嵐翠隱諸峯。羣攜玉乳來煎茗，正值金飆好聽松。畫卷宛親前哲在，酒杯幸有故人供。竹爐佳品憑君贈，須趁吳船寄五茸。

【校記】

〔一〕抑亭，底本空二字，據周際清之號補。

北固山舟次與子才話別〔一〕

樽酒前宵接後塵，前夜在蘭陵，蔣蓉龕侍御諸君會飲。〔二〕征途重喜並征輪。江聲山色清秋裏，如此真堪著兩人。

往歲曾聞得衮師，海中仙果果生遲。芭蕉牋與辛夷筆，不覺青燈照鬢絲。

少時詞賦動金鑾，湖海才華老未刊。洵是名山千古事，莫教留與等閒看〔三〕。時示《小倉山房集》〔四〕。

桂枝風調冠南吳，一縷清歌一串珠。并作老夫情緒惡，江雲黯淡雨模餬。時子才、小史、桂郎隔船度曲。

瑯琊臨汝舊知名，一別秦淮白髮生。可惜江山如夢裏，孤舟翦燭話離情。

【校記】

〔一〕詩題，經訓堂本無『山』字，『子才』上有『袁』字。

〔二〕此小注，經訓堂本無。

〔三〕留與，經訓堂本作『傳與』。

〔四〕此小注，經訓堂本作：『時以《小倉山房集》見示。』

戲贈袁子才

少小聲華遍浙西，石城端合鳳鸞棲。窺窗曼倩工調笑，鬬酒淳于善滑稽。花月隨時誇寫韻，湖山到處愛留題。後堂絲竹誰人共，羨煞門生玉筍齊。

題藥根上人钀山松隱圖

徂徠之柏新甫松，史克所咏材質工，未免斧斤加磨礲。何如此松钀山側，孤標未受秦人職，至今鐵幹森千尺。君攜童子來遨遊，椶鞵箬笠癯而修，不藉笻杖登林丘。愛松之姿得松性，飛騰腰脚能乘輿，至今六十神猶勝。惜君雙耳已稍聾，不如貞白聽松風，第視翠色撐鴻濛。卷中諸老多已矣，祝君長與松相似，歲歲來看落松子。

張布衣玉川洽畫子穎詩意冊索題〔一〕

萬山青到馬蹄前，此景分明似劍川。可惜不曾摹雪嶺，層層玉筍接雲天。

危崖一逕飛泉挂，絶磴千盤古戍低。似我昔年經過處，數椽荒驛亂雲西。

鎗聲如雨礮如雷，曾共沙場督戰回。今日竹西風雨夕，不堪讀畫更銜杯。

飛鳥與人爭道路，啼猿知我助悲涼。子穎句，爲時所傳。何當畫盡驚人句，始信書生眼界長。

【校記】

〔一〕詩題，經訓堂本作『張玉川畫朱子穎太守詩意冊索題』。

汪明經容夫中同諸子平山堂餞飲

平山闌檻又登臨，北府軍廚酒共斟。已有紛綸經義富，莫愁荏苒歲華侵。《周官》注在推同志，汶長文淳見苦心。寶應劉孝廉端臨台拱通《周禮》，高郵家懷祖念孫通《説文》、《廣雅》，皆容夫同學相與劘切者也。更喜雲梯先得路，竹西亭外報泥金。時江秋史鄉試中式，報捷適至。

黃石公廟

英雄來去無端倪，變化輒與仙靈期。穀城已傳黃石塚，圯上千古留荒祠。老翁鬚髯儼道氣，年少傍侍餘容姿。行人香火設杯珓，巫史報賽陳牲犧。當時相韓已七世，大讐未報來東陲。見倉海君得力士，博浪夜擊千鈞椎。副車後乘卽誤中，異事已使羣驚眙。天造草昧本不測，祖龍就死傳危辭。白蛇當道帝子斷，嫠婦已泣聲嘎咿。篝火鳴狐夜不息，此椎一出風雷隨。十日大索更不獲，安男子應神魂離。沙丘歸路鮑魚亂，軹道果見降王馳。乃知肇謀有深意，陰符早已通先機。自後儲位漸鼿軏，首招四皓來娛嬉。商於笠澤倏來往，用里綺季誰能知。陽施陰設大事定，《素書》兵法生恢奇。後來供奉亦倜儻，深歎智勇留雄詞。授書納履遺蹟渺，惟有蝃蝀橫河麋。裴裒日暮扉欲闔，怒飆恍惚迴靈旗。

渡河

通會旋流合，長淮水勢齊。黃河同入海，浩蕩下雲梯。沙積常沈鐵，工虛久廢堤。尾閭憂不細，昏墊廑羣黎。

儀封時決口未塞

城郭餘三版，村墟失萬家。魚龍排逆浪，鴻鴈聚平沙。秸稈重山積，鍬鋤永夜譁。廿年遺誤處，當事有誰嗟。

過延津

延廩西來又一程，清流如簟細紋深。秋霜未下寒風定，恰稱三篙一棹行。白雲遙望路逶迤，紫翠盤空見具茨。自是仙靈來往地，青楓紅葉遠參差。

汲縣

月霽烟霏斂，名山見太行。嵩恆分兩界，趙魏劃中央。巒嶂爭層疊，村墟望渺茫。微聞沁水漲，秋稼已全荒。

涿州旅舍

小雪初寒十月中，敝裘零落怯西風。半瓶濁酒何能解，差喜泥爐榾柮紅。

短牆日影已無餘，拂拭塵沙滿褐裾。多少故人相問訊，呼童爇燭讀來書。

題陸同年莆塘惇宗水邊林下圖三十六韻〔一〕

秋林晚橚槮，秋水遠浩淼。紛紛雪葦飄，漠漠溪雲繞。此中信幽寒，未許纖塵擾。彷彿細林山，其下瞰三泖。天迥客帆稀，湖深漁菼少。清蒼祗一氣，取勢極微杪。君家本清門，名德昔所紹〔二〕。書畫聯弟兄，詞章泝祖考〔三〕。人皆推國琛，文悉擬鴻寶。君更少而才，落筆散華藻。一朝綰銅符，崎嶇涉閩表〔四〕。耆老頌鳴琴，兒童競驂篠。雖知惠政成，尚厭俗事嬲。投劾忽歸來，循陔拾蘭草。不嫌致身遲，正喜抽身早。花藥驗春秋，畊漁雜昏曉。圖史堪自娛，饘粥差足飽。心同顏子齋，頭學巢父掉。偶爾坐雲根，翛然望縹緲。風神整以暇，眉目清且瞭。呼童移石鼎，啜茗伴幽討。吁嗟九峯間，名賢昔常造。竹樹遠蒙茸，樓臺深窈窱。陳仲醇諸乾一相間出，世譽等商皓。迄今盡荒蕪，往蹟付鴻爪。豈意百年餘，復見佼人僚。我嘗過高齋，村墟互迴抱。柔波綠有痕，疊嶂青未了。風景似斯圖〔五〕，徜徉儘怡老。塵緣媿我在，再走長安道。天民感皇遽，釋氏嘆熱惱。官衙展橫幅，詎異望瓊島。生平同年友，雅契等管鮑。何因從君游，飛空躡雲蹻。題詩路三千，聊用寄悽悄。擬向長卷中，倩此隨陽鳥。圖中飛鴈最多，故云。

【校記】

〔一〕詩題，經訓堂本作『題陸莆塘明府水邊林下圖三十六韻』。

〔二〕昔所紹，經訓堂本作『冠江表』。

〔三〕泝祖考，經訓堂本作『自祖考』。

〔四〕閩表，經訓堂本作『閩嶠』。

〔五〕斯圖，經訓堂本作『此圖』。

題查梅壑士標畫冊十絕

茅屋三間迴絕塵，隔橋樊圃翠筠新。高人時與雲山伴，不許扁舟更問津。

地僻稀人到，緣溪選石便。雲山無盡藏，獨坐儘流連。

淼淼潮生浦，迢迢月照船。依稀三四客，相約訪名禪。

巒翠層層望不分，松梢一半掩斜曛。華陽會散瑤壇靜，隱約鐘樓住白雲。

雲聚南橋路，空江水接天。坐看楊柳外，撑出采蓮船。

畫到無痕處，遙山約略齊。空亭人不到，一半與雲棲。

秋山蒼翠亂雲連，筆力分明是石田。桐帽棕鞵知訪道，緣何不畫屋三椽。

扁舟邀客趁初暄，兩岸緗桃映水繁。應訪藍橋仙子宅，休教認作武陵源。

曲磴横橋對碧岑，何人攜杖趁遊尋。三層樓閣松風裏，望岫應知已息心。

稍遠南宗派，猶留北苑風。舊題詩十絕，筆法亦思翁。

題惲南田山水小幀

丁年遘滄桑，託業寓遊藝。共推渲染工，豈識雲山意。此圖信手成，殘臘寒方厲。呵凍寫烟巒，村墟遠迤邐。山僧少經行，山家門亦閉。蕭條松檜中，深得清幽味。自題仿一峯，實亦擬清閟。應知翰墨超，總屬風標異。名高六逸詩，學兼三絕詣。讀畫有微言，悠然發遐契。後有書《論畫》一則。

題元劉貫道畫蘭亭圖

生綃六尺麤而堅，粉墨稍脱精神全。此事閱時世五十，此圖五百有餘年。蘭亭修禊本盛事，右軍妙蹟尤通玄。采蘭贈芍自周鄭，士女遊賞相喧闐。山陰況是絕勝地，正當風日暄和天。崇山峻嶺合蒼翠，茂林脩竹皆娟娟。一朝名士盡簪盍，清流曲曲迴觥船。或於溪滸玩芳草，或望樹杪懸飛泉。或倚高柯愛蒙密，或喜濯足浮清漣。或行或止意境別，一一蕭散人中仙。一人胡牀獨踞坐，掉頭跂脚接羅偏。鼠鬚繭紙信落墨，忘言忘象揮雲烟。我思嘉會豈易得，觴詠良足超管絃。何爲生死乃悲悼，當日三嘆情悁悁。是因典午方南遷，逆臣相繼纏戈鋋。綢繆陰雨恐不及，深源乃欲移戎旃。慕容符氏況强甚，睥睨天塹謀投鞭。爾時單師若北伐，何異鼠雀逢鷹鸇。危辭苦語終未省，國勢阢隉臨冰淵。佳時聊復作此會，溺人必笑姑流連。此文既工書獨絕，辨才珍祕藏梁間。文皇購得逾球玉，歐褚摹寫紛雕鐫。後來畫工亦渲染，藝林評泊爭丹鉛。是圖布置更變化，中山筆意超蹄筌。四十二人森欲動，意匠伯駒追龍眠。摩挲三復念時事，始識寓意深憂煎。當年脱簪已歸隱，方擬江海資洄沿。情殷國是乃如此，尚論誰得推幾先。乃知士人風義重憂國，不爾此卷曷以千秋傳。

春融堂集卷十七　杏花春雨書齋集三　庚子

元日朝賀侍班

宮燭輝煌下九霄，侍臣先奉紫宸朝。內閣大學士、都御史及翰林講官在殿上侍班，故先在中和殿行禮。六花瑞雪明鼇禁，五夜春風協鳳韶。玉陛平看仙仗肅，凡儀仗班行不整者，御史舉劾。金爐近接御香飄。緣知喜氣先吳會，已見蒼龍映斗杓。即日南巡。

初四日同鄉小集

新蟾已過月初三，把酒高齋秉燭談。雪霽春廚聞剪韭，香生客坐笑傳柑。俶裝更慰鄉心切，時太夫人尚在家。簪筆先書聖澤覃。料得諸君皆羨我，淮南行盡又淞南。時將隨蹕。

祈穀齋宿都察院

洪鈞轉嚴凝，元化孕亭毒。風和暖律回，雪霽春膏足。祈年重天宗，告備春卿肅。皇心廑屢豐，祗敬情彌篤。九重宣室居，百爾官廬宿。敬答蒼帝恩，用啓芸生福。蘭臺本森嚴，致齋愈清穆。烟開月似弦，雲靜天如沐。迢遞聆禁鐘，輝煌伴椽燭。行將履青壇，儼立侍黄幄。整衣命僕夫，殷勤候紅旭。

祭前一日，上詣天壇，百官在門外排班侍立。

扈蹕南巡起行作

最幸東南澤國民，敬承四次奉時巡。朝來又見鑾輿駕，路上人看鳳詔新。

獻賦蒙恩廿載餘，淩雲當日擬相如。誰知絕徼歸來後，仍命簪毫扈屬車。

九九消寒一半過，郵程從此曉風和。玉河橋下冰先泮，總爲天家雨露多。

六街簫鼓鬧新年，市上唐花取次妍。共喜香風來遠近，沈檀添炷萬家烟。

趙北口行宮命諸臣觀燈火入宴聯句恭紀三十四韻

望幸江南切，鳴鑾趙北行。紀年方值子，問俗共由庚。淑氣隨琱輦，條風颺繡旌。黃圖春早到，去臘二十九日立春。紫陌雪初晴。紅杏苞猶細，青楊縷漸生。幔城臨水建，帳殿傍雲平。劍佩貔貅衛，冠簪鵷鷺盈。上元遵舊典，後樂合編氓。黼扆從中設，珠鐙次第呈。芳筵登折俎，雋味發和羹。燔炙廚人進，馨香膳宰烹。潼漿攜碧椀，醽醁泛瑤觥。樺燭千條燦，蠙珠百顆瑩。玉壺宵並朗，水鑑夜尤清。竹馬兒童戲，神鼇父老擎。銀花飄婀娜，爆竹遞鏗鍧。粉堞烟中列，朱旗燄裏明。枝還開玉蕊，果忽現紅櫻。老鶴梳翎展，神龍掉尾橫。光芒幾欲眩，幻巧詎能名。巨礮連環應，奔雷遠近驚。偃師施妙伎，麴部競新聲。裂石仙宮笛，停雲佚女箏。十番音攙雜，六樂響噌吰。酒已終三爵，詩還命九卿。劈箋聯寫句，選韻賜同賡。自幸叨榮遇，何由竭鄙誠。宸章垂北斗，奎藻陋西京。鐘鼓宣金奏，璿璣轉玉衡。隆儀傳海岱，佳話溢滄瀛。示惠方成禮，修和待省耕。需雲孚叶吉，湛露潤同傾。壽愷衢樽慶，謳歌蔀屋情。仰瞻《時邁》什，千載協韶韺。

恭和御製賜隨營眾臣及山東大小吏食得句元韻

湛露恩叨此又逢，清泉百道樹千重。良宵已預觀燈盛，禁地真慚載筆從。勝境久推山左最，芳筵幸飫尚方供。仙蓂明日添韶麗，桃柳芳妍映六龍。時正月晦日。

恭和御製賜隨營衆臣及江南大小吏食得句示志元韻

雨過芳田又報晴，帷宫曲宴傍鸞旌。深叨恩遇笙簧樂，愈仰咨諏稼穡情。麥映春蕪青㓨㓨，波平河渚緑盈盈。溫綸屬賞連朝降，已喜陽和協大生。

恭和御製渡黄卽事元韻

虔禱駐鸞旌，凝香對綵棚。波平桃後汛，雨愛午時晴。雁户欣常集，龍宫静不驚。今看嘉績奏，往廑聖心怦。豫奠連淮泗，黄安逮運清。封章看送喜，作乂仰精誠。

至淮安奉命祭先賢祠

宋政久不綱，中原傷板蕩。選懦遘孱王，讙呶疲姦相。留守請還京，陳辭最憤壯。辛勤收餘黎，感慨勖諸將。苦憶杜陵詩，清淚灑甲仗。連呼渡河三，終焉痛淪喪。迄今事已杳，讀史輒悲愴。褒忠逢聖明，覽古卹貞亮。尊罍耀崇筵，牢醴列黼帳。登堂宣綸音，拜手獲瞻仰。畫圖棟梁懸，殊見憂勞狀。

禮成出廟門，江濤正鼓盪。宗忠簡公澤。

皇威暢埽除，國典重風烈。煌煌忠正公，受任遘杌隉。滄桑已變遷，烽火正纏結。一軍劇危疑，四鎮互攻訐。惟茲憂國心，銜命仗節鉞。似續計已捐，寢饋身無節。守牧淚滂沱，偏裨氣嗚咽。風雷來北方，陪京就傾滅。未歸先軫元，誰見萇弘血。偉矣衣冠藏，依然松栢列。易名綸綍崇，賜祭牲牷潔。笙簫廊下陳，玉帛堂中設。身騎箕尾來，雲旗欻超忽。史忠正公可法。

江山連吳楚，碧海環其垠。扶輿蘊靈異，草昧生名臣。偉哉文貞公，蔚起矢精純。從容玉堂步，密勿講幄勤。扈蹕徽猷播，從征祕畫陳。祥刑審古律，議禮刈繁文。一德資啓沃，三台秉衡鈞。聖心屢往哲，遺祭傳恩綸。香升几筵肅，日麗榱桷新。仍孫見濟濟，俊士來侁侁。庶幾綿世澤，還以程先民。張文貞公玉書。

至蘇州復奉命祭先賢祠

至德寧終晦，高名自古傳。荊吳開陋俗，文學啓羣賢。祼獻循前典，牲牢告吉蠲。猶將三讓意，垂教託神弦。泰伯廟。

碩德齊忠憲，清風頌伯夷。公所書此頌，屢荷賜題。危言邪黨懾，偉略敵人疑。名豈三吳重，人將百世師。薦馨還肅擇，憂樂仰無私。范文正公仲淹。

舊俗疲庸相，新猷煥鉅儒。農桑循樸儉，禮義砭頑愚。道直危疑定，見《堯峯文鈔》。名高禮數殊。雍正初年賜謚文正，入祀賢良祠。即今蒙特祭，霑灑萬人趨。湯文正公斌。

南楚聲華早，東吳政績長。何爲逢虺蜴，竟欲寘桁楊。日近絲綸轉，風清俎豆香。況聞垂祀典，久已重賢良。陳文勤公鵬年。公久入京師賢良祠。

貞玉磨難磷，寒松久愈堅。兩端姦黨計，三宥聖恩全。按吏除貪墨，興甿造俊賢。至今瞻廟貌，祝贊倍加虔。張清恪公伯行。

硯山丙舍卽事

茅茨小築硯山邊，暖翠柔藍各自然。想見當時營構意，幾番相度得牛眠。
桃杏爭春次第開，數行松檜映重臺。莫嫌村路多幽寂，上塚燒香共往來。
敢將先澤比瀧岡，淚染松楸墓道荒。説與山農勤灑掃，不知何日再焚黄。

蓬萊道院故址在木瀆

南岳曾聞禮玉真，香龕猶對牡丹春。已收羅郁爲高弟，更與方平作主人。風飈旌幢來鶴羽，雲歸巖麓隱龍鱗。左神指點吳山近，閬苑何須問海濱。

至杭州復奉命祭先賢祠

唐室方淩替，乘輿屢播遷。中原誰戡亂，内相賴持權。河北軍烽起，山東殺氣纏。心紓宗祏計，人感詔書宣。處處頑兇動，人人涕泗漣。彊藩謀未息，讒口謗爭先。激發爭臣論，分明實錄編。姦邪雖易滅，瘴癘有誰憐。避禍難窺面，憂時肯息肩。懷賢思再召，遘疾竟難痊。正直神明在，焄蒿祀典延。千秋餘奏議，仰見日星懸。陸宣公贄。

五季方雲擾，三吳獨晏然。惟因通玉帛，遂得免戈鋋。歌舞安恬久，桑麻樂利便。地形江海滙，星象斗牛躔。富庶傳來禩，綏和憶往年。已看王業肇，豈有霸圖偏。鐵券詞堪讀，靈衣彩尚鮮。難扶唐社稷，終納宋山川。耕鑿羣生樂，衣冠後代賢。馨香開廟貌，功德奏神絃。清獻封章備，文忠翰墨緣。摩挲還眺望，花柳映湖船。錢武肅王鏐。

北狩皇輿蹙，南遷國勢摧。中興資間氣，上將出奇才。痛飲言將驗，長驅志肯灰。兩河還社稷，九廟埽烟埃。別路横戈待，遺民送款來。功將成百戰，詔已出三台。弱息投眢井，親軍泣背嵬。青城終忍辱，碧血最堪哀。鐵券功勳著，金陀記載該。神靈長震蕩，祀典憶昭回。香火承朱幄，春醪滴翠苔。靈旗覘太乙，來往共風雷。岳忠武王飛。

國難倉皇日，人心震盪時。苟非抒幹略，何以藉維持。憶昔明中葉，當年柄下移。貂璫權獨擅，彊圉事誰支。敗績三邊震，蒙塵萬乘危。賴公司武部，獨力任軍麾。智勇從容見，營屯布置宜。摧鋒兵勢壯，乞款敵情疑。黄幄應徐返，青衣免共嗤。氣剛宵小嫉，功大禍機隨。忠憤千秋激，馨香奕代思。試看金齒戍，曹石並誅夷。于忠肅公謙。

恭和御製賜扈蹕諸臣及浙省大小吏食元韻

本重朝宗念，時上閲海塘。還因補助臨。陽和真有腳，元化喜同斟。麥秀春分節，雷催夜半霖。芳筵歌燕衎，冠蓋滿華林。

恭和御製瑪瑙寺元韻

寶地從新闢，嘉名溯昔云。詎同三竺秀，亦荷六飛勤。寺徙烟嵐在，春深草木欣。知仁山水樂，清淨謝繁紛。

恭和御製葛嶺元韻

琳宫紺碧更新之，指點仙家示有爲。初日高臺開畫嶂，清泉春漲響金絲。壽星福地前賢蹟，玉簡香燈奕代祠。豈復崆峒煩訪道，省方羣頌萬年斯。

散直後同梁溪相國劉少宰石菴彭少司空雲楣元瑞吴太常廷韓放舟至三潭印月

春深晷更長，時康事益省。午漏聞丁丁，隔牆轉槐影。退食已蕭閒，相邀就湖艇。翛翛沙鷺飛，策策遊翛靜。稍近湖心亭，垂楊掃烟町。取飲命提壺，芳肴更修整。清言簡而文，微風送欬謦。少選斜陽西，弦月上東嶺。沿洄過三潭，天水望瀰永。依稀僧鐘遥，杳靄魚火耿。湛露散遥空，如珠濕萍荇。身疑姑射仙，地似蓬萊境。一笑山澤癯，何繇慕箕潁。

同諸公遊白沙泉

倚棹信所如，瀰眷烟波渺。漸看梅檀林，遠出青松杪。精舍本莊嚴，修廊互窅窱。老僧進茗飲，色味勝良醥。云此是法乳，論品諸山少。純粹謝凜冽，甘和洗煩惱。涓流不在多，一縷貫昏曉。持此供法筵，頗作香廚保。今逢翠華來，林泉豈愛寶。玉芽雨水前，先苗藉幽討。上方進御珍，不作龍團造。其妙逾幽蕓，其芬冠香草。活火走車聲，洵足稱爾好。聞言腋生風，心神洞八表。自愧本老饕，從兹豁醉飽。

行至嘉興奉命讞事青州

按事朝聞使節頒，回程已别浙中山。青簾白舫催征棹，紫繖黄旗憶侍班。驛路春深花漠漠，江村雨漲水潺潺。此行何計紓民隱，須與秋卿共詰姦。

去秋偕子才明府泊舟北固山下令小史桂郎度曲因作五絕比入都羅布衣兩峯聘余秀才少雲鵬翀繪圖記之長安傳爲佳話今次京口澹雲微雨風景略似去年獨與漢宣青燈危坐回憶子才在白下桂郎在金閶而予先奉命將由山左按察江西曩時雅興了不可得復作五絕索漢宣屬和兼寄子才不勝今昔之感云〔一〕

多景樓前畫舫停，空江微雨夜冥冥。坐中祇少中郎並，唤取歌珠剪燭聽。

征篷苦憶去年秋，楓葉蘆花共晚愁。可惜流光一彈指，又看新緑滿芳洲。

蒲帆擬汎九江船，還指齊州九點烟。燕樹吴雲如夢裏〔二〕，空煩雙鯉寄吟牋。

雪泥鴻爪了無痕，消受爐香入夜温。烟月揚州誰解得，憑君款語共清尊。

澹靄殘霞望不分〔三〕，楝花風定水沄沄。也應寫入鵝溪絹，留與他年作舊聞。

【校記】

〔一〕詩題，經訓堂本作『己亥仲秋偕子才泊舟北固山下令其小史桂郎度曲因作絶句五首比入都羅兩峯余少雲各繪圖記之長安傳爲佳話今次京口澹雲微雨風景略似去年顧獨與鄂樓青燈危坐回憶子才在白下桂郎在金昌而余將從山左有江右之行曩時雅興了不可得復作五絶索鄂樓屬和兼寄子才蓋不勝今昔之感云時庚子三月。』

〔二〕燕樹吳雲，經訓堂本作『燕市吳閶』。

〔三〕望，經訓堂本作『遠』。

三汊河

芳草連漁步，輕帆漾客艖。斷橋新漲水，微雨白蓮花。野鳥飛還浴，鳴蟬靜又譁。茆茨瓜架外，幽絶兩三家。

盂城道中

日暮盂湖道，迢迢翠竹深。潮通三汊水，雲作半溪陰。呵殿驚山犬，鳴笳起渚禽。前邨風又緊，雨氣滿烟林。

寶應道中

鵁鶄聲聲急，蒹葭處處連。一燈郵店市，雙槳夜漁船。雷殷疑催雨，雲深欲合烟。清淮徐放溜，憑眺最翛然。

界首

珠湖三十六，處處罨層雲。艕艓緣沙泊，琵琶隔屋聞。鼉頭青嶂遠，燕尾碧流分。燭下盈樽酒，飄零憶鷺羣。

清口驛

鐃吹前舟泊，郵亭候吏喧。風沙開驛路，燈火亂津門。跋馬河流漲，啼鴉暝色昏。明晨辭水宿，又欲上征轅。

桃源書所見

如砥長堤是客程，清和景物劇關情。土牛稠疊防秋汛〔一〕，檐燕參差報午晴。風外楊花閒自舞，雨餘麥穗暖將成。儀封已塞雲梯順〔二〕，祇聽居人說太平。

【校記】

〔一〕防秋汛，經訓堂本作『供春汛』。

〔二〕經訓堂本此處有注：『時河南儀封決口，以二月十三日堵合，又慮海口淤澱，命大學士阿公同總督薩公往勘，河員測量雲梯關上下水深二丈數尺，尾閭可無患也。』

宿遷關雨泊

分明飄泊似楊花，飛遍山崖又水涯。卻聽漁歌聲漸遠，酒樓燈火奏琵琶。

風吹篷背雨瀟瀟，人靜關門夜寂寥。炙冷燈殘渾不寐，舵牙微響上春潮。

峒峿道中遇雨

忽送滂沱雨，雷聲碾碧空。籃輿行不得，候館與誰同。蘭葉修修綠，榴花故故紅〔一〕。偶攜新雀舌，小啜更情融。

【校記】

〔一〕　榴花，經訓堂本作「桃花」。

李家莊早發

日出翠崚嶒，遥峯指馬陵。緑陰春雨潤，紺墖野雲凝。地勢通齊魯，山形接費滕。隔溪聞布穀，二麥已將登。

次沂水

沂水沿緣處，蘇亭入望長。山岡分古道，風色接殘陽。略彴明流外，邨烟緑樹旁。壽春清德在，尸祝定難忘。

山雨曉淒淒，垂楊夾路齊。未愁泥滑㶁，最愛草萋迷。柳渚鳧翁浴，茅簷燕子栖。沿洄良可樂，古義取昌黎。昌黎《論語説》「浴乎沂」作「沿乎沂」。

過穆陵關

山迴大峴亘高原，齊楚分疆跡尚存。今日關墟官舍塌，夜來擊柝與誰論。

喜阿侍郎揚阿至青州時同讞事

宿雨初收接晝輪，東華舊侶更相親。心旌懸處辭難定，石闕銜來意未伸。慈惠何當酬巽命，誅求豈合累疲民。欲知時勢多盤牙，再與羣賢促膝論。刑部郎中覺羅君長林、郎君若伊隨至。

青州懷古

指點營丘在馬前，楝花風起授吟鞭。雖無季蒯留遺址，猶有蒲姑見往編。地比關中分十二，人同稷下聚三千。昇平富庶今猶昔，轂擊肩摩遍市廛。

雉堞崔嵬對岱東，當年賜履獨稱雄。一匡玉帛諸侯長，四塞河山大國風。底事雕龍矜博辨，好從乘馬紀前功。經師最數青齊甚，高密淵源萬古同。

八仙臺名九扈山名氣崢嶸，定霸餘威協大横。地合營平開遠略，勢同晉楚擅强兵。歸墟溟渤魚鹽富，分野虚危象緯明。河嶽鍾靈應似舊，誰如管晏繼功名。

日主成山萬象開，瑯琊石刻紀秦臺。卻憐徐市無仙骨，更嘆田橫失霸才。形勝自來稱北海，幅員曾記合東萊。卽今市獄猶堪念，黄老遺言未可裁。

至壽光宿同年李子授封宅書以寄之時子授方爲河庫道

燒尾同登宴，同官十二年。別來經一紀，到此倍淒然。池淺新荷小，牆傾濕菌圓。風塵俱老大，何日是歸田。

過新城訪王文簡公別墅感而有作

城西池北盡荒蕪，使節經過一嘆吁。光焰豈真同李杜，風標端合繼歐蘇。漁洋《蠶尾》風騷亞，蜀棧秦關格調殊。想見騎鯨遊汗漫，何人酹酒問靈巫。

濟南喜晤王進士元啓兼示盛孝廉秦川

廿載思前哲，甲戌余在濟南，時值沈光祿子大爲濼源書院院長，今君繼之。何由得替人。衣冠仍肅穆，經義又紛綸。論學聲華並，秦川亦主蒿城書院。同鄉氣味親。無因長接席，客路媿風塵。

自博平復命南行

已復齊東命，還承江右行。屬車塵漸遠，戀闕意常明。未覺勞薪苦，將紓陟屺情。南陔從此去，藼草正敷榮。

韓莊

水陸盡三春，鞍馬困馳騁。茲來旬日間，征途頗幽靚。夏初峭寒除，雨過塵壒屏。柳陰遍沙溪，麥浪覆村町。農事待將興，堤工尚未省。肩輿雖登頓，身動心還靜。谷神本無營，悠然睡復醒。公牘絕往還，長官稀造請。前涂候吏迎，云近淮南境。笑指雲龍山，雲開微見頂。明發謝驂䌹，沿流上吴艇。試聽鼓迴颿，烟波快遙領。

過昭陽湖三絶

長堤老柳作花飛，人在湖船試袷衣。夜雨平添三尺水，釣師正喜鱖魚肥。

湖山重疊淡於烟，斜掩篷窗自在眠。風外誰驚清夢斷，數聲漁唱夕陽天。
蕢絲蘆葉緑茸茸，蟹籪鵝闌幾曲通。未到故鄉先一笑，分明清景似吳淞。

召伯曉泊口號

舶趠風高解纜時，村農相識又相疑。一春三度湖中泊，不是官人是釣師。用漁洋句。
趙北燕南至澗西，又持使節赴青齊。而今更欲經吳越，再向鄱陽泝貴溪。
經時愁水復愁風，換盡舟車路未窮。猶喜深恩重乞假，更應上塚學龐公。

過揚州風利不及泊寄汪韡懷諸君

擬過邗江廿四橋，歌場詩社待招邀。柔波如靛東風緊，要挂輕帆趁暮潮。
平山西望渺愁予，草草斜行寄短書。料得故人同一笑，廿年塵俗未全除。

京口二絶

月落村雞鳴，風急沙鷗起。偶聞粥鼓聲，時出江雲裏。

竹林初日起，甘露曉雲銷。舟子催開纜，西津正上潮。

蘭陵書寄雲松諸友

遥望蘭陵驛，斜通孟瀆湖。村墟連斷岸，雲樹隱浮圖。短箔蠶登繭，新巢燕引雛。可堪櫻笋節，無路共招呼。

舟過梁溪顧晴沙製竹爐相贈賦謝并示茘裳

扁舟下梁溪，延訪同心友。分襟已經年，感嘆互執手。憶昔龍山遊，名園共樽酒。酒酣到聽松，修篁蔭陵阜。名僧及高人，兩美俱不朽。更開竹爐卷，珍重踰瓊玖。墨香入夢寐，往往在心口。今我適豫章，溪山信清瀏。官齋聽事餘，琴鶴亦何有。賴君貺茲器，清風起座右。黄篾外斜穿，烏薪内虚受。可試谷口泉，豈惟煮陳醴。不教爨婦攜，常使鬅童守。覽物卽懷人，蓉湖更迴首。

過桐溪橋有懷疎雨樓及蘋花水閣并懷企晉秦中

一家羣從並能文，鬬酒談詩徹夜分。池館已聞頻易主，琴樽誰得更如君。夕陽空映烏衣巷，宿草難尋馬鬣墳。回憶青瑤並蕪沒，只應灑涕望秦雲。

自家起程途中所見偶成四絶

東風吹暖熟梅天，攜得全家上畫船。惆悵四峯青不了，殷勤送我過湖田。

纔過楓涇又練塘，蘋花鋪水柳成行。篙師更説西江好，雲白山青似故鄉。

西來鶩脰水如羅，葉葉輕帆向晚過。茅屋蘆灣圖畫裏，秧歌聽罷又漁歌。

桑柘陰陰夕照來，殘雲角雨殷輕雷。眠鷗忽起歸鴉落，賺得慈顔一笑開。

南湖

百里平江路，鴛湖日影遲。櫂分青箬葉，帆罥緑楊絲。芳草眠鷗渚，叢蘆放鶴陂。何人懷小隱，高咏似天隨。

勝景千秋在，扁舟又暫停。梵鐘傳古寺，漁唱出前汀。烟雨三重閣，雲霞六曲屏。錢尚書香樹書御製詩於烟雨樓屏上。憑闌猶未已，風順報揚舲。

自桐鄉至石門

征輪越石門，晚景澹澄霽。殘霞隱東陲，圓月出西澨。麥秋雖餘寒，篷窗未忍閉。戍鼓靜頻聞，漁燈懸猶細。臘醅瀉微馨，春茗潑新味。雲露漸浩然，遑惜灑襟袂。遐思梧桐鄉，近挹臙脂滙。風景入平遠，烟波益清麗。官程詎可淹，勝踐奚由遂。點燭還解衣，良遊付寤寐。

過閘口換舟至富陽

三板江船繫柳梢，溪山如畫望迢迢。一肩行李輕於葉，好趁東風上暮潮。

赤亭綠嶂露彎環，謝監詩章見一斑。豈料晚來雲似墨，模餬多作米家山。

桐江水漲碧如油，長夏微涼似近秋。野老錯疑漁釣客，青蓑綠箬滿船頭。

乍雨還晴鼓櫂遲，輕衫側帽愛微颸。閒中一覺華胥夢，臥聽前山響畫眉。

桐廬道中口號

溪迴山折響淙淙，短棹長篙鬬急瀧。誰識雲山《韶濩》曲，灘聲永夜入篷窗。

鵓鴣叫罷雨如麻，已少鶯啼燕語譁。不奈秭歸聲斷後，一灣芳草亂鳴蛙。

已無春網薦琴高，石首江鰣亦足豪。誰下西泠香雪酒，枇杷盧橘共櫻桃。

劚笋烘茶割蠟忙，春蠶收繭麥登場。田家樂事多幽絕，更愛山礬十里香。

大雨過七里瀧

久雨夜溟溟，何由見客星。風雷灘勢壯，松竹廟門扃。漁釣傳嚴瀨，羊裘重漢廷。桐君相望處，何自薦芳馨。

更有西臺客，滄桑感逝波。采薇義士怨，晞髮碩人薖。朱鳥悲歌在，紅羊浩劫過。惟聞嗚咽水，風雨激盤渦。

嚴州

兩浙富溪山，浙東更秀削。我昔攬圖經，夢遊悉其略。兹從西泠來，頗欲試腰腳。豈期雨一旬，千山送奔瀑。逆流畏張帆，入漳藉挽索。推篷尚未能，何緣躡芒屩。今晨近蘭溪，蕭騷勢尤惡。時於浪紋中，往往捲宋桷。始知百里外，飢蛟中夜作。雷雹走村墟，風濤汕城郭。兩旁萬仞山，紛流滙巨壑。官行應稍休，庶可免驚愕。此時雲氣平，峯嵐露岝崿。詰朝定放晴，衝波當漸弱。聞言呼長年，前灘始停泊。

自玉山至進賢道中雜詩

懷玉山間路，征輿午暫停。蘭池三畝綠，竹屋數椽青。

節候南來早，生衣愛晚涼。盈盈楊柳岸，已覺稻花香。

我望鵝湖山，不見鵝湖水。何由逢故人，蔣心餘，鉛山人。昕夕談名理。

如玦復如環，清江可釣弋。村店晚烟開，人家在寒碧。

風月清游處，長懷玉局翁。石鐘不可聽，空憶兩芙蓉。

雲淡山如黛，風迴浪作花。扁舟疎柳下，且喫紫團茶。

洵是神仙宅，時看雲霧通。更憐藐姑射，常近上清宫。

彭蠡山無地，鄱陽水接天。輿人貪厲揭，不用木蘭船。

日暮長烟霏，孤城聽笳鼓。欲訪麻姑山，仙壇在何所。

提餢青裙女，攜鋤白足郎。總輸雨後犢，閒臥綠陰旁。

貴溪

杳杳城河漲，南風苦石尤。更移黄篋舫，小住白蘋洲。新月弦初上，殘雷碾未休。時聞林外鳥，投宿語鈎輈。

百花洲

宛轉花洲路，依然虎阜同。酒樓青嶂外，香市緑陰中。書畫多爲貴，笙簫聽不窮。何當遊賞地，稍紀昔賢風。謂宋牧仲先生。

滕王閣

千秋高閣尚崔巍，岸幘登臨四望開。風月清談宜上客，江湖重鎮藉長才。西山巒嶂當窗湧，南浦帆檣傍檻迴。更仰昌黎文雅健，三王詞賦共昭回。

署中即事

蛛網蝸涎印碧苔，百年老屋漸傾頹。東榮賸有梅花在，不及寒香冒雪開。
池水彎環二畝餘，迴廊曲檻儘觀魚。春來葭菼緣坡上，不見田田長綠蕖。
珠蘭茉莉賤如蓬，小閣香生午夜濃。禪榻茶烟今已慣，夢回誰覺鬢雲鬆。
洞天福地並崢嶸，暇日登樓眼倍明。想像新秋涼月夜，仙人笙鶴在瑤清。望西山。

族子次辰陳梁六十雙壽〔一〕

我家遷漕溪，屈指屈五世。族姓雖未蕃，文章頗能繼。敢如元長言〔二〕，七葉自誇恣。卻笑韓符郎，謁識金根字。念汝雖羣從，問年長有二。少小已恢奇，天姿精且粹。憶昔羈丱年，從師勤講肄。篝燈相因依，蠹簡互排比。摛文賭先成，背諷鬬彊記。賞奇忽共欣，得解輒更示。阮家竹林遊，南北誰軒輊。余與次辰少同受業於蔡淞南先生。授毫試有司，歷塊矯雙騎。一鳴人先驚，三捷戰皆利。藻芹璧水香，鼖鼓圜橋沸。俱膺博士員，並使名卿器。又同見知於張學使恆臣延瑑，余第一、次辰第三。羅囊詎宜焚，玉樹足取譬。將摶北海翼，忽擁東山鼻。亨衢良可占，蜚遯亦堪企。閒居述祖德，國醫著靈邃。洞見垣一方，遺書幸存笥。先高祖及曾伯祖季猷皆以良醫稱。祕典遡靈蘭，微言發金匱。九籥孚陰陽，六元契天地。奇咳手親鈔，攟摭情獨摯。上自長桑君，沿流曁聖惠。顓顓抉豪芒，齗齗別佐使。藏府解癥結，蟯瘕起重膇。技寔與道通，豈惟珍藥餌。坐使神觀清，容顏滋盎睟。腰腳既飛騰，齒牙更堅緻。扁舟汎江湖，昂藏露高致。內有德曜賢，中饋擅辦治。琴瑟克相莊，米鹽得無累。偕老共六十，熏風值炎熾。酒旗耀天廚，鳥注扇餅饎。食棗從安期，採芝挹綺季。著膝文度佳，家法克承嗣。籋雲雖竢時，早具垂天勢。入舍浣裙褕，布席潔滫瀡。愛日慶方長，何緣羨貂珥。嗟我蒲柳姿，垂老逾顛顇。衝寒皮肉皺，冒瘴背肩痺。功名齊雞肋，身世睎蟲臂。羨汝守門閭，優閒天所畀。爲我菟裘謀，歸休獲塗墍。余于己亥乞假歸葬，修理故居，皆次辰督理之。默坐數前塵，微茫宛夢寐。當時研席朋，零落等揚觶。癡叔尚非癡，舊聞添多識。從茲共粲談，解帶寫胷次。杜陵昔作歌，嘅嘆眾賓醉。文忠贈安節，超然制老淚。同姓古所敦，同學矧同志。一聞懸弧期，欣感兩難置。長筵雖未預，隃麋幸堪試。持觴聽此歌〔三〕，清鏘儗繁吹〔四〕。

【校記】

〔一〕詩題，經訓堂本作「次辰姪六十雙壽」。

〔二〕元長，經訓堂本作「元禮」。

〔三〕聽此歌，經訓堂本作「試聽之」。

〔四〕儗，經訓堂本作「等」。

題渚紅小照

水仙風竹共梅花，香閣清標自一家。又怨春光嫌太澹，略教月季試鉛華。

枯枝瘦石兩崢嶸，綠綺將傳物外情。一道寒流明似雪，出山仍比在山清。
嫩晴時節迴清虚，獨伴園林水竹居。不管蒼苔黏翠袖，暗香深處讀仙書。

蘇雲卿祠

老屋三間菜圃東，苔龕粉壁仰高風。山林有樂同徐穉，鼎軸無成耻魏公。花木當堦晴冪䍥，雲烟傍戶夜溟濛。南州名士多於鯽，安得如君似雪鴻。

春融堂集卷十八　杏花春雨書齋集四

癸卯　甲辰　乙巳

就莊爲座主陳文勤公別業感賦今續修《西湖志》于此〔一〕

憑欄徒倚日將斜，蝨壁苔扉百感賒。踈柳千行空蘸水，殘梅數樹偶餘花〔二〕。湖山一路詩人境，竹樹三朝宰相家。文簡公亦居此。搔首長安車廄地，軟紅何處問提沙。予成進士，謁文勤公于裘家街邸第，今已易數主矣。

【校記】

〔一〕題下小注，經訓堂本無。

〔二〕殘梅數樹，經訓堂本作『殘荷數柄』。

宿雨初晴同周秀才仲育厚堉家嶰谷宜月夜汎湖以山高月小水落石出爲韻分得石小二字〔二〕

宿雨獲新晴，如夢初破曉。況此將盈月，已上層巒表。命侶汎重湖，一舟淩浩渺。樓臺翳雲林，彷佛蓬萊島。隔墟聞吠尨，繞樹驚宿鳥。隱隱城柝傳，星星寺鐘杳。六橋寂無人，葦外漁燈小。

微風西南來，輕浪響苔石。夜靜風漸平，波光湛重碧。更喚擪笛郎，和此洞簫客。謂嶰谷。歌雲入烟靄，溪山破岑寂。初春賸微寒，小飲況清適。夜闌興倍佳，停舟理吟屐。長堤踏月歸，微霜灑巾幘。

【校記】

〔一〕詩題，經訓堂本作『臘月十二日雨晴同張芑堂上舍周仲育秀才及嶰谷月夜汎湖以山高月小水落石出爲韻分得石小二字』。

被旨授直隸按察使刻日北行崔幔亭龍見同書局楊西和倫馬依墀緯雲趙晉齋魏張芑堂燕昌項金門墉汪書年家敦初朱映漘文藻李書田賡芸餞行是夜大雨賦此留别

少時頻踏孤山路，去年曾寓西泠渡。閒將經術互評論，更有朋簪博歡趣。即今書局正新開，涉險搜奇供撰著。好語傳聞出上方，詔持符節畿南去。廄吏頻來催僦裝，舊游欲别還猶豫。山林愛我亦含悽，忽屬東風起烟霧。勝地難爲十日留，論心聊作三更住。幔亭舊守復多情，置酒長筵呼合醵。不惜分攜意氣豪，共商今古精神露。會晤他時斷有期，文章自立當無誤。縱難接席共寒暄，要寄長箋豁情愫。琴鶴難言政便成，雲龍莫負心相慕。潺潺檐漏滴階除，喔喔鳴雞出村樹。衝泥滑澾越嚴城，回首吳山更沿泝。

題振華上人畫像

盤陀獨憩證無生，垢淨渾忘出世情。差愛墨花禪屋裏，兩行梧竹伴雙清。

重開高閣領烟霞，地近清溪曲曲斜。試向緑陰高處望，白鷗波外認漁家。

精藍窈窕隔塵寰，曾記名家共往還。留得當年粉本在，都將水墨寫雲山。昔語石、蕉士兩禪師以篆刻繪事爲時所稱，名賢投贈書畫最多，今皆藏弆無恙。

不窮義學不參禪，粥鼓茶罏自在緣。媿我又隨春鴈去，何時重檥檝頭船。

别故居

筋力衰慵合挂冠，又承巽命五雲端。桑麻將别還重戀，松菊猶存擬再看。萬里功名曾汗漫，百年堂構最辛酸。時年六十，尚未有子。更思牀上書連屋，莫任蟲魚漸損殘。

訪念亭上人於中峯話舊賦贈〔一〕

瓶盋蕭然絶點塵，卅年如夢與誰陳。漉囊淨饌猶前日，叢竹疎花及早春〔二〕。閒向芸蟫窮義學，老將松鶴鬬精神。獨愁斜照偏催別，便過溪橋意未申。

【校記】

〔一〕上人，經訓堂本作『法師』。

〔二〕及早春，經訓堂本作『近小春』。

嶧縣道中

矮屋含餘溜，微雲掩曙霞。不因山向背，誰識路橫斜。林迥稀聞鳥，村遙始見花。家人應屈指，春盡到京華。

滋陽

古郡猶名兗，清流本自滋。村莊方雜沓，車馬共逶迤。細繭蠶家市，香煤魯殿碑。還誇膠出井，土物最相宜。

過茌平

南來清泗一支斜，曲渚迴塘漾玉沙。隔岸村莊如畫裏，青帘緑柳間梨花。
高唐嗚石遠重重，春盡還生料峭風。正喜微雲膚寸合，不嫌細雨濕花驄。

茶庵時將赴陝〔一〕

五年三過駐行車，名是茶庵且喫茶。最喜者番春色好，麥芽齊緑菜初花。
江北江南得得來，正逢微雨浥輕埃〔二〕。禪門蕭寂真堪味，澹白桃花數朵開。
六十平頭鬢似絲，生平蹤迹幾人知。除非座上真如像，曾見恆河照影時。

【校記】

〔一〕詩題，經訓堂本作『過茶庵有感』。

〔二〕浥，經訓堂本作『壓』。

千秋臺傳是光武卽位處〔一〕

史紀春陵迹，城傳鄗邑名。瑞符呈赤伏，奕葉繼炎精。定亂朝章復，中興國勢更。天窮黄室運，人助緑林兵。烽火除威斗，雷霆走大槍。輿圖收北地，文物續西京。日角垂靈遠，雲臺列宿明。未經凝象鼎，先此會凫旌。卜雒基長奠，當塗讖又萌。早聞宫闕圮，終見蔓蕪平。王氣虚千古，山形尚五成。重尋對竈處，臣主信崢嶸。

【校記】

〔一〕詩題中的『千秋臺』，經訓堂本作『千秋亭』。

井陘關懷古

井陘關前朝駐馬，危崖仄徑于峯下。二十萬衆俱埃塵，始識淮陰真健者。當時楚漢孰雌雄叶，欲擣彭城又喪兵。廣武滎陽雖百戰，太公幾作一杯羹。陳倉軍出三秦併，東渡黄河聲勢勁。背水交鋒赤幟馳，安成君死河東定。載拜還師李左車，燕齊傳檄在斯須。蒯通進説非無見，流涕曾悲樂毅書。河山北戒風烟掃，烏騅夜失陰陵道。千秋帝業五年成，元功第一誰人造。鳥盡弓藏自古云，淒涼鍾室族全淪。何如曾受平成辱，猶使弓高有孽孫。

芹泉道中曉行

明星照繁叢，宿鳥驚欲起。披衣出驛亭，清露尚瀰瀰。老農叱牛聲，想當趁耘耔。破牖耿明燈，機織亦此始。乃知民生勤，作息合婦子。我今在道塗，豈容嘆勞止。況逢長夏初，微寒更可喜。舉鞭指前山，新暉映林尾。

過蒲州沈運使方穀業富出迎小飲

綠盈芳草快題襟，足感天涯久別心。旅館一樽重倚玉，鎖闈兩榜共泥金。予與方穀鄉會試同年。門牆自別年華遠，座主夢文子先生下世已二十餘年矣。書劍誰憐疾病深。時黃仲則景仁臥病署中。猶幸關河真接壤，莫教魚鴈滯瑤音。

潼關

鶉首星芒照九垓，規模百二自秦開。關山蒼莽爭天險，文武飛騰出將才。日暖旌旗橫戍邏，雲連城堞抱烽臺。登高立馬休憑弔，看取三峯翠色來。

渡河至華陰

昔年馳傳過雲臺，此日乘槎擊檝來。竹箭三門通浩蕩，蓮花萬丈削崔嵬。墜驢有地藏高隱，鬬蝨無人繼霸才。又值河山形勢壯，生平懷抱喜重開。

驪山溫泉

繡嶺十月霜作花，楓櫧萬樹開晴葩。純坤用事蟲豸蟄，奚谿變見金蝦蟆。厥貌不恭異類出，五行《洪範》言非差。當時禁籞互窈窕，華清宮內疑仙家。貴妃霓裳和簫管，至尊羯鼓兼箏琶。東來軋犖襁繡緥，夜半笑語騰宮娃。洗兒賞賜輒百萬，解穢誰與懲淫哇。吾今來近夏日至，長空卓午飛金鴉。苦無甘泉滌煩渴，漫膚多汗黏絺紗。卷衣入室槃薄贏，快意背癢仙姑爬。粉箱脂盝不待用，已識癥結銷塵沙。八功德池灌頂住，淨因彷彿同清嘉。身輕浴罷脚不襪，胡牀便踞呼茶瓜。松陰涼氣亦漸動，晞髮更覺吹鬖髿。殿角風來飄躑躅，山腰草偃奔麏麚。紅羊一劫歷千古，禍水何事頻咨嗟。三峯遙望見玉女，洗頭盆下紛殘霞。

西安懷古

兩戒河山陸海尊，凱旋曾憶駐行軒。久稱秦塞封疆大，誰念周京教化存。州合雍梁通地軸，度分井鬼近天垣。聖經石刻欣無恙，擬與羣賢細討論。時企晉、東有、淵如、稚存皆在西安。

紫塞青門冠九垓，桑陰麥浪值恢台。雲高華嶽三峯出，勢瞰中原二室開。天馬蒲梢經瀚海，石鯨鱗甲想蓬萊。地靈應有英材出，星象遥看接斗魁。

漢寢唐陵盡廢丘，空傳自古帝王州。管絃猶記瑶池宴，花鳥誰尋杜曲游。新築都城開萬雉，宿屯禁旅衛千牛。時新修省城，城中舊駐滿兵三千名，將軍都統領之。莊嚴更仰金天廟，玉女蒼龍太華留。

豳岐自昔接窮邊，西夏西秦壤地連。每見旌旗營細柳，常虞烽燧照甘泉。車書今盡筠沖地，琛賮時來勃律天。貫耳纏頭看絡繹，亟修驛傳達幽燕。按察使兼管通省驛傳。

初秋臥病秋帆中丞特遣伶人來過賦二十韻爲謝兼示企晉舍人東有侍讀友竹上舍

署中得雨秋將生，繩牀臥疾方淒清。鼠肝蟲臂不自惜，尻輪神馬將何成。簿書稍罷鳧鴈退，隱囊惟聽莎雞鳴。中丞憐我太寂寞，故遣小部來逢迎。清歌似髮雲欲墮，空庭如水香微縈。忽聞龍君奏破陣，又疑雨脚齊吹笙。十番絃索相間作，圓拳白羽兼鏗轟。我因風痺久不飲，堅坐已使心神傾。昨日百雉工初程，高牙置酒偕蔥珩。有壬有林總總集，以詠以間洋洋盈。匪徒長筵誇盛會，要與河嶽雄函京。嗟我病足未得往，陳力竊祿方屏營。掩關復聞繞梁韻，豈免慚喜交相并。往時秦雲稱擷英，曹來殷諸君有《秦雲擷英錄》二卷。左驂史妠馳芳名。搊箏擊缶今遍閱，終愛吳語嬌春鶯。琵琶每感遷客淚，觱栗或愴羈人情。寧如紫雲迴一曲，呻吟能使還和平。良朋談笑有穆父，謂獻之。舊人感慨餘嘉榮。跰躃句贅肯自棄，白戰仍擬尋齊盟。

友竹出所摹董北苑夏山欲雨文五峯夏山及吳漁山湖山秋曉三長卷屬題追感舊游率成長句〔一〕

小秦淮水東門東，蕪城楊柳春溟濛。一條略彴闌干紅，佳話傳說漁洋翁。德州往者興頗同，走召賓客登烟篷。人三十二以次從，君年方壯揚清瞳。譚詩讀畫推昌丰，我亦獻賦明光宮。將入京雒親宸楓，同時意氣誇君宗。流光電抹何悤悤，浮萍兩葉碧瀰中。廿載未得瑤華通，仰視但愧南征鴻。去年讀《禮》嗟尸饔，忽辱芳訊來吳淞。副以古隸莊而崇，筆力似欲追斯邕。相望百里虛相逢，懷君第覺心忡忡。今茲擁傳臨河潼，衙齋晝靜聞音跫。始獲揄袂開幽衷，年逾七十顏如童。腰脚壯健超疲慵，豈有異術傳韓終。示我長卷溪山重，云摹北苑暨五峯。別仿墨井尤能工，夏山烟靄驅豐霳。浮雲潑墨興蛟龍，石燕千點迴長風。山木盡亞青芙蓉，一圖當暑清陰濃。飛橋横亘眠晴虹，山人蕙帳依簾櫳。喜見畸客拖枯筇，一圖林屋紛瓏璁。棧閣詰屈穿幽叢，山開湖出溪所鍾。蘆人帆影張彎弓，想當槃礴殊雕蟲。真宰入腕搜元功，一一神似非形容。實有山水蟠心胷，君家鄧尉烟霞封。梅花萬樹參杉松，東湖西崦鮭菜充。斯圖毋乃規其蹤，嗟我霜鬢雙蓬鬆。久淹絕徼呼傳烽，雪嶺四面環高墉。山川險怪爭巃嵸，詎若對此心神融。獨憐君亦隨飛蓬，奔走齊晉裘蒙戎。石隱尚未儕山農，空抱妙墨娛羈悰。此間形勝兩戒雄，蓮花萬仞摩蒼穹。太華夜碧聞清鐘，明星玉女光熊熊。古來高逸此息躬，寧必欻乃稱吳儂。舊游況已宿草豐，竹西鼓吹秋烟空。三人幸聚等駏蛩，丁丑雅雨運使修禊紅橋，同會者今惟君與東有及予三人尚在，而皆在西安，尤可異也。裙屐來往樂未窮。南樓更可陪庾公，相於游藝連春冬。

【校記】

〔一〕詩題，經訓堂本作『晤徐友竹于西安官舍出所摹董北苑夏山欲雨文五峯夏山及吳漁山湖山秋曉三長卷屬題追感舊游率成長句七十二韻』。

即事

吏散重門掩，幽禽下短牆。茶餘仍隱几，夢醒更焚香。山雨蕭蕭過，秋風澹澹涼。閒真因病得，此味迴難忘。

企晉辱和前韻歷敘舊游循誦愴然復次一章並寄崑南布衣吳下來殷侍講都中〔一〕

少年吟苦太瘦生，作詩長似秋蟲清。偏絃幺韻誰復愛，君獨見賞時目成。井蛙敢隨鮫鰐涌，牛鐸竟和韶韺鳴。璜川書屋深且靚，往往倒屣勞相迎。銅盤水寒朱果汎，蘄簟冰淨紋簾縈。沙斗初張崑南及策時曹來殷趙升之並餘子，諧謔間作調笣笙。忽思寒山便放櫂，要看千尺奔霆轟。歸來小查山閣坐，痛飲不惜金罍傾。爾時催詩刻燭程，衆作錯落堆瓊珩。相期佳會永朝夕，指似明月無虧盈。人生捉鼻難自料，薄宦取次游神京。雄飛雌伏互星散，我更四面隨行營。流光如電近卅載，舊游異地仍交并。君今絳帳羅千英，鵝湖鹿洞將齊名。翽羽雖謝巢閣鳳〔二〕，出林坐振遷喬鶯。企晉爲關中書院山長，時將鄉試，故云。所嗟故交已宿草，謂斗初、策時、升之。名園蕪沒空餘情。公超賣藥喜矍鑠，叔通把筆當隆平。自憐蒲柳漸衰落，蓬科豈復還春榮。感君賡和寄南北，江湖幸勿忘前盟。

【校記】

〔一〕詩題，經訓堂本「來殷」前多一「曹」字。

〔二〕雖謝，經訓堂本作「雖輸」。

哭黃仲則六十六韻

黃生冠古才，詩筆無與兩。飆起南蘭陵，文史備醞釀。春容步前修，峭刻出新樣。思能通無厚，意必矜獨剏。睢渙織綺麗，裨瀛激雄放。黃雞忽變雉，黑黍乃和鬯。英英百夫特，矯矯萬人將。挾策來京華，擬侍瑤階仗。碎琴不見知，鼓瑟竟何向。頗爲狹斜游，微吟寄惆悵。堂堂朱笥河，經義實砰伉。君也出其門，愛君似珍貺。連鑣肆幽尋，置酒共跌蕩。暨我從戎歸，君來依絳帳。每謂王與朱，南北兩哲匠。生平所服膺，喜得並瞻仰。時偕車笠朋，並坐書畫舫。刻燭夜常分，扣門日相訪。圖書嚴討論，稗野供謔浪。辛苦攜家來，母氏幸無恙。欹傾屋三間，冷落火一炕。循陔乏薌膏，頫首愧盆盎。鮑叔金未分，胡奴米誰餉。口疑石闕銜，心作愁旌漾。用此出入憂，有淚滴衣桁。求爲寫書官，鉛槧事裝潢。庶幾備常員，升斗亦祿養。自我歸江南，別夢屢愴悢。今茲叱馭來，黃圖踐督亢。知君先適秦，征途歷亭障。幸逢東道賢，謂秋帆中丞餽遺甚厚。賓朋互駘宕。星文井鬼懸，意氣雲霄上。時時邀吳企晉舍人嚴東有侍讀，飛牋戛高唱。兼嬴陸賈裝，幸免黔婁狀。回車出河東，中條度層嶂。狐突雪纔消，龍門春欲漲。觀察亦清流，謂方穀運使。廚顧差足況。登樓盍帬屐，設醴具脯醬。洵堪豁羈孤，豈復病悒怏。昨開方穀書〔一〕，失聲慟予喪。瑣瑣竟取災，微痾誰屬纊。想當易簀時，陰風襲夔魍。神明了不昏，八口計誰傍。知心三四人，周卹端可望。仲則病劇時，倩人代書，以家事屬余及中丞、稚存三人。含涕屬代書，紙墨鬱悽愴。聞君櫬已歸，何地卜殯葬。獨念我黨中〔二〕，吳知州璜景孝廉人龍最貞諒〔三〕。錢編修世錫陳太守朗汪上舍大經楊進士倫、明府芬燦、舍人揆徐秀才書受〔四〕，左右分二廣。惟君摻蝥弧，文壇擅決盪。拱璧孰能先，玉卮喜有當。傳烽燭蠻雲，吳君薙嵐瘴。繼聞景君殀，山鬼泣幽壙。君今又奄然，營魄赴蓬閬。枕膝與傳經，曷使我軍張。計君詞章外，溫恭具雅量。樂羣德不孤，砭俗志相抗。風標謝幼輿，簡寂阮思曠。藝事更多能，倚聲奏清暢。銅章彝敦古，畫幀烟雲颺。君工八分，極古質，兼擅山水〔五〕。一朝歸山丘，誰愛等寶藏。惟此數卷詩，視古無所讓。中丞已網羅，珠璣幾頡頏〔六〕。逝將授雕鐫，寧至虛亢長。斯文既可定，傳世斷非妄。風霆劃雷硠，河嶽發悲壯。披髮乘麒麟，千古足神王。

【校記】

〔一〕方穀書，經訓堂本作『既堂書』。

〔二〕我黨，經訓堂本作『吾黨』。

〔三〕經訓堂本中，知州璜，作『鑒南知州』；孝廉人龍，作『雲客孝廉』。

〔四〕經訓堂本中，編修世錫，作『嗣伯編修』；太守朗，作『泰暉太守』；上舍大經，作『西村上舍』；進士倫、明府芬燦、舍人揆，作『西和進士、蓉裳明府、荔裳舍人』；秀才書受，作『尚之秀才』。

〔五〕極古質，經訓堂本作『能刻銅』。

〔六〕珠璣，經訓堂本作『琬炎』。

六十初度

六十平頭雪滿鬢，西來暫得息馳驅。歸心卻羨投林鳥，去日愁同過隙駒。經誼鉤稽終未貫，詩篇稠疊尚嫌羸。文通老去才華退，撰錄時虞歲易徂。

附作

光岳騰精氣，奎文協斗躔。泰符呈景運，輔世仰名賢秋帆。豐玉推鴻寶，靈椿紀大年。鳳麟華胄遠，峯泖隱居沿企晉。夙學天人貫，含章德藝全。幽思呑卦畫，妙解證蹄筌東有。璀璨文成錦，崢嶸筆似椽。董帷耽寂寂，邊笥號便便秋帆。早折郗詵桂，先驅祖逖鞭。豹文終炳蔚，鳳藻必騰鶱企晉。鸞輅臨江介，仁膏被海壖。四巡亭伯頌，三禮杜陵篇東有。班馬誰堪埒，楊盧譽敢先。詩題紅藥署，職奉紫薇天秋帆。簪筆揮珠玉，持衡掇杞楩。丰神欽仲寶，幹局重僧虔企晉。公望真隆矣，卿才信美旃。由來梁棟具，不慮雪霜纏東有。駱馬纔驚越，蠻烽欲照滇。弄兵連畇町，負固集獽狿秋帆。慷慨從軍去，艱難出塞偏。金沙波浩瀚，鐵壁路回邅企晉。伐叛舒長策，招攜握勝權。傳書嗤陸賈，鑿空陋張騫東有。徼外鴞音革，天邊虎旅旋。白狼充職貢，朱鷺奏喧闐秋帆。武庫將韜甲，威弧未戢弦。連營趨玉壘，振旆指金川企晉。箐密千林暗，碉危萬仞懸。飛橦尋木杪，度索挂峯巔東有。風鶴殊多警，沙蟲劇可憐。援桴勞上相，贊畫賴中堅秋帆。吹律和風應，攻車吉日涓。賈生工餌敵，衛國善籌邊企晉。帷幄謀千里，機鈐必九淵。繩橋馳露布，雪嶺耀霜鋋東有。偃鼓驚三覆，鳴鉦駭兩甄。纔看驅虎兕，倏已靖氛祆秋帆。款塞輸賓馬，歌風徧芋田。燕然銘可勒，郿閣頌宜鐫企晉。絳闕頒新詔，彤墀繞瑞烟。承恩龍節迓，拜命鷸冠鮮東有。棘寺平反數，槐堂歲月延。樞庭辭儤直，方岳寄旬宣秋帆。禮意隆三接，光榮沐九遷。雲山豫章郡，琴鶴使君船企晉。滕閣延清賞，匡廬對瀑泉。聲華馳赤棒，況味守青氈東有。暫許松筠返，俄聞綸綍傳。河潼開旭日，汧渭駐雲駢秋帆。豸節霜威肅，烏臺月彩圓。香山仍學道，摩詰愛逃禪企晉。籬菊寒逾秀，巖松翠更妍東有。憶從龍榜後，相契鳳池前。人海嗟寥闊，官曹喜接聯秋帆。江湖來素侶，車笠訂前緣企晉。共理懷人篋，欣逢初度筵。岸容花爛漫，庭影鶴翩躚東有。八水青霞映，三峯紫氣連。紅包商嶺橘，碧綻岳池蓮秋帆。織女初迴馭，洪崖正拍肩。謝庭春樹曉，荀幄午香煎企晉。卽事真蓬閬，他年友偓佺。琅璈聽競響，介祉頌綿綿東有。

蘇文忠公生日秋帆中丞招企晉東有友竹稚存亮吉淵如敦初家半庵開沃程彝齋敦集終南仙館作

峩嵋江灌神靈宅，不用家風標萬石。攬揆曾聞箕斗夕，幸見高齋集嘉客。崧生岳降當靈辰，遺容一幀神明存。松雪下筆烟雲騰，孤筇笠屐傳吟魂。棱棱眉宇韓歐似，自說生平窮不死。今日爲公作燕喜，屈指生年由丙子。獻畢更憶熙豐時，僉壬擴拾烏臺詩。黎風蜑雨了不知，新說尚欲懲荊尸。後逢元祐重清朗，更三大赦金雞放。北還急趁江南槳，在宥何爲功竟喪。玉棺雖東長帽翁，西方不無宿命通。豈獨著述垂吟筒，後死悲憤徒填胷。我昔過公檥舟所，蘭陵竹樹今猶古。又過西湖風以雨，不獲從游如仲甫。茲來長安近廿旬，具稔遺愛留秦人。夢游陜右洵夙因，蘋蘩良足差蒿焄。兼以東湖山水秀，名區到處留遺構。披髮騎驎來往舊，視此黎甿神所佑。中丞爲政公同儕，綿津私淑何有哉。滄浪石萍浮塵埃，靈旗應傍終南來。風馬雲車如可矚，竟須一語陳工祝。豈特文章散珠玉，要使廉頑刮凡俗。主賓競奏鶴南飛，間以竽笙並玉徽。十行椽燭排簾幃，自今歲歲來無違。釣魚鄉遠薶仙骨，紗縠行蕪亦奄忽。獨有奎光長不沒，仰視松梢山吐月。

題秦中允端崖潮縫衣圖〔一〕

游子身上衣，慈母手中線。我吟有窮詩，老淚恆欲泫。今觀此圖中，喬柯互葱蒨。軒窗豁開拓，鞍馬闘光絢。似束短後衣，遠游出郊甸。斷機憶前修，牽衣惜留盼。堂前白髮人，行裝手縫綻。一針一縷絲，一絲一心願。所願換征衫，補衮近霄漢。蘸筆寫丹青，慈懷宛如見。嗟我少失怙，金蘐賴深眷。不虞隨輕車，萬里事傳箭。南渡瀾滄江，瘴雲漲炎暵。西踰斑爛山，雪嶺逼雲棧。皮船瀉奔流，鐵索亘斷岸。礮石每訇轟，烽燧肆淩亂。維時跂白雲，親舍隔京縣。數椽壓風雪，一燈守炊爨。懸知念慎旃，猶來發悲嘆。瘋思不可寫，灑涕溢几案。羨君少華膴，盛歲已從宦。詞章玄圃光，名譽瀛洲選。彩服羅青春，籍甚三英粲。偶然出國門，使星炳霞煥。皇華閭里榮，英簜路人羨。歸來奉北堂，淳毋佐蘭膳。奚爲仿南田，歡欣雜悽惋。具見不匱思，曾閔本同貫。雖當晝錦榮，彌廑春暉戀。晝荻垂芳型，授經記史傳。何如播此畫，以爲絕裾勸。庶媲老萊圖，用誒淵明讚。

【校記】

〔一〕詩題，經訓堂本作『題秦端崖編修縫衣圖』。

慈恩寺〔一〕

雕欄碧瓦出晴空，歲久猶存勝槩雄。百二關山標鴈塔，三千世界衛龍宫。曲江杏苑平蕪外，漢寢唐陵指顧中。考古獨尋雙聖教〔二〕，殘碑贔屓暈青紅。

【校記】

〔一〕詩題，經訓堂本作『游慈恩寺』。

〔二〕雙聖教，經訓堂本作『登善蹟』。

盛京慶將軍桂以御賜東巡詩篇見示敬和四章兼寄晴村都統於黑龍江

出鎮旌幢肅，時巡輦輅隨。韋平三世業，豐鎬萬年規。瀋水通遼海，開原接地陲。承先兼侍養，時太夫人迎養在署。久廑九重思。

赫奕雲章麗，便蕃綺帛隨。陪都鶯寵賚，相府繼前規。地望三霄路，勳名萬里陲。沙堤看載築，祕殿待論思。

憶昔趨朝日，頻年荷橐隨。予同直軍機凡六載。通家承款洽，予召試，文端公讀卷。莅事藉箴規。關陝通西極，幽并踰北陲。欣聞眠食好，翹足慰相思。時公疾初愈。

迢遞秦淮路，名園昔號隨。詩章留小謝，風月憶元規。驛路懸三衛，朋交隔四陲。報知驃騎道，第五更懷思。謂晴村。

寄壻嚴瑞唐榮

九峯如畫隔淞南，珠樹雙棲意更湛。人物過江推衛玠，風流絶世想劉惔。香囊玉麈隨時備，錦贉牙籤盡日探。應向青綾同詠絮，好憑歸鴈寄雲藍。

得門人白侍講麟書賦答

雅尚辭榮早，翛然學道初。正憐三歲別，忽得十行書。玉筍門生衆，君戊戌同考，錢塘蔡小厓廷衡、吴式如瑮、元和馮實庵培皆出門下。金蓮故事疎。河潼春水活，數望寄雙魚。

寄蓉裳伏羌時有被圍之信〔一〕

軍烽動地羽書馳，斗大孤城隻手支。仗劍登埤詞慷慨，燒燈磨盾墨淋漓。時以八百里文書告急。傳餐盡斥中人産，捲甲誰褰大將旗。搔首不堪頻望遠，天狼芒角射南陲。

白崖山勢鬬崔巍，殺氣昏昏掩翠微。共有風聲傳兩路，時長武亦有賊從平涼趨西安之信。獨看月暈憶重圍。耿恭拜井心猶壯，羊侃憑城事恐非。何日鯨鯢俱就戮，蓉湖無恙問漁磯〔二〕。

【校記】

〔一〕詩題，經訓堂本『蓉裳』前有一『楊』字。

〔二〕漁磯，經訓堂本作『魚磯』。

聞程魚門抵西安卻寄

官齋聞已卸行縢，長路關心問寢興。空向湖山瞻紫氣，何繇風雨共青燈。學當老去文章健，昨以所刻散體文見示。身在行間意氣增。時在長武治兵。寄語歸時笳鼓競，硬盤詩句力猶能。

邠州道中

降原陟巘度崢嶸，人在《豳風》畫裏行。遠向流泉覘地脈，親從陶穴問民生。三單軍制今誰考，七月詩章好再賡。一路棗花香不斷，莎雞應候已先鳴。

邠州謁范文正公祠

拜手階前淚暗滋，蝸涎鼠迹滿空祠。權門豈肯隨文靖，清德終懷頌伯夷。千古傷心朋黨論，一時破膽敵人知。秦川吳苑遺徽在，兩地馨香百世師。

泰峪道中夜行〔一〕

過雨仍飄雨，先秋已作秋。障泥寧足惜，説輹劇堪憂。灘漲聲方厲，雷殘隱未收。宵征渾不寐，白盡老夫頭。

【校記】

〔一〕詩題，經訓堂本末有一『作』字。

靈臺何氏書齋小憩

何氏園林好，何緣此日過。對城開粉堞，卜宅傍巖阿。映坐簾櫳静，垂簷棗栗多。千秋靈沼地，風物尚熙和。

天堂鎮雨後屬麟游

驛路新開傍巨川，天堂鎮本非驛路，余時駐長武，與隴州戍守諸處文報往來，應從鳳翔、岐山、扶風、武功、乾州遞送，殊多紆滯。訪知長武以南由獨店、天堂鎮、竇峪山傍汧水而行，至鳳翔止二百里，程途甚近，故於此別設臺站、夫馬，於是路程既近，信息易通矣。闌風伏雨赴戎旃。石城已報長圍合，隴坂猶煩列戍懸。投筆悔同班定遠，據鞍恥效馬文淵。征途卽目差堪喜，多稼如雲滿大田。時回賊據石峯堡，卽《明史》所云石城，大兵正在圍攻。

汧陽道中〔一〕

路僻郵亭少，雲深土室遮。高粱垂露葉，莜麥滿陂花。候吏傳呼遠，村童笑語譁。告知烽燧息，安穩課桑麻。

匽匽雲猶族，沉沉震遂泥。盤渦驚瘦馬，斷嶺出殘霓。落實桃梨熟，垂芒黍稷齊。導汧懷往迹〔二〕，浩蕩下岐西。

【校記】

〔一〕此詩底本僅錄第二首，第一首據經訓堂本補。

〔二〕導汧，經訓堂本作『楊郛』。

旅夜寄渚紅〔一〕

短燭熒熒照綺疏，明河左界夜涼初。雕櫳不見紅鸚鵡，只盼征夫數寄書。

短衣長鋏嘆飄零〔二〕，吳嶽愁看數點青〔三〕。聽遍隴頭嗚咽水，不堪重過碧寒亭。亭在州西七十里故關上。

【校記】

〔一〕詩題，經訓堂本『旅夜』上有『隴州』兩字。

〔二〕嘆，經訓堂本作『慣』。

〔三〕吳嶽愁看，經訓堂本作『愁外吳山』。

隴州夜宿時聞山西總兵福敏泰領兵至，予爲指示要隘駐劄之所

隴頭流水聲嗚咽，自古征人心欲折。我今到此值清秋，風塵奔走頭如雪。茲山山勢來秦關，終南惇物相鉤連。懸流飛瀑互噴薄，霜前月下恆潺湲。況復征鴻正南下，雜以哀猿清嘯者。夜半西風捲地來，羈人清淚如鉛瀉。長吟驛外正傳烽，授子安營屬總戎。旅店寒燈終不寐，短衣匹馬事難窮。明晨更泝寒流去，且與徵兵分駐所。總將敵愾激貔貅，不教家信傳鸚鵡。

鳳翔東湖謁蘇文忠公祠三首

關中地高寒，山多藪澤少。江河兩界外，八水自縈繞。曲江與渼陂，到今亦枯槁。鳳翔有東湖，澄波乃縹緲。漠漠散鳧鷺，沄沄漾蘋藻。征鞍此稍休，涼風破煩惱。正欲解塵襟，沿緣泝林沼。幸有同心人，具舟及清曉。謂鄧子菽、原傳安。

登艫已蕭瑟，抵岸尤幽妍。垂楊翳溪步，未到鳴秋蟬。入門仰龕燈，玉貌真如仙。古來清妙人，例與水月緣。杭潁尚未到，宦游占去聲其先。八窗亦半啓，荷香入爐烟。

憶公簽判時，行年二十七。欬吐落珠璣，風標映雲日。殷勤憫農心，早已著詩筆。夜深望河漢，甘霖詎能必。況今蟣蝨徒，搔爬猶未訖。伏羌常被圍，石堡待掃穴。六月正悽悽，何由免顛越。知公白雲鄉，下視定憂恤。

東湖夜宿

漠漠菰蒲積，紛紛荇藻横。端能通酒舫，洵可濯塵纓。月暗聞魚響，燈移覺鳥驚。如珠秋露重，頻使翠盤傾。

吳嶽

華山西嶽垂《虞典》，《周禮》職方推吳去聲嶽。古來畿甸互西東，望祭名山亦遷轉。豐鎬已距長安遙，鳳翔更與河潼遠。岍山作鎮奉明禋，漢唐視此良非舛。我今擁傳過汧蒲，九峯蒼翠空中顯。疊嶂層巒洞壑深，興雲降雨蛟螭偃。灑埽時看長吏臨，纁黃每望名卿遣。豈惟稌黍及秋豐，並知癘疫羣生免。嗟我無由盡潔蠲，望中暗已輸情款。西陲蟻賊正恇懹，伏羌龍德鄰烽燹。昨聞尺一下重霄，元臣宿衛來京輦。雖知韜略有多方，還藉神靈能速翦。汗流石馬荷成勳，直剗餘氛如蒐獮。更須錢幣飾宮廷，金碧輝煌昭禁扁。時廟宇亦稍頹圮。

七夕再過許明府古芸光基永壽衙齋〔一〕

高齋從此憇塵纓，筆格書牀分外清。賴有杯盤酬令節，何堪風雨話行程。予從隴州往長武經此。香浮玉盌花仍麗，是夕以茉莉諸花見餉。雲掩銀河月未晴。桑下只愁三宿戀，時予已三次駐此。伴人燈火況多情。

【校記】

〔一〕詩題，經訓堂本作『七夕再宿許古芸明府衙齋』。

將回省留别長武諸生

半載防邊羽檄煩，幸無力役病黎元。地因塞近風猶古，雲爲秋深日易昏。黍稷年豐肥鴈鶩，桑麻人樂静雞豚。只愁士少詩書氣，學業何由得共論。予至長武，恐所帶書手騷擾地方，故令校官選生員數人以供書寫，計五月中所書至二千餘牘。今將回省，使各歸家，因令知縣樊君與校官修葺學宫，且作碑文以記之，而情尤惓惓也。

窑

陶復豳詩詠，邊隅制尚存。寬能容奥竈，堅不礙耕屯。石屋仙人洞，柴扉野老村。秋寒來信宿，臥炕已微温。

回署

緑陰如幄赴鶉觚，歸及涼風下碧梧。卻值清尊酬令節，月華如水露如珠。

鸜哥催唤遠歸人，雪棗冰梨次第陳。風起不教簾幕下，微香已覺桂花新。

奎將軍林總統伊犁道出西安留飲賦别三首

勃律河西幕府雄，此心如日氣如虹。不嫌萬里流沙遠，早歲天山已挂弓。

單急輕裝付使車，悲歌慷慨有誰如。蝎來愛與公榮飲，酒墨淋漓醮髪書。

金盆月落暗長亭，豪竹哀絲亦漸停。誰伴陽關西去路，戲持玉琖問秦青。

附來詩乙巳春過西安，後寄蘭泉廉使　　奎　林

倦客看春尚有情，嫩紅柔緑眼仍驚。風流地主緣何事，不折楊枝贈遠行。

題洪稚存寒檠永慕圖〔一〕

洪君獨行侔曾閔，高節稜稜絕畦畛。示我《寒檠永慕圖》，秋霜入紙生淒緊。雲谿谿畔樓五楹，紙窗木榻風泠泠。四壁寥蕭隱機杼，一燈黯淡方咿嚶。每宵喚起三更後，《魯論》、《戴記》皆親授。隔江驚醒捕漁翁，太息商聲出林藪。敗門荒塹依茅蓬，篔簹晚翠槲櫧紅。紡車側畔書一弓，此景與我孩時同。禮堂光禄壽先太夫人序云：『回憶三紀以前，坐紡車側畔，課兒讀書，一燈熒熒然，與咿唔聲相間，宛然如昨日事，而榮悴頓殊，

信爲善之無不報也〔二〕。』我今遲暮嗟無用，空負當年勤課誦。引經比事竟何能，青綾彤管增悲慟。如君鵰鶚迴風塵，抱犢亡羊遡典墳。三倉風雨搜遺簡，兩戒河山辨廣輪。慈烏返哺雖難遂，豈羨高檠照珠翠〔三〕。棘下淹中望古情，韋編鐵鏑思親淚。范冉清修照古今，洼丹學行冠儒林。肯將紆紫拖金意，爲報春暉寸草心。

【校記】

〔一〕詩題，經訓堂本作『題洪稚存孝廉寒檠永慕圖』。

〔二〕禮堂光祿，經訓堂本作『鳳喈光祿』。

〔三〕高檠，經訓堂本作『高張』。

送李侍御藝圃漱芳還蜀

顦顇今如此，相攜不忍看。孤高常自命，辛苦有誰寬。鐵柱聲名重，麻衣道路寒。一緘傳我弟謂南明，鄭重給豬肝。

蘇文忠公生日再集終南仙館作

戒期不俟卜筳篿，裙屐偕來小雪天。辰巳久空先哲夢，庚寅猶記逐臣年。千秋翰墨傳遺像，像係趙承旨鷗波亭筆。兩部絲簧薦廣筵。已約高齋常此會，騎驎披髮定欣然。

集廉讓堂送吳企晉之開封聯句五十二韻〔一〕

踔帝矩已移德甫〔二〕，炎官傘未斂。巾拭汗咻咻江寧黃之紀星巖〔三〕，箑麾塵冉冉。端宜避炎歊鎮洋王開沃半庵〔四〕，奚事歷嵰嶮。下榻方見招嘉定汪照少山〔五〕，承筐豈容忝。分張喜良朋仁和趙魏晉齋〔六〕，話別列清簟。嘉肴聶服脩歙縣程敦彝齋〔七〕，珍果雜瓢瓤。殷殷起在陽懷寧余鵬飛伯扶〔八〕，萋萋興有渰。涼飆忽偃林吳江史善長誦芬〔九〕，殘旭薄垂崦。浮蟻情可欣婁縣楊之灝篔山〔一〇〕，歌驪意終慊。念君脫簪紳，來此理鉛槧。建祀溯獲雞德甫，從狩論載獫。昕鼓擁臯比星巖，宵膏考螙檢。經傳徐子公半庵，業授奚容葴。講堂箖森森少山，吟院華談談。諸生懷鹿鳴晉齋，邦伯慶鴻漸。命意噓孤寒彝齋，危詞惕詖憸。唱諧協刁調伯扶，笑劇破夢魘。春游蘳共牽誦芬，宵燕笛齊擫。藉非舊雨邀篔山，肯使征塵玷。往迹溯遨游，前期竟荏苒。璜川拓軒檽德甫，查閣架巖广。堆槃剁雞頭星巖，燒蠟擘蟹靨。時經陰更晴半庵，山愛重還掩。王鳳喈光祿錢曉徵宮詹良所敦少山，張策時舍人趙升之光祿誰能貶。譚藝刮媥娶晉齋，審音別厚弇。嘉會詎可常彝齋，知交實因淡。廿年久睽孤伯扶，三輔復喁噞。自憐齒久衰誦芬，兼遘疾頻染。憧憧憂患增星巖，悅悅精神歉。浮萍嗟兩葉，飛電驚一閃。聞將去咸秦德甫，從茲歷河陝。中州應權衡星巖，古俗具規範。瀍澗水如環半庵，崤函峯似隒。晴靄翳村墟少山，濃陰羃桑檿。和會昔所交晉齋，歲取近稍儉。浩浩黃流翻彝齋，冥冥赤埃颭。閭閻稀籯篝伯扶，畎畝鮮耕稜〔一一〕。食幾漉皀茈誦芬，野僅牘蔓蘞。溫詔下便蕃篔山，仁波寫灩瀲。洵慰望殷殷德甫，疇云德溓溓。挑淤土旋疏星巖，作埽木齊斬。蛟鼉馴奔騰半庵，鴈鶩絕慘澹。鄭人愛罕虎少山，晉地頌欒黶。雲龍復相隨晉齋，魚水良非諂。名流嚴東有侍讀邵二雲編修親彝齋，羣雅孫淵如明經洪稚存孝廉媕。選勝更躋攀伯扶，琢詞付鐫槧。贈策已悃愊誦芬，分襟莫悽憯。嚴關四扇闢篔山，喬嶽千尋儼。椐梧葉未薔，穜稑穗初蔪。纍纍負箱笈，奕奕駕騂驔。行殊隗適燕，訪等戴居剡。摻袂圓月生，長庚吐睒睒德甫。

【校記】

〔一〕詩題，經訓堂本作「集廉讓堂送吳企晉舍人之開封用五十琰五十一忝劇韻聯句」。

〔二〕德甫，經訓堂本作「述庵」。

〔三〕江寧黃之紀星巖，經訓堂本作「黃星巖」。

〔四〕鎮洋王開沃半庵，經訓堂本作「王半庵」。

〔五〕嘉定汪照少山，經訓堂本作「汪少山」。

〔六〕仁和趙魏晉齋，經訓堂本作「趙晉齋」。

〔七〕歙縣程敦彝齋，經訓堂本作「程彝齋」。

〔八〕懷寧余鵬飛伯扶，經訓堂本作「余伯扶」。

〔九〕吳江史善長誦芬，經訓堂本作「史誦芬」。

〔一〇〕婁縣楊之灝篔山，經訓堂本作「楊篔山」。

〔一一〕鮮，經訓堂本作「解」。

鴈足鐙

盤下刻云：『建昭三年，考工工輔爲內者造銅鴈足鐙，重三斤八兩。護建佐博、嗇夫福、掾光、主右丞、宮令相省。中宮內者弟五，故家。』脣旁刻云：『今陽平家畫一至三，陽朔元年賜。』足下刻云：『後大廚。』共六十一字〔一〕

鴈足鐙一形模奇，槃徑三寸高倍之。厥底曁側鐫文辭，曰漢建昭三年遺。省中考工工輔爲，右丞宮令職所治。嗇夫護建咸其司，博福光相名次垂。迄陽朔歲星十朞，陽平繼封菁土貽。後廚祕置嚴屏幃，長安好時同遺規。三斤八兩區豪釐，勒字毋乃鑱金錐。年深世遠罕缺虧，蠟茶之色兼瓜皮。名類食器實則違，大羹非可調芳滋。想當禁籞鼂更遲，宦官謁者相提攜。燃以朱火沃以脂，金釭銜璧明彤闈。酣歌恆舞干蛾眉，擁髻詎照長門悲。渭陵多藝幾文思，洞簫琴瑟工娛嬉。掖庭待詔歸荒陲，新室文母本翠嫣。絳緣諸子意稍怡，丙殿甲觀森逶迤。畫堂幸毓天人姿，外家恩澤數不貲。十侯五將雄宗支，將軍司馬尤崔巍。當時賜出羣愕眙，黃霧四塞遮炎曦。豈顧星茀昭乾維，稽古冶氏精鑪錘。攻金尚象佯工倕，取諸鳥獸靡弗宜。殿名鳳皇繪參差，觀號鳷鵲圖匜巘。虎圈鹿館兼龍池，飛廉屬玉縈罘罳。茲仿陽鳥淩秋飈，乃寫一足如靈夔。雪爪宛作鱗之而，蹼屬相著愁翻飛。獨尠翁雜見《漢書·郊祀志》增光輝，當年雕刻誠何其。射鴻臺燼蕪餘基，或留蹤迹存依稀。或因屬國老牧羝，端藉帛書讋蠻夷。抑時水患方渺瀰，取象中澤多瘡痍。昔賢寓意深然疑，上林榮宮恐已隳。首山蒲阪渺莫追，甘泉林華見亦希。今幸獲此珍珣琪，往客紅橋歲指寅。玲瓏山館花稔緋，賓從動色來揄揄。定窑一盌熒熒暉，樊榭傑句人交推。痛飲竟倒千留犁，廿年如夢欣重持。生平嗜古懷軒羲，王子飤鼎高奴𪔂。伯戔頖盤季姬匜，木父己卣單從彝〔二〕。饕餮花甗蟬紋卮，法物淪落艱尋窺。西京古製良足私，書法矧復參高斯。六十一字陳珠璣，似篆似隸盤蛟螭。斑斑古質無邪欹，李菊丁綴何能幾。望古遙集生嗟咨，九篇墨瀋爭淋漓。振三、星巖、少山、晉齋、誦芬、簣山、伯扶、金夔齋升淵先有作。繼聲援筆成此詞，一物差可覘興衰。鼉聲紫色火德移，寧憶朱鴈登歌時。

【校記】

〔一〕詩題，經訓堂本『鴈足鐙』作『賦鴈足鐙八十六韻』。

〔二〕木父己卣，當爲『古父己卣』，此卣藏上海博物館。

同作并序　　大興　翁方綱振三

述庵先生以所得漢銅鴈足鐙款拓本見寄，其文曰：『建昭三年，考工工輔爲內者造銅鴈足鐙，重三斤八兩。護建佐博、嗇夫福、掾光、主右丞、宮令相省。中宮內者弟五故家。』又云『後大廚』，又云『今陽平家畫一至三，陽朔元年賜』。愚按：此鐙與揚州馬半槎所藏，形式相埒，而徑圍稍弱。半槎所藏者，予嘗見其拓本，中間云『重三斤十二兩』，以今所見此文『三斤八兩』，正足驗漢代權量相去不遠。而厲樊榭詩注乃云『四斤十二兩』，則太懸絕矣。末云『護工卒中不禁省』，此七字爲句，其下又云『某宮內者第廿五』，正與此鐙『中宮內者第五』之文相應，而樊榭誤以『某宮』句與前一行連讀，遂訛『省』爲『首』，又誤牽薛尚功《鐘鼎款識》所載蒲阪首山宮鐙之文，不知彼自在永始四年，與此無涉也。蓋半槎所藏者，銅質半蝕，其文難辨，遂致『省』訛爲『首』，『卒』訛爲『衣』耳。考漢孝成鼎云『守令史永省』，又大官壺云『主太僕監掾蒼省』，又綏和壺云『主守右丞同守令寶省』，蓋『省』乃稽察之義，猶漢碑云『察書』也。今是鐙字字完好，且造於建昭，賜於陽朔，一器中有西漢字二段，尤可寶也，爰作歌系於後。

厲徵君詩內者銘，我見拓文未見鐙。君今爲拓鐙款寄，使我砭誤心怦怦。甘泉泰畤修故事，河東后土屢薦馨。初元以後間歲舉，不獨涓選更匡衡。誰歟傅會首山祀，荊山之鼎朝萬靈。賈慶造鐙在永始，不合牽引來竟寧。昔屢疑之未敢質，得此款記尤可憑。其槃規旋徑稍弱，漢權漢尺原相乘。底曰建昭側陽朔，故家畫一於陽平。前鐫後識歲一紀，八分小篆絲迴縈。歐公恨少西漢字，今乃一器雙妙并。陽朔之題更圓勁，元尚《急就篇》初增。半槎所藏字半蝕，幾被亥豕紛訛承。孰如此鐙底瑩澤，燦若列宿捫生棱。劉敞裴煜不可作，林華蓮勺誰能評。我詩不憚諍樊榭，君藏庶可追廬陵。

吳鑑南蘇門聽泉圖寓開封所作距殉節時已十四年矣感題二律〔一〕

水邊林下舊丰儀，末劫偏逢蜀道危。寧朔參軍亡尉靜，征西長史痛楊怡。礮雲墮地空呼戰，雪嶺連天失裹屍。烈士詞人君並擅，展圖風骨尚瑰奇〔二〕。

中郎久逝典型存，覆醢餘悲忍再論。故里何繇歸鑑水，高情應尚戀蘇門。三巴望斷雲中戍，五夜思傾雪後樽。君在京師，夜夜過余邸舍論詩，雖在雪時不輟。差喜褒忠恩澤厚，時其子方以廕補縣令入都。好憑詞翰與招魂。

【校記】

〔一〕詩題，經訓堂本作『題吳鑑南蘇門聽泉圖時殉節已十四年矣』。

〔二〕尚，經訓堂本作『信』。

題蔣同知紹初業晉開逕圖卽送其歸吳下〔一〕

杜陵開逕昔所聞，近有繡谷傳清芬。憶我少時過君舍，招邀裙屐窮皇墳。夙夢依稀三十載，君亦短衣淹絕塞。長安相見出斯圖，拭目前游仍宛在。篔簹滿逕風蕭森，甘蕉葉葉生涼陰。小亭翼然倚石角，君也獨立疑清吟。交翠書堂如可見，蘇齋只向西廊轉。梧巢隱約直其南，惜少方池水清淺。當時賓從屈指掄，虞山王侍御次山長洲沈尚書歸愚齒德純〔二〕。沈冠雲惠定宇沙斗初張策時崑南吳企晉盛青嶁鄭迂谷〔三〕，王鳳喈錢曉徵曹來殷趙升之朱適庭徐作梅陳魁〔四〕。君家哲弟升枚年尤少〔五〕，玉樹瓊枝擅風調。邀客常開雪後樽，尋山每放花間棹。至今駒隙送雙丸，宿草停雲涕淚闌。唯君絕域生歸後，意氣猶能示據鞍。杏花春雨齋中酒，如雲喜見談天口。我愧年來困簿書，鬢絲作雪悲蒲柳。指日抽簪計已成，乞恩當復返柴荊。好先寄語彭允初汪大紳沈桐𪅂起鳳〔六〕，重向圖中續舊盟。

【校記】

〔一〕詩題，經訓堂本作『題蔣紹初開逕圖卽送其歸吳下』。

〔二〕王侍御次山，經訓堂本作『王侍御峻』。

〔三〕經訓堂本中，冠雲，作『彤』；定宇，作『棟』；斗初，作『維杓』；策時崑南，作『岡熙純』；企晉，作『泰來』；青嶁，作『錦』；迂谷，作『廷暘』。

〔四〕經訓堂本中，鳳喈，作『鳴盛』；曉徵，作『大昕』；來殷，作『仁虎』；升之，作『文哲』；適庭，作『昂』。

〔五〕經訓堂本中，升枚，作『業鼎』。

〔六〕經訓堂本中，允初，作『紹升』；大紳，作『搢』；桐翩起鳳，作『啓鳳』。

送淵如後有寄

南樓樽酒最清嘉，憶與興公手共叉。滿笈圖書常作客，半篷雨雪獨還家。游仙句曲窮幽勝，聞笛山陽轉嘆嗟。謂黃仲則。應向江湖頻望遠，河潼百丈聳蓮華。

蘇文忠公生日招同人集廉讓堂卽事四首〔一〕

又見簪裾集，重瞻笠屐真。絳人留甲子，楚客記庚寅。磨蝎名偏重，騎驎迹未湮。東湖相望近，還擬薦芳蘋。

華嶽三峯峻，峩嵋萬仞秋。雲山知不隔，魂魄定來游。香印梅檀像，松醪藥玉舟。神絃傳致語，髣髴繼商丘。謂宋中丞牧仲〔二〕。

賈陸經綸在，紅豆老人云：『東坡深嘆賈誼、陸贄之學不傳于世。』晁張意氣聯。英靈如可作，名節至今傳。南海飄零久，西方願力堅。憑誰吹玉笛，招取鶴飛仙。

冰雪凝寒候，烟霄陟降時。神來玉局觀，像擬瑞蓮池。詩筆千秋業，廉頑百世師。金梁橋畔會，共望小峩嵋〔三〕。秋帆中丞曩在西安，每冬致祀。今移節中州，汝州有小峩嵋，公兄弟葬焉〔四〕，必爲此會，故及之。

【校記】

〔一〕詩題，經訓堂本作『十二月十九日爲蘇文忠公誕辰招同人集廉讓堂即事四首』。

〔二〕此小注，經訓堂本無。

〔三〕共望小峩嵋，經訓堂本作『應共望雲旗』。

〔四〕『每冬致祀』至『公兄弟葬焉』，經訓堂本作『每至冬致祝。今移節中州，而汝州小峨眉，適隸所治知』。

除夕〔一〕

一樽蔬筍兩人同〔二〕，燭影幢幢待漏終。自媿行藏渾未定，已甘貧病任交攻。衙齋況味清於水，賓從詩才氣似虹。時誦芬以和詩見示。〔三〕差喜瓦溝留瑞雪，早憑鏡聽卜和豐。

【校記】

〔一〕詩題，經訓堂本作『乙巳除夕』。

〔二〕經訓堂本此處有小注：『渚紅長齋，而余以病不茹葷。』

〔三〕此小注，經訓堂本作『時史誦芬以詩見示』。

春融堂集卷十九　杏花春雨書齋集五

丙午　丁未　戊申

送史誦芬歸吳江

參旗井鉞遍巖疆，君游甘肅最久。重向青門促辦裝。風樹幾年懷馬鬣，時回南卜葬〔一〕。關河千里問騾綱。讀書樓迥居偏勝，君有《讀書秋樹樓圖》。釣雪灘高夏正涼。問訊休文銷瘦否，謂沈桐翽〔二〕。不嫌詩酒共清狂。

【校記】

〔一〕此小注，經訓堂本作『時扶尊人靈櫬回南卜葬』。

〔二〕此小注，經訓堂本作『謂沈孝廉起鳳』。

春雨兼句讀來殷欲游杜曲未果諸詩感題其後并寄

手挹芳華作寓公，清游無暇苦悤悤。人憐花月時難得，天靳琴樽句易工。白閣烟巒連夜雨，紫薇坊巷幾番風。雙清心迹何由遂，寄與春明此恨同。

慈恩寺牡丹盛開中丞同幕府諸人並集

名花開遍鳳城西，簇仗鳴騶上客齊。風落珠璣生咳唾，香浮翰墨走雲霓。穠華衹覺春如海，酣適俱拚醉似泥。總是昇平同樂意，攔街聽唱白銅鞮。

口號

猿亡楚國竟何緣，大索還因壤地連。正是星河好時節，明朝一騎下藍田。

七月十七日夜宿藍田行館半庵見過留飲有作

暫出青門第一程，故人解后又班荊。爰書初罷三千牘，危棧將盤十二崢。欒瀨欹湖游未遂，時以抵暮，不及游輞川。玉山藍水志將成。半庵因修縣志在此。夜闌笑指如珪月，看取秋中酒再傾。

秦嶺謁韓文公廟

終南太華高插天，劃開梁雍分星躔。東西綿互迨千里，中條太乙相鉤連。岐汧商洛亦映帶，深山大壑蟠雲烟。我昨奉使行藍田，南望此嶺心迺然。天雞未鳴促戒道，將歷阻隘踰崇巔。盤旋危磴八九折，松杉絕頂飄旌旃。文公祠廟倚岡阜，丹青榱桷開崇筵。下鞍繫馬入階戺，香龕燈火昭精禋。衮衣繡裳氣象肅，垂紳搢珽神明虔。當時上疏罔忌諱，潮陽瘴癘窮瀛壖。蝦蟇鈹鮑作飲饌，鱷魚牙齒森戈鋋。生平學道足自衛，俛仰寧止生憂煎。相傳雲橫雪擁處，湘子幻術開金蓮。人天調御尚詆斥，肯以怪異歸神仙。唐人稗說喜附會，好瀆賢哲非真詮。鄉農伏臘競趨走，歲時簫鼓爭諠闐。坐受肸蠁此亦得，自與嶽瀆垂千年。裴褱再拜行別去，且恐疾雨來靈淵。況我得失知分定，巫恆不用占筳篿。神前廟祝出示杯珓之具，故用公《宿恆嶽廟詩》句。

由商州赴山陽作

稻香風露滿溝塍，差喜農家歲事登。秋樹青黃分五色，楚山蒼翠出千層〔一〕。長征鈴馱原如客，垂老虀鹽漸似僧。余時茹素〔二〕。最是漏天情緒惡〔三〕，頻宵寒雨濕行縢。

【校記】

〔一〕楚山，經訓堂本作『遠山』。

〔二〕余時茹素，經訓堂本作『時余茹素』。

〔三〕最是漏天，經訓堂本作『獨聽床床』。

詠商山四賢

四皓洞庭居，潔身乃避世。迄今用里村，烟波入靉靆。何爲商洛間，高風亦宛在。往來建成家，應被留侯累。終南有捷徑，今古同一嘅。四皓。

朝乘太白雲，夕屆含元殿。樂事萬方同，陳詞類諷諫。脱韡乃敢嗔，捧硯亦何羨。行行過楚山，峯巒愛蔥蒨。憑弔園綺亡，與誰共游宴。太白。

玉溪苦依人，商顔頻駐足。清辭狀絶景，崎嶇宛在目。收果猿出林，退香麝投谷。一時乾膜子，同工亦異曲。人迹板橋霜，朝來見幽躅。義山、飛卿皆在商州幕府。

翰林少英偉，騰身入臺閣。論古記恢張，陳詞動謇諤。直道世難容，屢出到商洛。一見蓮座書，天涯感小畜。千載誰知心，像贊長公作。王元之謫居商州，蘇文忠公有贊。

棣花鋪道中

梅峯樻峪路逶迤，秋氣蕭森軫客悲。力不禁風黄葉墜，色偏宜雨碧苔滋。仙人種藥留餘迹，高士清游剩舊祠。有四皓祠〔一〕。欲問苻菁東下路，亂山荒壘戍樓欹。

【校記】

〔一〕此小注，經訓堂本無。

武關〔一〕

少習山高夕照曛，巖關直上接蒼雯。道長豈免心千折，逕狹頻垂足二分。自古雍梁稱阸塞，當年秦楚屢懸軍。昇平不用丸泥守，戍柝空煩隔嶺聞。

【校記】

〔一〕詩題，經訓堂本作『過武關』。

苦雨

不信來陰地，經過盡漏天。灘高翻岸雪，雲重壓村烟。紅甃凋楓徑，黄低沒稻田。篷窗官燭底，蕭颯更無眠。

梳洗樓傍有仙女廟〔一〕

危逕時時斷，疎林葉葉斑。路通商雒縣，水入曼川關。風土仍三戸，人烟接百蠻。羈愁憐野鳥〔二〕，日暮又知還。

【校記】

〔一〕　題下小注，經訓堂本無。

〔二〕　野鳥，經訓堂本作『野馬』。

雒南道中

熊耳連雲棧，雞頭舊日封〔一〕。治經秦内史，郡入漢弘農。溪澗條條合，烟嵐處處濃〔二〕。丹崖兼白石，勝景不時逢〔三〕。

山木家家伐，溪泉處處流。空場鳴碌碡，密樹語鉤輈。負耒來何眾，誅茅意未休。時楚、蜀人多在此墾荒〔四〕。詰姦嚴令下，哀柝殷層樓。

【校記】

〔一〕『熊耳』二句，經訓堂本作『泉嶽留遺蹟，陽亭誌舊封』。

〔二〕『溪澗』二句，經訓堂本作『北戒聯伊洛，中原走華嵩』。

〔三〕『丹崖』二句，經訓堂本作『西風埽陰翳，晴日萬山紅』。

〔四〕此小注，經訓堂本無。

自山陽至曼川關將由漢江行

老去空憐意氣豪，羣山俯視等連鼇。伏波仍試青驄騎，博望將淩白鷺濤。暮雨欲來雲影亂，寒江初落石稜高。曼胡褶袴生平事，誰分悲秋學楚騷。

過銀花河

苦竹叢深澀馬蹄，山雲忽合雨淒淒。繒關傍嶺青楓密，檟峪分流碧稻齊。湘子洞深迷翠靄，宜娘寨險接丹梯。銀花東去猶餘暖，時聽清蟬隔樹嘶。

上津鋪

處處楓林叫畫眉，薄寒正是中人時。江山莽蒼同秦棧，烟樹蕭條入楚辭。石瀨忽鳴波似雪，秋雲漸合雨如絲。須添欸乃孤舟裏，蕩槳聲中唱《竹枝》。

柳村鋪

清霜點點上征裘，策馬真成汗漫游。偶爲乞漿煩走卒，何須搥壁問前騶。關門無警長眠犬，農事初閒已放牛。江上人家楓樹裏，銅鉦早挂屋東頭。

烟草花

曾吟烟草余向在吳中與同人作淡巴菰詞見烟花〔一〕，澹白微紅數朵斜。誰料風霜蕉萃後，絲絲還繞玉窗紗。

【校記】

〔一〕此句中小注，經訓堂本無。

仙娥碥石洞中有像設

險絕仙娥碥，陰厓一線縈〔一〕。香烟時杳靄，水石近琮琤。山月當眉寫，雲衣擘絮成。清涼居士力，安穩得行程。碥爲今廣西提督三德所修。

【校記】

〔一〕一線，經訓堂本作『一棧』。

自白水河至藍灘〔一〕

涼風雖戒寒，餘暄尚未變〔二〕。蒸爲十日霖〔三〕，濕雲蔽巖磵。絲絲點不開〔四〕，牀牀漏難斷。津吏忽來言，濁流漲清漢。緣溪數尺高，洄流疾如箭。我時仍發船，灘灘闖瀆漩。逆上次藍灘，盤渦益飆悍。殷空雷霆驅，觸石冰雪濺〔五〕。遠疑鷺鷗翔，近偪蛟蜃戰。長年盡呼嘯，小使劇顛眩〔六〕。出險乃斯須，安危竟一線。我生鶩遠游，所適駭聞見。清浪暨江門，性命付夢幻。獨憐挽船郎，百丈累魚貫。衝雨午未餐，力盡泥沒骭。

【校記】

〔一〕詩題，經訓堂本作『自白河至藍灘二十韻』。

〔二〕『餘暄』句，經訓堂本作『晚節剩餘暖』。
〔三〕十日霖，經訓堂本作『十日霏』。
〔四〕點不開，經訓堂本作『黯不開』。
〔五〕冰雪濺，經訓堂本作『冰雪散』。
〔六〕小使，經訓堂本作『小胥』。

兩河關在洵陽

前山忽露夕陽紅，一道谿流兩處通。河畔扁舟真似畫，筠篙斜纜小玲瓏。

聞陞任雲南之命

足迹何能徧，時欲往興安。頭銜幸已遷。計時將十載，新任莅三宣。城郭昆明地，雲山洱海天。詰姦猶未竟，欲去轉流連。

至韓城望龍門形勢

兩崖對起高崢嶸，巨靈雙蹠空中行。懸流千仞快一瀉，雷輥電激何能平。當年文命奠水土，役夫百萬開綖紘。風輪鼓盪氣迸涌，地勢長向東南傾。伊列自通鄂勒索，金沙別自趨窮瀛。西域三十六國水，悉由北戒時虛盈。河從火敦淖爾下，散漫點點疑晨星。雪山鹽澤眾流合，沙漠九曲交縱横。蘭州寧夏出復入，賴此約束歸方程。我來霜後水正殺，白沙沿岸生晶瑩。想當伏秋新漲日，兩涯莫辨奔訇轟。并涇包衛走豫兗，得不潰决懷襄陵。雲梯關口匑淤墊，茭薪竹楗徒經營。邇年屢决復屢塞，乃荷聖德通神明。徘徊眺賞日將暮，半巖祠宇留丹青。馬遷遺迹誰所粉，清娱旁侍還娉婷。河東河西繡壤錯，隔岸蒲坂連洛城。萬千苔碣豈勝數，籀書繆篆垂碑銘。孤笻他日擬再經，層樓飛棟開軒楹。終風涷雨送飛瀑，坐看龍鯉遙騫騰。

過新豐

未央宫闕久淪傾，小市仍留舊日名。傳說寢門猶擁篲，何堪戰地欲分羹。枌榆雞犬衰年樂，芒碭風雲故國情。往事尚存沽酒處，一帘疎柳夕陽明。

至青柯坪欲登蓮花峯風雪不果

宦游三載長安住，玉女明星見朝暮。無因結襪上蓮花，一覽欣同鴻鵠翥。秋來奉詔移昆明，展覲先令趨神京。寒空蕭颯過此麓，快意積願今能成。芒鞋早過希夷洞，再歷雲臺截高棟。盤旋直上半山坪，青柯巨壁當其空。茲坪赤立拔地開，千仞三面高崔嵬。解索劈斧畫難盡，驚猿瘦玃何由階。迢迢一線如懸綆，上界蒼龍貫天井。僕夫賈勇欲先登，予亦褰衣思躡景。同雲漠漠金烏斜，北風捲地揚塵沙。衆峯突兀渾不辨，雪片如掌飛天花。駑馬頻嘶驚獸竄，導人勸勿矜精悍。空作文公訣別情，且從墨子迴車歎。須臾徑寸已成冰，鳥道崎嶇豈得行。勝游自有因緣在，願力雖勤未可憑。邈邈河山同一色，此時風景誰人識。安得吳興黃鶴樵，直挂生綃彈粉墨。黃叔明有《泰山飛雪圖》，事見《畫史》。

過平定州有感

一線添初日，雙浮望遠山。少看風色定，未覺道途艱。煉石傳仙竈，聞笳說故關。侯芭今不見，訪舊淚潸潸。門人王進士臻典以才學稱，下世久矣。

故關

鴈陣寒偏緊，驂綱晚更催。路盤三輔近，關接萬峯開。形勢當天險，蒼茫失霸才。生平來往熟，不覺戍笳哀。

聞竇東皐先生光鼐復官

風采生平動紫宸，忍看掊克到疲民。情當孤憤身何惜，勢到艱危志竟伸。自是轉圜繇黼座，獨憐掩淚徧冠紳。小懲大戒非無補，聞説南邦氣象新。

瀛臺觀冰嬉

雪霽雲消小隊開，依然昔日侍蓬萊。毬門弓矢三番接，畫舫旌旄五色裁。汲黯淮陽常有願，賈生宣室愧非才。明晨又逐南鴻去，鵷鷺何時幸再陪。

曹竹墟侍郎招飲話舊

三年別夢一樽同，話雨纏綿未易窮。衣染風塵常作客，鬢霑霜雪久成翁。深叨孔李交情厚，令兄中履侍御坦辛巳會試，予所取士。更羨楊劉物望崇。分手明朝仍萬里，京華回首盼飛鴻。

茶庵三絶時瑞應重暉相送於此

下得肩輿夢乍醒，又煩軟語共叮嚀。豈知粥版茶魚地，常作勞勞送客亭。

屈指殘年六十三，秋霜兩鬢更鬖鬖。盧溝冬月西風緊，萬里滇池送曉驂。

晨星落落故人稀，裙布釵荊兩地違。誰識此時情緒惡，風吹微雪上征衣。

真定寓梁氏秋碧堂蕉林相國故第也感成四絶

北戒河山湧翠巒，太行秋色照櫩端。昇平休沐多清暇，暮靄朝雲拄笏看。

逢時密勿著綸扉，汲古憐才近亦稀。收得牙籤千萬卷，法書名畫映簾帷。

晚年石墨喜鐫華，真蹟鉤摹十數家。幸有侍郎能好事，倩人磨洗出塵沙。相國刻《秋碧堂法帖》，未成而卒，其石覆在廊西，絶無知者。金檜門侍郎督學京畿過此，發而視之，乃屬太守洗搨，遂行于世。

名臣世澤絶堪哀，不見臯蘭叱馭回。相國孫調人，名用梅，爲予門人，嘗攜此帖相贈，後爲甘肅知縣，今亦下世。圖史凋殘彝鼎盡，誰憐貞石委蒼苔。今詢此石，已移往他處。

順德

征車役役嘆塵勞，遙指嚴城已近濠。平野沙乾浮白鹻，古城霜重亂黃蒿。飢鴉背日歸村急，羸馬銜風望驛號。欲覓新篘謀一醉，疎林已露酒旗高。

秋帆中丞邀至開封置酒觀劇有作

清灞分襟乍判年，官齋把琖更欣然。人懷折柳時時別，詩聽甘棠處處傳。季札又來觀樂地，義山終憶大羅天。終南仙館猶如故，風月何人棹酒船。

襄城早發

紞如戍鼓未停撾，馭卒諠呼促上車。芻豆槽空號瘦馬，鐸鈴聲急警棲鴉。蹊迴未識津何在，月暗難尋路幾叉。龜手已同洴澼絖〔一〕，凍梨那更撲霜華。

【校記】

〔一〕 澼，底本作『縍』，據《莊子·逍遥遊》改。

除夕宿建陽驛

龍坡湖畔卸行鞲，雨雪蕭條倍黯然。竹屋紙窗清不寐，春燈臘酒了無緣。飄零八口音書隔，蕉萃三冬道路懸。獨對鄰牆修竹外，疎梅兩樹鬬娉娟。時家眷從四川赴滇〔一〕。

【校記】

〔一〕此小注，經訓堂本無。

望荷葉山懷明袁中郎兄弟

達材經世宙，畸客營衡廬。所適判大小，樂志原無殊。亭亭荷葉山，下映柳浪湖。雲嵐共渺瀰，竹樹交扶疎。占此瀟湘景，聯築棣鄂居。伯修官春坊，畫省依香罏。中郎來錦帆，仙令飛雙舄。性情各蕭瀞，素尚歸菰蒲。琴書親位置，農圃商耘鋤。往還雜詩酒，問答兼樵漁。中年愴朝露，名譽傳荊巫。今我過楚北，冰霜上籃輿。清游未獲踐，懷古滋躊躇。當時論詩旨，刻意歸白蘇。苦吟轉蚓竅，正類山澤癯。《風》、《騷》卽弗逮，麤厲略以除。吸光并飲淥，靈秀良非誣。

常德晤錢通政東注澧時督學湖南

三年不見嘆晨風，客路題襟感慨同。白簡飛霜存諫院，青衿化雨徧黌宮。上方請劍驚頑懦，出使埋輪效樸忠。衹惜燈殘言未盡，詰朝分手又西東。

沅陵道中望壺頭山

形勢壺頭峻，人烟下雋餘。喬松雲外雪，春水磵中畬。直道憑朱勃，讒言恨耿舒。明珠非物產，懷古更欷歔。

晃州驛大雪曉行

北風觱發戰松篁，曉起飛花滿石廊。一夜盡封紅葉徑，千層齊現白毫光。冰凝馬路蹄將脱，冷逼狐裘指欲僵。卻聽驢綱烟樹外，霧濃月暗怨歌長。

初至雲南使署

又持使節到昆明，十六年來氣象更。鹽井銅坑供轉運，金沙鐵壁樂屯耕。蠻方易簡非難理，吏牘勾稽恐未精。差喜春秋風日暖，好將衰病養和平。

得四川家書二首

蜀棧秦關得得行，近聞小住錦官城。誰知吳下香閨伴，也歷西南萬里程。

千山屈曲七星長，橋名。蠻草蠻花驛路荒。料得此時寒食雨，腰刀帕首見官孃。蠻人稱土司妻爲官孃。家眷出陝入川，出川入黔，出黔入滇，多歷土司之境，官孃皆佩刀出寨迎接。

汪殿撰潤民如洋視學臨滇賦詩見贈次韻奉酬

京雒題襟近歲殘，又聞使節度桑乾。雲霄譽望推三絕，華萼聲名重二難。謂念孫哲兄。金馬新needed文化遠，銅龍先直上書房舊直主恩寬。誰堪頭白淞南客，賸欲投閒作橘官。

舊游詩什數羊何，初日芙蓉謝琢磨。敢謂定文侔敬禮，自看新格重元和。時以尊甫厚石吏部詩集索序。

故園風味歸詞卷，題余《三泖漁莊詞》最工。垂老心情示貝多。承以書《金剛經》冊見惠。從此官齋清暇日，陽春長得奉聲歌。

朱秀才林一桂自檇李來訪留宿官齋有作〔一〕

滇海鴛湖萬里程，擔簦相訪見深情。自憐衰病終無補，敢謂文章老更成。菰米秋風懷故里〔二〕，杏花春雨念歸耕。虞文靖詞：『報道先生歸也，杏花春雨江南。』余所到輒以此名齋。嗟君潦倒頻年甚〔三〕，頌酒譚詩氣未平〔四〕。

【校記】

〔一〕詩題，經訓堂本作『朱林一秀才自檇李來訪留宿官齋有作』。

〔二〕故里，經訓堂本作『故國』。

〔三〕潦倒，經訓堂本作『失路』。

〔四〕氣未平，經訓堂本作『尚縱横』。

輯銅政全書有感

莊山鑄幣古來稱，開竃滇南數倍增。萬里程途喧輓運，四時鎚鑿眾淩競。米薪貴賤原無定，砂礦高低合有徵。採掇羣言資考證，金曹他日免模棱。

得楊進士西和書時主武昌書院講席〔一〕

飄零書劍隔江濆，寄我長箋別思殷。幾歲關河勞遠夢，何時風雨共論文。渚宮遺事增新詠〔二〕，楚國先賢續舊聞。更憶青袍如鵠立，譚經考藝正紛紜〔三〕。

【校記】

〔一〕詩題，經訓堂本作『得楊西和進士書時主武昌書院』。

〔二〕『渚宮』句，經訓堂本作『杜陵遺集增新注』。按：楊倫主江漢書院講席時撰《杜詩鏡銓》。

〔三〕正，經訓堂本作『獨』。

寄壽子才七十〔一〕

塵海嬉游七十年，任人喚作老神仙。西泠未肯隨和靖，南徼偏能訪稚川。時游羅浮。膝下已生新玉樹〔二〕，閨中猶賸舊花鈿。牛腰詩卷知增富，再付侯芭次第鐫。

【校記】

〔一〕詩題，經訓堂本『子才』前有『袁』字。

〔二〕 已生，經訓堂本作『已成』。

雲南布政使署雜詠〔一〕

梅花書屋

蕭齋晚照餘，稍喜塵蹤斷。眷此如玉花，殷勤對几案。

禪悅齋

生平嗜名理，適獲清淨居。宴晦微香夕，同誰說真如。

後樂軒

畫諾竟何功，俸錢良自愧。獨聞甘雨零，差喜秋成遂。

譽處堂

燕安寧自適，老病又何思。蹋壁空堂臥，常思阮德規。

詠絮齋

炎荒冰雪稀，祇有踈華映〔二〕。還惜謝庭空，無人寄清詠。時女粹卿先逝。

杏花春雨書齋

寒雨杏花謝，江南春色殘。憑將羅帕淚，一曲問吳蘭。見《蜕庵樂府》。

紫霞書屋

偶招青雲侶，共契紫霞想。絲竹間燈毬，忽憶鈞天響。書屋中聯云：『竹塢桃蹊，喜花月滇南，選勝同娛暇日；銀燈玉斝，記烟波趙北，賡歌曾侍鈞天。』蓋庚子上元扈蹕至趙北口，特命觀燈聯句，見《御製詩四集》中。

優鉢曇華亭

靜境阿蘭若，名花優鉢曇。往時留雪爪，寫向小屏南。余往爲廣庭先生賦此花，書於亭上。

浮翠亭

五華暨太華，面面烟嵐綠。不上最高亭，何由窮遠目。

風漪檻

曲檻危亭對，虚窗小渚幽。游魚明鏡裏，低映蓼花秋。

伫月廊

逕迴草樹繁，候晚烟霜靜。坐待月華升，露濕荷裳冷。

清偯井

古井寒猶漲，孤亭久盡傾。疎梅叢竹裏，心迹緬雙清。

【校記】

〔一〕詩題，經訓堂本末有『十首』二字注，實比底本少兩首，一爲《譽處堂》，一爲《杏花春雨書齋》。

〔二〕疎華，經訓堂本作『繁花』。

聞來殷學士訃殁于廣東學使任

忽傳凶耗是耶非，知己傷心淚滿衣。文采共推徐孝穆，風流誰似謝玄暉。少攜詩酒同青翰，長侍星辰入紫微。今日羅浮仙去路，何人收入盡珠璣。時屬補山制軍輯其遺稿。

廣通道中

淺滴槐陰露，微寒柳葉風。魚鱗收宿靄，鶉尾展遥空。月映層巒碧，燈深小市紅。天然圖畫裏，詩筆信難工。

行抵楚雄得旨以年老多病雲南距本籍較遠移任江西恭紀

碧雞坊下雨濛濛，忽奉恩綸下紫宮。六十年餘仍瘴癘，七千里外惜疲癃。花明溢浦人重到，江接句吳路易通。更喜前籌今已竟，昨聞貢使過岡東。時緬甸已來入貢。

往在長武遇李制軍嶽麓侍堯忽誦予龍尾關詩怪而問之云茲詩石嵌在大理官舍壁上聞係學使孫令儀嘉樂所刻今過此關視之果然蓋令儀爲予會試所取士常求予在滇篇什予錄而貽之不知其出使時攜以南來刻于此也爲之憮然著手摩挲因題一絕

當年五字記從戎，忽見貞珉刻畫工。聞說行人常洛誦，也應勝似碧紗籠。

過大理驗緬人貢物提督烏君大經留飲園亭有作

南金象齒見蠻官，軍府招留竟日歡。十載聲靈真赫濯，三宣耕鑿永平安。人如萍梗誰能定，迹託苔岑別亦難。痛飲還須澆大斗，醉聽座下響飛湍。亭在澗中，石如鋸齒，削平以大理石鋪其上，其下泉溜鏘鳴，雨後尤厲。

暮雨望點蒼山

闌風伏雨天濛濛，我行回至鄧睒東。龍尾關前午駐馬，高閣直上開窗櫳。翠巒廿九紛窈窕，溪流十八交沖瀜。朝烟暮靄各縈帶，陽巖陰谷殊蘢葱。候人謂此亘百里，蒙氏中嶽加崇封。升香薦幣勤祀典，甘和應候徵年豐。珠林蘭若互相望，靈區晝靜聞巖鐘。是時長嬴正屈節，蜀鵑百本殷繁紅。寶珠如柈照欄檻，紫藤屈曲纏蛟龍。山坳文石畫水墨，霏藍潑墨兼蒙茸。或如梅花半映月，或若芝草齊翻風。叢林官署盡壘砌，竟以人力誇天工。去來屐齒限險遠，安得名勝探無窮。惟聞岑樓昔寫韻，新都蹟在蒼琅峯。窮荒竄謫尚嗜古，前賢芳躅疇能同。泥塗瀺灂苦厲揭，一杯懷古心忡忡。牀牀簷溜暮更急，千巖瀑布飛長空。下注澗戶入西洱，波羅江外鳴琤琮。

纂成銅政全書有作

剔穴開巖藏去聲漸虛，銅官積弊況難除。莫嫌多出鈔胥手，也是西南未有書。

別昆明作

絕徼民風古樸多，莫須束濕莫催科。臨行要語諸君記，安養生全保太和。

連宵絲竹惜分襟，蘭若薰風酒又斟。遙指清華池畔水，算來難比別情深。時諸君復餞望海寺。

持節牂柯只歲餘，愧無德意到窮閭。鷓鴣哨外濛濛雨，又捧名香送使車。

版橋

版橋著名有三：一在金陵，謝玄暉有詩《出新林向版橋》者是也；一在商州，溫飛卿有『人迹板橋霜』之句；一在昆明，楊用修有詩

版橋三處並經行，斜照東風送客程。今日新林還跋馬，數株楊柳倍關情。

關索嶺

大關索嶺高插天，小關索嶺噴飛泉。右手石壁削百尺，炎風涷雨來山巔。亭侯當日不到此，索也何自從櫜鞬。或言諸葛度瀘日，驍勇常作諸軍先。緣巖鑿徑出林杪，一線下繞蛟龍懸。圖經雖缺史已佚，險厄猶在人爭傳。我行況值新雨後，蠻丁百指聲讙闐。蟻穿九曲雖得下，詎免繭足還赬肩。茶檣

小憩更回望，半空雲霧猶盤旋。

行次貴陽汪又新方伯新邀寮佐迎餞時提督許君世亨由臺灣奏凱還黔同席

冰厓雪洞啓長筵，舊好新知共盎然。上將威名收海嶠，詞臣文采耀星躔。時學政吴蓉塘壽昌在座。比年握手逢迎數，浹日談心意氣聯。酒半忽聞馳驛騎，溫綸同喜又朝天。是日謝恩摺回批，令入覲。

再過飛雲洞〔一〕

飛雲巖石幾時飛，朵朵終年伴翠微。出岫自慚渾不定〔二〕，何年真望故山歸〔三〕。

【校記】

〔一〕詩題，經訓堂本作『再過飛雲巖』。
〔二〕出岫自慚，經訓堂本作『我似浮雲』。
〔三〕何年，經訓堂本作『幾時』。

鎮安蔡太守宗建招飲

竦簾曲几暑風清，雪椀冰壺喜共傾。到處知交情意密，長年作客往來輕。蠻歌啁唧陪歡笑，谿石嶙峋感贈行。太守以舟輕，取武溪二石以壓之。他日登臨如見憶，中和巖畔省題名。

七夕寄渚紅前得家信，知六月十二日抵鎮遠，計今可到南昌

小别黄梅雨，涼飔又悄然。一鉤銀漢月，雙槳楚江船。風露何曾慣，烟波祇自憐。花洲風景地，計日可沿緣。

辰州途次

濃陰深處語鉤輈，小西山前早放舟。雨澹遙峯青似黛，溪迴新漲碧於油。日烘蘅杜香樵徑，雲入篔簹掩寺樓。多少玲瓏三品石，不容米老更旁搜。

至常德聞荆州江堤潰決改道長沙有作

扁舟下衡陽，慘澹風色變。濃雲互開闔，暑日屢隱現。頗疑炎暍時，水氣奪晴暵。忽傳荊門堤，驟漲極凶悍。激湍城郭頹，惡浪魚龍亂。洪濤敗衙署，餘浸絕炊爨。異事古所稀，災祲駭聞見。得毋吏治非，降沴示禍患。飛章上九重，瘡痍廑宵旰。俞君提督金鰲謂我言，驛路經旬斷。迂塗由長沙，行程庶

可算。登樓試憑欄，千里驚汗漫。滄江南入湖，色眩青黃半。本嗟行路難，更切憂時嘆。豈能娱絲竹，時俞君招飲觀劇。方戒涉險難。呼僮理戚楫，聊用具飧飯。

登龍陽館舍後園〔一〕

小有林亭勝，清晨結襪游。雲山工遠勢，花竹作新秋。風露殘荷在〔二〕，村莊早稻收〔三〕。徘徊故人筆，遺恨滿山丘。扁爲梁少司空沖泉書。

【校記】

〔一〕詩題，經訓堂本題末多『亭時七月十九日』七字。

〔二〕殘荷在，經訓堂本作『殘荷豔』。

〔三〕村莊，經訓堂本作『村塍』。

卽事

輕巒淺嶂日初銜，遠見秋空數點帆。正是湖田涼氣早，柳陰珠露滴羅衫。

水近滄浪路不分，蠡湖西下水沄沄。當年供奉曾游此，欲問風流向楚雲。

未得銀鱸上釣鉤，柳塘空自泊魚舟。青菱雪藕齊登市，更向烟村問橘洲。

嶽麓書院贈羅少卿徽五三十韻

清江迢迢似帶橫，亂帆片片如雪輕。荒灣短潊一檥櫂，卻望樹杪飛高甍。津人指點書院古，欲訪徽國瞻前型。芒鞋著菭恐滑㵉，短杖搘石愁伶仃。鴻臚少卿我舊好，龐眉宣髮雙瞳青。千里相思正耿仄，卅年憶別懷芳馨。相攜連轡入講室，皐比昕鼓懸前廳。湖湘上游古所重，文公昔日來綏寧。惠威孚洽果不爽，洞獠聽款無留停。長沙士子夙好學，至是坌集歸礱硎。南軒舊蹟稍蕪廢，吏擇爽塏開堂扃。峩冠褒帶備禮法，講道論德除昏冥。別置額員厚廩給，方冀文學隆湘酃。煥章忽召僅半載，操縵未滿生徒聽。知公英爽常顧此，所願後世承儀刑。朱子除潭州安撫，誥詞云：『仁心仁聞，威惠孚洽。』《年譜》云：『長沙士子，夙知向學，及是學士雲集。』又云：『洞獠侵擾，諭降之。改建嶽麓書院，本樞密劉公因南軒之舊而更新之，別置額員，其廩給與郡庠等。八月，除煥章閣待制。』今君解韍踰一紀，老成何異垂晨星。鄉大夫職本應爾，撞鐘攻木聲春霆。況聞丹鉛不輟手，考義往往窮羣經。前賢遺教定可繼，道味洵足袪羶腥。自來經師率老壽，頤養會見登遐齡。我昔奉使按江右，側聞鹿洞依岧嵉。豈知守牧奉故事，規條具揭誰能聆。生徒列舍頗闒茸，書冊庋閣徒飄零。力思整頓尚未得，輒以憂去心怦怦。喜君蛾子善時術，豈無傑士揚王廷。俄頃中廚出雞黍，小飲亦復陳湘醽。日斜酒罷未忍去，再看菡萏千娉婷。時君仿濂溪意，闢地種蓮數百本，花開甚盛。

臧觀察榮青衙齋夜集

湖水湖雲繫短楂，重來把臂笑言譁。白烏赤雀俱稱瑞，碧芷紅蘭尚作花。曲罷不知人欲別，酒闌猶認客爲家。觀察子爲予弟南明之壻。分襟又向楓林去，回首層樓隱暮笳。

蒲圻舟中山水清遠偶成四絶

扁舟東下水雲閒，斷溆橫溪暮靄間。身在藕花萍葉裏，船頭又見小梅山。

鷺鷥鸂鶒各成行，更有涼蟬噪夕陽。一頃紅蓮稻名將次秀，微風吹送稻花香。

秋日城湖分外清，斷雲殘雨總關情。柔波如簟明如鏡，合與詩人晚濯纓。

楚天風物易銷魂，湖外人烟浦外村。依約青帘疎樹裏，與誰沽酒傍窪樽。

東湖夜泊

一碧渺無際，秋潮近夜來。蒼然雲夢月，正對翠屏開。烟樹連吳會，風騷憶楚才。仙人乘鶴處，回首望樓臺。

懷程荊南卽題其松寥山館詩後

淡雲遠漠漠，疎雨方蕭蕭。扁舟過溆浦，清泉路非遙。佳人嘆早逝，玉佩難相要。行縢詩數卷，愛惜侔瓊瑤。篷窗偶微詠，依然見風標。性情寄孤耿，素尚離塵囂。幽芬溢研席，雅韻分蘭苕。獨念仕楚南，烟水清而超。定於種花暇，哀怨親風騷。所恐冰雪文，日久雲烟消。棣華定無恙，謂令兄沅。應與同傳鈔。續兹山水集，永永存松寥。

至武昌寓江漢書院見楊西和史誦芬吳學使泉之亦至

雪浪橫江斷客舟，喜同勝侶晚登樓。最憐鴻鴈哀中澤，尚有魚龍混上游。昏墊難辭官守責，宣防深荷聖明憂。金錢百萬來天府，已遣元臣重借籌。

已近中秋暑未清，八窗盡拓待涼生。經帷尚有絃詩侶，時西和爲院長，方注杜詩。旅館誰殷授粲情。謂誦芬。世事蒼茫魂欲斷，故人憤激意難平。漢陽滅沒雲濤裏，難雇騾綱問去程。

恨這箇關

古道塵沙靜，方城戍堠長。岡巒分北界，形勢接南陽。晉楚千秋事，吳曹百戰場。欲求攻守蹟，故壘久蒼茫。

過信陽州懷明何大復先生

淮水秋逶迤，楚山曉婉孌。地在中原中，秀靈篤名彥。先生幼神奇，聲華動文苑。時值詩教衰，軨材竊詞翰。振袂挈空同，高標溯兩漢。昌穀差隨肩，華泉寧足算。聿承騷雅宗，遺集信可案。後來肆譏彈，蜩螗互鳴喚。況傳節義高，更益詞章煥。直諫辨僉壬，上書斥奄宦。奮身捄友朋，貶謫豈所患。用此表藝林，庶皆立貞幹。今兹過其鄉，懷古輒三嘆。安得許子將，許劭亦南陽人。名言定月旦。

夜行

正喜行程勝，寧謀卽次安。況逢殘月影，已挂碧雲端。燈火村舂急，風霜戍鼓寒。遠川蒼翠外，斗柄已闌干。

良鄉道中

遠火催征騎，清霜點敝裘。西風三角澱，殘月半輪秋。祇益衰年病，頻添旅客愁。惟聞傔從喜，明日度盧溝。

兩間房作

朝來懷抱不勝情，卻指東華僅兩程。終是旅人憔悴甚，曉風殘月便淒清。
關河秋早起微寒，楊柳陰中白露團。疲馬不須加短策，西風落葉打征鞍。
粉粥香飡棗栗俱，村僮闌路遠相呼。誰知往日鶉觚客，又入豳風小樣圖。長武舊鶉觚，屬豳州。
層穹絕壁帶沙汀，每遇潺湲駐馬聽。自是生平山水僻，塞垣蒼翠愛重經。

熱河召對恭紀

山莊秋霽奉傳宣，溫旨頻承倍往年。豈有詞章叨拔擢，詢及當時殿試、朝考、召試、考差諸事。愧非德器荷陶甄。涓埃莫報才先盡，瘴癘雖除病未痊。最喜暫時陪侍從，翠華影裏屬櫜鞬。時命隨侍進京。

遥亭

山勢遥連塞，人烟本近畿。雞鳴桑下屋，牛卧棗間扉。雨後場初築，風高葉亂飛。石渠清見底，正擬浣征衣。

紀曉嵐少宗伯招諸同年夜集

萬里歸來謁紫宫，霓裳仙侣此宵同。分離既久情難盡，振觸多端語不窮。琴鶴無能宣化雨，蓴鱸有夢待秋風。西江幸與東華近，時盼音書寄楚鴻。

白溝河是日霜降

西風欲起澹斜曛，白草黄沙望不分。聞説昨宵霜信到，已看寒意滿山雲。

東光驛

雞唱開朝旭，鴉啼警夜霜。菰蒲雙淀迴，欅柳十圍長。屋繫黄團重，鑪煨紫芋香。晨餐猶未得，且與乞壺漿。

新橋驛

渺渺秋霞盡，翛翛夜色澄。已聞村戍柝，少見驛樓燈。酒敵風霜苦，香從翰墨凝。壁有徐壇長行書，甚工。塵勞何自解，睡思已瞢騰。

柳泉

亂鴉哀鴈峭寒天，燭影幢幢宿柳泉。屈指一年行萬里，明晨又上楚江船。

濠梁驛

曉發濠梁驛，烟波望不窮。蘆船帆上下，茅屋路西東。村店三叉隔，人家二﨑空。笭箵隨處有，魚樂亦難終。

紅心驛

衰草寒蕪驛路荒，茸裘已敝不勝凉。丹楓烏桕紅心驛，始覺淮南早降霜。

自清流關至醉翁亭二首

青蘆黄葉遍巖阿，如此稱關豈足多。莫怪歐公誇武略，劍門雲棧未經過。

空亭寥落接雲烟，琴石梅花迹宛然。可惜蒼龍能嘯月，予家有蒼龍嘯月琴，乃北宋雍熙二年所造。未經攜取寫流泉。

至江寧同年劉方伯松嶦[墫]袁觀察春圃[鑑]招飲瞻園

舊雨晨風判歲年，題襟把袂各欣然。園池最好中山第，樽酒偏宜小雪天。黄菊未殘猶旖旎，青燈半灺尚留連。匡廬雲樹秦淮月，政績他時得並傳。

太湖道中

拂面難禁料峭風，秋陰漠漠水濛濛。轉灣添得淒涼景，柳葉微黄蓼穗紅。

楓香驛

風雨曉淒淒，驚禽咽又啼。柝殘深巷北，燭燼小窗西。春酒寒葅下，鄉書淡墨題。楓香亭外路，半濕玉驄蹄。

過停前驛望蓮峯有作五祖山上有池生白蓮，又名蓮峯

少誦杜陵詩，白業師粲可。余亦慕黄梅，皈依願已果。今經破額山，招提近道左。昨宵微雪零，巖境浮雲鎖。林稀翻宿禽，霜重落松果。惟聽精舍鐘，遥趁郵亭火。

潯陽驛

水接長堤路，風寒小雪天。九江真縹緲，十載更洄沿。碓響前溪屋，榔鳴隔浦船。昔游殊草草，重到意翛然。

德安

敷淺原邊路，烟巒入畫圖。關津西接楚，舟楫北通吴。雨霽雲猶濕，泉甘草未枯。義豐山翠裏，已見驛樓孤。

賙恤

賙恤非無策，流亡未有家。尚虛營版築，時沿江被水傾倒者，尚須修葺。何以度年華。殘雪餘青嶂，荒田壓白沙。黔敖雖有藉，蒙袂更堪嗟。

鄱陽

漲後村墟少，寒深雨雪多。飄零餘鴈戶，慘澹對鷗波。中地猶求緩，全荒忍再科。來牟還未植，春熟更如何。

入廬山自黃巖至開先寺望峯下瀑布僧云嚴冬凍合不得見也留題而返

香爐峯在開先上，遠亙白虹三百丈。嚴冬凍合挂長空，不值冰車殷去聲地響。匡廬瀑布天下奇，輥雷濺雪空中馳。眉山蠶尾均傑作，欲與供奉爭參差。而今勝事何由見，姑酌寒泉資茗戰。相約明年暑雨行，來看蛟龍鬭深澗。

棲賢寺夜宿

霜濃月亦苦，朔吹宵尤寒。沿緣入梵刹，始得開心顔。香廚出盥漱，蔬筍供盤餐。飯餘攬夜景，列岫遥迴環。嶄然五老峯，離立青雲端。松杉數百本，影作蛟螭盤。山僧示舍利，寶色猶斑斕。真寶豈足論，供養期無殘。相對道心寂，投榻從兹安。杳杳地籟淨，隱隱鐘魚闌。微聞階下泉，敗葉相淙潺。

晚至歸宗寺飯有作

山色暮蒼然，微陽在層嶂。瀏瀏緒風寒，漠漠凍雲漲。聞鐘趨招提，稍見禪燈颺。兹傳右軍居〔一〕，方池尚流漾〔二〕。長廊遵逶迤〔三〕，妙墨慽趺宕。還禮佛前香，頗悦伊蒲餉。山僧兩出迎，清譚獲諧暢。空林法鼓鳴，遠火前騶唱。勝踐虚宿因，宵征愧塵障。回瞻金輪峯，清景渺千狀。

【校記】

〔一〕兹傳，經訓堂本作『兹本』。

〔二〕方池，經訓堂本作『清池』。

〔三〕遵逶迤，經訓堂本作『增逶迤』。

臘月二十一日招翁學使振三及曹仲梅秉鈞家若農金寶函鴻書施錫蕃晉江子屏藩汪上章庚吳照南照何夢華元錫諸君小集

官齋鎖印趁閒身，蕙草香中笑語親。澹月微雲風景別，春燈臘酒歲華新。總持儒雅歸名彥，謂學使。嘯傲溪山屬散人。謂仲梅諸君。勝事良辰難並得，擁罏勸飲莫辭頻。

即事

幺鳳聲聲夢已殘，又看翠竹影團欒。起來小啜釵頭茗，偏喜西窗送嫩寒。
歲暮消閒意味長，更無鈴索響迴廊。山僮莫訝銀蟾冷，正愛梅香與蕙香。

春融堂集卷二十　杏花春雨書齋集六　己酉　庚戌

初八日復邀振三及仲梅諸君官齋小集

頌椒翦韭近初春，初九日立春。又向蕭齋集上賓。小院鑪溫梅蕊足，長天雪霽月輪新。江湖秀合文章聚，吴楚朋來意氣真。轉益多師裁僞體，西江詩派好重論。

題余伯扶黄鶴樓卷卽送入都

仙人一笛横高秋，我曾躡屐登其陬。闌干十丈插斗牛，俛仰江漢疑浮漚。黄廛剔㔍歲月遒，大飆北渡乘奔流。回望詎免勞心妯，遜君浩蕩真梟鷗。選勝矧復偕鴻儔，西和稽古譚姬周。誦芬下筆驅曹劉，君亦騰踔超驊騮。振衣脫帽風颼飀，荊門鄂渚一覽收。慷慨懷古長唫謳，畫史再倩張僧繇。尺幅宛帶烟雲浮，揭來日躔鄰降婁。訪我官舍存蒯緱，輕裝將敝蘇季裘。傳教誰問張憑舟，舉圖出示辭咿嚘。欲得詩句珍璚玗，嗟我垂老行歸休。詎能筆力回戈矛，咋者萬里來西洲。登臨差足誇前修，滕王江閣黄鶴樓。岳陽萬頃堆蛟虬，江山如此冠九州。惜不連欒窮雙眸，鯤鵬並作逍遥游。君今僕馬指薊丘，射策定擬居上頭。八九胷吞何所憂，三千鳴止期相酬。

題宋綿津先生留開先寺小照次原韻〔一〕

披衿脱帽自孤清，玉貌傳來歲月更。知是安心歸法喜，不須漁弟與樵兄。滿逕松杉圍夜月，半溪冰雪咽寒泉。棲賢我亦曾投宿，學道輸公一著先〔二〕。

【校記】

〔一〕詩題，經訓堂本末多『同翁振三作』五字。

〔二〕一著先，經訓堂本作『已著先』。

憶舊寄禹卿

小長干與小秦淮，每憶生平步屧偕。絲竹尚耽三閤曲，香燈久奉八關齋。最憐幾載音書隔，終惜雙飛羽翼乖。臨汝新來無恙否，冬郎東有小字玉樹已長埋〔一〕。懷子才，並悼東有。

【校記】

〔一〕句中小注，經訓堂本無。

韓明府暢歸太湖屬訪明蕭伯玉春浮園故址

扶輿祕清淑，聚爲人中仙。性情託山水，吐納含雲烟。膴仕非所願，林麓爲因緣。我慕蕭太常，夙慧研丹鉛。結佩歷清要，晚隱柳溪邊。松篁既茂密，島嶼相洄沿。如螺小翠黛，倒影當清漣。俗無門外客，配有閨中賢。繙經香漠漠，放梵禽翩翩。滄桑蹈行遯，旋以歸人天。昔讀春浮記，望遠時悠然。茲來游未遂，忽忽心旌懸。君今令其邑，仿古信所便。名園想無恙，花月猶芳妍。作書來示我，舒我情悁悁。且爲勸後嗣，文史勤承先。

南昌北蘭寺中有綿津書屋蓋牧仲先生撫江西時嘗率賓僚觴詠於此故名今扁額雖在遺迹渺然適余過廬山獲見先生小像令工摹繪供於斯屋并偕汪書年蔣藕船知讓家若農奠蘋藻焉〔一〕

最憶西陂老，長依竺法蘭。清游仍往迹〔二〕，野寺俯迴湍。蘋藻真宜薦，香鐙取次安。高風千載慕，非獨愛烟巒。

玉貌存初地，摹來著此亭。定教虛室白，坐對遠峯青。月映尊前燭，雲移竹外星。攜朋歸路近，法鼓隔林聽。

【校記】

〔一〕詩題，經訓堂本『書屋』作『詩屋』，『汪書年蔣藕船知讓家若農』作『汪西村蔣漪船及若農諸君』。

〔二〕仍往跡，經訓堂本作『懷往跡』。

將去南昌重游烟江疊嶂亭題壁〔一〕

屢思京職敢求安，總爲衰慵報稱難。何幸又隨鵷鷺侣，長聽玉漏侍金鑾。時以刑部侍郎召用。

虚亭深屋繞迴廊，雙鬢重來盡著霜。如此江山仍話别，何時掃地更焚香。

烏衣留客正呢喃，南浦離魂更不堪。可笑東君歸緩緩，好風先與送征驂。時立夏，係四月十一日，而予於初四日起行。

開過梅花又杏花，緗桃穠李更繁華。荼䕷風裏重回首，更惜將離數朵斜。

【校記】

〔一〕經訓堂本此詩只收録第二首，無第一、三、四首。

自德安循廬山至九江作

曉霽遵江行，江平風亦善。沿緣敷淺原，柔波淨如練。雲中五老峯，依依更相見。相見未忍别，祇覺離愁綰。并懷鹿洞前，青衿習文翰。靈區雖可思，赴召豈容戀。維念三峽橋，銀河挂天半。懸厓雷霆驅，赴壑蛟螭變。良游昨已約，勝地何由玩。渺渺柴桑村，烟嵐倍蔥蒨。所以十八賢，辭榮愛蜚遯。今茲過未能，拄笏屢悽嘆。興盡日欲斜，潮回響葭亂。靜聽鼓迴帆，言就魚蝦飯。

重過灊山

四面烟波一葦杭，江城風景未全荒。繞籬藤莢垂垂紫，隔隴蔓心冉冉黄。琭璹鳴場將刈麥，桔槔戽水待栽秧。白沙翠竹鄉村小，又有幽人蓋草堂。

靈壁道中

廉纖雨過水雲昏，黄土青蕪半掩門。誰識田家生計苦，捕魚放鴨養雞豚。

荒灣斷港水如烟，初過黄梅五月天。十頃荷花猶未放，柳陰已繫采蓮船。

楚雲淮雨澹將收，換罷輕衫更倚樓。騶子催行還不忍，故人詩句在牆頭。壁間有朱石君、吴沖之諸人詩句。

滕縣所見

遠山如笑復如顰，不見花開白似銀。用李長蘅句。卻羨鄉村風物美，蒸梨炊黍餉西鄰。

兖州高太守佩紱宮璽留飲署中話别

香凝畫寢正清和，拂拭緇塵跋馬過。兩地相思言豈盡，一樽共對飲亡何。馳驅已老功名薄，鬢髮全彫感慨多。日昃悤悤還就别，知君伏汛尚防河。

景州

濃陰如幄護窗紗，猶有荼蘼半架花。卻憶去冬風夜起，茅簷雪片大於鴉。

至京借寓勾欄衚衕是桂林相國舊第

經歲馳驅未有家，歸來賃宅近東華。得容車笠情先慰，略庋琴書意已奢。尺地舊傳盤櫪馬，數椽今喜傍宫鴉。前賢儉素風堪仰，便是平津不待誇。

扈從避暑山莊

肄武新畋壯，來王舊制存。路先梅雨潤，晴覺麥風溫。水滿金鉤淀，陰濃石匣屯。據鞍兼橐筆，佳話喜同論。

兩間房即事時江西巡撫奏報得雨

自別江鄉又七年，每懷靈雨兆豐年。今朝望見天顏喜，已報和甘遍大田。

纔東累月總晴曛，《請雨經》聲比屋聞。先時頒《大雲輪請雨經》，僧多誦之。近午甘霖應有兆，東風吹黑嶺頭雲。

小寓

莫訝三椽陋，能容一榻安。虛櫺宜晚讀，曲突備晨餐。豆莢花猶發，槐陰葉未殘。還邀珂馬客，於此小盤桓。

恭和御製啓蹕幸避暑山莊卽事元韻

雨暘應候信無差，澄霽郊原奉帝車。閏入仙蓂當晝永，身依清蹕是恩加。自乾隆丙申隨侍木蘭，已閲十三載矣。兹由江右還京，奏請扈從，卽蒙俞允。塞山遠列烟巒麗，蔀屋歡騰景物嘉。聞說鼇辮真倍獲，豚蹄操祝願寧奢。

恭和御製出古北口元韻

驛路四程通古塞，邊垣幾折傍巖關。奇看雲起千峯外，爽在風生萬馬間。此日趨塗誇詄蕩，前朝重閉尚辛艱〔一〕。詰戎柔遠紆宸念，莫謂憑高野興閒。

【校記】

〔一〕前朝，經訓堂本作『昔時』。

恭和御製至避暑山莊卽事元韻〔一〕

年年望幸動輿情，玉塞神臯喜氣生。已仰樂山兼樂水，矧逢宜雨更宜晴。宫牆數仞金絲備，書閣千函典冊盈。總是鴻猷超邃古，親瞻鉅典快交并。熱河建文廟及文津閣藏《四庫全書》，皆前所未有。

【校記】

〔一〕詩題，經訓堂本「即事」後有「得句」二字。

恭和御製西峪元韻

澗卉巖葩護石鱗，綠陰長夏尚如春。翔空幽鳥皆知樂，閱古喬柯不記旬。風動南薰先解愠，雨餘西峪早清塵。對時端爲覘元化，詎是宸游賞玩頻。

恭和御製題秀起堂元韻

中峯選地構山堂，奥曠兼之迥勝常。花鳥有情周四季，烟霞無盡亘三商。劭農念穡欣新霽，稽古陳書適午涼。宜晝宜吟最佳處，更欣籌筆定遐方。時西藏巴勒布平定。

恭和御製留京王大臣奏報得雨詩以誌慰元韻

庥和久已洽天人，又獲甘霖恰浹旬。三輔桑麻均被澤，千村蓑笠競徂畛。從知蔀屋占秋稔，真慰深宫望歲頻。自此五風兼十雨，應期送喜始庚寅。閏五月初五日庚寅，聖駕啓鑾。

恭和御製山莊即事元韻

夕霽與朝涼，山莊景勝常。稻粱欣並茂，魚鳥樂相忘。日永林陰轉，和風刻漏長。幸依游豫地，素食轉迴遑。

恭和御製游獅子園元韻

禁籞初晴曉露乾，又逢翠輦度層巒。經營豈藉高人繪，長洲獅子林爲元倪瓚所創〔一〕。震迅疑從佛地觀。花近秋辰增蒨麗，鳥依靈囿樂飛翰。新涼未奏清商曲，已被松風一再彈。

【校記】

〔一〕此小注，經訓堂本無。

恭和御製題宜照齋元韻

鬱葱佳氣此盤旋，雲影風光滿目前。景以時宜供鑒賞，機因坐照更安便。寶珠在握均能現，智鏡當空不待研。仰識徇齊符邃古，至誠先覺總超然。

恭和御製將軍鄂輝等奏巴勒布歸順實信班師回藏事宜詩以誌事元韻

萬里明駝奏撤兵，皇威寧復阻遥程。適如其願真知感，不戰而降始見誠。雪嶺烽烟通遠貢，巴塘輸輓息邊氓。西南送喜同時到，應識番蠻念慮怦。時安南國王阮光平亦遣使入貢。

恭和御製題澄觀齋元韻

水石林巒盡可稱，高齋游覽歲頻仍。地經典學茨階古，聖祖臨御山莊，常召儒臣于齋內，校閲御纂諸書。義取陳謨寶額承。內奉聖祖御書『惠迪吉』扁額。惟仰大觀徵感化，豈將真覺契宗乘。天倪道妙忘言處，境與秋光一樣澄。

恭和御製觀瀑元韻

無聲忽有聲，眼識何由到。用以證耳根，鏗訇任飛瀑。返流能所忘，豈復見巖嶠。從聞思修通，獲觀自在妙〔一〕。仰知至聖心，一體普圓照。

【校記】

〔一〕 獲觀，經訓堂本作『獲睹』。

恭和御製清閟閣賞荷元韻

碧沼波澄秋已到，紅衣香盡暑將除。宛疑高士山間屋，恰對先賢水際蕖。舊植上林增沃若，新沾睿賞覺華予。吟風弄月無窮意，妙契宸襟更自如。

恭和御製立秋日疊乙巳詩韻元韻

炎官猶見馭羲輪，梧葉飄來積算真。玉魄尚圓纔月望，六月十六日望，十七日立秋。金飈漸爽正時巡。風迴仙館添涼意，雲斂遙山淨色身。蘇軾詩：『山色寧非清淨身。』甘雨既晴晴更好，豐登取次報章頻。

恭和御製七月朔日元韻

入秋半月消殘暑，合朔初辰放快晴。夏末正欣山雨足，禺中旋露日光晶。珠杓星轉移鶉尾，玉塞風高佇鹿鳴。仰識西成欽若意，總期多稔樂羣生。

夜雨

四山雲漠漠，一夜雨浪浪。想見秋田足，平添客舍涼。青蕪連鹿柴，碧藻上魚梁。祇益天顏喜，京華有報章。

灤陽秋日丁祭奉命祭啓聖祠

閟殿森嚴曙色融，恭承主祭禮儀崇。勇因懸布推鄹邑，典重升香按頖宮。桓戴遠傳先代澤，顔曾同起舊家風。塞垣俎豆千秋少，襄事殊欣步履同。時韓城相國祭前殿。

恭和御製安南戰圖六律

籌邊本爲軫孤煢，因黎維祁失國來歸，故遣王師援之。繼絕何能息義征。尚念昔年勤職貢，非因遠略事佳兵。鳴笳疊鼓行營壯，椎髻穿胷夾道迎。盪決不須勞禁旅，粤南軍已播英聲。《嘉觀訶护戰圖》。

龍驤千隊出關門，將校飛騰矢報恩。破膽先驚騰羽檄，竄身何敢返蠻村。俘擒忍盡羣鯢戮，反覆難容狡兔奔。安南協鎮陳名炳見檄慴懼，亦即歸順，總督令其回，糾義勇，仍爲阮氏任用領兵，爲我副將慶成伏兵所擒，解營正法。

誰是行間宣力最，弓刀褒鄂有賢孫。慶君，靖逆將軍孫，思克曾孫。《三異柱右戰圖》。

奚愁鋸齒與吹脣，直鼓前茅指渡津。五夜烟雲移赤幟，三江風浪靜朱垠。市球、壽昌、富良爲安南三江。因糧儘足資軍竈，編竹猶能抵戰輪。徼外丸泥寧可恃，凝禧賈勇合天人。《壽昌江戰圖》。

阻險方矜弗克攻，出奇上副睿謀同。偶紆間道疇能測，直越浮橋勢倍雄。編伐蒼茫乘夜渡，裹糧踴躍赴戎功。蜂屯蟻聚成何事，芟刈分明等蕰崇。《市球江戰圖》。

甲首頻俘大小良，臨江士氣競燕皇。入城撫衆功真蕆，下詔班師計更臧。蝸觸互爭難自立，牲牢新祀表遺芳。提督許世亨等以賈勇戰歿。威棱遠屆羣蠻震，屢敂重關乞降祥。《富良江戰圖》。

偃伯靈臺慶洗兵，金泥玉冊許歸誠。亨衢遠徼容趨覲，壽宇清秋仰集禎。北塞共球方並獻，南交文軌更同行。貔貅炳照丹青裏，重荷奎章奕世榮。《阮光顯入覲錫宴圖》。

八月十六日夜

月比前宵正，人歡此日停。邀朋馳褭褭，留客倩瓏玲。粲供赬虬卵，用昌黎句。箏彈白雀翎。銜杯思往歲，烽火尚零星。

題洪舍人桐生梧所藏其兄伯初太守詩冊四十四韻〔一〕

三洪並雋逸，珠樹森天都。長者與我舊，縞紵廿載餘。淵源在大戴，君莊事戴編修東原。墳典供菑畬。獻賦上行在，特命金鑾趨。我時尚內直，祕殿聯襟裾。青綾對短榻，彩筆依方疏。謂我孤竹馬，老矣能知途。執經每鞠躩，授簡同喁于。中間忽雨散，落月空梁隅。君持英簜節，校士臨荊巫。我亦赴巴蜀，尺素憑雙魚。每來數百字，細密同真珠。上言雲夢澤，厥浸通江湖。由來屈宋地，宜產風騷徒。下言諸生某，志在窺典謨〔二〕。三禮暨三傳，背誦疑神輸。儻其所業就，堪與追黃虞。發函讀且歎，教澤真覃敷。庶幾兔園冊，胥作麟經圖。俗師刮檮昧，古義搒根株。我旋憂歸里，起綰秦關符。承明不相見，君已專城居。生平本耿介，勵志宗顧廚。卑疵良不屑，峻潔疇能洿。不軌有必斥，非種行將鋤。我適過清苑，衆口滋紛挐。刺天作萋菲，大府爲躊躇〔三〕。我謂君誼士，誦法循詩書。寧甘戇叟戇，非比愚公愚。作書并寄君，捄弊宜舒徐。從容去操切，次第謀補苴。排解幸有濟，湮鬱終難攄。遂疑弓影挂，終致靈車徂。維時在六詔，聞信深欷歔。哀雖悲宿草，奠乏陳生芻。茲來晤駒父，涕淚填嚨嘝。示我昔題句，五字清而腴。想當茶亭路，弔古停肩輿。投閒羨逸翮，走世勞頑軀。再三繙蟲冊，儼見吟情孤。君今去五載，宰木森荒嵎。海山暨兜率，游戲理豈無。獨有後死者，感激心煩紆。援毫作讕語，聊用陳區區。

【校記】

〔一〕詩題，經訓堂本作『題洪素人太守遺詩冊爲其弟梧作』。

〔二〕窺典謨，經訓堂本作『窺鴻都』。

〔三〕躊躇，經訓堂本作『踟躕』。

奉命讞事新安在保定府

地接邦畿近，人緣讞事來。水仍分四股，迹已昧三臺。蜃蛤生涯苦，荊榛老屋頹。更求雲宿舍，約略指蒿萊。國初孫鍾元先生曾居此。淼淼通長淀，沄沄會直沽。塗泥難作乂，黍稷久疎蕪。欲計安全策，須知久大模。鞭笞清訟牒，還擬究良圖。按，虞夏時，引黃河循太行，自北而東至于滏水，分九河以殺其勢，復爲逆河以歸于海。其餘衍沃，皆可資種食。河西而南，魏、晉、六朝以至遼、金皆精水利，足供民食，雖南北分疆，未見有運南方之粟米供給北方者。自明初開會通河，運濟以實京師，而北方水利久廢。昔日九河，今變爲三十六淀、七十二沽，千里內外沮洳淤澱，海門又復狹隘，不能迅速歸墟，是以往昔膏腴悉歸蕪沒。窮民求正，往往與吏胥爭訟，今雖薄懲究治，亦終非上策也。

錢少宗伯坤一以孤雲處士元王振鵬梅花見贈

江空雪淨一枝斜，不傍漁家並酒家。正是孤雲孤絕處，花光禪派有誰誇。

界畫當時重上蘭，高情著意愛清寒。寄來正值梅如雪，酒熟香溫對榻看。

東安門外口占次翁閣學振三韻

曉侍鑾輿魏闕東，女牆遥望日輪紅。畦將生綠春光早，户有賸黄慶典同。婦稚駢闐清蹕外，旌旗繚繞遠林中。歸時風景知尤勝，鳳艒輕颺六尺篷。

白澗道中遇風次玉閣學閬風保韻

噫氣朝來發，調刁雜樹聲。塵清馳道肅，曙啓曉雲横。騎從旁依澗，人烟漸近城。和鑾此際聽，遥和野禽鳴。

登獨樂寺閣次振三韻

傑閣岧嶤次第攀，擬從星斗叩天關。仙靈翰墨依稀在，『觀音之閣』四字，傳是太白降乩書。余二十年前所見，頗帶行意，今修改失真矣。畿輔河山指顧間。座上香雲迎法駕，空中鐘梵悟塵寰。一樽竹葉真如夢，曾記僧廊解珮環。甲申隨輦過此，與張侍郎懷月飲長廊下，今侍郎下世久矣。竹葉青，薊酒之佳者。

恭和御製經雄縣城南因命加賑有作元韻

輦路逶迤紫淀餘，燕南秋潦偶停瀦。茅檐近已安耕垈，楓陛猶殷念澱淤。恩詔屢銜天上鳳，生機全活釜中魚。春風到處謄黃到，億兆寧愁獨後予。

恭和御製思賢村行館四疊舊韻元韻

故居今已作遺祠，今祠即韓嬰故居。功在儒林不朽宜。千古常山存絕業，一時太傅領清資。空聞後裔能言《易》，《漢書》：『孝宣時涿郡韓生，其後也，以《易》徵，待詔殿中，曰：所受《易》即先太傅所傳。』尚有遺書見說《詩》。謂《韓詩外傳》。考古思賢窺睿念，欲將經術契無爲。

恭和御製命截留漕糧三十萬石於北倉以備直隸賑恤之用詩以志事元韻

和鑾本挾惠風行，備賑猶蒙切聖情。蔀屋佇看雙穗喜，神倉又截十分贏。決排策早徵輸速，蠲復恩多市價平。野老豈能知帝力，多方宵旰爲羣生。

恭和御製紅杏園七疊前韻元韻

園以紅杏名，花紅照琱輦。地當欒壽縣，境似華林館。同此藩邸開，獨爲傳經顯。迄今逾千秋，望古情彌展。堂階留古意，書冊適閒遣。兼有綠楊風，泠泠晚尤善。

恭和御製德州過浮橋作元韻

東省頻年報有年，萬家烟火倍從前。固知富庶能成此，應屬恩膏屢沛然。齊乘舊通三輔近，南津直下九河連。黎氓歲歲瞻雲切，爭向鼉梁俟旆旃。

恭和御製降旨豁免山東緩徵積欠詩以誌事元韻

聖念民依在有年，尚虞逋累自從前。緩徵早荷仁施渥，盡豁尤承惠澤全。麥隴地滋容犢臥，桑牆日暖伺蠶眠。齊風魯頌歸熙皞，均受天家景福駢。

恭和御製賦得野含時雨潤元韻

輦路春融日，村原曉霽天。鼇龘初掩冉，嘉澤已芳鮮。節候桐華始，和甘穀雨先。如膏滋繡壤，似露浥桑田。觸石堪徵矣，清塵共快然。紅霑桃競坼，綠盡柳將眠。郅治登三五，豐穰兆十千。敬惟時若意，作肅廑彌虔〔一〕。

【校記】

〔一〕「敬惟」二句，經訓堂本作「敬惟時若慶，作肅意彌虔」。

恭和御製再題曲陸店元韻

沄沄浦潊滙，藹藹村莊明。猗與衍沃壤，富媼資馮生。此疆隸平原，奚有曲陸名。推本九河舊，水國殊郊坰。面勢互縈絡，計里交縱横。古人因取義，實足副其稱。標題固附會，辨難亦紛爭。俯察揭妙理，永以示筆耕。

恭和御製雨元韻

又值廉纖雨，真滋稼穡甘。地猶留宿潤，氣已應春酣。似霧濛濛合，如膏處處含。和因民志樂，渥爲聖恩覃。麥定歧成兩，時看月紀三。滿車甌窶祝〔一〕，良慰老農貪。

【校記】

〔一〕『滿車』句，經訓堂本作『甌窶車下祝』。

恭和御製靈巖寺七疊前韻元韻

尋幽愈見山堪樂，標異真知地有靈。隔嶺初陽斜見塔，臨崖瘦樹半依亭。穹碑笏立青苔染，祕竇泉深翠色渟。屢次春巡邀睿賞，直將奎藻寫真形。

恭和御製賦得泗濱浮磬元韻

清泗鍾精粹，琳琅不啻過。斲來供縵樂，懸處配登歌。昔產山靈壁，新規出玉河。鼓諧鼉坎坎，簫協鳳娑娑。博股因時應，清揚得氣多。浮筠良足貴，拊石自殊科。堵肆春官考，旁耑巧匠磨。從茲虞陛上，天地契庥和。

恭和御製行館元韻

茅茨松棟望非遙，老稚歡呼雜庶僚。行幄雲開晴旭麗，征衣風定薄寒消。批宣閣報何妨晚，捧出奎章每及朝。克儉克勤昭郅治，四時玉燭萬方調。

將至濟寧寄黃同知小松易次振三韻〔一〕

書札頻年屬雁臣，百朋惠我拓貞珉。漢唐寶刻搜殘本，歐趙風流得替人。河嶽正當臨勝地，琴樽端可浣行塵。屬車清暇同連袂，舊侶新知意倍親。

【校記】

〔一〕詩題，經訓堂本無『易』字。

振三以北廬詩見示蓋即今所云帳房也次韻〔一〕

氈帳穹廬詎足誇，幕天席地任生涯。壓來恐不禁風力，疏處偏能露月華。數幅縫成供小住，幾竿揞就便成家。多君仍此揮椽筆，到處人疑貫月槎。

【校記】

〔一〕詩題，經訓堂本「北盧」作「比盧」。

聖駕躬詣孔林行釋奠禮奉命分獻亞聖恭紀

釋奠宸衷肅，升香祀事隆。神龕崇四配，雅樂奏三終。主鬯昭精意，循階共鞠躬。尊師開典禮，錫命逮臣工。奉爵分行異，隨班屏息同。鼎芬烟暈碧，燈焰燭搖紅。簫管陶斯詠，牲牷潔更豐。尚賢宏聖域，考道啓儒風。養氣傳心法，仁民黜霸功。趨承咸穆肅，視聽益昭融。永作時巡範，均因至教充。蕭薌虔告備，旭日耀圓穹。

奉命祭少昊陵及先賢顏子墓仲子任子祠

金天陵闕接丹梯，喬木陰森鳩鳲嘶。邃古元功侔五帝，時巡祀典重三齊。萬年弓劍神靈護，十丈碑銘御墨題。瘞玉焚香歌競奏，似聞淵樂振雲霓。少昊陵。

崇祠肅穆冕旒懸，兗國階墀告潔蠲。仰見行藏符至聖，能將德行冠羣賢。簞瓢一室生平樂，籩豆千秋禮制虔。祭告已終還仰止，歸仁克復倍拳拳。顏子祠。

長劍高冠氣象雄，揭來瞻拜仰英風。知方有勇才原裕，入室升堂德亦崇。井里舊needs清濟潤，帆檣遠望會河通。登臨想見貽謀遠，肅客荷衣便不同。仲子祠，在仲家淺，時賢裔貽熙，年僅十四，蔭襲五經博士，來見，風度甚端。

英靈千古是湖湘，禮重先賢考舊章。請業憶曾來曲阜，崇封猶記在當陽。金絲並奏兒童樂，牲醴同登簿尉忙。時僅有佐雜二人執事。祇覺任城雲樹近，欲尋譜牒已荒涼。任子祠。

寓顔孝廉運生崇檠書齋賦贈并示孔舍人信夫繼涑二首

政簡行朝暇，春深淑景長。高齋煩灑掃，退食足徜徉。竹院琴樽淨，琅函翰墨香。羣賢如晤對，繙閲意難忘。運生藏國初名賢尺牘，凡三十餘冊，真大觀也。

遙憶京華侶，空嗟歲月遒。經傳千世澤，孔主事體生繼涵，專精注疏。文記五陵游。孔編修衆仲廣森爲予記《陶然亭雅集卷》，駢體甚工。二人皆先歿。妙墨欣全刻，遺書待徧求。信夫爲張文敏公館甥，前刻其書爲《玉虹樓帖》，又刻《鑒真法帖》。何時恣賞鑒，同上玉虹樓。

青縣時奉命同樹齋尚書赴高郵讞事

將隨玉輦向津河，持節重看下楚波。欲上肩轝回首望，水西莊外暮雲多。

紅花埠

路出紅花古埠，陰濃綠樹人家。大勝昨經濟北，西風撲面堆沙。
雨過檐飛乳燕，雲開山仿眠蠶。望到綠蕪盡處，候人指是江南。

至徐州寓館與叔華夜話〔一〕

再藉皇華使，重申翦燭情。論年俱老大，話舊倍淒清。夏近河流壯，風高雨勢横。淩晨還喚渡，浩蕩賦長征。

【校記】

〔一〕 詩題，經訓堂本「至」上有「晚」字。

舟中示樹齋尚書二絕

青簾畫舫本蕭閒，柳岸蘆碕任往還。絕似瑞園同直夜，名香小試鷓鴣斑。
漁榔欲歇夜將徂，酒冷茶溫興不孤。明月一輪花十里，滿身香露過珠湖。

高郵寓王文肅公故宅

烏衣門巷短牆遮，灑掃初聞僕隸譁。仄陋閒庭容旋去聲馬，荒涼喬木見棲鴉。後賢已見曹司重，謂懷祖水部。清德猶傳父老誇。卻記京華曾造刺，微言相示手頻叉。予公車會試日，曾邀助修《會典》。

回至紅花埠得旨復往江寧讞事送樹齋尚書北上

候館兼旬共起居，客中分袂更踟躕。塗長應再陳封奏，事重何能定判書。時總督書君麟已去頂戴，巡撫閔君鶚元及布政康君基田均令解京，而按察王君士棻、知府、知州等，俱分別交部治罪。雨後新波浮畫舫，風前飛絮送征輿。秦淮桃葉前游地，尚書生長江寧。別我知公意未紓。

睢陽驛

驛路正當江北，蒼波漸近淮南。但覺濛濛烟霧，不知濕透征驂。

候館紅薔一丈，湖樓翠黛千層。安得單衫小帽，臨窗盡日閒憑。

五老畫圖曾見，杜祁公等有《睢陽五老會圖》。三鄉山水初經。偏愛黃梅雨細，隔村烟樹冥冥。

大柳驛

忽雨忽晴雲窈窕，乍寒乍暖氣溟濛。拍堤新漲人不到，烟水一頃飛鳧鴻。桑麻陰陰柳市屋，葭菼漠漠漁家船。身在南宮圖畫裏，誰能淡墨寫湖烟。

滁陽驛

嵇山春盡草凄凄，中散園亭迹已迷。欲問廣陵遺曲杳，竹林日暮亂禽啼。昔年曾此住征輿，走馬重來水一渠。猶有鼠姑能對飲，不辭醉墨滿牆書。

訪姚姬傳鍾山書院

綠槐高館駐征輿，把臂相看更起予。六代江山依講席，廿年風雨嘆離居。性情恬澹先辭祿，經義紛綸早著書。聞道門牆多俊侶，莫教寂寞伴樵漁。

六合渡江示許員外秋巖兆椿

一碧澄江練，咿啞撥棹來。秣陵山色在，棠邑夕陽開。塔火穿林遠，漁歌極浦迴。潮生葭菼外，傾聽共徘徊。

暮抵臨淮關

一騎長淮路，雲山欲暮天。柝鈴關外驛，烟火塢中船。初月低山影，驚濤醒夜眠。行廚魯酒薄，小飲已欣然。

過泰安官舍示宋太守藹若思仁

雲開巒翠撲中庭，適館傳餐雨乍停。玉檢金泥思帝典，秦碑漢柏想神靈。支笻未得千峯上，叱馭空慚五度經。聽說天門觀日出，紅霞百道動滄溟。

交河懷古

壯士交河著，襟懷最激揚。燈前雙鐵簡，攘臂走光芒。豪俠今何有，風沙自莽蒼。生平慷慨意，亦欲舞魚腸。

七月二十八日同吉侍郎有堂慶奉使長沙出郊有作

西郊暑退晚涼生，重荷皇華使節行。祇惜千秋逢盛典，不同鵷鷺上蓬瀛。玉蝀金鼇百戲陳，周南留滯意難申。計程應度瀟湘路，叢桂香中望紫宸。時八月十三日，皇上八旬大慶，自西華門至海淀，各省皆陳王會。

邯鄲呂公祠

濁世由來盡夢中，夢迴尋夢更難窮。人家各有黃粱飯，掛枕何須待呂公。

邯鄲曉發

殘月長星隱碧空，肩輿鴉軋過祠東。疎疎幾翻豆葉雨，策策一道蘆花風。宿靄漸收秋水碧，連山忽斷曉霞紅。黄粱餘夢朦朧在，驚聽鳴禽起亂叢。

望蘇門山懷孫徵君鍾元

前朝季世隳天綱，僉壬閹宦爭披猖。甘陵竟欲一網盡，白韡校尉提銀鐺。檻車夜出草橋北，詔獄慘酷埋忠良。容城孝廉魯衛士，氣壓燕趙悲歌行。斗杓先奉孫高陽，次友忠節鹿太常。聞信投袂來急難，橐饘親納鬚髯張。危言苦語斥彊禦，共驚口舌含風霜。六芝煌煌萎犴狴，逆億社稷將滄桑。一木難撦大厦覆，脱身蜚遯尋山岡。蘇門巖嶂清而蒼，龍門雷首相頡頏。朝巒暮靄極窈窕，春蘭秋菊皆芬芳。草廬數椽此卜築，絶勝泉石兼松篁。夏峯村畔開高堂，英髦負笈趨門牆。型仁講義法周孔，窮理盡性追羲黄。司空湯文正斌少詹耿逸庵介俱碩彦，服膺奉守欽珪璋。我今過此僅兩舍，式閭何自申椒漿。五世子孫嘆徂謝，百年文獻寧凋傷。宗傳近旨尚可購，亟圖鐫刻垂膠庠。先生著有《四書近旨》、《理學宗傳》二書。

行次滎陽家明府敦初同陳學博理堂夔夜過寓齋兼示新刊吳會英才集小飲有作〔一〕

郵亭日暮卸行裝，二妙同來話舊長。最喜鬚眉俱歷落，自憐腰腳待扶將。衡茅燈火追前夢，理堂曾於壬寅歲暮小住三泖漁莊。關輔雲山憶對牀。余在西安與敦初聚首最久。薄宦羈游俱未遂，夜闌酒罷意蒼茫。

吳會新詩並絕倫，挑燈繙罷意難申。山丘久宿霜前草，集中黄仲則、高東井謝世已數年矣。湖海終留席上珍。孤竹馬衰慚識道，豐城龍起合通津。獨愁明發分岐處，無計同看月滿輪。時八月十四日〔二〕。

【校記】

〔一〕詩題，經訓堂本『明府敦初』作『敦初明府』，『陳學博理堂』作『陳理堂學博』。

〔二〕十四日，經訓堂本作『十三日』。

許州

柳陰一路似江鄉，撲面西風漸送涼。昨夜山前新雨過，沿溪十里稻花香。

觀魏大饗受禪二碑

貔貅十萬揚旌旄，老狐乳覽爭咆哮。諸袁已盡奉先滅，赤伏潛易當塗高。烏林一炬久逃竄，孝廉聲勢臨江皐。許昌距吳數百里，江淮汝漢縈南條。阿瞞築宮具深意，削柹便擬淩風濤。三臺歌舞尚未竟，九首鬼伯潛相邀。子桓繼起更狡鷙，竟託禪讓依唐堯。分香賣履言未冷，鼉聲紫色心尤驕。相國將軍官四十，劍佩蹌濟從諠呶。乃陳降祥珍瑞集，再記款塞呼韓朝。方當寢苫枕凷日，袞冕黼黻山龍昭。圍場千步壇九尺，拜奠璽冊陳南郊。無君無父意自得，大書深刻垂瓊瑤。仲謀奉表亦豚犬，龜象作貢供臣寮。公閭剸刃入南闕，黃初四世如風飆。蜀吳尚在魏垂滅，唯餘碑碣猶岧嶤。吾見此文亦已久，揭來親讀披蓬蒿。三十二行行款正，加以隸體無殘凋。鍾繇梁鵠字莫辯，華歆賈詡名難淆。比於檮杌可垂戒，何待後世相訾謷。廢宮久作山陽廟，靈旗石馬還蕭騷。

登黃鶴樓夜飲作示秋帆制府諸君

往歲南來經鶴渚，荊江堤決蛟龍舞。長官四出捄流亡，載酒何人稱地主。茲行風月正清秋，制軍方伯邀前騶。相看一笑互摻手，攝衣同上城西樓。木落雲開恣極目，冉冉斜陽下林麓。穲稏將收萬頃黃，菰蒲猶映千層綠。臨風舉觶長筵開，且舒勞瘴消塵埃。銅盤銀蠟已徐上，更待皓魄淩空來。談詩說劍皆稱快，賓主風流真絕代。不須絃管奏諠豗，喜有江山助瀟灑。胡牀吟嘯庾元規，投轄藏鉤勸醉歸。謂陳方伯望之淮。惜少仙人橫玉笛，白雲黃鶴夜同飛。

宿臨湘萬年庵〔一〕

遠水漲柔藍，層岡抱濃綠。秋初風微涼，稅駕近佛屋。徙倚壁間詩，舊游率鬼録。還愴兩玉人，沈吟緬湘竹。壁有梁文定公詩，蓋撫湖南時作。又《寺記》稱，驛舍係沖泉少司空修。沖泉以丙午秋下世，而戊申文定繼之。文定詩本和吴雲巖鴻作〔二〕，雲巖先任湖南學使〔三〕，其門人宋編修銑亦嘗爲衡州太守，往時師弟有連璧之譽，均與余善，今亦先後下世矣〔四〕，故并及之。

【校記】

〔一〕詩題，經訓堂本作「蒲圻港口驛作」。

〔二〕吴雲巖鴻作，經訓堂本作「吴殿撰鴻作」。

〔三〕雲巖，經訓堂本作「殿撰」。

〔四〕下世矣，經訓堂本作「下世久矣」。

過洞庭湖滙口

蒼茫遠勢似滄溟，取次行程到洞庭。霜露漸凋秋樹緑，烟嵐微覺遠山青。路通吴楚連江界，地合瀟湘證水經。擁傳卽今瞻浩蕩，從戎憶昔共飄零。己丑冬，同趙升之過此。

湘江晚泊

雨霽湘江夕照妍，披襟小坐意悠然。濃陰誰種千竿竹，香稻初收萬頃田。紅葉近遮沽酒店，白蘋多傍釣魚船。分明一片吳淞景，豈料清游在楚天。

九月初十日家梅溪觀察家賓諸君餞於湘江驛舍

江天搖落罷登臺，何意蕭晨再舉杯。游讌幾同燕市酒，風騷還憶楚臣才。時梅溪議修湘江神廟，卽屈子祠也，擬以宋玉、景差、唐勒、庾信配之。兩行絲竹人將别，千里烟波鴈又來。他日蘅蘭花發處，雲藍早望手親裁。

湘鄉

殘更時候欲霜天，疎柳横橋月半弦。夢斷香消人不寐，又聞寒笛一江烟。

安南國王阮光平以萬壽祝釐入覲禮成而返棹過長沙聞余等即日回京來見紀之

長刀植立儼威儀，歸路尤殷荷燕思。御極八旬開壽域，來王萬里仰崇禧。身兼羽衛依仙仗，上命王在乾清門侍衛上行走。樂識《簫韶》喜賜詩。此去富良江上過，奉藩譽望播蠻陲。

松滋亭作

薄雪翛翛霽，寒雲淰淰虛。屐聲通小市，帘影落清渠。竹樹春烟裏，山嵐夕照餘。湘江三四曲，曬網愛村漁。

羅徽五院長招飲〔一〕

橘州晝靜雨濛濛〔二〕，裙屐偕來敞綺櫳。瑣院憶曾三次共，余與院長及王方伯懿德於己卯、辛巳、癸未三年同校鄉、會試。霜臺難得六人同。院長及吉少司馬、麟郎中喜、丁員外雲錦、許員外兆椿皆先後爲御史，而余亦承乏副憲，故云。江湖舊侶欣無恙，絲竹清音聽不窮。莫嘆心期當歲晚，好傳雅集寄詩筒〔三〕。

【校記】

〔一〕詩題，經訓堂本「院長」作「山長」。

〔二〕晝靜，經訓堂本作「秋盡」。

〔三〕「好傳」句，經訓堂本作「定傳雅集紀詩筒」。

過觀音礄上吉祥寺即太白所詠白兆山也

昨從應城宿，曉望京山行。烟巒聳蒼翠，拔地西南横。遂有觀音礄，曲折趨化城。石崖出奇秀，空嵌兼崢嶸。鍾乳所凝結，藤蘿互迴縈。竅穴各穿透，剜刻皆天成。超然觀自在，瓔珞垂前楹。松龕梵唄靜，蓮座香雲生。塵根至此盡，蕭寂疇能名。再上妙吉祥，古桂疑千齡。寺右見飛泉，百丈懸晶瑩。娑羅繞絕磵，清籟交琮琤。伽藍惜荒薙，少見僧雛迎。昔時李供奉，於此紓幽情。桃花巖尚在，何時見飛英。空詠謫仙句，嗷嗷哀猿鳴。

荊川寓劉氏江村碧樹山房將去有作

江山秀而雄，萬雉壯南戒。其中三畝園，亦復富松檜。深池繞其前，層厓護其背。碧薜與紅藤，交縈等圖畫。苔壁繫幽琴，繩牀置方罣。似爲聽事餘，耳目發清快。不知一線隄，民生判利害。朝看石輪囷，晚驗濤溯湃。焉能趁蕭閒，俯仰適自在。棲遲將及旬，亦少釋疲憊。仲冬風日融，欲別知難再。禽鳥亦依人，飛鳴宛如話。

重過湘纍廟

蕭瑟前游地，緣蘆繫短槎。雪晴雲似葉，江遠浪如花。幔捲啼飢鼠，林疎見墮鴉。獨憐香火絕，誰念賈長沙。

長沙除夕

草草杯盤喜見辛，鎖廳暫擬作閒身。擁罏聊似消寒會，載酒猶來饋歲人。玉漏漸移頻問夜，將以五更望闕行禮。燈花齊發欲爭春。舉頭莫道長安遠，俊侶仍多上國賓。

春融堂集卷二十一　杏花春雨書齋集七

辛亥　壬子　癸丑

家太守蓬心自永州來訪并出所作雲栖教觀圖相贈蓋十年前舊約也因題其後

夙昔慕棲真，松篁尚在目。皈依欣有自，不在詹尹卜。蹉跎遂十載，使車屆南服。瀟湘歲云改，風雪灑叢竹。旅況正淒清，忽聽跫音足。于思幸無恙，居然老尊宿。其年七十有一。更出教觀圖，趺跏坐崖谷。中有大士龕，瞻禮愜所欲。君家世詩畫，妙繪照簡牘。頻年對澹巖，呼吸盡山淥。因寫剡溪藤，何啻荊山玉。天涯正初春，燈火炫華屋。西窗談藝餘，辛盤倒醽醁。屈指上元前，已覺歸期促。持此代招隱，君歸亦當速。

永明林明府崑瓊以澹山石刻見示

澹山本澹遠，疑是神仙居。我常慕其勝，寤寐時縈紆。持節來楚南，相去兩舍餘。算緡真不暇，安得乘籃輿。羨君素知我，嗜古同熊魚。贈我三十幅，紙墨精而腴。惜自涪翁外，衆作徒紛挐。乃知山水妙，歷久終當舒。况此湘沅上，雋士侔瓊琚。君能敷化雨，絃誦開詩書。太守亦好事，畫理追倪迂。政閒往摹寫，勝境傳寰區。石門與竹徑，題詠當非誣。今姑束藤笈，聊重惠施車。

題杜秀才春亭文斗草堂課子圖

甘蕉葉葉當風疏，遶檐萬个森篨篨。瑤環瑜珥立堦戺，彷彿背誦千行書。彎弓兩石計亦得，不爾南陌挐犁鋤。蟫穿蠹蝕有何味，口講指畫將焉如。知君婷雅嗜皇古，《凡將》、《爰歷》供畋漁。中郎八分憔悴後，蒼頡三體臨摹初。側聞絹素走湘楚，通神瘦硬收時譽。秀才長沙人，工篆隸。此技欲傳恐匪易，先以六藝操權輿。時當春日緒風善，亟宜趁此書堂虛。城南况有韓氏例，騰踔寧不思龍豬。研經賈孔作根柢，讀志杜鄭分菑畬。《說文》、《釋文》耽古義，庶見末學能湔除。此邦騷雅由三閭，景差宋玉鏘瓊琚。江山清淑應不乏，要吟玉案酬居諸。男兒十五志有在，慎勿徇俗他人狙。因君課子發讕語，試以持示羅鴻臚。謂徽五少卿。

岳陽樓望月時正月十八日

殘雪未霽風颼飀，明鏡晚挂東南陬，我來乘傳回巴丘。長橋如虹橫沙洲，弓刀百隊陳貔貅。紅星點點交燈毬，攝衣直上城西樓。樓高三層俛百尺，下瞰萬頃雲烟浮。生平過此忽五度，未遇皓月徒煩憂。茲行何意對清景，乾坤一碧如深秋。林凋微見商舶火，溪響似度漁郎謳。繞樹依稀咳鸛鶴，軒波髣髴騰蛟虬。獨行雖無嘉客伴，快意較勝前人游。霜天曉角三弄罷，波羅大鼓停更籌。珠斗闌干耿北極，銀潢淺澹仍西流。挾飛仙去尚未得，已擬浩蕩隨鳧鷗。鷄鳴且勿催前騶，要看日出榑桑州。

荊門道中寄崔太守幔亭

西泠橋下敞離筵，遠道相思又九年。臘酒春燈尋昨夢，對牀話雨付前緣。青綾唱和消清福，君夫人錢氏孟鈿爲予座主文敏公之女。玉署風流藉後賢。令子景儀太史。念我江湖持使節，近來霜雪嘆華顛。

荊州曉泊寄余元亭慶長

殘雪霽春陰，春雲照碧潯。重移江上棹，來作郢中吟。鸚鵡晴波綠，蘼蕪草色深。舊游不可見，誰與暢幽襟。

南陽道中謁諸葛草廬

蜀漢宗臣重，琅邪望族尊。南陽羈旅日，名蹟至今存。白水留王氣，青山對廟門。千秋聞父老，流涕薦雞豚。

慘澹三分業，肫誠兩疏書。庭下刻兩疏，石鉅而書法雄。雄才超管樂，妙譽信崔徐。風馬雲車在，綸巾羽扇舒。溪山盤鬱處，猶似護儲胥。

早靖南黄策，旋移北伐兵。褒斜開地勢，參井應天彭。巾幗羞强敵，營屯見雜耕。更嗟綿竹戰，兩世著忠貞。

岡阜似迴龍，松杉久鬱葱。當年陳大計，一出震羣雄。拮据三巴業，淒涼五畝宫。自來豪傑輩，肅拜意何窮。

范滂墓

黨論成千古，先攖最慘悽。名真同李杜，節不愧夷齊。勝地供埋骨，衰朝嘆噬臍。何人憑軾過，酹酒共洛齎。

西平

驛路淨春泥，來牟秀欲齊。人烟弦子國，風物朗陵谿。蔬圃眠朝犢，桑陰唤午鷄。前山如畫裏，指點似新鄭。

夜宿隁城口占

誰人知我此時情，圭竇繩牀宿隁城。酒醒夢回風又雨，半枝殘燭夜三更。

新鄉道中

沙路草芊眠，春流半入田。未交寒食雨，已近賣餳天。早杏微黏帽，垂楊偶拂鞭。畫旗山郭外，隱約露鞦韆。

淦陽驛夜行

幢幢燭影照衡茅，苦酒三盃伴寂寥。如此淒涼風雨夜，可知明日是花朝。

沈沈戍鼓響郵亭，霑濕征鞍尚未停。誰識女紅同夜作，寒機窗下一燈青。

暑中韋慎占紀曉嵐吳沖之陸健男招集寓齋

持節經時汗漫遊，歸來門巷集華輈。湘雲澤雨詩聞見，雪藕冰桃佐勸酬。畫諾吏希官事簡，談玄客到勝情幽。新知舊侶難同聚，消夏杯殘更訪秋。

送羅兩峯聘南歸

長安作客經三伏，鶉火西流秋已肅。羞從樓護近朱門，豈附韓嫣豔華轂。所居城北借僧寮，且向香廚啖虀粥。長鋏能無逆旅愁，短歌聊當窮途哭。偶從名士劇詼諧，勝事彈絲兼擊筑。薜荔衣寒塵土蒙，茱萸酒冷年光促。紛紛誰是擅吹噓，落落終愁困跼蹐。一身寄跡比鶺鴒，千里遙情託鴻鵠。平頭催買小吳船，挂篷早趁秋潮綠。同人走詢各悽然，會合嫌遲別嫌速。淮北烟雲浦溆深，竹西亭榭朋遊熟。翰墨場中老斲輪，振衣岸幘相追逐。絮酒應澆處士墳，謂金君壽門農已歿。誅茅小築幽人屋。但當回首憶京華，常寄瑤函剖魚腹。諸君摻袂莫咨嗟，且覆深杯重剪燭。他時一事慰相思，畫叉長展千枝玉。

君工畫梅，所贈甚多。

李編修皐塘驥元以詩集見示賦贈

病眥昏昏久未開，忽傳詩訊走輿儓。蛇神牛鬼爭奇句，井絡天彭信異才。索米頻年愁立陛，求金何處更登臺。唱酬幸有壎篪樂，光燄干霄接斗魁。

題家太守少林嵩高藉山讀書圖即送之平樂府新任〔一〕

邗溝連甓社，珠氣光如虹。澄湖三十六，江海通朝宗。厥地產偉傑，用使斯文崇。樓邨謂修撰式丹既俊邁〔二〕，白田謂編修懋竑更淵沖〔三〕。惜我稍後出，未獲相追從。官齋逢老守，謂孟亭太守箴輿〔四〕。其歲當顓蒙〔五〕。梅嶺雪皎皎，紅橋花濛濛。百觴酒不醉，一掃詩俱空。抽帆遽北向，懷舊徒煩忡。數年始見君，玉樹森青葱。聲華播冀北，文采騰江東。示我游粱句，雅奏開頑聾。朱絃澹疏越，洵與前賢同。君方賦釋褐，我更臨邊戎。分襟忽踰紀，昨復瞻青瞳。豪情出眉宇，高韻軒心胷。爲示藉山圖，花竹交玲瓏。縹緗追萬卷，雒誦資三冬。家鄉千頃水，何處來雲峯。且然聊復爾，姑借明幽衷。君今異宂長上聲，八桂驅青驄。雲嵐經紫邏，旌旆穿丹楓。橘山暨華蓋，名勝疇能窮。政餘肆幽討，定見詩盈筒。可慰故山志，幸勿歌蒙茸。君家老學博，謂在川廣文希伊〔六〕。致仕安章縫〔七〕。固窮等范丹，授講侔丁恭。馳牋定諄勗，迪教兼興農。廬陵況遺直，晉陵亦孤忠。鄒忠公、胡忠簡公皆曾居此。師此良已足，寧必爲書傭〔八〕。孟冬日纂纂，遠道風逢逢。樽酒不暇置，何以抒微悰。題詩代志別，目斷鸞山重。

【校記】

〔一〕詩題，經訓堂本作『題少林藉山讀書圖即送之平樂府新任三十四韻』。按：卷二十一所編詩爲辛亥、壬子、癸丑三年詩作，即乾隆五十六、五十七、五十八這三年的詩作，此卷中仍有數首詩能用乾隆五十五年經訓堂刻本校讎，說明這數首詩在編排上有所滯後。

〔二〕此句中小注，經訓堂本無。

〔三〕此句中小注，經訓堂本無。

〔四〕經訓堂本無『箴輿』二字。

〔五〕顓蒙，經訓堂本作『旃蒙』。

〔六〕『希伊』，經訓堂本無。

〔七〕致仕，經訓堂本作『致任』。

〔八〕爲，經訓堂本作『拘』。

和袁子才病中自輓四首〔一〕

來本無生去豈亡，空勞薤露助悲涼。笑君不了還詩債，又向朋儕索輓章。

輓歌聊復仿淵明，莫向觀河厭此生。非但谷神常不死，也知年老要成精〔二〕。見《楞嚴經》。

心如眢井看常涸，身似枯桐豈再華。我亦新來頻小極，藥烟影裏過生涯。

論齒輸君小七年，髪無可白總華顛。他時撒手休臯復，淨業終歸自在天。

【校記】

〔一〕 王英中、廖可斌、王英志標校《袁枚全集》陸《續同人集》「過訪類」詩中所收此詩，題作『和簡齋先生自挽詩』，只有第一首。且『笑君不了還詩債』作『生平未了還詩債』。

〔二〕 要成精，經訓堂本作『定成精』。

題座主錢文敏公墨梅

不嫌性格近槎枒，只愛幽香半樹花。翔鶴堂空仙去久，誰人和雪寫唐花。

田山薑秋帆圖爲馮編修鷺庭集梧題〔一〕

峩硐大艑停河湄〔二〕，蝃蝀百丈臨秋漪。輪蹄斑斑還復往，拂雲萬堞遥參差。諦觀横卷誰所作，云是京兆田郎爲。時由虞部分曹司，首從軍衛絕餽遺去聲。次及斗龠嚴收支，納米納粟盡穎栗。于囊于橐同京坻，天庾已足官事少〔三〕。乃召佳侣銜芳卮，通潞亭邊好風日。牐水收潦如琉璃，嫩晴況值重陽時。松杉影裏款段穩，葭菼叢外肩輿欹。檣竿十丈亘竹笮，繫以兩尾青騾馳。座中裙屐何人斯，緯蕭之客來西陂，或似小長蘆釣師。酒酣跌蕩無不有，捉筆快寫瓊琚辭。先生獨爲民力慮，想見感激淒心脾。悤悤彈指百餘載，粉墨未黦神扶持。小馮君昨售得之，深嘆前哲懷瘡痍，邀我琢句同裝池。東南輪輓四百萬，國家大計民膏脂。自從官田久斥賣，臨期簽派煩鞭笞〔四〕。長途兼患食貨貴，轉運漸致旗丁疲。兌交詎免肆婪索，縣官緣以淆成規。水脚收費制盡失，徒使胥役爭侵欺。先是，尹文端公奏定每石收費六分，折錢五十四文，每石水脚收錢五文，此外不許多勒粒米，今不遵久矣。誰憐祁寒并暑雨，僅取糠籺充朝飢。邇來漕帥幸修潔，飭下毋許求銖錙。矧逢明詔屢誥誡，冬開始見無淹遲。喆兄往亦司厥事，罪言示我良非私〔五〕。方今太平理玉燭，狼戾往往聞東菑。農民運戶兩不病，終賴長竿相疇咨。文恪題詞更可念〔六〕，藉此敢告司農知。

【校記】

〔一〕詩題，經訓堂本作「田山薑秋帆圖爲馮鷺庭編修題」。

〔二〕峩砢，經訓堂本作「巍峨」。

〔三〕官事，經訓堂本作「廳事」。

〔四〕簽派，經訓堂本作「僉派」。

〔五〕示我，經訓堂本作「識我」。

〔六〕經訓堂本此處有注：「謂沈繹堂詹事。」

賈島峪

主簿名猶在，荒祠閉早春。茍非逢令尹，何以著畸人。殘雪時嘑鳥，枯松半作鱗。栢巖寒色裏，誰與薦溪蘋。

自龍泉關上長城嶺

路從保陽來，山色已漸迥。行行望嚴關，勢與層雲永。宵柝遠猶聞，戍燈近漸炳。濃霜凝薄冰，攬轡詎敢騁。盤旋甫極巔，朝霞開眾嶺。俯瞻巖壑深，横睇松杉靚。再度古長城，雉堞尚修整。中外久一家，耕屯分萬井。阨塞安足恃，舊跡正可屏。我將禮文殊，聞思想清淨。白雲如狻猊，臨空數引領。

臺麓道中

翠罕初離水竇巖，松嵐影裏日輪銜。香雲不動天花住，又有松花滿客衫。

山程一舍本非遙，臺麓精藍隔磵橋。檞櫪青黄猶似畫，鯨鐘聲裏繡幡飄。

大文殊寺

五嶽泰崋衡恆嵩，出雲降雨參神功。此外靈區表絕勝，菩提娑樹侔天宮。普陀獨鎮巨瀣中，峩眉雞足西南雄。妙吉祥居道場啓，若非天眼焉能窮。縈青繚白千萬疊，須彌鷲嶺遙相通。風沙萬里截紫塞，冰雪三伏浮蒼穹。十方三界來聽法，龍王鬼伯相隨從。烟霄朝現應真像，刀仗夜伏修羅凶。鯨鐘鼉鼓互震吼，獅林鹿苑殷虛空。窣堵波高颷鈴鐸，睺羅那廠開荒叢。望海峯巒更奇偉，歸墟赴壑連鴻濛。洹沙淨眾得未有，梵唄響答千巖松。憶自摩騰入中夏，曇鸞靈辨追前蹤。長者雨花撰合論，導師海墨分禪宗。彌天並盡未來際，一切攝授歸圓融。生平夢遊安得至，何幸萬騎隨飛龍。登山入寺首瞻仰，已覺壯麗非人工。獰獅狂象悉調御，華嚴樓閣森重重。嚴寒漸退春意足，慈雲慧日交曈曨。南臺中臺次第到，水田萬指咸趨風。黃衣紅帽亦密教，大寶所授薰修同。山燈夜炬聞可見，願乞加被昭顓蒙。

甘露泉

一滴能知味，方諸已可參。況逢春雪盡，更覺露華甘。

明月池

但言明月池，未見池中月。欲參不二門，應與維摩說。

中臺寺

絕景淩千仞，靈區峙五臺。松雲春晻靄，泉石晝喧豗。妙吉祥如在，優曇華正開。欲觀清淨意，晏坐証西來。

微雪口號

清涼世界更清涼，合有天花作道場。疑是瞿曇來説法，層層交放白毫光。

殊像寺

殊像猶無象，趺跏四大空。香雲千嶂合，梵唄六時同。松栝臨春翠，烟霞映日紅。華嚴彈指現，一併証圓通。

出山即事

松崖栢徑隔塵凡，日日清游意尚饞。縱使天花多未著，也留雲氣滿征衫。
回溪小澗響沄沄，誰向泉邊坐夕曛。最憶北臺清長老，耳根一晌斷聲聞。
已選聞思交慶喜，更無言説對維摩。清涼大數分明在，安得餘閒誦貝多。
層層嵐影滿春山，法喜欣從豹尾還。今夜臺懷明月底，夢魂猶繞翠微間。

過邱太守至山學勄官齋觀所藏古墨

翰墨因緣五十春，是人磨墨墨磨人。今朝古樹齋中住，怕見香煤滿篋珍。
鹿膠首數李廷珪，下及方于魯程君房各品齊。一語乞君成勝果，留書貝葉向招提。

回至紫泉

涿鹿塗將近，班驎輦正迴。紫泉縈曲渚，綠柳拂輕埃。麾蓋翻風轉，犁鋤待雨開。旅窗逢地主，猶得撥芳醅。

爲馮郎中星實應榴題夢蘇草堂圖

西方不無難著力，琳師送後知安適。喜君夙昔有因緣，獨向寒宵晤顏色。高軒曲逕風泠泠，潁濱已見疎眉青。長帽老人亦來至，頗覺拄杖音敲鏗。飛鴻九州神不昧，矧有文詞結靈契。久從施顧考遺編，君有《蘇詩合注》，蓋合王梅溪、施元之、顧景藩、邵子湘、查初白諸注並錄之，補其未備，并攷異同得失。自爾心魂通寤寐。稜稜丰骨古衣裳，信是騎驎下大荒。風標不數鷗波畫，意態猶同笠屐裝。一龕本與彌勒共，樂天鶴氅深珍重。何期後世子雲知，月落空梁竟同夢。愧我相望未得親，栢堂竹閣念前塵。將來化作橫江客，去訪臨皋月下人。

題馮侍御實庵培種竹圖

馮君易字字實庵，又畫叢竹盈吳縑。竹本虛心非有實，細繹此義誰能兼。中虛中實表《易》蘊，要在《既濟》功相參。君也宿昔擅詞藻，雅材百五精研覃。崑崙懸圃在筆底，珠林瓊島常親探。君初字玉圃。邇來斂華復就實，惟君子竹心良忺。小園一畝風月酣，曲欄棐几清而恬。初楊生稊拂網戶，芳蕙吐蕊依書籤。畦丁壓擔劚寒玉，信行將試鴉鋤尖。兩僮顧盼各自適，仙禽欲舞毛髟髟。罷直歸來日漸午，青鞵恰配青羅衫。君侍西清已廿載，近換諫職尤清嚴。庭階雖無指佞草，惠文鐵柱陳封函。會須添樹新甫栢，蘭臺故事君能諳。虛心實節兩不忝，再繪蒼翠交窗南。

題曾郎中賓谷燠西溪漁隱圖二十八韻〔一〕

昔年屢放西泠櫂，惜未竟作西溪游。名園野刹望不極，空向蠹簡資研搜。余重纂《湖志》，載西溪軼事甚夥。秦亭山迴十八里，黄寒益覺雲林幽。古楳繞磵香漠漠，叢篁夾浦風修修。蒹葭深處花似雪，團茆鐘梵殷清秋〔二〕。遵涂纔容椰栗杖，短彴頗礙沙棠舟。江村詹事曾卜築，槿樊蔬圃兼瓜疇。九天鳳蹕忽莅止，竹窗墨寶騰螭虬。溪山嗣是更生色〔三〕，百年嘉話傳江謳。華亭小構繼其後，撚花嘯月情彌遒。保閑主人愛蕭寂，彈琴響殷空潭湫〔四〕。猨驚鶴怨蕙帳冷，修蛇赴壑何能留。秋塍仙去亦卅載，臺榭零落山靈愁。藥坪蘿徑盡宿莽，僅有桑柘濃陰稠。罟師蘆子迭來往，誰願栖隱營菟裘。西溪高莊乃高文恪別業，聖祖臨幸，書『竹窗』二字賜之。華亭張農曹彙西園兼有竹窗之勝，其弟大木進士嘗以春秋佳日調鶴彈琴於此，後漸廢。又爲魯庶常秋塍曾煜所得，今亦無存矣。張氏有嘯月撚花書屋，保閑主人則大木號也。知君生平本超卓，逸思往往懷盟鷗。寢處分明擬安石，丰標似欲儕江紑。簪豪橐筆侍左掖，清夜夢祇縈林丘。金舄玉友躡雙屐，得意妙倩張僧繇。數椽老屋互隱見，一枝柔櫓誰夷猶。千重楓樹蔽巖岫，三疊流瀑鏘琳球。對牀聽雨此最勝，爲乞題句供雕鎪。君家本在盱水上，麻姑翠色凝清眸。簫曲烟嵐等留下，蛟湖景物同餘不。何哉樂志別有在，花市花塢爲良謀。河山大地本心識，無處不足安鋤耰。自嗟絕境久未到，耿耿有若魚懸鈎。他時乞老儻可幸〔五〕，便擬結侶如羊求。

【校記】

〔一〕詩題，經訓堂本作『題曾賓谷西溪漁隱圖二十八韻』。

〔二〕殷，經訓堂本作『來』。

〔三〕嗣是，經訓堂本作『自是』。

〔四〕響殷空潭湫，經訓堂本作『夜響殷潭湫』。

〔五〕『他時』句，經訓堂本作『卷圖還君三歎息』。

幔亭太守以望岫息心卷自荊州寄示索題因成長句五十韻追往念舊情詞拉雜蓋不獨爲此圖作也

崔君倜儻千人英，羣推玉潤同冰清。謝傅我昔趨門庭，知君散藻飄瓊瑛。瑣闈春暝紅杏明，適我珥筆分文衡。君中辛巳會試，予爲同考官。君果振羽翔雲程，釋褐惜未窺蓬瀛。鳴琴捧檄棲咸京，憶我奏凱驅麾旌。如山燈火經秦城，酒闌樂罷懷鷗盟。打門話別旋宵征，丙申，予從四川回軍，夜晤君于西安。羲和鞭日七載盈。左遷又復來西泠，書局正直孤山橫。足音愛聽跫然停，予在杭州修《西湖志》，君以四川知府左遷，來晤于此。所憾羽翼終難并。忽聞姓氏登御屏，五馬蹀躞臨南荊。大江西來雪浪轟，南北竊據常紛爭。昇平歲久勝概宏，迎風晝角開銅鉦。楊林石磯掉尾鯨，窖金漸刷沙洲平。相公節使手所營，戊申，荊江堤決，相國英勇阿公同總督畢公築楊林諸磯以護之，并刷去江中窖金洲，江流始暢。端賴老守蘇疲氓。何以眎我素練瑩，竟陵一語偏關情。叢篁瘦石交迴縈，危崖急瀑相鏦琤。椶鞵箬笠筇杖輕，似侶漁弟偕樵兄。竹初昨已辭簪纓，詩畫竟得千秋名。竹初，文敏公弟維喬，以鄞縣令乞歸，是圖卽其所作。江東二隱豈易成，安望逸抱同時傾。獨思翔鶴翔鶴，文敏公京邸堂名主屢更，藤花憔悴凋朱櫻。門生頭白偶此經，駐馬彳亍老淚零。自惟漁莊近翠汀，亦有九點烟螺青。草堂蕙帳愁山靈，雲林清賞何時能。與君來往攜吳舲，詩成月落心怦怦。

題阿少司空彌達尋河源卷四十四韻〔一〕

乾隆四十七年，河南青龍岡漫口合龍未就，上遣君前往青海，務窮河源，告祭河神。君見星宿海西南有河，名阿勒坦郭勒，迴旋三百餘里，穿入星宿海，自此合流。至貴德堡，水色全黃，始名黃河。又西有巨石高數丈，名阿勒坦噶達素齊老。噶達素，蒙古語北極星也；齊老，石也。其崖壁黃赤色，壁上爲天池，池中流泉噴湧，灑爲百道，皆作金色。入阿勒坦郭勒，則真河源也〔二〕。上令四庫館總裁編輯《河源紀略》，以昭傳信，君亦自繪《尋源小像》以志之。君歿後，子侍衛那君彥寶出此索題，因賦。

太皞積金氣，上亘成銀潢。屈注入九地，噴薄迴窮荒。逶迤絕葱嶺，汗漫經蒲昌。倂川千七百，勢與風雷將。潛行穿溟涬，重出開洸洋。敦薨曁泑澤，亥步疇能詳。張騫既鑿空，法顯仍荒唐。偉哉薛禪帝，命使行氏羌。遠越甘朵思，直繞崑崙旁。始見火敦腦，萬派山之陽。宛疑紫微垣，衆緯森熒煌〔三〕。昂霄譯其說，世奉爲典常。詎知尚舛謬，重源阻殊方。後聞枯爾坤，沿古猶微茫。我皇信神武，伐叛收彊梁。和卓兩偝德，電掃膏鋘斨〔四〕。阿勒坦郭勒，絕徼歸畿疆。河源本在回部境內，兩和卓滅，始得往尋之。往歲攝提格，河溢青龍岡。屢塞費薪楗，上相籌宣房。精誠瘞圭幣〔五〕，未獲紓懷襄。虎節遣侍從，尋源肅蕭薌。淩晨被綸詔，卓午馳嚴裝。風飆入馬足，陁塞侔康莊。揮鞭邁秦晉，攬轡踰甘涼。經過貴德堡，忽覩奔流黃。鑱天赤色壁，百道泉淜滂。暎空作金色，知自天池揚。真源從此獲，德水提其綱。洵爲兩戒首，下灌三門長。按以定南針，晷度分穹蒼。歸來獻天子，喜起增巖廊。據圖撰紀略，冠簡陳奎章。金堤工亦蕆，順軌趨扶桑。嗚呼此盛事，允宜刻琳琅。君今檠薄贏，繪圖晰毫芒。獠奴負羽箭，健僕齎餱糧。抗首睎形勢，指點窮河湟。山川盡顧盼，雲日生晶光。懸弧萬里志，意氣真堂堂。鯤鵬偃溟渤，搶集羞榆枋。籋雲必騏驥，月竁供騰驤。胡早騎箕尾〔六〕，詄蕩還天閶。遺容弆廟祏，嘉話傳縹緗。白頭餘舊侶，掩卷空迴腸。

【校記】

〔一〕詩題，『四十四韻』經訓堂本作『四十八韻』。按：實爲四十四韻。

〔二〕經訓堂本此後多『遂用定南針繪圖其說進呈』十一字。

〔三〕眾緯，經訓堂本作『象緯』。

〔四〕膏鋘，經訓堂本作『膏釚』。

〔五〕瘞，經訓堂本作『薶』。

〔六〕胡早，經訓堂本作『何早』。

題法庶子開文式善詩龕圖〔一〕

簪裾頻歲直金鑾，幽興分明寄考槃。叢竹千枝蕉十本，溪藤作意寫荒寒。

吟壇久已建麾幢，詩境偏宜近石窗。知是不同彌勒住，鑄金先事賈長江。

枯樹疎籬迴絕塵，自餘阿段更無人。何如添我橫圖裏，略舉詩禪話主賓。

【校記】

〔一〕詩題，經訓堂本作『題法庶子時帆詩龕圖』。

題中圖南瓦當冊

漢寢秦陵夕照紅，祇餘瓦當繡苔中。搜羅我愛多文富，余在西安，命人於咸寧、淳化兩縣求之，遂有四十餘種。模寫推君仿古工。

長樂長生出未央，更傳永奉祝無疆。蘭池宮與蜚廉觀，未許斯冰獨擅長。

林吉人朱排山逝後風流絕，程敦趙魏錢坫俞肇修繼典型。三十六番君最擅，分明遺範在丹青。時以硃印之。

鳴琴纔罷更栽花，仙令聲名世共誇。晚向涵真高閣裏，君有《涵真閣金石記》。獨擕石墨自鐫華。

秋風汾水隔雲天，不分新塋宿草纏。三十年餘如一夢，摩挲殘墨更淒然。君以乾隆庚辰鄉試出余門下。

題祝孝廉西澗喆墨梅

磨得青螺墨一斗，彷彿寒香動襟袖。直幹已同松檜心，横枝更作蛟龍走。昔年曾惠羅浮春，君曾以紅梅單幅見贈。老去猶爲席上珍。題罷還君仍一笑，歸將紅粉伴閑身。

被命入闈與同考諸君夜坐有作

持衡六度主恩偏，詩版書叢尚儼然。聚奎堂中有熊孝感詩對，歷年主試諸公和作亦刻於版上。武英殿刻經史及『三通』諸書，依舊陳設。笳鼓高樓催月曉，燈檠小几放花圓。鴻文豈必爭新樣，鴛侶何存感昔緣。從前屢次同考諸君半已先歿。老眼況愁如霧裏，徧搜珠玉賴羣賢。

放榜後李侍講玉漁熊傳洪編修稚存被命督學滇黔卽招分校諸君小集送行

東華秋杪靄春溫，簪紱成行共別樽。銀榜乍懸青瑣闥，仙車並出紫薇垣。碧雞金馬文章古，井鉞參旗使節尊。從此西南聲教遠，珠林玉圃接崑崙。

送黃通判秉哲赴浙江海澄公次子

屈指艱危共，驚心節序遙。乞師書獨奉，饗士氣咸調。家尚傳三略，官仍壓百寮。一樽相送處，目斷浙江潮。甲辰夏，予奉旨駐邊，以防逆回逃竄，而長武兵少，無以供戰守，欲借兵於興漢鎮，君慷慨請行，借得三百人以歸，椎牛饗士，人心大定。

題韋鴻臚慎占炳燭課孫圖

往歲題君課子卷，課孫近復爲新圖。蘭芽玉樹自英發，瑤環瑜珥爭紛敷。小同美秀揚清矑，羈丱便已耽詩書。洨長說文有夙嗜，意於篆籀分錙銖。旁通字林括瑣碎，上攷《爰歷》窮規模。諧聲指事本神解，挾筴猶向庭前趨。是時秋生暑已徂，畫檐晴翠陰楸梧。涼風欲起月未上，熒熒官燭明銅鋪。大翁聞望共侯如，司樂典胄尊京都。辟咡告誡慎勿渝，庶幾研討成名儒。郎君授《易》在明湖，後來論《禮》精石渠。章句集類互排纂，張淳楊復供爬梳。略觀大意知不取，攷定品節商周初。文孫茲又愛稽古，保氏遺術勤芸鋤。阿買八分奚足道，德柔七葉真堪譽。副墨洛誦奕世繼，努力堂構言非誣。渥洼晚復生神駒，慎占年七十，復得幼子，甚聰穎。頭角更與常兒殊。要我置膝頻挽鬚，咿嚶學語陳之無。似此娛老洵可娛，長生未央齋名稱幽居。小欄曲檻花扶疏，期將驥子一再摩，邀我搦管傾醍醐。

題錢塘項上舍溶集趙松雪所書千字文頌趙中丞升喬詩册爲趙舍人億生懷玉作

慷慨埋輪志，澄清攬轡心。蒼蠅空欲玷，貝錦豈能侵。肝膽抒忠誼，謳謌播德音。九重頻特擢，不用訟唐林。

汲黯言何戇，師丹道最純。松筠寒有節，薑桂老無倫。遺愛長沙被，嘉猷浙水新。歸朝持國計，密勿契楓宸。

敬借吳興字，重編常侍文。四言儕《雅》、《頌》，千古麗星雲。書册仍孫守，馨香典禮殷。他時惇史筆，正藉攷鴻勳。

生朝卽事

東華歸去卸朝紳，僕隸讙呼說壽辰。荏苒便成垂老客，龍鍾猶是未歸人。眠餐有暇同龜息，筋力全衰學鳥申。幸有門生來致語，銜杯猶得備廚珍。

歲暮送水仙木瓜于劉冢宰石庵墉詩以侑之

數朶檀心映碧沙，一番風信先去聲梅花。雪車冰柱香偏雋，臘酒春燈影半遮。洛浦人來耽冷淡，郥亭月上見横斜。鬖絲禪榻公雖慣，應爲東皇愛物華。水仙。

宣城佳種載吳舠，數顆微黄薦越窯。《禹貢》未聞同橘柚，《衛風》何自比瓊瑶。筠籠夜暖香真淡，菊枕春溫酒半消。料得傳柑多上品，微馨聊與伴寒宵。木瓜。

同作

諸城　劉墉石庵

秀啓珠胎藴妙香，不離色界住仙鄉。晴雲窈窕生虚白，新月嬋娟上晚涼。幽夢乍回天半曉，伊人宛在水中央。朝來解珮聞輕馥，應爲微波託意長。水仙。

拜賜曾沾貢篚臨，香清色正果中琛。何人投贈偏酬玉，幾處園林競鑄金。風露滿盤生遠思，芝蘭入室有同心。便因雅貺拈新詠，懷古從知發興深。木瓜。

恭謁東陵隨蹕

淑氣今春早，鶬黄蘸柳條。雨餘雲漠漠，凍解水迢迢。永慕垂彝典，新恩屬晝軺。桑乾横螮蝀，一路軟紅消。

盤山

不盡田盤勝，垂鞭喜屢過。泉争鳴洞壑，松偃走陂陀。墖院三春淨，宫牆十景多。行宫内外各有十景。夜來圓月好，小住對烟蘿。

坐東甘澗望西甘澗作

飛瀑來山頂，懸厓澗又分。將成千尺雪，先破一溪雲。苔蘚滋清潤，松花助苾芬。日斜依石坐，仙籟静中聞。

晾甲石懷古

千尺雪東晾甲石，今晨策馬還經行。盤旋鳥道攬奇勝，陂陀十丈寬而平。天空並無松栝蔽，地曠絕少藤蘿縈。相傳文皇東討日，貔貅十萬來安營。朝鮮小校實凶倍，敢以篡弒橫滄溟。侮亡取昧古有訓，義征不譓非佳兵。扶餘平壤八總管，李薛契苾皆豪英。莫離支實肆狡詭，鴞音螳臂還枝撐。中原征調幾竭力，未能刻日摧欃槍。兜鍪已愁蟣蝨集，靺鞨更染蛟龍腥。如荼如火軍勢挫，豈免左次迴幽并。櫛風沐雨嘆盡瘁，霉濕忍使瘡痍生。當時製造盡堅韌，細鱗鎖子連輜軿。高牙大纛拂霄漢，朱祲貝胄森光晶。七屬六屬匠工巧，上旅下旅函人能。積如熊耳不可計，秋陽以暴資驍騰。東宮潔衣未欲換，體卹具見懷師貞。吁嗟唐室好雄武，三邊撻伐無時寧。擒渠埽穴賀戰勝，裹巾遺戍連孩嬰。嚴霜欲下須寄遠，砧杵徹夜風中鳴。裝綿添線皆可念，得不息事安疲氓。文貞碑石久排毀，雲根尚復留崢嶸。一卷雖小足示戒，休侈犀兕還充贏。後來憑弔作殷鑒，庶勿妄議收龍廷。

順義

料峭寒猶在，韶華節已分。時二月二十八日春分。林深猶積雪，山遠未歸雲。薹菜黃將發，嘉牟綠已殷。茅簷齊候蹕，香篆更氤氳。

題錢侍郎坤一所畫曹慕堂古中盤五松圖後書杖銘，爲令子編修定軒錫齡

兩松植立千層霄，兩松屈曲撑狂飆，一松蕭散離塵囂。礓石磊磊此何所，託根俱倚田盤古，霜霰不零玄鶴舞。薊門勝地生奇材，兩次憶侍和鸞來，靜觀頗愜生平懷。拏雲溜雨苔痕厚，五粒蒼然真五友，秦大夫封當不受。曹公勁節松爲徒，錢公落筆松枝麤，水墨繪此清而癯。東甘西甘吾最好，更上上方並雲罩，惜未扶筇共吟嘯。兩公今逐喬松遊，絹素慘澹空千秋，掩卷涕泗雙交流。

題汪副憲時齋承霈按行革布什咱圖

革布什咱真崎嶇，僻在絕徼西南隅。打箭爐外千里餘，北直大小金川居。豶豕乃與貪狼俱，合兵僞忽圍其郛。土婦土舍咸成俘，聖朝興滅大義敷。西路進討行天誅，南路亦復森旄旟。軍諮祭酒偕馳驅，惟茲山水險絕殊。層巒漸漸劍槊如，皺而瘦透穿穴腧。青紅斑駁纏其膚，高峯無頂浮雲鋪。懸厓鑿佛森跏趺，萬仞深磵鳴盤盂。山腰曲徑分絲纑，鐵絙棧閣遙縈紆。君也舍騎從篼輿，橐鞬一卒導以趨。一卒旁衛肩戈殳，數卒相顧揚青驢。犛牛髯髯裝旃廬，重鍮番衆攜行廚。從軍雪嶺良艱虞，後來羣醜嬰王鈇。惸嫠始獲安菑畬，此路誰肯來于于。桑經酈注昔未書，憑君畫入丹青圖。松杉雜沓難具摹，但驚奇詭供嗟吁。蜀道之難如是夫，往來我亦六載餘。

從盤山回即請省墓出都至趙北口

十載風塵憶故鄉，承恩又得省瀧岡。征衣常帶山雲碧，村舍旋看柳色黄。雪盡長堤通驛遞，冰銷淺渚見漁航。分明已是江南路，酒旆陰中便乞漿。

塗次聞彭進士允初之訃

家世科名兩絶倫，早年便已謝朝紳。肯同北郭稱詞客，端赴西方覓主人。仙露明珠居士傳，藥鑪經卷老僧身。歸帆定向鱄溪過，一慟靈牀話劫塵。

江布衣鱷濤聲以篆字尚書人注音疏見示

金絲曾記響宫庭，内史偏能亂舊經。奇字獨詮來始滑，古文先定弔由靈。苦心不惜顛毛白，傳世欣看汗簡青。比似臨川還造極，獨將鄭學作儀型。吴草廬《今文纂言》猶采諸説，此獨宗鄭君。

贈李秀才尚之銳

推步原非一藝工，龍門卜祝語非公。仰觀自合知休咎，垂象分明示吉凶。已向九章窮杪忽，更參八線測洪濛。五行《洪範》書猶在，要識三才義可通。

硯山丙舍

靈巖後一支，山景尤蕭寂。築此護松楸，兼以徠裙屐。

梵香齋

雜樹正芬敷，空齋益蕭爽。香銷梵亦空，秋影滿簾幌。

棲雲閣

我去雲來棲，我歸雲尚住。賓主竟難分，相與無相與。

聞思室

維摩語不傳，伽葉花亦捨。悠然能所忘，秋禽鳴上下。

半月池

山泉湛寒碧，弦月秋來冷。菡萏與芙蓉，共伴嬋娟影。

雪葭丙舍

重展焚黄禮殯宫，郙溪景物昔年同。雨晴穲稏參差緑，秋近芙蕖淺淡紅。小寺數椽危彴右，前有淨土庵。遠山兩點亂雲東。謂横雲、玉屏。秧田歸去無多路，祇任蒲帆一剪風。丙舍屬崑山縣境，然距家祇六里耳。

耳聾

齒牙零落鬢毛宣，近斷聞根更惘然。牀下何曾知鬭蟻，樹中容易誤鳴蟬。由來癡鈍歸前輩，坐看聰明讓少年。稽首慈雲三昧力，入無能所好安禪。

秋杪過圓津禪院仿一言至七言體作示慧照

游。霽日，清秋。波澹澹，風修修。望茲蘭若，櫂我桂舟。魚鹽依小市，楓荻畫前洲。茶瓜劇耽幽興，翰墨遍賞名流。屈指登高佳節近，再攜笻杖躡層樓。

曉徵過訪三泖漁莊因邀慧照同游佘山適汪書年張坤厚興載金治興鏞昆仲亦至登皆山閣徘徊久之至千山入周氏山舟堂還過萬壽道院明日復登清華閣得詩六首

乞假歸丘樊，稍得就閒曠。屈指素心人，攜舟擬相訪。迫此二豎憂，秋涼轉惆悵。何期惠前綏，把臂忽神王。鏗伉學久充，盎睟情彌暢。流年四紀餘，前游付悽愴。好趁燈窗閑，一樽盡微尚。

夾漈鄭漁仲，浚儀王深寧。邇來數黃南雷顧亭林，三才彙菁英。海涵與地負，惟君集其成。廣輪辨岳瀆，懸象覘璣衡。峩冠主講席，鼖鼓交嘈吰。嗟我久失學，炳燭光微熒。稍藉望洋嘆，用紓談蓺情。

吾鄉僻海隅，峯泖夙稱勝。豈惟書畫工，兼記園林盛。百歲如風狂，荒穨賸巖磴。側聞皆山閣，頗足資眺聽。請移謝公屐，躡此幽人逕。閣在東佘，陳眉公所居。深池既澄泓，高臺更明淨。疏籬間短彴，花竹清而瑩。俊侶亦偕來，支頤互言詠。

千山殊窈窕，佚老昔此居。流傳自元代，扁額鷗波書。問年閱五百，萬卷森瓊琚。邇年曾進御，天章賁其廬。層樓志來雨，朝夕雲霞舒。惜哉山中人，先後歸黃壚。千山周氏，世有聞人，藏書最富，其『山舟』額爲趙文敏公筆。乾隆三十六年詔求遺書，因以善本數十册進呈，上嘉之，賜《佩文齋韻府》一部，並御製詩石刻，詩中有『來雨』字，周氏遂以名其樓。仲育秀才曾從予游，今其父子已俱下世矣。旋登阿蘭若，蔓草蕪堂除。摩挲金剛墖，畫墖影，以小楷書《金剛經》于內，董文敏書。陸文定、陳眉公皆列名助刻，碑今在圓智寺，寺亦荒廢。夕照明邨墟。

歸帆指江城，飛閣現林杪。遂詣羽人居，扶笻事幽討。蕭蕭別館閒，漠漠芳池遶。壁牋待染翰，開燈薦清醥。畫理溯微茫，琴心悟幽悄。時孫君衛在坐，年七十四，與慧照皆工山水。酒罷送登艫，霜落寒鐘杳。

初暘映沙觜，還游墨華禪。高閣聳溪側，替戾空中懸。寶章在檐際，清華閣額，曉徵書。近與珠宮連。迴環翫名蹟，瀏覽懷昔賢。更飫蔬筍味，庶結香火緣。行行忽興盡，小別情悁悁。遙思石湖畔，紅葉應未湮。再當偕宗老，謂鳳喈光祿。放櫂同洄沿。

舟過吳門汪藕堂奐置酒款留感賦

帆落江干晚泊船，稱觴惜別共留連。風霜又指三千里，露電空嗟七十年。兩部笙簫思舊夢，庚子春扈蹕過吳，藕堂亦置酒合樂。一行燈火啓芳筵。夜闌更渡吳楓去，回首高齋倍惘然。

七十初度是日泊舟惠山下予乞假還吴，得暴下疾，又病痁經月，未能消假。雲坡司寇來書，具述聖明屢次垂問，因復北行，將面陳衰病，乞賜懸車

七十猶憐未拂衣，此行西笑對斜暉。九龍山近隨帆轉，一鴈雲寒背客飛。詩卷空吟前度句，園林又覺故人稀。四十四年，顧華陽、周抑亭招飲于寄暢園，今俱沒。陳情定得蒙恩許，還向吴淞舊釣磯。

獨酌第二泉酒有作

殘年七十客中經，獨取名泉倒醁醽。雪似戲人頭並白，早間微雪，劉禹錫詩：『雪裏高山頭白早。』山真愛我眼終青。已過南至開長日，時十九日冬至。休說東方是歲星。意況小船差足樂，何須絲竹溢門庭。

望魚山上有神女祠下有陳思王墓碑在祠内字兼篆隸頗怪偉

曉日魚山上，烟巒路逶迤。相傳公子墓，猶近女郎祠。名著三分國，文存七尺碑。如聞梵唄響，隱隱訴憂疑。

過河間韋明府靜山協夢以近時所著見示因題三絶

征途日落解驂騑，盥漱風塵尚滿衣。忽得硬黄三四幅，挑燈默對已忘機。

微言本是《易》中傳，九世明經付後賢。更勸存心兼養性，便從夜氣泝先天。靜山爲同年慎占鴻臚子，曾有《授易圖》。

麗譙更漏已傳三，茶冷爐溫更共參。如此驛亭如此夜，不知誰解作清談。

題伊光禄雲林朝棟梅花書屋圖時光禄以病乞假，將歸

清卿夙世梅花仙，空山流水成因緣。揭來東華二十載，幽興祇在叢梅邊。長汀峯下風景異，香雲香土清而妍。茶爐藥鼎更修潔，茂林美箭紛芊緜。就中疎枝數百本，香嚴水月均通禪。老漁斜挂溪畔綱，幺鳥時哢朝來烟。人間勝地有如此，軟紅詎屑汙吟韉。掉頭一笑因病假，欲返小築依幽巒。孤筇短屐稱幽討，繩牀紙帳酣春眠。生綃三尺寫岑寂，展看已覺情翛然。我家亦傍蘭筍山名住，寒塍短彴茆三椽。春頭臘尾冰尚堅，雪幹早向書窗穿。羈心屢託深夜夢，投老今荷天恩憐，雙帆風利俱歸田。他時巡檐索佳句，爲我遠寄吳淞船。

題憶生舍人古藤書屋册二十六韻

古藤老書屋，傳自竹垞翁。海波寺街左，鐵幹森虬龍。後來有瑤圃，丁瑤圃名璹，山東諸城人，官戶部主事，曾居此。藤下開房櫳。我嘗往睎之，未免愁蒙茸。卑者或墜地，高者纔升墉。偶覘新䕤坼，詎獲清陰濃。歷年百十載，漸欲迷前蹤。舍人今此住，闢徑除荒叢。墁圬飭料匠，灑埽呼羸僮。前榮庋畫幀，曲室懸絲桐。旁根忽迸出，汲井催連筩。高棚架巀嵲，僵石堆玲瓏。定知初夏候，瓔珞盈窗東。往聞琉璃廠，一本垂蘢葱。傳爲漁洋植，麗瞩疑相同。奉常作横卷，吟賞邀羣公。邇來亦衰謝，僅弆丹青工。琉璃廠火神廟夾道旁有藤花，傳是王文簡公手植。吴香亭爲太常時，居此作畫，徵詩以志之。彼此互榮落，世事疇能窮。竹垞昔解組，小住淹春冬。水村青士輩，昕夕恒過從。墨華恣飛灑，篇什爭豪雄。君也踵其後，將爲風騷宗。佳話可舉似，軼事欣重逢。惜我已投老，取次還吴淞。苦羡花放日，裙屐來雍容。共把蛔蛉管，狂倒玻璃鍾。

送家荔亭錫奎赴潁州府任即寄石君中丞

橐筆才名久，分符委任專。左幡清潁尾，何以繼前賢。地豈豪强患，官應教養先。故人知念我，款曲問歸田。時予乞休，已蒙恩允。

巧宦工何益，肫誠久自孚。上常謂，中丞所奏，必無欺飾。如君求政要，即此是良模。輿誦郟丘路，春帆穎口湖。三年書報最，飛札寄潛夫。

除夕

抽身正值太平年，臘鼓春餳歲序遷。閒適樂天有《閒適詩》敢將先哲比，衰遲終荷主恩全。不教樊素隨齋閣，略喚宗文進酒船。佳話獨悲親勿逮，香燈守盡更淒然。

春融堂集卷二十二　存養齋集

甲寅　乙卯　丙辰　丁巳

蒙恩予告紀事四首

退朝敬聽玉音宣，致仕光榮萬口傳。自愧衰庸求解職，非思閒適乞歸田。受知久惜才難得，昶任雲南布政使，召見，以多病求改京職，上有『人才難得，且去』之旨。移任仍因病未痊。至雲南年餘，上以昶年老多病，且距其本籍稍遠，改授江西。此際更叨深體卹，南還猶命待春妍。

久向西清奉玉宸，熙朝盛典每躬親。數番鎖院求佳士，己卯、庚辰、辛巳、壬午、癸未及壬子，皆充鄉、會考官。廿次珝輿侍後塵。上幸木蘭、盤山、山東、天津、五臺、江浙，皆命隨蹕。御幄賡歌燈火麗，上元古北口聯句及熱河萬樹園宴外藩等，皆令入宴。崇祠分獻管絃新。上幸孔陵，分獻亞聖。在熱河，命祭啓聖殿。金川奏凱陪郊勞，紫閣筵開賞賚頻。

兼旬餞送欲傾城，深荷羣公惜別情。百輛軒車招雜遝，兩牀簫鼓聽鏗轟。趨朝尚憶聞鷄集，選勝長同並馬行。況是門牆多俊侶，江湖何忍問鷗盟。

六幅吳帆下潞河，觚稜迴望隔春波。壓裝書畫千斤重，送客詩篇百軸多。此去深恩真浩蕩，重來暮景未蹉跎。分明國慶三年近，舞蹈還期伴玉珂。時已有六十一年歸政之旨。

四月初三日雨

忽訝雲陰重，旋看雨勢豪。打船聞颯颯，入夜轉騷騷。蓑笠驅農務，鋤犁發土膏。豐年真有象，庶慰聖心勞。

天津

柳岸初聞鳳艒過，芳時猶喜值清和。重重亭榭濃陰遠，葉葉帆檣晚照多。雲路星躔當析木，海門潮勢接長河。憑舷側帽堪微詠，一路明流澹似羅。

晤嵇運使蘿浦承志

乞身歸老乍揚舲，卻喜津門水驛經。蒲柳殘年懷舊雨，苔岑夙契話零星。文詞每見高書局，丁酉、戊戌間，余充《金川方略》總修，君預其役。姓氏頻聞上御屏。時上巡幸天津，君蒙召見，恩眷甚渥。從此鹽梅先有兆，莫將鄉思繫林坰。蘿浦因肝病將乞假，故云。

青縣道中卽事

不見翻風麥浪齊，但看烟柳接長堤。牛眠野岸初肥草，燕掠寒潮乍退泥。單櫂賣漿依戍堠，連筒汲井灌蔬畦。懸知節氣將芒種，再望甘霖助一犁。

五月二十八日泊舟鄭灣夜雷雨

雲漢經時望，甘霖尚未回。霏微常作勢，懷抱幾曾開。忽訝三更盡，真如萬弩來。老夫聞性斷，驚喜聽鞭雷。

想像狂蛟起，頻驚紫電懸。長風橫滅燭，急浪屢鳴舷。版牐飛流壯，鋤犁播種全。江邨齊插稻，我喜正歸田。

戲題明妃出塞圖二絕

漢庭至計在和親，憑仗良家靜塞塵。將相俱應巾幗裏，麒麟閣上畫何人。

雲重天低塞鴈呼，不辭風雪赴幽都。免教衛霍稱飛將，待得功成萬骨枯。

舟過德州懷桂教諭未谷馥

海岱聞名久，相思阻歷城。空勞貽翠墨，何計訂鷗盟。佳士輒心許，異書猶眼明。君曾書此聯爲贈。長吟劍南句，慚愧負平生。

僕人得白鴿二頭馴擾因賦之

扁舟下析津，日行僅尺咫。塵高斷鳥雀，河涸蚴魴鯉。雙鴿適何從，雪毛謝泥滓。稍稍具稻粱，時時傍書史。飛鳴兩不用，飲啄俱自喜。我聞萬類生，色爲五行使。此疑禀素商，性不雜朱紫。蕭蕭偶梳翎，濯濯時舉趾。雖非野鶴孤，宛與江鷗比。吾儕尚磷緇，得毋爲所鄙。先生辭軟紅，故山侶鹿豕。行將挈以歸，相於老雲水。我依蒲褐禪，一泓照秋涘。香清蓮葉開，月澹蘋花靡。朝夕任雙棲，庶幾樂孳尾。

將至濟寧先寄黄司馬小松及李布衣鐵橋東琪朱秀才映湑

南來畫舫似家居，團扇生衣入暑初。詩卷蕭閑吟鮑謝，烟巒重疊指淮徐。雨餘水足全開牐，旱後泥融並荷鋤。卻計任城城郭近，喜同舊侶話樵漁。

望太白酒樓

清濟朝來漲，重經好繫舟。詩才超一代，勝地迥千秋。烟月長如舊，琴樽孰共游。何如驂白鶴，浩蕩過層樓。

題何上舍夢華得碑圖

文進昔作看碑圖，何君今寫得碑冊。此碑之出本何所，乃於孔廟危牆側。沙礫紛披雜苔蘚，杉楠颯沓叢荊棘。嗜古誰能抱苦心，險覓狂搜鬬奇癖。知君好事愛遠遊，每獲遺文等圭璧。殘磚破瓦滿篝籯，蝸刻蟲書遍几席。移家近住魯王宮，更聽金絲窮妙蹟。忽看永壽紀元年，約略孔君存舊迹。悉心洗剔露菁華，著手摩挱放光澤。散花灘人小松別字本同趣，澹灑隃糜擅風格。憶我往時侍鑾輅，曾遶宮牆肆游歷。王家出穀著《史晨》，《禮器》重修志韓敕。緬想炎劉重素王，大書笏立依宗祏。銷沈尚有夜光騰，憑仗將來勤掎摭。今碑三尺字八行，世次職官皆可繹。蓬萊高閣未能收，盤洲老人何自釋。雖然齾缺少完全，已足珍藏雄石墨。君曾惠我補《萃編》，余撰《金石萃編》一百六十卷。三復早經刓鐵擿。此碣八分最瘦掔，此圖一幅頗閒適。他時如再發荒墟，金薤無窮重纂輯。

舟中無事偶作論詩絕句四十六首

郊祀登歌禮百靈，白狼朱鷺振宮庭。蜼彝螭鼎饒殘鬳，終是商周舊典型。

已愛魚山又洛濱，苦才多思是前因。親親自試文章好，不料宮庭出灌均。曹子建。

中散彈琴對夕曛，伯倫荷鍤更何云。嗣宗尚有懷堪咏，醉後工書勸進文。阮嗣宗。

廣武飛騰戰伐名，鮮卑歸去事難成。長吟別駕詩中句，已抵胡笳嘯月聲。劉越石。

欲試絃歌亦偶然，何堪束帶小兒前。不須更說河山感，樂處分明繼昔賢。陶淵明。

琢句雕章信絕倫，千夫開道又何因。早聞康樂霑新命，羞說文成欲擊秦。謝臨川。

范雲沈約詞皆儁，何遜王筠世亦稀。若向齊梁論作手，要知巨擘是玄暉。謝宣城。

雜擬成來字字工，蛾眉芳草論原通。後賢從此參流別，莫向詩壇妄異同。江文通。

詩到齊梁麗更淫，微芒哀怨總難任。南朝宮體終徐庾，又啓溫邢變雅音。徐孝穆、庾子山、溫子昇、邢子才。

四傑才華本絕倫，紫絲步障賭鮮新。江河萬古君知否，寒乞何緣得問津。

少陵忠愛出天然，碧海鯨魚一氣旋。鼷鼠飲河才滿腹，幾曾窺見筆如椽。

幕職何緣辱儁豪，清和瑟怨總風騷。打鐘晚約清涼去，肯爲諸狐奉太牢。李義山。

路有冤言悼去華，銅駝嗼鶴更咨嗟。楊劉演作西崑格，誰識孤忠接浣花。同上。

杜陵白傅繼前修，才調真堪侍鳳樓。三黜何堪吟芍藥，商州纔召又黃州。王元之。

滄浪才調蘇子美徂徠氣石守道，大雅扶輪信不誣。可惜都官真韈線梅聖俞，也能傾動到歐蘇。

華嚴樓閣筆端生，萬斛源泉任意傾。更有大名兼李杜，《後漢書》范滂母云：『汝與李、杜齊名，我亦何憾。』蘇公夫人亦云：『汝能爲滂，我詎不能爲滂母乎？』烏臺瓊海任游行。蘇文忠公。

山谷孤吟也絕塵，巧將酸澀鬭清新。淨名經在何曾似，漫與坡翁作替人。漁洋云『山谷詩如《維摩詰經》』，此語未然。

梁溪忠義本無雙李忠定《梁溪集》，發憤諸篇金石撞《宗忠簡公詩乘》。可恨詩家無頌述，轉將宗派說西江。

楊監詩多終淺俗楊誠齋，平園老去亦疎庸周益公。石湖居士真清遠，不獨驂鸞寫狀濃。范石湖。

躍馬彎弧志漸衰，歸朝且喜近三台。已成太傅生辰頌，更擅南園作記才。陸放翁。

不痛宗臣隕路岐趙汝愚，不悲僞學苦編羈朱子。秦關蜀棧淋漓作，恰值平原北伐時。放翁與徽國文公友善，而祭徽國文止二十四字，於慶元黨禁略無一語及之，可以見其志節矣。同上。

故事麟臺擅舊聞程待制俱，小雲林亦具清芬沈忠敏與求。參知才思能多少，幸有梅花契道君。陳去非。

九僧逝後四靈傳，幺鳥疎花各鬭妍。那及霽山樵唱苦，冬青樹裏哭寒烟。林憙陽有《白石樵唱》。

沈痛由來數谷音，詩留天地亦哀吟。田園春日寧無謂，總是柴桑萬古心。

漢庭老吏自評論，王後楊前恐未真。只愛楚蘭羅帕句，杏花春雨唱歸人。虞伯生。

掃除草昧啓聲名，文憲宋潛溪文成劉青田一代英。若論詩才誰冠冕，五雲閣下讓仙卿。高季迪。

長沙亦是出羣雄，篝火狐鳴比未公。若使竟同劉健謝遷去，江河萬古望星虹。李賓之。

高叔嗣楊夢山皇甫子循兄弟宛同儕，疏越朱絃韻最諧。季子歸子慕存之高攀龍相間起，依然風浴見幽懷。

大復山人擅高格，上兼鮑謝下高岑。揚州烟月君休貶，晚向文成悟道心。何仲默。徐昌穀爲陽明同年，歿時頗有所得。

獨開四部領詞壇，大海回風散紫瀾。可是文人耽慧業，暮年低首奉曇鸞。王弇州。

接跡東林幾社開，指姦斥佞走風雷。就論詩筆雄千古，肯逐滄桑付劫灰。陳臥子。

文章忠義冠同倫，總角年華已致身。幾社姓名全錄在，誰將風節繼湘真。夏存古。

家國滄桑淚眼中，青門簫史永和宫。琵琶盲女終輕薄，莫怪清言詆鈍翁。汪鈍翁：『謂梅村詩如盲女彈琵琶，唱蔡中郎傳。』葉訒庵短之，以爲鈍翁直不如白家老嫗。見葉文敏公《清語》。吴宫詹梅村。

九天咳唾下清虚，姑射仙姿玉雪如。可笑《談龍》書一卷，東門鐘鼓駭爰居。王文簡公。

貿貯《華林》《七録》編，沈詩任筆更誰先。多聞第一原無忝，還有倚聲抵玉田。朱檢討錫鬯。

稼堂師法本亭林，慟哭歸來慕向禽。五嶽清遊詩百軸，脊令寧肯負初心。潘檢討次耕。

綴玉編珠絶妙詞，追蹤王駱更何疑。誰知水厄還難懺，枉爲同人禮大悲。吴孝廉漢槎。漢槎自塞外歸吴江，舟覆而歿。曾爲納蘭容若刻《大悲陀羅尼懺》，猶傳於世。

百代風騷主盛唐，詩壇端合繼高王。御製序文以高啓、王士禛爲比。別裁僞體親風雅，不解羣兒故謗傷。沈文慤公。

簪毫曾記侍彤墀，流落江湖傚牧之。壓笛彈箏蕉萃甚，風流儒雅亦吾師。商太守寶意。

詩筆西泠是總龜，書倉武庫更無遺。知心獨有鱄溪叟，新婦初婚問竈炊。杭編修大宗。末句歸愚先生贈其罷官南歸詩也。

檢討儀曹正較量，幡然歸去侶耕桑。龍湫瀑布匡廬月，收拾溪山貯錦囊。家主事受銘。受銘在都下甚有才名，公卿皆傾身待之。登進士，衆謂必得鼎甲，乃入三甲，人以比竹垞太史，因三甲當授檢討也。及以主事用觀政禮部，人復以漁洋目之。既授刑部主事，乃以不諳律例，謝病南歸。

苕生才思湧如雲，落筆能空萬馬羣。頗愛俳諧時有作，不妨蒼鶻打參軍。蔣編修心餘。

落紙俱成絕妙詞，江東獨步蓺林知。可堪萬里魚通路，秋菊春蘭唁《楚辭》。趙光祿升之。升之沒於金川，爲魚通長官司所屬之地。

抆雅揚風已絕倫，叢書稗說互紛綸。蓮華峯下魂歸去，付與麻沙待後人。程編修魚門。游秦中而歿。

酒賦琴歌寄興殊，翛然姑射共清癯。璜川書屋查山閣，文采分明繼石湖。吴舍人企晉。

玉鈎擣素接風騷，君《玉鈎斜詩》、《擣衣曲》仿四傑體，最婉麗。擊鉢聯吟興更豪。又有《刻燭集》，皆聯句之作。十疊聚星堂上韻，一時才氣冠詞曹。曹學士來殷。

楊家莊夜泊黄河口

戍邏林中見，帆檣柳外停。傍堤風浩浩，催雨霧冥冥。急電明於月，疎燈遠似星。昏鴉飛接翅，彷彿想神靈。

將過維揚口占四絕先寄賓谷運使

歲暮紅橋晚泊船，挂帆惜别重流連。誰知半載仍相見，信是鷗盟有宿緣。

官梅亭下雪初銷，往昔譚詩永夕朝。勝地又逢賢地主，《題衿》小集已開雕。

先後瑤階橐筆行，一專督運一歸耕。應知紅燭香殘夜，同夢鈞天到禁城。

緑楊城郭是揚州，使節三年鎮上游。衹是西溪黄葉路，老夫先得櫂扁舟。

酬賓谷見贈之作

新詩惠我勝瑤琨，衰病何當比達尊。枉負虚名酬物望，得尋舊約荷君恩。陶情自展閒書卷，養性惟斟老瓦盆。猶念江湖顛頷士，萬間廣厦待同論。東南名士，多在幕下。

聞趙侍郎鏷無病而逝

白髮童顔八十春，香燈禪版見前因。提來妙有真空話，『妙有真空』四字，侍郎嘗作話頭看。可惜當年自在身。

生平密國最相知，謂宗室公承珊。同向西郊禮導師。謂覺生寺僧際醒。欲問泥洹何處是，兩人皆先歿。《華嚴》法界曉鐘時。寺内有大鐘，鑄《華嚴經》於上。

還家即事

已慚馬齒漸龍鍾，更斷聞根聽不聰。只喜新秋風乍緊，半帆送我到吴淞。

去年修葺半蹉跎，几榻何堪遂嘯歌。幸有朝衫差足典，買花移竹費無多。

經春入夏泊江湖，賴得蕭閒養病軀。宿疾漸平精氣在，不煩醫藥叩淳于。

黄綢被暖日初晴，偃息安身血氣平。著手摩挲還自喜，近來髀肉已重生。

生涯冷澹三間屋，食料酸寒百瓮齏。比似鈍翁真不忝，繩牀坐到日將西。

重九登琴畫樓作

少時曾此輯瑶編，予曾輯有《琴畫樓詞鈔》。白首歸來意更便。十里湖莊黄茂熟，四峯雲樹翠微聯。振冠且作登高會，揎袖還裁寄遠箋。自此吟寒并薦臘，春燈社鼓度殘年。

元旦

已炷名香拜紫宸，喜看雲日又初春。欲更彩服參宗祏，好寫紅箋慶比鄰。堂構如新傳世澤，璇題有耀奉恩綸。予告時，有『仍俟春融回籍』以示體恤之旨，故以名堂。莫嫌衰老年年甚，謌咏麻和幸乞身。

三月二十四日金秀才青儕學蓮諸子邀鳳喈及予小集山塘舟次樽酒飛騰笑譚拉雜書截句以紀之

禊飲桐橋僅兩旬，又浮畫舫綠楊津。江湖舊侶無多在，勝地招邀不厭頻。

銀海精神久不磨，何當退老似西河。天教閱遍江湖集，豈向人間作律陀。光祿先以微疾幾失明，醫治經年而復。《楞嚴經》：『阿那律陀無目而視。』

玉磬山房體格遒，清蒼一氣邁時流。相思甓社湖邊別，疎柳新蟬報早秋。劉子大觀有《玉磬山房詩集》，今官遼左，去歲別於高郵，故及之。

交翠堂前綠樹交，書縢畫幀滿梧巢。渠犁甌脫充詩料，萬里歸來手自鈔。謂蔣紹初。

杜陵三徑三珠樹蔣子苹及弟夔徵蔚，示我新詩錦不如。弱弟兼能通算術，九章八線步空虛。

梅葉聲詩叶碧簫，陸子鼎有《梅葉山房詩鈔》。小蓮風度韻春韶。戈子襄有《半樹軒詩鈔》。秦淮更有吾家秀，標格分明見六朝。家汝翰自金陵來，有《師鄭齋詩鈔》。多聞戴庶常敦元許孝廉宗彦最堂堂，才調雲間數二張。謂興載、興鏞，皆余門人。安得德星來聚此，搖毫擲簡鬬詞場。

詞章經術兩能工，張子彦曾。約略清裁似孝豐。門人李子賡芸時爲孝豐令。遠近相思俱不見，何緣譚蓺一樽同。

瞿遠邨兆騤招飲輞師園

城西遊宴又城東，折簡招來上客同。筍屐籃輿分路到，梅坪竹塢傍橋通。輞師宅第今猶昔，詹事文章老更工。錢曉徵宮詹作記。酒罷長廊還散步，摩挲寶刻興無窮。壁上刻劉石庵冢宰詩。

輞師園雜詠

輞師不可作，獨有園名在。羡君躡前蹤，幽居倍爽塏。輞師園。

本爲萬卷堂，今賸冰梅瘦。須搜《七録》書，用繼二游後。梅花山房。

入徑聞濃香，滿植淮南桂。招隱間招賢，相於咏秋霽。小山叢桂軒。

小閣遠連空，明漪清見底。未許二分垂，濯纓差可喜。濯纓水閣。

詎屑同其塵，頗欲履而至。中慮亦中倫，似希柳下季。蹈和館。
海月迥未生，山風澹將歇。此景應更幽，何當叩康節。月到風來亭。
非霧復非烟，繚繞層岡右。知君高臥餘，一笑謝出岫。雲岡。
竹外一枝斜，仿佛花光畫。準擬風雪中，小軒共清話。竹外一枝軒。
妙道本非常，既虛何所集。與之相委蛇，名言豈能及。集虛齋。

蔣紹初招同鳳喈曉徵集虎丘塔影園

首夏名園載酒過，愔愔芳樹正清和。吴都文粹風流遠，笠澤書存隱逸多。裙屐快聯新舊雨，琴樽競奏短長歌。明朝萬口傳應遍，肯使良游等逝波。

恆春橋二絶

恆春橋下水縈紆，半入蓮湖半泖湖。誰唱櫂歌微雨夜，忽驚宿鷺起菰蒲。
垂柳垂楊臥碧流，往來每礙木蘭舟。篙師已報開新路，一任詩人載酒遊。

蒲褐山房花藥盛開賦七絶志之

玉蘭花謝繡毬開，芳草茸茸滿翠苔。天意似憐春色澹，辛夷數朶拂牆來。

海燕穿簾畫閣深，日長人靜晝愔愔。竹欄晚出貓頭笋，還吐芭蕉一寸心。

高良薑放滿庭墀，蝴蝶香魂亦弄姿。行過小池清淺處，紫荊將圻紫藤垂。

菰蒲蔟蔟出清漣，葭茭齊生渚石前。忽聽鯈魚聲潑剌，蘋間荷葉又如錢。

刺梅玫瑰不成行，常棣薔薇滿畫廊。誰與酴醾爭粉豔，十家姊妹鬧紅妝。

經歲栽花滿綺櫳，只愁將次餞東風。山僧也欲留春住，添送當歸數串紅。虎丘僧福山以線穿牡丹爲贈，卽當歸花也。

檀黄點點菜花齊，淡墨鱗鱗豆莢低。一望如雲知麥秀，春收不用祝豚蹄。琴畫樓西田數十畝，油菜花盛開。

立夏偶作

黄泥山筍食單珍，碧渚芹香亦可人。最是老夫快意處，今年飽食太湖蒓。三泖近不出蒓，來賣者皆太湖所産也。

蠶豆初登味最甜，櫻桃紅瀉小雕奩。兒童只愛青梅脆，皺卻雙眉索點鹽。

鳬茈削玉白如肪，斷得甘藷七節長。知道今朝逢立夏，蜜林擒酒隔窗香。

新來石首滿江船，又說鯧魚不計錢。只是病餘葷酒斷，旁人錯認似修禪。

絕句

風風雨雨未曾休，已近黃梅過麥秋。五月荒村寒尚在，巾箱幸未典羊裘。

擁絮披綿日漸融，破裘已綻亦蒙茸。安南纖葛高麗布，單袷衣衫任剪縫。昔年屢叨高麗布、安南方空葛之賜，今尚藏于笥也。

魚麥休懷舊日船，《柳波雲舫》足洄沿。予昔年製魚麥船，蓋取元次山句，久零落無存矣。去歲南歸，瑤華主人宏旿以柳波雲舫畫卷爲贈。歸買一舟，卽以是名之。恆春橋在榆陰裏，跂腳看書自在眠。

同學同年侍禁闈，乞恩先後遂初衣。扁舟來往纔三舍，佳話繇來自古稀。余以請謝豁免積欠恩，與鳳喈、曉徵同見布政使張君誠基，詢知余三人少時均在書院讀書，嗣會試同年，今又皆致政家居，詫爲異事。

垂老何堪辱俊英，七言百韻並崢嶸。豐城劍氣騰牛斗，果看同題桂苑名。癸丑，予年七十，全椒汪上章庚、長洲陳肇嘉鍾麟均以七言百韻律詩來壽。明年，同登鄉榜，益信異才之必售也。

酒社詩壇付劫塵，山陽聞篴輒霑巾。誰知二老山中住，細問生年並甲辰。余向與吳企晉、趙升之諸君及念亭、靜蓀兩僧結吳中詩社，今多下世者。昨過中峯及德雲庵，則兩僧俱在，面貌盎然。問其年，則皆七十二矣，爲之拊掌不已。

接跡《風》、《騷》賴後賢，投來行卷正紛然。與儂銷夏真堪樂，一日閒窗看一編。近來江浙士人多以詩卷相質，有三十餘家。

花影迴廊叫畫眉，春禽正值雉毛時。東風吹到搘頤聽，不似秋蟲苦絡絲。

衰病

衰病連年剩此生，追呼尚復到柴荊。時雲南以銅、鹽各案虧空數至二百餘萬，議以二十年内督、撫、藩、使分賠。余應分賠二萬，將悉以田宅償之。西疇未得留三頃，南面徒能擁百城。老去耽書希伯業，歸來乞食似泉明。高風賴與前賢在，肯向人間訴不平。

料理塾南書庫示從孫紹成

刻意經營五十年，典衣破產不論錢。敢云嗜好同先正，卻望編摩待後賢。鼷鼠飲河難滿腹，蠹魚觀月未能仙。大成要統三才略，坐井何由便見天。

偶題

疎疎微雨過東牆，午夢初回日更長。幺鳥伴人來好語，名花愛我送清香。試茶不是頭綱餅，煮藥還抄肘後方。猶喜山廚清供備，一甌豆粥已先嘗。

蒲褐山房前連日桃花玉蘭間發時八月中秋後二日也

清秋臥病苦咨嗟，天借東風啓物華。纔報小桃紅破蕊，玉蘭又發隔池花。

度城湖

湖小圓於鏡，風微一櫂過。漁鹽村市散，燈火客航多。矮屋穿蘆荻，危橋翳薜蘿。震川空有作，忠孝竟如何。震川有《度城王氏忠孝堂記》。

胥口

冉冉斜陽盡，迢迢暮靄連。湖山真浩淼，水月更澄鮮。鐘鼓青鴛寺，帆檣赤馬船。不須淩絕境，對此已翛然。

訪吳哲甫未見獨往三峯

故人臥疾與誰同，獨上籃輿出郭東。楓葉經秋猶似畫，香林過午不聞鐘。尋碑先有山僧導，乞茗頻煩候吏供。徑造三峯最高處，半嵓雲氣捲天風。

再宿雲棲

昔至秋正中，茲來寒已峭。入門禮慈雲，陳情已得告。所嫌習多聞，道力乏深造。退見老頭陀，豈免中心悼。識神尚紛紜，年齒逼衰耄。云何証無生，藉以畢懷抱。坐久香烟殘，竹風遠舒嘯。欹枕未敢眠，長明耿餘照。

桐鄉訪門人金西曹雲莊德輿

橫橋界小溪，蕭瑟萬竿竹。頓覺清風寒，照此征帆綠。桑柘已久枯，蠟梅頗可劚。遂造主人居，荒城等郊牧。閑扉晝常掩，俗侶矢弗告。花影上書籤，茗香浮畫軸。計自遂初衣，十載理幽獨。雲莊謝病歸田亦久。剡有同心人，謂蔣君龍光、方君薰。賞雨共茆屋。頗喜道心深，詎願生事足。嗟我幸歸田，貧病尚局促。水程百里餘，未獲遂信宿。所期肺氣蘇，兼俟春暉燠。抱被過高齋，論文再剪燭。

奉敕召預千叟宴北行喜而有作

閒居日月慶升恒，又遇熙朝鉅典仍。方念觚稜殷夢寐，敬聞綸綍更飛騰。雲階千叟扶笻進，玉殿重光受冊登。衰朽何緣瞻盛軌，紫薇北望結行縢。

梁溪道中鈕布衣匪石樹玉以方輿紀要圖見寄

方輿圖繪久沈迷，刻本久亡。惠我真同刮眼鎞。聚米動關天下勢，建瓴論與古人齊。河山兩戒依珠斗，日月中州驗土圭。九域百城忘欲盡，水窗循日更參稽。

泊舟江口作

又喚金山渡，還依鐵甕城。浪高舟自湧，雲暗塔猶明。跋涉風霜厲，蕭條歲月更。一樽寒夜酒，款曲算行程。

清江浦

輕冰薄薄水粼粼，出土來牟綠未勻。料峭西風時拂面，殘冬節候似初春。

沙窩在滕縣〔一〕

曉發狐駘道，征塵信馬蹄。星臨殘夜迥，月入亂山低。細水斜通渡，寒沙曲抱隄。遥聞清柝響〔二〕，孤驛斷雲西。

【校記】

〔一〕　詩題，經訓堂本作『沙河』。

〔二〕　清柝，經訓堂本作『哀柝』。

鄒縣道中

斑車宛轉度魚梁，㲋繹龜蒙道路長。蕭寺人稀禽語亂，驛亭行近馬蹄忙。澄湖漲落浮沙白，遠嶂雲開夕照黄。猶有丹楓如畫裏，微吟側帽興難忘。

行次汶上

魯道行猶昔，汶亭望未遥。風沙吹短鬢，雨雪上征軺。亂水蒲灣泊，寒蕪柏浪橋。斷雲空磧晚，蕭瑟下盤雕。

憩阜城

風動寒沙響〔一〕，雲深曉日昏。鷄豚棲古寺，牛馬散荒原。亭障虚傳柝，村墟盡閉門。晚晴更袒褐，頗覺似春溫〔二〕。

【校記】

〔一〕 風動，經訓堂本作「風勁」。

〔二〕『晚晴』兩句，經訓堂本作『冰霜侵短褐，憔悴誰與論』。

聞胡少宗伯煦追謚文良作

《易》名曠典下金鑾，逾格覃恩自古難。漢室直臣稱汲黯，曾劾河東總督田文鏡。商家舊學念甘盤。向直上書房。書存館閣儒林重，所著《周易函書》，録貯文淵閣。名照旂常士類歡。薄海聞風應共勵，好將經籍肆窺鑽。

寧壽宮侍千叟宴恭紀

旭日曈曨照八埏，欣逢壽愷布長筵。霞杯春浥瓊霄露，兩次命諸皇孫以玉杯賜酒。鶴髮香縈寶篆烟。《擊壤》謳歌盈大地，《承雲》雅樂播鈞天。久欽鉅典超千古，又合喬椿重引年。乾隆五十五年已舉千叟宴。

壽宇宏開久道醇，揆文奮武總殊倫。叢書祕檢羅淵府，鑿齒雕題隸廣輪。寶莢先春迴六甲，臘月二十六日立春。珠杓應候麗三辰。何期解組歸田後，重見堯堦慶典頻。元日歸政登極。是日，冊立中宮。

星輝南斗映彤墀，皓首龐眉共致詞。碧落光華昭復旦，青郊豐稔樂榮祺。《十全》文啓御製有《十全記》千祥集，《五福》詩成自乾隆辛亥年始，春初重華宮筵宴以五福分題，至乙卯詩成萬壽期。皇極殿開崇建極，箕疇敷錫鞏丕基。宴設宮中皇極殿。

解涷風來節候回，祥光淑景上樓臺。笙鏞法曲臨霄起，羽扇鑾儀映日開。繞座雲仍五世列，盈階琛賮萬方陪。時高麗、安南、日本各藩使臣皆宴殿外。衮衣繡黼爐烟裏，八袠元臣晉壽杯。首輔英勇阿公進爵，年正八十。

九華宮殿列疑丞，時與宴三千餘人，王公及一二品皆坐殿内。賚予便蕃拜手承。詩紀新正重肇慶，御製有『新正肇慶合開筵』句。器頒如意示嘉徵。春鳩刻玉擕靈杖，彩鳳盤金簇錦綾。賜御製詩暨如意、壽杖、錦綾各物。天與皇家添勝景，如花瑞雪上衣棱。宴時雪花飄颺。

觀燈清淀備賡颺，乾隆庚子南巡，扈蹕至趙北口，蒙恩入宴觀燈聯句。奏凱曾叨宴紫光。丙申歲金川凱旋，賜宴於紫光閣。今值仙蓂開四葉，又看玉醴集千觴。麟游鳳翥嘉祥協，鼇禁螭坳麗景長。聖壽九旬臣近八，重來舞蹈綴鵷行。

翁學士振三吳侍講縠人諸君餞別并以詩卷贈行

白獸尊開備燕私，重來高館奉金巵。蓬瀛地迥交原久，湖海人歸醉不辭。畫省香爐增悵惘，琴歌酒賦慰衰遲。諸君後夜東南望，定有星虹貫水湄。

同作　錢塘　吳錫麒縠人

典禮熙朝盛，江湖老輩來。兩年歸白髮，千叟會春臺。氣得文章助，身叨雨露培。觚棱知有戀，臨別首頻回。纔把一杯酒，悤悤奈別何。春風吹柳色，二月渡黄河。我亦耽蒲褐，歸應證薜蘿。吴淞舊游路，準約白鷗過。

題桂未谷思誤書小照

疑義誰人共解量，尋思轉覺意偏長。蒼茫獨立真何似，著作原應仰屋梁。身輕飛鳥杜陵詩，一字殊堪十日思。從此胷中無宿物，不妨傳信更傳疑。

羅兩峯畫二妙寫真圖爲翁振三題二妙：一爲妙善師，一爲妙應道人

手攜九節笻，上蔭千尺松。羽人釋子來相從，山澤之癯道德容。諦視乃是長帽翁，翁貌千載傳遺蹤。鷗波亭筆稱最工，趙松雪畫公拄杖像。笠屐已似悲途窮。宋牧仲所刻笠屐像。陽羨石刻蒼苔封，宜興東坡書院石刻亦作拄杖。今之作者由兩峯。畫思微茫夜夢通，忽然落墨心神融。兼寫二妙清而雄，蘇齋位置名香供。是齋曩日名吴中，在桃花塢蔣氏，吴給諫㬚作記，并賦七言古詩一章，和者甚衆。見王時憲《性影詩集》。義門書法翩驚鴻。三徑水石紛玲瓏，名人題句盈紗籠。北平學士雅好崇，雙鈎鈎得懸綺櫳。又獲是畫摹昌丰，如見披髮騎飛龍。一月映水千月同，知公應亦懷江東。我欲圖此歸吴淞，仰視奎宿明高穹。昔傳公爲奎宿。

別金青儕後卻寄

暖日春開客路塵，禁城分袂意難申。欲將彩筆酬知己，還向蘭陔憶老親。後夜關河勞遠夢，衰年風雪記征輪。憐才賴有金閨彥，謂繹堂閣學。想見論文剪燭頻。

初四日夜

西風捲雪尚清嚴，絃索棖棖阿鵲鹽。坐久忽看雲漸霽，如眉新月挂茅檐。

沈同年方穀招飲

宴罷鈞天趁水程，綠楊遶郭片帆輕。故人屢見情偏厚，勝地重過景更清。時游平山堂。只有江山懷永叔，誰將詩酒繼新城。更搔白首郎當甚，譚笑何由一座傾。

閨秀駱佩香綺蘭贈聽秋軒集因題其後

烟月紅橋放櫂遲，青綾帳外見新詩。昔時綠淨何人繼，端在香閨絶妙詞。

句曲溪山似玉京，游仙詩句不勝情。須知標格冰霜冷，正與瑤臺一樣清。佩香有《游仙詩》二十首。

落葉哀蟬少日愁，殘年梵筴事薰修。何期瓜步東風裏，未了吟春又聽秋。

將赴婁東過趙屯浦書所見

溪路低低略彴，人家曲曲籬笆。雲生欲迷遠嶂，潮退初出平沙。

雨霽欲生豆莢，春寒未損花薹。禁烟時節初過，綠水柴門晚開。

題太倉于刺史滄來鼇圖賑粥圖

峩峩古刹婁江濱，帶筐攜杖千百羣。形鳩面鵠衣懸鶉，曰惟往歲潮怒奔。漫澶秋水浮湖湄，熙熙赤子丁荒迍。堯水湯旱繇祲氛，散利弛力古所敦。君請飛章入紫宸，日五百里來恩綸。或振以錢賜以銀，餘出玉粒開倉囷。散爲饘粥炊蒸薪，學山園址良可因。短竈曲突釜鬲陳，位置瑣屑靡不均。下令穆肅若治軍，手指口敕勞諮詢。分籌畫地言周諄，維時冬月在困敦。風饕雪虐手足皴，傔從騶御多酸呻。堞樓吹角夜向晨，烏鴉膈膊催朝暾。君也不及謀饔飧，衝寒先至偕簪紳。部勒已定招饑貧，扶老襁幼闐城闉。相排競進疑麃麕，以次就食無紛紜。有嗿其饁稱芳芬，食竟鼓腹兼吹脣。不覺肢體回春溫，星移斗轉迨九旬。東風解凍月指寅，幸免道殣歸耕耘。額塌拜頌刺史仁，使君動色稱皇恩。諸生槖筆圖其真，欲俾勞績傳千春。我昔布政臨匡溢，予以戊戌冬在江西，值南康九江水災，親往發賑。偶值盛漲迷匡垠。承旨稱貸億萬緡，山陬水澨常行巡。猶恐疾苦多沈湮，如君痌瘝等在身。賙卹周摯無因循，鄭公賑青史所云。清獻賑越徵曾文，今得此卷世更珍。愧我筆力虛千鈞，斵詩聊用昭辛勤。

鄧菽原來訪卽送其歸浮梁

喜聞剝啄慰分離，苦語愁情好共知。豈有文章傳虎豹，山谷句。何能談笑卻熊羆。風塵莫恨功名晚，鉛槧休教著作遲。爲語西江同學道，牛毛麟角最堪思。

婁東書院卽事

竹簟紗幮趁曉開，微颸已覺散恢台。臥看一縷茶烟細，自在穿簾上石臺。

汪編修敬箴學金招同嵇藋浦小集并以衡山畫卷索題時值靜厓園居落成次韻

卜築原非慕陸沈，烟蘿有夢思難禁。試看翰墨停雲畫，正似松篁小院陰。卻暑迎涼花掩冉，安禪結界徑幽深。廿年京雒三人共，把臂何緣並入林。

許太守秋巖過訪

衡門小徑久荒榛，聞報前溪泊畫輪。騶騎不教驚婦稚，篠驂先已動村鄰。九秋風雨歡良晤，三泖雲山話夙因。君尊人官華亭最久。酬得往年雞黍約，深杯相勸莫嫌頻。予讞事湖北，曾過君居。

病中和于滄來重陽二首

落帽題餻興久闌，冥冥微雨悄生寒。年衰豈藉萸爲佩，秋暮猶聞桂未殘。伏枕頗知耽寂靜，開樽何自共清歡。滄來及敬箴招飲，皆不赴。茶爐藥鼎書窗裏，獨臥藜牀似幼安。

侍史傳來尺素長，清詩有味勝膏粱。砌苔乍歇終宵雨，盆菊仍飄滿院香。休望雲山懷故舊，來詩有鄉思之語。且乘風月占清涼。況聞廑念河渠切，待放扁舟水一方。時聞劉河淤塞，將往開濬。

九月二十三日夜

夢回清夜闌，稍覺霜華冷。殘月出東南，忽送梧桐影。秋葉隕已疎，喬枝遠相並。寫入紙窗間，高低亦斜整。依然水墨圖，誰與染柔穎。砌蛩寂不聞，宿鳥偶相警。俄從綃帳移，猶伴孤燈耿。翛翛几席幽，寂寂心魂靜。欹枕豈能眠，彌愛寒更永。

秋暮偶作并示書院諸生

問字人本稀，蒼苔印鳥跡。我病不自聊，坐觀鼻端白。忽見梧桐陰，移影上東壁。横斜各有態，濃淡杳無迹。於焉悟天機，對此宜永夕。撫景信怡情，誰云苦岑寂。

東林持風教，幾社乃繼之。二張溥、采起東海，應和如壎篪。豈憂謠諑甚，行恐名節衰。博聞謝弇陋，清議關安危。願同黨錮禁，詎畏僞學譏。即今去已久，信守當不疑。諸君生其地，望古相追隨。顧夢麟陳瑚陸世儀翼王江育郁敬，樂道均堪師。

時文雖小技，將以闡聖賢。吾鄉數遐叔徐思曠，澹泊全共天。常誦檀園序，欣賞非徒然。梅華出冰雪，淒冷增幽妍。但以奉時好，鑿枘殊相懸。何當焚妙香，靜對開芸編。

詩道久榛莽，百鳥爭啁啾。生平五十載，頗能辨源流。先貴學問博，次尚才氣優。終焉協音律，諧暢和琳璆。所得敢自祕，勞子頻咨諏。識塗須老馬，世幸毋訾尤。時將刻《碧海集》及《詩約》。

題鮑氏慈孝堂圖

宋鮑宗巖，歙人，同子壽孫居棠樾。寇至，縛宗巖于松，將殺之，壽孫願以身代。宗巖曰：『子死，無以承宗祀。』父子爭死，賊義而釋之。後生二松，一作詰曲被縛狀，一作傴僂乞哀狀。事見《宋史》。揭傒斯題其堂曰『慈孝』。明成祖以詩紀之。本朝撰《圖書集成》，亦載其事。裔孫志道於其地作祠，并圖其事，丐世之能文者。

一人觳觫依喬松，一人徽纆纏其胷。一人礪刃白於雪，兩人持械翼以從，一人額塌泥沙中。時危勢急援捄絕，空林蕭瑟來悲風。是爲龍山鮑氏畫，生值宋季遭羣凶。烽烟早經毁我室，鋋刃詎復悲思翁。子也鞠曆願身代，不辭膏血霑蒿蓬。父也還屢宗祀斷，願先就戮無憂忡。喬梓爭死賊駭散，白髮幸獲離兵戎。奇節偉事震鄉里，嗟嘆父老驚兒童。史臣載筆重孝義，已入列傳昭蒼穹。長陵作序詩兩首，五十六字侔星虹。國朝圖書更淵浩，搜摭至行書其蹤。垂之萬禩示海甸，雲仍奕世猶昌丰。雙株五粒漸枯槁，堂構仿佛存形容。文孫更以翠石礲，東山書法如南宮。我友孔東山繼涑書記。名賢題句星日同，愧我筆力衰而庸。題額先有豫章公，揭傒斯封豫章郡公。慈孝兩字傳無窮。

爲顧秀才千里廣圻題其兄抱沖小讀書堆圖

黄門侍郎讀書宅，近在淞南留舊蹟。曾聞古篆得春申，名動天人人孰識。見《法苑珠林》。千年遺澤蕃漢亭林先生小名傳，生平私淑窮高堅。喜君鄂不繼絶業，勃窣禮訓兼詩箋。

昔人三年通一蓺，專守師傳精古義。次乃涉獵采羣言，閲年十五良非易。邇來餖飣誇搜羅，摭拾星宿遺羲娥。盈科漸進聖所訓，記醜而博將如何。

李杜名節鄭服經，東京風尚高崚嶒。雕蟲小技寧足道，識字亦以研羣經。松厓徵君耽古籍，三載廣陵共几席。緒言猶在爲君陳，百行程朱守圭璧。定宇徵君室中懸其尊人天牧先生對云：『六經師鄭服，百行法程朱。』

桐橋日煖春融融，與君謂千里相見樽酒同。衣冠必中動作慎，氣象頗有前賢風。惠施既往沈果堂戴東原逝，賴有君家好兄弟。應作金華獨角麟，剖析微言疏大義。

小讀書堆小松作，上有飛泉千仞落。喬林灌莽護茆堂，玉友金昆同寄託。嗟我衰遲舊學荒，識涂尚得馳康莊。他時一櫂相過訪，自古在昔窮虞唐。

題唐明府陶山仲冕荆溪畫卷

秋林颯沓風蕭條，白雲滿地波迢遙。悠然有客乘小艇，兩頭茶具兼詩瓢。一桁離墨峯岧嶤，玉女罨畫紛蒲芰。溪山少小憶曾到，輸君作吏恣遊遨。鳴琴已播循吏譽，選勝復具高人標。此非爲政尚簡易，豈能清暇耽幽寥。君家本住山水窟，衡岳綿亘瀟湘交。紅梅白雪杜老羨，我亦奉使停松橈。回視銅官拳石耳，何爲娛悅同娥媌。詞人自古嗜岑寂，輒以名勝供風騷。今君量移向震澤，雪灘鶯脰鳴秋濤。漁邨掩映垂虹橋，當復逸興追三高。古賢出處雖異軌，雅尚初不忘林臯。漫叟窪樽輒載酒，魯公石柱時揮毫。懸知班春更治事，常廑民瘼仍憂勞。當今吏治多吳敖，新絲舊穀方號咷。拊循定懷夷中句，慈愛應復春陵謠。政成他日乘傳去，吴淞再剪圖生綃。

正月初九日鍾賈山舟中

斜川游罷憶同羣，小挂烟帆六幅分。將訪張坤厚兄弟。雲未全銷思釀雪，風初解凍欲生紋。閒居已獲田園樂，勝侶同高翰墨勛。昨松江汪慎儀啓淑，蘇州徐澹如葵、袁又愷廷檮、蔣于野莘，太倉王介人文潞，皆以詩文來質。吟遍九峯青歷歷，又看塔影挂高雯。張氏所居有塔射園，在西林寺北。

斜塘曉行

西風初定快揚舲，細雨濃雲尚未醒。漁浦潮回波漸綠，潮水渾，故必退而江水始綠。女牆春晚草全青。已收枕簟陳茶具，還炷鑪香展道經。忽忽前塵猶似夢，酒樓長笛唱瓏玲。

蔣紹初招集拙政園次趙雲松韻

澹雲微雨罨樓臺，三逕琴樽傍水開。花木百年猶似舊，江湖二鳥恰同來。時雲松從蘭陵至。討春尚有香車集，授簡欣看玉樹才。謂于野弟兄。更喜嘉禾詩畫客，北窗跂腳共徘徊。嘉興吳竹虛履能詩畫，亦寓是園。

題敦初龍門攬古長卷二十韻時與黃小松武虛谷同游

黃河北折環龍門，伊洛涇渭交奔渾。名山連綿千里疊，勢與二室爭嶙峋。古來名區屬三輔，民鄽佛舍疑蜂屯。唐初東都屢臨幸，鑾旗翠罕尤紛紜。公卿游觀亦坌集，好事鑱刻延崖垠。龍跳鳳翥詫墨妙，霧深雨颭嗟苔昏。登登何人來手拓，惟有葛朴相扳援。偃師仙令抱勝具，出宰山水情彌敦。印牀花落自吟嘯，暇日眺覽開車幡。同行兩君咸嗜古，高尚亦似雙鴻騫。登頓不辭坂路險，清曠喜謝風塵喧。南瞻熊耳走地絡，西望蓮岳摩天閽。手披榛莽索金薤，字青石赤親摹捫。攜歸香廚證經史，并寫長卷詩同羣。七賢過關古所羨，此游此畫侔前人。我昔持節臨三秦，韓城朝邑驅行軒。茲山相對不得往，惟望雲氣連蒼雯。今晨展卷差快意，宛踐夙夢清神魂。生平金石等昌歜，二千餘軸熏香芸。君如狂搜獲祕寶，再望惠我同瑤琨。

得吉水彭明府秋潭淑書卻寄

雙魚迢遞寄郵筒，矯首天涯把臂同。名氏定留循吏傳，詩篇更見古人風。十年客鬢憑懷想，三楚雲山藉夢通。回望故鄉知太息，潢池烽火近巴東。秋潭，長陽人。時楚、蜀間寇盜未熄。

玉中丞達齋德招阮學使伯元元蘇鹽政楞額同游西湖瑪瑙寺

料峭春寒薄霽天，相招同上泛湖船。勝游難得偕三益，好景重尋過十年。竹塢梅坪資遠眺，舞裀歌扇樂華顛。不須鶴氅披風雪，已恐游人擬散仙。

阮伯元招鮑秀才以文廷博丁教授小山杰朱秀才映濬錢貢生晦之大昭陳訓導映之焯張進士子白若采許孝廉周生宗彥臧秀才在東鏞何上舍夢華再集瑪瑙寺

東南冠蓋共趨陪，畫舫青簾樂溯洄。門下生徒驅籍湜，卷中文采壓鄒枚。品題共望三都序，甄錄將收一代才。老我齒危兼髮禿，謬叨祭酒見《史記》注主樽罍。

訪主雲上人於淨慈宿聽松軒與朱映漘及僧慧照夜話

澄湖一曲映樓臺，躡屐扶筇訪舊來。春草不教三徑没，寒梅正伴六花開。雲烟妙賞畸人筆，時出奚鐵生畫幅評論。金石編須上客才。時伯元延映漘纂《山左金石志》。話到深更鐘已定，挑燈猶撥竹爐灰。

再宿聽松軒作

再向僧窗宿，香燈夜更幽。湖圓明似月，春早冷於秋。得意言何著，忘身夢亦休。微聞風霰急，棲鳥墮簾鈎。

雲棲夜宿石悟軒與首座初樸上人夜話

五雲今又登，寒山益蒼秀。日晴宿霧收，風急江濤吼。流傳念佛門，淨因最嚴究。佛昔次圓通，聞根在其後。一車而兩輪，立教實左右。是以諸菩提，各自數無漏。獨此五十二，同倫陳所授。三界與十方，羣生均在宥。慈氏在兜率，上升亦應候。餘或綏法忍，或以愛禁咒。皆得侍座下，況在無量壽。南北暨阿閦，願力此獨厚。縱歸不二門，得壹乃成就。凡見轉淨見，超越自離垢。云何禪淨分，參學盡雜糅。誰能八方便，頂禮質靈鷲。茲宿石悟軒，軟語窮義囿。始知樂邦文，當機俱可逗。明星照滄江，殘雪消戶牖。無寐亦無言，盡寄篁村叟。篁村亦時來此，題詩在壁。

宿理安松巔閣

山從西北來，行勢互蟠結。九溪十八澗，琤琮響冰雪。松杉既蕭森，蒼筤更蒙密。法雨古道場，清規尚修潔。時聞禪版鳴，妙契何由徹。巍峩藏經樓，五部香廚設。且有翻經人，於茲求解脱。湖雲起層陰，金烏澹將沒〔一〕。名茶進伊蒲，花龕香亦爇。解衣聽殘鐘，超然泯言説。

【校記】

〔一〕 沒，底本作『汲』，據詩意改。

自楊梅嶺經點石庵法雲石屋二寺皆荒廢而風景幽絕各記以詩

南屏西去曉雲空，酒店茅茨積翠中。不見黄梅烟雨候，滿林盧橘綴殷紅。

殘僧三四掩殘經，點石何人著意聽。蕭寂不須尋水樂，坐聽方響奏瓏玲。未及游水樂洞。

法雲寥落半荒苔，仍有梅花樹樹開。水石蒼寒人罕到，誰招檀信禮香臺。

石屋淩空法像齊，洞中無路躡丹梯。誰知慘綠年方少，常記清游到處題。洞中有金生誦清棻題名。

韜光寺

武林富烟水，嘉植豐蒼筤。最甚數雲棲，其次惟韜光。陰陰不見日，春半生秋涼。盤陀十九曲，綠染鬚眉蒼。伽藍蔭松柏，花芍東西廂。茗飲未及畢，屬我觀縹緗。卷中諸佚老，蕉萃嗟滄桑。冊中有吾鄉柏斯民諸君作。起步修廊北，薜荔纏危牆。氿泉出微竇，池底珠成行。山僧引竹筧，宛轉聞淒鏘。殘雪積巖背，偶見幽禽翔。峭寒難久竚，徐下穿崇岡。猶聽午時鐘，遙共香雲長。

秦小峴招同潘侍御蘭垞庭筠及萬秀才近篷福游龍井寺

微雪曉始晴，山山出新翠。澄湖漾清暉，沙路淨初霽。側聞風篁嶺名東，村墟最幽異。主人儒雅流，更屬名賢裔。導我游龍泓，松杉渺無際。入門禮香燈，宛見無雙士。瓶盎高僧陪，辨才得三昧。想當良夜游，月露濕衣袂。時聽石澗鳴，翛然出塵世。況我辱佳招，喜有同人至。小飲頗餘寒，清言雜談藝。他時論芳徽，幾與前賢媲。當時參寥從，像設豈容棄。幸當續成之，并入斯游記。按：淮海《記》有『遇道人參寥』之語，而寺中未塑其像。又按：此《記》尚有山谷書，今祗存董思翁臨米南宮書石，皆缺事也。

孫臬使令儀嘉樂孫侍御貽穀志祖沈觀察榮勳龔太守鉋伯敬身張主事虞琴時風皆門人舊屬也置酒相邀感而有作并憶沈觀察函九世燾于廣東吳進士倬雲霽于吳縣

浮沈宦海各還鄉，促坐開尊話舊長。豈謂禮宜先一飯，自嗟日已近三商。分符共著專城績，起草同含畫省香。猶有天涯羈滯客，東吳南粵路蒼茫。

達齋中丞再來小照

次律宿世爲導師，懺堂階級文忠知。往來分段豈可思，方隅眼被名僧嗤。中丞金貂亘七葉，君爲滿洲巨姓。衛霍族望雄台司。曾聞句宣過皖水，忽見蘭若臨江漪。徘徊駐馬深有悟，檀波許以新頒欸。重來宏構功竟蕆，排空巨扁當文楣，擘窠大字如雲垂。苾蒭鞠曆前啓問，爲述舊願驚嗟咨。刹那彈指五十載，當年記莂良非欺。剡藤繪此天人姿，不聞不見安毘尼。旁有壽鹿銜靈芝，躡雲亦見胎禽飛。喬松翠竹相因依，前身風景當如斯。今者坐鎮西湖湄，四百八十環玻璃。緇衣已欣被慧力，蔀屋尤愜宣宏慈。漸江豐稔滄海奠，惠此南服增雍熙。團蒲跏趺證三昧，直與簡邸無成虧。簡親王好佛，管理浙江巡撫時，趺坐見屬吏，合十和南。珠林況多白足侶，談空說有堪娛嬉。生平我亦懷保綏，《楞嚴經》：『或護禪定，保綏法忍，是等親住如來座下。』投老猶復慚塵羈。君如相招入蓮社，願挈坐具攜軍持。

爲阮伯元題修書圖七言排律三十韻

嫏嬛僊館對芳叢，奉敕修書小宋同。蕊榜聲華超冀北，綺年譽望滿江東。丰裁世擬鳴岡鳳，才藻羣驚戲海鴻。演贊淵源宗許慎，方言訓詁采揚雄。淹中墜簡資裒萃，棘下遺編待發蒙。副墨旁搜窮渤海，刻《山左金石志》。戔《詩》別證步圜穹。辨鄭《箋》『閏褒』之誤，推辛卯日食定之。星迴華蓋精芒焕，地接文昌眷顧隆。振珮恆依青瑣闥，鳴鑣長覲翠微宮。含毫潤挹三清露，授簡明分二等釭。碑考堂谿追缺略，石疑玄度究昏瞢。謂修石經校出誤字甚多。退朝黼黻香猶漬，下直罘罳日尚融。呵殿初聞停騎卒，掃門已見走鑾僮。槿樊宛轉無塵到，苔石谽谺有徑通。涼吹微生蕉颯爽，暮雲將合柳溟濛。烏皮似試龍賓膩，繭紙徐題虎僕工。錦幛半遮花匼匝，香廚恰對碧玲瓏。大羅天迴烟霞麗，小西山深弓軸充。勝侶自應稱玉女，用歐陽公戲韓維事。仙曹端合媲金童。朝雲況本從坡老，樊素由來侍白公。祕檢分攜緣綠蘚，鈿函互捧傍青桐。羊腸乍轉名茶熟，馬湩高擎賜膳豐。占取風情洵不少，流傳圖畫更何窮。絲綸夙炳重霄上，旌旆新移兩浙中。尺爲量才鐫水玉，鑑能照物淨山銅。文章軋茁因時改，俊彥騈闐入顧空。杞梓全新涵化雨，菁莪共喜樂從風。溪山到處歸游屐，絃酌隨宜具酒筒。談蓺人多絳帳啓，留題句富碧紗籠。清標君已齊思曠，羸老吾真愧濬沖。想得薄寒生半臂，烏薪添炷獸爐紅。

賞雨茆屋小幀爲王秀才介人文潞題

賞雨在茆屋，司空喻詩品。葯林顔其集，昔余友仁和符幼魯有《賞雨茆屋詩集》。雅好性所稟。君何同此嗜，英氣謝踔踸。遠嶂半欂櫨，涼飆忽憯凜。香茆四五椽，旦晚藉高枕。膝前數冊書，咀嚼逾飧飲。不嫌舌本乾，岭山佐清飲。陸郎作茲圖，圖爲陸子學欽作。蒼翠寫墨瀋。兼以半格詩，風流映湘簟。故人惜不見，廿載泉下寢。今君持卷來，幽懷堪細審。意況想蕭森，閑情識悽瀋。短溜動筤竿，餘音雜葭菼。因茲妙悟心，助我悲秋感。豈云今昔殊，相契付鉛槧。簷花斷更飄，一任重門掩。

題陸璞堂適園圖卽送其赴江西六十韻

適人不自適，苦被南華譏。所以清淨退，古哲留成規。翛然喻適意，渺矣凌霄姿。自嬰人間世，已爲塵網羈。一往因勞攘，無由悟希夷。矧乃列仕版，職業鄰台司。風霜患皴瘃，簿領甘飢疲。下以免官謗，上以酬主知。天民類惶遽，何暇尋娛嬉。伯時西園集，安石東山碁。清游僅一吷，欲去參然疑。誰於山水際，昂首長伸眉。君生際盛世，信步登瑤墀。玉堂播制作，華省標襟期。新承綸綍重，持節西江湄。折獄信非易，威惠應兼施。姦民偶反側，劇盜常睢睢。是當養且教，毋或成流離。陸璣《草木疏》：『梟，關西謂之流離。』豈徒省鞭撻，尚亦嗟瘡痍。此圖雖祖德，竊恐非其時。試觀横卷内，長松蔭檐楣。疎花間瘦石，野鶴依喬枝。菘臺未作花，青青連荊籬。雙僮共澆灌，汲井聞流澌。主人振衣坐，此樂誠不支。緬懷文定公，誕降當雍熙。後來玄黃戰，朝局常傾欹。公也凝道力，富貴浮雲馳。難進而易退，壽考徵期頤。適園手卜築，近在城南基。茶鄆煮苦筍，菜軒烹芳葵。江梅破殘雪，月桂香秋颸。漉囊供淨饌，戒具攜軍持。文定公《適園雜著》稱園中有茶鄆味軒，又有《偕曉上人坐間聞桂香》及《梅開》各詩。名僧共逋客，雅尚真吾師。自惟駑鈍質，早歲先衰羸。服官四十載，幸免愆尤滋。乞身荷優眷，稅駕還東菑。出陪千叟宴，歸翦三間茨。頗覺心太平，無思亦無爲。惟聞漢沔外，游氛連巫夔。中宵不成寐，倚杖瞻纛旗。況君正陳臬，閑適詎可幾。假歸暫上冢，焚黄展恩私。高帆起十丈，趁此薰風吹。滄江雨後漲，淨綠如琉璃。小姑山色翠，放溜臨彭蠡。是邦本勝地，兩次吾所治。章贛環其前，高閣森參差。人烟逾千萬，百貨交街逵。衙齋亦瀟灑，其左臨清池。芰荷繞廊戺，槐柳陰漣漪。層樓啓西望，遠嶂爭崔巍。雲霞既匝匼，烟月還葳蕤。公餘偶拄笏，足以娛心脾。想當駐節後，先亟清圜扉。魚鱗埽訟牒，肺石窮詖辭。苞苴莫可到，皎潔除磷緇。虓害戒屬吏，謠頌生羣黎。述祖且姑待，樂志寧嫌遲。政成先報我，以慰遙相思。

題門人吳照南照石湖課畊圖

牛角何煩更挂書，扶犁要值雨晴初。碧蓮池上烟波淨，偏愛中吳水竹居。

石湖花月倚晴空，范公句。曾在栖雲一望中。栖雲閣，先曾祖丙舍，在硯山南直上方。欲買湖田還未得，輸君蓑笠伴溪翁。

蕭瑟夔巫戰未闌，飛芻輓粟餉材官。時楚蜀盗警，調江西兵協勦之。此行差喜冰銜冷，坐飽衙齋苜蓿槃。君將選校官。

吳淞薛瀫路非遥，老去何人伴寂寥。他日東來尋舊約，不妨生計共漁樵。

送照南歸南昌

慰我頻年别緒紛，衡門雙屐破苔紋。卽驚鬢髮將如雪，可喜談詞尚似雲。衰病經時淹著作，生涯何計共畊耘。黯然相見仍分手，望斷孤舟趁鴈羣。

聞鳳喈訃

五湖烟水久棲遲，歲在龍蛇竟不支。無復對牀同夜雨，何由夢草向春池。古文案定千秋業，雜著編成百卷垂。誰識弟兄師友似，人琴一慟九原知。

春融堂集卷二十三　臥游軒集　戊午　己未　庚申

懷吴訓導盤齋桓

循牆步屧每相於，小别秋風歲又除。經座本能支五鹿，講堂定見下三魚。割圜誰受旁要術，證道仍繙内景書。東望婁江纔兩舍，寒雲積雪渺愁余。

春日偶筆二首

藥裹茶牀罷送迎，午時微煗正春晴。緑陰已向檐端合，碧漲初從檻下生。燕入重簾人更静，鶯啼小徑夢尤清。支頤獨念秦中報，青犢烽烟尚未平。

曉來觀物儘幽閒，天與生涯未覺慳。蠶豆將登知嫗喜，梟芘爭握笑童頑。茭抽杜渚根微白，梅綻空林色漸殷。偶過横橋還拄杖，不驚紅鯉躍潺湲。

沐堂寺僧了性送蘭笋茶

纖芽早出蕙蘭叢，不待春雷碾碧空。似爲談禪乾舌本，焙香先與贈衰翁。

題沈秀才安成靖琢詩圖

學問由來輔性情，不須雕琢費經營。杜韓蘇陸蟠胷次，定有波瀾筆下生。自愧詞場老斲輪，衹將餘事作詩人。天風海水憑君記，肯與西江作後塵。明湖精舍識前賢，彈指分明四十年。最喜文孫能繼武，才名今已徧江壖。安成爲子大先生孫。

題張墨岑崧山古柏圖蓋昔以壽蔣樹存先生者失而復得故紹初屬余賦之

崧高鎮中州，風雨盛和會。陰陽所滋榮，喬林亦爲最。維茲巨柏雙，岧嶤閲人代。秦漢世已封，唐宋久仍在。尊嚴肅冠冕，植立綴纓帶。矯如翔蛟螭，高乃出塵壒。輪囷起恭敬，偃蹇謝翦拜。誰能寫此奇，墨岑實超邁。當其侍彤墀，落筆走雄快。至尊每咨嗟，羣工歎妙繪。閒寫千齡材，奇姿破蒼靄。霜皮竦千尋，雪幹配兩大。持贈繡谷翁，用以頌耆艾。過眼忽烟雲，桓廚隱光怪。魯弓失復還，魏硯守無壞。揭來出示我，元氣溢沆瀣。空堂六月寒，依稀見垂蓋。文孫亦黃髮，高名播海岱。寶之等尊彝，重之儼珪玠。述德有新辭，與圖共千載。

袁又愷招同曉徵紹初潘榕皋奕雋諸君看牡丹以是日也天朗氣清惠風和暢分韻得日字

我來游吳閶，已度流觴日。閒行過漁圃，鼠姑正芬苾。亭亭傍詩障，叢叢對書帙。名種間姚魏，仙姿闘尹姑。主人劇好事，張筵啓蘭室。客亦鴈行至，素心契膠漆。清談了不窮，理詠動逾出。隨飈落游蜂，掠水語飛鳦。芳時殿三春，勝侶等六逸。融怡心最歡，妍暖景難述。明發更銜杯，需雲叶貞吉。

戈小蓮襄亦約看花，邀往石湖精舍。

題任太守曉林兆炯虎丘白公祠長卷

青林紺塔相逢迎，紅橋碧波交澄泓。山塘七里人所羨，更羨白傅新祠成。公由分司復出守，皋橋吳苑飛前旌。是時海內適無事，樂天《想東游》詩有『海內時無事，江南歲有秋』之句。旬休設宴紓高情。《圖經續記》：樂天『非旬休不設宴』。小部笙歌清讌啓，長堤風月詩懷清。名流盛事若在眼，遺風一絕何人賡。平遠堂圮嘉會廢，專祠銷歇空檐楹。寧知寂寥千載後，忽得賢守尋前盟。公子翩翩起東海，巨緇五十才縱橫。竭來分符向江左，卻掃簿領綏農耕。賈誼在門愛才俊，蓋公有術除諠爭。金閶亭外偶游衍，緬溯前哲心神傾。思公文采既絕世，兼有惠愛傳遺氓。劉郎詩句非妄譽，十萬戶盡啼孩嬰。理宜瓣香薦蘋藻，慰此寒畯心怦怦。蔣家園子本佳構，庸以卜築娛精英。萬家烟火亘北牖，一川桃柳歸南榮。眉山舊樓在指顧，杜老名迹尤分明。青蓮東來夜游此，想像逸氣淩長鯨。四賢作屋好鄰並，游侶戢戢停簪纓。我昨一櫂來吳城，偶煩舊雨謂雲松移樽罍。相逢小住作小飲，始識佳話光昇平。今觀斯圖信綿邈，咫尺十里侔關荊。酒舫曲通山後路，茶檣半隱花間坪。畫圖一幀秀粉墨，歌詠諸老添瓊瑛。兜率天宮詎難下，騏驎定見來瑤京。白蓮名花太湖石，公尚眷戀誇其名。豈於傳芭會鼓地，不獲感格通遙誠。惜我衰遲更多病，無能扶杖登崢嶸。回憶當年共游賞，雪泥鴻爪殊堪驚。乾隆辛未、壬申間，屢從沈文慤公游宴於此，迄今幾五十年。時園主人蔣子宣，文慤門人也。多君開閣許懸榻，炎官火傘方高擎。稍待珠斗明長庚，虎丘鶴澗從經行。香山會約尚可繼，白公作九老會年七十四，今余年七十五。不惜蕉葉澆香酲。時吳中弟子欲約袁子才、梁元穎、錢曉徵、趙雲松、家禹卿及揚州謝侍郎未堂溶生爲七老會。

得稚存書卻寄

江湖憔悴念離羣，忽荷瑤華遠寄聞。憂國向來知賈誼，登科誰復愧劉蕡。文昌華蓋聲名重，金筑羅施著述紛。傳語東來移鷁首，鱸魚雉尾滿溪濆。

殘燈

殘燈照壁影幢幢，翠羽時聞響石矼。最是夢回清絕處，兩方明月入書窗。中用頗黎，故云。

琴德居閒坐

涼風忽起減恢台，薄薄微雲送遠雷。禽語時來池上樹，蝸涎新界壁間苔。喜同野老添譚柄，遠幸門生送酒材。欲學君苗焚筆硯，衹將方便乞心開。

初秋雨後

清江雨足稻苗肥，濃緑迢迢到版扉。吸露秋蟬聲漸咽，掠波塞燕話將歸。淩晨最便攜蓮艇，亭午猶思理葛衣。同學少年多挾策，更無人過釣魚磯。時值江寧鄉試。

七月十八日

風高曲樹罷登臨，獨閉柴門一徑深。雨霽池荷猶掩冉，烟濃岸柳尚陰森。靜看繡鴨時時浴，凉把香螺細細斟。如許閒情誰得似，幸將華髮謝朝簪。

聽張金冶彈蒼龍嘯月琴

端居苦無豫，宿病況未捐。曲肱樂偃臥，意趣通幽玄。同心忽已至，所愛秋光妍。坐忘理乃得，語寂神斯全。攬我壁上琴，奏此風中弦。梅花香淡薄，湘水波淪漣。珍禽亦不語，窈窈餘爐烟。誰悟希夷旨，行將問成連。

晚晴

已聞鐘鼓報初晴，檐霤猶傳點滴聲。新月一鉤花外隱，夕陽半角竹邊横。山僧近贈釵頭茗，爨婢還調玉糝羹。信是幽居多樂意，西南祗恨未休兵。

題陳太守桂堂廷慶臨得天居士梅花

余向獲文敏《畫梅冊》十幅，蓋雍正癸卯由福建典試歸，在杭州西溪對禪人所作。常出示石庵、偉人、蔗林三公，皆稱爲希世之寶。今太守此幀與余所藏似同時作者，是亦文敏中年妙墨也。『疎影横斜水清淺』，『竹外一枝斜更好』，昔賢已得其髓，更從何處著語。勉成二絶，以當禪悦。

映水略無色，照空疑有神。衹應霜月底，趺坐契清真。

澹墨了無痕，幽香如可掇。想是小參餘，亦對西溪雪。

虎丘卽席送阮少宗伯伯元還朝

西泠使節返蓬萊，卻過名山更舉杯。燕樹吴雲愁遠别，玉衡冰鑑俟重來。文章翰墨千秋業，賓從江湖一代才。只是老夫蕉萃甚，臨風目斷畫帆開。

望亭

秦望山邊是望亭，湖天雲霧晚冥冥。故人猶憶前宵别，長路欣看暮雨停。遠挂商帆斜似扇，纔明漁火小於星。莫嫌垂老無佳興，頗愛微吟伴柝鈴。

再過檥舟亭

西風衰柳映空祠，又是扁舟晚泊時。曾説幽情懷楚橘，更無行客薦湘蘺。歸來南海誰爲伴，生向西方是不疑。彈指華嚴樓閣見，何須重望小峨眉。

丹陽

堤高不見樹間村，香稻初登萬頃屯。欲瀹碧螺洞庭山茶名無處汲，秋潮新漲滿溪渾。

寶華山

江山接秣陵，嵐樹對句曲。緬維蕭梁時，寶誌此託足。後興南山教，梵網戒淫瀆。派本阿律陀，毘尼皎冰玉。雪浪計重興，紅牆繚林麓。禮公來滇黔，戒壇更高築。止持與作持，羯磨緇流復。感動始宮闈，皈依暨邦牧。法藏絢珠林，香鬘護松竹。登階歎莊嚴，鳴鼓震塗毒。鈴鐸八窗開，楓櫧千嶂肅。白雲與黄葉，兩亭名。飄渺在遐矚。香積出伊蒲，飯罷西齋宿。

棲霞

戛戛筇輿破曉烟，松枝藥草故依然。總持有恨來歸日，靳尚何能解上天。輦路三春懷獻賦，予于丁丑召試候旨至此。蕭齋四壁玩題箋。壁有姬傳、雲松詩，禹卿書。南能弟子曾相識，住持悟徹爲照圓弟子。爲話門求七祖禪。

幽居庵

纖山山最幽，幽居幽更勝。修廊近中峯，欄檻斜而正。竹間石笋排，松下雲根迸。不聞幺鳥鳴，少覺流泉應。想見錦衣人，于此學禪定。

天開巖

蒼厓出秋雲，如幛復如扇。峭立逾千尋，通中透一綫。猨鳥已絶迹，獨有飛流濺。誰摹岣嶁碑，茫昧亦難辨。依稀六朝書，波磔露巖畔。

珍珠泉

山泉無定流，遇竇輒傾注。如將一掬珠，散作千林雨。條條灑塵襟，淲淲洗俗慮。未肯遽出山，窪罇自朝暮。宜有桑苧翁，試茶此間住。

紫閣峯

白閣與紫閣，標奇著終南。兹峯更幻麗，紅葉殷楓楠。緬想明居士，籜冠謝朝簪。層嵐亘疊翠，遠水平浮藍。行當留十日，小住依茅庵。

晴村將軍招飲並出示述懷之作次韻

虎帳熊旌是壯游，國恩世德兩俱酬。勛勞昔已高中禁，詩什今看在上頭。清晏江山資靜鎮，登臨風月暢清秋。自慚衰謝還垂念，同倒山房藥玉舟。

晴村署中玉蘭開後忽生紅果蓋上瑞也詩以紀之

朱果徵祥兆最嘉，餘榮猶逮世臣家。春華畢竟兼秋實，合作西天稱意花。見《大藏一覽集》，花實俱紺色。

素蘤繽紛扆惠風，雕瓊鏤粉孰能同。如今直作辛夷色，綱戶枝枝映日紅。

花後勻圓顆顆垂，輕紅淺絳繼芳蕤。謝庭已發三珠樹，又見珊瑚碧海枝。

留别曾賓谷及諸君

搱擋詩筒與酒筒，使君佳唱滿淮東。竹西歌吹由來盛，流水高山意未窮。

仙館筵開椽燭斜，擘牋舐墨並風華。隔江可惜無人和，孤負南朝玉樹花。並寄許秋巖太守于江寧。

揚州烟月古今稱，儒雅風流得未曾。團扇弓衣傳唱遍，從教寫盡剡溪藤。

承家文定聲華舊，守郡歐陽樂事傳。置酒飛花當有兆，不須更比玉山筵。

追題汪蛟門先生少壯三好圖長卷

上方下方各有情，《漢書·翼奉傳》。六鑿相引殊其形，少壯寫此陳丹青。圖内縹緗互繚繞，百榼千樽足傾倒，更有雲鬟如月皦。豈其惑溺有託逃，顧曲頌酒精神超，兼與簡冊娛昕朝。想見承明晚退食，遠擬蘭陵聊自適，任人聚訟各以臆。我已橫陳嚼蠟如，一琖竟醉同淳于，尚欲雒誦窮黃虞。竹西亭邊開此卷，前輩風流知未遠，安得相從游藝苑。

高旻寺示巨超慧超二上人

三年瓜步數經過，把袂重看窣堵波。無著天親形影並，寒山拾得笑言和。朅來猶喜鐘魚靜，老去深愁翰墨多。欲覓閒房供索句，松龕紅日未蹉跎。竹西諸相好求詩者甚衆，悤卒不及寫，乃借僧房書之。

舟過蘭陵錢明府竹初維喬招集諸君夜飲感賦

西蠡湖頭小泊船，題襟促席共流連。正當燈火傳三雅，恰集簪裾是七賢。趙員外繩男、觀察翼，劉編修種之、存之，洪編修亮吉，蔣通判騏昌，主人及余也。往事分明成噩夢，抽身且喜各歸田。只愁皓首重經過，華屋山丘最惘然。憶先師文敏公。

初六日夜

又覺夜寒侵，因知病更深。孤燈懸澹影，疎磬颺餘音。出世無生法，觀空不住心。擁衾方假寐，窗外響霜禽。

十六日石上舍遠梅鈞邀同探諸山梅花至石壁而返共得詩五首

頻年上峴山，鄧尉獨未到。梅花如有知，應與東風笑。春信隔歲來，晴和已先曜。吾友澹蕩人，移書久相召。江城百里餘，微波送征棹。遙指費家潭，薄暮共清眺。

春林鳥亂啼，春山已及曙。遂由思翁祠，並瞻憺園墓。道旁經過董文敏、徐健庵兩公墓。微聞幽馨來，早覺蓓蕾吐。停輿上還元，雲濤渺平楚。閣前一樹花，香入爐烟炷。瞻仰兩詩翁，翛然發清慮。閣内有漁洋、綿津兩公像。

斜照尚未沈，明蟾已微見。移楫向山橋，風香泠然善。兩崦分東西，春波漾花片。偶斟玉雪酒名清，稍解餘寒戀。碧嶂圓如螺，白沙浮似練。無事更登臨，澄懷足婉孌。

小睡夢漸醒，孤篷覺微響。蕭蕭待殘更，六花浩村壤。清游愛衝寒，喜共籃輿上。穿林廿里餘，澗北入方丈。非霧亦非烟，香巖絕心想。惟應住童真，于茲獲供養。

再緣西磧山，透迤屆石壁。蒼茫雲萬頃，青峭嶂千尺。漁洋曁法華，烟巒近肘腋。僧寮半傾欹，僅有清公迹。香積亦荒涼，何由住昕夕。信宿憶當年，月窗詠秋碧。

守風金山下時取急北行

斷渡風猶勁，參差客舫停。塔鈴寒自語，粥鼓遠難聽。雪浪烟中白，雲山雨後青。妙高臺上景，危坐憶曾經。

臺莊

弭櫂徐方近，驅車魯道長。風沙兼霽發，淮海入微茫。浮磬思靈壁，孤桐詠嶧陽。昔賢珥筆地，雪涕那能忘。

東平道中大雪

嚴飆急霰撲征鞍，濕透麻衣晚未乾。洵是普天同慘澹，欲教大地盡汍瀾。龍髯已遠悲腸斷，馬耳全埋掩淚看。賴有同心相慰藉，滿罏榾柮暫盤桓。與鄒闍學曉屏炳泰同行。

雪夜

冰滑嘶疲馬，風狂落凍鴉。略看山一角，已沒路三叉。土銼煨松火，茅簷繫雪車。彤雲騰縞素，淒切聽悲笳。

德州

野邏長河北，郵亭小市東。飢烏猶啄雪，劣馬獨嘶風。遠嶂層層白，初暘漸漸紅。排籤僵十指，滑澾嘆泥融。

題盧溝折柳圖送伊太守墨卿秉綬任惠州四絕句

郵亭戍堠儘蒼茫，更送伊人水一方。嗟我暫來君又去，不須讀畫已淒涼。

詩卷書籤滿畫輪，生平本不厭清貧。此邦宜著文章守，麥穗棠陰待撫循。

曾過方輿萬里程，五羊偏隔嶺雲橫。予獨未至粵。老來欲覓丹砂顆，夢逐熊幡海上行。

潢池頻歲警西川，稍喜氛祲息海壖。解得道州危苦句，不妨竟酌石門泉。

謁阿文成公墓

禁城東望鬱嵯峩，賜葬崇封氣象多。星日交輝森奰屭，風雲常起護坡陀。祁連景色何須仿，耶律勳名定不磨。紫光閣像御題云：『楚材既出，爲國之楨。』故梁文定公書《耶律文正王傳》以贈公。文正墓今在西苑玉泉山下。悵望九原誰可作，卽看堂斧邈山河。

雪嶺天山控大荒，掃除餘孽鎮巖疆。先開城堡供陶冶，再引河流藝稻粱。蒙古東來環北極，築伊犁城，北通塔爾巴哈臺，又東北通烏里雅蘇臺。合蒙古內外四十九旗達于張家口，俄羅斯震懾，而北路之屏藩永固。大秦南去盡西洋。自伊犁而至回城哈薩克、布魯特，南抵溫都斯垣，直至西洋。纏頭剺面盈千萬，重譯飛車達建章。

萬山峝岃護天全，魚通土司、大小金川地，舊爲天全六番招討所屬。蟻聚蜂屯四十年。坐甲千軍柔伏莽，先庚兩次破重堅。雙圓孔翠花翎貴，五色盤龍彩服鮮。麟閣雲臺俱首列，桓圭一等有誰先。

身兼將相尚非難，功業巍峩德業完。下士情能忘貴賤，愛民心總恤飢寒。敦詩說禮家風舊，緩帶輕裘意度寬。不獨千秋知己淚，山頹木壞共悽酸。

京城德勝橋西有明李文正公東陽宅開文祭酒訪得其處去年戊午六月初九因公生日邀同人祀之並作長卷今予來都索詩以繼其後

淨業寺北積水區，柔藍一鑑浮鷗鳧。相傳自昔西涯居，歷年五百埋荒蕪。春深漠漠生葭蘆，振衣誰復尋遺墟。祭酒先生列仙儒，生平嗜古資畋漁。著作盡得前賢模，茶陵名望尤所娛。知公卜宅瀕澄湖，搜奇剔異窮林箊。果得往蹟鄰經涂，是時長嬴月值且。文正生日尚未逾，爲公祝壽陳盤盂。中懸遺像清而腴，飛召京雒賢豪徒。雍容車騎齊簪裾，一十六人拜且趨。瓣香致敬心誠輸，維公生值景泰初。神童召試登亨衢，遂占揆席持機樞。高文典冊傳方輿，空同大復爭夸譽。恨值閹寺雄封狐，鐵牌不守還睢盱。洛陽劉文靖健餘姚謝文正遷偕歸與，誰爲切諫陳唐虞。酒闌餞別情欷歔，獨將一木揞凶渠。眾正賴以安須臾，有功世道焉可誣。景仰宜與旋杓俱，況有真蹟森寶書。寸縑可敵千硨磲，諸君誦法良非諛。何翅坎鼓調笙竽，祭畢綠蔭平堦除。香生萬柄紅芙蕖，數聲遮了鳴高梧。澄心堂琴音調殊，一彈再鼓松風徐。題衿連襼相歌呼，銀槎碧筩交紛如。更有畫史參倪吳，落墨掩冉垂楊疎。雅集上擬西園圖，以上俱見謝薌泉侍御記中。此樂義等雲天需。惜我未預櫻筍廚，如口流沫思梅諸。吟詩讀畫情稍舒，槐花此際飄檐閭。距公攬揆一月餘，今因放櫂還姑胥。相從未得同駏驉，勝踐不到何其愚。還君詩畫長嗟吁，歸奉懷麓侔璠璵。

題謝侍御薌泉振定雲將小草二絶

臥病空回訪戴船，吳淞無計共沿緣。懸知裙屐逢迎處，擘盡膠東五色牋。君去歲來訪，適以臥病未見。

龍蛇夢斷感游秦，蓺苑欣看有替人。聞說淹中遺稿在，莫教零落委凝塵。君爲程魚門高弟，所撰經説收藏無恙，故及之。

題鄒閣學曉屏午風堂集

當代文章客，誰堪第一籌。午風詩數卷，標格足千秋。書畫供陶寫，雲山入唱酬。漁洋仙去遠，髣髴見風流。

送尹給諫楚珍壯圖歸雲南楚珍前奏各省倉庫多虧，奉旨令同侍衛慶成往近省監查。是時各督撫聞信，挪移掩飾，致以陳奏不實罷官。今上備知其故，令馳驛來京待用，而君以母年逾八旬，難於迎養，上予給事中銜，仍令回籍侍母。人皆稱爲異數

擁傳來仍擁傳歸，行成忠孝世間稀。已看直節標青史，更乞承歡奉彩衣。捧檄毛生官未達，上書

賈傅願終違。如君獨荷君恩重，回首征途望紫微。

曹侍御定軒錫齡招同紀宗伯曉嵐小集

霓裳詠罷大羅天，燕羽差池四十年。松鶴精神嘉未老，蓴鱸歸隱病難痊。晨星屈指無多在，舊雨關情喜後賢。謂定軒。幸得春明同把盞，莫辭坐到燭花偏。

題金青儕雪意圖冊時青儕悼亡

斷橋流水暮烟空，作意荒寒望不窮。卻憶湘簾明鏡畔，低鬟曾詠絮因風。

靧面誰來傍畫欄，小窗疎影倍清寒。湘中草與秦齋怨，今古才人一例看。

金師眷屬是前因，好證聞箏累劫身。拈得空花還放下，不妨如夢更如塵。

空牀長簟起寒霏，不共香車緩緩歸。他日薊門三尺雪，祇應時夢舊鴛機。用義山句。

將出京師何侍御蘭士道生法開文洪稚存趙億生王孝廉惕甫芑孫餞於西花園

襆被經春住禁城，將歸話別此班荊。雪泥鴻爪留殘夢，酒座詩場續舊盟。老我已無重見日，多君尚締久要情。國恩友誼俱難遣，摻袂徬徨淚欲傾。

又別開文

宮牆禁籞路縈紆，問字門停載酒車。久識高名尊館閣，誰知垂意到樵漁。半窗翠影千竿竹，滿榻芸香萬卷書。此後江湖回首望，文昌華蓋近宸居。

天津小泊

析木南來第一程，柳梢風急水紋生。黑雲忽合如山斷，中有殘陽照眼明。楊村過又柳青青，未至天津十里爲楊村，過津二十里爲楊柳青。畫舫如家此暫停。閒看溪農歸去晚，獨擔漁具度沙汀。

金鄉道中

縠雨初晴日更曛，良苗芳草總如薰。柁牙猶響泉林水，檣尾還披泰岱雲。犁罷烏犍閒帶犢，巢成紫燕又攜羣。琉璃窗小無塵到，麝墨雙丸試斷紋。硯名。

舟中偶作三首

長堤芳草緑芊芊，學道曾聞肄管絃。過武城。回憶琳琅三十幅，故人落筆化雲烟。元和莊孝廉誠立先在京師，善隸書，予所藏漢、魏、晉、唐石刻皆其題簽。曾令武城，故憶之。

小湄湖畔水雲凝，顛頷微官尚不勝。誰緝遺詩還比似，長江主簿武功丞。武進莊然一賨書，前爲聊城縣丞。

紫雲山下水如羅，武氏祠堂石刻多。六十二人圖畫古，何由著手細摩挲。

塗中寄翁振三

本是先朝侍從臣，上陵猶奉屬車塵。衣冠月出聲靈在，弓劍秋藏灑掃頻。講幄憶攜香滿袖，鼎湖近望淚沾巾。自憐一舸今歸去，遥企橋山更愴神。

珠湖夜泊白蓮盛開

六六珠湖永，涼宵傍客船。露香催夢醒，花葉半雲烟。雪羽飛難見，冰輪濇欲圓。臨波何處去，遥憶水中仙。

泊舟京口有懷巨超慧超二上人并寄家柳村豫

斷岸平沙晚退潮，鶴林山外此停橈。雲中竹樹懷三詔，天際帆檣見六朝。開士吟情留梵唄，幽人高趣伴漁樵。謂柳村。歸程愛趁西風便，選勝何時得共邀。

黎貢生簡民簡以詩集見示有寄

嶺外忽傳詩廿卷，長吟快似蛘搔杷。顏魯公《麻姑仙壇記》：癢作蛘，爬作杷。雪車冰拄撐腸腹，海雨江風入齒牙。想見襟懷清似月，故應詞藻爛如花。老夫墓木垂垂拱，萬里何由訪子嗟。

哭門人魯孝廉習之嗣光

清和送我出京畿，誰料旋聞薤露晞。甲第未登名未立，衰親誰望子誰依。文人有命終難解，王弇州有《文人九命》。鬼伯無情事總非。苦憶臨岐堅後約，欲乘秋水問漁磯。曾約於秋間赴三泖漁莊小住。

少年高蹈擅詞場，文字家傳一瓣香。擊楫未能攜郭泰，傳芭竟至下巫陽。貧憐苦志承先業，死痛羈魂隔故鄉。報與鄧吳鄧孝廉傳安、吳廣文照、吳上舍嵩梁，皆予江西門生同一慟，楓林關塞晚蒼蒼。

題潘榕皐歸帆圖

廿載簪毫侍紫宸，蓬池詩卷最清新。如何忽憶中吳路，蘋葉蘋花上畫輪。

已將彩筆付諸郎，科第連翩上玉堂。誰信高情真絕俗，扁舟要占水雲鄉。

陶峴三舟也足豪，玉簫金管儘由敖。朅來意興耽幽寂，四面雲山水一篙。

燕關纔過又吳關，企腳支頤一櫂還。我有柳波雲舫在，期君蓑笠侶漁蠻。

除夕

新春未到歲將回，促坐明燈笑舉杯。遶膝欣看珠樹合，時嚴氏諸外孫侍側。挽鬢不覺玉山頽。紙窗寒重將飛雪，瓦缶香傳已放梅。仍屬朝衣熏侍史，青陽曉色俟徐開。每遇萬壽、元旦，黎明望闕行禮。

早春

朔風初定雪初晴，遙見春暉上檻明。三尺遊魚冰下見，一行歸鴈柳梢橫。香爐茶銚隨宜置，茸帽筇枝稱意行。已是上元燈節過，市樓猶聽夜吹笙。

聞稚存譴伊犂

胷中五嶽本難消，醉後狂言荷聖朝。東坡句。對簿已蒙寬一死，投荒何恨竄三苗。老泉諫術終須讀，湘浦羈魂不待招。取次金鷄竿下信，陽關風雪返征軺。

敷文書院示諸同學

彈指前遊四十年，中唐古桂更參天。詞林往事今誰記，謂楊編修文叔。宗伯遺書幸已鐫。謂齊次風宗伯，著有《水道提綱》。兩公皆先爲院長。舊學已忘慚老耄，斯文將付待英賢。鑿楹況有宸章在，講罷常瞻日月懸。

過花神廟

雲作衣裳月作鈿，蕙幃春暖更清妍。如何瑤島如花女，卻伴傖奴五十年。乾隆庚子南巡，上幸花神廟。召對大學士嵇公，詢以花王何戇俗乃爾。公對曰：『此李衛像也。衛總督浙、閩時，塑其像于花神中，東樓二女，其所最寵者。』上又問曰：『旁坐者何人？』公對曰：『此季麻子也，善說稗官野史，衛善之，故使侍側。餘著蠻靴，衣短後衣，皆傔僕也。』上曰：『衛本賈人，何敢狂悖！』因降旨命署布政使德克精布毀其像，投諸湖，而重塑花神祀之。余同嵇公隨蹕，親覩其事，國史亦載此旨於衛傳中。

秋菊春蘭各一時，淩波來往載雲旂。六橋自此班騅客，合與重題絕妙詞。

題舒雲亭瞻蘭藻堂集後

吟殘蘭藻一編詩，竟體芬芳絕妙姿。拈出江南腸斷句，不妨喚作女郎詞。

淡粉輕烟字字嘉，獨攜琴鶴返京華。誰能移取燕山桂，來作揚州玉樹花。

翦燭微吟喚奈何，無情有恨不須多。當時若過紅梨館，定倩雙鬟畫壁歌。夢午堂先生有《紅梨館詩》，少年作也。惜其未識雲亭。

雷雨

雷雨中宵動滿盈，朝來嫩日又新晴。尋香小蝶穿簾入，選樹幽禽繞舍鳴。巷口稍淹沽酒路，橋頭徐度賣花聲。春衫不覺春寒峭，獨向筠廊拄杖行。

題溫忠烈公璜像并家書墨蹟卷

新都城上旄頭落，雲黑如山烽火作。司李繇來本散官，不惜微軀試鋒鍔。滄桑大變一身捨，氣挾風雷動山嶽。老翁六十鬢已絲，甫膺一命丁顛危。腰間利刃光若水，與我一吷無稽遲。挑燈作字貽親串，想見軒昂雜悲惋。妻孥從死子爲僧，淚痕墨瀋交零亂。處分了了語和平，兩通箋疏生光晶。卷前遺像更孤峭，浩氣隱隱浮眉棱。褒忠奕世霑榮遇，錫謚專祠誇異數。不見當時首輔尊，冰山已倒終非據。忠烈爲體仁之弟，見竹垞《詩話》。可知自立足千秋，此圖此畫應長留。植節固應歸母教，表彰還復藉孫謀。

周同年松靄春自榜下分攜不相聞者忽經四紀今在武林以四詩見贈纏綿往復情溢於詞作此答之

宦海抽身早，家山樂志便。追思少壯日，同上大羅天。白社尊人瑞，丹砂養地仙。相思蒙記憶，珍重惠長牋。

聞說鳴琴地，循良見古風。懸鞭閒吏卒，驂篠走兒童。彭澤歸真早，桐鄉澤未窮。清和今始屆，杖履更沖融。

自顧成衰拙，功名白髮餘。烽烟頻自警，竹帛豈堪書。桃李門牆盛，丹鉛館閣儲。如《通鑑輯覽》、《一統志》、《金川方略》諸書，皆預編纂。恩榮皆帝力，況又賜懸車。

已嘆豐其蔀，時患目疾。非徒鬢似霜。謬推孤竹馬，虛奉束脩羊。舊雨凋零甚，停雲佇望長。何時來片席，攜手快升堂。

西湖餞送張子白赴鎮番縣任

短後曼胡意氣遒，鳴沙驛路指瓜州。山經華岳臨關出，地控黄河繞塞流。鄉夢應懸三泖樹，烟波兼憶五湖舟。子白贅於吴興。南凉西夏英雄跡，收拾詩囊是壯游。

西湖首夏晝初長，别酒淋漓累十觴。尚説氛祲纏隴蜀，喜無烽火近河湟。番回徧野風猶古，稞麥連雲歲屢康。料得篠驂迎候遠，循聲已頌馬如羊。見《張奂傳》。

得吴庶常山尊鼒書知乞假將至武林詩以迎之卽用其和蘇文忠公岐亭詩韻

細雨動淹旬，天意釀柳汁。豈知多病身，枯坐等束濕。何來雙鯉魚，錦字懷中得。將紓久别愁，豈免開函急。果然獲新詩，濃熏對銀鴨。端如贈金鎞，老眼刮蒙羃。殷勤放生篇，深痛刀砧赤。此意本等慈，此業真純白。徘徊再三誦，起舞倒巾幘。方今西南隅，烽火萬家泣。仁心啓祥和，何致鈢斯缺。呼埽講德齋，煮茗待嘉客。共和岐亭詩，以助往生集。

聞繹堂司空奉使川陜軍營有寄

運籌帷幄藉論思，又奉軍符絕塞馳。褒鄂勛猷三殿重，韋平聲望四方知。雲開井絡宵傳箭，雨洗河潼曉濟師。先按西南諸牧守，姦民何事弄潢池。

汾陽部曲已無多，謂文成公舊部。感憤誰能共枕戈。幕下參軍資阮瑀，方學士維甸。行間宿將仗廉頗。謂明君亮。三千勁旅如雲擁，百二重關躡電過。軍令分明新壁壘，佇看獻捷走明駝。

西湖第一樓爲阮中丞伯元賦

高對湖山敞綺櫳，德星光聚接遙空。掄才欲樹千秋業，釋詁先徵六蓺功。樓後爲詁經精舍，中丞集兩浙經生于此。自媿識途輸老驥，還期樸學謝雕蟲。懸知各擅無雙譽，要與陳登百尺同。

予以乾隆辛酉年補博士弟子迄今六十年矣錢學使撫棠樾趙太守鑑堂宜喜循例請重游泮宮有作

輿騎喧呼雜管弦，重來釋菜久華顛。本無勳績叨嘉獎，前曾奉旨『著有勞績』。薄有詩文待續編。佳話多承當事意，異時定作舊聞傳。回思同伴何人在，振翮雲霄俟後賢。

附作　　同邑　趙汝霖惠蒼

童年鼓篋等前塵，綺席重開四座春。髫鬌幔亭明月夜，雲璈瑤瑟會鄉人。

昔曾游處暫裴裒，傑閣臨風面面開。遙望頖宮宮畔水，分明前度認蓬萊。

蓋代才名擅鳳池，雞林爭誦白公詩。鄉人偏憶垂髫日，早擷瑤華第一枝。先生第一名入學。

四國旬宣徧頌聲，中朝人說舊清卿。多緣自任由來重，廊廟江湖萬古情。

坐擁圖書擬百城，依然逢掖老諸生。那知鐵壁金沙外，羽扇曾揮十萬兵。

淩雲才筆擬相如，著作頻聞典石渠。此日黌宮留蠹簡，頒來已是廿年餘。先生嘗奉敕修《一統志》、《通鑑輯覽》諸書。丁丑召試詩賦，備載《南巡盛典》，久已頒發學宮。

鈞天樂奏《九如歌》，國老承恩雨露多。攜得尚方靈壽杖，耆年場裏更婆娑。嘉慶元年，召與千叟宴，有如意、壽杖之賜。

林下逍遥近十年，鑑湖一曲主恩偏。若教從此登雲路，及第還居梁灝先。

京雒浮塵十丈紅，斷虀仍守舊家風。銅山金穴須臾事，卻羨蕭疎一畝宮。先生書塾聯語，嘗引用范文正公畫粥斷虀事。

衡才自昔重昌辰，閲歷名場六十春。閒把文章溯流派，仙源一棹指迷津。

遙峯環抱水縈紆，二百餘年毓秀區。爲問看花上苑客，幾人曾到舊玄都。

巋然人望魯靈光，頖水今歌第二章。正似寒梅留老幹，一枝瓊蕚領羣芳。

南皮游讌舊時同，此日文壇望並崇。兩地膠庠添盛事，流傳佳話徧江東。聞嘉定錢竹汀宮詹亦當重游頖宮。

常向丹青認故吾，雪泥鴻爪未模餬。何當更倩僧繇筆，旂影鸞聲畫入圖。先生自少壯以來，閲歷之境皆曾繪圖，名《雪鴻紀蹟》。

桂苑花開接杏園，仙都寧復羨桃源。從今次第重游徧，屈指春風十四番。計將來重宴瓊林，亦祇一紀有餘。

大椿知歷幾千秋，嘯傲湖山等十洲。應爲早年絃誦地，一逢周甲一來游。

題孫侍御詒穀深柳勘書圖侍御自題有劉向、楊雄之句

西京開儒術，賈董始宏敞。中壘乃繼之，一時固無兩。峩峩天祿閣，太乙降藜杖。豈惟稱俊乂，實

乃著忠讜。《列女》規宮壺，《洪範》測儀象。肯以貞亮資，而爲尋尺枉。子雲起江灌，羣倫共瞻仰。《訓纂》既精研，《法言》亦摹仿。仕宦稍不達，低頭事新莽。坐視炎精消，投閣免羅網。乃知藝林中，志節判霄壤。侍御冠惠文，生平表高伉。中歲厭緇塵，湖山愛清朗。蕭蕭柳數株，軒窗寄幽賞。鐵鏑不嫌斷，敝帚甘自享。經史盡貫穿，撰錄編浩穰。侍御所著，有《家語疏證》、《風俗通逸文》及《文選李注補正》各書。作書詆景侯，九鼎鑄魍魎。兼有趨庭人，克副傳經想。令子同元能傳家學。我今發其疑，九原定撫掌。題詞付後賢，百世弆書幌。

項金門陳花南招集述古堂卽事四首堂一名小方壺

消夏何方好，來登述古堂。藤蘿陰自密，松檜遠成行。翡翠時時下，芙蕖冉冉香。真同河朔飲，解帶試微涼。

勝地今猶昔，前遊景漸湮。柏堂餘灌木，竹閣少浮筠。境與方壺似，人瞻御墨新。山公謂秦小峴多雅興，躡屐遍嶙峋。

倚檻香羅薄，堆盤雪藕鮮。簪裾皆灑落，几席並清妍。語雜《傳燈錄》，潘侍御蘭垞精禪理。詩誇《泊宅編》。郭秀才祥伯屢出《近游稿》見示。老成還有在，座客余君大觀年八十。休自笑華顛。時予年七十七。

已罷藏鈎戲，行將倚杖回。樓臺銜夕照，雲樹隱殘雷。勝日殊堪惜，清游約再來。他年追雅集，指點畫圖開。時花南以圖紀之。

東風大作聞海中賊船損壞俘獲甚多喜而有紀

閩浙游氛閱歲年，天風助順埽鯢淵。伏波不俟來新息，籌海還當考舊編。見説盧循藏島嶼，何煩楊僕進樓船。東南萬里沙邊戍，共喜平安火夜傳。

聞吴侍講泉之時有參劾作爲湖南學政

覥顔尚冀履花封，快聽風雷下九重。豺虎有知原不食，鷹鸇必逐自難容。旁觀尚欲舒公憤，當事能無愧曲從。謂平寬夫學使。天道恢恢原不漏，昌言真足警羣兇。

臥遊軒晚坐

考槃深處足盤桓，身世從容俯仰寬。菡萏香銷涼已透，珊瑚花結露初溥。送來陳釀初開瓮，煮得鮮菱恰滿盤。報道中秋佳節近，半規明月隱檐端。

題吳漁山歷畫冊

歷也磊落嶔崎人，時丁陽九稱逋臣。寓居尚湖及婁水，白鷗浩蕩誰能馴。高情餘事託繪素，自寫意氣超凡塵。思攜孤琴適汗漫，或縴巨牸搖崑崙。廣輪輿地苦迫狹，往蹈西海窮涯津。烏飛兔走任吞吐，鯨呿鼇擲開齋奫。耶穌居士演化處，拂衣不惜窺祆神。璇樞忽見星火異，絕域頓覺雲霞新。歸來屏跡槃薄臝，思借墨海摹乾坤。狂搜險覓衆所怪，落紙仍復清而純。試諦是冊二十四，幅幅規萬由先民。倪雲林黃大癡吳仲圭王叔明矩矱合，荊關董巨神明存。川原林麓盡變態，江湖村落抒天真。當年授受出烟客，上摹唐宋中金元。乃知絕藝在法古，小仙別派徒紛紜。千緡重寶我不易，要懸梁棟貽諸孫。

偶成

歸田何敢擬淵明，欲傚香山亦未成。范石湖陸劍南新詩差可繼，興來覓句遶廊行。

吳淞道中時訪錢曉徵嘉定

蕉衫桐帽峭寒生，鼓櫂東爲訪戴行。積雨新晴雲澹澹，晚潮未退水盈盈。故人已作經年別，勝侶偏深宿草情。兼懷來殷。一枕華胥殘月在，麗譙已近練祁城。

贈武陟令翁時年八十

壯年筮仕樂春臺，鶴髮如今尚未衰。家在八公山下住，身從千叟宴中來。安仁舊治花猶在，元亮新歸菊漸開。遥憶故園秋色近，西風早送片帆回。

喜史誦芬至

齒髪相看幸未衰，茫茫舊事總堪哀。騎鯨豈意歸霄漢，謂畢制軍秋帆。佩犢何時息草萊。時川、陝告警。寒露將零梧已落，仲秋久過桂方開。老夫寂處渾無那，正待深談數舉杯。

題蔣秀才葆存炯蔣邨草堂第一圖

聞説西溪路，沿洄到蔣邨。人烟同甪里，風物似麻源。茶筍供朝夕，漁樵長子孫。杜陵傳業久，閭左頌清門。

花藥開三徑，縹緗擁百城。有泉穿竹石，無客叩柴荊。自適閒中趣，彌添物外情。幾時香雪裏，邀我共經行。

九月二十八日馮實庵孫淵如招游西溪老病畏寒不能如約爲賦四章以當晤語

立冬未一句，霜飆率已厲。蕭蕭竹打窗，槭槭葉走砌。殘年畏早寒，欲蟄門先閉。差憐破帽溫，頗藉茸裘曳。正如曷旦禽，瑟縮了無計。臥聞折簡人，跫然破清睡。言將游西溪，明日鼓蘭枻。諸君信雅懷，一往抉幽邃。此境我所思，廿載付夢寐。所嗟老病身，何由共聯袂。

側聞秋雪廬，乃在西溪湄。蘆花一千頃，杳渺連清漪。源從澹竹來，南湖復滙之。遠多紅樹暎，近有青篁欹。漁樵路亦絕，僧屋圍疎籬。諸君躡雙屐，衝寒劃笻枝。行琢冰雪句，媲彼郊島詩。

西溪數竹窗，文恪有遺宅。後歸清河氏，幻翁此寄蹟。秋看槲葉紅，春探梅華白。往來二十年，蕭然洵幽客。翁去地頻更，古梅亦崩坼。茶竹尚清妍，蒹葭逾蕭瑟。茲行想清寒，延佇意何極。稍待春風暄，孤游弄泉石。

昔賢慕樊榭，苦愛西溪游。每從竹西返，嘯侶攜扁舟。至今遺集中，逸句如凫鷗。海山嗟已逝，尚幸存松楸。月上亦祔瘞，埋香並千秋。王塢路非遠，短碣蘿荒丘。諸君儻過訪，爲我澆新芻。定如鮑家墳，清唱能相酬。

遥賀吴沖之得子

快傳異事動親鄰，七十三翁竟得麟。已聽嘷聲知俊偉，卻看骨格果嶙峋。來書云重至七斤。未占後日金閨籍，先喜當前玉樹春。歸去定叨湯餅會，繡包細玩掌中珍。

題沈太守莘田清任爲南明畫册

此身未死病纏綿，卻展鵝溪一泫然。誤喜對牀尋舊約，用東坡句。不知花萼久成仙。澹園筆墨劇瓏玲，老屋橫溪接翠屏。寄語封胡常祕玩，莫教蟲粉近丹青。

漪園雨飲次實庵韻

殘秋置酒對平川，澹靄輕雲細雨連。遊客待浮彭蠡月，沈主事帶湖叔埏將往江西。幽人曾溯洞庭烟。宋茗香談太湖石壁之勝。霜清紅樹樵風外，水漲青蘋釣渚前。最愛豪情工拇戰，薄寒須藉倒觥船。

答程明經彝齋兼懷董孝廉炤

廿年音問渺雙魚，忽見瑶華足慰予。漢瓦秦權供講席，明星玉女照精廬。時主臨潼書院，在華山之下。虎皮仍闡前賢學，豹略空陳大吏書。時賊掠川、陝，君上書陳攻戰策甚悉。卻喜漢陰遺一老，子孫畊鑿共樵漁。孝廉居興安，賊過其境不入。

秦廉使小峴移任長沙招飲湖樓話别

使節初從薊北旋，璽書又見報鶯遷。重將騷雅移三楚，留得聲名繼四賢。湖上有四賢祠，謂李鄴侯、白樂天、林君復、蘇子瞻。沅芷澧蘭新著作，柏堂竹閣舊因緣。雪中休折湖堤柳，欲倩長條繫錦韉。

西清視草記前遊，淮海詩篇互唱酬。笑我歸依三徑老，多君兼領五湖秋。小峴先爲杭嘉湖道，地鄰震澤，中包五湖，而湖南洞庭亦有五湖之名。一船行李餘琴鶴，兩地聲華映斗牛。畢竟名區資雅望，重來定見協歌謳。

示周泉南郁濱〔一〕

秦火厄六經，經義墮渺茫。去古日以遠，文獻漸遺亡。先儒事箋釋，立説多參商。擇焉而未精，語焉而未詳。我朝惠定宇戴東原起，考核神明强。注傳補闕略，絕業于以昌。我賢解經義，勤勉殊莫當。祕鑰抽靈源，儼樹精進幢。聰明勿自喜，歧路生徬徨。

才學識三長，備具乃作史。我謂讀史者，所貴亦復爾。孟堅學輸才，未善中興紀。不識天撑犂，淺學殊可鄙。天道本人情，民義卽物理。博取而約觀，端爲法戒起。治亂興衰間，明鑑徹終始。君子本諸身，治人先治己。少賤視所爲，名節在用恥。

丈夫志千秋，立德致足尚。其次務立言，經術備醖釀。春容步前修，文壇善決盪。軨材末學流，勦說尠貴當。虛浮背實用，眂古多所讓。眷言吾黨中，唯汝號貞諒。砭俗復樂羣，溫恭具雅量。發而爲文辭，服膺宗哲匠。韓蘇與出入，鮑謝相頡頏。會當保令名，遠樹泖東望。

【校記】

〔一〕此詩，《春融堂集》光緒十八年補修本卷二十三已刪。

十一月廿二日爲予七十七歲生辰舟過鴛湖偶賦

七十年來又七齡，鴛湖雪後駐吳舲。畏寒不復尋今雨，時朱明府休度、鮑秀才以文、朱秀才映漘、李秀才香子、富孫皆在嘉興志局，未能訪也。投老誰知問歲星。玉版味新多且旨，金華釀熟醉難醒。淨慈寺僧主雲及同好多餽冬筍，而瑞唐餉酒尤佳。自惟後樂心猶在，喜聽笳簫出遠汀。是日，岸上居民以年豐賽神，歌吹甚盛。

春融堂集卷二十四　臥游軒集

辛酉　壬戌　癸亥

題姚上舍春木椿望雲集

峯泖英靈又漸淪，少年驚見筆如神。丹山鳳鳥誰堪匹，碧海鯨魚自絕倫。他日中流當砥柱，此時大雅合扶輪。文章名節無窮事，更待挑鐙仔細論。

許駕部周生梁上舍曜北玉繩邀飲湖上許莊

柔波如簟草如茵，山鳥山花正暮春。月榭風亭邀俊侶，籃輿笻杖趁閒身。分曹談藝神明王，促坐藏鬮笑語親。屈指清和應更好，再移畫舫傍湖漘。

和潘榕臯綠晦山房四首

雅志投簪早，溪山有夙緣。碧雲當戶牖，綠晦富林泉。不藉田三頃，聊營屋數椽。良辰來往貫，時棹木蘭船。

書法能兼兩，君工楷、隸。詩才更少雙。校書青鏤管，奉使碧油幢。君曾充貴州主考。瀟灑同姑射，耕芸伴老龐。清流映帶處，臥聽響淙淙。

翰墨聲華著，簪纓世澤長。君子姪皆以進士及第。高門傳棨戟，勝地隱松篁。帆影樵風外，茶香釣渚旁。王官休自擬，人比午橋莊。

我亦因衰老，歸田七載餘。葭灣尋舊業，木瀆命巾車。蕭曠差相似，經營媿不如。獨憐溪路遠，未得造精廬。

題繆石林頌小像

橐筆曾游京輦，挂帆遠指蓬瀛。歸向團蕉獨坐，依然心迹雙清。

記得堂名南有，南有堂爲繆編修所居。收存萬卷琳瑯。妙迹推君能幾，風流直接倪黄。

貽我萬松圖畫，石林曾爲予畫《萬松講院圖》，卽敷文書院也。講堂正對西泠。何日與君放鶴，扁舟來往南屏。

第一樓夜起有懷伯元中丞

白苧生寒酒半醺，八牕齊拓敞高旻。柳間殘月如新月，山外晴雲雜雨雲。湖舫歌停燈尚在，寺樓鐘定夜將分。清秋好景殊堪畫，吟嘯無由共領軍。

再宿第一樓作

殘宵殘月正幽妍，獨對銀河更悄然。露下蓮塘涼似雨，烟消柳岸水如天。冰桃雪藕亡何飲，竹簟紗幮自在眠。清興不須招白鶴，臨風意欲趁飛仙。

康太守茂園基田過訪

河渠舊績著淮揚，新命東行重海疆。望郡喜看持玉節，同年猶記詠霓裳。帆檣番市春潮闊，松桂書齋教澤長。君新開三江、通海口，并改建雲間書院。促膝明鐙須痛飲，要看醉墨等龍翔。君嗜閣帖，善行草書。

口號

浥浥重陰壓翠簾，晚來添得雨廉纖。荷花已老無多葉，還送秋聲到枕函。

秋夜得楊員外蓉裳及其弟方伯荔裳捩書

跌宕詞場兩少年，誰知先後奉戎旃。關山廿載勞親夢，風雨三秋得素箋。飛檄猶聞催戰鬭，持籌還藉算緡錢。自惟頭白殘鐙裏，摻執何時倍黯然。

厲徵君太鴻及茗姬月上殁葬於西溪王家塢木主遺失久矣今春何布衣春渚琪得於田舍送至武林門外衙灣黃文節公祠清風閣中以供香火因紀以詩

栗主拋殘久不堪，香燈迎到奉苔龕。春蘭秋菊時常薦，社鼓神絃樂亦湛。優鉢花從天女散，姬人月上主在旁。摩圍詩向老人參。孤墳三尺西溪近，來往應知鶴並驂。

重陽後三日阮伯元招同孫淵如及諸同學集第一樓作

縹緲湖樓瞰夕陽，同來英俊儼成行。風前落帽嗤孫楚，柳下停驂問葛彊。銀海漸搖嗟晼晚，玉山自倒笑頹唐。歸與莫厭長隄迥，涼月如棃水一方。

朱映湑同陶上舍寧求梁錢秀才同人侗及從孫紹成游西溪歸述交蘆庵諸勝且爲梅嶼上人乞詩是日約展太鴻徵君墓予以病目未往

見說西溪路，沿緣興不窮。未尋高士冢，先造梵王宮。巒影層層碧，霜花處處紅。此間求轉語，心性有誰同。《楞嚴經》：『相見無性，同于交蘆。』此庵之所以名也，故以舉示上人。

愛此無人徑，羣瞻有道阡。荒塋啼竹鼦，短碣繡苔錢。詩卷知常在，雲仍竟失傳。一杯澆未得，空憶小吳船。

聞何太守蘭士病假還京有寄

一麾出守又蹉跎，豈向青門愛臥痾。京雒詞人游宦少，匡廬勝景入詩多。禁城比屋追前夢，先是余居爛麪衚衕，與君鄰並。花圃分襟感逝波。幸有同心吟興健，謂法開文、張編修船山問陶諸君。歲時車騎共經過。

題竹垞太史遊瀫山唱和長卷

普光王名梵筴無，紹興賜額胡爲乎。鼇峯龍洞互起伏，上有紺墖淩空虛。七層欄楯鈴鐸語，下瞰萬頃村模餬。薛瀫之源本具區，矾清陳墓眾水趨。溪山平遠似浮玉，風景飄渺疑蓬壺。當時夢窗曾過此，扣舷高唱心神愉。年深月積漸淤塞，桑田遂見鄰村墟。阿窣堵波已圮廢，不見金碧光浮圖。嘉禾去此近三舍，長蘆釣客來嬉娛。陳遵書厓昂招邀作地主，畢卓雨稼大生蕭散爲朋徒。楓香菊秀風日好，烏篷白舫依菰蒲。扶笻躡屐遊覽畢，歸向老屋觀琴書。更煩妙手寫清景，鵝溪八尺當窗鋪。香林蘭若忽隱現，貞松古柏交扶疎。緣知此遊樂復樂，不負選日來鴛湖。距今屈指已百載，哲人久謝幽人徂。梅花書屋書厓所居亦安在，花宮寥落閒鐘魚。惟餘緗素尚無恙，能不珍惜倖瓊琚。玆峯昔稱九峯祖，玉屏蘭筍紛縈紆。諸山寺觀漸荒薙，此尤闃寂林泉枯。竹廊苔徑亦陊剝，空枉上客來簪裾。安得開士修精廬，重新龍象演三車。法筵清眾大起信，雲梯佛閣增規模。聽經結社更嘯侶，遠眺雲水重喁于。

將移居宗祠作

一擻來徵百萬錢，漁莊舊宅計難全。過橋翻喜移居近，入室猶欣奉祀便。半榻更無留客地，一篷賸有釣魚船。如疑如夢真堪笑，已別滇池十五年。

送慧照往金山受具

春江滑笏放輕舟，玉帶門開指勝遊。六度已從瓶鉢具，三山更向畫圖收。此時話別梅如雪，計日歸來麥又秋。攜得毘尼新戒本，香燈與我共薰修。

家柳村自京口過訪

雨雪能來訪，乘潮直到門。蒼茫三歲別，故舊幾人存。詩卷風騷裔，家居水竹村。殘年勞慰藉，下榻喜開樽。

臥遊軒月夜

蕭蕭絡緯過鄰牆，纔近中秋夜漸長。露滴荷珠聞暗響，風翻竹籟助新涼。井梧已減三分影，巖桂初生數點香。猶覺此心清似水，老來吟興未全忘。

門人蔣秀才應質徵蔚以詩寄示卻寄

蔣山本玉人，六籍妙解悟。作詩繼風騷，尤善冰雪句。竹西與西泠，幽賞豁情愫。示我近來詩，宛與王韋遇。湖山結性情，渺然出風露。長簟更淒清，匏瓜憺無豫。時方悼亡。懸知伴藥爐，相思寄毫素。

喜聞韓城相國致仕

絲綸稠疊備恩榮，元老辭朝值太平。霽月光風終皎潔，渾金璞玉著忠貞。三台星動知歸老，五色雲環記唱名。公殿試第一。從此四方瞻氣象，龍門萬仞並崢嶸。

九月八日吳司成穀人陳太守桂堂張司馬古餘敦仁枉顧留飲蘭泉書屋兼示映滑獻之同人三君

風日重陽近，江天聚德星。文章通氣誼，鄉里羨儀型。花徑何曾掃，蘭舟已共停。老夫扶杖出，再拜嘆伶仃。

祭酒瀛洲彦，聲華燕許同。北堂殷愛日，穀人以乞養告歸。南國仰高風。碧浪經幃啓，時在湖州主講。紅橋酒舫通。往來維揚，更多文酒之會。明年峯泖路，尤喜豁羣蒙。明年來主雲間書院。

司馬西江別，流光計十年。丰標仍落落，腹笥更便便。學業儒林貴，農桑吏治先。苧城騷篠處，輿頌萬家傳。君出夢副憲吉門下。予在江西，君又適知高安縣令，時攝松江府事。

歸自辰沅路，風騷寄興長。猶攜太史筆，兼佩省郎香。詞翰誰能敵，琴樽意不忘。扁舟頻念我，淹臥劇清漳。義山句。

巖桂香齊放，山萸酒正濃。思捻書籍看，工部句。祇覺笑言重。稻蟹欣初薦，蓴鱸早未供。諸君偕脱帽，轟飲慰龍鍾。

葭菼村居僻，桑榆暮景殘。詎能歌兔首，常累送豬肝。舊學誰爲繼，叢書待盡刊。尚期頻見憶，顧我話眠餐。

同作　　吴錫麒

廿載春明夢，賓朋散似星。江湖尋後會，笑語慕前型。良約秋期踐，輕帆港口停。吟詩當《七發》，病已起伶仃。獻之病風，不良於行。

一老靈光在，相期吾道同。此懷如霽月，有力輓頹風。詩品王官谷，經材《白虎通》。平生承刮目，終是愧吴蒙。

宦轍辭前路，壯心思昔年。《車攻》詩肄熟，盾鼻墨磨便。湛露三霄渥，初衣一著先。漁莊容穩臥，樂事畫圖傳。

斯文同不朽，金石壽彌長。許我開緗帙，因之味古香。剜苔心未饜，布毯坐難忘。夢瓦能鴛化，還愁返故漳。

宛然蒲褐住，相引篆香濃。酒座書三面，秋簾水一重。來真倉卒客，餉費咄嗟供。所感殷勤意，何辭倒玉鍾。

見說西南盜，秋風埽欃殘。歡鏗動朝野，披瀝出心肝。便有鐃歌製，終聞露布刊。太平田野樂，努力待加餐。

同作

朱文藻

岑寂珠溪路，喧傳五馬來。趁潮江路闊，觀稼隴雲堆。錦纜霑朝露，朱顔帶宿醅。不教騶入谷，簷雀未驚猜。

京雒追前事，詞壇步後塵。龔黄傳治績，歐趙契先民。桂晚榮詩徑，秋晴健酒人。司天占異瑞，德聚在江濱。

湖海尊耆德，烟霞養此身。朝章原尚齒，天性愛留賓。洛社開罇滿，龍門曳履頻。歡然裙屐會，韻事一番新。

褦襶詞多拙，衰遲興尚酣。散材真不棄，末席每教參。古槧藏清閟，奇書發錦函。賞心交令節，新菊勸分篸。

汪庶子敬箴復乞假自都回里有寄

謝病重歸隱，高名徧海壖。清修依小學，静坐入初禪。二語，庶子齋中楹帖也。風雅編前集，時刻《太倉詩派》。功名讓後賢。長君彦博，以員外近充廣西主考，兼直内廷。擬從潘正叔，謂蘭垞侍御。相訪棹吳船。

門人吳子山嵩梁過訪卽送其歸東鄉

江鄉歲暮掩蓬廬，千里勞君問起居。薊北朋儕嗟漸少，江西才俊有誰如。斯文未喪終堪許，大雅將興望豈虚。珍重牛毛麟角語，臨岐執手倍踟躕。

石遠梅同家柳村楊時庵欣于靜齋淵三君自京口來訪有作

歲杪增離緒，天涯憶古歡。何期青雀舫，已繫白鷗灘。荏苒三春隔，衰遲再拜難。村荒兼市僻，佐酒乏盤餐。

耆舊今寥落，風騷亦漸亡。誰知從碩果，相與步康莊。瓦釜人爭聽，皇荂笑更長。雅材三十六，珍重各升堂。

人並稱名士，天教聚德星。時映湑、寧求在座。論心輸款曲，勸學苦丁寧。烟水西津渡，雲山北固亭。他時南望處，還憶草堂靈。

生朝有作

草草杯盤又介眉，一年一度晝如馳。久同表聖營生壙，近擬淵明製輓辭。饘粥已修新井竈，桑榆猶念舊茅茨。明冬此會疑難再，且向燈前索酒巵。

元旦試筆

爆竹聲中齒又增，先教侍史戒晨興。青旂想進宜春仗，紅燭還明守歲燈。獸炭鑪溫留宿酒，蠟梅花放解寒冰。只憐衰謝年年甚，試著朝衣似不勝。

七秩行年自古稀，又添十載剩餘暉。觀心如幻塵根在，積習難除道力微。堪笑家人還致語，誰知老子久忘機。開門但喜兒童報，宿麥青青滿釣磯。

立春

存心養性樂熙和，又見青陽到澗阿。枕簟安閒知夢穩，爐烟溫潤覺春多。梅花遇雪三分謝，蕙草生香一棹過。臘盡春初，金華人載蘭來售，歲以爲常。目疾已嚴止酒戒，廚娘又勸飲亡何。

繹堂少宰由武陵按事北還見余檇李舟中送至望亭而別感賦

幾年別夢隔樵漁，舊約南來信不虛。萬里風烟違絕徼，三春花柳送征旟。盤根錯節君恩重，後樂先憂物望紓。況是二難同繼起，韋平盛事不勝書。謂少司馬彥寶。

鶴洲滸墅水程賒，絮語連宵雜嘆嗟。四世交情同孔李，十函奏牘重勳華。時以文成公奏摺送歸存貯。共憐往事真如夢，得老閒身即是家。時予已移居。惜別不須還雪涕，世緣久已等空花。

四月初三曉徵枉顧虎阜寓齋兼贈二詩次韻

晤對兩成翁，神明各不同。我衰甘寂寂，君氣正熊熊。道德知何晚，放翁詩云：『晚知道德負初心。』文章敢論工。所欣春已去，猶得坐春風。

躡屐逢佳侶，題襟憶往年。前程真是夢，勝事又堪傳。樹隱初三月，香分第二泉。適友人以惠山泉酒見餉。風流誰載筆，吳乘好重編。

虎丘寓舍即事

墖影層層對虎丘，少年裙屐記頻遊。青瞳白髮歸愚叟，也折花枝當酒籌。

偶移帆席過吳閶，濟勝無能黯自傷。幸有使君能愛客，掃除池館置行裝。于太守滄來館余白公祠左。

千秋樓閣仰峨嵋，新奉香山與拾遺。誰識青蓮曾過此，煩君合作四賢祠。劍池上本有仰蘇樓，以奉東坡居士。前太守任曉林以樂天曾爲蘇州刺史，又建閣奉祀。而趙觀察雲松謂少陵《壯遊》詩曾有「東到姑蘇臺」之句，故三祠並建園中。余考《文苑英華》，李太白亦有《建丑月十五日虎丘山夜宴序》。案《新唐書·肅宗本紀》：上元二年九月去年號，以十一月爲歲首，月以斗所建辰爲名，故十一月爲建子月，十二月爲建丑月。至明年四月，復稱年號，不用建辰。是太白之宴虎丘在上元二年也。因屬滄來并祀焉。

衰年豈復擅譚玄，不奈虛名被世傳。試問門前相訪客，朝來繫遍綠楊船。

門牆桃李聚芳華，吳會朋來更似麻。自笑老夫頻播喏，便扶賜杖也攲斜。

蘭陵風雨感離羣，短簿祠邊忽見君。正擬銜杯連夕語，芒鞵又踏洞庭雲。雲松過訪，時有洞庭之遊。

三年別夢隔雲沙，握手伸眉一笑譁。攜得米家書畫富，夜來虹月貫江槎。謂吳哲甫。

誰人載酒過溪東，范甯潘尼二妙同。手執松枝當麈尾，如雲妙解坐生風。范編修芝巖來宗偕潘榕臯載酒來訪。

岱宗頻歲照文星，又向雲龍駐使軿。聞有祥符碑刻在，欲從天水問云亭。徐州李太守松雲堯棟來訪，以前守泰安故，索其宋真宗《封祀壇》諸碑。

奰贔穹碑尚未摧，搨來贈我等瓊瑰。讀時想在金山寺，萬隊弓刀領背嵬。時張古餘以《韓蘄王墓碑》見贈。是碑高大，最不易搨。

珠林玉典漸成譌，宋刻猶存校正多。常記書齋紅豆底，丹鉛永日費研磨。得武英殿倣宋新刊《禮記正義》，後有惠徵君跋語，以此校正監本及汲古閣本，凡四千餘字。

清風作頌妙雕鎸，更有吳興寫義田。自笑行裝輕似葉，兩包金石壓歸船。芝巖以所刻文正公《伯夷頌》及趙仲穆書《義田記》見贈。

十載懸車返舊郊，漁莊深處水周遭。誰知指日歸官簿，猶荷深閨費彩毫。婁東女士彭湘蘅畫《三泖漁莊圖》見寄。

牡丹盛開同映潸諸君小飲

鼠姑數本向窗栽，紫玉香尤近硯臺。佳種最宜名士賞，中有魏紫一種。頻年長伴老人開。嬋娟鬬影依青沼，濃淡分枝映緑苔。只恐吟詩容易俗，臨風且覆掌中杯。

長夏懷人絶句

甲戌秋，予自濟南歸，舟中懷人，得詩五十餘首。迄今五十年，而新知舊好零落益多。長夏無事，因仿《存歿口號》之體，又得五十人，各爲絶句以紀之。

無錫秦文恭樹澧

味經精舍記勾留，退食餘閒屬校讐。洵是太平經世典，玉峯制作並千秋。公少得蔡進士德晉《三禮總纂》，又得健庵尚書《讀禮通考》，因倣而編之，成《五禮通考》五百餘卷。予時寓其味經窩，見退朝後日排一卷，覆勘至四五過，凡十二年而書成。直隸總督方公觀承刻之。

無錫顧祭酒震滄

窮經列表破愚昏，三傳千秋大義存。傳說梁溪風雪裏，歸來不省舊家門。程魚門云，先生家居時足不出戶外。偶從他處歸，遇風雪，至家門，旁皇無所措。或怪之，曰：『吾將往顧某家耳。』或曰：『此門卽是。』隨叩門入，里人以爲笑柄。蓋專心篤學如此。此其門人華師道所記。

觀梅亭下日將曛，老病羈懷兩不分。忽聽門生諮大義，談時奮袖又如雲。同上。

長白夢侍郎文子

筆陣公然掃萬人，五言微妙更清新。魯狆康里如同世，定向詞場拜後塵。

南昌呂布衣青陽泰

私淑黎洲託隱淪，手編十學待傳薪。司成謝世謂顧震滄徵君没謂程綿莊，誰識西江老逸民。青陽雖籍南昌，而往來江浙，開書肆于江寧，交遊絕少。惟與顧震滄、程綿莊交善。予於壬申在江寧，入其肆，見抄譔者凡二三百冊。及丁丑復晤，年已七十，謂予曰：『予所著過多，不惟難刻，亦必無全讀者。已摘其大概，爲《十學薪傳》十卷，刻之。』因以授予。予在京十餘年，每士大夫南來，詢之，無復有知青陽者。及兩仕江西，訪求亦不得其蹤跡，蓋下世久矣，而書之存亡更無可考也。綿莊常云：青陽嘗受業於黃梨洲先生，且聞數術則本之《三易洞璣》。平日以名世自期，其託身書肆，以隱相天下士耳。『十學』爲《易》、《書》、《詩》、《禮》、《樂》、《春秋》、天文、地理、推步、小學也。

錢塘厲徵君太鴻

分襟最憶小湖船，歸買梅林作墓田。更有苕溪明月祔，好將秋菊薦寒泉。

長洲沈宗伯歸愚

百年風雅教忠堂，當代龍門應壽昌。衣鉢縱無人可繼，也應柤梪配朱王。

常州劉侍郎映榆常熟邵編修叔勉齊燾

臺閣文章自一家，豈容《下里》競《皇荂》。誰知劉邵當時重，制誥纔封衆口誇。

會稽商太守寶意

溫李風華絶代才，蠻荒淪落儘堪哀。逢時若比韓熙載，定向歌姬乞食來。

嘉興鄭編修炳也

燕許文章信筆成，盛年何事遽歸耕。無人解讀漁洋句，三代而還盡好名。

鄞縣陳徵君玉几

西河弟子最能文，詩格清蒼畫不羣。貽我苕溪舊墨本，殘荷數柄隔秋雲。

錢塘金布衣壽門

浙水畸人金吉金，竹西贈我瑤華林。公然對面抱冊去，廿年水月空寒岑。壽門工畫梅，曾以二十四幅見贈，尋爲陳寶所取去。

錢塘袁明府子才

小倉詩境儘芳菲，鉅制穹碑稍見譏。原與時賢供拊掌，休將國史論從違。

大興朱尚書石君

斗杓華蓋共零星，出入承明五十春。嘆惜棣華令兄竹君讀書之所塵滿席，獨持名教贊洪鈞。

諸城劉相國石庵

韋平德業冠三朝，畫裏相逢興自超。珍重木瓜投贈句，十年刻石在瓊瑤。甲申歲，公從山西至京師。一日，文正公閲余所題李伯時《應真贊》，文正問曰：『曾識王某否？』公對以未識。文正笑指圖中一人示之曰：『王某似此也。』公嘗謂吾兩人在圖畫中定交也。

錢塘梁侍講元穎

風月湖山久主盟，不惟墨妙冠羣英。貞如桂柏瑩如玉，家世由來是五清。文莊公以大學士管吏部，兼翰林院掌院學士，又直南書房、上書房。時同鄉王尚書際華謂之曰：『公所處五職，皆極清要，亦當稱爲五清先生也。』

大興翁鴻臚振三

詩材直繼黄山谷楊誠齋後，譽望人稱朱竹君學士紀曉嵐尚書間。兩漢殘碑供考證，六經奥義更循環。君有《兩漢金石記》，近考辨經説尤多。

無錫顧觀察晴沙

未老抽身向九龍，新詩妙墨更春容。當時一語真慚汗，勸我深心似石淙。

河間紀宗伯曉嵐

繼天受寶啓元符，內禪儀文萬古無。共謂春卿儒術裕，稟經酌史贊鴻謨。

常州趙觀察雲松

清才排奡更崚嶒，袁趙當年本並稱。試把《陔餘叢考》讀，隨園那得比蘭陵。

丹徒家太守禹卿

曾向東瀛攬勝還，探花及第綴仙班。《成唯識論》雖通解，仍恐因緣在海山。

上海陸副憲健男

改職名高玉殿班，何期使節竟無還。魂歸不但楓林黑，愁過遼陽萬仞山。

歙縣程編修魚門

綿莊經學午橋程編修夢星詩，學到中年迴自奇。史漢韓歐承正格，惜無人賞古文詞。

長白慶似村蘭

金貂家世重西京，王謝風流玉雪清。一室琴書花竹外，獨溫香鼎試瓶笙。

海鹽朱明府笠亭

精甆名畫幾研覃，前代詩鈔總一函。曾記官齋留宿夜，水華硯銘相贈小窗南。

無錫鄒侍郎曉屏

曉屏清節本無雙，通潞河邊駐碧幢。最憶滋陽風雪夜，共開詩卷對明釭。

休寧金殿撰輔之

霓裳第一望如仙，經學偏能解鄭箋。歸臥天都三十載，戴震江永微義更誰傳。輔之著《禮箋》十二卷，并傳江慎修、戴東原之學。

陽曲申明府圖南

吉金貞石採三秦，作吏風塵迥出塵。程貢生敦趙貢生魏孫觀察星衍錢州判坫同嗜古，獨推雅鑒在涵真。

儀徵施宗丞小鐵

天吳紫鳳補朝衣，中正還同季女飢。沒後新詩存六卷，正如鶴骨幾時肥。

嘉興汪殿撰潤民

碧巢累葉並簪纓，華及堂開負盛名。厚石竟隨桐石沒，更嗟雲壑返蓬瀛。

南城魯明府絜非孝廉習之

旨遠辭文出自然，絜非有作韻朱弦。儒林循吏俱無媿，師法由來仰大賢。絜非工文，作令夏邑，有善政，以司馬文正公爲法。

孝廉下第病兼貧，相約南歸涕滿巾。父子弟兄俱早世，遺文攟摭更何人。

錢塘吴祭酒穀人

祕殿新成壽宴圖，多君送我下南吴。而今愛日思萲草，又見文星照五湖。

無錫秦觀察小峴

瀟湘雲水武陵春，遊徧江湖欲乞身。寄暢園中風日好，碧山吟社定重新。

常熟吴儀部慹甫

抽簪壯歲樂烟霞，到處詩詞護碧紗。可似梅村閒適句，玉杯春暖尚湖花。

南城曾運使賓谷

南北舟車占要津，詞場酒座逐時新。竹西亭上三分月，長共詩人作主人。

儀徵阮中丞伯元

仁聲久遍浙東西，三十荀郎未足齊。聞説舟山傳箭夜，樓船十道壓鯨鯢。

偃師武明府虛谷億

武君折角兼强項，前似朱雲後董宣。脱屣去冠當軸嘆，證明金石蓺林傳。君爲博興令，以九門提督番役入境滋事，撻之，被劾罷歸。阿文成公深爲惋惜。

元和馮給事實庵

槖筆西清歲月遥，詩才文譽滿同寮。近來更詠西湖柳，占取風光在六橋。予集《西湖柳枝詞》，君詩壓卷。

欽州馮農部魚山敏昌

博學多聞樂澗槃，西南近海此材難。好奇更上蓮花頂，玉女明星對面看。

福建李員外畏吾威

閩海畸人孰似君，力承師學用心勤。曾來訪我西湖上，午夜燒燈校《說文》。畏吾爲竹君高弟，知余有宋板《說文》，時方隨蹕西湖，尋至寓所，盡五日夜功，校畢乃去。

綿州李舍人墨莊鼎元**弟編修鳧塘**驥元

兄弟同爲集蓼蟲，每於艱苦出豪雄。鳧堂一去風流盡，獨駕鯨魚碧海東。辛酉春，墨莊奉命敕封琉球，過訪敷文書院。

靈石何太守蘭士遂寧張檢討船山

匡廬遊罷更東還，如雪麻衣淚點斑。從此京華壇坫上，何人詩筆配船山。

長白法祭酒開文

大谷山堂見替人，餐風味道更誰倫。東華門外司成第，千卷圖書接翠筠。

武進趙同知億生

駢體詞章字字工，又隨五馬仕齊東。蜃樓海市毫端現，定見人推大國風。

武進楊員外蓉裳弟方伯荔裳

十載西陲鬢未絲，歸來華省擅清詞。江花丘錦知多少，仍向詩場作總持。

頻聞烽火靜三巴，蜀道瘡痍已漸差。料得印牀公事少，也應吟遍錦城花。
楊家兄弟真名士，珠玉爲心錦繡腸。可惜蓬山無著作，卻俱草檄事戎行。

陽湖孫觀察淵如

集成問字警凡庸，經誼千秋漢魏宗。精舍憶曾開柤桓，欲將祭酒配司農。伯元中丞開詁經精舍，議祀先賢。淵如舉叔重以配後鄭。予謂叔重爲汶長，後爲南閣祭酒，而《漢書》本傳內不載祭酒之官，豈以此官爲宰官私屬，不隸之故耶？汶水有二，皆入于淮，其地即爲楚漢時垓下，今屬邳州。叔重宜祀于邳州名宦祠內。

陽湖洪編修稚存

古寺離筵共拍張，次公寧必醉而狂。可能勃律天西外，水道詳求似鬼方。稚存先督學貴州，有《貴州水道考》三卷。

太倉蘇貢生加玉維晉

曾共輶軒汗漫游，湖山風物錦囊收。家居廿載窮兼老，兩板衡門一敝裘。

錢塘朱貢生青湖

淛江詩派近難論，獨有青湖迥絶倫。傳得舊聞教後進，西泠十子本湘真。青湖云，陳臥子先生司李紹興，詩名既盛，淛東西人士無不遵其指授。故張綱孫等所撰『西泠十子』詩，皆雲間派也。毛西河幼爲臥子激賞，故詩俱法唐音。竹垞初年亦然，至康熙中葉，始爲宋詩。蓋自查悔餘兄弟及吳孟舉輩出，而詩格始大變也。

惠州趙明府渭川希璜

仙峯四百在毫顛，風雅潘有爲舍人溫汝适編修應並傳。地志才修搜石刻，總將翰墨作因緣。

長白那少宰繹堂

祖訓諄勤主眷隆，曾參密勿贊元功。閒窗忽讀停空句，想見清心似鏡空。君有《停空鏡詞》最工。

長白英侍郎煦齋

曲江風度本先賢，謂定圃宗伯。近筦司農秩屢遷。供奉南齋纔退直，又臨閬苑領羣仙。

長洲家博士惕甫

文章劉蜕孫樵亞，詩格盧仝馬異間。爲問霸才誰是主，故應橫戟獨當關。

海寧吴貢生槎客騫

浙西風雅數三賢，湘管成書世早傳。陳廣文焯。石鼓兼通金石契，張徵君燕昌撰。同時更重國山編。

元和蔣秀才應質

六書奥窔宗洨長，三統精微邇鄭君。尚有詩篇兼衆體，漳濱卧病更何云。

錢塘蔣秀才葆存

蔣山已冠三珠樹，又說西溪有蔣村。家在梅花最深處，果然清氣得乾坤。

蘇顯之和予八十元旦詩并遣其子來祝寄謝

先後年華近八旬，君年亦七十有六。雲山相望久相親。聞君杖履秋增健，和我詩篇筆有神。少日詞壇同嘯侶，晚來宦海各抽身。三峯況與蓬萊近，浴日餐霞莫厭頻。

聞巨超上人焦山退院

海鶴三年別，江魚一字無。懷君聞退院，瓶鉢憶羈孤。梵唱秋飆急，經行夜月徂。不知詩社裏，誰與共團蒲。

雲水瓜洲步，紅闌窣堵波。導師提唱處，香火復如何。謂圓公。老去遊情減，閒來法喜多。耳聾兼面皺，猶未得三摩。

菊

短籬高節等松筠，常向柴桑伴逸民。霜露不矜標格異，馨香獨見性情真。平看豈惜風吹帽，欲插偏慚雪滿巾。移置屏山明月底，夜寒形影更相親。

曉起時十月初一日

松影移窗曙色新，曉來盥漱更精神。細看蝴蝶懷前夢，懶折芭蕉悟幻身。碧椀索嘗前榨酒，青氊倩拂舊香塵。丹楓黄菊堆苔徑，不覺年華又小春。

袁貢生時亮文搜自昆明來訪卽別有贈

屈指離襟二十年，舊交零落倍淒然。謂錢通政東注、蔣檢討舜游、陳明府文錦。文章聲價宗前哲，君近刻《滇南詩文略》。門第清華啓後賢。急難心情殊慷慨，時爲陳方伯謀贖鍰。遠遊時勢總迍邅。匆匆歸去滇池上，憑與諸君話老顛。謂尹給事楚珍、倪同年高甲、陸秀才藻。

壽錢徵君晦之六十

清鏡塘隈隱德星，世留眉壽著儀型。晦之祖、父皆大壽。六旬福德開箕範，三策賢良重漢廷。元年，以孝廉方正徵。楓映畫屏添製錦，菊霑春酒助延齡。聲名已是東坡弟，蘇句。更喜諸郎並受經。謂同人兄弟。

題吴節愍公嘉允遺像公字繩如，華亭人，天啓甲子舉人。福王南渡，授户部主事，南都失守，自經

蹇蹇何能再顧身，一朝取義便成仁。天荒地老心猶壯，國破家亡氣轉申。魂魄飛騰應化鶴，雲霄詄蕩自騎驎。易名奕代光千古，展卷丰標動鬼神。

陳忠裕公祠宇落成詩以誌之祠在皇甫林墓西，福成庵左，與夏忠節並祀，節愍及黄貢生澐皆祔之。祠宇爲陳桂堂太守合衆力以成

翠柏蒼松照水村，烏頭綽楔表龍門。姓名早入前朝傳，贈卹還叨異數恩。一代文章光簡策，公詩文集余先爲搜輯，今屬何秀才書田其偉增刻之。四時俎豆薦蘭蓀。獨憐忠節聲華並，馬鬣無由問九原。忠節授命在忠裕前，故忠裕集有葬夏考功詩。然是時節愍牽連被逮，卜葬未成。其後門人崑山盛符升始葬之，宋荔裳畹曾紀以詩。然其葬處，我鄉前

輩未經紀載，偏訪無蹤，因誌于此。

遥送陳桂堂主蕺山書院院爲劉念臺先生故居

大節分明似首陽，喜君曠世獲升堂。欲教多士從何學，在仰前賢不可忘。名重東林嚴出處，情殷南渡誓存亡。到時釋菜修春祭，爲我先陳一瓣香。

喜沈觀察函九見訪函九爲予辛巳所取士，年七十有九

年當八十世稱奇，況有門生齒數隨。嘆我聰明全已失，喜君視履總相宜。往時綸閣居先路，予先爲中書舍人，君相繼入直。近日經幃接舊規。予主婁東書院，及往武林，當事延君代之。更有陳錢遺事在，君爲陳通政星齋、錢少宗伯坤一之壻。好憑絮語盡深巵。

寒夜洪稚存見訪

依然浩氣見鬚眉，慰我三年萬里思。聞說雲山開講席，時將主寧國書院。還愁烽火動潢池。飾巾自分風流盡，摻袂猶聽夜漏遲。燭跋更闌餘後托，好爲有道勒遺碑。

元作　　洪亮吉

珠街涇口落帆遲，五載重逢慰所思。碩果近看餘一老，削瓜早見歷三司。百千著録偏能記，門下弟子極多。八十研經不廢詩。卻望西南洗兵馬，藎臣風度總憂時。

八十生辰口號十二首

八十平頭自在身，宣勞中外荷恩綸。誰知賜告歸田後，屈指年華又十春。

薄有聲名海内傳，敢勞致語祝彭籛。嘉賓已盡東南美，次第溪橋纜畫船。

門生弟子代逢迎，退坐山房景色清。喜聽扶風豪士飲，探鬮鬭酒到三更。

香閣才名本出羣，錙車何意到溪濆。香箋渲染梅松菊，絕似麻姑五色雲。閨秀廖織雲以所畫箋扇來祝。

揚州烟月家家玉，江左文章樹樹花。徐昌穀句。移贈檀郎真不忝，香囊麈尾鬭芳華。章生綬文，余外孫壻也。丰姿韶秀，幼有雋才。

生天成佛兩茫茫，坐愛年時正履長。多謝東風先借暖，隔簾吹送早梅香。

屈子風騷百代尊，獨將一氣夜中存。懸知晞髮扶桑後，不藉招魂與禮魂。見《離騷》、《遠遊》篇，時餘書不讀，令人偶誦《莊》、《騷》耳。

圓明性體本無涯，肯受塵埃半點遮。泰宇定來虛室白，繩牀趺坐誦《南華》。

比似香山又五年，樂天卒年七十五，予過其五。適來適去總由天。華嚴樓閣何能到，擬住雲棲竹徑前。樂天欲生兜率，故云。

重幃深護燭花偏，坐愛紅爐暖不眠。雪夜前村聽鳴艣，此情真似石湖仙。

伐性傷生氣更衰，王介甫詩：『傷生伐性老耽書。』可容翰墨累靈臺。行看九九全陽數，養得天年在不材。

漁樵寄興脱朝衫，上擬山陰亦不凡。但少鑑湖三百斗，蓮華博士换頭銜。

失明已久入冬來暗室中時見光明殆與放翁所得略同然見在未申酉三時餘時不見又未可解也因書寄梁元穎侍講趙雲松觀察

欲淨塵根尚未全，何期慧業現當前。漆園曾覺虛生白，揚子空勞默守玄。時訝屋窗朝日上，終輸螺髻佛光圓。若稱聖證還非是，方便心開任自然。

除夕

辛盤臘酒已全收，爆竹聲中歲又遒。起早仍當朝象魏，禦寒無計續貂裘。欲償舊債緡錢罄，檢點新詩卷軸稠。前月八旬祝壽詩百餘軸。戲語衆雛休爛漫，杜詩：『衆雛爛漫睡。』焚香爲我記更籌。

春融堂集卷二十五　琴畫樓詞　一

綺羅香〔一〕

嫩柳縈烟，疎花謝粉，一夜東風吹雨。獨客西窗，偏記舊時歡緒。卷繡箔、月照紗幮，點銀葉、香添寶炷。最殷勤、砑粉吳箋，薔薇佳約寫吟句。　如今何限淒怨，問了吹笙小院，彈棋深墅。梅潤空箱，忍展春衫白紵。人遠隔、青瑣西樓，夢還迷、淥波南浦。又江城、冷漏殘鐘，斷魂誰共訴。

【校記】

〔一〕此詞在《紅》本中，繫於『著雍執徐』（乾隆十三年戊辰，一七四八）。

琵琶仙　秋日過薛澱湖〔一〕

黃篾衝波，漸迎面、策策寒飆淒凜。紅蓼開滿，烟洲沙鷗正涼寢。遙望裏，冰奩一片，映依約〔二〕、翠峯同浸〔三〕。水國樓臺，山家門巷，溪樹交蔭。　又多少、釣叟漁童，向菱浪蓮泥下柴罧。最好故鄉秋老，有蓴鱸幽品。須縛个〔四〕、苔磯草屋，倚枯藤、看遍楓錦。底事湖海飄蓬，鬢華霜沁〔五〕。

【校記】

〔一〕此詞在《紅》本中，繫於『彊圉單閼』（乾隆十二年丁卯，一七四七）。薛瀫湖，《紅》本作『瀫山湖』。

〔二〕依約，《紅》本作『隱約』。

〔三〕同浸，《紅》本作『倒浸』。

〔四〕縛个，《紅》本作『縛取』。

〔五〕霜沁，《紅》本作『霜侵』。

瑣窗寒　横雲山〔一〕

桂棹衝烟，篷窗載酒，曉停游檝。空山秋老，石逕暗飄紅葉。傍籬根、金鈴乍開，但憐一片霜蕪壓。況暮禽喚雨，殘蛩咽露，蘆花如雪〔二〕。　數折〔三〕。登雲疊。見蒜影重簾，韭花遺帖。京華仙客，忘了東山游屧〔四〕。記年時、階鶴几琴，南村舊句誰賞愜〔五〕？剩平湖、倒浸彎環，翠浪生寒月〔六〕。

【校記】

〔一〕此詞在《紅》本中，繫於『重光作噩』（乾隆六年辛酉，一七四一）。横雲山，《紅》本作『秋日游横雲山』。

〔二〕『況暮禽喚雨，殘蛩咽露，蘆花如雪』，《紅》本作『況野鳥梳風，殘蛩浥露，暗鳴麻莢』。

〔三〕數折，《紅》本作『移屧』。

〔四〕『京華仙客，忘了東山游屧』，《紅》本作『京華旅客，忘了故園長別』。

〔五〕南村，《紅》本作『九成』。

〔六〕生寒月，《紅》本作『明寒月』。

洞仙歌　自題小照

梨雲夢遠，悵春愁誰省。自寫吟魂伴梅影。念暈紅詞句、慘緑年華，都付與，小閣輕寒薄病。雨絲風片裏，蕉萃相如，懶踏尋芳舊香逕。小榻颺茶烟，碧葉愔愔，好占取、松溪蕙磴。只一片、傷心畫難成，怕點鬢秋霜，又添明鏡。

丁香結

雙桐書屋本葉氏廢園，今借爲學舍。前松桂讀書堂，牆下有小橋曲水，頗幽寂。

松桂團欒，雙桐初引，前後簾波相映。好緑陰滿徑。塵不到、芳草叢苔俱淨。湘簾時半捲，就芸架、圖書清整。祇聞枝上，幺鳥似伴、幾番清咏。遙應。又吟罷微行，闌外蹋殘花影。短彴斜通，蘋絲蓮葉，小池如鏡。何人更共弦誦，置茗爐香鼎。試筆牀翡翠，坐到日斜梧井。

南浦〔一〕

渡泖微雪〔二〕，山郈汀樹，盡入玉壺世界中〔三〕。風景蒼寒，扣舷歌此，幾令凍鷗拍拍驚起也。

雲色半晴陰，望疎疎、凍雪猶棲亭堠。浦漵正蒼茫，冰澌響，風定湘紋微皺。香林莫認，但聽烟外殘鐘吼。十里江鄉無限景，遥露幾稜寒岫。　回思鐵笛吟仙，泛瓜皮、每共詩朋石友。茸帽倚篷窗，清游好，獨坐試香溫酒。何時小隱，漁莊閒試垂竿手。更倣松溪勻粉墨，寫出斷蘆衰柳。燕文貴有《松溪殘雪圖》。

【校記】

〔一〕此詞在《紅》本中，繫於『重光作噩』（乾隆六年辛酉，一七四一）。

〔二〕渡泖微雪，《紅》本作『雪後，過泖湖』。

〔三〕世界，《紅》本作『天地』。

甘州　酬張大木先生

正蕭蕭朔雪暮寒餘，西風響荊扉。嘆荒江老屋，横橋小艇，訪戴人稀。乍喜白家菱角，剥啄寄新詞。多少殷勤意，譜入烏絲。　知是柴桑清興，但香添銀葉，琴按金徽。向禪燈梵筴，老去作心知。

念生涯，寒蛩凍雀，更何時、結韈試荷衣？　相隨往，尋梅問竹，小坐苔磯。

更漏子

章練塘鄒氏東樓，雪夜同鄒薇仙、邵玉蕖作。

玉爐寒，銀燭冷。已是黃昏風景。傾桂酒，簇椒花。春盤薦歲華。　風蕭屑，三更雪。偏覺吟情難歇。村柝急，寺鐘鳴。南窗月半明。

擊梧桐　泊橫塘〔一〕

十里橫塘路。吹遍了、幾陣催花微雨。月近燒燈候〔二〕，畫樓上、已按箏絃笛譜〔三〕。魚天雲淡，鷗波水軟，隔岸垂楊萬縷。鴈齒、紅橋外，望鄧尉西面〔四〕，彎環無數。　沽酒帘斜，焙茶香遠，樂事江邨如許。況是梅開也，臨水處〔五〕、兩兩幺禽弄語。蠟屐尋芳，第一難忘，是舊日泰娘繡戶。待秋來、採蓮歌起，重放柔櫓。

【校記】

〔一〕此詞在《紅》本中，繫於『昭陽大淵獻』（乾隆八年癸亥，一七四三）。

〔二〕月近燒燈候，《紅》本作『節過燒燈後』。

〔三〕已按，《紅》本作『猶按』。

〔四〕西面，《紅》本作『岩崿』。

〔五〕臨水處，《紅》本作『苔枝上』。

倦尋芳　胥江夜泊

一溪碎雪，十里殘陽，吴市初夜。倦客烏篷，斜泊姑胥城下。綠檻官橋排鴈齒，紅簾妝閣分鴛瓦。傍荒祠，看靈旗半捲，怒濤如乍。　況正值、梅邊寒緊，珠絡藏香，元夕近也。月上燈街，幾許鈿車羅帕。賣酒樓臺人擫笛，傳柑門巷衣飄麝。寫吟箋，作昇平、水天閒話。

惜餘春慢〔一〕

春雨初霽，移舟支硎，訪南北二禪寺，過訪鶴亭〔二〕，松影在地，幺禽時語，塔表花鈴與鐘磬聲相應。石室寒泉，灑人襟袖，憩息者久之〔三〕。斜陽欲墜，尋徑下山，而淡月黄昏，已印前溪矣。隔水簫聲，徐出層樓曲檻中，篷窗孤坐，置酒挑燈，遂成此解。

綠滿籬根，青迴岸觜，已覺雪消寒定〔四〕。笻枝劃蘚，屐齒黏泥，來訪南峯曉景。正值東風乍晴，松響禪關，鳥啼僧逕。看孤匡遙挂，飛泉一道，玉波春冷。　有古塔、遠倚花宫〔五〕，琅璫殿角，相和上方清磬。鶴亭雲罨，魚尾霞殘，取次水昏烟暝。銀魄還明〔六〕，隔溪竹屋簫聲〔七〕，畫欄燈影。算江山如此，那能忘卻〔八〕，五湖游興。

【校記】

〔一〕此詞在《紅》本中，繫於『昭陽大淵獻』（乾隆八年癸亥，一七四三）。

〔二〕過訪，《紅》本作『過放』。

〔三〕襟袖，《紅》本下有『問爲』二字。

〔四〕已覺雪消寒定，《紅》本作『已過雪梅寒信』。

〔五〕遠倚，《紅》本作『遠抹』。

〔六〕銀魄還明，《紅》本作『銅魄又明』。

〔七〕隔溪，《紅》本作『前溪』。

〔八〕那能，《紅》本作『莫教』。

憶舊游〔一〕

由支硎而南，入寒山，過法螺菴，卽趙凡夫與陸卿子偕隱處也〔二〕。高風如昨，渺渺予懷。

正偏提載酒，不借穿花，人到空山。曲折棠郫裏，問盤陀舊築，一片荒寒。昔年白雲棲隱，竹石共流連。況搨畫絃詩，紅閨更對，翠袖吟仙。　幽閒。阿蘭若，有飯盎春蔬，香印沈檀。鶴老高人去，賸鳥啼松逕，梅臥苔欄。冉冉夕陽西下，疎磬出禪關。祇回首蒼崖，千層碎雪飛澗泉。

【校記】

〔一〕此詞在《紅》本中，繫於『昭陽大淵獻』（乾隆八年癸亥，一七四三）。

〔二〕陸卿子，《紅》本上有『其配』二字。

曲游春　靈巖〔一〕

雨後春山潤，向巉村西去，烟樹零亂。蠟屐衝泥，傍禪林試訪，館娃宫苑。幾曲寒松偃。問石徑、采香人遠。嘆當年，玉井銀牀，都付蒼苔碧蘚。　悽惋。繁華夢短。剩響屧廊邊，幽鳥啼怨。重上琴臺望，孤篷雪浪，青螺千點。登眺情何限。漸殿角，殘陽一線。又早佛磬烟沈，梵燈風颭。

【校記】

〔一〕此詞在《紅》本中，繫於『昭陽大淵獻』（乾隆八年癸亥，一七四三）。靈巖，《紅》本作『登靈巖山』。

高陽臺　天平〔一〕

載酒輿輕，尋詩筇健，芒鞵早蹋天平。山翦雙眉〔二〕，烟中八字斜横。幺禽警起苔梅謝〔三〕，款東風、初語吴鸎。看春光、過了燒燈，漸近清明。　周郎游記重吟寫，嘆熏香新蕣，誰續《茶經》。一道寒泉，飛來空和松聲。草堂西崦荒基在，念生涯、合與鷗盟〔四〕。又何時、石磴花龕，長伴殘僧。

【校記】

〔一〕此詞在《紅》本中，繫於『昭陽大淵獻』（乾隆八年癸亥，一七四三）。天平，《紅》本作『天平山』。

〔二〕雙眉，《紅》本作『秋眉』。

〔三〕警起，《紅》本作『警月』。

〔四〕合與，《紅》本作『忍負』。

女冠子　真娘墓

虎丘寺側，對斜陽、一片荒冢。苔碑久雨蝕，正柳霑殘露，梅染餘熏，倚風微動。想年時歌舞地，玉鏡飛鸞，碧簫吹鳳。到今惟有，幾曲危亭，山腰斜聳。　聽疎林幽鳥閒歌哢。看層臺、穿雲冷月還高湧。梵宮漏靜，祇禪燈粥鼓，喚醒海棠春夢。徐孃孤墓近，應是香魂，夜闌相共。灑楚花湘草點點，慣與愁人吟諷。沈亞之《真娘墓》詩：『翠餘常染柳，香重欲熏梅。』顧阿瑛《真娘墓》詩：『夜深風雨急，誰喚海棠紅。』

浪淘沙　題素心並頭蘭畫卷

鬧掃試新妝。略注鉛霜。寒崖冷谷占幽芳。月下閒堦雙笑在，連理唐昌。　風雨夢三湘。損盡鵞黃。冰絃彈怨露華涼。祇恐鈿車同去也，寫影雲房。

更漏子　梅汀小幀

曉霜寒，斜月冷。誰認石屏清景。江外驛，竹閒橋。依稀入畫綃。　梨雲曙，幺禽語。銷盡蘭膏小炷。縞袂客，幾時逢。斷魂清夢空。

清平樂

傷春病酒。人比梅花瘦。看到花殘春已透。況更青梅如豆？　斷腸芳草天涯。緘情慵訴琵琶。欲寄別來蕉萃，麝烟親畫蟬紗。

臺城路　友石軒印譜

鄱陽石帚飛仙後，何人更溯三古。蠆尾形存，蠶頭迹渺，空憶埤蒼訓詁。幽懷誰訴。念景伯遺文，杜林殘語。往冊銷沈，摩挱貞石半風雨。　高人自多逸趣。愛收圖印在，編作小譜。黃蠟堆盤，青田盈篋，宛對秦碑周鼓。西泠古渡。判喚个蜻蜓，訪君幽處。金薤琳琅，商略共容與。

更漏子 為玉蕖題畫

乳鴉啼，涼鴈語。人在小芙蓉渚。蓮漏杳，篆香凝。蘭期卜夜燈。　桃鬟膩，梅簪墜。玉鏡檀妝慵理。愁擁瑟，怯憑欄。西風翠袖寒。

秋波媚〔一〕

黃葉聲多顫晚風。古寺遠鳴鐘。那堪更聽，一繩新鴈，四壁殘蛩。　輕寒不管人孤睡，翦翦入珠櫳。涼生楚簟，夢回山枕，香灺燈紅。

【校記】

〔一〕此詞在《紅》本中，繫於『閼逢困敦』（乾隆九年甲子，一七四四）。

虞美人

迴廊曲檻苔花壁。曾記題吟筆。西窗別夢已經年。回憶翦鐙話雨隔溪烟。　園林秋色今如許。合付幽人住。數株松桂讀書堂。應是月明紅袖夜添香。

消息　甘蔗

石蜜漿寒，相如舊日，曾題詞賦。種滿芋田，根連瓜堰，幾度逢春雨。畦丁慣是，鎌磨新月，劚向短籬荒圃。柰孤僧、寒驢禿尾，行遍翠微山路。　冰刀試切，匀堆碧盌，抵似銅仙清露。置酒論兵，臨花校射，休說英雄語。紫梨垂處，黃花開後，臥病徒添悽楚。憑誰唱、梧桐葉落，玉京人去。《廣志》：『甘蔗，其飴爲石蜜。』《子虛賦》：『諸柘巴苴。』洪邁云：『諸柘卽甘蔗也。』杜詩：『春雨餘甘蔗。』溫庭筠詩：『腰鎌映赬蔗。』王灼《譜》：『唐大曆間，有僧跨白驢登繖山，驢犯山下黃氏蔗苗，黃請償於僧。僧曰：「汝未知，因蔗糖爲霜，利當十倍。」試之，果驗。』顧阿瑛詩：『蔗漿玉椀冰泠泠。』魏文帝《典論》：『余與鄧展等共飲，聞展善有手臂，酒酣耳熱，方食甘蔗，便以爲杖，下殿數交，三中其臂。』《齊書》：『宜都王鏗善射，取甘蔗插地，百步射之，十發十中。』張協《都蔗賦》：『黃華浮觴，酣飲累日，挫斯蔗而療渴，共漱醴而含蜜。清津溢于紫梨，流液豐于朱橘。』野史：盧絳痁疾，夢白衣婦人曰：『子之疾，食蔗卽愈。』因歌詞云：『玉京人去空蕭索，畫簷鵲起梧桐落。』

百字令　雪〔一〕

茅齋向晚，正江山一望〔二〕、荒雲漠漠。黃葉灘邊風更緊〔三〕，吹徧蘆簾紙閣。酒舍帘低，僧房逕斷，誰掃橫溪彴。吟朋不到，閉門無限蕭索。　遙聽老樹啼烏，清寒料峭，石鼎香烟薄。松火擁鑪閒索句，最憶羅浮舊約。料得烟梅，竹枝深處，漸吐紅椒萼。明朝喚艇，水南還試芒屩〔四〕。

【校記】

〔一〕此詞在《紅》本中，繫於『玄黓閹茂』（乾隆七年壬戌，一七四二）。

〔二〕正江山一望，《紅》本作『望江山萬里』。

〔三〕風更緊，《紅》本作『風正緊』。

〔四〕還試，《紅》本作『還踏』。

疎影　梅影〔一〕

山房寂靜。正苔枝如玉〔二〕，寒月交映。暗上湘簾，遙印羅幃，最引孤山詩興〔三〕。疎香滿地黃昏後〔四〕，看幾度、斜斜整整。到夜闌，依舊欹眠，不怕笛聲淒冷。　紙帳殘燈夢斷，翠禽清響處〔五〕，雲澹烟暝。舊雨江南，春信迢遙〔六〕，剩有霜條難贈。凍痕應倩松煤染〔七〕，細暈出、竹邊清景。料深閨誤認幽花，欲試曉來妝鏡。

【校記】

〔一〕此詞在《紅》本中，繫於『玄黓閹茂』（乾隆七年壬戌，一七四二）。

〔二〕如玉，《紅》本作『瀟灑』。

〔三〕『暗上湘簾，遙印羅幃，最引孤山詩興』，《紅》本作『隱貼瑤階，遙印紗窗，漫引何郎詩興』。

〔四〕疎香，《紅》本作『疎陰』。

〔五〕翠禽清響處，《紅》本作『聽翠禽響處』。

〔六〕迢遙，《紅》本作『淒涼』。

〔七〕凍痕，《紅》本作『香痕』。

河傳〔一〕

翠浦。香雨。梨花飛雪，柳花飛絮。綠波春草小河橋，魂銷。可憐歸路遙。　瓊窗話別還斟酒。今分手。忍聽唱紅豆。上南樓。望西洲。離愁。短篷雲外舟〔二〕。

【校記】

〔一〕此詞在《紅》本中，繫於『昭陽大淵獻』（乾隆八年癸亥，一七四三）。

〔二〕短篷，《紅》本作『楚江』。

浣溪沙〔一〕

聽得銀屏玉佩搖〔二〕。雙雙乳燕欲歸巢〔三〕。柔蕙一捻儘魂銷。　最是有情憐昨約〔四〕，那堪無夢度今宵〔五〕。畫牆微雨打芭蕉〔六〕。

【校記】

〔一〕此詞暨下面三闋，在《紅》本中，繫於『閼逢困敦』（乾隆九年甲子，一七四四）。

〔二〕聽得銀屏，《紅》本作『記得相逢』。

〔三〕雙雙乳燕欲歸巢，《紅》本作『綠楊芳草赤闌橋』。

〔四〕憐昨約，《紅》本作『憐曉月』。

〔五〕無夢，《紅》本作『扶醉』。

〔六〕畫牆，《紅》本作『畫簾』。

又

魚子單衫怯暮寒。玉釵重整曉妝殘，一雙和笑鏡中看。　花逕風柔枝嫋娜，竹窗日上影檀欒。松烟親畫小眉山。

又

一翦東風到碧紗。粉牆輕暈海棠花。箇人睡起正夭斜。　金斗微勻裙上蝶，檀梳細掠鬢邊鴉。閒催鸚鵡喚煎茶。

又

柳下紗窗月下階。藕絲衫子茜紅鞵。東風恰值晚花開。　銀甲調絃低鳳管〔一〕，玉枰分局賭鸞釵〔二〕。夜深香夢儘徘徊〔三〕。

【校記】

〔一〕低鳳管，《紅》本作『和鳳管』。

〔二〕睹鸞釵，《紅》本作『鬬鸞釵』。

〔三〕儘徘徊，《紅》本作『付徘徊』。

風入松　題陳仲醇江墅晚歸横幅〔一〕

緑秧畦外版橋斜。水漲平沙。紙窗竹屋梅風靜，聽池塘、一部鳴蛙。白石清泉身世，青苔碧草生涯。梵音猶記老僧家。夜漏還賒。叉魚射鴨人歸未，亂前村、短棹咿啞。細雨閒敲棊子，油燈落盡殘花。

【校記】

〔一〕此詞在《紅》本中，繫於『鬬逢困敦』（乾隆九年甲子，一七四四）。題陳仲醇江墅晚歸横幅，《紅》本無。

洞仙歌　和友人作

吳船三版，泊蘋花水岸。踈柳絲絲亂鵶晚。向秋千架底，屈戌窗前，移款步，卻喜者番重見。

同雲催薄暮，砌竹蕭森，忽聽西風送微霰。分座試藏鈎，翠袖柔葱，含笑勸、桂醪荷琖。便絮語、殷勤到更闌，又猒鼎微溫，鳳燈輕翦。

又

鴉棲疎柳，看月明花嶼。換了單衫理茶具。正鵲鑪香細、鳳蠟花殘，深夜裏，細按松陵遺譜。吳淞春水活，底事羅囊，重向迴廊漉梅雨。火候到嬰湯，一縷濤聲，漸響遍、碧紗窗戶。把小小、清瓷瀹春旗，伴消渴情懷，暗吟詞賦。

又

簾纖細雨，正落花時候。忍向旗亭折烟柳。對柔波畫舫、芳草官橋，最苦是，此度悤悤分手。夢華遺事在，曾記重逢，雪打疎櫺翦春韭。玉鏡整殘妝，添了紅綿，挑短燭、溫香試酒。嘆分薄、鴛鴦又驚飛，指後約薔薇，淚痕霑袖。

又

鷗沙亭外，聽秋風微動。銀蒜紋簾竇鉤控。正芙蓉簟冷、豆蔻湯溫，新浴後，桂魄一丸孤湧。

碧羅雲影淡，疎柳濃陰，幾點池荷暗香送。簪了素馨花，閒倚湖山，按舊曲、玉簫吹鳳。漸珠露、輕寒透吳衫，愛半枕新涼，五更幽夢。

又

水天閒事，早繁華夢斷。司馬青衫淚痕泫。記燒燈巷陌，擫笛樓臺，重過處，多是梨花門掩。年來憔悴甚，作客江湖，回首寒雲故山遠。檻外又西風，葉葉芭蕉，攪一片、亂蛩哀鴈。向酒醒、更闌自尋思，付老去生涯，佛燈禪版。

月華清　盆梅〔一〕

宮粉香飄，仙衣雲臥，幽花獨占窗戶。猶憶青鞵，曾訪村南幾樹〔二〕。聽殘鐘、茶磨山房，蹋曉雪、銅坑石路。淒楚。正版橋流水，翠禽交語。　受盡冷烟疎雨。倩健步移來，碧瓷深貯。爆竹傳柑，喜作新年伴侶〔三〕。最娉婷、春色三分，好珍重、芳心一縷。留取。莫等閒輕按，江樓笛譜。

【校記】

〔一〕此詞在《紅》本中，繫於『彊圉單閼』（乾隆十二年丁卯，一七四七）。

〔二〕村南幾樹，《紅》本作『寒梅萬樹』。

〔三〕『爆竹傳柑，喜作新年伴侣』，《紅》本作『歲晚天寒，聊作故園伴侣』。

摸魚兒　丁卯春仲送廖覲揚入都

正江南、野梅零落，垂楊初展金縷。輕衫破帽尋芳地，最憶舊遊情緒。君又去。向野水荒村、立馬呼官渡。離愁幾許。念茂苑鶯花，蓮塘風雪，曾共寫吟句。　長安道，幸有銅駝俊侣。翦燈深夜相語。應知黄葉山農集，傳遍笛家簫譜。須記取。是第一雲藍，早寄吳中路。蘆汀蓼渚。待挂席歸來，木蘭艇子，同泛緑蓑雨。

金縷曲　登蒜山

波浪兼天湧。倚晴空、雲根一片，水邊巃嵸。磴滑苔花無路到，誰縛茅亭孤聳。喜草屩、笻枝堪用。吳楚青蒼分極浦，望大江、萬里長風送。海門闊，水烟重。　金焦幾疊銀盤捧。最蒼茫、雲陽杜野，遥連鐵甕。蘆荻蕭蕭沈戰壘，憑弔六朝如夢。但估客、帆檣横縱。北府冰廚無限好，倩谷兒，夜市偏提控。判醉待，月流汞。

月華清　秦淮舊院〔一〕

一段清愁，百年遺事，翠苔零落碧瓦。記得年時，多少歌臺舞榭。繡檻裏、雲鬟飛鴉，珠箔外、玉鞭嘶馬。良夜。有蘭舟徐泊，寶燈斜挂。　回首江山如夢，衹泣雨籠烟，柳絲盈把。水緑秦淮，還繞赤欄橋下。將南都、花月新聲，作北里、水天閒話。吟寫。任墨痕淚點，淋漓羅帕。

【校記】

〔一〕此詞在《紅》本中，繫於『屠維大荒落』（乾隆十四年己巳，一七四九）。

高陽臺　題《版橋雜記》後

南部新聲，東京舊夢，留傳猶在長橋。書記重來，寫成淚浥鮫綃。赤眉黄犢烽烟近，尚流連、月夕花朝。且休誇，玉麈香囊，王謝風標。　甘陵卻剩諸年少。伴銅仙露冷，緑暗紅消。結綺臨春，江山同付寒潮。手提金縷還難問，恁青溪、冶葉倡條。再休令，賀老淒涼，譜入檀槽。

采桑子　夜泊梁溪〔一〕

櫓牀冷撥龍山下，夜柵茶樓。古塔雲丘。紅葉蕭蕭打客舟。　寒衾自倚孤篷宿，商笛前洲〔二〕。漁火中流〔三〕。併作蓉湖一片秋。

【校記】

〔一〕此詞在《紅》本中，繫於『屠維大荒落』（乾隆十四年己巳，一七四九）。

〔二〕商笛前洲，《紅》本作『釣笛蘋洲』。

〔三〕中流，《紅》本作『苔流』。

金縷曲　宜興道中〔一〕

歲晚漁村閉。早平蕪，斜陽一抹，斷蘆風起。衰柳棲烏啼不定，黃葉聲疎墮地。漸佛院、寒鐘林際。石渚烟汀雲欲暝，剩彎環、幾點青螺髻。停柔櫓，泊沙觜。　蕭蕭雪打孤篷碎。倚船窗、鑪溫松葉，飯炊菰米。白髮青燈思客子，添得高堂憔悴。忍重話、薄遊情味。橘社蓴鄉偕隱好，辦荷衣、定作歸耕計。清夢到，故園裏。

【校記】

〔一〕此詞在《紅》本中，繫於『屠維大荒落』（乾隆十四年己巳，一七四九）。

采桑子　皋橋感舊和劉跂三

彎環綠水皋橋路，亞字牆邊。丁字簾前。曾記清游繫錦韉。　重來已斷繁華夢，零落珠鈿。寂寞箏絃。夜雨殘燈話往年。

南柯子〔一〕

野火山中屋，疎烟竹外樓。葦條風起送篷舟。又是一番霜信、下沙洲。　白髮高堂淚，青衫客子愁。蛛絲應是挂羅幬，早晚片帆歸去、泖西頭。

【校記】

〔一〕此詞在《紅》本中，繫於『屠維大荒落』（乾隆十四年己巳，一七四九）。

月華清〔一〕

長至後，舟過溧陽，天寒歲晚，猶泊江湖〔二〕，回首故山，悽然欲絕也。

雪颭蘆花，霜酣楓葉，枯楊搖曳殘縷。一片西風，長伴愁人羈旅。宿江程，單枕燈寒〔三〕，過水驛、橫橋月苦〔四〕。聽取。又幾番哀鴈，幾聲柔櫓。 篋裏征衫如許。望翠黛彎環，故鄉何處。矮屋香茅，忍負泖湖烟雨。須收拾、蔗稜瓜塍，重料理、竹溪梅塢。歸去。把苔箋吟寫，小園詞賦。

【校記】

〔一〕此詞在《紅》本中，繫於『屠維大荒落』（乾隆十四年己巳，一七四九）。

〔二〕猶泊，《紅》本作『漂泊』。

〔三〕『宿江程，單枕燈寒』，《紅》本作『宿山城，客枕燈寒』。

〔四〕橫橋，《紅》本作『板橋』。

天香 龍涎香〔一〕

孤島蟠雲，窮洋蹴浪，蛟宮凍蟄初起。睡後遺痕，春餘留沫，遠泛瘦槎天際。番人采取，都集向、沙街海市〔二〕。好伴琉璃香藥，裝成內宮新製。 淒涼奉宸舊事。裹紅羅、燭枝香膩。共翦青絲一縷，翠囊輕佩。莫向皀鑪漫試。待挂向、南軒愛涼思。曉夢回時，黃花意味。《星槎勝覽》：『龍涎嶼，望之峙南巫里洋中，每至春間，羣龍來集于上，交戲而遺涎沫，番人駕獨木舟登此，採歸。』《稗史彙編》：『諸香中龍涎最貴，出大食國。近海常有雲氣罩住山間，卽知有龍睡其下，候雲散，往觀之，必得龍涎。』《宋史・禮志》：『三佛齊國進貢龍涎、琉璃、香藥。』《鐵圍山叢談》：『奉宸庫得龍涎香二缶，真廟朝物也。諸大璫爭取一餅，而以青絲貫之，遂作佩香焉。』《花木考》：『宋代宮燭以龍涎香貫其中，而以紅羅纏柱，燒燭則灰飛而香散。』《杜陽雜編》：『同昌公主暑時，取澄水帛挂于南軒，滿座皆思挾纊。云其中有龍涎，故能消暑毒也。』朱槔《菊花》詩〔三〕：「香近龍涎曉夢知。」

【校記】

〔一〕此詞在《紅》本中，繫於「著雍執徐」（乾隆十三年戊辰，一七四八）。

〔二〕沙街，《紅》本作「沙邊」。

〔三〕朱槔，底本作「朱松」，據《紅》本改。引詩出朱熹叔父朱槔《玉瀾集・老兵種菊以詩謝》，或因《玉瀾集》附刊朱熹父朱松《韋齋集》後而致誤。

水龍吟　白蓮〔一〕

玉妃乍換新妝，無情有恨誰人見。灣頭試看，鬧紅深處，斜欹鈿扇。墮向雲中，移來月下，暗香清遠。記烟花水泊，舊游重過，渾不似年時面。　獨自亭亭古岸。聽疎楊、亂蟬催晚。銷魂最是，涼風蕭瑟，露華濃泫。回首蘭皐，弄珠人去，夜深腸斷。祇閒鷗飛到，紋奩影裏，結秋江伴。陸游詩：「露下白蓮灣。」吴融《白蓮》詩：「看來應是雲中墮，偷去須從月下移。已被亂蟬催畹晚，更禁涼雨動裯褷。」

【校記】

〔一〕此詞在《紅》本中，繫於「著雍執徐」（乾隆十三年戊辰，一七四八）。

摸魚兒　蓴〔一〕

正吴江、采菱歌罷，涼風一夜蕭槭。鳧葵點點天然細，長繞露蕪烟荻。誰記憶，是薄宦京華、歸隱耽幽適。扁舟岸側。愛錦帶參差，銀絲膩滑，尋取遍蘭澤。　充家膳，付與廚娘親摘。黃花情味須識。蘋洲況有新菰米，無限鄉園秋色。清興劇。好點向青瓷、玉筯凝香液。松窗月夕。和綠鯽庖霜，紅鱸縷雪，沽酒恣浮拍。《顏氏家訓》：「荇，水草，圓葉黃花，似蓴。」

【校記】

〔一〕此詞在《紅》本中，繫於「著雍執徐」（乾隆十三年戊辰，一七四八）。

臺城路　蟬〔一〕

千秋未了齊宮怨，年年斷魂誰訴。槐蔭當簷，柳絲拂井，又聽琴絃如許。故園殘暑。想一樹無情，三更還舉。我亦能清，蕭條同飲夜深露。〔二〕　西風又送冷雨。柴門倚杖處，落葉滿戶。野渡秋殘，滄洲人遠，多少別離情緒。瑣牕獨苦〔三〕。向帕子紅羅，一雙描取。剩有吟蛩，砌苔寒共語〔四〕。武元衡詩〔五〕：「官渡含風古樹蟬。」趙嘏詩：「晚樹墜蟬起別愁，遠人回首憶滄洲。」王建詩：「纏得紅羅手帕子，心中細畫一雙蟬。」〔六〕

【校記】

〔一〕此詞在《紅》本中，繫於「著雍執徐」（乾隆十三年戊辰，一七四八）。

〔二〕「千秋未了齊宮怨」至「蕭條同飲夜深露」，《紅》本作「千秋未了齊宮怨，年年斷魂重訴。屋角吟烟，枝頭唳月，空歷幾番朝暮。新涼節序。早衣剪冰綃，鬢翻雲縷。怕賣青林，數聲哽咽過墻去。」

〔三〕瑣牕獨苦，《紅》本作「琴弦最苦」。

〔四〕「剩有吟蛩，砌苔寒共語」，《紅》本作「剩有孤蛩，砌苔深夜語」。

〔五〕武元衡詩，《紅》本上有小字注：『《清異錄》：唐世，京城游手夏月採蟬賣之，唱曰：「只賣青林樂。」』

〔六〕《紅》本中，此詞後附有『同作，嘉定錢大昕辛楣』，詞云：『新霜纔到蕭蕭葉，林間便聞清語。急杵敲殘，寒蛩吟後，遞出秋聲無數。依依似訴。記低伴銀笳，戲黏櫻樹。斷續餘音，向人如按玉箏柱。　桃笙正酣午夢，被伊頻喚醒，惹起淒楚。衰柳斜陽，疏桐淡月，消受西風幾許。世間兒女。愛畫扇羅衫，簇成花譜。懶聽焦琴，怕他驚又去。』

桂枝香　蟹〔一〕

江楓欲舞。正舫泊斷沙，榔歇古渡。截住秋潮曲斷，一燈孤炷。頻聽郭索殘蘆裏，恁橫行、爬沙淺渚〔二〕。星稀露冷，葦梢細縛，青筐滿貯。　好勝似、江瑤雪乳。付松火山廚，香橙細縷。再搗薑芽，快佐槽頭菊醑。持螯況味清如許，又記起、年時情緒〔三〕。銀鐙影下，玉纖親擘，夜涼庭戶。〔四〕

【校記】

〔一〕此詞在《紅》本中，繫於『著雍執徐』（乾隆十三年戊辰，一七四八）。

〔二〕『江楓欲舞』至『爬沙淺渚』，《紅》本作『荒灣斷溆，正綠颭浪花，紅醉霜樹。依約蘆根下椵，岸傍籠炬。漁船斜漾西風裏，聽橫行、爬沙淺渚』。

〔三〕『再搗薑芽』至『年時情緒』，《紅》本作『唱罷菱歌，試佐新雛菊醑。故鄉樂事今如許，又記起、那日情緒』。

〔四〕《紅》本中，此詞後附有『《減蘭・題王琴德樂府補題後》，上海趙文喆璞菴』一詞，詞云：『幽居圓泖。蓴菜鱸魚隨處好。把酒江關。唱出新詞儼碧山。　橫雲如許。何日從君歸隱去。結屋三間。雨笠烟蓑共往還。』

鬢雲鬆令

吴中張憶孃爲北里名流，曩昔往來蔣繡谷先生家，因爲寫簪花小照。憶孃歿後，是圖亦飄泊，不省所在矣。繡谷令嗣蟠漪得于竹西市肆，攜歸，重付裝池，縑素猶新，如見采蘭攏鬢時態也。

理雲梳，匀石黛。鬧掃將成，小折芳蘭戴。杏雨梨烟渾不愛。一縷幽情，合與幽香配。　酒場荒，歌榭改。江北江南，風貌崔徽在。展玉鴉叉懸竹廨。淺碧哥窰，好插湘花對。

百字令　秋夜聞芭蕉雨聲

一枝冷燭，記春時、曾見斜遮窗戶。幾日蘇臺寒信到，添得秋聲難數。南浦哀砧，西樓遠笛，北渚離鴻語。石闌干外，并教風颭涼雨。　何況紙帳殘燈，更闌酒醒，恰值人羈旅。便是江鄉歸夢好，只怕者番無據。羅扇閒來，緘書拆後，忍向林邊住。紅閨此際，也應題徧愁句。沈約《修竹彈甘蕉》文云：「切尋姑蘇臺前，甘蕉一叢。」張光弼詩：「芭蕉風颭石闌干。」楊萬里詩：「繞身無數青羅扇。」歐陽炯詞：「笑指芭蕉林裏住。」

天香　烟草和厲太鴻作

綠映滄波，青分海樹，憑誰種向瓊島。珠舶攜來，花畦種後，製出香絲多少。羅囊暗貯，還恰值、筠窗秋曉。幾度春蔥輕剔，閒拈碧荷筩小。　獸炭又殘瑞腦。撥餘熏、爲禁寒峭。一點絳脣開處，蕙風低裊。薄醉依稀犯卯。伴岑寂、何須玉尊倒。飛遍巫雲，翦燈夜悄。

又

銀鴨烟銷，玉梟灰冷，疎燈落盡殘燄。小挈筠筩，閒攜錦袋，試向短檠輕點。朱櫻欲破，喜一縷、仙雲冉冉。桃頰徐生薄暈，羅衣半凭畫檻。　小樓晚寒斜掩。唾珠圓、細黏蠻毯。忽憶海天波靜，載來吳艦。今烟草到處有之，而由福建海舶來者爲多。幾片蘭香重染。柰荀令、愁深賦情減。怕惹相思，夜闌淒黯。吳中有蘭花烟、相思烟。

清平樂　小停雲畫幅爲岡齡作〔一〕

檀欒翠篠。橋外烟波繞。一曲鷗沙無限好。袛乏詩人吟到。　水窗竹屋涼多。石闌斜挂漁蓑。容我藜牀秋夢，閒聽夜雨疎荷。

【校記】

〔一〕此詞在《紅》本中，繫於『著雍執徐』（乾隆十三年戊辰，一七四八）。詞題，《紅》本無。

百字令 藝圃同姜光宇游即其高祖學在先生寓居也光宇故又以度香爲號〔一〕

霜飛白簡，記萊陽當日〔二〕，瑤階抗節。一自龍眠行戍去〔三〕，擬向江邊葬骨。社稷滄桑，家鄉烽火，淚灑霑襟血。吳閶小築〔四〕，寓居何限淒咽。

縱有鷙館鷗池，肯教魂夢，忘敬亭風雪。回首秋墳楚雲隔〔五〕，泉石都成消歇。佛閣燈紅，香橋柳碧，付與茶檣列〔六〕。小祠猶在，壞廊半護苔碣〔七〕。圃已爲市人茶肆，惟二姜先生祠在虎阜，内有鄭簠隸書碑刻。〔八〕

【校記】

〔一〕此詞在《紅》本中，繫於『昭陽大淵獻』（乾隆八年癸亥，一七四三）。詞題，《紅》本作『藝圃』。

〔二〕萊陽，《紅》本作『孤臣』。

〔三〕一自龍眠行戍去，《紅》本作『萬里從軍荒徼去』。

〔四〕小築，《紅》本作『葯圃』。

〔五〕回首秋墳楚雲隔，《紅》本作『一自秋墳關塞隔』。

〔六〕付與，《紅》本作『剩有』。

〔七〕『小祠猶在，壞廊半護苔碣』，《紅》本作『不如祠廟，壞廊猶護苔碣』。

〔八〕詞末小注，《紅》本無。

一枝花

送淩叔子之揚州，兼訊吴梅里。

碧浪生南浦，又是送君西去。小桃花謝也、灑紅雨。計到雷塘，十里春風暮。緑柳拖金縷。廿四橋頭，珠簾低映眉嫵。　舊事堪悲楚。休問寒潮瓜步。玉驄游遍了、蜀岡路。酒幔茶檣，好覓吹簫伴侣。三分明月裹。憑説與吴剛，别來空綰離緒。

臨江仙　過甫里訪許子遜

過了礬清路，三篙淺水，一片涼風。傍沙觜烟村，面面疎楓。幽蹤。問篘酒甕、焙茶竈，往事都空。蘋花暝，有緑頭繡鴨，飛過湖東。　詩翁。罷官歸隱，老去長伴耕農。管漁莊蟹舍、豚栅牛宫。從容。記袁江上、孤舟裹，愁聽征鴻。鄉園好，且同攜短櫂，吟遍吴淞。

新鴈過妝樓

朱適庭新納姬人，自琢新詞爲贈，和之。

鶴怨秋風。菱花冷、長閒釵影簾櫳。鈿車迎到，又見寶髻盤龍。杏子衫溫金跳脫，藕絲裙顫玉璁瓏。問芳蹤。蕊珠再見，休擬香東。　鴛幃香消夢醒，恰翠螺低掃，並倚熏籠。小屏六扇，箏鴈斜按柔葱。書牀笑攜蓮葉，又索取、新詞羅帕紅。煩料理，有酒邊茶具，窗下詩筒。

瑤華　新蝶

烟沈蕙徑，雨宿花房，憶舊時佳麗。秋霜夜冷，便忘卻、那日紅情綠意。殘梅飄盡，又重見、香鬚粉翅。想昨宵，草滿南園，難認碧紗裙子。　料應韓壽芳魂，愛飛入妝樓，偷伴春睡。野蔬江橘，團扇底、尚帶前身風味。溪堂詞客，重寫句、玉羅窗裏。莫待逢，茄葉新蟬，纔染藤溪素紙。《酉陽雜俎》：『顧非熊少時，見舊綠裙幅，旋化爲蝶。』《埤雅》：『嘗見園蔬有爲蝶者。』《格物論》：『橘蠹有化爲蝶者。』徐熙有《蝶蟬茄葉》。

惜紅衣　題閨秀方芷齋在璞堂吟稿

繡結衣船，香添篆鼎，印梅窗靜。梳罷蟬雲〔一〕，玉臺試芳穎。紅絲小硯，更染取、松煤翠餅。新詠。藤紙寫來，愛鉛華掃淨。　妝樓獨凭〔二〕。一片西泠〔三〕，鷗波漾明鏡。山華水葉，盡是入詩境〔四〕。喚起粉奩清思，賦徧酒旗烟艇。想冷吟如此，那數頌椒題茗。

【校記】

〔一〕蟬雲，方芳佩《在璞堂吟稿》（乾隆刻本）之《題辭》所收王昶《惜紅衣》，作『鳴嬋』。

〔二〕獨凭，《在璞堂吟稿》所收作『閒凭』。

〔三〕西泠，《在璞堂吟稿》所收作『南湖』。

〔四〕盡，《在璞堂吟稿》所收作『都』。

法曲獻仙音〔一〕

白苧衫輕，青羅扇小，約略春歸時節。竹浦橫橋，荻溪短櫂，曾經去年離別。記款語雲屏底，恩恩帶愁說。　遠山疊。問誰遣、瀲紅題葉。空剩取幾點，蘚階印屧。細檢舊香羅，寫相思、付與吟篋。冷院黃昏，忍更聽、玉笛聲咽。伴殘燈孤榻，衹有一丸涼月。

【校記】

〔一〕此詞在《紅》本中，繫於『彊圉單閼』（乾隆十二年丁卯，一七四七）。

秋霽

別吴企晉三年，復遇於秦淮水閣，風塵寥落，有歸隱吴山之志。時新雨初過，涼颸微扇，相對惘然。爲填此解，并索淩叔子、錢曉徵諸子和之。

放艇秦淮，記緑檻紅窗，景色如故。柳葉風疎，蓼花烟暝，望中幾番涼雨。相逢倦旅。舊歡重按巴山句。訴別緒。曾記對牀，尊酒話幽素。　江國秋早、橘里蓴鄉，好尋前盟、沙外鷗鷺。問何時、横塘一曲，荷衣換了伴君住。回首俊游清夢阻。最斷魂處，又是水榭懸燈，版橋横笛，夜歌金縷。

南鄉子　豆花

溪雨初肥。幾簇疎花繞竹籬。滿地秋陰清露下。良夜。好約鄰翁相對話。

摸魚兒 芡〔一〕

正江南、鴈奴來後，幽花向日容與〔二〕。采菱歌罷西風起，十里淡烟微雨。秋色暮。漸翠蓋蕭疎、雪點殘蘆渚。孤篷短艓。掬重疊羅囊，參差玉粒，竹竈桂薪煮。　凄涼味。又值新寒一度。青霜落葉滿樹。當年頴上相思夢，多少結茅情緒。須記取。看堆向柴哥、膩滑凝秋箸。鄉園甚處。趁碧蟹橙香，紅鱸菰冷，歸隱伴鷗鷺。

【校記】

〔一〕此詞在《紅》本中，繫於『閼逢困敦』（乾隆九年甲子，一七四四）。

〔二〕向日容與，《紅》本作『開遍沙浦』。

桂枝香 薑

半畦秋澹。剛幾簇纖芽，勻排村店。一縷輕紅，不似筍胎蔥莢。山僮致到柔尖潤，尚溜雨、沙痕微染。擣餘虀臼，嘗來碧盌，清寒漸減。　和薄醋、酸風掩冉。值登盤郭索，燈明酒釅。問訊行廚，祇少黃橙同糝。泖湖況有蓴絲碧，記佳味、吳孃親點。如今但憶，柳家新樣，誰人手斂？

憶真妃　秋葵

數枝斜曳疎烟。晚秋天。看取宮黄淺様，綺窗前。　寒風定，微霜冷，最清妍。約略玉人病起，鬢雲偏。

臺城路　寄懷鳳喈

歸雲閣外梅風軟，藤窗正臨芳渚。粉箬評茶，香羅浥酒，多少天涯俊侶。相逢倦旅。看數點孤帆，數聲柔櫓。短屐黄桑，蹋泥更上翠微路。　分襟重唱南浦。向滄波長笛，時夢漁父。柹葉湖亭，蒖花水港，已近殘秋節序。吟朋甚處。想門掩柴桑，硏箋題句。好約聯牀，夜燈同聽雨。

大聖樂

家存素留寓楓橋，已經匝歲，翰墨之餘，與其子蓼菴兼修梵行。日來小住青瑤池館，因言婁水百餘年詞學，鹿樵生體綜北宋，未極幽妍。至小山、漢舒、今培、冏懷、素威、穎山出，乃能上繼浙西六子。同時作者，武林則樊榭、授衣，廣陵則漁川、橙里〔一〕，陽羡則淡存及位存兄弟，檇李則南薌、春橋、縠原，吴中則企晉、湘雲、策時、升之，共二十餘家，各擅其工，卽南宋未有其盛也。衆以爲快論，微吟薄醉之餘，填此記之。

水榭吟鷗，山齋簇蜨，尋春此住。喜連朝、側帽同來，搨畫譚禪，不厭臨風絮語。見說倚聲姜張後，逮秋錦、茶烟皆妙緒。今何許，是一曲婁江，重新樂府。　烏衣無限佳侶，謂小山、滓虛、香雪、别花四詞。況論到曇花猶共詡。盡東吴西楚，舞裙歌扇，留傳法部。蘭舫半帆溪湖近，試按拍、飛觴同證取。憑君數，付麻沙、並傳千古。

【校記】

〔一〕廣陵，底本作『廣林』，據地名改。

惜秋華

適庭招同來殷，雨中泛艇山塘，落葉蕭蕭。溪邊疎柳，皆颯然有秋暮意。予本愁人，能無江潭搖落之感耶？

波冷桐橋，正蘋花零亂，藕花憔悴。一櫂吴船，斜停綠楊絲裏。西風慣作秋陰，送涼雨、菰蒲聲細。雲起。把遥山掩了，數棱寒翠。　猶憶尋春地。有歌珠幾串，粉柔香膩。短夢悤悤，空惹庾郎愁思。酒邊幸有吟朋，共攜屐、小亭閒倚。歸未。聽禪林、暮鐘烟際。

八聲甘州　送沈歸愚先生遊天台

記天台、萬仞削東南。寒雲湧晴嵐。望赤城突兀，瓊臺縹緲，玉鏡澄涵。苔壁藤橋倚處，飛瀑灑空嵌。泠月千山裏，梵響茅菴。　　喚起謝公清興，辨竹兜筍笠，芒屨筠籃。向懸崖絕澗，杖策恣幽探。笑生平、游蹤寂寞，衹夢魂、夜趁浙江帆。期何日、有團蕉地，結个花龕。

二郎神　雨後追悼玉蕖

分襟南陌。永別青門詞客。嘆冷卻、杜陵舊社，空有寒風暮笛。應是鮑家墳上路。吟遍了、曉楓秋色。看塵滿玉琴弦，灑淚念疇昔。　　還憶。雞鳴埭下，烏衣巷側。趁夜月、鞭籠翠袖，閒訪茶檣酒柵。醉墨吳箋詩卷在，但回首、俊遊悽惻。最愁是、翦燭西窗，夜雨簷聲蕭槭。

摸魚兒　贈趙飲谷卽送其之揚州

問江南、采香詞客，生涯長是羈旅。邠卿老矣悲秋甚，鬢濕霜華千縷。新樂府。愛粉字吳箋、重唱橫塘句。厲太鴻贈君詞，有『斷腸重唱小橫塘，粉字開還掩』之句。清吟細譜。似石帚梅溪，蘋洲玉笥，此外那堪數。

吴船好，猶在滄浪古渡。釣車相伴漁父。比鄰來往雞豚社，況有樓山舊雨。（謂李客山。）霜信苦。恁破帽衝寒、又到雷塘路。歸期早賦。向雪屋深窗，烟堤短彴，共看冷楓舞。

春融堂集卷二十六　琴畫樓詞　二

金縷曲　丹陽對雪同企晉作

急雪如鴉大。打疎窗、蕭蕭摵摵，隨風交墮。旅店雞聲催曉夢，不許繩牀閒臥。起相對、茅檐土銼。一輛柴車剛待發，奈春泥、滑刺真無那。行不得、恁時可。　故山最好思茶磨。記溪邊、珊瑚冷月，小梅初破。況是傳柑佳節近，多少鬧蛾燈火。枉孤負、星橋鐵鎖。人在荒城孤驛外，嘆家鄉、節物閒中過。愁遠道，響鈴馱。

暗香

壬申仲春，月夜，與企晉同寓秦淮，儁流並集，文酒留連，數年來所未有也。且將約爲牛頭、雙闕諸山之游。

青溪三度，算此番春到，勝遊第一。況是詩人，客裏招尋話車笠。江左風流猶在，更桃葉、波痕初碧。待喚取、六柱吳船，柳外試箏笛。　仍憶。去秋寂。恁桂月將殘，便收吟席。雪消今夕。長板橋南共浮白。擬向定林深處，梅未落、芒鞵堪給。好同譜、新詞卷，兜娘按拍。

梅子黄時雨　雨夜同朱適庭話舊

白紵寒生，又漏冷蓮籌，香灺檀印。聽點滴簷聲，正逢春盡。已見蓮心擎翠蓋，那堪棼尾銷紅粉。愁難穩。幸有吟朋，憑訴幽恨。　漸近。楚江梅信。嘆飄零如許，霜染青鬢。待老作空山，詩逋畫隱。歸夢只憐蘅薄杳，故園空憶雲林潤。挑蘭燼。更是打窗風緊。

一枝花　爲顧禄百題畫〔一〕

杏子飄紅豔。窗外東風微颭。夜深涼雨過，兩三點。鴛被餘香，猶在湘筠簟。竹几孤燈閃。夢到重樓，有人斜凭朱檻。　別後情悽黯。閒了菱花玉鑑。眉山誰畫取，黛濃淡。六幅榴帬，應有淚痕勻染〔二〕。忍負蘭閨念。須早辦歸裝，春江試喚烟艦。

【校記】

〔一〕　爲顧禄百題畫，丁紹儀輯《國朝詞綜補》卷十一下有『用鳴鶴餘音體』六字。

〔二〕　應有淚痕勻染，《國朝詞綜補》作『添幾許淚痕染』。

木蘭花慢　張策時以詞見憶賦答

正柴桑門掩，聽梧葉、下階除。嘆書卷叢殘，酒杯寂寞，鬢髮蕭疎。閒居。紙窗晝臥，又一行、雪鴈落菰蒲。遺得吴牋細字，故人近致音書。　愁余。俊侶半黄罏。我亦病菰蘆。恁秋雨秋風，月泉吟社，夢冷江湖。欷歔。梅崖何許，想白蘋、洲裏作寒漁。甚日草堂剪燭，開樽夜薦香蔬？

南浦　題沙斗初春江雨泛圖

新漲滿銀塘，映青蕪、一路芹芽初展。江店緑陰濃，横橋外、多少緗桃零亂。雲昏水暗，柳絲斜度紅襟燕。愁絶尋芳人去盡，寂寞緑蘋溪岸。　憑誰爲棹春船，趁東風半捲，烟檣雨幔。萍梗寄江湖，清游處、依約玄真重見。魚罾蟹簖，舊盟思結閒鷗伴。相約吴淞楓落後，來共蓴絲菰飯。

法曲獻仙音

秋日聞趙升之臥病，填此懷之。時讀曇華閣《樂府補題》，卽書其後。

梅屋聯牀，柳橋攜屐，夢憶江湖舊侶。秦望山高，春申浦急，迢迢故交何處。想落月，寒窗裏，疎燈聽涼雨。　溯芳序。嘆文園，又逢秋暮。閒伴卻、禪榻茶烟鬢縷。景物最關情，研吳箋、粉字輕譜。蓮葉蓴絲，喜江鄉、風味如許。問何時翦燭，同向石屏題句。

清平樂　題葭水村莊升之外舅所居

清江一曲。築个花南屋。種得檀欒千畝竹。添取芙蓉紅簇。　安排書庫詩瓢。屏當茶具魚標。儻許吟朋來往，與君同結香茅。

摸魚兒　酬升之即用來韻

聽瀟瀟、畫簾朝雨，茶罏閒伴幽獨。巴山舊侶經年別，卻恨飛鴻斷續。風動竹，喜點屐莓苔、傳得吳箋幅。一行書牘。勸白帢論交，青樽結社，文酒莫相逐。　勞生事，也厭紅塵萬斛。雲林擬築茅屋。疎籬短彴天然好，添取老梅叢菊。耕且讀。再約个吟朋、小住清溪曲。西窗翦燭。便溫鼎分香，石牀題句，抱被話同宿。

瑤華

木瀆遂初園在靈巖山下蓋企晉祖所構也分爲十景各繫以詞　巖東霽雪

試燈風軟，挑菜冰銷，聽簷聲乍滴。玲瓏石角，漸露卻、點點苔紋草色。幽蹤莫認，問誰訪、空山岑寂？但凍鴉飛過松梢，林外一痕遙碧。　嚴寒初減衣棱，剩簾底清陰，猶照窗格。緗梅瘦也，想冷蕊、開遍花坪南北。鄉園春好，只愁損、玉塵無蹟。趁新晴流到吳淞，添了尊波幾尺。

玉京秋

書堂晚香

孤館淨。碧梧滴殘露，晚風淒冷。一痕淡月，雕闌移影。記取小山吟罷，趁涼秋、開遍荒町。對清景。底須沈水，再添溫鼎。　引得王孫歸興。伴幽叢、繙書瀹茗。掩重門、濃芬漠漠，空林人靜。俊侶天涯，歲又暮，招隱誰來三徑？寫新咏。休用翠奩香餅。

疏影

松門夕照

寒濤晴吼。愛枯釵落處，早築新構。雙楗柴扉，藥錄農書，空山消遣清晝。夢回午枕疎陰轉，又田舍、夕陽時候。看絲絲、魚尾殘霞，倒映綠波紋皺。　取次水昏烟暝，板橋聞櫂語，沙際漁叟。石鼎香溫，竹竈茶寒，又見月明簾牖。前郵幾陣歸鴉晚，都集向、斷槐疎柳。試挑燈、自飣盤飧，料理竹孫菱母。

惜紅衣　平橋夏漲

翠竹初抽，紅薇纔謝，熟梅時節。柳外平池，短橋畫欄接。雲昏烟冷，聽一夜，雨聲蕭槭。清絕。添了柔波，浸釣筒魚葹。　蘆間蘋末。新綠三篙，田田露荷葉。臨流試望，幾點雪鷗沒。可惜盤灘坐處，長遍苔衣石髮。趁碧梧風靜，閒去移罾洗鉢。

探春　柳堤鶯囀

梅雪初殘，梨雲乍損，一逕柳枝低亞。笛裏香綿，烟中粉絮，低拂綠陰臺榭。裊裊無人處，問誰弄、清吟閒冶。最憐長板橋邊，殷勤似惜花謝。　幽客夢回東舍。聽繡羽飛來，池館清暇。隔葉纏綿，隨風宛轉，好與紅襟細話。便趁雙柑在，壓茆酒、翠樽輕瀉。怕到涼秋，嘑烏空繞月夜。

霜天曉角　高臺秋月

清霜初降。落葉飄幽幌。天際碧羅雲捲，看冷月、夜深上。　攜杖閒眺望。邨燈明三兩。最愛寒山秋靜，但留得、磬聲響。

風入松　松閣聽濤

園林面面對雲峯。翠滴烟濃。粉牆繞處添吟閣，閣前五粒長松。老幹慣留殘雪，枯釵時顫清風。　幽人睡醒夕陽中。碎影重重。寒濤響遍油窗外，亂他古寺秋鐘。須倩嗣翁好手，朝來譜入絲桐。

浣溪沙　春園晴曉

結得香茅五畝居。春風昨夜到衡廬。翠簾斜捲啓方疏。　挑菜桑畦殘雪後，傳柑筍席嫩晴初。玉梅幾點影扶疎。

踏莎行　竹溪烟雨

小闊花蹊，新開芋圃。幽情更愛吳郎賦。仙人鸞尾種池南，歲寒每聽清風度。　粉籜初消，霜筠欲舞。冷雲又下疎疎雨。烟波迢遞不勝愁，夜深夢到瀟湘路。

漁家傲　莎村觀刈

楓葉蘋花秋漸老。江村處處垂香稻。趁取茅茨寒日曉。山農笑。紅蓮今歲收成早。　間著長蓑添袨衵。磨鎌並往溪南道。捆向空舲歸去好。嗚單櫂。破柴籬下場新埽。

月照梨花

畫棟香重。畫簾風動。幾疊離愁，幾番幽夢。芳草綠遍王孫。近殘春。　湘奩檀畫無人共。玉簫數弄。淚濕輕衫鳳。柳花如雪滿苔痕。細雨重門。又黃昏。

掃花游

汪韡懷至吴閶，訪予於春風亭寓舍，孤舟短屐，將入東西崦探梅，賦此話别，并訂維揚之游。

性耽紅葉，記蜀紙新詞，那時曾見。韡懷有『性癖耽紅葉』之句。燈窗詠遍。正相思落月，故人天遠。袖裏音書，目斷蘆花冷鴈。在孤館。喜一笑乍逢，同話情款。江國春尚淺。望雨後湖山，黛痕輕展。蹋殘碧蘚。想瓢中定有，暗香詞卷。何日扁舟，繫向隋隄柳岸。約吟伴。聽珠簾、夜深歌管。

邁陂塘

江于九來自邗溝，枉臨寓舍，話舊之餘，匆匆告别，賦此送之，兼柬賓谷。

正春城、試鐙風裏，疎梅竹外開早。幺禽喚起江南思，悵望夢花人杳。愁渺渺。喜畫舫晴波、穩載吟朋到。重逢一笑。向石墨題詩，筠箋按譜，款語訴懷抱。　曇華侶，謂升之。還憶謝池芳草。謂叔子昆仲。何時更共游眺。單衣細雨雷塘路，應有烏絲新稿。春漸好。恨載酒分襟，又放香溪櫂。離亭殘照。約水榭疎燈，板橋寒笛，清夜翠樽倒。

又　題翁霽堂春篷聽雨圖

問三十三山詞客，舊盟長伴鷗鷺。槲林閒曳紅藤杖，更向扁舟容與。浮棹去。看葉葉圓萍、緑遍滄江路。東風日暮。漸翠黛峯低，碧羅雲暗，幾陣餞春雨。　清游好，曾記雪篷詩句。千秋共此佳緒。船窗點滴天然韻，況有蕢洲笛譜。新樂府。待喚取樵青、小按銀箏柱。烟波可侶。定酒載偏提，衣裁獨速，來共翦燈語。

綺羅香　題商寶意惆悵詞後

屈戌花濃，罘罳日暖，最憶蘇臺佳麗。曉啓紗幮，重換碧羅衫子。纔勻罷、一道春山，悄回著、兩行秋水。向銀屏、小炷薇魂，蕙鑪幾縷篆心字。　片帆還又遠別，記起妝臺圓月，那時情意。芳草河橋，總是相思滋味。便忘了、紅袖調箏，爭忍看、翠綃彈淚。又何堪、旅店殘燈，夜窗春雨細。

臨江仙

蔣蟠漪工墨蘭，嘗畫小幅，藏弆篋衍中，其配李夫人爲綴冰梅于上，洵雙絶也。升枚出以相示，與企晉、策時同填此闋。

湘弦彈怨秋波冷，幽人寫入生綃。粉奩吟賞思迢迢。更憐芳信晚，勻墨綴冰條。　想見明窗同點染，鷗波舊日風標。雙鴛乘月上清霄。玉鴉叉挂處，一樣暗香飄。

鳳凰臺上憶吹簫　七夕和葉芳宣

秋雨如塵，晚涼似水，花前悵望明河。正濃陰作暝，潤遍烟莎。似恨蘭期易逝，鵲橋路、障了香羅。應羞見，桂宮月姊，瓊石雲娥。　蹉跎。蒲芝別也，翠色九峯清，遠隔江波。想穿針樓掩，愁損雙蛾。應有西堂小宴，傾下若、淺酌紅螺。還又怕，夜深人稀，獨對銅荷。

鵲橋仙　同江賓谷于九訪馬湘蘭故宅

烟花小部，水天舊事。名占紅樓十二。吳昌梅雨畫船歸，便魂斷、禪燈佛字。　幾叢新綠，幾枝寒翠。剩有茶檣夜市。名園飛絮也成空，共惆悵、斷垣荒砌。

梁州令　雨中同曹來殷上宏濟寺

微雨濛濛墮。早繫沙邊畫舸。荷衣筍笠話同遊，紅牆梵院，屐印莓苔破。篠簜翠葉摇千箇。老樹懸崖臥。疎枝時落山果，壁間石刻蝸涎涴。　徑轉迴廊左。卻登石臺閒坐。大江一線走寒潮，帆檣點點，總向簾前過。白銀盤裹芙蓉朵。萬疊烟雲裹。生涯只合香林老，禪燈長伴殘僧課。

百字令

同嚴東有訪阮圓海詠懷堂，今爲陶蘅川居，往訪之，感而有作。

山樵百子，溯當年、居在百花深處。圓海，號百子山樵，自題『百花深處』。《詠懷堂》係長洲門人張修所書。嗚咽秦淮通別渚，微潤蒼藤老樹。舊院沈烟，新亭灑涕，華屋偏如故。詩人偶賃，綠陰猶可銷暑。　已附委鬼茄花，又從瑤草，擢髪真難數。燕子春燈遺曲在，恁有才情多許。南渡繁華，東林節概，往事俱千古。詠懷休問，何人更畫圖譜。

臨江仙

梅坪竹塢閒游處，花前曾遇芳姿。一簾香月定情時。淺斟金鑿落，低按玉參差。　疎柳長亭人別後，茶烟禪榻相思。翦燈和淚寫新詞。斷魂涼雨後，殘葉下堦墀。

木蘭花慢

小雪前一日，舟泊青暘。風葦蕭蕭，初寒料峭。明日當至澄江，欲同霽堂訪陸起潛舊居，因賦。

蓉湖風漸緊，喜傍午、一帆懸。看茅屋彎環，柳橋宛轉，翠篠參天。青青正長廿里，又修眉、已在斷雲邊。想見皆山樓閣，吟朋同此流連。　林泉。應尚依然。詩社冷、隱居遷。怕難似當年。白雲詞句，空在瑤編。山翁定能指識，好施笻、躡屩共沿緣。弔得兩賢遺蹟，倚聲譜上湘絃。

憶舊游

霽堂居君山下，向題其《三十三峯草堂圖》，茲造廬盤旋竟日，抵暮而別，作此誌之。

記楚波送別，吳市同游，荏苒年華。聞說抽帆去，向沿江蒼翠，高臥烟霞。竭來者番相見，香飯共胡麻。看竹樹蒙叢，畫圖相較，風景無差。　山家最幽處，有蘆洲似月，楓磴如花。詩卷重雕刻，更蒲輪重到，名滿天涯。可惜仍辭蕙帳，載酒約終賒。儻憶我春明，芸牋好付歸鴈斜。

離亭燕

甲戌上元前三日，寒月皎然，疎梅已放，家人小設杯槃，刻日計偕北上，悵然賦此。

簷外冰輪初起。照入雪梅叢裏。誰道上元三五近？已報征帆斜艤。整頓小辛盤，喚取一樽浮蟻。　仍作傳柑風味。豈免分攜情意。明鏡寶釵無可贈，只有柔情似水。那禁市樓東，隱隱管絃聲細。

減字木蘭花

桐花小鳳。舊游回首真如夢。樽酒離亭。曾記清歌掩淚聽。　船燈戍鼓。腸斷江南芳草路。澹月重樓。誰伴西窗詠玉鈎？

南歌子　詠别爲黄芳亭作

碧蘚攤錢地，紅梨倦繡天。畫堂無那掩離絃。悔煞當時，草草負芳年。　清淚霑銀勒，濃愁入玉船。不須聽雨暫流連。衹願江山，處處響春鵑。

邁陂塘　憶别

記春城、鬧蛾撲蝶，傳柑初近元夜。旗亭暮雨催輕别，攜手蝦鬚簾下。鉛淚瀉。認幾許、連珠染遍秋羅帕。寒更初打。任蕙葉香消，梨花酒冷，未許片帆挂。　淞南水，穩送離人去也。篷窗誰共清暇。吳雲楚樹都經過，又向亂山荒舍。閒駐馬。對衰柳寒沙，淡月鋪簷瓦。砑箋難寫。把殘驛新愁，小樓舊事，夢裏翦燈話。

探芳新

初至京師定寓，時值花朝，微霰忽零，凄然寒色，因呼酒消之，即示黄芳亭、陸聽三。

御街前，漸六花又飄，騍綱已憩。土銼蘆簾，仍似冰牀雪被。軟紅旋拂拭，卸征衫、收短轡。傍西窗、牢丸兼薄餅，乳湩芳膩。　旬日風霜憔悴。　喜跂腳伸眉，夜來夢寐。　硯匣書籤，便與吟朋同試。今宵黑甜最穩，喚春酤、謀小醉。　待明晨，探禁苑、杏花開未。

喜遷鶯

謝崑城庶常招同陳寶所、吳荀叔、錢曉徵三舍人、鳳喈孝廉聽鐘山房小集。

峭寒漸徹。　剩鴛瓦初消，昨宵微雪。　石帚攜來，氈車屆處，兼近討春時節。　燕臺吳市，新知舊雨，幽蘭雙結。　對好景，喜兔華方起，光移仙闕。　笑語歡霏屑。　數徧蓮漏，樽酒猶未竭。　獸炭添溫，蠟釭頻翦，又聽晨鐘將發。　良游佳話已消，前日風塵短褐。　況紅杏欲生花，擬向東風並折。自崑城外，餘皆會試。

聲聲慢　題諸草廬宮贊高松對論圖

蒼枝偃雪，翠蓋生濤，翛然長覆荊柴。　蘚逕荒涼，誰同解帶藤齋。　生愁歲寒人少，對高陰、自蹋吳鞵。　聽屋角，正秋風乍起，落徧疎釵。　回憶居名藏史，但莓牆石井，往蹟沈埋。　剩有枯鱗，年時落落霜階。　苔花半凝碧甃，照清泉、瘦影幽佳。　伴詩老，看小窗詩卷新排。

憶舊遊

京城西便門外白雲觀，即元長春宫也，以丘真人處機居此，故名。樂笑翁游此，有詞。今殿閣荒頽過半，香火猶存。閏正月十九日真人生日，四方黄冠駢集，士女遊者甚衆。予于三月下旬與吳荀叔、金棕亭同游，慨想真傳，因與此解。

嘆青牛路杳，白鶴烟消，難問全真。琳宇西華近，望蒼松翠柏，交映檐楹。金龕尚留香火，鐘磬傍蜿旋。說落燈風後，時傳灌頂，士女傾城。　生平自蓬島，向終南太華，訪道瑤清。更歷龍沙遠，便安車回日，名著燕京。玉田舊闋誰記，好取叶鸞笙。喜仙侣同來，暮春芳草雨正晴。

金縷曲　寄曹來殷

午節匆匆過。又玉河、初漲柔藍，新荷欲破。昨日直沽雙鯉到，不見隨風珠唾。但憶得、瑣窗閒坐。虎僕毫尖龍尾滑，伴秋潭、聽雨同吟和。寫新句，定思我。　生涯休更悲摧挫。且優游、琴薦香爐，詩囊藥裹。短簿祠前濃緑好，更好山尋茶磨。那得許、單衫塵涴。蕉萃京華春夢醒，算故園、歸計終須果。到吳市，共燈火。

長亭怨慢

別鳳喈、曉徵于宣武門外，遂至潞河客舫。時將往濟南，萍蹤靡定，回憶分襟，益深淒黯。

正槐蔭、綠深渡口。已出燕郊，旋登鷁首。回憶郵亭，淚珠零落尚盈手。軟紅踏遍，終猶是、青山舊。話雨坐西窗，嘆甚日、剪燈還又。　孱僽。問心情何似，彷彿絲絲亂柳。鵲華東去，看湖上、綠肥紅瘦。最苦是、新侶無人，待誰與、尋詩鬪酒。漸日暮蒼涼，忍喚長年放溜。

剔銀燈

予在真州旅舍，曾譜燈詞四闋，祕置篋衍久矣。青光舟次，燈窗夜坐，忽檢及之，悲感横生，再爲摹寫，匪徒體物，亦以志身世，蒼涼更甚于昔也。

嫋嫋蒹葭波起。旅客孤舟斜艤。隔竹茶檣，横橋酒店，幾點微明小市。篷窗雨細。伴山鬼、縱横清淚。　回首江鄉天際。綠樹東村迢遞。水驛殘更，河梁遠夢，誰信此時憔悴？長瓶難醉，祗獨宿、夜涼相對。

又

何日簷花夜落。窗下茶鐺自瀹。青簡抽來，紅樓題罷，更傚江東詩學。楓林蕭索。閒聽取、溪邊鳴鶴。

外舍清寒如昨。休說過橋珠箔。草閣風疎，竹窗露滴，一任酒罏寂寞。水村山郭，但留伴、茅茨煮藥。

又

十載吟詩看劍。依舊天涯壈坎。破驛長亭，荒祠故國，長見一枝冷燄。西窗雨暗，想只有、山妻長占。

客裏寒衣誰念。鄉信從今難驗。翦韭莎畦，擣茶茅屋，荒逕蓬蒿自掩。淚痕淒黯，更絡緯、清吟小檻。

又

腸斷慈親頭白。獨聽殘蛬催織。一紙書回，兩行淚下，惆悵天涯消息。寒沙暗壁，有多少、荒村岑寂。

長病還重作客。合住谷郎巖側。野寺疎鐘，雲房積雪，參取林間遺集。金蓮侍直，只付與、故人天北。

西河

同吳廷韓由峼山河還至歷下亭，晚荷已盡，蘆雪翛然，時寒露後三日也。

閒窗寂，不耐新愁臥病。吳郎相勸訪秋行，蜻蜓小艇。峼山一曲映玻璃，湖亭更選名勝。微雨過，紅衣冷。薄靄不需明鏡。蘆花偶惹鯉魚風，閒鷗驚醒。清遊曾寄集賢知，長牋寫徧幽景。時出趙子昂《明湖秋瑟圖》展玩。更喚酒、銀瓶素綆。少消除、天涯旅興。回憶江關路迥。想漁莊、雪藕絲蒓，應向夢中尋，誰重省。

法曲獻仙音

癸酉秋，鄭禹谷琢詞見贈，草草未遑答也。今客濟南，旅窗清暇，復檢散帙得之，因填此解奉酬。秋云暮矣，能無蓴邊呼櫂、橘候思書之感耶？

側帽尋花，單衣試酒，共作中吳唫客。折柳歌殘，翦燈人杳，奩中剩留詞筆。記贈我，雲藍句，生香徧瑤席。　念岑寂。恁年年、斷萍蹤跡。只夢度、松陵竹邊烟驛。秋雪繞西湖，更與誰、葦岸攜屐。橘社荒寒，問何時、同話涼夕。把烏絲醉墨，閒付小紅催拍。

解珮令　泊淮關

殘鐘微度。哀笳微度。更清淮、數聲柔櫓。已是愁人，那禁得、櫂歌淒苦。又孤篷、一番寒雨。故鄉何處。舊游何處。檢征衫、淚痕凝聚。飄泊誰憐，算只有、疎楊幾樹。似年時、斷魂情緒。

臨江仙

昨夜鯉魚風起，輕寒初到衣棱。十年身世感飄蓬。高堂雙鬢白，客舍一燈青。　夢到横雲山下，小橋流水柴荊。故園雖好有誰耕。雨荒松葉逕，秋老菊花塍。

華胥引　題竹林宴坐圖爲藥畊作

生綃滑笏，是誰描取，翠鸞烟鎖。石逕荒蕪，獨結團蕉愛敷坐。一任雨滴寒梢，更風鳴枯笴。不染閒心，淨名自理清課。　卻恨經秋，軟紅塵，荷衣常涴。瘦欋癲可，頻勸歸參智果。好覓閒田，種取綠筠千个。梵筴龕燈，空門共結香火。

秋霽　題查藥師鋤菜圖

矮幅藤溪，倩翠墨勻來，染遍幽景。葉落荒陂，烟寒老圃，望中碧蔬緑逕。短衣掩脛。自攜鴨嘴金鋤冷。趁野興。底用園官，相送作去聲芳飣。　江國久別，區芋耘瓜，幾時歸尋、湖上清境。挂輕帆、橫雲路近，好來同放采蒓艇。還摘露葵供說餅。此意誰省。算有南岳多情，西鄰好事，伴君棲靜。

秋波媚

故里歸心寄扁舟。旅舍暫淹留。寒燈挂壁，破窗鳴紙，一枕鄉愁。　吟朋小別西橋路，回首碧雲稠。蓉湖今夜，殘鐘杉寺，細雨黄洲。

早梅芳近

丁丑上元前一日，官梅亭小飲。時翠華南幸，邗溝風景一新，而運使明日有茂苑之行，招予同往，想一路殘雪微寒，朝花新柳，更足供吟賞也。

畫屏開，湘箔捲。梅萼香猶淺。琴書多暇，裙屐偕來綺筵展。鐙明東閣暖，雪霽西風善。正藏鉤側帽，蟾影光初綻。　闢清談，如珠貫。芳酌真無算。勝緣不少，鼓舵明晨下吳苑。雲山楊子渡，烟月蘭陵館。記清游，貽君同笑粲。

揚州慢

乘風渡江，泊竹西城外，燈火微茫，偶聞弦管作。

初月涵雲，虛沙齧浪，客程泊近紅橋。喜燒燈節候，隱隱聽瓊簫。想水館、春寒尚緊，蕪城俊少，共煖金椒。只孤舟欸乃，和他畫角清宵。　紫薇去久，但空傳、鸚舌徐調。到柏葉烟微，竹枝聲咽，燭蕊將消。回憶故園別夢，眠難穩、欹枕魂銷。況落梅風起，柁牙正向江潮。

減字木蘭花〔一〕

一樽清酹。曾記擁鑪深夜語。翦了蘭釭。翠篠凄凄雪打窗。　蘋花江岸〔二〕。回首紅樓香夢遠。野艇黄昏。竹柵寒潮正斷魂。

【校記】

〔一〕此詞在《紅》本中，繫於『彊圉單閼』（乾隆十二年丁卯，一七四七）。詞牌作『減蘭』。

〔二〕蘋花江岸，《紅》本作『江南春晚』。

臨江仙

與汪經芸、沈方穀庶常相晤邗關感賦。

記得金鑾初唱第，芳堤同碾香車。仙雲縹緲侍東華。簫韶聲裏，玉漏遠穿花。　而今湖海重漂泊，相逢雨雪天涯。青衫有淚濕琵琶。夢魂難忘，曉日散宮鴉。

又

丹陽舟次有懷

小泊雲陽驛外，板橋初柳如絲。落鐙風定鴈聲遲。疎林烟際寺，殘雪水邊籬。　報道欲歸未得，江南江北相思。佳期好在熟梅時。蘭窗同命酒，竹屋共彈碁。

東風第一枝

從龍潭渡江，夜半至真州。

沙燕風閒，江豚浪靜，夕陽還又喚渡。輕帘纔捲茶檣，遠火漸生漁步。半帆如箭，已近傍、龍潭古戍。最喜是、小市猶開，爲客蒸藜炊黍。　幸已約、東吳俊侶。趁給札、淩雲同賦。春城隱約觚稜，稍隔淡烟平楚。篙師且緩，更莫辨、乘流東去。只待聽、翠羽聲聲，還似綠楊清曙。

浣溪沙

漏靜鐙殘酒欲消。孤篷泊處更瀟瀟。玉蟲一點度蘭膏。　花落不堪寒食雨，春心常記廣陵潮。誰家又奏小檀槽。

解連環

竹西遇陸南薌，以《白蕉詞》見示，聲情妍婉，當與張蜕巖相上下，不啻貽我《青玉案》也。

平湖渺矣。是烟波深處，地連谷水。恨一棹、未訪高門，賴小令長牋，妙參詞旨。何意相逢，卻正在、紅橋花底。喜開尊清話，翦燭題襟，客裏風味。　還貽白蕉舊製。笑搓酥摘粉，總涉濃麗。誰得似、投劾歸來，託漁弟樵兄，共寫幽致。只我征帆，待遙溯、潞河雲霽。擬他時、夜窗聽雨，和吟重記。

浣溪沙　題王石谷水邨圖爲張漁川作

尚湖小景不須多。湖上山房映碧羅。綠楊烟雨隱漁歌。　翰墨誰如烏目好，香茶清供伴吟哦。

藍田輞水比如何。漁川，西安人。

夏初臨

春暮，閨秀徐若冰製《三泖漁莊圖》扇見惠，并繫以詩，賦謝兼寄雲清。

燕子初飛，鼠姑已謝，南薰誰得招涼。畫扇輕羅，遠貽喜自吳航。墨痕猶伴粉痕香。寫明珠、小字成行。南樓清暇，玉屏東望，遙憶漁莊。　新詩婉約，妙繪空濛，團圞影裏，宛見江鄉。官梅亭舍，於今便作羲皇。況有簹篔，付雕鐫、並置書床。并寄筆筒，亦刻詩畫于上。意難忘，飛瓊寄聲，更報瑤章。

摸魚子

題嘉定錢氏兼春書屋圖

望蒼崖、叢篁古木，翠微占斷塵境。茅柴縛取三間屋，屋外別開菭逕。春欲醒。愛幺鳥啼時，滿地梨雲冷。幾枝疎影。看殘雪園林，嫩寒籬落，此意有誰省。　溪橋遠，正值杖藜人並。尋詩還共清興。琴原藥錄編排就，更好試香分茗。書館靜。應笑我年年，孤負江鄉景。水昏烟暝。待辦得椶鞵，攜來蠻榼，隔柳繫孤艇。

又

端午前三日，將返吴淞，示子存、適庭、漢倬、肅徵。

正銀塘、楝花風定，陰陰翠葉如許。月泉社裏聯吟慣，小別也成淒楚。相送處。怕一翦烟帆，便見欎清樹。故鄉延佇。想懸艾簾櫳，澡蘭庭院，誰與共芳序。　垂楊岸，還憶尋春前度。分襟淚點輕注。天涯重見無多日，又寫江郎《恨賦》。情最苦。是兩槳寒潮，催送斜塘路。匆匆款語。約置酒絃詩，移鐙讀畫，再聽小樓雨。

南鄉子　題朱吉人畫叢篁飛瀑圖

雨霽起秋嵐。雲外斜横碧玉簪。隱約三間茅屋在，花南。一道飛流下斷巖。　略彴倚寒潭。鸞尾蕭蕭映石龕。如此溪山清絕處，真堪。容我幽棲卜草庵。

祝英臺近

策時自寒山來，同宿蘋花池館。時簾外雨潺潺，竹梧蕭瑟，因填此解，兼示子存、適庭。

小屏深，孤竹冷，涼雨下苔石。款竹重來，琴酒共瑤席。卻思昨夜空巖，飛泉響處，恨不與、故人游歷。　正相憶。誰知繫艇烟堤，攜手慰岑寂。話了巴山，更聽短簷滴。待看紅藕香生，黃梅風定，同踏遍、數峯晴碧。

金縷曲

偕友晚過滄浪亭，因憶與策時同游，時已隔歲矣，賦之以寄憶。

隔水鳴遮了。石橋南、槐葉愔愔，柳絲裊裊。竹屋梅坪微雨過，無限新涼懷抱。記勝侶、曾同短櫂。回想歐蘇詩句好，聽篙師、已説溪亭到。沽桂酒，一樽倒。　翠玲瓏外秋蕖早。瀹春旗、倚欄吟遍，銀塘碧沼。今日詩朋同話舊，猶是青山皂帽。祇不見、雪窗風調。露濕莓苔歸路暗，漸半規、涼月梧桐杪。魚子寫、鴈奴杳。

秋波媚　舟泊斜塘

香稻風生繫吟艭。竹露滴篷窗。銷魂最是，昨宵畫閣，今夜烟江。　短亭回首家山隔，何處寄蘭茳。知他也合，慵熏簫局，倦翦銀釭。

憶秦娥　青溪旅夜

情脈脈。扁舟頻作秦淮客。秦淮客。柳邊殘雨，水邊殘笛。　紅欄橋下秋潮急。梨花門巷長相憶。長相憶。烏啼涼月，夜深人寂。

一翦梅

小閣寒生玉篆銷。塵滿檀槽，淚滿珠翹。碧窗風起響簾梢。殘雨蕭蕭。殘葉蕭蕭。　雲帆何日溯秋潮。倚遍花橋。望遍蘭皋。銀鐙低照可憐宵。幽夢迢迢。芳訊迢迢。

金縷曲

家受銘僑寓秦淮，時送人入蜀，攜歌酒過丁字帘前。夜已二更矣，聞水榭中笛聲淒咽，因叩門求見，則商寶意司馬自度曲也。遂邀入坐中，翦鐙話舊，痛飲達曙而別。復丐畫師寫《青溪邀笛圖》，自倚曼詞紀之，屬予繼聲題後。

蜀棧雲千尺。送征篷、小姑祠畔，柳絲凝碧。已聽《陽關》魂斷後，更聽小窗風笛。驚相見、天涯倦客。置酒呼鐙同攜手，認蕭蕭、短鬢吳霜白。還款語，訴游跡。　清淮烟水渾如昔。又誰知、飄零舊雨，重逢良夕。傷別傷秋情無那，況對露蕪風荻。忍再喚、小紅催拍。畫出女牆明月影，照寒潮、一片淒涼色。衫袖上，淚痕滴。

踏莎行　題廖覲揚西風鞍馬圖

旅館敲風，孤篷聽雨。三年曾憶燕臺住。涼秋白下又相逢，一鞭更跨征鞍去。　身世飄零，功名遲暮。重來錄別添愁緒。江南春到杏花梢，期君走馬長安路。

又　送沈學子歸華亭

古驛長亭，荒灣野水。頻年也灑征衫淚。一繩新雁正橫天，短書早寄秋風裏。　豚柵雞棲，魚牀蟹市。夢魂慣憶江鄉味。何時築屋傍青山，柴門共作垂竿計。

小重山

楓霜昨夜著雲幬。暗蛬催織罷、月籠秋。夢魂便到小紅樓。西風緊，容易響簾鉤。　獨自掩青牛。腰圍今減盡、帶頻搊。誰人欸乃過蕢洲。雲窗裏，幾度誤歸舟。

行香子

一幅孤篷。一櫂吳淞。數離亭、幾點霜鴻。落鐙過也，吹盡梅風。又柳絲黄，蘋葉緑，杏花紅。回首湖東。烟水重重。認眉棱、剩倣遥峯。一樽薄醉，更惹離悰。聽酒家箏，漁舍笛，佛樓鐘。

玲瓏四犯　題友人小像

家近西泠，愛一片涼波，幾疊雲嶂。吹遍梅風，莎逕苔痕初長。蠟取曉屐衝泥，底事用、歲寒松杖。問送僧、尋藥前去，只費黄桑幾兩。　椶櫚笠子尖圓相。製山衣、水田新樣。罛師釣叟真無別，但少綸竿颺。好向十字蘋邊，喚菱角、輕搖烟舫。把湖畔、楓葉菰米，寫成漁唱。

湘月　送朱吉人歸桐鄉

抱琴歸去，喚蜻蛉直下，西水荒驛。蓮葉田田，早映遍十里，鴛湖寒碧。倚杖尋詩，分泉試茗，老作漁竿客。虚堂夜雨，對牀共伴岑寂。謂浚谷。　長恨録别經年，天涯重見，又陽關催拍。款竹盟鷗，嘆冷落多少，唫箋遊屐。柳髮梳風，蘋絲點雪，舊侶烟波隔。鐙窗月冷，忍聽江館涼笛。

浣溪沙

裊裊東風拂畫闌。碧羅窗外杏花殘。可憐春信第三番。　細雨曉晴雲半斂，玉屏微露翠彎環。捲簾描上小眉山。

徵招

將歸松江，同沙斗初、朱子存、漢倬小集企晉璜川書屋，兼觀朱吉人作畫。放筆之餘，黯然賦別。

玉鳧香灺蕭齋靜，天涯故人重聚。把袖正悤悤，又蘭舟催去。別情休細訴。試香墨、閒勻縑素。幾摺寒雲，幾叢修竹，迴汀曲嶼。　疑似細林東，香茅屋、結在翠微深處。猿鶴愜幽尋，奈斷魂難賦。西窗深夜語。應憶我、綠蘋南浦。與誰對、水驛孤鐙，聽空江細雨。

石湖仙　南旺湖曉發

湖山雨霽。聞七十名泉，明流交滙。縹緲望徂徠，自東南、烟雲無際。虹堤遥截，有多少、楓人蘆子。棲此。比農桑、更裕生計。

會通又經分派，爲神倉、常通桂楫。穀雨初過，舶趠正當風起。襟屨蕭閒，琴書清潤，宛然畫裏。誰唤取，荊關細寫清意。

高山流水

楊柳青舟次，陰雨連朝。遥望西北，烟巒杳靄，風景不減中吴也，塡此寄蓮坡先生。

水牕連日掩簾櫳。喜朝霞、一縷微紅。烟靄漲寒潮，隔溪猶繫魚篷。綠遍了、垂柳濛濛。城闉轉，遥望城樓如畫，酒旆迎風。似半塘橋外，淺碧亘眉峯。

重重。松篁翠深處，應添得、石瀨雲淙。勝地幾時遊，空憶高士芳蹤。蓮坡先生兄弟，時時往游香山退谷，今不在家。鎖名園、欲去誰從。趁薄霽、且唤篙師解纜，放棹從容。待他時話取，此景記詩筒。

霓裳中序第一

長夏侍直，示吴沖之、韋慎占兩同年。

高槐傍禁苑。榆柳陰陰青翠遍。正值直廬清宴。喜奏牘將陳，制詞初獻。露華猶泫，望故人、槖筆來見。問近日、詩壇舊侶，晨夕共談讌。　遊衍。分曹合伴。少此地、雲山夐遠。新蟾況已如線。好酒啓黄封，牋排青案。銅壺聽漸轉。且暫停、花驄去緩。趁今夜、微涼對榻，再話故鄉款。

惜餘春慢　題受銘丁辛老屋圖小幀

雨屋疎槐，烟籬短篠，隱約蕭齋十笏。分泉試荈，劚石栽花，長是吟商散髮。拂盡京華軟紅，竹簟蕉衣，那愁炎暍。似鴛鴦湖畔，柴扉蘚逕，半臨清樾。　想幾日、畫省歸來，掩關蹋壁，不信家鄰珠闕。試箋視草，聽漏含香，也勝江湖飄忽。祇我春明路遙，淚濕青衫，琵琶怨月。幸故園無恙，且須料理，磳田鹿檕。

綺羅香

曉入西華門，過金鼇玉蝀，芙蕖盛開，有賦。

太液秋澄，華林曉霽，放盡池荷千柄。幾曲魚梁，倒拂綠波虹影。竹露重、寶鈿青欹，葦風涼、舞衣紅冷。似瑤天，一道銀河，瓊宮縹緲隔清景。　金源舊事曾記，多少碧虛樓閣，遙依雲嶺。柳線蘋花，都入蓬壺仙境。臨紺塔、雪鷺雙飛，遶粉牆、玉驄齊騁。底須尋、圓泖湖亭，月涼移畫艇。

露華　題仙姝采菊圖

玉山秋晚。漸朵朵金鈴，開到松畹。鴈影度江，應悵採芳人遠。誰知偷擬靈均，思與木蘭同薦。筠籃貯，還宜鬢鴉，插處微顫。　霜楓乍照蒼巘。算不比緗桃，曾引劉阮。恰笑芙蓉仙侶，淚痕紅泫。彷彿翠袖天寒，只少叢篁低偃。蕭齋靜，肯作曇花輕散。

臺城路　寄友天津

楊青驛外垂楊樹，陰陰曾繫畫舫。酒市燈明，官橋月映，最憶風帘低颺。紅欄綠浪。便聽漏東華，夢魂難忘。應有才人，自研松墨寫惆悵。　江湖何限客思，況蓮坡別墅，林泉堪賞。杏蕊將殘，蘆芽漸起，恰值西沽新漲。登樓吟望。須慰我相思，頻貽魚網。好喚心奴，炙笙傳逸唱。

采蓮令

庚辰立夏日，同企晉、荀叔寶所過法源寺小集，時芍藥將開。

啓精藍、消盡纖埃處。正簪盍、東南舊侶。當窗紅藥，喜昨宵、幾度櫻桃雨。料斯際、湘靈鼓瑟，峯青江上，鎖闌將薦詞賦。好趁閒時，半階綠影分香醑。又何異、小查院宇。企晉遂初園內，小查山閣最佳。斜陽芳砌，風過候、并覺花能語。情未已、藏鉤脫帽，試聽歸鳥，猶勸酒徒少住。

梅子黃時雨

適庭至都下，銜盃溯舊，棖觸曩游，即次昔年雨夜韻，用敘幽懷。

小別三年，喜一笑乍逢，還對芳夜。記北碕詞場，人如檀謝。雨浥蘋花憑檻坐，露零梧葉移燈話。微香炧，清夢尚懸，竹外林下。愁訝。月泉吟社。詢舊游芳蹟，草碧琴謝。更京雒浮沈，勝情都罷。銀字誰憐調錦瑟，時《綠陰槐夏閣詞》初刻竣。綺窗無分題蘭帕。姬人已逝。栽桑柘，歸去課耕秋野。

玉京秋

七夕後一日，企晉南還，既別，賦此懷之。

人乍別。歸來尚延佇，望雲淒切。紅綾同宴，青衫仍疊。空在潞河橋畔，慘垂楊、一樹重折。愁難說。蘭舟獨伴，蓼花蘆雪。還向故山先業。檢舊時、詩瓢酒榼。近局中、名僧畸客，共耽幽絕。清夢回時，應憶我，常是東華仙闕。銀河沒。靜聽亂蟲聲咽。

江城子

秋夜同適庭編次倡和詞卷，忽風雨蕭森，恍如身在舊時蘋花水閣中也。

一襟涼思入清宵。夜迢迢〔一〕。雨蕭蕭。數徧檐花，點滴響疎寮。青蘚空堦行不得，吟坐到，水沈消。　對牀曾記住桐橋。聽秋飆。拂梧梢。京洛相逢，仍共剔蘭膏。蝸匾書詞藤紙膩，誰付與，玉箏調。

【校記】

〔一〕夜迢迢，底本作『夜夜迢』，據陳乃乾《清名家詞》卷五改。

徵招　瓜子和適庭來殷

青瑤膚裏叢叢列，雪溪慣聞逃暑。秋盡碧漿寒，付羅囊深貯。十瓶休誤取。算難比、蘭金同譜。玉指拈餘，檀脣約後，拋殘繡戶。綺席記重排，官窰淺、一撮先教送與。　更劃棗痕斜，作去聲梅花瓣縷。杯巡憑暗數。衹怕惹、故園清緒。幾番想、瑞草橋西，伴竹莊閒語。《清異錄》：『吴越雪溪上瓜，錢氏子弟逃暑，取一枚各言定瓜子的數，剖觀，負者張燕，謂之瓜戰。』東坡《與王元直書》：『往來瑞草橋，與君對坐莊門，喫瓜子炒豆，不知當復有此日否？』

好事近　題張柳洲侍御羅浮夢畫册〔一〕

溪外小梅花，初破一林殘雪〔二〕。最好酒家門掩，映疎烟微月。　夜深皴玉爲誰溫，相對正佳絶〔三〕。不奈翠禽朝語，又夢中人别。

【校記】

〔一〕此詞在《紅》本中，繫於『昭陽大淵獻』（乾隆八年癸亥，一七四三）。詞題，《紅》本作『題羅浮夢畫册』。

〔二〕初破，《紅》本作『初試』。

〔三〕佳絶，《紅》本作『清絶』。

雪獅兒　題文端容畫漁游春水卷

寒山春暖，是千尺、雪瀑飛來，柔波如縠。數尾銀鱗，已到池塘一曲。香奩幽獨。便翦取、生綃小幅。正寫得、穿花拂荇，濠梁清淑。　《考槃》近繼芳躅。想靈均同住，賞吟難足。家法傳來，原在停雲書屋。前塵恁促。還又備、蘼蕪展讀。雙鬟緑，誰畫並依修竹。端容名淑，寒山趙靈均之配，爲衡山待詔孫女，陸卿子其姑也。著《考槃詩集》。圖前有『虞山錢氏紅豆村莊珍賞印』，又有『柳曲居士書畫記』，意其爲柳蘼蕪之私印耶？

一萼紅　汪康古屬題桐鄉老屋圖〔一〕

護茅廬。有籬笆數曲，筍蕨滿青蕪。短鍤分來，長鑱劚處，畦局已足香蔬。早市取、白鹽赤米，共午飯〔二〕、松火熟山廚。野圃生涯，底須聽笛，夢憶銀鱸。　添得江鄉佳味，祇菱香勝肉，蓴膩如酥〔三〕。竹几藤窗，瓦盆瘿椀，老去真可清娛。閉柴門、日長岑寂，賴牀頭、缸面發新蛆。待約南鄰來飲，隔水招呼。

【校記】

〔一〕此詞在《紅》本中，繫於『彊圉單閼』（乾隆十二年丁卯，一七四七）。詞題，《紅》本作『題畫冊』。

〔二〕共午飯，《紅》本作『供午飯』。

〔三〕『祇菱香勝肉，蓴膩如酥』，《紅》本作『只蕫芽似肉，蓴茁如酥』。

揚州慢　寄題墨花禪圖章小譜

白埵芒寒，丹砂氣靜，開函古色光晶。是鐫銅鏤玉，蛛迹共迴縈。嘆蒼籀、如今去遠，蜼彝鳳斝，略擅遺型。止黃門解字，編來體格分明。　杼山詩老，向圖章、並寄閒情。看攟拾零星，朱文綠篆，堆遍書籯。都是三蒼舊意，藉辨取、三字鴻經。問搜尋倦否，禪牀興正飛騰。

探春令

壬午春分，劍亭、慎占、雲椒小集。

唐花欲謝，筠窗漸暖，春中時候。正東華退直當晴晝。吳船至，丁香酒。　閒門剝啄同鄉舊。待消磨紅友。話十分春色平分後。剩一半，更休負。

如夢令　瑞園夜雨寄雲清

看盡東闌春絮。又聽西池夜雨。知道玉窗人，坐剔蕙鑪殘炷。寄語。寄語。婪尾花開幾許。

臺城路

初夏送儲玉函主事南回，兼柬史位存、衎存兄弟。

簪花晏罷司清要，望郎譽標京洛。玉署抽毫，蘭臺聽鼓，還見新詞盈握。槐陰漠漠。恁忽念銅官，烟巒繞郭。通潞波生，雲帆直下最堪樂。　杜郎水榭如鑿。茶亭橘社裏，何限丘壑。況有芳鄰，小眠齋近，唱和共耽華萼。調弦開酌。待逭夏吟秋，西風又作。一騎重來，相逢衿並捉。

瀟瀟雨

沈學子書來，知徐若冰于除夕前一日逝矣。若冰生西泠，居北郭，曾屬余定其《南樓集》。瓊箋錦字，今猶填篋笥也，賦此悼之。

南樓霜月冷，溯瑤臺、何處問飛瓊。記鉤簾寫韻，花低楚簟，烟裊湘屏。薄病不禁短夢，孤了上元燈。剩有春椒在，曾賦幽情。　小展檀箋遺墨，便團香鏤雪，未比芳名。甚芝田去也，縹緲六銖輕。想殘宵、誰詠風絮，驗芳魂、約略玉梅橫。吳波遠、紅窗舊侶，腸斷鷗盟。

芰荷香

立秋日，喜陸健男至都下，曉徵、沖之、來殷小集。

暑將歸。正日斜珠網，風透羅衣。塵清曲巷，小車並到堦墀。砌梧欲落，愛盆池、菡萏香微。開筵處、酒動玻璃。脆堆碧藕，涼沁紅梨。　季重而今猶滯，祗斑騅初下，捧袂依依。吟商刻羽，題襟已免相思。僧寮況近，時來殷寓法源寺。好常從、翦燭彈碁。游興應共無違。銀河絡角，再訂秋期。

點絳唇　題畫冊爲鮑雅堂作〔一〕

彔曲闌干，舊時曾繫花驄住。畫窗低語。翦燭修琴譜。　香夢重尋，燕子銜春去。淒涼處。一溪柳絮。兩岸黃梅雨。〔二〕

【校記】

〔一〕此詞在《紅》本中，繫於『昭陽大淵獻』（乾隆八年癸亥，一七四三）。詞題，《紅》本無。

〔二〕《紅》本中，此詞後附有『同作，上海淩應曾叔子』，詞云：『倚遍闌干，舊遊曾賦尋春句。別愁千縷。滴盡絲絲雨。　柳眼無情，望斷春歸路。春何許。夢魂飛去。還認花深處。』

漁父

綠樹清江碧四圍。晚雲作雨釣人稀。攜竹榼，解蕉衣。一棹萍花放鶴歸。

聲聲慢　題若冰南樓吟稿後

詩宗北郭，家近南濠，芷齋當日齊稱。十子飄零，西泠林亞清等，康熙年間號『十子』。猶繼淥淨芳名。橫塘記逢春曉，趁雙魚、長寄幽情。吟好句，視綠肥紅瘦，加倍淒清。誰識中郎阿大，是三生分薄，悽怨難鳴。賦就傷心，常聞珠淚盈盈。香奩尚留團扇，寫漁莊、烟水柴荊。從此後，付紅牙、傳遍江城。

一枝春　題宋人畫壽陽公主梅花點額圖

曉夢初醒，未梳頭、早向玉堦小立。南枝信到，已覺香塵寂歷。東風如愛，送一瓣、鬢雲微側。應自有、粉蜨飛來，細賞眉邊春色。　誰知含章遺蹟。但芳華久沒，畫圖省識。吳綃寫出，別是一番風格。當年阿監，定改盡、六宮仙額。正好伴、九九消寒，紅脂並滴。

釣船笛

疎柳掃江橋，一隻橛頭船檥。風外蕭蕭葭菼，映蓼花紅穗。　偶然跣脚把筠竿，不用伴漁弟。隨意尋詩載酒，是畸人生計。

臺城路

北地秋蛬，有與絡緯相似者，聲清越可聽，俗以『叫哥哥』名之，實即袁宏道、劉侗《促織志》所謂聒聒者。八尺琉璃，香殘酒醒，傾耳殊不惡也。爲填此解。

軟紅三尺啼螿少，誰吟清怨如許。瑟瑟鳴風，蕭蕭浥露，也比寒蛩同數。幾聲還住。似苦竹黄蘆，瀟湘暮雨。叫罷山鴣，有人衫袖淚痕聚。行不得哥哥，鷓鴣語也。　楚魂尋夢正遠，枕函憑喚醒，相對鸚鵡。小貯筠籠，偷銜雪飯，斜挂碧苔窗戶。春明倦旅。記豆架瓜棚，故鄉殘暑。擬譜哀蟬，好同絃外語。時方悼亡。

竹香子　西陵道中

過盡桑堤柳陌。野店初停銀勒。幾番微雨濕征衣，喜見青青麥。　東風猶自側側。遠山重被春雲隔。棠梨花外共提壺，知是明朝寒食。

疎影　灤陽旅舍秋夜

疎槐墜葉。早蒼苔逕小，蛩語初歇。堠館寒深，酒冷更殘，鄉關夢裏難越。西風最是銷魂候，那更聽、夜聲淒咽。但半簾、細雨蕭蕭，掩盡短窗微月。　苦憶梅邊竹屋，夜涼零露底，堦下剗襪。鬪草籌花，蜀紙新詞，猶在分香舊篋。斷腸已恨秋江遠，又恨隔、暮山雲疊。待曉來、重覓清愁，鏡裏鬢絲添雪。

探芳信

乙酉玉泉侍直，時三月十九日也。

禁林曉。聽翠鳥徐鳴，青驄先到。恁送春春去，落花已如埽。層層樓閣明流外，新綠緣溪遶。啓重門、香滿紅蘭，露留翠篠。　短彴映方沼。更碧藻參差，蒼藤窈窕。敕尾披來，正值晴霞照。蓬萊回首真天界，蓮漏風中杳。待明晨、更上香山古道。

解連環　題宋人畫孤山處士圖

翠屏千尺。結香茅小屋，橋邊溪側。想春到、烟水西泠，又香雪垂垂，破寒先坼。小坐筠牀，卻自便、輕衫短幘。看山僮未到，花外臯禽，來伴仙客。　因思昔年事蹟。正東封將屆，金泥玉冊。更誰料、獨抱幽貞，但疎影橫斜，相共晨夕。半幅溪藤，留千古、冰霜標格。溯當時，一筇一笠，瓣香暗憶。予少日遊孤山，小龕中有塑逋仙遺像，旁有一童一鶴，風神幽雋，自是物外真仙。後有司改作四賢祠，塵容俗狀，而舊像不可復得矣。

留春令水墨士女十二幅，爲吳興沈宗騫畫，依次賦之。　思春

似夢聞香，如雲漏月，憶春何處。招取東君，低鬟掩袖，思共嬌鶯語。　廿四番風猶未度，身與韶光住。衹愁南陌，紅稀綠暗，又送花神去。

望梅花　撫梅

苔石猶存殘雪。枝北數花明滅。來領寒香爭忍折。可似上元佳節。憶得年時簾外月。夢到故山幽絕。

尋芳草　踏青

嫩柳綠如許。誰得寫、傷春情緒。望蘅臯、且幸攜僊侶。正落紅、滿鈿路。　恁風飈銖衣，試羅襪、淩波微步。想雙雙、共訴閒情趣。憑拾翠、晚歸去。

采桑子　采桑

版橋桑葉陰陰緑，小曳羅衫。親揭筠籃。正是田家欲飼蠶。　清和時候將登蔟，雪繭分函。翠釜頻探。更置繅車曲牖南。

海棠春　簪花

海棠開遍香階側。唤小玉、春葱輕摘。初日照輕紅，添上雲鬟色。　妝成不向垂楊陌。愛消遣、蘭閨岑寂。試倣衛娘書，別作簪花格。

品令　品茶

風信冷。下閒階、猶覺宿酲難醒。石臺畔，喜見松爐煖，分泉試茗。　未啓櫻桃小啜，一翦香暗誰省。應還念，相如曾病渴，唤取待共品。

更漏子　校書

倦彈碁，停擫管。愛校青箱黃卷。微步到，小窗西。梧桐日影低。　想像耽吟賞。應與檀奴酬唱。比謝女，傲班姬。還須絕妙詞。

華清引　待月

碧梧葉葉下銀牀。聽盡寒螿。檀槽獨抱誰見，冰輪照晚妝。　不須銀甲奏宮商。秋閨無限淒涼。欲傳清夜怨，莫認在潯陽。

一落索　搗衣

幾日含情添線。又還搗練。梧桐影裏井華涼，砧杵雙鬟伴。　憶得龍沙人遠。淚痕零亂。此聲暗祝五更風，好吹入、昭陽殿。

醉花間　折桂

濃香起。芳園裏。折贈應誰寄。卻憶小檀郎，可到蟾宫未。　盈盈擡翠袂，先得姮娥喜。攜插膽瓶看，笑望泥金字。

清商怨　彈琴

苔茵小坐香軟。對玉琴輕按。徐拂冰弦，蕭蕭秋度鴈。　天涯欲寄清怨，但悵望、瀟湘雲遠。飄緲餘音，風篁留共轉。

河傳　禮佛

性耽。仙梵。慣向松龕，香雲獨占。小坡陀下，蕙炷初染。木槵休更攬。　團蒲清課真無厭。還細勘，稍覺芳意斂。比同天女何忝。散花好共驗。

雲仙引

題仇十洲畫《西園雅集圖》，蓋摹李龍眠舊本也。西園爲王晉卿居，故其家姬侍焉。此雅集必在元祐初，文忠、文定弟兄及山谷、少游輩皆在，其後諸公散去，且不久即被譴矣。圖向無年月，略考正之。

窗紫邀花，池青映竹，依稀禁籞名家。倚短杖，駐輕車。多是中朝俊侶，小集西園一徑斜。樂事賞心，談詩試墨，鬬酒分茶。　誰教畫入蟬紗。又翠鬟、雲鬟欲墮鴉。瓊海將行，玉堂難久，轉眼雲沙。一幅丹青，數成八八，付與高禪說夢華。內有圓通大師說無生法。蠶頭細字，想停雲叟，搦管咨嗟。前有文衡山題字。

綺羅香　又題十洲搗衣圖

半嚲雲鬟，低垂羅袖，小坐綠梧深院。鴛杵初停，應是搗衣人倦。掩香巾、粉汗微霑，挂寶釧、檀脣猶喘。困腰肢、侍女扶來，龍沙遠憶更悽惋。　夕陽花外猶在，可是正須消渴，笑嘗茗椀。晚製征衣，重擬著綿添線。衹可惜、一片淒涼，何自聞、昭陽宮苑。剩戍樓、露冷霜寒，秋笳常寫怨。

思遠人

戊子冬日，叢臺驛作，時往雲南。

趙北燕南憑振策，已到叢臺驛。征鴻無定，疲驢已困，一飯少求息。　彈絲擊筑今猶昔。襆被叨留客。恁官燭將殘，戍笳互響，夢歸正難得。

簇水

風雪過漳河，同升之作。

如墨層雲，稭灰欲落清漳口。停鞭喚渡，也不管、葺衫濕透。銅雀荒臺已盡，誰識當途舊。徒杠斷、此日未就。　思勝友。便相約、夾河居住，記佳話、傳不朽。而今漂泊，欲耕釣、成何有。待得半篙輕濟，已是昏黃後。催送急、又聽胡笳奏。

疎簾淡月

蠻暮南來，湖外白蓮數頃，內地所少，並無有採其花而食其實者，亦不知爲蓮也。

荒灣遠水。訝濯雪凝冰，亭亭十里。本少紅妝採擷，畫船迤邐。蠻雲已盡寒江外，但相同、蘋花徙倚。誰能相認，纖鱗微度，閒鷗忽起。　正白羽、初分天際。甚翠蓋翻時，幽香如此。不管露涼波淨，脂消粉墜。西池迢遞知難到，衹盈盈、微點清淚。惟應月姊，宵分遙對，一奩秋意。

天香

香楠，一名畫楠，日久，中有紋理，劈之如水墨畫然。出虎踞關外六七百里，濃陰直幹，四五月間，日色臨之，香氣鬱勃，聞者易以致病。番人云，此卽香瘴也。其地距中華既遠，而金沙江又由景邁而東出南海，舟楫不能通。故行軍時，詢之番人，云此楠蕃茂，南北四五百里，東西未能測其所止。地不愛寶如此，晉卒樵採以歸，爨飯時香氣盎然，肉桂亦雜其中。蓋中華楠木皆來于越海外洋，而此則總限于異域耳。

蠻砦蒸雲，怒江絡石，南荒久餘珍幹。輪扁誰知，工師未採，一任異香零亂。陰陰翠蓋，但綠盡、八關東畔。說是驕陽涷雨，濃芬總盈鼻觀。　依稀瘴雲頻見。染征衣，病情難浣。聞道浮來瓊海、雕陳几案。驃骨于今萬里，縱欲遡、金沙路何辨。衹供兵廚，晚來炊爨。

瀟瀟雨

銅壁關芭蕉，顆蕉高至三四丈，生谷中，上出層崖，葉長丈許。戍房漏者，則取而蓋之，壓石片，可以禦雨。花未開時，顆色微紅，大如匏瓜。蠻官觴客盛以漆盤，用銀鋮飲之，漿升許，其甘如蜜。

羣峯凝曉翠，更層崖、清蔭散遥汀。又長藤夭矯，高榕晻暍，苦竹崢嶸。猶是芳心半捲，難寫此時情。掩映征途外，紫旆紅旌。　聞說仙莖初長，有銀花欲展，玉液先盈。又何人愛客，相餉漆盤擎。看戍房、三重茅屋，但翦來、微壓護簷楹。應小坐、話巴山雨，聽到深更。

臺城路

雨中過洱海，望點蒼十九峯，不得往，書此記之。

雪峯十九横天際，相逢似經青眼。疊翠排空，層螺接漢，多少松巖竹磵。客遊汗漫。正擬駕飆車，名山當面。誰料雲師，曉來觸石度重巘。　扶笻欲試遊衍。衝風兼涷雨，飛瀑頻濺。玉局嵐深，桃溪烟暝，閒作畫屏清玩。勝情未倦。待回日新晴，歸途沙暖。重訪仙林，舊盟還可踐。

瑶花慢

出雞足山，還至賓川官廨。

名山回首，仙梵泠泠，尚遠來林藪。一重一掩，恨此去、偏覺肩輿人驟。山城如帶，取路出、驛亭前後。上小樓，點點青螺，寧忍匆匆分手。　瀑泉何處潺潺，知送客情深，直恁僝僽。齋廚蠶飯，也未敢、遽試茅柴新酒。落紅滿地，又枝上、青梅如豆。更坐深，竹外香飆，喜聽鯨鐘徐吼。

水調歌頭　七夕同傅碧夢升之作

今夕此何夕，碧漢啓新秋。一丸花外涼月，先已照牽牛。料得黃姑妝罷，便試淩波微步，終是不勝愁。相見又將別，淚與露華流。　值佳節，逢俊侶，小勾留。細斟藥玉，羅衫同倚看山樓。最苦天涯萬里，況隔風塵兩載，無語聽蓮籌。料得京華夢，也不到鑾陬。

金縷曲

碧夢劚梅枝爲飲烟箭，屬賦。

何事能消遣。掩戎旃、也無從覓，香鑪酒琖。差喜淡巴菰葉在，輕颺烟絲一翦。算偏少、碧筩堪玩。聽說蠻山冰雪裏，墮霜華、尚有寒梅幹。喚康結，康結，番人稱梅之語。此稀見。　餂蒼皮溜雨，刮摩工擅。如玉一枝清更直，瑤草恰宜相伴。李長吉詩：『呼龍耕烟種瑤草。』儘銷得、秋深夜淺。烽火連天雲霧黑，點星星、忽憶春蔥撚。噴珠唾，伴彤管。　斳來未覺餘芬散。

減字木蘭花〔一〕　再賦梅筩

靈犀一點。透出絲絲雲掩冉。瘦比琅玕。馬上微醺破曉寒。　蠻烟瘴雨。香雪飄零誰見取？翦得南枝。梅信分明鼻觀知。

【校記】

〔一〕詞牌，底本作『采桑子』，據陳乃乾《清名家詞》卷五改。

憶江南

中秋追憶舊事，倣樂天體十二首。

中秋憶，最憶雪葭莊。涼沁春蔥湖漪碧，香生雲鬢木樨黃。供月拜筠廊。

中秋憶，憶得在蘇臺。紅芰秋池珠露潤，綠蕉月砌夜燈迴。話雨共銜盃。時同曉徵、鳳喈、來殷寓滄浪亭。

中秋憶，水閣雨晴初。楊柳風姿聯袂坐，芙蓉詩格劈箋書。宛在小清虛。謂蘋花水閣。

中秋憶，白下最銷魂。鴈齒橋西蓮葉舫，蝦鬚簾底藕絲裙。檀版隔花聞。

中秋憶，小住近明湖。柳絮名泉閒躡屐，鵲華秋嶂共提壺。銀鹿伴香幮。

中秋憶，最憶住邗溝。十部名倡齊度曲，兩行狎客妙藏鉤。燈影月華浮。

中秋憶，蒲褐小齋前。詩社人歸停酒琖，妝臺夜永換花鈿。人月鬭嬋娟。

中秋憶，侍直在西清。絳蠟銷時仙漏緩，瓊樓高處峭寒生。吟對玉輪明。

中秋憶，三度鎖闈中。煮茗分泉瓷椀翠，研朱滴露筆花紅。蓬島與仙同。

中秋憶，從獮在金微。萬里星河隨出塞，十番簫鼓送行圍。詰旦侍龍旗。每年駕幸熱河，至七月二十五六日始演劇。及聖節將近，再演戲。過中秋，遂啓蹕，入圍場行獮。

中秋憶，壁壘大江涯。兩岸蠻烟昏似墨，千重鬼燐撒如沙。何處望京華。

中秋憶，人尚客荒陬。鼓角軍聲仍北府，琴樽詩興侍南樓。家遠碧雲愁。

浪淘沙

羅紅本京雛歌伶，飄流大理，博晰齋觀察以詞贈之，屬余爲和，未見其人也。

羅幙篆燈紅。玉頰春融。京華回首萬山重。誰分酒旗歌扇底，摻袂相逢。　蒼雪照簾櫳。遠鬭眉峯。使君見慣尚惺忪。撩起羈人無限意，夢裏愁中。

渡江雲

辛卯九月，將赴成都。渡江門驛，風水甚厲，噴薄中至瀘州，小憩，飯罷宿。

路盤金筑盡，惡溪一線，磨石濺飛濤。斜陽山外隱，三老相呼，待渡已魂銷。輕篙纔舉，便横穿、雪浪千條。暫夾岸、停舟相慶，頃刻度嶕嶢。　浮橋。鳴笳伐鼓，擊柝懸燈，更驛樓窈窕。胡牀上、清樽並設，足慰蓬飄。醉來猶覺身如葉，眩空花、銀海光搖。喜明日、騾綱又聽征鑣。

玉漏遲

寓松茂館，旬日内當即往魚通進討，作示曹茘帷及秋汀弟。

三旬風雨半。錦官雖到，征衫難換。籌筆方殷，負了故人開讌。但有棣華問省，且招集、江東詩伴。還空羨。雉臯城裏，舊游如見。自甲戌在如臯與秋汀見後，至今已十六年。　匆匆萬里橋南，又小住萍蹤，松潘行館。雙鬢蒼浪，忘卻昔年情款。遥指維關千疊，想路出、魚通更遠。銜霜霰。那更頻年兵燹。

燕山亭

歲暮合兵美諾，與升之夜話。

風埽危巢，兩路軍麾，已向疎林並進。半載分衿，風雨相思，難約萍蹤鴈影。火報平安，看幾夜、烽烟已淨。山徑。正一笑伸眉，舊愁都省。　還幸沐雨炊風，便書檄頻繁，起居猶勝。從此東華，紫詔紅旗，應有家人相慶。鈴索聲間，且暫免、嚴宵告警。寂靜。好消受、殘年風景。

沁園春

自樊榭老仙逝後，武林詞學歇絕。兹夕讀徐袖東刺史《詠桃》樂府，猶見虎賁中郎之似也。喜而和其韻，摩盾鼻，截牘尾，郵寄于登春軍次。時癸巳六月望前二日，燈下書。

檀箑生香，松煤含潤，細描穠春。似紅版橋邊，穿籬短短；青帘樓外，壓水粼粼。祓禊人遙，浣花箋在，杜牧詩：『浣花牋紙桃花色。』回首蘇堤蹟未湮。銷魂甚，伴垂楊似綫，嫩草如茵。　西泠詞客無存。愛城北、清詞琢句新。念冰雪重嵐，韶光不到。烽烟遠徼，芳意誰申。與我周旋，爲郎憔悴，感此飄零浥路塵。天涯恨，嘆仙源難訪，長是迷津。

淒涼犯

中秋感悼，蓋自得雲清亡信，已周年矣。

冰輪如濯。乘秋望、素鸞何處淒泊。相思路斷，返生香燼，經年蕭索。紅絲緣薄。又雪壘風烟常作。祇宵來、如珠秋露，苦伴淚痕落。　萬里京華遠，況是吳淞，海天綿邈。玉屏蘭筍，應還似、脩眉隱約。水暗雲荒，更難認、當時妝閣。便夢魂欲去，難度警鈴柝。

金縷曲

聞葯圃郎中近日倚聲甚夥，詞以索之，兼柬儉堂、袖東。

衰謝今如許。渾不記、東吳舊夢，引商刻羽。昨日燕臺詞客到，爲說京華仙侶。真个是、筆驚鸚鵡。楚幕烏啼刁斗靜，傍寒江、愛咏巴山雨。裁蜀紙，夜頻賦。　年來慣向窮邊住。嘆參軍老矣，祇工蠻語。縱有中仙家法在，誰耐更尋簫譜？空悵望、新聲《白紵》。石屋繩橋烽火地，也應須、一聽花奴鼓。煩寄我，浣愁緒。

陽關引

袖東來而復去，畫《玉叢情露》小幅留別，賦此送之。

雪嶺飄秋雪。小住旋成別。烽烟將靖，行正近，茱萸節。盼天涯俊侶，寥落晨星列。淒涼處、臨岐畫角曉嗚咽。　仍寫分衿意，吳縑潔。宛湘潭上，粉香淨、珠露浥。把同心認取，朝晚銷愁絕。但霜時、枯楊瘦盡不堪折。

解連環

官軍下宜喜連營，大江南北，商風薦爽。成都諸君又送南酒至，銜杯小酌，蓋兩年來所未有也。

西風送喜。聽隔江呼嘯，啼烏驚起。自進屯，幾及三旬，望風落山空，雲旗天際。誰料先機，已不待、囊沙聚米。任霜清月苦，螺徑千層，笳吹猶沸。　已如投醪情味。更攜來畫榼，重煩鴈使。看爐火，石上猶紅，且喚取老兵，瓦盆先洗。小作消寒，怕掙卻、瞢騰睡思去聲。但得除、羈愁一枕，夢回京邸。

春融堂集卷二十八　琴畫樓詞　四

絳都春

丙申正月回至成都，游青羊宫。

崢嶸金碧。是千古舊留，仙宫帝宅。臺榭如新，香火微消仍遺蹟。當時柱下人誰識。共瞻仰、猶龍風格。函關紫氣，經傳尹喜，常垂竹帛。　最憶。流沙西邁，便後裔遂啓、晉陽英傑。奕葉盤根，射雀銀屏符嘉錫。中有唐高祖、竇太后像。青羊鑄在苔堦側。但不見、青牛舊式。更看旌旆飛揚，製同宗祏。

高山流水

爲楊九我題藍田叔山水挂幅，上題云『甲申夏日畫于西溪山莊』，想爾時猶未得北都信也。而水墨蒼寒，春日而有秋意，北風雨雪之感，已應于筆墨間耶？

百年遺墨最淒清。畫幽居、竹樹縱橫。墟路莽蕭森，春來未見農耕。也不似、烟水西泠。想正值，雨晦風瀟時候，桑海將更。是布衣老去，無處寫昇平。幽情。空懷昨時夢，秦淮上、語燕啼鶯。勝事總難尋，承露盤已先傾。繪桃花、竟惜娉婷。還家處，一任天荒地老，獨掩柴荊。笑藝林評泊，分派指溪藤。田叔，後人指爲浙派，不知其胷中涇渭也。

霜葉飛

霜降後五日，復病，來殷、星實諸君攜酒來看，兼憶策時、升之、跂三、方宣先後下世。

清霜初向層檐下，茸衫早覺寒薄。勞人草草始歸來，伏枕還蕭索。揞茶鼎，蘿窗西角，相思誰更循前約。有紅藥交游，偕俊侶、高軒偶駐，閒門剝啄。回溯廿載江湖，詩場酒座，都作遼東化鶴。後來孰可定文章，恐負黃壚諾。秋已暮，襟懷正惡。過從且盡閒時樂。況直沽、雙螯到，擣辣篩香，再同絃酌。

大聖樂　題文衡山前後赤壁賦畫冊

如此江山，幾番烟月，勝游千古。況天涯、正值新涼，放棹幽尋，愛受滿身風露。酒熟魚香歌聲起，又一似、飛仙淩玉宇。憑空望，嘆赤壁烏林，英雄何處。重來清景如故。至石瘦波寒秋又去。對臨皋木落，雪堂路遠，夢回無據。唳鶴東飛休相警，祇此意、停雲能領取。定當日，是座上、吹簫伴侶。

金縷曲　題潘湘雲小影爲胡元謹作

試問真真影。是玉山、芝僊女史，調鉛點穎。寫出鴛湖娉婷侶，宛是春愁未醒。剩掃取、梅魂相並。一片玲瓏蟲炷石，倩柔苔、自襯湘裙冷。秦簫約，忍重省。　楚江烟雨無憑準。念斑騅、何時見也，三生空訂。彩鳳隨鴉誰知惜，零落燕釵蟬髩。休腸斷、紅樓薄命。環珮歸來圖畫在，有紅屏、和淚題清詠。更才子，謂元謹。薦香茗。

又　答馬依墀

令節過重午。趁熏風、緑陰蟬噪，紅窗燕乳。走馬蘭臺初罷直，小集江湖倦旅。還跌宕、茶鎗酒具。劇羨東籬才調美，甚年年、失意嗟岐路。和淚寫，斷腸句。　題來宮扇工如許。付旗亭、吴孃應唱，瀟瀟暮雨。我已天涯磨盾久，不耐引商刻羽。喜此夕、翦燈同語。錦瑟華年棖觸慣，擬攜君、坐月修簫譜。頻喚取，玉箏度。

八歸　送張漢宣歸吳興并序

天低雁字，適逢南陸之辰；風颺驪歌，言指東吴之路。命朋尊而道故，恨似江淹；黜宦燭以言懷，愁逾庾信。況復豐臺霜冷，賸無可贈之花；潞水冰堅，岸尠堪攀之柳。於時冬也，能不悲乎？爰有京華舊侶，湖海清流，素叶神交，夙同道術，姑分劇韻，用寫離悰。亦知去舞萊衣，欣還桑梓，歸貽秦鏡，喜動蘼蕪。此行楚水燕山，不盡分襟之嘆；他日宫雲苑樹，重期摻袂之歡。

圍鑪小集，翦燈深語，相約共過九九。西風況攬長亭雪，正值苦寒時節，偏教折柳。芳草缸深梨酒熱，且還對、二三朋舊。知共劈、小幅吳箋，譜此際僝僽。　最憶經年下榻，評香鬬茗，促坐聽殘清漏。而今獨趁，騾綱雁字，歸向畫眉窗牖。想水晶宫裏，遥憶東華定回首。郵程遠、重來未卜，臘尾春頭，短書能寄否？

謁金門　題畫

香茅矮。畦局幾稜寒菜。籬落荼蘼開玉蓓。兔須緣屋背。　竹榻倦抛黄嬭。料理茶僧酒海。斜拓藤窗疎雨灑。隔江聽欸乃。

渡江雲

過汾湖，訪午夢堂疎香閣，故址尚存。

垂虹橋外路，丹楓葉葉，村落遠模餬。小堂名午夢，并有疎香，妝閣對烟蕪。掃眉未了，記三生、已誤仙姝。聞説正，紅絲將結，便化彩雲徂。　飆車。桂宮不返，梵筴香燈，與慈雲同住。只傳得，零章斷句，玉冷花孤。郰亭洛浦應相等，恁難逢、翠羽明珠。招魂去，淩波儻下清都。

萬年歡　追題葉元禮山塘尋春冊

竟體芳蘭，是七葉名家，風調相繼。慘綠年華，合作荷衣游戲。況值春陰新霽。便喚取、吳船沙尾。纔半篙、行過桐橋，小紅闌下斜艤。　紋窗六扇未啓。諒不教鸚鵡，唬醒香睡。待捲珠簾，試看粉融脂膩。好倩青禽作使。恐重説、紫薇情事。還怕是、倩女離魂，單衫再滴清淚。見《江湖載酒集·高陽臺》一闋。

醉花陰　題廖織雲女史墨蘭

檀心碧葉香風遠。恁丹青全浣。水墨一痕寒，描取湘花，補入《離騷傳》。　彝齋遺派無人管。

賸冰絃彈怨。只付與幽閨，淡影微勻，略似春螺淺。

齊天樂

小桃源女道士觀，在木瀆西偏，少日數往游焉。蓋從前觀主呂貞九，青浦人，康熙年間道行與施亮生齊名。及楚游歸，得南嶽魏真君法，吳人建此奉之。觀左有蓬萊道院，數楹前方池，池上長橋，橋南小亭。昔亦嘗夢至其地，半池明月，風露翛然。將渡，有嫗止之，曰『此非應渡時也』。望亭中柱對聯云：『野店溪橋香入夢，繡簾明月夜繙經。』不知作何解，恍然而寤。今道院久圮，池亦湮沒，惟堂前鼠姑盛開，凡數十本，遊者尚多欣賞。

小桃源近河干路，誰知武陵重到。水國舟移，雲房徑曲，雨後蒼苔未埽。鐘沈磬杳。但唬鳥留春，篆香繚繞。紫案丹鑪，蓬萊何處問烟島。　石梁空憶縹緲。月寒清夜裏，曾隔方沼。簾底繙經，花時尋夢，舊事廿年縈抱。仙人歸老。恁蕚綠蘭香，松風飄渺。常有繁紅，數枝依翠篠。

釣船笛　題秋圃覓句圖

蘅畹起新涼，風動篠簜千个。最好翠玲瓏外，有鬟蟬斜軃。　襄陽播搭好鈔來，松花滿雲朵。付與冬冬閒唱，和玉簫聲破。

沁園春　邵棆亭屬題花韻館圖

卸卻青衫，卜築衡茅，薛瀫湖頭。愛短籬六枳，紅薔枝亞；横橋三板，碧柳絲柔。硯北無人，花南誰侶，通隱時娱白社秋。知何日，再對牀抱被，石竹頻留。見《晉書》。　耽情芋圃瓜丘。只禪伯樵兄並唱酬。況香生薤簟，堪容高臥；苔黏梅杖，足伴清遊。料理吟身，從容致語，蹤蹟何妨比四休。期相訪，向藤窗共倒，酒琖茶甌。

夢芙蓉

柿葉山房留别張玉壘，時己亥秋晚，乞假將滿，回日下。

商飆高閣敞。看一林柿葉，殷紅初上。諸峯埽盡，濃翠見秋爽。主人延勝賞。茶罏正發清響。蘭若微香，有幾層紺塔，移影到書幌。　廿載前遊渺莽。何事閒情，終作丘中想。碧梧翠竹，已向瑶階長。謂坤厚諸郎。家山真可傍。棹歌無奈先唱。指點蒲帆，嘆菱灣荻浦，後夜夢難望。

國香慢

將往青州讞事，道過閶門，留別企晉，懷朱吉人諸友。

雉堞如雲。訪故人新宅，曲巷斜分。小廊攜笻相見，對坐微曛。試看方池湛綠，偏銷盡、玉典珠墳。苔堦鼠姑謝，喚掃殘紅，還薦芳罇。時企晉遂初園、璜川書屋皆因分產別售，藏書業已無存。清歌按拍，舊日周伶侍側。硯山仍似舊，認喬松修竹，臺榭無人。夢幻難溯前塵。又恨楝花風緊，淮南北、催送江艑。歸來近重午，待約同遊，再賦銷魂。時予擬于讞事後挈家南歸，旋以使臬江西，不果。

清波引

庚子仲夏，雨中至南昌百花洲寓舍，風景幽絕，殆與虎阜不殊，挑鐙作此。

風梳雨沐。喜繫纜、章江正綠。垂楊罘罳。入戶茶香熟。屏影低明燭，相對數莖叢竹。只愁簷霤丁眈，還似伴、青蘆宿。　漳蘭芬馥。閒倚隱囊畫軸。風塵局促。何緣占清福。宛在山塘曲，如此賞心難足。再尋南浦西山，昔賢遺躅。

金縷曲

新秋讀《桐石草堂詞》，中有《寄籜石》一闋，感和其韻，非識曲聽真，誰知别有懷抱耶？

何處重尋醉。念頻年、吟箋分寫，來禽青李。白楮坊南嬉遊地，慣聽僧鐘烟際。更潑墨、閒情偶寄。楊柳春旂南去日，便恩恩、遠别題襟輩。想昔雨，雜悲喜。　　青衫誰識今蕉萃。剩摩抄、江湖小集，墨渝紙敝。指點小屏風中路，宋詞：『小屏風上西江路。』盼望舊遊何已。籜石前從錢文端公遊歷西江最久。擬喚取、明童崽子。唱徹懷新桐石句，灑天涯、清淚如鉛水。況節序，又秋矣。

早梅芳

初至湖上，與書局諸君就莊小敘，即示幔亭。

柳橋深，芸閣靜。書局開幽靚。扁舟初到，正值梅花破春冷。記簪豪捉麈，共寫湖山景。問山翁久逝，此樂又誰省。海鹽陳文勤公昔曾居此，尚有遺墨。　　舊遊稀，新知并。莫負扶筇興。消盡香雪，更上籃輿訪名勝。梧桐吟夏雨，菡萏覘秋令。鷗盟此後長訂。

點絳唇

題稼軒先生墨梅小幅，蓋曹慕堂通政所藏，時居其地。

翔鶴堂寒，堂偏半幅梅花瘦。雲窗月牖。淡到無何有。　疎影浮筠，猶見熏香守。還回首。山陽笛奏。立雪幾時又。

聲聲慢

癸卯七月初五日，臥疾將起，企晉、東有、獻之枉攜樂部來過寶慈齋，感而有作，兼寄姚雪門臬使湖南。

廳正當三，楊巨源詩：『月華初到第三廳。』夕將臨七，蕭齋十笏清虛。小隊蠻鞾攜自，問疾文殊。試省哀絲豪竹，逭愁悰絕勝巴歈。還看取，有乳鶯新燕，串串歌珠。　芍藥如今蕉萃，念瀟湘，路遠鴈斷音疎。伶人芍藥爲雪門所眷。合與吳儂相伴，茗椀香鑪。西窗嫩涼乍起，好消磨、翠蠟紅毹。儘款坐，聽初更纔滴漏壺。

三姝媚

杜曲桃花甚開，約東有往遊，夜雨不果，因寄來殷京師。

長安聞小住。喜已遇春來，杏花微雨。千點輕紅，想盈盈多傍，紫薇村塢。擬喚青驄，約酒伴、尋芳幽墅。無那東風，吹濕香泥，翠戀如霧。　應是良遊難遇。但簫局爐香，相對款語。可是當年，正香韉欲跨，也曾間阻。來殷以乙未歲游秦，欲游杜曲，因雨而止，有詩見于集中。待訂新晴，又怕是、東君將去。閒聽《秦雲》低唱，別銷愁緒。東有、來殷等有《秦雲擷英錄》，皆曲部之俊也。

渡江雲

東有在長安，歌場酒座，懽聚半年。今入春旬日，忽生故園之思，抗手分襟，祇增淒泫。時余老病連蜷，未能走送，填此以貽之，兼示子才明府。

春來猶未醒，歸人恁早，草草上行車。指點蓮峯外，芳草秦淮，金粉鬬韶華。隨園無恙，同舊侶、款竹尋花。應回憶、南樓月夕，椽燭照紅牙。　堪嗟。廿年贈紵，半載題襟，正幽懷未寫。況病中、懷人送遠，難折疏麻。垂楊不綰絲鞭住，背灞亭、迴鴈橫斜。今夜夢，相隨先到棲霞。

金縷曲　送壻嚴瑞唐南歸

醋醋紅於火。灞亭前、幾行風柳，又驅鈴馱。華岳千重關四扇，望斷青厓紫邏。虛後約、東牀高臥。飛絮簾櫳仍如雪，卻無人、清咏珠生唾。時女粹卿先歿。仗短劍，向江左。　石公溪畔停單舸。溯空齋、妝臺薹篋，蝸涎蛛裹。蕉萃青衣爭忍見，謂侍婢繡兒。況見瑤環倭妥。已兩載、瓶沈鏡破。短夢輕塵三生事，覓鸞膠、取次同青瑣。休憶舊，淚頻墮。

驀山溪　題史誦芬秋樹讀書樓圖

三高祠外，誰在層樓住。畫裏小簾櫳，趁清秋、吟湘賦楚。支頤跂腳，款竹更無人，擁筠牀，開錦䙰，俯仰懷今古。　須得閒身，占取閒亭墅。如此好溪山，恁年年、征衫塵土。吳淞鷗鳥，一樣舊盟寒，問何時，攜短櫂，共聽垂虹雨。

水調歌頭

中秋夜翫月，同史誦芬、楊篔山、余伯扶作。

誰伴老夫病，端愛素娥幽。娟娟三五清宵，況是值中秋。退了一襟殘暑，收了一痕殘雨，涼意滿簾鈎。風露浥仙桂，芳韻勝香篝。　掩書幌，疎酒琖，聽更籌。珠杓銀漢，空教賓從詠南樓。憶得曾填小令，數盡生平悽冷，余在滇南，曾賦《望江南》詞十二調，記中秋時生平所歷之地。又負五陵遊。歌管夜深寂，歸夢落蘋洲。

龍山會

和汪少山、家石華、史誦芬、金夔齋、楊簣山諸君九日作。

病起仍消瘦。雲密泥深，誰省重陽候。金鈴開滿甃。也不耐、相對簪花賭酒。哀鴈并寒蛩，更簷外、雨疎風驟。任吟朋，硏箋齊擘，新詩同奏。　年來慣愛清齋，題罷香餻，虛卻持螯手。余以戒殺不食蟹。蠨蛸盈短牖。遺挂在、贏得淚絲黏袖。時姬人湘碧初亡。莫勸去登高，怕望見、一彎蛾岫。況故園，歸期又嘆，尊鑪空負。

秋霽

將赴商州，宿藍田館舍，問輞川諸景，云悉已蕪沒，惟華子岡、竹里館尚存。然路距二十里，日暮不及遊。壁間嵌《輞川石刻圖》頗工，高令昱許搨以見惠，喜而填此。

紫閣藍山，正迤邐西南、一路蔥峭。宅記延清，名標摩詰，竹里尚存餘照。郵程初到。欲尋遺蹟荒涼早。但聽取、水石潺潺，秋籟出叢篠。　高情如見，歸自菩提，飯僧縛禪、終寄嘯傲。念千秋、巖扉寂寞，溫經人在真同調。尚有青珉圖畫稿。幽賞未已，他時策騎歸來，踏殘紅葉，徧欹湖道。

壺中天

洵陽路曲折數十里，至山陽，蔥蒨深峭，雨後巒翠尤濃，善畫者莫能寫。而農村漁步，上下幽寂，宜古之高隱多出于商雒間也。

峯迴路轉，向商於東下，雨餘浮翠。洗得千重眉黛影，烏桕青楓分綴。笭箵横舟，桔槔傍屋，欲畫知難擬。碧雲未散，和烟漸作新霽。　正好候館蕭閒，竹軒梅磴，香信來仙桂。應是畸人留剝啄，聊與風塵小憩。晚稻登盤，秋菘薦酒，不盡漁樵意。殘霞繾綣，半蟾已挂松際。

買陂塘

回過藍田，憶張漁川。昔日其姪爲買水田四十畝作歸老計，漁川填詞一闋誌之。後久客竹西，而水田亦已易主，蓋至今二十七年矣。秋宵感舊，賦此愴懷。

念幽人、性耽詩酒，數椽久寄江北。花場月地多清興，祗嘆秦關遙隔。憑鴈翼。幸阿買關情、先作幽棲室。一區可得。儘荷篠春深，帶經早起，歸隱定能必。　年華换，子弟徒勞相憶。椒園杏館虚葺。篋中詞卷空吟諷，孤負當時籌策。霜鬢積。想我亦何時、乞取勞筋息。秋懷悽惻。計勝地蒼寒，昔賢瀟灑，此樂本難及。

長亭怨

過開封，秋帆留飲，酒罷追憶終南仙館中舊雨，惟稚存一人，相顧黯然。時丙午臘月初三日。

正寒夜、六幺聲絶，酒罷歌殘，蠟釭紅泫。如夢如塵，山陽何計寫幽怨？青綾帳外，看猶是、詩囊畫卷。但覺殘年風景異，舊遊雲散。　悽惋。年來歡聚處，常得朝游晚宴。傳柑爆竹，可仍似、終南仙館。况天南絶少征鴻，又誰遞、數行芳訊。便他日重來，已怕恆沙難辨。

摸魚子

有贈二鶴者，畜于佇月廊，未幾鶴病，因送歸化寺育之，以爲他日之約。

看金江、朝來孔翠，無從更睹仙羽。筠籠攜得雙孳尾，點綴畫堂容與。開放處。計梧竹長廊，苔石供微步。一枝堪住。正小埶香茅，時分玉粒，照影對花嶼。　嬉游慣，真可淩雲嘯雨。憮憮又及嘉侶。紅塵只恐銷清興，使伴禪燈佛鼓。君可悟。待逸翮脩成，應和迦陵語。我將歸去。想遥指華亭，連蜷共起，還警海濱露。

應天長

戊申四月，因騐騰越城工，復至大樹園，總戎劉君之仁留飲，時緬酋入貢已抵近關。

蠻江一線，翠嶂千層，又來叱馭登陟。雉堞新成，更爲誅番壯邊色。懷前歲，剩舊蹟。望銅壁、關山路直。榕陰地，下瀨傳烽，噩夢都息。　叢竹尚如初，昔雨依依，猶勞薦青碧酒名。聞説金沙江上，獻琛已馳檄。慶中外，邀平格。正好是、凝香宴客。微酣後，難忘當時，佩刀籌筆。

瑣窗寒

小雪日，泊潯陽，問匡廬瀑布，凍已旬餘。薄暮微雪，陳觀察蘭森使人饋安化芽茶。

斷浦凝雲，孤笳吹葉，吟肩微聳。江潮欲退，留得楚天雲重。又隨風、收帆圍鼓，登登已破船窗夢。只征鴻隊外，依稀如見，珠簾畫棟。　遙空，飛花送。問廬岳蒼寒，懸流早凍。西林鐘動，圓月清光未縱。聽瀟瀟、吹遍殘蘆，此時擁鼻誰人共？喜多情、雀舌貽來，香茗資夜供。

三部樂

己酉夏初，過徐州，叔華來驛舍，剪燭夜談，至漏下三刻而别。

戲馬臺高，是往日雲龍，舊游勝處。重來清夏，又見濃陰滿路。祇是身似浮雲，問斷蓬蹤蹟，也盡難訴。不堪把盞，更聽彭城風雨。　尚聞清氈安穩，道傳經設禮，多依杖屨。黄樓至今猶在，山水如故。好登臨、吟商賦楚。望常寄、長湖魚素。共嗟遊倦，知何日、偕老農圃。

霜天曉角

次東阿，因憶竹垞先生詞，亦賦一闋。

曉日初紅。近名山岱東。指點陳思祠宇，殘碣在，没荒叢。　西峯神女宫。雲雨暗芳蹤。欲聽冰絃舊曲，響清籟，起松風。

解連環　題寒閨吟席圖爲羅兩峯作

竹西鼓吹。恁寒閨蕭寂，别饒情味。應並隨、緑淨芳標，謂徐夫人德音。厭繡度金針，箏調銀字。障了青綾，都安著、筆牀翡翠。把簪花妙格，飛絮清詞，共課幽思。　朝來焚香掃地。對寒銷九九，雪梅初試。嘆彩雲、容易飄零，便寫入新圖，春憔秋悴。此去江鄉，料只是、孤吟山鬼。惹三生、招魂剪紙，蘼蕪清淚。

徵招

春暮，夜寓秦淮，雲深無月，風色瀟然，幾如秋晚。錢學淵、家若農來晤，有作。

鷄鳴埭外彎環水，春餘尚縈桃葉。十載又經行，嘆髩絲重疊。烟波渾是夢，喜小阮、天涯還集。書劍飄零，琴樽寥落，綈袍誰給。　博士少從容，耽古蓺、鄭服兼通鄒夾。苜蓿一槃寒，好著書盈篋。盛衰今古事，且莫怨、秦淮殘劫。明晨去〔一〕、爲寄雙魚，趁進潮風急。

【校記】

〔一〕『劫』、『明』二字，底本中順序顛倒。陳乃乾《清名家詞》卷五所收王昶《琴畫樓詞》，此處已作調整，今從之。

瑣窗寒

題龔半千山水。半千有絕句云：『畢竟山家氣味清，竹牀安穩几寬平。風多閣上無燈燭，瀑水中宵似月明。』半千名賢〔一〕，本崑山人，國初常居白下。友結東堂，半千與山東孔東堂尚任友善，沒後料理詩畫，皆得其力。畫宗北苑，天然高勝。一匳遺墨，常有霏微嵐影。正盈盈、夏日初長，瀑泉翻作冰霜冷。待秋來更轉，銀灣自記夏杪作遠瀉，棲霞高頂。清迥。蒼苔徑。見落葉先飄，是無人境。幽蹊斷阜，誰識此中風景。況如今、香草俱荒，半千有《香草堂詩》。山家氣味又誰省？想夜深、竹密風多，禪心還獨靜。

【校記】

〔一〕名，底本作『明』，誤，因龔半千名龔賢。

催雪　長沙小除夜有寄

石炭凝紅，銀樽湛綠，又是小除時節。看屐齒春泥，牆腰霽雪。不似燕山風景，誰伴取、寒窗還仳別。悤悤燈火，淒淒絃管，旅懷難說。愁絕。最蕭屑。記詠絮傳柑，博山同爇。恁蕉萃天涯，丁香空結。鴈過瀟湘斷也，更難望、京華雲千疊。須盼到、堤柳微黃，小巷纔停征轍。

數花風

辛亥春，過西坪宿。明日爲穀雨，而桃李已謝，風景蕭然。

楝花開處，隴外黃雲千頃。滿篝似慰老農請。竹屋清烟幾縷，山廚烟暝。好乞取、半盤香餅。昔年曾記，最愛粉牆帘影。鞦韆笑語遠相應。此景而今何處，柳稀人靜。料獨有、鳴鳩知省。

西江月　題程荊南松寥山館集

詩卷慣吟樊榭，家居卻對松寥。湘烟楚雨更迢迢。坐愛溪山清曉。　一自吳陵移贈，十年夢斷魂銷。種花常憶舊風標。誰識玉樓先召。

又　元夕獨坐

雪影未消鴛瓦，月明斜上雞窗。少年情思未全降。曾遍花街柳巷。　幾處柑傳羅帕，誰家香炷蓮幢。老來清坐伴殘缸。愛聽鄰鐘微撞。

霓裳中序第一

停空鏡，予在關中得之。鏡銘云：『鍊形神冶，瑩質良工。如珠出匣，似月停空。當眉寫翠，對臉傳紅。綺窗繡幌，俱含景中。』凡三十二字，在篆隸之間，當似蘭成詞意。有謂蜀後主所作，殆未必然。但鑄非一次，輾轉傳摹，故其間字畫少有異耳。

菱花光似雪。誤説蜀宫妝閣設。慣伴鈿箱脂楪。鐫得芳華，詞穠意密，舊情難説。想現影、雙雙清徹。可記取、塗黄傅粉，圓印比明月。　應出庾郎詞筆，只鼓橐、良工頗易。霓裳桂露曾濕，繡横何存，玉輪未闕。勝姻歸往劫。非杜宇、題紅已滅。嬋娟好、樂昌如見，攬袂定嗚咽。

小重山　題儲玉函花嶼填詞卷

屈曲屏山晚寂寥，石牀閑選韻，舐仙毫。茶烟鬢影自推敲。憑誰譜、擬付紫鸞簫。　翠袖按紅幺，詩人猶未老，燕鶯嬌。風懷哂我已全消。香燈裏、吟坐對團蕉。

一萼紅　題九九消寒圖○此圖始于宋代，畫梅一枝，上有空白八十一蕊。法：以長至日曉起挂妝臺左，取胭脂片點脣後，則加一點于蕊中，迄春分盡，凡八十一日。則寒消春滿，紅梅爛然，與窗外梅花隱隱相對，故爲《九九消寒圖》。明弘治年間，秦藩青陽子刻在蘭州，歲久漸泐。吳中女士吳楚霞等重刻此圖，且各系七言一絶，真閨襜佳話也。

展吳綃。見南枝綻雪，珠蕊發春朝。粉蜨誰知，翠禽欲語，羅浮遠夢初銷。臙脂匣、妝臺乍啓，將玉指、微注小櫻桃。爆竹聲中，傳柑節裏，日日親描。　惆悵西秦遙遠，但研朱滴翠，畫筆誰調。雲髻梳成，銀鬟理罷，重摹韻事偏饒。更相約、瑶京仙侶，霑香麝、揎袖染纖豪。留得歲寒風景，常對眉梢。

擊梧桐

癸丑初冬，舟過玉峯，題葉書城《繡餘詞草》，明葉文莊公盛曾孫女，文敏公方靄姪女也。吾邑王編修素巖以駢體序之。

半繭今何在，半繭爲玉峯文敏園，陳其年有賦。留一卷、猶伴青箱黄嬭。柳絮深閨早，同姊妹、終是謝家丰采。小窗聽雨，小樓望月，更寫柔情如畫。多少銷魂地，喜吟罷，尚有解人能解。其配闞宗寬，文學有名。苦憶當年，東家俊侶，已似明妃遠嫁。腸斷書頻寄，風雪路、薄命偏歸紫塞。書城與同里周青禽相善，後流落北方以沒。那及故鄉安穩，熏香擘錦，剩綠窗舊話。又詞林、色絲幼婦，題句瀟灑。

國香慢　夜來香

銅雀臺荒。嘆靈芸久逝，薛靈芸，一字夜來。猶剩芬芳。依稀楚蘭凝綠，珠露微瀼。正值新荷出水，生香處、月上迴廊。晚涼雲髻嚲，數朵拈來，好助殘妝。羅幃風漸逗，想雙鬟墮枕，插滿釵梁。銀絲開遍，此際真伴荀郎。回憶少年情事，今贏得、佛火禪牀。何人再同夢，待與素馨，並供西窗。

百字令

重過修竹吾廬，其前本有詠月亭，今圮。廬額亦素巖編修書，尚存。

吾廬三徑，是玉堂、當日曾題翰墨。菡萏生香花半頃，更有篔簹翠滴。往事全非，前塵空省，都化秋蕪碧。月亭久圮，此間猶挂遺蹟。　相間豆架瓜棚，淺沙流宿雨，難停遊屐。少欲乞漿滋舌本，不見松爐芳溢。鳩杖枝輕，蟬紗袖冷，兼恐新涼逼。草堂資乏，誰爲好事重葺。

曲游春

訪張幻花先生舊居諸勝。先生自華亭移居吾里，釐爲十景，見《青浦詩傳》中。歿後三十餘載，子孫零落，十景分與比鄰。同人攜酒過風漪草堂，有殘荷數十本，餘地則皆屬之市賈所居，感而賦之。

白髮人重到，認陂塘三畝，鷗鷺來往。憔悴殘荷，共風梳露浥，蒹葭蕭爽。好景誰知賞，齊歸與、蛩吟蟬唱。看幾番、挂壁蝸涎，盡染畫屏書幌。　此外亭臺下上。又零落芸籤，都付宿莽。記得從前，有清流相訪，題襟撰杖，髣髴柴桑巷。今賸得、蘋花敗舫。苦將詩卷重開，舊游難忘。

木蘭花慢

訪江橙里西磧山房○西磧在鄧尉灝湖處，明李長蘅欲作六浮閣未成，而先爲圖以志之者。橙里置山房，僅三十年。今訪之，竟無能指其處，蓋又爲山農所占矣。其南卽騰嘯臺，石壁皆廢，但存湖南精舍扁，爲明僧德清所題，繆修撰彤八分書之。南望漁洋、法華諸山，縈青環翠于風帆沙鳥間，而久無游客，所謂『吾笑吳人不好事』，更可感也。

望澄波烟水，翠嶂遠，遍西南。儘隖曲村迴，峯懸徑仄，香雪重嵐。曾聞竹西詞客，結茅茨數架俯沈潭。喜帶竹爐茶竈，并攜筇杖蒿簪。　何堪。過眼似優曇。往事與誰參。但傳說檀園，六浮未作，空記崇巖。畫圖久經零落，任樵兄漁弟作叢譚。剩有臨湖石壁，法書猶染柔藍。

酹江月

家鄂舟將返南潯，袖出新詞見示，吟諷之餘，念其吳越薄游，心情寥落，殊黯然也。

兩番過我，恁悤悤、空向荒齋留宿。落魄江湖知尤甚，誰省生涯煢獨。袖裏長牋，燈前小令，石帚真堪續。寒宵雅集，一樽共倒醽醁。時衢州戴金谿在坐。　自愁臥病經秋，茶烟藥裹，枉撰《歸田錄》。殘雪孤篷還相送，聞少杜陵茅屋。乞米無從，牽蘿有恨，時寓居外家。難盡愁千斛。春來且約，清游同飲山淥。予將有道場青弁之游。

步月

梅村爲弇州子士騏故居，亦卽弇園遺址。吳祭酒復作樂志堂、梅花庵、嫣雪樓、鹿樵溪舍、榿亭諸勝。秋日往訪，則頹垣斷礎，僅有存者。裔孫履文出遺像見示，感而賦之。

承露盤空，臨春閣圮，前塵多少荒涼。不堪故里，本已歷滄桑。指瘦榿、霜高少葉，認殘梅、雪盡猶蒼。空傳說、水天閒話，綵筆重宮坊。　茫茫。玉京去，湘絃留怨曲，腸斷清商。尚餘遺挂，不似在巖廊。溯蕭史、魂銷北地，念家山、淚盡南唐。傷心處，一樽重爲炷名香。

雙頭蓮

題王弇州《虎丘觀月圖》，同游者爲錢罄室，而張君度圖之。

歸自瀟湘，便桐帽棕鞵，山塘遊賞。綠陰薦爽。澄霄外、漸見嬋娟旣望。菰蘆小友偕來，對花宮雲幛。郎當響。鶴澗微行，不藉徵歌傳唱。　層層墻影橫斜，愛茶牆酒市，殘燈猶上。清幽誰狀。但憑取、妙墨纖毫相仿。回憶經閣祇林，皆弇園內名勝。嘆名園宿莽。喜蕭齋，一幅輕綃，千秋神往。

孤鸞　曇陽仙子祠

靈旗香火。是小閣伶仃，仙姝婀娜。夙世塵緣罷，事驗三生果。風前六銖衣薄，尚依依、髻雲偏左。應與西池南鶴，待平分仙座。　記琅琊小傳曾親作。想稽首飛鸞，宛同薩埵。竟趁飆車去，見畫圖流播。《弇州四部藁》有《曇鸞大師紀》。尤求有《白日升天圖》。落花久經夢斷，又臨川、誤傳珠唾。試看名賢往昔，著詩篇唱和。湯若士有『花妖木客』之曲，論者嚣然。然竹垞《詩話》已力辨之，而吳梅村、陳確庵皆有《過曇陽道院》詩，並無譏諷，則其爲誣罔無疑。予撰《太倉州志》，石君中丞時在安徽，寄書來辨，故今祠中聯額，爲中丞手蹟也。

露華　題婁江閨秀陸琳牡丹

調脂殺粉。是傳得閨襜，纖玉親運。零落繁華，偏許鼠姑獨趁。重重姹紫嫣紅，不使韶光易盡。閒窗啓，翠豪拈來，還寫妝影。　春殘尚剩春信。與芍藥將離，綠堦相引。濃豔幾枝，誰似徐家風韻。定知描罷吳綃，羅袖淚痕偷搵。婁水曲，何繇并瀉幽恨。

百字令

竹垞太史客津門時，曾倩曹秋厓畫《竹垞圖》長卷，李武曾、高澹人諸君咸有和作。伯元閣學令工臨之，屬予追和，攜至鴛湖道中，爲填此解。

鴛湖放櫂，正春殘、兩岸楊花漂泊。一卷生綃重畫取，彷佛前賢栖託。茆屋彎環，蓮漪澹沱，空負幽居樂。潞河羈旅，潮生還看潮落。　料得投老歸來，叢篁影裏，昔雨同絃酌。記向竹西頻話舊，惆悵苔荒井幕。耆碩凋零，雲礽衰謝，喜更開丘壑。丁丑、戊寅間，余與稼翁先生同寓邗溝，又與伯承同年同官陝右，時語南、北垞蕪廢，悵惘久之。今稼翁早歸道山，伯承下世亦十餘年，而伯元能修復之，是可喜也。他時過訪，青鞵還躡籬角。

綠意　駱佩香畫白芍藥小幀見贈

橫斜小朵。是沈香別種，初放瑶圃。似有幽芬，隱隱生來，不到鬧紅深處。豐臺春杪曾遊賞，也誰見、者般眉嫵。想愛陪、萼綠妝樓，懶把胭脂輕注。　坐對遠山浮玉，曉窗涼似水，仙管容與。埽盡鉛華，自寫孤標，誰分鶯歌蝶舞。采蘭人去尋芳徑，只留伴、生綃翠縷。知良宵、月冷風悽，芳淚頻霑清露。

遠朝歸

歲云暮矣，倪米樓自錢塘來訪，留宿村莊，翦燈話舊，所謂風雨鷄鳴，不覺悲喜交集者也。

鴉陣嘑寒，正催作去、殘年雪意。橋横踈柳，不分仙舟來檥。相看一笑，還帶西泠風味。長檠底。訴分攜兩載，舊侶天際。　猶憶塵軟東華，在小閣平津，新詞頻遞。雲林憔萃，重話吳城楚水。云有江漢之行。老夫況病，料此後、圍爐能幾。情難已。勸住到、玉梅風細。

金縷曲

題汪對琴《松溪漁唱》卷，松溪在歙縣，蓋以寄其故山之思也。

小舫停波面。正秋深、柳絲如縷，蘋花似霰。彷彿松明溪下路，兼有竹寮梧院。空記得、韶年曾見。久别黄山清夢杳，仗仙毫、一一描東絹。看樓榭，隔雲巘。　羨君本是南都彥。但微吟側帽，鬢華霜泫。久識臨川工述德，況有雙芝蕙蒨？謂兩郎君。更頻進、南陔蘭膳。花月小秦淮一曲，數主持、風雅推專擅。休重憶，故林遠。

湘月

樂圃夜宿。圃自宋元符中朱長文居，其勝詳見《吴郡志》諸書。屢經易主，扁額尚存，池亭猶舊。而當時所營十景，松檜藤竹之盛，無一存者。近爲秋帆制軍購得，地在宅南，將爲他年歸老計，不意病殁楚中，歸喪于此。嘉慶戊午初夏，予宿圃中，俯仰陳迹，留題于壁。

方池碧漲，是元符前喆，退隱親構。往事前塵，步屧處、花砌苔闌依舊。短彴三層，虚窗四面，更入名人手。坊通履道，暮年定可相守。　誰知露電功名，笳簫歸日，空對停貍首。卻倚闌干，新雨過、荷芰田田如繡。璧月猶圓，卿雲已墮，悵望澆杯酒。今宵一枕，夢魂猶繞書藪。後樓五楹，秋帆新建，藏書數萬卷及書畫、石刻之所。

霜天曉角

孫鑑之以秋山話雨小册索題

秋嵐如沐。暮雨連松竹。閑倩練祁俊侣，圖爲嘉定張農聞作。拈筠管，寫僧屋。　此間三友足。酒香兼茶熟。幾許巴山清話，小窗裏，剪殘燭。

青衫濕　題女史汪畹玉畫扇

秋蘭零落芳魂杳，誰賦楚詞招。一枝斜倚，分明悽怨，露冷香銷。些些渲染，黄添鞠蕊，紅暈梅梢。攜來便面，畫眉窗底，彷彿纖豪。

浣溪紗

帶得餘杭玉屑來酒名。紗幮團扇共銜杯。捲簾燕子正雙歸。斜日有花開白萼，斷雲無雨潤黄梅。西山隱隱聽輕雷。

掃花遊

己未九日，同張翼庭、錢同人從孫縪如游横雲，并佘山知止山莊，回船月朗，因共填此解。

雨踈風細，是作出重陽，登高時候。已招勝偶，放扁舟穿過，斷蒲衰柳。路指横雲，苦被雲遮翠岫。登岡阜。恁緑野平泉，多剩荒甃。時王氏懷清堂、張氏宿雲庵俱廢。東去訪苕帚。喜金粟初殘，玉蓉如繡。高風難又。仲醇故宅白石山房、苕帚廬皆在其左。嘆詞場詩座，早歸烏有。蘭櫂纔移，忽見銀蟾影瘦。同斟酒。祇孤負、持螯左手。宋詩：『天生左手爲持螯。』崑山朱厚章亦有此句。時予戒殺，不用團臍，故云。

雪獅兒

吴江郭祥伯於友人得蝨書一紙，空處皆作蜨形，鬚翅連蜷，宛如粉墨，裝成小冊，屬予紀之。

漆園醒後，無蹤誰識，畫衣猶潤。蝨簡殘來，剩有佛龕友人别字能認。柳嬌花嫩，似未減、黏香傅粉。宛春日、羅帷開處，避風斜趁。　脈望休嫌太忍。恁零星餘紙、轉增丰韻。展向書窗，不怕圓睛偷進。裝成小本。儘銷得、佳人餘恨。憑配準。再剪祝英臺近。

玉京秋

庚申八月二十日，敷文書院講德齋前桂花盛開，與邵升泰、吴梅梁、李光甫坐花下，夜半而散。

秋香馥。桂花著新露，正開金粟。風迴小扇，涼生單縠。晚集蕭齋俊侣，愛銀蟾，休剪銀燭。幽情足。呼來冰盌，共傾芳醁。　連日編珠綴玉。定無愁，青袍立鵠。時方鄉試。況此宵梧陰閒聚，茶鐺棋局。賦楚吟商，算好景、仍似西窗夜讀。寒蛩促。終遜後堂絲竹。

西江月

柳圃時聞犬吠，莎階已絕蛩鳴。西風落葉上衣棱。陡覺薄綿衫冷。　橫卷已收黃鶴，長箋猶看青藤。明蟾如到小窗櫺。不怕書齋秋暝。

綺羅香　清風閣同人祭太鴻徵君

雉堞連雲，虹闌印水，香火又開禪宇。見說詞人，零落尚餘桑主。刻商羽、舊譜猶存，問雲礽、故廬何處。算朝來、留伴涪翁，小窗相對尚應許。　往時況有鴛侶。還踐雙棲約，松龕移住。貝葉蒲團，勝似孤墳秋雨。從此溯、北郭清風，也不羨、西溪古渡。還須向、桂魄梅魂，瓣香陳綠醑。

霜天曉角　題溪山秋霽圖

泉枯木落。翠壁清如削。人在斷橋深處，知倚杖，曉行樂。　林壑耽寂寞。草堂隱叢薄。欲寫空山幽致，琴可抱，倩菱角。

聲聲慢　爲張金治題紅椒山館長卷

只談風月，宜著山巖，卷中雅興誰同。家在城西，名園水石玲瓏。鶴沙舊蹟已渺，埨射園爲許鶴沙宫詹故宅。剩後賢、小置房櫳。山館外，有竹凝烟綠，椒綴霜紅。應是名如蕚綠，李長吉詩：『本是張公子，曾名蕚綠花。』恁宫花苑柳，不愛春叢。領略清秋，偏耽茗椀詩筒。憶曾攜笻過訪，眺雲林、埨影重重。甚時再點書鐙，還聽夜鐘。

清平樂　題陶寧求紅豆相思卷

無人采擷。留伴閒枝葉。只待同心雙綰結。領取相思親切。絳雲樓閣消沈，錢氏山房在虞山。東禪舊巷誰尋。惠氏山房在東禪寺。好與紅兒記曲，蠟珠垂處微吟。

探春慢　瀞綠樓聯句

幺鳥穿林，疎蟬抱葉，人在翠雲深處德甫。拂地簾低〔一〕，鋪池荷小，銷盡人間煩暑寧求。篩亂斜陽影，被一徑、檀欒遮住德甫。水窗占得風多，細香吹上詩句寧求。俯仰偏愁日暮。記白袷烏紗，東華塵土德甫。棐几橫琴，石闌點筆，且領此中幽趣寧求。一榻追涼好，華胥引、夢魂飛去德甫。喚醒芭蕉，綠天幾點疎雨寧求。

【校記】

〔一〕拂地，王昶《國朝詞綜》二集卷八、陶樑《紅豆樹館詞》卷三作「漾地」。

三姝媚

孫雲鳳及妹雲鶴，孫令宜女，有《春草閒房》、《侶松軒》兩詞集，取法南宋，風韻蕭然，而所適皆不偶，故多幽怨語。其第三妹□□亦能詞，猶是匏瓜無匹也。令宜爲予辛未禮闈取士，官至四川按察使，歸卒錢塘。許周生以其詞見示，琢此題之，使留心彤管者共知憐惜云。

三珠誰得似。想風月湖山，深閨連理。滴粉搓酥，向西泠並作，掃眉才子。減字偷聲，近稍播、茶檣酒市。豈料前生，五角六張，紅絲誤繫。　常向蓬窗憔悴。羡徐悱多情，秦嘉上計。咏雪中庭，又孤鸞獨舞，季蘭小妹。鏡約荒涼，只恐老、青裙縞袂。應付蜀鵑訴怨，夜啼清淚。第三女，令宜按察蜀中時所生。

瑤華慢

山礬本名瑒花，取其葉和以礬，染絹則嫩黃，色極佳，故山谷更以山礬名之。南海普陀，此花最夥，梵語小白花也。蒲褐山房池上忽見此花，高四五尺許，幽素香潔，蓋吳中所少。

水仙久謝，梅葉初垂，又輕花點點。蘭碕竹塢春已去，常有異香掩冉。涪翁使在，便喚作、弟兄何忝。正香光、欲證莊嚴，尤喜風迴曲檻。　芳根本出海南，常潤擁慈雲，遥對瀲灩。品占雪月，更何論、縑素嫩黄能染。優曇散盡，卻好配、旃檀閒澹。當不減春桂微芬，吹上書牀鉛槧。《本草》云：『有草本山礬，一名春桂，能辟書蠹。』

乾嘉詩文名家叢刊

張寅彭 主編

王昶詩文集（三）

蔡錦芳 點校

人民文學出版社

春融堂集卷二十九　賦

固窮賦

嗟浮生之靡託兮，等孤雲之無依。掩蓽門而塞甕牖兮，獨廓處於河麋。幾三旬而九食兮，雖乞米其焉施？既噓爾之弗屑兮，守季女之斯飢。視種種之橫目兮，僉酣豢於輕肥。曾不如肖翹而喘耎兮，迺自獲其生機。矧四時之平分兮，遘懔秋之爲厲。玉衡行指夫孟冬兮，覩百卉之具萎。先肅之以寒露兮，又嚴霜之堪畏。槁葉慼其盈階兮，亦蘭凋而菊悴。孤螢咽而不明兮，征鴻斷而遙唳。風堀堁以勃鬱兮，將墐戶而何濟。羌捉衿而見肘兮，亦納履而踵決。顧懸鶉之百結兮，想焚糠其無術。肆虐發之日甚兮，復因之以痼疾。彼水帝子之不肖兮，莽憑陵而難詰。午則墜於淩陰兮，夕又爇之溫室。入膏肓而見濕灰兮，魂煢煢而若失。念送窮而莫之送兮，欲驅鬼而無由驅。夜輾轉以反側兮，尠徐徐而于于。有裹飯之良友兮，乃睽隔于一隅。盍問天而搶地兮，泄衷曲之煩紆。惟高堂之聖善兮，勗好修以爲先。曰大造之凴生兮，詎榮悴之有偏。曲肱適以樂孔兮，陋巷乃以鑄顏。釜魚稱于史雲兮，瓜牛傳於孝然。苦節奚不可貞兮，在義命之所安。謹長跽以受教兮，忽形開而神釋。企先民而見程兮，甘寒士之失職。覽圖史之盈前兮，激歌聲於金石。日味道而飽德兮，勉藏修而游息。掃俗情之轇轕兮，還沖襟之淵默。永積雪而斵冰兮，媲歲寒於松柏。

陸機宅賦

望秋巒之婉孌兮，溯谷水於五茸。紛叢林之晻靄兮，亘浦溆之交通。想昔賢之厝此兮，構軒宇之龍嵸。嗟歷年之久遠兮，漫烟草與霜蓬。西風颯其飆舉兮，軫弔古之盈胷。惟討逆之乘時兮，繼紫髯於江汜。挺公瑾之雄烈兮，佐以魯呂之英偉。暨昭侯之父子兮，更鷹揚而虎視。及柱石之淪亡兮，數乃終於天璽。伊二俊之篤生兮，鍾邁世之奇姿。曾筮仕於牙將兮，固宜閔恤於黍離。何單車而入洛兮，覬壯武之見知。苟隱肆以狎侮兮，盧志逞其嘲譏。覩暴朝之昏亂兮，寧不悟往者之已非。感濡沫於成都兮，抗皇輿而弗察。美南征而作賦兮，兆牙旗之忽折。長史蔞菲於前兮，閹豎從而詆訐。踐妖夢于黑幰兮，寄悲思於白帢。惜棣萼之同歸兮，違保身之明哲。彼夫念家鄉之景物兮，有步兵之先還。顧榮勗以引退兮，孫惠詔以辭權。知道家之所忌兮，尚統率夫師千。雲蒙蒙而晝曀兮，雪平地而䨲䨲。懸圃隕其積玉兮，空行路之銜冤。聞墟墓之可尋兮，封馬鬣而未燬。何書堂之久傾兮，罕遺基之可紀。段天祐詩：蕭條讀書處，遺跡尚堪尋。緬積學而閉門兮，互參稽於道蓺。允龍駒而鳳雛兮，慨功名之爲厲。鶴唳慘其難聞兮，問黃耳而誰寄。固才地之未可憑兮，詎時艱之易濟。羌捷徑而窘步兮，掩予襟以流涕。庶後來之可鑒兮，謝縈情於膴仕。

聖駕再幸江南賦謹序

蓋聞洪鈞運於穆不已之功，至聖懋日進无疆之德，於是省方設教，有孚惠心，勿憚再三，以綏我婦子，以穀我士女。故崇禧茂典，銘金石，播雅頌焉。鴻惟我國家參天兩地，久安長治，皇上純熙大介，登三咸五，大庭栗陸之紀，蔑以尚諸。茲又再舉時巡，纘祖烈，廣慈惠，軫輿情。和鑾將駕，海隅日出之邦，疇不山呼草偃、重逕天子之光？矧臣釋褐通籍，霑被優渥，宜與春禽時鳥蹈詠盛軌。昔司馬相如、崔駰鋪張美富，或失之靡，今臣作賦一篇，上獻行殿，雖未踵趾前哲，要以其事實、其文質，庶幾導揚至德要道，風示海寓，用徵信於萬禩。

惟我皇上御極二十有一載，歲直丁丑，六宇寧謐，八荒康阜。一莖六穗之瑞徧封圻，雙觡共抵之祥育林藪。諸福之物，鱗至麕走；昭示嘉貺，溥及九有。於是南都黎庶，人足家給，謂曏者歲陽重光，歲陰汁協。我皇上乘元正，布先甲，用奉懿懽，以纂祖法。展義巡方，上紹鴻業，湛恩霶霈，若風渙而雨集。爰計其時，六載而匝，蚩氓日夜延矚，而尚未見新命之浹也。敬稽聖祖六幸江鄉，蓋俯念我三吳士庶，情殷於瞻雲就日，而志篤於揚烈覲光。是以省方鉅典大書不一書，百姓呀呷踊蹈，匍匐奔趨，仰日月之光華，浹雨露之膏腴，迄今父老傳述，猶津津輔頰而勿渝焉。矧聞古有虞氏，五載一巡，徧於方岳，蒼姬御籙，厥數維均。茲距辛巳，正翠嬀再巡之辰，宏庥大典，曠然弗陳，羣志曷以慰，而下情奚以伸？且我皇上豐功駿烈，萬倍邃初，惟準噶爾鑿齒窫窳，濟惡蠢動，宥死稽誅。邇者吳巴什眾懷仁送款，命偏師以驅之，阿睦爾撒納走殪，達瓦齊就俘。今茲二萬里外，皆列我戍邏，纛旂不極，威稜遐播，西濛屢捷，聞於江左。我百姓冀於車塵馬足間，申愛戴而致祝賀也。稽首大吏，蘄以上聞，於是帝心俞，頒絲綸，擇攝提格月，青龍在寅，載觀二男五女之盛，重莅乎三江五湖之濱。維時盛德在木，日麗奎宿，東風解凍，律中太蔟。天子由青陽，颺金奏，奉安輿，頌慈壽。鸞輅陳，蒼龍轅。先貸積欠，協布德和令，行慶施惠之隆；繼陳烟火，示璇闈錫福，同民偕樂之懋。由是望於泰岱，禮於泉林，厘孫家集之漫溢，濬荊山橋之深潯，閱中河而魚龍攸伏，按蔀屋而鴻雁無吟。登乎安福之艫，濟乎清淮之浦，臺既經乎文游，寺亦陟夫香埠。天寧之僧梵遥聞，平山之官梅欲吐，松寥浮玉胥，浪細而波融，瓜步京江，更風恬而日煦。攬曲阿之烟巒，睇蘭陵之雲樹，爰戾止於姑胥，駐九斿之容與。懿此名區，首標虎阜，石湖遠而挼藍，支硎近而擢秀。穹窿則琳宇淩霞，光福則玉花盈岫，閣因聽雪而淙潺，榭以臨湖而延袤。忽萬笏之參天，緬名臣之如覲。表高義之名園，勗流風於惇厚。迺句吳之舊俗，率侈麗以相先。閭里以紛華表愛戴，牧守以藻飾明恭虔。瓊楣鉛砌，玟碣雲栟。結綵繩之紼纚，懸文繡之聯緜。樓三重以晃朗，鐙五色而翾躚。合六街以鼇忭，擁天驥而弗前。抒媚茲之積愫，洵繼盛而爭妍。

於是乘輿臨之，穆然有深計焉。謂綺麗弗可日增，而豐稔弗能屢冀也。長吏以愛民爲經，細民以節用爲貴。重農桑斯衣食盈，甘儉樸斯日用遂。布帛菽粟立其恆，孝弟廉恥厚其治。凡所垂訓於臣民，一如初巡之深至。維時祥霏藹藹，靈雨其濛。夭桃灼以含潤，垂柳依而嚮風。麥如雲而登壠，秧如毯而抽叢。鳦鳥翩翩於邨舍，桑扈習習於牆墉。慈闈俛視以色喜，宸襟遐矚而意沖，將徐次于於越，逮醲化於淛東。蓋禮樂制度之咸正，量衡律度之綦同。茂典媲古而益晉，殊恩較往而彌崇。斯擊壤謳吟所莫罄，而珥筆賡颺所罕窮矣。乃復系以辭曰：

粵惟揚州，厥土泥塗。厥賦上上，神倉是輸。厥性柔順，愛戴是孚。厥情侈麗，以博歡娛。昔頌仁祖，恩澤之濡。近仰文母，福德之敷。六飛戾止，曰紹鴻圖。呼嵩戢戢，奉璋于于。和風甘雨，溢於亨衢。五載以徧，仿彼有虞。於萬斯年，其永斯模。

精理亦道心賦御試

惟一原之渾合，涵萬有之粹精。擷其華貴，博珪璋於文府；窺其祕宜，闢奧窔於靈明。厥彰厥微，默契直孚於穆沕；爰清爰靜，淵懷潛貯夫菁英。導厥迷津，既愚芚之忽破；通其幽鍵，乃純懿之徐呈。證乎心源，接寶筏而隱生其趣；澄乎心鏡，索玄珠而曲會其情。游目有資，在返性真之蘊；沖懷所達，必緣考索之誠。粵以延年，能參微旨。因朋舊之贈言，抒性天之妙理。課虛責有，非芒芴而無憑；極渺窮幽，豈散殊而莫紀。撫行生之稠疊，俱肇洪鈞；攬品彙之紛綸，胥宗泰始。化以迭出而互形，意以追尋而同軌。得言忘象，可徵橐籥之開；卽境會情，寧藉筌蹄之指。是則理因紛錯而寄其端，心以明睿而融其迹。眾形未集，心儲理而泯於希微；羣動初乘，理印心而彰其順適。含妙有以恆凝，賁虛無而不隔。存存靡間，惚恍而遂躍其機；皎皎常清，要眇而自藏其宅。息心以還真宰，辨奚取於惠施；攝心以養天和，力何須於椒亦。得諸妙領，彌徵動靜之宜；休乎泰鈞，各見智仁之獲。

蓋以理本心涵，理由心造，探之而宛接乎真機，研之而始親夫至道。神行官止，心樞洞徹於鴻濛；

虚往實歸，心體普同於蒼昊。一以貫者，旁暨無垠，賅而存焉，皆堪自考。參象外而其義非懸，得環中而其光可葆。何思何慮，町畦聿化於淵襟；無臭無聲，囊括攸歸於沖抱。彼夫晉宋間之名理，本異聖賢人之操心。守寂則遡道流於《雲笈》，譚空則覈釋典於《珠林》。蘭碩夙標夫虚勝，茂遠遐肆夫研尋。輔嗣清言，希蹤簡曠；真長超詣，極意遙深。雖託崇情以高駕，實憑幻悟以居忱。遊乎其樊，止屬妙心之獨運；託乎其域，豈知大道之可欽。況乎聖德光昭，皇仁和煦。心則符乎允執，上接唐徽；道則協於蕩平，其遵周路。松庭端拱，廣運被於要荒；蒿室垂旒，基命形於頌賦。奉三無私而錫福，克通易簡之根；建五有極以訓行，丕衍圖疇之數。洵垂理學之真詮，用大心傳之要務。固將儕皇古以同倫，又何有詞人之足慕？

進次賦

違嶓江而西逝兮，羌禹跡所未經。踰絕險以千里兮，復進壁乎岧嵉。鶾雞鳴而蓐食兮，把長劍兮余將行。踐盤盤之犖确兮，俯萬仞之如硎。伏戎潛而詔嘯兮，營窟穴以隱形。顧槍櫐之枝格兮，渡澗湍之騰沸。登參天之峻阪兮，亂石崩以匝地。馬哀號而不前兮，鞭屢施而屢躓。盍摳衣而振余步兮，驟北風之淒戾。屯雲紛其交會兮，羣峯窈冥以晻蔽。霏密雪之刁騷兮，咸酸眸而結氣。春冉冉其將暮兮，何鷸發之猶厲。眾卉蕪穢而未拆兮，藥木萌而仍閉。土膏闕以弗生兮，洵瘠壤之可棄。徐登頓於山顛兮，孯周陆之横從。山層疊以巀嶭兮，雪嶂春而弗融。巒硐宛其巃嵸兮，後夫窮而終凶。走礉雷之隱轔兮，佇大師以乘墉。緊梁州之絕徼兮，在唐宋爲吐蕃。人跳踉而工鬭兮，性狙譎而凶頑。使蠶食之弗圖兮，將封豕之爲患。茲王旅之義征兮，策永固夫屏翰。順取逆而大取小兮，奚藁街之不早懸。軫三軍之暴露兮，匪一身之足嘆。惟禮經之明訓兮，戒登高之懼辱。彼樂正之守身兮，尚下堂而傷足。遵危涂於九折兮，景王陽之跧局。余獨輾轉以遠邁兮，悲嶮巇之頻復。親舍渺其敻遙兮，白雲望而盈矚。歸旃廬以塊處兮，忽涕洟之相續。

夏雪賦

嗟歲序之奄忽兮，驟孟夏之恢台。何殊方之詭異兮，間羣嶺之崔嵬。曦景失夫炎燠兮，雨露鬱其條諧。羌朝霰而夕雪兮，積冰玉之皚皚。朔飄憯懔以時作兮，雲霧閉晦而長霾。悲余處此戎幕兮，吹鑪灰以自擁。裘蒙茸而再襲兮，詎纖絺之可用。我姑酌彼苦酒兮，融四肢之寒凍。乃徘徊而審其故兮，茲方屬於坤維。曰履霜而堅冰兮，維初六其占之。紛卦氣之凝冱兮，歷長嬴而弗移。疇揚庭之可夬兮，草木遏其葳蕤。緬氐羌之性習兮，冒凜烈以自若。恐諸軍之久役兮，鐵衣冷而難著。辨色起而築壘兮，暮周阹以鳴櫜。聚燎火不得溫兮，仍手足之皸瘃。藁街其庶畨縣兮，殄氛祲於戎索。詠霏霏以來思兮，匪挾纊而足樂。雖嚴威之中人兮，亦奚啻陽和之迴薄。

臥龍岡賦

奉英簜而南注兮，跂長岡之緜亘。淯水滮滮以東流兮，豐山嵯峨而西映。聞伏龍之所臥兮，留昔賢之名勝。緤余馬于山之阿兮，尚瓣香而致敬。嗟炎德之將熄兮，宗衮溷于龍蛇。天實錫以良弼兮，乃應運於瑯琊。初薄游於襄漢兮，復隆中以爲家。寄長吟于梁父兮，恆抱膝而咨嗟。緊出處之純正兮，邁古今而寡偶。豈管樂其能羣兮，固將與伊呂而爲友。感三往之殷勤兮，爰委身而援手。先奉辭于危難兮，繼徐圖夫戰守。稔西川之阸塞兮，廼高祖之舊都。富庶等于中原兮，聯滇僰與彭盧。出三巴而彰九伐兮，巾幗已瑟縮而趦趄。何星芒忽隕於郭塢兮，宿志終菀結而難舒。緬西南之遺蹟兮，永民夷之傾慕。惟南陽之草廬兮，更流傳于行路。望棟宇之崔巍兮，仰冠裳之軒翥。想澹泊以明志兮，久曠觀于時數。出片言而決大計兮，定三分之統緒。洵儒者之氣象兮，識宗臣之偉度。維時日之在婺女兮，冰雪皓以迷漫。嚴飆聿起而淒厲兮，響松柏之巑岏。雲旗儼其來下兮，似恨王業之偏安。欲陳詞而慨慷兮，紛涕泗之闌干。

三高祠賦

爾其灘名釣雪，橋亘垂虹。笠澤西來而擅勝，具區南注以朝宗。竹塢蓮塘，是逸士棲遲之地；魚簾蟹籪，留前賢寄託之蹤。緬三高之遺址，激千古之清風。

當夫霸越功成，沼吳業著，知烏喙之難同，表鴟夷之雅素。千金屢散其貲，三徙奚妨自汙。已徵貨殖之才，仍矢幽居之趣。睎伍胥之樹梓，差保功名；慨文種之乘潮，空張憤怒。

又如典午啓釁，秋風欲徂，指銅駝于西晉，懷鱸膾于南吳。攜手同行，邀良朋而未遂；考槃在軸，驗王室之終蕪。託首丘而作賦，聊盃酒以爲娱。

至若兵燹西京，羽書南國。謝書佐而弗居，號天隨以自適。漁庵漁具，別擅生涯；樵叟樵家，頗耽荒寂。田園可樂，兼栽顧渚之茶；篇什時吟，遂結松陵之集。

懿茲真隱，本不同時。志豈耽乎忘世，識皆炳於先幾。匪高名之足慕，因勝地之可依。歷數朝而清標互映，雖異地而雅尚堪師。是以石處道圖像以祀，趙伯墟建堂以移也。夫其俎豆長新，香鐙相屬。寒谿波漲，座對鳧鷖；古砌春濃，牕圍藤竹。招魂而欲仿《楚辭》，伏臘而猶傳巫祝。鬚眉儼在，猗歟物外之姿；簪紱何加，胥矣塵中之躅。宜其羈人遠宦，瞻榱桷以躊躇；釣叟罛師，薦蘋蘩而往復。矧乃素商已屆，碧露將盈。荷芰餘香而未歇，蒹葭作雪以交縈。感緇塵之欲染，景素履之恆貞。風馬雲車，敢締烟霞之契；筆牀茶竈，庶尋湖海之盟。

答翁靜子徵君書

某迂疎狷直，性不能巧言令色，取媚天下，以故所往輒忤。其不至於欲殺者，特幸焉爾。執事知其貧窶，恐自後益窮，教以與世相委蛇，且廣於取友，所以愛某至矣。循誦再三，感繼以歎。

昔孔子論友曰：『事其大夫之賢者，友其士之仁者。』又曰：『友直、友諒、友多聞，益矣。』至於所戒，則曰：『毋友不如己者。』又曰：『比之匪人，不亦傷乎？』其慎且重如此。故古者士君子論交，定爲士相見之禮，合之不可苟，取之必以道。所以在朝廷無利盡交疎之病，在草野有進德輔仁之功。子夏門人問交於子張，子張以爲異乎所聞。蓋張也堂堂，騖於聲氣結納，不知可者與之，與爲友也，不可者拒之，弗與爲友也，非謂衆之弗容、不能之弗矜也。子張援容衆矜不能之道以例友道，是以互持其說而不相入。今朋友道缺絶久矣。賢而仁者，誰乎？直諒而多聞者，誰乎？箴規劘切之誼廢，而佚游燕樂之事作，百取一二焉，如水有防，如農有畔，蘄以稍補學業，非賴以振其窮也。且某年僅二十七，距聖人三十而立尚有三歲，於此時亟取天下端淑嚴正之友，恐血氣未定，猶不免冒貢於邪僻。若冀以佽助衣食，雜然取之，日移月化，必流爲不肖之歸，是所得小、所失者大也。而執事亦安所取之？

夫人言語面目，受之自天，其不嫻於巧令者，非可勉學而能。今天畀以迂疎狂直之性，天之予我綦厚矣，天厚以予我，我薄以自待，其亦與於棄天褻天之甚矣。且抑而行之，殺其廉隅，矯揉磨刮久之不能自制，必將復反故態，於入世終無所效。某早夜自審已久，踽踽然，涼涼然，分爲世唾棄，果無所適，歸於故鄉，求老農老圃以爲師，自食其力，雖飢與寒不悔。非牴牾明教，實以執事知我愛我，故不敢委蛇諧俗也。勉作報書，惶悚不已。

與顧上舍禄百書

使來，辱示新刻《花稿詩鈔》，和而不靡，雅而不哆，甚矣有合於溫柔敦厚之旨也。吳下多才人，論詩必以君爲首。雖然，詩與史相表裏者也。史之體，善者傳之，惡者用以爲戒，故窮奇檮杌，不惜具載於書，以蘄有裨於人心世道。《三百篇》亦然。惟今之所謂詩異是，善者引與爲友，因而有贈答酬和之章，其人不足與，而其名不足傳，則弗見於吾之詩也可。且弗克見於吾之詩，則爲惡者懼，爲庸衆者愧，用以力奮於善，是其所以爲教，與史異而實同。若不論人之正譎賢否，雜然見於吾詩，而贈答唱和之章不能遽有所指斥譏貶，則於美刺奚當焉？吾詩不傳則已，詩苟傳，後賢必因詩以考人，考人而人不足稱，則鄙其人，因以鄙我之詩，且因鄙吾詩之諛，而吾之爲人亦將爲所薄。

今足下集中，凡與唱酬贈答，僕所未知者甚多，豈吳下多有其人而僕弗及聞見耶？抑非其人而足下故游揚之，使附俊民秀士之列耶？昔蘇文忠和王鞏詩，謂使鞏姓名附見於集中。鞏以勳舊子弟，又文采卓越照世，而文忠乃矜慎如此，則不若鞏者，其不肯泯泯以濫登也審矣。蘇渙，反賊也；張珀兄弟，降賊者也，工部皆以詩贈，蓋《草堂集》後人所薈萃，使工部手定其詩，必芟削之不暇，又肯留此以貽訾議歟？足下之詩，既極工精而益求精，必於是審焉。僕魯鈍慤直，輒敢盡言於左右，惟恕之，且因以思之。

與沈果堂論文書

使來，得所示論文書，明白深切，皆可法，而於墓志尤詳。邇者楊文叔、蔣迪夫相繼逝，於時能以古文鳴，蓋非先生莫屬也。某爲此亦有年，竊謂墓志不宜妄作。志之作，與實錄、國史相表裏，惟其事業焯焯可稱述，及匹夫匹婦爲善於鄉，而當事不及聞，無由上史館者，乃志以詔來茲，以示其子孫。舍是，則皆諛辭耳。蘇文忠公不喜爲墓志碑銘，惟富鄭公、范蜀公、司馬溫國公、張文定公數篇，其文感激豪宕，深厚宏博無涯涘，使頑者廉、懦者立，幾爲韓、柳所不逮。無他，擇人而爲之，不妄作故也。

得其人矣，而行文之法又不可以不審。竊謂韓、柳、歐、蘇集爲俗本所亂，如韓之曹成王、劉統軍、權文公碑，皆神道也，而題不具書。柳惟志宗直殯，則直志爾。其祕書郎姜君、襄陽丞趙君、主簿韓君皆有銘，而不書『銘』。及韓之考功盧君、司法李君皆無銘，乃書『墓志銘』，其舛誤如是。至碣與碑同，宜有銘詞，而韓之法曹張君、柳之獨孤君兩文，皆不著銘。獨孤君碣末列友人名姓，與其先侍御神道表同例，蓋皆表也，表例無銘；而韓之房使君鄭夫人殯表，則用韻如銘，其他若鄆州谿堂以序綴詩，汴州東西水門以記綴詞，體制如此錯出者甚衆。今之學者弗參互考訂，而潘氏《金石例》、王氏《墓銘舉例》等書，世亦不復傳習，是以雖號爲能文詞者，每有作輒繆盭不合於古。

足下本經術爲文，以迪後進，又所居松陵，王寅旭、潘稼堂兩公遺澤未艾，必有好古能言之士出焉，誡其毋妄作，必程諸先民，則文字復古不難也。方冬風寒，相見何時，惟千萬自愛。某再拜。

與顧震滄司業書

前聞命，作書致賀，且訊啓行期，既獲手教，則言衰老且病不能行，恐無以塞明主意。伏而思之，惶惑彌日。

昔昌黎與李渤書，具言天子仁聖，年穀熟衍，符貺委至，拾遺公宜疾起與天下共享之。然考憲宗之初，卒䟻於夏，師疲於蜀，其謂四海所環無一夫甲而兵者，特諛詞爾。且是時政刑教化未盡修理，讒佞欺罔之徒往往萌蘖於朝，著是以思起一直言無鯁避之士，出而諫諍枝柱之，若如昌黎言，天下已治已安矣，將無庸拾遺補缺，爲李渤者不起可也，安得以忘世責之？

今國家偃武修文百數十年，三代以下，治安無與爲偶。皇上端拱法宫，方思格神人，誠上下，興禮和樂，因詔徵通經績學之士講求儒術，將擢爲司業，用迪於國子庶子，此正儒者佐理休明之會也，不得以言官比。且唐、宋來取士者，設科無慮百十數，從未以經學甄拔天下士，而皇上斷然獨創行之，其説經之書又選於宰執，登於御覽，令編修檢討及中書舍人繕寫校正，以藏諸内府，重其典者至矣。上重其典而下輕其報，豈賢人君子致身靖獻之道歟？抑又有大不可者。今所用四人中，執事齒最尊，登第最久，係海内觀聽最深，執事不起，則彼三君子皆相顧跧伏，使邁古之曠典缺焉不獲收其效，後世論者必咸指爲執事之故，則累於盛德者更大。相隔數百里，無由躬自勸駕，祈因是書而熟計之，毋以爲高名，毋以爲佚老，脂車就路，則天下幸甚。

與彭晉函論文書

去秋在金陵，承足下一見如舊歡，因得盡讀所爲時文，蓋己山、畫山兩先生後，未有造微極奥如是者。今足下鄙古文見示，然後知足下曩以古文爲時文，今復以時文爲古文也。

夫所謂文者，理與詞已耳，詞非理不立，理非詞不達。爲古文辭必反覆紬繹其理，必旁推交通不致有缺略滲漏，以蘄禆於世教。而時文限之以題，理常有所不可盡，而義多有所不獲宣，甚者乃爲逆探鉤取，若吐若茹，以詫其靈敏儇巧，名爲闡聖賢之言，實於聖賢立言大旨轉相悖戾，蓋其不同如此。

古之取士，或以詩賦，或以經義，體制格調本去古文甚遠，一旦舍其所業，從事於古文，得門而入也較易。今之時文，皆粹然聖賢之理，體制格調多與古文合，且非夙習於古文，時文亦不能以工，浸淫漸漬，久之遽欲以此爲古文，則毫釐疑似之間，愈近而實愈相遠，其故又不在辭在氣，不在理在神。

昔康崑崙請學琵琶於河西女子，令三年不近音樂，乃授以指法。近陳宫詹邦彦少工董文敏書，晚思效顔魯公，及下筆輒復似董，乃以左手作字，冀忘其故習。夫崑崙女子之琵琶，同此節族勾剔焉爾，顔、董之書，同此波磔戈折焉爾。然必忘之而後習之，所謂毫釐疑似，愈近而愈遠，忘之不盡，終無以得其真。文，小技爾，然時文、古文不同者如此，似同而實不同又如彼。惟足下自是絶筆不爲，湛於經史以養其本，久之後達，則取於心而注於手，得其真也必矣。足下於某齒長以倍，乃能數數下問，某敢有所靳？故以聞自先正及心所獨得者，布於左右，且冀足下反之，庶以相長焉。

與夢文子座主薦士書

某行能無似，因鄉試，遂得託於門下。前者至江陰進謁，執事獎許激賞惟恐不及，及覽所獻詩，則又汲汲然稱譽，每篇未嘗不道善也，以爲可進於古之立言者。某生二十九歲矣，自幼習爲制舉義，於他文懵然無聞知，偶爲詩，雕刻鞶帨焉爾。既長，從王次山侍御、沈確士宗伯游，稍知學問之途徑與功力之淺深次第。不幸飢寒潦倒，未獲略有成就，倖得乙科，而執事遽激賞獎許如此，又賦詩四章以贈其行，甚踰所望。

昔燕昭王欲得賢士以共國，先自郭隗始，樂毅、鄒衍、劇辛之徒，從而爭趨之。今以謭陋椎魯如某，猶獲齒於執事之口，則天下士孰不聞風興起，竊願附於門牆之末者？夫古大臣之報國家，首在以人事君，居恆取天下賢士，緣文考行，睎其德之大小，才之長短廣狹，默識之，樂育之，因而引翼教誨之，去其駁而進於醇，以俟國家一旦之用，猶探囊胠篋而出之也。以故所舉無不當，而所任無不宜。雖然，有愛士之心，無鑒別文章之識，則所愛必非所賢。有其識矣，或無其位，與有其位而非以文章爲職業，則亦無由與天下士接，以甄拔其尤。今執事心乎愛士，爲天下第一，又得在上位，適當學政衡文校士之任，而執事之詞章若火始然，若風始發，若川之方至，足以雄視一代。用其所獨得，鑒別天下之士，緣文考行，孰有能溷執事之識者？而天下賢士亦孰不樂於自見，以庶幾於一日之知？且某又受知最先，平日頗有意於人材，敢不悉舉所知，仰慰執事求材之至意。

竊見江南人士雖多，惟曹仁虎、吴泰來、趙文哲、張熙純、嚴長明爲之最。仁虎齒最少，性情謹潔，其詩華贍富有，博士弟子中未有倫比。泰來甲子副榜，嘗爲宿松教諭，不樂，以病乞假歸，益肆力於文詞，撰《硯山堂集》，漁洋之繼別子也。文哲敏穎幽介，不苟求知於人，所作詩研練清婉，要能深探而力取之。熙純貧甚，性乃疎豁忤俗，詩雄放，於擬樂府尤工。長明擅侈麗，善馳騁，作駢體文，能鎔徐、庾及四傑爲一體。若褚廷璋、淩應曾、吴省欽、蘇去疾，皆出羣之才，執事試時可視其文而得之也。

又有嘉定王孝廉鳴盛、錢舍人大昕，孝廉詩、古文悉排奡雄傑可喜，而舍人精史學，通《九章算術》，詩亦寬裕肉好，兩人皆在京都。又以經學名者，惠監生棟。棟，故學士士奇子，經史靡不淹貫，尤深於李鼎祚之《易》，鄭、孔、賈之《禮》。曩黄制府廷桂以經術薦於朝，未得用，今老而益窮。之三人雖不與執事之試，度亦愛慕樂聞者，是以備陳於左右。

昔昌黎言，陸宣公司貢士，所與及第者皆赫然有聲，由梁補闕肅、王郎中礎佐之，而昌黎亦自以侯喜等十人薦於陸暢，且屬其告於主司。蓋人主之望於名公卿，與名公卿之報國家，皆蘄於得士，不在平日之知與不知。邇者學政矯枉失正，謂不知其人而取之，可以免於議論，卒也愈公而愈不得人，於國家奚賴焉？ 某明日偕計吏北上，深惟執事獎許激賞之殷，不敢蹈世人所忌諱畏避，干冒尊嚴，庶垂察之。某謹再拜。

答呂青陽書

某白： 去夏過無錫，謁震滄司業，盛稱丈人淹經學，精算術，博聞强記，盡得石齋先生所傳。 及至金陵相見，上下議論，以爲過於所稱，恨聚處日淺，不能盡發所撰而讀之，耿耿然若魚之中於鉤也。 入春，惠手書，並示《十學薪傳目錄》，驚喜詫歎，又過於前相見時。

伏讀《易義》，旁通貫串，粹然一出於正，而於論井養尤精。 蓋天之立君，理處於不得不然，而聖賢之作之君也，情每出於不得已，故堯之禪舜也必於讓，舜之禪禹也至於避。 夫不得已而受之，明乎非有所樂於此也。 寒者使衣，飢者使食，曶昧者使知禮義，一夫不獲，皆予之辜，而民見聖賢之勞心如此其至，因各以力之所出獻於上。 君十卿禄，卿禄倍大夫，大夫倍士，其勞以次而殺，則其食之也以次而差，率民之所爲報也。 是以唐、虞、夏名『貢』，下奉上之辭也； 商以『助』名，猶以以下助上爲言。 及乎稱『税』稱『斂』，始成自上取下之詞，不知其義起於相報。 是論反覆數百言，實與孟子代耕之義相表裏，廣夏細旃之上，誠不可一日不復此。

至推步之術，自古皆誤於日法四分之疎，無論大衍八十一分，至元一萬分，猶有秒忽纖毫之未盡，積久則漸舛。 自利瑪竇挾西法入中國，其徒湯若望輩述之，專取合朔爲定，蓋發古人所未發。 梅氏用其術，以通於古之曆法，丈人復加簡易徑直焉，於是朓朒之患革，而無憂於贏縮、進退、弱太之不齊。後有考七政者無以易此，視石齋先生《三易洞璣》，有過之無不及者。

某以時文取科第，又因少習詞賦，稍稍爲時所稱，乃不知山林中布衣逸老湛深學業如此，方自愧且悔。今司業年八十，而丈人亦七十餘矣，二老皆在東南，而某復以新除官將赴北，不獲裹糧負笈，假館以卒絕業，愧悔何時而已耶？惟時賜書以教之，則幸甚。方暑，千萬自愛，不宣。

青陽名泰，江西新建人。軀幹雄偉，談辭如雲。余見之年七十餘矣，飲啖兼三四人，目光霍霍然射窗戶。所著《十學》，蓋《易》、《詩》、《書》、《春秋》、《禮》、樂及天文、地理、算術、《說文》也。少游浙東，受學於梨洲先生之徒。入閩，獲石齋《三易洞璣》，嗜之，故其書宗二家者爲多。老而貧，販書，間爲堪輿術以自存活。酒半，輒捋須太息曰：『吾老矣，不能用也！』蓋未能忘世如此。顧司業外，若江寧程綿莊廷祚、淮安程蕺園廷鐄，皆與雅善。尤喜余，見必强留坐語，及夜分不倦。自余入都後三年，聞青陽客於金陵以歿，所著《十學》凡六七百卷，不知散佚何處矣。又六年，朝廷修《續文獻通考》，某以《十學薪傳目錄》示纂修官，編修吴君省欽因爲撮其大略，載於《經籍志》云。丙戌初夏，檢前書，因並記之。

與朱竹君書

昨於魚門席上，論蘇文忠公撰行狀、神道、墓志，雖不多，實大勝韓，足下深不謂然，發聲徵色，坐客至失箸，莫能措一語。僕既歸，酒醒，取蘇集中如范蜀公、富鄭公、司馬溫國公數文讀之，讀已復歎，歎已復讀，既而且讀且泣，恨不生與同世，厠其門牆，以親炙其言論風采也。及閱董晉、鄭餘慶行狀，如嚼蠟，如搖鞞鐸，毫無足感者，以此益自信，信蘇之工。

凡文以傳人也，傳人以厲世也，故《孟子》曰：『聖人，百世之師。』『聞者莫不興起也。』『頑夫廉，懦夫有立志。』文必如之，然後可謂之文。今董、鄭諸人之狀具在也，能使人廉而立乎？能使人聞而奮起乎？以此益自信，蘇勝於韓。

足下必又曰：此非文之故，人之故也。則又不然。夫文以傳人，必人以重文，人不足重，弗作可也。且是時若宣公之篤棐，晉國之德望，西平之忠烈，人足以重文者豈尠也哉？釋此不爲，乃惟鄭與董諸人之爲，毋亦不量其人大小輕重，謂曾受其辟，遽以文與之歟？抑謂次第其官爵勳伐，足以重吾文歟？抑利其諛墓之金，如劉叉所譏者歟？無一而可也。足下謂韓勝者，蓋錮於前人之說，試檢范蜀公數文復之，亦必將累欷嘆泣，信僕之論不謬爾。

夫韓之古質、奇崛、厚重，根柢六經，爲文忠所弗如，且如《書張中丞傳後》，悲壯激發，於司馬遷、班固弗啻也，何文忠之能比。若夫行狀、神道、墓志，文忠乃實勝韓。足下幸毋膠前說。某謹白。

與惠定宇書

日者在廣陵，常侍履綦，得備聞緒論爲幸。至所諭禰字當作祧字，竊按《公羊傳》隱元年秋七月

注：『生稱父，死稱考，入廟稱禰。』疏：『禰，示旁爾，言雖可入廟是神示，猶自最近於己，故曰禰。』又《詩·邶風》：『飲餞於禰。』毛傳云：『禰，地名。』《釋文》云：『禰，乃禮反，韓詩作坭，音同。』《玉篇》云：『年禮反，父廟也。』《廣韻》云：『祖禰，亦姓，出平原，魏有彌衡，亦作禰，奴禮切。又堯廟碑，祖禰所出。』《隸釋》云：『禰卽禰字。』歷考諸書，無謂作祧讀者。惟《說文》無此字，僅見於徐鉉新附字中，故陳澔《集注》云：『讀作祧字。』然徐鉉新附字注云：『禰，古文禰。』亦不作祧也。先生博學多聞，古訓是式，必更有所據，惟幸垂示焉。不宣。

與褚舍人搢升書

奴子從都下歸，知動履萬福，并惠手書，具道小學放絕，欲勸《字學》一書，具訓於蒙士，其意甚厚。按漢法，太史試學童，能諷書九千字以上，乃得爲吏。又以六書試之，課最者以爲尚書、御史、史、書令史。又吏民上書，字或不正輒舉劾，蓋用之審而核之之精至於如此。今則齒於學，舉於鄉者，俾之誦百字，中必有譌音焉；俾之書百字，中必有譌體焉；而刊雕在簡牘者，紕謬疊出。姑以《論語》、《孟子》言之，『親仁』之『親』，本从辛从木，監本乃从立从木。『皇皇后帝』之『皇』，本从自，監本乃从白。『饔飧而治』之『飧』，本从夕从食，監本乃从歹从食。『皞皞如也』之『皞』，本从日从皋，監本乃从白从臯。於諧聲會意之義皆失。至若『欲』之加『心』，『埶』之加『艸』，其失更僕數焉不能終也。外此，經史子集之舛誤，概可見矣。

某常欲綴輯一書，專以《說文》爲本，《說文》所未載，則散附於各部之下，先列音之互異者，次列義之互異者，次列形之互異者，據《說文》以正《玉篇》、《集韻》之失，據經傳以正《說文》之缺。垂六七年，會以官事未果成，而足下奮然爲之，僕可輟不復作矣。

且古無「字」名，有目爲「書」者，《周禮·保氏》「養國子，教以六書」是已；有目爲「文」者，《禮記》「書同文」是已；有目爲「名」者，《儀禮》「百名以上書於策，不及百名書於方」是已。故《漢·執文志》或云《凡將》，或云《訓纂》，率不言字。至漢魏間，而《字詁》、《字指》、《字林》之書乃漸行焉。然則足下之成書也，其名亦庸可忽歟？

近長洲布衣江艫濤名聲，工《說文》之學，見其所書，當與張力臣、陳長發上下，知足下樂得聞之，并以白於左右焉。不宣。

與秦味經先生書

前月在維揚讀邸報，知新膺恩命總典秋官，事與願俱，欣慰無量。

竊聞唐虞命官二十二人，伯禹而外，莫賢於皋陶，而其所專任者士師。周公以叔父之親位冢宰，而所兼攝者司寇。魯有三卿，皆一卿兼二。孔子乃獨爲大司寇，非以其事至重，一不當則民氣夭閼乖戾，上關乎陰陽，故其任之之重，非大聖賢不以畀耶？至漢以冢宰、司徒、司空爲三公，獨司寇不與焉者，蓋以冢宰長百揆，司徒富而兼教，司空則平水土，皆所以生民也。取其生不取其殺，所以示人主之用心也。

今天下治平百有餘年，振古未有，宜若無事於刑，而尚未能致刑措者，豈民之無良歟？抑吏方習於簿書期會，日以法令抉擿其民，於有恥且格之風缺然不講，使民不能感其意歟？皇上之用心，堯舜之心也，今登執事以長秋曹，其以仁明望執事，其以移風革俗期執事也，明矣。不然，發姦擿伏以懲鴟義姦宄之徒，則一二刀筆吏文深小苛者優爲之，亦何庸當世大賢以重其寄耶？伏惟執事推虞周命官之意，上副皇上簡擢之心，以塞天下士君子願望之志，故某之聞命也，不敢以賀而竊有望焉。惟幸而鑒之。

與門人張遠覽書

僕在京師日久，交天下賢士大夫頗眾。前足下下第來見，辭氣清峭樸直，較然有異於眾人，心固已識之。及觀所示古文辭，其意醇，其旨潔，而法度悉與古人合。甚矣，文之似熙甫也。足下以不第歸，來取別，而僕適以應官去，悵惘累日不能自釋。

乾隆初言古文者推臨川李巨來、桐城方靈皋兩公。僕生晚，不得見其人。稍長，始識蔣編修恭棐、楊編修繩武及李布衣果、沈秀才彤，乃知古文淵源曲折所在，四君又先後卒。今之有志乎是者，惟桐城劉教諭大櫆、錢唐杭編修世駿、大興朱中允筠、桐城姚儀部鼐、嘉定錢中允大昕、族兄鳴盛數人，而數人者，業之成與不成，猶未可卜。又得足下奮臂其間，甚慰所望。

夫學古文而失者，其弊約有三：挾謏聞淺見爲自足，不知原本於六經，稍有識者以《大全》爲義宗，而李氏之《易》，毛、鄭之《詩》，賈、孔之《禮》，何休、服虔之《春秋》，未嘗一涉諸目。於史也，亦以考亭《綱目》爲上下千古，不知溯表、志、傳、紀於正史，又或奉張鳳翼、王世貞之《史記》、《漢書》，而裴駰、張守節、司馬貞、顔師古、李賢之注最爲近古者，缺焉弗省，其失也在於俗而陋。有其學矣，騁才氣之所至，横騖旁鶩，標奇摘異，不知取裁於唐宋大家以爲榘矱，而好爲名高者，又謂文必兩漢、必韓、柳，不知窮源泝流，宋、元、明以下皆古人之苗裔，其失也在於誕而誇。其或知所以爲文，與爲文之體裁派别，見於言矣，未克有諸躬，甚者爲富貴利達所奪，文雖工，必不傳，傳亦益爲世詬厲，其失也在於畔而誣。夫以爲文之難，而其所失又復多如此，則有志於古人，不可以不知所務，明矣。

邇者能言之士，數出於東南，中州及西北絶少，然幸而有一出焉，必殊絶於人。況足下有田有廬足以備饘粥，竹樹花果之盛足以供偃息，又有善本書數千卷，爲中州士大夫所罕見，熟讀而深思，博觀而約取，充其學足以接熙甫無難，則不第也不足悲，而歸於其家也益可喜，故趣舉近日之能言及言之而失者，以勉足下，未審足下謂有合否也？西華令劉君，僕同年生，從其寄書良便，幸時惠音問，且以近作見示焉。

答甥蔣瑞應書

四月二日得來書，知吾賢眠食佳勝，且言鄉人中多有譏僕簡傲者，意欲僕和其光，同其塵，頻於征逐，以蘄免於忿憾也。意良厚。

僕生平與人交，親疎在心不在迹。蓋吾鄉之宦於京師者率十數人爾，往時僕爲中書舍人多暇，數日輒過其舍，非有所親也；今或間一二月一見，間三四月一見，亦非心有所疎。且內直之班，上在宮，則日入直；在圓明園，則八日中往直四日有奇。比歸之三日，入刑部署者二，浙江、山西兩司及秋審處案牘繁芿，十數吏以次白事，非抵暮不得出，而聽訟尚不與焉；入方略館者一，《通鑑》、《方略》、《音韻》、《一統志》諸書，問其當進者係第幾帙，已呈總裁與否，校錄完好與否，時有被旨及大臣考核者，必縷舉而覆陳之。稍畢，往經咒館與西僧講論繙譯，亦非數刻不得竟。過是，則又應圓明園之直。其有造吾門而見者，十不得一二，且閱數日乃得往報，以是騰衆人之議。然公事使然，謂僕居要地、恃勢簡傲者，蓋不足與辯。

《曲禮》言『不妄說人』，孔子謂『君子易事而難說』，如以征逐爲說人之具，僕年四十餘矣，方欲仿古人所行，招之不來麾之不去，何肯酒食游戲以希一當衆人之意？且所求說者君子與，說之不以道，君子弗說也；求說者小人與，又何肯舍其正而從於邪，冀小人之無異言也？抑僕之素志，謂士大夫端以讀書學道、砥礪廉隅爲本，今鄉人中好讀書者誰？能學道者誰？放僻邪侈之徒日接踵於坐，未聞有所分別迎距，如是而欲僕和光同塵，長與比昵狎暱，能乎不能？且同鄉如張策時、趙升之、吳沖之輩，僕推獎歎譽唯恐不及，每及門，雖隆冬大暑，未嘗不倒屣迎也。僕之非簡傲明矣！

昔韓文公以磨蝎爲身宮，蘇文忠公以磨蝎爲命宮，僕雖萬不逮古人，往往不理於口，然內返諸心，實無有昔親而今疎者。若以此得咎世人，雖死且不恨，何有於譏？使人臨發，艸艸作答，惟幸祕之。

與趙升之書

不見足下者幾二載，使來，辱賜書，且示以作詞之道，謂當爲古人子孫，不當爲古人奴隸，此非獨詞之謂，凡爲學者莫不宜然。古之人之於詩古文辭，必有所規橅，緣以從入，至於究也，上下千古，含咀藴釀，沖瀜演迤，汩汩然，灑灑然，隨所之以出之，意與辭化，不自知其所自，而人亦卒莫得測其涯略。譬於水合衆山之泉以爲源，源既盛矣，放乎長流，又有諸水以滙之，故能如此也。不然，割裂襞績，句比而字倣焉，是真夷於奴隸已矣。某愚且陋，分不足以與此，然寘力於詩古文也久，將求所爲含咀醖釀者幾焉，未知果能與否？亦冀與足下共進而勉之。詞特其一端而已。承命作序，非敢緩，以足下詞必傳於後無疑，不敢率然以應，幸姑竢焉。不宣。

與曹來殷書

某頓首，九月二十一日遞中得手書，惟尊候萬福，喜慰無似。來書盛稱某詩『奇崛雄拔，當世能言之士無出其右』，殆見僕之屯蹇拂鬱，姑以是相慰藉焉爾。古之遷謫者往往嗟嗟戚戚，若不安其生，思頌封禪、紀功德，因以取後世譏；又或託於逸豫放曠，若樂天之在江州、微之之在通州，徒以詩之富且工往來相炫耀。竊以爲處憂患之道，二者俱非，何則？

人生觸扞文網，雖曰時命，大都自取，天因以降罰使然。因一事發，不因一事起，生平或疵纇多，遂以致此。故自從軍以後，默取二十年來行己處事及性情心術，一一自考驗，始知違悖道理，不可擢髮數。過益省益多，由此益媿且恨，怨天尤人之念尚不以萌於心，矧弄筆墨騁奇怪，與文士爭名譽，其不敢也審矣。某少無兄弟，年四十有六生女一，尚乏子息，家無擔石儲，往時取一第、進一階，必積勞苦乃得之，既得又復摧挫隔閡，使不如意，蓋命之屯蹇拂鬱至於此。去年七月出銅壁關，迄十月抵老官屯，攻剿賊壘，其間歷毒暍，陷泥淖，厲怒湍，踰重岨，險惡萬狀非耳目所恆聞見。是時軍事亟，不暇自顧恤，回憶軍中强悍武士死且十五六，孱弱如某，托先人之積慶，未卽填溝壑，竊幸以爲過矣。痛定思痛，其嗟嗟戚戚固宜，又何心傚前二者之爲，鉤奇鬭豔，以詩文炫耀取譏於後世邪？

且三年中備閱艱苦，精神消耗過半矣。曩時白髮僅一兩莖，今顛毛種種，髭鬚亦有白者。子曰『父母之年不可不知也』，老母年踰七十，煢煢一身，尚在萬里外，誠不如牛醫狗屠猶得具甘毳以備侍養也。每一念至，中夜三四起，魂怳怳若有所忘失。柳子厚云『凡爲文以神志爲主』，如此，乃欲與當世能文之士操觚濡翰，角勝於藝林，非愚則妄而已矣。

今退而處江湖者，有大宗、鳳喈、曉徵、心餘諸君子。足下暨竹君、筠心、白華，復以文學表著朝，著文章之柄，既幸有所宗主，儻緬首悔禍蕆事，某因得以還鄉里，誅鉏草茅，奉老母育子嗣，修身約己以償夙諐，志願已畢矣。固不敢逸豫放曠，亦不敢妄託於窮愁著書也，惟知己審之。秋深，想北地早寒，惟千萬自愛。不宣。

與杭大宗書

某頓首，家書至，得執事去年九月書，責其不當適邊徼，蹈鋒鏑，妄以身許人，以貽老母憂。亹亹數百言，皆引古誼相劘切。執事年七十餘矣，手顫不能作楷字，乃爲某反覆諄切如此，讀之不覺汗之浹於背而流涕之被於面也。

某無狀，以尚書郎典機密，不能杜門謝賓客，與罪人子孫往還，其取咎戾固宜。吏議以後，適大司馬阿公自伊犁還，詔行在，令同事者作書約往雲南，時某未敢許也。一日侍老母，老母泫然曰：『汝父自幼教汝，令汝有聞於時，不幸被譴謫，爲世僇辱，汝不克自湔洗，何以慰汝父？吾聞阿公正人，且吾雖老，尚不至衰病頹廢，汝往依幕府，因得以陳力自贖，未必非汝父意也。汝毋念我。』因誦《燕燕》之卒章曰：『先君之思，以勗寡人。』復相與泫然者久之。於是南行之計始決。《禮》曰：『孝子不登高，不臨深，懼辱親也。』以是樂正子下堂傷其足而憂。《禮》又曰：『戰陣無勇，非孝也。』蓋未仕以守身爲大，已仕以宣勞爲大，道之不同如此。某寡兄弟，又負釁廢黜，雖不敢以守身爲解，與列位於朝者有間矣，於道不必觸冒危險以驚恐老母。從軍之役，蓋出於可已也，可已而終不可以已，推思其故，輒爲之骨愴心悚，神魂飛越，夜寐三四起，媿不可以爲人。微執事責某，固何說之辭？

然謂某妄以身許人，則自有說。昔昌黎從裴晉公討蔡，可謂相得益彰矣；若張建封、董晉，則皆庸陋小夫，不應應其辟爲其使也。僕常病之，是以此行籌之良熟矣。大司馬爲人，宅心恕，謀國忠，莅事簡而有法，樂與迂謹方正之士交，故某不惜危險而許之。若夫公忠不足以揩國是，德器不足以孚人望，歐陽公云『士雖貧賤，以身許人，固亦未易』，詎肯昧昧焉以從事邪？今兵事浸息，某亦意氣消耗，不復能任官守矣。旦夕歸京師，奉老母還於鄉里，當詣西泠六橋間，與執事面悉區區不得已之意。是書到日，想值溽暑，惟眠餐自重，草草復書，慚赧不已。某再拜。

與錢沖齋書

別十日，未審從平彝回省否？頃過廣通，入飛來寺，見有碑陷壁間，蓋明按察司副使池陽沈某書。書中涓翃寺顛末甚具。滇去京師幾萬里，而寺多以中涓翃，刑餘之人冠蓋踵接於道，非以大理石猛密寶井故耶？然則滇之民若吏，坐此累者甚矣。蘇文忠《荔支嘆》『我願天公憐赤子，莫生尤物爲瘡痏』，正以此也。然碑字頗備顏柳法，賢郎嗜學書，搨一本供模寫甚善。相見應在暮春，春寒尚厲，惟自重。不宣。

又與錢沖齋書

居絕徼者三載，兵火瘴癘，無時不與足下同。又蒙念我良厚，所謂異姓昆弟也。啓程匆遽，乃不暇作絜語别，肩輿中回望永昌，有并州故鄉之感，況於二十年舊雨耶？今已抵昆明，見兩賢郎頭角嶢嶢然，殊慰，因以所較《史記》及《圭峯禪師碑》贈之。某此去，於滇無可措意者，獨明公祠未建，頗以爲惓惓。公儒雅清正，誠勇又不待言，猛育之師勢無不可，抉圍出，乃卒以一死謝諸將士，其有功滇南者甚大，微獨以死勤事，於祀典爲宜也。宜刱公祠，奉觀公音保、查公拉豐阿、珠公魯訥等死事之臣配之。其餘陣亡將士以次祔焉。足下在公幕府久，此事固心許之，而至今未果。且永昌、騰越多淫祠，撤其像，加丹堊焉，庸以妥公之靈良便，所費俸錢無幾也。崇忠節，激頑懦，其事匪細，惟冀足下速成之。滇南兵事小休，今又赴蜀徼，一孱且老書生，必欲問關百戰何耶？相見何時，臨紙悽咽，不宣。

與陳絅齋書

使來，見示詩集，古詩勝於近體，五古又勝於七言。其色蒼，其力勁，其氣抑塞磊落，殆數杜陵也歟？磨而礱之，又加密焉，比於杜陵不難。昌黎《贈崔斯立》云『往往蛟龍雜蟻蚓』，蓋譏其雜也。勿雜在純，純在熟，熟非久且漸不能。擇杜陵詩得其尤粹美者，彊記而循誦之，務底於熟，使章句音節一一懸著心目，又尋繹其命意之所在，且加涵養焉，如是而駁雜之病乃除。詩詞雖小道，不可以一蹴幾也，矧杜陵又詩之最精深者？世人務小慧，輒欲弋獲之，無怪僅得其麄犅鈍澀，哆然自號爲杜，而去之乃益以遠。僕不憙人易言詩，尤不憙世人易言杜，正坐此爾。《孟子》曰：『君子深造之以道，欲其自得之也，則居之安，居之安則資之深，資之深則取之左右逢其源。』此非爲學詩言，然學詩而蘄底於精與深者無以易此。惟足下勉之。

與蔣應嘉檢討書

承作《南洺集序》，詞意沛然若有餘，且推挹過甚，讀終篇覺爽然汗下也。作文詞不患不富，要歸於峻潔。曩時以柳州文瑰麗，疑從魏晉人出，今暇時讀之，乃知本於公羊、穀梁子及太史公，瀏然以清，孑然而峭，癯然而堅以貞，傅詞設采，咸有西漢風力。鹿門以配昌黎，良不虛也。足下習而斆之，當日工。子厚《與袁君陳書》『慎勿怪、勿雜、勿務速顯』數語，洞中肯綮。僕雖爲足下直之，何以加此？北還尚無日，幸數惠書，且數以文詞見示。不宣。

與余庚有書

前承示所作詩文，未暇閱也。及取别就道，肩輿中一一讀之。屬對工，比事切，非根柢深厚何以能此？散行文數篇，尤簡質有法。《説文》、《玉篇》，士人不講久矣，誰復知紹亭林之説？足下能篤嗜而貫串焉，殆真楚材，北方之學者未能或之先也。頃過定西嶺，入雲濤寺，登樓又見足下題額，以癸酉年書。蓋十六年於此，乃猶淹於通守，爲之慨然。然因此益知足下廉退雅尚，又不必誦其詩文而知之也。相見何時，惟時以書通問是望。不宣。

與袁文康書

僕以迂疎淺陋，乃足下父子昆弟皆來受業，意良厚。始見卽以格物之義相質，豈姑以是爲設難端耶？亦實欲蘄於誠正之學耶？先君子常謂：物，卽『物交物』之『物』，與『克己』之『己』同，格，如『扞格』、『格鬬』之『格』，格物，卽克己。人有良知，至虛至靈；物欲蔽之，知遂以盲。格之又格，心體乃瑩，知無不至，意發乃誠。竊疑背於朱子。及見薛文清云『格物者，先格身心之理，然後誠意之功可施，故程子曰格物莫若察之於身』，文清誦法朱子，所言乃如此，以此知先君子言與程朱不殊。若物物逐而求之，意日以棼，知日以淆，安在其一旦豁然貫通，心之全體大用無不明耶？今以質之足下，盍身體焉？其必有所得，非可僅以口舌筆墨間爭勝爾。某白。

又與袁文康書

得二十五日所作經義，歲行盡矣，猶力學，可喜也。聖人制征伐之具，其殺人乃以生人，使人皆知爲生人，由是悅以使民，民忘其勞；悅以犯難，民忘其死，所謂豫也。能豫則作樂殷薦，浹於神鬼，刑清民服，和於海甸，用以行師，其爲利也必矣。古之民，澤於尊君親上之教，明於同仇敵愾之誼，遇有調遣爲君相者，又詠其室家離別之情，以宣其湮鬱，況瘁身勞而心實豫焉。由是踴躍用命，戰無不克，而攻無不取。大師之克，在乎同人；丈人之貞，在乎容民畜衆。毒天下之民，而民從，則豫之道得焉爾。惜吾賢作未見此意。又謙之五曰『利用侵伐，無不利』，上曰『利用行師，征邑國』，行師似非謙義。五上兩爻，乃有此象者，蓋行師必以如不得已之心，持未敢必勝之意，修文德以來之，申道義以告之，所爲不富以其鄰，且鳴謙也，猶弗格，於是乎徂征。又以薄伐爲仁，止戈爲武，不盡殺爲義，益贊禹謙受益，此也。聖人微言精識，深信天道之必然，用以垂大誡於萬世。窮經者當深體而參究之，不爲昔賢傳注所梏，庶於聖人之情稍有所得爾。回永昌計在二三月間，惟努力自新，日知其所無是望。不宣。

與楊孝廉書

某啓，孝廉先生執事，僕聞善言《易》者蜀爲盛。漢君平以下，於唐有資州李氏，著《集解》，取蜀才說綦富。於五代有房氏，著《易海》，惜爲撮要剗削，弗得究其全。於宋有麻衣《易》，云得諸青城山道者。僕自壯則好《易》，竊意氏、湔、岷、灌間，山水怪偉幽邃，或尚有《易》師抱遺經，跧伏晦匿而不出者。

去冬抵成都，會軍事旁午，不暇訪，私心養養然，迄於今不已。昨見邛州曹君，道執事年七十餘，夙工《易》，同時莫能及，所謂跧伏不出者，意在於此。既自喜，又竊念距新都二千餘里，且在軍次，不得上下相議論，一豁胷中之疑，竊以自恨也。雖然，古人論友，誦其詩，讀其書，與見其人等，矧於並世之人？執事跧伏山林久，不以仕宦汩其神，殫心肆力於《易》，李與房諸子之書，必疏通焉，貫串焉。如幸見示，以慰往時願望之私，猶把手而語、枕膝而授也。雖不獲卽見，無恨也。

僕曩與講《易》者長洲惠徵士棟爲鄭君學，習爻辰，通卦氣，及荀氏升降、虞氏納甲之說。新建呂布衣泰工推步，通邵氏《皇極》、黄氏《洞璣》之說，太倉沈光祿起元撰《孔義》，江寧程徵士廷祚撰《易通》，指說道理，頗平實。今數君子先後逝矣，無有與明於憂患之故者，以是蹈於兵火瘴癘，卒莫之能說。今又聞執事解《易》甚深，固僕所願從游者。他日師還，將操几杖以謁於門塾，以罄執事之藴，而先以書請焉，執事其無所靳。某再拜。

答吳沖之學使書

兩月不通音問，不意時事遽至于此，二十年舊雨，多暴骨空山者，言之慟絶。升之死狀終未明晰，毋論王升一出營門，旋被衝散，卽控馬之兵至，墜馬後亦遂揮之使去。但據云，升之坐於地，蠻奴十數人拔刀圍守之，不知殞命若何，其于死事則無可疑矣。

昨次清溪，忽得手翰，兼以新詩，率和四律。及抵成都，宿於南明舍弟官齋，復作六章，其稿存晴沙觀察處。近又揀出途次作八首，併寄晴沙，幸皆取而觀之。傷時感事，不知可當詩史否？來札謂八月旋成都，便閉門度殘歲，欣羡之極，不意刀兵刦、煩惱濁中，乃有此清涼世界，則起居之嘉豫，可知也。邇來疲憊已甚，心如死灰，身如槁木，軍書如蝟毛，此時若得覓一精舍，偃仰其中，作十旬休暇，已不啻天際真人想，何敢遂作蓴鱸之夢耶？今日立秋，連宵多雨，此夕頗晴霽，記在軍中望月已五度矣。援筆作書，淒感不已。

又與吳沖之學使書

中秋夕作數十行，屬弟南明奉上，又前行次郫城，作書一通慰唁少鈍，交王升攜去，未封函，想亦可取而觀也。今日始讀六月二十六日雅州使院所發手書，感愴無似。升之死狀未明，然其授命無疑，兵部巴君既爲具結，卽可以邀卹典。惟丹忱之死甚慘，中矛墜馬，蠻賊斷兩手以去，此確有見之者。鑑南死事，則周篁邨所述不誣，渠在省，諒已詢得其詳。少鈍以五月初三日歸，胡琳以五月初七日歸，此後京城三次來書。一書則七夕前二日發，係在聞升之變故之後，甥瑞應云：初聞木果木失事，不敢令老母知，繼升之信至，度不能祕，乃告以丹噶一路全軍無恙，然卒未免於驚疑。所幸某於六月二十四日因軍機房公文之便，略寫數字附報平安。七月十七日得習之、泰占兩君回書，云前信卽日寄往留京辦事處，計家中于初十日內接到，可以稍慰高堂也。海參贊等于六月十二日所發摺內，卽有升之、丹忱同日陣亡之語，此摺當於二十二日到熱河，乃以樞地祕密之故，都下全不得知。至二十六日溫中堂長君自熱河抵京，外間頗有所聞。少鈍始往巴君家問信，則計少鈍聞訃當于六月底耳。某此次過成都，事如蝟毛，同鄉人俱不得一見，並不暇作書，賤體甚疲憊，然眠食如故，《易》所謂『貞疾恆不死』者耶？抑仍須在刀兵劫內耶？時命未可知，行法以俟焉耳。過雅州時昏黑，大雨如注，且繕摺稿，蒼溪尉未得見也。渠有杜公卵翼之，諒可無患矣。此後如得少鈍歸南信，惟示知以慰遠念。不宣。

又答吳沖之學使書

接奉手書，知試嘉定已竣矣。子衿文字雖不免鈎吻螯鼻，而山水絶佳，考較之餘，籃輿畫船，遍歷舊蹟，聞此輒作天際真人想。某於奏凱後，亦必一游淩雲，登峨眉，以償曩志耳。

昨少鈍以升之行述來，拘牽時例，所見頗俗。某輓升之詩，有『遽落蠻奴手，終酬國士恩』之句，成章後，屢欲易第二句而未果。何少鈍轉以上句爲嫌，斷斷然請改？夫人臣之效死，在殉國，不必在殉所事之人。古來力戰死、遇賊殺害死、被拘執後死，皆得與於死事之例。爲蠻奴所害，奚不可者？昌黎《書張中丞傳後》，以爲兩家子弟不能通二父志，廬陵作《范文正神道碑》，于呂許公事，爲其子弟擅改，自古不免有此弊。少鈍年少，望以此密布之。又少鈍來札，謂升之墓志、墓表，吾兩人各爲其一。志者藏于窾，某可任之。至表于石、揭于阡，昭示于來者，自非如椽不可。未審以爲何如？某匆遽如故，尅日隨師北行，歲豬鳴矣，又於窮塞度歲，負負無可言，不得不作溺人之笑。不知清香燕寢，於何處飲屠蘇耶？不宣。

與陸耳山侍講書

某頓首啓耳山大兄執事，不通郵問久矣。昨見邸抄，知執事改官翰林，甚喜甚慰。此典不舉久矣。

漁洋之負重望，在汲引人材，其詩雖爲義門、次山諸公所貶，而貶之者之詩轉出其下遠甚；惟古文間纂入唐宋間小説語，又於經術頗疎。今執事從六十年繼其後，則求所以接跡古人，而副國家之曠典，將何以自樹立耶？比者徵書遍天下，遺文墜簡出於荒塚破壁者必多，未審亡友惠君定宇之《周易述》及《易漢學》，當路者曾録其副以上太史否？《周易述》德州所刊，聞其家籍没後，版已摧爲薪。此書本發明李資州《集解》，而《易漢學》爲之綱，微《易學》則《易述》所言不可得而明。此二書，某寓中皆有之。《易學》蓋徵君手寫本，鳳喈光禄、搢升員外皆覆加考正，尤可寶貴。如四庫館未有其書，囑令甥瑞應撿出，進於總裁，呈於乙覽，梓之於館閣，庶以慰亡友白首窮經之至意。餘尚有《古文尚書考證》等書，曉徵學士殆有其本，如得併入祕書，尤大幸也。又門生吳霽，浙中名士，亦金壇向所拂拭者，前日無端絓誤，爲執事所知，鉛槧之役，實所優爲，未識曾招致其人否？吳與胡希呂侍讀至戚也，或屬希呂促之使來，併以告之金壇，俾備校讎之末，得自湔洗，不致終身擯棄，實惟執事之德，而天下於是乎無遺才矣。某結褶袴作老兵，蓋五年於此，而執事遂以翰林主人持文柄，吾兩人出處同，而今之蹤跡乃大異，分不當言及此。然生平積習有耿耿不自釋者，萬里作書，寓於左右，惟幸留意焉。

與南明族弟書

屢得書，索所撰《紀聞》，此作僅三卷，未得爲完書，且幕下胥類不諳文義，字畫麤率潦草不可耐，姑奉寄以塞吾弟勤求意爾。紀聞之作，前古無有，殆始於宋人，范成大、陸務觀爲之其尤工者。然往往倣

《水經注》，紀風土，志時物，間以詩文考證，名爲史家者流，其關史事實少。今某此書亦倣范、陸諸人體，又取《史記》法，附時事，其道里紆徑遠近、山水險易阨塞，及羌戎習尚、狙詐獷悍，暨行兵取道、出奇制勝之術，畢見其間。古來邊疆吏剛則折，柔則翫，翫則縱，其蘖芽而始以斧斤尋之，復不悉於夷情地勢，以故賁軍殺將多有，兵連年不解。其究也騷動內地，大爲中國患，得吾《紀聞》而復之，用以撫馭荒服，或不爲無助。其書事也有意，書人書官也皆有例，恐或觸忤，吾弟姑覽而祕之，則大善。某白。

又與南明

自二十九日興師，初三日已抵美諾，中間如美美卡、龍登耳，地勢險絕，皆不煩兵而下。以經年血戰所僅克者，數朝舉之，實人力不至於此，不知如天之福金川，亦迎刃解耶？抑姑以此爲餌耶？索諾木弟兄惡稔矣，或以順逆占其必克，然如蓋蘇文，亦弑君賊耳，而隋唐屢征不服，隋更以此亡天下，順逆之理，未必可憑。僕是以不敢以爲喜，且時以前所云云爲將軍言之。攻克情形已錄奏藁咨制軍，想得其詳，故不復言。近日索倫兵過竣，尚可小休否？

又與南明

書來，盛咤十日收復小金川，蓋神兵也，然吾弟獨據奏章云爾，所謂殆見吾杜德機也。前議取小金川，諸將皆謂阿噶木雅以西，如工司噶色布達諸地，上年攻戰最久，路逕已熟，由是可抵美諾南山，壓取美諾良易。獨降人木塔爾謂南山山險，樹林多，見不及遠，一爲所阻必滯時日，北山碩藏噶阿卡爾布里地敞，番人村寨皆出其下，得此山無往不可攻擊者。阿公然之，遂主其議。又以中路中北山之美美卡、南山之木蘭壩絶險，上年五六月頓兵以此，因令副都統額森特以二更攻喀阿木雅橋，而令烏什哈達乘攻橋時潛師傍北山下行，襲取美美卡。克是卡，則木蘭壩亦失其險，而賊之腹心以潰。烏什哈達恐深入爲賊斷後，有難色，公誰讓再三，責以必行。至是夜，賊未料我師之深入也，果不儆，烏什哈達遂據之，於是阿喀木雅、沃日、木蘭壩賊皆棄而不守。而海蘭察、普爾普之兵破阿卡爾布里諸峯，得以循北山下，與烏什哈達合兵，上兜烏，分壓八卦碉，以斷美諾、登達之路。中路之兵先克美諾，而海蘭察徇登達以北，相次收復。揆其功之成而速，非據北山及襲美美卡，不能致此。上年克美諾，亦在出翁古爾壟之險，其後遂如破竹，得要蓋與此同，此正如庖丁解牛，奏刀騞然，在中窾要，又如弈者，大局得力在一二子。於是服阿公之善聽言，習於兵也。奏章蓋未及詳，獨僕心識其所以然，今爲吾弟一道之。不宣。

又與南明

來書訊僕病狀，欲以致藥，僕心病，非身病也。僕棲絶徼七年，所歷皆在萬里及七八千里以外，瘴癘冰雪、侏离禁昧之地。老母寓食京師，誠如曾子固所云：『非獨省晨昏、承顔色，不得効其犬馬之愚，至書問往返，皆踰時累月。』得一書稍遲，則臨啓時手戰色沮，開緘疾讀，無恙然後稍安，蓋心之危苦若此。許孺人之歿也，在南路達烏，是時值桂制府郭舟挫衄，阿公代領其軍，士無固志，諸事如亂絲，而額駙傅公來治桂、宋之獄，復以讞事相屬，故僕得信，祕不發，而窮日夜治事如故。人或訾僕寡情，不知僕心死久矣。僕少無宦情，比益百念灰冷，然老母之倚閭，先人之在淺土，年如牧犢無嗣續，皆不敢以忘。不敢忘而思，思而糾結繚繞，淚枯心盡，坐則不能立，夜則不能寢，煩冤憤懣則不能控訴，微奔走勞瘁，寒暑侵迫，亦安得而不病？前年丹忱見僕，頗訝爲喪神失志，彼於僕二十年同年，且同官十餘年，不察僕何以若此，是蓋無人心者也。今苦之最者，心病矣，猶日用其心，猶日以心所不習者用其心，案牘之來，心搖搖然若將颺去者，又若昏昏然欲睡夢者，及起而束縛之，振厲之，乃稍可以從事。而僕不自恨其心，以爲心盡矣，近死之心若颺、若睡，又何怪而何恨焉？如是而謂藥石可療，未之前聞。數年前，讀桑門書，喜其外形骸、齊得喪，謂安心之法莫過於是。今以軍事叢紲繁賾，未得習也。日暮途遠，未知所稅駕，冀其不病以死，恐未可知，然非吾弟無以發此。不宣。

又與南明

僕讀諭旨詳矣，賊卽縛僧格桑置麾下，兵必不弭。蓋十三年受降，本出於姑息之局，其後旋至九土司環攻，故議者謂釋金川弗誅，必爲邊鄙後患。且前此用兵緬甸，屢不得志，猶可諉曰緬大且遠，今金川縱四百里，横不及五百里，登高峯則夾河南北，形勢一望可盡，如是弗能誅，何以威屬國？且金川所恃者地險耳，粟不能支一年，而可戰之兵不能以萬，我多兵而多路，一年不已則二年，二年不已則三年，番人田地蕪而食用詘，死傷衆而守禦弱，何不可平之有？此時可慮者，古云『天下已治，蜀後治；天下未亂，蜀先亂』，蜀民來自四方，不可繩以保甲之法，而其中凶悍不法爲賊盜者尤夥。今出夫辦站悉索以應軍須者，五載有餘，聖天子屢下蠲復之詔，恐未能遵也。是在長吏加意檢刺，且撫循體卹，無再激之而已矣。吾弟其留意焉。不宣。

又與南明

昨已得羅博瓦，未敢折屐齒也。此地三里五里輒有奇險可據，番人最悉地勢，又必擇至險退守焉。乾隆十二年，大軍越空喀而西，至卡撒，以阻昔嶺，不得進。馬良柱之兵，度丹噶，亦扼於曾達。今由羅博瓦而下，雖得勢，若前搗勒圍，有榮博帛山横界其後，能進與否，尚未可知。昔得臣曰『今日必無晉』，乃敗於莘。北齊頃公曰『余翦滅此，朝食』，乃敗於鞍，且辱其母。盈而蕩，必有大咎，其敢謂功在刻漏耶？成都跂捷書，幸無過亟。不宣。

與顧晴沙觀察書

浣花握手，俗事真似蝟毛，雅蒙賢主人挑燈置酒，乃不得稍紓夙抱，中心養養，莫可名言。負羽出關，回望德星，彌殷延佇也。慰忠祠既建，復修少陵書院，當干戈俶擾時，乃能表章名蹟如此，足音空谷，真與俗吏不同。此外如文翁石室，尚祈次第舉行，曩屬舍弟爲之，慮蹈同谷九歌之咎〔一〕，今得名賢主持於上，且沖之聞此亦當爲將伯，定能不日而成。如或以迂闊致譏則是銅臭乳臭小兒云云，不足如劍頭吷也。聞楊邛州擅倚聲，囑其書寄數十篇，某於此道雖以餘事及之，然亦三折肱者，渠其可以老兵相視耶？朱晝莊詩頗清麗可喜，今在何所，併示知。外詩八章，謹附郢削。不宣。

【校記】

〔一〕九歌，據杜甫《乾元中寓居同谷縣作歌七首》詩，當作「七歌」。

與顧晴沙觀察

前於白公官報内附椷布候，未審入典籤否？黔、滇、陝、楚諸軍均過成都，此後惟料理東三省兵，軍牘稍簡，自可不廢嘯歌也。某來此間，案牘如山，今亦次第廓清，頗有暇刻。回念茫茫身世，悽惘不堪。自來皈心淨土，今更如旅人窮子，舍是無可棲泊者。祈於草堂長老經廚覓《大悲懺》一册、《阿彌陀經》一册，以有注者爲佳，若得雲栖大師《疏鈔》，尤大快也。望寄來以慰瓣香之願。礮聲如雷，刀光如電，羽檄如流星，乃爲此幽寂事，得毋大噱其迂耶？前日存詩十首，並希檢還。某再拜。

與彭樂齋觀察書

某再拜，某游天下久，所至必訪其賢士大夫，以上下其議論，以爲師友之助。辛卯入蜀時，蜀之孝廉，皆門人孫君嘉樂所取士，謂可以物色其尤異者，從而求之，弗得也。後見曹邛州焜，言先生年七十餘，蜀耆舊也，文與詩率與古人方駕。又見白觀察瀛，言先生端方樸直，曩者爲監司以嚴見憚，於昆弟以孝友聞，蓋有道而文也。夫古人之文，文其道也，故文與道合。後世之文，文與道分，故文日以衰。今則士大夫能以文自見者尠矣，矧能緣道而發乎？既不獲一親執事而覘其道也，則庶幾於一誦執事之文。昨邛州以執事詩文來，俯以讀，仰以思，如奉席撰杖而與執事晤，如升堂入座而奉執事教也。前二君之爲言良信，而蜀之賢士大夫不惟當首數執事，且必將於執事乎是徵，明矣。

某少所嚴事者，若蔣編修恭棐、楊編修繩武之文，商太守盤之詩，諸贊善錦之經術，零落已盡，今皆不可復見。幸讀執事之文，稍知執事之道，而遠在二千里外，又不獲與上下其議論，俯仰延佇，耿仄無似。雖然，某夙好爲古文詞，頗有所作，入滇、蜀後，尚得文數十篇、詩二三百章，藏於成都官署，當錄其副以呈於左右，庶執事或亦因某之文，略知某之爲人也。起居何似，時春寒珍重。不宣。

又答彭樂齋觀察書

成都人來，辱賜書，且以《蜀名家詩選》見示，適草奏方畢，燃三寸燭讀之，盡漏下二十餘刻，如伐于山時獲楩梓，如斵于石時遇璆璧也。古人錄詩，或以詩存人，或以人存詩，若《篋中》、《谷音》、《天地間》諸集，詩不必皆工，不工不足爲纇，期于誦其詩，可以知其世。執事之選，得毋與此同？川東西山水，奇麗怪險甲天下，以是大小雅之材自古接踵相望，獨明季迄于今，衰替百有餘年，山水之氣蓄而必有所鍾焉。又得執事以導其先，副墨之子、洛誦之孫，焉知不有命世而出者邪？今學使吴君，同年生也，昨寓書來，云蜀中博士弟子惟金堂吴浩恆爲巨擘，能使用六經、左氏爲五言律體，頗工，執事曾識其人否？天下之寶，天下所共，吾輩當獎借以成名，不爾，莫爲之前，雖美勿彰也。

某年二十，始與海内賢士大夫交，見所作輒采錄之，爲《湖海詩傳》，迄于丁丑，成二十卷。其後積於卷軸，未及編次者，尚牛腰然。而其人亡者已十七八矣。某之齒少于執事二十有六，天假之若至執事之年，則此數十年中，凡有詩未有集、有集未甚行者，皆得取以見於世，是匪獨可以慰夙心、謝亡者，度亦執事所樂聞也。撰杖何時，千萬自重。不宣。

答錢曉徵學士書

孫大令來川，未獲見也。郵示來翰，如接笑言，喜與感并。繼有兩金川驚擾之事，軍中大局忽更，而大令與升之、鑑南諸君均以死綏告矣，爲之鯁縻不已。某雖無恙，聞老母驚疑回惑，經十餘日始定，自惟無狀，違定省五年于此。又以此貽老母憂，不孝之罪尚可逭耶？師旅之命方亟，既未可以歸請，而定西將軍當代正人，固所願依歸者，且以禮相遇，又未可設詞以去也。宋人詞云『孤身去住都難』，正謂某此時光景爾。但比者白髮種種，精神疲茶，記一忘九，實不堪爲當世用矣。執事在青宫授讀，此國家根本地，區區稽古之榮，尚不敢以爲幸，而竊有厚望焉。相見何時，來殷、曉嵐道念。不宣。

與李世傑按察書

昨翼長致書，購酒六七十背，未審得否？番人嗜酒特甚，故鹽、茶、烟葉皆取資内地，而酒必自造。三雜谷以青稞釀之，小金川則用麥，且能製麴，加以熊膽，謂如是而酒始清。《鷄肋編》云『番人嚼酒，以蘆管吸於缾中』，又云『糜穀釀成，可撥醅取，不醉也』。蓋自古如此。其俗婚喪宴會，誦梵經，彼此皆致酒，而於戰也亦然。短接時，有如醒如舞，跳踉歌唱而前，皆以酒力張其膽，而營中之德爾格木坪明正兵亦然。今販者不常至，有孱然不終日之勢，是以需是良亟。子重執榼承漿，因以辱軍事，而此非其比，恐未及知也，故縷悉以聞。不宣。

與趙少鈍書

前聞木果木事，卽寓書瑞應甥，屬其轉告，爾時浪語流傳，恐非實據，未忍遽以奉聞。及前參贊大臣五公等來自美諾，又從副將軍而西，途次所聞頗多可信，比抵省見王升，備述殉難顛末，不覺嗷然慟哭失聲。時顧晴沙觀察已於草堂寺側立慰忠祠，以祀二十六君，卽劉、富兩制府奏摺所陳者。遂具肴醴，往奠祠下。此數句來，間關兵火，剩有餘生，朋舊凋殘，氛祲方熾，時時涕淚覆面，所謂既痛逝者，行自念也。尊甫先生夙以文章稱海内，今又大節炳如，比諸古人實鮮匹偶，況僕與尊甫先生車笠之盟三十年於此？平生事蹟，耿挂胷臆間，擬爲長律傾寫，而軍書旁午，尚不暇以爲，惟於和沖之詩及與南明弟詩内稍陳一二，錄以奉上，可謂長歌當哭也。尊甫先生在日，數數有『相君之面，老壽無疑，吾等數人墓志，必出公手』之語，今果已先逝，而僕又稍能爲古文，刻石幽竁，實爲後死者之責，異日成之，以備信史。至尊甫先生滇、蜀諸詩，足下來於軍，應悉攜其副以去，近如《索審淵畫一百五十韻》、《和雲松十二首》，皆曾見寄，儻無存稿，當別錄以郵於京師。其往來尺牘最夥，工者不啻蘇、黄，今令小胥鈔出，容俟續寄。惟太夫人多病，下皆小弱弟，解釋勸慰，是在足下，幸稍稍殺哀以爲門户計。八千里外，歸櫂何時，薄寄賻儀，以爲通潞河邊隻鷄斗酒之用。攬涕作書，不勝哽咽，七月二十九日，郫縣雨夕燈下書。

與吳竹堂書

自癸未夏間别，不相見者垂十五年，而僕亦以踰瘴江雪嶺，未獲通問於左右。在滇偶從故武昌守彭君略悉蹤迹，及還京師，乃知足下曾獻賦行在，又不遇。聞比主翠螺書院，近狀佳否？念之念之。古人不得志於時，必蘄有傳於後，傳後者非應科目詞賦之謂。足下已登甲科，且工詞賦已久，今既無由一奏其技，抱此區區，終不足自見於天下後世，若復頽墮潦倒，以自廢其才華鋒穎，又甚可惜也。

爲學之途，猶建章宫闕，千門萬户，求所以入之而已矣。入之必專於一家，頗怪今世文士輒曰『我能經，我能史，我能詩與古文』，叩其所業，率皆浮光掠影，未有深造而自得者。夫學者必不能盡通諸經也，盡通諸經，乃適以明一經之旨。而一經之中分茅設蕝，若漢人之《易》，既異乎宋元矣，漢人中若京、孟，若荀、虞，又各不同。不守一師之説，深探力窮之，於彼於此掠取一二説焉，必至汎濫而無實，窮大而失居。推之他經皆然，推之史與詩與古文亦無不然，故願足下專於一家，求所以入之也。古人數日不見，輒欲刮目以待，况於十五年之别？足下所業，取法者何在？自命者何如？幸有以示焉。僕尚有進於此者，當爲足下覼縷而續陳之。

與盧紹弓書

某稽顙再拜，謹啓紹弓學士前輩：　昨冬吳庶常瓛南還，附書呈候，未審入覽否？　歲月不居，音塵久隔，殊悵然也。　某以先君尚在淺土，陳情乞假，荷承聖慈俞允，於三月二十六日旋里，將以七月初十日葬先君及先妣於崑山縣之雪葭灣。《公羊傳》言：『葬不及時謂之渴，過時不葬謂之不能葬。』今某奔走萬里，先君之喪至三十餘年始克告窆，其罪甚矣，中夜思之，若負芒刺。　今恃天子之寵靈，銜命歸葬，而歲在丁酉，又以升祔覃恩，三代皆封二品，先世之潛德將由是以彰於後世。　歐陽子云：『非敢緩也，蓋有待也。』待之而不虚所待，非先德不至此。　然歐陽子之待，其文自足以傳之，故著於時者顯，而聞於後世者無窮。　若某之根柢弇陋，衰遲失學，力不足以彰先德，又必待有道而文者以傳之。　竊怪世之葬親也，往往丐貴人之最顯者使之爲志，顯者不能自作，又授諸門人弟子，承訛沿俗，其所載體例，率與王氏行、潘氏昂霄之書剌謬不合，適爲有識所哂。　蓋不待陵谷遷移，而文之不傳久矣。　以是而云顯揚，適以速之湮滅也，於表章之道奚當焉？

伏惟閣下博學多識，爲文純古而簡潔，蓋歐陽子之苗裔，是以久爲海内所推，而耿介絶俗之操，義不苟合，當世所謂文與道俱者，微閣下其誰歸？　是先君潛德，將待文以傳，故敢以墓志爲請。　昨靈壽馬太守曾魯知某先德爲詳，所撰行狀頗稱簡核，今録一通上左右，惟哀其三十年有待之志，賜之以文，俾先君之德聞於後世益彰，而過時慢葬之愆藉以自贖，實於閣下有望焉。　謹白，不宣。

與梁山舟侍講書

某稽顙再拜，謹啓山舟世兄執事： 某以先大夫未葬陳情乞假，仰荷聖慈俞允，昨三月二十六日歸里，卜以七月初十日營葬於崑山祖塋，已丐紹弓先生爲志墓之文，其文詞旨爾雅，可傳於後世無疑。顧古人之葬其親，所撰志銘又必丐善書者書之，蓋慮千百年後沙崩水齧，不幸而志石出焉，文詞之工與否，人未易識，而楷畫端好，衆所共知，使遞相摹搨，而先世事蹟緣以益彰。故志文之傳於今者，雖不盡工，而久而益傳，不可磨滅，實在於書。然古來工書者固多，尤著而顯者必視其人，其品高，傳之益遠且大，非然不克大傳也。執事承襲前光，早歷侍從，方騣騣嚮用，乃謝疾不出，較之右軍誓墓實有過焉。蓋書與人兼者，求之當世，良不易覯，而某幸以先世餘澤承恩歸葬，自惟學殖淺陋不足顯揚萬一，則思以傳先大夫者，非獨紹弓先生之文，尤在執事之書。志石例以兩石爲合一，考諸搨本，大小往往不侔。以唐而論，如胡佺、李文志，方一尺四寸； 蕭思亮志，方一尺六寸； 王訓志，方一尺七寸； 其餘或狹而長，或寬而博，皆於窾非宜。今擬取蕭志爲準，殺其邊二分，以爲合一之地，至行之疏密、字之多寡，惟執事悉裁之。天方暑，乃以筆墨相瀆，悚仄無似，亦介恃執事之必憐而許我也。不宣。

與錢曉徵少詹書

某稽顙再拜，敬啓曉徵前輩大兄執事：　去冬張太守還，附書寄候，比來春序日嘉，惟道履勝常爲慰。某自通籍以來，典司機密，又從軍滇、蜀，忽忽遂二十餘年，每憶先人尚在淺土，若負芒刺。丁酉自蜀歸，始令從子輩於先祖墓旁拓地數畝，旋遇孝聖憲皇后大故，不敢遽陳其私。至今年正月，從泰東陵還，念國喪已逾載朞，乃敢具奏以上。蒙恩俞允，於二月十六日出都，三月二十六日抵里，將以七月初十日敬庀窆窀。伏念某少時失怙，幸賴先世積慶，身厠九列，戊戌五月因憲皇后升祔禮成，先曾祖祖考晉贈資政大夫，妣皆贈夫人，按之本朝令典，宜揭碑於神道，昭示來許，而先君之隱德尤不可以不彰。昔柳柳州、歐陽文忠公於先世之墓，皆自爲文以表之。今某衰遲失學，不足比於前人，則必言足以信今、力足以傳後世，且必與某游處久，能詳先君之隱德者，然則隧上之文，自非執事莫屬也。前思州太守馬君曾魯，某門人也，直隸靈壽縣人，陸清獻公曾爲其縣之令，馬君景仰清獻，人與文皆倣之，其言質實不誣，今以所撰狀一篇寄呈執事，惟擇而用之。昨出都，已丐翁學士方綱以隸書碑，董侍郎誥篆額矣。文成尚須寄京，惟早屬筆爲幸。葬畢北行，當取道金陵，敬詣書院，以謝大惠。不宣。

與江艮庭論六書書

承示《六書說》，窮源竟委，抉摘奧旨，自古論書未有若此精審者。蓋古籍云亡，《凡將》、《元尚》、《爰歷》諸書盡失，惟《說文》尚存，學者珍爲天球和璧，固宜。然攷《束皙傳》，「不準盜發魏安釐王冢，得竹書，皆科斗字，孔安國《書序》『魯共王壞孔子舊宅，於壁中得所藏古文，皆科斗文字』，則孔子時之書皆科斗文，明矣。科斗卽古文也，古文傳世絕少，惟三代鼎彝所刻往往類蟲書魚迹，意卽科斗之遺歟？以今《汗簡》、《鐘鼎款識》、《宣和博古圖》、《嘯堂集古錄》諸書所載，尚有數百字，尋其形聲左右，與《說文》多不符。蓋《說文》本之小篆，小篆始於秦，與孔子時所用之字其不盡合明矣。自許氏至晉王羲之，垂一百八十年，已由大小篆而隸、楷，而行、草，屢變其體。若由李斯上溯孔子，計二百四十餘年，由孔子上溯倉頡，又二千餘年，其變殆不勝計。故許氏亦謂，『倉頡作書，著於竹帛，以及五帝三王之世，改易殊體，又封於泰山者七十二代，靡有同焉』，則孔子删《詩》贊《易》之文，與保氏所教，必更大有異者。其間象形、諧聲，似不得執許氏以論秦以前之經，況許氏閲八百三十餘年，又爲徐氏兄弟所增損，非復南閣祭酒之舊哉？僕常欲以前所云諸書，取其字臚列之，與《說文》相較，疏其異同，稽其形聲，以何爲當，未敢沾沾焉據《說文》而自足也。足下精深六書，幾三折肱，未審謂爲然否？尚有以示我耶？不宣。

答許積卿書

得來書，知體中嘉勝，深慰遠懷。閲前後兩札，似研究《説文》之學。近爲此學者，海内約有二十餘人，雖皆嗜古好奇之士，然有獵取數十百字，漫誇博奥，而詳説絶鮮，折衷指歸，究未晝一者不少。竊謂識字所以讀經，《説文》之字非必卽同孔子之經也。魯恭王壞孔壁，得蝌蚪書，晉不凖發魏安釐王冢得《周書》，亦蝌蚪文字，似孔子修六經所書文字，皆用蝌蚪。今考史籀石鼓、『吉日癸巳』，及薛氏《鐘鼎款識》、《宣和博古圖》所載，如齊侯之鐘，季娟南宫之鼎，並與小篆迥別，乃欲執許氏之文以定五經之文，其果有當否歟？夫六書失傳久矣，今惟許氏《説文》最古，固學人所宜服膺者。然必謂《説文》之文，本卽孔子之書，用以釋經，且以繩諸家之謬，已恐未然，况許氏之文又爲徐氏所亂乎？婆羅門書兩漢時未入中國，故鄭君箋注，第曰『讀若某』而已。徐氏以漢、唐後之切音，綴於漢人文字之下，亦寧有當歟？古人韻緩，不煩改字，故往往四聲通用。今徐氏本《切韻》以定音，故如閏字從門，門平聲，乃注如順切；璿字從睿，睿去聲，乃注似沿切。所從之字之音如此，所切之聲如彼，晝四聲爲鴻溝，毋乃益失古人之旨歟？

愚常欲作《説文》之學，取羣經所有之字、《説文》所無者共若干，周秦鐘鼎古文所有、《説文》所無者又若干，然後總鐘鼎、《説文》，辨其偏旁，審其點晝，以釐其異同。又取《説文》中象形者若干字，諧聲者若干字，形而兼聲者又若干字，其指事、轉注、假借亦如之，俾字體較然，字數劃然。惟公事殷繁，年將七十，精神潦倒，無以勝此，願吾賢少年暇日攷定一書，推見漢以前文字之舊，杜噂喈而息喧嘵，庶爲功於經者大矣。前示近詩，清峻排奡，上擬金風亭長，具體而微。黎君詩亦英挺，於嶺南三家中頗近獨漉老人，可與仲則分道揚鑣。見時幸爲道拳拳之意。相見何時，惟善自愛。不宣。

答門人陳太暉書

得手書，詢究作詩之旨，何欿然不自足也？足下近體詩，多夷猶沖淡，絜之唐宋間人無愧，乃欲更進於是，似不安於流俗所爲，可謂篤志之士矣。竊以足下所業計之，當先學七言古詩，要如洪河大江，九曲千里，奔騰汗漫中，烟雲滅沒，魚龍吟嘯，無所不有。經史，雲烟也，龍魚也，以氣運之，以才使之，如是乃爲七言古詩之至。自宋人論詩，字錘而句斵之，近體稍有可味，視其古詩，寒儉蹇澀，如後山、簡齋均不免此，何以成大家？

試觀《三百篇》中，風則《柏舟》、《碩人》、《氓》、《小戎》及《七月》諸篇，小雅則《天保》、《采芑》、《車攻》、《吉日》及《正月》、《雨無正》、《楚茨》、《甫田》諸什，大雅則《文王》、《皇矣》、《生民》、《崧高》、《韓奕》、《江漢》、《常武》及《板》、《蕩》諸什，皆古詩之權輿。而頌之《載芟》、《良耜》及《泮水》、《閟宮》、《長發》，無論已。《離騷》、《九章》、《天問》、《招魂》，作雅、頌之後裔，啓杜、韓之先聲，試皆詳說而熟復之，其不磅礴盤鬱、氣象萬千者寡矣。當今之士捷取速化爲能，規之以杜、韓，已適適然驚矣，又何能上溯風騷、本原經史？固知非篤志者，不足語於此，惟足下勉進之而已。案牘之餘，幸自努力。

明日當從獵木蘭，草草不具。

與吴二鉋書

昨承過訪，不值爲悵，足下留詩而去，屬以參稽攷正，其意若有嗛然者。既而繙閲再四，風格老蒼，聲情抗墜，洵乎神似古人也。第其間有稍戾乎古者，敢舉以獻其疑。

孔子言『名之必可言，言之必可行』，《爾雅》有《釋親》之篇，《爾雅》所無，必稽之諸史及唐大家之集而程式之，其餘書官、書名、書字，或書行輩，尤當各有所本，不宜沿俗所云，以資應酬之具。某攷晉、宋、五代人以詩投贈倡和，率稱官、稱名、稱地，初唐人及少陵亦然。少陵於本支不稱姓，如弟觀、舍弟濟是已，而杜位冠之以姓，非盡引以爲本支也。韓文公於友朋位卑而齒少者及門人弟子，皆姓名並稱，如李觀、張徹、唐衢、侯喜、李翺、皇甫湜諸人是也。有稱名又稱字者，孟郊也。有稱名又稱其行輩者，張籍張十八是也。稱官不稱名，杜侍御、鄭兵曹、李司勳。稱行輩不稱官，李二十八。稱行輩兼稱官，崔十六少府、裴十六功曹、元十八協律、張十一功曹是也。惟位尊者不名，如李尚書、武相公、裴相公、馬侍郎、鄭尚書、李相公，蓋以尊台輔者尊朝廷，似不得謂之謟耳。及白文公詩，微之、夢得、敦實、晦叔，稱字者多。蘇文忠公有官與字、官與名並稱，有徑稱名者，有始稱名繼稱字者，大抵文章學問以忠義相期許之友，皆稱字，然如王鞏以名家子，風流儒雅輝映一世，乃名而不字，且謂欲其姓名見於集中，則品題矜慎之意略可見矣。而近之作者信筆爲詩，亦信筆稱之，外姻之尊屬、同年之祖父、長官之親戚，牽率附會，羌無故實，蓋不待讀其詩而已可嘔噦者也。

夫字者，所以尊名，有字不應號以代之，今置字不書，而惟號之行，雖三尺童子莫不皆然。昔歸熙甫先生初不以震川爲號，及何震川稱此，乃踵其稱，蓋古人矜慎如是。今豈可推而廣之，紛然囂然以長浮薄之風耶？百餘年來，惟亭林、漁洋、竹垞三先生詩文，稱謂皆有依據，爲承學者所當傚。今大作中，間有沿俗例者，於詩固爲不害，第柳子厚云『萬一離婁眇然睨之，不若無者之爲快』，願足下留意焉。

答李憲吉書

足下承家訓，最嗜詩，工於諸體，今猶以七言律下詢，蓋深知此體之難者。大抵八句中宜一氣旋轉，而七字中又須一氣渾成，中兩對工力悉敵，儷青妃白無一假借語，又以沉鬱頓挫出之，其間自有淺深次第，斯爲合作。此體創於初唐，至老杜而獨絕，其中間有一句拗一二字者，乃是偶然。宋人因肾無經史，窘於屬對，遂借以掩其弇陋耳。杜陵七律，以《蜀相》、《野老》、《野望》、《朱櫻》、《閣夜》、《宿府》、《聞官軍》爲最，字字響，句句諧，曲折變化，高華工整。而如『陳留阮瑀誰爭長，京兆田郎早見招』、『今日朝廷須汲黯，中原將帥憶廉頗』、『湘西不得歸關羽，河內猶宜借寇恂』、『但見文翁能化俗，焉知李廣未封侯』、『籬邊老卻陶潛菊，江上徒逢袁紹杯』例，此數十聯，隸事之準則也。後此義山似之，以《籌筆驛》爲最。又如『賡歌太液翻黃鵠，從獵陳倉獲碧雞』、『雪嶺未歸天外使，松州猶駐殿前軍』、『玉壐不緣歸日角，歸帆應是到天涯』、『竇融表已來江右，陶侃軍宜次石頭』、『軍令未聞誅馬謖，捷書惟是報孫歆』、『死憶華亭聞唳鶴，老憂王室泣銅駝』、『暫逐虎牙臨故絳，遠含雞舌過新豐』、『夜捲牙旗千帳雪，朝飛羽騎一河冰』、『此日六軍同駐馬，他年七夕笑牽牛』諸句，爲中晚唐之冠，宋元亦莫有繼者。明初高季迪工此體，以《送沈分司葉判官》爲最，後則推何大復。空同特以雄渾稱，歷下特以神秀名，隸事俱莫逮也。明季推陳臥子，接以夏存古、顧寧人。本朝推吴駿公，接以王貽上、朱錫鬯。貽上《永安宫殿》一首，與季迪抗行無疑也。宋黄魯直、陳後山諸君瘦硬通神，不免失之粗率。楊誠齋加俚俗焉，查初白學誠齋，圓熟清切，於應世諧俗爲宜，苦無端人正士高冠正笏氣象，特便於世之不學者，以是爲人所愛，若舉似臥子、寧人，瞠乎後矣。然爲此者在多讀書，經史諸子撑腸拄腹，又熟讀杜、李二家詩，深造自得，取之而逢源，沉鬱頓挫，其爲古合作也必矣。非足下無以發狂言，然竊自以爲至論。幸從此問途可也。不宣。

覆倪敬堂書

來書謂《聖教》乃集狐成腋，爲右軍書之最粹美者，此碑楷模百世，所不待言。董香光以爲懷仁自書，愚意集時故當小有潤色，若自書恐未必然。大雅集《吴文墓志》，何減《聖教》？即《棲霞寺》、《永仙觀記》、《觀身經》雖已磨滅，間有明晰者，筆意亦佳絶。蓋原字本工，雖剪裁割綴，而終不掩其風神骨力也。然北宋初年能書者無不法王，而汧陽普濟禪院、解州鹽池新院所集，習氣可厭，不能如懷仁等之佳，豈時代先後流於翰墨，亦不無優劣耶？唐人於右軍，似而不似，不似而似，如《汝南公主》、《實際寺》、《靈運禪師》，皆有右軍一體，卽《明徵君碑》，筆意亦出於王，特參以褚法稍加展拓。其外如《窺基塔銘》、《乾符陀羅尼》之類，均爲右軍別子，可因源以溯流。愚見所及，未審以爲何如？所惠龍井新茶極香嫩，但濼水性冽，或稍損其韻致耳。不宣。

又覆倪敬堂書

來索唐高宗碑帖，篋中有《萬年宫碑》，今以奉上。高宗書，秦中不能多見，此外惟有《李勣碑》，亦係行書。高宗真是右軍法乳，欲學《蘭亭》、《聖教》、《薦福寺》者，非此無以入門。太宗好右軍，筆力矯然，若其純熟處，或遜於高宗。自來書家，於金石文字不能旁搜博采，故知高宗者絶少耳。然《萬年宫》，帝書於永徽五年，時年二十七，正是壯年，筆力精到。至《李勣碑》，書於儀鳳二年前後，相距二十四年，高宗年已五十，筆下少有頹唐，視《萬年宫》較遜一籌。某家《貞武碑》，乃得之顧有常家藏，每字用蟬翼法，故波磔分明，用意處多了了可辨。若今秦人所貿者，則皆模餬漫漶，幾不可復識也。如欲看，再於閣報中奉寄，如何？

與畢秋帆制軍論續通鑑書

某啓秋帆制府執事：去冬武昌話别，忽忽半年，伏惟起居安吉。得來教，謂《續通鑑》一書經二雲諸君纂輯成編，惟《舉要曆》未撰，茲屬錢少詹成之，卽屬以校讎勘定付諸梓人，甚慰所望。聞是書搜采緐富，攷據精審，如李燾、徐夢莘、李心傳諸書，爲前人所未見者，皆分別甄錄，辨其異同而補其疎略，誠所謂體大而思精，繼溫國之後而前此所未有者也。

竊謂史書之作，在收採之宏富，而尤在持論之方嚴。蓋將以明古今之治亂，而治亂所以肇，實本乎賢姦忠佞之分。溫國之《鑑》，如諸葛武侯書以寇魏，於二龔、陶潛之節，皆沒不書，世尚不能無譏。至宋明之世，玄黃水火，陰疑陽戰，事故煩多，關於國事人心者尤大，斷不可不分別黑白而定一尊。夫班固以附竇而罪者也，范蔚宗以叛而誅者也，然《前書》於蕭望之、周堪、孔光、張禹，《後書》於胡廣、馬融及黨錮之獄，分別邪正，磊磊明明，絕無婞婜澳涊其間。蓋古人之書，使頑夫廉、懦夫有立志，不得不於宵小深惡而痛絕之。聖人之言，至渾厚也，獨於媢嫉聚斂之小人，一則曰放流之，不與同中國，一則曰彼爲善之，災害並至。至删《詩》，則『太師皇父』之章亟錄而登之，雖至『褒姒滅之』、『閻妻煽處』，未嘗爲先朝少諱。且於『投虎不食，投北不受』，危言極論，亦皆取以爲後人鑒戒如此。

近館閣人議論，往往謂李元禮、范孟博爲過激，於明啓、禎之交，意又在右崔、魏而詘東林，某每見，必力陳其不可。蓋婞婜澳涊之習，千百年來中於肺腑，匿於膏肓，其始也爲之調停兩可，繼也轉欲以激烈釀成，歸過於君子，是尚得爲有是非之心者歟？此時爲世道人心計，正欲主張名教，砥礪廉隅，使人凜探湯之戒，動衣冠塗炭之思。故在北宋，則如丁謂、寇萊公、呂夷簡、富鄭公、夏竦、范文正公及元祐、紹聖之黨論，南宋則黃潛善、李忠定公及慶元黨禁，皆當大書特書，溯其緣起，列其善敗，抉魑魅之形，著檮杌之狀，以勗正不勝邪之戒，則後學讀之，必有太息流涕如蒯通之於樂毅書者。於以感激奮興，敵齒牙而崇清議，其有裨於世，非直攷據精博超於陳氏桱、王氏宗沐、薛氏應旂、徐氏乾學已也。又如胡忠簡之封事，指陳痛切，爲宋文第一，今聞已加刪節；又文信國黄冠備顧問之語，乃元人所誣，亦未刪去，而柴市大風卷木主，足見英爽如生，亦未補入。皆不足以扶正氣而儆愚頑。是書卷帙重大，須佽助者必多，願以此告少詹，并告同局諸君子，爲世道人心計，不獨以收采宏富爲能。

且閣下愛人才修古學，以文章功績自結於聖明，浩然孑然，雖一行孤立而不懼，非某蓋莫有知之深者。然以身示，不如更以言教，其嘉惠於後學尤深遠也。不然，黑白之不甚明，賢姦忠佞之不甚別，今既無以爲勵，而後無以爲戒，世有賢者將訾其是非之寡當，輟而不觀，又非但如溫國《通鑑》間有譏議也矣。執事作是書，某備聞緒論久矣，猥以當官事亢，弗獲襄編校之末。今聞書已將成，爲之喜而不寐，又慮同事者侈其繁博而不足以昭炯戒，且媕婀洟涊世俗之爲也。敢忘其愚而言之，願稍留意焉。某再拜。

與孔洪谷主事書

某白：慨自六經燼於秦火，漢儒起而修明之，承孔門諸弟子之傳，仞其師說，人自爲書，家自爲學，沿至魏晉六朝，不絶者如綫。自貞觀中定《五經正義》，而孟、荀、京、虞之《易》學，服氏之《春秋》皆亡，其尚可見者，幸存於今之注疏爾。注疏所言，豈盡能質之羣經而盡合，證之於諸子而皆通？但當求之於理，理無可疑，卽與羣經不盡合，無礙也。惟其理有所難通，然後采羣經以證之，或采後儒之論以折中之，是爲古人多聞闕疑博學詳説之旨。然其難通者無多，不必別自爲書也。宋元後儒患在好著書，取其偶有得而稍異者雜於中，餘乃信手鈔撮，不云本自何人，是後儒之通患也。僕《易》宗王氏，《詩》宗毛、鄭氏，《周禮》宗鄭、賈氏，此後宋元儒先之説，及己有所見者，采之附注於章末，以庶幾於信而好古之謂。今先録《周易》一種附呈，惟有以教之。某頓首。

與汪容大書

昨過竹西，足下論三《禮》甚悉，洵矣足下能信古、能窮經也。然不審足下之窮經，將取其一知半解沾沾焉，抱殘守缺以自珍，而不致之用乎？抑將觀千古之常經，變而化之謂之通，推而行之謂之事業乎？

古人三年通一經，十五年而五經皆通，盈科而進，成章而達，皆此志也。通五經，實所以通一經。孔孟謂博學要歸反約，故孔子之後，自周以歷秦漢，千有餘年，山東大師多以一經相授受，仞其師説，雖父子兄弟亦不肯兼而及之。其兼及者惟鄭君，殊尤絕質，多聞爲富，始於六蓺咸有箋注，甚至及於算術毖緯。其後孔氏沖遠因之，然《周禮》、《儀禮》仍以讓之賈氏，未常侈其淵浩兼通而並釋者，蓋以兼通必不能精，不精則必不能致於用也。

本朝制度，六官沿明之舊，實本之《周禮》。圜丘、方澤之祭，亦法之《春官》。朝踐爲祫，移之於歲暮；饋食爲禘，用之於升祔。祀禴烝嘗四時之祭，定於四孟，不復筮日，其餘隨運會之變而稍加損益焉，是猶周監二代之意耳。士民之禮，著於《會典》，詳於《大清通禮》，頒在禮部，未及通行各省，則禮臣之咎也。昔何休注《春秋》，率舉漢律，鄭君注三《禮》，亦舉之，且以光武崇讖緯，故耀魄寶、靈威仰、五天帝皆宗緯說，此窮經好古者之則也。至《儀禮》，惟《冠》、《昏》、《相見》、《鄉飲酒》、《射》及《士喪禮》以下五篇，可以推而致之，餘則皆未備，實有難通。

今之學者當督以先熟一經，再讀注疏而熟之，然後讀他經。且讀他經注疏，并讀先秦兩漢諸子，并十七史，以佐一經之義，務使首尾貫串，無一字一義之不明不貫。熟一經再習他經，亦如之，庶幾聖賢循循慥慥之至意。若於每經中舉數條，每注疏中舉數十條，抵掌掉舌，以侈淵浩，以資談柄，是躐等速成、誇奇炫博，欺人之學，古人必不取矣。

又聞顧亭林先生少時，每年以春夏溫經，請文學中聲音宏敞者四人，設左右坐，置注疏本於前，先生居中，其前亦置經本，使一人誦而己聽之，遇其中字句不同或偶忘者，詳問而辨論之，凡讀二十紙，再易一人，四人周而復始。計一日溫書二百紙，《十三經》畢，接溫『三史』，或南北史，故亭林先生之學如此習熟，而纖悉不遺也。廣陵多聰穎士，幸足下以此教之，毋遽務躐等速成、矜奇炫博之學，則幾矣。某白。

春融堂集卷三十三　論

經義制事異同論御試

古無經術、治術之分也，必衷諸道。道者，所以制天下之事，裁其過，引其不及，循循然使民共由于道中。故禮樂者，道之器也；兵刑者，道之斷也；食貨者，道之資也。他若可驚可愕非常之舉，猝然臨之，而聖人不以爲異，以爲異者，吾固有常者以節之，要皆使不繆戾于道焉乃止。然聖人又慮後世之未明乎道之故也，垂之言，筆之書，且其所爲筆於書者，反覆詳焉而不厭，俾後世因吾言以求夫道，因夫道以制夫事，而聖人之道已大白于天下，故古之經術、治術無別也。

自六經中厄于秦火，漢儒掎摭掇拾于煨燼中，爲之箋解訓故，貫串鉤穴，功亦可爲鉅矣。其間往往有以《易》候氣、以《洪範》驗五行、以齊《詩》測性情、以《春秋》決疑獄、以《禮》定郊禘大典，而缺略放軼，不能盡悉聖人之道之所以大。於時爲管、商、申、韓、鄧析子之學者，遂得竊起，持政事之柄，而經生僅僅守其空文以相號召，經與事遂判然爲二。雖生心害政，未嘗不歸咎于異說，而諸儒之迂疎無實用，或有以致之也。

宋胡氏瑗憂之，因分經義、治事爲二，各因質所近以教授諸弟子，其後用之于世，莫不班班然有成效可紀。夫胡氏治事，粹然一出于正，盡掃管、商、申、韓、鄧析刑名法家之積習，使學者知王道所本，洵可爲造士者法矣。然其所治經義者，將抱聖經而止斤斤焉佔畢乎？抑亦將以不嫺治事之人而使之仕乎？恐治經義者仍歸于迂疎無用，而聖經終以虚文傳世也。然則學者之爲業也，惟就其質以擇所事事焉，而六經中所有言其事者，悉反覆考證以端厥本，使異日出之皆爲有用材，庶經術與治術合，大道其不分同異也夫！

許世子論

歐陽公《春秋論》謂趙盾實弑其君。胡氏引司馬昭、賈充爲比，而錢氏、汪氏發明之，歸獄于盾，固灼然無可疑者。惟許世子之弑，見於三《傳》甚詳，而歐陽公亦以爲實弑，諸儒因之，其論互出，而不得其平。

夫『親有疾飲藥，子先嘗之』，《禮》之經也。又曰『醫不三世，不服其藥』。蓋以子嘗藥，慮藥之有毒也。若醫之用藥當與不當，人子固不得而知，故既知嘗藥矣，又求醫之傳三世者，以爲其技熟、其方審，然後令之醫，所以教人子敬慎之至也。文王爲世子，朝于王季者日三，有不安節，内豎以告，上食必在，古人事親皆如此，不獨樂正子春爲然。故父母起居飲食，子無所不用其極，而況于有病，有病而進藥乎？

《左傳》稱：『悼公瘧，飲太子止之藥而卒。』太子云者，謂非醫之藥，而太子之藥也。藥出於止，則知其性、識其味，止之弗嘗也信矣。當是時，國君時疾，非篤疾也，一旦飲藥以卒，國人惶駭，必皆謂謀其位以弑其君。執簡之史官直書之，以赴於四方，孔子遂因赴告之辭而書之。且爲子者，以藥殺父，卽謂是過非故，止亦不得辭其死。孔子雖知止無欲弑之心，異於商臣蔡般，而安得原之，謂與操刄進毒者殊科，而別開其例？蓋止雖非實弑，而不能改其弑之名，以是爲人子之大誡，亦《春秋》之大義也。若夫弑君而賊不討，不書葬，而《公羊傳》云《經》書『葬許悼公』，『是君子之赦止』，竊謂不然。凡作逆者立其位，而葬其所弑，因以掩其弑之名，是元惡大憝，理法所必不容，故不書葬。若止者，與位於其弟虺，奔晉不踰年而死，則悼公之葬，虺葬之，非止葬也。止葬不宜書，虺葬何不宜書？悼公之葬所以見于《經》，而非爲赦止也。至求藥必良醫，而許以前冬爲楚遷於白羽，距悼公之病未及半年，白羽僻陋，固未必有良醫，而止初至其地，亦未知醫之孰爲三世者，是以妄進藥而不顧其患，卒之哭泣歠粥，嗌不容粒，而無能改於其惡。故《左傳》謂『舍藥物可也』，蓋以醫而無良，與藥不可信，寧舍藥而不進，所謂『未達，不敢嘗』也，其勗人子侍疾之必慎，意深遠矣。

漢文帝論

漢高祖堅忍好殺，疑其不足以貽子孫享國長久，卒歷十二帝，祚二百餘年，由文帝休養之功爲多。蓋自周衰東遷，五伯迭興，百姓苦於戰鬬，至七國殆有甚焉。秦之帝也不過四十年，浸尋迄楚漢間，喋血無虚日，民生之倒懸憔悴，五六百年於此矣。文帝自代來，見天下之易亂而難治也，而周勃、灌嬰輩以行陣老，益厭言兵，於是務寬厚，崇清靜，惇恭儉，以爲休養生息之計。廷尉以張釋之更秦苛法殆盡，任張相如等長者，而嗇夫諜諜捷給之人斥弗取。匈奴入犯，整軍以禦之，出塞乃已。尉陀倔强南越，卑辭遜語以屈之，雖以賈生流涕太息，欲縛中行説，削七國地，帥天下以整齊嚴肅，帝猶恐其紛更擾動，而不之用，於是乎安靜無爲，漢之元氣始固。

夫是時，周亞夫、劇孟之徒善將兵，非遜於衛青、霍去病、楊僕諸人也；陸賈之徒善馳説，非遜於張騫、唐蒙諸人也。而文帝卒不之使，以爲天下已寧矣，百姓苦戰鬭已久矣，撫循之安輯之足以爲治，不然騖遠略而忽近患，此亡秦之續爾，文帝不忍爲也。文帝惟不忍爲，然後百姓之戴漢也益堅。故雖以武帝踵其後，連兵三十餘年，中國騷然，而百姓猶不忍以亂且叛。不然，高祖所爲，岌岌不終日之勢也，何能享國長久如此？

雖然，武帝之好兵，景帝之殘刻啓之。景帝之殘刻，文帝使鼂錯爲家令啓之。則爲文帝者，其於佑啓之道，惜猶有所未盡也夫。

太玄論

昔楊子雲作《太玄》以擬《易》，諸儒稱之衆矣，然玄自爲玄可，以玄準《易》則不可。

考其所爲《太玄》，以玄統三方，以一方統三州，以一州統三部，九州統二十七部。以一部統三家，二十七部統八十一家。九家分上中下九等，一家九贊，共七百二十九贊。以二贊直一日，一家直四日半，七百二十九贊直周天三百六十四日半，尚餘半日及四分度之一日。法八十一，半日餘四十分半，又四分度之一餘二十分强，共少六十餘分，乃立《踦》、《嬴》二贊補之，猶《易》之卦氣也。以太初曆法推冬至，起于中日在牽牛一度，紀元自甲子至甲辰、甲申，重起甲子，凡四千六百十七歲。玄有三統，每統凡一千五百三十九歲，統有三會，每會五百十三歲，會有二十七章，每章十九年七閏，皆無餘分。以七十二策直一日，用二萬六千二百四十四策爲周天之數，自中至事爲天玄，自更至昆爲地玄，自減至養爲人玄，猶《易》當期之日也。其用策，以天、地、人爲十八，倍之得三十六，法六六之數，是爲泰中，以准乾策筮之，則分爲二刻，左右各三搜之，七其三爲一，八其三爲二，九其三爲三，置餘數。數正數八揲而首名以定，首有陰陽，從陰陽生晝夜，從晝夜推休咎。以四方七宿所屬之五行，而驗其與首異同，定從違焉，猶《易》大衍也。八十一家中，不易有九：中、增、毅、迎、度、唫、瞢、勤、□。反易者七十二。合而觀之，止四十五家，配五九之積，猶易反對也。《首》準《易》畫，《贊》準《易》爻，《測》準《易》象，《文》準《文言》，《攡》、《瑩》、《掜》、《圖》、《告》準上、下《繫》，《論》準《說卦》，《衝》準《序卦》，《錯》準《雜卦》，是無往不擬《易》也。

其推步之法，取諸洛下閎；用卦直日之法，取諸京房；以卦定曆，尤子雲造玄之本旨。然卦氣六日七分，除四正卦外，合六十卦計之，餘四百二十分。四百分足五日，又二十分足周天三百六十五度四分度之一强，法至精密。而玄所少五十四，補以二贊，贊例值一日，八十一則又餘二十七。積之一章，歲中應餘二百四十三分，一會中應餘八十一日，而四序已失位矣。豈若卦氣之當哉？

范氏望以來，釋玄準卦，其以二家兼一卦者，十有七。礥、閑爲屯，上、干爲升，羨、差爲小過，達、交爲泰，瞏、傒爲需，永、常爲恆，格、夷爲大壯，務、事爲蠱，密、親爲比，彊、睟爲乾，大、廓爲豐，逃、唐爲遯，吟、守爲否，晦、瞢爲明夷，止、堅爲艮，失、劇爲大過，勤、養爲坎。自吟、守至晦、瞢，閱三家始有兼卦，自達、交至瞏、傒，相接而用兼卦，務、事至斷、毅，隔一而用兼卦。相次相配之法，又未能齊整也。且既準卦氣，坎、離、震、兑應以主時，不復當直日用事，乃勤、養準坎，應準離，疑準震，沈準兑，又何說歟？夫欲去四正之卦，必取三十六家，兼以配十九卦而後可。然卦以六日七分，家以四日四十分强，術已各異，故如礥、閑配屯，屯起女四度十四分，終十度二十一分，而礥入女二度，終女六度之半，閑入女六度之半，終女十度，是女有二度在屯前，非屯所值矣。瞏、傒配需，需起奎一度五分，終奎五度之半，傒入奎五度之半，終奎九度，是奎有二度在需後，非需所值矣。又樂入胃四度之半，終胃八度，爭入胃九度，止胃十三度之半，正春分末候、清明初候也。故《大衍曆》以豫內卦終末候，外卦起初候。若兼爭于樂以配豫，則爭乃準訟，義與訟乖，專以樂配豫，因專舉豫以屬春分，則豫于末候僅有一日三十九分，餘皆入清明節氣，於義於時，兩何取焉？

夫子雲覃思渾天，將以窮天地日月五星之運、律曆經緯之術，而以《易》準之，奇零參錯如此，故吾曰玄自爲玄可，以《易》準玄則不可也。若夫洛下閎測畢十六度，觜二度，參九度，裝入畢十一度，當終十五度之半，眾起十五度之半，當止參二度，而朱氏震、雷氏思齊皆沿其誤。至兼永常爲恆，中間以度，則舊本傳寫之失也。

馬謖論

戰陣之略，以制敵應變爲上，而空言無補焉。趙括善談兵，卒有長平之敗；馬謖好談兵，卒有街亭之失。夫趙括一紈袴子，至馬謖，則馬氏五常之一也。史稱其才器過人，武侯亦相器重，南征時所爲攻心爲上攻城爲下者，用其言，遂以平孟獲而定南中，計議洵有過人者哉！

且街亭之失，亦非甚失策也。乘高者勝，兵法所誌，前則有許歷之據山而秦敗於閼與，後則有唐莊宗之爭土山而梁敗於德勝。謖亦非甚失策也。獨惜水道之絕，竟爲敵人所乘，無一策以救敗，諸州內應之機，一失不可復得，是可嘆耳。觀其與武侯書，謂『深維殛鯀興禹之義，使平生之交不虧於此，雖死無恨於黄壤』，謖固自服其罪，而武侯刑罰之公，使之心折，爲不可及矣。乃習鑿齒謂蜀僻陋一方，才少上國，而殺其俊傑，退收駑下，明法勝才，不師三敗之道，此因蔣琬『楚殺得臣』之言而附會其說耳。不知武侯之殺謖，法也，亦勢也。當時楊儀、魏延皆跋扈之將，非紀律嚴明，何以馭之？且廖立不必廢，李嚴不必降爲民也。孫武戮宫中之女，魏絳誅楊干之僕，刑罰明則紀律肅，自古皆然，又何疑於武侯？

蓋武侯之出祁山，不用吴懿諸人，而用謖者，一時諸將無出其右。用謖敗，用他人未必不敗，共謀歷年，有功則用之，有罪則誅之，治國治軍之法，豪無足怪。陳壽謂武侯不聽先主之言，此有意抑之，坐以不知人之實耳。吾以爲不然。

阮籍論

晉承漢魏喪亂之後，士大夫知名節者罕矣。如王敦、祖約、桓溫諸人，不惟不斥爲叛臣，轉從而誇美之，是以忘阮籍之爲逆也。晉人于竹林七賢尤推籍，吾謂籍者特以狂名欺世，而世皆爲所欺耳。何以徵之？史稱司馬師時，公卿將勸進，令籍爲其辭，籍方醉，使者以告，據案寫之，無所改竄，辭甚清壯。籍之情蓋見於此矣。司馬之篡魏，其勢已成，有籍亦篡，無籍亦篡，而籍必不可爲之文。籍父瑀，魏丞相掾，知名于世，而籍由尚書郎爲高貴鄉公散騎常侍，封關內侯，此豈可以事二姓者？當其辭曹爽之招，明知三馬將食槽，而要結于師之兄弟，至甘心勸進而不惜。史又稱籍遺落世事，雖去佐職，恆游府內，朝宴必與，其爲司馬腹心，蓋去賈充、成濟一間。師謂嗣宗至慎，《詩·揚之水》，曲沃將弒昭公之作也，曰『我聞有命，不敢以告人』，所以爲至慎也。嵇康亦謂，禮法之士疾之如仇讎，幸大將軍保全之，亦知籍爲私人也。觀師之酖鄭小同，其保全籍也明矣。鍾繇書《大饗》、《受禪碑》，歐陽公尚斥爲無恥，至籍以文章翰墨助篡逆之謀，諛之以阿衡，媲之以周呂，且託之于酒以見其才，以飾其蹟，無恥孰甚焉？無所改竄者，蓋籍與司馬父子兄弟包藏禍心、謀移魏祚久矣，其文宿構有年，藏之肺腑，乘時而出，非果率爾操觚以應命也。世以狂而癡目之，又以醉而恕之，又以《詠懷詩》而重之，不知適爲所欺。

孔子謂『狂而不直，今之狂也蕩』，如籍，所謂蕩者，非歟？若以放棄禮法，與竹林七賢同類而譏，豈足以蔽其辜哉？籍遇孫登，商略棲神道氣之術，登置而不應，亦識其爲逆黨，故不屑與之言。而蕭統收其詩文，入諸《文選》，吾故曰：六朝之士大夫罕知有名節者，此也。

王羲之論

尚論古人之品，必觀其性情，而性情之純駁，由其好惡定之。若使拂人之性，則雖文藝甚工，聞望甚重，論者猶將指其失，以爲戒焉。

晉王羲之之書法，古今第一，好書者併其品而推之。觀夫諫北伐，陳運漕，似卓然有高世之見、開濟之才，獨惜其性情好惡之偏也。史傳稱，羲之宴集于蘭亭，羣賢有詩，羲之自爲之序，或以比于石崇金谷，聞而甚喜。夫崇何如人也？任俠無行，劫遠使商客，致富不貲，又與潘岳諸人諂事賈謐，降車路左，望塵而拜，此其人于天下，殆如蛆蠅糞穢也。相提以論，宜恧然慚，怫然怒，而引以爲重，侈然自喜，陋矣。又傳稱，王述少有名譽，羲之輕之，及述爲揚州刺史，恥爲之下，求分會稽爲越州，大爲時賢所笑。又因述檢察刑政，稱病去郡。夫述夙以安貧守約、清貞簡貴聞，至折桓溫遷都之謀，拒坦之求婚之請，志節凜然，有大過人者。是時溫據上流，勢將跋扈，尤宜仿廉、藺之義，同心協力以備不虞，而屢因私隙去官以避之，誓墓雖堅，乖于大義，終難與恬退者同論矣。

夫君子小人，薰蕕冰炭之不相入也。使羲之幸而枋用，以其性情好崇，則類崇者進；惡述，則類述者退。意旨所分，關于人才之消長、國是之治忽，豈鮮也哉？蓋西晉貴戚世家習于驕侈，如何曾、王濟咸以豪華相尚，經兵燹喪亂，而其風未熄，故羲之不免忻慕于崇與卞壼，斷裁切直，爲諸名士所少，羲之于述亦猶是已。自來文藝之士，風流自賞，多遠于忠義廉潔之爲，若褚遂良之直諫，顏真卿之授命，蔡襄之自守，固曠世而一覯也。唐文皇酷嗜羲之書，史臣立傳，稱制以爲贊，而僅道其精研篆素，盡善盡美，其他皆不及焉，殆亦意有所未滿者歟？

唐宋兵制得失論

從來治國者，莫急於治兵。君任良將，將馭精兵，有可强不可弱之氣，然後國家久安長治。不當襲寓兵於農之迂談，以誤國也。

唐宋之主，皆百戰而得天下。唐强，失其所以爲强，則債亂而蹶；宋弱，不振乎其所以弱，則疲苶以亡。說者謂唐之制以府兵爲最，將軍統諸府，府有郎將、坊主、團主相統治，此制馭之善。宿衛者，視地遠近，爲五番、七番、八番、十番、十二番之法，此戍役之善。二十而兵，六十而免，此休息之善。全府發則折衝以下皆行，不盡，或果毅行，或别將行，此調發之善。軍有坊，置主一人，以課農桑，此勸課之善。夫亦取其與《周禮》略有似焉，而不知唐兵之强不在此。

愚常考太宗之置禁軍也，擇善射百人爲二番，又選材力驍壯者置飛騎，試而取之也甚精。其十二道都尉，率五校兵馬而訓練之，步伐擊刺，秩然有條，故横行天下而莫當也。開元初年，廢府兵，置彍騎，各衛軍悉果敢而勇於戰，所以高偘獲車鼻，裴行儉斬泥孰匐，王孝傑破泥孰俟斤，此時兵號最强。

李林甫停上下魚書，童奴侍官習爲翹木扛鐵，禁軍弛而各衛軍皆壞，軋犖山得以擁二十萬之衆一發莫支，後雖撲滅，而老兵悍卒秉節鉞以鎮要地，聚財賄以養死士，黑雲落鴈，銀槍効節，感私恩而致其命。始也名衛弱而不足制藩鎮，紇干涷雀，國遂以亡。故曰失其所以爲强則蹶也。

若宋之兵不然。開國之初，曹彬、潘美皆大將才，而未足以當一耶律體歌。寶元時，韓琦、龐籍皆名臣，而不能平西夏，兵本弱也。慶曆初，禁軍入籍者八十餘萬，王曙、王繼英嘗言，『驕惰悍慢，率不可用』。迨道君將童貫，而闕額至二十四萬，金人直入，其誰能支之？南渡後，兵半入於盗，半死於戰，張慤之巡社、王庶之義士，一經見敵，靡有孑遺。自樞密院頒教閲之法，而宿衛稍强；自左右翼親自教戰，而外軍亦少震。故大敵巨盗内外交訌，吳、韓、劉、岳諸人猶能屹然壯東南半壁者，此也。咸淳間，招平民爲兵，取充數以覬賞格，兵制極壞。惟江淮水軍布置漸密，其餘無足取者。夫遼人二帳十二宫一府五京，有兵一百六十萬，善戰能寒。金人兄弟子姓皆良將，部落保伍皆鋭兵。元則外有秃魯華諸軍，内有四怯薛諸軍，戰勝攻取，雹激風發。卽西夏僻處銀綏，而十二監軍六班十部之設，其雄才亦有過人者。而宋以疲茶之兵當之，宜其始而納幣，繼而拜表稱臣，終至崖山之痛也。

夫設兵之善莫如唐，三百餘年，四夷無敢彎弓南下者。馭將之善莫如宋，三百餘年，叛臣無敢稱兵犯闕者。然開元以前，總管節度威震邊關，詔書甫下，解職趨朝，不聞跋扈以抗王命，知唐末之亂，非立法不善，而任人之不善也。論兵者舍宋取唐，知人以任將，任將以練兵，庶中外宴然，而國家有可强不可弱之勢矣。

續復讐論

自唐徐元慶手刃父讐，束手歸命，陳伯玉請誅之而旌其閭，柳子厚駁之宜矣。柳子云：『誅其可旌，是謂黷刑；旌其所誅，是謂黷禮。旌與誅莫得而並焉。』然卒無以全孝子，而并全國法也。

夫世之殺人者，其事恆見，其情不一。平居里巷，小民互相仇殺，果出於謀與故歟？是法所不得貸也。等而次之，則往往出於寬典。然寬典不可以例孝子之心，何則？國家立法，以天下爲準者也，罪雖當死，而反覆推求，或有一線可原，略加寬貸，以示並生並育之仁。至人子，以父母爲準者也。父爲人殺，而人不得麗於殺，椎心泣血，早夜呼憤，固有不能已於頃刻者。卒然相值，猶緩其報復之心，徐推其殺父之故，且原國法之已盡，而任大仇之在前，此必非人子而後可。苟爲人子，未有不投袂而起、義不反顧、事不旋踵者。《記》云：『父母之讐，弗與共戴天；兄弟之讐，不反兵。』明教以讐之必復矣。執法者因而原之，是法之所已生者，而仍不得保其生，勢將廢法；因而殺之，是殺處心積慮爲父報仇之孝子也，殺孝子不可以爲天下訓。然則何以全孝子，執法者于此不幾于兩窮哉？

吾嘗考諸《唐律疏議》，有殺人移鄉之條，文曰：『諸殺人應死，赦例移鄉。』律又云：『若死家無期以上親，或先相去千里外，不在移限。』蓋世容有不盡償命之人，而不可絕孝子報仇之義，既不可絕孝子報仇之義，自不可再殺報仇之子，是以令曾殺人者避諸千里以外。孝子卽知仇人尚在，而無所見以激其悲憤，則倖而生者終得生全，而孝子不致罹于慘法，此全孝子而并以全國法，仁之至、術之至善者也。或其人自恃凶悍，藐視諸孤，猶復來往故鄉，以鳴得意，則揕刃其胷，與孝子又何誅焉？然此律蓋不始於唐，兩漢豪俠之流多有避仇者，是以沿而載之耳。吾怪伯玉、子厚宜皆深明國典，乃於永徽初年所定之律不加省察，而徒爲此紛紛也。

王安石論

宋之天下，孰亡之？曰：亡於王安石。安石曷以亡宋？曰：安石引吕惠卿，惠卿之徒因而引蔡京、童貫、朱勔、郭藥師等，遂迄宋祚。故曰：宋亡，亡於安石。

考安石之心，非欲以亂宋也，恃其學之博，逞其説之偏，欲以富國强兵爲要結於君之術，知其説其術不爲諸君子所許，乃引惠卿之徒以助己。夫君子小人，如冰炭之不相入，薰蕕之不同器，而鸞梟之不並栖也。小人立於朝，君子必恥與同列，不待其搏擊排擠，固將望望然去矣。且君子剛直，小人和柔；君子木訥，小人便給；君子疎闊而迂緩，小人周密而敏捷；君子方正而誠一，小人工巧而變詐。有是數者，故君子同小人事，必形其拙；君子與小人爭，必至於敗。君子敗，則君子之類悉以去，不去，則竄逐誅戮隨之。爲小人者，乃得悉引其羣以踞於朝廷之上，此其人皆貪墨無行，頑鈍無恥，以洊被寵遇爲榮，以旦夕得志爲樂，以富貴權勢聲色貨利爲娱。於祈天永命之謀、子孫黎民之計，非獨見所不及，卽及之，亦嗤以爲愚且拙，而必不肯爲。浸淫久之，社稷安得不危，國家安得不覆也哉？

宋太祖以仁厚取天下，洎乎真、仁兩朝，益務爲寬大簡靜，以培養天下元氣，故人才之美盛，未有過於是時者。至徽、欽之際，前後左右皆匪人也，豈非其最著者竄逐誅僇以死，次者亦皆行遯伏匿而不出歟？遯之否，否之剝，於是敵國外患集於眉睫之間，無一君子爲之奔走禦侮。蒙塵北狩，致命徇國之君子，惟李若水一人，轉爲金人所笑。推其禍首，蓋由安石引用小人，以馴致於此。吾故曰：安石之罪，莫大乎用小人以亡宋，而新法病民次之。

雖然，安石詎不知惠卿之徒之爲小人？彼欲行新法也堅，因以引用也力，始於自是，中於自私，卒於自用，其漸遂以亡天下。如是而猶欲爲安石訟冤，則吾不取。

張浚論

建炎以後，稱中興賢相者，以趙鼎、李綱、張浚爲首。愚以爲浚非君子也，不得與趙、李比。蓋宋當南渡之時，京、湖、川、陝宴然無恙，桑仲、戚方、李成諸劇盜，猶未縱横于境內，而兩河豪傑枕戈礪刃以從義者，所在多有，天下形勢尚可爲也。高宗宣撫之，任行便宜，操黜陟，以軍國重事付之，而乃剛愎自用，致四十萬人坐喪于婁宿之手，四方震動，兵氣沮喪。譬猶大病之人，復以鋟刻之藥投之，元氣殆盡，幾何其不至于死也？宋之不亡，不獨諸將力戰之功，亦天幸耳。

且浚而以恢復中原爲己任乎，則曷爲而劾李綱？綱也忠勇果烈，能搘柱于孤城危急之餘，既爲僕射，而張所之招撫、王𤫉之經制、宗澤之留守，布置歷歷，確有成算。蹟其殺宋齊愈及召募軍士，所以爲國計者甚大。浚借以斥其罪，其意安在？

且浚爲辛炳所劾，落職久矣，自趙鼎勸親征而召之福州，起爲宣撫，因一呂祉之事，擠而去之，鼎盡薦賢爲國之美，浚乃入朝見嫉。宋室中衰，小人盤互，僅僅一二賢臣，而復出死力以傾軋之，專權固位，桀驁自雄，其心尤有不可問者。

他如王庶，小將也，信之而殺曲端；酈瓊，劇盜也，任之而拒岳飛；邵弘淵，驕卒也，護之而敗李顯忠。顛倒失措，好惡拂人，故三督師而敗衄。良臣絕跡於內，良將離心于外，士卒糜爛于疆埸，宋之天下有可爲，而卒至于不可爲，皆浚有以致之也。

愚以爲其材甚庸，其識甚闇，其性甚妒，其量甚狹，其自用也甚專，生平勳業德行無足紀者。宋儒以南軒故，交相推重，噤口不敢作一指摘語。最可異者，至以諸葛武侯比之，其果然乎？或以其不主和議嘉之，夫韓侂胄曷嘗不伐金也？

齊風汶水考

《齊風·載驅》章云：『汶水湯湯，行人彭彭。』《序》云：『盛其車服，疾馳于通道大都。』《箋》因之云：『汶水之上，蓋有都焉。』孔氏《正義》云：『襄公入于魯境，往會文姜。』按：《前漢書》于泰山郡萊蕪下云：『《禹貢》：汶水出西南，入泲。』又于琅邪郡朱虛下云：『東泰山，汶水所出，東至安丘入濰。』顏師古云：『前言汶水出萊蕪入濟，今此又言出朱虛入濰，將桑欽所說有異？或有二汶水乎？』然按《水經》云：『汶水出泰山萊蕪縣原山，西南過嬴縣南。又東南過奉高縣北，屈從縣西南流，過博縣西北，又西南至安民亭，入于濟。』又云：『汶水出朱虛縣泰山。北過縣東，又北過淳于縣西，又東北入于濰，又東北入于縣。』是則萊蕪之汶，由西南行入濟；朱虛之汶，由東行入濰以達于海者也。二汶固不同矣。

以今地理核之，汶河水有數源，其經流一自萊蕪縣東北原山之陽發源，一自泰安縣泰山之北仙臺嶺發源，至故縣鎮二水合流，謂之大汶河。又西南逕焦家店與萊蕪縣之牟、嬴二汶會。牟汶有二：一自縣東南寨子村海眼泉發源；一自縣東古牟城東響水灣發源，至盤龍莊二水合流，西至瀘馬河合於嬴汶。嬴汶有二：一自萊蕪縣南宫山之陰石漏河發源，北流會牟汶；一自縣東北大小龍潭發源，南流會牟汶，並南合爲一流，又西至半壁店復會南北諸泉，入泰安縣界，至焦家店合于大汶，逕無鹽山西與北汶會。北汶本于泮水，自泰安縣泰山西桃花峪發源，東南流至郡城，又東南流有石汶水入之，又東南至無鹽西合于大汶。小汶水自新泰縣東北龍堂山南麓發源，南流逕嶅陽店至南鮑莊入新泰界，西流逕靈楂堡入泰安縣界，逕徂徠山南，又西南至故柴城北，世謂之柴汶。又西南至大汶口合于大汶。此汶之名各不一也。《詩》言汶，蓋指大汶言之。酈氏又云：『汶水南逕鉅平縣故城東，而西南流，城東有魯道，《詩》所謂「魯道有蕩，齊子由歸」者也，汶上夾水有文姜臺。』按：成二年：『齊侯伐我北鄙，圍龍。』注：『龍在泰山博縣西南。』桓三年：『公會齊侯于嬴。』注：『齊邑，今泰山嬴縣。』哀十一年：『會吴子伐齊克博，壬申至于嬴。』然則嬴、博以南屬魯界，龍以北屬齊界，故成二年取汶陽田，蓋汶之南皆魯地也。且酈氏云『文水屈從博縣南西流，又西南經龍鄉故城南』，益知齊魯往來要道實在嬴、博，當今寧陽、東平間，故襄公之來會由之，扼要之地，卽爲大都通邑。惜《正義》之未能詳指其地也。

韋顧昆吾考

《商頌》：『韋顧旣伐，昆吾夏桀。』箋：『韋，豕韋，彭姓。顧、昆吾，皆己姓。』《正義》：『《國語》云己姓昆吾、蘇、顧、董、溫。豕韋，則商滅之矣，故知豕韋卽彭姓，顧與昆吾皆己姓也。《鄭語》又曰

「豕韋商伯」，此已滅之又得爲商伯者，成湯伐之，不滅其國，故子孫得更興爲伯也。』或言豕韋有三。據《唐書・宰相世系表》：『豕韋，風姓，顓頊孫大彭爲夏諸侯，國于彭城。』是有風姓豕韋也。據《左傳》，蔡墨云：『其後有劉累，賜氏曰御龍，以更豕韋之後。』是有劉姓豕韋也。據《世本》『豕韋防姓』，是又有防姓豕韋也。按：豕韋本彭姓，若加以風姓、劉姓、防姓，則是豕韋有四，亦不止于三也。此三說皆非也。《世本》之防姓，防與彭音相近而譌。《左傳》之劉姓，夏孔甲曾命御龍氏更豕韋之後，一龍死，御龍氏不能致龍，尋遷魯縣，彭姓豕韋復國，終夏之世皆彭姓。至商武丁五十年征豕韋，克之，乃以劉累之後代之。賈逵亦云：『祝融之後封爲豕韋，殷武丁滅之，以劉累之後代之。』當夏桀時，豕韋實彭姓，非劉姓也。《鄭語》：『彭姓，彭祖、豕韋、諸稽。』韋昭注及《左傳》杜預注皆云，豕韋彭姓，不聞有風姓。《唐書・宰相世系表》本諸《國語》，而改彭爲風，其謬顯然。《通志・氏族略》以豕韋爲風姓，卽沿《世系表》之誤。蓋豕韋在夏以前惟彭姓，彼三說者皆誤也。《元和郡縣志》『滑州白馬縣南有韋城』，卽豕韋之國。

顧國，據哀二十年《傳》『公及齊侯、邾子盟于顧』〔一〕，《竹書》『帝癸二十九年，商師取顧』，杜預云：『顧，齊地。』《國名記》云：『濮州范縣東南有古顧城。』

至昆吾之見于典籍者，如《國語》云『昆吾爲夏伯』，《史記・楚世家》云：『顓頊之後，陸終生子六人：長曰昆吾。昆吾氏，夏之時常爲侯伯，桀時湯滅之。』《竹書》：『仲康六年，錫昆吾，命作伯。帝芬三十三年，封昆吾氏于有蘇。帝廑四年，昆吾氏遷于許。帝癸二十六年，商滅溫。二十八年，昆吾氏伐商。三十一年，商自陑征夏邑，克昆吾，戰于鳴條，夏師敗績，桀出奔。』此昆吾氏顛末也。昆吾始封在濮陽，故哀七年左氏《傳》云〔二〕：『衛侯夢于北宮，見人登昆吾之觀，別封在蘇。』僖十年：『狄滅溫，蘇子奔衛。』《唐書·世系表》：『昆吾之子封于蘇，其地即鄴西蘇城。』蘇與溫一地而異名，同隸衛境，然溫在河北，濮陽在河南，相去數百里，聲勢足以相援，故湯先滅蘇以弱昆吾，繼克昆吾以弱桀耳。

夫湯都亳，當今歸德商丘，《書》序：『湯征桀，升自陑。』鄭君謂在河曲之南，《正義》謂在潼關左右。當日大勢，湯先自東稍西滅顧，以絕近患，乃渡河取韋，復西向取溫，則東南諸國莫不賓商。昆吾之在濮陽者，或率師入衛，或奉桀以伐商，而不知其地已爲湯所有。即不然，亦路中斷，不可通桀，右臂已斷，然後逾王屋，沿河西北，悉鋭以攻安邑，而昆吾自破，夏自舉矣。武王之伐紂也，從西南而東北；湯之伐桀也，從東南而西北。《商頌》二句中，按其地理，當日伐桀之前後，瞭如指掌。古人歌頌，簡括明肅，後人明辨深思之，天下大勢，有不煩聚米畫沙而灼然自見。余故考而出之，以明夫湯之所以得天下者。

【校記】

〔一〕哀二十年，據《左傳》在哀二十一年。

〔二〕哀七年，據《左傳》在哀十七年。

封建考

《周禮·大司徒》：『凡建邦國，諸公之地，封疆方五百里，其食者半；諸侯之地，封疆方四百里，其食者三之一；諸伯之地，封疆方三百里，其食者三之一；諸子之地，封疆方二百里，其食者四之一；諸男之地，封疆方百里，其食者四之一。』《職方氏》云：『凡邦國千里，封公以方五百，則四公；方四百里，則六侯；方三百里，則十一伯〔二〕；方二百里，則二十五子；方百里，則百男。』《職方》所云與《大司徒》所載，脗合無疑。而《禮記·王制》云：『公侯田方百里，伯七十里，子男五十里。』《孟子》云：『公侯皆方百里，伯七十里，子、男五十里。』顯與《周禮》不合。而鄭《注》以《王制》爲殷制，云：武王初得天下，因殷爵三加爲五，建百里、七十里、五十里之封。其後周公攝政，六年致太平，遷大九州之界，益封加地爲五百里、四百里、三百里、二百里、百里之國。蓋當日情形實如是也。說者謂孟子立論，所以抑當時七雄吞并之勢，故云齊、魯始封方百里。《王制》漢儒所作，遂祖其說。豈篤論哉？夫《大司徒》、《職方》所言皆周制，周自周公伐奄以後，滅國者五十，斥大九州，天下太平，由是而制《周禮》，故有五百、四百、三百、二百里之制。蓋論其頒布之時，當在成王七年以後。若《周禮》未成以前，則所用者尚仍殷制。周制：公、侯、伯或食封疆之半，或食其三之一。而東遷後，王室日衰，諸侯放恣，封疆所出皆以自食，故惡《周禮》之害己，抉而去其籍。而周初所行之殷禮，且幸而得存，故孟子舉以告北宮錡。秦、漢儒者集以爲《王制》，而周禮之遺佚蓋已久矣。至其食者半、三之一、四之一，鄭《注》：『大國貢重，正之也；小國貢輕，字之也。』賈《疏》謂：『市取美物以貢天子。』竊計公之貢，一歲多至四萬夫，幾與《春秋》晉取衛貢五百家、吳取魯賦八百乘等，非王者，無總貨賓之意。蓋所謂其食者，皆以之爲官吏祿用之費。計天子公田三十二萬夫，祿數均十四萬有奇，是王畿方千里，其食者半矣。諸公方五百里，公田八萬，夫爲王畿四分之一，若其朝野官吏亦四而得一，祿數眡王國而不減，應三萬八千四百餘夫。諸侯方四百里，公田五萬一千二百夫，爲諸公三之二而少，若官吏亦三而減一，祿數惟中下士相同，餘俱二而減，應一萬七千有奇。諸伯方三百里，公田二萬八千八百夫，爲諸侯之半而有餘，若官吏亦減半，祿數眡侯國而不減，應九千六百餘夫。諸子方二百里，公田一萬二千八百夫。諸男方百里，公田三千二百夫，若官數仍遞減，則男之官太少，不可爲國。子、男除庶人在官，及鄉遂諸官以地計，其他官數約倣《王制》。諸男祿數倣《王制》，而上士四，中士爲有加。諸子惟卿食縣，餘俱倍于諸男，計諸子班祿應三千二百餘夫，諸男應八百七十餘夫。凡公、侯、伯、子、男祿數，與所云其食半及三之一、四之一，俱不甚遠，則以之爲官吏祿用，較入貢于王，爲説長也。

【校記】

〔一〕十一伯，據《周禮·職方氏》當作「七伯」。

鄭氏書目考

兩漢説經大師，著述繁富，莫如鄭君。《後漢書》本傳云：「門生相與撰玄答諸弟子問，依《論語》作《鄭志》八篇。凡所注《周易》、《尚書》、《毛詩》、《儀禮》、《禮記》、《論語》、《孝經》、《尚書大傳》、《中候》、《乾象曆》，又著《天文七政論》、《魯禮禘祫議》、《六藝論》、《毛詩譜》、《駁許慎五經異議》、《答臨孝存〈周禮難〉》，凡百萬餘言。」今以《隋·經籍志》、《唐·藝文志》核之，惟《乾象曆》、《七政論》不行于世，其他諸書，較本傳所載爲多。然隋、唐三《志》各有舛錯，或誤并他人之書，或不載鄭君之名，不可不考正也。

《玉海》云：『《唐志》：鄭玄《毛詩譜》三卷。《隋志》二卷，太叔求及劉炫注。』今《隋志》《毛詩譜》二卷，但云『太叔求及劉炫注』，載在徐整《毛詩譜》下，不知是鄭君所撰之《譜》矣。徐整亦非自撰《詩譜》。《釋文敘錄》稱：『徐整暢，太叔裘隱。』《國史志》云『整既暢演而裘隱括之』，是皆注鄭《譜》耳。《隋志》不言鄭撰，是其疎也。

《新唐書·藝文志》云：『鄭玄注《戴聖禮記》二十卷，又《禮議》二十卷，《禮記引》三卷。』攷劉昫《舊志》云：『《禮記》二十卷，戴聖撰，鄭玄注。』又云：『《禮義》二十卷，戴聖等撰。』杜氏《通典》、政和《五禮新儀》並言是戴聖撰，無鄭玄注，《新志》連屬言之，誤也。

《新唐書·藝文志》云『鄭玄注《古文尚書》九卷』，又『《釋問》四卷，王粲問，田瓊、韓益正』。《舊志》亦云『《尚書釋問》四卷，王粲問，田瓊、韓益正，鄭玄注』。蓋王粲有疑于鄭學而問，鄭之弟子田瓊、韓益釋之，所問所正皆鄭氏之注，故言『鄭氏注』以申明之。後人誤以爲鄭玄撰者，非也。

他如《周禮·大宗伯》，賈公彥《疏》引《爾雅》鄭注云：『天皇北辰耀魄寶。』鄭未注《爾雅》，此不足據。又朱子《書河圖洛書》曰：『《大戴禮·明堂篇》有二九四七五三六一八之語，鄭氏注：法龜文也。』漢人固以九數者爲《洛書》也，鄭康成無《大戴禮注》，朱子誤以盧辨《注》爲鄭《注》耳。又《玉海》附載《忠經》一卷，『馬融撰，鄭玄注。《崇文總目》在小說。』此係僞書，不足錄。又劉克莊《墨莊漫錄》載《漢宮香方》鄭康成注〔一〕，尤謬妄也。

余向與惠定宇、家鳳喈共講鄭氏學，各取書目考證之，尚多不全不備。今歸田多暇，輒復論定。據

《後漢書》本傳、《鄭志》目録、《晉中經簿》、《梁七録》、《隋·經籍志》、《舊唐書·經籍志》、《新唐書·藝文志》，參以《宋藝文志》、《崇文目》、《玉海》、《御覽》、《釋文》諸書，略訂其誤，俾後之談鄭學者覽焉。

周易注　本傳有，《鄭志》目録有，《晉中經簿》有，《梁》十二卷，《隋》九卷，《舊唐志》九卷，《新唐志》十卷。按：《玉海》：費氏之後，《易經》上下離爲六卷，《繫辭》而下五篇合爲三卷。《宋藝文志》：鄭玄《周易文言注義》一卷。蓋宋時惟存《文言》、《説卦》、《序卦》、《雜卦》四篇，合爲一卷，餘皆逸也。舊本十二卷，後爲九卷，《新唐志》云十卷者，《釋文》所謂《録》一卷也。

易緯注　《梁》九卷，《隋》八卷，《宋藝文志》七卷，《乾鑿度》、《通卦驗》不在七卷内。

乾鑿度注　李淑《書目》二卷，《宋藝文志》三卷。

通卦驗注　李淑《書目》二卷，《宋藝文志》二卷。

稽覽圖注　《宋志》一卷，《玉海》、《永樂大典》同。《通考》二卷，《書録解題》三卷，《通志》七卷。《通志》言七卷者，合《辨終備》以下四卷，及二卷、三卷無標目者，非謂《稽覽圖》有七卷也。

辨終備注　《玉海》一卷。

是類謀注　《玉海》一卷。

乾元序制記注　《玉海》一卷。

坤靈圖注　《玉海》一卷。按《玉海》云：『今三館所藏《乾鑿度》、《通卦驗》，皆别出爲一書，而《易緯》鄭氏注七卷，《稽覽圖》第一，《辨終備》第四，《是類謀》第五，《乾元序制記》第六，《坤靈圖》第七，二卷、三卷無標目。』

尚書注　本傳有，《鄭志》目録有，《晉中經簿》有，《隋》九卷，《唐》同。按本傳云：『從東郡張恭祖受《古文尚書》。』《唐志》云『鄭玄注《古文尚書》九卷』。

尚書義問《隋志》：『梁有《義問》三卷，鄭玄、王肅及晉五經博士孔晁撰。』

尚書大傳注本傳有，《鄭志》目録有，《晉中經簿》有，《隋》三卷，《崇文目》同，《書録解題》、《通考》並四卷。

尚書緯注《梁》六卷，《隋》三卷，《唐》三卷。按：《唐志》有鄭注《尚書緯》三卷，宋以後亡，其《緯書》不可考，今略檢諸書補其目于下。

刑德放注見《御覽》六百四十八卷。

帝命驗注見《初學記》九卷。

考靈耀注見《藝文類聚》一卷。

璇璣鈐注見王融《策秀才文》李善注。以上緯書，散見各書中頗多，今略舉以概其凡。

尚書中候注本傳有，《鄭志》目録有，《晉中經簿》有，《梁》八卷，《隋》五卷。其名有：《握河紀》、《敕省圖》、《我應》、《雒師謀》、《準讖哲》、《合符后》、《運衡》、《覬期》、《考河命》、《義明》、《霸免》、《苗興》、《契握》、《雒余命》、《擿雒貳》、《稷起》。

毛詩箋本傳有，《鄭志》目録有，《晉中經簿》有，《隋》二十卷，《唐志》云『箋《毛詩詁訓》二十卷』。

毛詩譜本傳有，《鄭志》目録有，《新唐志》三卷，《舊唐志》二卷，《宋》三卷，歐陽修補亡。《隋志》二卷卽鄭《譜》，不注鄭玄撰者，誤。

詩緯注《唐》三卷。

儀禮注本傳有，《晉中經簿》有，《隋》十七卷，《唐》同。

周官禮注《晉中經簿》有，《隋志》十二卷，《唐》十三卷。按：本傳云：『從張恭祖受《周官》、《禮記》。』《儒林傳》云：『馬融作《周官傳》，授鄭玄，玄作《周官注》。』本傳稱其注《儀禮》、《禮記》。唐史承節撰《鄭司農碑》云『注《儀禮》、《周官》、《禮記》』，較爲詳備矣。

答臨孝存周禮難本傳有，《鄭志》目錄有。《鄭志》作臨碩，碩，孝存名也。臨，《正義》作林。孝存，史承節《碑》作孝莊。

禮記注本傳有，《鄭志》目錄有，《晉中經簿》有，《隋》二十卷，《唐》同。

魯禮禘祫議本傳有。

喪服經傳注《隋》一卷。

喪服變除注《唐志》一卷，此戴德所撰，而鄭注之。孔疏亦多引其文，《唐志》脱一「注」字。

喪服譜隋一卷，《唐志》作《喪服紀》一卷。

三禮目錄《隋》一卷，《唐》同。梁有陶弘景注，亡。

三禮圖《隋》九卷，同侍中阮諶等撰。

禮緯注《隋志》云「三卷，亡」。今取其可考者補其目。

斗威儀見《文選·七啓》李善注。

含文嘉見《御覽》一卷。

禮記默房注《梁》三卷，《隋》二卷。

左傳注本傳云：「從張恭祖受《左氏春秋》。」邢昺《孝經疏》引《六蓺論》敘《春秋》云，「玄又爲之注」。劉孝標《世説》云，「鄭注《春秋傳》未成〔二〕，盡以與服虔，爲服氏注」。

鍼左氏膏肓本傳有，《鄭志》目錄有，《唐志》十卷。

釋穀梁廢疾本傳有，《鄭志》目錄有，《隋志》三卷，《唐》同。

發公羊墨守本傳有，《鄭志》目錄有，《新唐志》一卷，《舊唐志》二卷。

駁何氏漢議《隋》二卷，《唐志》云：「何休《春秋漢議》十卷，鄭玄駁。」

春秋左氏分野《梁》一卷。

春秋十二公名《梁》一卷。

孝經注本傳有，《隋》一卷，《唐》一卷，《太平寰宇記》作鄭小同撰者，非。

論語注本傳有，《晉中經簿》有，《隋》十卷，又九卷，《唐》十卷。

論語釋義注《舊唐志》十卷，《新唐志》一卷。

論語孔子弟子目錄《隋》一卷，《唐志》作《論語篇目弟子》一卷。

孟子注《隋》七卷，《唐》同。

六藝論本傳有，《鄭志》目錄有，《隋》一卷，《唐》同。

駁許慎五經異義本傳有，《鄭志》目錄有，《唐》十卷。

答甄守然書《鄭志》目錄有，《史通》作甄子然。

乾象曆法本傳有，《鄭志》目錄有。

天文七政論本傳有，《鄭志》目錄有。

日月交會圖《梁》一卷，又有《日月本次位圖》，疑亦鄭注。

九宮經《隋》三卷。

九宮行棊經《隋》三卷。

九旗飛變《舊唐志》一卷，鄭玄撰，李淳風注。

漢律章句《晉書·刑法志》：『魏時承用漢律，叔孫宣、郭令卿、馬融、鄭玄諸儒章句十有餘家，家數十萬言。於是下詔，但用鄭氏章句，不得雜用餘家。』

鄭玄集《梁》二卷，錄一卷。《唐》二卷。近盧見曾輯《鄭司農集》一卷，然缺佚者多，如《玉海》所引之《三禮序》、《論語序》、《詩·芣苢》疏所引之《尚書中候序》，皆不可得矣。

樂緯動聲儀諸書皆不言鄭有《樂緯》注，然考《御覽》一引《樂緯動聲儀》有鄭玄注，則鄭君曾注《樂緯》，信矣。

鄭志鄭小同撰，本傳有，《隋》十一卷，《唐》九卷。

鄭記鄭玄弟子撰，《隋》六卷，《唐》同。

尚書音《隋·經籍志》云：『梁有《尚書音》五卷，孔安國、鄭玄、李軌、徐邈等撰。』《釋文敘錄》云：『漢人不作音，後人所托。』

毛詩音《舊唐志》：《毛詩諸家音》十五卷，鄭玄等注。《釋文敘錄》載鄭玄等九人。

禮記音《梁》一卷，《舊唐書》二卷，《新唐志》三卷，曹耽解。《釋文敘錄》一卷。

周官音《舊唐志》三卷，《新唐志》同。《釋文敘錄》一卷。

儀禮音《梁》二卷，《釋文敘錄》一卷。

【校記】

〔一〕按，劉克莊《墨莊漫錄》，當作『張邦基《墨莊漫錄》』。

〔二〕上文『六蓺論』之『蓺』與此處『春秋傳』之『秋』，底本原爲雙行小注之末字而互乙，今校正。

伏波將軍印考

有耕于濟南之野者，得古銅印一，長寸，方如之，紐以龜文『伏波將軍』，左下稍損缺，字迹尚完好可識，咸以爲馬援故物。

按：伏波之名，不見于歷代《百官表》與《志》中，蓋有事則命之，事畢則歸其印綬，非官之常設者爾。《前漢·南粤傳》：『元鼎五年秋，衛尉路博德爲伏波將軍，出桂陽，下湟水。』《魏志·文昭甄皇后傳》：『青龍二年，以甄像爲伏波將軍，監諸將東征。』又《夏侯惇傳》：『鄴破，遷伏波將軍。』又《孫禮傳》：『爲揚州刺史，加伏波將軍，賜爵關内侯。』又《滿寵傳》：『破吴于江陵，有功，更拜伏波將軍。』《晉書·盧欽傳》：『出爲陽平太守，遷淮北都督、伏波將軍。』又《葛洪傳》：『檄洪爲將兵都尉，遷伏波將軍。』是兩漢及魏晉間多有爲之者，獨援居是官久，世皆以其官稱之。

光武常言：『伏波論兵，與我意合。』東平王蒼曰：『何不畫伏波將軍？』故其名特著，非遂可指爲援物也。《東觀記》：『援上書云：「臣所假伏波將軍印，書伏字，犬外嚮。符印所以爲信也，所宜齊同。」奏可。』今犬字無外嚮狀，蓋印篆之正者。吾氏衍云：「朝爵印文皆鑄，軍中印文皆鑿。」惜銅質磨蝕，鑄與鑿不可辨，當求王厚之、顔叔夏、姜夔輩是正之。

隱公不書卽位辨

《春秋》懼亂臣賊子而作，何以始隱公？懼其事之見于吾魯，而閔隱之不得正其始，而正其終也。隱之不得正其始，不書卽位也。不書卽位，攝也。然攝之爲言，魯史之舊也。

桓公弑君弑兄，諱之，屬之羽父，而羽父委之蔿氏。隱之被弑不詳，而蔿氏之誅誰氏？史皆深沒其文，而以薨赴于四方。則隱公卽位之文，非必桓追而削之，如明永樂之于建文，天順之于景泰，故孔子莫得而書；莫得而書，故以不書者閔之。《公羊》謂成隱公之意，非也。且桓之弑，必有他故。羽父公子專權久矣，其于太宰非所急也，不應以求太宰故，遂至于殺桓。及隱不聽，復卽譖于桓而弑之。其視弑君如左右取攜之便，此必非情理所有。蓋是時隱長而賢，國人悅之，會盟征伐，率親往莅其役。而桓之爲人，陰狠賊鷙，隱豈不漸窺而得之？桓年漸長，迴翔而不卽授之位，因以猜疑觀望，而乘遇清之後忽發禍機于不測，此謀弑之所由來，必非羽父之故。桓非獨與聞乎弑而已也。比其卽位，既以隱母之卑、桓母之貴布告列國，因深沒己篡弑之名，并削隱卽位之實，以爲宜繼惠公之後，而隱無與焉。蓋當日情事如此。

孔子知之，生二百餘年之後，無從筆之於書，而姑仍其微。《左氏》紀其大略，而《公羊》指以爲弑，則桓之惡真足以欺天下後世矣。故三《傳》之有功于經，豈尠小哉？孔子生乎定、哀，見東遷以後臣弑其君、子弑其父接踵於世，而魯以周公之後、秉禮之國，乃與華督、州吁、潘崇諸人相繼而起，周道始壞絕于惠、隱之際，此尤孔子所深懼也。故《春秋》者，爲亂臣賊子作，實因魯而作，所以十二公以隱居首也。

子以母貴辨

《公羊》論魯桓公曰：『桓何以貴？母貴也。』又曰：『子以母貴。』又曰：『桓幼而貴，隱長而卑。』嗚呼！何其僨也。

禮：諸侯一娶九女，二國媵之。魯惠公娶於宋，而孟子爲元妃，若仲子、聲子，皆孟子之娣姪，則皆媵妾也。何以獨貴仲子？即何氏謂媵有左右，亦不得以右爲尊而左爲卑也。仲子雖宋武公生，聲子亦必公族之子，同爲子氏，同爲媵妾，何以有貴賤之分？且孟子卒，繼室以聲子，繼室攝小君之位，其分尊，故齊使晏嬰請繼室於晉叔向，以爲賜之內主。使仲子爲右媵，則繼室當屬仲子，何以聲子繼之？聲子既繼，是聲子時爲右媵，已貴于仲子明甚，何以轉謂之卑？故《公羊》又謂其尊卑也微，又謂仲子微也。何休亦謂仲子即卑稱。其自相矛盾也明矣。

或謂聲子之卒，不赴於諸侯，不反哭於寢，不祔於姑，不稱夫人，不曰薨，不言葬，其爲媵信矣。然爲孟子之媵，故孟子卒，即攝其位。若仲子，未必爲孟子之媵也。《傳》書：『宋武公生仲子，有文在手，曰爲魯夫人，故仲子歸於我。』意孟子既卒，惠公聞仲子之異，因而求婚焉，因以有歸我之文，與娣姪媵者不同。而惠公既愛仲子，欲立其子，因授意于隱公，諸大夫知之，國人信之，周天子亦聞之，故歸之以贈及考宮羽萬，而衆莫議其非也。東遷以後，周禮放佚，如衛莊公初娶莊姜，又娶戴嬀；鄭莊公娶鄧曼，又娶雍姞：已乖不娶二姓之義。並后匹嫡，往往有之，蓋婚姻之道廢久矣。且桓公即位後，必以仲子之貴誕告國人，明己之所宜立；必舉聲子之卑，以表隱公之不成乎君。史官書之，冊府傳之，宜競謂之貴，而不知僨也。

若夫《史記》稱惠公爲隱公娶于宋，宋女至，奪而自妻之，遂以生允，是事不見《經》《傳》。且《穀梁》于夫人子氏薨謂隱公之妻，是隱初妻于宋，既爲父奪，已復妻於宋，此必無之事也。

公山弗擾以費叛辨

弗擾叛季氏，非畔魯也。蓋大夫家臣仍是諸侯之臣，諸侯卿大夫仍是天子之臣，大夫驕恣不臣，家臣背之，不可爲畔。以季氏出君專國，弗擾思執桓子以除魯害，天道好還，出於理之所宜。惟弗擾據邑之時，其心未知何屬耳。當是時，魯通國中，幾於不知魯君，止知季氏，見其貳於季，羣謂之畔。若孔子視季氏、弗擾，則同爲不靖之臣，豈有區別於其間哉？使乘弗擾之亂，能去季氏，季氏去而孟叔自去，去三家以還公室，興公室以興東周，其中或有機焉，此欲往之微意也。夫以季氏之强，較晉三卿、齊田氏殆有甚焉。不即爲晉者，魯地狹，三家分之不足以自立，并之而不能并也。且三家互爲牽制，不能如田氏之專，所以幸而僅存。而孔子之志，欲去之久矣。一爲司寇，即墮三家之城，俾失其所據。若孔子得久于爲政，其去三家必矣，而於弗擾又何嫌焉？

程子謂望弗擾以改過，是又不然。弗擾所畔，乃逐君之巨惡大憝，何過之可改？佛肸，亦晉趙氏之宰也。金仁山云：當時大夫專制，習以爲常，故以二子欲張公室爲大罪，聖人在下，既不能治諸侯大夫，二子之叛，夫子所不絕也，此皆聖人有爲之微機在不言之表者，信矣。夫子於諸侯陵天子則譏，於大夫陵諸侯則譏，獨無譏家臣者。或曰：《春秋》以盜書陽貨者何？曰：貨所竊寶玉大弓，魯君之世守也，故以盜書，豈爲三家書也哉？

外丙仲壬辨

《孟子》：『外丙二年，仲壬四年。』趙岐注曰：『外丙立二年，仲壬立四年。』孫奭疏無異辭。《史記·殷本紀》：『湯崩，太子太丁未立而卒，立太丁弟外丙。外丙崩，立外丙弟仲壬。仲壬崩，伊尹乃立太丁之子太甲。』其文本之《世本》，與《孟子》合。劉歆引《殷曆》曰：『凡殷世繼嗣，三十一王，六百二十九歲。』班固《古今人表》中上，列外丙、仲壬。譙周《古史考》曰：『殷凡三十一世，六百餘年。』《晉語》曰：『商之饗國三十一王。』又韋昭《國語》注曰：『帝甲，湯後二十五世也。』晉世所出《竹書紀年》：『外丙，名勝，二年陟；仲壬，名庸，四年陟。』《帝王世紀》：『太子早卒，外丙代立。』皇甫謐云：『商之饗國也三十一王，是見居位者實三十王，而三十一者，兼數太子丁也。』並與《孟子》合。

自僞《孔傳》有『湯崩踰月，太甲卽位』之文，孔穎達附會之，邵康節《皇極經世書》以湯起乙未、太甲起戊申，竟去外丙、仲壬，自是以後，疑信者半。蓋其時皆未知《孔傳》爲僞書故也。然言有外丙、仲壬者，有周、漢、魏、晉經史之文；言無外丙、仲壬者，除僞《傳》外，無聞焉。《書序》『成湯既歿，太甲元年』，猶《易·繫辭》『神農氏歿，黄帝、堯、舜氏作』，非指繼世而言，不足援以爲證。無徵不信，亦信其有徵者而已。

程子曰：『外丙方二歲，仲壬方四歲。』夫外丙兄也，方二歲，仲壬弟也，顧已有四歲乎？湯年百歲而崩，時尚有二歲、四歲之少子乎？或以外丙二歲卒，仲壬四歲卒，是則皆未立也，何于太丁云未立，于外丙、仲壬云二年、四年乎？使外丙果二歲卒，仲壬果四歲卒，是賢愚未可知也。班固《人表》得定爲第四品乎？此尤曲説不攻自破矣。金氏《前編》不列外丙、仲壬，并載《大紀論》，言殷立弟非正，其舛謬處如以仲丁爲沃丁、七世爲九世，是皆不信《孟子》、《史記》、《漢書》、《國語》，而襲用《皇極經世書》之病耳。朱子注《孟子》，不多用趙説，惟此引于程子之前，蓋亦以趙説爲是矣。

春融堂集卷三十五　解説

乾鑿度主歲卦解

《乾鑿度》云：『乾，陽也；坤，陰也。並治而交錯行。乾貞於十一月子，左行，陽時六；坤貞於六月未，右行，陰時六。以奉順成其歲，歲終次從於屯蒙。屯蒙主歲，屯爲陽，貞於十二月丑，其爻左行，以間時而治六辰；蒙爲陰，貞於正月寅，其爻右行，亦間時而治六辰。歲終則從其次卦。陽卦以其辰爲貞，左行，間時而治六辰；陰卦與陽卦同位者，退一辰以爲貞，其爻右行，間時而治六辰。泰否之卦，獨各貞其辰，共北辰，左行相隨也。中孚爲陽，貞於十一月子；小過爲陰，貞於六月未。法於乾坤，三十二歲，期而周，復从於貞。』

今考其法：主歲之卦，以《周易》上下經爲序，而爻之起貞，則以卦氣六日七分爲序。內卦爲貞，外卦爲悔，故從初爻起爲貞，其卦於六日七分在某月，即以某月起初爻。陽卦左行，陰卦右行，兩卦以當一歲，前卦爲陽，後卦爲陰。其行皆間一辰，乾於卦氣在四月巳，坤於卦氣在十月亥。今乾初不起四月，坤初不起十月者，以十一月子陽生，五月午陰生，乾坤尊，不與衆卦耦，故乾初爻貞於十一月子。九二爻辰在寅，九三爻辰在辰，九四爻辰在午，九五爻辰在申，上九爻辰在戌。坤又不貞於五月者，五月與十一月皆陽辰，間辰而次，則相重矣，故退一辰。初爻貞於六月未，六二爻辰在酉，六三爻辰在亥，六四爻辰在丑，六五爻辰在卯，上六爻辰在巳。

屯於卦氣屬十二月初候，故初九爻辰在丑，六二爻辰在卯，六三爻辰在巳，六四爻辰在未，九五爻辰在酉，上六爻辰在亥。蒙於卦氣屬正月二候，故初六爻辰在寅，九二爻辰在辰，六三爻辰在午，六四爻辰在申，六五爻辰在戌，上九爻辰在子。若師於卦氣屬四月二候，比亦屬四月三候，陰卦與陽同位，陰卦退一辰而貞五月。兑於卦氣屬八月方伯之卦，巽亦屬八月初候，陰卦與陽卦同位，陰卦宜退一辰而貞九月。巽爲陽，兑爲陰，今兑不退而巽退者，以兑是四正卦，故不退兑而退巽。

然不獨同位然也，凡陽卦在陽辰，陰卦亦在陽辰，陽卦在陰辰，陰卦亦在陰辰，皆後卦退一辰以爲貞。小畜貞四月，履貞六月，同在陰辰，則履初貞七月申。同人貞七月，大有貞五月，同在陽辰，則大有初貞六月未。噬嗑貞十月，賁貞八月，同在陰辰，則賁初貞九月戌。咸貞五月，恒貞七月，同在陽辰，則恒初貞八月酉。遯貞六月，大壯貞二月，同在陰辰，則大壯初貞三月辰。損貞七月，益貞正月，同在陽辰，則益初貞二月卯。夬貞三月，姤貞五月，同在陽辰，則姤初貞六月未。萃貞八月，升貞十二月，同在陰辰，則升初貞正月寅。困貞九月，井貞五月，同在陽辰，則井初貞六月未。震貞二月，艮貞十月，同在陰辰，則艮初貞十一月子。漸貞正月，歸妹貞九月，同在陽辰，則歸妹初貞十月亥。豐貞六月，旅貞四月，同在陰辰，則旅初貞五月午。皆退一辰也。

至泰在正月，貞其陽辰，否在七月，亦陽辰，自宜避之，以兩卦獨得乾、坤之體，故各貞其辰，而皆左行。泰則寅卯辰巳午未，否則申酉戌亥子丑。三陽在東北，三陰在西南，陰陽相比，共復乾、坤之體也。

至中孚，於卦氣在十一月子，小過，於卦氣在正月寅，退一辰，宜貞二月卯，而貞于六月未者，以六十四卦中取坎、離法乾、坤，而爻辰同終，以中孚、小過效乾、坤，而爻辰亦同。不用既濟、未濟者，以小過止須一卦易位，既濟、未濟便須兩卦皆易，故不用也。

朱震作《十二律圖》，坤，初六六月未，六二四月巳，六三二月卯，六四十二月丑，六五十月亥，上六八月酉。是誤解右行之旨，而雜出于京氏納辰之法。國初黄宗羲《主歲卦圖》，亦沿其誤，不知《乾鑿度》所言左右者，以子午南北言之，則東在左，西在右。乾生子中，自北而東，向左爲左行；坤始未中，自南而西，向右爲右行，其實皆左行，故曰交錯並行，非順逆之謂也。

乾子寅辰午申戌　坤未酉亥丑卯巳

屯丑卯巳未酉亥　蒙寅辰午申戌子

需卯巳未酉亥丑　訟辰午申戌子寅

師巳未酉亥丑卯　比午申戌子寅辰

小畜巳未酉亥丑卯　履申戌子寅辰午

泰寅卯辰巳午未　否申酉戌亥子丑

同人申戌子寅辰午　大有未酉亥丑卯巳

謙丑卯巳未酉亥　豫辰午申戌子寅

隨卯巳未酉亥丑　蠱辰午申戌子寅

臨丑卯巳未酉亥　觀戌子寅辰午申

噬嗑亥丑卯巳未酉
賁戌子寅辰午申
剝戌子寅辰午申
復丑卯巳未酉亥
无妄戌子寅辰午申
大畜酉亥丑卯巳未
頤子寅辰午申戌
大過亥丑卯巳未酉
坎子寅辰午申戌
離未酉亥丑卯巳
咸午申戌子寅辰
恆酉亥丑卯巳未
遯未酉亥丑卯巳
大壯辰午申戌子寅
晉卯巳未酉亥丑
明夷戌子寅辰午申
家人午申戌子寅辰
睽丑卯巳未酉亥
蹇子寅辰午申戌
解卯巳未酉亥丑
損申戌子寅辰午
益卯巳未酉亥丑
夬辰午申戌子寅
姤未酉亥丑卯巳
萃酉亥丑卯巳未
升寅辰午申戌子
困戌子寅辰午申
井未酉亥丑卯巳
革辰午申戌子寅
鼎未酉亥丑卯巳
震卯巳未酉亥丑
艮子寅辰午申戌
漸寅辰午申戌子
歸妹亥丑卯巳未酉

豐未酉亥丑卯巳　旅午申戌子寅辰
巽戌子寅辰午申　兌酉亥丑卯巳未
渙未酉亥丑卯巳　節申戌子寅辰午
中孚子寅辰午申戌　小過未酉亥丑卯巳
既濟亥丑卯巳未酉　未濟子寅辰午申戌

鄭氏爻辰解

《易》乾九二爻，《正義》云：『諸儒以爲九二當太簇之月，陽氣發見，則九三爲建辰之月，九四爲建午之月，九五爲建申之月，陰氣始殺，不宜稱飛龍在天；上九爲建戌之月，羣陰既盛，不得言與時偕極，此時陽氣僅存，何極之有？諸儒此說于理稍乖。此乾之陽氣漸生，似聖人漸出，宜據十一月之後至建巳之月已來乾卦之象，其應然也。』孔氏黜鄭尊王，故有是難。然又云：『陰陽二氣，共成歲功，故陰興之時，仍有陽在，陽生之月，尚有陰存，所以六律六呂，陰陽相間，取象論義，與此不殊。』則又未嘗盡非鄭學也。

蓋陰陽大運，無不有互乘交錯之理，以天文言之，日爲陽，月爲陰；歲、熒惑、鎮爲陽，太白、辰爲陰；斗魁爲陽，尾爲陰；天東南爲陽，西北爲陰。以節候言之，四月純陽用事，陰在其中，故靡草死；十月純陰用事，陽在其中，故薺菜生。十二辟卦之升降，所以明二氣消息之端；十二鐘律之迭運，所以明萬物化生之本。固有未可執彼而廢此者。今由所謂爻辰者略舉之：乾初九，辰在子，上值中宮天柱五星，《隋志》云『建政教、立圖法之府』，故屯初曰『利建侯』。九二，辰在寅，上值箕、尾、天江四星。石氏云：『天江明動，大水不具，津梁不通』故需二曰『需于沙』。九三，辰在辰，上值軫。巫咸云：『軫，天車。』故小畜三失中曰『輿脱輻』。九四，辰在午，上值柳、鬼，與西方白虎七宿近，故履四曰『履虎尾』。九五，辰在申，上值參、觜。郗萌云：『參，伐星，大則兵起。』故同人五曰『大師克相遇』。上九，辰在戌，上值中宮五帝座。張衡曰：『五帝同明而光，則天下歸心。』故大有上曰『自天祐之』。坤初六，辰在未，上值井。《黄帝占》云：『東井如水，用法清平如水。』故蒙初曰『利用刑人，用說桎梏』。六二，辰在酉，上值紫微少衛，二内比五，猶少衛之列紫宮，故比二曰『比之自内』。六三，辰在亥，上值虚哭泣四星，故履三曰『咥人凶』。又值司危二星。甘氏云：『司危驕逸亡下』，故又曰『武人爲于大君』。六四，辰在丑，上值斗。石氏云：『斗，將相爵禄之位。』巫咸云：『南斗天機大明，將相同心。』故泰四曰『不富以其鄰』。六五，辰在卯，卯與九二爻辰比，故大有五曰『厥孚交如』，上值角星折威，故又曰『威如』。上六，辰在巳，上值内宫天權，天權一名伐星。石氏云：『主天理，伐無道。』故謙上曰『利用行師，征邑國』。

余撰《鄭易學通》，常悉推其說，罔不與天象合。《繫辭》傳謂『仰以觀于天文』，及『天垂象，見吉凶，聖人則之』者，於是益信而有徵矣。宋劉光世撰《水村易說》，亦取星象爲證驗，然劉氏取象主于日所躔，鄭君取象主于星所麗，說各不同，而又不及鄭《易》之悉合。且司馬遷《律書》次七政二十八舍，以通五行八正之氣，已有是說，而《後漢書》載費直《周易分野》甚備，鄭君傳費氏學，則是爻辰之配，其來有自。故班固《律曆志》、韋昭《周語注》率與鄭同。何妥注《文言》亦從之。孔穎達之難，其真拘隅之見也夫！

乾䷀子寅辰午申戌　坤䷁未酉亥丑卯巳　鄭云：『坤上六爲蛇，得陽氣雜似龍。』見《詩正義》。

屯䷂子酉亥丑申巳　蒙䷃未寅亥丑卯戌

需䷄子寅辰丑申巳　訟䷅未寅亥午申戌

師䷆未寅亥丑卯巳　比䷇未酉亥丑申巳

小畜䷈子寅辰丑申戌　履䷉子寅亥午申戌

泰䷊子寅辰丑卯未　否䷋未酉亥午申戌　鄭云：『泰，六五爻辰在卯。』見《周禮疏》。

同人䷌子酉辰午申戌　大有䷍子寅辰午卯戌

謙䷎未酉辰丑卯巳　豫䷏未酉亥午卯巳

隨䷐子酉亥午申巳　蠱䷑未寅辰丑卯戌　鄭云：『蠱，上九艮爻，艮爲山，辰在戌，得乾氣。』見《禮記正義》。

臨䷒子寅亥丑卯巳　觀䷓未酉亥丑申戌

噬嗑䷔子酉亥午卯戌　賁䷕子酉辰丑卯戌　鄭云：『賁，九三位在辰，得巽氣。』見《禮記正義》。

剝䷖未酉亥丑卯戌　復䷗子酉亥丑卯巳　鄭注《乾鑿度》云：『復，六四于辰在丑，剝，六五辰在卯。』

无妄䷘子酉亥午申戌　大畜䷙子寅辰丑卯戌

頤䷚子酉亥丑卯戌　大過䷛未寅辰午申巳　鄭云：『大過，上六位在巳，巳當巽位。』見《禮記正義》。

坎䷜未寅亥丑申巳　離䷝子酉辰午卯戌　鄭云：『坎，六四辰在丑，丑上值斗。』見《詩·宛丘正義》又云：『坎，上六爻辰在巳。』見《公羊疏》。

咸未酉辰午申巳　恒未寅辰午卯巳

遯未酉辰午申戌　大壯子寅辰午卯巳

晉未酉亥午卯戌　明夷子酉辰丑卯巳　鄭云：『明夷，六三辰在酉。』見《禮記正義》。

家人子酉辰丑申戌　睽子寅亥午卯戌

蹇未酉辰丑申巳　解未寅亥午卯巳

損子寅亥丑卯戌　益子酉亥丑申戌

夬子寅辰午申巳　姤未寅辰午申戌

萃未酉亥午申巳　升未寅辰丑卯巳

困未寅亥午申巳　井未寅辰丑申巳　鄭云：『困，初辰在未，未上值天廚，酒食象。』又云：『困，四爻辰在午。』見《儀禮疏》。

革子酉辰午申巳　鼎未寅辰午卯戌

震子酉亥午卯巳　艮未酉辰丑卯戌

漸未酉辰丑申戌　歸妹子寅亥午卯巳

豐子酉辰午卯巳　旅未酉辰午卯戌

巽未寅辰丑申戌　兌子寅亥午申巳

渙未寅辰丑申戌　節子寅亥丑申巳

中孚䷼子寅亥丑申戌　小過䷽未酉辰午卯巳　鄭云：『中孚，三辰爲亥，四辰在丑。』見《詩正義》。
既濟䷾子酉辰丑辰巳　未濟䷿未寅亥午卯戌

文祖藝祖解

《虞書》『舜受終于文祖』，鄭注：『文祖，五府之大名。』又『歸格于藝祖』，鄭注：『藝祖，卽文祖，猶周之明堂。』桓譚《新論》曰：『神農氏祀明堂，有蓋而無四方，黄帝合宫，堯謂之五府。』府，聚也，言五帝之神聚于此也。堯始名五府，則九宫五室之制，實備于陶唐。五府各有名，南曰文祖，南屬離火，文明燦然之象，故曰文祖。帝王南面而出治，雖四時各有所居，而朝會諸大典必于明堂，蓋取向明之義，所以南向一室，又爲五府之總名。鄭解藝祖，云『卽文祖』，言此藝祖非他廟，亦在明堂而已，非謂南向室之文祖又名藝祖。

世儒謂文與藝同義，藝祖卽是文祖，不知夏商以前，無以藝爲文者。至漢以後，始以六經爲六藝。帝王法宫，一經議定，垂之册府，永久不易，斷無有以字義相通輒信手改竄也。蓋文祖者，南向室；藝祖者，北向室。《月令》：『冬則天子居玄堂。』舜十有一月北巡狩，歸格于藝祖，以冬而格藝祖，則藝祖爲北向室無疑。樹藝之事，胚胎于冬，故北向室爲藝祖也。

間嘗旁羅傳記，五府之名具可攷見。蓋中室名太室，《尚書大傳·虞夏傳》曰：『尚攷太室之義，唐爲虞賓。』鄭云：『太室，明堂中央室，祭太室之禮，堯爲舜賓是也。』西向室名總章，《尸子》曰：

『黄帝合宫，有虞曰總章。』又曰『觀堯舜之行于總章』是也。東向室名總期，張衡《東京賦》『黄帝合宫，有虞總期』是也，李善注《文選》『總期，卽總章』，其説非也。五府者，中太室，南文祖，北藝祖，西總章，東總期，而統名文祖，猶周之統名明堂。鄭以藝祖爲卽文祖，如周稱青陽、元堂皆曰明堂也。而後儒不知，并爲一談，是猶指明堂而曰又名玄堂，殆失之矣。

《尚書·帝命驗》云：『帝者承天立五府，赤曰文祖，黄曰神斗，白曰顯紀，黑曰玄榘，蒼曰靈府。』文祖見于經，而神斗、顯紀、玄榘、靈府，他書不概見，讖緯之學遺佚已多，不能盡通其説也。

九族既睦説

《書》稱堯『克明峻德，以親九族，九族既睦，平章百姓』，卽爲下文舉舜攝位緣起。蓋堯、舜同姓，在九族之内，《史記》：黄帝長子玄囂，玄囂生蟜極，蟜極生帝嚳，帝嚳生堯。自黄帝至堯五世。黄帝次子昌意，昌意生顓頊，顓頊生窮蟬，窮蟬生敬康，敬康生句望，句望生橋牛，橋牛生瞽瞍，瞽瞍生舜。自黄帝至舜九世。』舜高祖敬康，與堯爲族昆弟，皆在九族之内也。窮蟬以降，世爲庶人，舜陶漁耕稼，遷徙無常，乃堯聞四岳『有鰥在下』之語，卽曰『予聞如何』，此惟堯展親睦族，下不遺于微賤，故舜之孝行早有所聞，而四岳言之，不覺如響之應也。

時史臣以德成受禪，謂帝堯創未有之局，而不知久在衡鑒中，恐天下後世未盡知之，故《堯典》從其德而先書之。而數千年來，説經者總未推及于此，可知論古之難矣。後人動稱堯、舜傳賢，而不知舜、禹皆一本之親，非傳于異姓也。

及西漢之末，王莽託親王室，妄稱居攝，孔光、張禹不能引經義以相抗，至于漢祚中移。其後當塗、典午以迄六朝，登壇勸進之文皆侈言舜、禹，而于官天下卽家天下全無辨別，後儒經術不明，權姦簒竊，其貽害可勝道哉？

文王受命稱王說

《泰誓》序云：『惟十有一年，武王伐殷。』稱十一年者，以文王受命改元之年數之。《史記》：西伯卽位五十年，受命之年稱王，而斷虞、芮之訟。歐陽氏辯之詳矣。然皆以臆對，非有實據也。

余考經傳注疏及漢以前書，皆云『西伯受命而稱王』，則稱王而改元無疑也。蓋其證有十四焉。《汲冢周書》文程解云『文王受命之九年』，一也。伏生《尚書大傳》云『文王受命一年，質虞、芮之訟』，二也。《史記·婁敬傳》『文王爲西伯，斷虞、芮之訟，始受命』，三也。皇甫氏謐《帝王世紀》『文王卽位四十二年，歲在鶉火，文王更爲受命之元年，始稱王矣』，四也。《禮記·中庸》『追王太王、王季』，《史記》『追尊古公爲太王公，季爲王季』，皆不及文王，以文王生已稱王，故不追封，五也。《詩》『吁嗟乎騶虞』，《韓詩》『騶虞掌鳥獸官，古有梁騶，天子之田也』，賈氏誼《新書》云『吁嗟乎騶虞，騶虞者，天子之囿』，非受命稱王，安得稱天子之官與天子之囿？六也。又《詩》『是類是禡』，按《王制》『天子將出，類乎上帝』，非受命稱王，安得行類禮？七也。《白虎通·三正篇》云『《詩》云「命此文王，于周于京」，此言文王改號爲周，易邑爲京；又曰「清酒既載，騂牡既備」，言文王之牲用騂，周尚赤也。』，非受命稱王，何以易服色？八也。《春秋繁露》云『「濟濟辟王，左右奉璋」，此文王之郊也；「周王于邁，六師及之」，此文王之伐崇也』，非受命稱王，安得郊天？又安得有六師乎？九也。《春秋》『春王正月』，《公羊傳》云『王者孰謂？謂文王也』，其意以正爲文王所改，非受命稱王，何以改正朔？十也。周公作《易》爻辭，一云『王用亨于岐山』，一云『王用享于帝』，非受命，何以稱王？何以享帝？十一也。《王制》『春曰礿，夏曰禘，秋曰嘗，冬曰烝』，鄭氏注云『此夏殷之祭名，《詩・小雅》云「禴祠烝嘗」，此周四時之祭名』，孔疏云『引《詩・小雅》者，是文王之詩，《天保》之篇謂文王受命，已改殷之祭名』，非受命稱王，何以易典禮？十二也。《竹書紀年》『三十七年，周作辟雍，四十年，作靈臺』，靈臺、辟雍，王者之事，非受命稱王，何以及此？十三也。《左傳・襄三十三年》：『北宮文子曰：「君有君之威儀，其臣畏而愛之，則而象之，故能有其國家，令聞長世。《周書》數文王之德，『大邦畏其力，小邦懷其德』，言畏而愛之也。《詩》云『不識不知，順帝之則』，言則而象之也。」』據此文，則順帝之則，即是順文王之則，非受命稱王，何以稱帝乎？十四也。

若如歐陽氏言，以十一年爲武王，則文王崩時，武王已八十三，八十四即位，至九十三而崩，適至十年。《泰誓》書序之稱十一年，《洪範》之十三年，屬之誰乎？金履祥修《通鑑綱目前編》，既書西伯薨，子發嗣，于紂丙寅二十祀之下至己卯，書武王十有三年，中列十二年，以强符十三年之數，經書所無，《史記》不載，遽本《皇王大紀》，以强配三千八百年前之紀，附會歐陽公説，殊謬。古聖賢行事光明俊偉，非不欲終臣節而天聽我聽，天視我視，實有轉于溝壑，阽于水火者，不得不取其殘，孟子謂『聞誅獨夫紂』，初不以是爲文武諱，故或謂『始實翦商』當從《説文》以翦爲戬，或謂『維予侯興』，不謂『自王而興』，皆曲説也。

至以稱王爲僭，尤其未深攷者。唐虞夏商，天子稱帝，故《史記》于夏、商兩代，皆以帝名，湯黜夏命爲帝乙，《易》謂『帝乙歸妹』是也，卽紂亦稱帝辛。文王稱王不稱帝，周公追王不稱帝，是尊祖宗尚不敢與商並，且令子孫世世爲王，降于夏、商一等，其爲至德明矣。目之爲僭，未之思耳。

自古善言天者，必驗于人，文王斷虞、芮之訟，歸者四十國，人所歸，卽天所命，不必如緯書諸説，以符瑞爲文也。故言文王之受命者，屢見于《詩》、《書》。文王雖受命，猶不忍取殷祀而殄之，遷延至于九年，卽武王觀兵而返，又遲之二年後，渡孟津，三分有二，以服事殷。蓋文武同是心也，又何損于聖人歟？

北過洚水至于大陸説

禹之治水也，以治河爲要，其治河也，以導河北過洚水至于大陸爲要。夫洚水，一水之名耳，何獨以洪水當之？蓋河從西北來，至洚水，大陸，則由高而卑，故散漫奔溢幾及千餘里。其地在今山西、河南、直隸間，距堯都平陽爲最近，故堯謂『湯湯洪水方割，蕩蕩懷山襄陵』，又謂『洚水警予』者，此也。然則，禹欲治河水，卽于大陸之下别爲九河，掘地而注之海足已，何以導河至積石、至于龍門哉？

蓋河南至于華陰，東至于底柱，又東至于孟津，東過洛、汭，至于大伾，駸駸乎有直趨東南之勢，順其所之，則中州之境皆爲澤國，而欲奪淮以入海，不俟今日始見矣。河固北條之水也，從兩山中行，可不憂其南侵，而至底柱以東稍折而北，則從太行之麓，有巨山數百里爲之限制，更不能復潰而南，故商雖屢受汎濫之患，而河終不改道者，此也。自至大伾，地勢日卑，於是分爲九河，合爲逆河，其勢沛然，而覃懷、恆、衛、衡、漳無不從河歸海，大陸亦可耕作，而北條之水無不治矣。自底柱而大伾，地勢較高，水由此而上，故謂之逆行。其所以能逆行者，因龍門既鑿，西北諸山之水盡入于河，且數百里兩岸皆山，則水積而日高，以後水擁前水，是以能逆流北行而過洚水也。洚者，水勢奔騰，衝激震悍之意。

禹治河一千八百餘年，及周威烈王，河潰底柱而南出。蓋其時河在晉境，韓趙魏互相爭奪，堤防久廢，不能纘禹之迹，是以河得潰而改道也。禹之治河，惟孟子所云『水逆行』及班固所云『引而載之高地』兩言，得盡其要。蓋是時水之逆行，非水之性也，因其逆行而導之東北，所謂『故也行所無事，以利爲本』，其所以爲大智也歟？然水性潤下，乘其逆而用者，古亦有之，若蜀郡太守李冰鑿離碓是也。聚石爲堆，以分江勢，其近南者激而行之百餘里，而至成都，數百萬頃田皆可得而灌漑，此亦師禹之智也。自河故道堰塞既久，儒者不能推明其故，故因孟子、班氏之説而詳言之。

許積卿字説

許子慶宗，性聰穎，異于常人。年十一，則已能誦『五經』、《史》、《漢》及韓、柳、歐、蘇文，放筆爲詩與論，皆文從字順，駸駸窺作者戶牖。歲戊戌正月，其尊甫春巖觀察將攜以赴滇，摳衣肅拜，來而請曰：『願有以字也。』于是字之曰『積卿』。六經言：慶者，屢矣。而以陽爲善，以善爲慶之説，備于

《周易》。坤之卦，由從陽以喪朋也，而三日出震因之，故曰『乃終有慶』。豐之五，能來處尊陽之位，以自光顯也，故曰『來章有慶』。履與頤之上、困之二、兑之四，皆因陽而善。大畜與晉與睽之五，失位變而之陽，故象亦得稱慶也。

雖然，善不積不足以成名，《文言》言『積善之家，必有餘慶』，蓋自卦氣起中孚，閱六日七分爲一候，閱三候爲一氣，以臨以泰以大壯，則陽氣日積，雷雨並作，草木甲坼，由此見天地之亨嘉焉，況于人之法乾用事者歟？夫積之義大矣。泰山之霤穿石，單極之紞斷幹，推之積土爲山、積水爲海，旦暮積謂之歲，塗之人、百姓積善而全盡謂之聖人。古之學者，日就月將，緝熙光明，自比年入學迄于論學取友，知類通達，如蛾子時術然，皆積之謂也。《荀子》曰：『大事之至也希，其縣日也淺，其爲積也小。小事之至也數，其縣日也博，其爲積也大。謂小善爲無益而勿爲也，能積微以至于著哉？』許子嗣是以往，聰穎勿以恃，文字勿以矜，乾乾積善，馴至乎陽德之亨，如廟之牆焉。宗子是以禔禧迪吉，蓋不俟龜焦蓍揲而知也審矣。春巖觀察，天下善士也，告以斯言，必將辟咡而詔，有以進積卿也夫。

四士說

昔汪子茗文作《師說》，亭林先生爲《廣師》繼之，各指其學業所至，以著生平之愛慕，世服其精識朗鑒。予交天下士大夫凡五十年，不翅百十人，近過廣陵，復見汪君中通經邃史，篤于學，志于古，爲予所弗如。蓋予于淮海之交，有四士焉：訓導寶應劉台拱，有曾、閔之孝；給事中王念孫及其子國子監生引之，有《蒼》、《雅》之學；暨君有揚、馬之文。時謂之『四士三美』，宜矣。唐僖宗幸蜀，品藻朝倫，以散騎常侍李潼比曾、閔，以前進士司空圖比巢、由，以郎中孫樵比揚、馬，孫氏遂以序于集首。考李潼孝行，不著于國史；圖後起爲中書侍郎，亦非與巢、由爲伍者；蜕文雖見《文苑英華》及《唐文粹》諸書〔一〕，校之揚、馬，實多遜焉。今舉是三美，儷于前哲，將駕而過之，世有汪、顧諸先生，必謂余言不妄也。

【校記】

〔一〕蜕文，據文義，疑當作『樵文』。

顧陶元重刻易隱序

顧子陶元得《易隱》於藏書家，蓋卜書也，愛其簡而要，曲而盡，衷以迪吉逆凶、積慶餘殃之理，而不專於得失趨避以爲工，於是使其客問序於余。客曰：『錢卜曷爲而仿也？』曰：『本之於蓍，蓍繁重，四營而成《易》，十有八變而成卦，火珠林之術出，以金錢代之，爲趨於便也。』曰：『以十二支配八卦者何？』曰：『陽主升，乾之子、寅、辰、午、申、戌，故以順行；陰主降，坤之未、巳、卯、丑、亥、酉，故以逆行。乾陽生於子，而坤陰不生於午者，陰不敢敵陽，比於陽退一位。《周禮》太師之六律六同，《國語》伶州鳩言六閒，古法皆如此。非此，則不能閒也。』客又曰：『自乾而艮，陽支差一位，自坤而離，陰支差一位，震與乾同、巽與坤異者何？』曰：『震長子爲乾，繼體六支與乾同，巽長女六支，雖與坤同，而內外之卦乃與坤異位，明女適人不得全與母同體也。坎中男爻起於寅，比震差一位，艮少男又差一位，兄弟長幼之序固然。坤自未而巳，直兑少女之初，爻自巳而卯，直離中女之初，爻亦以逆行爲長幼之序爾。八純卦初爻，父母子孫兄弟各二，而妻財官鬼惟一，如乾金生子水、坎水生寅木，皆子孫；艮土始辰土，坤土始未土，皆兄弟。震木子水所生，離火卯木所生，皆父母。惟巽木克丑土爲妻，財兑金爲巳火所克，爲官鬼，而八純卦於是乎窮。蓋作《易》者，其有憂患也。』客又曰：『乾，天也，乾宫八卦有坤之卦四。坎，水也，坎宫八卦有離之卦四，他純卦皆然，何也？』曰：『此《繫辭》所云天地定位、山澤通氣、雷風相薄、水火不相射也。』曰：『六沖之卦有十者何？』曰：『八純卦其地支皆相冲也，雷天大壯天雷无妄，與乾震同，故有十卦也。』客曰：『善夫！夫子之説，蓋卜《易》之源而《易隱》未之發者。請録爲序焉其可矣。』遂書而歸之，俾鐫諸首簡。

沈仲方尚書條辨序

疑《古文尚書》，自朱子始，後吴氏澄、郝氏敬宗之，然往往舉文詞體格爲言。至國朝閻百詩，引繩批根，直抉其僞之所以然。近日族兄鳴盛暨程編修晉芳、江布衣聲，又爲吹波助瀾，而江氏之説尤精當。閻氏攻《古文》，毛氏奇齡有《冤詞》、《廣聽》之作，然毛氏謂百篇之名不始孔子，墨翟有『周公旦讀《書》百篇』之語。夫《書》自《旅獒》以下二十六篇，皆周、召諸人所作，周公固不當讀自著之書，並不當讀召公之書，且《君陳》以下十篇作在周公後，公何從讀之？至《泰誓》一篇，在伏生所傳《今文》二十八篇之外，劉向以來皆如是説，而毛氏盡斥爲無據，何以服後人之心？由是以推，其千人駁詰者，蓋不可枚舉。

仲方嗜古博學，於《尚書》之篇第，及今古文之分合，皆能精心力考，駁毛氏之謬，兼以補閻氏之所未及，使毛氏復出，不能難也。而其語意和緩，不以叫嘑攻訐爲長，尤得儒者辨論之法。然《今文》鸁缺斷爛，非完書，且其中爲杜林漆書、劉向中古文所亂，是以轇轕紛綸，輸攻墨守，不可詰究如此。仲方他日南歸道吳，而詢之江君，更必有以分黑白而定一尊矣。仲方又有《逸周書條辨》，考證精審，後有論汲冢者，未能或之過也。

朱眉洲詩緒輯雅序

海鹽朱君眉洲，與余遇於秦中，讀其詩知其爲詩人。既而出其《詩緒輯雅》，乃知君之所以爲詩人也。《詩》教原本山川，極命草木，不辨其名物，雖欲協乎比興，其道無由。周公《爾雅》之作，釋《詩》者居多，而後世或忽焉。求其義而昧其物，昧其物而因以昧其義，此不可不深思也。十五國土物各別，而天時地產之流變因之，或昔有而今無，昔無而今有，或名同而實異，或名異而實同，士大夫之佔畢，有不如農夫、紅女之別識者矣。

且夫學《詩》者貴於多識，卽以草木略言之，如杞有三：見《將仲子》者，杞柳也；見《南山有臺》及《湛露》者，梓杞也；見《四牡》及《四牡》、《四月》者，枸杞也〔二〕。芑有三：見《采芑》者，菜也；見《文王有聲》者，草也；見《生民之什》者，穀也。荼亦有三：見《谷風》、《采苓》者，苦菜也；見《出其東門》、《鴟鴞》者，茅秀也；見《七月》、《良耜》者，委葉也。其他動植醜類之繁，如桐有四，榆有十，鳩之類五，蜩之類七，雉之類十四，不盡入於歌咏者，又豈能悉數而盡之乎？

予嘗語朱君，君游於秦久矣，卽以秦風土論之，雀之穿屋，蟋蟀之入牀下，殷雷之起南山，惟長安爲然，他處皆不似此。秦之終南，《地里志》謂在扶風武功縣東，其地無梅，故『有條有梅』，毛公以柟釋之。自終南而東南，汝、沱、江、漢間多梅，華有實，故《召南》以摽梅言之，又舉梅實之數，明其在仲春會男女之後。蓋言一物，而天時地産畢見焉。

《詩三百篇》如化工之肖物，豈尋章摘句可髣髴其百一也歟？自陸璣撰《詩草木鳥獸蟲魚疏》，唐開成年間命集賢院學士繪爲圖，圖亡久矣。而自後釋名物者不下數十家，君病其乖離蕪雜，一一取而研窮之，又合以耳目之聞見，徵引也博，辨晰也精，所謂稱名小而取類大者，非歟？欲求多識，考諸此足矣。觀君名物之精，則君之精於經審矣；知君之精於經，則君之工於《詩》又審矣。洵乎其爲詩人也。

【校記】

〔一〕此句中，第二個『四牡』疑爲衍文。因《詩經》中有《四牡》、《四月》篇名，無『四牡四月』篇名。

汪少山齊魯韓詩義證序

《史記》稱：『漢興，言《詩》於魯則申培公，於齊則轅固生，於燕則韓太傅。』班固謂：『三家或取《春秋》，或采雜説，皆不得其真，魯最爲近之。』攷隋唐《經籍》、《藝文》兩志，《韓詩》二十二卷，至唐猶存，而《外傳》十卷，今尚完好。又諸書所引，亦於《韓詩》獨多，惟齊魯之《詩》久亡，非獨其書不傳，卽説《詩》之大旨，有不得而考者矣。

雖然，魏應集《魯詩》時，京師諸儒會於白虎觀，講論五經同異，肅宗使專掌難問，親臨稱制，則《白虎通德論》所載，如《相鼠》爲諫夫，其《魯詩》之遺歟？ 包咸亦習《魯詩》，何晏《論語集解》往往採包氏說，則如注『深淺厲揭』，亦《魯詩》之解歟？

翼奉傳《齊詩》，言『南方之情，惡行廉貞； 西方之情，喜行寬大』，以釋『吉日庚午』； 又言『《詩》有五際』，而《詩緯汜曆樞》謂：『卯，《天保》也； 酉，《祈父》也； 午，《采芑》也； 亥，《大明》也。 亥爲革命，一際也； 又謂天門〔一〕，出入候聽，二際也； 卯爲陰陽交際，三際也； 午爲陽謝陰興，四際也； 酉爲陰盛陽微，五際也。』與奉之言合。 意《詩緯》亦傳自《齊詩》〔二〕，故景鸞受河洛圖緯，列其占驗，亦《齊詩》之教歟？ 然奉與蕭望之、匡衡同師，望之入穀之議，衡政治得失之疏，所引《詩》義當與齊故不殊歟？〔三〕

昔王氏應麟常輯三家緒言粹爲一編，吾友汪君紉青以爲未備也，罔羅遺佚，抉摘瑣細，殆無遺者。 又取諸書之說，旁推而曲證之，凡成書六卷，欲攷三家之大旨者，備於是矣。 世人抱殘守匱，見古義古字之異，輒色然以駭，不知七十子之微言，有存什一於是者，不可不竇也。 汪君名照，工詩文，嗜古博學，矮紙細字，日夜鈔撮不休，尤湛深於經術云。

【校記】

〔一〕 謂，《詩汜曆緯》及王昶纂修《（嘉慶）直隸太倉州志》（清嘉慶七年刻本）卷五十六《藝文》『《齊魯韓詩義證》六卷，汪炤著』條下引王昶此序，作『爲』。

〔二〕 意《詩緯》亦傳自《齊詩》，《（嘉慶）直隸太倉州志》所引此句作『意《詩緯》』所云四始、六情，必皆傳自《齊詩》』。

〔三〕《州志》所引，此句後有：『齊、魯、韓三家初皆列於學官，而伏氏父子章句至二十萬言，蓋繁芿若此。迨于漢末，其書具在，而東西晉無有爲是學者。應劭謂《齊詩》亡於魏，《魯詩》亡於晉者，信也。』

汪少山大戴禮記解詁序

三代之禮，因革損益，與時爲汙隆，聖王之大經大法於此備焉。周衰禮廢，杞宋無徵，聖人適周問禮，因以知監於二代郁郁之文〔一〕。自諸侯滅去其籍，而《周禮》之放佚者亦多矣，蓋不俟秦火之酷也。漢興，遺經間出，《六官》存五，《士禮》存十七〔二〕。有志於考《禮》者，雖諸子百家猶將采掇而輯錄之〔三〕，況二戴之傳出於聖門之所記乎？今《小戴記》行，而《大戴記》幾廢，是學者所宜究心也。

小司馬言《大戴禮》八十五篇，四十七篇亡，存三十八篇。《崇文總目》言《大戴禮記》十卷三十五篇〔四〕，又一本三十三篇。《中興書目》、《郡齋讀書志》皆言四十篇。今本乃實存三十九篇。蓋各本或缺第六十七篇，或以七十二、七十三爲兩篇，是以篇第有異耳。

予考《哀公問》、《投壺》二篇，與《小戴》同〔五〕，又《禮察》篇與《經解》同，《曾子大孝》篇與《祭義》同。《隋書·經籍志》謂戴聖刪德之書爲四十六篇者〔六〕，謬也。《踐阼》篇諸銘，見太公《陰符》、《金匱》之文；《文王官人》篇，見汲冢《周書》；《禮三本》、《勸學》兩篇〔七〕，見於《荀子》；《保傅》篇，見於賈子《新書》。〔八〕《五帝德》、《帝繫姓》，司馬遷采以作《五帝本紀》。且《夏小正》及《孔子三朝》、

《曾子》，皆別爲書。《三朝》七篇〔九〕，《漢書・藝文志》：《孔子三朝》七篇。師古曰：「今《大戴禮》有其一篇。」按《困學紀聞》云：「《千乘》、《四代》、《虞戴德》、《誥志》、《小辨》、《用兵》、《少間》七篇，即《三朝記》也。」〔一〇〕《曾子》十篇，俱見《記》中，其間多寡不同，踳駁間出，要爲七十子之徒及周、秦、漢間老師宿儒所傳無疑。

《漢書》謂戴德、戴聖、慶普皆后蒼弟子，三家立於學官，蓋指《士禮》言之。若《大戴禮》未立於學，故《史記》謂《五帝德》、《帝繫姓》儒者或不傳。而《索隱》言二者皆非正經，漢時儒者以爲非聖人之言，多不傳學也。然《大戴記》〔一一〕，宋時列於十四經，先哲謂其探索陰陽、窮析物理、推本性情、嚴禮樂之辨、究度數之詳，固已度越諸子百家矣，與《小戴記》並行，宜也。

又考河間獻王所獻，共百三十一篇，劉向得《明堂陰陽》記三十三篇。又后氏、戴氏《古經》七十篇。今自《小戴記》四十九篇，及《大戴記》三十九篇，去重複之外，實八十四篇，遺佚已踰其半，可勿鄭重愛惜疏通而證明之歟？《大戴記》之注，傳世者惟盧辯一家，而辭簡略〔一二〕，無以發其博大精深，且傳寫日久，訛舛滋甚。予友盧學士文弨、戴編修震〔一三〕，曾釐正其文字，而注解未及爲。汪君紉青恐微言之將墜也，作爲《解詁》，糾集同異，采擷前說，一字之誤，必折衷於至當，蓋顓力者三十餘年矣。後世有復十四經之舊者，大戴之書將立於學官，則君之釋詁，當與孔、賈之疏並行，豈不偉哉！〔一四〕

【校記】

〔一〕 嘉慶九年金元鈺等刻汪照《大戴禮記注補》（以下簡稱『汪本』）卷首收王昶《大戴禮記解詁序》，無『監於二代』四字。又，《（嘉慶）直隸太倉州志》卷五六《藝文》『《大戴禮記解詁》□卷』條下引王昶此序（以下簡稱『《州志》』），亦無『監於二代』四字。

〔二〕《士禮》，汪本作『《儀禮》』。

〔三〕采掇，汪本作『采綴』。

〔四〕十卷，汪本、《州志》無此二字。

〔五〕『予考《哀公問》、《投壺》二篇，與《小戴》同』句，汪本、《州志》作『予考《哀公問》、《投壺》篇名，經文皆與《小戴》同』。

〔六〕四十六篇，汪本、《州志》誤作『四十九篇』。按，《隋書·經籍志》作『戴聖又刪大戴之書，爲四十六篇，謂之《小戴記》』。

〔七〕勸學，汪本誤作『勸學』。

〔八〕《州志》引王袓此序，此句後有：『《王言》、《易本命》、《五義》見於《家語》。』

〔九〕《三朝》七篇，汪本、《州志》作『今《三朝》五篇』。

〔一〇〕『《漢書·藝文志》』至『卽《三朝記》也』此段小注，汪本、《州志》作：『《漢書》：《孔子三朝》七篇。師古曰：「今《大戴禮》有其一篇。」按今本有《哀公問》《五議》二篇，又《小辨》、《用兵》、《少間》三篇，皆公問答語，疑卽《三朝記》之五也。』

〔一一〕然《大戴記》，汪本、《州志》作『然《詩》、《書》之序，或疑其僞，《古文尚書》出自梅賾，皆得立於學。而《大戴記》』。

〔一二〕而辭簡略，汪本作『而簡略』。

〔一三〕盧學士文弨戴編修震，汪本作『盧學士文弨戴太史震』，《州志》作『盧學士弓召戴太史東原』。

〔一四〕　汪本序末多『青浦同學弟王昶序』一句。又，汪本該序後，尚有一段王昶補記，文云：

右序作於乾隆乙巳、丙午間，時汪君客余西安官署，手寫稿本既成，屬予點定，因爲之序。未幾，汪君辭去，予又宦游中外垂十年，始乞身歸里。而汪君下世已久，訪其遺書，幾不可復得。丙辰春，予主講婁東書院，兼修《州志》，網羅文獻，屬邑以詩文雜著送入蓺文者頗多，而汪君之甥徐生杏以是書來質，則楮墨如新，不勝人琴之感。隨命胥手繕錄副本，藏諸家塾，未暇付梓也。去年四月，金生元鈺、錢生侗以汪君爲其鄉老宿，而撰述鮮傳，且《大戴禮注》向無善本，奮然以募刻是書爲任。而遠近好學之士暨心儀汪君者，爭輸貲捐助，不一年而事竣，復請予爲敘。余耄荒日甚，不能重讀是書，且其大旨已略具前序，可弗贅言。惟諸君募捐助刻，俾若滅若沒之書一旦傳布蓺林，其敬恭桑梓之誼，有非流俗所能幾及者。太史公云『藏之名山，傳之其人』，若諸君者，非其人歟？余故書其緣起如此，爲好事者勸，并以慰汪君於九京云。嘉慶九年歲在甲子九月王昶書，時年八十有一。

陳宏猷四書就正錄序

文以明道也，道明然後文工，故求士之明道必以文爲衡。古之工於文者，率多曼衍俶詭，惟六經窮理盡性以至於命。而今所謂《四書》者尤粹，是以用爲取士之法。然沿習既久，知有舉業之文，不知所以爲文；知文之必衷於道，不知道所由晰。取儒先之說沾沾焉，分寸而比附之，甚者飾以麗句、傅以巧思，如扣槃如捫燭，古人所謂明道，果若是歟？夫道之所由晰，本諸身心，舉《四書》所言，存諸心、體諸身、見諸政事，以辨先儒之異同得失，乃知聖賢所言，其淺深次第，有一字一義不可略者。嗚呼！是豈易言哉！

《四書》自趙氏順孫以來，爲纂疏、集編、通證、辨疑者甚衆，至明用以取士，老生宿儒纂輯講解，又不下百餘種。雷同勦襲，適爲時文用已矣〔一〕。太倉陳君宏猷，吾未之識也，近與其弟子定山交〔二〕，乃得見《就正録》一書。大抵明道爲要，未嘗沾沾焉比附於儒先，而一字一義反覆涵泳，必求有以自得，其至也析豪芒，窮腠理，淺深次第釐然劃然，確乎不可易，非由審問慎思、察於心而著於身，其孰能爲之？定山言其師生平以至誠爲本，以存養爲歸，能存養則心正身修，而天下之理得，又何問於聖賢之言也哉？陳君没久矣，家貧不獲刻其遺書，定山日夜繕寫，至五六稿不懈，觀定山之誠，則君之所以教與其所以感者可知。顧布衣終老，不得爲取士者所識拔，此吾所以嘆也。〔三〕

【校記】

〔一〕『雷同勦襲，適爲時文用已矣』，王昶纂修《（嘉慶）直隸太倉州志》（清嘉慶七年刻本）卷五十四『《四書就正録》十九卷，陳鋐撰』條下引此文，作『吾獨取陸清獻公《大全》及松陽《講義》，以其能返於身心也。若汪氏份、王氏步青所詮次，適爲時文已矣』。

〔二〕定山，《州志》作『王定山』。

〔三〕《州志》所引，此處後有：『定山名濤，嘉定布衣。』

傅賓石六書分類序

《隋書·經籍志》云：蒼頡迄於漢初，書經五變，一曰古文，卽蒼頡所作；二曰大篆，周宣王時史籀所作；三曰小篆，秦時李斯所作。秦世既廢古文，始用八體，有大篆、小篆、刻符、摹印、蟲書、署書、殳書、隸書。漢時以六體教學童，有古文奇字等二十餘種之勢，皆出於六書，因事生變。

然計八體及二十餘種，自隸楷藁書之外，皆篆類也。西漢法書，傳者寡矣。摹刻所存，若周陽侯之鐘、谷口之甬、平陽之鐙、上林好時之鼎，率以篆書。由是推之，則李斯之《蒼頡》、楊雄之《訓纂》、賈魴之《滂喜》，皆篆也。司馬相如之《凡將》，班固之《太甲》、《在昔》，崔瑗之《飛龍》，蔡邕之《聖皇》、《勸學》，皆篆也。其間字畫形體必有互見不同者。乃自許氏《説文》盛行，而諸家之書寖廢矣。《易》『以其彙』之爲萺，『其牛掣』之爲觢，《詩》『惄如』之爲愵，『綠竹』之爲薄，六經古文已不引於《説文》，況尊彝敦甗所勒者乎？今郭顯卿之《古文奇字》，蕭子政之《古今篆隸》，又皆失傳，惟《汗簡》所錄，《博古》所圖，《鐘鼎款識》所載，《嘯堂》所集，多出於《説文》之外，而世莫有搜奇剔隱、比而合之，以極字畫形體之變，此嗜古者所深嘅也。

韓城縣知縣傅君應奎，能以文學飾吏治，其曾祖賓石先生雅好古篆，自幼創《六書分類》一書，以後辨析增補凡二十八年，三脱藁而成之。先以羣經，次以彝器，次以碑碣、子史、文集，嗜古之士溯其源流，辨其離合，不俟旁搜遠紹，一開卷無不賅而存也。自一至亥之部，又以本朝《字典》爲宗，及檢字亦如之，廟諱御名暨至聖先師之名宜缺敬避者，弗敢載也。嗜於古而不悖於今又如此，洵篆學之津梁，而操觚者之準則矣。傅君藏弆篋衍，恐久失墜，因授于梓人以廣其傳。昔王右軍書，至方慶而成《寶章集》；顔元孫作《干祿字書》，至魯公書而刻之。古人家學相傳，愈傳愈顯，後有論傳君者，必將媲美於王、顔也。〔一〕

【校記】

〔一〕傳世垚《六書分類》乾隆五十四年刻本收王昶此序，末多一句：『乾隆五十四年正月既望，刑部侍郎年家眷弟青浦王昶拜撰。』

新修榆林府志序

陝西巡撫治南北，袤延四千餘里，南境界楚蜀，而北境東界山西，西界甘肅，直北抵鄂爾多斯。故今榆林府屬，繚以長城，限以黄河，其地尤爲塞阨云。自古氐、羌、鮮卑乘間毆略，洊爲霸國割據，至於明，火篩、俺答之擾，無歲蔑有。雖屢設總督巡撫鎮之，莫能戢也。本朝内外一統，鄂爾多斯西北，蒙古喀爾喀九十六旂，莫不供職役、謹藩衛焉。烽火斥堠，晏然不作。論者謂自漢、唐以來，數千年所未有。考《爾疋》『北戴斗極爲空桐』，又曰『空桐之人武』。榆林，箕尾分野，距斗不遠，故鄭端簡公謂人多將材，有節氣，信也。地與沙漠連，苦寒、早霜、少雨，歲率黍一熟，其餘稻粱稷麥，非土性所宜種，亦不殖。稍歉，民無所得食，勢仰食於縣官賑恤，不周，揭竿而起，漢之銅馬、青犢、尤來，明之不沾泥、神一魁等，皆是也。起于一隅，及于全省，且蔓延于天下，故其人可用，其地又可憂也。

漢曹鳳請殖穀，富邊，省轉輸之役，順帝時，虞詡議北地、上郡常儲穀粟，令周數年，豈過計哉？然則按古今之治亂，驗風俗之强弱，察拊循振貸之所宜，俾爲守者踵而行之，府之重有賴于《志》也審矣。明許論、魏煥、霍冀皆有《九邊圖》說、考、論，於榆林，蓋十之一二，而今又不傳。康熙十二年，譚吉璁官延安府同知，始撰《延綏鎮志》，旁及榆林。其時猶衛也，及置府，而府暨各州縣迄無專志。積時既久，無所考於前，無所采於後，創始者以爲難。太守昌平李君來榆朞年，歲稔人和，憫志之不備，會其友余君伯扶來長安，屬撰之。余君博學，具雋才，網羅舊聞，證以正史，其屯田、鹽茶、戶口、科第，余又益以布政司之故籍，於是分爲十四類，釐然畢具，而屬余序其端。

余署布政使事，方勾稽陝西食貨，而考常平穀數，榆林居五十五萬焉。五十五萬中，每歲借而未及徵者，幾二十萬焉。地瘠薄，卒歲所入僅足以贍家族，而不足以輸官，故逋欠如此也。急徵之，責以必償，慮有追呼鞭撲之苦；緩徵之，任其逋欠，又有倉廥缺乏之憂。余方仰屋以思，未得其術，而亦非志所能載也。李君守塞陑之地，撫精悍之民，欲使烽火斥堠亘千百年而不作，則備凶年、實邊貯，君必有策以助我矣。於《志》之成也，并書以訊之。

重修青浦縣志序

州縣之有志，以備史也。古來國史之作，從數百年後敘數百年以上之人，從數千里外紀其本境之事，是以佩離而不合，好學深思者，往往有糾繆攷異之作。至於州縣志，率數十年一修，遺民故老及見前輩之流風餘韻，不至傳聞失實。又一州縣之境，遠者數百里，近者乃一二百里，兒童婦女皆能道之。其編輯之也，尸以鄉人，知人而論世，當名而辨物，得於耳目所及。故作史者必考之志，志而不詳且實，文獻於何徵焉？

若夫志青浦之志，有難焉者。縣設於萬曆元年，舊屬華亭、上海兩縣境，前爲兩縣地，後爲青浦地，人與事之屬於地者，不可弗志也。度其屬於地，而人與事無可據者，弗能志也。元明以來士大夫間有紀載，而未嘗分茅設蕝，指爲某地，又弗能采也。采錄寡則幾於陋，附會多則失於誣，於是而欲犁然燦然，成一縣之文獻，以竢良史之采，豈不尤難哉？

乾隆辛丑，予居憂歸里，適四川楊君卓知縣事，以志之不修且百年矣，與邑之人士奮然議輯之，屬予總其事。又擇同志十六人〔一〕，相與薈萃諸書，網羅遺佚，自正史而下，稗官叢說，逮於詩文諸集，凡邑之典故，著者錄之，缺佚者疏通而證明之。未及成，而予有按察秦中之命，攜至官署，續加考證，迄乙巳冬日，始錄成書。嗟夫！邑志之修，刱於王學使洪洲，續於諸進士乾一，予無似，豈足以繼其後？然是志之成，邑之人與事無不備也，人與事之屬於邑者，無不有徵也。至民生之瘠薄，婦子之勤苦，賦稅征徭之繁重，尤必兢兢焉載之，以眎後之司牧者。良史有作，或者將徵信於此。〔二〕

【校記】

〔一〕同志十六人，王昶纂修《（乾隆）青浦縣志》（清乾隆五十三年刻本）卷首載此文，作『同志十八人』，是，因《縣志》卷首『修志銜名』載分纂十八人。

〔二〕《縣志》此文末，尚有：『乾隆丙午孟春賜進士出身陝西按察使邑人王昶書。』

傳副憲緬甸圖序

緬在西南徼外，距中國最遠，明初本荒服，與猛養、木邦等，後稍稍不靖，屢出兵征之，弗能定。迄於莽瑞體，乘中國之亂，洊食諸土司。及國初，大兵抵南大金江，緬人懼，縛桂王以獻，遂班師。於是時，山川險易之勢，道路遠近之程，豈無爲之紀載圖繪者哉？因其荒迥曶昧，弗令隸於職方、象胥，故久之缺焉而不得其詳也。

茲者緬人睢盱跳踉，敢距大邦，往歲明公瑞帥師進討，傅君實以郎中從，次於象孔、宋賽，迷失道，轉入波竜大山，由獞子壩、小猛育行，穿箐莽，窮崎嶇，轉戰數千里，始旋師入塞。惟道里之弗詳，因以致此。君既復來於軍，懲往事，乃命畫工爲圖十，以九龍江、南大金江爲兩界，南大金江以西，北爲孟拱圖一，中爲孟養圖一，南迄木梳阿瓦圖一。九龍江以東，北爲孟艮圖一，中爲景線圖一，南迄景邁圖一。兩界中間，北爲木邦圖一，中爲孟密波竜腊戍圖一，南自來卡落卓迄蒲甘圖一。復彙一圖，以職其合焉。

或曰：緬地南盡南海，弗繪者何？曰：由阿瓦、蒲甘、景邁抵海若干里，及邨砦部落與其島嶼，不能窮也。或曰：緬西南併結些，東南侵暹羅，奄有其地，不入於圖者何？曰：其所往之途與所距之地不能知也。是緬之荒迥曶昧也信矣。

夫緬惡已稔，所不待教而誅，故謂難窮難知之境不利行師，行師不可底於掃蕩，殆一隅之見也。閩粵於三代爲蠻，夜郎及滇皆以西南夷稱，以漢武兵力弗能有其地，至後漢始屬於都尉。蓋疆域之分合通塞，亦有時焉。然則能知而窮者，志之；不能知而窮者，竢之於時：斯固君爲圖之微意也。當事者如訪於僰夷，諮於沙人，遍詢於波竜、卡瓦，不惟知之，且能窮之，圖其險易遠近，上諸職方、象胥，於是命將行師，分道進討，縛大憝，申夙憤，其必將有日矣。

壬子順天鄉試録後序

乾隆五十七年八月，順天壬子科鄉試届期，禮臣以考官題請，上命吏部尚書臣劉墉充正考官，臣暨國子監祭酒瑚圖禮副之。既竣事，録其文之尤佳者，恭呈御覽，而臣例得颺言簡末。

竊謂文以載道，而道備於經，古之學者，讀《春秋》如未嘗有《詩》，讀《詩》如未嘗有《易》，蓋三年通一藝，十五年而五經通，然後知類通達，强立而不反，謂之大成。後世士子，或殫心詞賦鞶帨之術，於經義忽焉不詳；或雜然習之，不求其端，不訊其末，其發於文章也，於斯道奚裨焉？

我國家崇儒尊道，皇上右文稽古，逾越千禩，自五經以逮《周禮》、《儀禮》，莫不折衷羣言，甄綜至當，使承學之士得所依歸。又慮其昧没而雜，欲速而不達，於是乎仿古之意，分年以課之。始於乾隆五十三年，以《詩》經文試士，迨今五年，迄於《春秋》，而士子無不通貫五經者。由是稟經酌雅，發於時文，不懈而及於古，其純粹以精可知也。且順天之試與他省異，他省之文僅一方之風會爾，順天則各直省能文之士，莫不彈冠躡屩于于而來，懷鉛握槧，以待主司之決擇。故順天之試作盛於他省，而又值士子五經習熟之時，微言大義，均已左宜右有，旁見側出，以爲時文之用，故本科之試作尤盛於前科，是蓋千百年太和之氣沖融翔洽，會而成文明之極治。而臣得藉手以觀其成，其榮幸邁於尋常萬萬矣。

伏見我皇上親御丹毫，命題以程多士，而特示大學之道，用覘實得聖經賢傳，包蓄靡遺，所期望於諸生者良厚矣。以小子之有造，屆於成人之有德，將内之審格致誠正之功，外之綜脩齊治平之要，經與心融，身與道一，其文爲卓然可傳之文，而人亦爲卓然有用之人，於以仰報聖天子稽古右文之化，不益懋哉！斯亦臣所珥筆而樂書其後者也，謹序。

先大夫百世師録後序

《百世師録》，共一百四十人，始於楚之屈原，卒於明代殉節諸臣。嗚呼！是皆宗臣碩輔、仁人志士，名在天壤，與日星河嶽萬古不敝者也。始於屈子者何？是《録》之作，本列代之史，故以《史記》始也。不列孔、孟者何？至聖大賢，童而習其書，毋庸尚論也。列蕭、曹、房、杜者何？撥亂反正，開物成務，定數百年之大業，兼善天下當如是也。兼取周瑜、陸抗、羊祜者何？忠孝爲質，文武兼資，戰勝攻取，正而不譎，弗可以偏安薄之也。取祖逖而遺劉琨、溫嶠者何？嶠以絶裾、琨以望塵也。又取黄憲、徐穉之徒者何？不降其志，不辱其身，皭然泥而不滓，蓋簞瓢陋巷，能與禹、稷同道者也。

祖年十歲，頗能講解文字，先大夫每夕授以傳一篇，使録而誦之，三歲餘，凡録一百二十人，既又廣爲一百四十。辟咡而詔曰：『孟子曰：「聖人，百世之師也。」又曰：「伯夷，聖之清；柳下惠，聖之和。」然惠不以三公易其介，而行一不義、殺一不辜而得天下，皆不爲。蓋古人之和，非以和爲和，而以清爲和，故能遺軼而不怨，阨窮而不憫，與鄉人處而不浼。惠之和，夷之清，蓋同出異名，由是聞風興起者，鄙夫寛而薄夫敦也，頑夫廉而懦夫立也，以成其爲百世之師。雖然，豈獨夷、惠云爾哉？孟子言「舍生取義」，生有所不用，辟患有所不爲。尚已！孔子之言至精粹也，而言「殺生成仁」。曾子亦言

「託孤寄命，臨大節而不可奪」，又謂以妨賢病國之人「放流之，不與同中國」，「長國家而務財用」，斥爲小人。蓋聖賢之慷慨激切如此，凡以審陰陽否泰之機，持忠孝廉節之大。今吾爲此《錄》，三代以下，所謂經天緯地、輔世長民，及於隱居獨善，擇其尤者，具載於編，未知其視夷、惠何如？要之，和而不流，中立而不倚，在朝廷以犯顔敢諫爲能，處危亂以見危致命爲職，處草野以守約安貧爲分。汝其志之，庶不負吾集錄古人之意。』嗚呼！自先君没後，昶奔走南北，輒以是書隨，蓋十餘年矣。自惟材質庸鈍，固不敢仰師萬一，然俛仰身世，此《錄》之垂庸，以揚清激濁、有裨於世教者甚鉅，其敢以家庭之授受爲私！爰於閒暇，聯比錄之，釐爲三十卷，而題其後云。

金石萃編自序

宋歐、趙以來，爲金石之學者衆矣。非獨字畫之工，使人臨摹把玩而不厭也，跡其囊括包舉，靡所不備，凡經史小學暨於山經地志、叢書別集，皆當參稽會萃，覈其異同，而審其詳略，自非輇材末學能與於此。且其文亦多瓌偉怪麗，人世所罕見，前代選家所未備，是以博學君子咸貴重之。歐、趙所采止於五代，後之著錄者取以爲法焉。然歐公上至五代，僅及百年；《金石錄》以劉跂作序之歲數之，亦百有五十年耳。而宋末遼金迄今，至歷五百餘年之久，其未可引歐、趙之例，斤斤以五代爲斷，明矣。且宋、遼、金三《史》皆成於托克托之手，卒以時日迫促，載者有所弗詳，重者有所未削，方藉碑碣文字正其是非，而可置而不錄與？古金石之書，具目錄、疏年月、加攷證焉爾，錄全文者，惟洪氏《隸釋》、《隸續》爲然，而明都氏穆、近時吴氏玉搢等繼之。然洪氏隸書之外，篆與行楷，屏而不載，都氏止六十八通，吴氏止一百二十餘通，愛博者頗以爲憾焉。

余弱冠即有志於古學，及壯游京師，始嗜金石，朋好所贏，無不丐也；蠻陬海澨度可致，無不索也。兩仕江西，一仕秦，三年在滇，五年在蜀，六出興桓而北，以至往來青、徐、兗、豫、吴、楚、燕、趙之境，無不訪求也，蓋得之之難如此。然方其從軍於西南徼也，留書篋於京師，往往爲人取去，又游宦輒數千百里，攜以行，間有失者，失則復蒐羅以補之，其聚之之難又如此。而後自三代至宋末遼金，始有一千五百餘通之存。夫舊物難聚而易散也，後人能守者少，而不守者多也，使瓌偉怪麗之文銷沉不見於世，不足以備通儒之採擇，而經史之異同詳略，無以參稽其得失，豈細故哉？

於是因吏牘之暇，盡取而甄録之，缺其漫漶陊剥不可辨識者，其文間見於他書，則爲旁注以記其全。秦漢三國六朝篆隸之書，多有古文别體，摹其點畫，加以訓釋，自唐以後，隸體無足異者，仍以楷書寫定。凡額之題字，陰之題名，兩側之題識，胥詳載而不敢以遺。碑制之長短寬博，則取漢建初慮虒尺度其分寸，并志其行字之數，使讀者一展卷而宛見古物焉。至題跋見於金石諸書，及文集所載，删其繁複，悉著於編。前賢所未及，始援據故籍，益以鄙見，各爲按語，總成書一百六十卷，名《金石萃編》。

嗚呼！余之爲此，前後垂五十年矣，海内博學多聞之彦，相與摩挲參訂者不下二十餘人，咸以爲欲論金石，取足於此，不煩他索也。然天下之寶日出不窮，其藏於嗜古博物之家，余固無由盡覩，而叢祠破冢，繼自今爲田父野老所獲者又何限？是在同志之士爲我續之已矣。〔一〕

【校記】

〔一〕王昶《金石萃編》（嘉慶刻本）此處尚有：『嘉慶十年仲秋青浦王昶書。時年八十有二。』

石午橋律例薈鈔序

先王議事以制，不爲刑辟，故子産鑄《刑書》，叔向議之。然《周禮·大司寇》：『正月吉，縣刑象之法於象魏。』鄭君謂縣其書，是刑書之設自古然矣。其後《呂刑》至有三千之文，蓋姦宄奪攘矯虔者眾，刑法日滋，勢不得不然。三辟叔世之說，寧足據哉？名法之書，班固紀自李悝計二百五十餘篇，未嘗以律稱。至《隋書》始志杜預《律本》，迄於五代，共三十八部，而今無有存者，何歟？

我皇上好生之德，洽于民心，敕修《四庫全書》，凡叢書脞說，兼采並蓄，而律令之類，皆置不收。惟《唐律疏義》一編，以其立法簡要，獨得列於政書，蓋裁汰之嚴如此。然則聖人勝殘去殺之至意，可仰而窺矣。且御製春鋤待哺之刻，頒諸州縣，使有司以教養爲先，行鄉飲酒之禮，《南陔》、《華黍》重譜笙詩，使百姓以孝弟爲樂，所謂道德齊禮、刑期無刑者，此也。夫新國用輕典，平國用中典，今太平百數十年，醲化所敷治，蒸蒸日上，方將進於刑措之休，不獨宜用中典而已。然則置例之損益不一，適時之輕重無常，讀律者於此尤當覃心研究者矣。

我友石君午橋，蓋老爲諸侯客者，其詩婉而風也，其駢體麗以則也。而生平律例格式之學尤精，恐條目紛如，上比下比，或失其宜，於是遵《律例總目》次序，分別區類，得一百六門，先之以律，次之以例，各部之則例又次之，又采成案以次於後，條分縷晰，毋混於紛岐，以仰副夫欽卹明允之旨，其有功於世者甚鉅。昔明金壇王恭簡公，歷官三法司，精研律例，其子肯堂因以所聞者編爲箋注，迄今人稱述之。余由大理寺卿歷副都御史以及今職，頗與恭簡相類，而知識淺陋，無以會其全，所遇纖毫疑似，不能不爲之瞑眩。茲獲是書，世之具爰書者胥藉以折衷參考，而予尤得所指歸焉，故於刻之成也，不辭而爲之序云。

阮吾山秋讞總志序

《秋讞總志》，蓋少司寇阮君吾山所譔，君由内閣中書舍人入西曹，總辦秋審十年。其於審案也，不忍以輕心試，不敢以怠心乘。凡情僞之微眇，事理之曲直，先後重輕深淺之時節分寸，爬梳剔抉，宛然親履其地、身值其時、而目覩其情狀。以無厚入有間，莫不迎刃以解，而於秋讞尤盡心焉。嘗謂秋讞合十七省重獄而比之，歲論決不下數百人，至繁至重，可哀可懼。自頻歲仰承諭旨訓示，遵行之外，其擬議于臬使巡撫、覆核于刑部堂司、會詢于大學士九卿科道者，世輕世重，積時既久，舛互滋多，散而無紀，奚以昭法守？因就歷年所載，條其脈縷，發其疑似，闕者補之，雜者離之，而大指在憂世卹民，隱然見於語言文字之際，可謂用力專而用意仁者矣。往予乙酉、丙戌間承乏總辦，常與海陽吳君壇承舒文襄、劉文正兩公之命，定《秋審條款》四十則，今所謂舊條例是也。嗣予爲大理寺卿、都察院左副都御史，預法司讞決之事，乃知君之治獄，雖毫髮有所必窮，矜疑有所必察，今觀此志益信。

余鄉試出王芥子先生之門，而芥子先生實阮澄園先生所取士，君澄園之子，蓋在世交爲尊，在内閣則君爲後進，而君弟芝生又與予癸酉同年，因得其立心行己爲詳。君氣質醇厚，博學工詩文，所長蓋不止於讞獄。今君逝矣！而予來繼其位，而又適獲此書，遂稍整其篇章，釐其款目，俾後之司事者深知寅畏，以免於歧誤。其於聖天子明慎用刑、矜卹庶獄之至意，爲功非淺鮮矣。

黄氏族譜序

新安黄氏輯其家四十二世之譜，貫串盤互，犁然秩然，凡若干卷，踵門而來請曰：『願有以序也。』余惟古者民無姓，有姓者皆有土有爵者也。《傳》云：『天子建德，因生以賜姓，胙之土而命之氏。』所以繫百世使不别。黄帝之子二十五人，得姓者十四人，爲十二姓。他若夏賜姓姒，殷賜姓子，功大者始得命之，其慎以重如此。故《周禮》命瞽矇世奠繫，書於《世本》，以佐小史之所不逮。沿至魏晉，凡《族姓昭穆》、《編古命氏》諸書，以數百卷計。自宗子之法廢，五世親盡，輒眎爲途人，而非種者或反從而附會焉，則氏族之法之久不講也。

黄氏爲陸終後，受封于黄，在今光州定城。《史記》記《楚世家》，亦謂出於黄帝，五傳而至陸終。又云秦之先爲嬴姓，其後分封，以國爲姓，有徐氏、郯氏、莒氏、鍾離氏、運奄氏、菟裘氏、將梁氏、黄氏、江氏、修魚氏、白冥氏、蜚廉氏、秦氏。是則黄之得姓以國，而出於黄帝後，無疑也。然史所傳十四氏，惟徐、江、黄、秦多見於世，黄氏爲尤盛。自唐以後迄今八百載，族大人衆，雲仍蕃衍，所藉於譜者尤亟，而綜覈稽考以畢力於斯譜者，其功尤鉅。雖然，黄子之爲此，豈如裴守真之《家牒》、劉復禮之《大宗》，自詡甲第之盛已乎？固將列族數之遠近，敘世次之崇卑，俾昴弟子姓共知得姓所由，而孝友睦婣，相親相保，以幾古人惇睦之遺。《詩》不云乎？『戚戚兄弟，莫遠具邇。』斯尤予所樂表而出之，以爲末俗勸者。是爲序。

李氏家譜序

家有譜牒，猶國有史記。《周禮》小史奠繫世，族師因以書其孝友婣睦，故劉向、宋衷皆撰《世本》，而宋均復爲之注。魏晉以降，並有圖譜局，置郎、令史以掌之。族盛者，又各纂錄排次，用以別生分類，尊祖收族，故其書至繁芀而不可廢。

考李氏之系出于高陽，本以官命族，至契和氏避地伊侯，乃改爲李。李延壽于史《敘傳》述之詳矣。其子姓至唐益蕃衍，景、元二祖下，著爲三十九房，而出自隴西趙郡者，猶不與焉。故太白有『我李百萬葉，枝條蔽中州』之語，蓋迥出裴、韋、薛、柳、崔、鄭諸家上。然其後武威本安氏，聊城本奚城，代北本朱邪，鶴田本落稽、阿跌，皆以功得賜姓，紛淆蕪雜，不能悉辨其所自。而志譜牒者不深考，輒欲合并而援入之，斯亦已傎矣。

卽墨李氏遷于安德，文學科第，代有聞人，迨今十有三世，孝弟之行表于邑乘。其範子弟也以禮，其接族姓也以仁，殆無愧于閻師之書者。所作《家譜》二卷，系之以圖，列之爲表，凡族數之近遠，爵位之崇卑，宗庶之繼嗣，妻妾之外氏，女子之出處，墳墓之阡原，一一詳誌焉。綴以誥敕、誌銘、行狀之屬，俾後世得以考其實。又上遡始遷之祖，旁徵可稽之族，其疑必缺，其書必謹，以是繫世，可謂信而有徵者已。夫譜牒之作，非以矜門第、夸蕃盛而已，惟是明禮讓、示仁厚，敦龐淳固之意，足爲法于里閈，而後可以言望族。今李氏之世德久而益駿烈，孝友媚睦，士人且率用爲模楷。則是譜也，不獨使撰述世傳、排纂序訓者有所取式，且將與紳略、《家範》並傳矣夫。

夏氏族譜序

予久宦京師，離鄉者二十餘載，中表兄夏君承天貽書來云：『吾家族望自會稽遷崑山，以文學科第大其門閭，自中書、太常兩公始。太常公至今九世，蓋四百餘年矣。譜屢修，支系益繁衍，兹因舊譜而增之，願有文以弁於卷首。』余少承天四歲，記十六七時師事淞南蔡先生，同筆硯者三年，因得悉君之家世。君之曾祖姑，實予曾伯祖孟賢公之配，而孟賢公與曾祖幼清公爲親兄弟，是以中表之誼，迄於今勿替。

嗚呼！譜牒之重久矣。《史記》於五帝子孫皆載其賜姓，《周禮》小史奠繫世、辨昭穆，其後乃有《世本》。魏晉六朝以閥閱相高，非獨自爲譜而已，名人碩彦又統爲之書，見於史志者不勝紀。且列之以韻，區之以地，或爲正枝，或爲血㡎，秩然而不可紊。蓋其時歿則有狀，墓則有志、有表碣，神道則有碑。官之選舉必由簿狀，家之婚姻必觀譜系，又圖譜局設郎官、令史以掌之。故歐陽氏撰《新唐書》，於宰相世系獨爲之《表》。厥後鄭漁仲作《氏族略》，幾爲專門名家之學。而晚近儒者或忽之。夫導江必始岷山，導河必始積石，爲人後而不知水源木本，其何以敬宗而收族也歟？

余家浙之蘭溪，幼清公之父思岡公從蘭溪遷於吳，故思岡公爲繼別之宗。自思岡公而上，譜在蘭溪，有《四堂分支譜》之刻。思岡公而下，予別爲小宗之譜，舉其近不及于遠，職其要不及其詳。四仲月之祭在譜者，則皆合食於祠，以敦親睦。然視夏氏之譜，搜羅詳悉，參互考訂，無不備舉者，瞠乎後矣。夏氏以是譜昭示子孫，相率而念先猷、繩世德，爭以文學取科第，則中書、太常所謂孝友富貴之家，行將接跡而起，又非吾宗之所能企及者已。

陶氏尋陽義莊志略序

員外郎陶君衛揚，捐田千畝爲義莊，以贍宗族之貧無告者，地方大吏上其事於朝，得溫旨如例。君既荷天子之寵命，思撰一書，分門區類，將以示子孫而垂永久。久之書未成，君已捐館舍，於是君之姪在衡紹君之志，排編整次。凡田數之多寡，支給之期限，祀事之儀節，與夫圖書遺器之存貯，靡不釐然畢具，雖百世之下可考而知也。

義莊之設，創見於范氏，文正啓之，忠宣繼之，司諫終之，規矩始爲大備。嗣後踵范氏而起，約有數家，迄于今罕有存者。惟法制之未詳，條教之未肅，因以至是。員外君與在衡深思積慮，窮日累月，斟酌損益，蘄於盡善，必於久傳而後止。蓋非以鋪張標舉誇爲盛事、侈爲美談也。嗚呼！守家之有儀範，猶守國之有律令格式也。立國者鴻綱細目大小畢舉，而典儀、政要、通禮、牧事諸書，複沓繁芿而不可略者，以爲不如此不足以昭示來許，寶爲世守。今員外君之置莊，既已穹碑鉅碣，大書深刻，炳燿閭里，而復斤斤志之如此，豈非知守家與守國之道有相通者，故爲是不憚煩與？然則是書也出，而藍田之《祭説》、涑水之《書儀》、考亭之《家禮》，胥包函薈蕞於是，是又不獨可以昭示子孫，抑亦東南士族之典型也已。

獨是莊之置也，既閲數年而後成，在衡繼之益勤不懈。今老矣，目昏口哆，猶抱其遺書，反覆校勘，窮日夜而不敢替，信乎作者之難而成者之不易也！文正之志成于忠宣，而員外君之志亦成于在衡，陶氏子孫豈無司諫其人者，覽是志而皇然以興、肅然以恐，憑藉而光大之，其垂於永久，信無疑也。至有合於宗子之法、收族之道，可以激世之澆薄者，則諸君已詳記之，不復論云。

朱氏刻陳忠裕公集序

嘉興朱教諭㫕刻《陳忠裕公集》既成，屬陳子九儀問序於余。余詢之曰：『教諭與忠裕生不同時，又非同郡，汲汲焉取其集而刻之者，何居？』九儀曰：『教諭夙仰忠裕之爲人，讀其詩文加欽慕也，于是旁搜遠討，輯而成是集，蓋非一朝一夕之故矣。質之先達，欲以大其傳也。』余謂公文章忠義，創幾社以應東林，天下之士靡然從之。及成進士，司理紹興，手平許都之亂，功績爛然，浙東西之能言者，無不奉爲依歸。崇禎之季，如西泠十子，皆宗其論詩之指。而鄉試同考時，取嘉興黄濤第一，迄于後，患難死生相從無間。蓋浙士之于公，文章所被、意氣所孚，皆出于性之自然。教諭生百數十年後，聞風興起，美斯愛，而愛斯傳也，固其宜矣。

公之詩文本無全集，少時所刻，如《屬玉》、《平露》、《白雲》、《湘真》諸稿，及見于《壬申文選》、《陳李唱和》、《三子新詩》、《二十四家詩選》，僅而存者，亦多蠹穿鼠嚙，斷爛不全。乾隆丁卯、戊辰間，婁縣吴君光裕裒而付諸剞劂，未幾，吴君没，版亦散亡。四庫館之開，詔求先賢文集，有司采訪甚殷，而卒不得上之館閣者，因此也。然文章忠義之氣，積之既久，發之愈光，況國家表忠節以勵綱常，公之事實既大書特書于《明史》，又復攷其原官，具于《殉節録》，賜謚立祠，輝煌綸綍，則公之詩文應時而出，昭融震爍於宇宙間，使讀者如仰見其聲音笑貌，尤其宜矣。

余少時慕公著作，顧所見者絶少。及庚子、辛丑間以憂家居，將與教諭王君希伊抄録公集，未得其全，今忽忽又二十餘年矣。而教諭獨取而刻之，非獨慰東南士大夫之望，亦天下所共快者也。因舉其關乎運會者以弁集首，若夫公之詩文光明典重，起衰而振靡，則教諭鄉先輩朱竹垞太史及龔蘅圃侍御已詳言之矣，故不復云。

何氏再刻陳忠裕公集序

吾郡陳忠裕公，以文章節義稱於勝國之季，位雖不顯而聲譽布於天下。當時所刻詩文，本有六種，其餘見之《壬申文選》、《陳李倡和》、《三子新詩》、《二十四家詩選》，蓋未嘗有全集也。及公沉淵抱石，《黍離》、《麥秀》之歌，往往爲人諱匿。乾隆丁卯、戊辰間，華亭吴君光裕零星掇拾，或得之江湖書賈，或得之舊家僧舍，叢殘缺軼，以致章亡其句，句亡其字，字失偏旁點畫，積有多篇，授之剞劂。未幾，吴君客死，版亦毁散。

嗣寶應王君希伊來爲我邑教諭，重公節義，而篤嗜其文章，與同學莊君師洛、趙君汝霖、吾宗鴻逵，蒐羅放失，互相討論，先將公《自述年譜》鋟版行世，又于公詩中所載時地及交游事蹟，輯而注之。時予方以江西按察使居憂在家，教諭與諸君常過從商榷，予亦助其搜采，然終惜其集之未全，而所注之未廣，存之篋中，迄今又二十年矣。教諭下世既久，莊君等及何子其偉，近復得公遺文，并公弟子王勝時澐所撰《續年譜》，亟爲補入。而輾轉藏弆，復恐有鼠嚙蠹傷之患，因出而重加考訂，分爲正、續《年譜》三卷，賦二卷，詩十七卷，詞一卷，文十卷。又以前注未詳，博綜羣書，補其罅漏，尚有不可考者，姑俟將來，而公集已粲然可觀。于是何子取以付梓，乞予文爲序。

予先爲嘉禾朱教諭鋟刻公集，已敘其大概，而公《岳起堂》、《采山堂》諸刻，本有序文，今皆彙錄，共得十八篇，俱刻而置之卷首，無庸復序。惟是諸君之前後編輯既勤且久，不可沒也，因詳悉而書之。至公後嗣，五傳而絶，而勝時之曾孫娶于陳，爲公之玄孫女，生錫瓚，蓋公五世外孫也。故教諭王君因公墓無人祭掃，援巡撫徐嗣曾之例牒縣，以錫瓚次子昆爲公後，守其祭祀，詳見公《墓田碑記》。以是公之遺稿多得諸錫瓚所藏云，并附及之。〔一〕

【校記】

〔一〕 陳子龍《陳忠裕公集》（嘉慶刻本）書前王昶序此處尚有：『嘉慶癸亥六月，同邑王昶撰，時年八十。』

祠塾規條自序

范文正公及吾郡張氏皆置負郭田，給米以贍羣族，少時先大夫屢以爲言，昶志之不敢忘。自丁丑登仕，服官二十餘年，今春宗祠始落成，欲置田以副先大夫之志，而力不足以及之。

竊念給米之制贍其身已爾，若盡族人子弟設塾而加以教焉，設有一二異材者出，繼續而昌大之，將族人復得所芘蔭。卽或僅爲博士弟子，或并博士弟子不能，而八歲入塾，二十三歲出塾，十五年中日聞先生之教，日誦《詩》、《書》、《禮》、《樂》之訓，其於仁義道德孝弟忠信之旨，必稍有所解。且習以規言矩步，卽有嚚淩亢暴放恣佻達之徒，磨礲漸革，變氣質，移性情，上之可幾君子，而下亦不至小人之歸，則有益于人才者甚大。于是悉以田若干畝置之於塾，以供祭祀及子弟衣食之用，且老幼嫠婦之貧者，貧且病者，月有給，婚喪有助，考試有支，以示賙卹。又畀以書四萬卷，金石文字一千餘卷，教養之資犁然粗具。所定條例，皆本于先大夫未逮之志，而實原于『三《禮》』，參以《家禮》、《書儀》及《范氏規矩》、《張氏規條》，或時異勢殊，則用其意而變通之。自惟歷官日淺，稍食所贏者寡，且草創未暇，故止於此。擴而大之，將有待於後日。

雖然，創之難，繼之不易。考范文正公于慶曆元年任資政殿學士，創置義田，至治平元年纔二十四年耳。忠宣之劄，已有『諸房子弟不遵規矩，五、七年間漸至廢壞』之語。後一百七十餘年，至嘉定三年，司諫范之柔遂奏言『田畝僅存，蠹弊百出』，蓋繼續之不易如此。至張氏奏建義莊事，在雍正七年，今其田幸而獲存，而義莊亦將鞠爲茂草矣。吾家世德未必遠邁古人，乃欲久而無敝，豈能逆料哉？雖然，誠以守之，儉以用之，精心以計之，古人之所難繼，或未必不可繼也。其中蓋有天焉，在後世子孫修德以格天而已矣。

世譜小序

予世家蘭溪，思岡公始居青浦，《禮》言『別子爲祖』，『百世不遷』。鄭注謂『始來在此國者，後世以爲祖』，別於不來者。以經誼例之，則公當爲不遷之祖無疑也。然自定居後，迄今二百十餘年，子姓他徙，又有不可考者，故敘而譜之。而恭録制詞及碑志、祭輓之文，别爲二卷附焉。至自無宇公以下六十七世及四堂支派，則悉具於《蘭溪譜》云。

世譜前録小序

吾家本出於齊陳氏，至無宇之子始姓孫，及武始遷吴，四十九世，南宋初端甫公乃從外家王姓。又二十世，而遷青浦。以蘭溪舊《譜》考之，吾房在尚德堂二支，蓋上溯無宇，共七十世矣，中間世次名字皆可攷，無失墜者。比之他姓，最爲詳具。又與《史記》、《新唐書》、《通志》諸書皆合，可幸也。撰《世譜》訖，復稽舊《譜》，文繁人衆，不便檢閲，乃專録本支爲《世譜前録》，以貽後人，且寄水木源本之思。

吳方來吟香閣印譜序〔一〕

《漢書》載六書，繆篆摹印别爲一體，其法不傳。今之刻印，未必卽合於古之刻也。然《説文解字》士大夫不講久矣，訛以傳訛，隨意遷改，以俗字易舊文，誠不免如岳倦翁所譏。故余喜與篆刻者游，以其能考《説文》、《博古圖》、《鐘鼎款識》諸書也。今僧一仁出吳君《吟香閣印譜》見示，君善刻石，此蓋範銅爲之。所鐫干支六十，其文本之《爾雅》、《史記》，其字準之《説文》，非獨體製之長短、點畫之參差向背，足以娱時目而已。則士大夫之不識字者，能無用之而自媿歟？惜予之未得同游也。余蒙恩給假，將以深秋汗漫於金、焦、北固，君近在維揚，他日於江聲月色間，相與考文字偏旁、點畫暨金石隸篆，以通象形、會意、假借之説，知必有進余者矣。

【校記】

〔一〕方來，底本空二字。按，《吟香閣印譜》乃吳紱（字方來）所製，據以校補。

馮廣文墨香居畫識序

馮君金伯工詩文，善畫，常采本朝畫家，爲《畫識》若干卷、若干人，予見其書久矣。及予□予告歸，方病，金伯冒雪來，請爲之序。

予謂今之畫非古之畫也。蓋自書契作，而繪畫之事踵興，秦漢以前取於畫者有三：三辰旂旗，火龍黼黻，虞帝所以觀象，周官所以畫繢辨等威也；遠方圖物、貢金、鑄鼎，如《山海經》之書，使民知神姦也；聖君賢相忠臣孝子，鑱于武梁祠堂之石，教民興行也。然摹其大概，未有刻畫之精。自顧愷之、陸探微、張僧繇輩出，然後極其工焉，亦未及於山水也。山水之畫，自唐始，李思訓、王維尤著。其畫山水也，烟嵐雲樹中兼有人物宫室，而宫室界畫又以算學乘除法行之，蓋畫之久而益工者如此。其後荊、關、董、巨變之，倪、黄、吴、王又變之。歷宋、元、明三朝，惟趙令穰、劉松年、趙孟頫、文徵仲諸君，猶兼其勝，餘則無有能兼者，名爲簡遠超妙，實乃盡失古法。故曰今之畫非古之畫也。

馮君之意，以爲我朝文治光昌，經史詞章之學卓越前代，即以游藝論，精於畫者亦衆，因取而悉識之，記其里居名字，及生平出處梗概，閨幨釋道，靡不畢見而綴輯，尚未有已也。夫烟嵐雲樹澄空縹緲，滅沒萬狀，境之屬于虚者也，畫者以其瀟灑出塵之致，靜觀自得，時有以取之，故工者難而學之爲易。若夫宫殿人物，刻取情狀，必求其肖，重規疊矩，不爽累黍，境之極于實者也，故精者難而學之尤不易。且以界畫法入山水中，既無損於澄空縹緲之觀，而益增瀟灑出塵之勝，豈不尤難哉？如是而謂宋元以

來之畫勝於古人，其果然歟？金伯愛畫深，于畫其必有以審之明矣。故因其索序而并以質焉，以爲何如也？〔一〕

【校記】

〔一〕此序載馮金伯《國朝畫識》十七卷（清刻本）書前，王昶序此處尚有：『乾隆甲寅嘉平月同學王昶序。』

汪秀峯田居雜記序

古之志經籍、蓺文者，以經、史、子、集爲篇第，而子、集中小説一類，雜出於兵、農、名、法之間。六朝以降，子録益少，小説愈繁，而作史者不能遺也，蓋以記遺聞傳軼事，既可補史官之缺，其醇者且足以爲世法戒。故如《語林》、《世説》、《雜記》、《叢譚》、《啓顔》、《炙轂》、《瑣録》、《新聞》諸書，旁見側出，好奇嗜異之士，往往博求於此。

汪君秀峯，以博學工詩文名江浙者五十年，著述十數種，莫不傳播蓺林。謝官退老，穿穴書史，標新摘異，憶生平之游歷，友朋之傳述，詩句之風華，剌舉而詮次之，鄙陋如余亦多有取焉，爲《田居雜記》十六卷。用以廣見聞而資考證，且屬余序其首。

余觀近日士大夫端居多暇，輒喜研弄翰墨，以自陶寫，如紀宗伯昀、袁明府枚、沈廣文起鳳，咸出其所著，風動一世。然三君之作談空説有，多託於寓言，以寄其嬉笑怒駡，是所謂美斯愛，愛而不足傳者也。兹書事必有据，語必有本，研神志怪，必有助于惠迪從逆之理，蓋非暖暖姝姝而私自爲説者。夫小說紛繁至矣，幸而後世採摭掇拾，如陶氏《說郛》、商氏《稗海》、左氏《學海》、陳氏《祕笈》、毛氏《祕書》，其中重出者、不全者總計二千餘種，實可以饜好奇嗜古者之志。是書行，吾知有如陶氏、商氏者，將入於叢書稗說，以資作史志之採取，亦非比《折楊》、《黄荂》，逌然而笑已也。

滇行日記自序

余以乾隆戊子十月十日從副將軍阿公赴滇，至樊城，余取水道行。明年己丑正月，抵永昌，然後至於騰越。途次所歷，爲驛一百二十餘，爲里九千一百餘，爲日一百有二。有所見輒書之，以志其略。夫紀行者，莫詳于陸氏《入蜀記》，行以夏，止以初冬，閱時與余蓋相等。昔人稱其信手抒寫，別是一種文字，信然。余夙嗜之，謂近今惟新城尚書《雍益》諸記程，差可踵其後。然放翁當日以之官行，挾家人與俱，而尚書于西南初定時銜命典試，具舟車載圖籍，所至與賢士大夫登臨憑眺，是以觀覽富，而考核也詳。今余當軍書旁午之日，日每行二三百里，所過都邑之雄壯、山川之俶詭、草木雲物之悽麗幽邃，大率傳遽而未得見，見而未得登覽諮度，用以据今而證古，欲其事詳文核，斯已難矣。然自燕而豫，關河浩蕩，爲昔來英雄馳驟之地，及由楚而黔而滇，山水可喜可愕益奇，蓋有好奇覽古之士所未及知，知之未及以遊者，而余得寓目及之，豈不獨幸與？書雖陋，其不可以不存。又明年，釐而書之，他日以當臥遊焉。至其舛謬挂漏，俟歸時更考之。

征緬紀聞自序

緬自元始著于史，自元而明，屢征之不得志。明之不克孟養也，非緬也。元則已抵三江城矣，至蒲甘而敗，患在鋭也。夫緬，西南一小土司爾，今已併孟養等十數土司，計其廣輪，東西幾數千里。而由三江城東北至八關，中隔諸土司境，南北又三千里。越三千里始抵其郛，且十月出關，二月瘴發當還。以五月閲數千里地，犁廷埽穴，微識者亦知其難。自明公瑞戰歿，雖命傅公經略，兩阿公以將軍副焉，然上慎之，尚未決于再用兵。會傅公力請，始遣以行。公由江以西收猛拱，抵新街，敗賊于江中。及至老官屯，合兵攻砦，懵駁懼，遂以書至，從而納款還師。如天之福，唯上之武而仁、明而斷，因以致此，此非人力也。然緬果不可滅歟？曰：趙宏榜以三千人赴新街，弗量力也；楊寧以四月出木邦，弗知時也；明公瑞由宋賽而旋，弗度地也。皆以速示鋭，以鋭矜勇，故弗克勝。然則厚力而竢時，竢時而得地，何緬之弗可滅乎？稱官猛之言，蓋言漸也，余故取其説附著于篇。

歸葬小志自序

昶不幸，弱冠遭先大夫之喪。甲戌成進士，旋丁陸太夫人憂。歸，詢之堪輿家，皆言乙丙兩歲不利于葬，衆尼之，不能自決也。丁丑春，鑾輅南巡，遂蒙召試第一，授中書舍人，竊忝朝籍者十年。嘗思鄉里丘冢，愧恨涕汗交下，若負芒刺然。其後贊軍事于緬甸，又從討金川，丙申自川歸，遇孝聖憲皇后大喪，此十餘年皆不敢自言其私。今年春始具奏上請，蒙恩允許，歸庀葬事，三十年愧恨之隱，獲以稍釋焉。

嗚呼！喪禮廢久，大夫士三月而葬，不葬，服不除，不得選舉仕進也。世俗相習，視以爲常，昶亦輾轉金革，馴至如是之久。茲之歸也，考儀文、徵典故，率與經傳不合。不得已，比附牽引僅迄于成，蓋怠慢所由致也。雖及葬，愧恨之懷何時能釋然歟？雖然，世之久不克葬者多矣，或限于力，或阻于地，或拘于職事，如昶之愧且恨者，當不乏人。而昶幸承恩命，以竟二十年未竟之隱，且三代皆封二品，巘竿翣黼，穹碑望柱，鄉里皆謂之榮，將以紀國恩，傳家牒，其可以愧與恨而不書乎？于是自乞假始，卒于建碑樹表，排日紀錄，其比附《禮經》者，既可以質習禮之君子，而傳示來裔，亦俾有所考見云。

唐冶父詩序

余於同里陸秀才范鐮破簏中，得近體詩一冊，計六十餘紙，紙敝墨渝，蟲鼠齧食者過半，無撰人姓氏。及按其詩，乃知爲華亭唐冶父鎔所撰。冶父始家上海，繼居於吾里，殆前明之遺老，伏而不出者歟？其紀年則庚寅、辛卯、壬辰、癸巳凡四載。其同姓則有叔九諮，兄士長、元成，弟去非、坡友；其朋好則有張洮侯、沈友聖、許霞城、王玠右、金天石、董得仲、施及甫、陸子元、吴六逸、王名世、宋轅文、宋子建諸人。其詩則沉雄蒼健，淒愴激楚，蓋悵觸於社稷滄桑之故，而故國舊君，卹乎其有餘痛者也。

余嘗觀宋之末造，如謝翺、林景熙諸人，其詩未必盡工，而《白石藁》、《晞髮集》各書，當時珍之，後世愛且護之。無他，勞臣志士宇宙間之正氣，正氣所盤鬱，固不必論其辭之工不工，而皆可傳於後。況以詞之工若此，又安能久閟其光芒而不出乎？雖然，林、謝之徒既已詳於史冊，載於志乘，散見於叢書稗說，而冶父迺僅以其遺章逸簡單行側出於蟲穿鼠穴之餘，雖以同郡邑如余，亦不能稽其生平，考其故實，以行於世，斯身後之不幸，抑尤有可悲者已。余既借而錄其副，殘缺者去之，凡得詩一百十七首，并爲序其崖略。後之知人論世者，庶幾有所考見也夫？

二彭集序

往時四川彭吏部樂齋與其弟磬泉，皆以文學名於京師，予生稍晚，未及見也。及至四川，則樂齋已由廣東肇羅道罷官歸，而磬泉之歿久矣。時樂齋年七十餘，爲錦江書院山長，嘗顧予而歎曰：『予弟兄自相師友，平居刻勵學問，務以古人爲師，而於學古文尤力。吾兩人所爲文，前皆有刻本，顧叢脞散佚，僅存五六種。子幸爲考定之，俾我兄弟二人稍以見於天下。』余受而置之篋衍，閲數年，南北奔走，迄未暇以爲。辛丑居里，乃始發篋讀之，汰其稍近俗者，定樂齋詩文爲《白鶴堂集》六卷，磬泉文爲《求志堂集》四卷。於是彭氏兄弟之集秩然，可以傳世，而聞樂齋之歿又已逾二年矣。

嗚呼！四川文學之士在宋最盛，迄於元明，其流風餘韻尚有存者，及遘明季之亂，舊德之名氏、耆老之教授，與夫故家之文字書册，泯然靡有孑遺。百餘年來，士子安於陋劣庸近，而彭氏兄弟乃特起於疇人之中，以古人爲師法，其文清而婉，簡而有要，非豪傑之士無所待而興者歟？而惜其卷帙之止於此也。余既爲之審定繕寫，一藏家塾，一授吾縣知縣楊君卓，俾刻之官廨，庸以報故人於地下，且以踐數千里外宿約云。樂齋、磬泉皆乾隆丁巳進士，磬泉由翰林官至涼州同知。楊君亦四川瀘州人，故以屬之。

陳句山先生紫竹山房詩文集序

錢塘陳君桂生，挾其祖句山先生詩四十四卷、文三十二卷，踵門而請曰：『願有序也。』

嗟夫！余官中書舍人，於先生爲後進，自乾隆戊寅始獲識先生於朝，繼以詩文相質，先生謂與可言者，時時引而進之，是以辱有牙、曠之知。甲申，余從校獵木蘭，先生亦以上書房師傅侍諸皇子在屬車豹尾間，益習聞先生言論風旨與所以自得者。大抵以名節爲坊表，以詩書爲枕藉，以廉靜寡欲難進易退爲標指。入其家，衡門兩版，凝塵滿席，不知爲列卿之尊與京兆之雄駿也。發諸詩文，不以氣炫才，不以詞害志，淳古澹泊，清遠閑放，適如心所欲出。至國家之典故，名臣之事實，著於序記志傳者，一唱三歎，反覆詳盡，而不厭其繁，以裨於世教，故同時若沈君椒園、商君寶意、杭君堇浦輩，靡不斂手推之。余嘗讀《南史》，至傅昭、徐勉諸人，其撰述雖不盡傳於世，而清修令節，愛素好古，翛然若出塵壒，輒傾仰企羡於千載之上。今讀先生集，知六朝之名卿遺韻，迄今猶未泯也。

丙申春，余歸自蜀中，而先生前七年歿矣。求其集不可得，爲之悵然。又七年，余修《西湖志》於杭州，竊念先生籍錢塘，西湖事蹟載於詩文者必富，從其家求之，卒不可得。蓋十餘年來，殊以爲憾。今桂生述祖德，採遺文，輯而録之，使先生生平撰述粲然備見於世。是集也傳，將先生言論風旨顯顯然溢於聿牘，後之論世者，且以爲傅昭、徐勉之比，其可嘉尚也哉！爰因序而并及之。

李恆齋先生金筑槎謡序

貴陽爲古施羅鬼國，不見於《漢·地里志》。楊慎以爲即古鬼方。然考孔穎達《詩疏》、干寶《易注》、《世本》、《唐書》，類皆與楊氏說左。蓋地極西南，猺獞雜處，文獻率無所考。獨其形勢險隘，谿谷阻邃，九溪以上，深箐大林，盤錯回互，足以馳騁游覽，而非有事奉使焉不得至，即至矣又非文詞之工者，卒不能取而模範之也。

吾師李恆齋先生，以侍御典試黔中，由幽燕經河、洛，歷洞庭、沅江之勝，往返七閱月，既歸，次道途中所作爲《金筑槎謡》。凡山水之崛奇，風物之俶詭，以及賓朋讌集感時弔古之思，靡不畢具。其旨深，其音雅，其才情踔厲而卓越，洵乎言之文而行之遠者矣。今國家文治昭融，遠被遐裔，貴陽人士非復如曩時荒略，又得名賢以振起之，文章山水交相映發，則匡衡所云『化俗而懷鬼方』者，必於吾師之詩歌是驗。而後有考圖經、志輿地者，亦將據以爲信，非第鑿險探幽以資吟詠者比也。

朱吉人春橋草堂詩集序

余家青浦縣城之南，又南六里爲泖湖，逕泖二十餘里，爲浙江嘉興界，又數十里，達於桐鄉。蓋距余家百有餘里云。桐鄉平遠閒曠，殳基之山、胭脂之滙、梧桐之徑、芙蓉之浦，村居相望，桑麻晻靄，有魚蟹之饒、蒲蓮菱芡之美，風景皆與余青浦同。士生其間，往往鄙名利而耽丘壑，賤紛華而樂幽澹，以詩書爲職志，以吟詠爲寢食，得於地者使然。故余與朱君吉人嗜好同，性情最契者以此。

君工詩詞，善畫，居桐鄉，兩兄皆登甲科，躋膴仕，獨君蕭然塵壒之外。西泠、吴興、廣陵、茂苑，歲必一二游焉。拏舟所至，名流詞客，聞風鱗集，相與搜巖剔穴，及浮屠老子之宫，披其碑碣，摘其幽勝，舉而發諸篇章，故其詩詞日益工。余以乾隆庚午識君於吴企晉璜川書屋，時朱子存兄弟又君族兄弟也，文酒之會最密。後余在廣陵，君來訪，其親串艤舟紅橋，偕登康山、平山堂，吟眺爲樂。又三年，君應順天鄉試至都門，適曹來殷、趙升之、張少華皆在，聯詩鬭酒，盤旋半載而返。己亥余乞假，以事過桐鄉，訪之不遇，後四年而君逝矣，爲之泫然。今趙舍人億生挾其全集以來，始得讀而序之。

嗚呼！自與吉人定交，迄今四十餘年，同游諸君，少長不一，皆莫有在者。其詩詞亦多散佚不全，惟君集得賢子弟以守之，且將授之梓以行於世，詎非幸歟？讀是詩，將山水之美、賓朋之盛，與夫書畫金石，一一可考而知，而君之聲音笑貌及性情嗜好，皆將想象得之，誰不以爲山澤之臞、列仙之儒也，斯可破涕爲笑者矣。

沙斗初布衣白岸亭詩集序

余常與曹君來殷論次當代之詩，以爲今臺閣之上，士大夫以功名自著者，其詩列屋兼輛，不可勝紀。若夫泉石之士，名章傑句，不遇於時，而必有聞於後者，當以李碩夫、張崑南及沙子斗初稱首。

或曰：碩夫之詩澂澹，崑南之詩清遠而閒放，味其言皆若安貧守道、翛然寡所感激者。獨斗初詩才力奇傑，或沉雄而踔厲，或抑塞而悲壯，有無聊不平之憂思，與泉石若相遠者，何也？今夫林木之生於崖厂也，翳翳然已爾，及其歷霜雪迎風飆，則槎牙攫糾慘慄呼洶而不可止。山泉之正爲濫，而仄爲氿也，瀏瀏然已爾。及其滙磵壑、激瀑流，則噴薄搏擊之音作焉，誠未可執常理以例之也。由斗初之遇以考其詩，又何足異歟？

余自與斗初交，迄今僅數年爾，碩夫已卒，崑南隱於醫，今年復晤斗初，其貧愈以甚，而沉雄踔厲抑塞悲壯之氣如故，豈尚欲以功名奮，與臺閣之詩人鬬奇角異與？夫遇不遇，命也。古之人抱負英偉，非遇世有識者，往往賣卜采藥以老，不見有無聊不平之感。斗初雖寥落摧挫，然才力奇傑，詘於今而傳於後也可信，以視列屋兼輛者，有異矣。又何不平之與有？來殷贈斗初有云：『蕭瑟三秋氣，飄零五字詩。』余恒歎其言爲定論。顧自今以往，竊願進而爲澂澹、清遠之旨，以與兩君子合，以庶幾於安貧樂道者，則斗初之可傳，又將不僅以詩也夫。

張崑南布衣鶴健堂詩鈔序

嵇叔夜《琴賦》云：『器冷絃調，心閒手敏，觸擥如志，惟意所擬。』叔夜工於琴，其敘聲音之理，可謂微矣。蓋愀愴惻減者，吾知其爲笙；繁會叢雜者，吾知其爲笛；激昂噍殺者，吾知其爲箏與琶。之數物者，凡擔夫鬻賈，與夫委巷之竈娃孌婢，皆得辨其節奏，而指其工拙。至於琴，澹泊杳冥，非榮期、綺季之倫，不能學，學之非終身不能工。卽工矣，如牛鳴盎、如雉登木，聽者未有不勃而思臥。東坡云『古木嵌空微黯淡，誰爲聽之誰爲傳』，諷其詩，可以浩歎也。

詩之爲道亦然。靖節以下，若龍標、摩詰、襄陽、蘇州、柳州諸公，淵夷沖澹，皆琴中人也，其詩皆琴聲也。自世之學詩者，升沉榮悴、菀枯得失之情亂於中，亢厲麤豪、槎枒桀驁之習染於外，而知其旨趣者蓋寡矣。吾友張子崑南以布衣稱詩吳下，家屢空，常日午無炊烟，顧好琴。天平之山、支硎之嶺、潭東潭西之勝，每出游輒攜琴與俱。詩人吳子企晉、過子葆中、沙子斗初暨方外石杉、念亭輩，晨夕過從，必鼓琴以相娛悅。間發而爲詩，卽景會心，抒寫物理，如朱絃疏越，一倡三歎，洵乎王、孟、韋、柳之遺，得於琴者深矣。崑南詩既多，不自收拾，企晉今之牙、曠也，爲擇其佳者刻之。世人讀是詩，當如鯈魚之出聽，櫪馬之仰秣焉，豈患誰聽而誰傳哉？

張策時華海堂集序

孔子曰：『不得中行而與之，必也狂狷乎！』說者謂『狂者進取，狷者有所不爲』，其迹相反，而孔子兼取之者何？蓋狂之志嘐嘐然必曰古人，夫既與古爲徒，則一鄉一國之士，且不足以供其友，又豈能低首下心，閹然鶩媚世之爲，勢非極於踽踽涼涼不止，故狂狷之異異以迹，其實未嘗不同。三代以後，士人以酬酢爲工，以韋脂爲巧，以同流俗、合汙世爲能，其行如是，况於言乎？又况於言之精者聲爲詩乎？其尤黠者，或轉取忠信廉潔託之以自飾，而嵬瑣詭譎之習終不能自掩於詩。

吾友張子策時，狂士也，儻蕩疎豁，豪俊不可一世，視便辟善柔機械變詐之徒，唾若泥滓然。以故游於公卿間，恆爲忌者所中，學不施於用，身不適於時也。然意氣不稍自貶損，尤喜爲歌詩。心所感憤，道古以刺今，緣情而類物，寫其無聊不平者，必於詩。鏤肝擢腎，結爲章句，呀然以笑，奮然以躍，忘其飢寒奔走者，必於詩。所擬樂府數十篇，出新意傅以古音，皆剔陳言去之。及在浙江，游天台、雁宕諸山，詩益奔放奇偉可喜，蓋志足以植其氣，氣足以輔其才，才足以運其學，是以筆墨馳騁幾與古人相上下。

君交游絕少，頗以余爲知言。今秋入都，出所次《華海堂集》屬余序。總觀其詩，若琢虞筍、出鱗甲以爲之而也；若縶怒驥，踶齧介倪而羈馽不得施也；若大塊噫氣，謞者叱者鼓萬竅而怒呺並作也；若大波爲淪小波爲漣，轟訇推盪，隘宇宙而撼山岳也。嗚呼！可謂盛矣。古之狂者如迷陽、郤曲，僅傳於莊周之書，他若子桑、曾點輩，其歌率不傳。至阮籍以狂名，《詠懷》諸詩最爲世習誦，然爲晉王勸進，識者羞之。今君既以詩名世，其嶔嵜歷落之概與掩抑塞阸之狀，讀其詩如見其人，與世之嵬瑣詭譎、裁摘工巧以自文者，不待如黑白而自別。世有識者，其必因詩以取君明矣。遇雖窒，又何恧焉？華海者，君登華首望雲海，爲平生游覽最，故以名堂，且志其集云。

趙升之媕雅堂詩集序

《周禮·春官·大師》：『教六詩，曰風，曰賦，曰比，曰興，曰雅，曰頌。』鄭君注云：『雅，正也。

言今之正者以爲後世法。』然風以述治道之遺化，頌以美盛德之形容，則其源固罔弗出於正者。唯出於正，是以直陳之爲賦，曲陳之爲比、爲興，無所之而不宜。詩有六，要歸於雅焉可知矣。

鐘師磬師笙師之隸在春官也，其器綦詳矣，彼漆筩弇口以羊革爲鞔者，器至渺小爾，而猶以雅名，則編鐘編磬與夫鼓鞕、簫篪、柷楬、舂牘之屬，其音要歸於雅，又可知矣。詩雅，故音雅，音雅故樂雅，然則詩寧可以敖辟喬志、趨數煩志參之與？

上海趙君升之，夙以詩名吳會間，近出其所撰《婷雅堂集》，讀之，大略據經史爲根柢，循古人爲矩矱，取叢書稗說爲輔佐，又本諸蕭閒真澹之志。故發於音者，或嘽諧慢易，或廉直勁正。如欒銑然，石播柞鬱之不形也；如皋陶然，長短疾舒之悉中也。可謂廣大而靜，疏達而信，恭儉而好禮，於大小雅有合焉者已。

昔張揖謂：『小雅之材七十有四，大雅之材三十有一。』其人雖不可考見，意必兼雅之正變者言之。然鄭君又以大雅十八篇、小雅十六篇爲正經，豈非變雅之什或有所悲憤怨誹，而正雅尤粹然無蟄疵與？今者風化休美，歌頌洋溢，值正雅競作之時，而升之操其雅材，用刮劘夫敖辟喬志、趨數煩志者之所爲，以還賦比興之旨，大師將龢同律以播之，而審爲雅音之宗也，豈不盛哉？

趙升之娵隅集序

趙君升之與余生同郡，長同學，先後同官於朝。君顧喜爲詩，有所作則以眎余，數年前嘗屬余序其

《婷雅堂詩集》，故知君之詩之工者，惟余爲深，而能言君之詩之工，亦必以余爲最。乾隆戊子，以阿大司馬奏請，均從軍於滇，舟車戎馬所至，輒爲詩以自陳寫。庚寅秋，駐永昌，幕府無事，君乃總其所作編爲一集，名之曰『娵隅』，又屬余爲序。余循誦再三，茫然慨然，歎君詩之工，而不能知其所以爲工也。

或曰君博聞强記，其才如萬斛泉觸地而出，隨其形之大小、聲之疾徐長短，靡不中節。且自豫、楚而黔、而滇，出西南徼外又二千餘里，風俗之俶詭，山川林莽之險怪，烽烟礟石之可駭可愕，皆前古詩人所未及，故其取材也富，而見於篇什者肆而奇。余曰：是則然矣，子不聞黄帝之張樂於洞庭乎？其卒無尾，其始無首，北門成聞之，蕩蕩默默，意不自得，其能知樂之所以爲工乎？雍門周之鼓琴也，孟嘗煩冤纍欷，仰天太息，至泣數行下。當是時，其能知琴之所以爲工乎？觀君之詩，亦若是而已矣。莊生有言：『逃虚空者，藜藋拄乎鼪鼬之逕』，『聞人足音，跫然而喜矣』。况乎昆弟親戚謦欬其側者乎？余之讀君詩，如聞跫音，如接謦欬，悲喜交集久之，彷徨而不能去焉爾，其惡能知君詩之所以工？不能知君詩之所以工，又安能言君詩之工乎？余從君南行，君有作莫不繼聲焉，其篇什蓋略相等。間嘗取而觀之，恤恤乎湫乎攸乎，若不可以終帙。然則余之詩且不自知其所以爲詩，又惡能知君之詩哉？君曰：『甚矣，子之善言詩也，蓋有深於知者矣。』因遂書以遺之。雖然，後之人苟考時以論事，熟復而深思，其必有能知之而，且有能言之者矣。〔一〕

【校記】

〔一〕趙文哲《娵隅集》（清刻本）卷首收王昶序，此處尚有：『歲在昭陽大荒落宿月青浦同學愚弟王昶拜手書。』

朱子穎匏繫集序

余友朱君子穎，奇偉士也。始余與桐城姚姬傳交好，因以識子穎。後八年，復與子穎相見，時方登鄉薦，才華著於京師。察其眉目間軒軒然有英氣，心固已異之。及子穎出爲四川知縣，獲劇盜，引見，天子奇之，且知其能繪事，命作畫以獻，君益跅弛自喜。頃之，擢爲重慶府知府，會余從討金川抵蜀，則子穎以當事故例，宜引避改補，又以應償官帑數千兩，貧至不能歸。視其志氣，較曩時少殺焉。然聞余至，則載郫酒飲余，且出數年詩見示。豪宕雄駿，取材也富，而宗法也高，生平抑塞磊落之意，畢具諸篇什，卒未嘗少詭於法。蓋余夙知子穎，且知子穎能詩，不意其工若此。

嗚呼！世之貴有奇士者，非其詭異隱僻之謂。奇則氣直，於機變捷巧有弗爲；奇則志剛，於便辟逢迎有弗屑。出而任天下大事，忠義激發，必能自伸其名節，故足尚焉。然士人跧伏草莽，或連蹇於下吏，非言則志與氣不可得而知。故觀於詩焉，可以用人，可以陰識天下士。昔陳同甫、辛幼安之徒，義不苟合當世，言語著作往往驚時忤俗，徽國顧有取焉，折節下之，若唯恐不及。而後人讀其詩若文，亦輒感慨流涕，蓋忠義之抑塞磊落感人最深。讀子穎詩，因以知子穎爲人。世而不求奇士以植忠義則已，求奇士必有取子穎，則是詩特爲其乎尹也已。

子穎奇士，顧嗜釋氏之說，嘗獨往大峩絕頂，觀所爲菩薩光者。今以謝事閒居，乃躍馬仗劍，出岷山外千餘里，覽壁壘戰鬭之狀，以發皇其志氣，子穎之奇益見，其詩亦將益進於工，蓋不得而知之已。

余年運而往，久困兵間，頹墮不可收拾，藉君詩庶以自激發云爾。姬傳工古文，且深知子穎者，書一通郵以示之，其殆以余爲知言也夫。

吴沖之白華詩鈔序

翰林侍講吴君沖之，夙以工詩稱海内。與余同鄉里，及壯，同爲中書舍人，以是往復唱和，見其詩爲多。癸巳君奉命視學蜀中，而余適從軍討兩金川。弓刀之所戛擊，而鼓角鐃鐲之聲相間也，君顧時時以詩眎余。閲年餘，裒其所得，成六卷，凡四百餘篇。

夫翰林古史官也，周時外史掌書令，内史掌王命，而大史抱天時，嘗與大師同車蓋，非獨以文章爲職業，其於機祥占候有兼司焉。執同律，聽軍聲，意大史亦肄業及之歟？春秋之世，若師曠輩，其職在播鼗柷，絃歌諷誦，乃能識死聲、知風之不競，蓋詩通於樂，樂通於律，律通於兵，故司馬氏撰《律書》，舉戎事爲言，猶古法也。大師執六律六同以教六詩，六德爲本，六律爲音，如是而詩始工。則聲變節族有以通天地陰陽之故，而其地之淑慝治亂可知也。然大師失職久矣，所以吹律而聽軍聲者，其術不傳，是以不能驗之於律，而獨可考之於詩。余曩者見君之詩，如攫糿援箬者然，深其爪，出其目，作其鱗之而，於以聲大而宏。今奉輶軒之使，攬乎蠶叢之崛奇、陸海之富衍、圖經古蹟之可喜可愕，省風入詩，乃一歸於溫柔閒雅，協於賦比興風雅頌之旨，淫與過、凶與慢無有也，其得大師之教者歟？

蜀苦於兵久矣，殺氣相并，四載未已。取君詩而聽之，則金川之將寧、軍事之將戢，其可燭照而兆卜矣乎？余向者承乏内制，蓋内史之職，於大師六詩頗究心焉。今磨盾草檄不暇以爲，爲之亦不如橐唱和之工，視君詩，蓋茫洋以歎也。他日者，王師獻捷，執訊獲醜，君職在雅頌，當如吉甫之美《江漢》，史籀之紀《車攻》，以美盛德之形容，以告成功，以備愷樂，則君詩之盛，又有不止於是者矣。

褚左峩學士詩鈔序

自吴公子札與齊、衛名卿贈答，而言偃復游於聖門，説者遂謂吴人獨得文學之傳。顧漢、魏、六朝以迄三唐，吴地之言詩者日盛，而如曹、劉、陶、謝、李、杜、韓、白之倫號稱大家者，類不出於吴，何歟？至宋范石湖居士始以其詩與誠齋、放翁輩角立，世並稱爲大家，莫敢軒輊焉，吴中文學之傳，雖謂之振於石湖，可也。

同年褚左峩學士，生季札、言偃之鄉，少時下筆爲詩，則已驚爆諸名宿。旋以獻賦召試爲中書舍人，頃之登詞館、侍講幄，出而視學湖南。舟車所至，山水之勝，發皇耳目，於是爲詩共若干卷。石湖以前，未有若是之富且工者也。昔皇甫持正序顧逋翁詩，謂吴中山泉英淑怪麗，君出其間，吸輕清以爲性，嘘鮮榮以爲詞，是以逸韻長句往往出天心、穿月脇，非尋常所能及。然逋翁詩具在，實不足以當之。今觀君之詩，茂矣美矣，諸好備矣。其捲波漱濤，則太湖異石也；曾枝圓果，則洞庭朱實也；幽迴閒放，則華亭清唳也。鉤錦秀澤，愈探愈不可窮，與虎丘、支硎諸山寺奚以異？吴中英淑怪麗之氣，至今洵萃於君，君復能翕受而傾寫之，第其風格於石湖差近，豈非吴中詩學名家以嬗文學之傳者與？

考石湖居士雖爲中書舍人掌內制，然嘗出使異域，尋棲棲於楚、蜀、交、廣間，讀《攬轡》、《驂鸞》、《桂海虞衡錄》，可見也。度其從容省闥，蓋無幾時。今君既遍歷江山之勝，又侍從法宮，以文章記注爲職業，由是沛鴻詞，揚偉績，石湖所未及者，君得兼而有之。誠齋敘石湖詩，謂『長於臺閣之體者，短於山水之味』，豈篤論哉？余交於君幾三十年，詩場酒座靡不共也，君所作往往得厠名其末。今別君八年，讀其前後諸集，進而益富且工。而余頽然老矣，并不能企逋翁也，然余思之，言偃學於聖門，出則得人學道，以絃歌治其民，入則講求喪具禮運之事甚備，至季札所觀十五國風，皆能指其興亡治亂，而於唐虞三代之德，審音而識其所以然，然則區區詞賦之流，蓋未足以盡文學也。君其更有以進余矣夫。〔一〕

【校記】

〔一〕褚廷璋《筠心書屋詩鈔》（清刻本）卷首收王昶序，此處尚有：『乾隆丁酉青浦王昶謹序。』

高秋士七峯草堂詩集序

自古文章之士少達多窮，論者於是互推其故，而孫氏樵之言最詳，以爲『物之精華，天地所祕惜，蒙金以砂，錮玉以璞，珊瑚之叢茂重溟，夜光之珠在龍頷，抉而不已，積而不知止〔一〕，不窮則禍。文章亦然』。陸氏龜蒙亦謂天物『不可抉摘刻削，露其情狀，長吉夭、東野窮，正坐是也』。蓋謂文之工者，天必窮之。雖然，是豈知天者哉？太史公、柳子厚皆言：屈原、左丘諸人，放逐乃賦《離騷》，失明厥有《國語》。然則窮而後工，非工而後窮也。古來放逐失明者何限？類皆草亡木卒，其不放逐不失明而草亡木卒，更不可勝計。惟數君子者，不敝天壤，窮乃益工，工卒不窮，故謂詩人少達多窮者，吾竊疑而不信。

今讀高君《七峯草堂集》，益知天之非無意於此也。君貴介公子，父殁，以衣食依人四方。舉於鄉，年四十許，遽以病殁。無子。殁後一年，妻亦殁。蓋君之窮若此。旋觀其詩，如玉有英，如金銀之有氣，如珊瑚夜珠孕育溟渤而光采越於深淵。凡君一笑一言，顯顯然浮溢紙上。其好山水篤友朋之高致，若或見之，是君雖死，猶不死也。天之生人，予之齒者去其角，傅之翼者兩其足，勢不能以兼美。然推其意，往往鄙科名富厚之榮，而以身後文章名爲最貴。今者窮君身，不窮君之名，窮君生前，不能窮君身後，與草亡木卒者相去遠矣。彼沾沾焉以世之科名富厚爲窮達，豈足以知天哉？

君名文照，字潤中，號秋士〔二〕，浙之武康人。詩始於乾隆辛巳，卒於庚寅，凡十年，共若干卷。搜而集之者，烏程宋君維藩、維翰兄弟，梓之者則滿洲某君某云。

【校記】

〔一〕積，底本原作『櫝』，據孫樵《與賈希逸書》及高文照《高東井先生詩選》（道光刻本）所收王昶《原敘》改。

〔二〕高文照《高東井先生詩選》所收王昶《原敘》『秋士』作『東井』，又文末多『青浦王昶敘』一句。

蔣立崖司馬詩序

余始官通政，繼遷大理寺卿，職在筦天下章奏與刑名獄訟之數，因以知案牘之繁莫如湖北，而漢陽一郡尤多。蓋湖廣爲水陸之衝，自京師而南，滇黔而北，皆取道於此。江浙閩廣之貨，淮揚之鹽，高桅大艑，日以千數。至四川商販及瀘州銅運，由瞿唐放溜而下，瞬息可達。而漢陽所屬漢口，爲天下四鉅鎮首，闤闠溢肆，摩肩擊轂，其間虓勇鬭狠爲鄉里所擯，甚則殺人亡命、椎埋剽劫之徒，睢睢盱盱，什伯竄處，根枝牙盤，不可究詰。非明幹兼人之材，則叢脞顛躓，干吏議以去者，十恆八九。

然當周之盛德，岐周所化自北而南，故《詩》於《漢廣》言游女之難求，而犯禮之事絶，於《汝墳》念父母之孔邇，而遠害之思深。蓋『周南』之化被於江漢最先。自後美聽訟而《甘棠》作，興貞信而《行露》歌，惡强暴無禮而《野有死麕》刺之風之，在『召南』與『周南』無異。至於今而羣以爲難治，豈果時易世殊，風尚習俗大遠於古歟？抑民猶是民，有司不知所以風之，是以奸宄不遵而刑名獄訟之日滋也？

吾友蔣君立崖，吴之詩人，其議論意氣，往往淩厲一世。放筆而稱詩，則感激豪宕，稱其爲人。由乙科調漢陽令，閭左訟牒日以百十計，大吏文移督辦日以數百計，待質之氓駢頸錯趾在階下。君攘袂奮臂，判決若流水，頑者服，獷者惕，强暴犯禮之爲寖以衰息。當是時，疑無暇於詩，及來京師，出詩數百篇。審其音，廉而謙，正直而静。按其節族，倨中矩，勾中鉤，纍纍端如貫珠。考其登臨贈答，若蕭然無事者所爲，而江漢之風濤及大别之雲烟變滅，皆取以供詞章之用。甚矣！能兼人所不能兼也。

君曩適秦中，嘗作《秦游吟》以志感慨，秦固『周南』之地也。今宦游於楚，用其暇日復出文詞以自娱戲。君之詩自北而南，殆將以風教導其民，使民興起於二南之治，而無復虓勇鬭狠、椎埋剽劫，世有採風者，將由此以覘禮教之行，而刑名獄訟之繁，將格而漸簡也。顧不休哉？於其歸，書此以爲序焉。

吳鑑南黄琢山房集序

乾隆癸巳六月十一日，進討金川之師再潰於登春，知州吳君鑑南死焉。七月二十四日，余由南路馳抵成都，則當事者已奉君栗主躋於慰忠祠。余往祭而哭之，復見其妻之叔周君輔鈞，言君死事甚悉，余聽之淚泫然下，不忍竟其詞。又三年，丙申，金川平。今年丁酉，周君自衛輝寓書來曰：『鑑南《黄琢山房集》六卷刻已竟，蓋同年陝西巡撫畢君沅所助也。鑑南以鄉試得出門下，知鑑南之詳莫如執事，且《樸庭詩集》幸序其概矣。今鑑南大節卓然，微執事奚以徵信於後世？』

按，君名璜，鑑南其字，浙之會稽人。曾祖濬哲，内閣中書舍人。祖棖，直隸安肅知縣。父煒文，貢生，工詩，世稱樸庭先生。君己卯順天鄉試舉人，庚辰進士，授户部主事。久之，選湖南澧州知州，次河南，樸庭卒，貧不能歸。時君同年朱君岐方知衛輝府，乃以孥依朱君，而獨扶柩歸葬。喪畢赴選，揀發四川。總督劉君秉恬，舊識也，招之參幕府事。及是將軍溫福兵先一日潰於木果木，賊乘勢將圍登春，總督以夜帥衆突圍出。從者甚君尾之行，君謂：『我軍尚衆，且各官之傔僕及貿易人不下四千，吾不可舍以先。』比至崇德，賊已扼山梁隘口，轉石下搏擊，馬傷，墜入深澗以歿，年四十有七。事聞，贈道銜，賜祭葬，入祀昭忠祠，蔭一子，以知縣選用。

君爲人忠厚木訥，落落莫莫，不事家人生産，承其家學，獨好爲詩。又爲知府商君盤之甥，學士周君長發之弟子，以是其詩益工。當苦吟時，晨炊不具，听然聽之。及爲户部益甚，署中常出片紙督促議事，胥隸相望於道，弗之顧也。冬夜數造余言詩，至地爐漸滅，茶琖冰凌凝結，户外雪數寸許，從人鼾睡，數四寒噤，齒牙戛擊有聲，君齗齗不置，强之再四而後去，其專且精如此。金川始平，將軍阿公使總兵成德收陣亡將士遺尸瘞之，余屬成君覓君骸骨，無驗不能得也。而周君經歷干戈俶擾，乃能護持其詩，久而不失，余視周君有餘媿焉矣。鑑南子安祖纔十歲，期以數年後招魂葬於故鄉，墓中之石蓋有待也。余恐其事蹟湮没，故仿唐人之例，次其生平出處，序於卷首，以塞余悲，以慰周君之請。至其詩春容莊雅，而才氣不可遏抑，有識者當共知之。〔一〕

【校記】

〔一〕　吳璜《黄琢山房集》（乾隆刻本）卷首收王昶序，此處尚有：『丁酉六月大理寺卿王昶序。』

春融堂集卷三十九　序四

金二雅播琴堂詩集序

歐陽公序梅聖俞詩，謂『窮而後工』。考聖俞始爲大臣所知，屢薦宜在館閣，授國子監直講，累官至都官員外郎，命修《唐書》，豈得謂之窮歟？竊謂窮者，非盡連蹇顛躓之謂，蓋謂仕而在下焉爾。必下位而能工，何也？蓋詩之爲教，在研求乎經籍藝文之精，攬取乎山水烟月之勝，涵泳乎前賢風雅之旨，修此三者故全也。然專其力乃能博於學，靜其心乃能會於物，使身勞於國而慮盡於事，自非上智，必遑遽而不得寧，且遺忘茫昧以失所學。惟放於寬閒寂寞，圖書足以自恣，景物足以自怡，當其發於詩也，或刻燭而得，或腐毫而求，或壁牆厠溷置筆硯以書之，迫促膠擾之習，無足以動於中，其進於工也，詎不宜哉？

二雅與余交垂四十年，其始也爲名孝廉，偕今總憲紀君渡淛江，過梅嶺，探幽攬勝，以寫其蕭曠自得之趣。及官於朝，以國子教導爲職，又在四庫館久典祕書，行將試以政事矣。跡其生平出處，皆與聖俞相似，不可謂之窮，而遽辭曹事，引疾歸於吳江。乾隆癸卯春，與余遇於西湖，其氣穆然，其容晬然。出《播琴堂集》，讀之，春容和雅，一唱而三歎，經籍之精無不備也，湖山之勝無不賅也，得昔賢風雅之正，不蘄於工而自工，窮不窮，豈足爲二雅論哉？

雖然，聖俞以修書終於京師，宛陵山水之地，弗獲投簪而往、鼓枻而游也。而二雅壯年謝事，歸於故里，其於詩心靜而力專，東南山水之勝復有以助之，則二雅之詩之工，又當非聖俞所及也。知二雅之詩之工，則余之不能工，審矣。以余之不獲工於詩，而二雅猶出其詩，屬余爲序，余寧不滋愧歟？史君誦芬詩人也，蓋二雅之同鄉，客於余最久，於其歸，作序以貽之，工與不工間，誦芬其有以辯之矣。〔一〕

【校記】

〔一〕金學詩《播琴堂詩集》（乾隆刻本）收王昶序，此處尚有：『乾隆丙午仲春之月同學弟青浦王昶書。』

楊蓉裳吟翠樓藁序〔一〕

昔鈍翁言：詩有臺閣之體，有山林之體。磊落華贍，臺閣之詩也；悲嘯憤慨，山林之詩也。爲臺閣體者，宜貴，宜大其設施；爲山林體者，宜不偶，宜無所表見。信斯言以言詩，將畫爲兩戒區，爲兩人離而不可相兼，且何以處非山林、非臺閣者歟？夫山林臺閣，時之異也，所以爲詩則豈有異哉？譬諸水，其出於山也，湧而爲濫，縣而爲沃，仄而爲氿；其運於海也，朝而爲潮，夕而爲汐，大而爲瀾，小而爲淪。求之於水，蓋一而已矣。發之有源，滙之無盡，由是因物賦形，將怪變百出不可勝紀也。兩體之云，豈通論歟？

楊子蓉裳於學無不識，於才無不能，落筆爲詩歌，時而悲嘯憤慨，時而磊落華贍，山林臺閣之體，雜然出之，所爲因物賦形，不可以一端求也。年弱冠，以貢來於都，世之交於君者，望其人逌然以喜，叩其學肅然以敬。及覽所爲詩，若河伯之面海，茫洋咤歎，適適然驚，規規然自失，謂君非山林中人，將掞其才華以揚光臺閣也。試於廷，當爲令於甘肅，將行，出《吟翠樓初稿》示余[二]。余讀之，若玄虛賦海、景純賦江，所謂雲精水碧、焆曜頮彩者[三]，蓋學博而才富，故無所不宜如此。君進不得居臺閣，而膺百里之寄，亦非山林者比。且甘肅界窮邊，風沙蒼莽，山谷岨絕，番戎所據，北涼、西夏所都，魁奇人傑橫戈百戰之地。往而開拓心胷，發皇聞見，悉其學與才以發於詩，山林臺閣之語，益不足以限君也已。君弟荔裳、從兄永叔、方叔咸以異才崛起東南，而從伯笠湖先生，時推通儒長者，皆與余交善也。君承其家學，與兄弟相師友，蓋猶江海之水，源所從來遠矣。又有分支異派，滙其波瀾，而增其氣勢，將見放乎榑桑，泄乎尾閭，可量其怪奇百出也哉？[四]

【校記】

〔一〕楊芳燦《真率齋初稿》（嘉慶刻本）冠以王昶此序，虛字等偶有異文。

〔二〕『吟翠樓初稿』，楊芳燦《真率齋初稿》所收王昶序作『真率齋初稿』。

〔三〕楊芳燦《真率齋初稿》所收王昶序『所謂』下多『天吳馬蹊、閃屍髣髴』八字。

〔四〕楊芳燦《真率齋初稿》所收王昶序，此句後有：『戊戌七月朔日青浦王昶序。』

翁石瓠布衣賞雨茆屋詩集序

往予年弱冠，游學於紫陽書院，吳門之搢紳先生、布衣韋帶，無不交也。時李客山先生以布衣稱詩文於世，客山爲人寬而靜，柔而正，恭儉而好禮，詩與文如之。是以楊文叔、蔣迪夫、李玉舟及沈文慤公，莫不重其文而推其學。客山逝後，沙斗初維杓、張崑南岡復以布衣稱詩吳下。斗初隱於賈，所至登臨弔古，其詩發揚蹈厲，磊落而多奇；崑南業於醫，又善琴，其詩醇古淡泊，清新微妙。二人之詩不同，然其寬靜正直、恭儉而好禮則同，稱其爲布衣韋帶之詩也。嗟乎！聖賢之所爲歎惜於石隱者，爲其憤時絕俗，往而不返，故謂鳥獸不可與羣。若夫時際昇平，重熙累洽，陳殷置輔，羣龍盈朝，而因以蕭閒寂寞之身，適其山林風月之趣，隱不違親，貞不絕俗，豈非聖賢所稱尚者歟？此北宋之林逋、魏野、潘閬、傅霖之徒，公卿大夫所相與締交而恐後者也。

余浮沉京邸及奔走四方凡三十餘年，而沙、張兩君亦先後逝矣。竊欲訪隱君子於吳門，從之游，而絕不可得。庚子，余以乞恩歸葬，乃聞翁君石瓠名，知其能詩好古，中年不娶，教授生徒以自給。又三年，丁憂歸里，始見君，歡然如舊識。君爲人寬而靜，柔而正，恭儉而好禮，甚矣其似客山也。及出《賞雨茆屋集》，清幽疎勁，翛然自拔於塵埃之表，較林逋、魏野之詩有過之無不及也。沙、張逝矣，得翁君而與之，豈不足慰懷舊之思歟？

吾聞石門有方君薰者，工詩畫，善八分書，性情嗜好，有似於翁君，故世亦以布衣稱，惜余之尚未及見也。他日介翁君以求之，兩美相合，庶沙、張再見於時，而余以遂初投老之身，獲與共適山林風月之趣，或拏舟而訪，或據梧而吟，文酒之雅比於昔日，豈不重有幸哉？遂書之以爲序。

魯絜非山木居士集序

乾隆庚子，余奉命按察江西，既至，卽知魯君絜非名，蓋君成進士已十年矣。會余在任三月，遽以憂歸，未及見君也。及戊申冬，復量移江西布政使，方以得見君爲喜，君亦具書來約，君又以母憂不果，而余旋被召入京師，蓋兩人相見之難如此。然君先以《山木居士集》寄余，時時繙閲之，因識君窮理盡性之功，立身行己之概，暨夫學問之淵源，文章之軌則，聲音笑貌顯顯如在目前，雖不見君，猶見君也。今年辛亥夏，君服終，謁選於吏部，始得與君相見，然後知君之所以爲文非偶然也。

余常謂魏、晉、六朝、初唐之文，迨昌黎而一變，而自唐至北宋之文，至南宋而又一變。大抵淳古淡泊，不事雕飾，適盡其意之所欲言，而於窮理盡性立身行己之故，紆迴反覆，使人各得其解而可以著之施行。此其體自朱子發之，得朱子之學者，蔡季通、黄直卿、劉晦伯、陳安卿等，皆今福建人，劉子澄、李敬子、張元德等，皆今江西人。而朱子又屢仕於其地，故學問文章之緒，希風接迹者，惟此兩地人爲多。

君生江西之新城〔一〕，端慤沉靜，讀書取友外，蕭然自遠於流俗。而是時建寧朱太史仕琇，生平誦法朱子，以能古文稱。君從之游又最久，承其指授，則君得朱子之傳信矣，文字之淳古澹泊適於尋常，豈不宜哉？古之君子聞聲則相思，相思則命駕，如朱子在白鹿洞，子靜訪之，在寒泉精舍與伯恭信宿是也。吾兩人慕悦如此，久之得見其文，又久之始得見其人，而君今以進士謁選，將分符以去，幸而見者，又不獲長相見矣。故舉君之所以爲文，與夫能接南宋之緒，著於簡端，用告世之讀君文者，亦見吾

兩人相慕而相悅，不在區區離合之迹也。〔二〕

【校記】

〔一〕 新城，底本原作『南城』，據魯九皋《魯山木先生文集》（道光十一年刻本）所收王昶《山木居士集序》改。

〔二〕 魯九皋《魯山木先生文集》所收王昶序，此句後有：『乾隆五十六年辛亥七月既望，青浦王昶序於都門之杏花春雨書齋。』

索綽羅氏家集序

門人英君煦齋和錄其家集來請曰：『某家索綽羅氏，自興京入京師，代有聞人，顧日久詩文或缺軼不全，先公常欲合而刻之，而力有所未暇也。今將授諸剞劂，幸以文序其端。』余受而讀之，有諱富寧者，雍正甲辰舉人，撰《東溪詩鈔》。有諱永寧者，太學生，撰《東郚詩鈔》，誥封光禄大夫，君之從祖祖父也。諱明德者，君王父也，撰《顯庵詩鈔》，亦以子貴封光禄大夫。而東郚之子諱觀保，君從父也，乾隆丁巳進士，仕至左都御史，有《補亭詩鈔》。諱德保，顯庵之子，亦丁巳進士，仕至禮部尚書，有《定圃詩鈔》，則君考也。嗚呼盛矣！

余讀本朝《八旂通志》，凡開國以來羆虎之士、不貳心之臣，與夫疏附禦侮、先後奔走之衆，罔不具傳其本末，而卷後附之以詩。蓋國家受命東陲，入撫寓夏，其景從戮力者，皆挾斗牛渤溟之氣，蔚爲人傑。迨乎武功戡定，銘勒鼎鐘，豐美潤澤，其後遂以英風偉識播於詞章。世之讀是書者，試取《氏族志》

而合考之，往往族姓之中文武兼資，所謂超軼後世者，此也。五公之詩，格律不必盡同，意趣不必相合，而從容敦厚，元氣盎然，追風雅之遺，以鳴聖世昇平之盛者，固可審其詞而得之矣。昔唐蕭瑀、杜如晦、溫大雅諸人，雲礽蕃衍，多以進士宏詞起家，文章勛業久而弗替。而蕭氏至八葉宰相，撰集多志於《藝文》，以索綽羅氏較之，豈非今古相埒者歟？

余不敏，往以内閣中書入京，與補亭先生尚未見也，是時方考試，差凡二百數十人，蒙聖恩定爲第一，而其卷實自補亭先生拔之。先生因錢塘梁文莊公以謀識面，由此得侍先生。而已卯、壬午順天鄉試，先生先後爲正考官，余亦兩充同考。及癸未會試，定圃先生充總裁，余又奉命爲同考，辱以文字相知。蓋余之奉教於兩先生如此。今英君復在門牆，用得盡讀其家集，獲挂名於簡端，詎非厚幸也哉？故不辭爲之序，且重有望於英君焉。

胡安公吟石詩集序

乾隆十八年癸酉，余舉於鄉，時解首爲鎮洋胡君安公。讀其文，嘽諧慢易，寬裕肉好，藹然盛世之音也。既於都下相見，則恂恂然，抑抑然，不言而飲，人以和壹，與其文相似，而獨未見其詩。君以能文屢試於禮部，不遇，久之乃得蕭縣教諭，君亦不以介意也。又十餘年，病卒。其子文蔚、建椿等始裒生平詩共若干卷，爲《吟石先生詩》，屬余序之。

昔陸魯望云：『天物不可抉摘刻削露其情狀，長吉夭、東野窮、玉溪生不挂朝籍者，是也。』余常以爲信。今觀安公之詩，則又異是。君初不欲以詩鳴，亦不肯多出其詩以炫於世。往來江湖，感時賦別，蓋得羈旅困苦者爲多，所積至三四千篇。讀其詞，味其旨，審其節族，大抵古詩宗漢魏，近體效晚唐，皆嘽諧慢易，寬裕肉好，及俛仰身世，間效次山、樂天所作，又哀而不傷，怨而不怒，絕無抉摘刻削、淩厲憤激之概，迥與東野、二李不同。使其登於朝著，從容簪筆，以颺盛世之音，豈不偉歟？而羈旅困苦，久不克振若此，豈魯望之言，亦有不盡合者歟？抑天之困其身，正以昌其詩，而不計其立言之何似歟？

己亥春，遇余徐州館舍，握手相慰勞，語至夜分，君听然聽之，於升沉得失無幾微見於顏色，君之所養可知已。且余同舉於鄉者百餘人，取科第通仕籍者不及十之一二，而能以詩鳴者尤寡。君雖不達，得賢子以守其詩，世有讀者，望而稔其爲人，覘其所養，惜之而因以重之，區區魯望所云，奚足爲君别白也？序而歸之，以竢後世之知，君亦可以無憾焉矣。

汪東湖明府詩序

汪君東湖爲予癸酉鄉試同年，甲戌會試始識於京師，知其工詩善畫相得也。既而余以銜恤家居，東湖來訪，留連信宿，爲余畫《三泖漁莊小册》，并題二絕句去。自後不相聞者四十餘年。今冬，其孫樹棠不遠三千里來見於蘇州，且出詩集見示，始知東湖及其子下世久矣。

東湖初知蕭山縣，以伉直忤上官，歸數年而歿。居貧，性情蕭澹，常悠然若有以自得。爲令又以廉潔見稱，讀其詩如晤其人，故鄉人莫不愛而景之者。今樹棠復以孤童自奮，能詩文，刻苦力學，與賢士大夫游，如姚郎中鼐、金殿撰榜以經術古文名世，樹棠咸撰杖奉袂，備聞其緒論，將學行日進而後益以昌。東湖詩雖不多，必傳於世無疑也。喜慰而繼以感歎，因書於集首而歸之。〔一〕

【校記】

〔一〕吴甸華編纂《（嘉慶）黟縣志》（清道光五年刻本）卷十五引此文，題爲『汪東湖士通先生詩序』，文末尚有『時嘉慶丙辰冬日，青浦年愚弟王昶拜書』句。

吴照南聽雨齋詩集序

照南之從余游，蓋十餘年於此，每一見則其詩一變。初爲盛唐，既而出入中晚，近又參以南北宋諸家，咸謂照南學之富、才之長，故能無所不能，而人莫能擬議以測其變化。余獨謂不然。心之精微，發爲聲詩，猶雲之族於天，而水之演漾滙於江湖也。山雲草莽、水雲魚鱗、涔雲波水，肖其類以應之〔二〕，而未嘗有同焉者。泉正出爲濫，縣出爲沃，同出爲肥尾，下出爲瀵魁，大小曲直，而未嘗有定焉者。況於歷歲時之久，經境遇之異，覽關山行旅風土之别，其詩不能以無變，明矣。雖然，變者，其格律聲調，人可望而知也，若夫學問之盤鬱藴積，與志節之英多磊砢，蓋有不得而變者存，人固不能知也。

照南爲人，勿勿乎其確也，顓顓乎其自守也，尚其志於不屑不潔，而抗其心於有所不爲。加以學問之淹洽，穿穴經史，上溯《説文》、《蒼》、《雅》之原〔三〕，如是而發爲詩，有不兼該衆體而斜見側出不可方物者乎？格律聲調之説，豈足爲照南論也哉？世人讀照南之詩，因以知照南之學；由照南之學，想見照南之爲人，有不徒以其詩重者矣。

余兩至豫章，識其地人才最盛，而近以詞章、經術見者尤多，如鄧太守夢琴父子、曾轉運燠、吴森辛敬業兩進士、魯孝廉嗣光、吴太學嵩梁，皆於照南之詩斂手推服無間言。今歸而選授校官，用詩以教其邦人弟子，胥崇尚於學問志節之大，將豫章之詩千彙萬狀，駸駸乎其日盛也。余老，恐不及覩其成，而竊於照南有厚望焉爾。〔三〕

【校記】

〔一〕以應之，吴照《聽雨齋詩集》（嘉慶九年刻本）收王昶此序作『應以感之』。

〔二〕《説文》、《蒼》、《雅》，吴照《聽雨齋詩集》所收王昶序作『《説文解字》』，指吴照著《説文字原考略》。

〔三〕吴照《聽雨齋詩集》所收王昶序，此句後有：『嘉慶二年丁巳八月青浦王昶書，時年七十有四。』

施鐵如宗丞詩文集序〔一〕

平湖令李子賡芸以書來告曰：『今嘉興府太守伊君湯安能文好古，性情儋雅，尤篤於師友之誼。其鄉試實出於宗丞施君本房，以世俗論之，是爲先生小門生也。宗丞歿於湖北學政任，喪歸，無子，詩文零落，太守取而次第之，將以壽之剞劂，欲求先生一言以冠於首。』

於是余噭然而哭，蓋宗丞之在吾門幾四十年矣。其耿介廉潔，有古君子獨行之風。及由儀部而擢科道、晉京卿，洊次嚮用，而敝車羸馬，屋宇卑庳，往往樵蘇不給，爲常人所不能堪，終身如一日也。少以詩名，族兄光祿鳴盛《吳中十子》之刻，宗丞居其首。住京師杜門卻掃，忍飢誦經，故其詩文癯然而瘦，瀏然而清，秩然一規於正，出入孟東野、陸魯望及宋梅聖俞。讀其詩文，宛見其人。所存雖不多，足以傳於世矣。

宗丞蕭閒簡默，少交游，在京師時時過吾門，清談竟日而後去，踽踽涼涼之致，至今猶在心目間。顧余以老病乞歸，宗丞以視學赴楚，別未四載，遂成永訣，殊可歎也。宗丞嘗序余集，所以推挹甚至，及其歿也，余不能收拾遺文，太守乃采輯編次，俾傳於後世。則李子所謂讀書好古、篤於師誼者，信矣。是爲序。

【校記】

〔一〕　按，施朝幹《正聲集》卷首收錄王昶所作《序》，與此篇異文較多，茲錄全文於此：

今嘉興太守伊君，能文好古，尤篤于師友之誼。自爲諸生，嘗受業於宗丞施君，宗丞歿於湖北學政任，喪歸。無子，詩文零落，太守取而次第之，將以壽之剞劂，屬平湖令李子賡芸徵序于余。余于是噭然而哭，宗丞之在吾門幾四十年矣！其耿介廉潔，有古君子獨行之風。及由儀部陞科道晉京卿，洊次嚮用，而敝車羸馬，屋宇卑庳，往往樵蘇不給，爲常人所不能堪，終身如一日也。

少以詩名，王光祿鳴盛《吳中十子》之刻，宗丞居其首。住京師，杜門卻掃，忍饑誦經，故其詩文蒼然而秀，穆然而深，秩然一規于正，獨得少陵精微之藴，而出入于李東川、孟襄陽之間。讀其詩文，宛見其人，所存雖不多，足以傳于世矣。宗丞蕭閒簡默，少交游，時時過吾門，清談竟日而後去，踽踽涼涼之致，至今猶在心目間。

顧余以老病乞歸，宗丞以視學赴楚，別未四載，遂成永訣，抑可嘆也。宗丞常敘余集，所以推挹甚至。及其歿也，余不能收拾遺文，太守乃采輯編次，俾傳於後世，則信能讀書好古，篤于師誼者已。破絮蒙頭，耳聾目眵，繙閱數過，蓋不勝宿草之感。書此復於李子，以寄太守，當更有纍欷太息者矣。嘉慶己未臘月，七十六翁青浦王昶撰。

張金冶紅椒山館集序

松江張氏以科第文學世其家，其間或以爵秩顯，或以清望重，或以高節稱。而司寇文敏公又爲法書所掩，不知詩文皆有過人者，由其不自矜惜，散軼失傳，故世亦莫得而推挹之也。

今張子金冶，文敏之再從子〔一〕，風神散朗，人謂謝幼輿、許玄度弗啻也。十餘年前，散華落藻，則已驚其長老。入京師，今大司空那君繹堂、少司農阮君伯元、內閣學士英君煦齋，斂手卻步而愛其才〔二〕。恭遇六飛東巡，修柴望諸大典，金冶獻賦行在，拔置第三，賜緞匹以嘉之。蓋迄於兹十載矣。金冶歸，鍵戶讀書，將以大成自命，不屑出其所作鄰於諱世取寵之爲，而世之求者愈衆。發其篋，擇而存之，以爲行卷。凡詩若干卷、賦若干卷、詞又若干卷，望之炳若列繡，聽之淒若繁絃，以此行世，方將十手傳鈔，以貴洛陽之紙，豈復虞其散佚失傳也歟？

昔晉、宋間，高門令譽莫盛於王、謝子弟，非獨以紫羅囊、玉麈尾見長，故王、謝諸人之集，見隋唐《藝文志》者二三十家，所謂七葉金貂人人有集也。兹金冶以恬澹者理性情，以博贍者精學業，方駸駸日上進而不自已，將駕諸父而上之，區區行卷之流播，其未足以盡金冶也審矣。〔三〕

【校記】

〔一〕再從子，張興鏞《紅椒山館詩鈔》（嘉慶刻本）所收王昶序作「從子」。

〔二〕伯元，《紅椒山館詩鈔》所收王昶序作「芸臺」，斂手卻步而愛其才，作「相與訓唱而重其才」。

〔三〕張興鏞《紅椒山館詩鈔》所收王昶序，此後尚有：「嘉慶四年嘉平月七十六老人王昶書。」

李味亭舍人詩序

詩之爲義，風、雅、頌而已矣。雅、頌作於廟堂，而風遍於十五國，故子夏序《詩》「用之鄉人，用之邦國」，其言風者獨詳。夫風者，氣也。莊周之言風曰「大塊噫氣」，「萬竅怒號」。又宋玉之賦風曰「侵淫谿谷」，「梢殺林莽」。夫風豈有異哉？行乎自然，發於其所不容已，故刁騷蓬勃，隨所觸而形之，聲之工與弗工，亦非所計。若是，吾於李君味亭之詩見之〔一〕。

味亭家綿州，偕弟鼂塘皆以俊偉鴻博之才入詞館。既改爲中書舍人，蓋身在承明著作之庭，宜以雅、頌爲職志者，然家本寒素，雖通籍，猶不免爲負米之行。由齊、魯入吴、越、楚，奔走輒數千里，又往還蜀道，足迹幾遍天下。耳目所見與山水所歷，結轖而不能平，往往於詩發之。君之詩，自曹、劉以逮高、岑，下至韓、蘇，無不仿，亦無所不似，而得之少陵者最多。其意激昂而慷慨，其格突兀而清蒼，其辭軒豁而呈露，彫鏤刻琢，不傷於巧。凡人所欲言而未能言者，標舉出之，適如乎人之所欲言，有解頤者，有擊節者。大旨歸於君親夫婦倫紀之常，天時人事政治之大，故於少陵詩不求工而自工，非如明季詩人剽竊而比擬之也。

余交巴蜀士大夫衆矣，唯丹稜彭先生端淑有文章道義之契〔二〕，其弟遵泗能古文，皆夙所景慕者。今二彭卽世久矣，而君兄弟復以詩雄視於京師，蓋非獨繫巴蜀之風，凡采風於列國者，皆將因詩而驗其政之美惡、俗之良楛，有功於詩義，豈淺鮮哉？〔三〕

【校記】

〔一〕味亭，及下文之『味亭』，按，李鼎元《師竹齋集》（嘉慶刻本）收王昶此序，均作『和叔』。

〔二〕端淑，李鼎元《師竹齋集》作『肇洙』，按，肇洙、端淑及遵泗爲兄弟。

〔三〕李鼎元《師竹齋集》所收王昶序，此後尚有：『嘉慶己未三月青浦王昶書，時年七十有六。』

吳企晉淨名軒遺集序

嗚呼！是爲我友吳君企晉之集。君長余二歲，余年二十四就試於金陵，時君先中甲子副榜，爲宿松縣教諭，始訂文字之交。明年，余在蘇州紫陽書院讀書，君亦不樂爲校官，因病乞歸。君祖父以素封稱家，有璜川書屋別業在硯山下，園名『遂初』，有花木亭臺之勝，藏書萬餘卷，書畫古器稱是。吳下多勝友，四方文士簪裾畢集，故君之才名日著。己卯鄉試中式，公車過揚州，盧雅雨運使以下，亦莫不引爲文酒之會。及至京師，都人士愛慕如之。庚辰成進士，歸班候選，南歸。癸未南巡，獻賦行在，召試賜內閣中書。而君泉石膏肓，無心仕進。久之，丁父憂，兄弟數人爭產，於是宅第園林之屬皆廢斥蕩然。君無復有曩時之清興矣。時君同年畢君秋帆已爲陝西巡撫，聘主關中書院，後余尋亦按察西安，而畢君幕下多名士，故詩酒唱酬其盛不減於吳下。又三年，偕畢君至河南、湖北，連主大梁、江漢兩書院，而君倦游不樂，歸息於家。不數年而歿。

君詩以漁洋爲宗，并取《三昧集》五七言古詩，已探六朝大家名家之藴，而才學富有，風華灑落，諸體皆工。同時江浙朋好中，無不斂衽推服者。詞法竹垞，上得北宋人妙意，初訂《硯山集》八卷，後改《淨名軒集》。軒在支硎山中峯，巖壑幽峭，前有水明樓，本詩僧念亭居，君愛而葺之，故更以名其集。

嗚呼！自君歿後，余出入中外，不相聞者垂七八年。今冬，君之子侍御德孚始以其集見示，且屬余序之。中間頗有殘缺，又無詞，余出所有以補之，歸於德孚，以俟剞劂。君與惠徵君棟世交，徵君父天牧先生所著《易説》、《春秋説》、《禮説》，皆吳氏所刻，而徵君祖父皆出漁洋之門，故徵君作《精華録訓纂》最詳，而敘君《硯山詩集》亦深得其旨趣，余又何加焉？因略敘其生平出處，與我二人蹤迹離合之故，以抒向秀山陽之感、阮籍黄壚之痛而已矣。

鄒曉坪午風堂詩序

往者沈文慤公以風雅之傳教於吳下者七十餘年。是時海内詩人，或尚流易，以白樂天、楊誠齋爲宗；或尚苦澀，以黄山谷、陳無己爲法。於文慤之教，互有出入。公入詞館，受天子特達之知，稱爲清時名士、吳下詩翁，且序其詩集比於高、王，高謂明侍郎啓、王謂尚書士禛也。夫明代詩人衆矣，國朝以詩名家亦不下十餘人，而獨舉以況文慤，蓋謂二家獨得風雅之正也。

自文慤歿後，迄今又幾三十年，聰明秀傑之士各以所好爲詩，不復求宗於正軌，是以詩道日卑。〔一〕今閣學鄒君曉坪天才英特，以博聞强記之學，裕旁搜遠紹之功，發而爲詩，必本於古之作者。至如獻吉、仲默及臥子諸家，無不好也，尤推尚高、王，而舉文慤之言爲質的。今春在京師，因得盡讀其集，謬然以清，冲然以和，有時酣嬉淋漓而不乖於法，蓋風雅之傳在是矣。

君生重熙累洽、文運昌明之世，入直詞館，進贊綸扉，稽其宦迹，與文慤先後略同。乾隆辛卯詔求遺書，搜《大典》、金匱玉版之陳，充溢棟宇，以君充纂修官，讀人間未見之書，標新領異，含英咀華，由是發之於詩，蔚然爲一代大宗，固其宜矣。夫文慤之被主知，年幾耄耋，不久乞身歸吴下。今君掌絲綸者八年，清修亮節，海内所稱，聖天子駸駸嚮用，將上以協虞廷明良颺拜之歌，次亦比成周《卷阿》之詠，景星卿雲，梧桐鳴鳳，照耀簡冊。由是操風雅之傳，繩式海内，則斯集當如江漢之朝、斗杓之建，爲國朝詩家大宗無疑也。余文慤老門生，今墓木將拱矣，復得拭目以觀其盛，詎不幸哉！〔二〕

【校記】

〔一〕鄒炳泰《午風堂集》（嘉慶刻本）收王昶此序，然開篇『今閣學鄒君』以前，異文較大，作：『詩有正聲，始端宗旨。近時海内詩人不復求宗於正軌，是以詩道日卑。夫明代詩人衆矣，國朝以詩名家亦不下十餘人，其能上繼唐音，不失風雅之正，惟高青丘、李賓之及王阮亭、施愚山諸家，前後接踵，爲詩家大宗。』後文亦删去與沈德潛（文慤）相關文辭。

〔二〕鄒炳泰《午風堂集》所收王昶序，末句作：『予年老矣，猶得拭目以觀其盛，詎不幸哉！嘉慶四年己未四月王昶序，時年七十有六。』

家條山蘭綺堂詩集序

條山兄與余族望同出太原，而譜系殘缺，不復能推其行輩，顧條山長余三歲，稱以爲兄。弱冠時，同爲諸生應試場屋，嘗以時藝相角，及退而爲詩，互相吟賞，故余兩人相視猶親昆弟也。

條山性情敦厚，少而沉靜簡默，承其尊人補堂先生之教，能詩，又工於書。往時余座主夢少司農屬書《大谷山堂詩集》，人以爲林佶、王岐之比也。其詩流播遠近，東南人士題襟奉袂，願與訂交，而沈歸愚宗伯、家禮堂光祿推獎尤深至。余通籍後二十餘年歸里門，復與條山相見，時條山已中乙科。顧屢困於春闈，連蜷摧踖，宜若有不自得者，而條山意思蕭散，言笑如平時，蓋其所養之深如此。其詩駘宕夷猶，和平樂易，不以才氣自矜，不以辭華自眩，其光油然而遠，其味悠然而長，正如大圭不琢、太羹不和，使人得其性情於語言之外，讀其詩如見其人。徘徊展閱，俯仰生平，回憶詩文徵逐之時，一言一笑，猶顯顯然如在目前，忽已四十餘年矣。令子□□以《江干》等集合爲《蘭綺堂詩鈔》〔一〕，編排薈萃，將付之梓人以行於世，豈不爲條山深幸哉？嗟夫！吾郡百餘年來，卿士大夫工於翰墨者頗多，而詩文流傳日少，非其文之不工，抑其後人失學，不能珍藏而刊布之。聞□□所爲，亦可稍知愧厲矣，故余尤樂得而序之。〔二〕

【校記】

〔一〕此處及下文，底本各有二字墨釘，王鼎《蘭綺堂詩鈔》（嘉慶刻本）收王昶序，均作『述亭昆季』。

〔二〕 王鼎《蘭綺堂詩鈔》所收王昶序，此後尚有：『嘉慶六年陽月弟昶書，時年七十有八。』

族子叔華詩序

昔柳子厚稱族子澥爲人質厚，敦樸有素，爲文蓄積甚富，好慕甚正，其宗庶幾復興。然考自唐以來，無稱澥之文者，其文既不見於世，而世系表亦不志其名，豈作史之漏歟？抑有學而位不顯歟？或澥之人與文不足副之，子厚過爲是虛譽溢美歟？澥之名雖不見於史，卒以子厚文後世莫不知有澥，然則子厚不藉澥以大其宗，而澥實因子厚以永其傳，明矣。

吾宗人叔華藹然粹然，以宅心和厚爲先，以砥礪名節爲務，繇其所學發之於詩，自十餘年前，世已推爲詩老，及是益縱横排奡而不詭於法度。今以成進士南歸，盡出其集以質於余。大率引經據史，旁推交通，無不貫也。杜、韓以下，宋之蘇、陸，元之虞、楊，明之高、李，無不傚也。非好慕正而蓄積富者歟？叔華高祖泰際，明太學生，爲陶庵先生畏友。曾祖楫汝，祖晦，登甲乙科，皆以文學名鄉國，子厚所謂文雅炳炳者也。今又得叔華以振起之，吾王氏文章之興，端在於此。

叔華始來京師，余得其詩，驚歎稱爲來者之秀，及接其人，而益善之。叔華之詩日進，而余乃頹然老矣，然則余乃不足以傳叔華，蘄叔華之能傳余也。叔華自守甚堅，聲利之場、干進苟得之爲，招之不往也。近授經於首輔阿公家，及成進士，公爲讀卷官，乃不知某卷爲叔華者，時人以此兩賢之。然則叔華之砥礪名節，信有徵矣。余稱叔華詩，後世其不指爲溢美虛譽也已。

春融堂集卷四十　序五

方恪敏公詩集序

乾隆癸未，余以内閣中書直軍機處，時法駕春則上陵，秋則較獵，無不橐筆以從。而恪敏公時爲直隸總督，首先迎駕，每行在召見畢，輒與相見。蓋公爲内閣前輩，又直軍機最久，受聖主不次之擢，爲余平昔所景慕故也。公才情踔厲，容貌偉然，昔人所謂如深山大澤龍虎變化不測。初未嘗欲以詩文名，然上有所作，輒命公和，和進輒以爲佳。故公每以詩見示，大抵春容大雅，動中自然，不屑爲繪藻之體，特以未見其全集爲恨。其後十五六年，始與公之子今河南方伯君葆巖先後直軍機處，知公集尚未付梓。迄今又二十餘年。余以陳情乞老得賜歸田，而葆巖以公《薇香》、《燕香》兩集凡若干卷將付之梓人，屬余敘其爲詩之旨。

取而讀之，諸體咸備，其鴻篇鉅製，足以考見朝章國典，及立身行政之要，即偶焉吟咏，亦無不原本性情以發抒其聞見。蓋公忠孝之德本乎天授，生平學術務在綜其大且遠者，而其遭際又足以發揮而光大之，故其爲詩無事炫異矜奇，自覺元氣渾然，適合乎溫柔敦厚之旨。余昔日所見，特其一鱗片羽，未足窺公之全也。

我朝定制，外任自河漕三總督外，每二省設總督一人，惟直隸、四川各設總督。蓋四川外至烏斯藏，地連青海，山川險遠，故特設總督以爲控制，而公事較希；惟直隸内奉京師，外連山東、山西、河南，地稱三輔，以及奉天、蒙古、哈爾哈諸地，幅隕廣大，且有屯田河務，與京中六部、順天府提督衙門、内務府并八旂都統所屬彼此交涉，訟牒文移多於四川數十倍。而翠華巡幸，每有大政，必皆顧問，故又較他省爲難。公在直隸十有餘年，從容布置，處之裕如，而素性抗直，不肯有所附麗，惟精白乃忱，以致一德一心之應。敬考《御製詩集》中賜公詩凡三十餘章，一切教養賑卹諸善政，皆倚公如左右手，中有云『任久民情悉，心恆吏治敦』，想見當日忠信之忱孚於朝野。凡公所以布經綸酬主眷者，實有古方正大臣之度，其不欲以詩文自見也，信矣。

雖然，公聲望重天下，士大夫無論識不識，皆欲誦讀其篇章，是詩刻而傳播，世人沉吟把玩，將所謂深山大澤龍虎變化不測者，皆得想而識之，用以慰賢士大夫之望。而余行年八十，猶得以衰老餘生挂名簡末，追維曩昔，忽忽已五十餘年，所以承方伯君之命，欣然以幸，又復愴然以悲也。

方今楚、陜嘯聚之徒未盡殄滅，向時南陽諸郡縣不免爲其蹂躪，而方伯君率緑營之眾，分駐淅川紫巾關諸要隘，賊噤齘不能竄近尺寸，尅日掃除餘孽，用副聖天子簡畀世臣之至意，將進而保釐畿輔，以光前烈，固可拭目俟之矣。

潘榕臯三松堂詩集序

凡樂之作，由人心生，樂播于音，音著于詩。其心沖然粹然，合乎溫柔敦厚之旨，然後著爲咏歌，朱絃而疏越，一唱而三歎，自非守道之篤而養心之至者不能。

我友潘君榕臯，與予交二十餘年，方其釋褐升朝，聲華洋溢，登綸扉，值祕閣，人將以燕、許期之，而君退然不欲自見其長。比中年，從子今少宗伯取大魁〔一〕，令嗣復以第三人及第〔二〕，人將以七葉五貴期之，而君抑然不欲自多其有。年五十餘，引疾歸吳下，不以名位烜赫移其情，不以繁華聲色損其性。讀書樂志，朝絃夕咏，間與吳越名人從容清醼，有所得輒發之于詩，行乎其所不得不行，止乎其所不得不止，動中自然，絕無矜張叫囂之態，蓋莊周所謂溫伯雪子不言而飲人以和者也。

昔子美之言曰『清高氣深穩』，咏物也，實自言其詩也。昌黎之言曰『妥貼力排奡』，論人也，亦自言其詩也。然非深穩不足爲清高，非妥貼不足言排奡，以妥貼深穩論君之詩，其亦無愧于杜、韓也已。蓋惟生當溪山清遠之地，值久道化成、重熙累洽之時，而君又能以其樂天知命之學，收存心養性之功，夫是以形之篇什，漸近自然。有太史吹律而採風，孰不以爲元音之布濩，人籟本于天籟也？而豈沾沾焉研聲調、論派別者所可同日語哉？

予年已八十，綜攬古今，深有悟于溫柔敦厚之旨，讀君詩而藉以自信焉。故承君之命，書所見以弁于首。三松堂者，君遷居臨頓里，庭適有松三，蒼翠可愛，君日夕吟嘯其下，因以名堂，且以名其集云。〔三〕

【校記】

〔一〕 潘奕雋《三松堂集》（嘉慶刻本）收王昶序，「今少宗伯」作「今少司馬」，按，此「從子」指潘奕基子潘世恩，曾任禮部侍郎，後轉兵部侍郎。

〔二〕 「第三人」，底本原作「第二人」，據《三松堂集》所收王昶序改。潘奕雋子潘世璜乾隆六十年中乙卯恩科一甲第三名進士，爲探花，故當作「第三人」。

〔三〕 潘奕雋《三松堂集》所收王昶序，此後尚有：「非欲自比歲寒也。予前贈君詩有『欲與蒼松比歲寒』之句，故以此正之。嘉慶癸亥夏至後五日青浦同學愚弟王昶書。」

吳子山香蘇山館詩序

江西爲文士之藪，我於吳氏得三人焉：一爲南豐進士吳子雲衣〔一〕，一爲南城明經吳子照南，一爲東鄉吳子子山。兩吳子皆以博古能詩稱，而子山尤踔厲風發，有聞於時。

子山爲詩，上下唐宋，凡所謂名家大家無不效焉，而於李、杜、韓、蘇諸公，尤能登其堂而躋其址。年未三十，挾行卷游吳、越間，則皆拱手斂衽，莫與抗行。及以公車入京師，京師士大夫推服亦如之。需次將補國子監博士，而子山不欲久溷于人海，假歸，將益求其所以讀書學道者。出其《香蘇山館詩鈔》二十卷，屬余序其爲詩之大旨。

余惟西江之詩，其先盛於歐陽文忠公，公奉昌黎爲師法，而蘇文忠公又謂其似李太白，則其詩蓋就二家而推廣之。厥後黄魯直、楊廷秀每以偏師制勝，而後人論江西詩，不免有低昂軒輊，實非通人之論。況元之虞、楊、范、揭皆出西江，與唐宋之詩若律吕之相生，而黼黻之相耀也，又豈可以輕議乎哉？

子山才氣若蛟螭之拏攫而不可禦也，若騏驥之奔逸而不可羈也，若孔翠之翔於林澤而不可掩其光采也。由是約其才，博其識，充其學問，以發抒其性情，固將窺李、杜、韓、蘇之奥窔，而於虞、楊、范、揭同馳騁於蓺苑間，又無難也。予往見子山之詩甚夥，〔二〕今年將八十，目眵不能遍觀而盡識也，當使人日誦其詩于側，既似彈絲吹竹可以悦耳，或更得其所以爲詩之旨，將味之而無窮也，庶用以娱老而已矣。惜雲衣久没，所刻《筠瀾詩》已在若滅若没間，而照南方爲廣文，以詩教其弟子，試以我文示之，亦必以爲知言也夫。

【校記】

〔一〕　南豐，底本原作『南昌』，據吴嵩梁《香蘇山館詩鈔》（清刻本）所收王昶序及《湖海詩傳》卷二八改。

〔二〕　按，吴嵩梁《香蘇山館詩鈔》所收王昶序多有異文，此句差别尤大，『予往見子山詩甚夥』，吴嵩梁集作：『子山少孤貧，以鬻文養母，積其幽憂疾苦之思，發而爲詩，往往感激頓挫，可泣鬼神。年甫三十有七，成就已卓卓如此，而心常欿然，若自恨其學道之晚，所至蓋不可量。世之以才人推子山者，猶其淺也。予選《湖海詩傳》，采子山舊作甚夥。』

宋瑞屏滇游集序

乾隆乙酉，瑞屏以鄉試來京師，余從陳君緪橋所見其詩，排奡可喜，因贈以七言古詩一章，余之交君自此始。後三年戊子，余適滇，抵霑益，令楊君榮南，予舊好也，實君之鄉人，言君將由楚雄北歸，前往一二日必遇諸塗。會窮冬，亘日夜大雪，高山邃谷間罨以雲霧，行人咫尺莫辨，不知何時交臂失之，頗以爲恨。又念君雖奔走不偶，幸而北歸，視余思歸不可得，又不獨爲君恨而自恨也。去年，君復以鄉試北來，回憶道途相失時已十年，逆計定交時，蓋十有四年矣。視其容益壯，示余詩，排奡益可喜。秦太守朝釪、袁明府枚謂其跌宕淋漓，感慨頓挫，專學韓、蘇者，信也。

考滇於漢元封間置吏，其取道大氐從邛都走靈關孫水以達牂牁，及唐宋爲南詔諸蠻所有，迄元始屬都督府，至明乃隸於直隸布政司，故唐宋詩人罕涉其境者。而自明以來，由辰沅而黔，由黔而滇，取道亦異於昔矣。然山水峭險荒怪，行者眩掉震駴，雖欲出其才力規摹刻畫，往往爲境所脅而不能。今君襆被往還數千里，如適堂塗，出其才力雕奇驍怪，蓋山水之勝抑塞千古，待君而發無疑也。余之適滇，自楚雄而西南又三千餘里，歷山水之勝倍於君，然欲如君之雕奇驍怪，則瞠乎後矣。顧以十餘年之別，茲得明燈酌醴，出新詩以相吟賞，正如彈絲擫竹敲金戛石，其忘乎昔之恨而轉爲喜且慰也，豈不宜歟？然君屢試不偶，又家無負郭田，歲歲奔走道路，今將依人於維揚，於其別又悢悢不能舍，姑以是書於簡端，用塞其意云。

楊蓉裳伏羌紀事詩序

《伏羌紀事詩》一卷，楊子蓉裳因城守而作也。甘肅賊回之變，旬日間破通渭，擾安定、會寧，戕都統參將於高廟山，鵰張豕突，將南走秦川，東犯隴州，延蔓而不可制。伏羌彈丸地，無一旅之師，内有首鼠兩端之回衆，將從中起，蓉裳乃萃鄉勇力守禦，遏其方張，使跳踉搏噬之性莫能少逞。於是逡巡惶惑，折歸于石峯堡，以竢聚族而殲。蓋以伏羌蔽秦隴，秦隴安則陝西、甘肅全境安，故其勢甚危，而其功甚偉。然是時事聞，上卽遣侍衛數十人、京旅數千，督以大學士英勇阿公，及制府嘉勇福侯，飆馳電擊。賊知大兵將集，不敢頓於堅城之下，蓋非聖天子威靈洞矚萬里，先幾決策，不及此。考耿恭守金蒲，爲車師所攻，數月食盡，至煮鎧弩食筋革，僅而獲免，城亦終弗克保。然則蓉裳之得以完城自効，可不謂非厚幸歟？方賊自北而南，予在西安得旨，率兵二百餘出駐長武，以遏西路之衝，與蓉裳時相通也。聞被圍，心怦怦不能寐，作詩以訊之，不意其慷慨激發，自試于盤根錯節如此。今蓉裳以特薦，將入都受不次之擢，則是詩其功籍也。至辭句之工、才力之富，皆古人所未有，爲詩家別開一格云。

家竹所濟南竹枝詞序

昔嘉定錢曉徵宫詹、曹來殷學士暨余兄鳳喈光祿各有《練川竹枝詞》，以志樂操土風之意，説者謂與朱竹垞《鴛鴦湖櫂歌》異曲同工。吾家竹所好山水，工詩詞，家於練川，官山東最久。予既選其詞刻《琴畫樓》二十五家中，又取《海右集》詩入於《湖海詩傳》。兹復以《濟南竹枝詞》寄示，凡采掇故事，鉅細無遺，而一以風雅藴藉出之。試令付諸丱童崽子，其縹渺之音詎遜於曉徵諸君歟？

憶乾隆甲戌初秋，予薄遊山左，寓吴淩雲運使署，今香亭侍郎執經之暇，往往呼小艇泛大明湖，登歷下亭，上北極閣，望鵲、華兩山，青螺矗立雲表，沿緣葭葦以歸。及庚子夏，奉使青州，還道經濟南，則因復命于博平，不得續前游矣。迄今將四十年，閱竹所詩，溪山雲木儼在目前，而前塵如夢，能無有慨於中耶？

吳麗煌閉戶著書圖詩序

余聞吳君麗煌名久矣。丁酉夏，君寓內閣學士劉君石菴所，始得與相見定交，已而君出《閉戶著書圖詩》，屬予序之。閱其冊，則亡友杭君堇浦及僧大恆、讓山詩畫在焉，蓋不覺增欷累歔而流涕之被於面也。

憶余以乾隆丁丑九月過西湖，寓昭慶寺西俞氏樓，時天台齊侍郎次風方爲敷文書院院長，堇浦罷官家居，而讓山以退院住萬峯山房，淨慈寺方丈則大恆主之。三人者偕予集大恆所，相攜尋南屏古蹟，還則設茗具、進伊蒲饌，談笑至漏下二十刻，湖心月露浩然，乃呼小艇送余回寓樓，小酌久之，及曙而後別。迄今僅二十一年，而此四人者已相繼下世矣。讀其詩，仿佛其音容笑貌猶顯顯然呈露楮墨間，可勝歎哉？　堇浦學博而才贍，其意氣橫絕一世；　大恆、讓山雖逃於佛乎，而以名僧工詩畫，單詞片紙秀出人表，蓋皆當世雄儁君子也。麗煌自少與之遊，上下議論獲其指示，是以於文章之流別、學問之根柢，逶迤衍演，而深有志於立言。

抑聞古之著書者，大抵自放於名山鉅川、通都大邑，攬富麗怪奇可喜可愕之狀，以激發其意氣，而增長其文詞。而君乃欲謝絶人事，比於下帷授講閉門覓句之爲，豈倦於遊而思返耶？抑知夫經義之精深、史事之異同條貫，非澄心渺慮不能爲，而必出於是耶？君他日歸於西湖，杜門卻軌成所欲著之書，而回憶三君子，則臣之質死久矣，其增欷累歔，泫然流涕，必將有甚於余之今日也夫。

張太夫人培遠堂詩序

《培遠堂詩》四卷，蓋畢太夫人所作也。太夫人，秋帆中丞之母，出張氏，吾邑能一先生其祖也。以詩爲閨人，母顧恭人有《挹翠閣集》，與武林林以寧、顧姒齊名。予壯與少儀觀察游，觀察於太夫人爲兄，知其上承母教，因以能詩若此。今誦其詩，爲女貞，爲婦順，爲母肅而和，皆可於此見之。而當中丞之開府西安也，貽詩作誡，尤切於民生國是。及迎養官舍，則以勤儉仁厚之意風示關陝，故至今誦中丞之政，輒歸美於太夫人。然雅不欲以詩自著，比其歿，中丞始集而錄之，而屬予序其端。

予惟『二南』爲《風》始，婦人女子之詩十居八九，謂淑於后妃之教，固也。然周自姜嫄以來，太王之太姜、王季之太任，思齊、思媚已御於家邦矣。而太姒、邑姜承之，婦姑之傳，至四五世弗替。故其時，諸侯之夫人、下嫁之王姬、江沱之妾、于歸之子、懷春之女，咸能發乎情以止乎禮義，蓋積之有其基，推之有其序也。今太夫人之上承母教，與承自皇姑何異？而中丞所治，又適在『周南』豐鎬之地，塡撫至十餘年之久，民之獷悍者日益馴，而禮化日益洽，皆推勤儉仁厚之旨以行之，太夫人之詩不爲虚言，於古所云廣教化而移風俗者，洵不誣矣。

往者林以寧、顧姒輩跧伏草莽間，哀吟獨謠如候蟲鳴鳥，迄今聲塵翳如，而顧恭人生平蕉萃掩抑，亦不獲以志之所之，相夫子發於事業。及觀察通顯，而恭人先逝矣。今太夫人之懿德聞於當宁，於是有『經訓傳家』之褒，中丞又能推衍其訓，以佐國家《葛覃》、《麟趾》之盛，後之誦其詩者，將以此踵美『二南』，『用之鄉人，用之邦國』，殆無不可也。豈不休哉？〔一〕

【校記】

〔一〕張藻《培遠堂詩集》（乾隆刻本）所收王昶序，此處尚有：『乾隆乙巳孟春日青浦王昶序。』

徐若冰女史南樓詩集序

昔吾郡楊鐵崖先生製《西湖竹枝詞》，和者凡百餘家，獨薛氏蘭英偕其妹蕙英以爲東吳自有《竹枝》，因作詩十章，別出於世。鐵崖見之，吟賞不置。迄今垂五百年，風流標舉，既尠鐵崖之好事者，而閨襜名淑遺徽頓盡，亦可尚論而興嘅已。

徐媛若冰〔二〕，夙嗜吟詠，所撰《南樓詩》二卷，選事必新，攷詞必雅，泓然瀏然，不苟爲柔橈靡曼之習，殆繼蘭、蕙聯芳之風而興起者與？雖然，薛氏生長東吳，所見諸詩者，山則虎丘，宮則館娃，臺則姑蘇。稍寥遠者，亦止太湖洞庭焉爾。若若冰尊人卜宅西泠，漪華之居、放鶴之亭、鳳林之寺環映左右，春秋佳日，烟篷雨櫂，延緣遊覽，鐵崖《竹枝》所歌之風景，博聞而習覩之。既歸於吳，凡薛氏見諸詩者，又靡不遍歷焉。間以其暇，鉤簾漬墨，標新鬭異，六橋之烟柳，與夫三百六十之紅闌綠浪，交發並見於名章秀句之中，宜其詩之工也，豈薛氏所敢望與？

今海内閨襜之以詩稱者，於維揚則許太夫人德音，於武林則方夫人芷齋。芷齋之詩之刻於吳中也，屬余校定，而許太夫人亦常以《綠淨前後集》見示，顧皆於若冰題衿結契爲文字之交。長箋短詠，詩筒雜遝，又豈如薛氏之僅以姊妹共唱和者與？余曩者偶倡爲《山塘雜詩》，海内名儁爭相屬和，若冰亦和詩六章。以余之檮昧，不足擬於鐵崖，而若冰之詩又過於薛氏遠甚，乃不欲單行側出，而雅託於繼聲，是余所得較鐵崖有多焉者，尤可幸也。鐵崖之題薛氏詩卷也，曰『好將筆底春風句，譜作瑤箏絃上聲』，讀《南樓》之集者，亦當於此求之已矣。是爲序。〔二〕

【校記】

〔一〕徐暎玉《南樓吟稿》（乾隆刻本）所收王昶序略有異文，此句作『吾有青崖孔君之配徐媛若冰。』

〔二〕是爲序，《南樓吟稿》所收王昶序作『乾隆丁丑仲秋青浦王昶琴德序』。

廖織雲女史仙霞閣詩鈔序

吾友廖古檀明府，名士也，亦仙令也。自合肥罷官歸，築小檀園於城中，以池亭書畫自怡悅，雕章琢句，詩名著於東南。蓋十餘年而歿，子孫以衣食故，往往奔走四方，獨其女織雲能以詩世其家。織雲不幸早喪其所天，乃歸小檀園，掩關鍵戶，一意於詩，以寫其冰玉之操，兼繪禽魚花竹，落筆卽工，人謂管仲姬、文端容復出也。

顧織雲深自韜晦，守『内言不出』之訓，雅不欲以材蓺名。而其詩瀏然以清，粹然而潔，多見道自得語，時人獲其片詞，珍爲祕寶，由是詩名復著于東南。歐陽公所謂如金玉埋沒塵土，莫能掩其光者也。積時既久，其從子某某等將梓以行，而屬予爲序。予嘗攷班叔皮之女惠昭、蔡中郎之女文姬，皆以列女載於《漢書》，然叔皮詩既不存，中郎存亦無多，獨惠昭之書、文姬之詩，久而愈新，是豈可以『内言不出』爲限制歟？且《詩》首『二南』，婦女詩什居八九，次列莊姜、共姜諸詩，而於《燕燕》、《栢舟》之什，尤三致意焉。利女之貞，聖人亟欲傳以風世也審矣。織雲雖欲靳固，安能禁其傳世而行遠乎？若夫騖聲華習標榜，藉江湖詞客放浪以爲名高，織雲夷然不屑也。予故表而出之，以示後之讀是詩者。

毛今培試體唐詩序

唐取士之法，爲科凡八十有五，獨進士最貴。其始也，試時務策五道，帖一大經。經策全通，爲甲第；策通四，帖過四以上，爲乙第：時尚沿隋制。後劉思立言進士唯誦舊策，皆無實才，因以加試雜文，意詩賦實昉于此。故永隆而下，應試之作乃日以著歟？其制先試詩賦，次時務策五道，次明經策三道，而取舍必眎詩。府試、省試如之。令狐綯鎮三峯，加置五場，然所重卒不外是。是以人士趨之之衆、攻之之專、極夫爲之之工，宜唐後應試者類用爲椉則焉矣。

太倉毛今培，邃于詩，見夫試體之詩之繁芿也，洮之汰之，擇其格律工者，録四卷。又爲疏通箋釋而鋪序排比之，法莫不畢備焉。予不好試體，所見甄選之本絶少，惟毛氏奇齡所云試帖者見之。然按

《唐·選舉志》云：『詔自今明經試帖粗十得六以上，然後試策。』蓋言帖經以試焉爾，非名試詩爲試帖也。又序云：三聲四聲，三十部一百七部之官韻，試始限之。則又非也。三聲四聲之通用，獨漢、魏間古賦及古樂府有之，至晉、宋則已鮮，安得唐人而猶限以通用者歟？古韻本二百六部，今所用一百七部，合之自平水劉淵始，唐人僅列獨用、通用之目，未嘗并部，又安得卽限以三十部與一百七部之官韻哉？毛氏于唐一代科目之制，既不暇以考，其餘舛互乖戾者類如此。今以是本正之，鐫譌剷繆，不獨試詩之美悉具，且使唐人所以取士者崖略亦稍稍見焉，是可喜也已。

劉星洲據鞍倡和詩序

昔馬文淵南征武溪，駐師蠻硐，久之不能下，聞門人爰寄吹笛，爲之煩寃歎愾。竊疑文淵以外戚佐命中興，馳驅戎馬中歷有年所，齒雖老尚據鞍被甲，示矍鑠可用，何乃志氣頹墜遽如此？蓋南方卑濕炎瘴不以時，故雖英偉特絕之人，久處其地，亦卒不能慷慨如常。

劉君星洲以郡守奉命適滇，會征緬，來往邊徼，所過皆崇山峻阪，鬱蒸疾癘，視武溪之毒淫，不翅什伯倍蓰。乃能據鞍吟諷，偕朋儕相賡和，如在書窗研榻、鑪香茗椀間，豈非所養者深，因以神明湛定與？伏波之征武溪，暮氣也，以故爲風土節物所動。今君年方壯，雖間關軍旅，志未常少挫，而氣未常少衰，與余見於金齒，如生平歡。余從軍三年矣，往往心灰色死，湫乎若不可終日。得君頗以自振，讀斯集益復逌然怡然，則君之詩其不爲爰寄之笛，而爲成連之琴矣乎？

升庵雅集序

《雅集》何以稱？以升庵稱也。升庵何以稱？傳成都磨子街東北爲楊文憲公故居，僉堂觀察葺而屋之，因取升庵以名之也。稽公籍新都，從文貞公長京師，因議大禮謫雲南，卒以老且死。居是與否，殆未可知。觀察之葺而屋之，封殖其嘉樹，聚子孫絃誦其中，從而飲譿詠歌焉，何居？嗚呼！天下金石有時而泐，棟宇有時而圮隳，獨文章名節之士必不得而磨滅也，蓋較諸名位功業爲可久。故讀其文論其事，或見其遺器，往往慷慨憤激，撫案起立，至於流涕太息而不能已，況過其生平所棲止者歟？成都距新都，百里而近焉，知當日者公不往來斯地歟？觀察葺而屋之，且教子孫絃誦其中也，意深遠矣。

余曩者從軍永昌，土人指甲仗庫爲公寓，亦非有志乘可考也，過之輒題其壁。既而抵龍尾關，博觀察明取點蒼山感通寺所藏公像示余，復題詩于左。方其慕公而詠歌之不足也，與觀察同然。則今之譿飲于斯，絃誦于斯者，必爭慕公明矣。慕公而以文章名節爲歸，庶觀察之意也夫！《雅集》中華陽沖之、菜友閎度及吾家廷和，胥志乎文章名節者，試以吾言礪之。

訪菊詩序

乾隆戊子秋，余以口語得罪，杜門思咎。九日，友人邀往法源寺爲訪菊之游。寺僧聞余來皆喜，埽精舍，潔伊蒲饌以進，遂踐菊圃。菊之佳者，爲園丁鬻去，惟方丈及毘尼閣前數十本頗勝。已而循廊行，閱蘇靈芝及晉天福年二碑。還過余齋會飲，酒半，友人請賦詩，遂以杜牧之詩『江涵秋影鴈初飛，與客提壺上翠微』爲韻。詩成，屬余書其首。

惟牧之以省郎出守名郡，宣城又山水最勝地，然且悲笑口之難開，念菊華之應插，其中若不能以舍然。蓋是時丁唐末造，牧之三策十六衛之議不見用于世，而盧龍、昭義之亂挺而交作，故其詩蕉萃感慨之意爲多。今者朝著清暇，士大夫撰良辰，邀勝侶，以賦詩飲酒爲樂，失意如余，亦得相從裙屐以釋其幽愁憂思，則諸君子之詩皆和平嘽緩，而無所爲蕉萃感慨也固宜。然余方尅日爲雲南之行，歸期蓋須以三年也。明歲重九，諸君子復舉此會，將念聚散之不可常，必有撫時念遠、停杯而不御者，又能無蕉萃感慨之音也與？預斯集者，凡十有六人。程舍人晉芳爲跋尾云。

官閣消寒集序

乾隆丁酉冬，予爲通政司副使，職事清簡，暇輒與錢閣學籜石、朱竹君、翁覃溪、陸耳山三學士，曹中允習庵、程編修魚門，舉消寒文酒之會。會自七八人至二十餘人，詩自古今體至聯句、詩餘，歲率二三舉，都下指爲盛事。辛丑予居憂歸里，習庵寄所刻《消寒聯句詩》來，則舊作在焉。余既以不文之詞自媿，而又以附名其間爲幸。蓋余輩遭際昇平，故得從容退食以娛戲於文墨，雖遇沍寒凜冽之時，而酒酣以往，詞賦雜出，如融風彩露，薰薰熙熙，後世攷詩以論世，當不獨爲余輩幸，而將爲海內幸也。

今來西安，道甫侍讀復示消寒之集，則分題鬬韻，略如余輩都下所爲。道甫時方與稚存洪君棲秋帆中丞幕府，而竹嶼舍人主關中書院，諸君皆雄駿君子，中丞與之更唱迭和，故其工若此。夫西安，四方冠蓋所衝，節使之署文武兼資，書牘填委，疑若異于京卿之清簡，而乃能從容文酒，詩不拘體，體不拘格，往往馳騁上下，出恠奇以相角勝，殆少陵所云『游泳和氣，聲韻寖廣』者歟？斯集雖小，區宇之昇平、政事之易簡、賓主之盛而能文，皆於此稔之，自以傳後，詎可忽諸？今者秋將中矣，或歲晚務閒，從中丞之後，與諸君唱于唱喁，繼京雒之舊游，以續茲集，其事不尤可幸歟？於是道甫以序見屬，因爲道遭際之盛，且寄示習庵于京師。〔一〕

【校記】

〔一〕《官閣消寒集》（乾隆本）收王昶此序，偶有異文，又，文末尚有：『歲在癸卯八月上澣青浦王昶述庵書於寶慈書屋。』

脩禊吟序

乾隆壬寅三月，廖明府古檀將舉祓禊之會，邀朋好先游辰、佘兩山，明日歸，置酒檀園，以人數未廣，復爲展上巳之約。十三日，來于會者凡若干人，取右軍《蘭亭序》字，限韻分體賦詩。其遠而未及與者，貽書以告之，已而泰興宮君履基、華亭張君寶鎔各以詩來，合之得詩詞若干首。鏤之於板，屬序其端。

按右軍之會山陰時，苻氏方强，姚襄之患在肘腋間，謝尚旣敗于誠橋，而殷浩又謀北伐，右軍貽書諫之，未必其聽也。疆圉杌杌，而國事將不可問，曲水流觴之會，所爲溺人必笑，姑等於園桃之歌謠、山樞之鐘鼓，假日以媮樂，恤恤乎有深隱焉。方今重熙累洽，時和年豐，士大夫皆得優游文墨以爲樂。於斯時也，撰良辰，偕俊侶，逢勝地，又有好事之主人，琴歌酒賦，不憚再三，雖灞滻之遊、洛水之集，不足以方其娱娭，而況於右軍乎？諸君之作，寬而靜，柔而正，恭儉而好禮，琅然稱盛世之音焉。古檀之合而梓之，宜矣。

張子之寓詩以來也，云古人紀日，用干不用支，蓋言上巳是己非巳，爲世俗傳寫習誦之誤。夫己之象腹，巳之象虵，不待博學者而知。惟辰巳之巳，《韻補》亦讀如『矣』，卽古人病愈爲巳之意，故以除不祥。至《風土記》載，上辰上巳上午爲三巳，明指辰陰言之，不必用干也。然沈約《宋書》云，魏以後但用三日，不復用巳，証以蘭亭之會永和九年二月甲申朔，三月爲甲寅朔，初三乃辰而非巳，是上巳之日不相沿襲，巳與己亦可無辯矣。然張君聞於其師沈君學子，而學子博學好深湛之思，或非無所據也。夫使學子得預斯會，名言高論當不知若何？今忽忽二十餘年，思之益彭殤生死之感，故并及之云。

酒帘倡和詩序

乾隆丁丑，余寓邗江時，老友沈學子作《酒帘詩》七律，屬同人和之。未幾余入京都，學子亦沒，是詩和作之多少，不能知也。越三十有八年，而汪君秀峯乃刻《酒帘倡和詩》見示，凡二百十六人，共詩三百九十三首，皆用七言律，皆次一韻，皆摹寫物情，刻畫工妙。盛矣哉！蓋昔人所未逮也。

唐宋詩人以詠物著聞，不及十之一二，亦無遙吟俯唱如是之層見疊出不窮者。余謂天下事物無盡，文心與爲無盡，其間分見互涉，如燈月之取影，横斜正直，各得乘除，不相蹈襲，莫能思議。昔《華嚴》謂如來自在神力，一身變化，能徧一切世界，故善財南詢於普莊嚴園林，見百萬寶帳，百萬饍摩尼寶從空湧現，非表法，蓋實法也。世之讀是詩者，有不瞻仰歡喜、讚歎如入《華嚴》法界中哉？汪君老而好學，生平採錄成書者，至十餘種，胥卓然可以傳世。即此游戲翰墨，多多益善，已爲蓺苑中絕無僅有，惜不及令學子見之，其爲讚歎又何如也。〔一〕

【校記】

〔一〕汪啓淑輯《酒帘唱和詩》（乾隆六十年汪氏飛鴻堂刻本）所收王昶序，此後尚有：『乙卯初伏日青浦王昶書。』

千山竹枝詞序

九峯屏於郡西南，離立相次，干山適介其中，名第八山，形墮而長。居人皆讀書力田，長其子孫，較之他山最醇，蓋風氣敦厚邃密使然。而周氏自元來，代以文學著，積書數萬卷，至仲育尤有聞於時。往者天子開文淵閣，弆四庫之書，詔求天下遺文墜簡，而仲育尊人獻書甚夥。天子褒美，命頒御製詩石刻及内府書藏其家，於是山輝川媚，干山之勝遂甲於九峯。

仲育以其暇日作《干山竹枝詞》百首，從而和者二十餘家，蓋山中人爲多，間以示余。余謂《竹枝》之體出於巴渝，劉夢得依《楚詞》以繼之，具道山川風俗、鄙野勤苦及羈旅離别感歎之思。至本朝，小長蘆太史與小譚大夫仿其體作《鴛湖櫂歌》百首，遺聞脞説往往附見焉。今仲育之作，本之小長蘆，山中故事搜采略無所遺，使讀者想見景物之幽、風俗之美，而詩家、畫史、俊民、軼士澌滅而不傳者，猶可指其舊蹟徘徊而想慕。班孟堅不云乎，『士食舊德之名氏，農服先疇之畎畝』，胥於是詩徵之。況『來雨』之樓御書在焉，雲章爛如，輝映日月，後之人過是山而望氣，將長言之詠歎之不足也，繼仲育之詩而作，可勝數也哉？

西湖柳枝詞序

《竹枝》、《柳枝》詞昉於唐之中葉，劉夢得、白樂天皆以道吳、楚間山川、節物、士女謳吟思慕之致，蓋《國風》、《離騷》之遺意，采詩者可以觀焉。元楊廉夫放浪湖山，首倡《竹枝》，一時和者百餘人。大抵以真率爲工，供漁子船孃所吟唱，而修《湖志》者摭而存之，謂武林風俗如是也。然迄今五百餘年，此音之不嗣久矣。

予在敷文講院，因令諸同學試效其體爲《柳枝詞》，而崇文、紫陽兩書院諸生爭相應和，各極其性情才調之所至，可謂工且盛矣。夫西湖之勝聞於唐，繼以宋、元、明，遂爲東南都會、山水之冠。暨本朝昇平日久，富庶日滋，且兩朝鑾輅南巡十有餘次，恩波之所浹，輦道之所經，亭臺樓館之增飾，與夫閭閻之愷樂嬉游倍於古昔，而爲之長吏者尤能示之以節儉。故作此詞者，往往發乎情止乎禮義，有好色而不淫、好樂而無荒之思，不以靡曼褻媟爲長，詞意之工有非廉夫時諸人所能同者，則時勢風教之異也。

又考廉夫以明洪武二年被徵，及還而卒，年七十有五。其寓西湖作此詞，在元至正八年，年纔五十三耳。今予年七十有八，竹罏經卷，衰病侵尋，豈能復繼廉夫之後？故不復爲詞，而記其所以工且盛者，爲武林人士幸，庶後之采風者亦將有取於此云。

徐山民禊湖詩拾序

禊湖在吴江縣東南四十里，蓋具區之水下注于村莊浦漵間，烟波渺瀰。而禊湖一名金鏡湖，一名黎里，尤爲人烟所集，住落既多，人文漸起。明景泰中，有詔賜七品冠帶者汝君旻，始以能詩著。自後耽風雅者日盛，迄于今幾四百年矣。家于禊湖之左右者，類皆農桑漁釣，以樸僿爲生，故詩之淹没綦多，僅有存者，亦莫能爲之掇拾也。

山民徐君性耽吟咏，所謂呼吸湖光、飲山渌、以冰玉爲性情者。雖待詔金門，軟紅彳亍，不樂而歸，乃收輯前賢詞翰，零章斷句甄録無遺。及寓公游客之詩，亦備而録之，并名媛方外，共得若干家，釐爲八卷，而刻以行于世。予家青浦，距禊湖兩舍，少時往來吴越，經過楓江、分湖、八尺，見其溪山平遠，水木明瑟，欲移家而未果。迨瀕老歸田，惓懷佳境，尚未已也。顧靈秀之氣日闢而日開。今山民既爲之倡，則聞風興起，遥吟俯唱，當益出而不窮矣。陸天隨之松陵唱和、顧茂倫之雲山酬唱，將並美于東南已夫。

春融堂集卷四十一　序六

四家文類自序

四家何？韓、柳、歐、蘇也。曷取於四家文之最也？曷爲以類辨其體製格式也？自明茅氏坤論次古文，取八家爲彀率，嗣後甄古文者以十數，斤斤焉墨守厥訓，不敢有所進退損益。其於篇帙，茅氏取録外，亦不復採置一二，猶劃鴻溝而界之也。夫八家以外，若朱子熹、陸氏游、陳氏亮、黄氏溍、戴氏表元、虞氏集，暨明宋氏濂、方氏孝孺、歸氏有光、唐氏順之，於韓、歐爲苗裔，斥而弗録，固也；八家中若韓之《三上宰相》、《應科目與時人》諸書，頗蒙識者訾議，沿而弗削，鄙也；蘇之《范景仁》、《張安道墓志》、《富鄭公神道》、《司馬溫公行狀》，可與日月爭光，屏而弗掇，慎也。是選也，沿者斥，屏者收，以四家式，不以四家斷。世有淹雅君子，固將於前所云諸集瀏覽而會通之，絶乎固與鄙與慎之病，當不抱此區區以自終矣。孔子曰：『多見多聞，擇其善者從之。』孟子曰：『博學而詳説之，將以反説約也。』擇則約，約則熟，熟則沉冥融洽忽與心通，忽與手會，汩汩乎左右逢其源焉。譬之水觸地而出，不審其孰爲淄、孰爲澠也。如是合四家爲一家，亦不自知肖於某家，斯爲文之極工爾矣，又何類之足云？

青浦詩傳自序

乾隆辛丑、壬寅年間，余承修《青浦縣志》。一時同修之士好誦述先民者，各以鄉先生之詩來示，蟲殘蠹蝕之餘，不下數十家。其於叢書脞說中勾稽而擿錄之，又得二百餘篇，志成將各以詩歸之。念此數十家皆無專集行世，其曾勒諸棗木者，十之一二，而棗木之亡亦久矣。任其分攜散去，不可復聚，是其人情性所託、嗜好所寄，化爲泠烟蔓草，無以稍見於後世，其亦可悲也已。於是或因人以核其地，或因地以存其詩。其有本貫非吾邑而所居實在邑者，登之；亦有居非在邑而本貫屬邑人，亦亟登之。人必爲吾邑之人，然後可爲吾邑之詩，犂然劃然，分茅設蕝，而無致借才異地之譏。攷核精審，別爲詩話以記之，綦詳綦慎，蓋與《志》之作傳相等。至錄其詩，凡叫囂隳突者汰之，空疎陳腐者去之，留連光景羌無故實者裁之，牽率應酬庸俗鄙倍，一切刓削。得人三百餘家，爲卷三十二。至以寓公來者，都爲一集，不復分類。又附以詞二卷，亦皆清虛騷雅、微婉頓挫，足爲倚聲者法，可謂盛矣！

蓋吾鄉溪山清遠，與三吳競勝，而地偏境寂，無芬華綺麗之引。士大夫家雲烟水竹間，起居飲食，日餐湖光而吸山淥，襟懷幽曠，皆乾坤清氣所結，往往屏喧雜，愛蕭閒，勵清標，崇名節，居官以恬退相師，伏處以孤高自勵，性情學問追古人於千載之上，從容抒寫，歸於自得。故如明中葉以後，空同、歷下、公安、竟陵，紛呶奔走，四方爭附其壇坫，以此譁世炫俗，而吾邑士大夫附麗者獨少，此固昔賢自守之高，而爲家鄉後進，讀其詩，仰企其人，當如何流連跂慕奉爲軌則歟？昔吾有先正，其言明且清，蓋非丘里之言，合十姓百名而爲風俗也。然則遵以爲詩學之正宗，亦無不可。成編後復十餘年，南北數萬里，攜以自隨，時有增益考證，久之恐其復散也。因鏤之於版，志其緣起如此。〔一〕

【校記】

〔一〕王昶輯《青浦詩傳》（乾隆經訓堂刻本）所收王昶序，此後尚有：『邑後學王昶撰，時乾隆甲寅秋杪，年七十有一。』

湖海詩傳自序

古人選詩者有二：一則取一代之詩，擷精華，綜宏博，并治亂興衰之故，朝章國典之大，以詩證史，有裨於知人論世，如《唐文粹》、《宋文鑑》、《元文類》所載之詩，與各史相爲表裏者是也；一則取交游之所贈，性情之所嗜，偶有會心，輒操管而錄之，以爲懷人思舊之助，人不必取其全，詩不必求其備，如元結、殷璠、高仲武、姚合之類，所謂唐人選唐詩者是也。二者義類已不同矣。

予弱冠後，出交當世名流，及洊登朝宁，敭歷四方，北至興桓，西南出滇蜀外。賢士大夫之能言者，攬環結佩，多以詩文相質證。往往錄其最佳者，藏之篋笥，名曰《湖海詩傳》。今忽忽將六十年，而予年亦八十矣。去歲自錢塘歸，發而觀之，則向日所錄，蟲穿鼠蝕，失者十之二三；詩中之人長逝者，亦十之八九；并有聲消跡滅，無所表見者：是不得不急爲傳世也。因屬同志編排前後，復稍加抉擇，要不失乎古人謹慎之意，共得六百餘人，編四十六卷。以科第爲次，起於康熙五十一年，迄於近日。其間布衣韋帶之士，亦以年齒約略附之，而門下士并附見焉，視《感舊》、《篋衍》二集，多至一倍有奇，亦云富矣。間以遺聞軼事綴爲詩話，供好事者之瀏覽，雖非比于知人論世，而懷人思舊之助，亦庶幾元結諸公之遺。至于往時盛有詩名，而爲投契所未及者，則姑置之，蓋非欲以此盡海内之詩也。然百餘年中，士大夫之風流儒雅，與國家詩教之盛，亦可以想見其崖略，或不無有補於藝林云。〔一〕

【校記】

〔一〕王昶輯《湖海詩傳》（嘉慶三泖漁莊刻本）所收王昶序，此後尚有：『嘉慶癸亥中秋王昶書。』

江賓谷梅鶴詞序

乾隆丁卯，余始識賓谷江君於秦淮水榭，遂爲文字交。君博學能文，尤以工詞擅名大江南北。其後或一二年，或三四年，每見必索所著新詞，讀之至窮日夜而不倦。今君没八年，其弟蔗畦自亳州寄示《梅鶴詞》四卷，則曩日所讀與倡和者皆在焉，又爲欷歔煩醒不忍卒讀也。自乾隆甲子、乙丑間，厲孝廉鶚爲邗江寓公，以倚聲倡，從而和者數家，然氣韻標格未有如君之工。蓋君耿介峭泠，熏心炙手之地，望望去之，每逢荒磎幽町，孤遊獨謠，歸而掩關卻埽，日以圖史金石筆墨香茗爲伴侣，俗客罕闖其戶。用是見訾於時，而君詩與詞之工實在於是。

余常謂論詞必論其人，與詩同，如晁端禮、万俟雅言、康順之，其人在俳優戲弄之間，詞亦庸俗不可耐，周邦彦亦未免於此。至姜氏夔、周氏密諸人，始以博雅擅名，往來江湖，不爲富貴所熏灼，是以其詞冠于南宋，非北宋之所能及。暨於張氏炎、王氏沂孫，故國遺民，哀時感事，緣情賦物，以寫閔周哀郢之思，而詞之能事畢矣。世人不察，猥以姜、史同日而語，且舉以律君。夫梅溪乃平原省吏，平原之敗，梅溪因以受黥，是豈可與白石比量工拙哉？譬猶名倡妙伎，姿首或有可觀，以視瑤臺之仙、姑射之處子，臭味區别不可倍蓰算矣。由此推之，則君詞之標格氣韻可知也已。君先輯《梅邊琴汎》一卷，亡友趙氏虹及刁氏瑑序之，言其工，而未知其所以工，故舉而出之，見吾兩人之深相知如此。寄示蔗畦，當以予爲知言也夫。

朱適庭緑陰槐夏閣詞序

吾友朱子適庭，夙以詩名吴會，吟什流播，東南士爭推挹之。既迺爲倚聲之學，瀏然以清，孑然以峭，宗法在白石、碧山、玉田、草窗諸家，而於律尤細。適庭性故澹誕，所居緑陰槐夏閣，掩關卻軌，石衣生階，研墨沌筆，日攷索七音二十八調。復與予輩寥蕭簡散者流相訓和，或把琖而思，或撫絃而謠，其詞與詩偕工也宜。歲初秋，槐影逾碧，涼蟬間鳴，夕霏暮雨，几硯如水，循覽茲卷，可緬想其標格也已。

趙升之曇華閣詞序

余方羈貫卽好爲倚聲，常作曼詞十餘闋，上海趙子升之見而咨賞焉，因填詞以寄意，余之與升之定交自此始。自後余刻厲爲歌詩，繼復有志於古文、經術，於詞既不暇以作，作亦不能及曩日之專。而升之學詩之餘，填詞如故，其《曇華閣詞》且多至數百首。清虛騷雅，皆足與南宋人相上下。

夫詞小技爾，然非覃生平之才與力則不克以工，故其道鮮有與詩兼擅焉者。南宋詞人最著者凡數家，若吳君特、王聖與之屬，詩弗著見于世，惟姜堯章《白石道人集》、陳君衡《西麓詩藁》流傳差廣。至余交當代英儁之士，則工詞者自秦川張喆士四科、江都江賓谷昱、橙里昉、聖言炎之外，不獲多見，而四君之詩之工，亦較其詞稍殺焉。

今君所撰歌詩既已流播海内，又出其餘技以與前賢敵，洵才力之富且雄，能兼人所不能兼者也。嗟乎！自余與升之定交以來，忽忽十餘年矣，詞久輟，不復爲，古文、經術之學亦惘然莫逮其涯涘。偶欲重理故業，而所謂曼詞十餘闋已付諸蟫穿蠧蝕，不能記憶矣。豈其道之果難以兼與？抑才力之窶陋果不可强與？升之其何以進余耶？姑書之，以志余之愧焉已爾。

吳竹橋小湖田樂府序

昔聖祖仁皇帝表章六藝，兼綜百家，合全唐詩而編輯之，益之以詞，又取唐、宋、元、明之詞彙爲一百二十卷，又定《詞譜》四十卷，而後詞學始全，用以示海宇而光藝苑。其汲汲于此，蓋以詞者，樂之條理，詩之苗裔，舉一端而六藝居其二焉，故論次之不遺餘力也。淺夫俗士輒以小道薄技目之，何足以仰窺聖言之大哉？蓋天地之元音播于樂，著于詩，隋唐以後詩多不可以入樂，而後長短句以興。宋《大晟樂書》四聲八十四調所載甚詳，然則詞者，詩學之遺，其不可以易視，明矣。

吾友吳君竹橋素工詩，已而專精詞學，少登進士，入詞館，轉儀曹。年甫及壯，解組而歸，流連山水，賓朋酬答，一于詞發之。余曩在西安，已錄其《執虛詞》入《琴畫樓詞鈔》矣。近復以《小湖田樂府》若干卷見示，情深文明，微婉頓挫，於四朝詞之精粹無不掇其芳華，比其格律，縱橫變化，一以清虛騷雅爲歸，卓然爲當代名家無疑也。湖田在烏目山麓，沿郭而南，清波渺瀰，凡數百頃。春秋佳日，籃輿畫舫，往往傾城而出，君以讀書之暇遊衍其間，引商刻羽，長篇小令，雜出于酒旗歌扇之餘，情來興往，將富有而日新也。君同里孫孝廉原湘，嫻雅多才，亦得詞法于君，試以余言告之，必爲听然一笑。知本朝崇尚詞學，而尚湖多俊民逸士，繇此雕華抽祕，爲《小湖田》之繼聲者，正未可量也。故喜而序之。

孫鑑之海月詞序

往余讀蕭東夫詩，最嗜其『江妃危立凍蛟背，海月夜挂珊瑚枝』，咏梅之作，最爲清峭，宜與白石老仙《暗香》《疎影》異曲同工，惜後來詞人繼之者尠也。門人孫君鑑之博學能詩，兼工詞，所著清新婉麗中風格皎然，頗有東夫具體，而上規白石，尤如驂之靳也。鑑之取『海月』以名其詞，蓋嗜東夫之句，而竊欲比儗焉。然則欲知《海月詞》之工，當於《暗香》《疎影》間求之矣。近日吳下多詞人，張子淥卿、陶子凫鄉、李子子仙輩，詩皆出入蕭、楊、范、陸，而詞亦姜、史、張、王之繼別，可由《海月》一卷以推之已。

陶梟香紅豆樹館詞序

紅豆，一名相思子，出南海，載《南州異物記》、《益部方物略》諸書。有藤種，有樹種，初見王摩詰詩。其實圓而紅，然不能移植他處，故江浙間絶少，虞山以後，近惟惠學士半農家有之，以名其齋，而他處無聞焉。陶子梟鄉居吳門婁齊之間，家亦樹此，結實纍纍下垂，殊可愛玩。憩其蔭者，每流連往復，若不能去。〔一〕梟鄉嫻雅歌、通詩文，性情風格似魏晉人，而尤以詞擅名於時。所作以石帚、玉田、碧山、蛻巖諸公爲師，近則以竹垞、樊榭爲規範，其幽潔妍靚，如昔人所云『水仙數萼，冰梅半樹』，〔二〕可想見其娟妙。予老病深矣，久廢倚聲，而梟香將往京師，讀其詞怏怏然不能自已，所謂此物最相思，其繫人之切，婉轉果如是耶？

【校記】

〔一〕陶樑《紅豆樹館詞》（道光刻本）收王昶序，略有異文，如無開篇第二句『一名相思子』，而此處則多：『蓋紅豆，一名相思子，思發乎情，止乎禮義，乃不墮纖巧浮靡之習，得爲風騷之苗裔。』

〔二〕按，陶樑《紅豆樹館詞》所收王昶序，『如昔人所云』起，至文末，異文甚夥，作：『如水仙之數萼、冰梅之半樹，用寄其清新婉約之思，信可爲南宋以來詞家之別子矣。梟鄉博雅嗜古，從余遊。余緝《續詞綜》，得其搜採之功居多。余少時於倚聲一事頗曾致力，今衰老，久輟不作。而梟鄉年力初壯，進而不已，行以著作，擅長藝苑，集詞學之大成。讀紅豆詞者，其以此爲驥之一毛、豹之一斑可也。昭陽大淵獻病月望日，青浦八十老人王昶序。』

姚茝汀詞雅序

秦漢以前，文之有韻者，或稱詩歌，或稱賦。屈子《離騷》，後世稱《楚辭》，而班固《蓺文》入於賦類。唐宋間，乃取詩句之長短者强别爲詞，而皆昧其所自。夫詞之所以貴，蓋《詩三百篇》之遺也。國初詞人輩出，其始猶沿明之舊，及竹垞太史甄選《詞綜》，斥淫哇，删浮俗，取宋季姜夔、張炎諸詞以爲規範，由是江浙詞人繼之，蔚然躋于南宋之盛。迄今又百餘年，諸家所作既多散佚不可攷，而其前所傳若毛先舒《詞譜》、沈雄《詞話》，鄒祇謨、聶晉諸選，仍不出《花間》、《草堂》柔曼淫哇之習，是以爲世儒所輕。

蓋詞本於詩，詩合於樂，《三百篇》皆可被之絃歌。〔一〕騷辨而降，漢之《郊祀》、《鐃歌》，無不然者。〔二〕齊梁拘以四聲，漸啓五七言律體，不能協于管絃，故終唐之世，自絶句外，其餘各體皆非伶人所習，是離詩與樂而二之矣。盛唐後，詞調興焉，北宋遂隸于大晟樂府，由是詞復合於樂，故曰詞《三百篇》之遺也。

然風雅正變，王者之迹，作者多名卿大夫莊人正士，而柳永、周邦彦輩不免雜於俳優。後惟姜、張諸人以高賢志士放迹江湖，其旨遠，其詞文，託物比興，因時傷事，即酒食游戲，無不有黍離周道之感，與詩異曲而同其工。且清婉窈眇，言者無罪，聽者淚落，有如陸氏文奎所云者，爲《三百篇》之苗裔，無可疑也。爲經史之學者，既無暇覃研及此，而才華自喜者，終囿于《尊前》、《草堂》，是以諸家所作，多任其散佚而莫之省也。

華亭姚子茝汀負儁才，偕其友汪子書年、張子坤厚、金治撰《詞雅》一書，宗宋而祧明，輯百餘年來諸家之作，以續竹垞之後，其功甚偉。殺青過半，未竟而姚子歿。吾友汪君秀峯續成而梓之，問序於予。予竊嘆詞之行世千餘年矣，未有知其所自來與其所可貴，故舉詩樂之源流，以長短句而續《三百篇》者如此。冠之於簡，諗諸當世詞人，斯亦竹垞太史所未發之旨也夫。〔三〕

【校記】

〔一〕姚階輯《國朝詞雅》（嘉慶刻本）卷首所收王昶序，此處尚有：『孔穎達《正義》析而陳之，自二字爲句，至七八字，此長短句所由昉也。人聲陰陽清濁不齊，達於文者，固有抑揚抗墜、高下長短之互異。』

〔二〕《國朝詞雅》所收王昶序，此處尚有：『當塗典午，多爲五言。』

〔三〕《國朝詞雅》所收王昶序，此處尚有：『嘉慶三年八月，青浦王昶撰。』

琴畫樓詞鈔自序

文章之變日出不窮，詩四言變而之五言，又變而之七言，古詩繼又變爲五七言律體，及于絕句。唐之末造，詩人間以其餘音綺語變爲填詞，北宋之季演爲長調，變愈甚，遂不能復合于詩。故詞至白石、碧山、玉田，與詩分茅設蕝，各極其工，非嗜古愛博性情蕭曠之士，孰能幾于此？然自元明來三四百年，往往以詩爲詞，麤厲媟褻之氣乘之，不復能如南宋之舊。而宋末詩人於社稷滄桑之故、江湖萍梗之意，隱然見于言外，豈非變而復於正，與騷雅無殊者歟？國初竹垞、秋錦諸公出，刊《浙西六家》，世稱雅正，而如錢葆馚、魏禹平諸家散佚頗衆，識者猶以爲恨焉。

余少好倚聲，壬申、癸酉間，寓朱氏蘋華水閣，益研練于四聲二十八調，海内知交以詞投贈者甚夥。歷今二十餘年，積置篋衍。新涼，官事稍暇，汰其麤厲媟褻者，存二十五家，曰《琴畫樓詞鈔》。此其人皆嗜古好奇，性情蕭曠，與余稱江湖舊侶者，其守律也嚴，取材也雅，蓋白石、玉田、碧山之繼别。由是可以考文章之變，而五十年間詞家略備於此，後之論者藉以見詞學之盛，而不復散佚爲恨也，豈不善哉！余多病，將乞身歸吴淞，持是卷于菰烟蘆雪間，予倡汝和，或有善繼其聲者，尚當續輯而行之。〔一〕

【校記】

〔一〕王昶輯《琴畫樓詞鈔》（乾隆三泖漁莊刻本）所收王昶序，此後尚有：「乾隆戊戌中秋後二日青浦王昶書。」

明詞綜自序

國初朱竹垞太史集三唐、五代、宋、金、元之詞，汰其蕪雜，簡其精粹，成《詞綜》三十六卷。汪氏晉賢刻之，爲後世言詞者之準則。予以其不及明詞爲憾。蓋明初詞人猶沿虞伯生、張仲舉之舊，不乖於風雅，及永樂以後，南宋諸名家詞皆不顯於世，惟《花間》、《草堂》諸集盛行。至楊用修、王元美諸公，小令、中調頗有可取，而長調則均雜於俚俗矣。然一代之詞，亦有不可盡廢者，故《御選歷代詩餘》擷取者一百六十餘家。予友桐鄉汪康古，又謂竹垞太史於明詞曾選有數卷，未及刊行，今其本尚存，汪氏頻訪之而不得。嘉慶庚申，遇汪小海於武林，則太史未刻之本在焉。於是即其所有，合以生平所搜輯，得三百八十家，共成十二卷，彙而鐫之，以附《詞綜》之後。選擇大旨亦悉以南宋名家爲宗，庶成太史之志云爾。〔一〕

【校記】

〔一〕《明詞綜》（嘉慶刻本）所收王昶序，此後尚有：「嘉慶七年八月青浦王昶撰。」

國朝詞綜自序

汪氏晉賢敘竹垞太史《詞綜》，謂詞長短句本于《三百篇》并漢之樂府，其見卓矣而猶未盡也。蓋詞實繼古詩而作，而詩本於樂，樂本乎音，音有清濁、高下、輕重、抑揚之別，乃爲五音十二律以著之，非句有長短，無以宣其氣而達其音。故孔穎達《詩正義》謂《風》、《雅》、《頌》有一二字爲句，及至八九字爲句者，所以和以人聲而無不協也。《三百篇》後，《楚詞》亦以長短爲聲，至漢《郊祀歌》《鐃吹曲》《房中歌》，莫不皆然。蘇、李詩出，晝以五言，而唐時優伶所歌，惟用七言絕句，其餘皆不入樂。李太白、張志和始爲詞，以續樂府之後，不知者謂詩之變，而其實詩之正也。由唐而宋，多取詞入於樂府，不知者謂樂之變，而其實詞正所以合樂也。且夫太白之『西風殘照，漢家陵闕』，《黍離》行邁之意也，志和之『桃花流水』，《考槃》、《衡門》之旨也。嗣是溫岐、韓偓諸人，稍及閨襜，然樂而不淫，怨而不怒，亦猶是《摽梅》、《蔓草》之意。至柳耆卿、黃山谷輩，然後多出於褻狎，是豈長短句之正哉？

余弱冠後，與海内詞人遊，始爲倚聲之學，以南宋爲宗，相與上下其議論，因各出所著，并有以國初以來詞集見示者。計四五十年中所積既多，歸田後恐其散佚湮没，遂取已逝者擇而鈔之，爲《國朝詞綜》四十八卷。其蒐采編排，吴門陶子梁之力爲多。方今人文輩出，詞學亦盛於往時。我高宗純皇帝念詩樂失傳甚久〔一〕，命儒臣取《三百篇》譜之，著以四上六五諸音，列以琴瑟笙簫之器，于是《三百篇》皆可奏之樂部。則是選諸詞，苟使伶人審其陰陽平仄，節其太過而劑其不及，安有不可入樂者？詞可入樂，卽與詩之入樂無異也。是詞乃詩之苗裔，且以補詩之窮，余故表而出之，以爲今之詞卽古之詩，卽孔氏穎達之謂長短句。而自明以來，專以詞爲詩之餘，或以小技目之，其不知詩樂之源流，亦已傎矣。至選詞大指，一如竹垞太史所云，故續刻于《詞綜》之後，而推廣汪氏之説，以告世之工于詞者。〔二〕

【校記】

〔一〕詩樂，底本原作『詩學』，據《國朝詞綜》（嘉慶刻本）所收王昶序改。

〔二〕《國朝詞綜》所收王昶序，此後尚有：『嘉慶七年十月青浦王昶撰。』

沈柏參時文稿序

余與沈君柏參居同里，弱冠同學，又同日爲博士弟子，每試無不同也。柏參時文洞肯綮、分豪末，試必先登，余常避其鋒，而同試者莫不駴而畏之，謂庖丁之刀、紀昌之射、溫嶠之犀不是過也。蓋氣盛而思精，力專而筆鋭，故發於文者如此。

乾隆丙子，柏參舉於鄉，余先已通籍京師，其後柏參來會試，盤旋數月，必盡讀其所爲文，精鋭猶如故也。又十餘年己亥，余以乞假南歸，見其容粹然，卽之溫然，性剛而德厚，文亦視昔有異焉。柏參之言曰：『昌黎論文，謂迎而距之，平心而察之，其皆醇也，然後肆焉，取聖賢之言爲言，亦歸於醇而已矣。吾少時所謂思深而力鋭者，大率以遙氣出之，輕心掉之，今浸淫於六經之旨，反覆於宋四子之書，始悔少時所作，淘汰存五十餘篇。蓋有志於韓子之所云，而未敢謂是也，子其爲我序之。』余讀之信然。又三年，而柏參卒，其子寶樹、玉樹將梓其遺文，請序尤力。

嗟夫！余以少習時文，東南能文之士多與余善，如丹陽彭晉函、崑山周鯤莊、元和吳始乾、長洲於寧遠，其尤著也。丁丑，予召試，爲竇東皋先生所賞識，在蜀時與彭樂齋交，及門人中則有吳香亭、陳太暉數君者，咸以時文名世。迄今三十年，諸君或在或不在，而論文大旨必以醇爲歸。今柏參之作，未知視諸君若何？要其醇而後肆，與諸君分道揚鑣無疑也。余往時應試，已不能不畏柏參，今柏參晚歲之文不以暖暖姝姝自足，進而益上，余又安能企其什一乎？雖然，柏參爲文，閱歷之甘苦、造詣之先後、功力之淺深疎密，知之莫如余詳。然則序非余而誰宜也？柏參往矣，後之讀其文者，將以余爲牙、曠也夫。

送馮郎中從軍赴滇序

雲南總督楊應琚，嗜功肇釁，弗能馭將帥，於是緬甸跳踉蠢動，入盞達，掠隴川，攻圍猛卯諸土司境。聖天子軫念荒服，赫然以怒，詔明公瑞以將軍攝總督事，帥師進討。將啓行，謀擇僚佐。大學士傅公既令河南開歸道諸君穆親、陝西興漢道錢君受穀，先乘遽赴永昌，且擇於軍機房之屬，奏以户部郎中馮君光熊及傅君顯偕行。

余惟古來幕府之職多矣，惟裴晉公征淮西，以馬總爲行軍司馬，以韓愈、李正封爲從事，所辟皆一時賢才，號爲極盛。然吴元濟以嚚童阻命，近在淮西，去京師千里而近，四境皆唐土地，督各節度使合攻之，此猶孤豚腐鼠，雖微李愬，元濟不日可縛。故晉公之奏功也易，而馬總、韓愈輩相得而益彰。今緬酋所居，在徼外三四千里，負西南大海，阻以林巒，劃以炎瘴。昔元兵至强悍也，所過無不剗滅，三伐緬，僅責其貢賦以還，而士馬蹈藉物故，每次輒十數萬，蓋用力於無可用之區，是以其難如此。惟明公以勇兼仁且智，仁則能卹士民，智則能審於天時地勢，又得君輩倜儻有計略人助之，以殺敵爲果，以止戈爲武，知其難以圖其易，則決策也必有節，而奏膚功也必速。予辱與三君子游，又喜君之往也，志同而氣合，蔚乎其相章，炳乎其相輝，釋覊旅行役之勞，以卜膚功之速，則燕喜而飲至也，亦將不遠矣。於其行，因書以贈之。

送談君赴黄州任序

乾隆己丑，談君霞以授中甸同知引見，天子心識之。既歸滇，制府檄署大理府事。是年冬，有旨擢爲湖北黄州府知府。辛卯夏，君謝大理事，將赴黄州，僚友咸致賀曰：『黄，楚勝地也，長江亘其北，西山、寒谿在其西，有魚稻之美，筍蕨橘柚之富，中州所産，莫不畢具。前賢如王元之輩多宦於此，而蘇文忠公爲尤著。定惠之院、臨皋之亭、雪堂、南堂、黄岡赤壁諸勝，胥可以賞心而游目。又其郡地僻民淳，號爲易治，故元之詩云：「三年睡足處，雲夢澤南州。」其安閑蕭寂之境，迄今猶可想見也。官斯郡者，不亦足樂矣乎？』

余謂郡之貴有前賢遺跡者，非其賞心游目之謂，亦非謂繕完之、增葺之，庸以飾觀而取名也，踐其跡因以懷其人，懷其人因以效其治，斯於字民行政之方，思過半矣。蘇文忠公之爲八州督也，所至輒有德於民，民家有畫像，飲食必祝焉，而於黄獨未之聞。蓋文忠以團練副使安置於此，不得與於政事，故所見於黄者，獨飲酒賦詩、力田考室、遨遊山水間已爾。使文忠得所爲於黄，則其足爲後世法者，必有可以考而見者矣。夫文忠爲神宗所知，卒不免屏於寬閒寂寞，千秋而下讀其詩，衈乎有餘恫焉。而君乃遭逢明聖，簡置名邦，爲文忠惜，卽不能不爲君愛也，君亦何以眎文忠無媿歟？文忠之自號東坡，始於謫黄州，蓋深有取於白文公之詩，文公《東坡種花》詩『云何救根株，勸農均賦租。云何茂枝葉，省事寬刑書』，此典郡之龜鑑，而文忠之所以爲治者。君欲效文忠，在效其意而已矣。余他日北歸，自荆樊而下訪君於黄州，笻枝臺笠，將遍游文忠之故跡，作詩以紀其勝，且以頌君之新政焉。是爲序。

送張偉瞻歸西華序

人才之難，自古歎之，蓋才之生也必視其質，求美質於庸衆中，百不得一焉。既得矣，或困於貧賤不克學，以廢其才，富貴者又爲聲色貨利所誘，因循暴棄，迄於無成。間有能自厲於學，而所業者乃在時文科舉之爲，語以聖賢之大經大法及古今治亂興衰，懵然不知所向。若知所向而蕲至之，復中誘於功名利祿，苟且躁急，不及須其大成。洵矣，才之難也！

嗟夫！自鄉舉里選之法久格不行，上之識於下，與下之見識於上，僅以時文焉爾。彼沉潛篤實之才，大抵不以時文鳴，偶有工者，亦不能於一日間盡見其長，且眇忽累黍悉合有司之繩度，不幸有司檮昧寡識，又即時文之是非黑白而倒置之，於是歎非徒生才之難，而才之成尤難也。

張子偉瞻博通經史，旁暨《爾雅》、《説文》、金石，求才如偉瞻，蓋難之難者也。舉於鄉垂二十年，時時就試禮部，謂國家令甲當然爾。其來也無所望於外，其去也無所觖於中。今復以下第歸，過余取别，余趣舉前所云云告之，偉瞻蹵然不敢信。方思假年惜日，舉其所學耽思而旁訊，窮源而竟委，而不屑以得失去來措意，偉瞻所爲固已世所難能矣。而爲有司愛惜人才，宜何如咨嗟眷慕歟？偉瞻年未老，有田可以畊，有書可以讀，從而問業往往數十百人，中州之學者蓋未能或之先也。歸於其鄉，教其鄉人子弟，共明於聖賢之大經大法及古今治亂興衰，使出之皆可爲天下用，而使天下不復以才難爲慮，是偉瞻雖不遇猶遇也。偉瞻弟子王君耕畬，亦好古能文之士也，其必有感於余言矣。

送魯絜非赴夏邑任序

縣令爲親民之官，蓋一縣之境，大者四五百里，小者一二百里。境狹故耳目易以周，凡地之肥瘠，望而可辨也；性之剛柔，近而可察也；俗之奢儉，顯而可見也。風尚習氣之所趨，愁苦疾痛之所在，若何而養，若何而教，不難口講而指畫也。故有愛民之心，欲以達之於民，唯縣令勢爲最易。

然余讀震川《送吴純甫序》，稱比年以來士風漸以不振，一爲官守，惟恐囊橐之不厚，遷轉之不亟，交游奉承之不至，書問繁於吏牒，餽送急於官賦，拜謁勤於職守，蓋其無良不肖，自震川時已然。然則雖有愛民之心，必無以見於政事，況其梏之反覆不足以存仁義之良者乎？如是而民將何賴焉？

我友魯君絜非，自其少時誦法聖賢同胞同與之意，肫然常欲以自效。及其成進士也，例得爲知縣，而恆有吾斯未信之意。家居十餘年，講求於保甲、食貨、常平、荒政諸要，至詳至悉。常取古今之宜，而又加斟酌焉，然後謁選於有司。君之視縣令綦重矣，其將推愛民之心施於政事，無疑也。聖天子勤求保赤，雞雛之待飼，老雀之含蟲，偶有所觸莫不加以宸章，頒諸疆吏，以賜於有司。卽有無良不肖，將皆感激奮興，用副惻怛慈仁之至意。而巡撫馮公、方伯蔣公咸以老成清素見重於當時，如震川所云云，固已深惡而禁革之矣。君之至太原也，有不驩然執手相得而益彰者哉？

三晉爲堯、舜、禹故都，其民以樸儉爲歸，憂勤爲尚，雖《葛屨》、《伐檀》不嫌於寒陋，而夏邑又司馬文正公之鄉，《書儀》、《家訓》，其教必有存於閭閻者。以君胞與之殷，講求之素，處易爲之勢，治至儉之地，如桴之應，如草之偃，措愛民之心以無媿爲親民之官，一雪震川所云，而樂得行其志也，詎不快歟？故於別也，不以悲而以爲慶焉。

送施明府赴公安任序

昔袁中郎爲吾吳縣令，與馮開之、沈廣乘輩書，極道作令之苦。夫以吾吳土物之清嘉，山水之平遠，人士之秀麗，爲令者於此宜樂而不疲，乃褰裳掉臂，望望然去之若不可終日，其故何歟？蓋中郎兄弟三人生於荊州之公安，其地面江而背湖，與瀟湘爲近，讀中郎《謝山》詩『孱陵一萬家，家家在生翠』，其烟巒竹木之美，幾與吳下不殊。所築白蘇齋、淨綠堂、荷葉山房，皆足以供坐臥游憩。又偕伯修、小修慕蘇文忠公之爲人，相與求禪棲隱，翛然出於塵表。而吳吏事最繁，日不暇給，驟以困之，其棄如敝屣宜矣。

儀徵施君詔，今太常少卿鐵如之兄，生平淳靜端慤，工於吟咏。自丙子登賢書，尋得句容縣教諭。句容故句曲，洞天三茅君示見之所。君入而對三峯，出而教諸弟子，弟子愛而敬之，君若將終身焉者。既以乙榜班次選授荊州公安縣，君知余數往來於公安也，詢以土物山水人士之大概，若耿耿然有不慊於中者。夫公安上接松滋，下連石首，北與江陵相直，是昭烈之所進據、魯肅之所屯營，而寄奴之所轉戰者也。蓋溪山之平遠與吳中等，而雄偉過之。靈氣所鍾，異才間出，陶鎔而樂育之，寧無中郎兄弟其人者出而爲邦家之光歟？或謂楚人好辭，巧説少信，然古不易民而治，訂頑磨鈍，是固鳴琴可以化而懸鞭可以理也。惟孱陵、孫黄兩驛，爲湖南、滇、黔孔道，飾廚傳，具摧秣，以須往來賓旅，其餘皆登臨吟嘯之日也。有中郎之樂而無中郎所困，游於麝香、香積之間，尋柳浪淨綠之勝，作爲詩歌，與令弟遥和於江天數千里之外，中郎所云『山水文章不減昔人，而循良聲譽常過於同事』，將爲君贈之矣。中郎所困，何足耿挂胷臆間哉？

送張偉瞻赴鎮遠任序

入貴州之第三驛，爲鎮遠縣。自京師及他處來者，由沅江以溯九溪，溪盡登陸，必於鎮遠僦輿馬；其自雲貴而北者，因溪水湍急順流下，可日三四百里，多於此買舟。且兩厓皆茂林怪石，可喜可玩，往來之人多小憩焉。然水至此而窮，山至此而益怪，加以椶篁之蒙密，雲雨之杳冥，甚於《楚詞》所謂『風颯颯兮木蕭蕭，猨啾啾兮狖夜鳴』者，故悽清深渺，恍惚幽晦，實爲他處溪山所未有。

然鎮遠自古不列於郡縣，唐貞觀間析龍標縣置夜郎，天授間析夜郎置渭溪，既又以渭溪、夜郎置潕州，今鎮遠卽潕州地。古今騷客留寓於是者，惟太白最著，而太白未有名章傑句牢籠抒寫以盡其奇。近如田氏雯、查氏慎行，詩文疲苶不振，世人未涉其境，故罕知鎮遠縣山水之最奇。

吾門張君偉瞻博於學、工於古文，自爲孝廉已見稱於中土，屢試禮闈不遇，選正陽縣教諭。巡撫畢君用卓異薦，當得縣令，旋復以舉人本班授鎮遠縣知縣。嗚呼！令以好學聞者尠矣，而工古文者尤尠。今君獨得令於此，詎非溪山精英俶詭待君以發歟？抑余昔者往來於是，嚴程所迫，嘗恨盡其勝而不得，亦必藉君而窮歟？君往矣，用博雅之學，播循良之治，寬猛以時，民苗咸戢。暇時舉溪山佳勝並著於文，窮幽極渺，當爲太白後一人無疑也。夫天地精英俶詭之氣，在西南者，往往不鍾於人，鍾於物，而求寫情狀，仍必須人發之。柳子厚於柳、永，范致能於桂、海是也。而西南如柳、永、桂、海者，何翅千萬計？不得其人，終歸恍惚幽晦而已。君誠能以文寫之，錄以示余，不惟拓余之聞見，且將釋余之憾焉。

送唐晴川曹秋漁歸嘉興序

往者姚君晉錫自刑曹擢御史，會疾，乞假歸嘉禾，一時有識者莫不道其賢而惜其去。迄今十餘年，御史唐君晴川、員外郎曹君秋漁復相率以疾歸，時唐君方被命視學政於湖南，而曹君以例當出爲二千石。二君率不顧而去，於是時尤賢之，與姚君等。

古人謂士君子出而仕於朝，皆爲人耳，非有利乎己。則夫仕而病，病而歸者，爲己計也，何賢之與有？然吾見世之仕者矣，朝而進焉，夕冀其遷，暫而得之，思久其位，比及頭童齒豁，或至老且病，蹁躚彳亍，卒懵然於鐘鳴漏盡之說。彼於一身，固已膠膠擾擾而不知檢，則天下國家之務，固將塗飾苟且，以偷一息之榮，於國是何裨焉？《詩》不云乎？『膂力方剛，經營四方』。二君處方剛之年，蓋疾而未病也，而悚然惕然，安之若不可頃刻，兢兢乎乞其身以去，以竢國家之擇人。而使揆其跡，近乎爲己，實有裨於國是，豈惟騖名高、耽逸樂已也？

嘉禾烟水勝地，九十月之交，景物益嘉可喜，歸於其鄉，與姚君居相望也。挈舟而遊，置酒而語，疾必霍然良已。然則余之送之，將不爲招隱之謀，而尚有彈冠之望也歟？姚君余舊同官也，試以余言示之。

送景孝廉雲客序

昔叔孫穆子謂『太上立德，其次立功，其次立言』，千古皆韙之。獨歐陽公以爲：『有於身矣，固不待施於事，況於言乎？』曩者竊疑其言。蓋自古名臣賢相功業爛然，猶必藉文章以顯，矧甕牖蓬樞之士，自勉於燕私獨處之地，微言孰從而著之？及觀史書所載，如黄憲、管寧輩，皆無撰著見於世，而同時推之，後世述之，於是始知歐陽公所云，蓋無可疑者。且古人立言發於其所自得，而妙於其所不自知，故言足以爲世法；今所謂言，特工於詩文已爾。工文者既少，而工詩者類以翦巧綺濫相高，惡得謂之言？則見鄙於歐陽公也固宜。

余門下士景君雲客，静而正，決而和，專一而寡欲，與人罕所交，抵夜輒危坐達旦，以求心之所得。其登乙科也弗憙，下第也弗以懟，尤好爲詩，醇古澹泊，微妙清悟如其人。今將歸，丐余言以爲益。余惟君爲人類有道而文者，擴而充之，以幾叔度、幼安諸賢不難。又君移家衛輝，百泉山水之勝甲天下，家雖貧不具飦粥，息之深，養之定，則弗見於言可也，奚藉於詩？余自少嗜爲文，蓋蕲於古之立言，今冉冉老矣，文且不克以工，況於功、於德乎？視君之能言，竊然有媿焉。聊舉歐陽公之言以爲勉，其庶有以益君也歟？

送丁小山歸湖州序

三代以上，士未嘗求於上也。陽下於陰爲泰，男下於女爲咸，君臣者陰陽男女之義，是以有岳牧之咨，有幣聘形求之舉。下迨春秋，率以世卿枋國政，而建旌乘馬，其禮不廢。自漢以後，始求士以言。求以言而能言焉，有司於是取之，求者之得非有所喜也；求以言而能言焉，有司反於是擯之，求者之失非有所愠也。惟其得失之故常在於上，然後士人不以得失爽其心，卒歸於無求而自得。後之試者，所業既遜於古，挾其謏聞渺見思顯於世，又或爲貧而仕，希科第丐升斗以贍其身家。向者上求於下，轉而下求於上，上之求下愈緩，而下之求上愈急。於是求而得則喜，求而不得則愠，其愛且惜之者，亦爲湮鬱湫閉。而地天之交、止說之象，其說不行久矣。

吾友丁君小山，爲人也和而介，遜而莊，寬裕而不迫，爲學也窮經誼，熟掌故，貫穿於六書、金石、叢書、稗說，上所求者孰踰於此？顧三試於禮部不遇，察其意氣揚揚如平時，且將去京師而東省太夫人於吳興也，非其學業之演迤深邃有以自得而無求於上歟？非然，何以怡然灑然，無有湮鬱湫閉如是也？抑人求仕而不得也，憂其得之之難；及乎求而得、得而思去也，又憂其去之之難，是以《詩》一則曰『不遑將父，不遑將母』，一則曰『豈不懷歸，畏此罪罟』，觸藩縶梶之狀，千載下有餘嘅焉。君之意氣不減於平日也，宜君之行，覃溪學糧，戒行李，率意以往，無能縶而留者，其爲自得也大矣。今君宿春士、魚門編修輩愛且惜之，皆賦詩贈別，而余復云云，蓋欲舉無求自得之義以諷天下士，非獨爲君志羨云爾。

送唐陶山赴海州任序

唐君陶山任吳縣令三年，政洽人和，奸宄戢於市，獄訟息于庭，徵漕納稅，均於鄉野。又以其暇日讀書道古，禮郡中之賢士大夫，相與校文譚藝，一時譽望翕然。省臺諸上司以其才能之兼美也，奏遷海州知州。將行，士大夫具餞於虎阜，爭作詩贈之而屬予爲序以送其行。

往予乾隆庚戌奉命按事長沙，見少卿羅君典於岳麓書院，詢以人才，則云：『有唐生業敬、業謙兄弟，少慧，年纔十四五，已能通五經《周禮》、《左傳》，且能誦《文選》。』予心異之，既而少卿率其兄弟來受業，且云其從叔爲令於江蘇。時予尚未得見君也。閱三年，而業謙登賢書。又二年，而予乞恩歸老，始識君於吳門，並得讀其生平所作及《儀禮口義》諸書，洵矣其才之兼擅也！

昔公安袁中郎以詩名於時，及爲吳縣，則愛其山水風土之佳，而病其簿書奔走之劇，所見於諸尺牘中，若不能以一朝居者，卒至解組以去。蓋擅文詞而未能長於政治也。今君之爲令也，旦謁省臺，晝理訟牒，晚接賓客，而清詞妙句往往雜出其間，其才實有逾於中郎者。世謂古今人不相及，豈通論哉？予歸老後，又以浙中當事延主敷文書院，每歲中僅一二次晤君。今老病益深，辭歸峯泖，所居距吳門不及二舍，方將以春秋佳日常訪君於花州石湖之上，而君遽晉秩以行。初春風日清嘉，想見士大夫桊韝鞠跽，與父老臥轍牽衣，欣慰之餘，又何能不悵惘耶？

雖然，吴縣號稱陸海，既富矣，患其不能教也。而海州地濱斥鹵，磽瘠俱多，閭巷蕭條，其民亦多獷猂難馴者，富而兼教，則其治比之吴縣有難焉者。君將以此報最，爲聖天子撫綏窮困瘠薄之衆，以酬臺省之知。其著爲詩文及見於謳吟者，必有愈于前此所作者矣。予試拭目俟之，并書以寄業謙兄弟，亦猶古人頌不忘規之意也歟？

春融堂集卷四十二　序七

沈歸愚先生八十壽序

國家重熙累洽，文治昭彰，休明之運浹於遐邇。其名山大川之氣盤礴鬱積，久而不能掩，則必篤生大儒，使學業之所發揮，炳炳烺烺，照耀宇宙，直接古人于千載。不然，猶必老其才，厚其遇，始顯其文章德業，以陶冶當世，俾承學之士奉爲圭臬，而國家之文治乃益懋。吾師歸愚先生所爲，維一代休明之運者也。

先生好古力學，究心於道德仁義之旨，卒澤于詩書禮樂之訓，其得於心而攄之于言也，渾渾浩浩，崿崿岃岃，凡四始五際之微，探原窮委，抉擿閫奧。蓋自漢魏以降，風雅之遺，代有作者，而獨集其成于今日。先生之文章，先生之德業，爲之故無意於工，自不能以不工，而非絺章繪句者之所能測也。夫以先生之德之文，固宜其受知聖主，不數年間，遂陟卿貳，宸章褒寵，便蕃稠疊，世之論者方以是爲榮，而先生以年至乞身，樂志田里，神明不衰，陟華頂，攬雲海，超然有抗青雲、攀白日之志，此其意致何如？而得于天而全于身者，豈可涯量哉？

歲在庚午，昶始得侍先生之几席，又二年壬申，而先生年八十，私念謏聞樸學，得出門下長奉教澤爲幸，又念先生應世而生，則不敢私爲己幸，而爲天下後世幸。《易》曰：『視履考祥，其旋元吉。』《書》曰：『天壽平格，保乂有殷。』今先生履純蹈和，粹然盎然，而平康正直之德，通於三極，由是享遐齡，臻上壽，皆足以徵平昔涵養之深，而國家有道，靈長之故亦於斯可卜也。至其品望在鄉國，聲名在遐方，詞章學問在簡册，皆書之不勝書，故推本于上帝降神之意，與國家作人之化，俾知豈弟君子，福禄來降，爾昌爾熾，且永永無極，以爲先生進一觴焉。

黄醴泉五十壽序

武林黄君醴泉，侍其封翁朝議公于家，以色養著聞。今年七月某日，爲君五十誕辰，至十二月，淑配吕恭人亦年五十，里中親串相與稱百年之觴，屬余文以祝之。昔歸熙甫以生辰爲壽爲非古，而親方在堂，則以恆言不稱老例之，尤於祝爲非宜。雖然，爲壽而祝之，蓋不蘄其所已致而蘄其所未致云爾。可願之事、諸福之物，此求之可必其致者也。若夫身當蒼艾之年，而親猶晏然無恙，此求致之而未必其致者也。以未必其致者而獨致之，且合可願之事、諸福之物，畢具以娱其親，斯真人世所罕覯，而祝之不可以不亟者與？

君少而能文，詞章楷法，筆騰墨飛，散華落藻，似姜堯章；潛鱗戢羽，跌宕琴酒，相羊山水，似江貫道。至于子姓行列，蘭茁其芽，視履考祥，洊被寵命。吕恭人鳴環雜佩，婉娩並進，以事朝議公，則時人所罕逮也。班史載：萬石君子建每入子舍，取親中裙厠牏，身自澣灑。其踐子孫孝謹之行，可謂至矣。然建以郎中令五日始一歸省，又豈若君之朝夕視膳起居左右者歟？然則當弧矢之辰，姻婭賓客長筵絲竹，洗大斗以酌君，而君因以祝朝議公之壽，豈非人世吉祥善事、國家淳和之氣所致也與？

邵西樵八十壽序

同里邵君西樵長余十二歲，余方童丱時，君已補博士弟子，於庠序有聲，四方賢士大夫交口稱之。然意致蕭散，好吟咏，年四十餘即棄科舉，而寄興山水書畫之間。其後余羈宦四方，不獲常與君相見，及君七十初度，余寄五言古詩以爲壽，君讀之听然而喜。今忽忽又十年矣，同里親舊謀所以娱君者，復索余文壽之。

余聞君壯時見知於祁陽陳文肅公，公方撫吳，取入紫陽書院讀書。時院長吳編修大受，繼之王侍御峻，皆以國士待君，與今通政使吉君夢熊、學士褚君廷璋聲名相上下。顧君于是時已退然若不欲竟其業，栖遲跧伏者至數十年。今國家引年憲老，凡七十以上試於鄉者，雖不售，悉賜舉人；試於禮闈者，雖不第，賜檢討暨學正有差。以君精神强固，槖筆而往，慮無不膺曠典，乃皆淡漠置之，何居？董子有言曰：『予之齒者，去其角；傅之翼者，兩其足。』蓋天之付于人，不兩能也。今文肅之後微矣，同學自吉、褚兩君之外，其通籍而不克振，振而復躓者何限？君獨以耕以讀，積名書畫數百軸，所居黄雪廊、冷香逕，頗極花木闌檻之勝，嗇于彼豐于此，理固有然。日君從容自得，無求于世，養其天和，正其性命，人世之榮辱得失，有不與焉，則日引月長，期頤之慶當不待蓍莢而知也。長筵絲竹，何足遽爲君祝哉？聖天子壽逾八秩，仁風翔洽，疆吏以百歲告者，歲不勝書。蓋龐眉兒齒之多，於斯爲盛也。先是己酉十月，爲吾兄芳儀八十壽辰，庚戌九月，甥夏子霏玉亦年八十，區區里閈數百武間，得君而耄耋居其三。鍾壽世之嘉祥，似吾里有獨厚焉者，斯真可爲君勸一觴已。余年六十有八，已近懸車投老之時，他日乞聖恩歸里，飲膳以從，于游相與，道盛世休和之效，及天人損益之機，偕同里親舊以壽君，將未有艾也夫。

孫虹橋六十生辰詩序

生辰爲壽，自古無之。蓋古之所謂頌禱者，乃出于平日之詞，故《天保》報《鹿鳴》之燕也，而曰『如南山之壽』；《行葦》養老乞言也，而曰『以祈黄耇』、『壽考維祺』；《楚茨》、《信南山》力田以奉宗廟也，而曰『報以介福，萬壽攸酢』，又曰『曾孫壽考，受天之祜』。至于生辰爲壽，則古帝王且未之聞，而況士庶人歟？非以『哀哀父母，生我劬勞』之日更爲宴樂，孝子仁人實有所不忍歟？故唐文皇垂泣以對羣臣。

而國初孫退谷、張篔山諸公，遂欲廢此禮，非篤論歟？孫子虹橋以乾隆辛丑某月日爲六十生朝，作詩見志，眷父母，感妻子，繹其詞，如清商之奏，如哀絃之引，悽然詘然，使人不可卒讀，而卒以消宿疾而邀天祐，自慰自解，洵乎安貧樂道與仁人孝子之思有合也。由是志推之，雖絲竹嗔咽，賓朋雜遝，以稱百年之觴，豈孫子所欲也哉？孫子詩既出，和者凡數十家，余之序之，竊欲與孫子廢非禮之禮，以復于古云。

蔣瑞應六十咏懷詩小序

甥蔣子瑞應，壯年從余學詩，東南之能言詩者，無不交也。閱三十餘年，罷順天府同知，居京師，京兆尹授以金臺書院山長，其年已六十矣。於是瑞應自爲詩以道年華之晼晚、境遇之寥落，一唱三嘆，初無抑塞不平之意見於楮墨，非所謂溫柔敦厚得於《詩》者深歟？諸君子從而和者，凡若干篇，皆以陶公爲比。夫陶公豈能師其萬一？第同陶公者，跡也；不與陶公同者，其境也。陶公典午世臣，永嘉革命，雖位以卿尹，必將卻而不居，志固不係於官也。去官之後，安貧而樂道固宜。若瑞應由舉人以四庫館寫書官得爲縣令，遷京縣，晉同知，且所至以廉能名，則係乎官者也。係乎官而當事以私故微嫌罷之，疑若不能舍然者。乃論文譚藝，無異壯年，方以遂初樂志，與門生故友相與唱嘆於焚枯酌醴之餘，豈不難哉？

余今年七十，才退不復能爲詩以壽瑞應，而有感於瑞應之詩，因舉其與陶公同而不同，不同而尤難者，著於簡端，使知瑞應之深於詩教也如此。雖然，瑞應以閑退之身，能取陶公而師之，則安貧樂道所得之深，必有進於詩者夫。

張玉壘七十壽序

張子金冶以獻賦來京師，適余將隨輦山左，於時尊甫玉壘先生年將七十矣，屬予爲文壽之。余惟雲間望族莫如張氏，考《三國志》、《晉書》，自大鴻臚儼以名德著于孫吳，而步兵翰繼之，史載其見秋風起，思吳中菰菜、蓴羹、鱸魚膾，命駕而歸，迄今以爲佳話。歷唐、宋、元、明，張氏登膴仕者甚衆，以至於本朝益貴顯。少司馬以名進士爲侍郎，文敏公以翰林洊登司寇，書法之工受知今上，謂可追蹤羲、獻。卒後三十餘年，余蒙恩召見，數數問其家子姓佳否，蓋眷遇之隆若此。

先生少司馬從子，文敏公從弟，少英英玉立，工文章，詩尤雅瞻，出入於兩晉、三唐，吾鄉能文之士莫不斂手推服。而時值文敏公貴盛，科名若可戾契致者，顧先生睨之漠如，豈有蓴羹、菰菜之戀歟？家故有園在郡城之偏，西林寺直其西，池塘渟瀅，林木晻靄。每日晚，浮圖影倒射戶牖，先生朝夕其中，學道賦詩。而金冶偕其兄坤厚皆嗜讀書，能文詞，不啻考鐘鼓奏金石於其側，以相娛悅也。際昇平之世，膺山林之樂，兼以詩書之澤，而益以子姓之賢，俾壽而昌，俾耆而艾，詎不宜哉？

夫步兵之傳，《晉書》列于文苑，及窺其言論風旨，蓋不欲以文苑名，而欲以隱逸終者。考魏、晉間隱逸之士，若范粲年八十四，子喬亦七十有八，宋纖、譙秀、郭荷皆八九十有餘，董京、孫登輩雖不言年壽所極，要當在百歲以上。今先生弗震弗施，含和而養粹，以追步兵之文行。取諸人者寡，得于天者全，以成喬松之質，又何疑歟？余少于先生三歲，方奔走江湖，弗克以鄉園自老，因金冶之請〔一〕，卹卹乎其滋愧焉。他時解組南歸，造塔射之園，當更致語以進一觴，而姑以此先之，用志跂慕之私云。

【校記】

〔一〕金冶，底本原作『冶金』，按，張興鏞，字金冶，據上下文等乙正。

錢曉徵七十壽序

嘉定錢少詹事曉徵，由詞垣晉詹事，入直上書房，駸駸乎上被寵遇，顧引疾以歸，優游安養，迄今二十餘年。而君年屆七十，正月七日爲覽揆之辰，於是令子星伯偕及門弟子謀所以壽君者，屬余爲祝嘏之辭。

余少與君同學，又同登於禮部試，在內閣又爲後進，知君之深者洵莫余若也。今國家重熙累洽，醇風翔播，太上皇帝壽開九袠，御宇至六十年，乃行元日受終之典，中外大臣以耆碩稱者布滿朝列。嘉慶元年正月，舉千叟宴，龐眉皓齒，拜稽於殿陛，計三千餘衆。蓋久道化成，太和保合，敦厖悠久之運，磅礴宇宙。君於時杖履逢吉，神明不衰，以受門弟子之奉觴上壽，與子孫舞綵含飴之樂，固其宜矣。

且君經師也，囊括蓺術，網羅衆家，嗜金石，通六書之本，尤工於曆術，著述繁芿，四方奉爲枕祕。歷主太倉、婁東、江寧、鍾山、蘇州紫陽書院者十餘年，東南俊偉博洽之士，率皆奉手摳衣受業於門下。攷兩漢經師申公、桓榮皆年八十餘，轅固、伏生皆九十餘，而固尚以賢良徵，若北平侯張蒼邃於陰陽律曆，年至百有餘歲，是皆得乎天地祥和之氣，際國家休養之隆，而又身體乎聖賢修身養性之旨，是以永錫難老如此。況君早年勇退，栖情林壑，履中而蹈和，凝庥而葆粹，榮利不足以眩其心，紛華無所動於志，以道義爲膏粱，以詩書爲服食，由是而至申公、伏生之年，上與北平侯等，固不俟迎日推策而知也。然則爲轅固之徵，受桓榮之賜，固必有邀異數于他日者矣。

余雖少長於君，衰至而耄及之，倘得附餘光承末照，將應東南人士之請，閱十年而更爲祝辭，頌國家萬年有道之長，著儒者壽考維祺之效，當屢書不一書也。

段得莘先生九十壽詩序

往予在蜀中，丹陽陸炳示以《蜀徽詩選》，中有段君若膺詩，始知君爲詩人。又數年南歸，過蘇州，見君硜硜侃侃，譚經悉本于古訓，又以君爲經師也。及詢所自得，乃知皆出於尊甫得莘先生之傳。先生性至孝，爲文章根抵六經，而經義必宗注疏，不屑揣摩庸俗以干世而希榮，故爲歷任學使所重，而卒不得志于有司。晚始以恩貢膺若膺縣令之請，得封如其官。

余惟十餘年來，國家久道化成，重熙累洽，敦厖純固之氣與人世魁耆碩艾之士相得而彰，故嘉慶初元再舉千叟之宴，九十以上多至四十餘人。肆筵授杖，闐溢朝宁。且每於鄉會兩試，擇年齒最高予以舉人進士，並有至國子監翰林者。其五世七世曾玄相見，則御製詩篇或書扁額賜之，典禮優異，非漢唐來粟帛給復所能比方萬一，故時多爲先生勸駕者。而先生退然如不勝其養之深，而識之定，過於人者益遠矣。然先生自若膺引疾歸養，熙怡左右，及今已數年，丈夫子四，自若膺外，咸發名成業，有聞于時。孫十人，曾孫十一人，玄孫一人，復合于七世衍祥之例。茲者年當九袠，瑤環瑜珥充閭遶膝，而先生神明不衰，康强逢吉，是豈尋常之黄髮兒齒所敢望歟？《尉繚子》云：『人之不足，天之有餘，功名貴顯，人之所爭，可以力求者也。子孫壽考，天之所予，非人力之所可求者也。』先生以其可求者付諸人，以不可求者聽諸天，而天以其有餘補其所不足。方將繩繩繼繼，爾昌爾熾，非引年之典、茀禄之康足以既其美盛，是皆惇德之所致也。

懸弧之旦，戚友咸詩以誦之，若膺屬予繼其後。予謂先生惇德，非詩所能罄也，故推本於天與德以明之，俾後有采詩者，知所自焉。夫《白華》、《行葦》諸詩，非序何以表孝子之潔白，與尊事黄耇之至意？若膺由詩而近乎經，必以予爲善言德行也夫。

阮湘圃封翁七十壽序

嘉慶壬戌仲春□□日，爲浙江阮中丞尊甫湘圃封翁七十懸弧之辰，於時春物棣通，百昌咸遂，陽和敷播，日麗風暄。中丞偕其弟舞綵捧觴上壽，而司道諸君子率屬斧韝鞠跽以展百年之祝，蓋德門之盛軌而聖世之嘉祥也。諸君子以中丞與予相契最深，俾述封翁父子間所以迪吉履祥之至意。

封翁世籍真州，所居左湖右海，風氣邃密，實扶輿精粹所鍾。又少承招勇公庭訓，輕財好施，置田贍族，爲鄉里所推尊。及中丞掇巍科、直詞館、晉秩司農，洎視學三齊兩浙，遂膺節鉞之重，封翁初不以崇高富貴自矜，而勵中丞以潔己愛才爲羣牧之倡。其自處儉樸、服食起居，無異於寒素。好爲山水遊，迎養所至，輒覽其名勝，而尤好西泠。窮九溪十八澗之境，與山僧覃研淨業，久之而後返，奚僮單騎，人不知爲一品崇封也。其翛焉自得，養真而葆和，有過人者，緝熙於純嘏信矣。

《小雅·南山有臺》之詩所以崇德而祝壽也，其指歸於民之父母，爲邦家光。茲中丞和平惇大、惠澤涵濡，識者皆謂義方之訓。故揀賢良，登廉正，則官吏相與祝于庭；清訟獄，均賦稅，則農民相與祝于野；通關津，平榷課，則行旅相與祝于塗。且天風助順，鯨鯢奔竄，則商帆番舶相與祝于重洋。至于宏獎風流，教施不倦，則通省之茂才與遐方之寒畯，靡不騁祕抽奇，申其頌禱，蓋合億萬人之祝以徵上壽之符，當與《小雅·南山》諸什並行於世。且蘭芽玉茁，並佐含飴之樂，詎若親朋雜沓、絲竹駢闐、祝釐致語所可仿佛其萬一者與？

抑《洪範》之論五福也，一曰壽，二曰富，富者非席豐履厚之謂，謂富有之大業、日新之盛德也。封翁盛德有諸己，而中丞大業加乎民，則康寧壽考，固有如響斯應者。故《君奭》之篇，原其本于天壽平格，並舉伊尹、巫咸父子以明之，此其人皆上壽也。子以德尊其親，父以德裕其後，交輝互發，此固三代盛時蔚爲上瑞，今於中丞喬梓間見之，豈不盛哉？

且稽之《周易》，占用九，是爲老陽，蓍用七，是爲少陽，大衍之四十九，七七之積也。老與少相承，而後兩儀三才四時之象著焉。由是三百六十以當朞萬有，一千五百二十以當萬物，引伸觸類，申錫無疆，有疇人所不能測、巧曆所不能算者。封翁之年七十，揆之于《易》，猶爲上壽之履端，則諸君子之引年而祝賀者，當屢書不一書，非一時之歌誦所能竟其詞者矣。中丞鴻裁鉅製，照耀蓺林，而湛深經術，尤爲儒者所宗，故舉《易》、《詩》、《書》之奥義，以質于左右，用告封翁，知必听然而飲滿也已。

梁山舟八十壽序

晉宋間論士大夫之品者，必以標格爲先。蓋其超然物外，不倚勢位而尊，不因功勳而貴，不藉文章才藝而華。如此，花之蘭桂，禽之鸞鶴，霄漢間之景星慶雲，似無與於人世，而使人愛而慕之，跂而望之，可說而不可親，可親而不可玩，是非襲取而强致之也，其得於天者，清且遠矣。

山舟侍講，我師相國文莊公長子，少日由詞垣擢侍講幄，數年丁嗣父憂歸，服未闋，文莊公復薨於京邸。君戴星奔走，哀勞倍至。因足有微疾，不良於行，醫治久之未愈，乃屬其弟右循宣勞報國、揚歷中外，而已無復出山之志。君門第高華，蒙聖天子不次超遷，衆方有韋、平之望，而自屏于寬閑寂寞。偶逢春秋佳日，青鞵布襪，一老僕隨之，往來於丘壑間，見者不知爲相門之貴胄、詞林之碩望也。家居日久，聲聞日隆，四方寒畯之士有道而文者，希風慕景，踵門求見，無不倒屣迎之。及浙閩當事貴人軒車過訪，則報以一刺之外，未嘗再往也。以德行式鄉閭，以文章表藝苑，而法書獨出冠時。上溯鍾、王，下兼趙、董，東南碑版及琳宮梵宇有所題署，悉以求君，君欣然捉筆，各得所求以去；而節鎮之索書者，往往累歲不報。蓋和而能介，足以廉頑立懦，故士大夫益以此重之。揆其標格，置之於晉、宋間，尚當爲第一流人無疑也。

乾隆丁丑，予以召試出文莊公門下，迄今幾五十年，出處殊途，間多離合，而音書存問蟬聯不絕，是以知君雅尚爲最深。比予引年致仕，復主講敷文書院，歲時相晤，竊見君精神識力不減曩時，由其所養之深，而湖山清淑之氣、文章道德之輝，迤衍融結，天若獨有以厚之。聰明如故，眠食有加，明燈矮紙，猶復能書細楷，與歐陽信本、文衡山並傳千古。自今伊始，將由期頤臻上壽，豈尋常頌禱之詞所能髣髴也哉？

予少君一歲，耳聾目暗，跬步亦須扶掖，值君八十之辰，不獲攜舟致祝，故爲文以先之。郎君耀北及姪壻許子、周生，皆能文之士也，使誦吾文而晉一觴焉，庶比于考鐘鼓而羞鼎俎也已。

從子次辰雙壽序

自予高祖遷青浦，生丈夫子三，曾王父孟賢公爲長，其子孫皆登大耋，而齒亦多尊于諸父。五世得次辰，蓋長于予兩歲云。往者歲壬寅，次辰與其配皆六十，宗人目爲雙壽，屬予序而壽之。予以序者，緒也，古人用以敘書，未有用之壽者，且所謂雙壽尤不見于書史，故作古詩一章，以致慇懃忻悅之意。迄今又十年矣，於是宗人復以書來請序。

予惟壽於『五福』居先，古人致其愛者在是，是以躋公堂、頌曾孫、行燕射，未嘗不以壽爲言，況《既醉》之詩言萬年有僕矣。申之以女士，《閟宮》之什言『三壽作朋』矣，重之以令妻，蓋室家之壺、琴瑟之好，咏齊眉而協偕老，尤願望不可得者。對舉而並祝之，又宜矣。

予少與次辰同學，又同補博士弟子，歲月不居，忽忽今皆白髮。自癸卯二月別於里門，不相見者八年，顧聞其夫婦顏益壯，動履飲食益加，治家事益精整，子孫烝烝然挽鬚繞膝，與予隔三四千里，猶得通音問、撰致語，以相頌禱，此吾宗吉祥善事，實高祖以來所錫之福也。事雖非古，詎可以靳其文乎？計次辰之精神識力不難坐至期頤，予他日乞恩歸里，將與之具酒醴、考鐘鼓而侑以嘏辭，當不少也。

吳母程太夫人八十壽序

吳母程太夫人，前吉安太守吳君之配，拙庵先生之母，而吾友企晉之祖母也。昭陽作噩壯月，太夫人年屆八十，於是拙庵先生率其昆弟子姪奉觴上壽，四方賢傑知名之士登堂祝嘏，舟航雜遝，歌《既醉》之章，相與頌先生之孝，與企晉之胚胎前烈，有光于時。因以知太夫人之垂休錫祉，且日引月長而未有艾也。

余嘗觀潘安仁《閒居賦》，謂太夫人御版輿、升經軒、席長筵、列孫子，往往徘徊翔咏，以爲人世吉祥善事。然安仁託言明哲，以拙自命，終不免失身于權貴。若先生矢蠱上履二之節，絕意仕宦，又即太守君別墅擴而大之，有木數百章，有竹數千榦，池亭窈窕，花藥翳如，閒居之樂，固遠勝于近郊後市者。而太夫人康强善飯，黃髮兒齒，又無患羸老之疾，企晉文詞學問照耀遠近，諸孫亦皆英英玉立，猶芝蘭其芽、梧竹其質也。視潘氏之兒童稚齒，又何如哉？先生修蘭陔潔白之養，花時月夕，奉太夫人覽茶磨之樹，聽硯山之鐘，退而具鱐腒、潔滫瀡，諸孫起居左右，瑤環瑜珥，含飴索笑，造化祥和，靄吉之氣翔洽門内，彼安仁之或宴于林、或禊于汜，偶而得之，侈爲美譚者，太夫人習以爲常，斯不亦天倫樂事之尤盛者乎？

余與企晉爲莫逆友，夙聞太夫人之德，相去百餘里，不得厠賓從之末，乃爲序以貽之，俾侑《既醉》之觴焉。若太夫人之懿行，佐太守君也恭而順，教諸子也肅而和，待諸孫也寬而有禮。世有劉子政、范蔚宗傳女士者，當播之彤史，不藉余言之繇引也。

李母張太淑人八十壽序

乾隆甲午，貴州李公世傑之母張太淑人年八十，是時金川跋扈，王師分道進討，公任四川按察使，已由南路出塞，進次章谷，日夕庀治芻糧，傳遽，未獲迎養太淑人，舉祝慶之禮。再閱歲，丙申正月，王師逼刮耳厓，金川旦夕刈滅，而公以勞績聞著，擢湖北布政使，于是爲其屬者咸歸美于太淑人之懿德，且思以頌太淑人壽，而屬余爲文。

余常觀魯僖公從齊桓伐楚，會盟而還，非能深入其阻也；既還之後，又非有彤弓兹矢、秬鬯圭瓚之錫。然奚斯頌公，以爲『淮夷來同，莫不率從，魯侯之功』。至于燕喜壽母，宜其大夫庶士悉誇而大之如此。今公所從征者，勾陳天策，威靈斯在，非直霸主之師；是伐是絕者，雪山盧水，出徼二千餘里，非直陳、蔡、唐、鄧之郊；辛卯受事，飛芻輓粟，六年始以《武成》告，非直僖公以春出、以秋歸也。勳勞懋著，休有烈光，花翎寵賁，作藩大邦。歸而長筵列席，考鐘伐鼓，因以揚慈懿、祝純嘏于太淑人也固宜。且公之在章谷也，太淑人貽書敦勗，謂毋以我念，以國事爲念，其間事勢梲杌，流聞參互，往往仰屋而嗟，至于損顔減膳。今也西南洗兵，萬里寧謐，曩以稽誅爲憂者，宜以告成爲喜。且是數年中，太淑人恭遇萬壽，崇封錫誥，而孫華封舉于鄉，某某貢于太學，國恩家慶，顯融羡衍。四川屬吏所謂邦之大夫士庶也，相與致詞燕喜，比于奚斯，寧有訾爲夸大者哉？

抑《頌》所稱『俾爾壽而富』、『俾爾耆而艾』、『黄髪台背，壽胥與試』，鄭《箋》指爲『慶公氣力不衰』之詞，其第八章之『黄髪兒齒』亦然。然考僖公伐楚之歲，卽位纔四年，年正少壯，不當遽慮其衰。竊謂第四章之『三壽』既指三卿，則第五第八章之『黄髪』必指壽母言之。今太淑人年八十有羸，而公年亦六十二，『黄髪兒齒』之詞，當取鄭《箋》之意，兼頌以祝公兩世之福壽，寖昌寖大，則援筆而爲祝慶之文，益未有艾也。太淑人相夫子、教子姓，義方閫德，皆可師法，貴州人類能道之，此不復敘云。

沈母朱太恭人九十壽序

沈君既堂，與余同舉于鄉，同成進士，既堂入詞館，余亦爲中書舍人，同官于朝凡七八年。往往以通家子弟拜其母朱太恭人于堂下，故知太恭人之懿德，莫如余詳。其後既堂出守太平，余以從軍滇蜀，不相見者十餘年。今既堂督運河東，而余方按察西安，于山西稱鄰境，復時以書往來，始知太恭人神明康健，增勝于昔，而今歲甲辰六月年已九十矣。于是同人爭相致語，屬余爲介壽之文。

余惟婦人之道柔順而已，乃稽之《易》卦，坤獨取于利貞，貞，陽德也。宋儒謂坤之用六，六爻皆變爲陽，所以稱貞。以太恭人之懿德，攷之《易》卦，殆無不合者。蓋太恭人少時侍祖母任安人疾，三年不解衣帶；父遊廣東，母歿，經紀喪事，悉合典禮，是貞于爲女也。既歸夫子，性方嚴，不假聲色，晚年尤以肝病，日夜須人，臧獲罕當意者，太恭人承以婉順，竟夕危坐，五六年不設枕席，是貞于爲婦也。中歲而寡，有無黽勉，手自操作，夜寐夙興，家無廢事，閱數十年如一日，是貞于持家也。既堂兄弟少時從外傅歸，太恭人課之力學，一燈熒然，刀尺機杼，常與書聲相間，是貞于教子也。兩子婦相繼早殁，又撫三孫而教之，今皆已嶄然露頭角，是貞于裕後也。既堂既通籍，充考官，衡文，勗以殫心；爲太守，讞獄，勗以輕典。其外絕苞苴、急撫卹，知名義而通政體，有合于柔順利貞之道，不勝紀也。夫陰數六，陽數九，用六之變而之陽，蓋由六之九也。黄鍾之數肇于九，其衍也至于無算，三百六十之律，千五百三十九歲之章數，胥昉于此。太恭人得坤之六，毗陽之九，今雖九十，其壽考衍羡，未可涯量明矣。

抑又聞之，九者，《洛書》之數，次九爲『嚮用五福』。太恭人以懿德教于家，而既堂平康正直，協于『卿士維月』之義，壽富康寧，鍾美于閨幨，宜也。由是享期頤，躋上壽，太恭人『安貞之吉、應地無疆』者，益未有艾，而余輩介壽之文亦當屢書不一書焉。

余官守所羈，不獲預長筵擯介之末，竊舉《周易》永貞之説與《洪範》五福之旨以寄既堂，以頌太恭人，庶幾听然而佐一觴也。

高母□太恭人八十一壽序

乾隆五十年乙巳七月二十三日，同州太守高君之母□太恭人時年八十有一。先一年，君任山西忻州，大計得上考，入覲，天子志之，有同州之命。既抵任，則已逾太恭人壽期。迄今將一年，事理民和，賜雨時若，于是其屬將爲太恭人補八袠之觴，屬余以文序之。

余觀《大雅·既醉》之篇，序以爲頌太平也，《箋》謂五福備焉。今誦其詞，一則曰萬年，再則曰萬年，頌禱之詞已至矣。申之以『朋友攸攝』，言其臣皆有仁孝士君子之行也；又申之以『永錫爾類』，言廣之以教道天下也；極之『釐爾女士，從以孫子』，然後爲福之全。《疏》謂女士，『女而有士行，如成王之母，爲十亂之一』，然則『女士』豈易副哉？

我國家景命有僕，福禄來成，邁于成康時遠甚，今屆五十年之期，蓋《易》大衍之數也。大衍始于四十有九，而當于萬有一千五百二十，然則《既醉》萬年之頌，未足爲喻矣。今年春正月，天子纘承祖武，再舉千叟會，黄髪兒齒胥與于此宴。復詔王妃以下公主、鄉君以上，外藩王妃以下公、札薩克、台吉之妻以上，及滿漢大臣妻年七十者，賚予蟒緞、縴錦、紗紬各有差，且舉天下老民老婦，賜之粟布。鴻厖錫羨，千古無與比校。

而太恭人之壽適遘其時，履太平，值元會，非惟高氏室家之捆緻已也，所屬之欣喜鞠跽〔二〕，亟奉觴上壽，宜矣。余聞太恭人毓于名門，蔚爲禮宗，生平以節儉佐夫，以公正勗子，其女而有士行者歟？太守上承壼教，所至以廉辨聞，退而承歡養志，蓋無媿于仁孝也。諸孫嶄然崢嶸見頭角，良有『從以孫子』之樂，于是籩豆靜嘉，酒醴維醹，以致五福之頌，其可與太恭人侑一觴矣。或謂西嶽在同州境内，神有明星、玉女，峯下蓮花十丈，其藕如船。設帨之期，當有仙靈來往，奏雲璈、擘麟脯，用介福于王母者，余不得而知之已。

【校記】

〔一〕鞠跽，底本原作「蹷跽」，兩字實爲一字異體，不當重複。而「鞠跽」一詞，王昶撰祝壽文屢屢使用，如本卷中此文前《阮湘圃封翁七十壽序》、此文後《王母張孺人七十壽序》中皆有，據以校改。

王母張孺人七十壽序

昔歸熙甫先生謂古無生辰爲壽之詞，而婦女尤不宜有此。予攷《大雅·既醉》之詩，昔人所謂備五福者也。其詩一則曰「室家之壼」，再則曰「釐爾女士」，維時成周方盛，不言德政教化之美，而舉宮壼錫類以明福祚所由來，且曰「從以孫子」，意是詩必爲壽母而作。如《魯頌》僖公伐楚，歸美於成風，故引姜嫄發其端，而申之以「黄髮兒齒」、「眉壽無有害」，繹《詩》之旨，而古人之爲母祝釐，隱然可得於篇章之外，未必盡如熙甫所言明矣。

江西武寧王子心輂，少而孤，其母張孺人以養以教，俾至於成立，能文章，質性粹美。以州判來於滇，坐而問故，則孺人之教爲多，且保遺孤，守遺產，撫其兄之孤，而毓其夫兄之子，非女而有士君子之行者耶？雖然，《詩》稱《白華》、《南陔》，謂孝子之潔白，相戒以養，而束皙《補亡》舉「馨爾夕膳，潔爾朝食」實之，蓋古人皆仕於本國，故足不踰疆埸，而孝養之事無缺。今武寧距滇六千餘里，幸值孺人壽辰，而心輂以仕羈不得往，得毋於循陔之義或有歉歟？

史稱何蕃純孝，學太學，歲一歸，父母不許，間二歲乃歸，復不許，凡五歲，以親且老不自安，始揖諸生去。蓋爲父母者，往往祿養爲優，發名成業爲貴，此毛義以安陽尉守令捧檄而入，喜動顔色者歟？今心葷和以接物，潔以持躬，仕於滇，多爲之推轂者。孺人聞之，有不忻然而笑、色然而喜者乎？視夫長筵廣席，絲竹駢羅，躬爲鞠跽上壽，其所以娱親者，果孰多乎？然則孺人之兹壽也，洵可爲孺人慶，而孺人亦必以此自慶，五福之集，不假蓍蔡得之矣。

孺人今年十一月二十三日年屆七十，心葷屬余爲介壽之詞，寄歸子舍，俾侑一觴。余竊推《大雅》詩人之旨，知孺人有必宜登上壽者，遂書以爲序，揆諸熙甫之言，亦庶無剌謬云爾。

高母陸孺人七十壽序

乾隆九年，高子赤章受業于予，予於高氏故姻親也，蓋赤章從祖母爲予妻鄒夫人之姑。後五年，赤章補博士弟子，又二年，娶陸孺人。其歿也，在十八年，時陸孺人年纔二十三耳。其後予通籍入京，揚歷中外，不通音問久之。五十八年，予年七十，蒙恩予告歸家，則赤章子嗣宗已補博士弟子矣。赤章早歿，無子，歿後十四年，弟紫庭始生嗣宗，才二歲，孺人取以爲子，其零丁孤苦如此。

今嘉慶三年正月，孺人七十懸帨之辰，姻親將稱觴以祝之，謂知其家顛末者莫如予詳，於是請爲祝嘏之文。高氏兩房本素封，與親串吳氏、陸氏、李氏咸以貲雄里閈，赤章諸父諸舅不二十年皆中落，斥其產，甚至貧無依賴。獨孺人稱未亡人者，五十年如一日，風淒雨暗，茹荼集蓼，以養以教，俾嗣子迄于有成，嶄然露頭角矣。非苦節之亨者乎？能守舊業，内外井然，歲入稍贏，且周卹其親戚，不賢而能若是乎？今之七十，孺人不自意其至是，而竟至於是，非天之慭其節而成其賢乎？姻親等肆筵設席，跽鞠而爲之稱祝也固宜。

抑國家旌表之例，凡守節三十年，得與烏頭棹楔之典。往余撰《青浦縣志》，時孺人年五十有六，因編入《列女傳》，蓋未及請旌也。今又十四年，姻親等行將具事寔呈於有司，上於宗伯，烏頭棹楔之典，旦夕可俟，予將别爲文稱賀，而先以此祝之云。

武母程太孺人七十壽序

上年秋成稍歉，仰蒙恩旨，賜蠲賜給，兼以賑卹，於是民力得以稍蘇。今乙丑歲，早春多雨，地方又以爲憂。而夏四月得旨，選來安武君來爲令，君莅任仁，慈清儉，閭閻大悦。時暘時雨，和氣應之，良苗浡然，迄今甫三閲月，彌望數百里内，實發實秀，實堅實好，咸以爲豐稔定倍于積年，而君已遣使迎程太孺人就養官舍。蓋壽星之月，正太孺人七秩生辰，邑之搢紳等相與躋堂稱慶，屬予爲文以記之。

予聞太孺人出自名家，幼而端淑，于歸後生二子，遽有《柏舟》之悼，時君方三歲，君兄銘庵方五歲，教育兼至，每日必督課所學幾何，紡績篝鐙，以佐夜讀。其後君聯擢巍科，君兄亦膺鄉薦，家門鼎盛，文采斐然，皆太孺人閫教所成。今版輿畫舫藋茀生輝，合邑歡騰，爭欲效千秋之祝也，固其宜矣。

抑予考諸《風》《雅》，豳、岐地方百里，尚不能比于今之縣治，而農夫穫稻後，爲春酒以介眉壽，是以殺羊稱兕，爲無疆之祝。至蘭陔侍奉，亦必有華黍田庚以供孝養，觀此淑德所孚，先徵隴畝。而太孺人視履考祥，康强逢吉，方乘此秋涼薦爽，長筵晉祝，又其宜矣。且古人之燕喜也，多述德于閨幃，故《鳧鷖》、《行葦》詠孝子之錫類，頌者謂『鳌爾女士，從以孫子』，而魯侯燕喜亦並及于壽母。今君合境内竹馬之歡，爲堂上萊衣之舞，又深有得于《風》《雅》之旨者。

昔潘安仁之賦《閒居》，或宴于林，或禊于汜也，豈足方其什一哉？君籍來安，滁州屬也，宋歐陽公守滁之日，歲物豐成，乃作《豐樂亭》以紀其事。時歐陽公年三十九，其母鄭太夫人年六十五，《居士集》中導揚母教，不一而足，既躬在滁州，亦必迎親侍養，是豐樂之成，鄭太夫人當見而知之，同民之樂，因以娱親之樂耳，時必有文以記之，惜乎僅傳亭成之記，而不及乎燕譽之文也。君臨莅未久，已取歐陽爲法，慈暉善政，將日引而月長。然則是舉也，其可略而不書乎？故因鄉邦搢紳等之請，援筆誌之，使峯泖間傳爲佳話云爾。

春融堂集卷四十三　跋一

跋周易乾鑿度

鄭康成注《周易乾鑿度》上下，凡二卷，按《隋書·經籍志》有《易緯》九卷，舊、新《唐書·藝文志》並同，初不別出《乾鑿度》之名。而徐氏《初學記》、李氏《文選》注、虞氏《北堂書鈔》、歐陽氏《藝文類聚》、李氏《周易集解》、孔氏、賈氏《經》疏，率援引此書。至宋晁昭德先生、尤文簡公《遂初堂書目》，亦具載焉，蓋緯書之僅存者爾。

《詩正義》引《乾鑿度》云：『正其本而萬物理，失之毫釐，差之千里。』又云：『興亡殊方，各有其祥。』又云：『古者田漁而食，因衣其皮，先知蔽前，後知蔽後，後王者易之以布帛，而猶存其蔽前者，重古道，不忘本。』《文選》注引《乾鑿度》云：『代者赤兌黃佐命。』又《初學記》引《乾鑿度》云：『管三成德，爲道苞籥。』鄭注：『管猶兼也，一言而兼此三事，以成其德；道苞之籥，齊、魯之間名門戶及藏器之管爲籥。』今本皆無此文，則其殘缺已多也。

雖然，漢學之失傳久矣。而其推日用事六日七分，以及消息主歲之卦，皆與孟喜、京房、荀爽、虞翻之說合。蓋漢儒所以言《易》者，多本於此，洵可貴也。

周易義海撮要跋

蜀人房氏審權撰《義海》，江都李氏刪爲《義海撮要》十二卷，是書最膚淺，房氏已不能略窺漢經師之旨，而李氏更甚。雖以專明人事爲言，實乃飾其陋也。至雜引古人姓字，頗乖體例，如一王弼也，或云注，或云王，或云弼，或云輔；一孔穎達也，或云正，或云孔。或止云陸，則希聲與棨孰辨乎？或止云劉，則巘與牧與緯孰辨乎？且其所采干氏寶、荀氏爽、崔氏憬、何氏妥諸說，率不出李氏中。考嘉祐間修《新書》，若陸希聲之傳，荀爽之章句，何妥之講疏，劉巘之義疏，鄭玄、虞翻、干寶之注，具載《藝文》，雖曰亡者十五六，豈無一二完書？而所采止此，意專就《集解》中稍稍掇拾之歟？何他說之悉不見錄也？或云房氏故一百卷，李氏作《撮要》時，擇其義精奥者輒去之，故然。

惠氏周易述跋

《易》綜天人，廣大無不包，儒者据其一德，往往演之而合。然自七十子歿，山東大師各得所傳以教，故漢《易》多孔氏之遺，京氏房、鄭氏康成、虞氏翻、荀氏爽，其尤著者，獨亡佚已久，其略僅存于李氏《易解》。而采摭不備，彼此互見，且所撰《索隱》又亡，讀者罕能通其術。

我友惠定宇先生，研覃羣經義疏以逮魏、晉、六朝之書，有涉于《易》者，旁通而曲證之，作爲《易述》，而京、鄭諸家之法復明。殺青漸久，朽蝕刓缺滋甚，周子錫瓚鳩工修補，于是是書復完可誦。定宇又有《易漢學》，蓋《易述》之綱領，不讀《漢學》不知《易述》所以作。周子將梓以冠于書首，學者由是而服習焉，微言大義，左右逢源，不復有斷港絶潢之歎已。

易漢學跋

漢學廢久矣，《易》滋甚。王氏應麟集鄭君之遺，未得其解，白後毋論已。

定宇世傳經術，於注疏尤深。所攷《易漢學》，分茅設蕝，一卦氣、一納甲、一世應、一爻辰、一升降，而漢儒以象數說《易》者始備。其中惟卦氣傳最久、用最多，故《後漢書》而下，迄於王朴，莫不舉十二辟卦以驗消息。而七十二候著於周公，故歐陽公素疾讖緯，亦載入《五代史·司天攷》中。然三統四分曆術失傳既久，所謂六日七分，於氣盈朔、虚置閏之法，莫得其詳。而爻值某辰某宿法，亦不傳。夫漢儒諸家之說，今略見於李鼎祚《易傳》，頗恨其各摘數條，參差雜出，不獲見其全，因不能推而演之也。定宇采掇排次，藁凡五六易，丁丑與余客揚州，始定此本。命小胥錄其副，以是授余，蓋其所手書者。今下世已十年矣，展復數過，爲之泫然。

又攷《晉書·藝術傳》：『臺產少專京氏《易》，善圖讖、祕緯、天文、洛書、風角、星算、六日七分之學。』又《隋書·經籍志》：『梁有《周易飛候六日七分》，八卷，亡。』此二條，爲采掇所未及，因併記於跋尾。

跋稽古編

乾隆戊辰，始見是書于定宇徵君所，蓋長發先生手書，字畫雜出於大小篆，古質端雅可愛。閱趙氏嘉稷跋，是書在世止有四本，其三不知所往矣。定宇藏本後歸吳舍人企晉，時趙君損之館其家，手寫一帙以去，頗爲藝苑祕寶。趙君歿，書遺軼不存，而企晉所藏不知無恙否？思之輒爲惘惘。

今余自蜀歸，見通經道古之士靡不重是書，傳寫亦寖廣，以此知覃思深造，博而能精，殆未有不傳，傳久之，未有不益著且大者。余嘗謂紹鄭、荀、虞《易》學，定宇《易漢學》、《周易述》稱最；紹毛、鄭《詩》學，是書稱最。其疏通證明，一本《爾疋》、《說文》，以迄兩漢、六朝古義，不爲後世俗說所慁。學《詩》不習毛、鄭，與不學同。而不習是書，猶斷港絶潢，蕲至于海，豈不誖哉？

此覃溪太史鈔本，雖全用楷法，尚未失原書本意。借而錄之，并志是書緣起於左。

宋刻周禮跋

《周禮》宋版小本，前有圖一卷，圖各係以解，并散陸德明《釋文》於經文下。有重言重意者，亦標出之。宋版《春秋左傳》亦如此。前有『徐健庵乾學』印記。

宋本春秋左傳跋

共三十卷，止載杜注，長四寸餘，寬不及三寸，古雅可愛翫。中脱落鈔補者不下數十紙。卷首題云『春秋經傳集解隱公卷第一』，他倣此，卷尾亦然。獨第十八册題云『婺本附音重言重意春秋經傳』，第二十六册後亦然，與他卷例異。按此二紙，皆係繕録者，意小胥借宋槧婺本書之，故異耳。前有『聞人演』印。

春秋集傳微旨跋

是書三卷，爲吴郡陸淳伯沖纂。按《崇文總目》載，『唐給事中陸淳纂，《春秋》三書，共十七卷。云三家之説不同，故采獲善者，參以啖助、趙匡之説，爲《集傳》。又本褒貶之意，更爲《微旨》，條別三家，以朱墨紀其勝否』，故自序云『其義當否，則以朱墨爲別也』。以《崇文》之卷次，合諸柳宗元《墓表》，是書有三卷，《新唐書·藝文志》爲二卷者，謬也。又按本傳，質本名淳，避太子名故改，今書仍署名淳，意成于貞元二十一年之前歟？又書署云『朝議大夫守國子博士上柱國』，《新書》亦不載歷官，惟柳氏《墓表》志之。

書褚先生補史記後

按張氏溥列褚先生所補《史記》：《外戚世家》内，王太后、衛皇后、尹婕妤、鉤弋夫人；《陳涉世家》贊；《梁孝王世家》；《三王世家》；《張丞相列傳》内，韋賢、魏相、丙吉、黄霸、韋玄成、匡衡；《田叔列傳》内，田仁、任安；《平津侯列傳》；《滑稽列傳》内，東方朔、東郭先生、王先生、西門豹；《日者列傳》；《龜策列傳》；《三代世表》内答問；《孝昭以來功臣侯者》，凡一十二篇。然言所補篇目者，張晏等各有不同，其中有『太史公曰』者，有『褚先生曰』者，當時頗以分別，則此一十二篇，固不應盡屬少孫。又有稱續者，則更非出于少孫明甚。

按史遷《自序》，十二本紀十表八書三十世家七十列傳，凡一百三十篇，皆有敘録，并云五十二萬六千五百字，是當日實有成書。裴駰所言，文句不同，有多有少，是非相貿，真僞舛雜，或被旣時遺佚，或歿後散亡耳。至如取荀卿《禮論》荀子《禮論》僅取人生有欲兩節成《禮書》，取《禮・樂記》《樂書》亦自太一歌下始取《樂記》以成《樂書》，是猶集《尚書》以爲唐、虞、三代之紀，本無不可。若取司馬季主言以當《日者》，與史遷《自敘》齊、楚、秦、趙各有所用不符；取太卜雜占以當《龜策》，亦與《自敘》三王、四夷有別；況《孝武本紀》當合一代時事紀之，何僅取于《封禪》？而《封禪》已見八書，又何取于重録，乃取書中『天子初卽位』以下，別爲《武紀》？其賈誼論秦孝公據崤函一篇，已見《秦本紀》，又入《陳涉世家》，《索隱》謂加贊首『形勢險阻』數句，然後稱賈生之言，因卽改史公之目而自題位號。謬妄至此，斥以非才妄續，非過矣。

少孫，潁川人，仕元、成間。韋稜云：『梁相褚大弟之孫，宣帝時爲博士，寓居于沛，事大儒王式。續《太史公書》。』其紀霍光家世，聞之方士考功；紀《外戚》，問鍾離生；記《梁孝王》，問宮殿中老郎吏；編《三王》封策，取之長老好故事者。雖蕪雜不經，亦可謂多識前言往行矣。

跋漢紀

《漢紀》三十卷，漢荀悦撰。《隋·經籍志》云：『漢獻帝雅好典籍，以班固《漢書》文繁難省，命悦倣《春秋左傳》之體，爲《漢紀》。』校其《自序》，始於建安元年，成於五年，尚書給紙筆，虎賁給書吏，其鄭重如此。漢人所著，存者甚尠，此獨完好無恙，亦可寶也。《唐志》有應劭等《注》，崔浩《音義》，惜已亡佚。《何景明集》謂是書世無刊本，吕仲木柟求得于吳中侍讀徐子容家，高陵令翟清梓以行世。今翟本未之見，此爲嘉靖戊申黄姬水刊本。

書陶淵明傳後

按：陶侃家尋陽，有子十七人，見於史者九人，洪、旗、琦早卒，瞻死蘇峻之難，斌爲弟夏所殺，《晉書》夏子淡傳云『父夏，以無行被廢』，與此不同。庾亮誅夏，稱亦爲亮所誅，範、岱皆以令終。惟瞻子弘襲侃長沙公爵，傳子綽之、孫延壽。及宋受禪，降爲吳昌侯，五百戶。淵明所稱族祖長沙公，必延壽也。

又按：延壽係侃四世孫，淵明尚謂之族祖，序又稱爲路人，是服已盡者。淵明當爲侃七世孫無疑。各傳稱侃曾孫，恐誤也。吳仁傑撰《年譜》，謂當稱族孫，稱族祖者，乃字之誤，亦恐臆斷。淵明《命子詩》云：『肅矣我祖，直方二臺，惠和千里。』蓋亦曾歷中外者。又云：『於皇仁考，淡焉虛止。』則父先以高尚名，惜史闕，皆不能考矣。侃卒於成帝咸和九年，距元熙元年僅八十五年，延壽尚爲侯，又旗孫襲之，亦嗣彬縣開國伯，淵明不應至乞食。蓋其生平孤介，不屑不潔，卽同族亦未肯受其沾潤故耶？然侃坐鎮上流，史稱外相，蘇峻之叛，意在坐觀成敗，末年勳業彌隆，潛有包藏之志，蓋去王敦、桓溫無幾。而淵明及其從叔淡俱已高隱，傳及唐，而九世孫峴復以隱逸著《唐書》，亦可謂幸已。

又按詩：『少時壯且厲，撫劍獨行游。豈惟行游近，張掖至幽州。飢食首陽薇，渴飲易水流。路邊兩高墳，伯牙與莊周。』云云。考《晉書·地理志》：『張掖在晉屬涼州，後張天錫降于苻氏，尋爲呂光所據，分東張掖。至呂隆降于姚興，三分其地。北涼沮渠蒙遜，建號于張掖。』又：『惠帝後，幽州歿于石勒，及慕容儁僭號於薊，是爲前燕地。儁子暐爲苻堅所滅，堅敗，地入慕容垂，是爲後燕。垂死，寶遷和龍。』是張掖、幽州爾時皆與江南懸隔，淵明何以往游？考淵明三十六歲始爲鎮軍參軍，則所謂少年壯且厲者，當在三十歲前後，是時秦、涼、南涼、北涼及燕、魏皆亂。仗劍遠游，有經略北方之意，蓋本係世臣，豈無意於中原？而是時慕容、禿髮、沮渠互相侵擾，故莅其地以觀釁，然則寄奴未盛之前，實欲有爲于世，寧願避人終老也哉？詩中言首陽、易水，又言莊周、伯牙兩墳，伯牙墳無攷，莊子墓在臨淮，則當自鍾離、潁州而至秦中，又自秦而東逾首陽、太行，涉易水，以至幽州。途次所經，歷歷可想見什，豈於少壯之作多刪削耶？也，意兵戈俶擾，而間道尚可往還。然《晉書》、《宋書》、《南史》諸傳皆不載其事，而集中亦更無往來詩

封氏見聞錄跋

唐朝散大夫檢校尚書吏部郎中兼御史中丞封演，撰《封氏見聞記》，凡十卷，自元迄今未有槧以行世者。此冊爲正德戊辰青歸榭所錄，蓋從余鄉夏庭芝伯和泗北村疑夢軒中本錄出，并錄伯和至正辛丑上元日跋語，佚第七卷五頁，第三卷『銓曹』以下亦闕焉。攷演名不著于《唐書》列傳與《宰相世系表》，《藝文志》亦僅載其《續錢譜》，不及是書。惟鄭氏樵《通志》有之，又止書五卷。中有與史傳相發明者，蓋劉氏肅《大唐新語》、裴氏庭裕《東觀奏議》之亞也。後又有跋者，爲朱氏良育、孫氏玄伽、陸氏貽典，惜青歸榭不可考爾。

宋本元和郡縣志跋

《元和郡縣志》，唐李吉甫撰，吉甫表進時，官金紫光祿大夫、中書侍郎、同中書門下平章事、兼集賢殿大學士、監修國史、上柱國、趙國公。《唐書·志》五十四卷，今存四十卷，又目錄兩卷。始京兆府，盡隴右道，合四十七鎮。每鎮皆有圖在篇首，其表云：『古今言地理者，飾州邦而敘人物，因丘墓而徵鬼

神，流于異端，莫切根要，至于丘壤山川，攻守利害，本于地理，皆略而不書，將何以收地保勢勝之利、示形束壤制之端？』〔一〕之數語，洵足爲後世纂修輿地者法。

按吉甫再相，在元和六年正月庚申，此志自載其所常建白者二事，改復天德舊城，則在八年；更置宥州于經略軍，則在九年。其年十月丙午，吉甫遂薨于位，是書蓋其將薨前所奏上者。吉甫精地理，撰有《十道圖》十卷、《古今地名》三卷、《删水經》十卷。又當國日久，熟于户口疆境、方面險要，常圖河北淮西地形以獻，俾憲宗得坐攬要害，而收經略諸鎮之效。則志與圖之成，必實稽當時圖籍爲之，最爲可據，而惜乎其缺軼也多矣。淳熙初，張子顔帥襄陽，程大昌時官祕書少監，因檢蓬山藏本畀之，遂梓以行于世。後有洪氏邁及大昌、子顔跋云。

【校記】

〔一〕地保勢勝，底本作『地勢保勝』，據《元和郡縣圖志》改。

跋唐書直筆新例

《唐書直筆新例》四卷，《新例須知》一卷，呂夏卿撰。夏卿以祕書丞佐歐、宋諸君子修史，其名見曾公亮《進表》中。是書歷敘書法，詳而核，密而嚴，足爲作史者法，然往往與《新書》不合。如以僕固懷恩當見于本國鐵勒傳，今列叛臣；　李寶臣當革其賜姓，今仍書；　李適之當附于本祖常山王等，今列宗室宰相；　杜甫《三大禮賦》、李白《明堂賦》當見本傳，元結《中興頌》當見安史傳，柳宗元《方城皇武二雅》當見裴度、李愬傳，今皆削不書； 李白、杜甫當特立傳，今列藝文。又《新例》中，諸王二百十一人，今九十三，附三十九； 公主二百十四人，今二百十一； 夷狄六十二國，今五十五，附六國。其他例此甚衆，豈夏卿有是例，而掌史局者弗之用耶？ 夏卿字縉叔，晉江人，史稱其『學長于史〔一〕，貫串唐事，折衷排比，于《新書》最有功』云。

【校記】

〔一〕 學長于史，底本闕『長』字，據《宋史》補。

通鑑纂跋

是書一百二十卷，明正德二年御製，起于伏羲訖元順帝，體仿《綱目》，而名曰《通鑑》，謬也。前有宣德御製序文。奉敕詳定者，光禄大夫柱國少師兼太子太師吏部尚書華蓋殿大學士李東陽、光禄大夫柱國太子太保吏部尚書兼武英殿大學士焦芳、資德大夫正治上卿戶部尚書兼文淵閣大學士王鏊。編纂者，爲嘉議大夫掌詹事府事禮部左侍郎兼翰林院學士劉機、翰林院學士奉議大夫劉春、中憲大夫太常寺少卿兼翰林院侍讀費宏、翰林院侍讀徐穆、翰林院編修王瓚。謄録者，爲中大夫光禄寺卿周文通，奉政大夫吏部郎中沈冬魁〔二〕，承直郎大理寺左寺正趙式，徵仕郎中書舍人喬宗、李淇，鴻臚寺序班汪麟。催纂官，管翰林院孔目中書舍人劉訊。按《明史·東陽傳》，東陽奉命編纂此書既成，劉瑾令人摘筆墨小疵，除謄録官數人名，欲因以及東陽。東陽大窘，屬張綵爲解，乃已，然其去取失當及載事舛誤，誠有可指摘者。乾隆二十四年十一月，上命大學士諸城劉公、左都御史武進劉公爲總裁，命余及中書舍人張霽、翰林院編修楊述曾、朱筠重修之，改名《輯覽》。體例視原書加倍，每卷進呈，上親御丹豪，加論斷于上方。採取既博，議論復嚴，蓋千古之金鑑也。余適雲南後，以陸舍人錫熊董其事，閱十年始成之。

【校記】

〔一〕沈冬魁，底本原作『沈名魁』，按，李東陽等所修書，名《歷代通鑑纂要》，據該書明內府刊本所載《歷代通鑑纂要職名》校改。

革朝志跋

《革朝志》十卷，許相卿撰。此爲永樂削去建文年號而作。首《君紀》，次《闔宮傳》，次《死難》，次《死事》，次《死志》，次《死遁》，次《死終》，次《傳疑》，次《名臣》，終于《外傳》。自《死難》至《名臣》，據成祖入南京二榜四十六人，又歸命者三人，又守志者五十三人，總百有二人。《外傳》則記終事成祖者。然如尚書鄭沂、郁新，侍郎古朴、劉季箎〔一〕、盧淵，都御史劉觀、向寶，編修吳溥、葉砥，給事中徐思勉、俞士吉，文選郎中陳臨，國子助教鄒緝，知縣梁潛，尚不盡載也。

【校記】

〔一〕箎，底本原作『虎』，據《革朝志》明刻本卷十改。

唐律疏義跋

考《新唐書·藝文志》，刑法類共二十八家六十一部，今惟此尚存，蓋即永徽四年長孫無忌等所上者。以疏中所列奉詔撰人名姓較之，《唐志》惟有長孫無忌、李勣、于志寧、唐臨、段寶玄、劉燕客、賈敏行等七人，其褚遂良、柳奭、韓瑗、來濟、辛茂將、裴弘獻、王懷恪、董雄、路立、石士逵、曹惠果、司馬鋭十二人，皆不署名，意遂良、奭、瑗、濟後皆以事得罪，而辛茂將以下，俱散秩，故删之不具列耳。然立法寬簡，義所未明，加以問答，精細詳密，足爲後世鑒。而自元泰定重刊後，至今五百餘年，僅見於《永樂大典》，世罕有津逮者矣。

平叛記跋

《平叛記》二卷，志載吴橋兵變事甚詳。明亡，天下率壞于招撫之説，而是事誤尤甚。變亂之始，衆不過千人，使檄各鎮兵蹙而殲之，如孤豚腐鼠爾。顧視其跳梁奔突，必成撫局乃已。孫元化、余大成倡于前，劉宇烈和于後，於是萊與京師相去僅千四百里，被圍至八閲月乃解。微朱萬年、謝璉之守禦，萊且不能以旦夕守，孤城之中效死之士枕戈泣血，而當國者餌其餽遺，皋皋訿訿，因循洩沓，苟緩歲月，此可爲痛心疾首者矣。《記》爲東萊毛霦荊石編述〔一〕，不獨敘事詳贍，亦庸使後代有所鑒焉。

【校記】

〔一〕荊石，底本原作『荊若』，據毛霦《平叛記》（康熙家刻本）改。

墨子跋

凡六卷。按《漢志》載《墨子》七十一篇，今僅存五十三篇。《新唐志》載十五卷，今僅存六卷。其文亦多鉤鉲析亂不可讀。按篇中率間雜以『故墨子曰』云云，蓋亦出于墨氏弟子所記。然考其弟子著見者，有程繁、管黔敖游、高石子、駱滑釐、弦唐子、公尚過、勝綽、高孫子，而《莊子》所載相里勤、苦獲、已齒、鄧陵子不具焉，何歟？《漢志》有董無心《難墨子》一篇，今亦不傳。

莊子跋

郭象注，凡十卷。《漢志》：『《莊子》五十二篇。今三十三篇。』晁公武云『郭象合之』，然公武又云『内篇八』，今内篇實七篇，云八者誤也。又考《隋志》，有『晉太傅主簿郭象注《莊子》三十卷，《目》一卷。梁《七錄》，三十三卷』。至《唐志》則云十卷，已與今本同。是三十卷者，不審何時合併耶？每注後附以陸德明《音義》，据《隋書》，郭象自有《莊子音》三卷，陸德明自有《莊子文句義》二十卷。意郭《音》已亡，後人因取《句義》削節附之與？陸所引郭及崔譔、向秀、司馬彪、李頤，備見《隋志》；梁簡文《講疏》，亦見《唐志》。至所云徐者，當是徐邈，邈有《集音》三卷。所云李者，或爲李軌，軌有《音》一卷。又所云李順者，恐卽李頤之謌。若嵇康、郭璞、支遁、潘尼諸人，則《志》率未之載，而韋昭、皇甫謐等，則皆從他書引入，惜其少分晰耳。

又按《世説》注云：『秀好《莊子》，應崔譔所注，以備遺忘。』又《晉書·秀傳》云：『《莊周注》内外數十篇，歷世方士，莫適論其旨統，秀乃爲之隱解，讀之者超然心悟，莫不自足。惠帝之世，郭象又述而廣之。』又《郭象傳》：『先是注《莊子》者數十家，向秀於舊注外而爲解義，大暢玄風，惟《至樂》、《秋水》二篇未竟，而秀卒。秀子幼，其義零落，然頗有别本遷流。象遂竊以爲己注，乃自注《秋水》、《至樂》二篇，又易《馬蹄》一篇，其餘衆篇或點定文句而已。後秀義别本出，故今有向、郭二《莊》，其義一也。』然自晉以後注，迄用郭不用向，而陸德明遂謂子玄之注得莊主之大旨，而忘其出于秀也。矧史稱東海王越引象爲太傅主簿，權熏灼内外，由是素論去之。然則象固非能注《莊》者。且其指陳玄旨，可以别成一書，未嘗沾沾焉與本經比附也。是後有褚伯秀《南華真經義海纂微》一百六卷，林希逸《真經口義》、陳景元有《章句口義》、《章句餘事》及《餘事雜録》，賈善淵有《南華邈》，吴澄有《南華内篇訂證》，羅南道有《南華真經循本》，成玄英有《真經注疏》，具見《道藏》，頗與郭氏注外别有發明。

荀子跋

荀子，《史記》謂之孫卿子，避漢宣諱改也。班《志》：《孫卿子》三十三篇。考今本三十二篇，

《志》云三者誤也。唐楊倞注分舊十二卷三十二篇爲二十卷，又改《孫卿新書》爲《荀卿子》，篇第亦有移易，以類相從者。班《志》《虞丘說》一篇，蓋難荀卿而作。《虞丘說》不傳，不知所難何條也。《志》云：『倞，汝士子，官大理評事。』然據汝士本傳，子知温、知止悉以進士第入官，而《世系表》載知温、知止外，又有知遠，絳州刺史，皆不及倞，豈亦有闕文耶？

跋劉子

《劉子》二卷，北齊劉晝著，共五十六篇。唐播州録事參軍袁孝政注。按：晝字孔昭，所撰有《高才不遇傳》、《金箱璧言》，而是書本傳無之。又《隋經籍志》，若《顧子》、《符子》入書録，而此獨未載，何與？考《唐志》，『《劉子》十卷，劉勰撰。』孝政序云：『晝播遷江表，故作此書，時人莫知，謂爲劉勰，或曰劉歆、劉孝標作。』陳氏振孫至不知爲何代人，晁氏謂其俗薄，則殊有見也。大抵《唐志》之《劉子》，非卽此《劉子》，而此書不見於晝傳，爲後人僞撰無疑。明人好作僞，《申培詩説》、《子貢易詩傳》、《天祿閣外史》，無識者多奉爲天球拱璧，是書蓋其流亞爾。

書文選李善注王仲宣從軍詩後

此詩共五首，李善注以爲西征張魯，粲作以美其事。但曹操于建安二十一年五月方以公進爵爲王，第一首稱相公良是，第三首不應卽稱聖君也。且《三國志》獻帝二十年七月，操軍入南鄭，十二月自南鄭還，而第五首云『朝入譙郡界』，攷《漢書》譙在沛郡，《後漢書》同。竊謂操本以征張魯至陽平，魯破，回至南鄭，去譙絕遠，不當至譙。惟操于二十一年十一月以征孫權至譙，二十二年正月軍居巢，三月引軍還，仲宣似兩次從征，征西一首，征吳四首。裴松之專取第一首注于獻帝二十年之下，是也。觀第一首中，西收邊地及歌舞入鄴，實已意盡語竭，而第二首起句『涼風厲秋節，司典告祥刑』，自屬別起之勢。昭明取兩次之詩并於一題，善注因之，則裴注不誤，而善注誤耳。且後詩中又有『桓桓東南征，討彼東南夷』，其爲征權而非征魯之作，更無可疑。

書王維送元二使安西後

考今安西府在唐爲沙州燉煌郡地，唐之安西大都護府，初治西州，唐伊州，今哈密，又西爲西州，應屬今闢展。又徙高昌故地，卽交河郡，平高昌，以其地置屬西州，今吐魯番有交河。又徙治龜茲都督府。唐龜茲都督府爲四鎮之一，漢龜茲國地，今庫車。唐自四鎮而西，踰葱嶺至條支、波斯諸都督，俱隸安西都護府，而其府治前後三徙，總在今哈密之西。自燉煌西行□□□里始抵哈密，則安西在陽關以外無疑。右丞詩所云，應指安西都護府言之。又按《漢書·地理志》：『燉煌郡龍勒縣，有陽關、玉門關。』《西域傳》：『西域三十六國，東則接漢，阸以玉門、陽關。』漢時燉煌郡領六縣，東則淵泉、冥安、廣至，西則燉煌、効穀，西南則龍勒。師古注稱：『効穀縣，本漁澤障也。』今燉煌縣西黨河一帶有農田水利之益，應屬効穀舊地，而龍勒縣居其西南，當在今燉煌縣西南，黨河西境。陽關、玉門關，俱在龍勒縣境，而陽關近南，故曰陽關。以今形勢求之，陽關應在今黨河西南，與紅山口爲相近也。漢西域三十六國，卽今回部，回部東境直安西府燉煌縣，亦與《漢書》三十六國東阨陽關之説相合。又《晉書·地理志》：『燉煌郡，統陽關縣。』縣以關名也。《唐書·地理志》：『沙州燉煌郡，縣二：燉煌、壽昌。』《元和志》：『陽關，在壽昌縣西六里。』唐壽昌縣卽漢龍勒縣也。晉高居誨《使于闐記》：『自肅州渡金河，又渡鄉都河，至陽關。』鄉都河，卽今燉煌縣西南之黨河。《一統志》：『陽關在沙州衛西南，舊沙州前，今燉煌縣也。』皆與各史書合。

書李義山詩後

義山詩，前人論之詳矣。其文麗，其旨深，其寄托要眇俶詭，而忠義之志悲憤激發而不可掩，目爲《離騷》之苗裔，《風》《雅》之閏位，豈過譽哉？

義山初壻于王茂元，既從鄭亞辟爲校工部員外郎，卒連蜷窮厄以死，蓋未嘗一日立于朝，乃能憂時事，激發悲憤如此。晚唐慷慨之士，莫若劉去華，一時文人未有與之倡和往復者，意其人槎牙磊砢，爲世所不憙。義山生，則寄詩以致其懷，歿則哭之，且謂義兼師友，則其能與忠義之士爲伍，又可知已。

唐自天寶以後，僕固懷恩、朱泚、李懷光輩，相繼不靖，而吐蕃、回紇，更踐入犯，天子往往蒙塵于外，其間雜以藩鎮之拒命，閹寺之亂政，李輔國、元載、盧杞、皇甫鎛等之姦慝，士大夫憂國者當太息流涕，繼之以痛哭。然自李、杜以下，如義山之悲憤激發，僅數人焉爾。其餘能言之士，讀其詞，乃若太平無事時之所云，蓋士氣之頽窳極矣。豈積亂之後，教化不修，士人無復有知忠義，其視朝事播遷杌棿，如秦、越人之不相涉歟？抑是時所尚者，巽懦僋猾之人，其有捽齒牙、樹稜角者，鐫而去之，以致媕婀洪涊、浸淫成習歟？嗚呼！嫠婦不恤其緯而憂宗周之隕，漆室之女倚柱而悲吟，蓋忠義本于天性，雖婦女有不得不然者。以不得不然者而視爲可以不然，于是乎庸懦僋猾，勢將無所不至，以庸懦僋猾之人登進于朝廷，且引其黨類，率以保全祿位、榮身肥家爲得計，其于君父之播遷杌棿，豈所惜哉？故唐之亡也，張文蔚、蘇循等泰然以國與人，不復顧惜廉恥，推其本，皆自士大夫不知憂時始。雖然，孰使忠義之士鐫其齒牙稜角，噤不得言，以浸成此習也？蓋所由來漸矣。義山之詩、去華之對策，所謂頑廉而懦立者也。爲國者欲以風厲天下忠義，必取諸此。

陸宣公集跋

公集凡制誥十卷，奏章七卷，奏議七卷，總名《翰苑集》，權德輿序之。宋元祐八年五月七日，蘇軾、呂希哲、吳安詩、豐稷、趙彦若、范祖禹、顧臨奏進。淳熙八年四月，蕭燧、宇文价、葛邲、蔣繼周、洪邁、李巘、吳燠進講。紹興二年八月，嵊縣主簿□曄復爲注十五卷進呈〔一〕。凡奏進者，皆公奏草，則制誥之亡久矣。明宣德三年，大理寺卿胡元節一梓之；天順元年，□延祥又刊之；弘治十五年，嘉興知府于世和又梓之；嘉靖丁酉，秀水給事中沈伯咸又梓于鳳池里西清書舍；萬曆九年，廬州知府葉逢春又梓之。此本乃萬曆三十五年裔孫基忠刊之。

【校記】

〔一〕□，按，此字底本闕，當作『郎』。

書蘇文忠公岐亭詩後

陳季常，堯咨之子，堯咨本與歐陽公不協，東坡係歐公門下，故堯咨晚歲或疑歐公掎扼之，而東坡慫恿其間。然觀東坡與季常相好無間，則知傳聞者妄也。然季常以貴公子奢侈無度，秦少游贈詩云：『侍童雙擢玉，鬢髮光可照。駿馬錦障泥，相隨窮海嶠。』是其生平以豪華是尚，必窮水陸以工飲饌，如王武子所爲，故坡老作詩珍重以戒之耳。

書蘇文定公商鞅論後

秦取天下之業，肇于孝公，以用商鞅故。然卒二世而亡其國。秦自桓、景後，不與東諸侯會盟征伐者，垂百有餘年，其無意于爭天下也已久。自商鞅入秦，信以表令，令以立刑，刑以齊力，力以致彊。蓋秦本西戎，孝公雖奮發欲有爲，而左右皆景監閹寺小人輩，未嘗聞帝王仁義之大道，是以鞅彊國之術適其中所意，而說遂以行。

今夫治國猶治身，身不必能翹關扛鼎也，血脈和，神志定，足以永天年矣。若自恨其疲苶荏弱，日取雄峻之藥，壯其筋骸血肉，而元氣不足以勝之，卒然病發，必顛踣而不可救。好言彊者，何以異是？蓋仁義者，國家之元氣。感民以慈惠，斯不忍之心生；予民以身家，斯不敢之心作；束民以禮樂孝弟，斯恣睢暴戾之心無自而發。而又益以春夏教茇舍，秋冬教振旅，燕以習射，會同田獵以講武事，雖不言彊，彊莫有過于此者。

善乎蘇文定之論商也！言商俗駿厲明肅，立國最强，而享國之祚比于夏、周最短。周最弱，而享國乃倍于商。伯禽受封之魯，曰：『變其俗，革其禮，喪三年然後除之。』周公曰：『魯後世，其北面事齊矣。』太公封于齊，通商工之業，便魚鹽之利，周公曰：『齊强，後世必有篡弑之禍。』以故田常弑簡公，康公，卒爲田和遷海上，而魯至頃公始絕，蓋後齊一百四十餘年。然商之强，武、湯以仁義行之，齊之强，太公以政令行之，而享國遲速之效，已相懸絕如此。況刦之以法，繩之以刑，其不折而亡也何待？

蓋弱者之病，失于寬和迂緩，後雖不克自振，其仁厚之澤，猶足使人維持顧惜而不能去，故浸尋淹久而後滅。强者之病，猛摯擊斷，其民痛心疾首，鬱勃掩抑，久之不敢發，機一發則相顧以起，秦之陳勝、胡廣，隋之翟讓、李密是也。然則强之甚，正其亡之亟也，而後世乃欲效鞅所爲，不益謬歟？《史記》載鞅始說孝公以帝王，孝公時睡，弗聽，此蓋傳記之失，天資刻薄如鞅，烏知所謂帝王之道哉？

烏臺詩案跋

書一卷，蜀人朋九萬著，蓋錄蘇文忠下御史獄事。始舒亶彈章供狀，及謫官後表章書啓詩詞。馬氏端臨《通考》云一十二卷，近查慎行悔餘得諸太倉吴璟元朗，馬思贊爲梓行之，僅存彈章供狀，謫官時諸文已缺佚。

環谷集跋

《環谷集》八卷，祁門汪克寬德輔著。環谷之學，得諸黄勉齋之門人雙峯饒氏，而又與胡炳文、吴仲迂、許謙諸君子相師友，宜學之粹也。是本爲其裔孫宗豫武山梓，前有孫枝蔚、徐乾學序，而象贊、行狀、墓表、年譜、請從祀疏、創建環谷書院記，及《胡傳纂疏》、《詩集傳音義會通》、《禮經補逸》序跋刻啓，皆附載焉。

題剡源文鈔

考《剡源集》，宋學士濂爲之序，其文見《潛溪集》中，二十八卷，明初國子正夏閱與其孫資先曾刻之，刻本不可得矣。偶見影鈔本二十六卷，詩一册，分體不分卷，或當時作二卷，故謂二十八卷歟？此四卷，蓋黄梨洲先生所録，授其門人范氏所刻，視全集僅十之三四，然精華已粹于此。今影鈔全本益少，是爲中流一壺矣。

元詩跋

元孫存吾編，前集六卷，共一百十五人，後集六卷，共五十七人。時盱江傅習説卿號梅谷，得一時名賢詩甚夥，廬陵孫存吾如山因爲編次。其編詩，或以字，或以號，或以爵，其名多不可考，而綜選尤疎蕪無法。虞集序作於至元二年八月，而爲前集序，謝升孫順父序作於二年三月，而爲後集序，更可哂也。詩人江右人爲多，然顧嗣立選元詩三集，搜羅極博，獨未見此，是亦可珍惜已。存吾官儒學學正。

山中白雲詞跋

龔蘅圃刊《山中白雲詞》最爲精審，蓋竹垞、分虎諸君校定本，故然。然頗恨其不附《樂府指迷》。數十年來，此版轉鬻趙谷林家，而樊榭諸君復搜軼事附之，殆無遺義。

戊申四月過祿豐大慈寺，借閲《天目中峯和尚廣録》中《大覺寺無盡燈記》，云：『大圓覺場開蓮華峯，有栴檀林龍象圍繞。梅野居士張公叔夏施財造無盡燈一座，復捨腴田若干畝，用充膏油，持以供養。工師出巧，珠轉玉迴，浮幢王刹，殆不是過。位置十面，面各一鏡，鏡各一佛，中燃一燈，交光相攝。居士卽之〔一〕，而興無盡之施；匠氏因之，而獻無盡之巧；蓮峯得之，而作無盡之莊嚴；大衆觀之，而爲無盡之佛事。是謂無上功用，解脱法門，超然于名相之表。居士求余作記，故引是説以告之。』云云。是又厲、趙諸君屐齒所未及者，喜而録之，益知海底珊瑚鐵網有所不盡。世有嗜奇愛博君子，續獲叔夏軼事，庶尚有以助我耶？

【校記】

〔一〕卽，底本原作『印』，形訛，據《天目中峯和尚廣録》（明刊本）卷二二《大覺寺無盡燈記》改。

書張叔夏年譜後

按：先生年齒事實，可攷於詞者止此，六十七歲後無所表見，然必登耆艾無疑。其來往江湖，幅巾柱杖，留連於詩酒翰墨之場，與遺民野老采薇餐菊，或歌或泣，志節可想見也。又按：元世祖至元十四年，伯顔入臨安，以帝㬎及后妃宗室去，及己卯宋亡，其時王公大臣子孫必挾以北行。且是時議遷宋臣于内地，又訪江南人才，故叔夏以庚辰九月往北，迄庚寅始歸，在燕已歷十年。叔夏自以勛臣世裔，不屑屈志新朝，慬而後免，有不可備述於文詞者。故殷孝思《序》云，『幾經兵燹，猶自璧全』，幸之也。舒岳祥謂『登承明有日』，乃爲叔夏解嘲，殊非實録。讀其詞小序，自《夜飛鵲》書『大德』外，其餘僅紀甲子，並未紀元，是乃師法柴桑，豈肯以承明爲志耶？

生平蹤跡，自燕而歸，居於杭，游於山陰、台州，往來於江陰、義興，在吳中最久。存詞始庚辰，止甲寅，蓋三十餘年之作，則其遺佚者多矣。朋好亦皆東南逃名遁世之士，如王碧山、周草窗、陳西麓、鄧牧心、吳夢窗、李商隱、仇山邨、李篔房、白廷玉、韓竹間疑澗字之誤、鄭所南、錢舜舉、李仲賓、趙子昂、張伯雨，可攷者十五人。餘悉聲沉響寂，余以弇陋，不復能稽其出處。尚冀復有樊榭、意林、功千者出，相與搜攷而續紀之。

跋夏節愍集

《陳忠裕集》之得成也，莊君師洛搜輯之力居多，何子其偉編訂而刻行之，誠藝林佳事哉！然余又思夏忠節與忠裕同爲幾社友，亦屬莊君輯其遺文。而忠節砥行立名，不欲以文章著，故所作除《壬申文選》外，無多傳。惟令嗣節愍，爲忠裕弟子，年少才高，從軍殉難，其人其文，千古未有。爰與莊君於明季諸人殘藁中，零星采掇，有所獲必互相校勘。積時既久，遂成卷帙。辛酉春，余主講敷文書院，出其藁，令吾宗鴻逵手錄一通，并倣《忠裕集》之例，略將時事附注，以罣漏尚多，不與《忠裕集》同時並刊。後何子續得其遺詩卅餘首，及詞餘一種，增訂重編，釐爲十卷，而詩、古文、詞始燦然備矣。余年老目盲，弗克細校，仍屬莊君始終其事。昨何子以書來，告將與《忠裕續集》同授諸梓，所謂有志者事竟成也。爲識其顛末如是。〔一〕

【校記】

〔一〕此文以『夏節愍全集序』之題，收入夏完淳撰，王昶鑒定、莊師洛輯、陳均、何其韋鑒定之《夏節愍全集》嘉慶刊本，文末尚有：『嘉慶十一年丙寅夏四月青浦王昶書，時年八十有三。』

春融堂集卷四十四　跋二

跋騈枝別集

《騈枝別集》二十卷，黃道周撰。是集有《文心內符》、《文心外符》、《卜宅》、《殖家隱策》、《演白馬》、《釋色無色》、《辨聲無哀樂》……共二十九篇，皆騈體。張紹和爕序云：『年在終童，書窮惠子。凡《易》爻天際，仲翔之所未吞；玄字石函，叔夜之所未識；筭渾儀于平子，折金奏于阿咸：莫不綜攝天人，陶鑄今古。若乃生花之筆，欲勝江淹；披錦之文，時同潘岳。材已淩夫魏漢，格或沿乎齊梁。定敬禮之小文，無煩潤飾；序太沖之藻賦，曷罄揄揚。』則是書蓋先生少作也。按《明史》先生本傳載《易象正》、《三易洞璣》，而《藝文志》稱集十二卷，皆未有是書之名。然先生忠義名節炳古爍今，望之如五緯麗天，芒寒色正。百世而下，誦其書，咸當端拱肅拜，頑以廉而懦以立。雖使單詞隻字，猶將寶之重之，況是書沉博絕麗者歟？讀者勿與騈體文同類而觀之，斯善矣。

明儒學案跋

《明儒學案》，黄宗羲撰。一云河東學案者，以文清薛敬軒先生瑄爲宗；一云三原學案者，以端毅王石渠先生恕爲宗；一云崇仁學案者，以聘君吳康齋先生與弼爲宗；一云白沙學案者，以文恭陳白沙先生獻章爲宗；一云姚江學案者，以文成王陽明先生守仁爲宗；一云止修學案者，以中丞李見羅先生材爲宗；一云泰州學案者，以處士王心齋先生艮爲宗；一云甘泉學案者，以文簡湛甘泉先生若水爲宗；一云東林學案者，以端文顧涇陽先生憲成爲宗。又有浙中相傳學案，列郎中徐横山先生愛十八人；一江右相傳學案，列文莊鄒東廓先生守益二十七人；一南中相傳學案，列孝廉黄五岳先生省曾十一人；一楚中相傳學案，列僉憲蔣道林先生信等二人；一北方相傳學案，列文簡穆玄庵先生孔暉等七人；一粤閩相傳學案，列行人薛中離先生侃等二人；一諸儒學案，列文正方遜志先生孝孺等四十三人，以蕺山學案忠端劉念臺先生宗周終焉。是書論學最爲詳備，窺其意旨，取扶植名教、砥礪風節者多。南宋以後，儒者類皆高譚性命，低眉拱手，陳氏亮於是有風痺之誚。學者讀是書而興起焉，庶可逭於同甫所譏矣。

書曝書亭集跋危氏雲林集後

按宋文憲《危素墓誌》，『太樸卒于和州含山縣寓舍』，則世所傳謫守祠者信矣。《誌》于太樸晚年事多隱約之詞，亦以此也。使太僕非謫安慶，則當歿于江寧，或歿于金谿，不當在和州也。《誌》稱：『男子二人：於，安慶教授；游，大都路儒學提舉。』本無爈字，《誌》于『於』字下，音『於蹇切』，則『於』字正當讀如『爈』字爾，非『於』下別有『爈』字也。且《說文》『斺』字注：『旌旗扛皃，从丨从㫃，丑善切。』而《廣韻》二十八獮中，有『㫃』字，於蹇切。則以『㫃』作『於』，乃《清江集》傳寫之誤。竹垞先生不知『於』之爲『㫃』，音本如『爈』，而誤以爲下脫『爈』字也。『斺』爲旗之杠，游與斿同，義正相似。以其兄弟名字推之，亦不應作『於爈』矣。

書嵩少先生詩後

先生唐姓，名士恂，字嵩少，蓋□□之孫。先生負軼材，少以子畏自比。爲詩法太白，間出入于杜陵。作散體文，亦清峭。生平師徐尚書乾學，友陳其年維崧、潘稼堂耒、鄧元昭、陶穎儒爾穟諸人，而與同郡葉忠節公尤善。忠節殉難湖北，柩歸，將僦屋發喪，先生以書抵陸侍郎祖修云：『竊聞南陽發喪，將僦屋于城中，中道而受弔，恂竊惑之，以爲非禮。是壟而市也，胡爲行于卿大夫之喪也？恂聞之：喪，與其哀不足而禮有餘也，孰若禮不足而哀有餘也。夫易其禮者之猶非本也，況乎其非禮者乎？是故傾乎其至，非敬哀于賓也，致乎哀而已。君子聞人之喪，未弔則哭之，哭之于廟也，哭之于寢也，或以室，或以野，親疎而殺也。夫既臨其喪矣，斂則撫尸柩而弔于殯宮，未聞成事于人之室也。夫日月有時，故攀號哀戀，勿忍離爾，曾是縲然僕僕以佞客乎？若夫爲位而哭，弔伯高于賜氏，哭莊子于縣氏，有之矣，未聞行于三年之喪也。若重耳之于秦也，變也。抑又聞之，禮不下庶人，公卿大夫，禮之紀也。昔者魯哀公弔蕢尚，晝宫而受弔焉，君子譏之，曰：「蕢尚不如杞梁之妻之知禮也。」杞梁死，迎柩於路，莊公弔之，其妻辭焉，曰：「君之臣得免于罪，則有先人之敝廬在，君無所辱命。」嗚呼！公之忠也，而忍其不有家乎？古者卿大夫之喪必有相。司徒敬子之喪，孔子相之；國昭子之母死，子張相之。國昭子曰：「噫！毋！」曰：「我喪也斯沾，爾專之矣。」張也相之，然且慎之，懼其騷騷爾也，矧夫至于斯也。執事正色立朝，天下聞而嚴之。今公之家而有此，相者之賢而有此，四方畢至，於是乎觀人，其謂相者何也？恂也賤，公卿大夫之事未嘗習焉，我其敢與聞乎？乃有聞而不以告，公之于我二人其舊也，人將謂公之昧于知某也。雖然，以賤而告是言，益以告而賤也，某恐人之終弗察也其禮與其非禮也。曩者其孤嘗述公之行事，以示某矣，某固嘗筆削之，疑其弗之有改也，是役也，又多乎哉？昔縣氏之譏言游也，曰：「汰哉，叔氏！專以禮許人。」夫以禮許人，賢者不可。南陽之喪，君其許之否也？』蓋明于經誼、篤于友生、矢以忠侃如此，然卒不遇于有司。老益窮且病，故其詩憤激悽厲爲多。先生居吾縣珠街里，里中有曰『東郭四子』者，侍御及侍御弟翊、先伯祖會圖，先生其眉目也。先生歿，子孫失學，故詩不甚傳。余獲其稿于邵君玘，乃錄其尤工者，得五十篇。嗟乎！先生于《詩》、《禮》深矣！迄今僅六十年，姓氏已將滅沒無聞，余故著先生梗概如左，使吾里後生小子可攷見，且讀之增悲感云。

感舊集跋

王文簡公撰《感舊集》，皆其生平攬環結佩之友，讀第一卷中第二人卽程孟陽，頗不可解。攷孟陽卒于崇禎癸未，是時文簡生才九歲，山左、吳中何由相見，得錄其詩？ 至虞山撰《列朝詩傳》，係在順治丙戌，錄孟陽詩二百十五首。 竊意文簡以世家子弟，久仰虞山，及宦游江北，伻來至蘇臺，詩筒問詢，而虞山卽爲作序，且贈以五言長句，有麟角牛毛之比，尤爲感戢。 故于虞山所愛者亦多膾炙，是于孟陽詩揀錄四十二首以爲枕祕，久而不輟，後遂雜入《感舊集》中，而實不得爲感舊也。 雅雨運使既得此本于北平崑圃侍郎家，又文簡曾孫孝肅貽一帙來，大概約略相同，而中多錯亂。 因請淄川張孝廉元整齊排次，并請惠定宇、沈學子兩君助之，兼采文簡叢書，資其佐證，遂以孟陽詩列入首卷。 而文簡于孟陽，年齒相懸，不應入《感舊》之處，未經計及，故有此誤耳。 是集初從北平來，余尚在官梅亭幕舍，未幾入都。 又逾兩年，書成，刻以貽，余閲孟陽詩，覺排次者混于所收而未能審其故也，行將以告運使，攷而正之。

書回部蕩平樂府後

右《平定回部樂府》十六章，吾師少司寇錢公所爲也。 古者《雅》、《頌》之作，美盛德之形容以告成功，而知略强武之士乃斥詞章爲小技，謂雕蟲篆刻壯夫不爲，豈篤論歟？ 周宣王中興，征淮夷、平徐方、伐玁狁，功業爛然。其時方叔、南仲、召虎、尹吉甫、程伯休父咸以公卿典軍事，成師而出，必有策遣之詞、訓誥之命，今皆不著于書傳。蓋孔子得百二十國寶書時，散佚缺失久矣，微《采芑》、《六月》、《江漢》諸詩，無以想見當日軍容之盛，濯征薄伐之方。故孟子謂『王者迹熄而《詩》亡，《詩》亡然後《春秋》作』，蓋詩與史相表裏。然則國是之有賴于詩審矣。

我皇上神聖文武，闢伊犁而奠乂之，出和卓木兄弟于囚，俾主其地，而逆回狼貪羊狠，悖德反噬。於是敕師復進，兩酋走死不暇，致其首于藁街，自拔達克山暨于大蒙日入，罔不獻賮受贄，疆我戎索，周宣之功業蓋不足以比隆萬一。而吾師日直禁庭，見聞以熟，且獻馘獻囚皆司寇之掌，因以染濡大筆具述聖天子綏服遐裔之勝算，與敬慎戎作之盛心，蓋羣策羣力之效命，鋪陳揚厲，鏗鍧炳燿，畢著于斯篇。俾當代有所震懾，後世有所證信，固將與《采芑》、《六月》並美于簡冊，豈得以雕蟲篆刻類之？

曩者金川底定，詔修方略，臣工所進歌頌以次綴于編，蓋古者史與詩分，今則史與詩合也。西域兩奏，膚公大臣復以方略請，特命開館纂緝，而余得備校書之末。方略成，當取吾師樂府以殿其終焉。

書陸朗夫愛日圖詩後

朗夫先生同余內直十餘年，及出爲山東太守，有便遞必相聞，故先生行事無不識其詳。大抵清修以律己，篤行以教子，爲世所推，至孤高峭直之操，足以廉頑而立懦，世未必盡知之也。

先生自山東太守屢擢至布政使，會巡撫某年少跳踉盭厲，嗜酒好聲伎，喜怒失當，而黷貨至無算。

先生規之弗應，繼以怒，事輒齟齬。適太夫人病，乞假不許，先生乃自爲章奏上之，蒙聖恩俞允得歸，初，無不爲先生危也。後任湖南巡撫，總督鈕鈷祿君以閱營伍來于長沙，先生郊迎而歸，總督踵至，直入署。方食，皆蔬筍，問之，徐應曰：『此間不雨久矣，禱雨戒屠殺，以是不茹葷。』總督歎曰：『吾自前日入境，所至館舍，酒肉淋漓，奴隸醉飽，而家人莫以告，是吾過也。』於是歸而悉撤其供具。人謂總督賢，實先生誠有以感之。此二事皆先生之大者，而墓志不書，恐遂湮沒，兹因尚之上舍請題《愛日圖》，附錄於此，庶以告于後世云。

跋坤一詩鈔

乾隆甲戌，余以會試在京師，金檜門先生時時招余言讌，始與康古、心餘兩孝廉及坤一編修定交。其間互相吟和，得見坤一詩最夥。又四年戊寅，余官中書舍人，心餘、康古亦先後入中書，嗣心餘改授編修，康古改官吏部，坤一遷庶子。此十年間，燕集視前加密，而吟和亦較多。及余從軍滇、蜀凡八年，丙申五月歸京師，坤一方爲内閣學士，六月奉命視學山東，悤悤別去。蓋此數年中之詩，不能徧觀而盡識也，方以爲憾。仲冬，從覃溪學士獲見所鈔坤一詩四卷，雖不足盡坤一之詩，而坤一詩之佳者畢著於此。蓋坤一原本孝友，穿穴叢書稗說，佐以金石文字，及古人法書名畫，故其詩確然可傳於後亡疑。獨念與坤一交垂二十年，今檜門先生下世已久，康古亦歸道山矣，心餘在江西數千里外，不獲流連言讌。欣賞坤一之詩，讀斯鈔，能無追泝舊游，纍欷感嘆也耶？

載酒淩雲詩冊跋

九頂山下，爲溨、濛、汶三江所會，是入蜀最奇麗處。蘇文忠公詩云：『生不願封萬戶侯，亦不願識韓荊州。但願身爲漢嘉守，載酒時作淩雲游。』其嗜慕傾賞如此。余族弟南明于役來嘉州，笠屐其間，賦詩以紀勝。詩既清迴邁俗，而畫尤荒寒古樸可喜，且懸崖略繪慈氏像，蓋朱太守子潁筆也。子潁以詩兼畫，故畫特工。而詩中所懷吳、韋、謝三君，率一時輦下名人，此冊當與山川相映發也。

今荀叔爲同知于晉中，約軒學士方典學山左歸，而東墅官少宗伯，駸駸乎顯達矣。獨南明淹下吏十餘年，余亦久從戎滇、蜀，將間關烽火矢石以老，余兩人之視三君，身世有足悲者。幸他日兵事寖息，余取道東歸，得載酒淩雲，作詩踵南明之後，且還朝以眎韋、謝二君，則可悲者庶幾一快也夫。時辛卯小除前一日，方督兵攻日耳，礮聲殷殷然動地，而南明伻來索題句，故書此以竢之。

獺髓集題辭

宋、元以來，多緝前人詩爲詩，其始見于楊夢錫，放翁所謂『火龍黼黻手，非補綴百家衣』也。蓋古人于前賢詩熟讀暗誦，雖支枕據鞍，與對卷無異。涵養久之，乃能天然湊泊如此。族弟南明集義山詩，名曰《獺髓》，郵于軍以示余。凡登臨寄贈，風懷感興，靡不取其詩而用焉。初讀之，若忘其爲義山之詩，宛乎南明之自爲詩；再讀之，又若忘乎其爲南明之詩，而宛乎義山之詩之工。昔義山從柳仲郢幕府，集中如『松州雪嶺』、『巴山夜雨』諸詩，皆蜀作也。南明嗜義山詩特甚，官義山游之地甚久，又取義山之詩以爲詩，焉知非義山後身歟？又焉知非義山之靈未死，入其腑焦、助其齒牙手腕，不惜以其詩爲南明詩，而南明詩因以若是其工歟？南明他詩皆佳，其詳見于老友沈學子敘矣，此故不復論云。

跋內江令許君詩卷後

許君椿以孝廉選四川內江令，值金川番酋拒命，令在松林站辦糧糗夫役諸事。松林距木果木大軍四十里，軍潰，君爲賊所殺。事聞，贈君道銜，廕一子煌入監讀書，將授以官。于是煌裝君自書詩二十首，屬余題其後。以年月攷之，正君在松林辦站時，讀其『視死如歸』、『九泉含笑』諸語，若逆知師弗克終，而卒不肯用計巧倖免于難。蓋君以驛站爲城社，以夫役爲百姓，以芻茭糗糧爲倉廩府庫，誓死自勵，式遏寇虐。天子恤錄，而官及後裔，宜也。

余觀《漢書》，文帝時匈奴寇邊，殺都尉孫卬，以其子單封缾侯，韓延年、樛廣德咸因其父擊南越死事封爲列侯，然單無聞于時，而延年、廣德至于坐酎城旦。及唐南霽雲之節，軒翥天地，其子承嗣，年七歲，授婺州別駕，洊歷涪州刺史，乃以劉闢反，無備，謫永州，是豈惟負朝廷恤死褒忠至意，毋亦怨恫於其先與？今煌年甫弱冠，遽奉恩命，將惙惙乎以悲也，惕惕乎以懼也。張是詩于座右，日嚴誦而自刻勵焉，俾明發不寐，以無忝所生，斯爲善讀父書者爾。

困學編題詞

萃韓、柳、歐、蘇、曾文計三百篇，爲文之體格矩度，蓋粗具於此。吾學文以道爲體，然法不可不傚也。于韓取其雄，于柳取其峭，于蘇取其大，于歐、曾取其醇懿而往復。又取《尚書》、《儀禮》爲學韓本，取《檀弓》、《公羊》爲學柳本，銘頌取諸《易》與《詩》矣，《太玄》及《易林》輔之。賦取諸屈原，下逮宋玉、賈誼、揚雄之徒。紀事莫工于《史記》、《五代史》，其繼別者旁推交通，兼綜條貫，如是而吾學爲文者始全。

凡學，要于博觀而約取，不約則不專，不專則不精，專乃能熟，熟乃能養。是文也，將徘徊蘊蓄于胷膈間，與神明相附麗，得之心者融，宣之手者順，纖微曲折意態順逆之間，將不期合而自合，不期工而自工。譬諸善庖者，庀一鸞和齊焉，濡之實之，嗜味者以爲甘。非然，若大官之庖，雖多，使人噫嘁焉爾。嗟乎！取諸也約，守之也專，人一己百，人十己千，蓋愚者之所說以研也。天下不少聰穎之士，多謂一覽可捷得，或從而鄙夸訾議之，余蓋不敢辭。

舊篋集題辭

僕少與四方名士結縞紵交，通籍後投分者益衆，書札所貽殆無虚日。弆而藏之，如牛腰，如筍束。

及游滇、蜀九年歸京師，散佚之餘，猶二百餘紙，其人或亡或別，而鄭重推誘及談經論道之雅，顯顯若在心目。命小胥録之，合以新得，釐爲六卷，名曰《舊篋集》。蓋取孫可之『試發舊篋，手書盈千』句云。

汪秀峯春游小詠題詞

秀峯裒其游吴、越詩爲《春游小詠》，索序于余。余夙好汗漫游，自乙亥春徧歷上下沙，東西兩崦，丁丑秋居西河浹月，遂入京師，迄今二十年。其山嵐烟水、竹樹花藥之勝，時時著夢寐間，惜不得傅翼飛去。今秀峯生長黄山，自武林、鴛湖以至吴會，皆有別業。春秋嘉日，挐舟而行，杖策而嬉，遇最勝地，輒以五七字寫之，且有溪農石友吟嘯于柔藍暖翠間。趣味閒，故取景也深；意致逸，故得句也淡。其有風月緣歟？得江山助歟？秀峯小集最夥，類爲名流矜許，兹特其一斑云爾。

葉玉存小游仙詩跋

自郭景純作《游仙詩》，而唐曹唐輩繼之，後如坡公、放翁亦時時借以寄其高尚云。蓋人世膠膠擾擾，終其身而所求不得，且間以愀悠拂鬱，于是轉思托于仙。又或富溢貴極，唯年壽爲不可知，因思與喬松爲侶。此二者均妄，而其出于無聊則同，然不可謂世無仙人。《周禮·大司樂》言『天神皆降，地示皆出，人鬼可得而禮。』三者皆仙之屬，特異其名耳。蓋聰明正直又有功以及于人，養深息厚，取多用宏，則死而不亡，信也。葉子作《游仙絕句》百首，或出于無聊，或寓其高尚，雖不可知，顧命意遣詞之工，則駸駸與蘇、陸侶，曹唐輩豈足道耶？顧古無仙名，老、列、莊、關之徒，史皆謂之道德，其後乃有服食、房中、符籙、還丹之分。至還丹分爲南北宗，符籙分爲河西弘宣、陽平清虛，則其派愈枝而說益繁。葉子有意于仙，他日當爲極言之。

書國朝詞綜後

是書既成，摩挲再四，覺尚多缺略，如國初詞人見于名人文集者，尤西堂則有許漱石《粘影詞》、丁歐冶《問鸝詞》、王德威《璧月詞》，朱竹垞則有柯寓匏《振雅堂》、《孟彥林詞》，陳其年則有吳初明《雪篷詞》、《觀槿堂詞》之類，皆未經寓目。而《欽定四庫全書》，見于詩類中，又有呂陽、陳軾、梁清遠等十有餘人，列諸『存目』，其詞亦無從採輯。蓋江湖憔悴之士爲之而未成卷，成而未能傳世，其詞在若存若滅者，又何可勝數？而余目眚亦已三年矣，搜採抉摘，尚有待乎後之君子焉。

跋玉篇

是書爲虞山毛氏藏本，長洲張氏士俊刊之，秀水朱氏彝尊序之，爲功于小學也，與《說文》、《廣韻》同。第部分之增減分合，又率與許氏不符。序云：『總會眾篇，校讎羣籍，以成一家之製。』蓋本未嘗襲《說文》也。余嘗見泰興季氏滄葦藏元人刊本，篇第皆與此合，而注文頗有刪節。惟『昔在』以下題云《玉篇序》〔一〕，『竊聞』以下題爲《進玉篇啓》，較之此本敘次爲明晰。然攷《法苑珠林》，載宣律師問天人云：『梁顧野王，太學之大傅也。周訪字源，出沒不定。故《玉篇》序云：「有開春申君墓，得其銘文，皆是隸字」。』云云。今序文無此數語，然則野王或別有序歟？又攷《南史・蕭愷傳》云：『顧野王奉令撰《玉篇》，簡文嫌其詳略未當，以愷博學，于文字尤善，使與學士刪改。』蓋不待至上元已失其舊，所以多齟齬刺謬而不可解歟？又序前稱：『梁大同九年三月二十八日，黄門侍郎兼太學博士顧野王撰。』稽諸本傳，野王于大同四年除太學博士，遷中領軍，入陳，至太建二年，遷國子博士，遷黄門侍郎。是野王在梁未嘗爲侍郎。又云『宣城王賓客』，無事簡文之文，惟仕陳以後，『後主在東宮，野王實兼東宮管記』，其後遂遷黄門侍郎。然則序所云『殿下』當指後主言之，而《玉篇》之成適在其時。《南史》簡文嫌其未當之說，恐亦不免舛錯。謹備書之，以俟博洽者。

【校記】

〔一〕昔在，底本原作『在昔』，據《玉篇》元刻本《大廣益會玉篇序》首句『昔在庖犧』改。

匡謬正俗跋

《匡謬正俗》八卷，唐顔師古撰。師古卒後，子符璽郎揚庭以永徽二年十二月八日奏上，至三年三月，詔付祕書閣，賜揚庭絹五十匹。按師古本傳云：『帝嘗嘆《五經》去聖遠，傳習寖訛，詔師古于祕書省攷定，多所釐正。既成，悉詔諸儒議，師古輒引晉、宋舊文，隨方曉答，人人歎服。』則是書或其釐正之餘也。自唐以後，未嘗刊行于世，然姚寬《西溪叢語》摘其以字行之非，趙德麟《侯鯖錄》載『被池氈』、『幾頭』之説，王楙《野客叢書》辨其『奚斯作頌』之誤，洪興祖《天問補注》亦引之，蓋剖晰精審有足多者。《青箱雜記》云：『釋贊寧常作七篇以斥之。』惜其書不傳，亡以正其離合焉。中第五卷載揚雄《甘泉宫賦》數語，亦今本所無。

書隸釋後

余成進士，始好金石之學，乾隆戊寅入京，得《隸釋》寫本於陳句山先生所，匃歸讀之。是時爲梁文莊纂《續文獻通攷》，又奉命修《通鑑輯覽》，不暇手寫。僕有龔運者，願鈔之，運年四十餘，無妻室，能竟日靜坐。獨嗜酒，度其書寫稍倦，以酒沃之，明日勤益甚。雖字畫奇古轇轕，必諦視而摹之，寫至二十三卷，病，乃丐他手完之。又年餘，竟死。然原本頗舛錯，而鈔亦不無誤者。二十年來，恆取以自隨。己亥，錢唐汪氏得宋槧本，校刻最精審，又緘其一寄京師，而此本幾可廢。然余念鈔寫之勞，且書隨余久，不忍撥置，因取汪氏本校之，而志其顛末如此。

又按此書之跋，明萬曆戊子，揚州某太守曾授于梓，汪氏所謂明季鏤版是也，太守刻是書，可爲好事者而不肯自炫其名。攷《揚州府志》，雖載歷任太守，而不著年月，戊子之爲太守者，蓋不可得而知之，此尤可嘆也夫。

漢隸字原攷正跋

許氏慎謂太史籀著大篆，于古文或異，是周以後之書已視蒼頡不同。其後李斯、胡毋敬省改大篆作爲小篆，程邈又增減大篆爲隸書，字體屢變，偏旁點畫，益以佩離破碎，不可究詰。六經刊于石，列于學官，傳于山東大師，然如陸氏《經典釋文》尚有一字作數字者，況于碑版？蓋不待至梁、陳之間，而訛替滋生已如顏之推所誚矣。

婁忠簡《漢隸字源》，載漢碑三百有九，始于《堯廟》，迄于《酒泉題名》，以二百八韻類其字，洪氏推爲精當，尚不免于舛誤。故宋季子增多一千八十七字[一]，又作《漢隸綱領》一十四則，別撰《辨訛字類》及《連綿字略》，又一千三百八十四字，其詳見潛溪學士集中，惜其書不見于世。我友小山丁君，援據碑文，于毫釐茫芴間一一正之，蓋六書之要義，匪獨有功婁氏已也。余常欲由許氏《說文》以遡六書形聲之旨，其有雖見于鐘鼎，而按之形聲或舛，則駁而出之，君能助我以有成否耶？戊戌人日，病中書。

【校記】

〔一〕宋季子，底本原作『宋李子』，據宋濂《宋學士文粹》所收《重校漢隸字源序》改。

跋子敬十三行石刻後

《子敬十三行》後，有柳公權記二行，又有『天祐元年五月六日，堂姪孫中書侍郎同中書門下平章事判戶部璨續題』二行，凡三十七字。攷《唐書·宰相世系表》，有公綽、公權，不載柳璨。然自寶曆元年公權卒後，至天祐元年，已及八十年，論其行次，宜爲再從孫，故璨傳亦云。若『堂姪孫』之稱，古未見也。是時昭宗內困閹宦，外迫于朱全忠，遷居洛陽，杌棿若累卵，璨乃依全忠之勢，肆作威福，白馬清流之禍，實其所啓，故一時名臣正士皆惴惴，朝不保夕，而璨得以從容流賞翰墨者，此也。然六月殺裴樞諸人，十二月亦爲全忠所殺，事不及半年，天道好還，信矣。歐公不列璨于《世系表》，蓋深惡其人而黜之，不使得爲柳氏子孫，誅姦諛于既死，豈不凜若冰霜哉？世徒知公史筆之嚴，而不知筆所不及者，嚴尤甚也。此帖後璨字二行，惟《星鳳樓帖》削去，其餘收藏家因而仍之，非無識之甚者歟？

跋翁氏重刻漢石經

按《漢石經》殘字三段，本孫退谷侍郎家物，蓋洪氏重刻于蓬萊閣者。近流傳都察院都事董君元鏡所，錢唐黄君易見而借之，會董君方嫁女，貧甚，黄君爲置奩具，直白金數十兩，董君無以償，遂舉《石經》歸之。黄君出示翁學士方綱，因鐫于石。董君，漢軍正黄旗人，工分書，汪文端公由敦修《西清古鑑》，屬其與陳君孝泳成之。董君先任大理寺丞，爲余屬，故道其顛末如此。

石中『書』字，下半刻若『畫』；『云』字，上半刻若『志』，蓋因其剝蝕而鉤者誤之也。再顧氏藹吉撰《隸辨》，言于北海孫氏見中郎石經殘碑，但《隸辨》所引，有《公羊》石經，又于石經《尚書》引『鴻水汩陳其五行』及『徽柔懿共』〔一〕，又于石經《論語》引『植其杖而耘』，今《公羊》既未之見，而《論語》亦不全。又石經《論語》『樊遲』之『遲』作屄，又『殷禮』之『殷』作𣪘，而《隸辨》不載，豈顧氏又未見此歟？皆不可知也。姑志以再攷云。

【校記】

〔一〕石經，底本作『若經』，殆因字形相近而誤。

跋伊墨卿藏漢并天下瓦當硯圖

瓦當硯，古人未嘗論及，始見明王忠文公之《記》。約有六種，曹昭《格古要論》引之。至本朝林佁得『長生未央』瓦，漁洋、竹垞皆作詩以考其故，嗣後朱排山楓撰《圖記》，其說益詳。乾隆癸卯，余以按察使西安，見瓦當，愛之，因令訪于咸寧、長安、淳化諸縣土人，而嘉定錢州判坫、錢塘趙上舍魏助余求索甚力，於是瓦當出者多至三四十種。未見者，獨忠文所謂『儲胥未央』及曹氏云『太極未央』二種耳。然如『長生未央』、『長樂未央』諸瓦，一種中又各有數體，其體錯出篆隸間，短長斜整，皆古質有態，後世工書者未之或逮。至『漢并天下』之語，意爾時必有文一篇分勒于各瓦當上，橫排于簷霤之間，非長生、長樂獨自成文者比，惜其文不可考矣。近申大令兆定暨程上舍敦各著爲書，圖其形象，誌其尺寸，推其命名之故，故瓦當硯盛行于世，至有磨礲敦琢以進御蒙上賞者。

瓦既爲世所貴，摹仿僞作亦出其中，余輒能辨之。於是剔僞存真，間以遺都中好事，曉嵐宗伯所藏其一也。伊君墨卿從宗伯所求得之，繪爲圖，屬余題詩。余賦此屢矣，故敘瓦之緣起如此。夫香姜銅雀，佤離齾缺，率皆贋作，即明寧藩未央宫硯，亦未可得，惟此尚爲漢初古物，洵可寶也。墨卿能詩，工篆隸，用其耽奇嗜古之心，進而稽七經之古義，攷六書之古法，可喜可愕可寶，必有十百於是者矣。

宋搨九成宫跋

唐初書家，歐、虞、褚、薛並稱，而歐、褚尤勝。登善從隸出，故結字稍寬；率更從篆出，故體較長。然歐書如《化度寺皇甫君碑》久失，皆係重刻，惟《九成宫》在麟游，余常過其下，摩挲久之，後去。見波磔間塵坌堆積，必洗拭淨盡，使良工細紙緩拓，再以蟬翼法淡墨傅之，始可得百餘字佳者，蓋不易如此。而此本如劍鋩箭鏃，鋒稜峭厲中備九宫法，則其爲宋搨本無疑。前輩蔣春農中翰奉爲祕寶者終身，今子延菖出以示余，蓋希世之珍，所爲中流一壺，愛護如拱璧，宜矣。

雜書聖教序後

此係明代關中苟氏翻刻本，其渾厚自然不如原本，然《鴈塔》椎拓已久，鋒鋩盡失，故學者往往類于丁頭鼠尾，不如《興福吳文》猶見骨力，有龍跳虎臥之槩，蓋下真蹟一等者。昔余數過碑下，摩挲移日，故得其真，覺向來書家評《聖教》者，猶是叩槃捫籥。《興福》舊搨本幾勝于此，因碑斷後，椎拓日少，世人無有臨摹者，故書家爭推《聖教》，不知懷仁、大雅所集竟難優劣。孫學士翌書《高内侍碑》，筆意本此，堅渾雖不逮，而碑出未久，神采奕奕，意度可尋，學者當從入手。江寧《棲霞寺碑》，當年集字鉤勒甚工，故三刻之後，風流未沫。若宋人《皂莢行》、《解池碑》，則面目徒存，奄奄如泉下人，雄秀之氣，銷歸烏有。高宗《李英公》、《萬年宫》兩碑，及懷惲《實際寺》，皆右軍别子。《窺基大師墓志》雖瘦勁，去之已遠。能將《蘭亭》、《聖教》、《興福》三碑臨摹十年，再寫智永《千字文》及《閣帖》中右軍字，服膺終身，便是汝得吾髓。凡學書，先學點畫勾剔及結字之法，久之，手與古化，心與手化，似而不似，不似而似，忘古法亦忘我法，是爲聖不可知。吳興、華亭兩公，晚年精力既衰，獨剩我法，是以間有習氣。褚河南臨《蘭亭序》，米元章推爲天下第一。又顔平原《爭坐位》、《祭姪文》，皆得右軍法乳。然褚公《伊闕三龕》及同州、慈恩兩《聖教》，清剛端勁，顔公《中興頌》、《東方朔畫像》、《顔氏家廟碑》謹嚴雄偉，皆自成一家。蓋忠義之氣溢于翰墨，故非右軍所能函蓋。

題宋搨爭坐位帖

是爲常熟錢湘靈物，後入倉場侍郎蔣曉滄家，故余得之。其書信手變化，神采爛然，爲宋搨本無疑。湘靈名燦，後有印記，云『明經別駕』、『書經解元』、『臨濟三十六彭祖百代孫』，又有『耕牧河山』之陽印，又有『卻來觀世間猶如夢中事』印，則其寄託可知矣。前自書六十甲子，以出處履歷係之，生于萬曆四十年壬子，至康熙三十一年壬申，年八十一，竟未審其壽若干。後書山谷詩文，其書法亦多學黃者。湖州莊廷鑨史案，湘靈波及焉，故于壬寅秋注云：『湖案結也。』湘靈以乙亥拔貢，丁酉復中江南第二名舉人，當得通判，不仕。蓋以遺老畸人自命，故見于筆墨者如此。

跋舊帖

法帖六冊。第一冊題『鍾王楷則』，前繪太傅、右軍、中令三像，鍾爲《季直》、《力命》、《戎路》及《丙舍》、《憂虞》五帖，王爲《黄庭》、《誓墓》二帖。第二冊題『晉唐正書』，晉爲右軍《曹娥》、《東方朔》，大令《十三行》，唐爲歐陽《心經》、褚《陰符》、薛《鐍魚》。第三冊爲《遺教經》。第四冊爲定武、東絹及玉枕本三《蘭亭》。第五冊題『右軍墨妙』，爲《十七帖》。第六冊題『羲獻草法』，附王炎、王僧虔、王徽之、王操之、渙之，蓋裁割《閣帖》、《續閣帖》及《潭》、《絳》、《戲魚》、《星鳳》等不全帖成之，但不記成于誰手。前有『瑯琊王敬美氏家藏圖書』、『茂苑韓氏圖書』，又有『侍御吴永安家珍藏』印。後歸於紅豆齋惠學士士奇，因以歸余。銀鉤鐵畫，波磔分明，楮墨古香，裛人襟袖。雖不全，良可寶也。

題錢穉廉集古帖後

張幻花先生蕭真恬淡，喜與名僧交，蘆江上人其一也。杭州西溪法華山有翠峯庵，蘆江居焉。常以錢氏廉所集法帖贈幻花，故先生雪夜憶之云：『法華山塢老禪伯，踏凍曾敲竹裏門。一世交情駒隙逝，三生結習鷲峯存。小樓話雪空幡影，幽磵聽泉没屐痕。古帖相貽今什襲，題詩留與示兒孫。』真禪門佳話矣。錢字穉廉，鄞縣人，所集二本：一乃《定武蘭亭》、《官奴》、《傷悼》二帖及李北海《奉别帖》、米元章《真孃墓歌》；一乃李太白醉作《送賀八》兩詩，白樂天《冬候斗寒》一書。又得虞永興《廟堂碑》殘字，令萬斯備集之，皆宋、元間搨本，在世有數物也。今以贈余，故謹記之。時甲子端午日，梅雨淹旬，展閱數番，差破岑寂。

跋羅兩峯丙舍帖

是帖古雅遒勁，洵越州舊搨也。《墨池編》載褚河南《右軍書目》云：『《丙舍》五行。』爾時真蹟具存，正與此合。余家亦有是帖，傳自王敬美，後入韓氏有懷堂，然波磔較此殊不逮矣。昔程孟陽與僧石林論《蘭亭》『欣』字末筆如蒼鷹下擊，先作斂拳縮爪勢，今『欲』字亦復如此，其不失右軍筆意可知。按《魏志》，元常子三：毓、演、會。孫六：豫、駿、邕、毅、峻、辿〔一〕。豫嗣定陵侯，駿分封列侯，先卒。邕隨會歿于蜀，毅以會子伏法。峻、辿宥免，此二孫爲誰，蓋不可攷也。帖從兩峯山人借閲，摩挲旬日，題而歸之。

【校記】

〔一〕　按王昶所述，此處恐非。據《三國志·魏書·鍾繇傳》：『子毓嗣。文帝分毓戶邑，封繇弟演及子劭、孫豫列侯。』故鍾演爲鍾繇（字元常）之弟而非鍾繇之子；　鍾豫爲鍾演之孫，而非鍾繇之孫。又，下文嗣定陵侯者，當爲鍾毓，而非『豫』；　又，鍾毓景元四年去世，子駿嗣，當非『先卒』，據《新唐書·宰相世系》，鍾駿任晉黄門侍郎，亦可證。

跋淳熙祕閣續帖殘本

淳熙有《修内司帖》，又有《淳熙祕閣續帖》，以十二年三月模刻，十卷，皆南渡後續得晉、唐人遺墨。其第五卷爲李白、胡英、李邕、白居易。今此云三月十九日模勒上石，自係《祕閣續帖》，而非《修内司帖》也。但僅存太白、樂天兩人書，則五卷亦不全矣。《淳熙帖》，諸書皆志之，何謂知者少耶？前册北海書五行，疑即五卷中物，裝者誤爾。

跋棲霞寺碑

《棲霞寺碑》，蓋宋時重刻者，望而知爲集右軍書，然前又列陳車霈書，又列宋沙門懷則手書，何也？殆當時已集右軍之字，而車霈復書之以聯其體勢，細閱懷仁《聖教》、《吴文墓志》、永濟《姜原》，無不皆然。至會昌毁廢重刻，係懷則書，康定石斷，契先又依本寫之。是二百年中，已三易石矣。原本鉤摹甚工，雖屢刻而規模尚在，世人止取《聖教》，可謂但見方隅。惟僧人不諳於碑版款式，信手題識，可一笑耳。若靳尚受戒得菩薩道，則方外俚鄙眩俗之言，不足辯也。

唐人書蓮華經殘字跋

此《妙法蓮華經》第三譬喻品佛所説偈，前後俱散佚矣。攷其中『忽然』作『欻然』，『鵄梟』作『鵄梟』，『惱急』作『惚急』，『耽緬』作『愐』，知爲隋末唐初人作。蓋北朝自周、齊後，造字猥拙，訛替滋生，多失形聲之義。如《殷比干墓》、《嵩陽寺碑》、《羅梁墓志》皆然。惟字畫瘦勁，足爲歐、褚先驅爾。惠義寺之建始，志不詳其世代，安知不剏於初唐？又安知此經不由別寺而供奉于此？審爲隋、唐間人書，則廟諱更無庸辯矣。初唐墨寶甚難得，展玩數過，又何啻獲三種寶車耶？

跋趙松雪書梵網經

松雪夫婦皆受記䓊于中峯，修清淨行，故爲書此。前繪西方世尊暨聖觀自在、大勢至象，及九品蓮花法界，蓋以戒爲定，因定爲往生之果。而中峯《百詠》兼通禪淨，書《梵網》而先之以象，指承非無自也。辛亥人日，蓬心太守自永州挐舟冒雪來，特以見示，合十和南，敬誦一過。此經在處具有，金剛穢迹，擎山持杵，非清淨自居，安敢藏弆？爲題而歸之。

題趙松雪手札

松雪道人書，《輟耕錄》稱其初學大令，繼習北海，而少時效褚河南，于《孟法師碑》尤深，故秀逸之氣自不可掩。余謂吳興山水清遠，靈淑所鍾，發于翰墨，不求姿媚而自工。觀此冊敷腴蒼潤，出力藏稜，蓋天授使然，非作態者所能仰跂。乾隆癸丑小雪，書於蒲褐山房。

跋文信國與吳架閣名揚劄子

考咸淳十年，信國公勤王，遂命知平江府，又改臨安，旋以右丞相如元軍請和，俱在是年之冬。及被拘逃回，上表勸進，乃召拜左丞相，改樞密使、同都督，出江西收兵，當在德祐元年春夏後。故傳稱遣趙時賞等取寧都、吳浚等取雩都，而架閣墓志亦稱，德祐乙亥以贛事招徠天下士云云。且札中有『八月』字樣，則發金購米正值其時。比鄒渢敗，而事不可支矣。匆匆三札，僅二百餘字，想見籌筆之勤，捄時之亟，收拾人才推心置腹如此，味之可感涕也。公書世不多見，是幅爲覃溪詹事所摹，然憶昔畢秋帆制府贈余《李伯時華嚴九變圖》，後幅有公題跋，筆勢正與此同，蓋似有神來冥會焉者。吳氏其世珍藏之。

董思翁臨顏魯公送裴將軍詩跋

古人作書，全在筆法，所謂製字諸家不同，用筆千古無異，元常輩嘔血破冢求之，皆坐是也。魯公印泥畫沙之旨，聞之張長史，長史得之褚河南，故十二意筆法，要以勁險沉着爲宗。然攷《明皇雜錄》，公孫大孃能爲裴將軍滿堂勢，而公以開元中始登進士甲科，意作詩時，正在罷醴泉、居京雒之際。其年尚少，勁秀已如此，以此見公筆力天授，必謂得于張、褚，其果然歟？思翁書從魯公入，不從魯公出，而用筆險勁，深契古人之法，是以所摹與公具體而微。魯公真蹟，宋樓攻媿、明王弇州皆有跋，謂是詩不見公集，至嘉靖間無錫安國刻本有之，殆安氏弆此真蹟，因以增入爾。裴旻，新、舊《唐書》皆無傳，《宰相世系表》僅言出自洗馬川之後，于承恩爲十世孫，官左金吾大將軍。

跋祝希哲書黄庭經後

《道藏》載《太上黄庭内景外景玉經》，謂扶桑大帝命暘谷神王授南岳魏夫人，因以傳世。有劉長生、蔣慎修、梁丘子三注，今梁注最行。梁丘子蓋白履中，《舊唐書》有傳。《雲笈七籤》具載其注，而明藩亦刻入《道書全集》。《内景》凡三十六章，《外景》凡上、中、下三篇。歐陽文忠公得石刻，乃永和十三年晉人所書，其文頗簡，獨爲有理，因而删正之，今其本亦不傳。而唐、宋勒石者甚夥，今皆不可見矣。余常考此經黄素真蹟，萬曆時藏于吴敬堂，刻于王氏鬱岡齋者，乃《内景經》。王氏跋稱：『朱氏《書史》謂是六朝人書，無唐人氣格，趙魏公謂飄飄有仙氣，乃楊羲、許翽舊蹟。』王氏因《真誥》以實之，《經》後無右軍題識，則《内景》實爲楊、許書也。文氏停雲館刻《外景經》，既删去『老子閒居，作七言解說真形及諸神』二句，又以『上有關元』七言二句作四言四句，後有『永和十二年五月二十四日山陰縣寫』，意歐公所見晉人書卽此《外景經》歟？抑右軍所書《内景》久已亡軼歟？然《外景》猶是上、中、下三篇全文也。若董氏刻戲鴻堂，僅取《内景經》『上清』、『上有』二章，其第三『口爲』章，錄至『登廣寒』而止，又割其末『沐浴』章『十讀四拜』下十二句以足之，斯繆妄之甚者矣。此本祝希哲書。希哲人儻蕩，書法尤狂縱，而楷法謹嚴古憺，出力藏稜如此，蓋以鍾、王書法行之，是希哲法書中絕無僅有者，良可貴也。世人論《黄庭》，於右軍、楊、許往往至聚訟，而不審所書《内、外景》本各不同，故攷之如此。且文、董所刻，遺落顛倒，後人轉輾摹勒，益失其真，而此僅數字不同，設有好事者勒之貞石，以繼楊、許、右軍之後，豈非藝林增一墨寶哉？

跋陸師道隸書周易本義後

《姑蘇名賢小記》云：『子傳師事文待詔，刻意爲文章，工小楷及古隸，皆入能品。』閱是冊信然。余家藏王雅宜《離騷》、何義門《周易觀象》、汪退谷《趙閑閑滏水集》，皆錄全本。蓋前輩功力專精，自始迄終，無一懈筆，是以爲藝苑祕寶。後有文休承跋，前有錢叔寶印，其爲兩公欣賞可知。

澱山唱和長卷跋

竹垞太史以康熙庚辰夏四月來游澱山，同游者陳君書厓名昂、戴君坤釜名錡、畢君雨稼名大生、李君功載名大中、朱君凱仲名丕戭。竹垞作五古一首，又有《普光王寺》五古一首，二詩皆見《曝書亭集》。而《澱山》詩書用行楷，《普光王寺》詩則以八分書之。從而和者，爲書厓、坤釜二人，畫者爲陳君銓，并有跋。功載，嘉興人，康熙丙子舉人。凱仲，貢生，爲竹垞從孫。皆無詩。蓋自游之後，閱一月，而陳君始爲之圖，迨圖成後，書厓索竹垞及坤釜書之于卷後，而雨稼、功載、凱仲或未及作詩，或已作未及寫，故闕如也。觀書厓詩，其先世居于澱湖之濱，又居于吾珠街里戚家橋下塘之西。生平好書好客，曾見其所藏多宋、元間舊本，皆有名字印之。楊謙注《曝書亭集》，因西畯有『杜甫南鄰也姓朱』之句，故謂之秀水梅會里人。意書厓或有市廛在梅會里，而籍貫實係青浦，非秀水也。其稱同知者，係入貲所得，未曾出仕也。戴君字坤釜，號碧川，嘉興人，有《魚計莊詞》。畢君雨稼，亦吾里人，監生，能詩工書，常游京師，與竹垞交甚密。畫者陳君銓，亦不見于他書。是日，高槎客不騫、錢介維柏齡先游而去，不及同，故竹垞詩成後書寄于二人也。至今百餘年，諸君姓字皆在滅没間，而此卷完善無恙。舊爲我甥蔣瑞應雲師所得，余嘗爲七言古詩題之，今復閱此卷，甥已下世十年矣，因重爲跋尾，付其子珍藏之。

跋竹垞太史手札

壬申、癸酉間，余讀書吴閶，始與鄭禺谷定交，因知其尊人季雅先生，然未覯其詩集也。時歸愚宗伯方甄《國朝别裁》，具言先生詩瘦硬通神，小長蘆太史極許之，謂吴人浮而其行狷，吴語輭而其詩堅，不勝仰止之思。今其孫松巖同學以詩集見示，又出示小長蘆手簡，始知宗伯之言蓋出于此。後有顧俠君、鄭芷畦兩跋。此冊歷八十六年，藏弆勿替，猶爲士人傳觀愛玩，松巖之賢，蓋可知矣。然先生詩世罕有知者，安得付之剞劂，以捄吳人浮輭之習乎？是冊留覽歲餘，愛不忍釋，筆墨稍暇，南榮妍暖，爲跋而歸之。嘉慶丙辰仲冬書。

跋金誦清清歗閣帖所刻惲南田書

筆墨之性，本原忠孝。南田先生偕其父流離轉徙，不獲已，姑以翰墨自娛戲，人謂瀟灑出塵，不知正其清勁絕俗也。褚登善于金輪未冊之先，身爲疾風勁草，觀《同州聖教》、《伊闕三龕》，實爲歐、顔、柳三家先導，《哀策》、《枯樹》，異其面目，而實同其骨力。南田學登善書，殆于其大節有深契者。而金子誦清嗜其畫，因以愛其書，愛其書，實以敬其人，哀而彙之，勒諸貞石。世有考南田生平出處、忠孝大節，當于是得之。南田本以詩、畫、書稱三絕，從孫鶴生作傳，謂全集藏于家，然不傳久矣。其在《六逸》中者，止三百二十餘首，如帖中諸詩，皆未入于《鈔》。則此帖爲拾遺補亡，有功于南田，豈尠也哉？

題陸清獻公書餘齋恥言卷

清獻公居平湖，宅在泖口，又以教授席氏子弟，常寓珠街里。迄今纔九十年，去公之居與世，若此其未遠也，然不獲多見公之詞翰以爲恨。公不以書名，而此書古質清勁，肖其爲人，所謂蓄道德而能文章，發于不自覺者耶？公兩爲縣令，一爲侍御，皆不久斥罷，終其身于貧窶。然未幾賜謚，配祀兩廡，世人馳騖功名華膴，視此孰多？蓋行之有餘，不期然而致此，後人寶公之書，亦思公之意而可矣。

跋儼齋司農臨李北海米元章書册

儼齋先生在仁廟時，文章著作與徐東海齊名，其擅鑒别、工書翰，又與高江村相上下。錢文端公常謂其大書、行草絶類襄陽，信然。然襄陽雖法大令，實本北海。此册臨兩公書，奔逸蒼勁，變化縱横，不爲法度束縛，又高、徐所望塵不及者已。

跋伊墨卿藏劉文正公墨蹟後

余以供奉内廷，侍劉文正公者十餘年。每日寅而入，上已遣中使捧御製詩文藁至南書房，命公録於册上。熒熒官燭，公以小楷書之，多有數百字者，比日射觚稜，寫畢恭進，莊嚴整肅，無一遺脱舛誤。蓋敬謹居心，故能如此。公常謂：『少時書仿趙承旨，中年慕文待詔，晚年不復求工點畫。』然不求工而自工，斯天下之至工也。余預修《通鑑輯覽》，公有所商榷，輒以片紙見示，故存者尚有數番。今墨卿能裝潢藏弆，珍比赤文緑字，閲者當端拱肅拜，非可與曩昔書家並論也。

跋法開文學士所藏鄂剛烈公詩卷

往余以布政使在雲南，過嵩明州海潮寺，寺懸鄂剛烈公『海暗雲無葉，山寒雪有花』對句，是從西林相國總督雲貴時所書。筆力峻拔，在褚、歐間，可想見其横身絶域、透爪擘拳之狀。此卷其詩五十一首，間有塗乙改竄，而瘦硬通神、藏棱出力，與所見書法風格不殊。余聞公自兩江總督召赴西陲，以八日夜馳抵京師，既入見，還至兵部，不歸家，相國夫人就見之，一慟而别。及其賜謚也，閣臣謂公由詞館出身，擬『文烈』、『文剛』以進，上抹二『文』字，取『剛烈』二字合之，蓋聖主深知其忠義果決，故不拘常例如此。觀諸詩，登臨憑弔，風韻瀟灑，而清剛之氣故在，益知公志節之高、衿懷之曠，所以能致命遂志也夫！

題陸虔實隸書千文

漢、唐隸書，聚訟者率以結體分優劣。然《楊太尉》之瘦，《沛相》之肥，《曹全》之謹嚴，《夏承》之奇恣，不可以一格拘。要其精神骨力，無弗同耳。豐約適宜，剛柔合度，惟《華山碑》爲備。或以爲中郎作，余嘗見拓本于竹君同年所，與《石經》殘字意度如出一手，信然。先生臨《華山碑》至百餘本，宜其直入古人堂奥。如此《千文》，自唐、宋來以行、楷、章、草書者，何翅千本？分書獨未多見，有是卷，足以空前絶後。

跋山舟侍講書賢首經後

山舟示宰官身，還居士相，當殘臘崢嶸，九陌膠膠擾擾，乃能禮佛繙經，歸心法喜，詎非天際真人耶？憶歲在重光單閼辜月，從軍過郫，見此冊于南明署中。爾時枕戈負弩，烽火間關，作絶句以志感。迄今又閲五年，蓋距書時已二十年矣。再三繙閲，猶想見雪牕梵筴，蕭然滌筆時也。《華嚴》第二會普光明殿，十信會主賢首爲首，故北方傳其宗者尚眾。今息壤不遠，終當與山舟煨品字柴，坐折脚鐺邊，證此觀察精進法門爾。

跋朱竹君手札

癸卯三月，道經廣陵，容甫出此書見示，距竹君之歿已逾年矣。手蹟如新，使人動宿草之感也。容甫出余門下垂四五年，竹君未之知，因有是札。然愛士如不及之心，盎然流露于楮墨，今人中詎易有此耶？竹君時方爲先母錢太夫人撰墓志，云神道碑者，筆誤爾。

題賈素齋詩家帖

梁溪顧晴沙觀察選鄉先賢詩，自漢、唐迄今凡一千一百十家，既卒業，其門人賈素齋取蠹缺叢殘斷爛者，聚而封瘞之。昔黄梨洲先生序《明文案》，謂自有此選，彼千家文集厖然無物，盡投諸水火，亦不爲過。素齋其猶是意歟？抑自有此瘞，既免于覆瓿投厠，而藴蓄演衍之久，又應如珠之有耀、劍之有芒、松之有璺、楓之有魄耶？梁溪界九龍山，湖山最勝，泉出其間，蓋世所傳第二泉也，可以釀酒。劉復愚《文冢銘》曰：『慎無滴爲醴泉，以味謏口。』蓋恐其造酒而甘也。古詩人類耿介絶俗，詩瘞於此，魂魄當祔於此，得毋喜湖山之勝，而戒其泉之謏口也乎？後之言詩者觀此，若斧若馬鬣，慕前哲而爲詩，其必意存謹慎也已。

查氏烈女編跋

查按察使禮自四川寓書來永昌，以其先《烈女編》示余，曰：『願有述焉。』按《編》載：查氏國英妻周、國才妻張娣姒二，女子子四，女甥黄一，國才妾廉一，廉母一，凡九人。時值明季流寇攻京師急，諸婦女遂皆投繯死，惟妾廉暨一女，以縣絶救得甦。嗚呼！可謂烈矣！余惟歐陽文忠公于《馮道李琪雜傳》，附書虢州司戶參軍之妻，以爲媿士之不自愛而忍恥偷生者。然是時禮義廢、廉恥衰缺，故五十年間，國更數代，僅得全節之士三，死事之臣十有五，而以婦女著者一人焉爾。蓋其難且少如此！若查氏一門，懼城破見辱，從容就義，下至齠齔，皆以次畢命，抑何節烈之多也！蓋查氏居京師久，官雖不甚顯，而自先世以來，飭身型家，各有規矱。閨中人服習其訓，咸知自愛，以忍恥偷生者爲非，故其視駢首就死若固然與？抑是時死綏飲刃者所在多有，而其餘烈乃及于婦人女子與？夫士君子之殺身成仁，惟其志焉爾。

按文忠公史例，元行欽，死者也，而不死之志見于出奔；劉仁贍，死而未死者也，而死之之志見于殺子。故曰：視乎其志，不以死不死別也。彼周氏等七烈，固已視死如歸矣，其二人絕已復生，一度爲尼以終，一嫁而寡，以守節終。取仁贍之例例之，二人志于死，無可疑者。均列以烈，宜也。查君爲此編，播前烈，著家範，又索詩古文以詠歎之，後之讀者固將彈指泣下，必有如文忠公所云，用以勵廉恥而植禮義，豈獨爲一家表奇烈也哉？

書史烈女傳後

史烈女，少字沈觀察世壽子守坤，守坤年十九，有雋才，試歸病歿。烈女聞，欲奔喪守節，父母未許。廉知壻柩停茶禪寺，因祖母進香往訪之，固然。既歸，時方暑，託言沐浴，浴竟自經，遂舉柩並厝于寺，具詳沈子叔埏所作傳中。

攷《禮》：『女既婚，未廟見，死，歸葬于女氏之黨，示未成婦道也。』夫婚而未見于廟，尚不得謂之成婦道，則未婚者可知。《禮》又云：『未婚而女死，壻齊衰而弔，既葬而除之。夫死亦如之。』蓋取婦以承祧爲重，未廟見則不得爲婦。《禮》尚無守節之文，而況許之以死乎？本朝《會典》有旌烈婦貞女之條，而無旌烈女之典。聖人制喪禮，哭泣有節，躃踊有數，皆恐其滅性傷身。父母之喪如是，而況於其壻？劉子政、范蔚宗《列女》兩傳，未載有以死從夫者，因此也。

然一陰一陽之謂道，而道造端乎夫婦，當問名納采後，已有一與之齊、終身不改之義，故穀則異室，死則同穴。聞殀殇之信，之死靡他，是本于至情，而情本于性，性合于道，道之所在，卽禮之所不禁。又安得拘于經曲，而疑其或過哉？且道者中而已矣，過與不及皆非。獨《易·小過》之象詞，謂喪過乎哀，則烈女之死正爲君子所憫，嘉禾人士從而嗟歎之，觀察至今猶有餘慟焉，固其宜矣。

我邑明萬曆年間，修竹鄉烈女楊雲芳，年十九，未婚而守志，父母欲嫁之，自縊死，合葬于溵山之陰，塚生銀杏二，枝葉相樛。迄今二百餘年，高五丈餘，開花之夕輒有火光，里人異之。至順治十六年追旌，後沈編修志祖書其事以志于墓，蓋節烈之氣久而不能泯也。

抑又攷之梵筴，摩訶迦葉偕紫金光捨金裝佛八十一世，世世爲無因，夫婦以檀施之福，猶能受報多生，則節義之貞有如皎日，願力因緣所在，他時必產合抱之木、連理之枝，傳之鄉黨，以聞於當事，其得與于烏頭綽楔不遠矣。以告觀察，又當破涕爲笑也。

題莊似撰元池訪古圖卷

莊子似撰《元池訪古圖》一卷，索余記之。元池，今仙游潭，盩厔縣所屬，名顯于隋、唐間。自蘇文忠公來游，其勝益著。蓋山蜿蜒從終南來，相傳關尹子居此，後爲劉海蟾、王重陽學道全真之所。蓋山曲曰盩，水曲曰厔，以山水之勝卜之，其爲仙靈棲托無疑也。觀此圖，林木晻靄，雲氣忽怳，使人有蕭條高寄、謝脱世網之意。

似撰，盩厔令也。憶余識似撰于長洲，偕游滄浪亭石坪時，似撰年十六耳，豈意三十餘年同宦于陝，而余自顧鬚髮盡白，似撰鬢亦斑矣，如薊子訓摩挲銅狄，忽忽五百年，又如波斯匿王再過恒沙河，髮白面皺，能無有慨于中耶？余又攷杜光庭《洞天福地記》：方白山德玄洞天，五百里，在京兆盩厔。今《志》載玄池，不載方白，亦無『德玄洞天』之名，蓋《志》失之也。方白列在三十六洞天，則爲仙靈所棲託，果非妄矣。盩厔距西安百餘里，林木雲物，久思其勝，顧卒卒未能遂也。將以是卷懸之四壁，以代臥游，似撰倘許我否耶？

古藤詩思卷跋

香亭太常始僦居海王村，蓋昔新城王文簡公寓邸，中有藤花，歲久剪伐殆盡。頃之，舊本忽萌，引以覆架，遂作花。及歲壬辰，太常寓横街，則又分移之，植于書舍，而藤引蔓益繁。太常因繪《古藤詩思》、《引藤書屋》兩圖以紀其事。

余往在京師，聞竹垞太史古藤書屋在海波寺街，走訪之，所謂『檉柳一株，湖石三五』，皆不見，藤僅存其一，蕉萃無復生意，獨其老幹猶如虬龍。而是時薌林少師味初齋前藤花蔭蔽，可十餘丈，與青乳齋蒲梢相糺結，其盛冠于京師。余主其家，聽雨望月，輒婆娑其下，不能去也。及再入京師，則海波寺街之藤無復存者，少師宅第亦爲市儈居，藤亦蕉萃枯槁。以是見天下事菀枯榮落不常，草木之微多有可感者，由盛而衰，則必由衰復盛，物理循環，自然之道。太常所植，將日新月盛，勿替引之，何足異歟？

昔方希古敍衛氏紫薇，以爲家之將昌，氣之鍾也獨盛，人得之爲才賢，其在物也爲嘉卉，榮茂必異於常。又謂人之盛衰因物以見，而物之禎祥非託諸人則不能以傳。今太常方以文學受知，駸駸乎枋用，于以集友朋、鬭詩酒于下，使人如見文簡當年，而相忘于盛衰之感。且繪之以圖畫，播之以聲詩，是花又爲京師增一故事。則希古所謂花果有知〔一〕，必自慶其遭逢者，益當于此徵之也夫。〔二〕

【校記】

〔一〕 謂，底本作『爲』，按，清吳玉綸《香亭文稿》（乾隆六十年滋德堂刻本）卷五《古藤詩思圖記》後『附錄《序》一篇』，卽王昶此跋，據改。

〔二〕 吳玉綸《香亭文稿》卷五所收王昶此文，文末尚有『戊戌夏日青浦王昶序』一句。

題蓺圃圖册後

余少時讀書吳中，恆與友人來往閶門。見茶檣酒肆間，池臺窈窕，竹樹逶迤，詢之，乃曩時姜貞毅先生之蓺圃。其樓名諫草，則先生子學在築以奉遺書者。爲之肅然起敬，徘徊俯仰而不能去。貞毅爲今度香中丞曾祖，度香本字光宇，改爲度香者，以圃中有度香橋，故云。然圃屬于市人既久，余與度香少同學，長同官，常慫恿其贖而歸之，江蘇巡撫奇君亦欲爲之計，而卒卒未果。

今閱南田、子遠兩圖，覺五十年前經過地，顯顯如在目中。又歎度香雖未歸此圃，而圖爲其叔師蘧所藏，見圖不啻游于圃也。貞毅官給事中，偕熊魚山以直言忤權貴，至下詔獄、廷杖、謫戍，瀕九死而不悔，是以志節之士流連愛慕。閱是圖，當知爲貞毅父子英爽所憑，使頑者廉，懦者立，闇然媚世者瑟縮而不敢逼視。如謂其繪畫之工，池臺竹樹之勝，則非姜氏世寶是圖之意矣。

題先伯祖瀫溪公遺像卷後

先伯祖瀫溪公，績學弗試，有名于西亭、雨稼諸先生間。昶常擷《蒼林詩話》入之《縣志》，又輯遺詩載《青浦詩傳》中。今從子肇紀囑題遺照。公生崇禎六年，以康熙四十四年歿，年七十三。此蓋其七十壽日所繪，諸公以詩詞題之，迄今又九十三年矣。余不及見公，然展玩是册，清修雅尚，約略可見。

其簡文所云『託懷玄勝，蕭條高寄』者耶？

跋呂語集粹

呂新吾先生作《呻吟語》凡十二卷，皆身體而實有得焉者。中戌，余會試在都門，今廣州太守陳君淮以原本相贈。丙戌，爲刑部員外郎，桂林相國陳公又以所刻《節要》見示，視原本删十之六。今從軍來蜀，得《呂語集粹》一册，蓋尹公會一所輯，蘇公昌所刊，視陳刻又加省焉，視原刻五之一爾。然精粹警切語頗具于此。嗚呼！《四書五經》于身心、理欲、人己、出處之間備矣，其旨遠，其詞文，其令人奕然惕然，咋指而歎、變顏而愧也，或不如此書之痛切。因命胥録之，世之君子或于簿書之暇發而讀焉，奕然惕然，以期身體實得，庶于世不爲無益也夫。

跋人譜

是書内有『鄂怡雲印』。怡雲名忻，文端公第五子，爲莊親王額駙。額駙者，猶駙馬都尉也。文端公好文章、重道學之士，故兩子皆以忠烈著，而怡雲質厚端直，喜誦道學書，不肯以勳貴世家子弟求合干進。文端公外任總督，内居宰輔，而方介不苟，子孫幾有寢丘之嘆。相府兩燬于火，怡雲退居旁室，家無擔石，朝不謀夕，每出使，僕隸竊書賣之，此其一也。蕺山先生是書，仿《小學》、《近思録》、《名臣言行錄》諸書而成，極能令人警豁愧悔，中有羨科名及富貴福澤語，則俗人所增，非先生初本也。怡雲嘗使和闐辦事，和闐卽玉河采玉之所，凡使還必以玉獻。怡雲獨無有，大司馬福公隆安詰之，曰：『自監之而自取之，盜也，豈可更以獻乎？』其勵操如此，故由刑部郎中擢都察院左副都御史，署工部侍郎，旋以侍衛終其身。

臨漢隱居詩話跋

《臨漢隱居詩話》一卷，魏道輔泰撰，向無刻本，余所見乃常熟毛氏藏本。前有『毛晉私印』、『汲古閣』印，又有顧氏明復『顧氏藏書印』，後又有『豐對樓』印。卷尾跋云：『洪武九年，歲在丙辰，閏九月壬辰、癸巳兩日，在華亭集賢外波草舍雨牕寫，映雪老人誌，時年八十歲。』老人爲華亭孫道明，道明居泗北村，有映雪齋。余所見《北夢瑣言》全本，亦道明書。今《稗海》所刻，雖載其跋語，實已刪十之三四矣。《游宦紀聞》及《墨莊漫錄》云：『道輔自號臨漢隱居，著《東軒雜錄》、《續錄》、《詩話》等書，《碧雲騢》則嫁其名于梅堯臣焉。』

玉壺清話跋

是書凡五卷，沙門文瑩撰。文瑩，杭州僧，玉壺，其隱居之潭。收古今文章著述最多，自宋初至熙寧間，得文集二百餘家。其間碑志、行狀、實録及奏議、碑表、野編、小説之類，取其未聞而有勸者，聚爲一家之書。及纂《江南逸事》，并爲先主昪立傳。是書成于元豐戊午八月十日，序于湘山草堂，刊于臨安太廟前尹家書籍鋪。今無槧本，又有分爲十卷者。

懷麓堂詩話跋

是書係李西涯少師隨筆札記，未附見于《懷麓堂》兩集中。崇禎末年，王文安公鐸得之，因鋟諸木。少師當詩道庸卑之日，力闢榛蕪，以杜、韓、蘇三家爲法。謂漢、魏以前，詩格簡古，世間一切細事長語不得闌入，勢必久而漸窮，賴杜詩一出，乃稍爲開廓，庶幾可盡天下之情事。韓一衍之，蘇再衍之，於是情與事無不盡，而其爲格亦漸以粗。然惟宏才博學乃能之。蓋其標旨如此，亦詩家定論也。

硯箋跋

高似孫撰，凡四卷。是書因衡山僧瞿省請而作，搜採頗富，前有嘉定癸未四月十五日似孫自序。惟按似孫字續古，四明人，登甲辰科，爲館職時，上韓侂胄生日詩九首，爲清議所不齒。晚知處州，尤貪酷。其作文以怪澀爲主，有《疎寮集》三卷，未得見，姑附志于此。

法書攷跋

書爲曲鮮盛熙明撰〔一〕，元統二年十月揭傒斯序云：『至順二年，熙明作《法書考》，藁未竟，已有言之文皇帝者，有旨趣上進，未及錄上，而文皇帝崩。四月五日，今上在延春閣，遂因奎章承旨學士沙剌班以書進，上命藏之禁中。』又有虞集、歐陽玄序，給事中亦思剌瓦性吉時中鋟梓，以廣其傳。八卷者，一書譜，二字源，三筆法，四圖訣，五形勢，六風神，七工用，八印章〔二〕。

【校記】

〔一〕熙，底本作『希』，據《法書考》作者名及揭傒斯序改。下同。

〔二〕按，據《法書考》，卷八爲『附錄』，下設子目『印章』及『押署跋尾』，作『印章』不確。

禁扁跋

是書王繼志撰，凡五卷。繼志，名士點，東平人。次序古來宫室臺榭之屬，都爲一冊，凡目百一十有六，篇一十有五，僭僞諸國亦附入焉。然頗恨搜采未富，蓋其所引用書目不過三十餘種，宜其未備也。自序于教忠坊，前有歐陽玄、虞集序之。士點，構之子，官至淮西廉訪使僉事。兄士熙，任至南臺御史中丞，皆以文學世其家。

跋函海所刻金石存

吳君玉搢，淮安山陽人，生平好古，撰《金石存》十五卷，于乾隆三年自爲序以記之。余與其弟玉鎔會試同年，故見其書，錄而藏之。後三十年，余在西安，聞綿州李君㸑堂調元刊《函海》，此書刻于其中，謂爲無名氏作，余寓書以告之。今《函海》刻成，則以是書爲趙搢所編，且謂趙氏是吾鄉人，曾于乾隆初年以博學鴻詞薦。是時所舉鴻詞未嘗有趙搢，而吾鄉所薦鴻詞亦未有其人，且謂其别字鈍根老人，未審錯誤何以至于斯也。

名媛尺牘跋

暎玉徐氏〔一〕，錢塘人，從其父僑居長洲，受業于沈上舍大成，著《南樓吟稿》，余爲之序。適孔某，頗有阿大中郎之憾，年未三十，抑鬱以歿。方芳佩，字芷齋，亦錢塘人，杭堇浦太史、翁玉行徵君弟子。未嫁時所撰《在璞堂吟稿》，已盛行吳、越間，余與禮堂光禄、辛楣宫詹均有題詞。後三紙，乃金夫人書，夫人錢文敏公之配，金安安先生祖靜女，安安以善書稱，故夫人通文史，工翰墨。乾隆甲戌會試，文敏公副總裁，余實出門下。公歸道山，二子皆以壯年歿，故與余書詞哀愴如此，蓋逾年而夫人亦謝世矣。閨閣中菀枯榮悴，可勝嘆哉！適渚紅裝潢成冊，因書于右。

【校記】

〔一〕 暎玉，底本原作「玉暎」，據《南樓吟稿》作者名校乙。

題陸包山山水

樹木蒙叢中，皆有烟雲罨靄，一人持蓋渡橋，一人倚水閣睎之。瀑布自層巖下入大礀，從橋以出，若淙潺有聲者。世傳包山畫，多渲染花卉，不知其工山水若此。後題「隆慶改元春日寫于玄秀樓」。

李長蘅山水挂幅

長蘅品詣蕭曠，是林和靖、倪元鎮輩流，餘人莫逮也。常讀其《題江南西泠畫冊》，如置身烟波縹渺間，余家所收兩幀，真筆下無一點塵，而此尤清絶。題詩云：「每愛疎林平遠山，倪迂筆墨落人間。幽人近卜城南住，爲寫春風水一灣。丁卯八月畫并題于留光舟次，瀘菴道人李某。」

陳仲醇江南秋畫卷

是卷紙本，寬七寸，長八寸有奇，仲醇題云：「庚申秋日寫于含譽堂。」又董文敏公《絶句》云：

『無數秋山落照邊，淺沙零亂走寒泉。正如十月江南岸，閒倚荒村泊釣船。』其畫寥蕭清迥，了無筆墨痕，氣韻如梅花道人、黃鶴山樵，非趙文度、宋石門所能到。此或謂文敏、仲醇合作，殆不誣也。乾隆己卯春分日，靈雨初過，坐聞思精舍，試文與可甆硯書。

跋張文敏公畫梅花冊

乾隆壬子三月，余隨蹕幸清涼山菩薩頂，適松江族姪朝恩明經伻來，以此冊見贈。時雪後汲東磵水，煮御賜龍井芽茶，啜而觀之。末題云：『雍正甲辰正月二日，諦暉坐一枝巢茶話，客有所舉問，暉不答，徐謂曰：「聞梅花香乎？」其標韻如此。』攷『一枝巢』爲公別業，在杭州西溪，公時由福建典試歸，道經游此。而諦暉以名僧主靈隱方丈，從游而來，想見溪山賓從清超邁俗，使後賢聞風起慕，匪獨翰墨之工而已。余生甲辰，距此蓋六十九年，心怦然有感，遂索韓城相國、石菴、蔗林兩尚書題而藏之。蓋公初畫花卉果蓏，頗效陸包山、徐青藤，嘗畫扇面四，其子刻于家，後官日貴，書名冠天下，畫遂輟不復爲，故此尤爲吉光片羽云。

馬江香秋色小幀

江香，畫師扶曦女，名荃，故其印章有『名在楚騷中』語。江香暮年名益高，四方以縑素兼金來者無算，常蓄婢數人，悉令調鉛殺粉。而琴川多貴游士女，皆來求授指法，入其室，不減繢采之市。時蘭陵惲冰以沒骨名，而江香以勾染名，江南謂之雙絕。冰畫余家亦有之，今爲人取去。

題一泉上人墨梅冊

梅十二幅，一泉上人所畫。上人吾郡華亭人，居橫雲張氏山莊，蓋文敏公照之別業。上人學書法于文敏，以書法畫梅，故梅亦瀟灑拔俗，如嶄然于冰雪之外者。上人少與余善，得其畫最夥。乾隆丙戌余官京師，上人以行脚來訪，又數贈余墨梅。未幾往五臺，余以詩送之出塞，時上人已六十餘。又久之，聞寂于山西，未審塔在何寺也。今來焦山，既見上人所書對聯，而者菴復出此冊見視，清寒瘦削，宛見其方袍短笠、山莊揮麈時狀。然上人書畫流傳絕少，所貽余者，往來滇、蜀，久已失之，則此聯與此冊皆可寶矣。遂書其前而歸之。

跋華嚴經

出永昌城北門十里，爲火頭村，村有文昌宮，蓋古寺也。辛卯初夏，余還自金雞村，憩于是，見經卷叢殘零亂，漬黦塵土間。取閱之，則《大方廣佛華嚴經》，紙及字畫悉古雅可愛，蓋宋末鏤版于金陵，元時印以行者。其前鐫兜率、忉利、他化自在三天，暨逝多園林與夜摩天之普光明殿諸像，莊嚴端好，無有倫比。明初沐英鎮雲南，挾金陵人來滇者甚衆，是經因以萬里至永昌。而寺既傾圮頹廢，僧徒久散去，村人莫知寶惜，是可嘆也。然是經說于摩竭提國菩提場阿蘭若，藏于龍宫，録于龍樹菩薩，實爲諸佛之密藏。所在皆有梵王帝釋、俱胝金剛、藥叉大將、諸羅刹王，及主林主地神爲守護。雖棄置日久，光氣自發越不可掩，而余得收拾而整齊之，庋諸笥，付寶山寺僧藏弆勿替，豈非勝緣也歟？中軼第六十二卷，手書以補之，且跋其尾，用示來者，俾知所信守焉。

龍舒淨土文跋

人生虚靈之體，照十方含萬有，圓明澄湛，無所不備者，謂之性。其雜于血氣，緣心而動，觸物而知者，則謂之識。性無不正，而識有正有邪。佛氏惡之，故爲禪宗者，務在窮心以滅識，滅識以歸性。其窮心也，先至于戒，以淡泊寂静定其血氣，識不緣心，心不緣物，久之超悟而真性見矣。然識業最强，入于物則係物，入于法則係法，入于空則係空，是以大菩薩尚有阿賴識未盡。

古來爲禪學者，乃提話頭、舉公案，使人拳拳然著諸心胷。于是事物之來，皆以自相抵格，使不得與心接，而其語不落理路，不涉言詮，識至是且窮而無所入。迨功用既熟，時節因緣既至，性頓明，識頓息，是語亦銷歸無用，惟覺萬事萬物已過，未來現在者，一一坐照，而得如理應之，無所庸心于其間。夫性與識，非有二也。雜于血氣，性卽成識；離于血氣，識卽爲性。故曰聖凡同此性，根塵相觸而真性不壞。如水泥，汩焉則濁，澄其泥而水性明，濾其泥而水之明者，一明而亦無不明，此一明永無不明之水，卽前爲泥所汩之水。水非有二。然則是性也，人人具足，豈有成毀生滅也歟？禪家之悟澈者，得力于此爲多，蓋以識之紛紜營繞，其猶馬駒之蹴踏，而椓杙以止之；猿猱之騰蹂，而環鎖以閑之。淨土之教，舉佛以定其藏識，亦猶是已矣。持此以往，于禪宗之超悟不難，且有本佛誓願以爲接引，較之魔民盲禪，其簡捷孰甚焉，而人可不知信奉哉？夫爲禪、淨兩家調停之說多矣，然終未有見于佛氏設教之旨，故表而出之，以表禪宗訾謷淨土者。

書楞嚴經後

是冊永昌沈嗣茂書，爲寶山寺僧所藏，前署癸卯孟夏，蓋距今一百八年矣。沈別字了幻，圖記云：『清秋碧水主人書于郡城之容膝軒。』書竟後以硃校之，且著語其上，于密因了義似有所證者，其儒者歟？抑儒而入于佛者歟？詢諸郡人，皆不知，亦無從識『容膝軒』所在，可感也。

余少讀是經，甲戌入京師，左都御史金公德瑛舉『如汝文殊』語以相質，余不能對。金公曰：『子澹泊寡嗜好，蓋晁文元、俞退翁輩流人，歸必究心佛乘，以求解結中心之義。』余如其言，因稍悟是經標旨。今來永昌二載餘矣，士人弇陋鄙倍，索經史不可得，乃獲此于鳥言卉服之中，豈非夙願所感？而此邦故與五印度鄰，慈力加被，士人猶知皈心法藏，雖墨渝紙黦，可想其莊嚴恭敬受持書寫時也。余方病痁，繙畢，病良已。乃書其後歸于僧寺，俾寶守之。

再書楞嚴經後

今天下士大夫能深入佛乘者，桐城姚南青範、錢塘張無夜世犖、濟南周永年書昌及余四人，其餘率獵取一二桑門語以爲詞助，于宗教之流别、性相之權實，蓋茫如也。無夜《楞嚴宗旨》，具廣長舌，得無礙智，擅大辯才，書雖不多，憨山以下罕有其比。書昌方成進士，而南青先生自辛巳别于京師，不相見者十年，昨知其嗣君以憂去官，則先生已逝也。先生爲天津山長，數與余書，論《佛頂蒙鈔》及《成唯識論》，往復數百言不已。輪扁云『臣之質死久矣』，繙是經，悽然有感，併以書于卷末。

書佛頂蒙鈔後

是鈔和合教宗，包涵性相，文繁理富，非有得于華嚴性海者不能。然妙奢摩他三摩禪那，卽天台一心三觀之旨，長水以來，更無别解。憨山大師亦從是義，以人空、法空、空空爲三觀次第。而長水本以聞所聞盡、覺所覺空、空所空滅實之。牧翁受記莂于憨山，又禀承長水，而私謂中謂阿難所請觀門，不應以諸經之三觀，當台宗之三止，比量配合，固已暗簡長水及憨山之説。至序《楞嚴志略》，又謂孤山、吴興，張皇台教，映望《楞嚴》，全經眼目，幾乎或息。則又極意詆諆，不遺餘力矣。乃謂憨大師具金剛眼，學者毋忽，不且自相矛盾耶？憨山坐五臺冰雪窟中，證三十年聞流水不轉意根語，得耳根圓通三昧，雖未能忽然超越世出世間，然動静不生，已空二相，顧欲陽奉陰違，妄思料簡，竊爲牧翁不取也。乾隆己丑，敕禁牧翁文字，是書以佛經，故得不燬，因燬其餘而存此，並書于後云。

心經淺釋跋

《心經》注釋不下數百本，此《釋》義深文簡，愚智皆可以有得，可貴也。三藏法師所取六百五十餘部，此爲第一，當時冠于聖教。然或謂阿難結集，卷首皆標『如是我聞』，此獨不爾，應非全本。或謂從《大般若經》摘出精要，殆不誣也。此《釋》乃皇六子留于拈花寺者，前有圖記，又書『花間堂鈔存』，因録其副而還諸寺，并記之如左。

書王鶴溪昭慶寺修建記後

學公住嘉定昭慶寺，精持《穢迹金剛經》，往往有神驗。示滅時大暑，閲三日入龕，膚革潤澤如生，蠅蚋不敢集其體。先是乾隆庚申秋，城中大疫，去寺數十步，有鬻菽乳者疾甚，所居臨街肆，以秋熱，夜啓窗不閉，窗下有席，席上置油燈。夜半燈垂燼，羣鬼皆集，與病者嬲之不置，方窘苦無如何，忽有金色臂從窗中入，剔其燈，鬼見之駭散。其人因以獲安。久之漸愈能行，入寺中，見學公方坐廊下，謂之曰：『若大病，今全愈否？』其人曰：『和尚何以知之？』公曰：『汝不記某夜煩苦時，我爲若剔燈燼耶？』其人大驚曰：『和尚真活菩薩也。』搏顙致謝而去。以上二事，鶴谿尊人通侯先生嘗爲余道之，迄今蓋三十餘年矣。

題贈僧旭齡文冊

旭公，釋者也，以畫爲游戲，余于弱冠時曾識之。蓋圓津禪院距余居僅里許，時時步屧過焉，自語石、貞朗二公卽以書畫名。又其地近漕溪，雲烟村落，可以供吟眺，且藏弆名人墨蹟甚富，故同邑如王西亭給諫、陸愚山侍御，皆爲詩文以志其勝。及旭公以書畫繼起，挾其藝游邗溝，一時名士流連傾慕，如冊中陸南香、盧雅雨兩君文，可想見其高韻已。南香以工詞名，余嘗訂交于金閶。及余客雅雨所，知旭公爲余同鄉，往往問訊及之。今兩君先後下世，而旭公亦化去久矣。旭公于語公爲孫，而旭公之弟岳莽及今三世下振華、四世下慧照，咸以工書畫、精篆刻見稱。昔吾家元長謂〔一〕：『未有七葉之中，人人有集，如吾門世者。』信乎文字之傳有運會焉。士大夫不能及其子孫，而苾芻獨能守之，至六七傳而其道勿替。然則覽斯冊也，可爲語、貞諸公慶，亦可爲士大夫子孫愧矣夫。

【校記】

〔一〕按，『吾家元長』，指琅邪王融，字元長。然據《梁書》、《南史》，謂『七葉之中，人人有集』者，爲琅邪王筠（字元禮，一字德柔），王昶此處恐有誤記。

春融堂集卷四十六　策　策問

殿試策進呈

臣對：　臣聞古帝王撫辰凝績，輯綏四海，必舉一代之大經大法，運于宵衣旰食之中，措諸化日光天之下，俾百官得其職，萬事得其理，堂廉交泰，朝野咸熙。　由是以明大道，而降衷恆性之理彰；　以端治法，而亮工熙績之風懋；　以維文治，而枕經藉史遍于儒林；　以振士風，而履正懷方昭于庠序。　然溯其運量之神，窺其敷施之要，鮮不以誠爲基、以敬爲本者也。　其在唐虞，克明峻德，濬哲文明，百姓從欲，黎民於變，而典樂教胄者，又舉直溫剛簡，以立五教之原。　亦越成周，太和翔洽，神人胥暢，而敬勝、義勝猶且戒于丹書。　至于太宰佐治邦國，以治典紀萬民，以教典擾萬民，以禮典諧萬民，以政典均萬民，以刑典糾萬民，以事典生萬民，其綱紀天下委曲周至又如此。《洪範》之言曰：『無有作好，遵王之道；　無有作惡，遵王之路。』言百姓之是彝而是訓也。　蓋道隆者業駿，德盛者化神，持盈保泰之具不同，要其出于誠敬，一而已矣。　夫誠者聖人之本，敬者聖學之全，能誠則心純，心純則不貳不息；　能敬則有主，有主則無怠無荒，是皆默契于於穆之初，而奉以憲天出治者也。

欽惟皇帝陛下中和錫福，神化宜民，仁風翔于六合，盛德遍于九垓，敕天命則惟時惟幾，釐民生則求寧求瘼。儒術昭彰，人才傑出，又一一克知而灼見之，固已堂廉一德，宮府一體，上下之間清和咸理矣。乃復進臣等而策以理學異同之致，民風感應之由，文章流別之端，學校振興之道，臣愚何足以知此？顧葑菲不遺者，翕受之宏也；芻蕘必盡者，拜獻之資也。敢不仰承清問，少罄管窺之萬一。

伏讀制策有曰：『在天之天，虛而難索；在人之天，近而可求。』在天之天卽在人之天，無二理也，無二道也，斯真探本窮原之論乎？夫太極生兩儀，兩儀生四象，五行順布，四時行焉，元亨利貞之德，日流行于宇宙。自人得之而以爲仁義禮智之性，君子體仁以長人，嘉會以合禮，利物以和義，貞固以幹事，胥因是也。人無不受中于天，卽無不具四德于性。由其原而言，則謂之天；由所賦而言，則謂之命；由所受而言，則謂之性；率性而行之，則謂之道。《繫辭》曰：『繼之者善，成之者性。』又曰：『成性存存，道義之門。』明乎天人合一之旨，欲事天者，當卽于廣業崇德中求之，而無俟幻渺恍忽之說也。有宋以來，周子之《太極》，張子之《西銘》，其於陰騭下民、秉彝攸好之理，甚詳且備。自尚簡易者以尊德性爲宗，馴致于虛空靜悟爲事，而聖賢博文約禮、盡性知命之學幾晦。夫德性之與學問，非有二途也。人生起居動靜、喜怒哀樂之節，一不當而天命之理以乖，故必踐五官、盡五事以求明善誠身之實，而又博之于《禮》、《樂》、《詩》、《書》，以殫其格物致知之力，斯足以復性而無難矣。皇上建中立極，克綏厥猷，先天而天弗違，後天而奉天時，而濂、洛、關、閩之學復爲體會其精微，標舉其義蘊，發聾振聵，昭示天下，更何憂異端曲說之紛紛乎？

制策又以條教號令懸諸象魏者，求治之跡，而非致治之原，此欲移風易俗，率一世而偕之大道也。昔班固有云：『人函五常之性，而剛柔緩急聲音不同，故謂之風；嗜欲情好趨向不同，故謂之俗。』風俗下之所成，而有待上之人潛移默運者也。古者六禮以節民性，八政以防民淫，鄰長、閭長皆爲最其淳龐，止其邪慝，少而習焉，其心安焉，不見異物而遷焉。夫是以父兄之教，不肅而成；子弟之學，不勞而能也。臣嘗讀《豳風・七月》諸章，自農圃、衣食、蠶桑、織紝而外，『爲此春酒，以介眉壽』，『躋彼公堂，稱彼兕觥』，忠孝肫篤之意，見于歌詠，未嘗不歎養之者有素，而倡導之者有具也。今國家重熙累洽，久道化成，而習俗所趨猶煩聖慮，則有司奉行故事，未免以虛文塞責耳。《觀》卦之辭曰『觀我生』，又曰『觀其生』，蓋言教必本于身也，故取訓俗型方之典，先見之于躬行以爲民表。而民有不率者，或閉閤而思過，或涕泣以相喻，德音不佻，是則是傚，其疇不洗心革面以遵王之路也歟？

至于士者，四民之首，而文者又士人所以敷奏之具也。我朝誕敷文德，雲漢爲章，懷文抱質之士，彬彬郁郁，仰副作人之至意。而制策又以文之浮薄關于心術，欲一本先民，別裁僞體，此固經術昌明、士風丕振之會也。夫文者，載道之器，古之立言者服習於六藝之文，優而游之，取其所不得不言者，達于中而宣于外，故光明俊偉，簡古純粹，無意爲文而其文自不能以不工。魏晉以還，經術衰而文體亦壞，至韓愈、柳宗元、歐陽修、曾鞏、蘇軾之徒繼出，而後絺章繪句之習始返于正。其源流派別之故，未有不源于經而能卓然自成一家之言者。柳冕云：『文章本于教化，形于治亂，繫于國風，在君子之心爲志，形君子之言爲文，論君子之文爲教。』今舉行與文而言，又舉時文與古文而言，浮辭麗語厚自矜許，弊之而不懲，將有如李諤、楊綰之所議者。惟本之身以踐其實，稟之經以正其源，博之史以廣其用，反覆乎唐、宋諸大家之文以辨其體，而又卓然不惑于諸子、二氏之說，如是而文不工者，未之有也。

制策又以民俗之厚薄視乎士風之淳漓，士習之不端由于士志之不立。臣竊謂志不立者，由世俗之念炫其中，榮利之見乘于外，而未知爲己之實功也。古人離經辨志，志之所在，終身趨向係焉。范仲淹爲秀才時，以天下爲己任，而程子少時卽有志于聖賢，迨其後無不如其所志而發抒之。故爲士而不肯識面呈身者，他日必能澹于富厚者也；爲士而不願求舉覓薦者，他日必能忠于職業者也。皇上明目達聰，旁招俊乂，蒐羅天下之材無弗至，而士習猶有未端，則師儒之教不可不急講也。古之教者，家有塾、黨有庠、術有序、國有學，師氏以三德教，保氏以六儀教，自閭胥、黨正、族師、州長，遞書其敬敏、任恤、孝弟、睦婣、德行、道藝之實，至于鄉大夫，而後以賢能賓興于朝，法至備也。三代以下，制不如古，而子衿佻達之風作。夫激厲之法，莫善于三舍；考實之法，莫善于經義治事。而程子學校之條，朱子貢舉之議，尤深切著明者，參取用之，無使競進，毋使捷得，導以正人君子之行，用革其輕儇奔走之風，涵濡德澤，仰被教思，成人有德，小子有造，鼓舞奮興，以儲朝廷楨幹材者，當必有非常之士矣。

此數者，治有分端，理惟一致。天德、王道兼綜而條貫之，尤在于皇上執中之一心。執其中，則危微獨警，性術克端也，大化旁敷，民風丕變也。興賢有道，則文體振而士氣昌也。彝倫攸敘，至治昭融，菁莪棫樸之休，徵爲藹吉；國家億萬年之基，卜于此矣。臣謹對。

己卯順天鄉試策問第一道

問：《周禮》『遂人』之職，十夫有溝，百夫有洫，千夫有澮，萬夫有井，而匠人又備陳深廣之制。立法最爲整密。自阡陌行而溝洫盡廢，於是乎水利之說興焉。史起之引漳，鄭國之穿涇，李冰之陸海，白公之白渠，皆卓卓見諸成效。而何承矩爲制置，自順安以東瀕海數百里，悉爲稻田，民賴其利，卽今之瀛州等地也。惟畿輔之境，南北兩運及永定河界，其中兩淀及兩泊滙其內，其餘水泉之可引者不可勝計。雍正四年，設立四局，其爲京東、京西、京南、天津之分置經界，可一一指陳歟？一局之中，引水各異，如玉田則引小泉、煖泉，豐潤則引涉河、泥河，凡地勢之高下，泉流之錯互，其條分縷晰何似？每局有長有副，有效力委員，又設觀察使以分轄之，其設施又何似歟？營田水利之制，旣已綱舉目張，亦尚有渠之未濬、泉之未引，有待講求者歟？不然，何以亢陽見告，不免有熯乾之嘆？其曷以分汊港、建壩閘、時啓閉，使南方水車之利可用于北，而不致束手坐視歟？且大雨時行，卽爲疏泄之用，而道路無憂沮洳歟？抑水利與河道相爲表裏，有地形高而河形卑，縱施挑挖而無補于灌輸，其何以節而宣之、曲而達之，俾引導之工與堤防之術並行而不悖歟？北地風沙易積，其疏濬者用何方，挑挖者用何人，可如南運河額設淺夫之例歟？其給發工本又何如籌度歟？諸生或生長邦畿，或觀光來止，諒亦目擊而心維之矣，盍具陳之以副佇聽？

庚辰順天鄉試策問三道

問：史有編年之體，昉於《春秋》，班固所稱『右史記事，事爲《春秋》』是也。三代以下，司馬遷創興紀傳，史家多因之，而編年自荀悦《漢紀》外，蓋無幾焉。宋涑水司馬氏繼《左氏傳》之後，編紀事實，輯成《資治通鑑》。朱子又因司馬氏之舊，大書分注，約爲《資治通鑑綱目》。先儒謂《通鑑》彙萃一千三百六十二年之事，珠聯繩貫，燦然可考，而《春秋》編年之法始復。《綱目》義正而法嚴，辭覈而旨邃，綱仿《春秋》而參取羣史之良，目仿《左氏》而稽合諸儒之粹。其説蓋信然歟？《通鑑》之外，别有《目録》，復有《舉要》，其卷帙之多寡，事辭之詳略，可得而言之歟？羽翼《綱目》者，尹氏之《發明》，劉氏之《書法》，汪氏之《考異》，王氏之《集覽》，皆足爲《綱目》之功臣歟？《前編》作于仁山金氏，而開其先者，有劉氏之《外紀》、胡氏之《大紀》，或遠溯邃古，或斷自陶唐，其義例孰是？宋元《續綱目》成於商輅，《續通鑑》撰於薛應旂，或爲官書，或出私撰，其折衷孰當？我皇上聖學高深，囊括今古，御撰《綱目三編》，精核簡當，垂光策府，比命詞臣彙編《通鑑輯覽》一書，以次具稿進呈，並蒙親御丹毫，詳加釐定，御批昭揭，發千古之所未發。多士究心史學，將以備著作之選，其各以所得者列於篇。

問：化民成俗，莫先於吏治，而建官莅事，尤莫重於考績。《書》曰『允釐百工，庶績咸熙』，蓋吏治所由昉也。虞廷三載考績，三考黜陟，虞九年而三考，周十二年而一舉，何疏數之不同歟？《周禮》：冢宰『掌邦之六典』，『典』即《書》之所云『邦治』歟？小宰以六計弊羣吏，而皆冠以『廉』，或以廉爲察，或訓廉爲潔，而謂六事以廉爲本，其義可得詳歟？三代下，漢猶近古，若兒寬、董仲舒皆儒者，以經術潤飾吏治，而文翁、召信臣輩，或先學校，或重本業，政務廉平而民從化，可舉其績之最著者歟？刺史以六條察二千石，有治理效輒賜璽書褒勉，或增秩賜金，所謂治理之效有可指歟？自時厥後，若三異之徵，《五袴》之歌，循良之績，指不勝屈，而志節清白以廉潔著者亦不乏人，可縷述歟？察吏之制，如後魏三等、唐九等，殿最之異同安在？宋立審官院，又設考課院，内外之磨勘何屬？可舉其大略歟？我皇上勤求治理，澄敘官方，内而京察，外而大計，敕所司實力奉行，毋循故事，復以時訓諭督撫諸臣董率屬員，務以實心實政爲課最。古稱『大臣法，小臣廉』，將欲使一命以上各揚其職，臻日計不足、歲計有餘之效，則旌別勸懲，緊大吏是賴，所謂正本清源，莫要乎此矣。多士學古入官，講明切究者有素，其悉意以對。

問：　六府莫重於穀，八政首資乎食。而《周禮》：『遺人，掌邦之委積。』豐則貯之，歉則散之，爲後世積貯之法所由起。凡以重農貴粟，欲使蓄積多而備先具也。我皇上宵旰疇咨，勤求民莫，所以爲閭井蓋藏計者，無所不周，猶復申諭封疆大吏，加意講求，多方調劑，凡地方之採買、鄰省之協撥，一一上廑宸衷，親爲指示，其於普利澤而謀久遠，至深切矣。夫時不能無雨暘盈縮，而歲收之豐歉因之，先事豫籌則前代諸倉成法具在，然率皆因時立制，精意失則弊亦隨之。我國家酌古準今，令直省州縣常平與社倉並行，權其貴賤，平其出納，洵爲法良意美。第常平設于城市，社倉設於村落，莅事者經理未得其當，或吏胥上下其手，或保甲因緣爲姦，所謂法以人舉者，果何道之操也？常平例應出舊易新，顧一出入也，概量不無低昂；一糶糴也，價值不無抑勒；一交代也，前後不無那掩。所以整飭而釐剔之者，道又安在？社倉例應收息，顧或僞爲券約以塞長吏之耳目，或藉作私困以利窮民之償息，一委之民而稽覈既恐不嚴，一督之官而收發或虞未便，何以折衷盡善，俾里閈並蒙實惠歟？方今聖化翔洽，和風甘澍，六寓並慶，豐登則餘一餘三，凡有司牧之任者，自當仰體盛心，益收儲備之效。相士宜而權市值，倉儲充裕，非良吏之責而誰責歟？多士夙懷經濟，盍臚陳之以爲當宁獻？

辛巳會試策問二道

問：史所以備記載，資考鏡。古今史體，不越紀傳、編年二者，劉知幾則謂史有六家，其流派果不同歟？昔人作史，經數十年而後成，或父子相承以爲世業，而尚多未竟之緒，如《史記》之《三王世家》諸篇，《前漢》之八表，《後漢》之十志，補其缺者何人？爲之注解者孰優？司馬遷于五帝不列少昊，所主何書？《夏本紀》之略少康，《殷本紀》之載《湯誥》，與今《左傳》、《商書》異者，何故？屈、賈之異代，老、莊、申、韓之異教，合爲一傳，命意何取？班固專紀漢事，而《溝洫志》取周制爲名，《古今人表》列三代以上，于義果有當歟？范蔚宗自謂其書體大思精，而宋晁氏譏其載左慈等詭譎事，又謂論贊非史體，豈無說耶？夫作史，體例貴精而事實務覈，故史之良者，自左氏而下，莫如司馬、班、范。然左之失巫，范甯已嘗言之，三家復不免附會失實之處，能略陳其梗概歟？他如陳壽、李延壽、歐陽脩，並正史之良，論者仍多遺議，何也？其餘諸家載記，尚有可節取者歟？且史與經相表裏，龍門以來，史之可以翼經者，惟溫公之《通鑑》、朱子之《綱目》，然《綱目》亦有非朱子所親定者，可得而約舉歟？《通鑑紀事本末》果足與涑水、紫陽之書相輔而行歟？多士稽古有年，行將備國家著作之選，其于『三長』、『五難』諸説研之熟矣，盍昌言之？

問：設吏所以爲民，而吏治之卓然可稱者，必以實心行實政，乃遠乎一切因循苟且之爲。親民之官，莫如知州知縣，循名而責實，如何克稱厥職歟？農桑，民所自謀也，何以勸之，而使衣食足？學校，國之常制也，何以廣之，而使人才興？積貯所以養民，常平義社諸倉糶買出納，何以使穀無朽耗，役無侵漁？保甲務在靖民，城鄉村落何以編查稽核，絕煩擾而屏姦宄歟？聽斷如何而案牘不滯，獄訟自清？敕法如何而不病刻深，不務姑息？以及催科何以勵輸將，收漕何以防姦蠹，與夫緝盜賊而無吠尨之警，治水利而滋灌溉之饒，下至修城浚隍，興廢舉墜，古人之良法具在，皆作吏者所當究心也，能一一切陳之歟？夫風土異尚異習，在司牧者潛移而默化之，何以克其剛柔，劑其奢儉，革其浮澆，使皆服循政教歟？郡守爲牧令表率，州縣之事皆其事也，當如何設施董迪，始無媿于良二千石歟？若夫監司則有表率郡邑之責，而督撫藩臬又統治乎羣吏而旌別之者也，何以正己率屬，而使其下咸以廉平自效歟？今聖天子釐工熙績，澄敘官方，州縣以上必經簡畀，復命督撫舉堪勝知府者，量材而擢用之，所以激揚風示之者備至。應皆爭自奮勵，以臻大法小廉之盛矣。多士學古入官，盍各抒經濟之實可見諸施行者？

壬午順天鄉試策問三道

問：依永和聲，本原律呂，自伶倫截嶰谷之竹以象鳳鳴，而十二律肇端焉。《周禮》謂之六同，《國語》謂之六間，其説何居？十二律之命名取義，其合于十二辰之方位者，何在？五音十二律皆三分損益，隔八相生，然有上生下生之别，所謂『律取妻而呂生子』者，可臚陳其略歟？十二律中惟黄鐘、林鐘、太簇爲天、地、人三統，豈非以諸律皆有餘分，而黄鐘九寸、林鐘六寸、太簇八寸獨居成數歟？京房衍十二律爲六十律，以緯五音，以候一歲之氣，其法具載于《後漢書》，其圖詳于《漢上易傳》，其用與卦氣相準。孔穎達以此釋『還相爲宫』之義，而錢樂之又撰三百六十律，殆亦闡京房之術者歟？黄鐘爲萬事根本，凡候氣、嘉量、權度，胥昉于此。古者立均出度以考中聲，乃其法不傳，嗣後京房作準，荀勗造笛，梁武帝之製通，王朴之設絃，藉以考律，其果信而有徵歟？律尺之定，或以古玉尺，或以古銅尺，或以指節，或以古錢，或以圭臬，紛如聚訟，而秬黍亦有大小短長之别，安所折衷歟？至樂器之陳，莫先鐘磬，而宫懸、軒懸之異製，編鐘、編磬之殊形，載在《禮經》，班班可考也。國家久道化成，禮明樂備，我皇上玉振金聲，建中和之極，于鐘鎛之徑圍、石磬之勾股，靡不受裁于睿慮，用以作樂崇德，導和宣滯，渢渢洋洋，比隆《韶》、《濩》矣。諸生幸際郅隆，必有如阮咸、杜夔之倫審音以知樂者，盍亦抒所心得以獻？

問：作史之家莫難於志，自司馬遷作《八書》以述典章經制，後來作者莫易其體。唐杜佑本劉秩《政典》三十五篇，廣爲九門，分十有九類，其田賦、錢幣、户口、職役諸目，能悉舉歟？劉秩之書，房次律稱爲才過劉向，而杜佑病其未盡，果《通典》詳于《政典》歟？抑所參《新禮》二百篇外更有所益歟？宋鄭樵作《通志》二十略，其《氏族》、《六書》、《七音》等十五略，自謂『出于胷臆，不涉漢、唐諸儒議論』；《職官》、《選舉》五略，則曰『雖本前人之典，亦非諸史之文』。然歟？否歟？古人器服至詳，今《通志》所載一二樽罍而已。《天文》、《地理》，皆失之太簡，而《職官》諸略，天寶以前則全録《通典》，其後又無續輯，果不襲前人之説歟？鄭氏肆譏司馬遷《禮書》、《樂書》全用舊文，又謂班固剿襲父書，顧不能自檢歟？馬端臨作《文獻通考》，分二十四門，《田賦》、《錢幣》等十九門，蓋本杜佑之書，而益以《經籍》、《帝系》、《封建》、《象緯》、《物異》五門，其亦有所本歟？天寶以後至宋嘉定，未補其缺略，果無遺議歟？馬氏自稱『敘事則謂之文，論事則謂之獻』，其分别何在？夫『三通』皆紀事之書，先後並傳于世，其間異同得失，可臚列而綜論之歟？至前明王圻取宋嘉定以後及遼、金、元、明典故，撰《續文獻通考》，駁雜不倫，詎足爲馬氏之功臣歟？我朝典章明備，制度精詳，皇上道隆學綜，包孕古今，敕儒臣開《續文獻通考》館，討論蒐羅，既補前書缺略，復彙萃本朝典制，纂輯成書，爲萬世祖述憲章之本。多士澤躬爾雅，行備承明著作之選，其以所素講明參究者敷陳之。

問：弭盜詰姦，莫善于保甲。《周官》『五家爲比，使之相保；五比爲閭，使之相受』，蓋已肇其規。而《管子》軌里連鄉之法仿之。漢朱博治渤海，擇郡豪傑爲吏，責辦盜賊。韓延壽治潁川，置正五長，有竊發，吏輒聞知，皆保甲之權輿也。保甲之名，創于王安石，當時雖不無異議，其後卒莫能廢。蓋以里閈相熟之人，察耳目最近之事，動息易知，蹤跡難掩，探丸胠篋、椎埋剽劫以及左道惑衆之類，自無從芽孽其間。而外來者，亦無所容納，釐姦杜萌，莫要于此。顧相沿日久，有司率視爲具文，充是役者多市井無賴，且轉有身爲囊橐者。其謹願殷實之人，則多畏事懼累，莫敢與姦匪爲難。今欲更積弊而收實用，其道何從？將保正甲長亦須慎擇其人，且稍省其責備，而後能寧靖一方歟？抑在有司官加意整飭，時與之申明約束，加以禮貌，分别勸懲，而後能得其用歟？昔王守仁在南贛，行十家牌，及撫江西，又令九姓漁戶什五編次，遂使姦宄斂跡。蔡懋德之備兵嘉湖也，亦踵行之，而更爲簡便，其措置規畫，可詳言之以備採歟？我皇上愛養黎元，凡可以去稂莠、衛善良者不遺餘力。嘗特頒諭旨，申嚴保甲于弭盜詰姦之計，至深切矣。守土者宜如何實力奉行，期于淨根株而剔淵藪？乃懸緝之盜案，潛煽之邪教，所在多有，而以弋獲告者，不一二數也。諸生自田間來，于保甲之利弊其熟悉矣，尚各抒所見，將以覘實用焉。

癸未會試策問一道

問：《王制》「三年畊必有一年之食，九年畊必有三年之食」，而《周禮》遺人掌「凡委積，巡而比之，以時頒之」，制莫善也。嗣後管仲通輕重之權，李悝平貴賤之數，其法與古不謬歟？漢耿壽昌之常平，隋長孫平之義倉，暨宋朱子之社倉，皆深得乎《王制》、《周禮》之遺意。然典守之責，勢不得不寄之州縣，既屬州縣，而弊乃滋多矣。不兑换則弊在陳腐，兑换而弊又在需索。不散給則弊在虧損，散給而弊又在那移。平日之立法，當何如歟？且一遇饑荒監臨，有司有文移之繁，分給有延挨之慮，監守有出倉之費，斗斛有減耗之患，得穀有蒸爛之虞，臨時之謀畫，又當何如歟？至常平在州縣，則市井游惰者得以沾恩，而不及於僻壤；社倉在鄉里，則豪强武斷者得以自利，而不遍于窮黎。斟酌于二者之間，宜何如調劑歟？況常平必行採買，而一經猾吏，則其價定多抑勒；社倉必行出息，而一遭歉歲，則其本恆至難償。下不至于累民，上不至于欠公，又何道之從歟？州縣之交代則有册籍，鄉村之保甲則有稽查，然奉行故事，率有穀之名，無穀之實，如何而積弊可以悉除歟？抑和糴、寄糴、俵糴、均糴、博糴、兑糴、括糴諸法，其利弊可一一陳歟？我皇上軫念民依，每遇偏災，議蠲議緩，或賑以口糧，或給以籽種，動支輒千萬計。然捄之于臨時者，格外之恩；而謀之于平素者，經久之策。諸生固將皆有民社之責者也，其悉抒以對。

壬子科順天鄉試策問五道

問：窮經將以致用，而人自爲師，家自爲説。漢以來言《易》，如孟喜、京房、虞翻、荀爽諸家，僅見唐李鼎祚《集解》，能推演其説歟？古文《尚書》，朱子疑其僞，今攷司馬遷自言受書於孔安國，許慎亦言學宗孔氏，乃《史記》引《書》與安國本互異，《説文》所引亦爲古文未有，何歟？齊、魯、韓《詩》，久已散佚，《史記》、《漢書》、《説文》、《文選》諸注，頗援據及之，與毛、鄭同異何如？《春秋》，鄒、夾已佚，《左氏》、《公羊》、《穀梁》三傳文義互異，能言其大略歟？《禮記·王制》是否與《周官》相符？《月令》、《明堂》是否與《考工記》相合？《聘義》、《射義》與《儀禮》有無舛互歟？至於寫刻流傳，不無訛誤，石經如蔡邕、邯鄲淳所書，有一字、三字之别，唐開成石經頗完善，劉昫譏之，何歟？伏讀皇上經筵御論，暨御製説經諸篇，折衷羣言，範圍萬世，復命取蔣衡所書《十三經》，詳加訂定，勒諸貞石，建在辟雍，洵千載一時。諸生比年以來，熟習《五經》，講求有素，盍舉所知以對？

問：自時文作而有古文之名，源流門逕綦以紛矣。八家之分，始於誰氏？唐昌黎韓氏起八代之衰，柳宗元次之，然如李翺、孫樵、劉蜕、皮日休諸人，豈無可採歟？宋初文體疲苶，自柳開、穆修啓其先，歐陽脩繼之，餘如蘇舜欽、李覯，非歐陽氏之羽翼歟？三蘇父子兄弟，同時並起，而曾鞏頡頏其間，其黄庭堅、張耒、秦觀蘇門諸子，可得議其優劣歟？南宋之文，莫富於朱子，殆所謂有德有言者歟？

元代以元好問、虞集爲最，此外尚有卓然名家者歟？明初劉基、宋濂，爲世所推固已，繼此而興者誰歟？李夢陽起北地，踵之以王世貞，侈言復古，歸有光力斥之，其說有可述歟？我皇上學貫苞符，文成典誥，乾端坤倪，富有日新，自明天察地，秩祀勤民，奠山川若草木，昭晰羣言，斧藻庶類，《詩》、《書》以來未有若此其盛者也。凡厥庶民，咸近天子之光，況在膠庠，陶淑之澤深矣。其各以所見對。

問：《周禮》大司徒之職，『以鄉三物教萬民而賓興之』；三年大比，『鄉老及鄉大夫獻賢能之書於王』，是卽《王制》命鄉升秀之典。今三年一鄉試所自昉歟？其三物、六德、六行、六藝，能析言之歟？賓興則有鄉飲酒之禮，其升降之度，迎拜酬酢之詳，備於《儀禮》，而義見於《禮記》，能言其節目歟？其樂，有工歌，有間歌，有合樂，蓋禮樂交備、情文並摯如此。唐舉士工歌《鹿鳴》，讀韓昌黎《贈張籍》詩可以想見。至《宋史》撰其詞載於《樂志》，能遞舉歟？欽惟我皇上建中和之極，金聲玉振，欽定《詩經樂譜》，凡工歌、間歌、合樂諸詩，駢注宮商，悉諧《韶》、《濩》。御製笙詩，超邁《雅》、《頌》，以補古來缺佚，隆孝弟之醇風，罄賢才之樂育。諸生于于而來，皆與於賓興者也，其臚陳經誼，備著於篇。

問：考績之法，肇自唐虞，三歲大計，見於《周禮》。然小宰弊羣吏之治，如廉善、廉能諸法，古人所重，不可見歟？漢以六條察二千石，歲終舉殿最。魏劉劭作《考課》七十二條，杜恕以爲無益，而杜預黜陟之，課亦以去繁就簡爲宜。唐考課屬吏部考功郎，其法差以九等，有四善二十七最之目，其要安在？宋時立審官院以董其事，又立考課院以佐之，其於激濁揚清，孰爲有當歟？循吏盛於西漢，吳公之在河南，文翁之守蜀，朱邑之在桐鄉，史皆美其廉平。卽尹翁歸、趙廣漢、張敞之徒，亦以察廉見擢，然廉不徒廉，必有實政，史冊所載，可略言歟？我皇上澄敘官方，明見萬里，凡監司守令，慎爲遴選。

地之繁簡，缺之大小，務稱其人。有功必錄，有過必懲，雖唐虞之明試，蔑以踰此。諸生學古入官，『素絲』、『羔羊』之詠，肄業及之矣，其詳悉陳之。

問：古者耕三餘一，耕九餘三，量有餘補不足，所以裕民生也。《周禮》倉人掌粟，廩人掌穀，遺人掌委積，爲藏富於民之術，可得而攷歟？漢耿壽昌建常平，年饑穀貴減價糶，而民不至乏食；歲熟穀賤增價糴，而亦不至傷農，其法果何如歟？今州縣倉穀多者數萬，少者數千，且每年存七糶三，出陳易新，其制既盡善矣。然堯水湯旱，古所不免，時而應用，一面報聞，一面發給，非至便歟？社倉、義倉與常平相表裏者也。所謂買補有時，借糶有法，勸輸有道，收息有攷，可得略言歟？然此皆有司之職、令甲所載者爾。大澤旁敷，總由睿慮，一聞水旱之報，宵旰焦勞，早爲籌畫，新舊並緩，漕糧屢截，籽種口糧均給，平糶煮粥兼施，固已纖悉必周。至於王言宣布，誠意旁流，內外大小官吏凜副聖慈，無敢稍有疎懈，實惠均沾，遠邇一致矣。諸生非但耳聞目見，且身被而心感焉，其各抒悃忱以對。

春融堂集卷四十七　記一

軍機處題名記

軍機處，蓋古者知制誥之職。其制無公署，大小無專官，直廬始設於乾清門外西偏，繼遷於門内與南書房鄰，復於隆宗門西供夜直者食宿。其大臣，惟尚書、侍郎被寵眷尤異者始得入，然必重以宰輔。其屬，例用内閣中書舍人，舍人改庶吉士則不復入；改六曹、御史、給事中，遞遷卿寺，至都察院副都御史、内閣學士，入直如故。惟擢侍郎亦不復入。間有以貲、以蔭爲郎得預者，率大臣子弟爲然。而張公若靄、鄂公容安又以庶子、侍講入直，蔣公炳、程公巖又以巡撫罷還京入直。皆奉特旨行，非故事也。

先是，雍正七年，青海軍事興，始設軍機房，領以親王大臣，予銀印，印藏内奏事太監處，有事請而用之。後六年，憲皇帝晏駕，上諒闇，改名總理處。三年喪畢，王大臣請罷之，詔復名軍機處。時大學士爲鄂公爾泰、張公廷玉、徐公本、蔣公廷錫，尚書爲海公望，每被旨，各歸舍繕擬，明日授所屬進之。後大臣避專擅名，乃令所屬具草，視定進呈。自是擇所屬益精慎，至大位者益衆。而上賞賜亦異於庶僚，紗緞、餅餌、果蓏時賜，歲暮賜魚、鹿、肉諸物，率以爲常。以故上所游幸，無不從。其職掌在恭擬上諭及内外臣工所奏有旨敕議者，審其可否以聞，又外臣章奏，書爲副以藏之。

蓋本朝諭旨誥命，其别有四：凡批内外臣工題本常事，謂之旨；頒將軍、總督、巡撫、學政、提督、總兵官、榷稅使，謂之敕。皆由内閣撰擬以進。凡南北部時享祝版，及祭告山川，予大臣死事者祭葬之文，與夫后妃宗室王公封册，皆由翰林院撰擬以進。然惟軍機處恭擬上諭爲至要。上諭亦有二：巡幸上陵、經筵、蠲賑，及内臣自侍郎以上、外臣自總兵知府以上，黜陟、調補暨曉諭中外，謂之明發上諭；誥誡臣工，指授兵略，查核政事，責問刑罰之不當者，謂之寄信上諭。明發交内閣，以次交於部科；寄信密封交兵部，用馬遞，或三百里，或四、五、六百，或至八百里以行。其内外臣工所奏事，經軍機大臣定議，取旨密封，遞送亦如之。然内而六部各卿寺，暨九門提督、内務府太監之敬事房，外而十五省，東北至奉天、吉林、黑龍江將軍所屬，西北至伊犂、葉爾羌將軍辦事大臣所屬〔一〕，迄於四裔諸屬國，有事無不綜彙。且内閣、翰林院撰擬有弗當，又下軍機處審定，故所任最爲嚴密繁鉅。

昶以乾隆庚辰由中書舍人入直，又遷刑部郎中，蓋八年於此矣。中間平定準噶爾回部，西北數十年之患，一朝剗削殆盡。仰見聖天子武功旁魄，超越萬古，而時又開方略、國史、三通諸館，昶皆爲斟酌條例，用副右文稽古之至意。下至梵筴釋典，隸於經咒館，有所繙繹，輒往討論，故雖職事至繁，竊以躬逢美盛爲大幸。軍機處設立垂四十年尚無記，前人姓氏多忘軼不可考，乃詢於大宗伯張公泰開、給事中明公善，並以所聞於先輩者，次第書之。稱職與否，可指數也。詞詳而不殺者，俾後世得以考見故實，且著遭際太平之榮遇云爾。

【校記】

〔一〕 西北，底本作『西南』，誤，因伊犁、葉爾羌均在新疆境內，方位屬西北。

修長武縣學記

長武，唐宜禄縣，屬邠州，於陜西爲邊鄙。其民椎魯淳樸，數百年來無偉人才士爲邑表率者，而宜禄縣中廢。今縣治之設，乃始明萬曆間。余閲縣志，是時學校以次建立，凡殿廡學舍粲然畢具，因知前人先務之急如此。

乾隆甲辰夏，甘肅回人不靖，余以防邊駐長武。進諸生而問之，則學校荒薙久矣，五年前始復大成殿，而兩廡、戟門、明倫之堂、尊經之閣尚廢。歲時釋菜，先賢先儒無地以供俎豆，學官至僦民舍以居，其何以教子弟？何以眎邑人？考《會典》，知縣試俸年滿將實授，與夫大計薦『卓異』者，課其績以興學校爲先，上以實求，而下顧可以名應歟？國家休養生息百數十年，興賢育材，尊崇學校。比者奉明詔，建辟雍，聖天子親舉幸學之典，而遐方下邑，因循固陋，視學校爲迂遠疏闊，是有司之過也。長武地苦寒，民不及萬戶，由甘肅而往來必經此，轂交蹄劘。知縣自治事外，日出城闉迎謁，而芻茭酒食囂嘒橫索之音，日填於耳目。學校之事，固疑無暇以爲。然其地水深土厚，風氣純固，士人崇孝友、敦儉素，農人力於田畝，蓋公劉、太王之教僅有存者。夫十室之邑必有忠信，況御頒『七經』、《通鑑》諸書咸備，增飭學宮以樹之規，焉知不有偉人才士奮於百世之下，爲邑人表率歟？

且曩時之長武，邊鄙爾，今國家廣輪數萬里，甘肅以西若烏魯木齊、巴里坤皆設學校，特置博士弟子，其視長武固中土也，可任其荒薙久而不治哉？知縣樊君某頗志於此，回逆平乃出俸錢爲倡，邑之士人踴躍從事。始於乙巳之春，至七月訖工，頖池、兩廡、櫺星之門，鄉賢名宦之祠咸備，又飾戶牖，設几筵，增丹雘，春秋行釋菜禮，雍雍秩秩如也。

余嘗謂人性皆善，聖賢之在人心，無敢忽也。有以倡之，則君子之德風，小人之德草，墜者可興，而廢者可以立舉。樊君其知先務之急者歟？雖然，明倫之堂，師儒所以出教也；尊經之閣，生徒所以稽古也。今者雨暘咸若，年穀順成，率是而創興之，庶幾粲然畢具矣乎。於是訓導王君維鼎以書來告成事，且乞文，故記之如此，以勵世之荒薙學校者。

重興烏鎮社學記略

烏鎮去吳興九十里，鎮之四正四隅，與吳江、震澤、秀水、石門、桐鄉、烏程、歸安七縣相錯，烟火萬家，商賈輻輳，衣冠文物之盛自南宋已然。鎮有社學，舊置田十七畝，延師以教地方子弟。其後里胥舞弊，田易腴而瘠，餘又爲佃丁侵隱，事遂廢，蓋數十年於此矣。

乙卯夏，署湖州府同知陳君來莅兹土，慨然於社學之廢，謀所以復之，釐其積弊，復出俸百兩存於質庫，取息以供學用。而貢生徐士毅，善士也，聞之亦助田十三畝有奇。遂於九月，仍延師以復其舊，以具訓於蒙士。

余謂古之爲民上者，莫不負師儒之責焉，州長、族師、閭胥、黨正，類中下士之秩耳。所治或數百家，或不及百家，而必督民讀法，禁其奇衺，且書其孝弟婣睦、敬敏任恤，是以風俗美而教化興。今烏鎮烟火萬家，其聚盛於州黨，而同知秩比古下大夫，乃舉三百餘年來所設社學，任其廢墜，何歟？豈以是鎮近太湖，恆有宵小出沒，同知本以捕盜設，故於文學之事不以措意耶？然則向之爲同知者，以威暴自命，而弗欲比古之州長、黨正以儕於師儒，亦可謂自輕之甚也已。

今君清勤自矢，輿衆悅服，恐後來者日久而復懈，故速具顛末，請爲之記，以鑱於石。陳君名詔，字九儀，江蘇青浦縣人，能詩工畫，雅有山水之好，爲浙西賢士大夫所推服，宜其亟亟於此，不以署事爲辭也，因並著之。

騰越州署草堂記

騰越州知州吳君楷以書來告曰：『吾州廨之西，有屋三楹焉，歲久且圮，弗可以居。吾撤而新之，椽櫨易其朽蠹者，牆壁堊其漫漶黦缺者。聽事之暇，將以偃仰嘯咏於斯，顏之曰「草堂」，子其爲吾記之。』

夫草堂之名舊矣，昔自周氏築草堂於鍾山，嗣杜少陵適蜀，卜草堂於成都之浣花里，所謂『萬里橋西宅，百花潭北莊』者是也。樂天謫江州，愛廬山香爐峯，築草堂以攬其勝，三間兩柱，面峯腋寺，著於記者特詳。顧少陵以華州司戶參軍佐嚴武幕，久之不懌而去，而樂天以司馬佐郡爲閒曹，故二賢皆得以選勝卜室，爲偃仰嘯咏之地，蓋無足異者。

今騰越居滇西南極徼，距賊砦纔數舍，七關之陀塞皆在境內，大軍方參錯分布其間，將率馳驅、游徼往來不絕於道，而羽檄之移相望也。牧斯地者，峙芻茭、視郵傳、治文牒且日不暇給。君次第部署，不震不驚，乃欲傚少陵、樂天之爲，以遂其偃仰嘯咏，非其才敏且兼人，何以不爲劇所撓與？君之來莅茲州也，軍興已六七載，公私凋耗，萬目睽睽，君撫循而調劑焉。因以其暇修學宮，新關忠武祠，次闢毘盧寺樓，以盡瀑布之勝，廢墜者靡不舉，乃葺斯堂以居，則君之庀工也，可爲知所先後矣。

雖然，少陵之草堂經營於上元，斷手於寶應，旋以徐知道之亂入梓居閬，又逾年，而有雲安、夔府之行，則安居草堂者，前後僅閱歲爾。樂天以元和十一年貶江州，秋築草堂，明年三月落成，又明年而召還，則其所云『仰觀山，俯聽泉，傍睨竹石雲樹』者，蓋無幾時。今君以廉幹聞於朝，不久當遷擢以去，計君於斯堂亦傳舍焉爾。顧兢兢修補庳壞，期於完好，則其不以傳舍眎斯堂稔矣。不以傳舍眎斯堂，其肯以傳舍眎斯州、眎斯民乎？然則君之能舉其職也，益可徵矣。余往來騰越屢矣，惜不獲見斯堂之成，相與酌醴焚枯作詩，以繼少陵、樂天之後，姑爲記以塞君之意焉。

雲南布政使署記

雲南布政使署，在城中三牌坊東，重門巍然，進爲聽事堂，堂以内俗謂之二堂，堂後復有堂，庭中植桂二，扁曰『雙桂』。又進爲層樓，高敞宏麗，朱碧絢采，前有紫薇樹，因以名樓。皆巡撫譚公尚忠爲使時所建也。二堂前東有門，入門古梅二，譚公署爲『梅花書屋』。直書屋者爲後樂軒，軒則余所署也。軒左密室藏書千餘卷。軒南小扉，出爲禪悦齋，兩楹皆有牕，最明爽。其西翠竹娟娟，映以芭蕉一叢。其東莳花草，上有楸樹蔽芾，院宇竹樊之，可以習静，可以讀梵書。逕後樂軒折而東，啓雙扉，由廊達於譽處堂，堂後詠絮齋，前後雜植丹桂、石榴、緋桃、丁香、紅蕉之屬，盆花尤夥。齋屋淺，每良夜，前後皆得月照牕戶，瑩澈如晝。又出譽處堂東，入薇垣别署，有齋題爲『杏花春雨』，余宦轍所至，輒以是名齋，蓋取虞文靖公之詞。又書齋之前爲『紫霞書屋』，亦譚公所署，以燕賓客，以陳絲竹之所。又書屋而南有亭，亭臨池，池岸優鉢曇華，華似玉蘭，葉似枇杷而差大，其香淳古澹泊，惟巡撫及布政使兩署有之。庚寅歲，余從軍在滇，前明撫軍德貽此花，今大學士阿公屬余賦詩。兹來華始放，遂以名亭，並寫詩於屏上。亭左右槐榆楸栢數十本，參天合抱，而叢篁雜卉綴焉。亭東南皆宿莽，余起長廊界之。入廊蒼翠陰翳，如行邃谷中。東有土阜，上築亭，名『浮翠』。登之，城北諸山隱然見其頂。下亭，復循廊行，廊半署以『佇月』，廊盡有屋臨於池，爲『風漪檻』。池廣一畝許，今夏秋多雨，水漲平岸，頗有濠濮之興焉。檻東南有樓，名『威遠樓』，三層，上供神仙像，下藏《御纂七經》諸書版，役一道人守之。又由檻而西，有古井，井水澄泓清洌，名『清倈井』。昔高智升領鄯闡牧，刱宅得泉，因名，將爲亭覆之而未暇也。蓋署之概如此。

考雲南布政使設於明洪武十五年，時尚未有總督、巡撫，故其任獨專。今署非其舊矣。余晝諸在二堂東偏，見賓客在後樂軒及梅花書屋，憩息在詠絮齋。其餘旬不能以一至，豈案牘之繁耶？抑爲政之拙耶？或王事如鞅掌然，固不能優閒自放耶？姑取梅花書屋以東各係以小詩，而鑱之廊壁，以志署中之勝，且示後來者云。

疊水河觀瀑樓記

騰越州之疊水河，蓋澗也，其地在城西門外二里。寶峯山水自赤土、羅生諸山來下，流爲大盈江，至是崖忽斷缺，水懸以下注于壑，凡百有餘尺。人出闤闠，聞其聲訇然轟然，若駢車、若奔霆。稍近，渡石梁，沫隨風著衣袂及面，若散絲、若霧雨。暨迫而視之，若懸布、若緇雪，褵褷跳盪，翕張擺劃，沺沺沄沄，駭心眩矚。惟兩崖道蕪茀，無駐足所，游人病焉。水東坡上故有毘盧寺，寺後翼以樓，州牧吳君撤樓之西壁而牕焉，瀑之全勢一攬可盡，因顏曰『觀瀑』，游人於是始大愜。

余以冬十一月來，坐斯樓而望，獨有感焉。中夏之水，如江、淮、河、濟，率導源西北，演迤迄於東南，是以自古用兵者，由西北取東南易，由東南取西北難。蓋高能馭卑，而卑不能統高，形勢使然。今大盈江經南甸，又南過千崖出關，出蠻暮湖，滙于南大金江，循阿瓦城以入海，而茲水實爲其源。蓋中夏之氣達於緬甸久矣，達之既久，勢必與中夏合。日者緬酋恃其嶮遠毒癘，屢討弗共，益慠然。以茲水卜之，其將隸於版圖，夷於郡縣，俾我聲教敷於南海，曉然無可疑者。適吳君屬余爲記，遂書之榜諸樓，以諗游人云。

揚子雲亭記

蜀故有揚子雲亭，在成都縣署西偏，歲久圮。族弟南明爲令之明年，易其朽蠹漫漶而塗塈之，以奉其主，且索余爲記。

考西漢哀、成之間，子雲以文學顯於蜀，所撰莫著於《太玄》、《法言》，自其徒侯芭暨王氏通、韓氏愈、司馬氏光多稱述之，非以其文苞羅旁魄、深博怪偉，有可喜可法者歟？子雲以仕新莽，故爲清議詬厲久矣。然其官不過執戟，職不過校書，非如孔光、張禹之徒通經號巨儒，身居三公，卒以釀新莽篡奪之禍，刺其臯，則亦可末減歟？西漢之末，士大夫以老誠謹畏爲賢，隱默含忍爲德，流風相煽如此。而子雲以前，若司馬相如、王褒輩，率好學以詞賦見稱，若子雲之紹修經術者，固已異矣。其於殺身成仁、致命遂志之義，宜槩乎未有聞也。是以委蛇徇祿，不復有所感激愧勵歟？然自是以後，蜀中如譙周、李巖之徒，接踵而出，豈非子雲之流風相煽，士大夫因視其國之存亡、君之榮辱敝屣弁髦然而不顧歟？若然則子雲之文學足以法，而其婞娿澒涊，不能舍生取義也，足以爲戒矣。

南明建是亭以示蜀之士大夫，又得吾說以揭諸楹，用以勵名節、振文學、表法戒，所補於世道者綦大，非獨修復名蹟以侈爲美譚已爾。或曰：仕莽之子雲，非蜀子雲。焦氏竑辯之詳矣。是說也，余未敢信之。

味初齋記

吾師薌林相國第在楊梅竹斜街，内有齋，顔曰『味初』，蓋起居宴息之地也。一日顧余曰：『吾居此殆二十餘年，屢欲以文記之不果，子其道吾所以名齋之意。』

坐客有起而對者曰：『某侍公久矣。公少時食貧，刻苦嗜學，當是時，寧靜淡泊，簞食瓢飲，晏如也。及登巖廊，踐臺鼎，服御弗增於用，飲饌弗豐於器，僕從弗侈於左右。登其堂以入其齋，蕭然寂然，與少時爲諸生爲寒士無異。貴而能賤，富而能貧，天下稱儉德焉。惟公不忘其初，是以若此。』

余曰：『公豈止于是而已。公初入詞館，時方依附門户以邀權利，公砥礪名節，不妄與人往還，久之聞望日章，名位日顯，受知於兩朝日益深。同時僚友不免起而傾擠之，公於時不震不驚，以明白純粹之身，揹拄於其間，卒不能稍爲公損。暨乎乞養而歸，奉詔而出，外戚貴重之臣又欲引公爲重，而公以老臣耆宿自居，終不肯稍有附麗，始終一節，夷險一致，其爲不忘乎初也大矣。非然，「靡不有初，鮮克有終」。孟子所謂失其本心，屈子所謂本志變化者爾，曷足貴哉？雖然，君子之處世，必志廉而守約。約，故奉於己者嗇；廉，故取於人者嚴。志廉守約，斯其欲固已寡矣。凡所恃以取人而奉己者，有弗爲也，夫是以權利不期遠而自遠，名節不期植而自植也。夫儉，君子之一節耳。然「素絲五緎」，南國之大夫見美於詩人；「妾不衣帛，馬不食粟」，季孫文子以此稱賢於魯。君子立朝必節儉，然後能正直，豈不信歟？則謂公之名節以儉德致之，亦無不可。』客曰：『善，夫子之言也！請遂書以爲記。』

公今年逾六十，希夷純默，居是齋也，藏焉息焉，方游心於造物之初，余蓋不得而知之已。

青乳齋記

錢塘相國廳事前有書齋一楹，顔曰『青乳』，舊爲山舟、沖泉讀書地。己卯，余寓是齋，相國屬余記之。

齋背楊梅竹斜街，卿大夫由正陽門入朝，率經此。車輪之戛擊，馬蹏之篤速，騶從之呼殿暨販夫鬻戶叫囂詬詈者，日夜恒擾乎耳而不絶。中庭如家衖，廣不及五六尺，檐卑下，齋中暗曶晦昧，遇雨則昔邪上牆，壁衣皆黦，亘數十日，地不得燥，蓋湫隘如此。

其砌有蒲萄，春三月覒土，引其蔓出之，若絙焉以屬於架。四月萌，五月葉始甹，六七月子纍纍下垂如乳然。綠陰照牕戶，午以蔀暑日暍，而夜分可聽雨，是以居者喜之。余謂是蔓所引僅尋丈許，爲時亦數月爾，然居者緣此得清泠之適，而忘湫隘之苦，何哉？心有所寄也。有所寄，則一物之微猶足解其湮鬱，而况寄心於道者乎？又况於道有得焉者乎？顔氏子操簞與瓢，不改其樂，而管幼安坐藜牀十餘年，膝前著處皆穿，非簞瓢可樂而藜牀爲足愛也，其所得有深焉爾。然則居是齋者，苟深有得於道，區區青乳之榮落，蓋不足言矣。

時山舟已南歸，沖泉在黔中爲太守，不得同於齋也。試以吾言示之，不審謂何如耶？

萍廬記

余弟南明令成都，築室於廨東，署以『萍廬』，寓書來告曰：『其道我名是廬之意。』嗟夫！南明家楓涇，四面皆水也。居有絃誦之堂，偃息之室，游觀登眺之地，出有書畫之舫，楓槠松槲映於几榻，而菰蒲葭菼繞於牕牖，可以浮家，可以遺世，不知有羈旅漂泊之爲憂。及筮仕於蜀，入窮山役採木者三，歷邊徼依軍幕者一，浮江河入于京華者再，其間往來奔走無算。兹之令於此，如傳舍焉，如旅宿焉，斯其所以名廬也歟？

吾見世之守令夥矣，工迎謁，牟貨利，退則揭揭然飾宮室、崇寢處以爲意。以南明較之，其肅閒真澹，過於恆人遠甚。雖然，守位以守道也。居其位而以傳舍、旅宿輕之，必將不盡心於其位，政事且隳窳叢脞，而民不被其澤。今者蠻嘯于穴，兵暴于邊，民苦于徵發，將率方鎮之臣彈指咋嘆，而當宁憂勞宵旰。於斯時也，方忘吾身、徇吾位之不暇，尤不得汎汎焉以傳舍、旅宿爲比。余自滇適蜀，輾轉兵間，動足輒萬里，與南明屢見屢别，殆樂天所云『大海波中兩葉萍』也。他日者兵戎寢息，南明弛其負擔，歸於楓涇，余老矣，亦葺故廬於涇之北，弟兄偕隱江湖，庶不爲無根之萍，而爲不材之樗也歟？姑書此以竢之，且爲南明勉焉。

三鶴堂記

天下清遠閒放之物，必與清遠閒放之人俱，苟非其人，其物往往違焉而不至。偶力致焉，而以性情標格之不似，雖引爲己有，而世終莫之許也，豈不由乎人哉？

吾族弟南明，清遠閒放人也，權夔州府事者數月，政簡人和，民方安於其治，而適有三鶴集於所治之庭。夫夔州爲蜀門戶，西南徼外大雪山之水，由此下注於江而東。其前瞿塘、滟滪、白鹽、赤岬，兩涯懸巖邃谷，皆竹樹蒙密，袤延千有餘里，爲珍禽幽鳥棲萃之所。鶴之翔集于斯，固無足異。今南明憙之，既以名其堂，好事者復指爲南明之祥，形諸圖繪，驚歎而誇美焉，何與？

夫人物之清遠閒放，於世何與？而顧頌爲美談者，人之愛潔白而賤卑汚也，天性固然。房太尉之琴，趙清獻之鶴，非有益於世，而世以此益稱其賢，至傳諸當宁，紀諸史册。況世之爲守令者，衡簿書、督敲朴之不暇，而見有人焉，翛然於塵壒之表，方將愛而慕之，而又見夫仙禽之於是乎集，得不頌以爲祥也與？嗚呼！清名之在天壤，歷久而不可渝。南明如終守其清遠閒放之爲，天下潔白之士將不遠千里而願與之俱，《易》所謂『鳴鶴在陰，其子和之』者也。區區三鶴，何有哉？

袁又愷漁隱小圃記

楓橋之水，從梁溪來，過橋分支西南流，别爲西塘。又有橋，名『江村』，其南則袁子又愷漁隱小圃在焉。圃之先爲王岡齡居，名『江村山齋』。岡齡師沈文慤公，工小詩，畫仿文待詔，往往招集勝流名士作文字飲，具見所刻《西塘酬唱集》中。又愷之兄，岡齡女夫也，故是圃歸袁氏，又愷拓而新之。

入門貞節堂三楹，後爲竹柏樓，蓋奉母韓太夫人，而竹柏所以况其節也。樓旁有洗研池，池水湛碧，芙蕖花時，香滿庭户。沿池徧植木芙蓉，有逕達夢草軒，傍柳陰駕横石，名『柳沚徛』。由徛而入，左爲繫舟，右爲水木清華榭。再進爲五硯樓，又愷嗜藏書，兼嗜硯，獲硯五，皆元、明間袁氏名人手澤，故以名樓。登樓，遠山出没，平疇如方罫，可供吟眺。樓東楓江草堂，南並草堂者小山叢桂館。前有小阜突起，建吟暉亭於上，亭下接稻香廊，廊盡爲銀藤簃。西向最高者爲挹爽臺，草堂之後栽牡丹芍藥，名『錦繡谷』。東則漢學居，又愷著書之地，又愷窮經必本注疏也。再後爲紅蕙山房，鈕布衣匪石自洞庭山移紅蕙樹此，故名。總十六景，而統謂之『漁隱小圃』，蓋視岡齡在日固已勝矣。於是春秋佳日，吳中勝流名士復命儔嘯侶無虚日，而遠方賢士大夫過吳者，挐舟造訪，填咽於江村橋南北。樽酒飛騰，詩卷參互，更非岡齡所能逮矣。

憶庚午歲，余從文慤公至此，迄今已五十年。《西塘酬唱》卷中凡四十餘人，無一存者，獨余齒危髮秃，乃得乞身投老，盤跚躑躅其間，以續文慤諸公之後。且見夫亭榭之更新，圖書之美富，賓朋之戠盍，將與樂圃、南園並美。既以志感，又竊自幸也。故因又愷之請，記而敘其大略如此。

鄂不軒記

臨海洪生頤煊，偕其弟震煊，皆以博學好古通經義爲中丞阮公所知，因其互相礳礪以發名成業也，於是書所居之額爲『鄂不軒』以寵之，蓋取《詩·常棣》『韡韡』意也。

洪氏望本豫章，至宋文學始盛，駒父、玉父、鴻父、龜父爲黄文節公甥，咸以工詩著江西詩派，人望而慕之。然四洪中，駒父由進士官諫議大夫，其餘無聞焉。惟番陽洪忠宣公生文惠兄弟，時號二洪，同中博學宏詞高第，同歷中書舍人、侍講直學士院。文惠位宰執，而文敏年八十餘，史稱其考閲典故，漁獵經史，手書《資治通鑑》凡三，蓋其學業沉潛篤實，負盛名而孚重望宜矣。然則本之以節義，傳之以文章，如鄂不之韡韡而榮也，豈顧問哉？今生兄弟六人，仲坤煊，先爲余壬子鄉試取士，榜發十餘日而歿。今來武林，與生兄弟及之，輒爲泫然涕下。然生尚有兄弟五人，後先輝映，接踵而起，所謂『粲粲門子，如磨如錯』，其將比美於番陽不難矣。生兄弟，其覃精研思，爲通經儲史之學，以副中丞鄭重期望之指，庶余亦得藉手以觀成也。抑余考《常棣》之詩，毛傳：『鄂鄂然，言外發也。』鄭箋：『承華者曰鄂，不當作拊。』則破字矣。然《説文》『否』字从『不』得聲，『否』，方九切，以平聲讀之，與芳浮切相協。故《釋文》云聲相近，《正義》云『不』、『拊』同也。《玉篇》：『拊，花木足，凡草木房謂之拊。』亦正此解，第『拊』字从手，無足義，則『拊』當作『跗』，始與義合。生兄弟通古義，其有以進我矣。

履二齋記

履二齋，先君子燕處之地，蓋取顔光禄詩『《蠱》上貴不事，《履》二守貞吉』句云。先君子嘗曰：『天生聖賢以爲世也，非以不事自守也，爲世必得君。孔子於齊接淅，於魯不脱冕而行，出疆必載贄三月，無君皇皇如也。若顔子之在陋巷，閔子之欲之汶上，子夏之退居西河，皆爲世所舍，以有待於時。故論次逸民曰：「吾則異於是。」石門、沮、溺、荷蓧丈人，蕭條山澤，最高曠也，至歎以爲「鳥獸不可與同羣」。三代以後，上者急功名，下者嗜富貴，貪利冒進，於是舉高隱卓絶之士，以爲刮劘激勵，實不得爲道之中。然《履》之二以吉稱者何？履之時，履虎咥人之時也。知進而不知退，知得而不知喪，聖人戒之。是卦三「凶」、五「夬」、四「愬愬」，惟上在外有其旋之吉，初在下適獨行之願，二以剛居柔，宜上處下，若有待於時而不妄出者，其獲吉固宜。且履者禮也，履者道也。出以道，則辨上下、定民志；處以道，則内悦而外剛。由是履而貞，貞而吉，無媿爲幽人，非後世矯情駭俗，或偃仰自逸樂務爲名高而已。余老矣，不敢語《蠱》之「高尚」，于「履道坦坦」之義，竊有志焉，汝其志之。』

後四年，先君子歿於是齋。又三年，遷於村西南，復舉是以榜於楹。又六年，齋圮，稍葺而新之。其春鄉試見黜，歸於里，追惟先君子之緒言，已十有三年，於此因泫然流涕，書是辭懸諸齋壁，庶朝夕以自勗焉。

駱佩香聽秋軒記

聽秋軒，駱女士佩香所居。佩香以穠李之年，矢《柏舟》之志，青鐙縞袂，用詩畫自遣者凡十餘年，故榜其室曰『聽秋』。秋者，愁也，萬物之所揫斂也。其音商，其色素，其物枯槁顦顇，而不知乾坤清氣乃鍾於其候。故《風》有『蒹葭蒼蒼，白露爲霜』之什，《騷》有嫋嫋秋風、水波葉下之章，及宋玉作《九辯》，遂以登山臨水狀秋之爲氣，其微茫哀怨，至於不忍卒讀。今佩香所處，秋境也；所得，秋氣也；所藴，秋心也。舉歐陽所賦、湘中所草，時時鉤而出之，如孤蛬之語、獨雁之啼、斷猿之叫、鐘鳴葉落之槭椒，得《風》、《騷》之變，以合清商貞素之節，固其宜矣。世人抗塵容而走俗狀，豈足頌其百一也哉？抑佩香本籍句曲，居鎮江北郭外，大江環其前，松寥、浮玉、招隱諸山，雲嵐映帶，晻靄左右，當時有雲林、昭靈諸女，真如《真誥》所載者，烟晨香夕來集茲軒，擊范成君之磬，吹董雙成之笙，鼓許飛瓊之簧以和佩香？其將始而悽惋，繼以愉悦，微茫哀怨之説固不得而盡也。姑題於軒以竢之。

殷氏祠堂記

三代禮教之隆，自天子、諸侯以至於士，爲數不同，皆得立廟以祀其先。蓋古者卿大夫無世官，有世禄，而士之子亦恆爲士，廟皆在寢東。雖有房屋榮序之分，異其名而不別爲屋，故其刱造不難，且遷徙無出鄉，立廟則千百年可以永守。此古聖王所以教孝，俾尊祖敬宗，人人得盡其誠，而率天下於忠厚者也。春秋而降，世禄廢，井田亦廢，士人輕去其鄉，而立廟之制隳矣。及唐，如郭子儀、顔真卿、田宏正、烏重允，勳臣貴族始立廟，或奉敕建之，或令史官爲之辭。士人格於分，不得與，其或力能自致，無待而興，庀治棟宇，亦名祠堂，不敢言廟。然非深露濡霜隕之思，遡水源木本之意，篤於承先啓後者，莫能奮起而爲之也。

距常熟縣三十里，有鄉曰唐市，殷氏居此十三世矣，族姓緐衍，世以孝弟忠信爲教。殷君崑蘭承其祖廷襄公之志，擇市之東建屋四十餘間，肇於乾隆五十年，成於五十八年。前爲門，進爲廳事，族人合食之所也。又進爲祠，奉高祖南麓公以下四代栗主，而始祖華一公居其中。祠後有室，則收藏祭器服物，其旁列屋，以御賓客，凡庖湢之所悉具。春秋享祀，宗族咸集，一本之親久而勿懈，詎非所謂能孝者歟？

先是，廷襄以仁厚聞於時，善治生，沈文慤公稱爲『勤不失時，儉不耗物』者也。又君出爲叔父後，母張孺人年十九守節，奉姑以孝，迄今三十餘年，有司將請旌於朝，蓋祖德壼範卓卓如此。而君復以孝弟忠信繼其後，無待而興，遹追來孝，將見繼繼繩繩，俾昌俾熾，豈惟殷氏一家之休，所裨國家教孝之治者甚鉅。因如其請而記之，刻置於祠壁，以示鄉人，且以爲勸。

楓涇王氏祠堂記

楓涇在青浦縣西南四十里，有湖蕩以限之，故今屬浙江之嘉善縣境，是爲吾弟四川鹽茶道南明所居。南明與余族望同出太原，屬疎服盡，不能攷行輩，然小余七歲，故自少以兄事余。余在四川參軍事，南明時爲成都縣知縣，嘗謂余曰：『吾始遷祖富一公爲茂才，應聘主講白牛書院，因遷楓涇，蓋十有三世矣。世以耕讀爲業，孝弟忠信爲教，子姓緐衍，間有達者，皆荷先澤之貽。小時侍曾王父庭殖公，常以未及建祠爲念。今方爲縣令，力淺且軍事方殷，又去江鄉六千里，又無可任其役者，有願未能遂也。』

閱二十六年，南明弟映川由雲南平彝知縣乞養歸，乃屬以興築之事，始於乾隆五十八年，至六十年秋而祠堂始成。其地在所居之東，其制凡四進，前中爲門，左右以棲司門者，進爲廳事，以合族人，又進爲堂，以供族食之地，又進爲堂，上有樓，奉四代之主。其廣皆五間，左右皆翼以房序，其祭以春秋，拜跪酳獻，牲牷酒醴，一從徽國文公之書。

嗚呼！南明之任成都也，時值王師戡兩金川，羽檄旁午，南明夙夜勤奮，積勞六七年，由令而牧而守，漸至通顯。既而西番科爾喀之役，則又馳往打箭爐徼外，督理餫餉，以迄於蕆事。故益蒙聖天子之知，歷擢川東巡道以至今職，且賜戴孔雀翎，用示優寵，而三代皆封中憲大夫如其官。茲者三年大計『卓異』，入覲將復膺特達之知，被不次之擢，且得請假歸鄉，肇舉焚黄令典，瞻榱桷之方新，薦鼎俎之有秩，率是宗人蹌蹌濟濟，遹追來孝，以成祖父未成之夙志，顧不偉歟？雖然，南明之抱此志垂四十年，弆其俸入銖積而寸累之，又得其配胡恭人勤紡績、鬻簪珥以爲之助，始得潰於有成。蓋事之不易如此。舁弟子孫從而祭者，思刱造之艱難，勤耕讀守孝弟，修而明之，擴而大之，使拏舟來往者，於湖波晻靄、雲樹荴疎之外，望其巍然翼然，誇美歆羡，指而謂王氏先澤之貽久而弗替也，豈不益嘉哉？故於南明之請記，書其緣起，俾鑱於貞石，以示後人云。

陸氏義莊碑記

君子之學，學爲仁而已矣。仁者，人也。親親爲大，親親而仁民，仁民而愛物，凡鰥寡孤獨顛連而無告者，皆宗子之職所不得辭，況一本之親出於祖宗同氣者歟？蘇明允言：『情見於親，親見於服。』服盡則相視如塗人，原其初實爲一人之身，則幸其未至於塗人也，宜聯屬而賑卹之，是以古有收族之道焉。蓋古之仕者，位高祿厚，分所餘以及族人，如晏子所云『推君之賜，三黨靡不被其澤』。降至六朝，臧焘、范雲輩猶有其風。然祿止於生前，暫而不可以久，故欲爲久遠之慮，莫如義莊。

吳中陸氏，代爲望族，自唐甫里先生龜蒙至明尚書公禮，瓜綿椒衍，其後益繁。於是我友豫齋本其仁心，建橋梁，施醫藥，衆善畢舉。乃修甫里先生祠，復出田五百畝設立義莊，不以財自私，不以力自解，上承先志，精詳周摯，非大同無我好仁而能若是乎？

義莊始自范文正公，錢公輔紀之，謂是親親仁民、仁民愛物之遺。元、明以來，倣者相繼而起，而綿延於後世者絶少，蓋仁有餘而義不足也。豫齋既立義學以訓子弟，凡不孝不悌、奇衺賭博，及淪於賤業、蕩廢遺產者，皆不得與於振卹，即贍族之中寓勸懲之至意。於是陸氏義莊將與范氏同揆，垂於永久，而子弟率豫齋之教，推廣其仁，寧有涯量也哉？豫齋抑然退然，不自矜衒，予故取錢氏所謂仁者兼明其義，著立制之盡善，以激發其子弟，俾昭於貞石云。

蔣氏祠堂碑記

出錢唐門幾三十里，爲西溪，西溪又西，有南北兩蔣村，中居民多蔣姓，自宋已然，見於《（咸淳）臨安志》中，其來久矣。北蔣村之旁，名調露鄉，屋數十楹，望之巍然翼然，前有門，中有廳堂兩重，後有樓，則蔣氏之家祠也。

蔣氏自居錢唐，世有聞人，其先有孚順、孚惠、孚祐三公，遭方臘之亂，能率兵以衛其鄉里，又常出粟以濟歲之饑，故其殁也，封侯立廟，奉爲明神。然其譜牒不傳，故其祠以七世瑞公者爲始祖，而子孫次昭穆以附焉。其經營而未成者，則爲又曾君，諱元久。卜地鳩工，竭力營造，始終任其勞者，則爲巨堂君，諱檪。奔走而襄厥事者，則爲範𦬒君，名模；快亭君，名楹；敬詹君，諱栻；滙川君，諱灝；望民君，名法。建於乾隆五十七年，迄於嘉慶四年，乃克成之。而巨堂君已先卒，其子炯具《事略》來，請撰文以記其事。

按《事略》：祠之制，廳以會族人，堂以合族食，樓以奉栗主，祭以春秋，灌獻拜跪之儀，一遵《家禮》。族人共助田一百五十畝，巨堂君配姚孺人又出私帑奩具，置田三百畝，供祭祀飲宴之需，且以助族中之貧而不能舉婚喪者。於是蔣氏祠堂之規制，燦然畢具矣。

夫古之卿、大夫、士皆得立廟以祀其先，通都大邑翬飛鳥革者，往往相望，里人侈爲美觀。比三四傳，而子孫降爲皂隸，祠屋亦淪草莽間，何可勝數？蓋由其後不才不學，故未及久而遽墮也。今蔣村居，傍山臨水，村落環抱，風俗淳古，而蔣氏尤以耕讀爲恆業，間以樹蓺，雜以漁釣，桑麻松竹之間，無紛華游冶，以誘其嗜好。來游者如入畏壘之鄉，華胥之境，建德之國，而蔣氏又能尊祖敬宗，爲承先合族之舉，教之以孝友、睦婣、任恤，將雲礽之蕃衍、生殖之富有，久而逾盛，可知已。炯兄弟三人：長杰，次煒，炯第三，才而能學，尤以詩古文名於兩浙云。

修慈門寺碑記

天地之生人生物，人之所以爲人，皆本於仁。人皆有不忍人之心，惟君子也擴而大之，老吾老以及人之老，幼吾幼以及人之幼，又推其餘及於鳥獸，由是盡人之性，盡物之性，功足與天地參。堯舜之仁暨昆蟲草木，上下咸若，其被於樂者，百獸率舞、鳳凰來儀以應之，職是故也。蓋人物與己生本一氣爾，以天地視之，皆吾同胞也。域於血氣形質，於是己見以生，因己有欲，因欲有私，而無我之本亡矣。漸至忮求爭奪、殘刻戕殺之害並作，而不可制也。聖人憂之，不能遽返之於仁，而先助之以慈。

慈者，父子之所以有親，雖凶狠慘虐，未有不愛其子。知我與人同爲天地之子，天之愛斯人也至矣，其忍互爲戕賊與？我愛我子，人亦愛人之子，又忍戕賊以自快其私與？慈之說行，君上嚴不嗜殺人之戒，卿、大夫守保赤誠求之訓，然後不獨親其親、不獨子其子之風俗以成。大道之行也，與三代之治，鮮不肇於此。

昔之言仁者，曰寬、曰善、曰惠，未有言慈者，言之始見於《禮記》。其後《道德經》云：我有三言而寶之，以慈爲先。而桑門教人爲慈，尤詳切廣博，下至蜎飛蠕動，無所不到，頗恨其說時乖戾於聖人。然耳目口體諸欲，于我無與焉，漙漙以愛人利物爲本，蓋深合於克己爲仁之旨，是以雖有凶狠慘虐者，往往藉此以稍戢，其于吾儒仁慈之說，蓋不爲無助。

里北有慈門寺，歲久而圮，僧某某等斂貲以新之，且告曰：『寺舊無記，願志其所以名。』余於桑門之教，未有得也，乃以聞於吾儒者告其徒，且使鑱之於碑云。

大崇仁寺五百羅漢記

佛書言聲聞四果：曰須陀洹，曰斯陀含，曰阿那舍，曰阿羅漢。其與菩薩摩訶薩良有別矣。然《楞嚴》二十五無學如憍陳那、摩訶迦葉等十四人，皆成阿羅漢。道及所説圓通，乃與彌勒、普賢實無優劣。蓋離欲無諍，人中最爲第一，其爲人天崇奉宜矣。阿羅漢之傳於世，有云十六者，有云十八者，有云五百者，有云八百者，有云五千者。蓋猶佛之稱七大，菩薩之稱八大，曼荼羅義之稱十七聖，栴檀海佛及弟子本起之各稱五百，因時以立數也。而五百之名最著，宋乾明院是以有尊號之文著於《釋藏》。昔蘇文忠公作《薦誠禪院五百羅漢記》，蓋塑像之來舊矣。宋南渡，淨慈寺僧道容塑五百羅漢，作田字殿貯之。近靈隱、雲林寺亦有塑像，是豈徒費摶埴、工藻繪、誇殊形異狀之勝哉？惟使十方衆生翹誠悲仰，發菩提心、生正信心而已矣。

西安城西大崇仁寺，於隋爲濟渡寺，於唐初名靈寶，又名崇聖，年久頹廢甚。中丞畢君既撤而更新，復倣淨慈之制設像，建室以居之。至甲辰夏月訖工，而屬余爲記。或曰：『佛書諸俱羅與其徒衆五百居天台，三百居雁宕，於關陝無聞焉，曷爲而建此堂？』余以爲阿羅漢能於國土從佛轉輪，故其衆千二百五十人常與佛俱，是佛所在卽羅漢所在，況其應身無量，又未可以國土限明矣。我皇上精研梵筴，深入佛智，於萬壽山大報恩延壽寺築祇樹園、獅子窟諸勝，以奉五百應真，人天環拱，普攝三千大千世界。中丞於是時也，踵而行之，不亦宜乎？落成之日，來游者益衆。喜中丞之能復舊觀，又爲都人士新耳目，得未曾有也。故著羅漢之果位與五百之緣起，俾翹誠悲仰者有以覽焉。

西安大興善寺重修轉輪藏經殿記

《周禮》：外史掌四方之志、三皇五帝之書。而孔子因百二十國寶書，以成《春秋》。蓋書之薈萃藏弆，上古已然。自六經之後，散爲諸子百家，經劉向父子校定，而《藝文志》因之著録，凡一萬三千二百六十餘卷。《隋書·經籍》所録，又幾倍之。至於唐、宋，著述益繁，今統計之存者，不逮百分之一，豈其餘皆不足存歟？抑作者難、傳者不易歟？

攷漢以來，開獻書之路，置寫書之官，建藏書之閣，又遣求書之使，分校書之職。其儲之也，外有太史、博士，内有延閣、祕室、蘭臺、東觀及仁壽閣、文德殿、華林園、觀文殿諸所，搜之不爲不力，聚之不爲不專。至於士大夫之藏書者，自張華、杜兼、韋述以下，章章可攷，幾五六十家。而古書之傳，往往逾時而失之。究其故，蓋未嘗旁搜博取，合經、史、子、集四部萃爲一書，復鏤之版以流通於世，故遺佚如是其易也。

若釋氏不然，大小乘經律論，爲數至四千六百六十卷，其徒或歷數萬里挾以入震旦，或閱數十寒暑而往求焉。比其得，愛護如頭目腦髓，彙而藏之，著其時代，標以譯人姓名，又以支那譔述隨時增入。其徒既自書寫剞劂，復丐宰官、長者、居士助之，且聳動世主爲之鏤刻，分貯於名山古寺，故兩漢、魏、晉、五代暨唐譯出之經，無有遺佚者。視吾儒之書，寖傳寖失，豈可同日語哉？

夫吾儒經術文章之士，多出於中原，非若印度身毒在西南絶徼之外，必梯山航海，冒危險，歷流沙積石，而後可得之也。篆隸之後，繼以楷書，因文考義，智愚共曉，非若西天梵字，必法師重譯、執筆潤文而後可讀也。而遺佚若此，全備若彼，是吾儒之好古，較諸釋氏之寶護，弗如遠甚明矣。

西安大興善寺，刱自晉初，盛於隋、唐間，仿西竺之制，建轉輪藏經殿，有前明萬曆間敕賜藏經，本朝雍正十三年新藏成，又以賜之。年久殿圮，輪亦敗壞，經有被風雨塵沙所損者。中丞畢君屬同知徐君大文新之，以乾隆甲辰冬日落成。經言『於一切經能書寫受持，功德無量』，況取大藏而覆庇之，俾其永無失墜，世有義學沙門，庸以窺見佛乘之全，功德不尤偉歟？雖然，身爲聖人之徒，而其於經典也，篤信之，固執之，乃不如緇衣白足，世之見斯文者必將皇然而愧，蹶然而興，爲久遠寶護之計，庶四部之書嗣後無或有缺佚不全之憾乎？余之爲記，蓋非獨爲釋氏導揚已也。

重修清華閣記

吾鄉圓津禪院，刱自元至正間，蓋梵刹之小者。明季，僧語石始以善畫、工篆刻聞於時，即其居拓而大之，築亦峯居、漕溪草堂、墨花禪、息躬室、清華閣諸勝，而閣尤爲名流賞詠。蓋禪院能收湖蕩村墟之景，而登臨游眺，閣又爲景之最焉。

閣之初建，歲在康熙乙未，時里中陸孝廉慶臻著爲十二景，陸侍御祖修、王給事原咸有詩文以述之。年久而燬，閲數十年，僧振華偕其徒慧照修之，凡用錢二百餘緡，始復其舊。登斯閣也，西自薛澱湖，東至三分蕩，皆微茫隱現於雲樹之外，而村落之疎密，漁舟商舶之往來，得一覽而盡之。侍御、給事之所稱，豈誣也哉？余嘗怪吾郡世家名族子孫習呰窳，怠佔畢，不及數十年，所傳法書彝器蕩然無能守者，屋宇亦易諸他姓，其於肯堂肯構者謂何？及入圓津禪院，花藥翳然，鐘魚如故，明季以來東南士大夫之書畫，盈箱積案，藏弆無一遺者。自語公以翰墨擅長，迄於慧照，凡六傳，皆工畫，佐以篆刻，而於前人屋宇又能興復如此，可不謂賢歟？世家名族之子孫，失其世守，寧不過此而增媿歟？

振華重建，蓋在壬寅、癸卯間，先屬錢詹事大昕以八分書其額，而邵明經玘賦之，又索余爲記，以繼陸、王之後。余遠宦黔楚，諾之而未果，今慧照重趼三千餘里至京師，請踐宿諾益勤，因書是以貽之。歸示鄉人子弟，其將有感而自好也。閣之形勢與四時景物，已詳於侍御、給事之詩文，故不復紀云〔一〕。

【校記】

〔一〕《（嘉慶）松江府志》（清嘉慶松江府學刻本）卷七十六「圓津禪院」條引此文，文末有「乾隆五十六年歲次辛亥三月望日」句。

慈門寺新修鐘樓碑記

慈門寺在吾鄉東北隅，殿左有樓巍然，巨鐘懸其上。樓之高以尺計者凡六十二，鐘之重以斤計者凡一千五百〔一〕，撞之聞二十餘里，蓋用以警覺羣生興善止惡。然樓爲明崇禎初建，歲久欹側不可登，鐘亦置而弗叩。費鉅工繁，數十年來，莫克舉其役。

今同鄉善士，謂名刹不可不修，慧命不可不續，爭出檀施，構巨材，鳩良工，斥其朽蝕黯䵝，用銀二千數百兩，奔走勞勩，閱三月乃潰於成。惟古樂鐘以立號，是爲金聲，徑圍有定制，掌於鳧氏者獨詳。其懸以簴筍崇牙，則大不出鈞，重不過石。三代以降，乃有千鈞萬石之稱，而釋氏遂取以爲用。其於鼓鉦舞銑，亦多不諧經義，然立號動衆，與古無殊。蓋釋氏以此方教體，清淨在聲聞，故將擇圓通第一，先敕睺羅擊鐘使驗聲塵、聞性之有無。無上方便，以一音攝效，見於《法藏經》、《感應記》諸書，是以犍椎之用，惟鐘力爲最大。

今斯樓之修，崇閎堅固，具濡木，復令僧主之，以其時而考擊焉。吾鄉人戶不下數萬，且寺瀕溪，船往來日以千計，風晨月夕，大聲隆隆，隱隱震於空虛，則凡雞鳴而起，夜氣猶存，疇不肅然而醒，皇然以思，止惡而興於善，於吾儒警世之教深有裨焉。故於傾頹之久，修建之勤，詳舉而記之，以示後來。若夫董事者姓名，暨善士檀施各數，別勒于石，不復詳載云。

【校記】

〔一〕 凡一千五百，《（嘉慶）松江府志》（清嘉慶松江府學刻本）卷七十六『慈門寺』條、《（嘉慶）珠里小志》（清嘉慶二十年刻本）卷六『慈門寺』條下引此文，均作『凡二千五百』。

湖州下昂村清遠橋記

狀吳興風景之美者，曰水晶宮，曰水雲鄉，不如山水清遠一言盡之。歸安縣治南三十里，有村曰下昂，溪曰昂溪，橋曰松雪，蓋丁君杰之所居。

癸卯春，余客武林，君自都門歸，數來見，一日請曰：『杰里人重葺松雪橋，將落成矣，更名清遠，願有記也。』余問故，君以圖示曰：『下昂之名村也，不知所由來，或曰蓋夏王之訛。今去村西北十數里，爲烏程之杼山，昔夏后杼常至其地，故名。然烏程自有夏王村，在杼山東北，此何以稱焉？或曰元趙子昂故居曰蓮花莊、曰松雪齋，在府城，其別業則在是村，村東南隅有松雪庵，故松雪樓址也。庵西二里許有蓮花莊存焉。以城爲上昂，故此爲下。考上昂之名，不見志乘，且子昂詩文無松雪樓。獨村西南隅，有趙家滙，其在西北者曰北趙家滙，趙氏實聚族焉，豈子昂之支裔歟？村民二三百家，不一姓。有溪水，上承餘不溪，自南來逕松雪庵前。東一支瀦爲潭，其深百尺，曰日暉潭，其經流迤西北折，逕庵右翼，帶兩小瀆，又北逕方家灣，涵泓渟蓄，折而西。舊有柳溪西南來，絕流而北，今湮塞。又西逕排沙灣，柳溪別支入焉，合流數十步，渠脈廣深，淪漣淼瀰，成巨港，港曰月華。霽秋皓魄，水天一碧。溪水又西逕趙家滙北，其西柳源上流，與蓮花莊諸渠首受北流水來，自西南遏之，使北逕村尾芒鞋塹。西北趙家滙東分二支：一支東流繞村後，合日暉潭水，東北去；一支少北東逕後莊南，復岐爲二，一北出，一東南行。夏盈冬竭。溪水經流迤西北，逕蝦蟇塹東、後莊西，入後莊，漾合北流水，穿衡山脅，復與餘不溪會，土人所謂昂溪者也。村腹，民夾水而居，舊立二橋：東曰望暉，西曰聽月。右港左潭，如在肘腋，趙家匯阻柳溪別支，亦立二橋，東達於村，獨北趙家滙在昂溪外，前抱巨港，後枕深漾，四面臨流，冬涉苦之。歲乙酉，趙氏子姓與他姓雜居者謀曰：「盍橋之衆鼓舞攸焉。」爲門者三版，覆其上，旁植大木扶之，杰題以松雪，蓋襲舊聞也。今是橋重葺，盡甃以石，易其顏曰清遠，庶幾無誣昔人矣乎？』君又言：『府城蓮花莊西有清遠潭，上有清遠橋，潭今涸，橋在平地。今吾村之橋，高三丈，長再倍之，廣殺高三之二焉，爲諸橋冠。漁莊蟹舍，遠近參差，西望杼山隱見林表，南盡天目，北極蒼弁，出沒烟霏霧靄中，移「清遠」以號之，尤宜。』

余與丁君約，他日游苕、霅，取道吴興，與君訪松雪齋故基，復放舟昂溪，往來日潭月港間，領略山水清遠之致，天然圖畫盡在目前，子昂有知，其亦將雲車風馬往來於此也已。於是舉丁君之語以爲記，鐫諸石，以示來者，俾知橋之所易名，爲能據吴興之勝云。

韓孺人畫像記

袁子廷檮弱冠，其母韓孺人歿，年僅四十。於是袁子痛其母之早見背也，既具事狀丐禮堂光禄爲傳，而以孺人畫像屬余記之。余攷孺人生平，事柳村君以敬，佐汪宜人以順，育子以慈以教，於古詩書圖史之云，蓋已無愧矣。其始也，佐理家政，克勤克慎，則人誦其賢；繼也，茹荼集蓼，撫孤成立，則人誦其節。賢節如是，宜其獲享大年，受子姓安養起居之報，而年不逮其壽，命不稱其德，宜袁子椎心泣血，冀表其母之徽美，皇皇焉不能自已也。

昔伊川程子謂『畫工所傳，一髮未當即不得謂吾親』，而溫國文正公亦以其非古不載於《書儀》。且圖像之留，雖孝子慈孫什襲藏之，而蒸鬱之所黦，絹素之所黷，往往未及百年，漸至蠹敝。若夫劉子政、范蔚宗所傳列女，昭於經，炳於史，自周、秦以來其名益著勿衰，洵有不繇年齒、不待圖畫而傳者。

今孺人既得其可傳者矣，奚復沾沾於是哉？

雖然，叔先雄之孝，郡縣圖像於碑；皇甫規之妻，後人圖畫號曰禮宗：蓋像者，象此者也，精爽於是憑焉。孝子之於親，思其居處，思其所嗜，手澤口澤之存，且爲之悽惻愴惕，況仰音容以思笑語者歟？繇是像也，曩昔挽車提甕之勞，釵荊裙布之素，與夫負書畫荻之教，皆顯顯如在目前，僾然肅然，必將日引月長而勿替。伊川、温國之説，豈足以盡袁子之心哉？

余又聞之，明初葉士綸之母以貞稱，部使者索公廉知其狀，趣州縣具文書，吏以年未五十援例辭，索公詈曰：『有婦玉潔如此，乃欲拘例耶？』即爲按覆以上中書，表其閭，其事具《宋文憲集》中。以孺人之賢節，焉知無索公其人不以年例爲拘，特舉烏頭綽楔之典，以慰袁子者？余固將載筆竢之，以示光禄，亦必以余言爲非妄也。是爲記。

記畫

册十有二幅：首幅芍藥，以墨汁勻之，葉八九，若冒風露欲偃者；次繡毬，枝横且亞，有花二；又次鱖魚，點以墨，暈以石綠，貫以葭菼，似吾鄉二三月罟師出市狀；次枇杷，顆六，方熟，疑可采摘者；荷花尤絶奇，兩葉作微卷，一葉裂，花半出其中；次雁來紅，次甘蕉，雁來紅一名西風錦，葉老，寒露下作蔫紅色，其殘蕉縷縷然，風曳之，殊有蕭颯意；又次桂，又次以青蘆十數莖，旁郭索方爬沙欲上，望蓼穗齧之；又次菊，有兩花横斜，寥落若高人偃蹇而卧也；又次雁二，一延頸鳴，一昂而迴顧，與前鱖魚皆工意不工似；末幅芋魁二，菘本一，芋芽渲微紅，而菘葉青青如始劚者焉。

畫師淮安薛懷，蓋邊頤公壽民甥，得筆法于其舅，所題詩及詞句俱工。頤公畫，余家有之，是册亦虎賁中郎之似云。嗟乎！之數者，皆吾鄉田舍籬落間物，農人野老習見之，不以爲異。而余自辭江湖落塵土，弗獲見者殆十五年，今閲是册，如遇故物焉，如游故鄉焉，喜而繼以悲，爰書以志之。

屈季超刻印記

往虞山屈秀才季超善篆刻，常舉蘇文忠公詩『出處依稀似樂天』句，刻以贈余。余惟白文公清才曠識，獨絶今古，蹵然不敢當，爲置篋衍者久之。

然考《唐志》，刑部尚書正三品，侍郎正四品，文公於太和元年以蘇州刺史徵拜祕書監，轉刑部侍郎，七十一歲以尚書致仕。今刑部侍郎正二品，余年六十四歲爲侍郎，又三年誥授光禄大夫，階一品，與文公官職相上下。又考貞元十六年，文公二十九歲，以第四人及第，三十二歲授校書郎。余以三十一歲成進士，候選知縣，三十四歲召試第一，授内閣中書舍人，三十六歲遂直軍機處，典司諭旨。視文公以五十歲知制誥，較早十餘年。又元和三年，文公由盩厔尉召試進士，取蕭澣第一，至□□年爲制策考官。余於乾隆二十四、五、六、七、八五年間，五次充同考官，五十七年順天鄉試充副主考官，則校文又同也。文公自三十九歲除京兆參軍，丁母喪，後又貶江州司馬，除忠州刺史，及五十一至五十五歲爲蘇杭刺史。余自四十六至五十三歲以吏部郎參滇蜀軍事，則歷仕又同也。文公授侍郎後，甫一年，分司東都，而余以五十三歲任鴻臚寺卿，歷通政使，陟大理寺卿，遷都察院左都御史，未一年，出爲陝西、雲南、江西按察布政司使，入爲刑部侍郎。今以精力日減，不能勝任，懇恩致仕，計其年亦與文公相近也。

寒宵無寐，檢點故篋，得屈君所刻之印。因思生平才分，實不足以繼文公萬一，而出處蹤迹多有相似者，蓋屈君之語不誣。然君年少而殂，已墓有宿草矣。因作絶句三章以志慨息，並詳記之如此。後有君子，當與我同感也。

雙林寺硯記

庚辰秋日，過琉璃廠，見石硯一，長七寸有奇，徑五寸少弱。歲既久，磨墨處凹二三分，許以百錢，售之。歸，指磨濯洗，漬垢悉去。視其背，有『雙林寺記』及『居山之寶』八字，字不甚工，頗𪊲樸可喜，蓋緇衣以意鐫勒，故不如篆刻家之工雅爾。

考雙林寺有二：一在東陽，即今義烏縣，傅大士捨宅於松下建寺，因以樹名。《徐孝穆集·東陽雙林寺碑》所云『乃於山根嶺下創造伽藍，因此高柯，故名雙林寺』也。其一在江西南昌府靖安，晉西域沙門竺曇過此，稱其山水似西天婆羅雙林間如來説法之地，遂開山創寺。唐柳公權爲書門扁，李端《寄廬山真上人》詩『白雲山上宿雙林』，蓋謂是也。義烏之雙林，至宋治平二年已更賜名寶林禪寺，則此爲南昌之雙林無疑。然按其石質之刓損，蓋亦已三四百年物矣。

昔灘哥石硯爲房相筆授《楞嚴》所用，宋文憲見其搨本，猶爲歡喜讚歎，況是硯傳閱招提，積有年所，以余早衰且病，退朝之暇歸心佛乘，而是硯適落我手，月夕霜晨，用以疏鈔教典，豈非勝緣所屬？其視在薝蔔林中伴禪燈而侶粥鼓，寧有差別也哉？　九月望日，記於京師聞思精舍。

竹爐記

余少讀《懷麓堂集》，知惠山竹爐，蓋九龍山人王孟端所製也。壬申春，經無錫入山，始於僧舍見爐，並見孟端之畫，筆墨蕭瑟，雲木蒼潤，跋其逸致，掩卷久之。後二十八年己亥，乞假過此，適顧觀察光旭方家居，邀余游寄暢園，登閣復見竹爐，怳然如夢寐。觀察言山下工人有能仿此者。庚子，隨輦南行，觀察遂製以爲贈。未幾，出按江西，寘於官署之梅花書屋。族子宜爲麓臺侍郎，曾孫工山水，因使圖之，以成二妙。余今五十七，多病，或他日丐聖恩歸老吳淞，再過惠山，攜是爐試第二泉，雖不敢媲美前喆，亦庶以償夙願焉。

春融堂集卷四十九　記三

畢雨稼行旅圖記

右圖一卷，畢雨稼先生狀其旅行作也。先生少以詩詞名于時，秀水朱竹垞檢討、華亭高查客上舍，皆與爲交游。《曝書亭集》有『勸畢子飲酒』及『飲二十杯腹痛』詩。又章豈績有《題畢載積畫竹卷》，載積，先生兄也。先生工書，得顔魯公、李北海行楷法，余嘗見其詩十餘篇，及《詠梅》、《竹影》諸詞，風格亦在竹垞、查客間，今求之士大夫家，已不可復得。先生顴微赤，面目疎秀如畫，此正其四十餘歲像也。蓋嘗兩游京師，一適晉，再入閩，因有是作。

嗟夫！人固有跧伏鄉里，讀山經地志暨昔人游記，所狀山水奇崛幽麗，恨不宿舂糧、負襆被徜徉乎其間，以爲人生當作萬里游，何苦低首甕牖，以自閼抑其意氣？余曩者所見亦然。及甲戌入燕，自燕入齊，踐鄒嶧，涉汶濟，徑乎泰岱之麓，車輪歷碌軒輊，黄埃坌起集眉目間如土偶，日炙背，揮汗雨下，煩渴不得飲，始喟然太息，知行路之難。今圖中村莊罨靄，榆柳翳如，溪山悉清遠可喜，意覽者將深有樂乎此，而孰知先生蹇連不得志，終登頓于車馬間以老也？可不嘆哉？

先生名大生，予同里人，無子嗣，一女適葛氏，氏生一女，爲予再從子棟婦。是圖葛氏所藏，因來索余記。余悲先生窮老以歿，僅六十餘年，而當世罕有知其名者，久之恐遂湮佚，因舉其生平大略，附著于斯記。圖中傔從四、騾二、馬三、鈴馱五。絹長三尺二寸，高九寸。

汪文端公松泉圖記

少師汪文端公以文章道德受聖主不世之知，某鄉試座師夢午塘、王芥子兩先生皆出公門下。及在軍機處，與今副憲君同直，是以知公文章德望益詳。公於乾隆壬申侍直之次，皇上親灑宸翰，書『松泉』二字賜之，公因取以自號。又屬董文敏公邦達及李太常世倬、蘭陵布衣張洽圖之，寫像於其上，蓋一以侈君賜之隆，一以表生平所尚也。

或謂公身名在日月之表，聞望在斗杓之地，而顧取於荒蹊寂莫礁磽無人之境，聽松風而友泉石，以自附於高人逸士之爲者，何居？吾聞古君子之自處也，窮居而不損，大行而不加。謝文靖鎮定危疑，而寢處有山澤間儀；徐簡肅參掌衡石，盡心奉上，而欲以種樹穿池，少寄情賞；至如裴晉公之緑野、司馬溫公之獨樂，其旨寧有殊哉？公生於天都清曠之區，長於西泠烟水之地，一旦蒙上之賜，而悠然發松石間意，詎不宜歟？且公仁知之好深矣，應制視草，政事填委，而蕭閒沖淡，無攖於世累，所謂人視朱門，如游蓬戶者，雖境無松泉，無適非松泉之致也，而又何疑焉？

昶以甲戌應禮部試，芥子先生帥以見公，訓勉之者甚至。及蒙恩賜中書舍人，午塘先生又先以昶生平所學言於公，將使預軍機之直，比至都，而公先歿矣。今展公之圖，仰公之儀像，其從容和厚，文章道德之氣，猶洋溢於楮墨，而計騎箕之歲，忽忽已三十七年。風範如新，哲人久萎，可勝悼嘆歟？因副憲君之屬，相與泫然而書其後云。

陶然亭雅集圖記

乾隆丁酉六月十一日，徐子尚之、錢子獻之、王子敦初、胡子元謹、金子振之、張子鄂樓，宴朱編修竹君及余於城西陶然亭。亭既高敞，諸子譚藝道古，聽之灑然，時方暑，若不知炎歊之被于體也。日暮，雷雨將作，益涼，于是分體作詩。鄂樓又令善畫者繪以爲圖。

古來嘉會多矣，獨晉之蘭亭、宋之西園，好事者爲圖以傳天下。《世說》：『右軍聞人以《蘭亭集序》方《金谷詩序》〔一〕，又以己敵石崇，甚有欣色。』考崇父子以劫盜富，極園林、聲伎、飲饌之盛，性淫而好殺，又與潘岳輩諂事賈謐，有志節者方羞與爲伍，比崇適足爲恥，奚以喜爲？右軍度不出此，殆傳之者妄爾。然蘭亭二十六人，安石、興公、子猷之外，不甚著聞，實不足比于東坡諸君子好古多聞，博學絕俗，可爲百世師也。傳不以地以圖，在人，惟諸子勉之爾。

尚之名書受，武進人；元謹名量，長洲人；鄂樓名彤，烏程人。皆余門人。獻之名坫，嘉定人；敦初名復，秀水人；振之名翀，仁和人。余同年之子也。

【校記】

〔一〕聞，《世說新語·企羨第十六》作『得』。

授經圖記

同年韋君約軒出示《授經圖》一卷，中依石而坐，容色睟然，是爲君尊人鐵夫先生；其垂髫倚側而奉書者，則君也。蓋君家傳經已九世矣，是時，君年方十四爾。于是君屬余以文記之。

余維孔子沒，兩漢經師莫不各仞其家法，臨以天子公卿之問難，莫能奪也。其一家父子祖孫相授受者尤衆。《易》則汝陽袁氏、會稽虞氏，皆五世。《書》則魯夏侯氏，五世；千乘歐陽氏，八世。見于兩《漢書》暨《經典釋文》，不可勝紀也。蓋古之學者，讀《易》如無《詩》，讀《書》如無《春秋》，又于一經中顓守一說，歷數世而不變，是以立志也定，而爲說也博且精。後世藉以取科第，往往一人之身促，數更易其所誦習，又以爲姑不悖于制義已爾，故經術益衰，卒于弇陋荒蕪而不可詰也，豈不宜哉？

先是，君嘗繪圖勗其子孝廉君，俾余題詩于左，余爲深著荒蕪弇陋之弊，務蘄所爲博且精者。今復閱先生是圖，則韋氏之窮經，猶有兩漢經師之遺則歟？先生一老貢生，晚年洊歷學官，不以宂長自廢，行事卓卓，非家世窮經之效歟？韋氏九房在唐最爲著姓，多以文章勳業聞。迄于貞元、元和間，彤及公肅又以習《禮》見重於容家，觀其辨袝祭、議寢園，兩漢經師不是過也。君承先生窮經之教，迄今幾五十年，其間出典行省，入直館閣，既已有聞于世矣，而孝廉君復以通經繩祖武，將見族姓之盛媲于唐，而家法之傳上擬兩漢，不亦休歟？

圖長三尺五寸，博一尺，高梧深柳，老屋數椽，稱其爲經師所居云。

大樹山房圖記

大樹山房冊子，蓋余君元亭圖其故居也。君以名孝廉宦游雲南，馳驟功名者二十餘年。已而官蜀中，以憂回里。去年中丞譚公聘主五華書院，君著書窮經之外，未嘗一日忘故鄉，於大樹尤切，故爲圖以表其志云。

嗚呼！古以大樹稱者多矣，姑不具論。曩時緬甸跳梁，大兵進討，大學士傅公爲經略。公見騰越人家竹樹蒼翠叢密，因除地築室其下，名曰大樹園。余作詩紀之，蓋時君綜理軍須所親覩者。迄今十八年，傅公薨逝久矣，園亦化爲榛莽。蓋世事白衣蒼狗，不可把翫如此，孰與君之大樹，吟風雨、傲霜雪，樹與室久而無恙乎？曲轅櫟社之木，以爲器則速毀，以爲門戶則液樠，以爲柱則蠹，無所可用，是以其大百圍，而絜之可以蔽牛。商丘之木，拳曲不可爲棟梁，咶其葉則爛，嗅則使人狂酲。是以『結駟千乘，隱將芘其所藾』。

若君之昔從事於軍也，兵數千隊，牛馬數萬頭，糧餉數十萬石，徐而晰之，分而治之，秩然井然，各獲其所，俾經略倚如左右手，可謂不材無用者乎？而君終不欲以自炫其材，是君之宦游直寄焉，以爲不知己者詬厲已矣。今君辭講席歸，休乎故居，彷徨乎無何有之鄉、廣莫之野，逍遙乎寢臥其下。斯樹也，當如楚南之冥靈、上古之大椿，以千歲爲春秋，彼曲轅、商丘，何足與倫比歟？

余別君十餘年，復來於此，年益衰，此樹婆娑生意盡矣。見舊時草木，輒有攀條流涕之感，蓋庚子山所謂『火入空心，膏流斷節』者也。故覽君之圖，益有感焉。雖然，君爲政，所至有惠聲，君能忘世，世未能忘君，其又將以大樹爲甘棠也夫？

游珍珠泉記

濟南府治爲濟水所經，濟性洑而流，抵巇則輒噴涌以上。人斬木剡其首，杙諸土，才三四寸許，拔而起之，隨得泉。泉瑩然至清，蓋地皆沙也，以故不爲泥所汩，然未有若珍珠泉之奇。泉在巡撫署廨前，甃爲池，方畝許，周以石欄。依欄矚之，泉從沙際出，忽聚忽散，忽斷忽續，忽急忽緩。日映之，大者爲珠，小者爲璣，皆自底以達于面，瑟瑟然，纍纍然。《亢倉子》云『蜕地之謂水，蜕水之謂氣，蜕氣之謂虚』，觀于兹泉也信。是日雨新霽，偕門人吴琦、楊懷楝游焉，移晷乃去。濟南泉得名者，凡十有四，兹泉蓋稱最云。

游龍泉記

余以己丑正月抵永昌，適有幽憂之疾，閉户卻埽。鄙令奚君寅、太邑令仲君鶴慶來告曰：『子曷不游龍泉？泉在太保山之陽，廣二百餘丈，修倍之。水瑩然見底，其底布以沙，沙往往作金色。泉遇竅則升于水，見水如千萬珠，纍然散漫而上。魚淰荇藻間，凡數百尾，若行空中，鱗之界、鬣之紋皆得以一二數。上爲屋三楹，縮以版，下可掉小舟通也。屋之右爲橋，宛轉以屬於池中之亭，登亭以望，則人烟之杳靄，山嵐之層疊，可覽而盡也。楓櫧樫柳，雜植碕岸。蓋吿自入滇而南，未始見有如是泉者。』余心韙其言，會赴騰越，不果游。十二月師旋，又閱月，將還京師，於是召朋侶、挈酒榼往游焉。至則水之澄、泉之濫、風景之幽異，一如奚、仲二君言。泉一名易羅池，稍西有龍神祠，又有屋以祀自古忠義之士云。

近華浦游宴記

乾隆庚寅春，定邊右副將軍阿公讋服緬甸，旋軍雲南省治，將朝于京師。會有旨命公綜覈軍實，巡撫明公乃以暇日率其屬錢君受穀等，餞公于近華浦。

浦爲滇池上游，九十九峯水瀦焉，以近五華山，故名。其廣數百頃，烟水彌望，繇浦而東，有寺名□□。明公於是置酒大合樂，酒半登舟，謳者隨之，維以紼纚，緣堤上下。自午至夜二鼓乃罷，賓僚懽洽，隸卒飽飫，氓庶闐溢喜踊，二公皆樂甚。翼日，錢君屬爲之記。

惟緬甸劫眾阻兵弗靖六七載，公以總督督軍事。時餫饟十餘萬，亘二三十驛弗絕，男女任負顛踣則憂；蜀、黔之卒，調戍邊徼，瘴雨毒霧，觸冒僵斃則憂；進屯蠻暮，軍士擔舟具，跋涉泥淖，他他藉藉則憂；經略渡江，以西路險陒，軍士多相失在後，賊方挾孟養酋爲抗拒計，且蒼蒲蠻岡間有伏莽則憂；賊柵官屯守之，我軍闕地道、築礮臺，舉烈火環攻未克下則憂。兹者緬渠震動懸竦，函書丐死，具告天子，威命永底南服。烽燧不驚，畊鑿如故。公于此時听然引滿固宜。古大臣撻伐功成，其還朝有圭瓚秬鬯之錫，其旋師有鐃歌奏凱之樂。吉甫之征，伐玁狁也，來歸自鎬，飲御諸友。然則公之燕衎於斯，詎有好樂太康之戒歟？仲山甫受命城東方，自周京至齊，其地僅千有餘里，爲時亦非有積歲月之久，而吉甫作頌，乃云『式遄其歸』、『以慰其心』，說者謂賦政于外，雖山甫之職，而保王躬、補袞闕，尤其所亟，吉甫知之，故言『遄歸』以志慰。今公夙以尚書領宿衛，久掌機密，身雖在外，乃心罔不在王室，遄歸而入禁林，固所夙夜以冀者。明公茲餞，蓋吉甫作頌之旨，所以慰公心者至矣，非獨釋憂而宣樂已也。

既作記，且仿昌黎汴州水門之例，系之以詩。其辭曰：

牂牁之江，導源昆明。其瀦百頃，近華以名。公之來游，言載其旌。以樂我樹藝，以偃我甲兵。一

惟緬人弗虔，惟逋逃是淵。屢討弗迪，敢侵我邊。我邊我田，我棘我廛。奉天子命，作我戎旃。如雷如霆，如山如川。壓此醜虜，殄其樓船。因壘而降，曰肆赦是宣。二

國恩既宣，大師既旋。滇之士伍，投刃歌舞。滇之亞旅，載筐及筥。徹我南土，惟蠻夷以無侮。三

昔也陳師，載渴載飢。今也式燕，孔惠孔時。何以薦之，羊臛熊胹。何以侑之，考鼓吹竽。岸有鷺鳧，澤有菰蒲。維暮之春，雜花始敷。二公顧之，偕民以娛。四

緬之未寧，共武是崇。緬之來庭，保釐是庸。克亂厥中，克成厥終。俾大穌會，覃及羌戎。莫高匪山，莫浚匪池。猗歟樂豈，千載是思。五

游雞足山記

余二十年前讀《藏經》，云『摩訶迦葉於世尊入滅後，持僧金黎伽衣入大雞足山，竢慈氏下生』，異之。已讀周氏復俊記，益慕其境。戊子入滇，詢茲山所在，言距雲南縣纔三舍。會軍事亟，不得往。明年緬人降，又明年正月，從定邊右副將軍禮部尚書阿公赴昆明，會議善後事，將還永昌撤兵。私念矢是願已二十年，不可不償，且雲南距山甚邇，乃假以往。

二十日自昆明行，夕抵安寧州，宿于進士段汝舟家。庭有數石，高五六寸許，瓏玲穿透，皆可置懷袖。二十一日抵祿豐，晴。二十二日抵廣通，微雨。二十三日次呂合，遇迤西道博君晰齋，明諗以將陟雞足山，晰齋喜，致書賓州牧，屬備輿從。二十四日抵普淜，二十五日辰刻抵小雲南，是爲入山道。乃折而西二十里，經雲南縣城出郭。新柳初荑，柔綠如圖畫；菜花豆莢，香遍塍隴。人家門巷，俱引山泉環之，四面層崕疊嶺。及暮，紫翠萬狀，抵梁王山。元憲宗平雲南，世祖封第五子填撫其地，故往往有梁王跡焉。宿古祠樓上，大理守圖君桑阿敫邑令以廚傳至，余方齋，藜羹菽乳頗飽適。二十六日行三十五里，抵賓州，州城寥落，居民僅數百家。牧費君承祚，吴江人，敕供具甚備。因輿夫未集，弗能行，宿于書院，點燈進酒，如上元風景。二十七日行二十里，抵牛井街，飯于蕭公祠，不審何神也，後有許遜、吴猛諸尊神像，蓋江右人所建。又六十里，始抵山麓，夾道松陰如幄，巨泉自亭下叢石中奔薄而出，合磵水下流，過雪陰橋，俗名河子孔。《志》稱水從西洱河來。又上數里有坊，扁曰『靈山一會』。

又二里許，對面峭壁間有瀑如匹練下注方池。是晚憩石淙寺，借范承勳《山志》，篝燈讀之，窗外刁騷淒切，疑爲夜雨。詢之，乃知山溜觸激及檞松數十本，槮櫹摩戛作聲也。

二十八日晨起霧甚，出寺里許，漸開。大覺寺僧招晨飯，策馬過之。寺甚幽寂，方丈前小池纔二尺許。篆烟泉從地噴出，蓋泉自山半下注，勢猛遏而激之，奮迅上出，乃成此如烟一縷，高可丈餘，裊裊拂松枝，旋而墜如雨，故一名雨花。濟南趵突較此祇麤俗耳。飯畢，過西齋，山茶盛開，傍有姜思睿詩石。姜明監察御史，與僧幻空交，空有墓志，係僞隆武二年兵部觀政進士曾高捷所譔。出山門以北，逕明柯坪，十五里歷楊黼洞，始抵迦葉殿。殿前爲臥雲橋，殿後啓窗見插屏峯，蓋山中諸寺之祖庭也。

自是而上，亂石縱橫，不復可騎。策杖步行，西爲兜率庵，過鳳頭峯，又西爲銅瓦寺，山勢益峻削，鑿壁出逕，諺名猢猻梯，行人繚繞其間。再上，登四觀峯，則絕頂矣。頂有金頂寺，前有金殿，殿有鼎，係僞永曆二年製，庭中秋雪至春未融。登寺後玉皇閣，則西域雪山横亘天半，獨雲霧杳靄，徐霞客所謂『黄金佛塔不可指識』也。天風浩浩，心魂肅然，啜茗小憩而下。

至華首門，仰睎插屏峯者，石壁千仞，直痕内剜，象闔扉然，卽尊者入定之所。又數十仞上，現觀自在菩薩像，下有藥眼水及受記泉，適番僧在此瞻禮，見余，掇藏香爲餽。余解白絹答之。白絹，番名哈達，番人尚白，相見輒以爲祝，故從其俗云。折而下，復至迦葉殿，晚飯，會華嚴寺僧亦遣其徒來迓，遂往。夕霏如雨，嵐翠沾衣，景物清嘉，無出兹地右者。覽寺後松雲峯，裴褏久之。會日未沒，復趣游悉檀大殿，所奉慈氏像端莊圓滿，與三十二相不異，其次補佛處也宜已。登法雲閣觀《大藏經》，蓋天啓四年敕賜，有僧某誓閲全藏，不下閣者已五年矣。昏黑還歸石淙。山中大寺五：石淙、悉檀、大覺、華嚴、傳衣。一日游其四，乃與僧約，以明晨游傳衣。

二十九日飯於石淙，畢，出寺門，指西南行，松林下皆杜鵑也。抵傳衣寺，庭前山茶一樹，花重臺，朵以萬計，殷紅眩目，幹如藤，皆晉晉然而俯。僧人以木承之，蔭十餘席。出中門，小池丈許，紅魚數千頭游衍瀺灂云。下廣深不可測，以是孕育者多。遂次歷萬松庵、圓通寺、小雷音寺。萬松正背松雲峯，幽靚獨絕。從此乃下山，三里，復過靈山一會，回視插屏峯，橫截天半，睊戀不忍舍也。

晰齋書來，道圖君已檥舟請渡洱海，取道大理以歸。謀于山僧，謂洱海多大風，弗可刻時日。乃遵舊路，午刻抵田院，申刻抵牛井，夕抵賓州。二月初一日，行二十五里，至金雞村，民居頗盛。過此爲五龍壩山，山甚峻，石嶕嶢硌确，數武一折，久之纔二十里，抵山坳，有猓玀聚落，令從者拾薪作飯。飯已，循磵下，石勢如前，復行四十里，抵趙州，宿。初二日晨雨，抵龍尾關，雨甚。過天生橋，洱海水數道從玉龍關噴出，其最急者，散如烟霧，並于澗，轟鬥以下，至合江鋪，凡五十里皆雪浪也。暮，風寒甚，止一小樓，擁爐乃臥。初三日晨，復雨，抵漾濞，晴。經大覺寺復雨，遥望點蒼雪色，及博南雲氣，盪块心目。過太平坡，冒雨行，亥刻始抵黄連鋪。有以黄柑、南酒餉者，把酒聽雨，破柑嘗之，味酸甜，似橙，差大而圓，滇人呼爲『黄果』云。初四日辰刻，次天井鋪，戌刻抵永平，夜雨，簷聲竟夕。初五日，微霽，由花橋抵櫧木河宿。初六日抵永昌。

嗟乎！余夢茲山久矣，今乃于萬里外籃轝笻杖往踐其巔頂，顧不偉與？抑固與山有宿緣與？或謂人特患無願，願既堅矣，必獲所以遂是願者，佛力果然與？豈以余之顛連危苦，天姑以是慰余而使獲是大觀與？昔蒙氏據有六詔，別封嶽爲五，點蒼及高黎貢皆在焉，此山不與，殆以佛祖所栖，未敢儕諸秩祀，則茲山之尊嚴超迴，可想像得之也已。余詣菩薩頂下，禮大迦葉影，山僧數千指爲余讚佛，余作偈二千言，庸以闡演靈蹟，摘發奥異，屬賓州牧費君大書深刻於華首門崖下。

雅州道中小記

距雅州府治四里，聞水聲潺潺然，蓋邛水也。編竹爲篾浮水面，篾相接處以木亘之，維紼纚如篾席五重焉。行篾上，水汪然出馬蹏下，竹間疏可以通水，而履之若康莊，法至善也。巴蜀之間渡水者，率用竹，故古謂之邛筰。徐廣云：『筰，竹索也。』余聞汶川西北多索橋。法：絞竹爲絇，穴山趾以貫首尾，一橋凡束數十絇，經于空中，人行其間顛簸，心目皆眩暈，至有噫嘔者。又松潘雜谷有溜索，索亦裂竹絞焉，兩厓植樁各二，高卑各一，西厓繫索高樁上，則以其末曳東厓，屬於樁之卑者，其自東而西亦然。剖竹爲瓦狀，有渡者，縛兩瓦合於索上，又縛人於瓦上，推之，瓦循索自高以迄於卑，抵岸側，則解其縛以行。他若財貨器用及嬰兒，皆可用以渡，渡者如激矢，其下石如犬牙，與波浪相戛摩，而土人殊不爲意，其奇詭險怪若此。或云卽《蜀都賦》所云『都盧尋橦』者。嗟夫！徼外蠻獠所造作器用，大率非中原所經見。又聞打箭爐西章谷河夷人，用犛牛皮绷於竹以爲船，圍二丈餘，徑約七尺，容兩人渡。船行杈枒亂石間，水若噴雲，篙師舉篙點之，篙善委蛇屈曲，無不如意。否則，觸石棱，率以破敗淹沒云。

其二

自雅州至小關山，兩山皆壁立谿中，石纍纍然若卵，若棊，若彈丸，若缶瓶甓釜，大者若舟。蓋夏秋間瀑流怒漲，挾石以下，轟訇亂紛，排擊抵蕩，凡角圭鐫殺焉，故其狀若此。谿水落，人爲道谿中，水漲則從偏橋以行。偏橋之制：先鑿穴石壁上，下二三丈復鑿穴，以楮巨木，木斜出，杪與上壁穴平，舉木橫上穴中，復引其首綴於木杪，勢平後，固以絙，或鐵，或竹索，兩木間則施駢木焉，實土，布以版，如是始通人行。秦中名曰棧道，又名閣道，楚黔皆有之，惟蜀爲甚。歲久，絙稍弛，率跛倚搖蕩。又久者，版木朽腐，缺處俯見萬石林林，石皆槍植劍矗，輒背汗足痒，澀不能舉，馬蹈其隙顛踣，行人墜萬仞下，肢肌糜裂以殁。若是者壁絕路斷處多有之，故其地號至險。予以十月四日過此，雨甚，遇橋朽腐，必下馬以步其上。窮崖嶔嶂，若鵰鶩，若虎搏，若熊蹲，若豕立牛駭，往往摩人頂。木千章蔭芘石，左右蒙翳，甚者若屋若障，罨以雲霧，晝冥晦。有鳥焉，噍殺啁嘎如嬰兒啼，下與谿水淙潺相應和。是谿也，北流入於邛水。

其三

越小關山，行折而稍南，雨益密，橋之嶔仄朽腐又加險焉。道中騁而蹶者十五六，蹶而傷若損者十二三。予時時下馬，衣製控以行，故得無恙。嗟夫！予騎行天下，蓋萬餘里矣，惟侍從爲最穩。鑾輅將至，地方有司除道，刮泥淖，理犖确，眡其窊窿而治之，實以赤埴，其平且直如砥。然甲申春，從幸田盤，將止舍，與員外郎汪君承霈並而馳，以馬蹴韁墜。丁亥秋，從幸木蘭，過博洛河屯，在馬上指山色，語形勢向背，忽顛而下，同行者不知所以然也。己丑，從軍出銅壁關，由野牛壩而蠻暮，由蠻暮而新街、而老官屯，雨久，泥淖沒馬腹，淖下樹根絡叢石如網然。其上藤之懸、木之倚、篔簩之蒙密又與頭目肩脊相觸礙，險眎此倍之。行數百里，卒無顛仆患，豈信工于騎哉？坦途易忽，險地易儆，儆則無虞，而忽必有失，理也。凡處險之道二：在見險而能止；若不可止，受之以需。需非怠緩之謂，蓋敬慎也。需之象，故曰『敬慎不敗』。嗟夫！『懼以始終，其要無咎』，獨行路爲然耶？既抵館，戚戚然猶有戒心，因燃燭書之。

其四

踰大關山抵邛崍山大象嶺，凡五十餘里，肩輿戛戛上，密雨不已。及嶺，凝爲雪，輿人淩兢，手足皆僵凍。至一祠，諸葛武鄉侯祠也，入旁室，道人進粥糜。啓西南牖，雲霧雨雪，晦霿掩塞，四顧無所見。頃之，自嶺下，雪霽。輿人云：『嶺北雨，嶺南日，蓋率以爲常。』下嶺七十二盤，始抵麓。《志》云：『此九折坂，爲王陽停馭處。』然眎關山路較坦易，古人且躊躇彳亍不敢輕蹈，則如予者，以遺體行，殆昧于『道而不徑，舟而不游』之義，其王陽之罪人矣夫？

木耳占記

山，蜀最奇；蜀之山，西南徼最奇；西南徼皆山也，木耳占最奇。木耳占，蓋沃日土司地。自日隆關迤西，山盤盤焉漸高，及是山，斷石壁立千仞，中豁十餘仞。番民橋其上，水從商角山來，轟激噴搏，如雷霆，如雪霰。俛睨千仞下，往往飛沫濺衿袖，陰寒中人，毛髮皆竦而立。過橋數百步，又有壁焉色赭，如鋒刃，如鋸齒，攢而矗者如列戟，齧而蝕、蝕而殊者如朽木腐版。予行天下遠矣，所至皆古人所未至。於滇，循火焰山而南，抵南大金江，還入虎踞關，出騰衝，蓋千有餘里，則楊新都、徐武功屐齒所弗造也。于蜀，挽索橋，越天舍、斑斕諸山，則李太白、杜子美、陸務觀所詫歎怪偉絕異者，不及萬分一也。然皆未若茲地之險且奇。壬辰五月十八日，予將適卡了，至口隆關，與提督董君天弼語及之，董君曰：『曷不作記鑱諸壁？且購石工良易。』遂索敗紙書之，後有過此者，其亦將喜予之奇，而悲予之險也夫？

橋東西皆有番寨，甚堅，寨中碉高十餘丈，鎗火可及數百武外。上年冬，董君自甲金達山潛出蒲松岡，攻達圍，克之，已絕木耳占後，故番人委此去。不然，聚數十人斷橋以守，兵雖眾，未易踰也。並鑱于壁，諗後之勤遠略者。

美篤寺災記

距小金川番巢三里，倚南山岡上有美篤寺，蓋酋以居喇嘛。喇嘛者，華言番僧。喇嘛種有二：由宗喀巴達賴喇嘛、班禪額爾得尼下者，謂黄教；由後藏多爾濟下者，謂紅教。其言皆宗釋迦，而紅教大率如長爪梵志、迦葉火師之屬，爲彼道中外道，番酋多尊信之。故創寺爲五重，宏壯雄麗，翼以樓，頗與内地阿蘭若等。今年六月，大軍自美諾斂兵出，火其樓，未熸。十一月初四日，收復美諾，復燔之，中夜火作，其光若流虹，其爆若撒沙，烟焰若雲霧，蔽曀星斗，祝融熛怒，神鬼焦爛，百里之外，番夷企踵，呀駭嘆驚。自亥迄丑，焚畢。或問于予：『火曷爲而作？』曰：『心火也。』心動欲生，欲動爭生，爭怒不已，因有刀兵之禍。刀兵鋭其口，剡其上，咸火象也。故離爲戈兵，爲甲冑，刀兵格鬭之後，繼之以火，蕩爲冷烟寒灰，靡有孑遺。于是心之火之禍始熄。楚之兵焚阿房、漢之兵燒漸臺，類此者于史以千百計，故曰兵猶火也。始于不自制其心之火，遂延于人民寨落，而佛氏刹宇隨之。雖番夷之地，其理有不易此者，其可不怵然用此爲大誡歟？或唯唯而退，遂書之爲記。

釋盧橘

司馬相如《上林賦》『盧橘夏熟』，應劭云：《伊尹書》云：『箕山之東，青鳥之所，有盧橘夏熟。』晉灼云：『盧，黑也。』是果不經見于世，故徐堅《初學記》引張勃《吳錄》云：『建安郡中有橘，冬月於樹上覆裹之，至明年春夏，色變青黑，味尤絕美。《上林賦》云「盧橘」，蓋近是。』是亦疑其相近，非定爲必然也。

至唐庚《李氏山園記》則曰：『枇杷、盧橘，一也。』蘇軾《初食荔支》詩云：『南村諸楊北村盧，白花青葉冬不枯。垂黃綴紫烟雨裏，特與荔支爲先驅。』自注：『楊謂楊梅，盧謂盧橘。』又云：『羅浮山下四時春，盧橘楊梅次第新。』竟以盧橘爲枇杷矣。後如何景明詩云『五月鰣魚已至燕，荔支盧橘未能先』，本朝王士禛尚書《題畫枇杷》詩云『盧橘蒼蒼橫幹起』，率宗唐氏、蘇氏之說。若陶九成、朱翌並疑其誤，而楊氏慎云：『《上林賦》「盧橘」不言何物，近指爲枇杷，賦又有「枇杷橪柿」之文，不應重出。』駁之甚當。然陶氏實以壺橘，方以智《通雅》實以金橘，《海錄》『花木志』實以給客橙，又類出於一時臆度傅會，而非古人之有明文者。

按，應劭所本在《伊尹書》，而《漢書·藝文志》無之，惟載《伊尹説》二十七篇，班固云『其語淺薄，似依托』者。且箕山，趙岐云『在嵩山下』，於唐屬洛州。《唐志》志錫貢有苟杞、酸棗諸物，獨不志盧橘，豈以非珍品歟？抑古有而今無？或實猶是而名已易歟？蓋亦不足徵信焉矣。《廣州記》：『盧橘皮厚，氣色大如柑，酸，多至夏熟，土人呼爲盧橘。』是説也，差爲得之。

中峯水明樓辭

予友吴君企晉卜小築于中峯，蓋在念亭開士精舍之前，下俯清池，故名水明樓。樓既成，相邀過宿，辭以落之。

秋山兮岧嶢，秋聲兮調刁，白露下兮木葉以凋。紛紅樹兮山之椒，有美一人兮侶松喬。澹無爲而自得兮，考薖軸以終朝。謂兹地之清淑兮，建蕙櫋于溪坳。懸八牕以洞達兮，宛雲鸖之能招。俯清漣于淺渚兮，佇圓魄于林梢。方雒誦以無寐兮，忽波影之飄搖。洵神清而骨冷兮，矧鐘梵之迢遥。漸香殘而燭滅兮，恍棲息于烟霄。嗟我塵蹤之踡跼兮，幸暫釋夫天弢。寒雁嗈嗈而斜度兮，晨雞喔喔以將號。乘清興而屬辭兮，庶永示於漁樵。

游小鑑湖辭

緬山陰之幽迥兮，聞萬壑之交流。滙鑑湖於一曲兮，自昔志美于前修。何茲水之如鏡兮，乃佳名之是郵。藉嵐翠于細林兮，鬱松竹之相樛。際同袍之清暇兮，呼櫂郎于扁舟。既延緣于葭菼兮，復瀏覽于鳧鷗。雲容容其將散兮，風欲起而悠悠。浦漵宛其聯屬兮，炊烟澹而始浮。律未移于夷則兮時二十五日立秋，露已下而如秋。緊涼雨其新霽兮，薄暑晚而微收。余情眷其瀟照兮，擷菱藕以爲羞。忽弦月之東上兮，光遙耿于斗牛。展嘉客而詠佼人兮，擬賀監之前游。惟恐菡萏之將疎兮，年華逝而莫留。冀勝踐之可再兮，繫清夢于林丘。

游歷下亭辭同吳玉綸、楊廷標作

扇微颸于衿袖兮，槁梧下于中庭。羇人延佇而菀結兮，奚流眄以攄情。惟主人之愛客兮，云有瀟洒之湖亭。際新秋而益爽兮，合天水以澄清。爰載之以方舟兮，復申之以飲饌。遂褰裳而嘯侶兮，肆心期之蕭散。乃延緣于枉渚兮，歷雉堞之參差。初陽倏其晴霽兮，秀傑閣於溪湄。蘭茳衰而欲歇兮，荷芰悴而猶歆。動涼氣于蘋末兮，吹髩髮之絲絲。跂鵲華於烟中兮，雙尖澹而凝綠。隱橫橋之宛轉兮，亘村墟之往復。洵景物之如昔兮，何名士之難逢。吟李杜之篇什兮，想圖畫之爲工。歷下亭中唐、宋詩版，庚午年當事悉理爲柱礎，惟李北海、杜少陵兩詩别勒于石。趙子昂、仲穆均有《明湖圖》，余昔曾見之。嗟樂往而哀來兮，望雲樹于江東。指親舍而安在兮，忽涕泗之霑胷。

丁丑秋暮將有京雒之行門人汪心葵出楓林茅屋圖相示蒼厓紅樹如見故山因作楚詞貽之亦庸以志余感焉

寒山嶔岑兮，唯石嶕嶢。霜露交下兮，木葉以凋。水曾波兮江路遥，嗟之子兮躭此蕭寥。結藥房兮翳蘅皋，薜荔爲袙兮辛夷爲橑。眷暮節兮以嬉以遨，曰師雲將兮曰友松喬。緬昔賢之得一兮，謝桂焚而煎膏。念我生之猶未達兮，方往卽乎讙嗷。厲玉軑以騰逝兮，孰微尚之能操。歲晼晚其奄盡兮，雲霧曀而回飆。顧丘樊之嵺廓兮，中結軫其鬱陶。儻遡風以攄懷兮，希微詞之是招。擷荷衣與蕙纕兮，終携手以消摇。

得古琴於市中上玉柱篆文曰蒼龍嘯月眡其空中有大宋雍熙四年及孤桐應鐘數字尚可微辨餘不能模寫矣因爲之辭刻于匣上

肆余懷之澄澹兮，慕大音之希聲。惟幽閴而孔静兮，適幽契于生平。入市而適所願兮，見素琴之晶瑩。黝漆光之穆穆兮，起縵理之庚庚。考製造于何代兮，自雍熙而合以成。似蒼龍之嘯月兮，爰肇錫以嘉名。其文不得而悉詳兮，中黯淡而微冥。緬昔賢之御此兮，寄止息之遙情。滄波儼其汨沒兮，秋山寂而崢嶸。當移宮而換徵兮，含得一於太清。豈惟洗乎箏笛兮，乃欲上遡於咸英。嗟古器之罕覯兮，亦古調之誰賡。聊掩關而靜撫兮，佇秋魄之將盈。召冰夷而鼓瑟兮，共浩蕩于東瀛。

壬寅小雪後顧觀察光旭曹員外焜枉顧寓齋適開化戴秀才敦元亦至同汎舟西湖雨中小飲日晚言别乃作此辭

木葉盡兮霜雪滋，忽姸暖兮雨繼之，羌廓處兮掩緇帷。想佳人兮天一涯，喜二妙兮來河麋，如雲生嶺兮如月墮懷。喚艇子兮聊娛娭，伊仲若之遠道兮，亦過訪而追陪。擷嘉蔬而作饌兮，傾沉齊以同持。皆吾黨之密契兮，允恊德于塤篪。嗜墳典以爲餐兮，指山水以爲期。矧蕭辰之閒曠兮，際景物之幽奇。共絃詩而道古兮，詎世俗之能希。日畹晚其將暮兮，尚流連而不知疲。嗟交手以西行兮，再合並其何時。蘄素心于勝地兮，偕卜築夫茅茨。庶麗澤以窮年兮，殫理道之淵微。

題陸朗夫中丞畫像贊

懿古名臣，正直是與。靖共爾位，用塞彊禦。蓋道則然，適安其故。惟公自少，翱翔雲路。日光玉潔，風棱已樹。彼童而角，卒虓以怒。弗磷弗緇，豶豕之互。曰返吴淞，蘆墟漁步。陔蘭幽幽，庶永終慕。相臣薦起，迄於撫楚。軫諸煢獨，拊之呴之。剔諸蠹弊，薅之去之。焦神勞形，靡間寒暑。總公生平，純粹堅固。本以貞廉，勵以确苦。行以簡易，要以仁恕。拔乃悃愊，抑其阿附。垂四十春，寧改斯度。稽古愛才，宛矣寒素。公德方彰，公歸何遽。遺像空懸，惻茲黎庶。我直西清，周旋綦屨。風節文章，相期軒翥。跡雖未同，義各有據。分張幾何，龍蛇忽賦。嶽雲南浮，湘波東注。翼翼巍祠，靈旂此御。今作贊詞，豈爲公譽。立懦廉頑，俾勗庸孺。

諸中之像贊

君爲予癸酉同年，後同直內廷，所居教子衚衕，與予比鄰。儤直之暇，往還無間。後出守辰州，爲晉寧李公所重，而辰沅道忌之，李公移任，遂爲所中，卒以罷官。今令子開泉、廣文以遺像相示，則別已四十年矣，爲之泫然，因系以贊曰：

君之詞藻，韡如春華。君之意氣，皎如秋霞。鄙糞壤之充幃兮，卒委命於含沙。鏡湖兮逶迤，稽山兮谽谺。幸故鄉之無恙兮，宛樵屋而漁槎。嘆沅湘之不可久居兮，託靈氛而招以楚些。

題顧治齋成志小照

靜而正，其神定也；直而溫，厥德醇也。少壯好學，耄而未嘗廢書。故人謂山澤之癯，吾謂鄒魯之儒也。

見復齋銘

亦韓先生以『見復』名齋，齋名天下久矣，今屬余銘。先生所見，余蓋未之見也，姑作銘以請益焉，其亦以余爲有所見耶？

一陽來復，惟幾惟深。云何而驗，見天地心。天本無言，地本無朕。厥心安在，孰究其蘊？如見其復，當見其往。指心往來，即墮虛妄。心不可得，何況于見。無見求見，狂華之眩。邵子釋之，徵於子半。黄泉欲動，葭灰未轉。見從何施，巧曆莫算。其復如何，迥絶言思。心非塵影，見非思智。心無心者，舉目乃是。寂寂斯齋，尚湖之陽。水周于戶，雲歸其堂。茅茨弗翦，蘆簾自垂。以齋爲字，郵于四陲。先生老矣，久得道妙。淵默尸居，自他有耀。世諦將空，水觀非杳。于不見中，以觀其竅。爲山河地，爲日月燈。凡諸有見，幻緣之增。心識所斷，見根所窮。轉諸有見，妙明之通。爲此説者，非釋乃儒。天地之心，天地之初。坐斯齋也，吾無隱乎？

硯銘

風雪晨，命火夕。唯石友，並草檄。與我周旋，寧忍釋？

蓮葉硯銘

溫潤而栗水玉膏，上琢蓮葉冬不凋。自我來燕與君遭，斲檀匣之截錦弢。或挾以游槖以朝，校書眂草畫繼宵。今也從我萬里遥，不偕圖史偕弓刀。點蒼之雪金江濤，滌君塵土差足豪。

鄺湛若硯銘

朱明僊人鸑鷟姿，抱琴而死誰其知。獨有石交心孔悲，百年義不甘磷緇。今居我室毋嗟咨，與子同書嶠雅辭。

金生慰祖哀辭

悲夫！衆庶之凴生兮，紛祿命之短長。非順時以觀化兮，疇冥心於彭殤。懿吾子之穎異兮，受奎壁之精芒。襲雲霞以爲裾兮，製珣琪以爲璫。蕙蘭鬱其芳澤兮，夫容爛其文章。旋策名以入貢兮，擢姓氏于巖廊。乃猶謂爲未達兮，來負笈于門牆。既指之以堂奧兮，載示之以周行。勿詹詹其自畫兮，嶄上溯乎漢唐。羌相視而莫逆兮，請事斯而毋忘。寒飆起而歲暮兮，堅澤腹以嚴霜。何二豎之爲厲兮，忽沉痼于膏肓。思爾祖之駿茂兮，著光曜于文昌。令祖名洪銓，雍正癸丑進士，乾隆戊午河南副考官，尋提督廣東學政。繼高門之棨戟兮，宜累葉而重光。伊中道而徂謝兮，信天咫之難量。銘新宮而賦玉樓兮，古固有乘虹蜺而驂鸞皇。豈其慕乎仙之人兮，棄塵壒而悅康。惟繡褓之呱呱兮，孤嫠泣以徬徨。想鑿楹而何自兮，恐覆瓿之靡常。吳淞浩漾以東逝兮，滙練祁之蒼茫。寄數行之清淚兮，寫余忱之盡傷。

程荊南哀辭

薊門九月兮木葉黃，送子南往游瀟湘。洞庭雲陰兮風又雨，得子瑤華兮渺何許。繄才高而命蹇兮，自長沙而羊城。豈塵俗之難久居兮，狎鸞鶴于瑤清。惟子秉姿之雋異兮，媲衿情于姑射。吸湖光而飲山淥兮，藉蘭蕙而蔭泉石。掇明月以爲璫兮，擷芳茝以爲辭。信《離騷》之苗裔兮，恆茹嘆而銜悲。固謫降之當還兮，載雲旓其奚之。誦松寥之遺文兮，宛音徽之若緬。薦蘋薠其何路兮，涕浪浪其如霰。嗟靈瑣之莫可詰兮，倩巫陽而上招。希夢寐之可寤兮，庶永夕以永朝。

汪雲壑哀辭

天之生材，蓋千萬而得一人焉。既生之矣，少而摧折，或以其未成尚無足惜也。若生之復成之，迴然特拔於千萬人中。而其爲天所拔者，德足以副其才，才足以副其望，偉然傑然，將大有以見于天下後世，而摧折隨之。豫章之木千圍百丈，宜棟梁之任，不幸爲水火風雨所剝蝕，是尤冥冥之不可知者。吾故於雲壑之卒，曾欷累息，申夜轉輾，不能解於天也，作爲哀詞，聊以攄余之菀結云爾。

伊洪鈞之沕穆兮，秉一理爲流行。復有數以雜糅兮，疑造物之非誠。矧仁者之必壽兮，而覆者之由傾。宜其理之一定兮，奚長短夭壽之相乘。至人固修以不貳兮，獨惜顛倒互出而難憑。繄吾子之受氣兮，本乾端坤倪之粹精。既手容恭而足容重兮，乃聽思聰而視思明。由淳意以肆於文兮，函雅故而本羣經。雖瓊林之首唱兮，時遜志而奉橋衡。始奉職于芸館兮，繼教胄于虞廷。旋出使泮泂兮，育多士于庠黌。思育賢以報國兮，勗忠孝而造以廉貞。自回鑣而再入直兮，桂宮重以爲儀刑。望彌重而意彌沖兮，恍乎執玉而持盈。暨余賜告而遂初兮，肆長筵而餞于林坰。作篇章以相送兮，喜余之投老而歸耕。方分衿之數月兮，聞奄忽而返幽冥。雲未雨而滅沒兮，華未實而飄零。羌綆縻其不可止兮，號祝予而沾膺。非天物之暴殄兮，胡弗縱以彭鏗。抑韓子之所謂兮，恆不足于賢英。問彼蒼之夢夢兮，聊寫余心之怦怦。

金孝子哀辭

孝子名錩，姓金氏，其先由浙江桐鄉縣遷太倉州，幼淳篤，祖侍御君焘奇之，曰：『是兒必大吾門。』年十四，祖沒，號泣盡禮，期年未嘗有笑容。父垣，官刑部員外郎，不携家，錩愬隨侍于京師，遂入太學。乾隆五十年春，天子幸辟雍，獻詩稱旨，蒙朱提文綺之賜，名公卿爭譽之。已而父病，錩帶不解、睫不交者兩月，夜禱於天，祈以身代，雖風雨不怠。未幾，烜竟以病歿。錫時骨立如腊，强起治喪，水漿不入口，且曰：『我請代而天不許，必我意有未誠也。』深自咎責，晝夜長號數日，氣僅屬。伯父塈勸之，錫張目曰：『已矣！以歸柩事累長者，錫罪也。』瀕沒，呼母數聲，乃瞑。時乾隆五十二年七月二十二日，年三十有一。距烜歿，纔二十日耳。於是都門士大夫翕然稱孝子，歌詩以記之。昔余與侍御君同官内閣，相善也。後三年，錫之叔埕、塝皆來從余游。今二子者，亦先歿十餘年矣。余五十四年自江西入爲刑部侍郎，始聞錫死孝事甚悉，故著爲小傳，而綴之以辭：

稽臥苫而枕塊兮，昔者傳諸《禮經》。至毁瘠而繼以死兮，滅性迺非其恆。嗟子篤孝兮，造化所成。漿不入口兮，慟血而撫膺。亘朝夕之躃踊兮，體孱弱而弗勝。魂煢煢而飄揚兮，幸隨侍於先靈。惟子仁暨文祖兮，照載籍以留馨。越杜揆之童丱兮，志哭墓而垂名。子今得比于前軌兮，矧有遺孤之崢嶸。固仁孝之宜大其報兮，亦將永著于丹青。

汪容甫哀辭

貢生汪容甫名中，好古博學，長於經誼，凡六書、《說文》、金石之學，靡不淹貫。性簡伉，以狂儇自命，動與時忤。至論其學術，則斂手推服，無間言者。作經說數萬言，正於予。予凡過揚州，輒出所作以相示，十五年如一日也。少貧，既而當事知其學，以御頒四庫書屬掌之，餽以修脯，因得稍稍自給。甲寅冬，以事赴錢唐，書來，將過予履二齋，久之不至。比見庶吉士戴君敦元，言容甫與士大夫會飲，極酣適，一昔病逝矣。余悲容甫學業未成，子尚幼，衣食纔足，而遽以怛化，故辭以哀之。

覽造物之育才兮，視性情爲短長。性苟好夫詞藻兮，若春華之早芳。俄韶光之不處兮，遂蕙隕而蘭傷。惟潛心於實學兮，儼松栢之堅剛。水石清而愈厲兮，冰雪凝而何妨。今吾子之奄忽兮，嗟天咫之難詳。子生而具姱質兮，學敏練而豐穰。既博聞而洽見兮，尤經誼之鏗伉。執鄭服爲規槷兮，置賈孔爲舟航。凡遺文與墜典兮，皆穿穴而括囊。稽兵制於井邑兮，考制度於明堂。匪空言之聚訟兮，期可獻於巖廊。羌根柢之深厚兮，乃發揮於文章。遂希風于西漢兮，與北宋而頡頏。矧操持其孤絕兮，時或謂之清狂。惟向吾而請業兮，屢相見而愈莊。知撝謙之集益兮，庶造詣之邁常。昔經師之多壽兮，轅固八十而彌强。申公亦逾夫九袠兮，安車聘以纁黃。嗟子髮齒之未老兮，宜俾熾而俾昌。昨余經於邗上兮，尚譚藝而礌琅。喜奮袞之如雲兮，洵芳骨之開張。何薄遊之汗漫兮，得醉飽而云亡。子幼稚而甫毀齒兮，掩著述于空箱。吾黨又弱一个兮，雖百身而奚償。望大江之漭瀁兮，睇平山之蒼蒼。楓林蔚其青黑兮，想魂氣之飛揚。寄哀詞于薄奠兮，掩余衿之浪浪。惟痛微言之將墜兮，匪軫私誼于門牆。

郭文學誄

陽曲之裔，瀕於河汾。山盤水鬱，鍾靈絪縕。是毓異材，敦庬耆碩。長身于思，千夫辟易。遡君至行，始于寧親。厠牏澣洒，靡間宵晨。逮及友于，易衣並食。越七十年，融融翼翼。經紀囷廩，節量錢刀。小大斂手，孰敢讙呶。冥德傒天，蒸蘭茁玉。砥以經師，用昜門塾。河東《家範》，涑水《書儀》。曰詔有造，敦迺民彝。馭下維寬，禔躬必正。不愆於儀，楮持家政。結衿履綦，辨色而興。誰有惰窳，其勸其懲。如辛慶忌，被服共儉。制節汰奢，式完素檢。周旋隱襯，次篤諸姑。睦媚賙恤，久而弗渝。誰貸緡錢，誰麗形劇。傾我囊金，釋其拲梏。君之惇誼，州黨所宗。頑廉懦立，季和仲弓。君之清徽，寰瀛所美。革斁剗澆，喬卿文理。同居五世，鄭氏之遺。嬀諸麟鳳，疇曰匪宜。君今逝矣，旌門表額。後儒歎嗟，有司矜式。麓臺蜿蜒，德與俱長。敢告惇史，眡此誄章。

祭山川風雨神文

惟乾隆三十四年己丑七月乙未望，翼日丙申，經略大學士忠勇公傅恒、定邊左副將軍果毅公戶部尚書阿里衮、定邊右副將軍領侍衛內大臣阿桂，敬以羊一、豕一，躬祭於山川風雨之神。曰：

惟緬甸僻介海裔，蝝行蛾伏，嚮與木邦、蠻暮諸夷伍。本朝因時，百蠻誕置之荒服外，不享不臣，令自長其地，勿予禍謫，越於今百十數年。比者夷酋戕殺木梳，恃乃獷鷙，篡竊莽達喇地，繼小腆懵駁嗣，血人於牙，役使諸夷綦虐，諸夷咸崩角哀籲，丐胥匡以生。皇上爰敕偏師填撫，用對於天下，串夷尚弗駾竄喙息，羈我民人，撓我土司，數脅羣醜方命。茲恆等肅將天威，義征不譓，烝烝皇皇，是致是附，是伐是肆，卜以茲月庚子啓行習吉。繄惟緬地崎嶇菑翳，霪雨恆作，夙爲烝徒憂用。敢昭告大神，尚克默相，我陵我阿，我泉我池，毋蘊毒癘，毋積泥淖，毋困險岨跋涉，俾我軍士敷奏其勇，仍執醜虜，遹求厥寧，遹觀厥成，則迓神之庥。謹告。

祭陣亡將士文

惟年日月，經略傅恆，副將軍阿里衮、阿桂，致祭於陣亡將士之靈。曰：

嗚呼！自緬甸阻兵拒順，越今三四年，凡我滿洲、蒙古、索倫㒶四川、貴州、雲南將士，赳赳桓桓，以次授命，行間甚衆，於禮爲國殤，於義爲鬼雄，于史冊爲仁人志士，英風偉烈，震動蠻徼。而我皇上軫念死綏，録其後裔，出内府帑藏給予祭葬，隮於昭忠祠。又命詞臣摛文著傳，以颺於國史，崇恩懋典，千古無與比校，屬在沉冥，乃罔不厪敵愾。兹某等恭承廟算，誓埽醜虜，三路行師，水陸並進。諏以是月庚子昧爽啓行，用先具牲醴奠告：惟爾忠魂，實左右之俘囚執馘，俾不得逃死，以訖天誅，且以遂爾翦仇雪憤之意。尚饗！

祭山川旗纛諸神文

乾隆三十八年歲次癸巳，十月庚子望越五日甲辰，太子少保定西將軍内大臣戶部尚書阿某、參贊大臣領侍衛大臣固倫、額駙色某，祗率諸領隊大臣及提督總兵官等，敬以太牢致祭山川旗纛鎗炮之神。曰：

惟金川逆番倚恃險隘，豺狼爲羣，世濟其惡。曩者郎卡弑父戕兄，弱肉强食，擾于鄰封，天兵四臨，死喪無日，稽顙哀籲，丐貸喘息。皇帝班師宥罪，予以更生，恩至渥也。甫荷赦宥，旋作不靖，厥子索諾木暨莎羅奔色爾達等，復逞爪牙，恣吞噬，伺革布什咱之隙，戕其土司，縶其妻子，奪其印信。又指嗾小金川僧格桑攻圍鄂克什，醜徒烝烝，蔓於巴朗拉達木巴宗，荼毒生命。諸番銜恨，次骨疾首，連詞請討，速剿絕兩酋之命。大皇帝如天好生，以小金川往者爲郎卡侵迫，大兵鋤强救弱，出諸水火，登諸衽席。今小腆負恩反噬，厥罪較鉅，用敕大兵先戡小金川，其索諾木等姑貰誅殛，以俟悛悔。而賊酋罔有悛心，出死力黨兇逆，抗我顔行，傷我徒衆，貪殘狡悍，罪惡盈貫，覆載必不可容，國憲必不可貸。至小金川番衆，狼貪蟻附，厥罪本均。壬辰之冬，削平美諾諸寨。番人胥麕奔鹿駭，走死路絕，厥角歸順。皇帝免其獮禽，且命爾宅爾田，安堵如故。降番弗寧幹止，金川人有誑其惱，輒復蠢動，僉當勦無噍類。茲皇上命某等統率諸軍，益以京城禁旅暨盛京、寧古塔、黑龍江勍兵，並簡雲南、貴州、湖廣、陝西、甘肅鋭卒，轟訇絡繹，來赴巴蜀。蓋我皇上至聖至仁，誕惟綏乂窮番，敉寧邊徼，出於萬不獲已，非佳兵黷武之爲，緊天下臣民共信共憤者。

伏惟山川之神，出雲降雨，作鎮一方； 旗纛鎗炮之神，如龍如螭，如震如電，振我軍容，懾彼賊膂，宜有威靈默佑聖天子誅暴安邊至意。比者雄師並集，諏吉啓行，所祈上承威稜，下祐將率，氛祲遠銷，雨雪靡作。俾我赳赳桓桓之衆涉險如夷，用以殺敵致果，纍縛兩酋，獻俘闕下，早著兩川寧謐之休，早紓九重宵旰之念，是賴神功，洪惟俯鑒。謹告。

太白山祈雨文

具官某等，謹告於太白山昭靈普潤福應尊神。曰：

竊惟八川沃壤，三輔名區，膏腴夙擅于秦關，饒衍共誇爲陸海。向邀神佑，普樂時和，既五風十雨之無愆，自千倉萬箱之攸賴。固已黍稌被蔭，井里沾仁。乃自去冬久稽豐澤，飛花雪颺，罕蒙優渥之施；觸石雲興，終鮮滂沱之益。今者麥田將秀，蔀屋懷憂，望溝塍而僅見揚塵，占躔次而仍虚離畢。春深秦嶺，祇望祁祁；日照蓮峯，轉愁杲杲。某等職司官守，心切民依，慮畊石之少收，致炊珠之莫繼。田功至要，神聽非遥，謹遣署鳳翔府通判周世紹肅詣靈湫，再求德水。惟祈鑒格，早軫痌瘝。叱蟄燕以逌飛，鞭惰羊而盡起，立須嘉澍，徧灑窮檐。庶幾來蘇相慶，密雲無怨乎西郊；大有頻書，多稼咸登于南畝。敬陳祝號，用達悃誠，幸憐請命之殷，速賜降康之効。謹告。

祭蘇雲卿文

嗟五馬之南渡兮，紛國是之恇攘。忠定既罷斥兮，忠簡亦竄乎遐荒。何魏公之剛正兮，志恢復于巖疆。洵有德而罕才兮，疇大業之能匡。卻玄纁以弗顧兮，篡冥鴻其何鄉。羌知幾而匿跡兮，詎管樂之可方。惟荒祠已千載兮，對烟水之蒼茫。幸園蔬猶足薦兮，伊手澤之難忘。緬神靈其未沫兮，侶鷗鷺以翺翔。顧此邦之人士兮，希風節之邁常。將頑廉與懦立兮，僉志潔而行芳。庶焫焫其來降兮，享醇酎於空堂。謹告。

祭王次山先生文

歲在己巳，某初見公。侍公几席，昕夕相從。自顧生平，學問踳駁。辱公訓行，加之雕琢。勗以立德，期以古人。從容叩擊，經義紛綸。去冬歲殘，雪花填委。我作聯吟，送公旋里。公得我詩，伸紙淒其。臨岐勸勉，後會無時。今春來吳，風雨蕭槭。方思挐舟，訪公眠食。何期惡秏，來自海虞。哲人往矣，涕泗沾濡。維公風概，方領矩步。禮以仁清，德以道樹。靈均婞直，孟博清英。紛有姱節，嶽嶽稜稜。公之經學，稺都仲理。公之史學，君卿夾漈。下逮小說，杜陽諸臯。悉供輯略，目耕手鈔。公在鑾坡，文章報國。作爲詩歌，《雅》、《頌》是式。公在諫垣，一角神羊。皂囊對仗，白簡飛霜。初使黔中，再使兩浙。公拔其尤，以正乾茁。公之雅望，帝眷所依。方將大用，式遄其歸。西望長安，軟紅十丈。閉門養痾，以全雅尚。琴湖澹沱，拂水巑岏。籃輿小艇，吟嘯往還。嗟彼俗學，不知根柢。誰抱遺經，用究終始。公來主講，手畫口陳。昌明絕業，一髮千鈞。經師人師，維公奚愧。不朽兼三，達尊有二。曰仁者壽，宜享期頤。龍蛇忽兆，胡不慭遺。喬嶽峯摧，星芒夜隕。典則云亡，風流頓盡。謁公靈座，薦公芳蓀。寢門一慟，愴結聲吞。表公遺文，傳之奕世。不負師門，庶幾在是。嗚呼哀哉！

祭孫虛船通政文

悲夫！霜飆之夕厲兮，歲序懔其嚴冬。攬百卉之具腓兮，凋謝及於喬松。惟先生之峻潔兮，貞廉肇於初生。既紉佩夫椒蘭兮，又申之以杜蘅。紛自遠於埃壒兮，浥沆瀣以爲清。雖价人之維藩兮，詎貨賄之能攖。九重廉其練要兮，俾徧陟於羣卿。復入侍乎桂宮兮，在先民之是程。嗟先生之悃款兮，宜平格而純嘏。胡精氣其日彫兮，頻虛中而暴下。遂梁壞而山頹兮，即雲車與風馬。憶予昔在平津兮，知太傅之品題。曰惟是其明德兮，洵當世之所稀。余默存而心識兮，用介覯於光儀。羌亦許爲國士兮，稔余疾惡而杜私。兹哲人之永逝兮，涕浪浪其由頤。生雖列於簪紱兮，亡乃媿於黔婁。貝唅靡以飾其終兮，何柳翣之能周。恃清芬之在天壤兮，麗典冊而恆留。奠生芻以陳詞兮，寫憂心之且妯。嗚呼哀哉！

祭沈歸愚宗伯文

惟文章之升降兮，繫世運之盛衰。必名儒之間出兮，乃總持乎羣材。懿聖祖之中葉兮，實元會之胚胎。先生生於是時兮，毓鳳麟於草萊。彙羣言之粹精兮，窮六藝之根荄。譜道德於音聲兮，陋麗藻之葳蕤。羌揚《風》而配《雅》兮，爰式浮而起靡。久晦跡於委巷兮，迄白首而誰知。逮今皇之御籙兮，際三五之昌期。始不遇於制科兮，卒乃漸於雲逵。由詞苑而宮坊兮，典宗伯之隆儀。帝聿咨其宿德兮，命陳詩於彤墀。降宸章以爲緒兮，染御墨之淋漓。歲已邁夫懸車兮，乞骸骨而南歸。惜老成之去國兮，詔欲允而然疑。指詩老爲故人兮，霈稠疊之鴻施。望觚稜而不忍別兮，徐返櫂於江湄。駕三臨於吳越兮，恩禮進而益滋。儼賡歌而喜起兮，洵千載之一時。嗟小子之檮昧兮，夙獲侍於履綦。許期文以代興兮，匪門牆之爲私。緬樂志之二紀兮，純嘏躋夫期頤。知神明之如故兮，卜上壽其可幾。值負釁而南往兮，方效命於軍麾。聞騎箕以遐逝兮，涕濡袂其歔欷。惟篇章志於藝文兮，生徒遍於海陲。循泰山而揭星斗兮，又奚藉於陳辭。嘆萬里之阻絕兮，弗躬奠夫尊彝。寫微忱之蘊結兮，冀得達於繐帷。嗚呼哀哉！

祭陳文勤公文

嗚呼！宣尼所稱，古之大臣。不可則止，以道事君。厥道維何？曰儉曰仁。儉以持己，仁以養人。公本相系，如甫及申。初入詞苑，聞望日新。暨秉節鉞，迄宰衡鈞。終始一節，夙夜惟寅。政之治忽，氓之吟呻。念茲在茲，不哂而嚬。誰爲繭絲，膏澤是屯。誰爲束濕，刻轢是臻。公必爭之，弗比於羣。曰仁宜然，刮彼紛紜。公所自奉，恆侔賤貧。食米一溢，茹草一飧。覿頤之適，若羞膏臐。曰儉宜然，陋彼鼎珍。某之通籍，實公所掄。望公眉宇，儼瞻峨岷。言提其耳，勿恃多文。童丱所肄，勿忘勿淪。惟仲孫蔑，勗於昏嚚。有臣聚斂，乃與盜鄰。害於而國，凶於而身。汝他日者，有社有民。罔以心計，營於錢緡。思公斯語，詎無其因。敬佩彝訓，比諸書紳。自某別公，忽閲三春。茲來京雒，公爲明神。公之篤棐，久格楓宸。引年予告，許還榆枌。寵以琬璧，尚以玄纁。挂帆南下，通潞之濱。百僚祖帳，榮此恩綸。胡不延洪，乃乘白雲。入揖而哭，涕泗霑巾。其饗清酤，下慰蒿君。方今大蒙，有惡其氛。稱干敵甲，勞我邊軍。知公念此，憂心如焚。纛旗煌煌，游於彤雯。庶落旄頭，式安鋤芸。嗚呼哀哉！

祭來文端公文

聖祖臨御，六十一春。河嶽之氣，鍾爲偉人。公於爾時，已侍紫宸。仰見天顏，穆穆旼旼。曰汝揣朕，所思何因。時暬御輩，妄有所云。帝曰不然，匪我思存。昨閲揭櫫，積如廩囷。多藏非計，宜散以均。明乃詔諸，旂眾之貧。凡所質貸，咸以實申。丐而與之，俾無嚬呻。其或誣僞，有司具陳。帝曰無庸，恐澤以堙。財通於世，猶血於身。天下一家，藏富在民。勿以瑣鄙，畫其溝畛。又侍南苑，旌旃繽紛。和門始啓，射夫臻臻。忽傳封奏，來從粵閩。海水羣飛，臺灣已淪。帝曰徐之，勿驚勿震。命此疆事，責維督臣。或謂失地，應膏斧斤。曷不易將，而舊是循。帝曰彼罪，我寬以恩。彼慚且慄，必力自新。若其改使，壁壘誰因。不諳厥地，猶治絲棼。適僨乃事，云何克振。不旬月後，捷書果聞。乃嗟聖哲，如日於旻。公退食時，岸其冠巾。時舉二事，詁語維殷。匪述故事，用示寬仁。游於太和，贊理絪縕。勗我懸鞭，戒彼束薪。胡不萬年，永秉衡鈞。公於《易》、《老》，夙自習熏。幽明終始，通乎朝曛。

數息而化，等臂屈伸。想乘台斗，蔚其風雲。左右聖祖，相此黎元。公雖往矣，不亡者存。我猶視藪，嘆息徒勤。躬奠酒醴，佐以牲牷。靈爽如在，或領此文。哀哉尚饗！

祭太保大學士尹文端公文

古稱藎臣，憂民憂國。與時偕行，之死靡忒。詎以昇平，乃忘憂恤。惟公世家，閥施交戟。韋平之望，煌於竹帛。公事世宗，文章是職。出入諷議，從容退食。帝曰偉哉，萬夫之特。簡之羣僚，汝爲汝翼。往奠江淮，龍幡熊軾。公感主知，語輒沾臆。公事今皇，古訓是式。無偏無陂，有典有則。不愆不忘，既匡既敕。出總方州，入侍宸極。爲鳳爲麟，俾毋殰殈。肆其勤勞，祗承明辟。公所節鎮，半於方域。維此南邦，實公生息。民有稻粱，公蕃殖之。民有螟蟊，公薙剔之。頻來誕保，澤洋膏溢。天子念公，命公作弼。吳人謳思，鱒魴九罭。走送且留，騈闐萬億。曁乎入輔，訏謨揆席。謂道大行，克敷成績。胡爲窺公，彌自畏抑。法家弼士，思深慮邈。詎以庸見，井窺蠡測。嗟余檮昧，繄公所植。勗以寬仁，勉以端碩。自懼非材，負公訓迪。記別黃扉，歲華三易。昨聞夢奠，爲我心惻。公歸帝鄉，爰乘虹霓。相我哲皇，祈天嗣宅。牖我羣工，孚先恭德。保我黎民，永綏耕織。從於功宗，大烝用格。獨睇師門，弗親弗覿。萬里云遐，阻以兵革。弗躬奠酳，弗侶胞翟。寄辭侑尊，聊寫傷𢡃。嗚呼哀哉！

祭御前侍衛副都統博君靈阿神柩歸京文

嗚呼哀哉！君之曾祖，察哈爾臣。於時弗服，勞頓我軍。既執其渠，渠誰從者。獨以身殉，叢矢之下。君祖都統，少隸薪庫。聖祖奇焉，拔自罪罟。置諸期門，勇濟以忠。命典機務，汝沃予衷。厥考侍郎，卅年帷闥。西北諸蕃，資以鈐轄。侍郎殁後，君年十三。維帝其憐，屬羽林監。君質粹美，如日在東。日前上處，屬車攸從。樅楊射蛟，雲夢殪兕。縱轡若飛，天顔以喜。護彼纏頭，往還萬里。弔彼蠻酋，動靡忒禮。歲次壬辰，慈寧萬壽。法宮燕喜，介福王母。上親上酒，莽克庸歌。命君次進，槃舞婆娑。維時冬融，金鵶騰翥。祥雰御香，葐藴穹宇。法部千人，撞鐘鳴虡。有壬有林，德盛揚詡。文子文孫，九嬪咸踐。匪因異眷，疇克預選。蜀徼未靖，雄師如雲。帝曰汝往，以崇汝勳。君煒其勇，帥曰慎旃。毋矜頷頷，操蝥以先。君謂我豈，慮勝後會。我鏃我矢，我礪我祋。礟石雨集，吲而不嘅。指揮進止，鉛著於頞。臥病三日，有風襲之。溢米弗下，旋卽於危。君鮮兄弟，未孕弱息。元帥撫殆，齎涕盈臆。君意不然，先死奚有。紹厥先人，不報不朽。載吾纛旂，助而折首。憶我掌制，君亦宿衛。職業不同，同接禁地。臬君在軍，並轡連茵。事必諮訪，眎我猶昆。今君貞魄，風雲並驅。維此鑾鄉，厥鬼睢盱。不可以處，曷歸京都。田盤渾河，五雲舒舒。顧瞻宮闕，其樂只且。而我送君，有洟如雨。縷敘昔言，醉此清醑。

祭穆荔帷文

惟年月日，吏部稽勳司員外郎王某，謹告于四川嘉定府知府前工部郎中翰林院庶吉士穆公之靈曰：

嗚呼！世祿之家，鮮克有禮。三風十愆，溺于太侈。睎以典墳，厥穎有泚。坐之堂皇，覆狂而喜。君少富貴，金貂之第。弱登朝宁，出典府治。溫溫恭人，謙謙君子。被服儒素，不愆于止。我澤如春，我操如水。民疾以呻，若痏在體。莫以蒼鷹，侈厥笞箠。嘉陵之山，江靜如綺。坐臥烟霞，跌宕文史。燕寢凝香，疇見慍喜。終和且平，旋旋委委。謂君迂者，蓋孅人爾。去冬來軍，與共鞭弭。睎我如兄，友君猶弟。惟道之同，非勢之比。君也持籌，期免庚癸。或念民囏，嘆以繼唏。團團毳幕，蕭蕭壁壘。寒風如刀，起眺井鬼。誰搴靈旗，以殪封豕。感激憂時，填膺刻髓。君夙清癯，曷以勝此。君自黎雅，巡行北鄙。走伻於都，問我修瀡。寓書于郵，訊我視履。十旬倥傯，聞君已矣。善人云亡，詎有天咫。君以世臣，忠義自砥。祲氛未消，歿視何已。烽烟熇熇，冰雪峗嶇。遠莫致之，一奠酏醴。我擅銘辭，辱君所美。有道之碑，韋丹之紀。行表徽猷，庶報知己。千里寓書，君其知未。嗚呼哀哉！謹告。

祭魯絜非文

循吏之傳，肇於史遷。表其悃愊，以警矯虔。厥功非一，慈惠所先。利爲之導，害爲之捐。鑱碑勒石，世美其賢。兹風漸替，流爲兇戾。苞苴所需，室家所計。頭會箕斂，以供貪鄙。割此脂膏，肆乃鞭箠。牧人牛羊，奚忍如是。積習已成，爲之裂眥。嗚呼絜非，夙尚清修。藴爲德行，程朱是求。發爲文詞，曾王是儔。中年釋褐，返於林丘。似玉含璞，似珠伏流。久而後出，民隱爲憂。溫國之鄉，遺風未邈。師其恭儉，法其忠孝。必先必勞，以富以教。同官駭疑，迂愚騰笑。爰賴中丞，覺羅君長齡。稔其自好。廉而不劌，俟著成效。嗚呼！我在豫章，早熟君名。林深豹隱，光耀以呈。讀君之作，與道爲營。莫我肯顧，愴恨於情。京華相見，意合心傾。謂我知己，遇李之榮。我亦喜君，如珀拾芥。期以仁聞，慰我衰邁。胡不慭遺，忽悲露薤。方我南歸，聞之心痗。有文傳世，有子繼代。適去命也，於君何礙。所恨悠悠，循良安在？灑涕告君，情辭慷慨。矼愚訂頑，用示寮寀。

祭嵇文恭公文

嗚呼！公之德業，天子所毗；公之聞望，海宇所推。及乎景福，天實所私。相門出相，少侍彤墀。六十四年，聽履黄扉。老成偕逝，公獨巍巍。天下以比，夏商尊彝。天壽平格，乃古所稀。公昔引年，帝勉留之。温詔往覆，懇惻其詞。公感而泣，忍再以辭。夙夜匪懈，永贊鴻基。休休斷斷，弼此純熙。秋風忽厲，雲深中台。天門詄蕩，卒以騎箕。某也後進，辱公之知。匪惟知之，與古爲期。謂某介特，不偏以倚。某在泮泂，辱書見貽。葛山去矣，我獨徘徊。鷉鴂嗁罷，世得無訾。仰公之隱，非哂以唏。及某蒙恩，獲還耕機。握手歡喜，自顧齎咨。張筵設餞，勸以盈卮。明明往事，梁木其頹。某歸亦病，瀕卽於危。耳鳴目闇，氣息如絲。聞公之喪，恩禮蕃釐。十壇祭葬，謚日星垂。嵯峨大艑，返在湖麋。不獲執紼，以相喪儀。哲人安仰，爲世歔欷。陳詞遣奠，寫此漣洏。

祭張太夫人文

嗚呼哀哉！夫人之子，爲時名人。仲尤英特，著撰紛綸。與某交契，譬猶弟昆。某常謂之，子實超羣。如翼有鳳，如角有麟。抱此姱質，蔚爲時珍。云何湮抑，不吲而顰。仲乃告余，命與窮鄰。自少而孤，居賤食貧。母也紡績，佐以組紃。攻荼茹蓼，風酸雨辛。幸底成立，母訓之純。其數顛躓，困於蓬門。易衣以出，求彼饔飧。倚閭之望，曷慰晨昏。某顧而言，子毋聲吞。龍蟄必起，蠖屈斯申。用子績學，詄蕩青旻。受福于母，緜祉畢臻。衣則繡翟，膳則熬淳。子姑待之，以報慈親。分張閱歲，寒飆焚輪。俄來哀訃，悃範其淪。豈果天咫，難叩而捫。惟兹《内則》，播於宗姻。《列女》之傳，信史所敦。攄幽剔隱，流示窮塵。矧以仲才，寧終蹇屯。庶竢綸綍，式昭穸窀。某非讕語，用質幽魂。臨風告哀，有涕盈巾。嗚呼哀哉！

焚黄先墓文

維年月日，曾孫某謹潔牲醴之儀，告於誥贈資政大夫大理寺卿曾祖考幼清府君、誥贈夫人曾祖妣雷氏：

某德薄能譾，材質庸近，荷恃先世遺澤，加以父母訓誨，幸通朝籍。又當聖世隆平，國家迓釐錫類，洊布覃恩，用是祖父咸登四品，綸音疊賁，休有烈光。歲在丁酉，復遇升祔禮成，三代晉贈二品，恭承異數，喜滋以懼。邇者重荷聖慈歸營葬，仰惟制詞褒揚備至，敬謹繕錄，焚黄以告於墓。嗣是以後，報國恩，繩祖德，勉砥駑鈍，力自振刷，尚祈神靈默佑之，俾毋隕越。至生母錢氏，兼荷寵命，晉封夫人，並錄誥詞，用祈昭鑒。謹告。

春融堂集卷五十一　碑

慰忠祠碑

乾隆癸巳，大學士定邊將軍溫公福帥師討金川。二月，次木果木。六月朔己丑，越九日戊戌，師潰，旋美諾。又越十日己酉，再潰，歿於軍。時賊氛方熾，北侵馬爾當，南暨科多，文臣先後死事二十有六人。總督劉君秉恬暨富君勒渾籍名以上，上憫焉，申命定西將軍阿公桂覆覈，奏如初，乃下吏部、兵部議其卹。部臣言：『謹案《會典》，文臣歿於王事，照本官應升品級加贈，廕子一入監讀書，期滿選。請以戶部主事趙文哲、刑部主事王日杏，僉贈光祿寺少卿。重慶府知府吴一嵩、候補從四品王汝玉，僉贈太僕寺少卿。同知鍾邦任，知州吴璜、彭元瑋、常紀、徐諗，通判汪時、吴景，知縣程廕桂、徐瓚、許椿、孫維龍、張世永、章世珍、楊夢槎，僉贈道。縣丞倪霖、倪鵬，主簿吴鉞，僉贈鑾儀衛經歷。吏目郭良相、羅載堂，僉贈府知事。典史周國衡、許濟，僉贈主簿。其刑部主事特音布，以旂例，予以雲騎尉世襲。賚白金，自三百五十兩迄百兩有差。又錫祭葬，入祀昭忠祠，移翰林院立傳，餘如例。庶以稱朝廷卹死褒忠至意。』制曰：『可。』

先是，成都聞變，甘肅寧夏道顧君光旭諏於衆曰：『稽古制，以死勤事則祀之。茲諸君或在幕府，或守亭障驛傳，或理餫餉，咸致命遂志，有死無貳，英飆毅爽，雖殁如在，弗有梴桷旅楹，奚以妥靈魄以肇殷祀？維城南杜工部祠旁，贏隙地庵屋若干，顔曰「慰忠祠」。』祠成，卹命適至，乃作主，俾春秋禋祀，於是勿替。會弟啓焜董斯役，述顧君指來告，願以文文于豐碑。

惟金川竄伏窮徼，若蚍蜉蛾子，自雍正中葉列爲土司，迺始蠶食諸部落，血人于牙，匡人、撣人弗迪也。邇者嗾小金川，躪鄂克什，繼戕革布什咱酋長，以梗四川入衛藏道，如是弗誅，是達賴喇嘛將弗克通職貢於朝，而西北蒙古蔑以服教畏神，匪曰一隅所繫，於藩服者綦大。且我國家武功桓撥，大小是達，顧使荓蜂辛螫，卒荒具贅，奚以爲下國駿厖？茲聖天子義遏不譓，而諸臣咸知疆戎索、敵王愾之大計，撥爾而怒，弗恤以血膋塗原野，死事之烈，近無與仿。聖天子卹其身，延其子孫，而顧君作廟以祀，昭示蜀士也皆宜。既爲之銘，又取柳宗元文例，摭諸君出處崖略，鑱于碑陰。銘曰：

維古梁州，華陽黑水。有恇者兇，僻處西鄙。誰與夷毗，授以名字。爲虺爲蛇，久乃益熾。甡甡而走，以角距試。守臣瑟縮，數議眚赦。封豕薦食，帝曰奚可。兩道出師，先龕小者。恭行天罰，其薙其夷。小者載摧，大者匿之。作逋逃藪，九伐所宜。師臣觥觥，狃于嶮巇。攻之廿旬，衆怨以疲。遷而弗地，師而不臨。賊環於梁，餫道以侵。曩所拓地，貙虎其屯。井鬼之次，維日在鶉。礮臺宵熸，營門晝昏。士卒叫呶，不介以奔。諸君裂眦，曰職在此。不戁不竦，相率以死。疇飲鋒刃，血漉於墻。疇貫徽纆，棘穿其腸。疇經於林，疇洞於鎗。疇膊疇蜡，適命之常。奔蜺挾電，言歸帝鄉。帝曰其咨，毋爾畫傷。命我司勳，銘于大常。命我太祝，祝祭於祊。世選爾勞，麗於冠裳。卹生襃死，風諸戎行。俾茲羣醜，速於鈇斨。君也作廟，孔碩孔虔。灰以白盛，東西七筵。栗主攸次，治朝之聯。永詔有司，靈筵撰日。肴蒸折俎，盎齊醴實。陰竹之管，龍門琴瑟。歌哭而請，亦有巫恆。望衍詔號，厥鼓登登。靈兮醉飽，張弧挾矢。佑我杜滅，截彼夷裔。

碑陰

趙文哲，江蘇上海人。乾隆壬午獻賦行在，賜舉人，授内閣中書兼司經局正字，直軍機處。未幾，緣事罷，復起爲中書舍人，稍遷户部主事。以能詩聞，詳見余所撰《墓志》中。

王日杏，江蘇無錫人。乾隆癸酉舉人，由内閣中書舍人歷遷户部郎中。出爲貴州銅仁府知府，降級，復爲中書舍人，遷刑部主事。隨軍營遇賊，格鬬死。

吴一嵩，江西新建人。乾隆乙丑進士，由知縣知州遷四川重慶府知府。隨軍督理糧儲，遇賊，縛至河側，傷重而歿。

王汝玉，山西靈石人。以捐納選貴州貴西道，降級，來四川委用，從總督於登春，行至牛廠遇害。

鍾邦任，安徽舒城人。以捐納授貴州大定府知府，降級，發四川以同知用，守八卦碉，賊至遇害。

特音布，滿洲鑲藍旗人。由筆帖式遷刑部主事，從軍督糧，駐登春，師潰，中途遇賊死。

吴璜，浙江會稽人。乾隆庚辰進士，由户部主事出爲湖南澧州知州。丁憂，起復發四川，從總督於登春。溫公兵潰，君偕總督出，至崇德山梁，遇賊，中矢石，墜厓下卒。君己卯中順天舉人，出余門下，工於詩，有《黄琢山房詩集》。

彭元瑋，江西南昌人。乾隆丁卯舉人，由浙江雲和縣知縣遷同知，尋以事落職。頃之，復以知州用。從總督自登春出，遇賊，投巖死。君爲内閣學士元瑞從兄，而學士與余同年，故常見之京邸，蓋老成篤實人也。

常紀，直隸承德人。乾隆丁丑進士，由四川西充縣知縣遷崇慶州知州。在木果木支放糧餉。工射，賊至，射斃數人，賊攢刃刺之，遂歿。

徐諗，湖北漢陽人。由貢生捐納選授雲南鄧川州知州，降級，捐復補漢州知州，調辦西路登春糧務，被戕於八角碉。

汪時，浙江錢塘人。以捐納授甘肅西寧府通判，丁憂，起復選潼川府通判。駐岱多喇嘛寺，督站務，寺破，罵賊死。十一月，官軍收復小金川，固倫額駙色布騰巴爾珠爾過寺，見血影濺涅壁間，猶漉漉然如濕焉。

吳景，福建浦城人。捐授廣西越巂廳通判，被議，仍發四川候補，調赴軍營效力，遇賊死之。

程蔭桂，浙江仁和人。乾隆己卯舉人，發川以知縣用，題署大竹縣知縣，委辦科多站務。賊圍糧站，與其子烈同時遇害。

徐瓚，江蘇陽湖人。乾隆癸酉舉人，由方略館謄錄選甘肅華亭縣，特調四川新繁縣知縣。在木果木辦鑄砲事，遇變死之。君在方略館，余爲纂修，見君臞然而瘦，人戲指爲草藁。不知仗義死節，乃能如是也。

許椿，浙江嘉善人。乾隆辛酉舉人，發四川以知縣試用，題署內江縣知縣，委辦登春糧站，賊至被害。

孫維龍，順天宛平人。乾隆庚辰進士，發四川候補知縣。委辦兵差，遇賊，沿途拒戰，歿於山溝。

張世永，陝西渭南人。乾隆□□舉人，選河南濟源縣知縣。丁憂服滿，發四川候補知縣，委辦兵差。遇賊拒戰，中矢而斃。

章世珍，貴州貴筑人。乾隆庚辰舉人，選授納谿縣知縣。以失察私硝被議，引見，發川効力，從軍辦西路糧餉，軍潰，死之。

楊夢槎，江蘇金匱人。乾隆丙子舉人，初署東鄉縣，緣事降級，發往四川，題補酆都縣知縣，委辦昔嶺砲局。軍潰遇賊，被縛，不屈死。

倪霖，浙江仁和人。捐納縣丞，分發四川，署西昌縣縣丞，委辦兵差，在崇德山梁被害。

倪鵬，直隸臨榆人。捐納縣丞，分發四川，借補布政使照磨，委辦西路軍差，遇賊死之。

吴鉞，河南固始人。以捐納選營山縣典史，委辦澤耳多糧站，遇賊斷路，力拒死之。

郭良相，廣西臨桂人。捐納吏目，分發四川，署秀山縣石泉巡檢，派辦占固糧站，在布朗郭宗經理支放。占固被圍，良相率兵數十人，奮力死守，因火藥盡，水路亦斷，數日碉破，死。

羅載堂，順天宛平人。由國史館供事議敘，授合州吏目，委赴西路軍營，遇賊被害。

周國衡，順天寧河人。捐納吏目，分發四川，署秀山縣主簿，委辦西路炭廠，遇賊而死。

許濟，順天東安人。以捐納選納谿縣典史，歷辦墨聾溝僧格宗站務，又協辦科多糧站，與程蔭桂同遇害。

附錄幕客同死難者：

朱南仲，浙江長興諸生，初佐木坪糧務，繼在美諾、登春，於崇德山梁被鎗死。

楊紹沂，浙江慈谿人。佐常紀於木果木，被賊斫死。

熊應飛，江西星子人。佐鍾邦任八卦碉糧務，被圍死之。

田舒禄，浙江紹興人。佐汪時幕，遇害於喇嘛寺。

顧佐，江蘇元和人。與吳鉞在澤爾多被執，不屈死。

岳廷栻，四川成都人。威信公鍾琪之孫，在登達被害。

周煒，浙江蕭山諸生。爲吳一嵩幕客，被害於木果木。

鄭文，四川華陽人。徐諗幕客，至牛廠被害。

許國，安徽廬州府監生。鍾邦任，其妻之從父也。隨在八卦碉，手刃賊一人，被執，爲賊磔死。

長炳，盛京長白人。常紀甥。禦賊於木果木，被害。

王鳴鏞，江蘇山陽人。賊圍喇嘛寺，偕汪時死之。

郭舟山廟碑

惟歲在辛卯八月，小金川怙兇稔惡，血衂於牙，厲兵進討。是冬，總督桂君林戡約咱。明年壬辰正月克卡了，次達烏。惟達烏迤北，厥東名翁古爾壟，厥西名布勒尼得，兩崖拔水數千仞，溪流湯沸箭激，中微徑若綫，賊因是築柵固守。頓軍十旬餘。諜者言達烏東爲婁仰崖嶂，忽斷忽竦，如翅如削，莫能措拇指。乃西甲爾木山，峻揭霄表，巔復起峯七，渫雲泄雨，迄暑雪雹弗輟。然睇其勢，可出達烏後抵僧格爾宗。桂君頷之，命參將薛君琮帥四川、貴州暨土司兵三千，循墨壟溝越是山，北抵於郭舟。會大雨霰，竟三日夜，咫尺弗可辨識。而甲爾木西有峯曰博六古，通金川，賊緣是來援，踞嶮斷道。糧絕，軍飢踣，薛君力戰死，覆歿者幾三千衆。逾月，桂君得罪罷。

上命今定邊右副將軍、禮部尚書阿公桂乘傳總其師，既至，以狀聞於朝。上曰：『惟參將薛琮申討逆醜，捐軀効命，朕甚憫焉。其贈副將，其子召入見。餘士卒予卹。』

又越四月，阿公破翁古爾壟，瘞郭舟山下遺尸千餘具，遣四川總兵英泰、貴州總兵王萬邦賫少牢奠祭，復以狀聞。上曰：『其爲共冢，立祠祀薛琮。』是冬，阿公剷僧格爾宗，殄美諾，醜徒蟻潰鼠竄，小金川底平。

明年，總督劉君祇奉明詔，乃驅蠻隸伐山庀材，乃飭工役範土合埴，樹臬揆日，相於茲山之陽，剞闢犖确，作廟三重。中置薛君栗主，前祀從征諸校。又斲巨扁，悉揭諸士卒名於廡，環以山泉，樹以灌木。其廟高題大棟，崇崇隆隆，傅以丹采，焕如霞虹。番蠻行者越一二舍外，可企而見、指而數也。夫豈有所侈於此，誕以慰忠魂，表毅烈，俾稔我熊羆之士、不二心之臣，生敵王愾，死爲鬼雄，雲旗風馬，來往邊徼，其何敢恃而爪牙角距，以嬰天誅，以迄冥殛者？繼自今，結壟、霍爾諸部落俛首帖尾，慴服砥屬，維億萬年咸若采衛，將於是廟是徵，庶以仰對聖天子卹死褒忠、綏乂荒遐之盛意。廟既成，會余從軍在蜀，君屬書其事，且爲禮神之詞鑱諸石。詞曰：

九州之外兮萬山蒼莽，石房如笱兮羣蠻所聚。夕雪霰兮朝而雨，峯棱剡剡兮弗可以履。阻中原兮萬千里，靈何爲兮羣萃止。礉石兮闐闐，旟旐兮翩翩，裹餱糧兮爭後先。妖星吐芒兮晝緯於天，蠻之來兮如蟓。烟霧兮羃羃，溪流兮激激，義不反顧兮將焉食？無食兮强起，殺賊如麻兮鼓聲死。吁嗟死兮氣未衰，挾彗帚兮乘奔雷。靈朝游兮嶺雪白，靈暮歸兮陣雲黑。鳶鴟啄兮奚所恤，彼蠻跳踉兮手摶以食，灑血爲漿兮刳肝爲炙。帝有命兮來九重，恤嫠延嗣兮恩無窮。瘞枯骴兮幽宮，葺榱桷兮青紅。坎坎鼓兮蹲蹲舞，樽緹齊兮體在俎，噴其嗜兮什伯伍。靈醉飽兮彎强弓，揭長戟兮廉羌戎。疇怙亂兮殛其躬，析而魂魄兮菹醢同。嗟而狺狺兮敢不龔，覩此廟貌懸高空。

永昌王氏家廟碑

我朝荷天景命，啓宇東土，實惟混同、長白與夫女、虚、箕、尾孕精毓異，用勷相我國家。厥時睽蒙、髳濮諸夷境，逖遠在萬餘里外，綏服在十數年後。而鳥咮、井、鬼之氣，胥蜿蜒藴積，下鍾爲偉人，俾偕戡亂佐命之勳，後先疏附以勒功册府者，則有大司農端簡王公。

公諱宏祚，雲南保山縣人。祖信。父國治，刑部郎中。公以崇禎庚午中鄉試，歷官至户部郎中。世祖皇帝入關，改苛嵐道，理大同餉務，已復召爲郎中。時天下甫定，曹署圖籍散佚，公在户部，精練掌故，凡直省錢穀贏縮，暨徵收支用各數，咸能綜核而默識之。用是爲世祖知，擢太僕寺卿，遷户部侍郎，晉尚書，加太子太保。世祖御南苑，召問邦計，公對以安民必杜私徵，强兵必嚴冒餉，拯災則蠲貸宜速，催科則程限宜寬。語簡且要，世祖嘉悦焉。辛丑，丁憂，歸雲南。還朝，改刑部尚書，未幾，仍筦户部。時有欲改州縣漕米官運爲民運者，公爭之力，世祖卒從其言。尋以失察吏胥弊當罷，聖祖稔其忠，留補兵部尚書。庚戌，以疾乞休，再上得請，行至江寧，疾甚，乃寓居秦淮，逾年而卒。賜謚端簡，予葬祭一如典禮。

子三。瑜，工部員外郎；　瑄，和州知州；　葬公於句容茅山，故皆僑寓江寧。惟長子琦，監生，居保山之蒲縹故里，乃立宗祠堂以祀公，寢以祀公祖父。茲曾孫坦葺而新焉，以公諸子及諸孫祔，且來告曰：『祠立幾百年，而麗牲牢之石尚未有刻辭。吾家出自三原端毅公後，與君同太原族望，敢以文爲請。』予惟永昌僻在西南徼，侏離荒陋，夙與夷獠伍，士人不諳酳獻，氓庶不識譜牒。公崛起於干戈草昧，蔚爲名臣，劬躬燾後，延洪勿替。文孫咸知敦詩書、修宗祀爲亟，庸以風示里閈，俾憬然尊祖敬宗，合族之大義，漸次修明彝典。豈惟王氏一家之庥，其裨於朝廷教化者鉅。爰因所請，据公歷官大概，作迎送神之章，命工誦以祭公，且以詔於夷裔。其辭曰：

蒼龍房心，是爲明堂。西將東相，森羅中央。遡矣柳注，胥作其芒。炎溟之氣，合以黠蒼。篤生碩彥，佐我皇綱。時維苞符，睨遼之陽。圭鼎初定，尚憂蜩螗。出師十道，仍於銶斨。公司嗇積，總籌天倉。忍疲我兵，匱其餱糧。忍困我赤，罄其蓋藏。爲上爲下，於胥樂康。明明二祖，个臣是襄。生佩冕黻，歿書旂常。君子之澤，五世其昌。顧瞻先德，聿修宗祊。有楹有梴，有俎有房。從以孫子，於禴於嘗。世家巨室，萬民所望。臺笠緇撮，慕及冠裳。矧乃考室，以升馨香。睢睢盱盱，聚觀彷徨。展親合食，識禮之方。惟家之慶，惟國之祥。嵯峨豐珉，蛟螭迴翔。刻鏤銘辭，眎此南鄉。

重建永昌楊文憲公祠堂碑

明楊文憲公慎，以議嘉靖大禮，謫戍永昌，好事者常作祠祀之。乾隆丁亥、戊子間，用兵緬甸，以祠爲軍裝庫，而其祀遂廢。余時過訪之，猶見游人題詩其壁，而礮石之所積、甲仗之所貯，鼪鼯蝸蠃之所游衍，求栗主而不可得，相與嘆息久之。及過下關迤西道，博君明攜感通寺遺像來，復賦詩以志傷悼，而祠卒未能復也。歲丁未，余以布政使滇，遂寓書保山令王君彝象，謀所以復公祠。王君遂於多福寺側，啓屋數楹，取感通像而像設之。戊申三月，余以勘驗城工至永昌，顧瞻榱桷翼然煥然，晉謁祠下，羞以牲醴，而夙昔傷悼之願始稍慰焉。

嗚呼！當大禮之殷也，人以一身爭之，而公以兩世爭之；及其廷杖也，人以一次受之，而公以兩次受之。茹荼銜酷，千古未有。然衡以往事，定陶共王之議，爭之者史丹；宋濮王之議，爭之者司馬光、程灝。論其世以攷其人，公之謫戍，若揭日月而行。彼張璁、桂萼、方獻夫者，蓋泠褒、段猶之徒，何足當一吷哉？世之重公者，多以博學目公，而忘其扶植綱常、激揚風義，有九死而不悔者，而惜未列於秩祀也。

祀既成，永昌耆舊袁文典等，將斂貲買田爲春秋祠祀計，有其舉之，疇敢廢墜？乃爲禮魂之辭，屬王君勒諸貞石，授諸神巫，俾示永久，且庸以娱公。詞曰：

泝岷江而西邁兮，跂新都之崢嶸。江山紛其俶詭兮，欽哲士之所生。拂天門而詄蕩兮，扶天綱之將傾。胡投荒以禦魑魅兮，歷卅載之孤煢。公之才兮雲霞，操翰墨兮詞芳華。羌廓處兮幽遐，侶猿鶴兮偕蟲沙，帶女蘿兮折疎麻。顧我侏離兮不汝疵瑕，蠲春秋兮魂魄嘉，從巫咸兮駐雲車。公之來兮風蕭然，坎坎鼓兮雲和絃。公之逝兮山雨晦，苦竹叢蕉隱旌旆。來耶去耶杳不常，剏新祠兮陳馨香。朱鳥下矚兮森光芒，睆與織女兮分七襄。踐纍之跡兮公其無傷。

六賢祠碑

六賢祠，在昆明縣五華山書院。先是，鄂文端公爾泰總督雲貴，始剏書院以教多士，院後有樓，公去，遂祠以奉公，故又稱西林學舍云。先公而任總督兼巡撫，爲楊文定公名時；後公而任總督、布政使，爲尹文端公繼善、陳文勤公宏謀。因次第祔之，最後益以巡撫李恭毅公湖、司業王公太岳。王公蓋先爲雲南布政使，故並祀爲六賢。

夫此六公者，聲望在日月之表，而名位統岳牧之尊。方在滇也，勵風俗，興賢才，普樂利惠及於數十府州，而經文緯武，勤民體國，又率出於仁義、忠直、廉潔之爲。其間多有入踐台斗，勳在史宬，天下指爲鉅人長德，是固非滇之所得私也。然滇人之被澤最久且深，而昆明近在所治，流風餘韻傳於父老者，迄今未沫。並舉而尸祝之，固其宜矣。

乾隆丁亥，誠嘉毅勇明公瑞奉命總督，既視事，展禮於祠下。又二年，今大學士誠謀英勇阿公桂在滇親奉灌獻，故祠之聯額皆兩公所書，庸以志鄭重景仰之意。然是後祀事之不舉幾二十年，粟主刊剝漫缺，傾側於塵坌中，莫之顧也。

予至，俾繇者新之。戊申二月十八日，偕書院院長、前廣東惠潮道倪君高甲，雲南府知府蔣君繼勳，署昆明縣知縣邵君倫清，薦牢醴，具籩豆，命祝以告諸生。與祭者數十人，咸歡蹈踴躍，喜墜典之復行也。蓋滇省學宫之祀名宦，迄於康熙中葉而止，諸公概未之與，有司不克以歲時致祭，方爲時論所惜，故余復其舊，非謂報功崇德，庶以慰滇人士之思焉。余既將事，時李君朝綸以教諭監書院，屬其詳定祭器之數、盥獻之節，每歲於春秋仲月次辛舉行。又以昆明縣城南民房租息入於書院者，取其餘以給祭祀用，均揭之於石，俾後人遵守勿替，且爲官於滇者示之規範云。

春融堂集卷五十二　神道碑

戶部侍郎署翰林院掌院學士夢公神道碑

乾隆二十三年八月，戶部侍郎夢公卒於位。先時公病，謂昶曰：『我生平取士多矣，惟子古體文最善，且知我之深，今我不幸將以病瘵終，其爲我撰墓道之文，庶幾猶不死也。』嗚呼！昶其忍辭？

謹按：公蒙古人，西魯特氏，諱夢麟，字文子，號午塘，自稱大谷山人，世居科爾沁。高祖諱博博圖，太祖高皇帝時率所部來歸，隸正白旗，授佐領。太宗文皇帝天聰元年，隨征錦州，歿於陣，與三等輕車都尉世職，贈太子太保、吏部尚書，祀昭忠祠。曾祖諱明安達哩，襲都尉，國初定鼎，累著戰功，官至吏、兵二部尚書，理藩院尚書，授安南大將軍加太子太保，爵二等男，謚敏果。祖諱化善，一等侍衛，兼佐領。父諱憲德，以蔭補刑部郎中，歷官至左副都御史，巡撫湖北，調四川，陞工部尚書、議政大臣，兼正紅旗滿洲都統。母郭洛羅氏，封一品夫人。生母王氏，贈夫人。

尚書公六子，公第五也。生於成都官舍，六歲入塾，敏悟絕倫，時大學士黄公廷桂總督四川，見而愛之，以女妻焉。七歲解習唐人詩。乾隆九年六月，補學生，九月鄉試中式。明年會試成進士，改庶吉士，十三年散館，授檢討。十四年二月，扈蹕東陵。十五年三月，充日講起居注官。五月，遷翰林院侍講，充廣西鄉試副考官。七月，擢國子監祭酒。九月，提督河南學政。十六年，授內閣學士兼禮部侍郎。十七年六月，湖北姦民馬朝柱踞羅田縣之天堂寨，將謀不軌，聞捕散匿。公以河南商城縣界連羅田，親往督緝，上深嘉之。七月，以郭洛羅氏太夫人喪旋京。十一月，疏言『商城爲兩省交界，峻嶺深巖，宵小易於藏匿，原設把總不足防守，請酌撥守備，增兵巡哨』。敕下河南巡撫議行。十八年二月，署戶部侍郎，七月，充江南鄉試正考官。九月，提督江蘇學政，如曹仁虎、嚴長明、吳省欽、趙文哲、張熙純咸被識拔，待以國士。二十年五月，授工部右侍郎。七月回京，署兵部，扈蹕熱河。十二月，兼蒙古鑲白旂副都統。二十一年八月，命在軍機處學習行走。二十二年正月，扈蹕巡幸江浙，至山東，命督辦荊山橋河工程。三月，報工竣，上諭云：『上年孫家集奪溜，荊山橋一路淤墊爲患。夢麟與白鍾山等辦理，妥速可嘉，其交部議敘。』並賜戴孔雀翎。時上親閱河工，以六塘河以下積潦，桃源、宿遷、清河等縣窪地皆爲巨浸，分派公率道廳等查勘。尋奏：『六塘河上承駱馬湖水，至清河以下分爲兩派，由武障、義澤等河入潮河歸海，長三百餘里間，淤數十處，致水停積。已委募急挑南北兩堰，及去年水壞宿遷堰工，並各處缺口，俱加修築。其桃、宿等縣積水，酌開溝十五，設涵洞五，建閘四，以資宣洩。』疏入，報聞。六月，奏荊山橋善後事宜：一、銅沛廳北岸，丁家樓漫灘，黃水匯入蘇家閘，直衝荊山橋，河身壅塞最易，應令河員築壩填堵；一、荊山橋河道在銅、沛、邳、睢境者，應分四汛，歸河務同知專管，飭州縣協辦；一、自微山湖口至荊山橋下游之王母山，紆長灣曲，灘嘴更多，宜每歲霜降後疏掘；一、請嚴禁居民於灣處圈築堰壩捕魚、渡口接築馬頭，阻塞河路。得旨，皆如議行。

先是，山東巡撫鶴公年奏金鄉等縣水患，命侍郎裘公曰修偕公往來相度辦理，至是合疏言：『金鄉、魚臺、濟寧久爲微山湖水淹浸，當籌分洩之路。韓莊閘南有伊家河，至江南梁旺城入運，久經淤塞，今議開濬，俾積水乘勢東注，消涸自易。』從之。七月，兩江總督尹公繼善復奏：『沂水散漫入運，爲沛邑害，請酌湖口閘應行事宜。』公奉命與在工諸臣分任責成，九月合疏奏：『淮徐海水患頻仍，必原委並治，支幹兼修，庶可甦積困而收實效。山東、江南接壤諸湖已相機籌辦，惟沂河自盧口旁洩，沒民田，阻運河，當築壩堵截，使不得入運，湖流方可全力下注。此籌酌沂水、微山等湖入河歸海情形也。六塘河在駱馬湖下游，爲洩沂水要道，北岸宿遷臨溝地方有水口，桃源有港口，俱注沭陽縣之沭河，入漣河歸海，並加濬，分路宣通。六塘河歸海口門，間有淺阻，亦爲疏治。此籌酌六塘河分導沂水入海情形也。河南夏邑、永城等縣水，由睢河下注江南洪澤湖，出清口，會黃入海，近年河道多淤，董家溝等處尤宜急濬。至各水既歸洪澤，出口務須通暢，查清口、東水二壩，業經遵旨拆卸，其各閘收束時，口門亦酌量加寬。此籌酌睢河入湖並湖水入海情形也。』疏上，奉旨：『覽奏頗得要領，宜和衷共濟，不可草率塞責。』是月，調戶部侍郎。至十二月，各工先後告竣，復下部優敘。

公之在工也，役夫數十萬指，咸奮挏趨事，昧旦而興，指揮董率，日在泥淖中，與丁卒同勞勩，故告成較捷。然公之疾亦自此始矣。二十三年四月，復調工部。七月，署翰林院掌院學士。時公疾已亟，上聞，命太醫胗視，兼賜葠藥。及遺疏上，上惻然軫悼，賜祭葬如例。蓋是時，公年僅三十有一也。公初聘黃氏，未昏卒，再娶吳蘇氏，三娶宗室某公女。子一，僅周歲。

嗚呼！自公先世咸以忠武英勇肇基東土，執馘搴旗，書庸竹帛。至公始以文學顯，自少以能詩名，後益浸淫於漢、魏、六朝暨唐、宋、元、明各大家，蕭閒清遠之旨與感激豪宕之氣，並發於行墨。四方才俊攬其所作，無不變色卻步。初著有《行餘堂詩》，入詞館，有《紅梨齋集》，在江蘇删爲《夢喜堂集》，後爲《大谷山人集》六卷，長洲吴泰來刻之行於世。

公以學業推重藝林，而於軍國大事尤能洞悉機宜，治河之役，條奏皆稱上意，是以駸駸嚮用。時值準噶爾内訌，策淩烏巴什等叩關納款，已而阿睦爾撒納以餘孽叛，天子方赫怒出師。而公念祖宗勳烈兼資文武，且通籍十年，登卿貳，參密勿，恩遇之隆，一時罕比。上又諭令習國語，且學蒙古語，以須大用。是以晝夜呼憤，常思忼慷請行，立功萬里外，而卒病瘵以歿。公而終以文學顯也，豈公之願哉？爰承公治命，勒銘於石，辭曰：

斗牛之粹，會於東瀛。曰鍾奇傑，俾佐武成。匪唯鍾之，又從繼之。勳伐之裔，文以緯之。我公伊少，瑜珥瑤環。風雲爲思，江海爲瀾。鴻文聿啓，懋膺天眷。篬自翰林，司農是莞。公之高節，冰玉爲懷。肯依畹戚，以踐台階。公之壯略，韜鈐在紀。誓縛逋酋，以寧月窟。公志未終，公道寧窮。有詩百軸，光若長虹。甄錄單寒，登諸朝宁。有眎兹碑，霣涕如雨。

刑部左侍郎贈尚書錢文敏公神道碑銘

乾隆壬辰冬，刑部侍郎武進錢公以居憂卒於里第，上聞軫悼，諭祭葬，特贈尚書，賜謚文敏，且有『學問素裕，勤勞夙著』之褒。又二年，賜其孤中銑爲内閣中書舍人。蓋公以第一人魁天下，直内廷二十餘載，任刑部最久，數決大獄。讞事貴州，適遘逆苗香要之亂，不震不擾，出奇決策，月餘蕆事。上益知公才器可大受，而未竟其用以卒，是以恩禮稠疊如此。

公諱維城，字宗盤，一字稼軒，自幼敏悟，讀書日千餘言。十歲能詩，十二三能騷賦古文。乾隆戊午，年十九，舉順天鄉試。壬戌，試爲内閣中書舍人。乙丑，成進士，殿試一甲第一名，授修撰。戊辰八月，擢右春坊右中允，入直南書房，充日講起居注官，又命直懋勤殿。庚午二月，擢翰林院侍講學士，九月轉侍讀學士。辛未，擢内閣學士兼禮部侍郎。壬申，奏言：『秋審勾到大典，一筆輒關生死，不容偶誤。刑部堂官及内閣學士俱執有手摺，請於遵旨論定後，大學士執筆，卽各將摺内所開本名，裂紙寸許爲記，勾畢，外出持摺互校，庶查核有憑，萬無一失。』疏上，報聞。甲戌三月，充會試副考官，五月教習庶吉士。丁丑正月，授工部侍郎，九月充武會試正考官。己卯，充江西鄉試正考官。戊寅，奉旨分理五城平糶事宜。公奏：『城東、中、南三路來廠距倉近，城西、北兩路來廠距倉遠，請分別廠地遠近，酌定車價多少，卽以東、中、南之多補西、北之少，則運費無增，而輓輸踴躍。』詔如所請速行。辛巳，調刑部左侍郎。

公初以文學侍從受知，及官秋官，益精研律意，體察情狀，往往從糾結疑互處反覆別白，不惜數千百言，析而出之，同官老於刑名者弗能難也。在部一年，以律載登時殺死姦夫及格殺拒捕罪人，暨臨時殺死竊劫之盜，得勿論；而其移埋棄屍者，有司反擧殘毁人屍及棄水中律，坐以杖流。本小末大，失輕重倫。請嗣後移棄律得勿論盜賊之屍及姦所登時殺死姦夫，並一切格殺持杖拒捕之罪人等案，又親屬殺姦罪，視本夫加一等。蓋指罪人未嘗拒捕、格鬬而言，若有拒格，皆當以拒捕論。乃各省或引擅殺鬬殺，或直以謀故分擬，使殺拒捕反重於不拒捕者，援引舛錯。請將親屬殺姦非登時者，用罪人不拒捕而擅殺律；其拒捕者，用罪人拒捕格殺律。條以入奏，皆得旨允行。

尋奉命視學浙江，端士習，清訟源，飭諸生以半年習一經，而責其成於校官。矯揉刮摩，士習蒸變。已又以陳大綬理學名臣，而《紹興志》誣以貪酷；毛一鷺名麗逆案，而《遂安志》侈其治蹟，移書巡撫，悉令次第釐正。十月，貴州威靈州知州劉標以銅廠虧帑聞，上命公偕湖廣總督吳公達善、内閣學士富察公善往訊，計虧帑二十九萬三千餘兩，並得大吏苞苴狀，奏論如律。次年獄定，將旋京復命，而古州香要事起。

香要，黨堆寨苗人，力扼虎，詡有邪術，鎗礮弗能傷，爲諸苗所憚。又有他寨苗人老勇、老九及女苗迫根羽翼之，二十一寨爲所誘，將襲下江。同知龔學海遣人偵其狀，香要殺之，學海告變。公因偕吳公及巡撫宫公兆麟，檄黔省各營會勦。又以古州壤接湖南、廣西，移知各督撫分兵守隘口，而自以五月十八日馳赴古州。二十日，署總兵程國相破烏牛，香要退據佳居寨。二十二日，公至下江營，督國相攻佳居，破之，擒迫根。五月二日，公渡都江，次日抵加溜。自烏牛至佳居八十里，鳥道旋繞，峻狹纔容一騎，加溜尤險絶，爲佳居諸寨苗來往必經。遂飭副將來永增守其地，且策之曰：『賊苗脅從者衆，急則並力阻險，勢不能以旦夕平，宜多懸木榜，諭以天朝止誅首亂，餘無所問，其黨必疑且散。』吳公等從之。苗聞，日持牛酒詣軍門，公悉慰諭遣去，衆心大定。明日，督兵入朋諭大箐，獲香要妻妾子女及老勇、老九，香要獨身跳去。山深箐密，計不可猝獲，乃令撤兵，旋古州以懈其志，而密使人偕生番老雄等伺香要所至。六月八日，擒之烏招，與其黨皆磔死。事平，上下部優敘。

既還朝，奏苗境多稻田，產米，利官采買。丹江兵米，皆用實運，則苗失賣米之利，官多輸輓之苦。

且黔咫尺皆山，運一石價與買等，是以一易二也。宜改折，請自平越始。上從之。辛卯，雲南龍陵有逃卒四十人就獲，巡撫謂：『伊犁例，逃者枷一月，今龍陵邊地，宜請正法。』公謂：『用法過重，恐後遂爲例。』會召見，因言罹法者衆，情可憫，且戮於獲所，邊兵何由知？不如械至龍陵，倍其罰，枷三月足以示儆。上亦從之，傳旨馳赦。蓋上知公持法平，生殺悉當於理，故生平所言多施行者。

公和平坦白，不立崖岸，不設城府，奬勵寒素，有一長必爲拂拭推引，士以此歸之。爲詩仿李太白，爲文疎通明鬯，絶去雕飾，有《茶山詩文集》二十八卷。書法蘇文忠公，畫出入於元黄子久、王叔明諸家。奉敕進御之作，上親爲題詠者至數十軸，蓋世得其書畫如圭璧然。性篤孝，先時視學浙中，迎父蕭山公於使署，雖便溺必親視之。及壬辰奔喪歸里，不及含殮，時時擗踊哀慟。夙有消疾，因以增劇，至十月而卒，時年五十有三。公家世仕宦，曾祖某，祖某官福建惠安縣知縣，父人麟，以舉人歷官蕭山縣知縣，皆因公貴，贈資政大夫、刑部侍郎。妣皆贈二品夫人。配金氏，子二：長卽中銑；次中珏，候補中書科中書。女孟鈿，適陝西乾州知州崔龍見。

是歲十一月，葬公於懷南鄉白蕩之新阡。昶以甲戌會試出公門下，承中銑請，爰據狀志，敬爲銘曰：

惟古敕法，世重世輕。罔或干正，在允而明。蠻夷猾夏，師乃震驚。亦惟司寇，克詰戎兵。後乃岐之，匪古所程。公之降世，含譽景星。公之述作，韶護咸經。公之盛德，騶虞祥鵬。志廉而節，器高以閎。解巾入仕，天衢始亨。暨登卿貳，明良載賡。從容鼇禁，爲時典型。計公所歷，以兵繼刑。議獄緩死，討叛徂征。深叢絶嶂，馳飆掃霆。功不數旬，剪其鯢鯨。歸告成命，羅施永寧。天子曰俞，予泯汝生。錫之優敘，庸昭汝能。何期奄忽，騎箕以行。謚在冊府，文在賜塋。懷南之阡，雲輝日瑩。過而式者，眡此貞銘。

工部右侍郎阿君神道碑銘

乾隆四十六年，河決儀封之青龍岡，河道總督等堵築，不克蕆事。天子命大學士誠謀英勇阿公往督之，又使君之子阿君具玉幣函制詞，用昭格於河神。既乃屢塞屢潰，天子曰：『嗟！惟河孕毓萬有，道路敻遠，弗溯源而祀之，奚以表誠，恪迓靈祐？』復使君往。君出西寧，旋回部境，踰星宿海，得真河源，祈之，而儀封決口尋就塞。於是天子嘉君，由上駟院副都統擢工部侍郎，蓋駸駸嚮用矣。踰三年而病，病一年而歿，世以此多惜之。

君章佳氏，名阿彌達，字廣庭〔一〕。祖謚文勤，諱阿克敦。父即英勇公。家世具詳余撰《文勤公行狀》。乾隆三十六年，授藍翎侍衛，旋因他事落職。三十八年，授拜唐阿，復授藍翎侍衛，在乾清門行走。三十九年，放三等侍衛。四十一年，放二等侍衛。四十八年，放頭等侍衛，歷陞以至今官。君久典宿衛，天子巡幸所至，無弗從。逮大獄、視大臣疾，必以使。而進香泰山及在熱河監視回人求雨，以君誠愨，故奉使獨多。

君生長貴族，雅志節儉，襆被如寒素，嗛退若不勝者。精勤恭慎，奉職歷二十年無適舉。乾清門侍衛多勳戚子弟，憙以衣服輿馬誇炫，暇則聲色飲博游戲相徵逐。而君沉靜恬雅，寡言笑。入直，衆方喧啾拉雜，輒以書史自隨。蓋奉英勇公之訓，亦生平誠愨自然也。君求河源，既抵星宿海，未以爲是也。

見其西有水名阿勒坦郭勒，色黄，迴旋三百里入於星宿海，自是合流，至貴德堡始名黄河。而阿勒坦郭勒又西，石壁高數丈，名阿勒坦噶達素齊老，壁赤色，上有池，池中泉百道噴涌作金色，入於阿勒坦郭勒，乃真河源，蒙古謂阿勒坦黄金，郭勒河也。噶達素謂北極星，齊老石也。於是用定南針正其方位，具圖説歸報。天子命四庫館纂修《河源紀略》，昭示來許，蓋元都實未踰星宿海而西，康熙中葉之使亦以回部未靖，僅止於都實所至之地，及是，而列史之所謂河源者乃定。且自告祭後十餘年，河南無昏墊憂，厥功爲鉅。今者懸諸宸翰，載諸國史，眎張騫、都實，有餘榮焉。雖未中壽，可無憾也已。

君生乾隆九年六月某日，歿於五十六年五月某日。配關氏，例封夫人。子一，那彦寶，今官乾清門侍衛。歿時以方向未利，五十七年三月某日，始克葬於某里之新阡。求撰碑文，用樹神道，爰書其事迹，且綴銘焉。銘曰：

韋平家，少執戟。尋源往，窮荒磧。源既探，薦玉帛。援神契，茭薪塞。帝曰俞，志筴冊。生勞勩，歿爲奕。示豐碑，永嘉續。

【校記】

〔一〕廣庭，底本無，據《清史稿》卷三百一十八補。

兵部尚書都察院右都御史湖廣總督贈太子太保畢公神道碑

嘉慶二年七月，兵部尚書都察院右都御史湖廣總督畢公卒於湖南辰州。遺疏上，聖心軫悼，晉贈太子太保，應得恤典，令部察例具奏，又命嫡長孫畢蘭慶世襲輕車都尉，次子畢嵩珠給與蔭生。尋蘭慶等奉喪歸吴中，而禮臣議請撰文。諭祭文有『性行純良，才能稱職，鞠躬盡瘁，卹死報功』之褒，於是恩禮優隆，哀榮備至。蘭慶等擇以三年三月十八日大葬於吴縣上沙之新阡，既請少詹事錢君大昕志於幽竁，復屬昶以隧道之文。

公名沅，字纕蘅，一字秋帆。曾祖諱祖泰，由休寧遷太倉，嗣太倉分縣鎮洋，遂爲縣人。祖諱禮，父諱鏞，咸以惇德篤行重於鄉閭。三代歷次邀恩封贈，皆如公官。公少孤，資性穎悟，六歲，母張太夫人授以《毛詩》、《離騷》，過目成誦。十歲明聲韻，十五能詩，從長洲沈宗伯德潛、惠徵君棟游，學業益深邃。二十二，北行，寓保陽，總督方敏恪公有『國士』之目。乾隆十八年，順天鄉試中式，又二年，補内閣中書，直軍機處，大學士富察文忠公、戶部尚書汪文端公皆以公輔期之。二十五年，成進士，以一甲第一人及第，授翰林院修撰。

二十九年，擢左中允，明年陞翰林院侍讀，充日講官起居注，教習庶吉士。三十一年，充會試同考官，尋轉左庶子。上知公可大用，特授甘肅鞏秦階道，旋調安肅道。三十二年，奉旨授陝西按察司使。時翠華東幸，覲於行在，上詢甘肅亢旱情形，據實陳奏，有旨諭督臣加意賑恤，並豁免通省積欠四百萬。十月擢陝西布政使，十二月護巡撫印務。時征四川大小金川，京營及各省之兵先後入蜀，取道潼關及南北棧，公調運糧餉夫騾，撥解軍火器械，安設臺站，源源協應，民間一無紛擾。三十八年五月，河、洛、渭三水並漲，朝邑被衝，分別賑恤，全活甚衆。十二月授陝西巡撫。三十九年春旱，虔禱於太白山，遣官取水靈湫，雨立應，請旨加封昭靈普潤太白山神。又勘西安八旗馬廠空地，在興平、盩厔、扶風、武功四縣者，四百八十餘頃，悉募民開墾，歲納租賦，爲八旂賞䘏之需。重修華嶽廟暨漢、唐以來名蹟，又以秦中碑版最多，萃而置之府學，俾毋散佚。濬涇陽龍洞渠，灌溉民田，並墾提標五營牧廠地一百七十餘頃，歸於實用。是時陝西鄉試，嘉峪關外鎮西、迪化府州士子雲集，請照雲貴之例，毋論鄉會試，每人給予驛馬。元聖周公墓在咸陽縣北畢原，有姬姓奉祀生一人，援曲阜東野氏之例，置五經博士一員，請世襲，並奉文、武、成、康四王陵祀，報可。

是年十二月，丁張太夫人憂，回籍。明年十月，陝西巡撫員缺，奉旨：『畢沅前在西安最久，熟悉情形，且守制將屆一年，着前往署理。』十一月，抵西安。四十六年，甘肅河州番回相仇殺，傷及蘭州知府、副將。聞警，卽屬提督馬彪、西安將軍伍彌泰等統滿漢兵往擊討之。繼聞陷河州，逼蘭州府城，又檄延綏、興安二鎮，一由固原、平涼，一由略陽、鞏秦，分道並入。適上命大學士章嘉文成公督勦，蹙之化林坪，賊遂平。四十九年四月，甘肅平涼番回復亂，由靖遠渡河，破通渭，掠靜寧及隆德、莊浪，盤踞底店、石峯堡。公先調滿漢三千五百名赴勦，並請發京營勁旅，上仍命文成公偕富察文襄公領健鋭、火器兩營兵進勦。公告以當先廓清底店，則石峯堡勢孤無援，可立奏功。文襄公如其言。番回窮蹙乞命，檻赴京師。先是，西安省城日久頽圮陊剝，公謂關中天府，係伊犁回部、西藏各外藩朝貢所經，請帑興修，逮三年而工畢。並修潼關城堞，鞏固崇隆，逈踰於舊。五十年正月，進京陛見，調河南巡撫。

豫省頻旱，又水溢，沿河田舍被淹。公請截漕二十萬石，平市價，以濟民食，未完錢糧倉穀，請全豁免，且分別加賑展賑。奉旨：『所思周到，調汝可謂得人，如此盡心民莫，或邀天祐，朕爲彼一方民慰幸也。』增給三十萬石以賑之。十月，會同文成公勘驗高家寨挑水壩各工，訖事，赴桐柏山尋訪淮源，具圖覆奏，蒙賜御製《淮源記》。五十二年六月，河決睢州，督率司道往來搶護，會文成公亦至，於河分溜處斜築挑壩，逼溜歸河。五十三年，河北懷慶三府雨稀，麥收薄，遵旨撥運麥穀十萬石，減價平糶。又令常平、社倉各米不拘常例，糶借兼行，民食賴以充。又疏濬衛源之百泉，懷慶之丹河九道堰，及近太行山向有泉源者，俾夫以工受直，而田亦皆收灌溉之利。

時夏秋多雨，漢江及洞庭、鄱陽諸水俱驟漲出江，以截江流，故江水亦騰踴決荊州堤，潰城而入。奉旨授湖廣總督兼署湖北巡撫，發銀一百萬兩爲工賑之用。八月抵荊州，同文成公勘潰決緣由。蓋因江自松滋而下，至荊州萬成堤折而東北，北流本窄，又有窖金洲，沙長數里以障其南，兼之盛漲，無所宣洩，直注堤根，潰決實由於此。乃盡剗洲旁蘆葦，於對岸楊林洲斜築土壩，並築雞嘴石壩，逼溜南趨以刷洲沙，無致壅遏而北，於是城堤皆足保護矣。又請修城中文武衙署，兵民房屋，並請賑被災戶口。其外二十九州縣之同淹者，分別輕重，確勘撫卹，窮民均令赴工力作，以資代賑。奏入，皆奉旨嘉獎。

五十四年三月，勘襄陽老龍堤，添築挑溜石壩。九月，又勘估常德石櫃堤工。明年，奏修復潛江仙人堤。條議銅運過境章程：一、銅船宜雇募堅固；二、銅斤宜過秤足數；三、險灘宜預趨避；四、水模工價宜酌水勢加添；五、防範水模偷竊。又勘四川至湖北江中各灘，由險改平者十二，由平改險者六，新增險灘五。雲南銅運始獲安行。

先是，湖北數年前上下汰侈，黷賄賂，吏治廢弛呰窳，而民風日益兇悍，上故以整頓屬公。公緝盜賊、嚴刁訟、清庶獄，年餘審結大小一千五百餘案，而遠界秦蜀者，姦宄尚未盡除。五十九年八月，陝西之安康、四川之大寧邪教起，皆稱傳教由湖北。公馳赴襄、鄖訊辦，有旨降補山東巡撫。是秋，河南衛、沁二河水溢及山東沿河州縣，奉旨加兩倍賑恤。公請將本年漕米蠲免，復遴員分赴豐收處按價糴買，運至災屬存貯，備明年春夏間平糶之用。奉旨：『此番可謂用力。』

六十年正月，仍授湖廣總督，卽赴新任。時先有恩旨，以明年歸政，各省民欠銀穀，令督撫查數，奏請豁免。公臨去任，將山東積欠四百八十七萬，常社米穀五十萬四千餘石，悉奏蠲之，不肯遷延諉謝也。二月次襄城，聞貴州銅仁苗民石柳鄧、湖南永綏苗民石三保等四出鈔掠，馳赴常德，奉旨令駐荊常適中之地，爲後路應援。是時，乾州鳳凰廳諸處盡爲賊藪，且圍永綏，雲貴及湖廣官兵分駐鎮筸，轉餉甚急。公令長沙、岳陽、常德、澧州、荊門州各屬，先儘常、社兩倉存穀，刻期碾運，由辰州轉解軍營，且令雇船從朗江以達五溪，較用夫背負爲便。而辰谿崖門砦以上多苗寨，派文武能事者駐兵防護，運道始爲周密。其辰州以上逃徙各商，給予口食安置。鄰近苗寨州縣團練鄉勇，協力堵防北省之鶴峯、來鳳、宣恩各隘口，添兵分駐，兼爲保靖後路聲援。連奉溫旨褒美。旋抵辰州，檄鎮筸鎮駐兵瀘溪搜捕，宜昌鎮兵由保靖直向永綏，熟苗有被脅者准其自首，示以若先効順，候事平分給逆苗田產。又賞給銀布米糧，以散其黨。繼聞永綏圍解，卽在花園隆團一路安設臺站，六省之師每日供支數萬，迅速周詳。上聞而益嘉之。自三月至八月，乾州苗民五百餘寨先後詣辰乞降。公便坐傳見，不設兵衛，導以朝廷威德，勉令自新，羣苗涕泣叩頭去，迄無一反側者。

嘉慶元年，湖北賊起，詭稱白蓮教，宜都、長陽各聚數千人爲應。公赴枝江調兵搜勦，連破蕭家巖、栗子山各寨，擒斬千餘。賊竄山北，而宜昌別有賊數千，分擾遠安、東湖、當陽，復調河南南陽、陝西興漢二鎮兵往援，未至，當陽陷。隨統官兵募鄉勇，與前護軍統領舒亮進圍之，殲其外援三千人，斬僞帥楊啓元等。七月破城，因奏當陽善後六事：一、編審民户；二、分撥營兵；三、裁撤鄉勇；四、賑卹良民；五、旌奬忠節；六、修建城垣。其他儲備、徵發、供支、策應，遠近紆籌，鬚鬢爲之頓白。又委員攜銀米分赴村莊，安撫難民，免使賊誘。奏入，奉旨：『此計是，正宜如此。』又奉旨：『畢沅前此勦洗當陽，肅清縣治，著有勞績，不可不加懋賞，着賞給輕車都尉世職，用昭優奬。』其冬，賊在宜都、宜昌者，將竄陝、蜀，上發京營健鋭、火器兵二千，山東直隸兵二千來合勦。公旣奏調山、陝馬二千匹，又令人赴邊買三千餘匹，解送大營濟用。時賊勢蔓延，而乾州已復。因密奏：『逆苗石三保等就擒，石柳鄧雖在，旦晚可獲，以十萬之衆駐守環攻，苗人見有重兵，生計無資，賊首反得從中煽誘，不若乘其窮蹙，予以自新。而於四面要路派兵防守，且就降苗内擇其趫捷者，以苗攻苗，不至再煩兵力。撤出官兵併勦襄、鄖、宜昌諸賊，自可卽日埽除。』上下其章於軍中，皆以爲宜。十二月，官兵破平隴，斬石柳鄧，復擒吳廷義等。於是將軍明亮酌撤官兵，前赴達州、宜昌，軍聲大振。

明年，公遵旨留駐辰州，綜攬南北諸軍事，羽檄紛沓，心規手畫，久歷蠻荒，炎天瘴毒，積勞成疾。初患眩暈，手足不仁，繼瘍生於背。病聞，降旨慰問，命以安心調攝，賜之丹藥，而已莫能療矣。七月初三日，卒於官舍，年六十有八。公配汪氏，誥贈一品夫人，早卒。終身不復娶。長子念曾，亦先歿。孫二：蘭慶，芝祥。次子嵩珠、鄂珠。曾孫二：永滋、景緒，俱幼。女四：一適陳暻，一字秦耀曾，一字衍聖公孔慶鎔，一未字。

公自僕直内廷，習於朝章國政，少爲裘文達公所知，會試出蔣文恪公門下。明通闊達，兼有兩公之長。出仕西陲時，拓地二萬餘里，名臣宿將來往邊徼，皆與之上下諏諮。且掌新疆經費局，行軍轉餉諸利弊，貫串熟悉。故四川、陝西、湖廣軍務頻仍，而公兼權熟計，經理裕如。自以文學經濟上結主知，不肯有所附麗，旌節所至，盡心國事，勤求民隱，至於二十六年。蓋歷省總督巡撫中，未有如是專且久者。

公每入覲，輒命在南書房和詩，備顧問，所進古器物，御製詩文紀之。又撰進《關中勝蹟圖志》，詔錄入《四庫全書》。太上皇帝授寶歸政，恭進《典誼》一篇，典雅得體，賞賚優渥。前後所賜御筆、繡蟒、詩扇、扳指、荷包諸物，不可勝紀。天性孝友，迎張太夫人至西安官署，先意承歡，靡間晨夕。及丁憂回籍，適上南巡，迎鑾詢及家事，奏承母氏教養，始得成立。上嘉歎，賜『經訓克家』額以褒之。友愛二弟，始終弗替，聞不足，輟俸以濟。督教諸姪，鄉試中式者三人，由諸生拔貢者一人。

嘗謂爲政貴識大體，治尚寧靜，故洞悉屬員賢否，而不以機智鉤距，不爲科條繳繞。望之溫然，無內外大小，皆馭之以恩，人服其寬，樂爲之用。篤於朋舊，愛才下士，老友如中書吳泰來、侍讀嚴長明、編修程晉芳諸人，招致幕府，流連文酒，名流翕集，望若登仙。侍讀邵晉涵、編修洪亮吉、山東兗沂道孫星衍，咸以博學工文前後受知門下，情誼周摯。其餘藉獎借以成名者甚衆。

少嗜著述，至老不輟，所撰《續資治通鑑》、《史籍攷》並《靈巖山人詩文集》，又《關中中州山東金石記》、《河間書畫錄》共若干卷。每遇古書善本，校而錄之，若《山海經》、《夏小正》、《說文解字舊音》、《釋名疏證》、《三輔黃圖》、《太康地志》、《王隱地道志》、《晉書地理志新補正》、《道德經攷異》又若干卷。時賢皆奉爲祕寶。

公仕宦日久，太倉舊宅傾圮，丁憂時移居蘇州，又於靈巖山建御書閣，以奉賜書，故自號靈巖山人。晚年得山後陸氏水木明瑟廢園，將葺爲退老計，未果。今蘭慶等卜宅兆於此，亦公之志也。夫祖與公鄉試同年，同直軍機處，又爲西安按察使，知公行事爲詳，庸敢掇其關於軍國之大者，勒諸貞石，以示後世，餘已載少詹事之《志》，故不備書。銘曰：

保釐之德，綿於南方。文昌華蓋，錫羡垂光。始以文學，馳譽巖廊。繼以勳業，播績封疆。經文緯武，用綏戎行。仁扇嵩華，澤覃湖湘。苗民逆命，兼患欃槍。爰親旗鼓，爰時餱糧。速彼羣醜，即我鈇斨。潢池未殄，星隕其芒。九重嗟悼，昭示旗常。聿晉公孤，聿賜綸章。卜兹吉兆，上沙之陽。水木明瑟，冠於江鄉。左鄰靈巖，宸翰所藏。星輝霞煥，下麗重岡。公騎箕尾，詄蕩翺翔。恩榮百世，雲礽之慶。

太子太保大學士謚文襄舒公墓志銘

乾隆丁酉正月，孝聖憲皇后賓天。四月，上奉梓宮安葬泰東陵，大學士舒公扈蹕以行。十九日，抵良格莊，遘疾，上命醫胗治，且令公弟侍衛舒臨自都乘遽以來侍疾。未至，二十一日，公薨。上諭曰：『大學士舒赫德老成端重，練達有爲，御極之初，卽膺任使，宣猷中外，四十餘年。前此平定回城，懋著勞績。嗣於西陲撫輯歸順遠番，東省勦捕悖逆匪衆，悉心籌畫，動合機宜，實爲國家得力大臣。自簡任綸扉，日直內廷，兼綜部務，勤勞匪懈，倚毗良深。茲聞溘逝，深爲震悼。』隨賞給陀羅被，遣額駙公福隆安帶領侍衛十員往奠，茶酒並著。晉封太保，入祀賢良祠。其任內革職降級之案，槪予開復，所有應得卹典，仍著該部察例具奏。嗣上還京，親臨奠醊，復御製詩章以志哀悼。既而禮臣議上，賜祭賜葬如例，謚曰文襄公。長子今倉場侍郎舒常，以參贊大臣統兵征勦金川，事蕆，留駐四川，及是又命馳驛回京治喪。於是典禮具舉，哀榮備至。將以五月十九日葬於望涇先塋，而侍郎君具狀來，丐爲隧道之銘。

按狀：公少而岐嶷端敏。雍正戊申，年十九，由監生考試筆帖式引見世宗憲皇帝，改授內閣中書。庚戌，入南書房，隨大學士預辦機密。壬子，擢內閣侍讀，偕鄂文端公爾泰往甘肅經理軍務。乙卯，擢監察御史。今上二年丁巳，擢內閣侍讀學士。戊午，擢都察院左副都御史。是年冬，擢兵部侍郎協辦步軍統領。庚申，上以盛京國家豐、鎬，游民聚處日繁非便，命公偕將軍暨五部諸臣議奏。公請禁海口，毋許山東游民私渡，先來者編入戶冊，以備約束。又往例，民人開墾荒地十年，始升科納賦，而旂人限以三年，輕重失序，請更其例。奏入，允行。丁卯，調戶部侍郎。戊辰，擢都統兼署兵部侍郎。三月，恭遇孝賢皇后大事，命辦喪儀。九月奉旨爲軍機大臣，十月擢兵部尚書，十一月調戶部尚書，管三庫事。十二月，命同大學士經略傅公恆征勦金川，參贊軍務。乙巳三月，金川納款，奉旨優敘，加太子太保，御書『均式宣猷』四字賜之。尋命由川入滇，勘視金沙江形勢，以籌銅運。又命歸途校閱湖南北營伍。十二月還京。

庚午，命視浙江海塘工程。辛未，從幸江南、浙江。癸酉，張家馬路潰決，黃河直入洪澤中，斷流者數百里。上命公同劉文正公統勳、策公楞往治之，堵決口，恤災黎，月餘事畢，上嘉之。先是，準噶爾有綽羅斯、都爾伯特、和碩特、土爾扈特，名四衛拉特。其輝特部附於都爾伯特，厥後土爾扈特竄入俄羅斯，乃以輝特補之，傳至噶爾丹跳踉犯塞。聖祖三臨朔漠，大殄羣醜，凶渠走死。迄噶爾丹策凌，世宗憲皇帝遣使經界其地〔二〕，始奉約束。及喇嘛達爾札戕其酋自立，所屬散亂，而輝特台吉阿睦爾撒納爲達瓦齊畫計，假哈薩克兵襲喇嘛達爾札，殺之，達瓦齊自立爲汗。阿睦爾撒納遂率所屬及都爾伯特台吉策淩叩關求附，且籲借兵以定準噶爾地。上先命公廉之，得其狀而返，至是命公馳往經理。公以阿睦爾撒納新附難信，請不與兵，而移其妻子就食歸化城。上以請兵不與是疑其貳也，移妻子是以爲質也，軍營兵力未齊，兩部降衆不下數萬，疑而有變，事將不可問，所辦非是，落公職，以閒散在參贊上行走。

明年乙亥，將軍哈公達哈率兵進發，公奉旨留烏里雅蘇臺，偕侍郎兆公惠等籌辦糧餉、駝馬接濟事宜。是年，伊犂平，分準噶爾地，四衛拉特各自爲汗，駐將軍於伊犂，統兵鎮撫之，而令各汗入京師，錫宴。阿睦爾撒納既不得爲總汗，且以將入京，疑懼，因煽其衆中道叛走，時其妻子尚在烏里雅蘇臺游牧。公聞信，偕兆公馳往，收其妻子送京師。丙子，噶爾喀台吉青衮雜卜叛，臺站、卡倫皆斷。會有察哈爾兵數百名方以送羊至，公留之，分布各站，軍報乃通。又以所獲馬數百匹，羊萬餘頭，冒阿爾泰山雪運赴軍前，比至額爾齊斯河，哈公兵已絕糧四日矣。未幾，詔令入覲，授鑲黄旂漢軍都統參贊大臣。丁丑春，同將軍成衮札布等由珠爾土斯進兵回部，適所收之準噶爾夷人沙拉斯胡瑪斯叛，副都統鄂實等陣亡，公坐是復革職，以兵丁効力贖罪。公同兆公取阿克蘇，下烏什，得旨令公在阿克蘇料理回人屯種，而兆公等以是冬督兵進取葉爾羌。賊度官兵深入無繼，悉衆以困我軍，阿克蘇、烏什亦一日數驚。時回人玉素富自其祖內附封公，居哈密久，隨征在阿克蘇，公廉其可信，屬以安輯烏什回人，而身居阿克蘇鎮之，衆心大定。會上先遣滿洲蒙古兵四千爲駐伊犂用，公檄令速赴阿克蘇。十一月，兵至者二千餘名，公帥以先，道險遠，馬斃，往往步行。戊寅正月初六日，將抵葉爾羌，回酋大小和卓木逆戰，公督兵奮擊，凡八晝夜，賊敗遁，乃與兆公兵合。事聞，上授爲副都統，旋授吏部侍郎、工部尚書、鑲紅旂滿洲都統。明年，回部遂平。上加恩，予世襲雲騎尉，又繪象於紫光閣，親製贊詞云：『白衣白水，聞黑水信。安衆進援，爵秩重晉。』蓋謂是也。庚辰，命公駐回城，定設官、授祿、賦稅、土田之制。冬，賜紫禁城騎馬。辛巳，命尚書永公貴代公，公還京，調刑部尚書兼都統如故。

壬午正月，管三庫事。是年春南巡，命在京總理事務，後以爲常。癸未四月兼署工部尚書，充殿試讀卷官，五月充經筵講官，七月管戶部事，十月加太子太保。甲申春，命偕裘文達公曰修赴福建審訊海關陋規，七月署步軍統領，十二月兼管國子監算學。乙酉，充國史館總裁官。丙戌二月，暫署陝甘總督，七月兼署戶部尚書。丁亥七月，署步軍統領，時緬甸不靖。戊子春，命以參贊大臣往雲南，會陳奏錯謬，革職，以副都統銜赴烏什總理回疆事務。

辛卯夏，土爾扈特來歸。初，土爾扈特汗阿玉奇投入俄羅斯，居於額濟勒河。及阿玉奇曾孫渥巴錫以俄羅斯蔑佛教，又苦征調，遂挈所部以來，衆十餘萬。羣言洶洶，謂有詭計。上亦慮伊犁將軍伊勒圖一人不能經理，命公往，相度機宜。公察其無他，入奏，上嘉之。額濟勒距伊犁萬有餘里，渥巴錫自庚寅十月啓行，八閱月始抵伊犁之沙拉伯勒界，飢疲疾疫，斃者枕藉，公隨宜措置，存活甚衆。先令渥巴錫及其台吉入覲，而分居部落於齊爾吉爾、哈朗諸地。又請先於伊犁所屬蒙古部落借駝馬牛羊數萬，俾其孳息，而發尚都諸牧廠之牲畜以補之。又予以地，給以籽種，撥屯兵教之耕植，於是土爾扈特咸得安其生，以爲歸天朝晚也。已而俄羅斯邊吏使使問故，公令見，面折之，使者搏顙惕息而去。是年，上授爲伊犁將軍。十一月，授戶部尚書。壬辰五月，補領侍衛內大臣。八月，命爲武英殿大學士兼刑部尚書。還京，復充國史館及清字經館、《四庫全書》館總裁。又總理吏部，兼管戶部三庫，仍充經筵講官。甲午，掌翰林院事，兼日講起居注官。

是年秋，山東壽張縣逆賊王倫以邪教脅衆，殺掠官吏民人，上遣公統率侍衛官兵以往。至則破臨清，盡殲其黨，王倫自焚死，凡六日賊平。降旨嘉美，從優儀敘，授御前大臣，命儒臣撰《臨清紀略》以著其事。丙申二月，定西將軍阿公桂平金川，上以公運籌帷幄有功，依平定準噶爾回部故事，圖前後功臣各五十人，公名第四，參贊君名第十。稽諸往古，如雲臺、淩烟，未有一人而再登圖繪者，至于父子並列，尤爲曠古所無。時上稽古右文，徵天下祕書異牒，條爲四庫，藏弆文淵閣，命公領閣事，世以是益榮之。

公姓舒穆魯，字伯容，别字明亭，正白旗滿洲人。曾祖諱席爾泰，理藩院員外郎。祖諱徐元夢，康熙癸丑進士，由翰林院庶吉士歷官太子太傅、戶部尚書、協辦大學士，謚文定。考諱席格，康熙丁酉副榜貢生，以文定公公蔭補工部員外郎，以公貴，累封光禄大夫、刑部尚書。妣黄嘉氏，繼妣宗室，又繼妣棟鄂氏，皆封贈一品太夫人。公爲黄嘉太夫人所出，生於康熙四十九年庚寅十二月初二日，距薨之年六十有八。初配富察氏，繼配宗室。子：長舒常，今官總督倉塲侍郎；次舒寧，以事發往伊犁；次舒安，先卒。孫三：某、某、某。公夙夜在公，不事家人生産，惟宗室夫人勤儉莊敬，以相厥家。公薨，夫人迎柩於道，哀慟深切，以五月二十一日卒。兩夫人皆合葬於京師東直門外望涇之原。

昶先事公于軍機房，繼又爲秋官之屬，辱公知遇甚厚。二十年來，竊見公誠以居心，勤以莅事，勝繁肩鉅，洪濟艱難，根盤節錯，世人望而氣阻，公獨紆回籌畫，鞠躬盡瘁，俾於有成。及其領閣部也，甄綜庶政，必躬必親，以小心將事，以明作圖功，使百執事恪恭震動，不敢稍有叢脞放廢，所謂能任大事、知無不爲者，非歟？公待諸昆弟雍睦無間言，在家事贈公及兩太夫人起居必謹，居喪哀而盡禮，私而不廢公。以家庭庸行之常，故不著，著其關于軍國大事者，而系之以詞。銘曰：

維舒穆魯，肇自渾春。鍾祥艮隅，厥氣絪緼。允矣太傅，行端德醇。名卿碩彥，式昌厥門。公實繼之，如鳳如麟。少年通籍，簡於紫宸。軍國重政，輒以公掄。金川之役，伊犁之軍。公在行間，手闢祲氛。時或利鈍，一以忠肫。降夷十萬，駝馬千羣。公往撫之，若旭之溫。弗驚弗駭，服我耕屯。潢池劇盜，弄兵於原。公往剿之，若霆之奔。毋冤毋濫，奠我良氓。洸洸戎略，穆穆鴻勛。何天之寵，詔旨璘玢。曷不愸遺，箕尾云淪。詔祀於祠，升以精禋。詔碑于隧，冠以鴻文。恩禮丕懋，爲時宗臣。功在典冊，名在乾坤。我銘幽竁，用勗後昆。

【校記】

〔一〕宗，底本作『祖』，據史實改。

卹贈光祿寺少卿戶部主事趙君墓志銘

君諱文哲，字升之，一字璞庵，江蘇上海縣人。少以穎悟稱。年十九，補博士弟子，爲工部侍郎夢公麟、內閣學士李公因培所知，因是于庠序益有聲。乾隆壬午春，上幸江南，進詩，試行在，賜舉人，授內閣中書舍人。癸未，充方略館纂修官。甲申，直軍機房，大學士劉文正公統勳、劉文定公綸、今大學士于公敏中皆嗟異其才。戊子秋，侍講學士紀昀、中書舍人徐步雲洩兩淮鹽運使盧見曾事，君與余牽連得罪。會兵部尚書阿公桂以定邊右副將軍總督雲南、貴州，請以余兩人掌書記，詔許之。

明年三月，至騰越州。時大學士忠勇公傅公恆奉命經略緬甸，七月偕協辦大學士戶部尚書副將軍果毅阿公里衮，由南大金江以西進討，君從之。出萬仞關，掠猛拱，抵老官屯。緬地惡，多瘴，攻壘久之，未克，君乃以病還騰越州。十一月，緬降，撤兵，阿公里衮已前卒，傅公還朝。

君始與余依阿公幕府，居二年，辛卯五月，上以理藩院尚書溫公福代阿公。會四川金川土舍索諾木襲革布什咱土司，戕之，嗾小金川土舍僧格桑攻鄂克什，勢張甚，總督弗能制。九月，命溫公偕阿公赴蜀討之，奏以余與君行，十月至成都，復以君爲中書舍人。明年壬辰五月，余從阿公由章谷攻達烏，君留溫公所。是冬，克美諾，小金川平，晉君戶部主事，又從溫公由空喀進討金川。又明年癸巳，兵至木果木，攻五閱月弗克。六月，小金川降者叛，與金川合鈔後路。初十日，師潰，賊邀於險，溫公歿，君與其難，時年四十有九。按故事：無驗而死于兵，名曰『未出』，未出不得卹。兵部員外郎巴君尼琿以君陣亡報，事聞，兵部乃議贈光禄寺少卿，予祭葬。工部作主躋于昭忠祠，命翰林院立傳，蔭子一入國子監讀書，期滿以知縣用。得旨。於是其孤秉淵寓行狀來蜀，且曰：『不孝將以明年二月奉衣冠歸葬於鄉，先君執友，惟丈暨侍講吳丈最親，已丐吳丈表於隧矣，鑱石幽竁，惟丈其無辭！』

按狀：君曾祖繼舊。祖璧，監生。父紳，歲貢生，是生君兄弟三人，君行二，居家以友悌聞。娶張氏，子五：秉淵，長也，監生；次秉沖，次學泗，次醴源，次學海。女一，適黄某。孫二，尚幼。以某年月葬于某里之某原。君于學于文無不通，尤以詩詞名天下。少幽介，及壯，機警敏慧，善析人情、寫物態，爲人作進御奏記，文字深淺輕重，各愜所欲，又捷且工，以是游諸公間，無不親愛者。余與君同郡也，弱冠同學，同官于朝，又以事同譴，同從于軍也。知君者，莫余爲詳，乃銘以遺之。嗚呼！君昔著《娛雅堂詩詞》，皆屬余爲序，道其所以工者備矣，故不復云。銘曰：

嗚呼！古之葬者，骨肉返于土也。君獨不然，飼烏鳶而飽狐兔也。結蒲收髮，怛孤嫠也。嗚呼！魂氣無不之也，泝江而東，乘雲螭也。厥兆燋龜，神鬼撝也。國殤栖之，莫敢或隳也。

雲南迤東道錢君墓志銘

君名受穀，字黄與，一字沖齋，浙江秀水人。曾祖治，祖棨，皆不仕。棨生炯，嘉興縣監生，以才名。中年應順天鄉試，授經於今大學士誠謀英勇阿公，後病，歿于京師。以君貴，三代皆封贈如君官。

君孤貧無以爲家，隨母嚴太恭人依世父母以居。錢文端公陳羣，君宗老也，勸之學，君遂刻苦自勵，補秀水縣學生。沈編修昌宇督學廣東，君往依之。編修卒於任，復從甘肅謝太守某於安徽，轉至肅州，逾二十年始歸里。乾隆二十二年南巡，君以賦上行在，得召試，賜舉人，授内閣中書舍人。時英勇公以參贊大臣入爲工部尚書，而錢文端公子汝誠以户部侍郎兼順天府尹，方貴盛，交口推君。常熟蔣文恪公溥遂延之賓館，俾典書記。後二年，庚辰，成進士，改庶吉士。明年散館，授户部主事，兼筦錢法堂。

君通籍後，廉介，食貧茹素，不異諸生。居宣武門外，距文恪公第十餘里，徒步往來，未嘗僦薄笨車也。所居矮屋五六椽，蘆簾土銼，與圖書間雜，坐客無氊，不惜也。既爲曹郎，精心吏治，尚書兆公惠、侍郎安公泰咸稱其勤能。二十八年，擢員外郎。是時天津淀河水積日久，淹及田廬，兆公奉命治河，以君從，疏瀹半年，積水遂涸。二十九年，京察一等，入直軍機處。三十年，擢郎中，充湖南鄉試副考官。

三十二年，擢陝西興漢道。是時雲南徼外緬甸跳梁，總督楊應琚弗能制，上命承恩毅勇公明瑞爲將軍兼總督討之。陛辭，奏請從事，詔以戶部郎中馮光熊、吏部員外郎傅顯、河南開封道諸穆親及君參其軍。君被命，由漢中馳入雲南，抵永昌，授迤東道，旋調糧儲道。九月，明公督師自永昌發，君從之，出宛頂，撫木邦、大䵚、蠻結，破栅十六。踰天生橋，入象孔，迷失道，趨大山猛籠就糧，賊躡之。三十三年正月，鏖於蠻化，賊來益衆，事亟，明公屬君護案牘先行，遂殁於陣。君同潰軍入關，調迤西道。明年七月，定邊右副將軍偕經略傅公恆復進兵，奏君駐蠻達，接應糧運暨警報往來。連月大雨，君日夕在泥淖中，凡五月而竣事。師旋，又留君於虎踞關監守關兵，且收糧儲之在各站者。又明年二月，復署迤東道。是時各關尚戒嚴，而總督常駐永昌，君亦綜理軍需局事。年餘，以積勞卒于官。

君生康熙五十四年某月日，卒乾隆三十七年十月十一日，年五十有八。娶某氏。子二：昌祺、昌壽。君卒日，篋無餘財，總督率其屬賻之，乃得貲棺以斂，而歸其喪於秀水。君長身戍削，疎髯而壯于頄，望之蒼然若河朔人。奔走四方，習於勞勩。故其居官也，爬梳繁劇，必盡其宜，聲色嗜欲之誘，一無可動。而山川之險阻，風雨之跋涉，兵戈之間關轉輾，怡然處之。每日五更，輒蹋壁背誦少時所習古文詩賦，長篇不遺一字，迄曉而止。蓋君之不自暇逸如此。君與余同召試，同直軍機房，又先後從軍於滇，故得君之詳無如余者。余以四十一年四月自蜀還朝，而君之卒踰三年矣。昌祺等將以某月日葬君於秀水縣某原，狀來乞銘，乃銘曰：

少貧而孤，厥苦荼也。長而經營四方，厥楨鲂也。晚而從戎，以大終也。其廉吏，其志士也。矜此勞人，信煩寃也。

廣西柳州府通判朱君墓志銘

君姓朱氏，諱秀文，字炳齋，先世居紹興，後徙於杭。祖諱國武，又遷松江之婁縣，遂占籍爲縣人。考諱鎮藩，不仕。君讀書恥習章句，既冠，補學宫弟子，數試不售，以貢入太學。年五十，循例出判柳州。

君之之官也，上游初未之奇，會獄有疑久不決，君力請辦之，由是知君才。其後遇有難治者，必以付君，君因以少見其長。歷攝隆安、懷遠、永淳三縣，養利、永康、横州三州事，至則獄必平，廢必舉，有不可必力争於上，故民樂其來而悲其去。君既以暮年筮仕，而南粤外控絶徼，猺獞雜處，瘴雨蠻烟，所在蒸結。君以上游委任，日奉檄馳箐莽中，意不自得，乃以捐升同知。離任，引年乞歸，家居二十餘年，教其子若孫咸有成立，可謂難矣。

君生康熙丁丑八月二十有一日，卒乾隆戊戌六月二十有三日，年八十有二。配夏氏，有婦道，先君十有一年卒。側室孫氏，亦以勤儉能佐君。君前遇覃恩，貤封其祖，故兩世贈如君官。妣鄔氏、王氏，贈安人。君以子履吉官，遇覃恩，引新例贈文林郎，夏氏贈孺人，孫氏封太孺人。子四：桐、樟早殤，夏孺人出；履吉，貴州鎮遠府施秉縣知縣；履祥，太學生，俱孫太孺人出。女子子三人，適蔡士杞、汪大經、王錫奎。孫七人：光曜、光壁、光鼎、光鼐、光宁、光邦、光泰。女孫五人。余與君同郡，而君女夫汪君又常從余游，故知君宦跡爲詳。君之没也越二年，庚子十月四日己酉，履吉、履祥卜葬君于婁縣三保三區二十五啚北麟圩之新阡，復介汪君以狀來請銘。

昔曾南豐謂南粵偏遠，官者小其官爲不足事，故皆傾搖懈弛，不能滌陋俗而驅於治；而唐荊川紀蔡克廉，謂州佐操柄所不在，其可見者大率緣俗而治，不能有殊絕功德加於細民，蓋難於振奮如此。今君既不以遐方鄙陋少自摧挫，亦不以宂員散職自安坐廢，插齒牙、矯尾角見其才，而能使當路用其才。在粵十年，洊攝六州縣事，雖以年至自引去，而功已有所加於民，治已有所見於世。然則操柄不在之說，果可信耶？世之傾搖懈弛自小其官者，觀於君可以知奮矣。因其孤之請，系以銘曰：

康寧壽考天所靳，羸此縮彼理亦準。八桂之林馭蠻蠢，云何有才詘卿尹。歸與故園躭大隱，高朗令終弗替引。子孫詵詵衆且允，刻石於幽謝蔑泯。

誥封中憲大夫安徽和州州同知王君墓志銘

乾隆辛丑秋，四川松茂道鳳儀遭其母陳太恭人之喪，明年壬寅四月扶櫬歸里，蓋上距其父中憲君之歿，十有五年。先是，鳳儀免父喪，揀發四川，由縣令陞成都府知府。時王師進討金川，軍事亟，不可以假爲辭，乃遣其弟耘東歸，卜葬中憲君于太倉州東鄉蘆漕，且乞余族兄光禄寺卿鳴盛銘於幽竁。會葬亟，未及刻石以藏，於是將以某月日奉太恭人合葬於原，而屬余爲志墓之文。

按：中憲公諱述濬，字雋驤，號益江。王氏自明大學士文肅公錫爵之弟諱鼎爵，官河南督學副使，無子，而文肅公有子一，爲編修，諱衡。編修亦子一，爲太常寺少卿，諱時敏，皆不可出爲後。及太常公生九子，乃以次子順治乙丑進士贈户部左侍郎諱揆爲學使公嗣曾孫，是爲君曾祖。祖諱原祁，康熙庚戌進士，户部左侍郎。父諱謩，康熙丙戌進士，都察院右副都御史、廣東巡撫。惟太倉王氏以右族稱天下，科名爵秩，遠有代緒，迄今二百餘年。

君纘承前業，勵志刻苦，性開敏，九歲工屬文。十五生母陳氏卒，哀戚如成人，請於嫡母孟夫人以命婦服殮，夫人許之，中丞不許，君固請。中丞曰：『兒勉之，他日能樹立，得以章服榮而母，毋亟亟也。』君泣而對曰：『不敢忘。』由是益肆力於學。雍正四年丙午，中本省鄉試。丁未會試，中丞爲同考官，君以迴避，卷中續榜。時命大臣揀選，主者以公年少，且世家子，期以遠大，故不入選。尋中丞由少詹事出爲廣東布政使，調直隸，癸丑巡撫廣東，君皆隨侍。乾隆五年庚申冬，中丞入京候旨，壬戌，得旨軍臺効力。君念中丞逾七十，不任塞上寒苦，亟馳歸，盡斥其產，辦裝遄發，將侍中丞出塞。未至，中丞已首塗行四程，蒙恩賜環，君亦於是日至，遂奉以歸。

君家世儒素，中丞官轍數徙，無長物。及罷官，寓京師三載，又值淮徐歲祲，請捐萬金以助賑。君典戭稱貸，心力爲竭。中丞家居十餘年，恩給三品銜，至八十六乃終。君左右就養，食必備甘脆，己則厭其粗糲者。將授衣，貂貉以時具，而身往往衷麤布，惟恐中丞聞之。歲時伏臘，張筵奏樂，中丞藉以陶寫，不知其家實屢空也。九試禮部不第，甲戌入都候選，歲將除，計旬月當選及，忽治裝欲歸，人怪之，君曰：『吾怦怦焉寢不能帖席，其可久於此？』遂以元旦次日行，塗中得家書，中丞果有疾。至家七日，中丞始歿。未至前一夕，中丞忽謂侍者曰：『若知之乎？吾兒行且歸矣。』厥明果至，人以爲純孝所感。

戊寅服闋，選安徽和州州同知。己卯，蝗蝻生，君揮汗走赤日中，率吏民撲捕，復禱於神。頃之蝗隕如雨，廣袤數里，害遂息。壬午，權州事兼攝含山令。甲申，大水，君謁前太守，請發社倉穀借諸民，太守欲俟牒到，君固請先發，如有譴願獨任之。既獲請，正斗斛，飭量人毋以私上下手，民大悅。江濱窪下田恃隄爲蓄洩，嘗夜過赤林壩，值上流汎溢，隄將潰，民見君叩請修護。君率輿隸伐木起工爲倡，民益奮，比明工成，隄得以無恙。上官檄君理賑務，君履勘不少假。或謂：『何不概以五分？例五分不成災。』君曰：『輕重何可混？』乃審定八、九、十分以報。繼以賑戶過多，將議減，君力持不可，有不逮賑者捐俸卹之。江浦民寓於和者，太守欲令歸江浦食賑，江浦復請歸和，持不決。君請移江浦賑銀至和給之，民無勤而得食。是役也，勞瘁十閱月，竣事，民尸祝之。乙酉，又兼攝守令含山。方借國帑修隄，日鳩千百人，目營指畫，用不虛靡，猾胥罔敢染指。州田有江埂，歲須畚築，而舊籍多混。公議按田數以派埂段，令民各書榜爲識，更造印冊，按籍督修，庶杜混弊。事未果行，識者惜之。丁亥，州又被潦，君佐荒政如故。戊子，奉檄發賑，慮民守候，黎明即起料檢，日午始飯。是日已詣賑所，忽中寒嘔噦，歸三日而卒。

嗚呼！和州瀕於大江，君在任凡十餘年，無歲不有水患，否則修隄築埂，日在泥塗畚鍤中。君不以閒曹冗員稍自闒茸，辛勤嘔咻，至久而益勵，卒以此得疾，可謂能勤其職者矣。蓋君自以奕世忠孝，念國恩，守庭訓，常欲激昂奮勵以紹祖父志，不幸老於州佐，故不能盡其才以攄其効。然君既歿，而松茂馳驅絕徼，能以功名自見，受天子特達之知，兩邀綸綍之寵，則君之志雖不及施於身，亦可無憾於九原矣。

君初封中憲大夫四川成都府知府，再封四川松茂道。配陳氏，康熙己卯舉人海鹽工部虞衡司主事邦懷女，先封安人，晉封太恭人。少有賢行，初來歸，卽遭姑孟太夫人喪，朝夕悲慕，摒擋盡禮。中丞嘉之。在保定時，委以中饋，酒漿縞紵，内外周洽，井井如也。中丞罷鎮出塞以暨歸里，其間搘持門戶，潔治滫瀡，太恭人佽助之力爲多。及松茂佐總督幕府，時奔走塞外，太恭人誠以盡心無懈，聞者尤以爲賢。中憲君生某年月日，距卒於乾隆戊子某月日，年六十有八。太恭人生於康熙某年月日，距辛丑某月日，年七十九。子八：長卽鳳儀，次宣，次宜，次鳳翥，次鳳超，次宇，次審，次寵。女八，皆適士族。孫十人。

余家距太倉百里而近，文肅公以下，家門之華膴，文章、政事之盛，輒能歷歷數之，然未嘗以世譜相質也。及余從軍兩金川，始識松茂於軍次，其後時相過從，因得稔中憲君之孝於親、勤勞於職事，與夫太恭人之賢。及余還朝，而松茂弟宜適在都下，時時至余家。迨余出按江西，宜在屬下，得以非時見，益知其家事爲詳。然則非予，孰當銘者？銘曰：

具區之瀾，實環婁東。沖瀜碧澥，浴日迴風。是啓太原，其光星虹。文章德業，既遂彌隆。君繼厥後，曰孝曰忠。胡屯一第，弗遘於豐。曠就一官，乃丁鞠訩。誰憂昏墊，固以坊庸。誰呼庚癸，飽以飧饔。爰咨爰庶，勉德勉功。勞臣志士，冘散以終。匪報之靳，惟後之崇。我斵此銘，用竢幽宮。

湖北布政使朱君墓志銘

湖北布政使朱君一蜚，素以政事才幹見稱於世。君世家松江，繼遷浙江之嘉善，於松江百里而近，故立身爲政之方，余得備知其厓略。及余以布政使雲南，其子錦昌已爲騰越州知州，曉暢邊事，識見英敏，人謂君之遺教也，故知君行事益詳。乾隆五十六年八月，錦昌以書來京師曰：『某無似，先公尚在淺土，而先母又不幸歿矣。將奔喪歸而合葬焉，敢以志墓之文爲請。』

按狀：君少敏慧，年十五補縣學生，即以能文名浙右。入太學，名益著。會準噶爾逆命，用宗人府丞蔡公嵩薦，召見賜金，命往陝西軍前效用。綏遠大將軍岳鍾琪使赴鄂爾多斯查檢糗糧器械，刻期出師，往返四旬而事畢，將軍深異之。自是任陝西之高陵、麟游、韓城、臨潼縣事者四，又任直隸之東明、臨榆、安肅者三，任直隸霸州、遵化知州者二。由保定府陞清河道，任山西、直隸、湖北布政使者三。所至皆有政績，人至今稱之。

在高陵也，遇旱，走五十里至驪山龍潭禱雨，雨立降，歲以大熟。麟游小邑，戶不滿萬，奉檄令民運糧，力請，得免其半。在韓城，歲災，首出俸錢，搢紳從之，得銀九千兩，赴河南糴米，減價以糶。周而復始，銀盡乃止，災不爲害。其間修學宮，講鄉約，嚴保甲，社倉、義學，莫不舉行。在臨潼，清稅賦，葺横渠書院新之。及署霸州，掘井千餘以救亢旱。爲保定府，建版牐以興水利，高公斌、蔣公炳皆推重焉。

而於斷疑獄、捕劇盜尤長。麟游有自經於質庫前者，君往驗，指尖黑，兩手掌青，舐之得銅氣，君謂是博而負者。訊之，乃同賭人先與質庫詬詈有隙，適死者負多，計無所出，因慫之死以詐質庫。於是得白，衆驚爲神明。潼商道經臨潼被竊，盡失其貲，時君在省，道令歸而驗之。君故以他事辭，怒將劾君，則君已使捕役伺諸質庫。賊偵事緩，以其貨往，伺者遂盡獲之。東明盜藪，河南劉某爲之魁。君廉捕役俞某能，給以厚賞，先獲其黨殷二，貰之，使禽劉以自贖，民患遂除。其機警捷速，皆此類也。

君既由道升布政使，感激聖恩不次超擢，地方利弊無不設誠而力行之。山西山多田少，南藉秦豫、北資歸化城餘粟，商販不至，民常食貴。君念積貯以常平爲重，晉省倉穀例貯二百七十三萬有餘，而是時缺額八十五萬三千四百餘石。向議以監生入穀補之，穀貴，收穀二年不及十之二，請仿江南減二收捐之例。得旨。於是民踴躍捐輸，倉儲始足。值錢貴，取庫存錢配放兵餉，又發商領賣，錢是以流通。歸化城在長城外，民人命盜，向令副將同知勘驗，復由朔平府審轉。君謂勘驗一官，承審又一官，何以得實？請即令副將同知審轉，民始無枉縱株累者。

君骨格開張，精神振奮，擿姦發伏，動中窾要。案牘如山，窮日夜讞決，不以繁瑣爲嫌。在州縣久，洞悉情弊，姦胥猾吏不敢上下其手。獄有冤濫，必請於主獄者，全活往往至百十人。性剛直，是非可否斷然不可易，臨以上官，環以大衆，絕無依回澳涊，由是忌者思有以中之。調湖北布政使，旋以在山西用非其人，被議落職，得薄譴。籍家之日，自祖遺田十二頃外，無少增益，然後益知君之廉。罷官後，主潞安府起文書院山長，又一年而卒。卒以乾隆二十年六月二十七日，距生康熙四十一年閏六月十一日，年五十有四。君字健沖，諱某者，高祖。諱之榮者，曾祖也，康熙丙子舉人。諱岸登者，其考也。子三：長錫昌，監生，出爲兄後；次即錦昌；次鋕昌；又次鉽昌。孫二人，某、某。配魏氏，明給事中贈太常寺卿大中玄孫女，庶吉士學濂曾孫女，仁孝儉恕，讀書能詩，識大義，後君二十四年而卒，例封夫人。以乾隆五十七年某月某日葬於某縣之某原。銘曰：

督姦飭法，以息嚬呻。謂君明察，孰知其仁。口講指畫，以悉利病。謂君敏練，孰知其正。位不償德，德不永年。天實靳之，俾昌後賢。隆隆幽竁，山盤水繞。偕茲藋苐，永綏厥兆。

【校記】

〔一〕 墓志二，底本作『志銘一』，據總目錄、卷五十三、卷五十五改。

甘肅涼莊道署四川按察使司顧君墓志銘

嘉慶二年閏六月二十六日，署四川按察使司顧君卒於家。時長子永之在河南，會以川、楚寇警，軍務方亟，久之乃得奔喪。於是先使其弟湛之來告曰：『吾兄將歸葬府君於濆門山之鼉頭渚，敢以墓志爲請。』嗚呼！余自乾隆二十三年與君定交京師，中間離合不一，迄于今蓋四十餘年，知君生平莫有如余詳者，志何忍辭？

按行述：君名光旭，字華陽，一字晴沙，其先本于吴丞相雍，至通判潤之始遷無錫，及明廣東按察使可久洞陽公始大。曾祖敦，進士。祖憘。父建元。三代皆以君貴，封贈如其官。君少穎悟，喜獨居靜坐，時有所得。乾隆十七年，年二十一，爲邑諸生。明年二月壬申恩科，鄉試中式。八月會試，成進士，以戶部額外主事用。三年，實授山東司，司主鹽策。兩淮解引課，銀庫輒謂不足庫平，每百兩挂欠短平銀十五兩，歷十餘年，欠益多。君謂：『天下所頒之平，皆由戶部較準而發，若兩淮任意短少，何以歷任皆然？若由銀庫指爲挂欠，卽屬多索。』白諸堂官，衆不能决，獨富文忠公韙之，遂銷其欠。尋擢員外郎。二十四年，保御史，授浙江道監察御史。是年直隸、山東大水。明年正月，君上奏曰：『上年兩省被災，荷恩截漕發帑，已賑加賑，如天之仁，無微弗至。近見流民扶老挈幼，什百入京，春來尤甚，故五城米廠、飯廠人數倍增。詢之，是近京數百里內被災之民相率逃荒。先之毁屋伐樹，繼以賣男鬻女，飢羸老弱，踣頓不可勝記耳。目所及如此，其外可知。伏思救荒無奇策，惟督撫及有司親民之官實心實力，方克有濟。乃各州縣未嘗不設廠，未嘗不施賑，而或委任於佐貳，假手於吏胥，所設廠或遠離村鎮，窮民奔走待食，或得或不得，凍餒顛斃皆所不免。國家良法美意，一入俗吏之手，民沾實惠者十不及五。卽有一二賢能有司撫循周至，而他境流民聞風畢集，日聚日多，轉難措手，此督撫不能真實愛民，下亦以應付塞責，一切皆屬具文。臣請敕下督撫，分飭有司，隨地撫綏，毋致流移失所。去年被淹之地，積水未消，設法疏導，並可以工代賑，然後借給牛具籽種以資耕作。倘仍因循侵蝕，有流民、有曠地，卽重治督撫州縣之罪。至京城外來饑民，已獲赴廠領賑，但一年之計全在東作，其無力自回者，給貲遣送。其本籍全無倚賴，不能回籍，卽歸大興、宛平，作何安輯，不致栖流無著，並請敕順天府尹會同五城御史查明人數，請旨遵行。抑臣更有請者，外省遇有水旱，司道府親臨查勘，州縣先以伺候供應爲能，所委佐貳亦以公館酒席，更滋擾累，請嗣後大員親臨災地，州縣毋許供應，亦不得帶同佐貳，多攜人役，致累災區。倘有違者，嚴參重處，似於荒政亦有裨益。』奏入，上善之。

二月，命赴京畿查勘。君至文安、大城，疏積水，撫饑民。入欒亭境，民數萬擁縣門，欲斃知縣及悍役王姓者。時已昏黑，公令老者數人前，宣示上恩：『特遣御史四路勘災，以活爾等性命。』言至痛切，衆哭，君亦哭，乃令姑退以俟軫卹。而乘夜炳燭，起草馳章入告，乞加賑。次至寶坻、灤州、盧龍，皆如之。四月，勘畢復命，召見，嘉許良久。旋命赴通州，坐糧廳任。三十二年，擢工科給事中。三十三年二月，授寧夏府知府。明年，調平涼。三十五年，甘肅大旱，君請開賑，而布政使謂有名無實，不許。君獨清查災戶，先發銀米。適布政使以憂去，署任爲今直隸總督胡君季堂。君抵省，胡君迎謂曰：『輪蹄鳥道羊腸路，溝壑鳩形鵠面人。賢二千石涕泣多矣。』蓋君口占詩句爲人傳誦，而布政使聞之也。按察使畢君沅見君《青嵐山》詩『産破妻孥賤，腸枯草木甘』，嘆曰：『一字一淚，十字千古矣。』是時隴坂災黎鬻妻子，裝木籠于驢背，每籠兩人。君命城門記其數，五閲月，共出六萬七千餘人，則他郡可見也。皋蘭各縣聞平涼設粥廠，相率就食，日以萬計。自上年五月雨，至三十六年三月始雨，總督明山巡邊至隆德，告君路有殣死者。君率縣令請罪，總督曰：『百姓道斃，於太守何與？』君曰：『知府任地方責，烏得辭罪？且總督見者一，知府見者十，知縣見者百，鄉長保正見者以千數矣。曩知府於路見羣鴉飛鳴，樹枝牽挂縷絡，則人腐敗之腸也，跡而求之澗谷中，胔骸堆積，綿延不絶，是皆地方之責，烏得無罪？』總督悚然蹙然，問：『如何而可？』君曰：『平涼、隆德、固原、静寧，各有二粥廠，饑民日增，每廠多至四五萬人，天漸熱，疫將起，知府已造人民住址大小口細册，此時不令歸農，秋成何望？願給兩月口糧爲歸農資，俾得及時布種。』總督首肯，乃具薄笨車數百兩，陸續送歸其地。時已陞涼莊兵備道，而總督以罪免，文公綬代之，未至，先用六百里書約籌災務。既見，文公曰：『河東一路請君任之。』君曰：『河東道里遼闊，倉庫空虚，官吏非本屬，恐呼應不靈，未敢任也。』公曰：『一切錢糧，惟君支取，自府以下，惟君調遣，某帥以聽，誰敢犯子？』君爲治素有聲，既奉檄，罔不響應。遂分八路，比戶清查，用連三票填注極貧、次貧大小口數，一付領賑者持票領賑，一貼災戶門首，一存本官核對未領之案。晝夜抽查，發姦摘伏，官吏惕息。暨於訖事，無敢絲毫中飽，蓋數十年所未有者。及秋大熟，甘肅民遂以生全。

時大兵方討金川土司，三十七年，文公調任四川總督，將偕君行，先奏請加按察使銜。君聞，不可，曰：『是奏毋乃要君？國家有事，臣子宜効力，何以加銜爲？』總督嘆息，乃削其藁。七月抵成都，時前總督方以誤餉罷，君力謀餽遺，三路軍營賴以無乏。十二月，署按察使。先是，四川有失業無賴之民，好拳勇，嗜飲博，掠惡少年爲從，四出劫殺，衆莫能制，名爲嘓嚕子，至是益甚。君督役捜捕，獲之則責以大杖，荷以重校，反覆喻之以理，咸股慄，誓改悔。乃令率其侶爲運丁，無不踴躍爭先者，軍米因以益裕。君常謂：『天下無饑民、無游民，則揭竿篝火之盜斷無從生。』識者以爲名言。時雲南布政使李君湖來蜀協辦軍需，稱之曰：『江以南有數人物也。』

四十年，以秋審失出五案革職，留川總理糧餉。四十一年正月，兩金川平，大軍奏凱，總督令馳駐西路臥龍關，料理回兵。兵十餘萬抵關，震君威名，無有叫呶需索者。時二月，風雪如嚴冬，君積勞冒寒，忽四體麻木，醫治月餘弗效，遂告病。奉旨准其回籍。乃以七月放舟，過嘉陵江，宿坡仙樓，士大夫爲君立生祠於樓上。君有詩云：『密雲不雨下西川，身上東吴萬里船。多謝漢嘉諸父老，不能載酒侍坡仙。』蓋其標韻如此。

既歸，年方四十六，封君及太夫人同年六十八，而諸子皆得孫。君夫婦率子孫帣鞲鞠跽上大父母壽，進膳承歡，晨夕弗懈，與與緝緝如也。四十二年冬，丁外艱。又十六年而太夫人歿，喪祭盡哀，及葬，號泣奔走，且廬於墓，不以五十不致毀稍自寬假。又建洞陽公祠，並於祠旁起屋祀始祖及始遷祖與後之以文章名位著者，示敬宗收族之誼。又取洞陽公廢園所存丈人峯，輦寘於祠，作拜石山房，謂先澤所存弗敢遺也。又好葺前賢遺蹟，在四川重建漢文翁講堂石室，草堂爲杜少陵故址，錦江書院在其右，君改爲少陵書院，並奉其像。居家，修邵文莊公祠，築君子堂，又求其墓而識之，以歲時祭埽焉。生平讓夷急病，見義必爲。五十年，無錫旱，君徒跣詣惠山真武廟禱雨。其冬，捐己田租並捐書院束脩助煮賑。又經理崇安寺粥廠，躬親巡視。明年，又捐束脩以助展賑。書院諸生貧者，月給銀米，爲助能會；每冬月製寒衣以施，爲禦寒會。其焦勞經畫，與甘肅辦災不殊。

無錫自楊文靖公得理學之宗，顧端文公依白鹿洞規條建東林書院，高忠憲公攀龍偕吏部華允誠等爲之左右，天下歸依嚮往，如五緯麗天、芒寒色正，明季節義之士咸出其中。而年遠教衰，君以清裁令望爲世所推，請主書院，前後幾十餘年，日與生徒講論道義，以踐顧、高之緒。院中依庸堂下，產靈芝五色，嘉善曹徵君庭棟繪爲圖以紀瑞。

君爲人祥和惇厚，澹于榮利，其色莊，其言厲，雖以吏治見稱，而志在扶植忠義、主持風雅。金川木果木之變，文臣殉難者二十六人，卹典下，君度地於成都建慰忠祠，作主以祀，屬余撰碑記而自書之，以鐫於石。治事暇，偕今左都御史學政吳君省欽、前湖北巡撫兵備道查君禮，及潼川知府沈君清任、邛州知州楊君潮觀、曹君焜，輒從容讌集，賦詩飲酒以爲樂。著有《響泉》等集共若干卷。又以無錫東南文藪，而賢人淑士湮沒未盡彰，網羅詩什，人各系以傳，成《梁溪詩鈔》四十八卷。書法出入《蘭亭》、《聖教》，尤爲人所寶貴。

君卒年六十有七。配華氏，封恭人。子三：長卽永之，乾隆四十二年舉人，今官河南陽武縣知縣；次卽湛之，監生；次葆之，貢生。女三：長適同縣監生王相英，次適平湖舉人張誠，次適太倉舉人畢憲曾。孫八：籌、策，庠生；筠、節、箴、箎、簡、籛，尚幼。曾孫一人。以某年某月某日葬於黿頭渚，蓋君自築之生壙也。

君歸里後十餘年，余亦蒙恩致仕，其間屢過惠山相見，君所以敦勉期望者益重。蓋始以文字交，而終以道義也。昔蘇文忠公撰《富鄭公神道碑》，曾文定撰《趙清獻越州捄菑記》，庸以示天下，傳後世，其敘荒政，率辭繁而不殺。今余亦猶是志也，故詳載其大而餘從略焉。併繫以銘曰：

執徐之秋君來東，振手相視和而充。面晬背盎道積躬，謂宜上壽期頤同。何哉惡耗遽告終，生平之志孝與忠。一夫不獲心憂忡，直臣循吏兼儒宗。溢爲著作光熊熊，端文忠憲其遺蹤。一堂五世福亦崇，允矣端坐還璇穹。黿頭吉兆君親封，山環水複神靈鍾，斑然貍首綏幽宮。我斲斯銘颺仁風，示萬子孫無終窮。

廣西巡撫孫君墓誌銘

我國家撫有方夏，薄海內外，悉主悉臣，覃及西南絕徼，莫不奉琛錫貢。至其君越萬餘里親赴闕廷，鞠跽上壽，幸備期門羽林之末者，莫如安南阮惠。而廣西巡撫孫君敷揚威德，實有以致之。

蓋安南諸大校，莫、黎、鄭、阮諸姓，相吞噬久矣。先是，黎氏殘莫氏而據其國，其臣鄭檢尋篡奪，阮惠誅鄭，並逐黎氏。乾隆五十二年，黎維祁敂關求内附，孫君方奏聞，而總督遽請出師，踰三江挾維祁至於黎城。會春正，總督不設備，惠悉衆至，維祁駭竄，官軍隨之入鎮南關。時高宗純皇帝已遣福公康安總督兩粤，將議討，君密陳曰：『黎、阮相吞噬，外夷之常，非敢抗大兵也。今維祁不能守其城，寇至，相率而潰，其不足以自立明矣，豈宜進討以助之？且自鎮南關抵其巢，沿瘴海，崎嶇瘴癘，兵必損。粤民久不知兵，騷擾徵發，必又損于民。聞安南深懾天威，可以折箠使也。』福勇公然之。阮惠果悔罪自陳，乞効職貢，並請封，先遣其從子光顯入朝。明年，恭遇高宗八十萬壽，又入覲。既至，請用中國冠服，上益嘉之，賜名『光平』。禮成而還，西裔番王、蠻長咤謂：『是千古所未有也。』

君名永清，字宏圖，别字春臺，少而敏慧，受書輒成誦。年二十二，爲諸生，入廣東布政使胡君文伯幕。值土司以爭廕襲相訐告，驗之，皆明時印璽。總督將擬以私造符信，比叛逆律當斬，株連者衆。君先私具稿，見胡君曰：『土酋意在承襲，無他志，豈宜妄以叛逆坐之？』胡君曰：『是督撫意，且限迫，安能倉卒易稿？』君乃出所具示胡君，胡君讀竟大喜，陳于督撫，從之，得活者二百餘人，蓋少時固已奇偉矣。及從廣東歸，兩應南巡召試，皆列二等。三十三年戊子，順天鄉試舉人。明年會試，取授内閣中書，旋入直軍機房，撰擬悉當，大學士劉文正公、于文襄公倚如左右手。三十八年，遷内閣侍讀，充方略館纂修提調官，又充文淵閣校理、四庫館纂修官。鑾輅時巡，恆在扈從，常以要事騎而馳，上遥識之，曰：『此軍機處孫某也，馳驟若是，孰謂南人止能坐船耶？』四十四年，擢江西道監察御史。明年四月，遂晉右副都御史。不次之擢，蓋異數也。

是年八月，授貴州布政使，龍里令某殘酷，劾去之。大定府胥役劉某黠悍，杖斃之，闔境肅然。五年，入覲，召對稱旨，旋有巡撫廣西之命。既至，劾屬吏之糾結舞弊號十惡者，削職治罪，以示於衆。廣東饑，開常平倉，停採買，米價大平，廣東人賴以全活。奉旨嘉獎，謂深知大體，有古大臣風，御製詩以志之。融縣四頂山舊產鉛，至是或言歲久砂薄，君訪知煤少，非鉛少也。聞附近羅城縣有長安官山煤廠旺，移砂就之，於是鉛額如故。五十二年，臺灣林爽文反，調廣西兵合勦。君往駐梧州，擇勇鋭者勞遣之，士氣騰湧。臺灣平，福公謂是役也，得廣西鎗兵之力爲多。又慮梧州地界兩省，餘賊或從此竄，詗之，果獲陳興遠等。西寧民仇德廣邀衆結盟行劫，捕獲之。廣東官吏將窮治起大獄，君曰：『結盟行劫，有律在，奚事株連爲？』其寬嚴平允又如此。然自安南事起，籌糧餉、庀夫馬、督運輜重鉛藥，往來瘴地者兩年，心力瘁而受病深矣。病亟，口授遺奏，召諸子勉以讀書承志，語不及私而卒。

君性仁厚，篤於兄弟，惠及宗黨。工詩文，少時已爲江蘇學政李公因培所器，在京師與陸副憲錫熊、汪編修學金爲詩文友，著《寶嚴齋詩》八卷，皆和平廉直之音。君生於雍正十年七月二十一日，卒以乾隆五十五年五月二十日，年五十有七。始祖自丹陽遷無錫，六世祖繼臯萬曆甲戌第一甲第一名進士，官吏部侍郎，歿贈禮部尚書。尚書孫仁溥是爲曾祖，祖岱正，父廷鏞官山東德州州同，三代咸以君顯，贈資政大夫。先娶華氏，早卒。繼娶顧氏，以仁孝稱，治家惠而有法，先君五年卒。子五：長爾琦，先歿；次爾準，舉人，方以博學工詩詞名於時；次爾拯，殤；次齡，候補國子監典簿；次爾曾，尚幼。女一，適太學生華亮。孫三：慧詩、慧淳、慧翼。以嘉慶五年四月二十七日合葬於金匱縣北胡埭之新阡，爾準實來請銘。

方予自四川歸，以鴻臚寺卿與君同直軍機。又四年，予由左副都御史按察江西，君實補其缺，故予二人相得爲最深。初，四十二年，雲南總督奏緬甸有入貢之信，上命阿文成公莅其事，奏以君從，既抵滇，貢不卽至，上召公還。君曰：『緬夷震讋已久，因前留守備蘇爾相恐罪重，不能自決，若警切開導，必無不至者。』公屬君作檄諭之，未幾，蘇爾相果還，而其後按年入貢，與安南同。蓋君明遠略，熟邊務，識夷情，洞燭機宜，所籌必當。其才識有過人者，非獨安南一事爲然，故牽綴書之，以示來裔。其他政績甚著，不復具書。銘曰：

治亂持危，取昧侮亡。國有常經，帝持其綱。胡爲夸毗，以缺斧斨。維相尸之，維君匡之。止戈爲武，來享來王。吁嗟星象，忽隕南荒。契龜食墨，其歸其藏。後有墮淚，弔此崇岡。

四川鹽茶道王君墓志銘

余族弟南明之仕于蜀也四十一年，而在軍需局者二十有七年。蓋本朝之制，各省用兵，則總督、巡撫必設軍需局，主以布政使，選道府州縣之明練者預焉。凡兵將之徵發，糧餉之購貯，器械硝藥之製造，牛馬之轉輸，道途之修治，銅鐵布帛之備用，將軍大臣之往來，閒員佐職之選調，皆主局者先爲儲偫指示。羽檄倉卒，朝夕數變，亦或勝負得失所關，足以驚心動魄，故非熟練而有識，明幹而有守，不足與於此。

蜀自乾隆三十一年，緬甸不靖，大軍進討，始調川兵，又令覓雇騾馬以協馱載。至三十四年，大小兩金川侵擾鄰境，用兵垂六七年，迄四十一年而後奏凱。尋有科爾喀之役，繼又有貴州湖南苗民逆命，而湖北白蓮教蔓延陝西以及於蜀，故蜀之軍需局歷久而不能撤。其間任事者，先後升調，或緣他故去，惟南明一身楮柱其間，勾稽案牘，料量機宜，先事億度，從無絓誤，二十餘年中，心力蓋盡于是矣。

南明由監生循例報捐，二十五年八月補大竹縣丞，越二年調補屏山縣丞。三十一年，委辦楠木。是年六月，委駐威寧，解送赴滇官兵，並催解牛馬。三十三年，辦天壇望燈杆木。三十五、六兩年，復辦楠木。三十七年，陞成都縣知縣。三十九年，陞簡州知州。四十四年，陞瀘州知州。四十七年，陞成都府知府。五十二年，補授川東道。五十五年，署布政使。□□□年，調全省鹽茶道。□□□年，署按察使。南明之採木三次也，率吏役數千指，入蠻地數千里，涉巖嵁，觸瘴癘，所獲皆巨材，稱上意，命加二級，給賞緞疋。

及西藏用兵，成都將軍率兵進，總督駐打箭爐籌糧運，而積糧未運至五六十萬。總督窘，驛召南明，乃議檄明正土司，曉以大義，土司頭目悉踴躍，牛馬麕至，不旬日糧悉起運。事聞，奉旨嘉獎，賜以花翎。南明雖屢擢牧守，大吏因其諳練局中，藉以爲重，急則使之隨營辦事，送兵督運；緩則歸局總理一切，無從容閒暇之日。而南明亦以孤寒受上知，奮身不顧，故卒勞瘁歿於官。

南明名啓焜，又字東白，號秋汀。始遷祖富一公爲蘆瀝場鹽官，繼爲白牛蕩書院山長，故居楓涇。涇北爲江蘇婁縣境，南爲浙江嘉善縣境，遂爲嘉善縣人。曾祖錫旦候選州同知，祖宏澤附貢生，本生父桓、父象升，皆監生，累贈奉直大夫，晉贈中憲大夫，如其官。祖妣、妣及配胡氏皆贈恭人。子三：堃，福建經歷；次均皆，先歿；次登墀，議敘州同。孫三：長重釗，候選主簿；次鍾鈁，候選縣丞；

又次製錦，尚幼。女三：長適舉人謝昌鑒；次許謝某，亦先歿；三適監生莊燮。南明卒以嘉慶三年十月初七日，距生於雍正八年四月十二日，得年六十有九。以五年正月某日，偕恭人葬於婁縣秋涇濱之新阡。承重孫重釴等請，爲墓志。

南明與余同出於太原，歲久譜軼，失其世次，而其家楓涇及余家青浦之珠街，雖兩省，相距僅三十里，自少以兄事余。南明受業於海寧陳先生焜，而余鄉試又出先生本房，時令如皋，余與南明常在官舍，以是益親。南明少時，長身玉立，舉止閒雅，時有謝景滁、張思曼之目。能詩，集句最工，書仿董華亭，蜀中人弆爲墨寶。簿書宂雜，不忘風雅，修杜少陵祠于草堂寺之側，又築萍廬於署中。及在夔州，有三白鶴並下之異，築三鶴堂，同人多以詩詠其事。時詩人宦于蜀者，顧君光旭爲按察使，查君禮、王君鳳儀先後爲松茂道，楊君潮觀、曹君焜先後爲知州，吳侍講省欽爲學政，每有讌集，必招南明往，互相吟和。又自寫《載酒淩雲冊》，以志雅尚。三十六年十二月，予過郫，夜已三鼓矣，宿其官齋，殘燭熒熒然，猶出梁侍講同書所書《賢首經》，摩挲歎息，蓋其清超絕俗如此。年六十後使人歸，稍葺其故居，又建家祠于涇西，置義田五百畝以贍族人，將爲歸老之計。其汩沒於軍需中，如蠶作繭，不能自出，豈其志所樂哉？重釴等生晚不及知，予故掇而書之，其亦可感也已。銘曰：

生山水鄉，弗克居也。宦山水地，弗克娛也。軍書旁午，手口瘏也。勞人草草，卒病以殂也。若堂若斧，雲波縈紆。歸厥幽墟，庶神之愉也。

禮部員外郎前四川按察使司孫君墓誌銘

嗚呼！是爲禮部員外郎前四川按察使孫君之墓。君名嘉樂，字令宜，浙江錢唐人。高祖某。曾祖某。祖陳典，雍正己酉科鄉試第一，歷官陝西鹽驛道。父孝培，因疾不仕。三代皆以君貴，封通議大夫，如其官。

君生而敏慧，六歲就外傅，同學生有誦《堯典》者，聽之卽能成誦，塾師驚異以爲不凡。乾隆二十年，補諸生。己卯，舉于鄉。辛巳，成進士，分戶部福建司學習，專辦井田科。井田主旗地，時旗田私賣日久，輾轉相售，糾紛舛錯，方命大臣往勘，分別回贖，文牒棼然，見者望而斂手。君獨勾稽故籍，窮源溯委，由分得合，井然秩然，咸有端緒。尚書于文襄公及少司農錢公汝誠異其材，倚以爲重。二十九年，丁內艱，旋丁外艱。三十三年，服闋，補山東司主事。三十五年，陞廣東司員外。明年京察一等，引見，記名外用。八月，充四川鄉試副考官。歸復命，奏對四川吏治民情甚悉，上嘉之。十二月，記名以御史用。三十八年，陞雲南司郎中。明年，授雲南學政。君既至滇，釐正文體，訓以讀書行己之要，不以邊方荒略爲嫌，士人多感激，爭自濯磨。三年任滿，大學士雲貴總督李公侍堯密奏陳薦。及回京，補陝西司郎中，旋授廣東雷瓊道，又調肇羅道。蠻俗，每歲七夕，相傳織女下降，死者得仙去，婦女多自縊者。君嚴禁之，其弊始革。四十五年，陞四川按察使。時四川有賊名嘓嚕子，誘少年剽劫，十百爲羣，嚴捕置之於法，賊皆斂跡。四十七年，以秋審失出，部議降調，解任回京，補禮部主客司郎中。未幾，又以失察西陽州焚搶案，降員外郎。君以勞瘁得病，未補官，遂告歸。

既歸，連主餘姚、龍山、紹興、蕺山、諸暨、暨陽書院。卒于嘉慶五年七月二十六日，距生于雍正十一年某月某日，得年六十八。配馮氏，子二：長容，年十八，能讀書；次宸，尚幼。女六人：雲鳳、雲鶴皆能詩詞繪畫，餘俱許適士族。以某年月日葬于某縣某山之陽，容實來請銘。

君生平狷潔，不苟取與，居處飲食，終身如儒生。在四川時，總督少年侈汰，所至必索重賄，以是責君，君弗應，銜之。故其左遷，總督與有力焉。然歸後，以書院束脩自給，未嘗有所介意也。君爲余辛巳所取進士，劇嗜余所爲詩。李公由雲貴總督罷歸，復起而督陝甘，過西安，酒次嘗諷余雲南諸作。余詫而叩之，李公曰：『此孫學使所刻也。君所作《昆明湖》、《龍尾關》、《易羅池》諸詩，學使皆刻而列於郵亭之壁，余往來數見之，故能誦也。』蓋君之篤于師誼如此。今君先逝矣，君不克誌余而余誌君，其何忍不銘？銘曰：

嗟斯人，止于斯。人尼之，命使之。我欲指斥將安施，君在九原當知之。

山西寧武縣知縣彭君墓志銘

乾隆十八年，余與太倉彭君行之同舉江南鄉試。明年會試，相見於京師，既而散去。三十一年，君始成進士，又以候選歸。閱二年，余參軍事於雲南，故君之來而謁選也，不復相見，顧鬚麋言笑，思之若在心目。比余乞老歸田，而君下世已逾年矣。於是嘆遇君之疎，知君之淺，不得周旋聚處，備知君之學術，而悉治行之精醇，爲可惜也。然君選授寧武時，同年朱學士筠贈以詩云：『子學甚醇正，子貌頗古雅。去作親民官，神真跡乃假。』而蔣某宰馬邑，亦贈詩云：『入境民盡肥，視君彌老瘦。』是君之所以愛民而奉職者可知也已。於是仲子兆蓀將大葬於新塘之南阡，請爲幽竁之志，余奚忍辭？

據狀：君名禮，字行之。其先出於五代吉州刺史彭玕。祖某，由歙遷太倉。父某，育於其舅吴氏，因以爲姓，至君通籍後復之。君生而樸訥，顧聰穎嗜學，家多藏書，靡不瀏覽。弱冠補州庠生，澹于進取，鄉舉後復以會試中明通榜，久之登禮闈。故其學益以宏衍深邃。既授寧武知縣，地處鴈門極邊，風俗鄙僿，君擇士之秀良者，使訓于鄉，人始知慕學而不以强武觸扞文網。年餘，縣大治。君聽訟務開誠勸諭，亦工于摘發。縣中豪猾廉得之，輒痛懲不貸。有婦以奸殺其夫，詭爲自縊，鄉里已結報，君反覆研訊，得其情，置之于法。俗祀貓鬼，巫者緣以爲利。君聞，拘衆巫至，搜畫像而盡焚之，風遂熄。某甲毆其父重傷，繼又毆斃從父，君謂此元惡也，不得稽誅。立召而杖殺之，始以狀聞，上官才其斷，不罪也。然慎于用刑，謂人皆有羞恥心，一予杖將不得爲完人，適以使其自棄也。時巡撫農公起素以仁廉聞，嘗謂僚屬曰：『古有以經術飾吏事，又曰猛以濟寬，彭某殆兼之矣。』將薦，會農公病卒，不果。

君素澹于進取，自顧年已衰矣，遂引疾力辭以去。去官日，士民泣送，有越三百餘里而以壺飧饋者。既歸，貧不能自存，復請以校官用，選潁州府教授。四年，卒于官。無以爲殯，同官爭賻之，始得歸柩于家。先是，君謁選在京，日取諸史傳中循吏故事，手自鈔錄。或謂古今異宜，君曰：『吾儕能法古人，無在不可施其術，安在今不如古耶？』在寧武十一年，以廉明稱，果踐其志，而又惜不獲盡伸其志也。

君生于康熙某年月日，卒于乾隆五十八年某月日，年七十有六。著有《北窗吟藁》、《金臺倡和》諸集。配滑氏。子三人：長兆荃，次兆蓀，幼兆蕙。而兆蓀最以才學著東南，又能經理君之喪葬，可謂賢也已。銘曰：

敦題之山，沿于梁渠。其習也醜，其秉也愚。吹之噓之，縶而鋤之。三尼九酌，從我趨之。雖曰趨之，弗竟其撰。有書未傳，有名未焕。以貽後昆，崇其里閈。新塘之麋，靈長輸灌。瘞此貞珉，用俟幽贊。

同知署廣西平樂府知府余君墓志銘

士君子之用於世，必先觀其器識，淵然穆然，澄之而不清，撓之而不濁，招之而不來，麾之而不去，然後可以經緯萬端，酬酢百變而有餘。然或勿施於用，或施於用不克竟其用者，比比也，可勝嘆哉！若是者，今於我友余君庚耦見之。

君名慶長，號元亭，庚耦其字。幼敏慧，沉静寡欲，年十五爲縣諸生。乾隆庚午舉於鄉，壬申會試未第，揀發雲南以知縣用，補通海縣。三年調太和，又六年『卓異』，陞他郎通判，旋以病告歸。明年病痊赴滇，再補維西通判。時緬甸用兵，巡撫檄至永昌，在軍需局辦事。又三年，擢大關同知，旋以憂去職。服闋，時金川方用兵，四川總督富公勒渾、廣東巡撫李恭毅公湖等奏君諳練軍需，請旨來川補用，補成都府同知。尋丁母憂，總督劉君秉恬等復奏請留局辦事。奏銷畢，乃請回籍治葬。葬畢，引見，發廣西以同知用，署平樂府知府。甫一年，因病乞歸，歸十五年而殁。

君在任必以古循良爲法，時事悉仿經藝而行之。在平樂，立諸生爲齋長，又嚴保甲之禁以杜姦宄。秉性慈良，不以苛刻爲能，亦不失于寬縱，所歷州縣咸有惠政，故上官皆服其才。生平不以趨走爲長，亦不與同僚酒食嬉游以取結納，往往危坐竟日，喜愠不形於色。每事至，從容繙閲，皆能默識而强記之。凡上官遣使問故，令書吏抽卷牘以進，首尾咸備，無一顛倒錯誤。時緬甸負固不服，大兵分道進討，經略出西路由猛養，副將軍出東路由猛密，中路則造舟數百浮江而下莿州，將軍統兵别駐普洱，而偏裨營汛亦數十處。又京城八旗兵，滿州索倫、鄂倫春兵及吉林、福建水師，湖廣工匠，絡繹來滇。而牛馬、糧餉、甲仗、火藥、銅鐵、煤炭之屬各以數萬計，相望於道，晝夜嘑咄不絶，隨至而隨應之。君分路設站，按站設夫，凡百所需，咄嗟立辦，兵役不戢而自寧。羽書旁午，如棼絲亂麻，觀者心搖目眩，君獨不震不驚，指揮若定，洞中窾要。其在四川亦如之。此皆予所親見，愧以爲不可及也。

始祖名瑊，明萬曆兵部尚書，居歸德。高祖考名成龍，妣朱氏。曾祖考名國佐，妣趙氏。祖考名秉乾，妣周氏。考名如陵，乾隆戊午科舉人，妣葉氏。三代誥封奉政大夫，妣皆誥封宜人。高祖由商丘遷于湖北，遂爲安陸縣人。君配劉氏，誥授宜人。子三：肇錫，選拔貢生，歷官長沙府同知；次肇翊，乙卯科舉人；次肇端，監生。女三：一適福建連江縣知縣雲夢李蓁，次適候選庫大使應山洪萬林，次適諸生棗陽孫震甲。孫三：嗣偁，候選鹽大使；次尚伊；次若僑。孫女一，未字。曾孫二：葆、基，尚幼。君生于雍正二年十月三十日辰時，卒于嘉慶五年正月十六日辰時，年七十有七。即以六年某月日葬于柴家廟之原。

君少無宦情，其在他郎歸養時，家有大樹綠蔭數十畝，遂築室其下，扁曰『大樹山房』。旁爲因岡書屋、賓月亭、香雲閣、學舫。濬池累石，竹木蓊然。又在京師載書數千卷以歸，分置其中，俯而讀，仰而思，賞奇析疑，各據其所見以示來學，若將終身焉。然則君之出入邊徼，羈縻丞倅，豈其志之所樂哉？所爲詩文皆誦法古人，尤喜崑山顧氏炎武，故所作多有相似者。而于宋元經説尤深，著有《十經攝提》、《易識》、《五翼義階》、《易義初階》、《易義識疑》、《周書章段》、《春秋比事集訓》、《春秋大義》、《春秋傳辨》、《禮記通論》、《盤庚淺説》、《月令啓蒙》、《大樹山房文稿》、《壬癸詩鈔》、《登仕一紀録》、《未信存逸》、《緬舌編略》、《墨池紺珠》、《習園叢談》、《德詒堂家訓》凡二十二種，總爲五十一卷，藏于家。

君既歸一年，巡撫譚公尚忠聘主五華書院。明年，予爲雲南布政司，延致賓館，爲予編次《銅政全書》，删繁訂異，有條不紊。其後君弟慶遠在予江西幕府周旋日久，故知君性情行事爲最詳。昔諸葛忠武云：才須學也，學須静也。故澹泊以明志，寧静以致遠。今君以静制動，以簡御繁，是以器識之深如此，而惜不克竟其用也。每念及之，輒爲感悼。今君子肇翊質樸能文，足蹇四千里至錢塘，余適主講敷文書院，索余誌其墓，予何敢辭？銘曰：

不皇皇以競進兮，不汲汲以求申。其用弗竟兮，其德彌淳。留述作兮垂千春，柴家原兮五尺墳，奠幽宫兮啓仍雲。後有餐風而味道者，庶其攷于斯文。

廣西蒼梧道周君墓誌銘

昔裘文達公以通才絶識延攬天下士，予與諸君重光、周君穉圭皆與公子麟同年，因得往來門下。

而公之愛君也尤甚，凡内廷之著作、農部之陳奏，皆必屬君書而後入告，故公卿間均重其名。先是，君考教授公與叔編修公同舉於鄉。辛未，編修公會試第一、殿試第三人，入詞館。明年，君從兄震榮登賢書。癸酉，君與季叔既濟及兄鼎樞又同舉於鄉，而教授公與君同成進士，父子弟兄相繼登科。故溯嘉禾文學科名之盛者，必以周氏爲首，而君之聞望尤著。

君諱升桓，别號山茨，穉圭其字，世爲浙江嘉善縣人。高祖某，曾祖某，祖某，皆耕讀不仕。考翼洙，以進士官衢州府教授，以君貴，貤封中憲大夫。妣俱封恭人。君生而敏慧，十三能時文，十五補縣學生，二十一廩於庠。乾隆十八年癸酉鄉試中式，明年成進士，改庶吉士，習國書。二十一年丁艱，二十四年服闋，散館授檢討。壬午，充順天鄉試同考官，取蔣雲師等若干人，時稱得士。二十八年大考，欽定一等第二名，擢侍講，充武英殿纂修官，又命充日講起居注官。明年，補授廣西蒼梧道。君素以文學著名，既任監司，精專吏治。捕積猾獲之，貸其餘黨，白土司之冤，皆爲兩廣總督李公侍堯所稱許。旋署按察使，因以知府秦某移獄事獲咎，効力阿爾泰軍臺。軍臺自京師迤北出張家口，至烏里雅蘇臺，凡二十四站，往來文報，君督蒙古人馳遞之。地苦寒，黄沙白草，絶少人迹，君處之怡然。日課《通鑑》及臨摹古帖，凡六年如一日也。是時妣俞太夫人年七十有六，請於上，得旨賜歸。

君既歸里，無以爲家食計，四方節鎮夙重君名，聘爲書院院長，凡歷天津問津、揚州安定、濟南濼源、本郡鴛湖、安徽敬敷諸講席。所至諸生雲集，人人自以爲得師，而節鎮知其明練，間亦延入幕中，咨以政事，或代爲章奏者。嘉慶五年冬，江南總督方以鍾山書院相屬，而以素患痰疾，遂卒於家。君少工書，爲庶常時，座主錢文敏公愛重與文達公相等，常招至於家，故書學文敏，以東坡爲法。四方人士以絹素乞書者無虚日，長碑短碣，得其書寫以爲榮，故雖在塞外，而以誌銘請乞者，猶相望於道也。詩清新婉麗，有《晼遊詩存》若干卷，未刊。

君生於雍正十一年八月二十二日，卒於嘉慶六年正月十一日，壽六十有九。夫人姚氏，封恭人，先卒。子四：長以照，候選主簿，出嗣君兄鼎樞；其次以烺，庠生；次以煇，候補江南河工通判；次以燿，附監生，君卒後亦歿。女四：長適海寧舉人陳緝敬，次適候補江南河工同知章光祖，次適監生吴仲增，次未字早殤。孫四，孫女一，尚幼。以本年十二月日偕姚恭人合葬於某鄉之某原，以照、以烺等具行狀來乞銘。

嗚呼！君與予同舉於鄉，同登進士，見君才情踔厲，謂可從容展布，克盡所長，孰意蹶而不復振也。俯仰五十年間，文達、文敏兩公先後殂謝，君之從父諸兄亦皆盡矣，同年落落如晨星，而君又下世，所以讀君行狀而不禁愴然悲也。微以照等請，予亦何忍不銘？銘曰：

其榮也孰司之，其瘁也孰尸之，嗟若人至於斯。若堂若斧，貍首所依。僉謂其後之蕃昌兮，我獨懷舊而嗟咨。

惠定宇先生墓志銘

先生惠姓，諱棟，字定宇，號松厓。先世扶風人，九世祖倫遷于吳。曾祖有聲，與徐孝廉枋友善，以『九經』教授鄉里。祖周惕，康熙辛未進士，由庶吉士改授密雲縣知縣，工詩古文，著《易傳》、《春秋問》、《三禮問》、《詩説》諸書。考士奇，康熙己丑進士，歷官翰林院侍講學士，兩任廣東學政，以通經訓士，粤人至今誦之，著《易説》、《禮説》、《春秋説》、《大學説》、《交食舉隅》、《琴笈理數考》、《紅豆齋小草》諸書。

先生生而凝静敦樸，好學不倦，好禮不變，以孝友忠信爲坊表。年二十，補元和縣學諸生。先是，學士從粤歸，奏對不稱旨，罰修鎮江城，用罄其家。先生退居葑門之泮環巷，樵蘇後爨，意豁如也。承其家學，於經史諸子、稗官野乘及七經毖緯之學，無不肄業及之。經取注疏，史兼裴、張、小司馬、顔籀、章懷之注，諸子若《莊》、《列》、《荀》、《揚》、《呂覽》、《淮南》古注，亦並及焉。而小學本《爾雅》，六書本《説文》，餘及《急就章》、《經典釋文》、漢魏碑碣，自《玉篇》、《廣韻》而下，勿論也。

甲子鄉試，以用《漢書》爲考官所黜，由是息意進取。乾隆十六年，天子詔舉經明行修之士，兩江總督黄公廷桂、陝甘總督尹公繼善咸以先生名上，會大學士、九卿索所著書，未及進，罷歸。先生嘗以顧氏炎武《左傳補注》雖取開成石經較其同異，而義有未盡，因發明賈氏、昭氏之學，附以羣經，作《補注》四卷。於《尚書》，採摭《史記》、前後《漢書》及羣經注疏，以辨後出古文之僞，定鄭康成之二十四篇非張霸僞造，爲真古文，梅賾之二十五篇爲僞古文，作《古文尚書攷》二卷，爬羅剔抉，句梳字櫛，摘其僞之由來，皆郝氏敬、閻氏若璩所未及，雖毛氏奇齡之《冤詞》，莫能解也。以范蔚宗《後漢書》因華嶠而成書，古人嫌其缺略遺誤，而《東觀漢記》、謝承之書不存，取《初學記》、《藝文類聚》、《北堂書鈔》、《太平御覽》諸書，作《後漢書補注》十五卷。又以漢儒通經有家法，故五經師訓詁之學皆由口授，古文古義，非經師不能辨也。先生四世傳經，恐日久失其句讀，成《九經古義》二十卷。于《易》理尤精，著《易漢學》七卷、《周易述》二十卷。凡鄭君之『爻辰』，虞翻之『納甲』，荀諝之『升降』，京房之『世應』、『飛伏』暨『六日七分』、『世軌』之説，悉爲疏通證明，由李氏之《集解》以及其餘，而漢代《易》學燦然。又撰《易微言》二卷、《易例》二卷，以闡明之。又因學《易》而悟明堂之法，作《明堂大道錄》八卷、《禘說》二卷，發聖人饗帝、饗親之至意，謂古之明堂治朝，太廟，靈臺，辟雍咸在其間，攷之《堯典》、《春秋》、《月令》、《王制》，無不合也。少嗜新城王尚書《精華錄》，爲《訓纂》二十四卷，搜採博洽，貫串掌故，亦爲世所傳。

先生生康熙三十六年丁丑十月初五日，終乾隆二十三年戊寅五月二十二日，年六十有二。初聘宋氏，繼配張氏，又配陳氏。子四：承學、承緒、承跗、承萼。以某年月日葬于吴縣西渚邨之祖塋。先生以名賢後裔蔚爲大儒，同里蔣編修恭棐、楊編修繩武深相器重，而常熟御史王公峻尤重之。余弱冠游諸公間，因得問業于先生。及丙子、丁丑，先生與余又同客盧運使見曾所，益得盡讀先生所著，嘗與華亭沈上舍大成手鈔而校正之，故知先生之學之根柢，莫余爲詳。

嗚呼！自孔、賈奉敕作《正義》，而漢、魏、六朝老師宿儒專門名家之説並廢，又近時吴中何氏焯、汪氏份以時文倡導學者，而經術益衰。先生生數千載後，躭思旁訊，探古訓不傳之祕，以求聖賢之微言大義，於是吴江沈君彤，長洲余君蕭客、朱君楷、江君聲等，先後羽翼之。流風所煽，海内人士無不重通經，通經無不知信古，而其端自先生發之，可謂豪傑之士矣。因取陸淳、施士丐、孫復之例，稱先生以刻于石，且爲銘曰：

端門有命標羣經，西河退老相師承。硎谷瓜實悲秦坑，淹中棘下蕪榛艿。山東大師當炎興，口講指畫開文明。自唐泉宋義漸盲，釀嘲閔笑疇其徵。先生晚出研道精，七經六緯蟠胷膺。日月爲易窺璣衡，或薦于朝困未亨。歸而抱犢棲柴荊，憖遺一老奠兩楹。秋山蒼蒼鄰洞庭，斑然貍首千秋扃。吁嗟儒林亡典型，後有惇史眡此銘。

江慎修先生墓志銘

余友休寧戴君東原，所謂通天地人之儒也，常自述其學術實本之江慎修先生。乾隆二十七年三月先生卒，是年東原舉于鄉，明年來京師，求所以志先生者，卒卒不果。又十餘年，余自蜀還朝，而東原以薦授庶吉士，校理四庫館書，於是取所自爲狀及汪世重等年譜，而屬余銘之。

先生名永，字愼修，安徽婺源縣人，居縣之江灣。曾祖國鼎，祖人英，皆不仕。父期，諸生。先生生六歲，讀書日記數千言。嘗見明丘氏《大學衍義補》徵引《周禮》，愛之，求得其書，朝夕諷誦。自是遂研覃《十三經注疏》，凡古今制度及鐘律、聲韻、輿地，無不探賾索隱，測其本始，而于天文、地理之術尤深。年二十一爲縣學生，三十四補廩膳生。四十一歲，成《禮經綱目》八十卷。五十五歲，偕鄉人立義倉，貧者賴之。六十歲，成《七政衍》、《金水二星發微》、《冬至權度》、《恆氣注曆辯》、《歲實消長辨》、《曆學補論》、《中西合法擬草》七書各一卷。六十二歲，爲歲貢生，成《近思錄集注》十四卷，十月，江西學政金公德瑛招爲諸生校閲文字。六十九歲，成《四書典林》四十卷，又成《推步法解》五卷。七十六歲，成《鄉黨圖攷》十卷。七十七歲，成《律呂闡微》十一卷。七十八歲，成《春秋地理攷實》四卷。七十九歲，成《古韻標準》六卷、《四聲切韻表》四卷、《音學辨微》一卷。八十歲，成《周禮疑義舉要》六卷、《禮記訓義擇言》六卷、《深衣攷誤》一卷、《讀書隨筆》若干卷。又明年而卒。距生于康熙二十年七月十七日，年八十有二。娶汪氏，子二：逢聖，早卒；次逢辰。孫三人：朝陽、朝伸、錦波。曾孫二人：廷珍，廷福。

先生之著《禮經綱目》也，以朱子晚年攷定《儀禮經傳通解》其書未成，黄氏、楊氏續之猶有闕漏，乃以大宗伯吉、凶、軍、賓、嘉五禮爲次，廣摭博攷，使三代禮儀之盛，犁然可睹。其著《七政》諸書也，謂歲實爲曆中綱領，日平行于黄道，是爲恆氣，故定氣時刻多寡不同，而恆氣恆歲實終古無增損，當以恆者爲率。梅氏所言歲實消長、恆氣注曆，見岐未定也。其撰《律呂闡微》也，據《管子》五聲徵、羽、宫、商、角之序，《呂氏春秋》稱伶倫作律，先爲黄鐘之宫，次制十二筩，別十二律，以正《淮南・天文訓》及

《漢書·曆律志》之謬。撰《古韻標準》三書，謂古韻之論，剏于吴棫，而精于顧氏炎武，顧氏攷古之功多，審音之功淺，由《三百篇》以正顧氏分十部之疎，且分平上去三聲皆十三部、入聲八部，爲用韻之準。謂《欽定推步法》七篇，凡日月之躔離交食，五星之遲疾伏見，及恆六曜之行，皆具密法而奥義難明，爲探立法之意，詳步算之方，并附《推步鈐》一卷于後。又謂深衣之制，諸儒論者凡數十家，大率踵交解十幅之謁，据《玉藻》言衽當旁，則非前後之正幅也，舉鄭君之注以正疏誤，因爲《深衣圖攷》。晚年讀書有得，隨筆撰記，謂《周易》以反對爲序次，卦變當于反卦取之，《否》反爲《泰》，《泰》反爲《否》，故小往大來，大往小來，是其例也。凡曰來、曰下、曰反，自反卦之外卦來居内卦也；曰往、曰上、曰進、曰升，自反卦之内卦往居外卦也。又謂兵、農之分，春秋時已然，不起于秦、漢，證以《管子》、《左傳》『兵常近國都，野處之農固不隸于師旅也』，其精心獨見，發古人所未發如此。

先生年六十，甞偕友人入都，時開三《禮》館，總裁方閣學苞以經術自命，舉冠禮、昏禮數條爲難，先生從容詳對，方公折服。又吴編修紱亦深三《禮》，有疑相質，無不首肯也。乾隆二十八年，命秦文恭公蕙田修《音韻述微》，公奏先生精韻學，詔取《古韻標準》、《四聲切韻表》進呈，以備採擇。公又自取《推步法解》，入于《五禮通攷》。至戴君總校四庫書，乃盡取先生二十種寫之，以藏祕府。先生弟子著籍者甚衆，而戴君及金君榜尤得其傳。

自朱子起婺源，其後如李燔、陳淳之輩，咸以道學通經名後世。越五百餘年，而先生復出，雖終老跧伏不見知于世，而其言深博無涯涘，昭晰羣疑，發揮鉅典，探聖賢之祕，以參天地人之奥。厥後戴君諸人繼之，其道益大以光。先生歿，大興朱學士筠督學安徽，以先生從祀朱子于紫陽書院，天下以爲公。先生以某年月日葬于婺源之某里。銘曰：

仰以觀天，俯以察地。中貫六經，聖賢所萃。析之綜之，會而通之。上推發斂，圜則九重。或解其頤，或折其角。遂傾聞人，用啓來學。弗耀弗施，山頹木隕。筦道之樞，厥功不泯。肅肅嚴祀，配于紫陽。後有弔者，睇此崇岡。

戴東原先生墓志銘

門人黟縣知縣張君善長由黟走書來告曰：『戴先生東原與善長相識，夫子所稔也。今東原卒，柩歸于家，黟與休寧壤接，將謀所以葬東原者。洪舍人榜既爲之狀矣，敢以志墓之文爲請。』

嗚呼！余之獲交東原，蓋在乾隆甲戌之春，維時秦文恭公蕙田方纂《五禮通攷》，延致于味經軒，偕余同輯『時享』一類，凡五閱月而别。及余爲中書舍人，東原始以鄉試中式來于都。至余自蜀中歸，則東原已被薦擢翰林，同寓京師，而東原遽以病歿。蓋余兩人離合之迹如此。若東原之敦善行，精經誼，余雖不獲企其少分，而定交之久與知東原之深，莫如余也。非余，誰當志者？

按狀：東原諱震。曾祖景良，祖寧仁，父弁，皆不仕。東原以乾隆十六年補縣學生，二十七年舉于鄉，三十八年奉召充《四庫全書》館纂修官，四十年賜同進士出身，授翰林院庶吉士，又二年卒于官。

東原生而體貌厚重，性端嚴，十歲乃能言。就傅讀書，過輒成誦，日數千言不肯休。授《大學章句》至大注『右經一章』以下，問其塾師曰：『此何以知爲孔子之言而曾子述之？又何以知爲曾子之意而門人記之？』師應之曰：『此先儒朱子所注云爾。』又問：『朱子何時人？』曰：『南宋。』又問：『孔子、曾子何時人？』曰：『東周。』又問：『周去宋幾何時？』曰：『幾二千年。』又問：『然則朱子何以知其然？』師無以應，大奇之。東原讀書，默而好深湛之思，塾師略舉傳注講解，意每不釋。師苦其煩，因授以許慎《說文解字》。東原學之三年，盡得其節目。又取《爾雅》、《方言》及漢儒箋注之存于今者，搜求研究，一字之訓，必貫羣經、本六書以爲定，由是盡通前人古義。凡《十三經注疏》，舉其辭無遺者，時年纔十六七爾。

隨父客南豐一年，經學益進。東原謂：經之至者，道也。所以明道者，辭也；所以成辭者，字也。必繇字以通辭，繇辭以通道，乃可得之。又經之難明，在一事必綜其全而覈之，鉅細必究，信乃有徵。如誦《詩》而不知古音，强以協韻，則已齟齬失讀。誦《禮》而不知古宮室、衣服之制，已迷其方，莫辨其用。不知古今沿革，則《禹貢》職方、山鎮、川澤，《春秋》列國疆域、會盟攻戰之地，失其處所。不知古今推步之法，則如《夏書》之『辰不集于房』，魯太史引以爲正陽之月孟夏，東晉《古文尚書》繫之季秋；《小雅·十月之交》，鄭康成以爲周正十月，劉原甫以爲夏正十月；《春秋》『日食三十六』，歷代史志載步算家上攷，曲合其一而卒違其一。儒者何以識古書之真僞，辨箋解之得失，決魯曆至朔之當否？不知少廣旁要，則《攷工》之器，不能因文而推其制。不知鳥獸蟲魚草木之名號狀類，則比興之意乖。六書之學，訓詁、音聲未始相離，聲與音又經緯衡從。魏孫炎剏翻語，後攷經論韻悉用之，晉人以譯釋氏之言，其徒竊爲己有，謂來自西域，儒者數典不能記憶也。中土準望用勾股，蓋肇于《周髀》，西法易名三角、八線，而正弦比例之根，生于勾股，則勾股能御三角，三角不能御勾股，雖深明西法者，咸味其由來也。於是日夜孳孳，蒐集比勘，靡不悉心討索，雷同勦說，悉埽而除之。其學彌博而探指彌約，其資愈敏而持力愈堅，年二十餘而五經通矣。

又謂古今學問之途，大致有三：或事義理，或事制數，或事文章。漢儒窮其制數，宋儒窮其義理，馬、班、韓、柳諸君子，根柢之以爲文章，若分途而馳，異次而宿，不知其不可以闕一也。制數之不明，于古人之文多所不省矣。經義之不達，則所謂義理，固一己之義理，而非六經聖賢之義理矣。君子之道，不可誣也。蓋東原之爲學，自其早歲稽古好學，博聞强識，而尤長于論述。晚窺性與天道之傳，于老、莊、釋氏之説，辭而闢之，使與『六經』、孔、孟之書截然不可以相亂，具見于《原善》、《原象》及《與彭進士紹升書》。蓋其學之本末次第，大略如此。

婺源江先生永治經數十年，精于三《禮》及步算、鐘律、聲韻、地理。東原取平日所學質之，江先生爲之駭歎。年近三十，《攷工記圖》、《屈原賦注》、《勾股割圜記》諸書已成，傳至浙中，齊少宗伯召南嘉歎不已。元和惠先生棟三世傳經，其學信而好古，於荀、虞之《易》，鄭、孔之《禮》，何休之《春秋》，旁搜廣摭，發明古義。東原見于揚州，交相推重也。東原家居，同郡鄭牧、汪肇龍、程瑶田、方矩、金榜皆從問業。至京師，光禄寺卿王君鳴盛、學士錢君大昕、朱君筠、紀君昀、盧君文弨皆折節定交焉。其客文恭公所也，出江先生《推步法解》，公于《通考》中盡載其書。其後學士朱君任安徽學政，盡櫢江先生所著書上于朝，入《四庫全書》館，東原表揚之力爲多。

酈道元《水經注》流傳錯簡，東原尋其義例，按以準望，整之還其舊，俾諸水經支、川渠委納，釐然就貫。旋于《永樂大典》内，見酈氏《自序》，且獲增益數事，録之，始爲完書。嗣又得《九章》、《五曹算經》

凡七種，自王寅旭、謝野臣、梅定九諸子，皆未之見。東原正譌補脱，如劉徽注內舊有圖而今闕者，補之。書進，得旨刊行，而古書之晦者以顯。其後得疾，足痿不能行，猶日夜校讐，《説文》、《方言》、《大戴禮記》以次勘定，未及上進，而疾已亟矣。

東原所著書：《毛鄭詩攷》四卷，《詩補注》一卷，《尚書義攷》二卷，《儀禮攷正》一卷，《攷工記圖》二卷，《爾雅文字攷》十卷，《方言疏證》十三卷，《聲韻攷》四卷，《聲類表》十卷，《原善》三卷，《大學補注》一卷，《中庸補注》一卷，《孟子字義疏證》三卷，《原象》一卷，《迎日推策記》一卷，《曆問》一卷，《古曆攷》二卷，《勾股割圜記》三卷，《屈原賦注》二卷，《文集》六卷。凡遺書二十種，曲阜孔君繼涵梓之以行。其未成之書，《水地記》七冊，《直隸河渠書》六十四冊，付子中立寫藏于家。

東原生雍正元年十二月某日，歿于乾隆四十二年五月某日，年五十有五。娶朱氏，封孺人。子一，中立。女一，許字曲阜孔廣根，蓋繼涵次子也。嗚呼！東原之學，苞羅旁魄，於漢、魏、唐、宋諸家，靡不統宗會元，而歸于自得。名物象數，靡不窮源知變，而歸于理道。本朝之治經者衆矣，要其先之以古訓，折之以羣言，究極乎天地人之故，端以東原爲首。昔韓昌黎銘施士丐，柳子厚表陸淳，皆稱『先生』，蓋以經師爲重。今竊取是例，以示張君，俾刻于幽竁。乃銘曰：

鄭孔既沒，大義寖湮。各以闚觀，莫溯其全。先生兟兟，搜玄摘祕。貫串三才，上窮六蓺。公卿動色，天子嗟咨。媿古大師，誰曰非宜？龍蛇召災，遺言在笥。吾言匪誣，俟諸百世。

都察院左副都御史陸君墓志銘

洪惟我國家重熙累洽，蘭臺石室所儲，光燭雲漢，而皇上稽古典學，復開《四庫全書》之館，以惠蓺林。先取翰林院所弆《永樂大典》，錄其未經見者，又求遺書于天下。書至，令仿劉向、曾鞏之例作提要，載于卷首，而特命陸君錫熊偕紀君昀任之。兩君者，攷字畫之譌誤，卷帙之脱落，與他本之互異，篇第之倒置，蘄其是否不謬于聖人，又博綜前代著錄諸家議論之不同，以折衷于一是，總撰人之生平，撮全書之大概，凡十年書成，論者謂陸君之功爲最多。

君諱錫熊，字健男，一字耳山。乾隆二十四年己卯，舉于鄉；二十六年辛巳，成進士。二十七年春，恭遇南巡，獻賦行在，召試入一等，賜内閣中書舍人，旋充方略館纂修官。時方奉敕修《通鑑綱目輯覽》，君編撰以進，當上意，遂進直軍機處。三十三年十二月，遷宗人府主事，繼擢刑部員外郎，進郎中。三十八年八月，以所撰《提要》稱旨，改授翰林院侍讀。四十年二月，授右春坊右庶子。未幾，擢侍讀學士。閏十月，充日講起居注官，又充文淵閣直閣事。四十二年春，孝聖憲皇后賓天，凡大祭殷奠、上尊謚典禮嚴重應奉文字，大學士于文襄公屬君撰進，皆被旨嘉賞。四十三年六月，授光禄寺卿。四十七年五月，授大理寺卿。五十一年十二月，提督福建學政。五十二年，授都察院左副都御史，仍留學政任。以五十五年春任畢，旋京。

初《四庫全書》之成也，君任編輯，不任校勘，而上命分寫七分，自大内文淵閣以外，圓明園之文源閣、熱河避暑山莊之文津閣、盛京之文溯閣，各庋一部，又于揚州大觀堂、鎮江金山、杭州西湖皆建閣以庋之。而前校勘者不謹，舛錯脱漏所在多有，文溯閣書尤甚。君以是書曠代盛典，不可任其疵纇，乃請自往校之。既而以爲未盡，五十七年正月復往，會山海關道中冰雪凍沍，比至奉天病，以寒卒。預是書之役者衆矣，君獨勤其事而歿，可悲也。

君以文章學業受特達之知，故自《四庫全書》、《通鑑綱目輯覽》之外，凡《契丹國志》、《勝朝殉節諸臣錄》、《唐桂二王本末》、《河源紀略》、《歷代職官表攷》，奉敕編輯，見付武英殿刊刻者，又二百餘卷。每書成，或降旨褒美，或交部議敘，或賜文綺筆硯之屬。奏進表文多出君手，上閲而益善之。三十九年，奉特旨召入重華宫，與南書房諸臣小宴聯句，并賜如意畫軸。自餘特賞、年賞、節賞書畫石刻等物，不可勝紀。奉使衡文，更歲不絕，充山西、浙江鄉試副考官者各一，充廣東鄉試正考官者一，充會試同考官者二，提督福建學政者一。去取精審，所得多知名士，士論翕然歸之。

君沖和純粹，其色溫然，其言吶然不出諸口，而穎悟明敏，讀書一過，無不洞悉貫串。少時以辭賦入中書，中年在詞館，賓朋酬贈，使節登臨，四方仰重其名，率以絹素來請。所作繁富，闐溢篋笥，顧不甚珍惜，輒爲人取去。自以上蒙恩遇逾于常格，不屑以詞臣自畫，晚年益覃心經濟之學，常取杜氏《通典》、馬氏《通考》，合以本朝《會典》，如食貨、農田、鹽漕、兵刑諸大政，溯其因革，審其利弊，口講手畫，侃侃然可以見諸施行，而惜其年之不永。是以訃至京師，賢士大夫如紀君輩，莫不爲之曾欷累息者。

君生于雍正十二年甲寅十二月初二日，卒于乾隆五十七年二月二十五日，年五十有九。世爲江蘇上海縣人。諱鳴球者，曾祖考也；諱瀛齡，以選拔貢生官安徽石埭縣教諭者，祖也；諱秉笏，乾隆辛酉科舉人者，考也。三代咸以君貴，封贈如其官。配朱氏，例封夫人，先君卒，以恭順能佐内政爲親黨所推。子五：慶循、慶堯、慶庚、慶勳、慶均。女五人，孫男三人。

惟松江陸氏，世以文章著見，君七世從祖文裕公深，在明弘治、嘉靖間，以通人名德，望重臺閣，流傳翰墨，迄今人寶貴之。君官職略與文裕等，若其掌著作而被恩遇，有文裕所未逮者。且《四庫全書》定于御覽，尊于冊府，分布于海寓，騰今邁古，千載未有，皆君審定而攷正之。世之讀《提要》者，見其學術之該博，議論之純粹，顯顯然如在目前。所著《寶奎堂文集》、《篁墩詩集》，雖不盡傳，可無憾焉已。

余與君居同郡，先後同官內閣，同直軍機處，文酒之會靡不同者。《輯覽》之修，余先任其事，尋以從獮木蘭，而君繼之。余常至上海，過君竹素堂，方池老屋，不蔽風雨，清修舊德，久而彌著。然則知君之深，無逾于余者。慶循等扶柩歸里，將卜葬于某原，奉狀請銘，其何忍辭？銘曰：

魚圻之裔，世以文名。緊君繼之，蔚其魁閎。綜裁簡篇，以黻隆平。入典書局，出主文衡。拔諸髦俊，用爲國楨。《七略》、《七錄》，鉅編既成。正厥繆譌，往來神京。風饕雪虐，卒瘁于征。吳淞遼水，共此環瀛。雲車風馬，其返丘塋。文昌華蓋，作作庚庚。照于幽窾，後昆之亨。

詹事府少詹事錢君墓志銘

乾隆十三年夏，昶肄業於蘇州紫陽書院，時嘉定宗兄鳳喈先中乙科，在院同學因知其妹壻錢君曉徵，幼慧善讀書，歲十五補博士弟子，有神童之目。及院長常熟王次山侍御詢嘉定人材，鳳喈則以君對，侍御轉告巡撫雅公蔚文，檄召至院，試以《周禮》、《文獻通考》兩論。君下筆千餘言，悉中典要，於是院長驚異，而院中諸名宿莫不斂手敬之。後三年，高宗純皇帝南巡，君獻賦，召試賜舉人，以内閣中書補用。明年入京，與同年褚搢升、吴荀叔講《九章算術》。時禮部尚書大興何公翰如久領欽天監事，精於推步，時來内閣，君與論宣城梅氏及明季利瑪竇、湯若望諸家之學，洞若觀火，何公輒遜謝以爲不及。又以御製《數理精藴》兼綜中、西法之妙，悉心探覈，曲鬯旁通。繇是用以觀史，則自《太初》、《三統》、《四分》，中至《大衍》，下迄《授時》，盡能得其測算之法，故於各史朔閏、薄蝕、淩犯、進退、强弱之殊，指掌立辨，悉爲抉摘而攷定之。

君在書院時，吴江沈冠雲、元和惠定宇兩君，方以經術稱吴中。惠君三世傳經，其學必求之《十三經注疏》暨《方言》、《釋名》、《釋文》諸書，而一衷於許氏《説文》，以洗宋、元來庸熟鄙陋。君推而廣之，錯綜貫串，更多前賢未到之處，謂古人屬辭，不外雙聲、疊韻，而其祕實具於《三百篇》中，雙聲卽字母所由始，初不傳自西域，皆説經家所未嘗發者。尤嗜金石文字，舉生平所閱經、史、子、集，證其異同得失，説諸心而研諸慮。海内同好如畢纕蘅、翁振三、阮伯元、黄小松、武虛谷咸有記撰，而君最熟於歷代官制損益、地里沿革，以暨遼金國語、蒙古世繫，故其攷據精密，多有出於數君之外。所著《經史答問》、《廿二史攷異》、《通鑑注辨正》、《補元史氏族表》、《補元史藝文志》、《三統術衍》、《四史朔閏攷》、《金石文跋尾》、《養新錄》諸書，悉流傳於世。君弱冠與東南名士吴企晉、趙損之、曹來殷輩精研風雅，兼有唐、宋。官翰林十餘年，所進應奉文字及御試詩賦，恆邀睿賞，故詩格在白太傅、劉賓客之間。文法歐陽文忠、曾文定、歸太僕，從容淵懿，質有其文，讀其全集，如見爲端人正士也。

君入中書後，十九年成進士，改庶吉士，散館授編修。二十三年大考二等一名，擢右贊善，尋遷侍讀。二十八年大考一等三名，擢侍講學士，充日講起居注官。三十七年，改補侍讀學士，其年冬擢詹事府少詹事。君以績學著聞京師，秦文恭公輯《五禮通攷》及奉敕修《音韻述微》，皆請相助。其時朝廷修《熱河志》、《續文獻通考》、《續通志》、《一統志》、《天毬圖》，君咸充纂修官。己卯、壬午、乙酉、甲午，充山東、湖南、浙江、河南主考官。庚辰、丙戌，充會試同考官，又充會試磨勘官者三，充鄉試磨勘官、殿試執事官者各一，京察一等者三。即於主考河南之歲，授廣東學政。明年夏，以丁父憂歸。

先是，君以侍讀學士，特命入直上書房，授皇十二子書，每預內廷錫宴，賦詩稱旨，前後蒙賜福字、貂皮、緞疋，恩禮有加。蓋上深知其學行兼優，將次簡畀，顧君淡於榮利，益以識分知足爲懷，嘗慕邴曼容之爲人，謂官至四品可休。故於奉諱歸里，即引疾不復出。嘉慶四年，今上親政，垂詢君在家形狀，朝臣寓書勸令還朝，君皆婉言報謝。是以歸田三十年，歷主鍾山、婁東、紫陽三書院，而在紫陽至十六年之久，門下士積二千餘人，其爲臺閣侍從發名成業者不勝計，蓋皆欽其學行，樂趨函丈，即當事亦均以師道尊禮之，而今巡撫汪君稼門待君尤獨摯云。

君諱大昕，號竹汀，曉徵其字。生雍正六年正月初七日，以嘉慶九年十月二十日卒於書院，年七十有七。君卒之日，尚與諸生相見，口講指畫，談笑不輟。及少疲，倚枕而臥，不逾時，家人趨視，則已與造化者遊矣。非其天懷淡定，涵養有素，能如此哉？

君先世自常熟徙居嘉定，曾祖岐，祖王炯，父桂發，皆邑諸生。兩世耆年篤學，鄉里稱善人，以君貴，贈祖奉政大夫、翰林院侍讀，父中憲大夫、詹事府少詹事。祖妣朱，贈宜人。妣沈，封太恭人。配王恭人，卽鳳喈妹，善記誦，有婦德，先君三十七年卒。君事庭闈以孝聞，待鄉黨宗族以婣睦聞。而與弟大昭尤以古學相切劘，厥後以孝廉方正徵，賜六品頂帶，亦稱儒者。其餘猶子，江寧府教授塘，乾州州判坫，舉人東垣，諸生繹侗等，率能具其一體。文學之盛萃于一門，亦可以覘其流澤矣。子二：東璧，諸生；東塾，廪貢生，候補縣學訓導，咸克守家學。女二：一適同縣諸生瞿中溶，一適青浦諸生許蔭堂，皆側室浦氏出。孫三：師慎、師康、師光，尚幼。東璧等自蘇州奉柩歸家，將以今年十二月初十日合葬王恭人於城西外岡鎮李字之原，實來請銘。嗚呼！昶長君四歲，回憶與君及鳳喈同居學舍時，距今忽忽五十七年。逮同年通籍，同官同朝，亦幾二紀。中間昶以出使滇、蜀，揚歷中外，與君别日較多，而書問往還，無時不以學問文章相質，蓋著作淵原、性情趨向有非儕輩所得道其詳者。然則窀穸之文，非昶誰能盡也？

鳳喈先以光禄卿告歸，後十二年，君繼之，又十三年，而昶以年届七十蒙恩予告。三人者，所居百里而近，春秋佳日，常聚於吳中，諸弟子執經載酒，稱爲『三老』。曾幾何時，而鳳喈先逝，君歸道山又期年矣。獨昶龍鍾衰病，淹息牀第，且念企晉、損之諸友，更無一人在者。執筆而書君行事，可勝悲夫？銘曰：

博文約禮道所基，下包河洛上璿璣。三才萬象森端倪，君也閎覽兼旁稽。海涵地負參精微，儒林蓺苑資歸依。龍蛇妖夢未告期，文昌華蓋沉光輝。丸丸松柏臨湖湄，三尺堂斧千秋思。

乾嘉詩文名家叢刊

張寅彭●主編

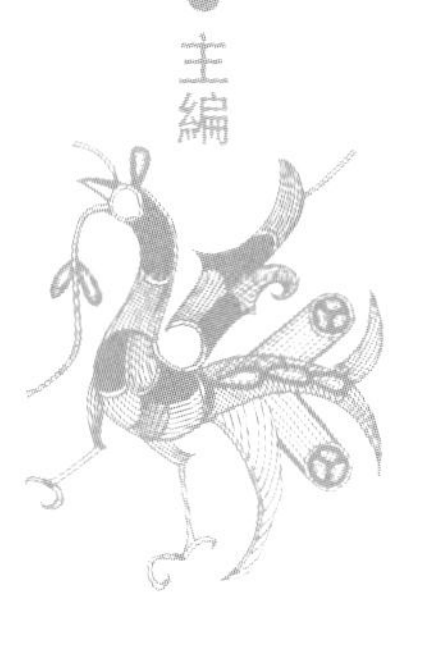

王昶詩文集

四

蔡錦芳　點校

人民文學出版社

春融堂集卷五十六　墓志四

都察院左副都御史申君墓志銘

乾隆元年，徵博學鴻詞之士，用備館閣，而大學士嵇文敏公曾筠以申君甫薦於朝，是時薦在京輦者凡百數十人，而君之詩名最著。其後君雖不第，尋以中書舍人歷官至副都御史。又好推獎士類，一語半律之士，輒吟賞嘉歎，士大夫之言詩者走集其門，故稱詩於都下，咸以君爲宗。

君名甫，字及甫，其先系出池陽〔一〕，後遷於揚州。曾祖懿典，祖元會，父承德，三世皆贈資政大夫如君官。君少敏悟，下筆輒見新意。乾隆六年辛酉，順天鄉試中式，明年，試授中書舍人。九年，在軍機處行走。十四年，擢内閣侍讀。十五年，遷刑部郎中。十八年，授順天府府丞。府丞兼學政事，京師金臺書院士子膏火不足，用謀於總督方公觀承，撥保定蓮花書院餘貲以佐之，自是來學者益衆。二十八年，授光禄寺卿。二十九年，授大理寺卿。三十一年，授都察院左副都御史。三十二年，以事降調。三十三年，補太僕寺少卿，尋遷通政使。三十九年，仍授左副都御史如故。四十三年，病脾泄，久而不愈，以六月十五日卒於寓邸，年七十三。有《笏山詩集》十卷。

君兄弟三人，兄來君所，家雖貧，衣服飲饌必加於己一等。及兄與弟歿，招其從子來於京，飲食教誨之。直軍機處凡三十餘年，中更戡金川、討準夷、平定回部，軍書旁午，日不暇給。君戴星而入，比暮而歸，爲聖主所深知、宰臣所倚任，與胡巡撫寶瑔、蔣侍郎炳同。至於奉命起草，每奏進必當上意，政事填委，手批口授，皆能明晰曉暢，洞中機要，則二君或不逮焉。然君最以詩鳴，常以重陽日同查禮諸君集陶然亭，君詩先成，四座閣筆稱歎。先時寓時晴齋，爲汪文端公故第，春暮藤花開，必招集同志留連小飲。又賞芍藥於豐臺，尋菊於憫忠寺，歲以爲常，故詩亦最夥。君詩源於白香山，出入於劍南、石湖，放而之楊誠齋，在本朝於查悔餘爲近。每扈從幸熱河，恭和御製詩既進，傳旨嘉賞，故世益以其詩爲工。

嗚呼！今上元、二之間，昭宣鴻朗，天下文人稱爲極盛。其薦而遇者，若大學士劉文定公綸、雲南總督劉公藻、太僕寺卿陳君兆崙；其薦雖未遇，而致身貴顯者，若尚書裘文達公曰修、沈文愨公德潛、左都御史金公德瑛；若仕未甚達與偃蹇以終者，爲桑調元、符曾、厲鶚、胡天游、劉大櫆、方貞觀等。然衡其著譔，豈以遇不遇爲增損歟？君仰受聖天子特達之知，晉登九列，不惟知其人，且知其詩文學政事兼而有之，然則君詩固必傳於世，而元、二之間人文蔚起，不可於君徵之哉？

君配李氏。年六十餘，妾連得四子：高佑、嘉佑、同佑、永佑，今已嶄然露頭角，能讀書。是年某月歸其柩於揚州，明年某月葬於某原，高佑等使來請銘。乃銘曰：

少作名士，晚稱鉅公。以昌其詩，爲世所宗。豈惟傳世，聞於九重。西清東觀，我躡君蹤。每見退食，吟嘯雍容。匪無德行，協於友恭。匪無政事，達於兵戎。長吟獨謠，乃性所鍾。視今罕儷，與古爲從。嗜君詩者，其矚斯封。

【校記】

〔一〕 池陽，爲陝西西安，李靈年、楊忠編《清人别集總目》「申甫」條以爲是「浙江西安籍」，誤。

雲南沅江府知府商君墓志銘

會稽商君寶意，以詩鳴海内者垂四十年。乾隆二十九年冬，君服闋朝京師，上特擢爲雲南府知府。於是輦下知名之士，喜君之見用，而惜其有萬里之行，相與招邀，置酒賦詩以贈之。明年調沅江，又明年四月二十七日，以疾卒於官。三十三年，余從軍過昆明，則子某將以喪歸葬於會稽，而請余爲幽竁之文。悲夫！

按狀：君名盤，寶意其字，明文毅公輅九世孫。曾祖某，祖某，父某，皆贈中憲大夫。妣皆贈恭人。君自幼聰穎，五歲能辨四聲，七歲塾師舉鳥獸草木之名，悉能成對。十七歲，補博士弟子。雍正八年年二十，成進士，改庶吉士，授編修。乾隆三年，翰林輪班引見，君乞外，授江蘇鎮江府同知。五年，調安徽太平府同知。十二年，丁憂釋服，授湖北施南府同知。十九年，擢廣西慶遠府知府。二十一年，調鎮安。二十七年，遭繼母喪，去位。再起，卒於雲南。距生於康熙五十年某月某日，年五十有六。配某氏，子二：某、某。

君英儁葛儻，以詩自豪，美鬚髯，工談笑，所至必傾其名士，彈絲擫竹，妙得神解。解官居秦淮水榭，眷一姝麗，姝臨去出白玉墜爲贈，君把翫不忍釋手。江寧令袁君枚過之，投諸河，君以防止水，使人涸而出焉，雖蹈惑溺不顧也。王西曹又曾寓金陵，常乘秋月夜送客，櫂舟汎秦淮，聞水榭中簫聲，叩之，一人于思攜燈出見，乃君也，握手大笑，重置酒，達旦而別，世爲《邀笛圖》以寫之。君賦才瑰麗，詩歌上仿四傑，下仿元、白，炳若列繡，淒若繁絃，揆以古人繩尺，不爽纍黍。故所著《質園詩集》，尤爲海內所稱。

嗚呼！以君之才之詩，既不獲雍容侍從，以盡奏其長，而僻居鸞徼，又不獲施諸政事，浮湛中外，姑自比於溫岐、杜牧，豈果性情之所寄？抑或意有不自得而遂託於是耶？然海內知名之士，言詩者必歸君，言風流儒雅者必以君爲首，則君可無憾於九原矣！乃作銘曰：

其宦也鸞陲，其瘞也鑑湖之麋。織雲錦兮成文詞，一官偃蹇兮奚其悲。

翰林院庶吉士吉君墓志銘

東、西晉士大夫稱風流標令者，必以衛叔寶、劉真長爲首。叔寶蕭真簡淡，與其兄以在三之節相勸勉，及爲王處仲所辟，固辭不就。真長性不偶俗，於桓宣武貴盛時，獨詆訶不少假，其簡傲伉直如此。蓋士大夫束修自好，必於世若不甚接，乃能皎然皭然，蔑視夫勢利權貴之爲，而卒以身爲砥柱。此豈卑疵孅趍之徒，所能希蹤萬一也哉？是以吾於吉君之歿，而傷悼不能已也。

君名夢蘭，字會亭，行三，世爲江南丹陽縣人。祖某，父某，皆不仕。兄長夢賚，甲子副榜貢生，黟縣教諭；次兄夢熊，今以編修改官御史。君癸酉舉人，丁丑成進士，授翰林院庶吉士。自幼姿神散朗，見者咸以爲晉代人。既入詞館，諸公要人爭慕招致之，君漠然無所詣，其他俗客來謁者，亦輒令閽以病辭，於同年生中，獨與余善。所居米市衚衕地窪下，五六月中，中庭積潦深尺許，施版其上如略彴然。久之少人行，版上長苔蘚。余恆以暇日造君，君方病六臣《文選》注詳略寡當，參稽摭拾，欲別爲書，與余繙閱故籍，互相質難，日移晷不以爲倦。君素羸，己卯自秋涉冬，病增劇，乃以庚辰三月請假歸。四月十七日，舟抵濟寧，病亟，薄暮蹶然起曰：『有尊客迎我，宜盥潄。』盥畢，趣令焚香，烟起而逝。嗚呼！其去來之迹，豈偶然歟？君生於雍正己酉，歿於乾隆庚辰，年三十二歲。娶於林，生二子：長曰士瑛，次曰士琦。以某年月日葬於丹陽之某鄉，其兄御史君實來請銘。

嗟乎！自余爲諸生，始識教諭君於江寧，在蘇州又辱與御史君同席硯，其後遂與君同舉於鄉，以君之不我棄也，故知君爲深。使天假以年，其束修自好之實，必見諸事，而惜其遽摧折也。余故舉衛叔寶、劉真長以例君，君雖未得稍有所施，後之愛慕君者亦可以知君也已。銘曰：

士窮失己成有渝，酒食游戲工嬉娛，蛾子附羶爭膏腴。君獨清峭爲異趣，如林蘭蕙江芙蕖，神仙之儒山澤癯。滅而有實云何吁，大江東流環幽墟，委形於此寧其居。

翰林院庶吉士汪心揆墓志銘

汪子心揆歿之四年，長子慕奉其祖訓，遣一伻走三千餘里以狀告曰：『爲善少愚惷檮昧，惟夫子教迪引翼之，取科第，進厠於詞苑，顧無祿，旋以嬰疾歿。茲擇壤命龜迄墨食，幸夫子哀憐，錫之志，以光寵汪氏，俾爲善不泯地下，且有以慰諸孫。』余何忍辭？

按狀：爲善，心撰名，本籍安徽休寧，遷蘇州，爲長洲縣人。曾祖某，兵部主事。祖某，同知。父鏊，監生。心撰自祖父皆工治生，以資轉鬻四方。及心撰年十八，爲縣學生，性寬厚謹畏，於聲色游戲無所嗜，損衣節食，與貧窶士偶。從余學二年，稍通經術原本，間爲詩，和平莊雅，稱其人。乾隆庚辰入京師，中順天鄉試。明年，會試復中式，殿試二甲第八，遂授翰林院庶吉士。

心撰容止豐偉，不數月，以諸生入詞館，名大起，座主相國錢塘梁公、諸城劉公、尚書于公敏中、侍郎觀公保暨尚書秦公蕙田、侍郎錢公維城，交口推以爲國器。是年六月，以中暑病，肝脈稍弱，秦公過其舍診之，曰：『左脈循尺以上空空然，芤病在腎，法宜補。投以人葠、地黃可已。』然閱五日，竟卒，家人持其喪歸於蘇州。心撰卒之日，其家忽晝晦，雷虺虺走庭中，所觸物皆碎，若有神告之者。心撰生於雍正十二年某月某日，以乾隆二十六年七月初六日卒，年二十有八。弟二人：應奎，吳縣學生，亦學於余；季爲仁，監生。娶陶氏，生子四：長卽慕也，次某、某、某。以某年月日葬於某原。銘曰：

謂榮也，不知曷以升。謂悴也，不知曷以逝。豐其遇矣，迺嗇諸年。謂天夢夢，疇測其然？山盤水鬱，歸骨於阡。吾則安能召巫陽、命靈氛、叩詹尹而筮以莛蓴？

內閣中書舍人張君墓志銘

張君策時，名熙純，一字少華，江南上海縣人。性葛儻疎豁，意所不相得，悻悻然見於顔面，不知人世有嶮巇陷阱。好飲酒，間亦博簺踻號以爲樂，然嗜詩特甚，堅苦刻琢，迤邐藴蓄，久之乃大放，翕張頓挫，喑嗚叱咤，力若可辟萬人，是以人皆頌其詩之工。余以丁卯爲文會，同郡與於會者十四人，君獨與趙君文哲及余最親。是時君已有聲庠序，然家益貧，試於鄉亦屢黜。後爲侍郎夢公麟所知。李公因培任浙江學政，因召入幕，而幕有忌君者，君不自安，去。入京師，應壬午順天鄉試，得中式。明年會試，又見黜於有司。歸逾年，乙酉，上南巡，君獻賦行在，召試，授內閣中書舍人。明年丙戌，充方略館纂修官。君自念以葛儻疎豁故致齮齕，迺折節自下，遇人頽乎其順，抑抑乎惟謹，言若不能出諸口，曩時嬉笑怒駡之態，刬劘無有存者。人謂君齒漸長故，性情漸平，不知其剷削崖岸以與時人委蛇，以避世俗彈射，蓋用心苦，而意氣亦殆盡矣。

丁亥八月，余隨上獮於木蘭，始聞君疾。比歸則疾已劇，越三日卒，時惟九月之二十五日也。距君生於乙巳六月十六日，年四十有三。君祖永昇，父懋，皆不仕。無子，以兄子培材爲後。一女，適同縣黄兆鰲。卒之年十月，其妻彭氏持喪歸。以某年月日葬於南滙縣之二十保三區，其兄書來乞銘。

嗚呼！自君與余同會，迄於今垂二十五六年，交益親。君母夫人卒，余作文弔之，言君雖無以爲養，其文與行必有以顯揚於世，君讀之而泣。及在京師，館余家，酒酣以往，具言生平閲歷，輒欷歔流涕，因出所撰《華海堂集》屬余序。余言：『君乃古之所謂狂者，其嶔崎歷落之概，與掩抑阨塞之狀，一發諸詩，觀其詩如見其人。』君讀之忻然而笑，世亦頗以余爲知言。然則銘非余誰宜？銘曰：

嗟乎張君，天所慳也。稚而孤露，茹辛酸也。長而依人，飽艱難也。空堂幽幽，罕秸莞也。刻劃圭角，弗屑刓也。誰爲含沙，忍痏瘢也。晚始一遇，顛已斑也。煢嫠視含，涕潺湲也。如雲之氣，束此棺也。舍十得一，名不刊也。用昌其詩，瀰迴瀾也。我斵銘辭，不敢謾也。

翰林院編修嚴君墓志銘

乾隆五十七年九月二十四日，翰林院編修嚴君卒於京師。越二十餘日，長子榮自商丘、次子晉自吳縣先後奔喪至，於是拜賓受弔，始克成禮。蓋君素清羸多病，先於五十六年得怔忡疾，治弗效，求假就醫吳下，比五十七年五月疾愈，赴闕供職。眷屬皆未及從，故兩子深以爲痛焉。

今春二月，榮、晉將歸葬於吳縣碧螺峯先塋，屬余志其墓。君先與余居同里，又前後直內閣，又申之以婚姻，知君行事最悉，微余，誰宜銘者？君諱福，字景仁，一字愛亭，世居吳縣之洞庭東山。曾祖信豫，不仕。祖有武，考授州同知。父明，選歲貢生。皆以君貴，贈如其官。曾祖妣溫氏，贈太安人。祖妣苻氏，妣徐氏，皆贈太宜人。

君少敏悟，二十四年，補吳縣學生。二十七年壬午，中順天鄉試。三十四年己丑，會試中中正榜。時會試副榜多以中書、學正用，故有是稱。四十年乙未，會試中式第一，殿試二甲第五，改庶吉士。四十三年散館，授翰林院編修，旋充《四庫全書》館校對官，又充武英殿國史館、方略館纂修官。四十四年己亥恩科鄉試，充河南正考官，取中楊維榕等七十人，號爲得士。四十六年，派教習庶吉士。四十八年，充上書房師傅。是年五月，丁徐太宜人憂。五十年服闋，仍命上書房行走，并賜貂衣一襲。明年正月，命入重華宫茶宴聯句，賜名人書畫及上用筆硯，後率以爲常。君感激恩遇，雖祁寒必以五更入直，怔忡咳嗽勿顧也。假還，督課益勤。今秋，因寒得痢，數日氣逆上，令僕扶掖，坐而瞑。距生乾隆三年九月十二日，年五十有五。配葛氏，先君卒。子榮，乾隆癸卯舉人，初娶余女，繼娶商丘陳氏；晉，太學生，娶休寧黄氏。咸有文名。女四人，皆適士族。

初，君之先世以殷富稱，至君因宦毁其産，晚歲損衣節食，不翅寒素，人或以是悼君。然君以名甲科入詞苑，纂修校勘，身兼數職，出奉皇華，入侍講幄，固已備儒生之榮遇矣。生平蕭閒真淡，溫然粹然，觀化時至，飾巾待盡，蓋東郭順子、溫伯雪子之類人。貌而天緣，虚而葆真，卽余所謂知君行事者，皆其迹也，而人又何悼焉？乃爲銘曰：

具區沖瀜，靈秀所鍾。上直斗牛，有光熊熊。君也受之，起爲詞宗。惟位不顯，厥望則崇。惟年不劭，厥德則充。山盤樹鬱，馬鬣是封。以昌後裔，其妥幽宫。

翰林院編修蔣君墓志銘

乾隆十九年，余會試在京師，以通家子得謁總憲金檜門先生。時鉛山蔣君士銓，先生門下士也，以能詩鳴，故詩酒之會無不共之，迄今忽忽三十餘年。其間離合無定，而郢石之知罕有逾於君者。自先生下世二十餘年，君又繼之，所謂臣之質死久矣。於是其子知廉等以狀來，乞爲幽竁之銘，余其忍辭？

按狀：君字心餘，一字苕生，號清容。祖承棨，父堅，皆不仕。君生四歲，母鍾宜人授以『四子書』及唐人詩，一過不忘。清江楊勤恪公異之，待以國士。從父至山西，讀鳳臺王氏藏書，學益富。年二十二，檜門先生督江西學政，拔補縣學生，以孤鳳凰稱之。十二年，中丁卯科鄉試。十九年，考授内閣中書舍人。二十二年，成進士，改庶吉士。時余亦召試爲中書舍人，故與君之交益密。二十五年，授編修，充武英殿纂修官。二十七年，又偕余充順天鄉試同考官。二十八年，充《續文獻通考》館纂修官。明年，奉母南歸，居金陵。久之，浙江巡撫請主紹興蕺山書院，凡五載。兩淮鹽運使復請主揚州安定講席，奉母以行。四十年，鍾宜人歿，服終，入京充國史館纂修官。尋患風痺，時淹卧牀笫間。四十四年，余請假還朝，往候之，君笑曰：『已作習鑿齒矣。』談笑間，目光猶炯炯也。四十六年復病，歸南昌，至五十年二月二十二日卒，年六十有一。君生歿之日，皆無雨而雷風，故世以爲異云。子七：長知廉，拔貢生，充四庫館謄録官；次知節，舉人；次知讓，召試賜舉人；次知白、知重、知簡、知約，皆幼。生平著《藏園詩文集》若干卷，存於家。

君風神散朗，如魏晉間人，從容讌笑，繼以詼諧，而甄録寒畯，激揚忠義，有古烈士之風。博通淹雅，自古文辭及填詞度曲，無所不工，而最擅場者莫如詩。當其搖毫擲簡，意緒觸發，如雷奮地，如風抉土，如熊咆虎嘷，鯨呿鰲擲，山負海涵，莫可窮詰。故論詩於當代以君爲首，而論君之詩，以五七言古詩爲極則。君與禮部尚書彭君元瑞生同鄉，成進士同年，又同官翰林，上賜詩嘗有『江右兩名士』之目。

今彭君置身華要，而君官不過七品，往蹇來反，卒纏綿於惡疾。歐陽子曰：『士患不逢時；時逢矣，患人主之不知；知矣而不用者，命也。』如君，洵可謂之命矣。五十二年某月日，知廉等葬君於某縣之某鄉，乃作銘曰：

維遇之嗇，緊才之豐。匪惟才豐，志行攸崇。抉幽發潛，扶孝植忠。何登朝著，疢疾乃叢。有山崇崇，有水淙淙。曰歸斯丘，馬鬣以封。淩雲之氣，閟於幽宮。發爲詩歌，翻蜺走虹。如有不信，驗此雷風。

翰林院侍讀學士褚君墓志銘

翰林學士褚君廷璋，以才望重於時，入詞垣，侍講幄，兼綜書局，而頻以衡文校士受聖主特達之知。四方士大夫仰其學術，而不知實本尊甫式似先生之教也。昶與君以召試同年，先於弱冠時同學，因以獲見先生。先生進而教之，其意舒舒然，其色融融然，蓋望而知爲有道長者。時常熟侍御王公峻以風節自持，少許可，獨於先生之歿，作傳以志梗概，蓋迄今四十餘年矣。於是君卜葬先生，遂以侍御之傳使來請銘。

按：先生諱穀，字式似，世爲吳中望族。曾祖諱笈，崇禎丙子副榜貢生。祖諱人穫，考諱恕，皆諸生。先生世傳《春秋》學，貫串三《傳》以救胡氏之失，精研經籍，手自鈔錄。爲文鉤心鬭角，務造單微，後浸淫於《史》、《漢》及唐、宋諸大家，以理、氣、法三者爲宗，教授里門，從者日眾。書宗歐、虞，上溯二王。爲人恂謹無嗜好，清修遠俗，而篤於周卹，舊篋有親朋貸券數十紙，悉焚之。與楊太史繩武同里，衡宇相望，時時過從譚藝。侍御主紫陽講席，因與定交，質以古今成敗、事物源流，數千言不能盡，俱心折爲老師宿儒也。尹文端公繼善撫吴，介友人以書幣來聘，辭不赴。綜其生平，孤高絶俗，迥與世殊，蓋侍御之傳如此。

先生生於康熙三十八年某月日，殁於乾隆十四年八月，年五十有一。誥贈資政大夫、日講官起居注、文淵閣直閣事、翰林院侍讀學士。配王氏，仁孝勤儉，歸先生後，盡斥其金珠羅綺，以供堂上甘旨，躬操井臼，鄉里稱其賢，累封太夫人，後先生三十二年而殁。子一，卽廷璋。女一，適監生高官。孫二：兆廖、兆鶩。以嘉慶元年十一月十三日，合葬於元和縣東廿二都十三啚淵字圩祖塋西偏。銘曰：

通經高第肇少孫，護軍僕射忠而純。清門貽澤千載存，流傳吴會彌芳芬。先生以養全其真，厥德愈劭色愈溫。闇然日章聖所陳，聿有文藝啓後昆。文昌華蓋衆所尊，曰卜吉壤修穸窀。嗟兹堂斧風氣屯，雲礽奕世垂蘭蓀。我衰撰述詎足論，侍御有作懸彤旻。

翰林院檢討前兵部右侍郎吴君墓志銘

吴君香亭之卒也，其姻家觀察宋君思仁函其諸子之書，及内閣學士錢君棨所撰年譜，乞爲墓志之文。

嗚呼！君以乾隆十八年中河南鄉試副榜，是秋，余亦舉於鄉，蓋世所稱同年也。十九年，余在京師，君尊人中丞公方爲山東鹽運使，以書抵總憲金公德瑛及禮部侍郎秦公蕙田，延余至其署，與君同學，蓋迄於今幾五十年矣。君初名琦，字廷韓，繼改名玉綸，號香亭。其先九世祖巍，由江西遷河南光州固始，遂爲其縣人，皆以儒業世其家。高祖自榮，曾祖宏緒，皆邑學生，以厚德稱於鄉里。祖用烈，歲貢生，官淇縣訓導，深通理學，時稱南長先生。父卽中丞公，諱士功，雍正十一年進士，改庶吉士，散館授主事，由吏部郎中歷御史，出爲直隸、山東監司，歷任按察、布政兩司，至湖北、福建巡撫。

君少而警敏，就塾讀書能見其大，塾師已矜異之。年十八，入光州州學。乾隆十八年，登副榜。二十一年，舉於鄉。二十六年，成進士，改庶吉士。二十八年，散館授檢討，充武英殿纂修。三十年，充順天鄉試同考官。三十三年，遷貴州道監察御史。三十五年二月，遷刑科給事中，五月陞鴻臚寺少卿。三十六年，陞通政司參議。三十七年，陞內閣侍讀學士。三十八年五月，陞光祿寺卿，十月遷太常寺卿。三十九年，充順天鄉試同考官。四十一年，上以金川平，將告成功於闕里，特命君先往演習禮樂。四十四年，以熱河文廟成，上將親往釋奠，亦先遣往習儀。四十五年正月，扈蹕南巡，四月陞都察院左副都御史。四十六年，充會試副總裁，得錢棨等一百六十八人。棨，四十四年江南解元，尋以第一人及第，當世榮之。四十八年六月，充浙江正考官，是年九月授福建學政。五十二年還京，二月授兵部右侍郎兼署吏部左侍郎，四月命考咸安宮、景山、覺羅八旗各學教習。未幾，以督學福建時蜚語上聞，上命浙閩總督李侍堯查核覆奏，左遷內閣學士。五十四年三月京察，又降爲三品京堂；四月以失察本籍家人私開溝渠一案，改降四品；十月降檢討，在武英殿行走。蓋君以世臣，由詞林御史洊陟卿貳，每有條奏，奉旨嘉奬，敕部議覆施行，久爲聖明簡在，故雖經責降，猶得出入承明，以編摹自効，由其受知有素也。君既復歸館職，悉心纂校，凡七年，而年已六十有四，年衰多病。大臣入奏，詔以原官休致。既歸，俯仰丘園，教子孫以孝弟讀書，一如中丞公之所以教君者。

君氣質厚重，涵養純粹，方謂耄耋可期，而不虞以腹疾遽終也。君生於雍正十年某月日，卒於嘉慶七年九月日，享年七十有一。君能詩，然不多作，今存六卷，吏部侍郎童君鳳三稱其『瑰麗豐縟，歸於醇雅』。尤喜爲古文，禮部尚書紀君昀稱其『於古人不必求合，而紆徐曲折，言短而味長』，今存十二卷。至於時文，服膺先正，取法在薛應旂、胡友信間，總憲竇公光鼐少所推許，獨重其文，時時奏及，故上亦褒嘉之。今刻稾並藏於家。

君三代先以中丞貴，累贈中憲大夫，又以君貴，晉贈資政大夫，例贈光祿大夫。高祖妣楊氏，曾祖妣楊氏，祖妣王氏，繼祖妣陳氏，妣任氏，皆贈淑人，晉贈夫人。娶任氏，先封孺人，累封至恭人，例封夫人，先卒。子鼎颺、鼎枚、鼎輔、鼎銘、葆晉。鼎枚先卒，鼎颺四十五年舉人，内閣中書。次鼎輔候補運判，鼎銘候補主事，餘尚幼。孫五人，長以醇，六十年副榜。兹以某年某月偕任夫人合葬於城西四十里之胡族鋪。

嗚呼！君之成進士也，余適爲同考官，而君卷出於編修謝君墉之房，既撤闈，握手欣慰，異於尋常。及南巡時，君爲太僕寺卿，余爲都察院左副都御史，隨蹕至嘉興，余奉命讞事山東，旋授江西按察使，而君即補其缺。是時相國嵇文恭公亦在行在，執手謂兩人曰：『衣鉢相傳，真佳話也。』蓋爲同朝欽慕如此。方今同年之在朝者，惟工部尚書彭君元瑞暨廣東布政使康君基田，其餘如落落晨星僅有存者。而君以同年同學先余而亡，微宋君之請，余亦何忍不志而銘諸？銘曰：

其德也溫而恭，其行也謙而沖。其發爲文也，雅潔而雍容。若堂若斧，歸於其宮。水深而土厚兮，利後嗣兮靡窮。

刑部員外郎汪君墓志銘

汪君韡懷，娶於少司馬榆山淩公之女。公家上海，君往候起居，因與公從子祖錫及張君熙純、趙君文哲，同游於九峯、三泖間，賦詩相樂。比至吳門時，吳君泰來爲公外孫，家有池亭圖史之勝，君屢往過之。又與嘉定王君鳴盛、錢君大昕、曹君仁虎，桐鄉朱君方靄，并吳縣張崗、沙維杓兩布衣倡和，而余追逐其間，尤爲親厚。

君本世家，無聲色紈袴之習，嗜詞章，喜賓客。居揚州，爲四方舟車之會，名流翕集，造門延訪，君亦折節禮之。其最著者，則有程編修夢星、晉芳，張編修馨，給事坦，馬員外曰琯、曰璐，易主事諧。其寓居於揚州，則有陳徵君撰，厲徵君鶚，惠徵君棟，杭編修世駿，金布衣農，陳布衣章、明經臯，張同知四科，沈上舍大成，題襟奉袂，皆與君結文字之交，如抱山堂、小玲瓏山館，歲時宴集必招君，而君賦詩嘗爲壓卷。

及游京師，先爲常熟蔣文恪公、錢唐符郎中曾、秀水鄭編修虎文所賞。又與秀水錢贊善載、同鄉秦黌、沈業富兩編修，游潭柘寺、萬柳堂，聯吟紀事，益爲都下所稱。君少爲諸生，工時藝，南北試皆不利，乃入資得國子監博士。久之，補刑部員外郎，在部時與郎中阮葵生、馮廷丞、陸錫熊復常爲文酒之會，人以明白雲亭之比也。然君勤吏治，伯父漢昭任山東糧道署按察司事，君因以習法律。及任西曹總理部務，劉文正公深歎能平反出入，頗多抉摘。而於河南書籍違悖之案，力辨其冤，奏上得釋。蓋其明恕如此。在部兩載餘，以父病乞歸侍疾，晝夜不少懈。及喪，哀毁。伯叔兄弟人衆，有不足者助之，有爭産者讓之。是以家中落，然亦不介意也。

君生於康熙庚子年十二月，卒於嘉慶辛酉八月，年八十二。其先出唐越國公後，六世祖諱道貫，其兄道昆，官兵部侍郎，以詩鳴，與王元美、李滄溟時稱『七子』，故道貫亦與敬美齊名。高祖諱立，諸生，累贈中議大夫。妣吴氏，累贈淑人。曾祖諱壽岳，貢生，累贈資政大夫。妣吴氏，累贈二品夫人。祖諱天與，官刑部郎中，累贈資政大夫。妣黄氏、潘氏，累贈二品夫人。父諱治佐，貢生，誥封中憲大夫。妣程氏，贈恭人。配淩氏，封恭人，即榆山公之女，有淑行。子二：光烜，諸生，出嗣弟後；光爔，廪生。女二：長適貢生洪錫曉，次適諸生陳贇詠。孫一，履基，尚幼。

君詩淵微窈眇，有王江寧、韋蘇州之遺。詞以王碧山、張玉田爲法，清虚雅淡，見重於詞家。所著《對琴初藁》、《春華閣詞》已刻，其餘藏於家。君歸田二十餘年，余始得蒙恩致仕，每以公事過揚州，必訪君，留連浹夕，見君賦詩飲酒如平時。沈運使業富、阮中丞元俱稱其所作老而愈工，而江浙士大夫皆推爲名宿。方喜精神强固，不意無疾而終。自君之殁，東南耆舊昔與君共游處者，寥落無幾，讀君事略，不禁潸然出涕也。光烜等以事略來請銘，余何忍辭？君名棣，自號對琴，韡懷字也。銘曰：

爲詩人，爲天民，秋官小試奚足云？有子麟角傳其文，窆於斯丘永不泯。

浙江按察使陸君墓志銘

吴中以顧、陸、朱、張爲四大姓，而陸氏人才尤盛。蓋自漢、三國、六朝迄唐、宋，見於史傳者多至數百人。至明文定公樹聲，尤以衰年宿望重於鄉國，迄今士大夫景仰不衰，而陸君重暉，其第七世孫也。

君名伯焜，號璞堂，重暉其字。文定公本籍華亭，子彦章，官至刑部侍郎；孫景行，國學生；曾孫慶臻，始遷青浦，明崇禎壬午舉人，揀選推官不就。子光弼，諸生，是爲君之曾祖。祖瑜，康熙庚子舉人，丁未明通進士，泰興教諭。父楣。二代皆贈中憲大夫、翰林院侍讀學士。祖妣顧氏，妣蕭氏，皆封恭人。君少而英異，十歲『五經』、三《傳》已俱徧誦。十七歲，爲諸生。明年，補廪生。時余方與吴下諸名士爲文酒之會，君亦來從吴企晉、趙升之、曹來殷、張策時諸君游，而陸君健男本同宗，尤以詩文相得。余官内閣，君因至京師，未幾，館工部侍郎倪君承寬家，余同年也。金壇于文襄公聞君名，延主書記。公性機警敏捷，時方爲戸部尚書，直機地，兼南書房、懋勤殿，翰墨紛挐，悉以屬君。君精心果力，分别應之，動中窾要，無稍遲誤。公相倚如左右手，凡扈蹕之地，必以相隨。

三十八年，高宗純皇帝巡幸天津，君獻賦，召試賜舉人，尋援例得内閣中書舍人。四十二年冬丁憂，服闋補官。四十五年成進士，殿試二甲第二，改庶吉士，充武英殿分校官、《日下舊聞》纂修官。明年散館，一等一名，授編修，兼撰進呈文字。四十八年，充順天鄉試同考官。又明年，教習庶吉士，補三通館纂修官、四庫館提調官。五十年大考翰詹，一等第一，陞侍讀學士，旋充日講起居注官。五十一年，京察一等。五十三年，充順天武鄉試正考官。五十五年，充會試同考官，得齊嘉紹、桂馥、祝曾等六人。五十六年，再經大考，改吏部員外郎，掌考功司印。五十八年，陞考功司郎中，掌文選司印，充吏部則例提調官。六十年，充順天鄉試同考官。是冬，保舉京堂，陞鴻臚寺少卿。嘉慶元年，陞光禄寺少卿。二年，授江西按察使，九月調浙江按察使。君在翰林十載，以文章受主知，累擢高等，而刑名非所素習。任江西，以訟牒紛繁倍於他省。在浙江，時方緝捕洋盜，每獲四五十人，生死出入間不容髮，君晝夜研鞫，詳求律例，苦心比擬，反覆至於數四。本有肝疾，由此日劇。四年正月，遂以病假乞巡撫轉奏，蒙恩允許。是冬，南河總河吳君璥入都陛見，上詢陸伯焜疾何時可愈，蓋眷念殊未已也。君歸，建家祠，兼置義田贍宗族，其文定公以下各代祠在郡城者，皆爲修葺。越二年，病少愈，將治裝北行，而肝氣復發，臥牀月餘而歿。

君生於乾隆七年九月初三日，卒於嘉慶七年十一月初六日，年六十有一。配王氏，例封淑人，即余從兄本蕃之女。子二：長元琦，國學生；次元珪，未娶。孫六人：壽銘、壽鈞、壽銓、壽鎔、壽錫、壽鏗，俱幼。以八年十二月初三日葬於本縣宇字圩七間村。君詩少習三唐，後出入於王阮亭、查初白兩公間，清新婉約，故爲企晉諸君所稱。其後專爲應奉文字，又覃心吏牘，不復多作，僅存《玉笥山房詩》四卷，皆雅音也。昔文定公中年登第，仕至大宗伯，而立朝不滿一紀，嘗作適園以爲生平休息游衍之所。君年未六十，以病乞休，曾繪《適園》長卷，思承祖德，而園廢已久，無從構造，遽以病終。然則令名壽考，天之豐於昔而靳於今也，豈非命哉？

余與君托絲蘿之契，事余禮先一飯，三十餘年出處仕宦之間，周旋無間。而歸田之後，不獲同山水魚鳥之樂，繼文定公之百一，是可爲層欷而纍息者已。銘曰：

鸞坡鳳掖，耀詞章也。漸江彭蠡，播慈祥也。困於二豎，旋江鄉也。思述祖德，圖縹緗也。志而未遂，歸於其藏也。若堂若斧，伊余哀之傷也。松楸蔥鬱，卜流澤之孔長也。

前經筵講官都察院左都御史吳君墓志銘

同年總憲吳君沖之之將卒也，語其子曰：『吾與王君德甫生同鄉，召試同爲中書，出入同朝者四十餘年，悉吾生平行事，歿後必乞爲志墓之文。』既卒，其子奉遺命書來乞銘。

嗚呼！君小余五歲，余弱冠後，取友於同郡之士，先交君及趙君升之、張君策時，既而又交君弟泉之及陸君健男，相與磨切學問，以文章爲己任。其後六人者相繼通籍，京師士大夫論松江人物者，必舉此六人，詩酒之會亦靡不從之。而張君爲中書舍人，早卒。數年，趙君殉難於金川，贈光禄寺卿。又數年，陸君以副都御史奉使，歿於遼陽館舍。惟余與君兄弟更踐中外，今泉之以學士尚在京師，而余與君皆久歸鄉里，相距一舍有餘，方幸扁舟過從，踐東阡北陌之約，且君精力尚强，而乃遽以疾終。嗚呼！雖微君之末命，余何忍不銘？

按：君名省欽，號白華，沖之其字，松江南匯人。少英敏，善屬文，年十七爲諸生，明年補廩。乾隆二十二年，高宗純皇帝南巡，獻賦，召試，賜舉人，授內閣中書。二十八年成進士，改庶吉士。三十一年散館，一等第二，授編修。三十三年大考翰詹，一等第一，擢侍讀，尋充日講起居注官，遷右庶子。四十四年〔一〕，遷學士。四十九年〔二〕，陞光禄寺卿，命在上書房行走。明年，陞順天府尹。君以京兆治輦轂所轄二十七州縣，政事繁重，恐在内廷不能兼顧，請辭書房之職，上是之。又六年〔三〕，陞禮部侍郎，調工部。又六年，調吏部。是年三月〔四〕，充經筵講官。嘉慶二年，陞都察院左都御史。後二年，因保舉非人，遂罷職。君在翰林二十餘年，以文學詞賦爲聖主所知。己丑、辛卯、壬辰，充會試同考者三。戊子，充貴州正考官。庚寅，充廣西正考官。辛卯，充湖北正考官。壬子，充江西正考官。己亥、甲寅、乙卯，充浙江正副考官者三。癸丑，爲會試總裁。丙午，順天鄉試監臨。乙卯，充殿試閱卷官。派教習庶吉士者三，提督四川、湖北、直隸學政者四。君歷主鄉、會試，所録多知名之士，迄今侍從臺諫及躋通顯者甚衆。

任學政，教士子，以博文好學，不惑於時尚，士子亦多樂而從之。作詩，本杜、韓、蘇三家；古文，本韓、柳、孫樵、劉蜕及北宋諸名家，刻琢凝練，援引精密。詩詞文共六十卷。生平遇國家大典禮，所進詩文各册，如《説雍》、《説壽》諸篇，皆蒙嘉獎，留貯内府，鈐以御寶，時人咸以爲榮。今上登極，舉行千叟宴典禮，君年止六十有八〔五〕，未合例，已奉特旨令入宴，賜如意、壽杖等凡十六種。又每年春正，重華宫賦詩小宴，惟大學士及内廷諸臣，君亦皆參預。至新刻石經勒成，外廷二品皆不得與，又蒙特旨賞賜，皆非常之典也。其餘所賜字畫、古硯、朝珠、紗緞等，不能勝計。君歸後，嘗摩挲賜物，至於泣下。蓋追念兩朝知遇之隆逾於常格，故雖以殘年暮景，尤感激而不能自已也。

君生於雍正七年某月某日，卒於嘉慶八年六月某日〔六〕，年七十五歲。曾祖燧，祖啓秀，父成九，皆積學有行誼，累贈工部侍郎。曾祖妣某氏，祖妣某氏，妣某氏，累封贈夫人。妻查氏，封亦如之，先卒。

弟卽泉之，名省蘭，前官工部侍郎，今爲翰林院侍講學士。長子敬樞，例得一品廕生。次子敬沐，尚幼。女二人〔七〕。孫一人，樹棨。卽於是年十月某日葬於婁縣白漾灘之原。

嗚呼！自張、趙、陸三君之葬，余皆志而銘其墓。今余年八十矣，追維生平笑言之雅，顯顯然如在目中。飾巾待盡，猶執筆而敘君之生平以傳於後，曹子桓云『既傷逝者，行自念也』，斯尤可深悼也已。銘曰：

白漾之水清而泚，佳城鬱鬱封于是。九原不作今已矣，君子有穀貽孫子。

【校記】

〔一〕四十四，底本作空字，據吳省欽《白華後稿》（清嘉慶十五年石經堂刻本）附王昶《墓志銘》補。

〔二〕四十九，底本作空字，據《白華後稿》附王昶《墓志銘》補。

〔三〕六，底本作空字，據《白華後稿》附王昶《墓志銘》補。

〔四〕三，底本作空字，據《白華後稿》附王昶《墓志銘》補。

〔五〕六十有八，底本作『六十有九』，據《白華後稿》附王昶《墓志銘》改。按，干叟宴舉辦於嘉慶元年（一七九六），吳省欽生於雍正七年（一七二九），作『六十有八』是。

〔六〕六月，底本作『八月』，據《白華後稿》附王昶《墓志銘》改。

〔七〕二，底本作空字，據《白華後稿》附王昶《墓志銘》補。

春融堂集卷五十七　墓志五

含山縣訓導蔡先生墓志銘

先生蔡氏，名瓏，字文舟，世爲江南崇明縣人，遷于崑山。先生自弱冠則已補蘇州府學廩生，從何義門焯、張岳未景崧游，以是益有聲庠序間。先生居崑山茜墩，茜墩東距嘉定之安亭四十里，稍北與亭林相接。安亭故歸震川太僕所居，而亭林者，顧處士炎武生于此。兩公流風遺行，茜墩人往往能傳之，故先生之學私淑于兩公爲多。先生爲人，質慤寡嗜慾，教人以盡理、敦誠樸、躬行實踐，讀書好古爲宗，其輕儇巧黠者雖敏悟，必以夏楚收其威。望之色粹然，聽其言訥然，爲文古澹質實如其人。自茜墩遷于青浦之珠街里，從游日益衆，學官弟子稍知名者，皆經其指畫講授。然屢試不遇，卒以歲貢生任含山縣學訓導。

先生在含山，益以師道爲己任，又聚諸生而講學焉。其諄懇深至，聞而讋服警悟、痛自刮磨湔濯者，不可勝數。嘗與諸生讀《後漢書·范式傳》，迴翔循誦，聲哀厲至于泣下。有諸生魏某在坐，忽起而揖曰：『某與某生夙相好也，以田故將訟諸縣官，今聞古人行誼如此，自媿且悔。』遽出訟牒于懷壞之。其至誠感發人，多此類也。

先生曾祖某，祖鈐，皆不仕。父廷傑，某縣學生。配孺人張氏。子一，照，新陽縣學生。女一，適崑山縣學生郁郁文。先生在含山五年，教大行，以年老告歸。歸六年，乾隆丙戌三月初九日未時，病卒于珠街里，距生于康熙乙丑某月某日，年八十有一。蓋自先生歿，而東南敦厖耆碩之士盡矣。是年十一月，照奉其柩窆于長洲縣之觀音山祖塋南若干步，以予受業于先生，久知先生行事爲詳，使銘以刻諸幽。銘曰：

伊古勸學，必以道俱。聲帨其文，儒術乃渝。維此歸顧，百世之模。述其微言，遏頑訂愚。弗耀而窮，云何其吁。先生之教，在誠中孚。我斵銘辭，敢失以誣。

歲貢生陳先生墓志銘

先生陳氏，名麟詩，穎傳其字，江南青浦人。祖玫玉，父朱紱，皆不仕。先生少敏悟，及爲博士弟子，歲科試必冠其偶。是時曹給諫一士未第，聲望與先生等。福建鄭公任鑰由檢討視學江南，以知文自矜許，比至松江入學舍，召諸生使前曰：『孰爲曹一士、陳麟詩者？』兩人則各以名應。鄭公曰：『我知若等久矣，若等負時名各不能下，我固知文者，今當爲若等定次第，若其勉之。』及試，先生第一，而曹公名乃第四，頗慚。鄭公曰：『若毋以慚爲也，若等所業不相上下，今殿最蓋偶然耳。然曹生不久當達，陳生恐以諸生終。』後皆如其言。先生爲文，不騁才，不鶩氣，取題之癥結肯綮，用十數語抉剔而縷分之，灑然劃然，能警發人耳目心志，以是試輒利。經其指授者，童子必入學，增、附生必餼廩，以是從遊者日進。

先生爲人閒靜，晚年益務爲和藹寬厚，偕人語煦煦然，與之交者，數十年未嘗見有愠怒憤激卞急之意。生平寡賓客，經歲不出門。講學暇，輒取少時所習，排次溫繹，終則復始，日以爲常，至老而不易。乾隆壬申十月十七日，以疾卒于家，年七十有八。子二：長鳴雍，縣學生；次某。孫若干人。以戊子某月葬于章堰。銘曰：

爲天民，與天游。孰屯其亨，弗以憂也。言恂而謹，行溫而恭。匪强飾之，德符充也。後有過者，其式幽宮也。

寧國府教授施君墓志

乾隆丁酉十一月，教授施君以疾卒於里第。閱月，訃至京師，子朝幹方以禮部郎中牽連涉吏議，頃之事白，始得奔喪歸葬。乃排次行狀，屬余爲志墓之辭。

按：君名淇，衛濱其字，別字竹泉，世爲江蘇儀徵人。生平肆力於學，自『五經』、《左》、《史》迄于唐、宋大家譔集，鈎索貫串，一發於時文。數試弗遇，卒不屑詭隨從俗。乾隆丙辰，年五十有一，始舉於鄉。又三年己未，成進士，例得縣令，君請於吏部，就教職。癸亥，選寧國府教授。學官之職不舉久矣，往往媕娿澳涊，求悦於博士弟子，教日以淩替。君至，則噓羣弟子而訓之曰：『若知寧國先賢以風節稱者，莫如陳□□、沈壽民乎？凡立身行己當睎此。以文章著者，莫如劉太沖、梅堯臣乎？凡爲文若詩當眎此。』羣弟子尊而信之，畏而服之，從其講習者卓卓咸有成就，如胡元義、袁穀芳、張𦒿，多有聞於時。甲戌，請告歸里。來學者益衆，點竄講畫，竟日夜弗倦，而有司請見弗能致。是以四方益重其學而敬其人。君優游里門，頤養樂志，凡二十有五年而後卒，卒年九十有二。耆年碩德，世以爲難。

曰善者，曾祖也；曰取益者，祖也；曰鋭者，考也，皆贈文林郎，晉贈中憲大夫，禮部郎中，三代皆不仕，至君始以儒顯。先配王氏，繼配程氏。有子三：長詔，乾隆丙子舉人，石埭縣教諭；仲朝幹，癸未進士，歷官禮部郎中；季朝棨，邑廩生。以某年月葬某鄉之某原。朝幹自傷宦久，養不能致其樂，病不能致其憂，比其聞喪問故，而適以牽連對簿，於『見星而行，見星而舍』之義，有弗克伸也。是以創鉅痛深，迫於無可解。雖然，朝幹有文章名，在郎署爲公卿所重，爲天子所知，區區仕宦之浮沉得失，於孝子潔白奚損焉？使君有知，亦可釋然於地下已矣。乃循其請而作銘曰：

自施著姓，代有聞人。常也起魯，進于聖門。讐也演《易》，傳於王孫。張胡之學，蔚其紛綸。以迄士丐，箋注是敦。通《詩》、《春秋》，厥德肫肫。博士助教，凡十九春。嗚呼先生，惟繼其醇。琢彼珣琪，與時爲珍。旋辭簪紱，曰歸江濆。鼓徵莛叩，手畫口陳。河汾之盛，不召而臻。伊古經師，受福孔殷。以德以壽，以子以孫。尺蠖所屈，其究乃伸。於傳有之，匪我謏聞。謂余不信，眡此勒文。

金壇縣教諭葛君墓志銘

乾隆丁酉十月二十日，金壇縣教諭葛君以疾卒于官。疾初亟，邑之薦紳大夫暨博士弟子來視者，日相屬於道，又爲之徒跰走數百里延醫以視。暨卒，士大夫來弔者益衆，會哭皆失聲。及喪還，男女夾道聚觀嗟嘆，有泣下者，比十餘里不絕，於時傳以爲異。蓋君畜道德而能文章，愛人才，勤考課，時訓諸弟子以聖賢行己之義，與夫《詩》、《書》六藝之指。其湜小忿憙告訐者，導使自悟，不忍遽麗諸觵撻。是以身歿之日，感人至於如是也。

生平事親孝，居喪以盡禮聞，遇忌日，嗚咽掩抑，終其身奉繼母、庶母如所生。弟昌咸早歿，遺姪二，撫而教之。兄弟七人合爨而居，易衣而出，内外數百指無間言。遇族人朋好之喪，躬自料理，死者葬，生者育，孝友仁愛，蓋天性然也。少從曹給事一士諸名人遊，作文咸有法度。雍正八年爲縣諸生，十二年補廩生。乾隆九年，順天鄉試中式。時上方幸貢院，賜中式舉人五經各一帙，君與焉。三十六年，吏部揀選，將以知縣用，君念張太孺人年七十餘，不可遠宦，遂改校官。四十一年某月，授金壇教諭，在任年餘卒，年六十有九。

君名恆，字繼武，别字晴溪，世居吳縣洞庭東山。諱之令者，曾祖也；諱士位者，祖也；諱國琦者，考也。以覃恩封贈文林郎如其官。曾祖母賀氏、金氏，祖母張氏，妣陳氏、張氏，贈八品太孺人。配陸氏，無子，以姪啓仁爲後。女二：一適今翰林院編修嚴福，一適監生姜桂，亦先君卒。嗚呼！君以名孝廉懷文抱質，垂暮始獲一命，又不踰年而歿，顧勤于其職，不以宂長自廢，使多歷年所，所裨于學校如斯而已歟？使君有社有民，設施又將何如歟？宋、元之季，老師宿儒，若何基、張顈之倫，多戢身息影，託教授以淑其邦人子弟，君亦猶是意歟？歐陽公言施諸身不見於事可也，君又何所憾歟？惟是君既不大顯於世矣，無後且殤其女，蒼蒼者果不可問歟？宜賢士大夫及行路之人皆爲咨嗟出涕也。

某年某月葬于某縣之原，編修君實來請銘。編修之子，余甥也，實葛所自出，聞先生行誼甚詳。乃銘曰：

豐其德，報何嗇也。匪報之嗇，俾爲世則也。

誥贈朝議大夫縣學生賀君墓志銘

君賀姓，諱廊佐，渭占其字，别字章溪。其先由江南鎮江府遷於湖廣，遂爲鍾祥縣人。祖諱運清，順治丁亥進士，以吏部郎仕至福建興泉道。父諱某，歲貢生。君年十八，補縣學生，學使繆公沅嘉其文，器之。既長，適江南，從張日容大受、儲中子在文、錢亮公名世諸老宿游，學日進，有聲於東南。然好閒静，工琴書，畫蘭竹，爲文清峭澄澹如之，緣是屢試不遇，弗介意也。性和厚，於孝友、睦婣、任卹尤敦。先是，塋墓在荊門，置祭田以供祠祀，度其用之仂而振諸貧者。諸母守節，皆具其行以上於當事，烏頭綽楔相望也。家僮二三百指，服役久，則折其券而遣之。生平無疾言遽色，里中人咸敬畏焉。有狗屠無賴少年方鬥狠，望君來，走匿，君召使前，喻以枉直利害，乃感激搏顙而去。君長子，今太守君官於滇，貽書勗之曰：『爲仁吏，毋爲能吏，惟審民疾苦而拊循之。』及兵興，君復貽書曰：『邊事至重大，必夙夜黽勉以稱任使，毋憶家，毋以我衰老爲念。』比君之卒，太守君方由同知擢永昌府知府，總督明公德請以縗墨從事，詔許之。時軍書旁午，太守君處分部署，咄嗟立辦，自出師迄振旅，事無留滯叢脞者，人謂太守才皆君遺訓也。

君生康熙丙子，歿以乾隆戊子十二月甲子，年七十有三。以太守貴，誥封奉直大夫，晉贈朝議大夫。配李氏，贈恭人，先君十二年卒。子二：太守君長庚，長也；次由庚，縣學生。女三，適王鐘遵、熊苞、李瀜。孫二人。某年月日將葬君於某里之某原，太守君遂以狀來請銘，刻於竁。銘曰：

爲幽人，爲碩士。止諸躬，晦於世。乾乾積，以翼子。荊之山，漢之水。若堂斧，封於是。固且安，利從祀。

誥封中憲大夫中書科中書舍人劉君墓志銘

舍人劉君源溥，從余游十餘年，爲人恂恂然，語訥然如不能出諸口。其文則淵懿純粹，不以雕刻藻彩爭工。余嘗詢其所自，蓋得於祖父之彝訓爲多。今乾隆五十六年，距其祖象山君之卒，已二十三年矣。舍人父世祿，將奉府君暨配林恭人葬於某縣老雅坑之原，而舍人奉其狀以來乞銘。

按狀：君生而聰敏，刻苦讀書，文章汪洋恣肆，皆本經術。補縣學生。督糧道潘某奇其作，令讀書粵秀書院，院長編修傳王露尤愛之。未幾，以選拔貢入京師，朝考列高等，授中書科中書舍人。舍人，內閣大學士之屬，職中外百官封贈誥命，直廬在午門外，與六科給事中相次，故世目爲內府云。君素清介，有粵人欲封生母，不及於適，奉厚貲，託當事求君，請出同鄉印結，力卻之。由是大學士知其名，令協理漢本堂事。既俸深，將擢外任，時兄某亦爲金華府同知，得家書聞父母病，遂與兄均以乞養歸。其後母卒，君哀毁盡禮，父卒如之，故世稱其孝焉。久之，伯子起鯤選授刑部郎中，勗之曰：『明愼用刑，哀矜弗喜，自古難之。必以無負於君者，無負於親也。』嗣以配林恭人歿，遂不復出。建宗祠於邑中，取弟姪之貧者撫卹之，又表章遠祖隱德於志乘。遇邑大事，輒首出貲，身任其役，鄉里稱爲善人。嘗歸自京師，過彭澤，舟覆，若有神掖之以出，四僕亦無恙，人謂善人之報也。

君諱濤，字鼎文，一字象山。自宋遷於廣東香山縣之谿角鄉。曾祖元錫，祖某，父某，皆不仕。生康熙三十九年某月某日，卒以乾隆三十三年十一月十二日，年六十有九。兄弟二人，君居其次。敕授內府中書科中書舍人，復以子起鯤晉封中憲大夫、刑部山東司郎中。配林氏，慈惠節儉，有士行，先封孺人，繼封恭人。子七：長卽起鯤；次世祿，是爲舍人之父；三起聖，四起鮫，俱先卒；五起鯨，候選州同；六琮，縣學生，亦早卒；七起鳴。女二，俱適士族。孫：源溥，乾隆五十一年順天丙午科舉人，卽舍人也；源浩，工部司務；源瀍，選拔貢生；源沼、學基、源沛、倫，皆縣學生。嗚呼！盛矣！先是，君之喪偶而不出也，購宅於縣城南，挈子孫，延名師以督課之，其後皆能覃研學術，胚胎前光。觀舍人之文行，與其餘子姓之蕃衍如此，是君雖未大顯於世，而遺澤長而未艾，斯可銘矣。銘曰：

君在朝著，簪筆垂紳。敢以苞苴，玷此絲綸。君居鄉黨，散財發粟。建我祏主，用合邦族。匪惟卹之，又從教之。子姓振振，蔚其鳳毛。雅坑之築，既崇既固。刻辭幽宮，庶示千古。

文學楊君墓志銘

松江有獨行士楊君之灝，兼以文學著於東南。乾隆五十九年歲暮，泣而來請曰：『之灝在門下久，先府君生平大略，常舉以告矣。某不幸，乾隆四十二年春，府君歿於涼州。迄今閱十有八年，而先孺人又歿，某等弟兄將以明年正月初七日合葬於佘山之某阡，謹撰行狀，惟夫子哀而銘之。』

按狀：楊氏自鹽官遷於松江。君諱世淦，字紹曾，父建周，母沈氏。少孤，撫於兄作霖所。釋服，爲華亭縣生員。明年，補廩生。又明年，就同郡王氏爲贅壻。數年連得丈夫子四，常呼至膝下，辟咡而詔之，以不逮事父母爲戚，而王孺人亦自恨其不克見舅姑也。平日授徒教子，與針黹紡織交相黽勉者，凡二十年。屢困於場屋，赴順天鄉試，復不利。三十九年，嵇侍講承謙任陝甘學政，邀之校文。四十一年，甘涼道魏椿年聘以課子。明年，卒於道署。自後撫孤食苦，搘拄門戶，孺人之力爲多。君生雍正五年丁未二月初一日，歿四十二年三月廿七日，年五十有一。孺人生雍正六年六月廿一日，歿五十九年十月十三日，年六十有七。子四：長卽之灝，次樞，次爾泰，次爾升，皆縣學生。

又狀云：府君學究本原，留意經濟，所至交游多一時名宿，公卿折節下之，先達如侍郎鄒公一桂、齊公召南、錢公載，編修阮公學濬、光禄寺卿王公鳴盛、中丞畢公沅，及諸生中歙縣江君永、吳縣沙君維杓、山陰童君鈺、蕭山陶君元藻，皆有題衿話雨之集。及門之經指授者，每掇高第，如里中則馮君孝壽、汪君春容，而順天魏君臺、長安朱君庶、武威李君汝彥，尤爲表表者，則其學業可知也。蓋狀之所述如此。之灝堅苦力學，教三小弱弟皆有成立，又皆爲之娶室，而單獨終身，比于牧犢，時人義之，稱爲『獨行』，故所狀質實不誣。于其來請，何忍不銘？銘曰：

若堂若斧，西佘之陽。伯鸞德曜，其歸其藏。雲陰陰兮凍雪霜，飆蕭槭兮增蒼涼，嗟棘人兮毋盡傷。詎有文而弗耀兮，乃慶有積而未彰。蹇之反也，困之亨也。問玉靈而食墨兮，占大横之庚庚也。

營幽竁於斯丘兮，兆厥後之光昌也。

候選員外郎李君墓志銘

上海候選員外郎誥授奉直大夫闇齋李君之將葬也，其從子大理寺右評事丙曜，具書函事略來乞爲志銘之文。予與評事同郡，又曩在京師相契，知其家孝友仁厚甚悉，銘何可辭？

按事略：君名煥，字琢明，號闇齋。生而警敏，狀貌秀偉，既入塾，師長異之。年十九，遭父喪，哀毁動中禮節。及内艱，哀毁亦如之。語人曰：『生不能養，死不廬墓，何以爲人子？』故於窀穸封樹，悉致其力，爲贈副都御史曹公錫寶所奬許。兄弟四人，君第二，待諸弟暨諸妹恩禮周摯，婚嫁以時，尤敬長兄。長兄評事之父也，有事必咨禀而后行。後十有六年，以兄弟上下食指繁衆，將别居，君泫然不忍，久之析産，乃與長兄謀恪遵遺命，區畫所有，無毫髮私。厥後異居同財，任兄若弟事，不異己事，終其身如一日，故族人悦服，鄉里皆稱美之。又同建宗祠，廣義田，贍戚黨，助婚葬，凡有睦姻任卹及捐賑工築之鉅者，必以身先，其裨益於邑者甚大。訓子弟讀書汲古，毋蹈急功近名之爲。故爲博士弟子者有聲於庠序，世方以鉅人耆德期之，而惜其年之不永也。

君爲唐建州刺史頻之後，先由閩徙浙，其由浙而遷上海，實始于六世祖大光。贈州同諱泓者，祖也； 贈員外郎諱秉智者，考也。配陸氏，誥封宜人，孝於姑，相夫教子，以賢淑著聞。君殁于乾隆四十七年三月初十日，距生于雍正十二年七月三十日，得年四十有九。宜人後十有二年而殁。子三： 應垣，早殇；　應墉，光禄寺署正；　應堦，廪生，亦早歿。女四，皆適士族。孫二：　鍾元、鍾俊。　嘉慶十年月日卜葬於上海縣二十八保習字圩之新阡，應堦祔焉。

予考《南史》，何伯璵兄弟孝友仁厚，鄉里稱爲『何展禽』，高士沈顗謂『聞伯璵之風，僞夫正，薄夫厚』，蓋言能善世而率物也。君亦如之，其信可志也已。乃銘曰：

吴淞趨海，翼以盤龍。泉甘土厚，卜此玄宫。芘其奕禩，以昌以豐。惟壤之吉，繄德之崇。後有孝義，其式崇封。

碭山縣教諭瞿君墓志銘

乾隆甲寅，余以致仕歸吴下，始識瞿君成六，並識成六之弟澂川，恂恂慥慥，知其爲君子焉。而澂川之子中溶，爲同年錢少詹事大昕壻，故少詹稱許，與余所見略同。其後余復以事兩入京師，又屢爲書院院長，不得常與澂川相見，而其謙和篤實之狀，未嘗不在心目間。今予以目疾久不出門，而澂川已謝世，中溶等將以乙丑某月葬君于天森山某都某區，先期以狀來請銘。

按：　君名塘，字澂川，號涉齋，嘉定人。其先於南宋初由汴遷今之上海，曾祖和州學政有恆，始遷居嘉定南城。祖某。考連璧，贈奉政大夫、南陽府同知。生子三：　長卽成六，名兆騤；　季兆麟，今官安慶府同知；　君其次也。君少敏慧能文，年二十以商籍爲錢塘博士弟子。時錢文敏公維城、周文恭公煌先後學政，皆愛其才。又受業于王光禄鳴盛，亦推奬之。屢試鄉闈不遇。甲午，金川用兵，能助軍需輸粟者授官，君以廪貢生應選訓導，歷署嘉善、寧波、淳安諸缺，後歸原籍。又署靖江、長洲，實授碭山縣教諭。庚子春，翠華南巡，與州縣同辦大差，蒙恩賞荷包、緞匹。嘗奉檄查辦邳州水災，親歷村莊，撫循稽察，不遺餘力，胥吏不敢舞弊；收棄孥，埋露胔，上官以爲能。又江北旱，上司令循視屬邑，其稽查發賑，一如在邳州時。而縣令又延君兼主安陽書院，按期督課，循循化導，士風爲之一變。丙午七月，丁母憂歸，九月，丁父憂。服闋後，起署昭文訓導，又署元和、金壇，遂謝仕。有別業在蘇州之閶門，因家焉。

君事親孝，在錢塘時籃輿迎養，遍遊三竺，備得親歡，于兄弟間尤篤友于之愛。性情敦樸，勤于學道，時取《道書全集》、《性命圭旨》兩書，繙閲研究。居恆趺跏一榻，終夜不寐，自謂此中甚樂，不爲疲倦。故中年後精力强壯，從未有纖芥疾。居喪勞瘁，始覺眩暈。家居後益講求導引之術，其疾漸除。今年年方六十，屆期親友將稱觴祝嘏，君婉言曰：『古無此禮。』引先儒程子及亭林顧氏之言謝之。未幾，眩暈復作，遂卒。蓋嘉慶九年甲子六月十二日，距生于乾隆十年乙丑六月，享年六十。配諸孺人，婉娩恭順，孝于姑嫜，和于妯娌，慈于子婦，而相夫以義。其殁也以丙辰二月，至癸亥十二月先葬于天森山。子四：長中浩，監生；次中溶，縣庠生，諸孺人出，中溶好學博古，尤以文行稱于時；次中淦、中濟，側室周氏出，尚幼。

余嘗讀范蔚宗書，其稱荀淑、陳寔位止令長，功業不顯于時，而恂恂慥慥爲鄉黨所尊，其後子孫皆顯于魏、晉間。今君既有餘德，則墨食所營，將有以發之，利其後嗣必有徵也。以示成六，其必以余爲瞽史也已。銘曰：

絀其華，端其質。不究其施，而撰其實。天森之山，丸丸松柏。以利後人，歸于其室。

春融堂集卷五十八　墓志六

蔡希真墓志銘

循澱山湖而北折，村莊罨藹，竹樹蕭森，中有老屋數間，風雨不蔽，誦聲出金石者，蔡子希真之所居也。希真娶余舅陸氏之女，於余爲至戚，又好余所爲古文辭，故兩人之知交日益密。乾隆丁卯初冬，予從義興歸，過君湖上之草堂，夜寒挑燈，促膝相對。君擷園蔬，烹伏雌，出湖中菱芡以佐酒，酒半相與陳說古今治亂及文章得失之故，慨然嘆曰：『吾見世之譔述者多矣，顧獨好子文，子文必傳於後，吾他日幸而獲歿，子必爲我誌其墓。我藉子以傳，吾死且不憾矣。』時其妻在座側，聞君言大恚，數君。君曰：『此非兒女子所知也。』一笑而罷。君生平慨慷自負，常慕辛幼安、陳同甫之爲人，雖補博士弟子員，不屑治科舉業，于古來農田、水利、行軍、治賦之要，皆爲疏通條舉，抉擿其利弊。見予研聲詩，穿穴經故，輒目笑之，以爲不足學。戊辰，君游京師，居主事淩君鎬家，會淩君病卒，月餘，君亦歿。

君諱元沖，蘇州府學生。祖、父世爲崑山人。以己巳某月某日卒，年三十有五。無子，葬于某啚之某原。

始余聞君之訃，爲位哭之，明年其柩歸自京師，又泝澱山湖而往弔焉。巡眎君所讀書之地，凝塵翳如，卷帙殘佚，欲求其遺書，渺不可復得，爲之泫然泣下。已而其妻出見曰：『吾夫逝矣，吾夫平日獨好子所爲古文辭，常以身後爲託，墓中之石今在于子，子其無辭，亦庸以踐曩昔燈下之言也。』余益爲泫然者久之。嗚呼！余何忍不銘？銘曰：

有美一人兮頎而長，服儒素兮躭縹緗。思厲翮兮乘飆翔，竦長劍兮鳴琳琅。縶兩馬兮曰游帝鄉，命忽落兮來巫陽。楓林青兮歸路以長，土伯九約兮誒笑而狂。望故里兮心孔傷，妻惸惸兮守空房。練日時兮卜君之藏，松楸鬱鬱兮湖波泱泱，奠茲幽宫兮其永亡殃。

邵珉高墓志銘

余弱冠則好爲詩古文，厭薄時文科舉之學，聞里中有邵君珉高能時文，有聲諸生間，心頗易之。後二年，與君相識，知其内行醇謹，篤于孝弟，始悔曩者易之之非，而願與之爲友。初，君之先世以富聞於時，及君，家業益落，幼而喪父，老母弱弟相倚爲命。君感激讀書，日夜呼憤，思博取科第以昌大先人之業，顧屢試不遇。又陳孺人者，君之淑配也，遇病早歿，君由此益侘傺不得志，時放于佛乘以消其菀結。間常與余追往悼故，被酒高歌，至于泣下，未嘗不嘆君所望之切，而所遭之不幸也。

君工于時文，所作鮮妍妙麗，後生傳寫，以爲枕祕，間作小詩，亦清雅可喜。余嘗從容往復，諷其泝洄古訓，毋狃于俗學。君喟然長嘆，方欲取六經、三史，疏通鈎貫，而已不永于人世矣。君諱炎，珉高其字，青浦縣學生，遭母喪，哀毁卒。卒於乾隆己巳九月某日，年三十有一。子一人。是年合葬于陳孺人之墓，而其弟瑗來請銘。

嗚呼！以君之才，使早年刻勵，屏棄俗學，所造必有過人者。卽不然而天假之年，俾得優游卒業，亦將有所撰述以傳於後。而今止於此，君之所以傳世與世之所以傳君者，將何所挾以爲憑乎？抑遂草亡木卒，其人與骨俱朽乎？雖然，以君之孝弟，當不藉詩文以爲重，亦不待予文以傳。志君之墓，亦庸以寫余之哀思而已矣。銘曰：

我初識君，拍張叫號。有如雕鶚，決起風飆。旣而見君，弭心抑志。有如脈望，穿穴文史。君今逞矣，遺文在篋。誰爲愛之，以傳其業。或傳或否，亦有命焉。我琢斯銘，庶幾千年。

朱上嶶墓志銘

予有嶔寄孤介之友曰蘇君去疾，性簡貴，不善與世合，獨於朱子上嶶稱莫逆交，恆欲介以見于余而未果。未幾，蘇君過余，慟曰：『上嶶逝矣。上嶶爲人志趣疎遠，平居不問當世之務，義有不可，人皆拱手結舌，上嶶奮臂爭之，必白其意乃已。及人有少善，則又推讓如師資，以謂莫之及也。與人交，落落如不相親，未嘗不相勉以義，久之益密。上嶶有友曰孫聲源，死二載餘矣，每言及之，未嘗不流涕。已登江陰之少山，見其故里，慟哭而反，作詩以告哀。其詩沉痛幽愴，示予，予不能卒讀也。余與上嶶交十年，得其大略如此。至其精神寂寞，超然遠覽，予不能知也。上嶶將以某年月日葬于某村，子宜有以爲銘。』

按：上峩名簡，長洲縣學生。父維岳，用薦當爲縣令，不赴。上峩年二十歲，以庚午某月某日病歿，無子。歿之明年，維岳亦卒。上峩疎眉朗目，長身而癯，好吟詠，擬古樂府尤工，然蹊逕幽寂，所謂『其境過清，不可久居』。又其時年少，學力未充，沉博絶麗之文，亦未及焉。歿後，蘇君輯其賦一篇、詩四十二篇爲一卷。余既慕君之爲人，恨未得與交，又念其學未成，將無以自見于後世。爰因蘇君之請，爲銘曰：

往歌來哭，惟是以不祿。世有弔者，斯其躅。

羅臺山墓志

江西羅君臺山，以乾隆丁酉與余定交于京師，相過從者歲餘。明年戊戌五月，君會試報罷，別余南歸。己亥聞其訃。又明年庚子，余爲江西按察使，乃檄寧都州知州趣其子之明赴南昌問故，於是之明以遺集來，且云將卜地以葬，而請余爲志墓之文。

臺山少穎悟，英雋絶人，年十六補博士弟子，慕古豪俠奇偉之行，習技勇，治兵家言。頃之，雩都宋道原授以『持敬』、『主一』二銘，贛縣鄧原昌勸讀儒先書，乃由程、朱、陸、王諸子之訓，上泝六經、《論》、《孟》之旨。年二十餘，又受業於通政使雷公鋐，公故儒者，誡曰：『子聰慧，吾懼其流也。』於是歸真守約，務爲實踐。壬午，以優行貢入太學。至京師，與彭進士紹升友善，始以性命之學相劘切。其秋，中順天鄉試。明年癸未，還過蘇州，交汪君縉。汪君深于禪悟，解脱無礙，臺山素習《楞嚴》，至是遂長齋，徧讀大乘經，以求所謂密因了義者。既還瑞金，率子弟入山講肄，導之爲善，興起者頗衆。尋游廣東，爲恩平縣知縣李君文藻客。李君躭經誼，臺山與之上下議論，又於注疏、小學之書，益以博而精。甲午至揚州，寓高旻寺，時照圓貞公主席，機鋒簡捷，能以片語折服人。臺山晝夜參究，積疑盡豁，居半載，辭去。渡錢塘江，止奉化之西峯寺。縣胥疑爲盜，集衆捕之，臺山手仆三人，餘駭走，乃自詣縣。縣令羈之，同年邵主事洪以白令，乃得釋。遂登天童，拜密雲圓公像。明年甲午，渡海禮普陀山。已而至蘇州，偕彭君游洞庭，石公愛之，僦僧舍以居。丁酉偕邵君入都，都中士大夫相從問學，今吏部尚書蔡公新尤器重之。明年四月得疾，七月南歸，余寓書于南雄太守，請主書院。抵蘇州，復病，居數月，行。己亥正月，歸家，逾旬而歿。

臺山名有高，瑞金人也。曾祖萬摶，祖遇封，縣學生。父讓，太學。配某氏。距生于雍正癸丑某月日，年四十有六。子一，之明。女二，皆幼。

往余官京師，以事繁，輒與臺山作夜語，置酒瀹蔬果，陳說生平所得于師友及貞公者。時已病，猶必至夜分乃去，因以得悉臺山之學。於儒也，宗宋五子書，而羣經主注疏，小學主《說文》，《史記》主裴氏、張氏、小司馬氏，皆參稽古訓，句櫛而字比之，歸于一是。於釋也，皈心宗乘，心折《磬山語錄》，而禪不掩教，尤以淨土爲歸。外服儒風，內宗梵行，於世出世法、非同而同、非別而別、非緣而緣、非相而相、廣大圓滿，默識其所以然，疏通證明以遏末學之惛呶排詆。古如梁補闕、白文公、晁文元、蘇文忠、宋文憲，皆以通內外教典稱，至於覃思構精，神悟妙賾，蓋未有如臺山者。

臺山素貧，又家庭時時有拂逆，故不能以家食人，或以是恨之，而臺山處之怡然，其所得力可知矣。

之明以遺集見示，未幾，余遭太夫人之喪，因以是集授彭君，俾論次而傳之。臺山爲文章，陋摹擬，絶依傍，旁通曲鬯，務抒其所獨契，後世當有知之者，故不具論。銘曰：

生也莫測其所爲，逝也莫識其所歸。嗟臺山，止于斯。微至人，孰知之。

蘇州府教授俞君墓志銘

君俞氏，名昌言，字范甄，楠園號也。世爲嘉定人。父某，監生。君生而穎異，經史過目輒成誦。二十一歲，補縣學生。乾隆二十五年庚辰，中順天鄉試，明年會試中式，以疾歸。四十年，殿試成進士，以知縣用，君請補教職，頃之選蘇州府教授。居五年，以疾卒于學舍。

君性情蕭澹，高簡絶塵，少多病，因偕修撰秦君大成學導引符籙之術，以蘄尊生而繕性。及爲教授，謝交游，掩關卻埽，惟與彭君紹咸脩習淨土爲業。余嘗過其官舍，紙窗木榻，清譚相對。已而出鮭菜，具糲飯，寒素甚于諸生。然其設教也，首勗以道義，次甄以文章，被其教者率皆名節自勵。爲文亦有法度可觀。其論文，自歐、曾而溯源於《史記》，淳古簡潔，不煩繩削而自合；論詩則抒寫性情，刻摹山水，得之陶、韋爲多。

君生於雍正七年十一月某日，卒于乾隆四十七年八月某日，年五十四。配趙氏，先卒。無子，以族子廷熠爲嗣。某年月日門人莊銓葬君於嘉定之某原，摭其行實，使來謁銘。君，余庚辰門下士也，乃爲銘曰：

大羹不和，大圭不琢。白賁无咎，謂全其樸。釋與老兼通，而卒以儒終。吁嗟乎！其奠此幽宫。

黄仲則墓志銘

乾隆戊戌，黄子仲則來受業門下。讀其詩，固已奇之，及久與之處，落落然，招之不來，麾之不去，因以益奇其人。蓋仲則師大興朱君筠，君與余同年，又以意氣學問相劘鑛，故仲則出入於兩家無間言。比庚子春，余扈從南巡，仲則送至宣武門外，戀戀不能舍。其年四月，余遂奉命按察江西，旋以憂歸。服闋入都，聞仲則游秦、晉間，而余有按察陝西之命，方喜與仲則再見也。及至西安，仲則已赴解州，遂卒于運使沈君業富所，蓋距朱君之歿僅一年爾。嗚呼！宜予有祝予之痛也。

夫仲則諱景仁，系出宋祕書丞庭堅，自宋南渡遷居于武進。祖大樂，高淳縣學訓導。父之炎，縣學生。仲則數歲而孤，祖撫以成立。性穎悟，八九歲，試以制舉文，立就。應童子試，知府潘君恂、知縣王君祖肅皆奇之，風儀玉立，儔人爭慕與交，仲則或上視不顧，於是見者指以爲狂。丙戌，始與同里洪子亮吉爲詩，擬漢魏樂府，日成數篇。時常熟邵編修齊燾主常州書院，從之遊，學益大進。已值潘、王兩君遷官杭、歙，仲則歷訪之。又攜邵君書客湖南按察使王公太岳署中，攬九華，陟匡廬，泛彭蠡，歷洞庭，獨游名山，經日不出，值大風雨，或瞑坐厓樹下。自湖南歸，詩因以益奇。

辛卯，朱君奉命督安徽學政，延入幕。三月上巳，爲會于太白樓，授簡賦詩者十數人，仲則年最少，著白袷立樓前，頃刻數百言，徧視坐客，客爲之輟筆。居半歲，與同事者不合，徑出使院，質衣買輕舟，訪秀水鄭編修虎文于徽州，其標格固可想見也。乙未，上東巡，召試入二等，在武英殿爲書簽官。是年入都，都中士大夫如翁學士方綱、紀學士昀、溫舍人汝适、潘舍人有爲、李主事威、馮庶常敏昌皆奇仲則，仲則亦願與定交，比貴人招之，拒不往也。余因以益奇仲則云。

至其爲詩，上自漢、魏，下逮唐、宋，無弗效者，疏瀹靈腑，出精入能，刻琢沉摯，不以蹈襲剽竊爲能。詞出入辛、柳間，新警略如其詩。有詩詞凡若干卷，世推以爲工。仲則之至西安也，巡撫畢公奇其才，厚貲給之，及歿，贈卹者又良厚，而余與沈君交助之，因屬洪子亮吉歸其喪于武進。仲則生乾隆庚午某月某日，卒于癸卯五月某日，年三十有五。娶趙氏，子一，女二。將以某年某月某日葬于某原之阡，因據洪子之狀爲銘其墓，以寫余哀，其亦朱君之志也夫。銘曰：

悠悠忽忽，其叔夜也。落落寞寞，其伯倫也。朋友以爲性命，而文詞以爲精神也。琢心鏤腎，損天真也。母之號咷也，妻之呻也。子女之呱也，子寧弗聞也？白楊蕭蕭，顧歸于斯墳也。

張蘊輝墓碣銘

君也姓張諱廷璧，厥字蘊輝播遐逖。瀕於東瀛宅宗戚，泝乃祖父澤允迪。君生墮地儼駓駒，足籥風雲謝羈靮。猗嗟名兮長而晳，嗜古噲奇鐵三擿。覃芸研蝨意彌勣，綴文乙乙瞰幽闃。紬玄澈微疑義析，劍頭可炊矛可淅。蝨輪之技釋洞的，劃然而開訇霹靂。斑駁雲霞綴雌霓，冢書壁禮手襞績。地負溟涵鵬下擊，天葩葳蕤邛旨鷊。信矣畸材帝所錫，餘斆《周髀》算圜羃。粟米旁要妙綜剔，靈臺發斂步星暦。其蓄穰穰孕肝鬲，奮袖如雲詎謇吃。末學軨材敢角敵，胡然壯歲仍伏櫪。過河枯魚退風鷁，糟丘酒池誓湎溺。蜾蠃二豪嗽餘瀝，歌呼拍浮寫悠慼。鏤心擢腎真已殈，膏以明煎自轢轢。嗟君之殂日在壁，我聞撤瑟泗潸滴。浮榮一瞬飄電激，弗羸其躬於子覿。若芝之本蓮之菂，築是玄堂割蓬藋。傳芭禮魂會巫覡，龜兆其居永安適。宿草陳根尚悽惄，颺兹銘辭媲鄰笛。

國子監生陸君潤之墓志銘

君諱時化，號聽松，潤之字也，太倉州人，國子監學生。祖毅，康熙戊辰進士，官至陝西道監察御史，祀鄉賢祠。父恬，太學生，封儒林郎。兄弟六人，君最少，姿性穎異，爲文伸紙立就，時諸兄相繼獲雋入京師，儒林公遂以家政屬君。君才通敏，遇事卽了了。又慈祥豈弟，見窮民之無告者，衣食之；道有殣，購隙地以瘞薶之，以是州中士大夫嘖嘖道其賢。

乾隆十五年，上將南巡，知州趙君酉奉檄繕葺吳縣靈巖山行宮，聞君能名，以鉅工屬之。目營手畫，咸有端緒，約而不陋，華而不靡。明年駕奉皇太后鑾輿至山，駐蹕者數日，出入延覽，穆穆旼旼，熙怡悅豫，悉稱上意。大吏詢知君之所爲，交相器重，由是州有大工大役，必咨君。二十年，太倉歲祲，邑中施粥平糶，請君主之。二十二年，海塘工起，自劉家港至七鴉口共築土石塘四百五十餘丈，費鉅役繁，知州宋君楚望亦請君司之。嗣後修海寧寺，建藏經閣，造北門水關石橋，君皆力肩其任，費節而功固，同里益無不悅服者。君嗜法書名畫，精鑒別，常集生平所見數百種，記其紙絹，詳其行款，識者比之退谷、江村兩《銷夏録》。又聚書萬卷，購善本，而手校讐之，以貽其後裔。乾隆四十四年病喘，至六月某日歿，距生雍正二年，年六十有六。配張氏。子一，愚卿，克承其家。孫三：因篤、因禮、因儀，皆以次就傅。嘉慶元年某月日愚卿將奉柩葬於某鄉某圩，具行略，屬余以文志其藏。

予昔讀常熟毛清傳，稱清以孝弟力田起家，有幹識。楊忠烈公漣爲邑令，邑有大役，輒倚以辦。而儲書數萬卷，甲于東南，是以子晉舉而刊刻之，迄今經、史、子、集汲古閣書盈天下，而晉三子咸著文譽。今君以好施與、擅廉辦爲鄉黨所稱，又喜藏圖籍書畫，愚卿廣收博貯，不減於子晉，且以淑其三子，視毛氏之祖孫，何其前後同揆歟？抑太倉距常熟百里，其聞風興起者歟？蓋爲善者必昌。君秉經肄雅，好善樂施，垂庥而錫羡，則與毛氏並重於東南也固宜。遂爲之銘云：

如堂如斧六尺墳，青烏之經古所云，龍虎沙水徒紛紜。要以惇德爲之根，桂林一枝温而醇，越三珠樹傳清芬。卜兹穸窀元氣屯，隱湖婁東真同倫，妥此吉壤延千春。

金誦清墓志銘

金生誦清之卒也，其父候補知府君傷悼之，將以嘉慶五年四月二十七日葬於仁和縣之某鄉，請余爲之誌。

按：誦清名芬，本安徽休寧縣人，高祖某遷杭州。曾祖某，祖某。父海，卽知府君也。誦清生周歲，母王恭人歿，事繼母許夫人孝謹，故知府君憐之。幼敏慧，就傳讀書數行下，能屬對，少長刻苦力學。知府君恐其勞且憊也，入貲當以員外郎用，顧誦清不熹。酷嗜金石篆隸文字，見古人遺蹟，輒辨其真贋，真者裝潢而題識之。尤好倪瓚、惲壽平書畫，摹勒鐫于石，跋尾至數十通，爲《清嘯閣法帖》。餘及沈周、文徵明，而意猶未已也。作詩仿晚唐及宋之姜夔、范成大諸人，見者莫不稱其清絕。生平未嘗與外事，而遇有可疑未定者，料之多中。性慷慨，親串貧乏，厚加賙卹，蓋勇於爲義又如此。

誦清生于乾隆三十年，計其卒年，三十有四。娶葉氏，先歿，繼娶宋氏。生一女，無子，以弟鳳梧子世焯爲後。余于嘉慶二年游杭州，誦清以弟子禮來見，因過其所署清嘯閣者，圖史雜陳，彝鼎錯牙，宛入雲林清閟及白雲外史之室。謂雲烟供養可以怡情而樂志，而不料年之止於是，宜知府君傷悼不能已也。雖然，昌黎之哀歐陽詹、獨孤申叔，計其年皆及壯而卒，至李觀，則所稱『才高乎當世、行絕乎古人』者，而年甫二十有九，詩文無一存者，故昌黎云：『天也者，不知其所惡；壽也者，不知其所慕。』今誦清之齒逾于觀，而詩文幸留于世，是差足以慰知府君之傷悼已。乃爲銘曰：

山之陰，水之陽，齎壯志兮終焉此藏。緊石墨之猶存兮，庶幾乎逝而不亡。

春融堂集卷五十九　墓志七　志略　墓碣

節母陶孺人墓志銘

陶子澍將葬其母唐孺人於某鄉之某原，持其舅某所撰節母行述與自志事實，介太僕寺卿倪公請銘於余。時余奉敕編《通鑑輯覽》，卒卒未暇以爲，久之倪公來請益亟。余惟女士之以節著者，始自宋伯姬，至范蔚宗遂取其類以列於史。余編排史事，方欲舉古來卓卓可記者附於《輯覽》，而節如孺人，顧不爲序次行事、勒諸貞石，其何以訓於女士，以徵信于惇史？乃按行述而志之曰：

孺人姓唐氏，祖某，父某，世爲蘇州某縣人。孺人少讀書，通《孝經》、《論語》，在家以淑孝聞。年十七，歸于陶君廷珮，四年生一子澍。又三年，廷珮病卒，孺人不欲生，舅姑慰之曰：『吾兩人在，且若又有孤，徒以身殉無庸也。』孺人乃髽而襄事，事舅姑益謹。舅病，侍湯藥兩閱月不少懈，及歿，哀毁盡禮。姑歿，亦如之。其撫澍，慈而有法，總角擇嚴師傅教之，又時時自爲督課。及澍長，以事入京師，孺人誡曰：『汝年少未更事，宜善自防檢，以守身者事親，勿遺而母憂。』蓋其明義理、識大體，有不可及者。庚午，澍復北行，孺人病，會澍所娶陸氏又以產亡，孺人悲痛，病遂不起。以乾隆庚辰八月十二日卒，年四十有七，嫠居者凡二十三年。陶君名某，廷珮其字。子一，卽澍也。孫一人，惟常。以某年月日與廷珮合葬於阡。

嗟乎！方廷珮歿時，澍纔三歲，孺人僅二十三耳，煢煢一弱女子，撦拄内外，以事舅姑，以教其子，至于子既成立，克有家室，而子婦又前歿。然則孺人生平茹荼集蓼，其忻然而滿志者蓋未之有。比其卒也，年不逮中壽，又不獲其子視含殮以歿，而又以年例未符，不得與旌門綽楔之典。澍之哀痛其母倍于尋常，而亟欲使有傳于後也，豈不宜哉？爰系以銘曰：

生而華膴，芝蘭榮也。長而孤惸，霜霰零也。銜辛茹苦，守以貞也。送往事居，婦道成也。云何風木，靳遐齡也。幽幽新阡，鬱佳城也。烏頭雙闕，佇寵靈也。千秋彤管，眂斯銘也。

張母吳太孺人墓志銘

余與張子商言交十有五年，聞其母氏吳太孺人孝行甚備。乾隆丁酉正月二十二日，太孺人以病卒京師，余唁之，商言擗踊號慟請銘。余謂商言博學能詩文，當如李泰伯、宋景濂，自爲文以傳不朽。而商言請益堅，乃按狀而次之。

吳氏本歙人，祖諱延古，任吳江縣訓導，始居蘇州。考諱盤，不仕。太孺人年二十二，歸於贈徵仕郎中書舍人張君經。徵仕君，通判君岑所生，出爲伯父徵君崧後。徵君以文名，名士多主其家，每燕集，太孺人先具精膳以竢，徵君顧而喜之，時以潤筆所獲，市閩粤珍味賜孺人，笑曰：『兒能供我酒醴，可無報耶？』所居通胥江，梅雨漲，魚戢戢浮檻下，太孺人呼虞師捕之以進，徵君益喜曰：『不圖新婦乃有吾家玄真子風味也。』

始，太孺人纔告廟，通判君卒，嗣所生所後之舅姑以次殂謝，太孺人經營喪葬，心力爲殫。常嗚咽語人：『《琵琶》院本中，趙五孃言著十二年孝服，吾之謂也。』蓋徵仕君爲人後，所生服宜降等，而太孺人與正服同，故言此以志悲感云。生平樸雅寡言笑，三四十年未嘗簪服金繡，見士女時世妝，曰：『此人痾。』戒之弗效。叔無子，慫恿徵仕君爲置媵，叔用是生丈夫子二。其明大義如此。

太孺人生于康熙四十一年八月十八日丑時，距卒之日，年七十有六。遇國家覃恩，敕封太孺人。子三：仲傳中，先歿；長傳心，迪化州吏目；季塤，卽商言，内閣中書舍人。孫七：孝惟、孝白、孝門、孝雙、孝標、孝彥、孝康。曾孫二：友孟、友仲。徵仕君先以乾隆庚辰卒，葬吳縣二十一都貞山之陽。及是年某月某日，合葬于其墓。太孺人少時多神仙靈應之事，又好佛，愛幽居，躭竹石花卉，以閫壼之常，故不著。著其孝行。銘曰：

具區之濱，山水族也。以嘉魂魄，以大嗣續也。楓櫧秋殷兮梅以春妍，孺人逝兮曰歸斯阡。若堂若斧兮魂魄以安，並茲懿行兮垂于千年。

葉孺人墓志銘

乾隆五十八年十二月廿六日，顧子德言將合葬其母于某原，介張子興鏞來請墓志之文。張子之言曰：『孺人葉氏，松江府南滙縣人，贈工部侍郎謚忠節公曾孫女。年十七，歸華亭顧君世望，孝舅姑及夫所出之姑，勤于操作，夜則以女紅佐讀。夫病，刺血具疏焚禱，甘以身代。既歿，將殉之，舅姑誡曰：「我老矣，汝叔幼，汝子纔四歲，俯仰皆藉汝，毀以滅性，不可。」孺人自是强起將事，修蘋蘩，親井臼。入其室，長幼愉愉如也；視其家，內外秩秩如也。素知書史，德言少長，督以課讀弗懈。姑目盲，舐之復明。德言病痼勢劇，醫言蛙膽可愈，時方寒，孺人哀籲於天，果得蛙以和藥。及舅姑繼卒，哀苦骨立，治三喪營葬，心力交瘁，咯血，遂不起，以五十八年二月初八日歿。蓋生年四十，守節二十年。親黨賢且愍之，行將請旌於朝，以俟烏頭綽楔之典焉。』

嗚呼！生人之相嬗也，在傳家保世而已矣。以陰陽之合佐內外之政，使老者有所養，幼者得所教，底于成以守其家，則生人之道盡是矣。蓋庸行之常而能此者，丈夫子往往難之，況婦女乎？安常處順者難之，況所天早逝，顛連無告，嫠婦獨任其責者乎？卒之仰事俯育，以養以教，門庭如故，不墜其家，是可爲尤難者矣。自劉子政、范蔚宗傳列女，後之惇史專以節烈屬之，截髮劓面，接踵而起，然能踐庸行之常、盡生人之理，及至鞠躬盡瘁，卒以身殉，則諸史所傳亦未能多覯也。以膺旌典，固其宜矣。德言頭角嶄然，將發聞于世，於其請也，爲述梗概，且系以銘曰：

家人占吉利女貞，少而不造悲孤惸。堂上霜雪鬢已盈，懷中呱泣衣初綳。雖死奚忍厥淚熒，瘨思泣血心怦怦。而喪而葬而婚成，精銷力槁積疾嬰。下報所天安求生，金膏勿受摩以肱。高墳三尺從夫塋，琢銘于幽世其型，青史眂此標高名。

誥封許母胡夫人墓志銘

往余仕京師，迎養我母錢太夫人於邸舍，四方士大夫之令妻壽母以時節來起居者，魚軒翟紱相望於道，而錢太夫人獨稱胡夫人爲最賢，謂其通《詩》、《書》，知大體，古來《列女傳》所稱無以過焉，予心識之不敢忘。夫人蓋德清許君祖京之配也。後二十餘年，許君以廣東布政使歸，遷杭州，予亦以致仕來主敷文書院，見君及君之子主事宗彦，知夫人神明不衰，白首相莊如故，心甚幸之。而今年二月，以肝疾卒於内寢，於是君悲賢内助之失也，條具懿行，作爲事略，屬爲志墓之文。

按：夫人姓胡氏，浙江德清人。祖承昊，雍正癸丑進士，直隸贊皇縣知縣。父官龍，乾隆丁巳進士，山西祁縣知縣。夫人生而端静，不苟言笑，年二十歸於許君，事舅姑盡孝，治家以肅，妯娌諸姑輩愉愉如也。家素貧，米鹽瑣屑，親爲節縮。治女紅蠶織，每至夜分不輟，以佐家食。奩具典鬻殆盡，不使許君知也。乾隆三十三年，君鄉試中式。明年，成進士，官内閣中書。閲三載，夫人來京，日披家事，夜課兩子讀書如嚴師。四十一年，君補授雲南鹽法道，挈家行。雲南鹽出於井，不足則以銅易廣東、西鹽，故參錯糾紛，積爲虧缺。君極意整飭，檢核册案不休，夫人益勉以清操，曰：『先事慮防，可無後患矣。』其後制府興大獄，君獨免于牽絓。四十七年，君遷按察使，録囚恐州縣失實，不能即決，夫人曰：『慮其有冤，庶幾無冤矣。』五十年，君遷廣東布政使。廣東繁富奢侈，夫人益以儉約行之，家無餘資，室無珍玩，節儉如儒素時。嘉慶四年，宗彦成進士，改兵部主事，以親年高，又鮮兄弟，即假歸。夫人撫子曰：『汝年少，德業未充，正當求開物成務之要，再效馳驅未爲晚也。』其知大體而澹於榮利如此。

夫人生於雍正十年六月，終於嘉慶六年二月，年七十。以許君官誥封恭人，晉封夫人。二子：長翼宗，監生，召試二等，候補太常寺博士，早歿；次卽宗彥，進士，兵部車駕司主事。女一，適山陰監生王思鈞。孫四：長延恩，爲翼宗後；次延寀；次延澤，出後君弟爲嗣孫；次延敬。孫女二，皆幼。卽以是年十一月十九日葬於武康十七都春岡領地。

嗟乎！我母之稱夫人也，蓋在乾隆四十年間，後數年而我母卒於江西官舍。今又閲二十餘年，而胡夫人亦逝。追維往事，有足悲者。而回憶我母緒言，益知君之事略皆可信不誣，故摭其要者書之，庶以慰君之悲焉。銘曰：

母儀內則，禮所宗也。康强好德，兼考終也。山環水複，奠幽宫也。我琢銘章，垂無窮也。念憶母訓，心忡忡也。

亡妻鄒氏志略

君諱貞，字孟吉，世爲蘇州府長洲縣人，其氏族詳見外舅《鄒府君墓志》。君年二十，歸于昶，家貧，甫七閲月，先大夫卒，家人皆疾癘，以是益貧。君事兩姑唯謹，躬操作。屋東偏有槲樹二，秋風厲，墻陰積葉尺許，君縛箒取以資爨具。冬大寒雪，釜鬵甕盎皆凍，君辨色興，鑿冰孔得水，趣一小婢舉火，俟姑起，則湯茗糜粥悉具。少暇，紡吉貝花爲線，共織者用，日率以爲常。蓋勤苦如此。然性木訥，終弗肯自言。及昶通籍爲中書舍人，君持家如初不變。乾隆二十六年四月，以積瘁病，及七月初八日歿，距生雍正三年乙巳，年三十六歲。生一子，未周月，殤。後二十一年，始葬君于崑山縣雪葭灣，從先舅姑兆，且銘其幽曰：

君之卒也，余母哭之，過時而悲，其能孝可知也。桁無新衣，篋無珠璣，其能儉可思也。曾不終壽兮，卒隕以羸。依舅姑于九原兮，庶猶疇昔之提攜。回憶從我于艱難兮，忽萬感之淒其。

芸書志略

芸書，陸姓，名緗，余同里人。九歲來余家，性修潔嚴靚，終歲不易衣，而瑩然無塵土雜，恆若拂拭澣濯者，以故余母錢太夫人絕憐之。乾隆戊寅，從入都。庚辰冬，太夫人病，芸書侍牀足，時時請所須，具湯茗而進之，坐以假寐，不解衣帶者二十餘日。太夫人旋愈，益憐之，命事余。壬午，生一女粹卿，遂病瘵，迄丙戌七月二十九日益牢。會余夜直，太夫人將使使以聞，芸書微視曰：『不可以我故驚主。』乃絕，年僅十有八。閱五年，歸其柩。又十四年，葬于雪葭灣祖塋西隅，因以磚朱書書志，納諸壙云。

許孺人志略

孺人許姓，字雲清，名玉晨，其先徽州人，蓋許文穆公國之後。父以訟破家，孺人同其母常出居尼姒所，我母錢太夫人適見之，使蹇修焉，故孺人歸於我。性慧，幼工針繡，後學書，亦秀整，爲余寫書，每日能十餘紙。從余京師，學詩作近體，往往得佳句。於時錢塘方芳佩、吴縣徐暎玉見所作愛之〔一〕，遺書問候，有聞于閨秀間。乾隆三十七年壬辰四月十六日戌時，遘病驟卒。先是，余以戊子赴永昌軍營，孺人獨家居，事錢太夫人，掩抑憔悴，意不自得。至是遂殁，卒不知病狀云何也。距生於乾隆三年戊午六月十六日酉時，年三十五。後十三年壬寅十二月二十八日，葬於雪葭灣祖墓之西予生壙之左側，是爲志。

【校記】

〔一〕暎玉，底本作『玉映』，據《南樓吟稿》作者名校改。

汪容甫墓碣

汪子容甫殁之明年十一月，予過鎮江，其執友劉君端臨具事實，請予爲墓碣之文。容甫名中，揚州江都人。曾祖諱鎬京，祖諱良澤，父諱一元，三代皆不仕。容甫少聰敏，讀書數十行下，而確然隤然不形于詞色。少長，遂通《五經正義》及羣經注疏，貫串勃窣，其積穰穰，有叩者則應對不窮，是以有司及學政率驚異而愛重之。年二十，試第一，爲學生。乾隆四十二年，拔貢生。容甫壯年，氣益盛，志益專，由經暨史，於天文、地理、六書、九章，與高郵王君念孫及劉君聲望相上下。從予游，間以質予。予仿顧寧人先生《廣師》一篇，道三子之學，容甫大喜，謂予真知己也。是時朝廷方修四庫館書，書成，頒於揚州、杭州，俾各建閣以儲之，而書帙浩繁，裝潢編排，鹽政全君難其人，予以容甫荅，遂使主閣事。明年，全君調杭州，重容甫才，又兼掌文瀾閣，因至杭州，館梁孝廉玉繩家。浙中名士聞其來，率醵酒飲之，容甫益大喜。而江都御史江君德量爲生平至好，適聞其訃，且屬爲之狀，容甫慟纍竟日，筆欲下復止，遂得急病。以乾隆五十九年九月二十日終于杭，距生於九年十二月二十日，年五十一。妻朱氏。子一，名喜孫〔一〕，十一歲。女二：一適寶應劉書高，次適儀徵諸生畢貴生。全君歸其喪，葬於甘泉縣禪智寺北葉家橋西。容甫著有《述學》內、外篇四卷，皆攷解精密，能闡聖賢意旨於千載之上，而惜以中道徂逝，未竟其業。故劉君深以爲痛焉，求予爲文，亦猶容甫之志也夫。

【校記】

〔一〕喜孫，底本作『嘉孫』，據汪中子名改。

文學汪君墓碣

同年汪君東湖之孫樹棠，常不遠三千里謁余於青浦，求序其祖之詩。余既撰而予之，又一年，則持其父文學鳳林墓志求爲墓上之文。予將入都應千叟宴之召，踰年歸，再以鼎湖大事赴都，卒卒不暇以爲。而樹棠來請益堅，至三四而不懈。甚矣樹棠之孝，不忘先德者至也！

文學，東湖子，名藹，字吉臣，號鳳林。少慧，五歲出就傅，已知經書大義，八歲能詩。稍長，工制舉義，受知於學政今大學士劉公墉，遂爲博士弟子。後學政大學士梁國治亦愛之，屢列優等，而卒挫於省闈，鳳林弗介意也。東湖以舉人選蕭山縣知縣，廉潔自命，苞苴謝絕，鳳林助之，茹茶飲蘗，益以清操自砥礪。在縣三年，桁無新衣，笥無長物，而仍以不善事上官改教諭，歸未幾而卒。文學居喪，廬于墓者三年。事繼母尤孝，遇疾，衣不解帶者月餘，疾卒以愈。東湖君所貽，皆分之兩弟，而自取樸陋。性最耿介。乾隆辛卯，江寧太守沈君業富亦東湖同年也，時文學將錄科，沈君監試，欲爲先容，堅謝卻之，以此益爲沈君所重焉。

文學生于乾隆六年九月十一日，歿于丙申七月二十日。其歿也，先數日自知逝期，焚香端坐而瞑。配韓氏，先文學而歿。子四：樹棠長也；次樹本、次樹槐，側室焦氏出；次樹棻。皆守家學，能讀書，而樹棠尤以篤行著鄉里縉紳間。嗟乎！文學見世之仕者，舉手搖足，無不視爲利藪，民生彫瘵漠不關于心，常以爲人心世道之憂，故其助東湖者如此。而連蜷偃蹇，弗獲稍伸其志，洵可哀也已。雖然，文學著有詩文二十卷，樹棠將合而梓之以傳于世，是文學之志既可慰于地下，并可以慰東湖也已。若夫世系籍貫，已具墓志中，故不復敘云。

振華長老塔銘

圓津禪院，歷代諸長老皆以能繪事、工篆刻世其傳，流風餘韻，蓋昉語石。語公歿，貞朗、蕉士繼之，以及旭林而名益盛。余少及見旭公，其畫本諸家世，益以王翬爲師。旭公老，授筆法於振華，而篆刻尤工，然樸質沉靜，退然不自見所長，是以其畫雖散落四方，友人且梓行其印譜，而世之知之者絕少。

院瀕於漕溪精舍，皆清迴幽絕，爲東南名士游賞地。振華飾其所未備，興其所已廢，又取名士詩文書畫裝潢藏弆，無損蝕遺佚，以供來游者之玩。筆墨稍暇，率其徒侶從事於耕作，不以勞勩自解。又嘗受歙人方楚厓醫法，間出以應病者之求。縣令稔其誠慤，命司僧錄，意故翛然不屑也。嗚呼！觀此足以知師矣。振華童姓，名本曜，蘇州吳縣人。生康熙六十一年某月日，滅以乾隆四十九年十一月十三日，僧臘五十有六，世壽六十三。弟子二人，曰覺安、覺銘。師寂時，余方由西安移任雲南，覺銘以書來云：『吾師將以五十二年某月日葬吳縣之堯峯，願有以銘於塔。』余童丱時，常往來於院，蓋交于師者五十餘年矣，銘何可辭？銘曰：

弗問禪，弗縛律。唯藝事之能，以窮日也。勤農功，兼醫術。事理如如，亦權亦實也。堯峯之山，雲林蒙密。用爲供養，永安其室也。

春融堂集卷六十　墓表

翰林院編修朱君墓表

乾隆三十六年春，日講起居注官翰林院侍講學士安徽學政朱筠上言：『伏見皇上稽古右文，勤求墳典，請訪天下遺書以廣蓺文之闕。而前明《永樂大典》，古書僅有存者，宜選擇繕寫，入於著録。又請立校書之官，參考得失。併令各州縣，鐘鼎碑碣，悉拓進呈，俾資甄録。』奏入，上嘉之，乃命開經、史、子、集四庫全書館。以大學士劉文正公統勳、于文襄公敏中、尚書王文莊公際華充總裁官。文襄公復選翰林、中書二百餘人，充校對官以任之，分日呈覽。凡十餘年而書成，藏於文淵閣。庋其副于盛京、圓明園、翰林院及江蘇之金山、浙江之西湖，復寫一分置于瓜州大觀堂。分地藏弆，嘉惠後學。於是人文炳曜，遠邁唐、宋，而其始實自君發之。

君字美叔，一字竹君，其先家浙之蕭山，曾祖必名始來京師。祖登俊，中書科中書舍人。父文炳，陝西盩厔知縣。兄弟四人：兄堂，陝西大荔縣丞；次垣，乾隆辛未進士，山東長清知縣；弟珪，乾隆戊辰進士，今官内閣學士兼禮部侍郎。君年二十五，中乾隆癸酉順天鄉試，明年，成進士，選庶吉士。又二年，授編修，歷官右贊善，至侍讀學士，左遷仍授編修。提督福建、安徽學政者二，充福建主考官者一，充辛巳、己丑、辛卯會試同考官者三，充戊子順天鄉試同考官者一，又充方略館、《通鑑輯覽》、三通館、《日下舊聞》纂修官。以四十六年六月某日卒於里第，年五十一。

君少英敏，博聞宏覽，於學無不通。解經宗鄭、孔，而兼參宋、元諸儒之説。論史宗涑水，而歷代諸史亦皆考究貫串，証其同異。古文效法班、史，詩歌出入韓、蘇。取精用宏，海涵山負。天下承學之士趨風附景，若斗之有杓，芒寒色正，望爲歸依。好弘獎後進，有一技之長，譽之唯恐不及，掖之唯恐不至。如大理寺卿陸君錫熊、吏部主事程君晉芳、禮部郎中任君大椿，皆君所取士。而黄君景仁、洪君亮吉輩，皆北面稱弟子。

君豐頤晬面，望之溫然，間以諧笑，飲酒至數十斗不亂。或以爲道廣，然於名節風義之關，揚清激濁，分别邪正，齗齗不稍假易，且欲自厠于李元禮、范孟博之倫。宰執高君之名者招之，不往，怵以危詞，君亦漠然置之，故四庫館之設，君不獲與其役，人或爲君惜，而君弗介意也。

君卒時，余方銜恤家居，聞訃，位于寢門哭之。又二年，入都，其孤錫卣、錫庚來告曰：『先君之喪，已葬於宛平二考莊之源，且屬章進士誌於隧矣。墓道未有刻文，敢以爲請。』余與君鄉、會試皆同年，又常充同考及纂修官，流連文酒，商榷圖史，無弗同者，是以世有『北朱南王』之目，蓋其文章風節，顯顯然常在心目間，知君之深莫余若也。因舉深知而親見者書之，俾刻于石，昭示來者，且以志余之悲云。

誥贈奉政大夫訓導馮君墓表

欽州距廣州府省治千有餘里，在西南海之濱，其人皆樸質椎魯，不求聞達於世，故著名於朝籍者獨少。而戶部馮君敏昌，先以選拔貢生舉鄉薦，旋成進士，由庶吉士而授編修，以通經好古能詩文，名籍籍公卿間。及叩其淵源所自，則皆其父天巖府君之教也。

君廉州增廣生，幼穎悟，通於《春秋》。江蘇劉侍郎星煒、江西程侍郎巖爲學使時，交器重之，拔置前列。然秉性閒憺，徙居州之南雅村，絶意仕進，庀甘旨，蒔花木，得兩大人懽心。及居喪，哀毁中禮，又得屯馬村吉壤而葬之。舊時祖居在中屯者，歲久傾圮，治而新之，建數十楹以爲宗祠，族人賴焉。歲貢於州，尋以例當補訓導，署開建縣學，專以植士風、崇禮教爲務。其署臨高、花縣兩學亦然。勤於月課，每爲諸生口講手畫，眾皆樂就焉。又二年，荷覃恩敕封儒林郎、翰林院編修，先生乃辭教職以歸。又明年，恭遇萬壽，入都祝釐，就養子舍，佳日往游西山戒壇、潭柘諸寺。居久之，因懷家中諸孫，遂歸。歸六年，示微疾而歿。

君性好奇山水，自廣東至京師，所過名勝必遍覽而返。赴臨高任，出厓門，浮大海，觀扶桑日出，波濤掀簸，吟嘯自若。熟于圖史，少時所讀經書，迄老不忘，而於《資治通鑑》迴環雒誦，悉能舉其大義。其奇偉之節與探幽覽勝之懷，有過人者。戶部君秉承其教，好古能文，著名朝宁，以此也。

君名達文，字學海，號天巖，生于雍正三年八月二十九日，卒於乾隆六十年十月初十日，享年七十有一。名經邦者，考也；名應祥者，祖也；名日明者，曾祖也。三代皆誥贈儒林郎、翰林院編修。林太夫人，其配也。子七：長即敏昌；敏昭，貢生；敏曙，廩貢生；敏暉、敏昇、敏暹、敏晟，殤。女六人，孫九人。敏昌等以某年月日葬於某鄉某原。

考欽州爲漢九郡合浦故地，自漢武置郡之後凡八百餘年，而後姜公輔爲唐肅宗時宰相。又越九百餘年，而生君父子。蓋南交之地，天涵海負，閱時既久，則靈異所鍾，必有通儒碩德出而應之者。今君父子已開其先，則子孫騰華著實，不待卜吉壤而可徵也。予在京師，與戶部君爲文字交，而惜未見君之儀采也，故允戶部君之請，書其行蹟以表於阡，庶海南人士觀感而興起焉。

翰林院侍講學士充國史館提調官邵君墓表

學士邵君之卒也，卿大夫相與悼於朝，汲古通經博聞宏覽之儒相與慟於野，而大臣之領國史者，迄今尤咨嗟太息，重惜其亡。蓋國家最重史職，選於翰詹諸臣中品詣學問最著者充之，而以提調爲其長。每作傳，必據實錄、起居注及內閣紅本、皇史宬副本，合采事實，敬謹載筆，其稗篇叢説不得而雜入之，庸以昭信于後世。而君以文望在史局者十餘年，咸以爲魏憺、韋述之比，每有進御，天子嘗爲嘉獎，故大臣相倚如左右手。君洵爲史才之良矣。

君名晉涵，字與桐，號二雲，餘姚人。浙東自明中葉王陽明先生以道學顯，而功業風義兼之。劉念臺先生以忠直著，大節凜然。及其弟子黃梨洲先生覃研經術，精通理數，而尤博洽於文辭。君生於其鄉，宗仰三先生，用爲私淑，故性情質直貞亮，而經經緯史，涉獵百家，略能誦憶。乾隆二十四年，年十七，補縣學生。三十年，舉于鄉。三十六年辛卯，會試第一，成進士，歸部銓選。三十八年，詔開四庫館，蒐訪遺書祕錄，大臣以君薦，特授庶吉士，踰年授編修。五十六年，擢左中允，充日講，轉補侍讀，歷左庶子、翰林院侍講學士，充日講起居注官、文淵閣直閣事、國史館纂修官，晉爲提調官。典廣西鄉試者一，教習庶吉士者二，而在國史館最久，編纂亦最多。

平生著述繁富，有《孟子述義》、《穀梁正義》、《韓詩内傳攷》、《皇朝謚迹錄》、《輶軒日記》、《南江詩文稿》，而《爾雅正義》一書，薈萃古訓，以補郭璞、邢昺之未備，尤爲學者所稱。君于歷代史事，融洽貫穿，嘗於《永樂大典》中采薛居正《五代史》，參以《冊府元龜》，訂其同異，遂爲全書。又病《宋史》南渡以後麤疎無法，仿王偁作《南都事略》。又畢總督沅撰《續宋元通鑑》，嘗屬君刪補而攷定之。蓋君之於史學，演衍蘊蓄，囊括富有，更非人所及也。

君曾祖炳，縣學生，配某氏。祖向榮，康熙壬辰進士，官鎮海教諭，配某氏。父佳銳，增廣生，配袁氏。三代皆累贈中憲大夫，配皆贈恭人。配何氏，封淑人。子二：長秉恆，諸生；次秉華，嘉慶辛酉副榜貢生。君生於乾隆八年某月日，卒於嘉慶元年六月十五日，享年五十四。以某年月日葬於某鄉某原，少詹事錢君大昕已誌其墓，故餘不備書。

嗟夫！君雖私淑浙東三先生，欲求其學以見於施行，而久居侍從，爲天子所知，乃未及大用，中年殂謝，立德、立功、立言，視三先生少遜焉，宜知君愛君者咨嗟太息於無窮也。予自四川還朝，始與君相見，迄今二十五年矣。見君溫溫然、恂恂然，初不欲以才智自矜，及與之議論史事，上下古今，則飆發風舉，凡古來政事之得失、人才之消長、君子小人之玄黄水火，莫不決其弊之所由始，與害之所由終，俱與三先生之説相同，俾聞者咋指而歎，變色而作，蓋有補于世教人心甚大。徒以其旁通訓詁，謂方名象數之咸通、草木蟲魚之多識，叢宂禿屑，是豈足以盡君哉？故於秉華之請，舉其大者，揭於隧道，使後來得所考焉，其亦君之志也夫！

河南道監察御史胡君墓表

君胡氏，諱紹鼎，牧亭其字，湖廣孝感縣人。祖世英，官總兵，從征吴三桂，卒於軍，賜葬祭。配王夫人。父德麟，由蔭補守備，終于廣東參將。配尹夫人。君與弟紹曾，皆徐宜人出。君家再世以武功顯，及君始習爲儒，然質直寬厚，篤修内行，而遠于文士輕華馳騖之爲。雍正辛亥，年十九，補博士弟子。乾隆辛酉，年二十九，舉湖北鄉試。甲戌，會試第一，選庶吉士。丁丑，授編修。明年，休致歸。辛巳，復本官，旋充國史館纂修官。甲申，改浙江道監察御史。戊子，主雲南鄉試。庚寅，以妻程氏卒，乞假歸。壬辰，還朝，補山西道監察御史。乙未，轉河南，踰歲而卒。

君工于時文，簡古淡泊，不務可喜。甲戌會試，錢文敏公得君文，驚歎謂王氏鏊、唐氏順之復出，力贊於大學士陳文勤公，以冠多士。其爲詩及散體文，如其時文，然皆隨手散去，不自收輯，僅而存者又汰去十之三四。所進奏疏，多手削其藁，蓋無意於人知如此。然君始舉于鄉也方壯，以尹夫人年七十，絕意仕進凡十二年。尹夫人病，君衣不解帶者五閲月，故人稱其孝。君爲御史前後十年，不肯刺舉瑣碎，言必剔民隱、厲官方，故人謂能舉其職。君落落穆穆，喜愠不見于色，與之遊，久而愈可愛慕，皆目君爲寬厚長者，而不知內行淳至，見義敢爲，宜其于詩于文涕唾視之，不屑以介意也。君常敘其所存藁，言：『古人之詩或傳或不傳，其傳于後者，未必盡如古人之意，卽以詩傳，而于其人之生平豈加豪末？』又言：『人心厚則言不佻，人心畏敬則言不肆，能養其性情之正，則言日和平而進于道，非貌托古人以取譽于世。夫亦求其所以自得而已。』繇斯言也，可以知君矣。

君生於康熙癸巳二月二日，卒于乾隆丙申十一月二十六日，年六十有四。以某年某月日偕妻程氏葬于某阡。子三：聞若、聞起、聞莒。孫某。君自妻歿後貧甚，獨挈其子聞若走京師，舍于其縣之館。故其卒也，聞若謁志于朱編修筠，而丐余爲墓上之文。余與君同朝殆二十年，知行誼爲詳，庸敢采掇大略，俾樹之隧道，以詔來者。

進士劉君墓表

乾隆甲戌，雲南之士與余同舉南宮者三人：尹君均、倪君高甲及劉君鑾。時座師內閣學士錢公數爲余言：『劉君，邊地之才士也。』余以此心識君。顧是時方釋褐，不暇數相見，旋各歸班散去。

後十八年，余從軍永昌，詢諸士人，乃得君之子於軍中，窶甚，方爲吏卒傭書。以生召，使前問之，則君之卒十五年於茲矣。於是其子泣而言曰：『吾父成進士歸，歸二年病歿，某時纔十一歲爾。又年餘，大父母卒。又二年，伯父三人先後卒，長兄亦逝。越十年，而吾母遂煢獨病瘵以歿。數年之中，死亡者蓋十有餘人。家本貧，盡斥所有庀喪事。母亡之日，僅得合而葬諸墓，而墓石尚未有刻文也。惟夫子哀焉爲之辭。』

按：君名鑾，雲南永昌府保山縣人。祖默之，邑諸生。父庶壇，雍正癸卯舉人。君出爲叔父庶埴後，庶埴以貢生任四川蒲江令，故君娶於蜀張氏。有兄四：長鍾、次鈞、次鍇，皆乾隆丁卯舉人；次鏡，諸生。君工書，爲諸生有聲。乾隆癸酉舉於鄉，明年成進士。其生也以雍正丁未八月，歿以乾隆丙子七月，年二十九歲，葬於縣北四十里之官坡。子一，某。女子一，今育於姊王氏。

嗚呼！君之祖、父，世以讀書舊德著於鄉。及君，復連年取科第，人望君謂富貴若可戾契致者，顧遽以病歿，而父母、兄弟、妻子死喪相繼，究也無以庇其子，豈天之遇才士如是其酷歟？抑其發之也驟，遂不能延綿迤邐以永其澤歟？彼尹君者，由庶吉士改官中書舍人，其子復以進士官吏部，父子接跡登於朝。而倪君亦由吏部郎出爲廣東巡道，今且請養歸於家矣。而君獨偃蹇短折，阨於身後者復如此，豈非其命也歟？乃敘君之世次事實，鑱諸石，以待之世之人，或有睠此而哀君并憐其子者。是爲表。

山東長清縣知縣朱君墓表

西安咸寧縣知縣朱君勳，余舊屬也，以書來告曰：『勳之家世，執事知之素矣。先府君在鄉爲善人，任州縣爲循吏，當世莫不聞其賢，而連蜷偃蹇以歿。今謝世已若干年，而卜葬亦若干年矣，墓道未有刻文，曷以傳信於後，敢以文爲請。』

按狀：君名懋德，字調梅，勉旃號也。其先與徽國文公同出新安，明初始遷常州府之靖江，文章名節，代有聞人。祖某、父某皆隱不仕。君行三，少而孝友，侍父疾，目不交睫者累月。父卒，析産讓財於其兄。比長，筮仕得直隸完縣知縣。時方大祲，躬歷鄉村，盡發社倉穀以貸之，民困始甦。以出借過多，奪俸七年，勿悔也。縣故多旂圈地，昇平日久，佃民各附近開墾，業主思奪之。君亟言於上官，請以圈餘墾熟之田許民自首，悉照例入於糧額升科，而田則歸民執業。一時首墾者至千餘頃，勢要無如何也。縣歲辦蘋婆果解京，物微任重，君請咨部免其役。縣志久殘缺，獨修輯之。調長垣，邑繁劇，素以難治名。君鋤强扶弱，豪右爲之斂跡。境有太行堤，堤生茭，歲折徵解南河銀一千兩，繼荊龍決口，淹堤，草不生，而額解之項自在，累及原户子孫，君復請豁免焉。蘧公書院膏火田五百八十畝，爲有力者所占，君贖回之，歲收其租，延師開學，以興文教。未幾，爲郡將所誣，罷職事。尋白，謁選得山東夏津縣。縣被災，悉發倉儲，減價出糶，民大悦。縣有牲畜税，君謂牛乃耕畜，詳免其税。徵糧舊有合勺之零，官吏藉以取盈，君盡蠲除之，著爲例。調長清，察民所苦在辦解京之闊布、僱運糧之脚費，勒於碑，盡除其累。後長清復祲，賑例發米，同僚憚於撥運，欲代以銀，君昌言曰：『饑民得銀，不及得米之半，何惜費而不惜民？』遂撥米一萬二千餘石，賴以存活者數萬人。

引疾歸里，造家譜，置義田七百餘畝，收息以贍族之貧者。平生御子姪嚴整有法，交接親友則怡怡如也，故無不敬而慕之。卒年六十八，預剋亡期，朝衣冠端坐而逝。配聞氏，封恭人，以某年月日合葬于某地之某原。子三：長煦仕，紹興府知府；次照仕，四川直隸敘永同知；其季卽勳也。

余覽東漢陳寔、韓韶諸人，時稱『四長』，咸以名德爲世所尊，浮沉下僚，卒老於鄉里，豈其高風峻節，弗屑以學術阿世，故名位不克大顯歟？而寔子紀仕大鴻臚，孫羣仕至司空，韶子融官太僕，豈非不於其躬必於子孫歟？今君三子均登仕籍，勳尤以材俊見知於當事，發名成業，將昌君之緒以大其門閭。而勳以胚胎世德，砥礪服官，必能無歉於『公慚卿，卿慚長』者。世之牧令望其松楸，稽其事實，當有感於君之惇德，而卓然興起者矣。是爲表。

蔣升枚墓表

君名業鼎，字升枚，蘇州府長洲縣學生。祖深，舉人，預修《明史》，歲滿選貴州知縣，尋遷山西朔州知州，有詩名，世稱爲樹存先生。父仙根，貢生，以工書聞於時，吳編修大受、王侍御峻咸推重之。蔣氏爲吳中望族，其子弟率輕雋，以侈汰自喜，君又風神閑雅，望之如藐姑射神人。顧承其家學，獨嗜書，作爲時文，娟妍靜好，求底于極工。其于詩也亦然。

君師光祿兄鳴盛，因與今學士錢君大昕、編修曹君仁虎、褚君廷璋暨余交好，數邀余輩過其家交翠堂。交翠堂者，樹存先生讀書之地，前西疇閣，稍偏倚梧巢，又西蘇齋，前後皆池水映帶，花藥環之。堂中儲書數千卷，前人名蹟數百冊，石刻之精美完好者尤夥，余輩往往窮日移夜繙閱而不能舍以去。乾隆甲戌，余以會試在京師，月必得君書問。戊寅，余入都補中書舍人，別君于滸墅舟中，相對黯然不自得。嗚呼！孰知其永別也歟？

先是，康熙己卯，樹存先生集羣賢于交翠堂，作送春之會，尤西堂侍講齒最尊，而歸愚宗伯以後進與焉。閲六十年，君復與于斯會，以宗伯主盟，吳中傳爲盛事。又有張憶孃者，名倡也，昔惠天牧、顧俠君諸公皆昵之。樹存先生繪《簪花圖》，藏于交翠堂，歲久遺佚。君購得，復裝潢完整，丐詩以續于卷尾。蓋余自入都後，聞其風流好事又如此。

君以乾隆己卯某月某日卒，又一年，而君之兄業晉以會試自南來，走告余曰：『吾弟之歿，光禄先生已志其壙矣。惟墓道之文，敢以煩吾子。』則涕爲之表，使鑱于石。君卒年二十有九。娶吳氏，生女一，無子。弟三人：某、某、某。兄業晉，以舉人方爲湖北知縣云。

江聖言墓表

嗚呼！余于聖言之歿，蓋久而不能忘其悲也。聖言與余以乾隆二十三年别于揚州，後十有四年，余以從軍在蜀西南徼外，四方朋好音問阻絶，聖言從其從祖夔州太守所，獨數寓書于余，余告以軍事了，乞假南歸當相見。又四年，而余還朝。又三年，庚子春，余乞假營葬，過揚州，往訪之，聖言病方劇，閽人辭焉。及秋北上，則聖言歿已兩月矣。蓋以二十餘年之别，萬餘里之約，卒不獲一見以終，此余所以久而愈悲也。

聖言初名炎，改名立。曾祖銘鑑，祖之岷，父啓榕，皆歙縣人，自父始僑居揚州。揚州鹽賈所聚，類皆鮮衣美食，彈絲擊筑爲樂。君獨好讀書，時厲孝廉鶚、陳上舍章爲揚州寓公，頗以詩詞倡導後進，君從之遊，故于詞尤工。中歲遊西湖，愛其山水，偕一妾居水磨頭，地蓋姜白石道人故址。而馬塍者，白石所葬，君時攜巵酒往酹其下，頗寓瓣香之意。居數年，有挽之者，復歸揚州以卒，年四十九。所著詞有《夜船吹篴》二卷，餘皆佚。君歿後三年，子安能以孤童自奮，選爲博士弟子，以書告曰：『吾父葬矣，墓道未有刻文，敢以請。』余不忍辭，故爲之銘，以塞余悲。銘曰：

余昨撰，西湖編。作君傳，踵前賢。推雅尚，山水緣。玉鈎斜，孤嶼山。皆勝地，誰後先。君今逝，挾飛仙。顧夙遊，來往便。登簫樓，弄湖船。攷新詞，諧管絃。歸于室，千萬年。庸慰余，心憂悁。

朱子存墓表

君朱姓，名研，子存其字。先爲徽州府人，大父始徙居蘇州之閶門。君先世皆以楙遷致富厚，讀書自君始。君性穎悟，山水篆隸，不甚學而能，詩亦如之。自君讀書，而君之從子適庭以詩詞稱吳下，從子淩霄、芝田及適庭之子孟容、仲林，皆能操觚染翰，與當世詞人名士往還。至君之子肅徵，尤風儀朗儁，世目爲神仙中人。時吳君企晉方以詩詞主壇坫，其友有張崑南、沙斗初，所謂『楓橋兩布衣』也；以經義、詩古文詞相契好者，則余及沈冠雲、惠定宇、王鳳喈、錢曉徵、曹來殷、淩祖錫、朱春橋、張策時、趙損之、蔣升枚；　畫師則王存素、張斌如；　琴客則周紫芝；　方外則念亭、靜蓀。之數十人常集企晉璜川書屋，而君之羣從必皆在座。戊寅，余以中書舍人入都，別君于滸墅關，追遡舊游，愴悯久之。其明年己卯，淩霄歿。又三年癸未，君之訃至。及余在滇，適庭寓書告曰：『肅徵不幸又死矣。惟某及芝田在，然皆貧窘蕉萃，無以爲生。』嗚呼！ 其可涕也已。

君長身玉立，眉目如畫，軒軒然秀出行輩。 昔企晉弟澤均常繪《寒山雅集圖》二十四人，斌如畫，君題壁，背面風神灑落，識者望而知爲子存也。 今圖中人，先君歿者冠雲、定宇、存素、升枚，後君歿者紫芝、策時、損之，存者僅十之五。 蓋二十年中，盛衰死生，離别可感如此。 且適庭、芝田之外，企晉、鳳喈在蘇州，曉徵歸太倉，春橋歸桐鄉，祖錫歸上海，來殷客西安，澤均遠宧雲南，斌如不知所往，靜蓀、念亭兩僧亦不復出山矣，獨余塊然以官居京師。 適庭又以書來，曰：『吾叔與弟之歿，貧不克葬，丐諸親友，始得窆于靈巖山。 惟執事憐之，敘其生平，以表于後世。』

按： 君父諱咸，諱陵者大父也，諱方泰者曾祖也。 娶沈氏，子一： 莅恭，卽肅徵也。 君生于康熙癸巳十月十七日，歿以乾隆癸未十月某日，年五十。 肅徵生于乾隆戊午八月十四日，歿以乾隆辛卯四月初三日，年二十四。 妻汪氏。 無子。 女一，未字。 著有《雅材堂初稿》。 淩霄名漢倬，元和縣學生； 芝田名澤生，孟容名士廉，監生； 仲林名士隅，今爲浙江象山縣巡檢； 王存素名愫，太倉州諸生； 蔣升枚名業鼎，長洲縣學生； 吳澤均名元潤，今爲雲南普洱府經歷； 張崑南名岡，沙斗初名維杓，張斌如名恂，常州府人； 周紫芝名瑞，蘇州吳縣人； 念亭名正感，靜蓀名□□，天平山中峯寺僧。 餘皆知名于時，故不具載。

文學呂君墓表

乾隆己亥，呂子星垣從余自吴入豫，每誦其父文學君之賢，輒熒熒然泣下也，且曰：『某無似，先君尚在淺土，今將筮日卜地，求所以銘于幽竁者。』余悲而諾之。明年，余以按察使江西，旋遭太夫人之喪，久之不克以爲。而呂子遂以辛丑十二月某日葬君于其縣之曹塘橋，於是復來請曰：『吾父之葬，有鄭贊善虎文爲傳，袁明府枚爲志，而墓道尚未有刻文，敢卒以請。』會余已逾小祥，乃握管而爲之辭。

君名廷楊，字對宸，號蘋圃。少有器度，九歲熟五經，十九爲郡學生，下帷攻苦，有聲黌序。久之，入太學，屢試南北鄉闈，終不遇以卒。然敦孝友，尚氣誼，往往爲人所稱。幼而喪父，哀毁不食，因得滯下疾，腸出寸許，保姆裹以敝絮，摩挲良久乃漸愈。常侍母病，不脱衣帶者三月，筋骨大損。後遇陰雨，輒痛楚不能反側。母性嚴，治家無所假貸。君年四十，稍不當意，猶訶責及之。君退，乃竊喜曰：『中年人尚有母教，故不易得也。』他若事寡嫂、撫孤姪，治伯兄孝廉君喪于京邸，盡哀盡禮，其孝友類如此。

君佐高陽縣知縣周世紫幕，值軍行，促令解餉赴省，期三日，而道遠險隘特甚，君請代行，疾馳兼晝夜，馬驚墮澗，攀藤葛以上，如期抵省，周因以免重譴。素善同里吴文夙，吴館榆社縣署，君稔其疾，從高陽往視之。及卒，又護其柩以歸。急難好施，不以貧窘自解，故人益以爲難。

君世爲江蘇武進人，高祖諱宫，順治丁亥殿試一甲第一名，官至弘文院大學士。曾祖諱方嘉，祖諱鈞，俱歲貢生。父諱灝，候選州同知。母徐氏。配錢氏，誥封資政大夫、刑部左侍郎諱人麟之女。子一，星垣，常州府學廩生。女一。孫男一，賓璐。以乾隆四十三年某月日卒，年四十有六。

君既以文學名于時，而孝弟惇信，復見重于鄉里。人謂君懷文抱質，將繼弘文之後，光大其家，顧十二試不得當於有司，且不獲中壽以歿，宜呂子之不勝悲也。雖然，呂子安貧力學，工詩古文詞，嶄然見頭角矣，發聞成業，知必有以顯君者，乃俾勒文于墓，以訊後人。

貢生吳君偕朱孺人合葬墓表

吳生嘉照兄弟三人從余游，前後幾二十載，嘗泣而告予曰：『嘉照等之少孤，夫子所知也。先人以貢生篤行義，嫺文章，屢試躓於有司，就職州佐，年四十五而歿。比歿也，無一椽之覆，無一畝之植。我母朱孺人勤苦操作，督課嘉照兄弟力學，每至夜分。鄰人戴媪嘗云：「我再睡再醒，猶聞吳家讀書紡織聲也。」今嘉照等已長，不獲發名成業，尊養老母，以顯揚繼先人之緒，而老母年將七十矣。幸夫子爲之文，著其生平艱貞困苦，庶藉以進一觴歟？』余諾之，未果而孺人已先期歿。又四年，而嘉照等奉其妣合葬於青浦縣染字圩貢生君之阡，則又來告云：『葬者，藏也，刻石以藏於幽。誰知先人之厚德與先母之苦節者，惟夫子表之於墓，少慰先人於地下。而嘉照等無似，未遂顯揚之痛，亦可以少紓萬百一歟？』

謹按：君名裕金，字貢三。祖如灝，以選拔貢生仕至山西平定州知州。父宏文，雍正癸卯舉人，任長洲縣教諭。世爲松江府婁縣人。君生於雍正元年十月二十日，歿以乾隆三十二年六月二十三日。

孺人父某爲新安士族，生雍正元年四月十一日，歿以乾隆五十六年十二月二十三日。子三人：長卽嘉照，監生；次嘉澄，捐職從九品銜；季嘉澧，府學生。皆自好力學，有聞於時，其能光先德而承慈教也，蓋不遠矣。刻于墓以竢之。

邵西樵墓表

君邵姓，名玘，字珏庭，一字西樵，青浦縣貢生。曾祖天衢。祖式誥，號晴巖，嗜藏書，能詩，與吳暻、陶爾穟輩爲友，有《東圃詩鈔》。考仰曾，以儒術世其家。

君幼能別四聲，晴巖先生歎曰：『此子當以詞賦知名。』弱冠補縣學生，時菏澤劉公藻任江蘇學政，愛其文，拔置高等，巡撫陳文肅公大受亦招入紫陽書院讀書。書院自編修吳公大受爲山長，侍御王公峻繼之，沈公德潛又繼之，咸有國士之目。同學如通政使吉君夢熊，運使秦君鋐、鐄兄弟，及家光祿寺卿鳴盛、少詹事錢君大昕、翰林學士褚君廷璋，皆與訂文字交。而汪君道謙、顧君陶元、陳君基成輩方以制義名世，尤交口推重焉。甲子鄉試，上元知縣袁君枚以君文呈薦，不遇。久之，商丘通政使陳君履平來聘，屬授經於其子，卽今江西巡撫陳君淮也。又久之，同里張君宏燧任桂陽州，復請修州志，居湖南二載餘。君之在中州也，適桐城張祭酒裕犖亦主陳氏，得君，驩甚。及在湖南，吳侍講鴻任學政，貴州盧明府世昌亦來纂書，相與登山臨水，往還倡和，其爲名流傾慕如此。

君家邑之珠街里，里故有舊墅，君售而葺之，中署『釀花小圃』、『黃雪廊』、『花韻館』諸勝，著《村居雜咏》，名流和者幾百家。又好法書名畫，在書院久，偶見名蹟，或購以歸，或臨模鈎仿，故藏弆者甚富。所著詩詞，成《西樵集》若干卷。君閒居二十餘年，自讀書樂志而外，焚香酌醴，絃詩讀畫，風日佳時，間與一二詞人逸侶詩筒酬倡。其性定，故無待於外求；其氣清，故常有以自樂。列子謂天之『幸民』，豈不信哉？

君以乾隆五十八年十一月某日卒，年八十有四。子二，早歿，以從子子培基嗣。六十年正月十一日，卜葬於本縣二區之謝石關。先是，晴巖先生與余家諸父同里相善也，常送世父申伯公赴包山讀書，其詩見《東圃集》中。而余年小於君十三歲，當予童丱能文，君已有名庠序，自後又同硯席於書院，中間離合不常。及君年七十，予作五言古詩壽之。至八十，又屬爲祝嘏之文。去年，予省墓南還，方與君訂香山洛下故事。比余再入京師，而君旋歸道山矣。此予所爲曾欷纍息者也。故因其從弟璞之請，揭其行事，表諸新阡，使後有過者惜君之未試其用，而亦羨君優游盛世以終老也。

國子監生焦君墓表

焦子循以通經澤古名於時，尤深於三《禮》，余未之識也。一日，函所著《羣經宮室考》與其尊府君狀來，請爲文以表于阡，於是知循之學，蓋皆尊府君有以啓之。

君諱蔥，字佩士，其先從山東遷江南，居江都黄珏橋，今爲甘泉縣人。祖源，父鏡，皆不仕。君少得王氏祖修說《易》之學，及壯而病，閉門誦經，不屑科舉，壹以篤行爲先。勇於爲善，若水之必寒，火之必熱，其天性然也。自少孝友，父母歿，祭必泫然，終身如一日。姊二，無子，各置田以贍其食。次姊早卒，遺女，教育遺嫁如己生。舅之子貧無依藉，飲食之五十年勿替。戚有貸者，將斥其所居以償之，君曰：『吾豈迫人以棄屋者？』卒不取。族中貧者給以米，死喪者濟以棺斂之費，佃戶貧則減其租，年荒則散穀濟飢者。君家素饒，坐好施中落，弗悔也。後亦往往稱貸於人。一日將賣田以償，適姻戚有喪無以殯，君悵然曰：『吾尚有田，不可使某無所殯。』分田直予之。其他率多類是。性情和易，無疾言厲色，橫逆至，受之不報，謂『寧人負我，無我負人』。故鄉黨皆推爲善人長者。嘗與衆渡江，中流風大作，同舟人曰：『未有善人如焦君而溺于江者，吾輩可恃以無恐也。』

中年于宅左構書塾，植以竹樹，客至，雖卑幼必加禮。談經論文，危坐竟日，不諧謔，不履非禮地。戒循務窮經誼，毋蹈俗學倖科第，譁世取寵，失國家取士求賢至意。以通《易》理，故善蓍，熟於焦贛《易林》，兼通郭景純諸家之術。歿前一歲，知數將盡，啓笥取人借券毁諸火，負於人者令償之，曰：『不欲子孫失忠信也。』配孺人謝氏，無出。側室殷氏，生循及律、徵，孺人皆愛而撫之，循病，至十餘日不寐，鄉黨尤以爲賢。太學君生康熙六十一年某月某日，卒乾隆五十年某月日，年六十有四。孺人生某年月日，太學君歿後三月亦卒，年六十六。卽以五十年十二月合葬于所居宅東二百步。

嗚呼！自明以科舉文取士，士所以受于親與親之所以教子，莫不苟且捷得，其弊日流於庸惡猥鄙，而太學君澹于進取，且著書勗其子，務期于經明行修，通先王制作之大，可謂知本也已。兩漢大儒重師法，亦重家法，是以克昌厥後。今以太學君之德，演衍藴蓄，而循克守樸學，當入於儒林獨行無疑，故列序事實，以表諸阡，使後來矜式者徵信焉。

湖北襄陽呂堰鎮巡檢王君墓表

嘉慶元年春，湖北襄陽縣黄龍當賊起，三月二十九日至呂堰驛，巡檢王君翼孫以拒戰死。事聞，有旨下部，視縣丞例議卹，入祀昭忠祠，賜祭葬，照四品以下予雲騎尉，世襲罔替。於是父兄收其遺衣，以三年正月日招魂葬於吴縣楞伽山塢。其兄芑孫具行狀事寔來丐爲文，以揭諸墓。

嗚呼！國家卹死褒忠之典，至隆極備。入祀昭忠者，欽天監擇日，工部作主，翰林院立傳。君以微員下秩，休有烈光，與公卿之死綏者等，又奚藉於貞石之鐫？雖然，祠祀領於太常，史傳存於祕院，外人不能盡見也。何以表忠義之節，彰彰焉若揭日月而行，是表亦曷可少哉？

君負才跅弛，不屑爲科舉之業。少善騎射，能開五石弓，乘騎能日行二三百里。乾隆五十年，考充宗人府供事，玉牒成，議敘發湖北補興山縣典史。緣失察驛卒毆死人，落職。尋復原官，仍發湖北效用，補授今職。當是時，枝江賊起，詭稱白蓮邪教，當陽、遠安應之，鄖陽、宜昌、施南、荊州諸府州縣，所在嘯聚。其起於黄龍當者勢張甚，而呂堰當驛道之衝，無城可守。君聞，募鄉勇，潛設戒備，而賊已大至。君率衆迎擊，殲其先鋒三人，遂登大橋以禦賊。賊來益衆，鄉兵各潰散去，君手刃數賊，賊不敢近，用矛環刺，受傷重，跳而投於水。賊憤，鈎得君，猶瞋目怒駡不已，因攢刃殺之，毁其尸於橋下。比賊退，吏人廖之義往求其尸，不獲，見橋下沙中有衣，跡之，乃君迎擊時所衣者，因取以歸。而是年八月，官軍獲賊俞宗武，搜其懷，得君巡檢司印，又自供親刃驛官狀甚悉。於是君之尸雖不可得，而死節大著于當世。方事之殷也，胡君齊崙知襄陽府事，檄君入城，君曰：『某職守在呂堰。堰，我死地也。』不往。及將戰，曰：『吾死矣。』作家書以別父兄，付弓兵劉祿，又命祿先詣官廨取印，以上於府。蓋君之見危授命，卓然不惑，其志素已定矣，豈比于勢不獲已而始爲湛身絕脰之舉歟？

君短小精悍，少日入故昭信伯李君奉堯幕中，游歷南北，所過山海關、古北口，皆能記其阸塞，指其形勢。又從入閩，夜捕盜，昏黑墮海汊中，援巨石而出。又嘗乘騎過通州，馬逸，爲車壓幾殆。其後馳驟如故，不以自悔。及署長樂縣丞，會湖南永綏苗民亂，縣令團鄉勇，不給口食，吏且以爲姦，民憤怒。君條列數事上之，不行。及君去，長樂民果變。君初至呂堰鎮，預立禦賊章程：『一、鄉勇十名，設頭目一名。頭目十人，設總頭目一人。各相鈐制，統於巡檢司。一、附近村落，單丁獨戶皆遷於鎮。選壯者充鄉勇，以備遣用。一、設哨探。一、定功過。一、儲軍食。一、禁遷移鄉勇之外，居民各安畊種，毋聽傳聞，輕去失業。一、鄉勇團聚，各習技藝，不得飲酒賭博。』蓋其區處經畫類如此。若得一旅之師，一城一障而守之，必能挫鴟張之勢，收廓清摧陷之功，而僅僅捐軀蹈刃，以身殉職，良可悲已。

嗚呼！君負才不偶，巡檢九品官耳，初無死綏之責、社稷民人之寄，而忠義所激，計不旋踵，世之擁連城、握重兵者，聞之宜如何其愧怍！而見君之備膺卹典，賞延于世，又宜如何感激奮勵歟？自君歿，殘喘游魂駾走秦蜀，聞大軍已分道合圍，文武在事之臣咸以君爲職志，鞾刀而戰，取螯弧而登，滅此朝食，當在旦晚間。君既獲死所，而餘風遺烈猶足以鼓孱夫懦將之氣，俾『弘濟於艱難』，則君亦可無憾於九京焉矣。

君字以燕，江蘇長洲人。十世祖爲明大學士文恪公鏊。曾祖纘，縣學生。祖世琪，乾隆十二年舉

人，官歙縣教諭。父寅熙，封登仕郎，如君官。娶尤氏，生女一，無子，以芑孫次子嘉福後。其卒也，年方四十云。〔一〕

【校記】

〔一〕王熙桂修《太原家譜洞庭王氏家譜》（清宣統本）卷二十一錄此文，題爲《皇清登仕郎晉階武德騎尉卹授雲騎尉世職湖北襄陽呂堰驛巡王君墓表》，此文末尚有『嘉慶三年夏四月誥授光祿大夫刑部右侍郎加七級予告青浦王昶表』句。

楊孺人墓表

孺人楊氏，曾祖諱某，祖諱某，父諱坤曾。孺人自少能習勞苦，佐其母操作如成人。母卒，泣，目以之眚。年二十三，歸於徐君士勳，姑陶孺人稔其能，絕愛憐之。徐君以貧故常作客，孺人獨居，率其女力作，嚴冬竟夜務女紅，指皸瘃血濡縷下，用所獲庀甘旨以奉舅姑，餘則供其子之師，而身自啜粥，不令人知。

乾隆壬辰三月，舅病，人見孺人顔色慘異，怪潛伺之，燈影幢幢然方袒臂，右手持刀，睨而欲割，亟以姑命噂出之乃已。先是，徐君中丙子鄉試，時已揀發四川爲縣令。及舅卒，孺人哀慟盡禮如所生。是年，姑亦病，孺人移共寢，夜不交睫者經月。明年又病，侍奉如之，於是心與力竭。甲午七月二十九日病，遂不起，距生于雍正乙巳五月十三日，年僅五十也。時徐君先以丁外艱歸里，乙未喪畢，復赴四川。瀕行，念母老不得偕，而孺人已没，無可勝養母者，乃流涕被面，别其子書受曰：『吾以貧故累若母，若母事我父母及我，豪髮無憾也。』又明年丙申正月，其女以哭母死。越十日，姑以念孺，人時時哀慟，亦卒。

嗚呼！徐氏固不幸死喪相繼，而孺人爲婦與爲母之賢，由是可知也。孺人生子一，書受，武進縣監生，能文章，知名于時。將以某年某月某日卜葬某原，手敘事實，請余爲墓上之文。因取蔡中郎《胡夫人神誥》、《靈表》之例，且爲銘曰：

茹荼集蓼世無匹，空閨幽幽閉白日。姑舅居貧老且疾，吁矣靡蕪瀕遠出。予口卒瘏遑自逸，珍以奉親躬一溢。喪則緭衿病參朮，若臼受辛分所必。膝下呱呱冰玉質，裹瘡授書荻作筆。子也達材婚有室，夫也擢科爵有秩。云何不禄從此畢，親串矜嗟鄰里惜。恨不壽康叶終吉，懿行千秋愈芬苾，我作銘詞風尹姞。

金孺人墓表

余外舅爲練塘鄒氏。予妻兄弟七人，皆以中年夭折。行第七者名伯揆，聘金氏，未娶，年二十四而亡，時金孺人纔二十二歲耳，截髮奔喪，以守節自誓。家苦貧，居一小樓，樓不滿十笏，低打頭，人罕見其面，亦罕聞其聲。日紡木棉花線以自給，凡線二兩名一筒子，直二十五錢。得錢，買米半升，無竈，庋風爐一，煮而啜之。衣百結，縷縷然，前後無尺布完者。夜不能篝燈，日入而寢，黎明而起，蓋五十六年如一日也。

予年十八，補諸生，始往見外舅，舅率以見孺人，易衣而出，沉静端雅，進退有節，謂夙嫺於禮教，不知爲孤惸之嫠婦也。久之，宗人僉謂孺人將老矣，不可無子倚恃，而親叔伯以早夭故，子息絶少，乃取從叔之子欽明爲後。又□□年，始卒，年七十有九。欽明倜而愿，無他能力，不足以養母。既卒，泣而來告曰：『家貧益甚，葬弗克成禮也，將聚石灰而薶之，不有以表於家，何以示苦節？竊願有記焉！』

予讀《震川先生集》，遇里巷孝義貞節之行，必志之以文，然未有孺人之茹荼集苦如是其窮、如是其久者。況余託姻婭之末，又嘗親見其人，表而出之，庶將採於賢守令及鄉之士大夫，以竢國家旌表綽楔之典。故敘其梗概，又助以錢，俾立石於冢上云。時乾隆四十七年某月日。

法師劉君墓表

劉君名敏，字坤培，一字伴霞，其先上海人，遷青浦。幼從萬壽道院道士周邠裔受籙，弱冠謝婚娶出家。邠裔待以嚴厲，勞苦之役悉委之，君亦奮勉從事。閲數年，邠裔謂曰：『人精力日用日强，筋骨非練不固，智慧非苦不生，我用以玉女，女初心不退，可以語道矣！』邠裔者，本傳宏宣教，以西河真人薩守堅爲祖，以雷霆三五火車靈官爲佐，驅使風雷神鬼立驗，故邠裔有名於時。至是，則結壇剖券，立君爲真人二十五代嫡嗣，授以祈晴禱雨、治邪伐鬼、度幽療疾、飛符運氣之要。君躭思旁訊，日夜演習研鍊，凡《靈寶妙經》、《玉堂大法》、《金籙》、《黄籙齋儀》、《道法會元》、《道門科範》暨於《女青天律》，無不推窮其奥，而用之如神。

乾隆三年六月旱，縣令王詔賓、戴仁行久禱罔應，請君主其事。君焚表移文，限二十三日未時雨，衆疑焉。至期，日甚皎。君披髪跣足，行團雲掩日法，頃之，黑雲升，雷電作，澍雨大降，比雨足，日色如故。二十五年秋，多雨，屬君禱之。君刺指血上書，已而果霽。縣令黄潼鯉請求雨，亦有應。又爲令褚啓宗治妖，遣之去，令感甚，置酒爲謝。酒半，聞堂外喧雜聲，詢之，乃責比乙亥、丙子兩年逋欠。君婉言曰：『是秋大水，水後繼以蟲，蟲後繼以癘疫，人户逃亡略盡。今所欠皆無從追索者。且江蘇人柔弱，不勝大杖重責，若留心體恤，陰功甚鉅。』令憬然悟，緩其比，并貸其追。衆頌君能以法事行慈悲方便也。

性孝友，少時割股以療母疾。兩弟貧，時時賙恤勿替。友以遺孤託者，育其子，併嫁其女。親戚弗克葬，竭力助之，有十喪並葬者。君結喉露齒，僉謂非壽者相，而康强逢吉，卒以老壽終，非修道爲善之應歟？君道術聞四方，延請者不絶，檀施亦衆，乃築圩田、修傑閣、建長橋以渡往來。斥餘貲以立精舍，有養素堂、瀟香亭、禮石山房、浮青閣諸勝，暇則讀書其中。中年喜吟詠，間以彈琴作畫，名士過訪，必留連信宿。近代如張伯雨輩，擅風雅而疎於道術；萬環極輩，精道術而詘於風雅。君可謂兼之已。

君殁於五十五年二月初十日，年八十有三。以六十年閏二月二十日，嗣法孫沈某葬君於道院西偏自營之生壙。予識君三十餘年，及予修縣志設書局於養素堂，以是與君益親，知其生平益悉。故因沈某之請，具列事實揭於墓上。後有劉天素之徒撰《仙源像傳》者，當有徵於此矣夫。

春融堂集卷六十一　行狀一

太子少保協辦大學士刑部尚書謚文勤阿公行狀

曾祖拔都護巴顏，誥贈光禄大夫、協辦大學士、刑部尚書。曾祖妣貴氏，誥贈一品太夫人。祖雅爾泰，誥贈光禄大夫、協辦大學士、刑部尚書。祖妣瓜爾佳氏、陳氏，皆誥贈一品太夫人。父阿思哈，誥贈光禄大夫、協辦大學士、刑部尚書。妣葛氏，誥贈一品太夫人。本籍滿洲正藍旗人。

公諱阿克敦，字沖和，姓章佳氏。先世居長白山斐郎阿之地，國初來歸。公少敏悟，年十四，爲學生員，十六，補廩生。二十一歲，中康熙四十四年乙酉副榜貢生。四十七年，鄉試中式。明年，會試成進士，授庶吉士。五十一年，改翰林院編修。五十三年，擢侍講學士。五十五年，轉侍讀學士。五十六年九月，奉使朝鮮； 十月，遷詹事府詹事。明年，擢内閣學士。六十一年，以冊封世弟，復使朝鮮。是年十月，擢兵部侍郎； 十一月，兼翰林院掌院學士。雍正元年，專管掌院學士事。二年，冊封國王，復使朝鮮。公容貌偉麗，風裁峻整，委蛇進退，動中禮節，外藩臣庶咸愛而敬之。三年，兼左副都御史，旋調禮部左侍郎，兼兵部侍郎。四年四月，調兵部左侍郎，兼國子監祭酒，尋命署兩廣總督。五月，攝廣州將軍印。五年四月，調吏部左侍郎； 六月，署廣東巡撫； 九月，署廣西巡撫。

公爲總督也，時碣石鎮總兵陳良弼貪黷多取，左翼總兵藍奉縱其子累兵，皆劾罷之。廣東巡撫楊文乾議將高要、高明、四會、三水、南海五縣圍基頂衝改築石工，次衝改作樁埽，計費數十萬，擬借庫銀修築，且有開捐之請，公意不與合。文乾專摺陳奏，公言：『五縣圍基俱係土工，開竇建牐，以時蓄洩。每農隙，百姓按畝分工加累，官私兩便。惟江水驟漲，則田畝間或被淹，圍基多衝決，然水性不猛，不必石工、樁埽始能抵禦。請仍舊法，令地方官督民修補，江漲則遣員防護圍基，可永遠保固，無庸改築費帑。』疏上，遂寢文乾議。公又言：『盛世戶口滋繁，宜墾荒以足食。今墾荒令下，民乃裹足不前。一由豪强之占奪，一由貲本之不敷，一由吏胥之需索，一由土瘠而畏日後之陞科。臣謹案，勸導之方有五：一、定疆界以絶爭端。一、禁需索以寬民力。一、借籽種以助農工。一、緩升科以示憂恤。一、廣招徠以盡地利。』庶民知，踴躍趨事。又令州縣：『能勸墾十頃以上者，捐給籽種牛具者，皆予紀錄。富厚之室，計其墾闢多寡，獎賞有差。最者，給與頂帶。』是年九月至廣西，適思明土司恃險拒捕，伐山通道，將示進討，土司歸誠悔罪。西隆州西林縣土司相仇殺不靖，撥兵搜捕，殲其首惡。蒼梧姦民李亞展等聚衆數千，督飭弁兵擒獲之。復奏言：『文職力行保甲，武職勤於巡防，則盜可弭而民可安。』上悉嘉納之。

先是，文乾及原任總督孔毓珣皆密奏公祖屬諱盜，侵蝕粤海、太平二關火耗銀，并聽令家人需索暹羅國米船規禮，請查審嚴追。六年六月，有旨著革職，交毓珣、文乾審奏。是時禍將不測，會文乾卒，上復遣通政使留保等前往會訊，既留保等與署巡撫傅泰奏文乾等所參未確，惟聽家人收受米船規禮是實。下部議，坐失察，擬斬監候。明年奉特旨釋放，往河南道工程効力。

九年，上命撫遠大將軍馬爾賽從阿爾台路征準噶爾，授内閣額外學士，辦理大將軍印務。十一年，督扎克拜達里克大兵糧餉。準噶爾者，明瓦剌之裔，有四衛拉特：一綽羅斯部，一都爾伯特部，一和碩特部，一土爾扈特。其輝特部本都爾伯特附庸，後因土爾扈特竄歸俄羅斯，故别輝特爲一部，仍稱四衛拉特。厄魯特自烏林台巴鞀太師下，十二世爲巴圖魯渾台吉，有子十二人，六曰噶爾丹博碩克圖。始自藏中回舊部爲汗，孫噶爾丹策凌繼之，頗强盛，數以其醜擾蒙古喀爾喀部落及青海、西藏。大兵屢破之，迄未能靖，用兵垂二十餘年。山西、甘肅之民，憊於供給，上欲諭降之。十二年六月，自軍中召還，七月，命同侍郎傅鼐、副都統羅密使其地。十二月，至伊犁河，噶爾丹策凌遣宰桑累吹等來迎問故，公等告以聖上軫念羣生，不忍復用兵戈，欲使中外一體休養，此奉旨前來之意。明日，見噶爾丹策凌，噶爾丹策凌云：『我父亡後，内部令我請封號，屬下悉編旗分佐領，土爾扈特所屬端多布等大台吉亦令各爲部落，管其奴僕，我豈能從？今欲罷兵息事，更有何言？然使者計之，何如始能和好永久？』公云：『欲議和好，當定疆界；定疆界，當在阿爾泰山梁，始能永久。』噶爾丹策凌云：『汝等何不以杭靄爲界，阿爾泰乃我游牧中間之地，斷不可行。』公云：『此事非創自今，汝老台吉時已如此，特從前議耳。』台吉者，下於汗一等。老台吉，噶爾丹策凌之父，策妄阿拉布坦也。是日，噶爾丹策凌殊不悦。既罷，宰桑吹那木喀來帳，公云：『我昨以阿爾泰山爲界，台吉艴然，何輕喜易怒如此？』吹那木喀云：『台吉怒不在此，部文中令請封號，編旗分佐領，台吉實有不悦。』公云：『部文如此，非抑勒汝行也。因汝老台吉時，欲令喀爾喀青海仍行舊制，又求科布多、烏蘭𥗽各地，地在阿爾泰山之内，皆以不可行之事爲請，今此所以報也。』翌日，公以地圖示噶爾丹策凌，噶爾丹策凌云：『以阿爾泰山梁爲界，皆兩路大臣欲取我游牧，因有此説，決非出自聖旨。舊時杭靄爲喀爾喀之游牧，阿爾泰山爲厄魯特之游牧，以我祖父游牧之地畫出爲界，寧不爲俄羅斯回部恥笑？且界在山梁，則已據其中矣。』公云：『畫定疆界，原始於老台吉之請，且噶爾丹博碩克圖以前，汝游牧或在阿爾泰山。若噶爾丹博碩克圖以後，汝等未嘗游牧其地，已前事豈得復言？今以阿爾泰山爲界，則喀爾喀、厄魯特不相雜處，可杜爭端。』頃之，宰桑伍巴什言：『前和好如此，戰爭亦如此。今以抑勒强取我土地，土地是我身。寧可動兵，此事決不可。』公言：『皇上息兵之旨，汝台吉心悦誠服。汝何人，乃欲動兵？夫動兵即動，誰懼汝者？』伍巴什氣沮。未幾，吹那木喀來，告以伍巴什之語，吹那木喀遜謝。次日，伍巴什來，亦把酒自悔所言用兵之失。公復告伍巴什云：『以阿爾泰山爲界，厄魯特不得逾阿爾泰山梁，喀爾喀不得過科布多，其呼孫託回、託多爾回作爲閒田，但准少許人捕牲。我朝與俄羅斯定界，其間亦有閒置之地，最爲得宜。若令喀爾喀自呼孫託回閒田之外，再加移遠，未奉旨，不便擅議。』噶爾丹策淩云：『使者斤斤若是，我當遣吹那木喀同使者入朝，求自哲爾革西拉呼蘇祿等處一直向南，作爲空閒之地。』十三年二月，乃自伊犁還；四月，至京師，具陳奉使狀。上以公摺及地圖下北路副將軍策淩定議以行。

閏四月，署廂藍旗滿洲副都統；五月，署工部侍郎；九月，命守護泰陵。乾隆二年閏九月，管理泰陵工部事務。三年，復命充正使，同侍衛旺扎爾、台吉額默根復使厄魯特議定界。七月至伊犁，噶爾丹策淩故言：『我今不願各執各地，反生枝節。如果和好，亦不在定界。』公等言：『定界指定某地不可到、某地不可逾，内外方知遵守，否則何以示衆？衆人作何規準？』噶爾丹策淩云：『使者因疆界、卡倫二事來否？汝處卡倫，今設何地？』公云：『此皆汝等所知，在來路相對之博爾濟。』噶爾丹策淩云：『卡倫設於博爾濟，正如建瓴屋宇之上，使我在哈薩克圖設卡瞭望，汝處人安否？既和好，何必如是防禦？』公云：『卡倫自康熙以來，安設以久，載在冊籍，必不可撤。況每卡不過二三十人，此卡倫內又數百里始爲家卡倫，家卡倫內始爲游牧地，相隔甚遠。』噶爾丹策淩云：『卡倫當沿邊安置，豈可安在我境？汝等大國之人，逞强致詞，譬於牛鼻上以拳穿孔，詎有是理？』公云：『某等奉旨來，凡事斟酌依理，豈有逞强？且卡倫不過以爲門户，譏察出入，無可慮者，何拘執之有？』噶爾丹策淩又言：『阿爾泰既不必閒空，我在烏容齊、博東齊游牧，是卡倫居我背後，何以相安？且使臣等曾言呼孫託回無甚關係，今固執不肯，恐或進至科布多，仍欲用兵否？』公告宰桑博霍爾岱云：『汝台吉雖云在烏容齊、博東齊游牧，實在未必也。不過因游牧之邊與我卡倫相近，恐於卡倫內伏兵暗算耳。聖主罷兵之旨，昭如日月，斷不出無名之師，何以多疑？』噶爾丹策淩云：『從前博碩克圖汗時，我逾阿爾泰山游牧，今不復蹈前轍，我豈狗畜食言乎？』因自爲摺奏，遣其宰桑同來，於是定界息兵之議遂成。

是年冬，授工部右侍郎。四年七月，轉左。五年三月，調刑部，轉左；四月，教習庶吉士；閏六月，調吏部，轉左。六年，協辦步軍統領刑名事務。七年，署正白旗漢軍都統。八年，兼鑲藍旗漢軍都統。十年，兼翰林院掌院學士。十一年閏三月，擢都察右都御史，兼議政處行走；五月，遷刑部尚書。十三年正月，協辦大學士，四月罷；尋以翰林院奏進孝賢皇后冊文繙譯錯誤，革職交刑部定罪，部議大不敬，擬斬監候，五月得釋，命在内閣學士上行走，仍署工部侍郎；閏七月，署刑部尚書，協辦步軍統領衙門刑名事務，又補鑲白旗漢軍都統；十月，仍兼翰林院掌院學士；十二月，協辦大學士。十四年二月，加太子少保；七月，上幸木蘭，命留京辦事，兼署步軍統領；十月，賜紫禁城騎馬；十二月，賜御書『協中輔治』額。十五年七月，上幸河南，復命同履親王、和親王留京辦事。十九年，年七十，四月生日，賜『贊元錫嘏』額及如意、御膳諸物；五月，上幸熱河，命同莊親王、恂郡王、大學士來保辦事如前。二十年，目疾，請假，上許之，令太醫院官胗視，久之未愈。屢奏請休，遂以原官致仕。明年正月二十三日，病薨。上遣散秩大臣一人率侍衛十人奠茶酒，又給銀一千兩爲辦喪用，賜祭葬如例，謚『文勤』。

孜公惇大樸直，遇事英敏。受三朝特達之知，盡心國是，知無不爲，而清修介節，特立獨行，無所附麗。撫遠大將軍年羹堯貴盛時，欲援公爲助，公謝不往也。少在詞館，大學士張公玉書、李公光地、陳公廷敬皆愛重之。與福文端公敏、朱文端公軾、高文良公其倬、楊文定公名時爲執友。又與徐壇長用錫、成絅齋文、王虛舟澍、蔣湘帆衡爲文字交。生平先以文學被寵遇，充河南鄉試副考官、順天鄉試正考官者各一，充會試正考官者一、充繙譯會試副考官者一，鄉試副考官者二，充文武殿試讀卷官者七，充經筵講官者三，充日講起居注官者四。充聖祖仁皇帝實錄館副總裁，又充四朝國史館、五朝國史館副總裁者各一，又充國史館總裁，又充會典館總裁、副總裁者各一。又充《治河方略》館副總裁，又充《八旗通志》館副總裁，又充《一統志》館副總裁，又充清漢篆文館副總裁。鴻裁藻鑑，天下駿偉之士多在門下。而總領書局，懷鉛舐墨，承其點竄者，無不各愜其意。其掌翰林也，務在愛養人材，戒史官毋得騖奔走、矜才藻，必以立品礪行、究心經濟爲先。居刑部十餘年，持以平恕，行以易簡，準以經義。每奏讞，未嘗有所逢迎瞻顧，故當世一以爲儒宗，一以爲偉人長德，而公未嘗欲以文詞自表著。艱難盤錯，不惜以身試其間。當厄魯特强盛時，跳梁倔强，久患邊境。公直入其部落，奉辭執理，反覆詰難，時觸其酋長之怒，而斷斷不屈，卒能讋其氣而服其心，息兵定議，使邊氓獲有寧宇，厥功爲最鉅。

公先娶宜爾根覺羅氏，繼配那拉氏，皆封一品夫人。子一，即今大學士、誠謀英勇公阿桂。孫三：長阿迪斯；次阿斯達，早沒；次阿彌達。葬京師左安門外之楊郇坊。所著撰有《德蔭堂集》十六卷。公立朝四十餘年，造膝之談，焚草之疏，史宬所祕，世莫能知。惟昶鄉、會試座主皆公乙丑所取士，殿試公爲讀卷官，又出公門，知公生平事實最詳。謹撮其大節偉行，敘次於篇，庶有徵於太史。

乾隆四十三年正月，賜進士出身、通政司副使、門下晚生王昶謹狀。

太子太保東閣大學士梁文莊公行狀

曾祖萬鍾，誥贈光禄大夫、協辦大學士、吏部尚書。祖國儀，誥贈光禄大夫、協辦大學士、吏部尚書。父文濂，歲貢生，諸暨縣學訓導，誥封光禄大夫、協辦大學士、吏部尚書。本籍浙江杭州府錢塘縣人。

公諱詩正，字養仲，又字薌林。少有異稟，五歲始能言，十一歲能時文，十九歲入錢塘縣學，與兄啓心有『二難』之目。二十五歲，偕同學杭君世駿、陳君兆崙等六人聯文社，有《質韋集》行世。二十七歲，從院長萬太史經讀書敷文書院。雍正四年丙午，鄉試中式。八年庚戌，會試成進士，殿試以周澍榜一甲第三名及第，授編修。九年，充一統志館纂修。十年，充山東鄉試正考官。十一年，充會試同考官。十二年，召赴西苑試詩，選入上書房侍今上暨誠親王、和親王講讀。公以舊學受知兩朝，蓋昉於此。九月，以原銜充日講起居注官；　十月，授侍讀。十三年六月，授侍講學士；　七月，以淩太夫人病乞假歸。是時，世宗憲皇帝賓天，今上皇帝卽位，而公亦丁憂。事聞，賞銀五百兩治喪。乾隆元年，詔赴入直。及抵京，賜俸，照現任學士支給，又兼直懋勤殿，與同年顧侍講成天恭校《御製樂善堂全集》。九月，賜第于南城珠市街。

初，上在潛邸時，憲皇帝以《三藏聖教》卷帙浩繁，且支那撰述有未編入，令上同莊親王校理，未竟厥緒。至二年三月，敕和親王同公詳審進呈，逾年而書成。三年五月，積雨初霽，召公及內廷大學士暨翰林等登御舟遊賞，遍歷瑤臺蓬島；　六月，轉侍讀學士，復充日講起居注官；　十月，充順天武鄉試正考官；　十二月，授內閣學士，兼禮部侍郎，充經筵講官。四年正月，授刑部右侍郎。公以初貳秋官，刑名未習，日取律例講肄之，有疑義輒與曹郎相質，期于貫通。五月，調戶部右侍郎。錢法因循日久，弊叢生，公察其所以，以次釐定，積弊一清。是年春，兄啓心成進士，改庶吉士。五年閏六月，訓導公壽七十，賜『傳經介祉』額，又製五言律詩賜之。十一月，轉戶部左侍郎。六年三月，充《皇清文穎》館副總裁。尋奏八旗閒散人丁，宜分置邊屯，以資生產；　綠旗增設兵丁，宜量停募補，以減冗額，皆允行。又命仍兼錢法事。時有主使匠人控告監督受賄者，詞侵公，奉旨派王大臣同戶、刑二部會鞫，事誣得釋。七月，扈從木蘭。十一月，兼吏部右侍郎，恭遇皇太后五旬萬壽，命與戶部侍郎三和承辦內廷慶典。七年四月，充殿試讀卷官，一甲三名爲仁和金君甡、陽湖楊君述曾、陽湖湯君大紳。再命閱進士朝考卷，取朱佩蓮等三十六人。是年，兼御書館，又命纂《叶韻彙輯》一書。兄啓心散館，授職編修。八年正月，上御重華宮，召大學士、翰林等賜宴聯句，敕公書以勒石。七月，上謁祖陵，公隨行至盛京。上陞殿大宴，命進榻前，手賜以卮酒。入山海關，上登澄海樓觀海，獨召刑部尚書張公照暨公聯句。尋編《祕殿珠林》及《石渠寶笈》，亦公偕張公任之。九年，賜『清勤堂』額。初冬，扈駕盤山，入宫門許乘騎而行。旋蹕，適重葺翰林院成，車駕臨幸，送大學士掌院事鄂公爾泰、張公廷玉進署，時大學士、九卿、翰詹諸臣畢集，錫宴賦詩，用唐臣張說《麗正書院賜食應制》詩字分韻，賞賚有差。公以侍郎賞與尚書埒，奉特旨也。十一月，命選《唐宋大家詩醇》。十年五月，授户部尚書，又命閲進士朝考卷，取邵齊烈等四十一人。七月，扈駕幸多倫諾爾。十一年，建福宫落成，命公作賦紀之。八月，召大學士、九卿、翰林、詹事諸臣赴瀛臺賜宴，和御製詩四章，又仿柏梁體賦詩，又用唐臣李嶠《甘露殿應制》詩字分韻。宴畢，上憩五流杯亭，命公等雜坐水石間，分牋聯句。既，諭登舟遊覽，如賞花釣魚故事。九月，扈駕謁泰陵，旋詣五臺，爲皇太后祝釐。經正定，命觀衆春園、雪浪石舊跡，并和上《擬蘇軾聚星堂體》詩。十二年，充《續文獻通考》館總裁。七月，復扈駕木蘭。

十三年三月，扈蹕幸山東，先詣曲阜，謁孔林，嗣祭嶽廟，登泰岱。上以山徑險仄，諭公不必隨，而沿嶺分駐侍衛，若署郵然。有旨遞傳上下，前此所未有也。旋奉命閲迴避卷，得福建李君宗文。四月，調兵部尚書，命閲進士朝考卷，取方懋祿等三十八人。十四年二月，金川報捷，加太子少師。八月，上以經略、大將軍禮無區别，宜定儀注，公稽攷舊典，參以時宜，自禡祭啓行，迄凱旋告廟，臚列進呈，載入《會典》。十一月，吏部尚書陳公大受病久，奉旨兼管吏部尚書，賜『宣贊樞衡』額。十二月，兼翰林院掌院學士。越數日，奉旨協辦大學士。是秋，命偕汪公由敦纂《西清古鑑》。

十五年正月，授吏部尚書，仍辦閣務。頃之，教習庶吉士。五月，御史歐堪善奏公徇庇、營私各款，上召軍機大臣及掌院學士阿公克敦、吏部尚書達公爾黨阿暨公、堪善等於勤政殿親加訊問，事白，不復置議。八月，扈巡中州，經趙州柏林寺，有吳道子文武水畫壁，時吏部侍郎彭公啓豐亦扈從，命同爲聯句進呈。會御史儲麟趾奏四川學政朱荃匿喪，上召問，奏對不稱旨，罷掌院學士。吏部察議疏上，奉旨革職留任。十二月，恩賜公子敦書舉人，蔭生分部學習。明年，上南巡，公請扈從歸里，爲訓導公慶八十壽辰。上先給一品誥封，以示恩寵。十六年正月，從南巡，啓行次維揚，公給假先歸，奉訓導公迎駕於吳江，賜克食及貂皮、緞疋，又賜『湖山養福』、『台階愛日』二額，御製五言詩一律。時御試兩浙士子詩賦，命公及汪公由敦閲卷，取謝君墉等六人。是年，又扈從木蘭。十一月，恭逢皇太后六旬萬壽，疊賜如意、朝珠、荷包、朝衣諸物，他臣不得與也。歲小除，蒙賜白銀五百兩。

十七年，訓導公目失明，乘召見以歸養請，御書『身依東壁圖書府，家在西湖山水間』一聯慰之。六月，復請，奉旨：『協辦大學士、吏部尚書梁詩正，因父梁文濂現年八十一歲，奏請回籍終養。梁文濂家居頤壽，朕已疊次加恩。梁詩正典領銓政，供職內廷，正資宣力。但父子至情，年逾大耋，理應承歡膝下，以遂孝思，著准所請，回籍侍養。』時上將秋蒐，未忍遽還也。十月，陛辭，賜御製五言律并貂皮、大緞，又賜訓導公如意、人葠、貂皮等物。且諭云：『二三年後南巡，汝接駕至揚州，君臣復得相見矣。』公感激涕泗而出，其冬抵家。

十八年，命與沈公德潛合修《西湖志纂》。十九年，上知公舊有《塞上雜詠》，命録以進。明年，西師奏凱，上《平定準夷頌》，皆叨厚賚。二十二年，再幸江浙，公在吳江平橋迎御舫，奉諭云：『梁詩正侍養在籍，安靜可嘉。其照品級在家食俸，以昭眷念舊臣至意。』再賜御書『萊衣晝永』扁額。三月，駕蒞江寧，試上下江士子詩賦，命公及總督尹公繼善、浙江學政竇公光鼐閱卷，取昶等七人。尋令回浙侍養。五月，上寄御製詩一百八十餘首，命和進之。二十三年四月，訓導公卒。九月，奉上諭：『梁詩正丁憂已逾百日，工部尚書員缺，一時不得其人，即著來京署理。』公奏請俟窀穸事畢再北上，許之。時公之兄編修君亦卒。明年正月，並營葬於葛嶺。是月，又奉旨調署兵部尚書，於是入都。賜紫禁城騎馬，復命工部侍郎三和於澄懷園度地建屋，俾就近直宿如初。八月，充順天鄉試正考官。二十五年四月，充會試總磨勘官。五月，偕軍機大臣閱庶吉士散館卷，取江西蔣君士銓第一。七月服闋，奉旨教習庶吉士。八月，上五十萬壽，命赴熱河入宴。九月，實授兵部尚書。十二月，蔣公溥病，奉旨署掌院學士，兼《續文獻通考》館總裁。

二十六年正月初二日，上御武成殿，宴賚將軍兆公惠等，公與焉。二月，駕幸五臺，公從。四月，充殿試讀卷官，一甲三名爲陝西韓城王君杰、仁和胡君高望、陽湖趙君翼。陝西地鄰邊塞，本朝未有以一甲入選者，時值西域寧敉而狀元爲西人，上大悦，再命閱進士朝考卷。未幾，蔣公病薨，以劉公統勳授大學士。吏部尚書、協辦大學士兩缺，令公補授，仍管掌院學士。七月，駕幸木蘭，命同王大臣留京辦事。十一月，恭遇皇太后七旬慶典，例進御製表文，命公擬撰進呈。奉皇太后懿旨，賜緞疋、荷包，又賜朝珠、如意各物。是月十一日，恭上皇太后徽號册寶，典禮隆重，公同協辦大學士兆公惠主之，周旋磬折，從容中度，爲觀禮者所稱，奉懿旨賞賚，較廷臣有加。

二十七年，充順天鄉試正考官。二十八年六月，補授東閣大學士，仍領前職。九月，賜第於内城勾闌衚衕。十月，晉太子太傅。時公子敦書出爲貴州知府，俸滿當來京引見，奏請留部，得旨仍以戶部郎中補用。未至京，而公已於十一月十四日無疾而薨，年六十有七。上聞震悼，遣皇五子率侍衛十人親詣奠醊，賜内庫銀一千兩治喪。又以寓次乏人，特派内務府司官一員往理喪事。晉贈太保，又命入祀賢良祠，謚『文莊』。公柩將歸，上復諭沿途文武官弁在二十里内者，著俱赴舟次弔奠，並遣人護送，俾得穩抵故里，以示體卹。世益榮之。

公初配孫氏，再配包氏，三配徐氏，俱封一品夫人。子：長同書，出爲編修君後，公乞養時，適會試下第，特旨賜一體殿試，選庶吉士，今官翰林院編修，以文詞名世；次敦書，由恩賜廕生，歷戶部郎中，出爲貴州遵義府知府，改戶部郎中。孫男三：履繩、玉繩、應繩。公由詞臣入内廷，迴翔禁近，及扈從巡幸，常在屬車豹尾間。國家鉅製，咸出其手，所著有《矢音集》五卷，已刊行，餘藏於家。

公雅不欲以文人自居，惇龐純篤，謹於内行，以閣臣就養家居，問安視膳，納屨撰杖，無不躬親者。公在朝，編修君在家，家事無巨細，一聽處分，兢兢胖胖，不懈滋恭，如史稱萬石君，雖鄒魯篤行，無以過之。性儉素，衣必數澣。居處飲食嗇於寒士，胥郎墨吏不敢因緣造請。每下直，雙扉晝掩，閒庭闃寂。筦司農者九載，不名一錢，常署所居爲『味初齋』，示不忘其舊〔二〕。既歸西湖，構古懷書屋、不繫舟，共五六楹，以供燕息。又於葛嶺增營新阡，建祠宇，即清隱菴而稍廓之，丙舍數間，欂櫨無飾，人不知爲宰執之塋也。自以受知兩朝，天下想望丰采。治事持大體，必有裨民生，有益國計，而折衷掌故，綜覈利弊，不肯以曹事棼如稍自暇逸，亦不肯曲徇同官意旨。雖纂撰書籍，亦再三披繹，期於美善。是以洊被寵遇，錫予便蕃，廷臣無出其右。屢爲訐者所愬，卒莫能少間也。吏部掌銓政，爲六官長，而掌院所屬，係文學侍從之臣，内閣職典絲綸，出納王命，皆京僚極清要地。公兼領數年，錢塘王公際華戲謂曰：

『公可謂三清居士矣！』新建裘公曰修笑曰：『兼以上書房、南書房，則五清也。』其爲同官傾慕如此。公常言：『往在上書房，爲今上作擘窠大字，適憲皇帝駕至，諸臣鵠立以俟。憲皇帝命作書，墨漬於袖，又命今上曳之。今弆此衣三十年矣，他時服以就木，庶存沒志君恩也。』卒如其言。

嗚呼！昶侍公於味初齋者三年，竊見公風裁清整，夙夜寅畏。造膝之言，沃心之論，未嘗稍有宣露。而嘉謨嘉猷，上於黼扆，藏在史宬者，亦往往自焚其草，故獨舉其寵眷稠疊、恩禮始終，條件而縷記之。具見盛世明良，主臣一德，而公所以忠勤篤棐，亦可有徵於惇史矣。

乾隆二十九年甲申十月，賜進士出身、刑部山西司主事、門人青浦王昶謹狀。

【校記】

〔一〕志，底本作『望』，據文意改。

春融堂集卷六十二　行狀二

太子太保武英殿大學士一等誠謀英勇公謚文成阿公行狀

曾祖雅爾泰，誥贈光禄大夫、協辦大學士、刑部尚書，晉贈太子太保、武英殿大學士、一等誠謀英勇公。曾祖妣瓜爾佳氏、陳氏，皆誥贈一品太夫人，晉贈一品公太夫人。

祖阿思哈，誥贈光禄大夫、協辦大學士、刑部尚書，晉贈太子太保、武英殿大學士、一等誠謀英勇公。祖妣葛氏，誥贈一品太夫人，晉贈一品公太夫人。

父阿克敦，協辦大學士、刑部尚書，誥授光禄大夫，謚『文勤』，晉贈光禄大夫、武英殿大學士、一等誠謀英勇公。妣宜爾根覺羅氏、那拉氏，皆誥封一品夫人，晉贈一品公太夫人。生妣韓氏，誥贈一品公太夫人。

本籍滿洲正藍旗人，賜入正白旗，今爲正白旗人。

公名阿桂，字廣庭，一字雲巖，姓章佳氏，生康熙五十六年八月三日。幼而沉静端重，性警敏，好讀書。就傅以後，聞人談史事，即了了能記其大略。雍正十年入學，十二年補廩生，明年選拔貢生。乾隆元年副榜貢生。以文勤公侍郎廕生，在大理寺寺正學習。三年，鄉試中式。明年，補兵部主事。又明年，遷員外郎。八年，擢郎中，直軍機處，調户部顔料庫。十年，調銀庫，尋以事降調吏部員外郎。

十三年，小金川土司郎卡侵擾鄰境，大學士納公親督師進討。兵部尚書班公第繼往軍營，奏請以公參軍事。明年，納公得罪，提督岳公鍾琪并劾公，逮至刑部治罪。時文勤公以刑部尚書、協辦大學士，高宗純皇帝念其年老無次子，得釋。明年，復爲吏部員外郎，尋遷郎中。十七年，出爲江西按察使。公奏爲用法貴乎明慎，決獄專忌淹留，上嘉許，飭部從之。未幾，召補内閣侍讀學士，復遷内閣學士，兼禮部侍郎。先是，準噶爾有四衛拉特，王師累征之而未能滅。文勤公奉命往與噶爾丹策淩議分地界，禁侵犯，邊鄙寧謐者幾二十年。至是，厄魯特噶爾丹策淩死，子策妄多爾濟那木扎爾襲位，其庶兄喇嘛達爾扎執而篡之。而巴圖魯渾台吉第七子布木之子大策零敦多卜之孫達瓦齊，復因和碩特拉藏汗之孫阿睦爾撒納計篡奪其位，部落大亂。所屬昂吉、策淩、伍巴什等率其家屬，詣嘉峪關來降。上以侮亡取昧，兵有常經，先後遣將軍永常等督兵撫勦。適阿睦爾撒納與達瓦齊有隙〔一〕，自叛其汗，亦來求款，達瓦齊孤立無助，竄往回部，爲回人擒獻。上召阿睦爾撒納至熱河行在，封親王，使往主故地，已而復召之，至中途叛走。時準噶爾逸賊率衆北走，將入俄羅斯，上命公赴北路軍營，至烏里雅蘇臺，與靖邊副將軍、蒙古親王成衮扎布隨機搜討。成衮扎布係額駙超勇親王策楞之子，爲諸蒙古盟長，上所最倚重者，成衮扎布奏公遇事奮勉。七月，令辦臺站事務，而文勤公已得目疾，以二十年七月請解任。二十一年正月薨，公奔喪回京。七月，仍以内閣學士命同成衮扎布辦理軍務。閏九月，授爲參贊大臣。十二月，駐劄科卜多，授鑲紅旗蒙古副都統。二十二年，因成衮扎布赴巴理坤，命公代其任，留烏里雅蘇臺辦事。十月，赴科卜多辦事。二十三年，聞舍楞搶擄臺站，官兵失利，乃與策布登扎布合兵追勦，及聞竄入俄羅斯乃止。八月，補授工部侍郎，領索倫兵千名，往塔爾巴哈臺駐劄，是年準噶爾平。十一月，命與副將軍富公德追捕準夷餘賊。

初，回酋大小和卓木爲準噶爾所拘，及將軍兆公惠定伊犂，使還回部。至是兆公遣使定其貢賦，回酋執而留之，並戕害參贊大臣三公泰。詔命公同富公進兵合勦，回衆迎拒於阿爾楚爾。時賊衆甚盛，橫亘數里，官軍方力鬭，未分勝負。公親率勇鋭數百人，由山麓繞出其右，衝擊之，賊遂潰亂。二十四年八月，回部各城遂以次克捷。十二月，公奏在阿克蘇辦理安撫各事宜。明年，還伊犂。伊犂自土爾扈特部竄入俄羅斯後，其黨伏林莽者尚衆。上念西域既平，其地方二萬餘里，若不令官兵分駐，則伏戎必出而復據其地，否則亦恐爲俄羅斯兼并，則邊患終不能久安。乃命各軍營大臣等籌議如何分兵駐守，諸大臣皆謂地方遼遠，沙漠俱多，舊時準夷馬匹羊羣消耗殆盡，難以爲駐守計。公獨上言：『伊犂爲西域適中之地，幅員廣闊，苟能悉心籌計，從容布置，可冀有成。查守邊以駐兵爲先，駐兵以軍食爲要。臣來往軍營，詢問此間地勢情形，伊犂海努克及固勒扎等處水土沃衍，且有河可引灌注，若開墾屯田，則兵食可以漸充。臣謹請以屯田事宜列款上聞：一、請增派回人屯田；一、請官兵駐防協同墾種；一、請預備馬駝。』上以勇往任事，降旨嘉奬，各如所議行。公因言：『回人孅於耕種，非似準夷專於游牧者可比，使以屯田爲業。而以舊有軍營官兵其調征日久及疲弱者遺歸內地，但留到營未久之兵協同回人種地，則荒蕪漸次可開。又酌分舊有馬疋，分設臺站，以通文書摺奏往來。又酌計現在沿邊運出糧米，俱赴伊犂，先爲兵丁口食。又請於各省軍流人犯內有能工匠技藝者，悉改發伊犂，以供應用。』上皆善之，且派各大員協同辦理。於是在阿克蘇置辦農器，又以回人所送馬疋，令官兵等陸續先行，而準夷餘黨亦遣大臣侍衛分路勦撫，分別安插。遂率兵開屯，至秋豐稔，收糧皆倍，兵食以足。乃復奏：『一、伊犁種地回人，當會滿足千數；一、駐防滿洲、索倫、察哈爾兵，種地之綠旗兵，當增益駐劄；一、駐劄兵丁數目，當定準遵行辦理；一、設立城守營，定準地方；一、預備種地兵丁馬匹；一、伊犁山川土穀之神，請定祀典；一、伊犁兵丁日多，錢糧日廣，請於烏魯木齊等處，派同知、知縣管理收放事務。』俱允行。於是伊犁規模大定。上諭平定西域諸功臣五十人圖像於紫光閣，公居第十七。御製贊云：『阿克敦子，性頗健敏。力請從戎，宜哉惟允。身不勝衣，心可干城。楚材繼出，爲國之楨。』蓋以元耶律文正王爲比也。

二十六年三月，授内大臣。七月，補工部尚書，在議政處行走。復補授鑲藍旗漢軍都統。二十七年正月，奏《新疆約束章程》：『公私兩利之處：一、甲缺宜均齊也；一、錢糧宜畫一也；一、員缺宜變通也；一、產業宜均分也；一、攜眷兵丁量給養贍也。』亦得旨允行。時伊犁添移阿克蘇種地回人千餘，又準部餘夷由哈薩克諸處投歸者，亦皆給地耕種。哈薩克郎古大宛，產馬高大，以内地緞疋易之，牧廠蕃息，商賈林集，乃選工陶埴建二城：一、綏定城。城四門，東曰仁熙，南曰利渠，西曰義集，北曰寧漢。一、安遠城。城四門，東曰景旭，南曰嘉會，西曰環瀛，北曰歸極。民居兵房，以次分列，規制一如内地。而哈薩克越境遊牧者，悉驅逐之，數千里地，來往晏然。詔給騎都尉世職，並令還京供職，詢問方略，且以均勞逸，而以明公瑞代之。

及至京，授軍機大臣，賜紫禁城騎馬。尋命審歸化城都統法啓案件，又查勘霸州文安等處水利，所奏皆當上意。六月，以原銜充經筵講官，升隸正白旗。七月，補授正紅旗滿洲都統，晉太子太保。二十九年，金川郎卡復與鄰封戕殺。聞，上以公舊在四川軍營，熟悉情形，因命總督阿爾泰進京，公署其任，相機籌辦。公覆奏：『綽斯甲布等九土司，與郎卡互相攻擊，正如鼠鬬穴中，本屬外番常有之事，體察機宜，不必急於辦理。』上以爲然。嗣阿爾泰回任，公回京，仍任工部尚書。三十年，上幸江浙，命留京辦事。閏二月，烏什回人賴穆黑圖拉作亂，令公馳赴行在請訓，前往伊犁。上復傳諭：『以賊人恃其城堅糧足，敢行抗拒。官兵不必徒事攻擊，惟嚴防要隘，俟其自斃。』明公瑞軍其北，公軍其南，作長圍以環之，且絕水道，賊衆惶懼。九月，其衆擒賴穆黑圖拉以獻，公與明公誅首惡，而貸其餘。奏入，上以寬縱太甚，交部議處，而令永公貴爲伊犁將軍，公駐劄雅爾。

三十二年三月，補授伊犁將軍。是時，緬酋懵駁以兵逼脅內地土司，總督劉藻、楊應琚不能辦，因命明公率兵進勦。三十三年二月，明公軍至猛育，糧盡戰沒，於是大學士傅公恆請自督軍，上乃授爲經略，而以協辦大學士、戶部尚書果毅公阿里衮及公爲副將軍。三月，召至京。四月，授兵部尚書。六月，總督雲貴兼副將軍。十月，抵永昌。時署總督阿公里衮已先赴戛鳩，公往會於騰越州，卽於途中接印任事。三十四年二月，經略自京起行。先有旨以本年大舉深入，公專任副將軍，以明德代爲總督。四月，經略至軍，議分三路進兵：經略出萬仞關，由大金江西路，從猛拱、暮魯至老官屯西岸；阿公里衮率舟師，由水路下老官屯；公由銅壁關抵蠻暮，伐木造舟。七月出關，九月舟成，舟師遂出江，而經略亦至。公逆知賊之必迎拒也，先以兵伏江滸之甘立寨。屆時賊果從猛戛拒戰，寨兵出，舉礮擊之，墜其三舟。我舟師喜噪，寨兵應之，鼓角齊振，賊皆披靡潰散，殲其頭目賓啞得諾，搜舟中，得旗幟器物數百件。舟師遂出江抵西岸，合攻老官屯，緬兵守禦堅甚。時官兵多病瘴，自副將軍阿公里衮下，都統、提督、總兵等官實有死亡，經略亦病。奏聞，上命撤兵，而懵駁亦以甘立寨之敗大懼乞降，遣大頭目十四人請議事。公遣副都統明公亮等議，責以此後永不得擾邊境，還内地之官民在緬境者，越六年一貢。其頭目惶恐遵約，遂撤兵歸永昌。

十二月，經略起程還京，除日有旨，令赴雲南省城，偕經略、總督議沿邊善後事，并合計頻年軍需用數。三十五年二月，兼管鑲紅旗漢軍都統。三月，命赴騰越以待緬人入貢。是時明德降爲巡撫，代以彰寶，使守備蘇爾相往緬，責其入貢遲慢，懵駁留之。公上言：『緬人部落在蠻暮、木邦、猛密三土司外，偏師不可深入，宜休息數年，爲大舉計。』上以連年用兵，恐他省備辦糧馬一時竭蹷，且不直以拘留蘇爾相，故輕議大舉，降旨切責，於是部議革職，命以内大臣管副將軍事。明年，以溫公福爲定邊副將軍，革公職，留軍營效力。

初，阿爾泰之總督四川也，議合綽斯甲布等九土司環攻金川，有能得其地者，即以畀之。而諸土司散漫不相通謁，又有陰與金川通者，久而無功。時郎卡已死，子索諾木與小金川土司僧格桑侵佔鄂什沃日之地，阿爾泰因循失措，有旨令溫公移師討之。溫公以公兩使四川，熟邊事，請偕以行。十二月，至金川軍營，攻巴郎拉，克之，遂授四川提督，與溫公分道進攻。三十七年，阿爾泰因運糧遲延罷職，桂公林以户部侍郎代之，并領其衆。正月，使副將薛琮率三千人從墨龍溝間道進攻，會天雨雪，賊兵絕其後路，兵潰散，薛琮死之。阿爾泰因以此劾桂公，上令兵部尚書福公隆安來讞其獄，命公爲内大臣，統南路官兵。南路山勢嶄絕，軍次達河之翁古爾壟山尤險峻。而溪南布勒山頂有賊壘，與達河互相犄角，攻五閱月弗能下。十一月，溪水消落，乃派兵之蹻捷者，偕土兵半夜渡溪，攀援直上布勒，躍入卡，出其不意，盡殲其衆。而北岸官兵直攻翁古爾壟，賊方出拒，布勒官兵復以飛礮擊賊，賊遂驚潰。因分兵南北岸，夾起而進，直至美諾之南山。僧格桑逃占古，而溫公西路之兵亦至，小金川遂平。捷聞，上命爲定邊左副將軍由南路，戶部侍郎豐公昇額亦爲副將軍由北路，與將軍溫公福分兵三路進攻金川。溫公由西路之空喀，豐公由北路之凱立葉，而公攻喇穆山梁。以三十八年正月朔半夜，由大雪中進發，連得當功噶爾拉各碉，其餘攻之未下。是月，仍授禮部尚書。四月，晉太子少保。而索諾木誘小金川降番掩襲空喀後路，斷登春糧道。時溫公在木果木，兵潰，溫公陣亡。小金川之地復皆爲賊據，美諾等相繼被陷。公聞信，先使五岱率兵救之，不及，乃派兵。凡西南兩後路小金川降番，皆收其軍械，毁其碉寨，悉調來營，以絕其響應。時賊已得志，將斷當功噶爾拉後路，每夜從高下峽，而軍心鎮定。且副都統奎林、副將劉輝祖、參將劉倖皆悉力拒戰，每日夜十數合，殺賊頗衆。賊人料不能動，而所得木果木各營米糧財帛甚多，莫有戰志，於是求撤兵。上亦命公整師而出，另籌進勦，遂授公定邊將軍。於七月由當功噶爾拉親爲斷後，退駐達河。是時上添派京城健鋭火器營，吉林、黑龍江、伊犂、厄魯特等兵五千名，命以國初愛星阿所佩定西將軍印授之，公仍統西路之兵，南路則屬明亮，北路則屬豐昇額，皆爲定邊副將軍。而舒公常以參贊大臣至金川河西日傍山，攻擊牽綴。公由南路至成都，尋至鄂克什軍營。至九月，各兵俱集，議先收復小金川。公集諸將問計，宜先攻何處。諸將或以爲宜由南山，或以爲宜從中路，未定。獨番人木塔爾謂此兩路皆去年進攻日久之地，賊知其險要，必益力守禦，恐徒延時日，無益。北山直藏噶山雖峻，而山之西南卽美諾，山之西北卽占古，若派兵先攻中路之碉卡，以殺其勢，而别派勇幹大臣，上北山直下美諾，則已出中路賊人碉卡之後，勢必望風奔潰，卽可以得美諾。公熟思久之，深以爲然，遂定計。以十一月十一日派兵由中、南兩路進兵，賊方悉力堅拒，而派登北山之兵已入其巔。頃之，從山西下，中、南兩路之賊知將襲美諾，各驚散去，於是復美諾，收占古，凡七日而小金川全復。奏入，上嘉其迅速，賜詩褒美。

三十九年正月十日五更，冒大雪，由當功噶爾拉進兵，抵喇穆喇穆，左右山梁，南北遥亘，上列八碉，極峻險堅固，番人守禦亦倍於他所。至二月，克羅博瓦山梁，晉太子太保。六月，克色淜普山梁。七月，克達爾圖、布達什諾、喇穆喇穆、日則丫口等處。八月，克該布達什諾等處。賊酋僧格桑死於金川，番人獻其尸。是時，官兵在金川河北，望宜喜、日傍東面山勢險易，一一可見。而明亮同舒常在山西駐兵日久，尚無進取之計。公乃指畫形勢，遣海蘭察率兵往助之。由是宜喜之兵亦逾山而東，盡克各碉，與南山之兵相望。豐公昇額駐扎凱立葉者，亦阨險不得進。自宜喜既克，公復遣兵往助豐公。於是北路官兵亦逾險下至於河濱。九月，克默格爾山梁。十一月，克過格魯古丫口。十二月，克日爾八當等寨。奏入，賞戴雙眼花翎，補授御前大臣。

四十年正月，克康薩爾等處。二月，克甲爾納堪布卓各碉。四月，克甲索得楞山梁。五月，克下巴木通等山梁。六月，克遜克爾宗山梁。七月，克章噶等處。八月，克勒烏圍。勒烏圍在刮爾厓北，與索諾木官寨互爲犄角，故其寨亦高大堅實。官軍用大礮毁其碉牆，賊更穴地死守，至是乃盡克之。進兵至刮爾厓之上，尚有餘碉未下，而聞索諾木之母先往河西，將收集餘衆，合力抗拒。公乃遴選精兵，間道下山，直至河邊，於是其母與索諾木音信斷絶，遑遽不知所出。公乃使人及降番等往諭之，其母遂偕官兵詣軍營，公居以別帳，俾作書招索諾木。時官兵四面合圍索諾木，官寨晝夜用大礮轟摧，索諾木窘迫，既得其母書，乃於四十一年二月初四日率其妻、妹及各頭人至營乞降請命，金川全境至是俱平。上遣副都統椿林齎詔至營，封公爲誠謀英勇公、協辦大學士、戶部尚書，賜寶石頂、四團龍補服。

先是，軍營屢次報捷，上知大功必成，賜公扇，且畫蘭於上，題以『同心之言，其臭如蘭。二人同心，其利斷金』，且製詩以賜。蓋兩金川之平定，實廟算早決其機宜也。於是遣大臣侍衛分次獻俘，且安置降番於各寨，請設副將同知分駐其地，以資約束撫綏。定以四月班師回京，上飭禮、兵二部，議行郊勞禮，築臺於良鄉之黃新莊。四月二十六日，公至良鄉，上遣誠親王及大學士舒公赫德賜公及將軍、參贊、將佐等膳。次日，至黃新莊，駕幸勞臺，公等用軍服、甲冑、櫜鞬入，行抱見禮，一如兆公惠自回部凱旋故事。禮畢入京。又次日，賜宴瀛臺紫光閣，賜紫韁及四開褉袍，仍授軍機大臣。又繪功臣五十人象於紫光閣，公居第一，復賜贊云：『西師參贊，經歷多年。茲爲巨擘，掄掌兵權。誠而有謀，英弗恃勇。集衆出奇，成勳克鞏。』

五月，駕幸熱河，命留京辦事。八月，公六十生辰，上賜『崇勳耆慶』扁額及御製詩篇、如意等物爲壽。先是，公在金川時，緬酋遣人來議入貢事，總督械至京師下獄。至是，部臣請以索諸木母子弟兄及其頭目正法。上命撤緬使赴西市觀行刑，且告之故。緬使等驚怖欲絕，因命械至雲南，令其歸諭緬酋以震動之。明年正月，遂遣公赴雲南，臨邊示以禍福。緬酋乃先以蘇爾相送。歸未幾，緬甸內亂，互相戕殺。又十餘年，而新立酋長孟隕遣使具表恭祝八旬聖壽，願此後十年一貢，南徼永寧，亦公先聲有以讋之也。

是年四月，大學士舒公薨，公爲武英殿大學士，兼管吏部尚書。四十四年，河決儀封、蘭陽等處，日久未塞，上命公往視，公謝以不諳河務。上曰：『如卿豈有不能者？』乃馳至儀封，與總河巡撫及舊河臣詢訪河狀，及現在堵築、開引河、立攔壩之法，且進道府丞倅而詰其潰決之由、鑲裹之術，即老兵宿弁亦朝夕咨訪，再三體察，故凡風水沙土之性，靡不明如觀火。乃集料聚夫，晝夜堵塞，每下椿掃，公皆親自臨之。然海口自雲梯關稍稍淤澱，下流不暢，則上流多潰溢，屢築屢開。至次年三月，堤工始集。四十五年正月，兼充翰林院掌院學士、日講起居注官。五月，留京辦事。十二月，命勘浙江海塘工程，奏請修魚鱗石塘，與柴塘並建，以資永久。四十六年二月，命辦巡撫王亶望案件。事畢，復順道勘高堰等一路河工。

是時蘭州逆回蘇四十三作亂，上命大學士和公珅督勦，稍失利，乃令公督師。四月，至蘭州，賊衆數千人據華林山死守。公四面設圍，絕其水道，賊旅抗拒，皆殲戮之，遂獲賊首等解京師，皆置之於法。適甘肅令監生納粟以實邊儲，年久虧缺日多，上命公往按事，畢，復勘河堤工。時河復決青龍岡，留公督辦，而令公子侍衛阿彌達祭告河源。明年六月，河始合龍。九月，浙江巡撫陳輝祖與藩司盛柱互訐，公往讞其獄。四十八年二月，復勘河南蘭陽十二堡堤工，回京，管理户部、刑部事務。四十九年五月，甘肅鹽茶廳回子張阿渾作亂，渡河而南，破隆德、靜寧，進圍伏羌，總督李公侍堯尾追不及。上遣海公蘭察、福公康安等帥師往勦，復命公督之。至則敗賊於底店，進圍石峯堡，阿渾等窮蹙乞降，械送京師。逾月事平，敘功，予輕車都尉世職。八月，復命督河南睢州堤工，三月工竣。

五十年，舉千叟宴，奉巵上壽，領班入宴，賜詩以寵之。六月，命閱視黄淮清口情形。十月，回京，賜『調元錫瑞』匾額。五十一年四月，再勘清口堤工。八月，公壽七十，復賜『平格延祺』匾額及御製對聯。九月，按浙江平陽縣黄梅重征之案。十月，回京，總理兵部事務。五十二年七月，復勘睢州堤工。適臺灣姦民林爽文戕官爲亂，上以公素諳軍旅，如有所見，據實奏聞。公以大兵進勦，宜扼其要害，分路前進，庶幾易於埽除。上然之。十二月，回京。五十七年，西藏郭爾喀平，上命圖福公康安等十五功臣象於紫光閣，以公參帷幄贊襄之任，亦得與列，位第二。五十九年，今皇上正位東宫，典禮隆重，一切皆公與禮臣斟酌定議。六十年冬，上以御宇周甲，將行内禪之禮，而隆儀盛事，古所罕見，公亦敬謹定議儀注，斟酌盡善。

比至嘉慶元年正月元旦，公仰承景命，於太和殿上捧册授寶。及初四日，再舉千叟宴，公進觴上壽如前，視履考祥，周旋中禮，百寮及外藩貢使皆驚喜相告，謂重臣耆德，實國家之上瑞也。八月，八十生辰，又賜『介眉三錫』匾額及對聯、御製詩、如意等物。九月，辭管兵部。十一月，公疾，上遣醫胗視，且賜參藥，頻加慰問。至二年八月二十一日，薨逝。事聞，奉太上皇敕旨：『大學士公阿桂，老成練達，辦事多年。自平定西陲時，即隨同出師。旋經理新疆事務，周詳妥善，懋著勤勞。嗣勦辦兩金川，畀以將軍重寄，秉承方略，堅持定見，克蕆膚功，特封爲一等誠謀英勇公，賞給四團龍補服、黄帶紫韁、紅寶石帽頂、雙眼花翎，圖形紫光閣，以旌殊勳。續自簡任綸扉，綜理部務，贊襄樞要二十餘年。前因撒拉爾及石峯堡回匪滋事，統兵勦捕，立就殄平，復加恩賞給輕車都尉世職，令伊長孫承襲，疊沛恩施，正資倚畀。邇來雖精力稍衰，兩耳重聽，猶照常趨直，夙夜靖共。頃聞患病頗劇，即特派皇三孫貝勒緜億、御前侍衛豐伸濟倫由熱河馳往看視，並賞賜陀羅被，仍善爲調理，或可就痊。茲聞溘逝，深爲悼惜，仍著緜億，並另派散秩大臣一員，帶同侍衛一員，前往醊奠。加恩晉贈太保，入祀賢良，任内降級罰俸處分，俱著開復。所有應得卹典，該衙門查例具奏，以示軫念耆勳至意。』九月，上親臨奠醊，並賜祭葬，謚曰『文成』。

公享年八十有一。配瓜爾佳氏，累封一品夫人，乾隆三十年卒。子三人：長阿迪斯，襲封一等誠謀英勇公，歷官戶、工二部侍郎，今官固北口提督；次阿思達，筆帖式；次阿彌達，官至工部右侍郎，皆先公卒。孫六人：長那彥瞻，承襲一等輕車都尉，官乾清門侍衛；次那彥寶由，生員，今官乾清門侍衛；次那彥成，乾隆五十四年進士，今官工部尚書；次那彥柱；次那彥福；次那彥堪，六品蔭生。曾孫六人：崇綬，五品蔭生；容安，六品蔭生；崇喜、崇德、崇義、增壽，皆幼。以嘉慶二年十一月二十日葬於左安門外之楊郕坊文勤公墓左。

公器識宏遠，智計沉密，遇大事必籌其始終得失，計出萬全，然後行之。雖在萬乘之前，不輕爲然諾。及其肩荷大任，次第措置，有時詔書敦迫，從容陳奏，亦不肯苟且以就功名，故所作必有成。而聖明專心委任，雖延時日，必令其悉心展布，不強爲催促也。生平善知人，自大帥以至偏裨，咸稔其才具，察其性情，隨所宜而任使之。又均其勞苦，差其等第，從不以喜怒加人，故爲所用者皆得其死力。戰勝攻克，各疏其功以上之，故將校中封公侯，出爲將軍、都統、提督、總兵者甚衆。及爲宰執，管尚書事，聞人廉潔勤幹者，輒以陳於當宁。二十年來，總督、巡撫亦公密薦者爲多。自少留心史事，凡古今成敗治亂之迹，與邪正進退之機，皆默識其所以然。遇有績學勵行之士，教以修身直節以成大器，而於佻巧營求之輩，必痛絕之。蓋文勤公以重望著於朝端，一時名臣鉅老、法家拂士，咸與訂道義交。公時聞緒論，用以自淑，恆欲與諸公方駕後先。至開疆拓土，武功烜赫，適際時會之自然，非公意也。

祀鄉、會試主考、同考官，多出文勤公門下，是以爲公所知。自軍機從在軍營幾二十年，公事之餘，笑言款洽，無所不盡，故能窺其生平大概如此。乾隆四十一年凱旋後，祀爲鴻臚寺卿，多暇日，公出文勤公所撰詩文，屬以編次，成《德蔭堂集》十六卷，又以文勤公生平事實，屬爲《行狀》，公讀而善之。祀乞老歸田後二年，至京與千叟宴，别公歸，又二年而公薨。今年正月，驚聞高宗純皇帝鼎湖大故，入都恭謁梓宫，因得哭公之墓。而公孫那彦成，以所撰《年譜》見示，俾爲《行狀》。公功在國史，名在天壤，無藉於私家志乘，然冊府所藏，士大夫罕得見之，故條繫事件，以示藝林。至《年譜》，悉本諭旨及御製詩文各集，并公所上奏章，不敢有所增飾，祀亦悉仍其舊焉。

嘉慶四年十二月，賜進士出身、誥授光禄大夫、予告刑部右侍郎王祀謹狀。

【校記】

〔一〕達瓦齊，底本作『瓦達齊』，據文意校乙。

春融堂集卷六十三　行狀三　事略

國子監司業王公行狀

曾祖某。祖某。父某。三代皆不仕，贈通議大夫、雲南按察使司。妣皆贈封淑人。本籍直隸大興縣人。

公諱太岳，字芥子，以乾隆六年辛酉舉於鄉。明年壬戌成進士，改庶吉士。十年，授翰林院檢討。十五年，充日講起居注官。十八年，充江南鄉試副考官。十九年，授侍講，轉侍讀，充會試同考官。二十年七月，補甘肅平慶道。二十三年，調西安督糧道。三十三年，擢湖南按察使。三十六年，調雲南按察使。三十七年，擢布政使。是年，以審擬逃兵寬縱落職。四十二年，命在《四庫全書》館爲總纂官。四十三年，仍授檢討。四十七年，擢國子監司業。後三年而終，年六十有四。子一：芾。

公以弱冠入詞林，海內交推其文學，而公獨志於經世之務，所至必爬梳剔抉，據今攷古，若絲縷之有紀，罔罟之有綱，咨民之疾苦而討論之。在平慶及西安皆有惠政及民，尤留心于水利，著《涇渠志》三卷。其《論》云：

謹按秦鄭國、漢白公、宋豐利及元之御史新渠、明之廣惠，與今龍洞渠，涇陽新舊《志》皆云名殊而實一，其説非也。鄭渠東北行，合冶谷、清谷、濁谷及薄臺、石川諸水，逕富平、蒲城，以達同州、朝邑。《史記》所謂『並北山東注洛』，而徐廣謂『出馮翊懷德縣』者是。白渠東南行，循涇水，逕高陵、臨潼，以注於渭。故《漢書》云『尾入櫟陽』是。此兩渠所逕，本不同矣。鄭渠在唐時僅有故道可攷，而宋代遂云不可復，今更無遺蹟矣。白渠雖至今不廢，然自宋熙寧、大觀間鑿中山，引涇水，東南與小鄭渠會，下流二十餘里，乃與白渠合，則是古今所通號爲白渠者，乃在三限口以下，而其引水出中山口者，了非當時故蹟，則白渠亦廢久矣。宋渠北移白渠口上五十餘步，元渠又移上豐利渠北二百餘步，明渠又上御史渠北里餘，皆承前代廢蹟而更張焉，非因之也。今之龍洞雖仍廣惠之舊，然昔本引涇入渠，今乃卽山瀹泉；昔以引涇爲利，今更拒涇使不爲害。制置既別，功用亦殊，安可混而同之？世之論者，不惟其是非利病是辨，而欲驅今就古，以相傅會，太史公所謂無異以耳食者也。

若夫穿渠之勞，可數而知矣。鄭、白之工，史不詳其本末。然韓本謀罷秦，秦覺而至欲殺鄭國，則是果足以罷之也。《史記·平準書》、《漢書·食貨志》皆言番係穿汾河渠，鄭當時鑿漕直渠，朔方亦作溉渠，作者各數萬人，歷二三期而功不就，費亦各以鉅萬數。白渠之工，詎下于此？宋之渠以工大而罷者數矣。中間嘗調發丁男萬三千人，屬孫冕督治，而不紀其成，其後豐利渠廑而成之，而工作已更三歲。元之御史渠，火焚水淬，鑿石尺直至金二兩有半，積工十四萬九千五百，然且三十餘年而功未成。明之廣惠渠，五縣民更番供役，成之以十七年之久，而鑿不甚闊，泥沙壅塞，雖成無用。是何用力多而成功少也！又況召匠貼役，繫樁起堰，下至梢樁、笆棧、麻鐵、苫索，一切出之於民，民益蕭然煩費矣。《宋史》曰：『造木堰，凡用梢樁萬一千三百餘，歲出於緣渠之民，夏潦堰壞，秋復率民葺之，數斂重困，無有止息。』〔一〕《元史》曰：『奉元亢旱，五載失稔，人皆相食，流移疫死者十七八。今差夫又令就出用物，實不能辦集。』涇陽舊《志》曰：『五縣民八月治堰，九月畢工。截石伐木，掘泥輓土，入水置囤，下臨不測。十月引水以達來歲入秋始罷。已復作役，寒暑晝夜，不得少休。加以官府程督，條約禁限，瑣屑尤甚。近年水脈艱澀，沾潤益寡，民或上訴，願弛其利，以免劬瘁，有司以故事恆規不敢輒許。』後《志》曰：『自谷口入山，峭壁高巖，陰飆慘栗，絶少人居，宿頓無所。每夫分領一工，身入洞底，掇石爬泥，常須兩三人在上爲之引緪轉送，數人而食一工之食，豈能宿飽？五縣相去或數十里，或百餘里，往返奔命，勞怨可知。』嗟乎！穿渠本以利民也，而民之勞費至於如此，非以愛之，實以害之。朝廷本意亦豈如此乎？今之龍洞，則明之廣惠故渠也。渠之水，則山下之散泉也，因其已成，不別事穿治矣。收其汎走，不更勞陂堰矣。於是決疏泥淤，完治隄岸，不過費縣官錢數千計。而此數十泉者，固已沖瀜浩衍，合能效技，以畢輸於渠，而流潤於四縣。以視昔人鑿山堰水，力愈勤而謀愈拙者，豈特事半功倍而已？若乃役由私僱，而無調發期會之煩；官自購財，而無料率抑配之擾，役興而人不知，豈非萬祀之永賴者乎？然是泉也，項襄毅實嘗鑿而出之，而龍洞以南，衆泉並列，則尤非旦夕之所可得。然而昔之久莫有爲之計者，何也？引涇之利，熟於耳而盤固於胷臆，雖有他便利至於倍蓰什伯，而莫與易焉，是故交臂而失之也。嚮使蚤知變計如今日，則將遠引深閉以拒涇而不暇，尚何穿山治堰、亟困其民而不已哉？是故古人之法，不善用之或足以敗，而善爲理者酌劑變通，雖其陳迹敝政而常能因敗以爲功。

雖然，今日之計亦有當急者，曰謹視隄壩而已。隄之作，亦在項襄毅時，寬則七尺，崇止二尺，然更百數十年，而其功不壞。雍正時始增高二尺，亦數年無恙。乾隆二年，通判羅國楫請於臺使，又增高五尺，未二年而涇水大至，堤竟毁。其後易知縣唐秉剛繼治之，以乾隆四年十月堤成，至八年六月又毁，是何也？ 堤崇二尺，至不高也，而七尺之徑則已厚其用，但以障泉而不以捍涇，昔人比之布甎於地，水至則湧而過耳。後之增砌至於九尺，而七尺之厚無所加，非獨不加而已，層累之形，豐下而削上，比至其顛，纔有三尺，如是則形單地危，而其禦大水也無力。而是水也，挾其暴盛之氣，出於兩崖之間，陿隘束急，無所發怒，適與堤遭，則嚙抉掀壓以圖一逞，不幸而授以尺寸之間，則崩潰遂不可止，勢固然也。

是故治堤之法，苟欲崇之，則必厚之。不然者，毋寧卑，卑而涇水入焉，雖足以淤渠，待其過而搜剔爬梳，一日夜之力耳。高而不厚，則水之漲發無常，雖更增之尋丈，猶未能使涇不入也，而崩潰之患，其費必鉅，而又需之歲月而後完，使百姓坐失數時之利，故曰毋寧卑也。此有司之所宜知也。諸壩之制，惟洞口爲非宜。聞之故老，順治間金漢鼎實始爲此。乾隆二年之壩，特因之耳。金之始爲渠，蓋猶覬欲引涇，既而知其不可引也，而見洞中之泉亦足以會衆泉、資灌溉，於是始慮濁涇之敗泉，而置壩以拒其入。顧猶低徊顧戀，僥倖于涇之萬一可引，而姑留洞口之跡，以不沒其舊，此惑者見也。夫洞口之鑿，欲引涇也，然而常時則涇不受引，比其漲盛，而濁汙乃足以敗泉。然則洞口者，揖盜入室之計也。自順治時至於今，又百餘年矣，涇流去渠口又益下矣，渠泉之爲利較然明矣，此其與涇誠有不兩存之勢，尚何洞口故蹟之足留哉？ 謂宜毁撤此壩，以巨石堅塞洞口，視其損敝而時葺之，使濁涇不得涓滴入，洞泉不得涓滴出，則壩之北尚有泉二三孔可以益渠，以大其利。所謂拔本塞源，計無有急於此矣。若大小退水槽、兩閘、水磨橋，大王橋廟前溝渠、右各壩，皆清濁之要限，出入之巨防，並須官自檢察，不以寒暑輟按行，不以細小廢賞罰，持久不懈，功利滋多，此日計不足、月計有餘之道也。

及在雲南，憫銅政之弊病民而兼以病官，於是上下數十年，旁搜博訊，窮源竟委，指利害之所由來，以求補救之術。因條上於總督、巡撫，其略曰：

竊見滇南地處荒裔，言政者必以銅政爲先。然自官置廠以來，未六十年而官民交病，進退兩窮。或比之捄荒無奇策，何也？蓋今日銅政之難，其在採辦者四，而在輸運者一。

一曰官給之價，難再議加也。乾隆十九年，前巡撫愛必達以湯丹銅價實少八錢有奇奏，蒙恩許半給，則加四錢二分三釐六毫。越二年，前巡撫郭一裕請以東川鑄息充補銅本，則又加四錢二分三釐六毫。越六年，前總督吴達善通籌各局加鑄，再請增給銅價，則又奉特旨加銀四錢。又越六年，前巡撫鄂寧遵旨陳請，則又暫加六錢。越三年，始停暫加之價。於是湯丹、大水、碌碌、茂麓等廠，遂以六兩四錢爲定價。而青龍山等二十餘小廠，舊時定價三兩八九錢、四兩一二錢者，亦於乾隆二十四年，前巡撫劉藻奏奉俞旨，既照湯丹舊例每銅百觔定以五兩一錢五分有奇收買，卽金釵最劣之銅，亦以四兩之舊價加銀六錢。朝廷之德意至爲厚矣，然行之數年，輒以困敝告，豈誠人情之無厭哉？限於舊定之價過少，雖累加而莫能償也。

夫粤、蜀與滇比鄰，而四川之銅以九兩、十兩買百觔，廣西以十三兩買百觔，何以雲南獨有節縮乎？江陰楊文定公名時撫滇，奏陳銅廠利弊疏云：『各廠工本多寡不一，牽配合計，每百觔價銀九兩二錢，其後凡有計息議賠，莫不以此爲常率。至買銅，則定以四兩以至六兩，然且課銅出其中，養廉公費出其中，轉運耗損出其中，捐輸金江修費出其中，卽其所謂六兩者，實得五兩一錢有奇。』非惟較蜀、粵之價幾減其半，卽按之雲南本價亦特十六七耳，故曰舊定之價過少也。然在當時莫有異辭，而今乃病其少者，何也？舊時滇銅聽人取攜，自康熙四十四年始請官爲經理，歲有常課。既而官給工本，逋欠稍多，則又收銅歸本官自售。至雍正之初，始議開鼓鑄，運京局以疏銷積銅，其實歲收之銅，不過八九十萬。又後數年，亦不過二三百萬，比于今日十纔二三。是名爲歸官，而廠民之私以爲利者猶且八九，官價之多寡固不較也。自後講求益詳，綜核益密，向之隱盜者至是而釐剔畢盡，于是廠民無復纖毫之贏溢，而官價之不足始無所以取償，是其所以病也。茲硐路已深，近山林木已盡，夫工炭價一皆數倍於前，而又益以課長之掊尅、地保之科派、官役之往來供億，于是向之所謂本息課運、役食雜用以及廠欠、路耗並計其中，而後又有九兩二錢之實值者，今則專計工本而已幾於此。廠民受價六兩四錢之外，尚須貼費一兩八九錢而後足。問所從出，不過移後補前，支左而右絀，他日之累有不可勝言者矣。夫銅價之不足、廠民之困憊至於如此，然而未有以加價請者，何也？誠知度支之籍制有經，非可以發棠之請數相嘗試也。且雖加以四錢六錢之價，而積困猶未遽蘇也。故曰官給之價，難議加也。採辦之難，此其一也。

一曰取用之數，不能議減也。蓋滇銅之供運京外者，亦嘗一二議減矣。乾隆三十二年，雲南巡撫鄂寧以各廠採銅，纔得五百餘萬，不能復供諸路之買，咨請自爲區畫。准戶部議，留是年加運之京銅及明年頭綱銅，以及諸路買鑄，于是雲南減運二百六十餘萬觔。後三年，雲貴總督明德又以去年獲銅雖幾千萬，然自運供京局及留滇鼓鑄外，僅餘銅一百三十萬觔，以償連年積逋九百二十餘萬猶且不足，難復遍應八路之求，因請概停各路採買。准戶部議奏，許緩補解京銅，酌停江南、江西兩道採買。于是雲南減買五十餘萬觔。後半年，前巡撫明德又以各路委官在滇候領銅四百一十餘萬，以去年滇銅所餘一百餘萬計之，四年乃可足給。此四年之中，非特截留及缺交京銅不能補運，而各省歲買滇銅二百餘萬，積之數載，將有八九百萬，愈難爲計，因請裁減雲南鑄錢及各路買銅之數。准戶部議奏，許停雲南之臨安、大理、順寧、廣西府并東川新設各局鑄錢，又暫減陜西、廣西、貴州、湖北買銅六十三萬觔。于是雲南得減辦二百餘萬觔。通計前後，緩減五百餘萬，廠民之氣力乃稍舒矣。

夫滇銅之始歸官買也，歲供本路鑄錢九萬餘千，及運湖廣、江西錢四萬串，計纔需用一百一萬觔耳。至雍正五年，滇廠獲銅三百數十萬觔，始議發運鎮江、漢口各一百餘萬，聽江南、湖南、湖北受買。至雍正十年，發運廣西錢六萬二千餘串，亦僅需銅四十餘萬。其明年，欽奉世宗憲皇帝諭旨，議于廣西府設局開鑄，歲運京錢三十四萬四千六十二串，計亦止需銅一百六十六萬三千餘觔。乾隆二年，總督尹文端公繼善又以浙江承買洋銅，逋欠滋積，京局歲需洋銅、滇銅率四百萬觔，請敕江浙赴滇買銅二百萬觔。雲南依准部文解運京錢之外，仍解京銅三十餘萬以足二百萬之數。而直隸總督李衛又以他處遠買滇銅轉解，孰與雲南徑運京局？由是各省供京之正銅及加耗，悉歸雲南辦解，然尚止于四百四十萬也。未幾，而議以停運京錢之正耗銅，改爲加運京銅一百八十九萬餘觔矣。又未幾，而福建採買二十餘萬觔矣，湖北採買五十餘萬觔矣，浙江採買二十餘萬觔矣，貴州採買四十八萬餘觔矣，既而廣西以鹽易銅十六萬餘觔矣，既而陜西罷買川銅改買滇銅三十五萬，尋又增爲四十萬觔矣。於是雲南歲需備銅九百餘萬，而後足供京外之取，而滇局鼓鑄尚不與焉。

夫天地之產，常須留有餘以待滋息，獨滇銅率以一年之入給一年之用，比于竭流而漁，鮮能繼矣。

又況一年之用幾溢於一年之入，此凶年取盈之術也。故曰取給之數過多也。嘗稽滇銅之產，其初之一二百萬觔者不論矣，自乾隆四五年以來，大抵歲產六七百萬耳，多者八九百萬耳，其最多者千有餘萬，至於一千二三百萬止矣。今乾隆三十八年、三十九年，皆以一千二百數十萬告，此滇銅極盛之時，未嘗減于他日耳。然而不能給者，惟取之者多也。嚮時江、安、閩、浙買滇銅以代洋銅，議者獨以滇銅衰盛靡常，當多爲之備，仍責江浙官收商買洋銅以冀充裕。及請滇銅徑運京師，以其餘溢留湖廣開鑄，而商辦洋銅則聽江浙收買鑄錢。議者又以滇銅雖有餘，尚須籌備以供京局，若遽留楚供鑄，設令將來京銅有缺，所關不細。又議浙江收買洋銅，亦須存貯，滇銅或缺，仍可運京接濟。卽近歲截留京銅，部議亦以滇銅實有缺乏情形，當卽通籌酌劑，是皆以三十年之通制國用爲天下計，非獨爲滇計也。至於今日，而京師之運額既無可缺，而自江南、江西以外，尚有浙、閩、黔、粵、秦、楚諸路開鑄，紛綸並舉。一則曰此民用也，鑄錢也，不可少也；再則曰鑪且停矣，待鑄極矣，不可遲也。而滇之銅政騷然矣。夫以雲南之產，不能留供雲南之用，而裁鑄錢以畀諸路，諸路之用銅者均被其利，而產銅之雲南獨受其害，其產愈多則求之益衆而責之益急，然則雲南之銅何時足乎？故曰取用之數，不能議減也。供辦之難，此其二也。

一曰大廠之逋累，積重莫蘇也。謹按楊文定公奏《陳銅政利弊疏》云：『運戶多出夷猓，或山行野宿，中道被竊；或馬牛病斃，棄銅而走；或姦民盜賣，無可追償。又硐民皆五方無業之人，領本到手，往往私費無力開採，亦有開硐無成，虛費工本。更或採銅既有而偷賣私銷，貧乏逃亡，懸項累累，名曰廠欠。』由此觀之，自有官廠，卽有廠欠，非一日矣。然其時凡有無追之廠欠，並得乞恩貸免，故歲歲采銅數倍於前，而廠民之逋欠亦復數倍。司廠之員懼遭苛譴，少其數以報上官，而每至數年輒有巨萬之積欠，則有不可以豁除請者矣。上官以其實欠而莫能豁也，於是委曲遷就，以姑補其闕。乾隆二十三年，奏請預備湯丹等廠工本銀十二萬五千兩，所以償廠欠也。三十三年，逮治綜理銅政及司廠之員，著賠銀七萬五千餘兩，所以釐廠欠也。三十七年，除豁免之令，而于發價時每以百兩收銀一兩，大約歲發七十萬兩，可收七百餘兩，籍而貯之，以備逃亡，亦所以減廠欠也。至於開採之遠、工費之多、官本之不足，則莫有爲之計者，故不數年而廠欠又復如舊。三十七年冬，均考廠庫以稽廠欠，前後廠官賠補數萬觔外，仍有民欠十三萬餘兩。重蒙皇恩，特下指揮，俾籌利便，然後廠銅得以十一通商，而以鑄息代之償欠，今之東川局加鑄是也。然加鑄之息，悉以償廠欠；通商之銅，又以輸局供鑄，至於未足之工本，依然無措也。是以舊逋方去，新欠已來，兩年間又不可訾算矣。自頃定議，每以歲終責取無欠結狀，由所隸上司加之保結，由是連歲無廠欠之名。然工本之不足，廠民不能徒手枵腹而致採也，則爲之量借油米、爐炭以資工作，而責其輸銅於官，以此羈縻廠民，曰：『爾第力採，我能爾濟。』廠民亦以此餌其口，曰：『官幸活我，我且力採，以贖前負。』上下相蒙，不過覬倖於萬有一遇之堂礦。是雖諱避廠欠，而積其欠借不歸之油米、爐炭，亦復不下巨萬之值。要之皆出公帑也。蚩蚩之氓，何知大義？彼其所以俯首受役、弊形體而不辭者，孳孳爲利耳。至於利之莫圖，而官帑之逋負且日迫其後，而廠民始無望矣。夫廠以出銅，民以廠爲業，民無所望，廠何有焉？區區三五官吏之講求，其於銅政庸有濟乎？故曰大廠之逋累，積重莫蘇也。採辦之難，此其三也。

一曰小廠之收買，渙散莫紀也。雲南礦廠其舊且大者，湯丹、碌碌、大水、茂麓爲最，而寧臺、金釵、義都次之；新廠之大者，獅子山、大功爲最，而發古山、九度、萬象諸廠次之。至如青龍山、日見汛、鳳凰坡、紅日巖、大風嶺諸廠，並處僻遠，礦硐深窅，常在叢山亂箐之間。而如大屯、白凹、人老、箭竹、金沙、小巖又皆界連黔、蜀，徑路雜出，姦頑無藉貪利細民，往往潛伏其間，盜採盜鑄，選踞高岡深林，預爲走路。一遇地方兵役縱跡勾捕，則紛然駭散，莫可尋追。其在廠地採礦，又皆游惰窮民，苟圖謀食，既無貲力深開遠入，僅就山膚尋苗而取礦。經採之處比之雞窩，採獲之礦謂之草皮菜硫。是雖名爲採銅，實皆僥倖嘗試。一引既斷，又覓他引；一處不獲，又易他處，往來紛籍，莫知定方，是故一廠之所，而採者動有數十區。地之相去，近者數里，遠者一二十里或數十里，雖官吏之善察者，固有不能周盡矣。加以此曹不領官本，無所統一，其自爲計也，本出無聊，既非恒業，何所顧惜，有則取之，無則去之，便於就則取之，不便於就則去之，如是而繩以官法，課以常科，則有散而走耳，何能縻乎？官廠者見其然也，故常莫可誰何，而惟一二客長、錫頭是倚。廠民得礦，皆由客長平其多寡，而輸之錫頭，爐房因其礦質幾鍛幾揭而成銅焉。每以一爐之銅納官二三十觔，酬客長、錫頭幾觔，餘則聽其懷攜遠賣他方，核其實數，曾不及湯丹廠之百一。夫以滇南礦廠之多，諸路取求之廣，而惟二三大廠是資。其餘小廠環布森列以幾十數，而合計幾十廠之銅，比之二三大廠不能半焉，則大廠安得不困？故曰小廠之收買，渙散莫紀也。採辦之難，此其四也。

若夫轉運之難，又可略言矣。夫滇，僻壤也，著籍之戶纔四十萬，其畜馬牛者十一二耳。此四十萬戶分隸八十七郡邑，其在通途而爲轉運所必由者，十之二三耳。由此言之，滇之牛馬不過六七萬，而運銅之牛馬不過二三萬，蓋其大較矣。滇既有歲運京銅六百三十萬，又益諸路之採買與滇之鼓鑄，歲運銅千二百萬計。馬牛之所任，牛可載八十觔，馬力倍之，一千餘萬之銅，蓋非十萬匹頭不辦矣。然民間馬牛止供田作，不能多畜以待應官。歲一受僱，可運銅三四百萬，其餘八九百萬觔者，尚須馬牛七八萬，而滇固已窮矣。乾隆三年，廷議廣西府局發運京錢，陸用牛一萬四千頭、馬九千匹，水用船三千隻，念其僱集不易，恐更擾民，輒許停鑄。是年，雲南奏言：『滇銅運京事在經始，江、安、閩、浙之二百萬，未能一時發運。准戶部議，運京許寬至明年，而江、浙諸路之銅且需後命。凡以規時審勢，不欲强以所必不能也。』又前件議云：『戶部有現銅三百萬，工部稍不足，可且借撥。』又乾隆三十五年議云：『戶、工兩局庫有現銅四百五十萬，雲南尚有兩年運銅，計可銜接抵局者，仍八百餘萬。自後滇之發運，源源無絕，以供京局鑄錢，有盈無絀，其截發挂欠銅三百五十餘萬，均可著緩補解。』此其爲滇之官民計者，持論何恕？而其爲國用計者，論事又何詳也。今則不然，戶局有銅二百五十萬，合工部之銅三四百萬，滇銅之發運在道，歲内均可繼至者，千有餘萬。其視往時，略無所減，而議者且切切焉有不繼之憂。于是雲南歲又加運舊欠銅八十萬觔，通前爲七百一十餘萬，而滇益困矣。

且夫轉運之法，著令固已甚詳矣。初時京銅改由滇運，起運之日必咨經過地方，並令防衛、催稽、守風、守水、守凍，又令所在官司核實。轉報咨部，其後以運官或有買貨重載、淹留遲運，兼責沿途官弁驅促遄行，狥隱有罰。其後又以納銅不如本數，議請申用雍正二年採辦洋銅之例，運不依限者，褫職戴罪，管運委解之上官，並奪三官領職如故。其有盜賣諸弊，本官按治如律，並責上官分賠。又改定運限，自永寧至通州限以九月，其在漢口、儀徵換簍換船，限以六十日。自守凍外，守風阻水之限，不復計除，運銅入境，並由所在官弁依期申報奏聞。而滇、蜀亦復會商，以永寧、瀘州搬銅打包，限五十五日，其由永寧抵合江，由重慶府抵江津，並聽所在鎮道稽查，委官催督。或有無故逗遛，地方官弁匿不實報者，並予糾劾。其後以銅船停泊阻塞輓漕，又議緣江道路委遊擊都司押運，自儀徵以下並聽巡漕御史催赶，運官雖欲飾詐遷延，固不得矣。又積疲之後，戶部方日月考課，於是巡撫與布政使躬歷諸廠，以求採運之宜，而責巡道周環按視，以課轉運之勤怠，而察其停寄盜匿。其自守丞以下，州縣之長與簿尉巡檢之官，往來相屬，符檄交馳，弁役四出，所在官吏日惴惴焉捄過之不暇，而廚傳騷然矣。嘗考乾隆二年，滇有餘銅三百七十四萬，故能籌洋銅之停買。十七年，有積銅一千八九百餘萬，故能給諸路之取求。二十四年以後，有大興、大銅二廠，驟增銅四百餘萬，故能貼運京銅，歲無缺滯。此如水利，其積不厚，而日疏抉之，則涸可立待，勢固然也。今司運之官懼罹罪責，既皆增價僱募，然猶不免以人易畜。官司責之吏役，吏役責之鄉保，里民每竄數日之糧以應一日之役，中間科索抑派，重爲民擾，喜事之吏，驅率老幼，橫施鞭打，瘁民生而虧政禮，非小故也。

具此五難，是以滇之銅政有捄荒無奇策之喻。雖然，荒固不可不捄，而銅固不可不辦、不可不運也。嘗竊求前人之論，議厝注得失之所由，其有已效於昔而可試行於今者，曰：多籌息錢，以益銅價也；通計有無，以限買銅也；稍寬考成，以舒廠困也；實給工本，以廣開採也；預借僱值，以集牛馬也。

雲南之銅，供戶、工二部，供浙、閩諸路，供本路州郡餼餉，其爲用也大矣。故銅政之要，必寬給價。給價足而後廠眾集，廠眾集而後開採廣，廣採則銅多，銅多則用裕。前巡撫愛必達疏云：『湯丹、大水等廠，開採之初，辦銅無多，迨後歲辦銅六七百萬及八九百萬。今幾三十年，課耗餘息不下數百萬金。

近年礦砂漸薄，窩路日遠，近廠柴薪伐盡，炭價倍增，聚集人多，油米益貴。每年京外鼓鑄，需銅一千萬餘觔，爐民工本不敷歲出之銅，勢必日減。洋銅既難採辦，滇銅倘復缺少，京外鼓鑄，何所取資？前巡撫劉藻以湯丹、大碌不敷工本，兩經奏允加價。廠民感奮，大銅廠本年辦銅六十萬，大興廠夏秋雨集停工，尚有銅三百七八十萬，各廠總計共銅一千二百餘萬。歷歲辦銅之多，無逾於此。』實蒙特允，初未見有不許也。今之去昔，近者十年，遠者二十餘年，所云礦硐日遠，改採日難者，又益甚矣。而顧云發棠之請，不可數嘗者，何也？有銅本斯有銅息，有鑄錢斯有鑄息，故曰有益下而不損上者，不可不講也。按乾隆十八年，東川增設新局五十座，加鑄錢二十二萬餘千，備給銅鉛工本之外，歲贏息銀四萬三千餘兩，九年之間，遂有積息四十餘萬。自是以後，雲南始有公貯之錢，而銅本不足亦稍稍知所取給矣。二十二年，東川加半卯之鑄，歲收息銀三萬七千餘兩，以補湯丹、大水四廠工本之不足。二十五年，以東川鑄息不敷加價，又請於會城、臨安兩局各加鑄半卯。二十八年，再請加給銅價，則又於東川新舊局冬季三月旬加半卯。三十年，又以銅廠採獲加多，東川鑄息尚少，則又請每月每旬各加鑄半卯，並以加湯丹諸廠之銅價。而大理亦開錢局，歲獲息八千餘兩，以資大興、大銅、義都三廠之戽水採銅。先後十二年間，加鑄增局至五六而未已，滇之錢法，與銅政相爲表裏，蓋已久矣。以廠民之銅鑄錢，即以鑄錢之息與廠，費不他籌，澤不泛及。而此數十廠、百千萬衆，皆有以蘇困窮而謀飽暖，積其懽呼翔踴之氣，銅卽不增，亦斷無減，于以維持銅政綿衍泉流，所謂多鑄息錢以益銅本者，此也。

取給之數誠不可議減矣，諸路之所自有與其緩急之實，不可不察也。往者江南、江西、浙江、福建、陝西、湖北、廣東、廣西、貴州九路之銅，皆買諸滇，沓至迭來，滇是以日不暇給。夫聖朝天下一家，其在諸路者，與在滇之備貯固無異也。竊見去年陝西奏開寧羌礦硐，越兩月餘，已獲現銅二千四百觔，仍有生砂，又可煉銅五六千觔，由此鎚鑿深入，真脈顯露，久大可期。又湖北奏開咸豐、宣恩兩縣礦廠，先後煉銅已得一萬五千餘觔，將來獲利必倍。蓋見之邸報者如此。今秦、楚開採皆年餘矣，其獲銅也少亦當有數萬，而採買之滇銅如故，必核其自有之數，則此二邦者固可減買也。貴州本設二十爐，繼而減鑄二十三卯，採買滇銅亦減十萬，頃歲又減五爐，議以銅四十四萬七千觔，歲爲常率，而滇銅仍實買三十九萬六百六十觔，至於黔銅，則減七萬。將以易且安者自予，而以勞且費者予滇，非平情之論也，是故黔之採買亦可減也。又今年陝西奏言，局銅現有二十五萬一千四百餘觔，加以商運洋銅五萬，當有三十餘萬，又委官領買之滇銅六十二萬六千二百觔且當繼至。以此計之，是陝西已有銅九十餘萬，而又有新開之礦廠產銅，方未可量。此一路之採買，非惟可減，抑亦可停矣。又閩、浙、湖北及江南、江西，舊買洋銅每百觔價皆十七兩五錢，而滇銅價止十一兩，較少六兩五錢，其改買直矣。然此諸路者，其運費雜支，每銅百觔例銷之銀亦且五六兩，合之買價，常有十六七兩。其視洋銅之價，未見大有多寡，加以各路運官貼費自一二千至五六千，則已與洋銅等價矣。以此相權，滇銅實不如洋銅之便，則此數路者並可停買也。誠使核其實用，則歲可減撥百數十萬，而滇銅必日裕矣。所謂通計有無，以限買銅者，此也。

廠欠之實，見之楊文定公始籌廠務之年，後乃日加無已。逮其積欠已多，始以例請放免。其放免者，又特逃亡物故之民，而身有廠欠，受現價採現銅，而納不及數者不與焉。是故放免嘗少，而逋欠嘗多。乾隆十六年，議以官發銅本，依經征鹽課例，以完欠分數考課廠官墮征之法，止於奪俸。廠官尚得籍其實欠之數以要一歲之收，於採固無害也。其後以廠欠積至十三萬，而督理之官自監司以下，並皆逮治追償。尋以銅少，不能給諸路之採買，遂以借撥運京之額銅二百六十幾萬者計其虛值，而議以實罰於諸廠之官，罰金至十有四萬。尋以需銅日急，嚴責廠官限數辦銅，其限多而獲少者，既予削奪，或乃懼罹糾劾，多報銅觔，則又以虛出通關，按治如律，罪至於死。斯誠銅廠之厄會矣。夫大小諸廠，爐戶、砂丁之屬，衆至千萬，所恃以調其甘苦、時其緩急者，惟廠官耳。顧且使之進退狼狽，莫所適從，至於如此，銅政尚可望乎？故曰歲供之銅猶纍纍千百萬者，幸耳。由今計之，將欲慎覈名實，規圖久遠，蘄以興銅政裨國計，則非寬廠官之考成不可。何也？近歲之法，既以歲終取其所欠結狀，而所轄之上司又復月計而季彙之，廠官不敢復多發價，必按其納銅之多寡，一如預給之數，而後給價繼採，是誠可以杜廠欠矣，然而採銅之費，每百觔實少一兩八九錢者，顧安出乎？給之不足，則民力不支，將散而罷採；欲足給之，而欠仍無已，必不見許於上官。是又一厄也。然則今之歲有銅千百萬者，何恃乎？預借之底本，與所謂接濟之油米，固所賴以贍廠民之匱乏，而通廠政之窮者也。

謹按乾隆二十三年，預借湯丹廠工本銀五萬兩，以五年限完。又借大水、碌碌廠工本銀七萬五千兩，以十年限完。皆於季發銅本之外，特又加借，使廠民氣力寬舒，從容攻採，故能多得銅以償夙逋也。三十六年，又請借發，特奉諭旨，以從前借多扣少，廠民寬裕；今借數既少，扣數轉多，且分限三年，較前加迫，恐承領之戶畏難觀望，日後藉口遷延更所不免。仰見聖明如神，坐照萬里。而當時猶以日久逋逃，新舊更易爲慮，不敢寬期多發，僅借兩月底本銀七萬數千兩，而以四年限完。廠民本價之外，得此補助，雖其寬裕之氣不及前借，而猶倚以支延且三四載，此預借底本之效也。又自三十四年、三十七年先後陳請備貯油米、炭薪以資廠民，廠民乃能盡以月受銅價僱募砂丁，而以官貸之油米資其日用，故無惰採，斯又所謂接濟者之效也。今月扣之借本消除且盡，獨油米之貸當以銅價計償，而遲久未能者，猶且仍歲加積，繼此不已。萬一上官不諒，而責以逋慢，坐以虧那，則廠官何所逃罪？是又他日無窮之禍，而爲今日之隱憂者也。前歲雲南新開七廠，條具四事。戶部議曰：『爐戶、砂丁，類皆貧民，不能自措工本。賴有預領官銀，資其攻採，硐硔贏絀不齊，不能絕無逃欠。若概令經放之員依數完償，恐預留餘地，憚於給發，轉妨銅政。』信哉斯言！可謂通達大計者矣。今誠寬廠官之考成，俾得以時貸借油米，而無他日虧缺之誅，又仿二十三年預借之法，多其數而寬以歲時，則廠官無迫愜畏阻之心，而廠民有日月舒長之適，上下相樂以畢力於礦廠，而銅政不振起、採辦不加多者，未之有也。所謂寬考成以舒廠困者，此也。

小廠之開，渙散莫紀矣。求所以統一之、整齊之者，不可不亟也。竊見乾隆二十五年前巡撫劉藻奏言：『中外鼓鑄，取給湯丹、大碌者十八九。至餘諸小廠，奇零湊集不過十之一二。然土中求礦，衰盛靡常，自須開採新礦預爲之計，庶幾此縮彼盈，源源不匱。今各小廠旁近之地，非無引苗，惟以開挖大礦，類須經年累月，廠民十百爲羣，通力合作，借墊之費極爲繁鉅，幸而獲礦煉銅輸官，乃給價甚微，不惟無利可圖，且不免於耗本，斷難竭蹷從事。』又奏云：『青龍等廠，乾隆二十四年連閏，十有三月共獲銅四十八萬。自二十五年二月奉旨加價，至二十六年三月初旬，亦閱十有三月，共獲銅一百餘萬。所獲餘息加給銅價之外，實存銀二萬九千數百兩，較二十四年多息銀一萬有奇。而各廠民亦多得價銀一萬二千餘兩，感戴聖恩，洵爲惠而不費。』又三十三年，前巡撫明德奏言：『雲南山高脈厚，到處出產礦砂，但能經理得宜，非惟裨益銅務，而數千萬謀食窮民亦得藉以資生。』由此觀之，小廠非無利也。誠使加以人力，穿峽成堂，則初闢之礦入不必深，而工不必費。又其地僻人少，林木蔚萃，採伐既便，炭亦易得。較大廠攻採之費，當有事半而功倍者，尤不可不亟圖也。今廠民既皆徒手掠取，而一出於僥倖嘗試之爲，而爲廠官者，徒於坐守抽分之課，外此已無多求。是故諸小廠非無礦也，貨棄於地而莫爲惜也。又況盜賣盜鑄，其爲漏卮又不知幾何哉。小廠之銅，歲不及湯丹、大水諸大廠之十一者，實由於此。誠於廠之近邑招徠土著之民，聯以什伍之籍，又擇其愿樸持重者爲之長，於是假之以底本，益之以油米薪炭，則渙散之衆皆有所繫屬，久且倚爲恆業，雖驅之猶不去也。然後示以約束，董以課程，作其方振之氣，厚其已集之力，使皆穿石破峽，以求進山之礦，而無半途之廢，雖有不成者寡矣。若更開曲靖、廣西之鑄局，而以息錢加銅價，則宣威、霑益諸山之銅，不復走黔；路南、建水、蒙自諸山之銅，無復走粤。安見小廠不可轉爲大也？所謂實給工本，以廣開採者，此也。

滇之牛馬誠少矣，滇之所儲備又虛矣，而部局猶以待鑄爲言，移牒趣運，急於星火，殆未權於緩急之實者也。銅運之在滇境者，後先踵接，依次抵瀘，既以乙歲之銅補甲歲之運，又將以乙歲之運待丙歲之銅，而瀘州之旋收旋兑者，亦略不停息，則又終無儲備之日矣。夫惟寬以半歲之期會，然後瀘州有三四百萬之儲，儲之既多，則兑者方去而運者既來，是常有餘貯也。如是而凡運官之至者，皆可以時兑發，次第啓行。在瀘既無坐守之勞，在途亦有催督之令，運何爲而遲哉？若夫籌運之法，固非可以滇少馬牛自謝也。則嘗竊取往籍而考之，始雲南之鑄錢運京也，由廣西府陸運以達廣南之板蚌，舟行以達粤西之百色，而後迤邐入漢。而廣西、廣南之間，經由十九廳州縣，各以地之遠近、大小僱牛遞運，少者數十頭，多者三五百至一千二百，並以先期給價僱募。每至夏秋，觸冒瘴霧，人牛皆病，故常畏阻不前。既又官買馬牛，製車設傳，以馬五百八十八匹分設七驛，又以牛三百七十八頭、車三百七十八輛分設九驛，遞供轉運。會部議改運滇銅，乃停廣西之鑄，而以江、安、浙、閩及湖北、湖南、廣東之額銅並停買，歸滇運京。於是滇之征耗四百四十餘萬，悉由東川徑運永寧。其後以尋甸、威寧，亦可達永寧也，乃分二百二十萬由尋甸轉運，而東川之由昭通、鎮雄以達永寧者〔二〕，尚二百二十萬。其後又以廣西停鑄之錢合其正耗，餘銅通計一百八十九萬一千四百四十觔，並令依數解京。是爲加運之銅，亦由東川、尋甸分運。至乾隆七年，而昭通之鹽井渡始通，則東川之運銅，半由水運以抵瀘州，半由陸運以抵永寧。十年，威寧之羅星渡又通，則尋甸陸運之銅既過威寧，又可舟行以抵瀘州矣。十四年，金沙江以迄工告，永善黃草坪以下之水亦堪通運，於是東川達於昭通之銅，皆分出於鹽井、黃草坪之二水，與尋甸之運銅並得徑抵瀘州矣。然東川、昭通之馬牛，亦非盡出所治，黔、蜀之馬與旁近郡縣之牛，蓋常居其大半。僱募之法，先由官驗馬牛，烙以火印，借以買價。每以馬一匹借銀七兩，牛四頭、車一輛借以六兩。比其載運，則半給官價，而扣存其半，以銷前借。扣銷既盡，則又借之，往來周旋，如環無端。故其受僱皆有熟戶，領運皆有恆期，互保皆有常侶，經紀皆有定規。日月既久，官民相習，雖有空乏而無逋逃，亦僱運之一策也。今宣威既踵此而試行之矣，使尋甸及在威寧之司運者皆行此法，以歲領之運價，申明上官，預借運戶，多買馬牛，常使供運，滇產雖乏，庶有濟乎。然猶有難焉者，諸路之採買僱運常遲也。頃歲定議，滇銅每以冬夏之杪，計數分撥大小之廠，各以地之遠近、銅之多寡而撥之。採買委官遠至，東馳西逐，廢曠時月，是以今年始議得勝、日見、白羊諸遠廠之銅，皆自本廠運至下關，由大理府轉發。黔、粵之買銅者，鮮遠涉矣。而義都、青龍諸近廠，與雲南府以下之廠，猶須諸路委官就往買銅，自僱自運，咸會百色，然後登舟。主客之勢，呼應既難，又以農事，牛馬無暇，夏秋瘴盛，更多間阻。是故部牒數下，而雲南之報出境者，常慮遲也。往時臨安路南之銅，皆運彌勒縣之竹園村，以待諸路委官之買運。其後以委官之守候歷時，爰有赴廠領運之議。然其時實以雲南缺銅，不能以時給買，非運貯竹園村之失也。誠使減諸路之採買，而盡運迤西諸廠之銅貯之雲南府，以知府綜其發運；又運臨安路南之銅，盡貯之竹園村，以收發責之巡檢。如是，則諸路委官至，輒買運去耳，豈復有奔走曠廢之時哉？若更依仿運錢之制，以諸路陸運之價，分發緣路郡縣，各募運户，借以官本，多買馬牛，按站接運，比于置郵。夏秋盡撤馬牛，歸農停運，則人馬無瘴癘之憂，委官有安閒之樂。於其暇時，又分尋甸運銅之半，由廣西、廣南達於百色，並如運錢之舊，卽運京之銅亦且加速，一舉而三善備焉矣。惟擇其可而採納焉。

書上，不果行。其後銅政日益困弊，始取其說稍稍用之，然亦不能盡也。是以滇之官吏，至今莫不誦習其書。

公二十六歲喪父，事母色養，四十年如一日，宦轍所至，必與版輿俱。比居太夫人喪，年已六十一矣，哀毁一如少壯者。性好朋友，與同年邵君齊燾、鄭君虎文輩尤善，寓書往復，率以文章道義相劘切，每別必涕泫不自已，蓋篤於行誼如此。公言經兼訓詁，論道學兼取陸、王，詩文自魏晉迄於唐之杜、韓、柳，皆能擬其形容，而契其意旨。有《芥子先生集》凡二十四卷。祖以癸酉鄉試，獲出公門下，蓋三十餘年，知公之行事爲詳，又恨其言而未行，行而未盡效，因倣史傳之例，掇其要者著之。雖緐而不殺，俾後之惇史有徵於此，其亦公之志也。

【校記】

〔一〕《宋史》，底本作『宋疑』，引文出《宋史·河渠志》，且王太岳纂《涇渠志·總論》、王太岳《青虛山房集·涇水論》亦作『史』，據改。

〔二〕昭，底本作『招』，據地名改。

先母錢太夫人事略

太夫人錢姓，世爲青浦人。祖恭，父時泰，皆不仕。太夫人年十八歸先君贈大理公，莊而和，能自刻苦。時祖妣沈太夫人尚無恙，愛之，撫曰：『此吾小女兒也。』事先大理公及先妣陸太夫人，婉娩柔順，宗戚咸謂賢。

年二十四，生昶。家中落，太夫人親紡織以佐口食，井臼之役無不任也。少纔識字，久之通大義，得曹大家《女誡》、朱子《名臣言行録》，讀而善之。嘗督昶讀史書，聞范孟博之母訣其子，卞忠貞之妻哭其子，嘆曰：『人生貴名節耳，審若是，雖死喪患難，何惜？汝其識之。』其後遇演劇，輒令作《琵琶》、《荊釵》院本，至泣下，益喜觀不倦。遠綺黼，慕古節，天性然也。昶從軍滇、蜀，太夫人時寓書：『毋以我爲念。』乾隆癸巳，小金川平，今大學士阿公桂奏：『昶本獨子，其母年七十，深知大義，常誡以盡心軍事，昶緣是益奮，治幕府文書有勞績。』得旨俞允，進官一階。

今年，昶以都察院左副都御史出按江西，會先鞫事山東，在朱官屯復命，上垂問：『汝母年若干矣？』奏曰：『今年八十。』問：『尚康健否？汝宜迎養。』昶叩首言：『臣自山東赴任，取道安徽、湖北，與取道江蘇、浙江程相等，乞假五日以奉母。』上許之。蓋荷聖慈優卹如此。六月十八日，迎至南昌官舍，病胃氣逆上，不能食飲，至八月二十四日酉時卒，距生康熙四十年辛巳十二月十六日未時，年八十。

太夫人遇覃恩者三：初封孺人，再封宜人，晉封太夫人。龍章稠疊，上邀宸眷。昶又辱與海內賢士大夫交，造門請起居者無虛日，世詡以爲榮。然太夫人年四十四，甲子，先大理公卽世；又十年甲戌，陸太夫人歿；又六年庚辰，昶妻鄒氏繼之；又六年丙戌，妾陸氏殁。亡妻善事太夫人，其亡，哭之增慟，比數年不衰。陸氏生一女粹卿，太夫人絕愛憐之，故殁之日，傷悼與子婦同。又二年戊子，而昶遂有從軍之行，歷九年乃返。計三十餘年，太夫人茹荼集蓼，听然適志者，蓋無幾日也。今冬八十誕辰，光祿寺卿兄鳴盛、宮詹錢君大昕皆先期爲文以壽，道闡德甚至，顧不及期，遽歿，昶以是抱終身恨云。竊念古人有狀無行述，而婦女亦未有爲狀者，故仿歸氏有光撰事略一通，以上史館，以諗當世賢士大夫。嗚呼，痛哉！

春融堂集卷六十四　傳一

顧在觀傳以下十篇修《青浦縣志》作

顧在觀，字觀生，年十三，補華亭縣學生。及長，博覽羣史，於古今治亂之原、人才臧否之數，能識其所以然。陳繼儒見其史選，曰『神明識略，不可及也』，因推鳳皇山來儀堂以居之。教諭楊文驄命子師事焉。

馬士英總督鳳陽，以文驄故，辟置幕府。時論者抨擊不休，士英患之，在觀曰：『公素懷坦白，無所附麗，今昵懷寧，故衆情不免致疑。』阮大鋮聞，大恚。士英輔政，在觀首以起用老成、分別邪正爲言，一時若嘉興徐石麒、會稽劉宗周、長洲徐汧、華亭許譽卿、夏允彝及陳子龍並登啓事。而大鋮憾東林諸人，思誣以謀立他藩，一網盡之，最後嗾安遠侯柳某上疏。大鋮先詣士英，屬以嚴旨票擬，士英笑不應，大鋮怒曰：『東林間諜坐在汝家，我固知無能爲也。』在觀嘗語士英：『大鋮才智雄傑，一朝得志，爲所欲爲，必不顧其後，是事關公門戶，且係千萬世清議，不宜强爲遷就。』士英子鑾亦以此意極言之。其時不致啓白馬清流之禍者，在觀力也。

頃之，左良玉兵東下，士英不知所出，在觀曰：『亟卜蒲陽、吳門二輔遣使徵之，以安江督之心。

卽屬兩公遺書諭以順逆，西師猶可止也。』大鋮沮之，卒不見用。在觀知事無可爲，乃告歸山中。有瘠田二頃，力耕疾織，以給薪蒸之用〔一〕。後徵逋賦，盡斥其産，窮死。

【校記】

〔一〕以，底本空一字，據〔乾隆〕《青浦縣志》卷二八《顧在觀傳》校補。

陸振芬傳

陸振芬，字令遠，本姓林，居辰山。弱冠入幾社，陳子龍、夏允彝以爲不凡。順治六年，成進士。會兩粤未平，廷議破格用人，令隨大兵進討。振芬奏對稱旨，特命爲惠潮巡道。是年十二月，王師克南雄。七年三月，度大庾嶺，抵韶州府，巡撫李棲鳳傾心倚毗，每事必諮焉。時韶陽以南俱送款，獨省城未下，督兵攻破之，遂同總兵郭虎等由省城至惠州府，勦撫歸善、海豐諸寨。未至，諸寨窺兵寡弱來拒，夾師而進。振芬選精鋭數百，繞出其旁，獲一隊，諸寨股栗。于是諭以禍福，投順者踵至。至海豐，薛進抗守不下，振芬與鎮兵駐五坡驛，總兵班某兵亦自羊蹄嶺合攻之，兩日，城遂下。石碣衛等處相繼歸服。

八年，抵潮州任。兩月内，聯絡諸鎮〔二〕，檢制土官，招集流亡，簡省徭役，民始有更生之樂。時亂後法嚴，府縣往往濫禁無辜。振芬定以逢五、十日清理，二年之内囹圄一空。九年，平遠失守，振芬會師復之。總兵郝尚久于廣東未附時投誠，素懷不軌，是年冬，聞撤以爲水師副總兵，遂連海寇結土賊，僭制營建帥府。振芬察其逆謀，屢牒平南、靖南二藩及巡撫，早圖弭變，弗應。十年春，尚久遂自署爲新泰侯，圍道署，振芬以大義諭之，不從，乃密遣家人告急請兵。七月，都統率兵至潮，振芬約爲內應。九月十四日晚，掖外兵而上，出其不意，尚久授首。事平，引疾歸里，優游四十年始卒。

先是，廣東惠來張庚，振芬署學政時試童子所識拔者也。康熙二十七年秋，庚以舉人來令青浦，首謁振芬。振芬告以地方利弊，語不及私。子三，長祖彬，字孝質，天性惇摯，收養從子族孫之孤苦，及族嫂之孀獨無依者，葬其疎屬十一喪。康熙四十八年，水災，貸金糴米五百餘石轉貸之，藉舉火者數百家。好行其善，不恤勞瘁，卒年七十有七。

【校記】

〔一〕絡，底本作『給』，據〔乾隆〕《青浦縣志》卷二九《陸振芬傳》校改。

沈荃傳

沈荃，字貞蕤，居沈巷，幼孤，事母至孝。順治九年，進士第三人及第，授國史院編修，出爲河南分巡大梁道按察司副使。時羣盜董天祿、牛光天聚衆千餘，剽掠許、潁間，民皆驚竄。荃至，明卒伍，懸購賞，飭軍令，遣中軍王福爲前鋒，而身督勁兵繼之，殲其渠，餘賊解散。禹州城四十里外有竹園，叢篁密篠，陰翳數里，盜窟其中，劫商賈殺而埋之。荃遣吏卒收捕，發土得屍纍纍，盜具伏，悉按誅之。久之，以監司入覲，疏陳彰德養馬病民，又禹州糧應分上下等，皆中利弊，報可。

康熙元年冬，丁母憂，服除，補通薊道，以他事罣誤，部議謫寧波府同知。未赴任，召見，特旨復正四品，仍入翰林。其年冬，補翰林院侍講。十一年，典試兩浙，未還，轉侍讀。十二年，充日講官起居注。十三年，擢國子監祭酒。十五年，進詹事府右少詹事，尋轉左少詹事。明年春，晉詹事。十九年，加禮部侍郎。爲詹事時，疏言青宮在於豫養，引明臣馬文升言并霍韜《聖功十三圖》進之。未幾，復疏列出閣四事奏上，皆報聞。故事，詹事得與會議，荃於民生利弊、時政、人才得失剴切詳言，略無瞻狥。十八年，旱，詔求直言，時定新例，當流者徙烏喇極北以實邊，廷臣集議。荃謂烏喇距蒙古三四千里，地不毛，極寒，人畜凍輒死，罪不至死者，不應驅之死地，獨爲一議上之。詔令畫一，公堅持前議，曰：『此議行，三日不雨，臣願受欺罔罪。』上改容納之。越二日，大雨盈尺，例竟罷。

先是，荃在大梁，巡撫賈漢復屬修《河南通志》，既成，上之。後十餘年，詔天下郡縣修志，一以河南爲法。康熙二十三年七月，卒于位，年六十有一，謚文恪。以書名海内，三十餘年被聖祖仁皇帝特達之遇，日或一再召見，上或自作大書，令題其後，殿庭屏障皆屬荃書之。著有《充齋集》。子宗敬，康熙二十八年進士，由翰林院庶吉士累官太常寺少卿，亦以工書畫名于時。

周洽傳

周洽，字載熙，居郟店。六歲母亡，能執禮盡哀，每出，聞鄰嫗呼兒聲，輒悲泣，嫗怪問之，曰：『痛我無母呼也。』年十六七，貧甚，欲執一藝爲菽水資，遂學畫於趙伊，不數月盡其技。遊揚州，縱觀前人名蹟。而泰興季氏所藏尤富，洽日夜臨摹，學益進，遠近諸公貴人爭延致之，皆知洽有才，不敢目以藝士。

在福州都統胡啓元幕下最久，總督姚啓聖調諸道兵征臺灣，駐城外。一日忽移城中，城中人皆恐〔一〕，而啓元亦未測總督意，疑有變。急召部下兵，使與連營相次，以備非常。洽聞之，入見啓元曰：『公此舉，得毋以總督召兵入城，故冀以制之乎？』啓元曰：『然。』洽曰：『公與總督身爲大臣，轉相疑忌，是非所以制之，乃所以激之也。某觀總督忠誠無他慮，此舉不過欲耀武於衆耳。公誠簡騎從往過，微諷以地方當兵燹後，靜鎮爲先，一旦兵民雜處，雖軍令嚴肅，而小民無知，必致惶擾，恐乖公平日愛民之意。如此，則彼必喜公之推誠，且理無以奪，慮無不樂從。』啓元從洽言，兩人驩好如初。

又在潮州知府梁文暄所，方夜半，總兵據縣詳文云：『甲首乙交通海寇，宜急發兵掩捕。』文暄卽臥內告洽，洽曰：『此事虛實未可知，今海宇寧謐，人無異志，恐是姦民陷害良善耳。宜拘乙卽訊而緩其刑，使不致妄承，然後密訪甲素行若何，并查與乙有無仇釁，則事可立斷矣。』文暄如其言，乃知甲售田于乙，因加價構訟，不勝而陷之者也。

在河道總督靳輔幕時，河工始告成，輔欲繪黃、運兩河圖呈覽，以事屬洽，洽曰：『歷年所進河圖，多不稱旨，非親歷其山川城郭，則位置不能無誤也。』乃徧歷兖、豫、雍、冀四州之地，閱四月，相度河勢迂直緩急，及堤閘要害之處，手自摹寫，而別爲《看河紀程》三卷，繪以進呈。上覽之，下旨褒美。洽晚讀王守仁書，覺生平所疑，渙然冰釋，不復留意于詩文筆墨，然興至作畫，人爭以價購之。年七十有五卒。有《攤書閣詩文集》藏于家。

【校記】

〔一〕恐，底本作『惡』，據〔乾隆〕《青浦縣志》卷二九《周洽傳》改。

鄒允颺傳

鄒允颺，字彦康，以歲貢選寶應縣教諭，在職九年。康熙二十五年，擢湖北當陽縣知縣。當陽山谿深險，前遭流寇殘殺，國初餘孽尚踞竹房諸處，軍興旁午，咸取給於民，名曰差費。外此公務派民協助者，較諸正供，至踰數十倍。縣令因以居奇，費一征十。其間士大夫濫免，刁民抗徵，以至胥役土豪叢窟其中，窮簷困於供億，積四十餘年，力益憊。允颺至，痛革其弊，縣屬税銀三千二百兩有奇，糟米八百餘石，聽民以時投納，額内無加耗，額外無私徵，相沿陋例，次第釐剔。其奏銷公費及奉派雜項，皆官自爲償。

初到任，有紅船之役，求免不得，具陳所費，上官謂可倚於民，令集縉紳議之。衆欲循例派民，允颺曰：『他縣水次造船，取辦猶易爲力，今邑處萬山中，寧能陸地造乎？吾邑向不派修，此例一開，是貽民無窮之累也。』乃使人於漢口修造，自出銀五百兩，不取於民，後亦不復派也。

邑自兵燹之後，戶口逃散，田委榛莽，允颺勸民耕墾，聞風歸者如市。乃出示：『新闢地畝，果成熟者報官，准照下等田六年後起科。其舊墾未報者，亦依自首律呈報，不窮已往。有賠荒爲累者，亦許開報，核實緩其徵。』田苦難熟，半仰給於蠶麥，允颺春日開徵，不差催，不勾攝，出片紙令牌甲按戶分給，無驚擾也。鄰邑潛江饑，上官委以履勘，自持糗糒，躬親履畝，鄰邑令具盤飧供帳，悉卻之。瀕行，耆老醵金以獻，允颺曰：『若等方呼庚癸，顧斂財爲壽乎？鄰民猶吾民也，吾寧有歧視也？』以十分災報，潛江人德之。

慎於刑獄，未嘗妄杖，雖盛怒應盡法者，必末減之。尤善察隸卒用刑之弊，曰：『隸得人賄，用輕刑猶可，若挾夙怨及受仇家錢，毒刑害人，上不爲之察，受冤者何所伸乎？』已受刑者，不加以他刑，重罪荷枷與入獄者，以時體察，審其疾痛，無冤死者。嘗曰：『服官者初刑人，必有傷懼之色，久之而如擊土石、如艾草芥矣。人己一體，其可以國法適喜怒耶？』惟窮惡大逆，擒治如律不少貸，以爲蝨賊不去，嘉禾不長也。犯竊者痛治之，人病其過，曰：『大盜起於小竊，今小懲而大戒，所謂以囹圄爲福堂也。』賭博奸淫犯，不輕貸，以爲風化所關，不特近盜近殺而已。

康熙二十八年夏，夏保子以裁兵倡亂，竊據武、漢、黄、德四府，勢猖獗，距當陽城二百里。邑多深谷叢薄，而舊裁之兵間處其中，人懷觀望。衆議繕樓櫓、治鄉兵，禁民出城及他徙，甚有勸修山砦，以爲縣官避兵地者。允颺曰：『何事張皇以驚擾吾民也？』視事如常，而密約邑中士大夫之曉事者曰：『邑破，汝家亦不可保。若不爲國計，寧不爲家計乎？』陰令合家僮暨村邑中勇悍少年，遷入城内四門近處，檢役隸中之幹而强者習武備，授以庫械，復召遠近裁兵，諭之曰：『吾觀若等力未衰，今能爲我守護，吾給若等貲糧，且爲言於上。』皆踴躍聽命，人有固志。會賊旋平，乃撤備。方賊之未平也，或勸先遣家屬從間道歸江南，允颺曰：『家屬苟一出城，人必以爲賊至，遠近震恐，人情瓦解，非計也。且賊苟得志，則所在荊棘，江南其可得至乎？不如堅守，或有完理。設賊果來攻，一旦力不能支，則一門忠孝，不猶愈死於道路乎？』聞者感動。

上元夕，吏請循例諭里民張燈爲樂，允颺曰：『張燈之弊：遊蕩一也，爭鬥二也，火災三也。充其類而盜賊姦邪每乘間而起，司土者在所宜禁，可更張之耶？』自奉甚儉，一袍常歷十數年，食無兼味。居官七載，家益落，不知者多笑爲拙，而允颺方以自快也。三十二年，以『卓異』薦，命以主事同知陞用。既去任，民各繪像奉祀焉。三十七年，聞姊喪，悲悼而卒。

周綸傳

周綸，字鷹垂，茂源子，隨父客京邸，已有名，董含、董俞、田茂遇諸人俱重之。康熙十八年歲貢，廷試第五名，授國子監學正，爲新城王士禛所知。生平以經世爲志，嘗上巡撫湯斌，請官收官兑，書云：『松江地丁漕白，明朝有北運、有收兑、有經催。本朝定鼎，一革白糧北運，再革漕糈收兑，均田均役，復革銀米經催。小民按畝輸官，即各寧家鼓腹，此真生逢堯舜，頓離火溺。獨漕、白二糧，不比銀錢輕易，況起解條銀，扛費水脚，不致官爲民代。若旗丁由單石數內，有正有耗而外，船隻有給，行月有給，五米十銀有給，所患層累扣尅，病軍即以病運耳。至官爲民收，官爲民兑，前此里排會議，松江澤國，米性潮濕，民間倉棧積下，旬日不加搧颺，即便浥爛，故議搧颺風刮，量加三升。潮無乾縮，量加三升，恐納戶不能粒粒揀剔，以稽開兑、以誤准限也。貯米在廒，潮水地面，土氣上蒸，務備蒲包墊草，又加一升二合，鼠耗三合〔一〕。至華、婁兩縣，除白糧官廳係屬公占，而漕米倉房俱借之民，其地基糧白理須給價完課，故每石又加五合。而修倉房，買蘆席、礱糠、鎖鑰、風車、笆斗、栲栳、斗斛、籌棒、斛單、串張、油硃，及倉夫執單紙張，貼旗軍臨兌駁船，發挑夫開兌脚價，與凡僱募書算、僱募斛手工食等項，原議七分。前此上下分肥，斛斛淋尖，高至四五指，每石加八升之米，變爲官加一、私加一，而七分之費，大戥秤收，起籌出串，項項勒索，誠如今總漕請釐三害等事疏内「收米一石止作七八斗。脚價江、浙反無額設，民間私貼，尚止銀三五分，米三五斗。乃湖北編有折銀三千九百餘兩，每石復幫貼至一二錢；江西已編脚價銀三萬四千五百餘兩，每石復徵收水脚銀三錢五分及三錢、二錢、五錢不等，均宜查革」。部議：「湖北、江西既有額編脚價，何得又行分外私徵贈貼等項？」傳述之頃，歡聲雷震，獨是我松幸賴廉明知府魯，於康熙十五年下車以來，恰值華亭知縣南、婁縣知縣史兩賢令接踵莅任，革去種種陋弊，俯准芻蕘荒區，另編緩比。秋成，儘頂十銀爲數，適足相當，不至蒿萊日甚。且詳明督撫，官斛之上，釘置斛擋，形如卜字，上下兩鐶。復將七分之銀詳減二分，八升之米詳減三升。此時傳集里排，黄髮皤皤，交口稱頌，咸謂米色略可通融，使民易得上納，則此三升之減，猶懼不可經久，以累官長。今華、婁、上、青一概不收，誠恐賠累在官，一朝卸擔，官何取償？變爲區收區兌，則向來蘇州之官爲催比，民自備廒攢費，及至出兌之後，纔給印串，風雨火盜，時刻憂虞，陽奉官收官兌之旨，實則官僱民收官兌。松爲樂土，相去霄壤。爲此呈具松江官收官兌原議，并《均編要略》、《均役》，成書三册，伏乞主裁。』

又爲松江士民陳明浮糧云：『恭讀諭旨，故明洪武因有仇怨于民，或一處錢糧徵收甚重，我朝並無仇怨，何可踵行？爾部詳察具奏。旋聞江西瑞州、袁州浮糧隨奉豁免，則是江西億萬年生靈，皆本朝特賜骨而肉之也。兹蘇、松待澤於聖天子準諭減額，惟繼因軍興旁午，未敢比例上瀆。今海宇盡歸版籍，康熙二十三年，大駕東巡，賜蠲賜賑；二十四年，直隸郡邑復免現年錢糧，是朝廷加意撫綏，誠求保赤。今以蘇、松浮糧上告宸聰，必蒙矜閔。因思兩浙田税，錢氏時畝至三斗，宋室耆定，遣王方贄均税。方贄以爲兩浙既爲王民，豈當復循僞國之法，悉令畝出一斗。若以松江論之，宋時特華亭一縣耳，屬浙之嘉興，明祖取張士誠時，田主佃入租額責成完賦，較元九升之科多至四倍〔二〕，雖守令考成，纔及六七分竣局，然三百年來，不能無致痛于洪武也。況起科米石止二錢五分，折徵而金花銀一兩一錢，準科四石四斗，三梭布一疋，準科二石五斗。名浮實約，尚有壓欠纍纍。丑年之正供徒縻費于子年之杖比，日復一日，仍歸豁免。公家本不得百姓之實額，而曾不得百姓之感恩，挂欠之久，民脂民膏仍耗於胥吏之谿壑、冊籍之遊移耳。今不敢全望減額，第願臚陳蘇、松情形，聞於聖天子，將松江三斗六升五合等起科平米〔三〕，比照本郡之四錢、五錢一石折徵，田畝加三斗六升五合。除本色米外，應折若干，概引四錢或五錢一石折算。即是故明初定之額，而一轉移間，邀恩已渥。至故明初定二錢五分一石之價，不敢覬覦也。若萬曆以後，就事加編，量行酌免。按萬曆年間松江徵糧田四萬三千七百二十頃九畝零，本色米四十六萬二千三十六石零，折色銀四十三萬七千七百三十九兩零。康熙二十三年會計，除去坍荒，松江徵糧田四萬七百四十四頃三十五畝零，本色米四十四萬二千二百四十石零，折色銀六十七萬二千一百七兩零。伏乞一一剴切聲明，則東南民力起死回生也。』言雖未盡行，時論賢之。

綸著述緐富，有《芝石堂文稿》、《不礙雲山樓稿》、《八峯詩稿》、《石樓臆編》諸書行于世。

【校記】

〔一〕耗，底本作『糧』，據〔乾隆〕《青浦縣志》卷二九《周綸傳》校改。

〔二〕　元，底本無，據［乾隆］《青浦縣志》卷二九《周綸傳》校補。

〔三〕　三，底本空一字，據［乾隆］《青浦縣志》卷二九《周綸傳》校補。

王原傳

王原，初名深，字仲深，一字令詒，居啓聖里。父九徵，明季歲貢生，以學行爲陳子龍所知。原生八九歲，能辨四聲。十二三，竊爲詩、古文，父得之，喜其不凡。年二十四，爲縣學生。康熙二十七年，成進士，未及用，從刑部尚書徐乾學修《一統志》於包山。

三十三年，選廣東茂名縣。廣東徵糧，舊責之里長，而里長私派於民，糧一石派至二三十兩，民多棄田而逃。原令里書編造業戶實名，而里長之弊以革。其業戶棄田而逃者，遺糧派諸鄰戶，逃者歸，則并數年之所攤而責之，故逃者卒不敢復。原代爲捐辦遺糧，不得攤派鄰戶，而逃戶之歸者日多。南橋有人市，父鬻其子，夫鬻其妻，嚴爲之禁，人市始除。其餘設義學、禁巫覡、鋤强梁、雪寃滯、頒婚葬之式，頌聲大作。移署信化。三十五年，以解犯脱逃解任，未幾弋獲，復官。

三十八年，補貴州銅仁縣。縣舊爲苗窟，荒僻殊甚。原建學以訓子弟，教治葛以爲布，焙茶、榨油以爲用。溪水湍急，教之造舟以興販。又設保正保副，訓練鄉勇以禦苗患。設苗寨長、貳以約束羣苗，銅仁大治。

四十一年，行取試，授工科給事中。時平陽府知府馬思贊請以天下錢糧加一火耗作爲正供，聖祖問州縣之爲科道者，原奏言其不可，上是之，議遂革。尋以劾文選司郎中陳汝弼姦貪牽連，降級以歸。按王椕竑《王式丹行狀》：丙午榜發，中式第六名。時主考陳公某得卷歎賞，已置第一矣，會同考有爭元者，故置第六。公選拔同年二人、同譜一人，皆以縣令行取例科道兼補。而三人者，欲補科選司，陳公持之意未決。陳公者，公鄉試座師也。三人以公同年同譜相好，託爲之言，又於給諫湯公西崖坐上作書致之。西崖湯公，亦某某同年也。科臣某既入垣，卽疏劾陳公以重罪。陳公性剛少合，選事或行己意，廷臣多疾之。事下法司，擬大辟。聖祖自南巡歸，廉知其事，得召見，具言科臣挾私陷害，以公手書爲證。遂命內大臣覆審，公具言手書始末，語與陳公合，於是陳公得免罪。三人者皆革職，湯公與同席，并奪俸六月。公亦僅奪俸一年。

原壯而力學，老而不倦，早年受業於平湖陸隴其，已從睢陽湯斌問學，精研理道，一以濂洛爲宗。年至八十四卒。生平著作繁富，詩有《短檠》、《北鄉》、《閩海》、《寒竿》、《過嶺》、《潘州》、《惠陽》、《岫雲》、《銅江》、《鸞臺》、《滄江》、《都蔗》、《南牕》諸集，經學有《學庸正譌》、《論孟釋義》、《春秋咫聞》，史志有《歷代宗廟圖考》、《明食貨志》，譜錄有《深廬劄記》、《深廬集訓》、《終制雜説》、《雞柘集》，自著年譜、古文若干卷。

張德純傳

張德純，字能一，先居崑山，依外家黄氏，遷于青浦。年二十七，舉于鄉。康熙庚辰，成進士，初授內閣中書舍人。戊子，改授浙江常山縣知縣。常山居水陸衝，土瘠民悍，號爲難治，又爲錢唐江發源處，雨稍後時則憂旱，霖潦集則苦水。甲午秋，菑特甚。德純蠲賑之外，復請發省倉米數千石，分置城鄉平糶，且許極貧者借貸衣食，至秋熟還倉。丙申，復被重災，請米糶借如前，民賴以存活者甚衆。邑賦二萬餘，地丁分納，丁賦缺則攤之貧戶。德純于編審時力清其弊，請均丁于地，而民困以蘇。江右、閩中之氓，春來佃麻，縛棚爲居，秋則棄去，向患滋事。編立保甲，每棚設長以稽之，自是人無犯者。官九載，以失察旂人解任。

少工詩，有《松南詩鈔》。晚年一意窮經，《儀禮》、《周禮》皆有箋釋。《詩經解頤》、《孔門易緒》、《離騷節解》，尤殫數年精力而成。卒年六十九。子之頊，字堅孟，以歲貢教習選貴州印江縣知縣。

周士彬傳

周士彬，字介文，由縣改入府學生。幼事繼母能孝。母東緼操作，士彬織簾於其旁，輒記誦《四書》諸經。及長，益研究宋儒語錄，以身體之，期於實踐。時施維翰爲山東巡撫，招致幕下，適奉裁東省提督標下兵，兵變。方五月五日燕客，倉卒無以應。士彬請發庫帑數千金以安軍心，且奏請給裁兵半餉，俟訓練簡汰老弱，即拔驍勇者以充之，其不堪者勒令歸農，如是則反側自靖。維翰從之，事乃定。明年維翰晉浙閩總督，士彬以親老辭歸。

先世家千山，所居堂曰山舟，闢山舟之西偏曰寶善堂，偕其妻承歡養志。及居喪，哀痛成疾，諸醫束手。士彬曰：『莊敬可以日强。』遂半日靜坐，半日讀書，由是道益修，病亦平復。服闋，中康熙三十五年鄉試副榜。生平視天下無可忽之人，亦無可忽之境。居常昧爽而起，度時可執作，始召家衆畢起。七十後，冬寒夙興如故。或止之，曰：『既寤復寢，是自甘昏昧放逸也。』平日泊然無所嗜好，大要以靜敬爲功。卒年七十八，著有《增訂韻瑞》八十卷、《文集》二卷、《山舟學詩草》十二卷。

胡寶瑔傳

胡寶瑔，初名金蘭，字泰舒。祖希烈，以貢生歷官常州府教授，始自歙遷于婁縣。寶瑔生有神兆，資禀異人。雍正元年，舉于鄉。乾隆二年，試授内閣中書，大學士鄂爾泰選直軍機處。六年秋，大學士查郎阿、兵部侍郎阿里衮奉命相度奉天三省地形，請以同行。時適隨駕校獵，即由木蘭徧歷諸部，至盛京，過吉林，渡松花江，轉至黑龍江，再轉至寧古塔，又徧閱諸邊，及春而還，共行二萬二千餘里。橫穿側出于冰霜風雪中，覽形勝，辨其土宜，自以爲極域外之大觀也。會舉御史，查郎阿疏名以上，御試第一，時已遷内閣侍讀，旋授福建道監察御史，轉户科給事中，再遷順天府府丞。

寶瑔任道科五載，屢上疏，言直隸賑濟，請酌量土著、流民分别處置；河南查閲營伍，當杜苛派剋扣之弊；山東、江南被水州縣，宜乘水涸時設法疏導。皆得旨允行。十三年，王師剿金川，命大學士傅恒爲經略，敕以從行，日馳三百餘里，恪遵廟算，剋期告捷。寶瑔贊畫居多，擢順天府府尹，前後賜賚甚厚，屢遷宗人府府丞、副都御史。

十六年，隨駕南巡，有偃師姦民傅皖俊以私憾控張天重謀逆，逮係百餘人，命寶瑔往鞫。乘傳七日而至，集案牘視之，比夜分，曰：『吾已得其實矣。』一訊而伏，止誅皖俊一人，餘皆省釋，中州人以爲神明。明年，遷兵部右侍郎，兼府尹如故，遂授山西巡撫，旋調湖南。自湖南而江西、而河南，再撫江西，復至河南，凡四省六任焉。在山西，撫饑民、理冤獄、抉貪吏、除姦豪、整關隘，力行教養之政。在湖南，民貧俗敝，苗猺困兵役之擾，悉整飭之。其在江西，設編船，嚴保甲，以息鄱陽之盜，奏罷廣信開山之議，重封禁山以杜後患。江潮歲饑，江西亦中熟，因市儈居奇，迺爲宣禁，以通商販，鄰省賴焉。及二十二年，撫河南，方患水，開、陳、汝、許與河北之彰、衛、懷同時被澇者六十餘州縣，天子軫念災黎，發帑金數百萬，撥米數百萬石以賑之。寶琛率屬吏計口而賑，不遺一人，葺廬舍，招流亡，借牛種，至冬隨地留養，所全活以數千萬計。

復奉命開濬水道，工賑兼舉，民飽食趨事，所開幹支各河凡六十有七道，計二千五百餘里。皆因自然之勢層注而下分，入于江南之濉、淝諸水，滙于淮以歸洪澤湖。迺會其源流，記其深廣，爲圖說以獻，請御製碑文以垂永久，上深嘉之，加太子少傅。自是連歲大稔。二十五年十二月，復移江西。次年七月，河決楊橋，沁、洛、丹、衛同時並漲，被水者五十餘州縣。命大學士劉統勳、協辦大學士戶部尚書兆惠及戶部侍郎裘曰脩、南河總督高斌共治之，復召寶琛撫河南。時決口數百丈未合，將開引河築壩束水，需藁薪之屬數千百萬，日役數萬人，以次徵發，受傭者皆與直，民不知擾，被災之地，賙卹周至，無一流亡者。水落田出，民借種以播菽麥。次年秋，皆復大熟。寶琛在河南最久，習知其地利民俗，盡心經畫，故民樂而安之。

二十八年正月，卒於官。事聞，贈太子太保、兵部尚書，謚恪靖。賜祭葬如例，且允所請入籍青浦。寶琛兄弟八人：長嘉會，次嘉浩，皆庠生；三才標，監生；四寶璹，國子監學正；五嘉謨；六寶光，舉人，鳳臺教諭；八寶琳，由保舉至刑部郎中，累官山東鹽道。家門鼎盛，不改儒素。嘗被命祭告，請假便道還松江，太守聞之，曰：『吾官此數年矣，不知郡中有此縉紳。』訪之，則已徒步至里門。所居破屋數椽，門不能容車，猶然蓬蓽也，嘆息而去。

宋德宜傳以下十二篇修《太倉州志》作

宋德宜，字右之，崇明人，遷居長洲。順治十二年進士，選庶吉士，授編修，歷官吏部尚書、文華殿大學士，加太子太傅。以疾卒于官，年六十二，謚文恪，予祭葬。

德宜風度端凝，學問淵裕，爲都御史，上疏請弛海禁，更定鹽法，裁省筆帖式，禁黄硝，又言捐納授官非經久制，請限以月或以年。所言次第舉行。又言各處統兵大將軍王以下，玩寇殃民，或掠取婦女，或擾奪財物，請嚴飭禁絶。上是之。山東大帥柯永蓁縱兵鼓譟，德宜疏劾，卽命逮訊。大軍進黔，秦蜀之餉，彼此推諉。會星變，德宜言併川陝總督爲一人，則痛癢相關，可以隨地調發。從之。削平滇、黔、粤、蜀，俘獲婦女籍旗下，德宜言婦女何辜，宜聽收贖，所釋甚衆。

德宜口訥，至國家大事，自爲一議，反覆開導，多所報可。性孝友，年十七，以父學洙巡按山東死事狀伏闕上書〔一〕，得贈卹。兄德宸，字御之；弟德宏，字疇三。早著文譽，一時有『三宋』之目。長子駿業，累官兵部右侍郎。次子大業，内閣學士，康熙三十二年典江西鄉試，取朱軾第一。

【校記】

〔一〕洙，底本作『朱』，據〔嘉慶〕《直隸太倉州志》卷二八《宋德宜傳》校改。

陸元輔傳

陸元輔，字翼王，嘉定人。先世工姓，居北城。父昌期以掾起家，署太平府司獄，申明冤濫，調番禺沙灣巡檢。初至，獲渠盜，上官輒以賄縱，昌期乃以橐縛投海中，盜少息，番禺人祀之名宦。

元輔爲黄淳耀門人，在直言社中，小有指摘，必痛悔流涕，淳耀稱其學行。後棄諸生，博覽載籍，益研精於經術。康熙十七年，舉博學鴻詞，抵京，夢見淳耀與語，入試，不終卷而罷。館京師，文學侍從之臣每承顧問，有僻事未能對者，輒訪之，元輔口答手疏，莫不曉暢而去。購宋元明人經説至數十種，泝其淵源，剖其得失，輒爲題跋，朱彝尊《經義考》多取其言爲據。子宗濰，字維水，太學生，復姓王。詩文一軌於法，有固窮之操。卒年八十。

吳偉業傳

吳偉業，字駿公，太倉人。先世皆以科第文行著聞。母娠時，夢朱衣人送鄧以讚會元額至，遂生偉業。幼有異質，篤好《史》、《漢》，張溥見而奇之，遂爲弟子。崇禎四年，會試第一，懷宗批其卷曰：『正大博雅，足式詭靡。』殿試第二，授翰林編修，給假歸娶。時有姦民首告復社事，當軸陰主之，欲盡傾東南名士，偉業疏論無少避。九年，充湖廣鄉試主考官，陞南京國子監司業。會黄道周論楊嗣昌奪情，廷杖，偉業具橐饘，遣太學生涂仲吉入都訟冤，旨嚴詰主使，幾不免。十三年，晉中允、諭德。八年，轉庶子。未幾，擢少詹事，甫兩月謝歸。

國初，總督馬國柱疏薦，授祕書院侍講，奉敕纂修《孝經演義》，陞祭酒。丁嗣母憂，聖祖親賜丸藥，撫慰甚至。旋以江南奏銷議處，適遂初志焉。所居梅村，名曰鹿樵精舍，本王士騏賁園，花木翳然，因取以自號。居十餘年卒，年六十三。

初，偉業及第，年甚少，才名爛然，海內爭慕其風采。及爲諭德，侍太子及定王讀書。甲申之變，太子爲李自成挾去，不知所終，故有詩云『我是淮王舊雞犬，不隨仙去落人間』。又遺命題墓前石曰『詩人吳偉業之墓』，其寄托如此。長洲尤侗贈以詞云『江山如夢，眼前誰是舊京人物』，又云『椽燭衣香，少年情事，頭白今成雪』，偉業讀之泣下。爲文瑰偉宏富，詩尤擅勝。取明季遺事，用王、楊、元、白體詠之，蒼涼悽麗，曲折詳盡，咸有黍離麥秀之感，稱爲絕調。晚年著《春秋氏族》、《地理》二志，支分派別，証以《史記》、《漢書》，及後碑記之文，蓋不欲以詩人終也。兩書皆未刻，藏於家。子暻，康熙戊辰年進士，官至給事中，亦工詩。孫遵彥，由舉人歷任福建、四川知縣，有能吏名。

王掞傳

王掞，字藻如，太倉人，錫爵曾孫。父時敏，夢高僧聞谷而生。康熙九年進士，改庶吉士，授編修。丁內外艱，服除，由左贊善補右，充日講起居注官。提學浙江，校《劉宗周全集》，刊之。表章啓、禎忠節，立六賢講院，修三江口黃尊素祠，使教諭以時致祭。期滿，歷講讀學士，累陞內閣學士，轉戶部侍郎，充經筵講官。三十七年，調吏部右侍郎，轉左。時吏道龐雜，姦胥得上下其手，掞悉心條列，定爲章程，銓政一清。命督河工，省帑金六十六萬。四十二年，陞刑部尚書，尋調工部，轉兵部、禮部。在刑部時，往例錄囚止錄清書口供，漢司官不能通曉，掞請兼錄漢稿，著爲令。又論刁猾以細事控部之害。他如疏爭香山知縣張令憲死事之宜蔭，絀御史陳惟孜散遣太學諸生之非體，抑功加之冒濫，禁考工之陋規，皆總持綱紀，務存大體。

及爲大學士，益恪謹，凡章奏閉閤獨繕。五十六年冬，會有御史八人以建儲請，上下其疏，并出掞五月間摺，外廷始知掞有是請。翌日，閣臣擬票具奏，上諭：『王掞所奏，具見悃誠，亦言所當言，爾等票擬殊不合，掞等所奏著留閣中。』時掞以摺本故，不敢同諸閣臣入奏事。上召掞入，將出，獨留掞，移時乃出，人莫聞其語。六十年春，復具疏力申前請，同時請者又有御史十二人，上疑出掞意，乃下嚴旨切責，令掞回奏。奏上，越五日，命掞子奕清代往軍營効力。時掞未解閣務，以待罪不視事。明年春，仍命入閣，任遇如故。世宗卽位，掞以衰病請告，溫旨留京備顧問。越六年卒，年八十四。雍正十三年奕清還京，爲父請卹，奉旨予祭葬。

掞好汲引善類，不植私人，屢主鄉、會試事，均稱得士。立朝從容風議，不爲崖異，及臨大事，風節凜然。孝惠皇太后之升祔，掞闢眾議，請躋於孝康皇太后之上，其合禮稱旨多類此。卒後十餘年，其孫懷始克舉葬。子奕清、奕鴻。

奕清，字幼芬。掞娶長洲宋文恪公女，婚夕，夢有緋箋署其臥闥，曰『詹事府掌詹事』，既而生奕清。

康熙三十年成進士，改庶吉士，歷官詹事府詹事。奕清生長名閥，文采著聞，典試視學外，凡朝廷編修校讐之役，多以畀之。其代揆赴于軍也，腰弓躍馬，北出萬里，抵大營屯，分駐地曰忒斯、曰阿達拖羅海，窮荒大漠，風景寒慘。奕清素羸善病，處之六年，宴然安之。雍正四年，再命在阿爾泰坐臺。又十年，乾隆元年，始召還都，仍以詹事管少詹事。明年春，陳父建言始末，請卹典。得旨俞允，且給假營葬，不及就道而卒，年七十三。其終于詹事，竟與夢符。

奕鴻，字樹先，康熙四十八年進士，授戶部主事，歷陞員外郎中。五十三年，典四川鄉試，出爲湖南驛鹽糧儲道。六十年，奕清代父往北路軍營，奕鴻盡斥其產，請送軍前，奉旨與奕清俱詣烏里雅素臺効力。臺在蒙古外喀爾喀地，與俄羅斯壤接，蓋盟長超勇親王建牙之所。坐臺十載，乾隆元年命還朝，發四川以道用。初攝松茂道，適小金川土司相仇殺，奕鴻曉以禍福，各帖服。尋補川東巡道，引疾歸。又十五年，卒於家，年八十有二。

春融堂集卷六十五　傳二　小傳

王原祁傳附王謩

王原祁，字茂京，太倉人。時敏孫，揆子。原祁工詩文，尤精畫法，臻神品。康熙九年成進士，觀政吏部。二十年，充順天鄉試同考官，稱得士。除任縣令，任故古大陸，爲九河下流，時大潦，部使者按視至任，一望巨浸，原祁據縣志力爭，賦得弛。又請於臺使，奏減歲賦三千餘兩。在任四年，尚書魏象樞巡察畿南，凡大案必委鞫焉。尋行取擢刑科給事中，轉禮科。三十九年，特旨改中允，入侍南書房，歷侍講、侍讀學士，充日講官，累陞詹事府詹事、掌院學士。

原祁以文章翰墨結主知，常召入便殿，從容奏對，或于御前染翰。五十一年，陞户部左侍郎，會豫省災，折徵漕米，原祁力請分年買補。又上諭直省錢糧三年輪蠲一周，舊欠並與豁除，江南以奏銷稍後，不入蠲數。原祁獨請如詔旨，不以桑梓引嫌，聞者韙之。五十四年，年七十，以疾卒於位。特賜全葬予祭。原祁體貌瓌偉，虬須豐頤，遇物坦易，上嘗稱其存心莫及。沒後丹青流布，寸縑尺素，寶若拱璧。自是江浙之工山水者，皆本原祁，而子孫以畫知名者亦衆。子謩。

謩字孝徵，康熙四十五年進士，改清書庶吉士。己丑授館職，癸巳奉旨養心殿行走，甲午充河南鄉試主考官，乙未丁外艱，戊戌服闋，補原官。庚子冬，提督陝西學政，科試擢游得宜第一，謂衆曰：『斯文也，秋試亦當首選。』榜發，游果得解。在陝六年，甲辰陞洗馬，丁未回京充會試同考官，又充日講起居注官，升右庶子，旋擢侍講學士。七月陞少詹事，九月命往廣東署布政使，己酉春調直隸布政使。時州縣新舊交代，惟倉穀爲難，或前官預儲醜穀，或後官延宕不收，互詳聚訟。藼稔其弊，使碾米交代，以一米抵兩穀糶之，平糶後，以價貯庫。秋成時，新任買補，有司便焉。兵餉舊例，于次月初始領前月糧，藼令于前月望後發次月之糧，營弁頌爲善政。乙卯夏，調任山西布政使。

丁巳入覲，擢任廣東巡撫。時瓊州一郡編征税銀多缺額，地方拘于考成，在地丁榔柯税、排門烟戶等項均攤賠派。藼澈底查清，奏免四千餘兩，以蘇民困。廣東濱海，颶風起，潮溢爲災，藼委賢員協辦，軫恤無使失所。瓊州懸海外，水土瘴毒，蒞茲土者偶有死亡，道路遠，家口不能歸骸骨，旅殯。藼請酌動存公銀兩，給發路費。洋船向有閲貨之例，俗尚奢靡，犀珠磊落，玩好炫目。藼素無嗜好，各商望風卻走。南海神廟載在祀典，向惟有司官代往，藼必親往祀之。省城粵秀書院諸生，使通經學古，適于宦用。庚申冬，有忌而劾之者，奉旨回京，至壬戌冬落職，命赴軍臺效力。冰雪載道，力疾而行，至第五臺，奉恩旨召還。癸亥，歸里十餘年。辛未，南巡，奉旨加三品職銜。又三歲，卒。子述濬，字雋驤，雍正四年舉人，和州州同，有惠政。會歲饑，奉檄查賑，勞勩致疾，卒於賑所。孫鳳儀。

顧陳垿傳

顧陳垿，字玉停，太倉人。少有文名。康熙五十四年舉人，以薦入湛凝齋修書。書成議敘，授行人司行人。出使山東、浙江，所至得大體，還，督通州倉。雍正三年，以目疾乞歸。

陳垿有絕學三：字學、算學、樂律，俱極精詣。尤敦于內行，居喪不飲酒食肉，不處內。學宗陸九淵，自命爲象山後人。性侃直，纂修時總裁以文屬點定，一日盡駁其稿，總裁怒擲地，陳垿徐起拾之。明日總裁悟，卒從其説。監倉，洗手從事，官吏經紀，不得恣侵牟。里居，非公不至官府。留心著述，教授生徒，質疑問難者滿座。乾隆元年，詔起官，以親老不出。又時舉博學宏詞，詹事王奕清薦之，巡撫顧琮亦將論薦，而時議當俟巡撫偕總督、學政考試，遂辭不赴，時論高之。年七十卒。

趙俞傳

趙俞，字文饒，嘉定人。康熙二十七年進士。崑山徐乾學，座主也，得其文驚歎，以歸有光目之。未幾，邑有大獄，詞連俞，遂以褫職。同年知其冤，出鍰贖之，因復進士，謁選得山東定陶縣。涖任，見淫潦滿野，集父老問之，曰：『邑所苦在此。』俞度其境，縱横爲三渠以通大川，如古溝洫畛塗之制，蓄泄兼資，而車輿可通。規畫定，令民自浚其界旁之渠，旁近者協理焉。恐塗之易圮也，築令平實，樹以桑棗，雜以榆柳，俾落寔取材，交有所資。又以三渠不能徧通四境〔一〕，且車馬蹂躪，或陷于淖，或横騖別驅，爲害黍豆，明年擇其要處，又規爲六路，其廣倍三渠之堤。而傍路有溝，殺于渠者三之二，俾宛轉以達于渠。其築樹之法，一如渠堤，然後雨潦之集悉達于河，連歲大熟。周城壕，令民栽蓮以取利。立法輸糧，不施鞭扑，吏役無事，公庭寂然。平時課士最勤，親爲講解指畫，餘閒或挈之以遊，士莫不鼓舞，共勸于學。修學宫，從祀位次，考之《闕里誌》，自爲文以記之。任五載，辭疾歸。發舊所藏書讀之，司馬光《通鑑》、杜甫詩、韓愈文及歐、蘇諸集，皆手自批注。結淡成社，與同志從容觴咏，卒年七十有八。孫丕烈，亦以文學稱。

【校記】

〔一〕徧，底本作『偏』，據〔嘉慶〕《直隸太倉州志》卷二八《趙俞傳》校改。

沈起元傳

沈起元，字子大，太倉州人。父受宏，能詩，有《白漊集》傳世。起元年十二，能詩、古文。康熙六十年進士，改庶吉士，乞養歸，旋丁艱。服闋入京，值澄汰部屬，選庶吉士補之，遂授吏部驗封司主事。由員外郎出爲福建知府，初試福州，隨授興化，署臺灣。所至除積弊、革陋規、捕宿盜、懲訟師，以閩人言語不正，立正音書院。在閩三載，政聲日著。俄以平反忤按察使，被劾鐫級。乾隆元年，起授江西鹽驛道，旋擢河南按察使，晉直隸布政使，内遷光禄寺卿。十三年，因公降級。明年，乞假歸。

起元性端慤，廉潔自好，刻意爲民，遇事一本至誠，而才識足以行之。莆田縣有陳、王二姓，訐訟累年，樹黨互毆，巡撫、按察使將各置重典，起元廉其實，獨坐首事者。尚書史貽直奉旨至閩，甄别府縣，以起元爲第一。臺灣猪毛社生番擾境，衆議立界，起元謂：『彼非奪地，特如猛獸出山則噬人耳，界何益？請於山口設寨，禁其出入。』境遂寧。河南雨潦，四十六縣災，起元議於本省不成災處，招集授糧，民以得生。開封、歸德旱蝗，禱于社神，蝗盡死。八年，直隸旱，總督議以十一月開賑，起元力爭，得速賑。所屬有稟賑户不賑口者，嚴斥之，災民俱得實惠。又絕鹽綱之例餽，卻庫封之羨餘，省州縣解項之苛駁，寬盜案三月之率結，聲名益振。

自少覃心理學，謂學問須知行合一，以躬行實踐爲驗。時張伯行主朱子而斥陸、王，李紱主陸、王而詆朱子，起元不肯稍有附會，謂孔門弟子自顏、曾外，入門各異，歸於聞道，今宜恪守經書，實實爲人，不必高言作聖。晚年窮《易》理，撰《周易孔義》，以『十翼』爲宗。歷主鍾山、濼源、安定、婁東四書院，藉以自給，宴如也。病亟，謂醫曰：『吾自念平生學力，惟檢點身心，使明淨純潔，以還天地父母耳。』言訖而逝，年七十九。著有《敬亭文稿》。

張鵬翀傳

張鵬翀，字天飛，嘉定人。雍正五年進士，授庶吉士，改檢討，充《皇清文穎》館纂修。十三年，充雲南副主考。乾隆元年冬，充《八旂志書》館纂修。六年，陞翰林院侍講；七月，充河南正主考；九月，陞右庶子；十月，充日講起居注官。七年，擢少詹事。九年，晉詹事。

鵬翀宿慧，詩才敏捷，叉手擊鉢，頃刻卽成。每有敕和，先成以進者必鵬翀，故上愛其才，不次拔擢。侍講日，進《經史法戒詩五十章》，寓規於頌，上嘉納焉。又陳《十慎箴》，稱旨。兼工於畫，嘗自繪《春林澹靄圖》，題絕句六首進呈，上和其韻以賜，鵬翀卽於宫門前叠韻謝恩。嗣後屢敕和詩，屢命作畫，賜御詩書暨筆硯、紗緞、絨貂之類無算。每召見，溫語移時，諮詢纖悉〔一〕。十年，乞假省墓，抵德州病卒。上久而不忘，對羣臣輒曰『張鵬翀可惜』云。性好山水，所至必以五七字寫之，故詩編最富，有《南華山房集》三十卷。

【校記】

〔一〕詢，底本作『訊』，據〔嘉慶〕《直隸太倉州志》卷二八校改。

秦倬傳

秦倬，字天采，寶山人。乾隆十三年進士，選雲南江川知縣。留心民事，抵任後，陳于上司云：『查《江邑賦役全書》載：民屯田地五百二十九頃七十一畝，每年額收條丁、差發、漁課、溝課鈔銀一千八百三兩，秋米一千五百七十六石九斗。地土出產南豆、大小麥、苦甜蕎、水稻穀。目下雨水充盈，田禾暢茂，某督其勤于芸耨，以期秋成豐稔。常平倉存穀八千四百九十四石零，奉某文出借乏食農民穀二千五百四十七石，已于五月二十九日開倉，均勻借給，民食有資。而各社倉存穀三千五百六十石五斗，前署令已於春仲具報出借二千二十二石七斗，以濟籽種。現存一千五百三十九石八斗，加謹收貯無虧。惟水利，民生最關緊要，縣轄如海西鄉地勢低窪，即西山鄉亦時慮河堤衝決，應令農民隨時疏導修堵。近城田畝惟賴東西二河，緣河高田低，易於沖壓，前經設立壩頭巡查，擬於農隙時督夫修堤。又舊有官溝一道，引水入城，灌西北一帶田畝，亦擬修濬。再查海門橋爲星雲河洩水要口，一有淤塞，則縣屬古城、海西、雙龍等鄉，並寧州處于鄉每多水患，亦應督夫疏修，以興水利。至于士習民風，向稱刁而好訟。某到任後，據法懲創，詞狀漸少，勉爲良善。他如弭盜賊、戒游惰，靖地方而安民生，尤某分內之事，敢不黽勉供職。』

保甲議云：『江川一邑，在晉寧、昆湯、河湯、新興、寧州、通海、河西之間，係近省腹裏地方，無深山大箐，亦無銅鉛等廠，幅員褊小，分爲十鄉，每鄉各設鄉約一人，其保正視村落遠近、人戶疎密爲差，多寡不等。如榮富、甸頭、牛摩、西山、海西、古城、上下、雙龍、普妙等九鄉，皆漢人所居，惟九寨一鄉盡屬猓夷，無土司管轄，被化既久，夷風漸變，保正之法在在可行。是以諭令鄉保將各村人戶男婦丁口、作何生業，并同居親屬、僱工姓名，按照門冊，詳細開報。每戶給門牌一面，即照開報人數填載，十戶編爲一甲，另給一牌。其甲長按月輪當，平時則稽查出入，失事則分別懲勸。甲內之孤寡廢疾，一體編查，免充甲長。畸零人戶，附於甲末。該鄉所設約保，悉仍其舊，按年更替。諭令各就所管，不時稽查，勿許通同容隱戶口，如有增減，於歲底報明，換給門牌，不必拘定十甲聯爲十保之例。仍於因公下鄉之便，留心訪察，務期姦匪難容，地方寧謐。門牌所需紙張，在官捐辦，以省擾累。至於九寨一鄉，每村大者數十戶，小者十餘戶，各有火頭一人，催糧辦公，按年自行輪替。其每戶各給門牌，與各鄉相同。每村只須給一總牌，卽以稽查約束，責之該村火頭，并該鄉約保正，毋庸另編甲長，更爲簡便。』

又申飭士子云：『江川僻處遐方，書多未見，十三經、二十二史有至老不識其名目者，於此而欲求奇才異能之士，勢必不能。士倘潛心攻苦，日取經史讀之，自可開拓心胷。讀書之法，經爲主，史副之。十三經闕一，卽如手足之不備，而不可以成人者也。至於史，則先《史記》，次前、後《漢書》，此三史者亦闕一不可。且善讀史者，不僅以史視史，凡詔誥、奏疏、檄諭、論策之屬，文之祖也；樂章、歌辭之屬，詩歌之祖也；屈原、賈誼、司馬相如、揚雄等傳所載騷賦，詞賦之祖也。故熟於三史，則文、詩、騷賦一以貫之矣。必待讀經畢而後讀史，則史學太遲，須讀《左傳》，以《史記》副之；讀《公》、《穀》、《儀禮》、《周官》、《爾雅》，以前、後《漢書》副之。此外如《國語》、《國策》、《離騷》、《文選》、老、莊、荀、列、管、韓以及漢、唐、宋、元之文集，與《三國志》以下諸史，擇其尤精粹者讀之，然後反求其本，出言爲經術，行事爲經濟，夫而後可以爲國家得人，此縣令之兢兢爲諸生望者也。』其篤于教士如此。

知府李承鄴由蔭生部郎以貲出爲澂江知府，行查倉庫，因供億不豐銜之，遂言其才力不足，總督恆文劾罷之。比去任，同官醵銀爲助，乃得歸。歸六年而卒，年七十餘。倬嗜讀書，自記平時所讀一萬三千一百九十三卷，內記憶者八千餘卷，著有《三餘前後集》一百三十卷，惜無傳之者。

王鳴盛傳

王鳴盛，字鳳喈，嘉定人，明司業逢年之後。少敏慧，弱冠補諸生，屢試第一。巡撫招入蘇州紫陽書院，院長歸安吳大受、常熟王峻先後賞其才。爲文鎔經鑄史，風發泉湧。乾隆十二年，鄉試以五經中式，會試不第，歸蘇州。時沈德潛以禮部侍郎致仕，海内英駿皆師之，門下以鳴盛爲最。又其時長洲吳泰來、上海趙文哲、張熙純及鳴盛妹大錢大昕，皆以博學工詩文稱，而羣推鳴盛爲渠帥。十九年，以第二人及第，授編修，公卿爭禮致之。刑部侍郎秦蕙田方修《五禮通考》，屬以分修。而尤見重于掌院學士蔣溥。二十一年大考翰林，鳴盛名第一，特擢侍讀學士。三十四年考試，差第二，充福建鄉試正考官，尋陞内閣學士兼禮部侍郎。事竣還京，以濫用驛馬被吏議，左遷光禄寺卿。尋丁内艱歸，遂不復出。久之，遷居蘇州，學者望風麕至。鳴盛又有《江左十二子》、《苔岑》諸集之刻，聲氣益廣，名望益深。而鍵戶讀書，絕不與當事酬接。家本寒素，往往賣文諛墓以給用，餘則一介不取也。偃仰自得者垂三十年。嘉慶二年十二月，歿於蘇州。

鳴盛爲詩，少宗漢、魏、盛唐，排律則仿元、白、皮、陸，在都下見錢載、蔣士銓輩喜宋詩，往往效之，後悔，復操前説。於明何景明、李攀龍、李夢陽、王世貞、陳子龍及國朝王士禛、朱彝尊之詩，服膺無間。大抵以才輔學，以韻達情，粹然正始之音也。古文不專一家，於明先嗜王慎中，繼仿歸有光，擷經義之精奥，而以委折疏達出之。詩文集凡四十卷。

先與元和惠棟、吳江沈彤研經學，一以漢人爲師，鄭玄、許慎尤所墨守。所著《尚書後案》、《軍賦考》，精深博洽，比古今疑義而折衷之。又著《十七史商榷》，於一史中紀、志、表、傳互相稽考，因而得其異同，又取稗史叢説，以証其舛誤。前人糾繆拾遺之作，不屑沿襲摭攟也。晚作《蛾術編》，有説錄、説字、説地、説物、説制、説集、説刻、説通、説系十門，共一百卷，亦以淵灝稱於世。

弟鳴韶，字鶴谿，少從兄鳴盛遊，學日進。兼工詩畫，爲古文以清簡爲工。兄奇其才，責以制舉業。鳴韶謂人曰：『兄固愛我，不知我名心素淡也。』爲新陽縣學生時，鳴盛已官翰林，鳴韶獨晨昏侍父母，閉戶研究，典衣購書，額其堂曰『逸野』。旁闢一室，縣蓑笠以見志，嘗自作《蓑笠軒圖》。少詹事錢大昕視學廣東，邀與偕往，途中遇名勝必往游，有記程詩若干卷。及歸，遂於逸野堂授徒講業以終。著文十卷，《春秋三傳攷》、《十三經異義攷》、《祖德述聞》、《竹窗瑣碎》共若干卷。鳴盛次《江左十二子》詩，以鳴韶居其一，論者不以爲私。

曹仁虎傳

曹仁虎，字來殷，嘉定人。聰穎好學，爲時文稟經據古，娓娓千言。年十六爲縣學生，學政崔紀有『奇才』之目，巡撫雅爾哈善聞之，選入紫陽書院。院長御史王峻、尚書沈德潛先後稱其才，而學政夢麟尤激賞不置，雷鋐以優生薦舉。乾隆二十二年，南巡，獻賦召試列一等，賜舉人，授內閣中書。時閱卷者爲大學士梁詩正，更愛重之。二十六年成進士，授庶吉士，散館改編修。館閣代言之文，院長輒委以起草，典重清切，宜古宜今。擢右中允，充日講起居注官。扈蹕盤山，奉敕賡和，尋遷侍講，轉侍讀，進右庶子，擢侍講學士。五十一年，視學廣東，與少詹事平恕接任。恕諸生時嘗受業於門，粵人傳爲佳話。明年，母程恭人終於官署，時方按試連州，聞訃冒酷暑奔喪，晝夜號泣，竟以毀，卒於途。年五十七。

生平以文字受主知，京察常列一等； 兩遇大考，皆列二等。教習庶吉士者七，典江西鄉試者一〔一〕，分校順天鄉試者一，分校會試、總裁武會試者各一。仁虎以聲華名望爲都下所推，然端靜自守，恂恂粥粥，從未至權貴熏灼之門。其詩初宗四傑，七言長篇風華縟麗，壯而浸淫於杜、韓、蘇、陸，下逮元好問、高啓、何景明及本朝王士禛、朱彝尊諸人，横空排奡，才力富有，衮衮不能自已。七律尤高華工整，獨出冠時。時詩道雜而多端，黄茅白葦，及仁虎詩出，乃奏金石以破蟋蟀之鳴也。存《詠典齋》、《委宛山房》、《春槃》、《秦中雜稿》、《碑影》、《刻燭》、《炙硯》、《韗韶》、《鳴春》諸集。

【校記】

〔一〕 按，此句［嘉慶］《直隸太倉州志》作『典山西鄉試者一』，王昶作此傳，主體依錢大昕《潛研堂集》卷四三《日講起居注官翰林院侍講學士曹君墓志銘》，此句作『前後典鄉試者二』。按，曹仁虎實於乾隆三十六年典江西鄉試，乾隆四十八年典山西鄉式，故此稿與《太倉州志》或均有脱漏。

吴西林先生小傳

吴先生穎芳，字西林，居仁和之臨江鄉，故自號臨江鄉人。其稱於釋氏，則曰『樹虚』云。先世居徽州休寧之黄源。高祖繼泉、曾祖珍之、祖君容、父岐生。先生少則端重沉默，寡言笑。年十五而孤，一赴童子試，爲隸所訶，曰：『是求榮而先辱也。』自是不復應試，壹志於讀書。

嘗怪鄭氏樵《通志》務與先儒爲難，于是取六書、七音、樂略，一一從流而溯其源，其用力則自樂始。

謂律管音調，諸儒能致其説，而不能習其器；俗工能習其器，而不能得其説，遂以爲不可究詰。案典籍，證衆器，成《吹豳録》五十卷。次及六書，尊許氏之説，謂今本《説文》取一字爲篆書，而細書爲注，其實許氏原文上下相連，皆當作大書。如鸝黄爲倉庚之名，後人不知，乃誤讀爲黄倉庚也。又許氏所列文字，間有未備，每於説中見之，如某字从某，則所从之字可以補正文，成《説文理董》四十卷。因六書而及音韻，謂字讀有古音，有正音，經傳反切皆經先儒審定，不可執後人口音以取証，成《音韻討論》四卷。又因《説文》而考制字之原，分類六：曰觀象於天，曰觀法於地，曰近取諸身，曰遠取諸物，曰視鳥獸之文，曰與地之宜。各溯其所從始，而沿其孳生，成《文字源流》六卷。又取鐘鼎文字有成篇可讀者，釋其文，箋其義，詳論其前後倒互之例，讀之皆能文從字順，成《金石文釋》六卷。

少與厲徵君鶚交，恭之學詩，于是上溯漢魏，下及唐宋諸大家，熟讀詳玩，成一詩，數改而後定，編爲《臨江鄉人集》四卷。古文尚平易，詩餘尚婉曲，所作不多，皆不存。祖父以貲雄鄉里，及先生，窶甚，蔬食飲水怡如也。村居閉戶，不求人知，與厲徵君往還桑塍麥隴間，辨難不已，過者聽之不知作何語也。晚年名益著，通政使雷公鋐視學兩浙，鳴騶訪之，索《太極講義》而去。武進莊公存與典試浙江，事竣，肩輿出郭，索其《律管諸解》，即《吹豳録》中之一二類也。

兼通釋典，著《唯識論文釋》二卷，又即論中條例指授學者，謂之『五要須知』。更有《觀所緣緣論釋》、《因明八正理論後記》、《因明正理門論》各一卷。東城餘庵僧蓮飲、西城慧安寺僧超塵，各受其書而傳之。撰《昭慶律寺志》十卷，又同寺僧輯《律議法數》三十二卷。又次釋藏中精語，名曰《大藏摘髓》。又爲辨利院撰《志》四卷，院中有觀世音像五十三軸，先生蒐採數十年，足一百八軸，因作《藏畫記》一卷。取《爾雅》、《博物志》、《本草》諸書，證其同異。聚物之解毒者，得百餘種，造爲丸，名曰『綠髓』，療創腫立愈，惜其方不傳。

先生先娶於宋氏，卒，娶其從妹。二子：長象乾，次象鼎，皆諸生。孫二：鍾嶽、鍾崑。曾孫三：邦經、邦寧、邦珍。卒於乾隆四十六年辛丑二月二十七日，距生於康熙四十一年二月二日，年八十。所著書，門人項墉及仁和諸生朱文藻等校錄之，以藏於家。

論曰：余與厲徵君交，卽已聞先生名，蓋工詩文博學隱君子也。乾隆己亥，余至錢塘，見王侍講文治，爲言先生宗梵行，研《唯識論》尤精。是時厲徵君久沒，錢塘諸老宿零落殆盡，兼通內外典無如先生者。將偕侍講訪之，以事未果。辛丑秋，復至錢塘，則先生逝矣。常恨聞名三十年，不獲見以歿，適項君具事狀來，故摭之爲傳如此。

周斯盛太守小傳

周君際清，字斯盛，系出濂溪文公之後，先世由毘陵遷無錫。父坦庵先生，績學不遇，子三人，君長也。乾隆甲戌，與余同舉禮部，從政刑曹。君精研律例，求古人忠厚至意，數月卽能決疑獄而持其平。前後十數年，經君所勘，無復有枉抑者。己丑冬，威寧州某揭部科，奉命隨內閣學士富君察善往鞫，續命錢少司寇維城勘之。案甫結，復奉旨赴桐梓，訊刁民聚眾，而古州苗香要適爲逆，隨少司寇勦之。擒首逆，寬脅從，民、苗皆帖伏。

未幾，授雲南麗江府知府。君以道遠不克迎養，鬱鬱不自得，臨別，灑淚語其弟曰：『弟素能得老人歡，幸善事，吾年五十必歸養也。』遂行。途聞所屬鶴慶州有變，人情洶洶，或謂：『既未任事，盍緩行以伺之？』君曰：『民愚，鹵莽出此，不速解且成大獄。』遂驅之。民聞新太守來，相語曰：『是鞫獄桐梓，明而有恩信者。』聚數百人訴於輿前，君反覆慰諭，令明日投詞，衆稍稍散。君故知釁由州吏，廉得其要領，卽夕械繫州吏數人於獄。黎明，民復聚集堂下，索狀，狀詞從人叢中出，君怒曰：『爾等懼禍耶？無主名，吾何從判？』衆愕，有間，乃進老者數人名。君召之前，諭以所控之非，且述桐梓首難者所得禍，衆感動呼曰：『太守活我。』遂散去。後數日，擒爲首者予杖，吏除名，州牧亦以他事罷去之，民大悦。先是，君入城，守者衷甲入見，曰將請兵制府，君止之。及是，計所全活不下數千人，撫軍以爲能，留攝雲南府事。數月，境内稱治。

旋調楚雄，以他事牽連挂吏議。君欲歸，諸大吏連章請留，補知永昌府，整躬勵俗，威惠並施。制府圖君思德案君所屬保山、永平侵帑，意并疑君。已保山出入總簿内，列『收回本府門禮』一條，乃知君故廉，欲以聞於朝。君力辭曰：『吾思歸養久矣。明年，吾適五十也。』是歲丙申，坦庵先生尚强健，承伺意旨色笑爲歡，擬終身不復出。而山西巴中丞素聞君名，奉禮幣請入幕，君以親老辭，坦庵先生命之行，乃往。後應明中丞聘，亦如之。癸卯冬，坦庵先生卒，哀毁不欲生。又數年，仲弟寢疾幾殆，君躬調藥劑，每夜問視輒十數起。兄弟子姪至今不析產，孤嫠不自存者，挈而養之家。世稱君者，第謂處事明練，操守嚴介，故引疾歸田，囊無長物，不知其内行篤摯如此。先是，乾隆己亥，余過無錫，君偕顧君光旭邀游惠山，宴於寄暢園，卜夜甚驩。及癸丑春，余請假歸，復訪君於里第，訂以秋間投轄，罄平生懷，孰意竟不可得也。悲夫！君以八月某日卒于家，年六十有六。子三，玠、瓊、瓌，咸以好學克家聞。

贊曰：余讀《書·君陳》，訓其『寬而有制，從容以和』，『無倚法以削』，而先之以孝乎？『惟孝，友于兄弟，克施有政』。然則君以仁恕稱，非令德孝恭之所推乎？往秦文恭公長秋官，駿厲明肅，執法不撓，君嘗佐以輕典，蓋予所親見者。然則至治馨香，格於明神，雖不克大用于時，而子孫循謹獲佑於明神，蓋未可量矣夫。

潘君上舍小傳

潘君，字玉符，名榮錦，先世湖州人，高祖某遷于蘇州吳縣洞庭東山施巷，父某寓青浦之珠街里。君少端重，執經詹事王世琛之門。以父年高，棄舉子業，治生產，舉所入庀甘旨，日夕治具唯謹。父病瘍，不解帶者數月，居喪哀禮兼至，故人稱其孝。昆弟三人，弟出爲季父後，析產例不得分，君如數以予，弟固讓君，君不許，交讓者久之，卒均諸宗黨，故人稱其友。延名師訓子，命諸子皆受業，曰：『吾以家累故，不得卒志于學，今或于諸子得之，以顯揚先人，猶身受也。』康熙戊子、丁丑間，青浦大祲，君儲米給其鄉人，織者給吉貝，藉以活者無算。貧而殁者，俗以火化，君買地一區置義塚，瘞薶數千計，遂無焚如棄如者。又洞庭僻處太湖中，節烈事多晦弗著，倡議建祠，丹青炳然，栗主森列，連惓幽蹇以殁者，盡得著聞于世。蓋君子敦忠厚、尚行誼，類如此。配葉孺人，事姑以孝聞，聞有善，輒典衣鬻釵以助君。君卒年四十有七，孺人後君若干年卒。子惟仁、惟恆、惟信，皆克其家。初，君之父資性伉直，恆緩人之急，往來襄、漢間，以節俠稱，至君益甚，蓋家訓使然，然亦由君之克承先志焉。

贊曰：予讀《周官》，見先王之訓州黨酇鄙者至矣，大率以孝友、睦婣、任卹爲先，使人咸以是自勵，則道德一，風俗同，又奚難歟？然非家法淳謹，天性足以副之，不至此。方君之營義塚也，有司聞，欲請于朝，君因卻之乃止。嗚呼！此豈邀浮譽以自夸詡者比哉？

繆君笏巖上舍家傳

君繆姓，名珽，字秉廷，一字笏巖。其先由江陰遷于蘇州，代有聞人，六世伯祖昌期以諭德死閹難，世稱六君子之一，贈詹事，謚文貞。高祖慧隆，貢生。曾祖彤，康熙六年第一甲第一名進士，官至翰林院侍講。祖曰藻，康熙五十四年第一甲第二名進士，官洗馬。父敦仁，乾隆二年進士。兄弟五人，君其長也。少有至性，母宋太夫人病目，君朝夕舐之，百日翳盡目明。久之復病，勢劇，醫藥無效，君又割股和藥以進，病亦尋愈。太夫人姪女少喪父，君取而撫養，及長，擇壻嫁之。太夫人喜，以爲能承己志也。次弟珹病，衆謂非多用蔆弗濟，進士公難之，君乞鬻己產爲蔆費，遂賴以瘳。又進士公卒，次弟玠幼，君延師督課，入學爲博士弟子，已而早卒，又撫其孤如己出也。姻戚有幼而無父者，多收卹之。君以祖父雖祀鄉賢，而家無宗祠，學士公所置祭田稍有餘，輒銖積寸累，而祠未迄于成，臨歿猶以爲恨焉。君生平惇厚，勇於爲善，力所能及，不以内外親疎爲辭。如無錫諸生黄掌絲等館於家，病則醫，歿則殮，且使其子各得生業。又因侍親湯藥，久通醫術，常施丸散以施衆。有來醫者，皆予善藥，察其貧乏，少助之以資，曰：『人心憂，病安得減，心寬則易起矣。』其仁心爲質如此。

初，君體强壯，少疾病，及弟瑍歿，哀痛過甚，遂得類中病，浸尋二十餘年，日久滋甚，以致於亡。君幼聰慧，覃研經籍，作文光明俊偉，應省試，終於不遇，君處之恬然。及晚年抱病，乃謂諸子曰：『我家六世科甲，聯蟬不絕，汝叔瑍雖以孝廉備員中書，猶未足以繼祖宗之後，予既以病廢，而汝曹碌碌，誰有能承先澤者？』往往爲之泣下。蓋君雖病，而志猶在也。歿于嘉慶五年六月二十日，享年六十有八。初配蔣氏，繼配陸氏。生子四，德豐、德星、德暄、德薰，德星先歿。女九，皆適士族。孫四：鸞、騏、驎、駿。孫女二人。

論曰：吳中科第之盛，莫如繆、韓、彭三姓，而繆爲最久。君承其世澤，孝弟恭謹，幾比漢之萬石君、唐之河東柳氏、宋之藍田呂氏，而名不著於賢書，可慨也。他日作史者，必將表而出之，入于孝義，其可置而不書乎？余獲交于君垂二十年，德豐又從余游，知其内行爲詳，故仿震川家傳、小傳之例，掇其最者著于篇，庸以徵信于國史云。

節母黄孺人傳

孺人黄氏，爲常州巨族，祖永以進士官刑部員外郎，父某以博學宏詞徵，世習禮法，推于鄉黨。乾隆三年戊午，孺人年十八，歸編修蔣君麟昌。時君父炳方爲少司農，出巡撫湖南，而于歸之明年，編修君又成進士，改庶吉士，壬戌授編修，功名烜赫，家世鼎盛。而孺人以儉約自居，簪珥服御皆屏其華麗者。事司農公暨繼姑楊太夫人，色養備至，以孝聞。編修君預修三《禮》，悉心編纂，得寒疾，孺人每夜籲天，願以身代。比歿，哀痛不欲生，潛取金環吞之，幸婢嫗覺，救免，而姑告之大義，謂當以撫孤爲亟，乃飲泣强起，摒擋家務，井井如也。撫孤子純裕慈而教之嚴，篝燈深夜讀，弗稍貸也。及司農公、楊太夫人先後歿，哀毁中治喪，一以《書儀》、《家禮》爲準則。先是，甲午歲，子純裕登賢書，壬子，孫調復中順天鄉試，衆方謂孺人當食節孝之報。逾年，以舊疾發而終。蓋孺人自編修君歿後，哀苦過甚，得虚損之疾，遇舅、姑兩喪輒發，至是卒以是疾終。孺人之卒，年七十有四，可謂中壽矣，不知其疾仍節孝之所致也。孺人子一，即純裕。孫二，其一即調，次誠。孫女一，適同里徐日簪，今爲知縣。曾孫六，映棻、映柟、映榮、映榴、映棨、映楷，皆嶄然有頭角云。

贊曰：余少時爲中書舍人，適司農公由湖南巡撫以事罷歸，還直軍機房，故余獲與晨夕相見。至余以按察使陝西，而司農次子騏昌適爲縣令，恒道孺人之賢。及壬子余主順天鄉試，調又出門下，於孺人懿行知之爲詳。三十九年，地方大吏以節孝請，奉旨建坊入祠，烏頭綽楔，照耀閭里。其德行節義，蓋不待文而傳，而余獲交於三代，故從調之請，据節略以爲傳。世有劉子政、范蔚宗，庶幾有取焉爾。

節孝孔母唐孺人小傳

孺人唐氏，江蘇崑山縣人，句容孔君世求側室。世求以服賈居蘇州，年四十無子，其適張孺人爲委禽焉。孺人知大義，善承張孺人意，雍容閨閫，若姊妹然。越二年，生子象升，甫二歲，世求歿於句容。

孺人聞，偕張孺人匍匐奔喪，哀毁過節，其年纔二十四也，於是有欲奪其志者，孺人慨然以大節自許，往往獨至河干井畔，將致命，幸偵者援之得免。張孺人泣謂曰：『吾門冀以不絶者，惟此子耳，居此恐終有變，變則子更何恃？吾家親黨皆在蘇州，當與爾速往無遲也。』遂挈孤子行，居山塘，茅屋半椽，操女紅以自食，與張孺人相對怡然無怨色，蓋數十年如一日也。今象升成立，抱兩孫，將以孺人之節請旌於有司，因俾予爲之傳云。

論曰：孔門，禮義所自出，故漢、唐來賢達踵生，莫可殫述，而閨門女士以節烈著者尤衆。余嘗攷《曲阜志》，所載列女，自孔氏適人者凡七十有三，自他姓女適孔氏者，至一百二十七人。而《博士傳》鋕衍聖公貞幹之妾，咸得預坊表，大書特書於志，豈不偉歟？非孔門禮義之教，薫蒸漸漬有獨深者歟？雖然，厲卓越之行，人也；經險阻患難而能以自全，天也。孺人神明純固，宜爾子孫得於天而食其報者，洵未有艾矣。烏頭綽楔之典，亦將與博士聖公之家同炳於宇宙也。

顧英小傳

英字若憲，亦號蘭谷，長洲人。少慧，父安愛之，常被以男子服，出揖親友，吐辭驚長者。年十三，始珥環綰髻，字青浦張之頊。父遘疾，英焚香誦經，徹晝夜不倦，疾革，刲其臂糜湯以進。逮母疾，再刲之，蓋篤孝如此。顧氏本素封，園林賓客，以豪侈相尚。英年十九，歸張氏，屏繁飾，椎髻練帬，凡酒漿醯醢，必躬飭而後獻。姑喜曰：『此真吾家婦也。』後數年，舅德純罷常山令，逋帑數千金，英傾嫁時貲以償之。之項爲印江縣知縣，舊事牽連，禍不測，英遣子鳳孫詣闕請代，且爲營鍰金，事乃得釋。

然連年多故，家益落，或亭午爨烟闃然，猶必脱簪典衣，致一味之甘，爲翁姑進膳。雪夜凝沍，與新婦、女孫三世共擁一絮，抱二火甕，了不聞嗟嘆聲也。子鳳孫，舉博學鴻詞未第，兩中副車，授貴州貴定縣知縣，人或惜之。英曰：『人生通塞，自有定命，且受恩如負債，亦非佳事也。』英喜讀書，尤熟于史事，工詩古文詞，著有《挹翠閣詩詞》。年六十二，終貴陽官舍。

節母蔣孺人小傳

孺人姓蔣氏，我邑修竹鄉人也。年二十二，歸我友蘭圃高君。高氏世以詩書爲職業，本朝百六十年間，相繼爲諸生者六世。孺人既歸，親井臼，慎蓋藏，以家政爲己任，俾蘭圃君不紛志於學。君姑邵孺人年老喪明，呻吟牀蓐，孺人則偕二姒扶持搔抑，歷三載，無倦色。乾隆癸酉，蘭圃君歿，孺人煢煢飲泣，教其子寶廉，惟恐先業之失墜。又九年，寶廉復以病瘵歿，孫培源甫三歲，媳席孺人年僅二十有五，孺人痛其子之蚤世也，又憐弱媳之喪所天也，茹荼集蓼，相與撫此呱呱者，俾至於成立。嘗謂培源曰：『我家松門公自吳郡遷青邑，至汝已五世矣，而宗祠未建，我有志焉而未逮，汝異日顧成吾素志。』又十年，孺人卽世，年五十有九。

今上之十年，培源謀於族人，始克營宗祠於所居之南，奉松門公以下栗主，以時孝享，蓋以成孺人未竟之志也。先是，培源欲以兩世苦節乞當事，請旌於朝，而孺人以年過三十格於成例，大吏僅以其母席孺人入告，於是培源痛大母之幽光潛德未獲表見，爰丐予文以識之。

嗚呼！孺人稱未亡人者二十餘年，而年僅下壽，且又沮於年例，未蒙綽楔之褒，則是孺人之節獨苦，天所以報孺人之德者，抑何獨嗇歟？雖然，培源有幹濟才，好讀古書，當世賢士大夫無不愛而慕之。生丈夫子五人，長成基，年甫冠，已有聲庠序，餘皆嶄然見頭角。是殆蒙莊所謂『不報其人，而報其人之天』歟？予與蘭圃有僑札之契，培源又游予門，素知孺人行事，乃擇其最者表彰之，以俟邑乘之採云。

女粹卿小傳

粹卿字慧仁，年十七適嚴氏，翁翰林院編修名福，壻癸卯舉人名榮。生子一、女二，長女曰金，次女曰某，三子曰潤。生也以乾隆二十七年五月二十四日，其卒也以四十八年十一月十五日，年二十二。

粹卿少敏慧，性情簡伉，往往不屑不潔。居京師久，見婦女入權勢家植奧援，輒指斥之，常謂余：『兒弱息耳，分不能揚清激濁，安得作男子，一雪此憤。』己亥十月，余官副都御史，又謂予曰：『昔唐貞觀之治，不下文景，而魏鄭公直言極諫無鯁避。今大人官言職，何時上疏論天下大事？』明年春，予出爲江西按察使，至今有愧其言也。蓋粹卿六七歲，先妣錢太夫人教之識字，少長，聞予讀書，輒隅坐其側，或取史書閲之，故能知大義、立志皎然如此。

先是，四十四年，余乞假葬先資政公，粹卿始從先妣錢太夫人而南。四十五年，又從至江西，余遘太夫人憂，又從余歸里，偕壻居琴畫樓二年。四十八年余召爲直隸按察使，粹卿從至京師，會祖姑之喪，隨舅還珠街里，産後遂病瘵以終。

嗚呼！余年三十九歲前，生數子，皆不育，太夫人以爲憂。既姬人陸氏生粹卿，太夫人愛之，不以爲女孫而視如孫。甫七歲，母殀，太夫人尤愛憐之，提攜褓抱，推乾就濕，不以爲孫而視如子。比其嫁，簪珥服御所需，一一出太夫人手。雖生子，猶時時置著膝上。今粹卿之病也，醫不召和緩，藥不具參苓，女童老嫗，不聞伺寢興於左右，湮鬱掩抑，奄忽以終。嗚呼！其先太夫人召之耶？抑舍其壻與子女，樂從先太夫人于冥漠耶？訃及西安，適在元夕之後，余爲曾欷於邑，繼以臥病，閱五旬始愈。追悼粹卿之歿，并惟先太夫人愛憐之志，有餘慟焉。乃次其大概，俾稍有聞於後云。

春融堂集卷六十六　公牘一

與畢中丞

頃據皋蘭丁令禀稱，『賊匪復經竄至安定之西鞏驛，搶掠馬匹，前往馬營、通渭一帶，聚集於通渭屬之石峯堡，聞該處暨會寧各回民俱被脅從。頃據通渭來信，賊匪約有一二千人搶占蔡家堡，復在馬營地方掌號執旂，焚燒搶掠』。又有『該縣南路虎狼溝回民數百人，急請大兵救援』等語；『查通渭距馬營僅數十里，現聞俞、剛二提督已帶兵自後追捕，如何情形，尚未得有確信，容探明另禀』等語。

又據平凉宫令來禀稱，『頃接會寧來札，初六日巳刻，據縣屬蘭州衛鄉約禀稱：初五日晌午，忽被通屬楊家灣兒石峯堡回子數十人各執器械擁入莊内，硬將四十八家男婦大小，計有二百餘口，同牛羊等項一併糾合引去，止留本地回民黄姓六家、靜寧回民單姓一家，並未隨從等情。又初六日，安定之西鞏驛，馬匹被官川逆回搶奪一空，復燒房屋草束，竄入牛營賊黨甚衆』。

又初九日戌刻，據通渭縣民董有禀稱，『現住義岡川，初七日，逆回約有二三百衆擁入莊内，殺死男子三人，鋪面、當鋪盡被火燒一光。是夜，擾害鋪隴川白山常家莊。初八日，擾害魏家岔石溝、黄家岔花停下各地方。今賊回現在通屬十里堡擾害，理合報明』等語。

某看來，賊衆明不敢與官兵對仗，而四出焚燒搶劫，實屬狡惡異常，是以奉馮藩司札諭各州縣，多撥民夫守護城池，並卽各設臺站以通軍報。但此時各路官兵雲集，而制府在打喇池，將軍提督駐安定，明副都統在靜寧，尅期合勦，正當其時。總俟一兩日内，得有大捷確音，庶可挫其猖獗，逐一掃除。但賊人延蔓，而内地空虛，且大人酌調之晉兵又經停止，聲勢稍孤，可爲顧慮。然計旬月之間，未能蕆事，則羽林勁旅自必添派西行耳。

至長武一帶，民人安堵自如，極爲寧謐，而除一二次驟雨之外，卽行開霽，風日晴和，豪無氛祲之狀。以氣象占之，陝省沿邊一帶，自不至有虞意外。但究不可不稍爲預備。某現與黄世職、樊令將應備事宜潛密籌計，所費本屬無多，而外間亦豪無知覺，合併陳明。

又

某於五月初一日巳刻，由隴州回，抵長武，察看地方寧謐，各要隘巡防兵役均屬認真，似可無虞疎懈。至福大司農於三十日馳抵瓦雲驛，所過長停口兩處，應付亦俱妥協。

頃又得張協來信，據稱『賊匪前攻靖遠，被官兵殺退，至打喇池狼山口地，又遇剛提督帶兵到彼接仗，殺賊多人。寧夏之兵亦到狼山，賊匪竄往官溝。此官溝卽安定縣地方，前馬明心住居之地。二十七日，剛提督自劉家井起營，前往官溝，賊匪此時已到會寧、安定一帶村莊滋擾，西安調來官兵，可一直由大路到彼勦滅』等語。查此次逆回出沒無常，與從前株守待斃者迥異，且安定、會寧等處係陝、甘往來通衢，恐於文報既不無阻滯，而逆回自西北轉而東南，相距陝省亦近。以某愚見揆之，此時滿漢各兵源源西指，逆回自不敢迎我軍鋒，自投羅網，且福大司農已檄令滿兵一千前赴蘭州，亦不敢遽將大路梗阻，惟恐官兵過竣，賊回逆料陝境空虛，潛來滋擾，卽使城池無恙，而村莊聚落搶掠一空，亦大爲地方之害，此事關係實爲重大。但固原提督本轄陝省地方，並非屬於甘省，當此勦賊緊急之時，固不可稍分畛域，然亦當兼爲陝省思患預防。

昨奉制府檄，開稱賊已渡河而西，現在靖遠、會寧一帶。是賊並未渡河，該處回人最多，抑或另爲一股鬼蜮，行蹤既不能得其要領，而平涼一處係東南門戶，聞知府都司皆不在城，又何以資控扼？大人似宜先札致剛提督，告以賊眾轉向南行，儻有竄入陝境之勢，應於何處堵殺，應調何處官兵應用，囑其未雨綢繆，卽有臨時堵截之處，或不至於掣肘。

又

查現在欽差陸續過境，且官兵火藥、軍裝、餉鞘等項均關緊要，沿途需用車馬甚多，必須斟酌應付，以期妥速。是以某前赴邠、乾一帶親行查看，途次迎接欽差，備知進勦事宜，均荷大人籌酌，從此早就埽除，實屬陝、甘兩省地方之幸。及詢問甘省運糧情形，某以此次係內地用兵，州縣常平倉穀想有存貯，撥運尚復不難。惟聞通渭、伏羌等處頗多山路，窒礙行車，而平、鞏二屬居民逃竄，更無牲畜可雇，卽從遠處雇來，而預備草料實屬艱難。查甘省所調官兵，大約陝省滿漢兵八千名，甘省滿漢兵一萬名，川兵二千名，又屯練一千名，晉兵二千名，又鄂爾多斯兵一千名，京兵一千名，碾伯、洮州等處土兵約二千名，官員跟役人等一共二千名，最多不過三萬人。即以一升寬餘計算，約每日需米麪三百石應用，馬騾三百頭運送。查各州縣儲有米麥之地所，距軍營約三四站、五六站不等，酌中以五站計算，約用馬騾一千二百頭；以每騾二十兩計之，需本價銀三萬兩。軍需緊要，即多費亦所不惜，惟每日需草一萬五千斤，而鞏、平等府州縣山乾土燥，不生好草，又須運送草束，而草束運自遠處，又須牲畜，牲畜又須料草，輾轉籌備，所費不資。

某思鞏、平二府内村莊堡寨，所被賊匪焚燒劫掠，不下二三百處。聞此時失業小民伏處土窑山洞，窮餓不堪者甚衆。若將此等貧民照川省運糧之例雇來應用，既不至有辦購馬騾草料之難，而收拾此等乏食之民，俾其輓運以資餬口，不至流蕩無歸，或轉爲賊匪所用，并至別行嘯聚。以兩夫當一馬計，需夫三千名，又須糧五十石，而此項民夫口糧若須轉運，亦滋累墜。應於每夫所背五斗内酌加小米一升，否則加麪二升，則只有米麪本價，並不必開銷運價。而麥米兩項，以甘省常平舊例計之，每石不過一兩。計官兵每月需米九千石，人夫口食每月約九百石，共計不上萬石，源源磨碾，儘堪接濟。而每夫既有口食，再酌給銀六分，每日需銀五百四十兩，每月需銀一千六百二十兩，共計米銀二項每月一萬一二千兩，較之購備馬騾，大有節省，且可藉以撫卹窮黎。至鞏、平二府内，儘有山路崎嶇、車路不通之地，該處民人自宜習於背負，而所須竹背子，棧道内家家有此。若令各州縣辦出二三百件，一呼立至，便可解赴軍營應用。

近劉樸夫之意，恐賊人梗擾大路，竟欲先辦底店之賊。某詢明底店一處，路通莊浪，係兩山中夾一川，南連秦、鞏諸山，樹木叢密，道路甚多，其中回民本有一千餘戶，加以各處竄來之賊，不下二三千人。而寧夏延綏兩鎮，並西安駐防阿拉善兵，共計三千五百名，分道進勦，亦恐不敷。此次欽差督兵，必得謀定後戰，連著克捷，方可以壯人心而寒賊膽。某并詳告樸夫，務宜從長籌畫，勿遽爲賈勇先登之計，以昭鄭重。所有途次議論緣由，謹詳悉縷陳，伏惟鈞鑒。

又

本日子刻，接得甘臬司八百里來札稱，制府前致撫軍派撥協濟甘省馬二千匹，自當預備齊全，祈即飛飭赶赴站所，供支要差，幸勿刻遲。再隆德之盤龍山及莊浪地方，均有賊回，欽差固須帶兵前來，馬匹來甘亦應撥兵護送等因。嗣於巳刻復準八百里來札，事同前由。某思近日屢奉台諭，未有派辦協甘馬匹二千之文，且陝省邇年物力艱難，迥非昔比，是否尚能購備，殊未可知。而陝省調出滿漢官兵幾及八千，現在實無可調。欽差應帶何兵，及兵數若干，亦未准甘省知照。至長武存兵，除八十七名尚應撥還興漢鎮外，實存兵一百三十名。如果購得馬匹二千解送前來，兩馬一兵，亦屬無兵可資護送。業即逐一詳明，飛覆去後，旋接藩司來札知此事，揆之現在地方，斷難措手，具見軫念民依，實屬陝省官民之幸。

至於逆回近日情形，更爲猖獗，以致六八百里驚報，日夜紛紛，俱有賊回欲來平涼、鳳翔之信。其自伏羌來者，於秦州之官子鎮與隴州馬鹿鎮最爲切近；其自隆德來者，已近華亭，距隴纔六十里，且華亭與靈臺接壤，而據華亭武令來札稱，靈邑回民不少已有宰殺牛羊、約令議事之信。而武令因兼署崇信，至今未回。靈臺僅存外委一人，兵丁三名，是以百姓逃往山中藏匿者不下數百人。若逆回一至靈臺，縣令既不在城，斷難固守。查靈邑與陜境犬牙相錯，如有疎虞，則賊勢南逼隴州，東逼麟游，西逼長武，在在皆堪滋擾。而據路令禀稱，麟邑近山百姓亦甚驚惶奔竄，實與陜省大有關係。仰承兩次派撥滿漢官兵駐隴，又將宜君兩營兵丁駐守麟游，稍資彈壓，但涇川地方已經堵閉填塞三門，僅留一門出入，並派人夫千名登城守禦。此間雖尚安堵如常，亦不可不先防範。現囑樊令密雇精壯民人，並酌辦一切，以防意外矣。

又

初六日戌刻，接奉台械，敬領一切，承諭鳳翔、長武、隴州一帶，極宜堵截，況現聞有匪黨李旺川至鳳翔糾夥等事，尤宜嚴密稽查。又諭賊人若由通渭竄入秦、鞏，搜捕更爲費手，應就近與三鎮臺酌商布置等因。仰見先事綢繆，防患未然之至意。

查陜省西南與甘毗連者，係邠州、鳳翔、漢中三處。而漢中僅略陽一路相距安定、會寧尚遠。惟長武係通涇州大道，北距寧州、正寧，南距靈臺，皆與固原、平涼不遠。至鳳翔之隴州、崇信、華亭、靈臺、清水接壤，尤爲切近。此次三鎮臺帶領官兵尚未知駐扎何處，且恐於此一帶道路情形未能深悉。查署鳳倅黄秉哲，人尚明白，且係海澄公之子，頗知營務事宜，近日稽查隘口路逕，亦屬深知。某已派其隨同三鎮臺，酌量道路之遠近、隘口之險易，分別駐兵防守，務使所駐之地適中扼要，彼此照應，呼應俱靈，始可以免疎虞而壯聲勢。

再某等文報由長武而至隴州，若仍內地行走，不免致稽時日。查自長武而至靈臺之獨店，又自獨店而至麟游縣之天堂鎮，又自天堂鎮而至鳳翔縣屬之寶峪山，又自寶峪而至府，共計二百十里。若於獨店等三處各安馬二匹，派兵三名，暫供馳送，卽使三鎮臺駐扎隴州，而自鳳翔以至隴州計程一百七十餘里，文報一日可通，於詢商事宜實爲有益。並已令長武、麟游、鳳翔等縣酌量暫爲安設，至長武計共有兵一百三十名，除去字識及看守軍裝衙署十名外，又派撥五十名防守隘口，派撥四十名分守四門，所存三十名兵留爲雜項差使之用。此時賊衆設有數百千餘前來滋擾，自不能遽行堵勦，若僅零竄逸則嚴密查拏，自可卽行緝獲。數日以來，該騎都尉黃連輝督同弁兵等晝夜巡邏，某亦親往查察，見伊等均屬認真。又分派朱勳、千衷及長武典史郭振吉等前往隘口稽查，均無疎懈。

再初四日，盤獲回人陳斌、安才二名，詢係邠州人，向在巴里坤一帶放羊爲活，搜出書信，亦係同往巴里坤回人托帶之件，並無別故，然究未可信。已將伊所供兄弟親戚交與邠州張牧傳詢，再行酌辦。本日又拏獲回人王念姓子，係固原州人，據稱於閏三月十七日出門傭工，至邠州醴泉替人割麥，今將回固原，其隨身亦並無書信，然自認新教不諱，且稱所認識醴泉回子馬敦等五家，俱係新教。又固原州馬保係該犯同習新教之人，該犯年僅二十餘歲，故作重聽，而按其時日正在田五等滋事之先，恐卽係前來勾引通信之人。現因並無質證，飾詞狡賴。查馬敦等均在醴泉，應將該犯解赴西安，以便就近查拏質審。除備文另詳，并行西安府醴泉縣及行查固原州外，先此奉聞。

某往來西路各州縣，自永壽而邠州，見此百餘里中，岡環嶺複，雖係土山，尚爲高峻，又其下涇水環之，若在太峪、停口之間相度大勢，就險陡之地再加鏟削，建立嚴關，且於關前厓礀之上分設卡砦，以絕仰攻，洵爲西路之咽喉，足資控扼。至長武一縣，土田平曠，正唐莊宗語周德威云：『平原淺草，可進可退，若用騎兵接戰，必能得利。』至爲防守自固之計，則四山開豁，全無阻隘，敵兵可以直抵城下。且東距停口三十餘里，設有兵數百名繞出縣城之後，直據停口，將內地援兵亦難接應。且城中井少，其南泉水一道又在城外，若爲賊兵所據，卽慮無水可飲。昔范文正公經略西夏，駐在邠州，其時宜祿故址卽屬長武縣城，文正不駐長武而駐邠州者，大概因此之故。況長武三里之城雖尚堅固，然西南一角並無溝塹，城內居人幾千家，凡煤、桐油、石灰等項爲守禦所必須，悉皆短缺，鐵石工匠俱無。此時賊勢雖未必過平涼而東，敢來滋事，然不得不防患於未然。某頗與樊令密爲部署，應購之物先爲籌運，總使地方毫無知覺，而有備可以無患。謹此密陳，伏祈裁鑒。

與圖布政使薩布

啓者：　此時賊勢鴟張，當事頗爲棘手，然揆其致此，約有數端。軍營自將軍而下，都統、提鎮等雖有十餘人，皆未曾經行陣，而副都統五岱本稱歷練，但鄭重小心，守有餘而戰不足，則勦殺之責無人敢任，其故一也。將軍、提鎮各有主張，大抵勢均力敵，而制府尚在安定，總統無人，誰能調度？其故二也。大凡行軍之道，探知賊人聚處，卽不可造次進攻，亦當挖斷路逕，分設卡倫，使其不能竄逸，然後圍而蹙之，時日雖稽，易於殲滅，如從前之困烏什、前次之困化林山皆如此辦。今則鷹窠、石官川之賊悉皆任其逸出，其故三也。追勦之時，當先相度大勢，熟籌途徑，分路分兵，四面攔截，始可堵其侵軼，不致糜爛地方。今諸軍約計共有一萬數千，均從西北一帶而來，名曰尾追，實則任其逃竄，驅往東南，其故四也。且賊回愈聚愈多，前此不過焚掠村莊，今竟敢於破通渭、圍伏羌。查通渭以初九日被攻，若卽派兵數百名星馳救護，何至爲其所破？今者伏羌被困，亦未聞發兵救援，坐視存亡，實爲不解。況自鹽茶而靖遠，自靖遠而通渭，由通渭而伏羌等處，蔓延已經六七百里，焚掠村莊寨落，據報者已有二三十處，受其荼毒者不淺。現在平涼、隆德之間，均有賊人，若伏羌一破，非南走秦州，卽東走隴州。且聞隴州城郭坍塌不堪，所幸撫軍續派滿漢官兵前往，稍資防禦。然此時賊勢五六日間輒又換一局面，若必俟屯練阿拉善兵到日方始動手，又須一月有餘，恐賊人東馳西突，又不知如何猖獗。今福大司農馳驛前來，自爲可恃，但此時總以先赴隴州迎擊賊人最爲要務。祈將甘省用兵情形備細指陳，力爲慫恿，撫軍本與司農至好，且知撫軍在陝年久，深明大勢，必見聽從。況自長武而至通渭，較之由隴州而至通渭一帶，程途較近，如其定計赴隴，在省城一面發摺，一面由八百里行文令黑峯山各營分兵一半，計可得兵六七千人，令其飛赴伏羌、秦州一帶，前來會勦。計自省行文，一日可抵黑峯山。又黑峯山分來之兵三兩日可抵秦州一帶。由通渭而至伏羌不過百餘里，由伏羌而至隴州邊境亦不過四百里，福司農三四日內馳出隴州，此項官兵卽可迎見，況現在三鎮臺尚駐長寧，未曾進發。

查黑峯山軍營及石峯堡賊巢均係通渭地方，已有兵一千五百名，合之黑峯山分來之六七千，最少已有八九千人。屆時制府將軍截其西北，司農攻其東南，賊更何從喙走？且三雜谷屯練，檄由成、階一路行走，則至鳳、隴一帶，并入司農軍營，更爲近捷。然此兵全在帶領得人，從前漳臘營參將張芝元駕馭番人，實能得其死力，此時不知陞調何處，想必尚在川省。此人亦司農素所知悉，必調其帶領前來，可更得濟也。某見現在情形緊急，不得不爲出位之謀，祈以所陳詳致撫軍，從長計議，若得如此辦理，庶可早爲撲滅。縷縷不盡。

又

逕啓者：昨得明副都統陣亡之信，驚聞倉猝，飛致撫軍，想當立卽傳知，是以不復另函具達。茲據陳臬臺來札，據靜寧拏獲之楊五十三，有『石峯堡逆回欲從秦安之蓮花城前擾隴州』之語。又據涇州來札，初十日賊回攻破通渭，王知縣已經被害，是賊回猖獗異常，實堪痛恨。此次官兵由西北尾追，故賊漸走東南，然大軍雲集，終無合圍會勦之信，殊不可解。今醜類漸集漸多，非西走洮、岷，卽東走鳳、隴，且聞搶掠地方，先取騾馬，次取口糧。若騾馬有餘，竄走更爲迅捷。查通渭縣城既爲賊人攻破，由通渭至碧雲關三十里，由碧雲關至蓮花城一百十里，又由蓮花城至龍山鎮六十里，又九十里卽至隴州所屬之長寧驛，共計程二百九十里。路途不遠，實足爲陝省之憂。

陳臬臺之信，某已飛行三鎮臺籌辦，計三鎮臺接得此札，必帶兵竟赴秦安堵禦，鳳、隴一帶更屬空虛，萬一另有一股賊回滋擾，從何抵禦？某昨者不揣冒昧，請於興漢所屬之白土等五營內，再挑兵數百名以爲接續。今聞剛提督又咨興漢鎮派兵二千，並令調幹勇大員帶由鞏、昌一路進勦，此必將白土等營官兵酌量調出，以充其數，則鳳、隴需兵更屬一籌莫展。況此時甘省自制府而下，將軍、副都統、提督、總兵統領大員已有十餘人，而陝省興、漢、鳳一路地方遼闊，並無統兵大員以資彈壓堵截，尤屬非宜。熟計此時賊勢，斷不至再折而北向，竄入固原、慶陽、寧夏之理，而延、榆一路兵數尚多，或從策鎮臺處分出兵五百名，前赴鳳翔等處，以爲三鎮臺策應，則聲勢尚爲可恃。且由定邊而至鳳翔，若從涇州、寧州、慶陽行走，計程千里，十日可到，尚不至於緩不及事。而已經奏明調遣之兵，較之再調西安滿漢官兵又須具奏者，似尤便易。祈詳加裁正，并卽請撫軍酌辦。

又

本日丑刻，接三鎮臺來咨，欲將所帶興漢鎮兵盡行撤回，帶領進勦，如此則鳳、隴一帶俱屬空虛，閱之殊爲焦悶。當卽請示撫軍，就近別調官兵，先行防堵，正在泐行奉致。茲接琅緘，敬悉三兄先事綢繆，已將軍標五百先赴隴州，並令就近營路再派五百名一同駐守。仰見相機籌度，洞中機宜，於以鎮人心而安邊圉，所裨於軍國者甚大，不但區區鄙悃敬佩良殷已也。

惟是三鎮臺於所帶一千名之外，又調五百名。此項官兵，制府本以爲隴、汧一路堵截查拏之用。今據宋守來稟，因剛提督調兵二千，又將此項所調鳳、漢、寧三處兵丁作爲征兵，恐就近營分更無他兵可調。其延綏鎮屬誠如來諭，尚有各標協官兵可資防禦，咨令策鎮臺速赴隴州，實足以供應援。但從定邊至省已有一千六百餘里，又自省而至隴州約五百里，計非二十日不能到隴，未免緩不及事。今探得自定邊、環縣、慶陽、寧州、涇州以至長武，計程八百九十里，又自長武、靈臺、麟游、鳳翔以至隴州，計程三百里，合之約一千二百里，較之由省行走，計近千里。但此一路是否可以備辦車馬，未能深悉。某已札知慶陽王守，囑其從長計較，如其此路可行，就近飛札致明策鎮臺，迅卽帶兵行走，以免紆迴。王守雖經到任，家眷尚在秦州，昨聞賊氛伊邇，其家搬在鳳翔，渠卽不爲公事計，亦當爲家口計，想能悉心籌辦，總俟得有覆信，再以奉聞。路程單并送台覽，至晉省官兵，業經奉旨停止，此時且毋庸再奏。惟川北鎮兵若從成、階而來，相距秦、隴較近，而三雜谷土兵，四十六年業經調用，頗爲得力。如旦夕間未能蕆事，該二處官兵恐須籌備，或轉請撫軍飛札川督，請其密爲部署，似無不可。愚昧之見，是否有當，惟希裁擇。

又

昨晚一緘，諒呈記室。頃者載惠教言，並示馮藩臺書札，具見明晰周詳，斟酌實爲盡善，業已遵照發行矣。至福公、海侯及巴圖魯侍衛前來，所有協濟馬匹一俟解到，卽令黄倅等查收，聽候甘省委員來領。但欽差大臣侍衛行走迅速，約計月盡月初當抵長武，而馮藩臺接札之後派員來此，恐欽差先已過涇，於事轉爲無濟。以愚見揆之，應俟廿五六日馬匹赶到長武，存留餵養，倘欽差將到之一二日前，尚無委員信息，此項馬匹卽令黄倅等解至涇州收管。囑其仍聽甘省藩臺飭知到日，分撥辦理。可見陝省協濟馬匹原到在大臣侍衛未到之先，一使此項馬匹存在涇州。該州馬匹如有不敷，亦必取來應用，則長武騾馬便可換回。是否如此，未敢擅便，統俟覆音，再行酌辦，似不爲遲。

頃據平涼宮令來禀，賊有從隆德來攻平涼之信。該處民人極爲惶惑，并聞城外回子已有變動之形，倘得稍遲數日，則巴圖魯侍衛從此經行，或可以稍資彈壓。而晉省蒲州一帶官兵赴秦較近，若能一面奏請，一面咨令起程，則月初亦可來長，庶足以供堵禦，否則終恐鞭長不及耳。再宮令有『道路難行，東省餉銀暫時留住，幸勿前進』之語。某思餉銀既已難行，軍火豈宜輕進，況此等鉛藥，前奉來文，原以爲將來屯、練等兵到日進勦之需，此時亦非急用，倘有疎失，關係非輕。某不揣冒昧，已飭令柴吏目等解至涇州，即交該州收貯。某仍飛報將軍，請其調取到日，即從涇州解往，似爲萬妥。謹此奉達，不勝依溯。

又

兩接瑤緘，諸叨垂示，順悉起居迪祉，欣慰良深。此番涇州預備馬匹，稍覺寬餘。頃據程牧來禀，過站之馬不過數匹，車輛不過十餘，日内尚可招尋更換，想此後亦不至如從前之甚矣。至石峯堡地方，近訊到過之西安人曹光方等，稱此堡離通渭縣城五十餘里，在鹿鹿山上望之，一切了了可見。其地四面陡壁，一路可通，官軍進攻必須下溝復上，其内帳房、房屋兼而有之，而土窑石洞尤多，賊人藏匿皆在其間。頃閲《明史》，前明亦曾用兵於此，爲期不過秋冬，且可列兵圍守，則此番仿而行之，似不難於埽凈也。晉兵已調石峯堡，爲安設卡倫之用。黃通判仍補鳳翔之處，業已飭知，極爲感荷，不勝馳溯。

又

逕啓者：　某昨至永壽，得有石峯堡捷音，並准陳臬臺來信，有卽日凱旋之説，恐各站將協濟車馬於京兵過後全數撤回，一旦班師，卽有措手不及之慮。　是以飭令西路各站，暫留應用，仍俟三兄酌定，另檄飭遵。　今三四日來，軍營轉無撤兵音信，而協濟車馬存留站上，大約每車一輛，需銀一兩七錢至二兩二錢不等。　卽如三原一縣，協長車六十五輛，以二兩牽算，每日卽需銀一百二十兩，若以一月計算，需銀三千六百兩。　又如涇陽一縣，協長馬二百二十匹，以每夫每馬計算，每日卽需銀八十八兩，月計亦有二千六百餘兩。　里下豈能如此賠累？　在沿途各州縣只圖自便，以爲多多益善，不復更爲鄰封籌計。但目擊情形，竊謂永、邠、長三處或先酌撤一半，或撤十分之七，且富平、三原等縣距永、邠、長尚近，一有班師信息，飛調亦正非難。　應否如此，伏祈酌定，卽速施行。

春融堂集卷六十七　公牘二

與顧鹽法道長紱

郵亭分袂，未及一旬，回溯德星，已殷飢渴。茲接琅函，深承存注，如覿清輝，曷勝欣慰。某初到此間，處處風聲鶴唳，且自邠州東至咸陽，各州縣兵止有城守一二十名，而西安正際興修，城垣拆卸，守禦全無，訛言四起，人心惶惑。又固原至長武不過百餘里，逆回若稍窺虛實，卽以千人直指西安，大勢卽憂瓦解。但計制府、提臺俱由固原前赴鹽茶進勦，逆回既不能南出瓦雲大路東行，況其逃竄之跡漸向西南，必因河西新教居多，而邠州一帶回民頗少，逆回此際斷不肯轉至勢孤無助之地。且陝省官兵陸續赴甘，殆無虛日，皆出長武、涇州，逆回亦斷不敢迎我軍鋒，自投羅網。以此揆之，長武雖處邊隅，自可無虞意外。現在長武所有宜君兵五十名，已經撥赴各隘堵防。存城兵三十名，合以某帶去差役二十名，分守四門，實爲單弱。然既無他慮，自可泰然處之。至於西路各站過兵應付，某已令各州縣先於本境內預籌車輛應用。茲蒙撫軍、藩臺酌令鄰封協濟，從此滿漢各兵陸續前來，自無憂於不給。惟乾州一處，尚無協濟明文。高牧頗形竭蹷，望卽婉致藩臺，一體撥給，俾利軍行。至滿漢官兵間日一起，大約五月初十間方能竣事耳。

賊眾情形，某與樊令屢次遣人前探，及得該處州縣將弁報聞，彼此互異，終屬糢糊。即如搶掠西安州之賊究有若干，其前赴靜遠、蘆塘之賊又有若干，此時或竟悉其醜類肆行抗拒，或已分路逃竄，潛出搶掠。且制府既令折去河口渡船，所稱渡河而西，又係何從過渡？其前所稱紅老靶莊及海成小山兒之賊，是否先已掃除？一切逆回要領既不能知，而官兵勦捕次第及如何籌計之處，亦屬無從探聽，因此殊爲煩悶。察看此次逆回行徑，或因前在蘭州化林山一處，致被大兵圍勦，靡有孑遺，此時欲爲分頭四出之局，亦未可知。在賊勢既分，則到處州縣擒拏自易，第恐其散而復聚，聚而復散，如鬼如蜮，出沒無常，此則邨莊聚落不無受其荼毒，而官兵分路追蹤亦頗爲棘手。昨撫軍來札，云『恐不能朝夕了事』，誠爲卓識，第未審高明之見以爲何如耶？肅行敬覆，不盡馳溯。

又

聞會垣之內頗有訛言，或謂城隍廟不許買賣，已經關閉者；或謂回人所開店鋪俱已收起者；或謂當鋪已歇；或謂官員家眷已有出城者；或謂城工已經停止者。傳聞不一，原不足憑。但廟中止須禁其夜市，而一切店鋪當令其照常開設。其城工力作多人，此時亦似宜分付大小工頭嚴加管束，夜間不得入酒店茶坊，日中仍令在工分頭做活，自不至因遊蕩無歸轉致事衅。至於官眷幕賓，先去以爲民望，更爲不可。某已分派幹差在於各城門查檢，如有規避遠颺者，拏回分別懲治。

某遠在長武，不應爲出位之言，特以省城根本重地，今賊氛甚遠，萬無即犯西安之理，而風鶴頻驚已經如此，萬一鳳、隴之間稍有擾累，則人心涣散，當復如何？此時固當爲遠慮深思之計，而亦必爲從容静鎮之謀。卽如各衙門酒食宴會，從前或以蘇道臺有事，稍効春相之義，此後卽宜照舊舉行。况大兄既已得麟，更應排日連晨，共申燕喜。史敬塘之破梁兵也，樂聲不輟，而如費禕、寇準諸人，亦皆圍棋宴笑，不改平時，未可以憂勤過甚，轉使無識之徒多滋議論，多生惶惑也。長武雖亦試鎗演砲，而閭閻熙皞，若不知兵然。賊若從隆德小路前來，實不過二百餘里也。方伯不及另札，祈卽以密致之。

又

十二日戌刻，接奉來緘，諸承垂照，極深感佩。所有劉忠在平涼來稟，探聽回賊情形，謹鈔録呈閲。至長武、平陽之地，賊回未必敢長驅直入，但計平涼以東直至西安，此十餘站中，所有各州縣城守之兵，多者不過三四十名，少者僅止十餘名。今提臺所調緑營官兵已俱過竣，若爲賊回窺破，只用二三百人前來搶劫，誰能禦之？此亦不得不爲萬一之慮。若零星逃竄之賊，則盤查嚴密，或可不有漏網耳。承諭省城各營内並無存貯刀矛，蓋因營中公費既少，攤扣又多，所有軍械只敷現帶，自不能再有多餘。邇年來辦理營務過緊過嚴，所以如此，然爲國家緩急之需，必當寬爲儲備。未審三兄以爲然否？今某已捐銀二百兩，交與長安王令，囑其酌量購買，運送長武矣。

又

久疎奉袂，時切神馳。兹者接到手函，如親謦欬，藉悉興居迪吉，欣慰良殷。阿中堂所帶頭起官兵二百五十名，何至需用車馬如此之多？弟從前追隨數載，所見中堂傔從不過十人，行李蕭然，一二十挂包之外，别無長物。今閱前途單上所開，實爲不解。近聞京城、保定等處無賴匪徒，遇有欽差出使，夤緣竄入，凡家人之謹愿者導以跳梁，馴良者慫其凶惡，無理取鬧，不獨馬匹飲食需索多端，且訛騙銀錢者盈千累百，不一而足，實堪痛恨。弟已現飭各站查拏，一經查出，卽行杖斃。尚祈助我努目也。至於西路各站，仰承省會諸公悉心籌畫，續派無差之州縣撥馬協濟，又添車百輛，雇騾三百，邠、長兩處想不至有遲悞矣。

又

昨肅蕪緘，具陳福大司農過境情形，諒已早登融鑒。兹者載奉翰言，又買馬五百匹，協甘應用，並俟阿中堂將到邠州，再送涇州，尤屬權衡盡善。某於近日軍需事宜，未嘗無一知半解，惟於車馬過站一事再四思維，實無良法。蓋下站既無車馬，則侍衛官兵等豈肯舍此現成之物，轉與本站官員從空爭鬧？況車既載有軍裝，馬亦俱有鞍轡，夫役等又豈能或搬或解，竟將車馬赶回？若涇州既有馬匹，則長武之馬自不致於過站，此實事勢所必然。然愚意於阿中堂到邠之日，先將馬三百匹解送涇州，其餘二百俟第三起京兵到邠時，再行送往。若全數解交，恐卽阿中堂一起已經用盡，不能復留餘地以應後起京兵，將車馬仍不免於過站。愚昧之見，未審以爲何如？順頌行祺，不盡馳仰。

與馮布政使光熊

敬啓者：前日西安滿漢官兵過長，所有應付車馬行至涇州，當被該州强拉過站。經押送車馬之經歷朱勳具禀前來，某因長武差使已可無誤，而涇州車馬短缺，當此軍行緊急，不宜稍分畛域，是以聽其過站，並經附便布聞。乃迄今幾及兩旬，而未回之車尚有六十八輛，未回之馬騾尚有十六匹頭。及差幹役飛探前途，則稱『一路並無更換，已直拉至軍營，現在不知下落』等語。查此項車馬，係三水、扶風、鳳翔協濟者居其大半，餘皆雇自民間，目下既無蹤影，不獨里民呈控紛然，難於批示，而三水等縣禀請撤歸者，亦屬無從回覆，實多棘手。且此時已經拉去之車馬既難籌辦，而察看逆回形勢，一兩旬間未必卽能竣事，將來欽差大臣、侍衛、京兵接踵而來，起數不少。若涇州一帶不能支應，又復如此强拉過站，有去無回，何所底止？且長武所辦車馬，並非有餘，倒換不及，定至官兵壅滯。若必不容過站，恐彼此紛爭拉奪，或滋事釁，更屬不成事體。再大臣、侍衛、京兵前來，卽使軍裝等項僱用長騾，而三五百名一起，所需乘騎馬匹已爲不少。現已致明陳臬臺飭令涇州先爲籌畫，勿致臨時掣肘，且甘省東路各州縣業經執事發給銀兩，儲備有資，此時更無諉卸。所有涇州一帶應商預備之處，謹以聞於左右。至邇來靜寧、通渭之間，仍有逆回滋擾，倘得捷音，卽希飛示。不宣。

與陳布政使步瀛

昨者敬覆一函，諒已早登籤記。茲接來章，具稔京兵頭起已於十五日自隆德起行，亟須騾頭協濟。查僱覓騾頭應於三原、涇陽一帶，路長日緊，斷難應手，而長武以東各站所存亦屬無多。某再三籌計，西路各站協濟車輛，此時正擬撤回，若以一車坐兩兵，兼之軍裝行李，儘屬寬餘，其車沿車尾亦可令餘丁隨坐，最爲妥便。現飭每站儘數籌撥，計可得一百三十輛，足敷供應。並已分爲四起，於二十一、二十三、二十五、二十七日赶赴隆德，以資應用。其領兵官員，每起爲數無多，應騎之馬不過五六十匹，想甘省儘能支給也。至車輛價值，趁空去時每日八錢，裝載回時每日一兩六錢，各站自行應付，并希迅飭各州縣逐日給發，毋使吏胥剋扣，以致車戶等或有爭執停滯之弊。耑此飛覆，順候指揮。不宣。

答敷副都統森布

接到華緘，諸凡領悉，具見執事於堵防嚴密之中，得從容靜鎮之道。此時賊回滋擾，尚在寧、靜西界，然州縣已露慌張情形，實因承平日久，而地方官又皆未知武備，是以不免驚疑。卽如某在長武，兵丁只有二百三十人，今分查隘口七處，兼守四城，布置粗有定局，民間安堵如常，毫無恐怖。而永壽、邠州尚在内地，轉已填塞城門，可知人情易動，處處皆然。但看回賊情形，俱先擾邨堡，不敢遽爾攻城。其通渭之破、伏羌之圍，皆因往來數日，窺見城中兵力孤單、外無應援，故敢如此。然有備無患，誠如尊諭，不可不嚴行防守也。至示駐劄之所，在於可通華亭要路，實爲得當，而放卡兵丁分則易而聚則難之語，更非諳練戎行者未能知此也。此次福司農及阿中堂，先後出京，所有一切機宜，統俟指示，再以奉聞。

覆浦布政司霖

久別鴻儀，時深神溯。比接教言，具稔行祺迪吉，曷勝額手。伏惟執事本係軍需熟手，昔年錦水已著成勞，今兹駕熟就輕，自更易於料理。惟是魯巖方伯遠在蘭州，加以靜、寧一帶賊回阻梗，東路軍資幾慮鞭長莫及，且甘省地瘠民貧，近被逆回焚剠，民戶流亡，一切購備供支，論者遂謂無從下手。但蹂躪之區不過鞏、平二府，其餘各府州縣完善俱多，不惟倉貯充盈，而如甘、涼之馬，秦州、寧夏之芻薪，迅爲徵調，尚可無誤軍行。幸得長才綜理，計出非常，自必咄嗟立辦，俾士飽馬騰，以資進剿。辱叨連壤，何幸如之！至於陝省情形，迥非昔比，而近日辦車辦馬，分頭協濟，爲數甚多。當此筋疲力盡之餘，更不能爲從井救人之計，臺從過西安自可悉其梗概也。攻剿情形，軍營甚祕，此間偶有所聞，均已報知省會，想俱照悉，不復贅陳。

致書安肅鳳道儀

所論欽差臨境，車馬不敷，查甘、陝本屬一省，且際此軍書萬緊之時，更不應稍分彼此。但陝省邇年物力艱難，大非昔比，且前此西安滿兵過境，所有車馬均被涇州過站直抵靜、寧。官軍失挫之後，至今尚有車百餘輛未回。而協濟州縣及長武本境百姓紛紛呈控，某每以事出，至於馬足擁擠不前，甚有叩頭流涕者。某思此等車馬，皆係小民膏血，今一去無還，以田家耕種所需銷歸烏有，伊等家計幾何，豈能當此苦累？若復爲自了之計，則甘省軍務方殷，而賊勢燎原滋蔓，陝省官員皆應切同袍之誼，萬不可視同膜外。所以返而自思，下無以對黎庶，上無以對友朋，焦勞中夜，有不能盡宣之紙墨者。

然昨撫軍已再購馬五百匹，爲中堂赴甘之需，但陝省除前次協甘五百外，有協濟本省西路邠、乾、永之車馬，又有撥協南路鳳翔、隴州之車馬，又辦長騾、長車爲直送京兵之計。需用甚多，雇覓甚爲不易，各州縣皆已焦頭爛額，幾於無計可施。此項五百匹馬，雖極力飛催，斷不能一呼立應，俟其陸續購來，總在京兵未到之先按次解往，以資應付。然京兵已用長騾、長車，所應預備者不過官員更換之馬，又辦五百似足敷用。若使州縣不加節制，一任京兵跟役橫行拉搶，即使再添數倍，亦恐同歸於盡耳。甘省地瘠民貧，又遭賊回殘破，地方已屬不堪，若陝省又復紛紛派累，元氣大傷，則可憂者更大，不止貽誤軍需，僅以官殉之而已。想高明必已洞燭及此也。

致鞏秦階道宋維琦

昨接馮藩臺來札，具悉撫卹事宜，均資經理，可謂得人。前謁福制軍，知鞏、平等處被擾，災黎已奉恩綸賑卹，仰見聖主如天之仁。而以當今時勢揆之，亦必宜如此。蓋自逆回滋事以來，轉輾七八州縣，所掠邨莊堡砦不下百餘，聞土窑山洞之中，在在哀鴻散處。若得悉心查覈，不惟全活甚多，而不致待斃餘生轉被賊人迫脅，所關係於事機者尤大。今得長才綜辦，無隱無遺，使無告窮民均得上邀渥澤，是不獨爲甘省地方額手志慶也。

與同州閔太守鑑

逕致者：　昨准提臺來檄，拏獲賊匪吳金，有搶通渭、伏羌、秦州、潼關等處以斷文報之供，而聞省城所獲姦細亦有此語。雖此時賊勢距潼關稍遠，而貴府所屬之大荔、朝邑，回人最眾，萬一姦匪早已潛來勾引，所關非細，自當嚴密小心，上緊防範。但各州縣疲翫成習，不論事之緊要與否，先交幕友，而幕友卽轉付吏書，是以事未及辦而外間早已喧傳，甚至展轉造作，流爲訛言。當此萬分緊急之時，豈宜再有翫視？　務祈嚴飭各縣，斷不可稍有張揚，密之又密，上緊稽查。再聞大荔、朝邑等處鄉間回眾，與漢人分堡而居，伊等所爲何事，漢人全不能知。如何各就本地情形設法查察，尤希指示明晰，飭令遵行，并將設法查緝之處卽行具覆。

與歐同知煥舒

密致者：查甘省回民滋事，現經各路官兵會齊合勦，諒可指日掃除。但現在靖遠之鷹窠石、安定之官川皆有賊人，而會寧、通渭、靜寧等處又經搶掠焚燒，賊勢自西而南，此間雖尚隔平涼一府，然有備方能無患。已將守禦堵截之處各爲預備，惟長武營中雖有威遠、子母、馬蹄砲位三種，尚少砲子。而此地並無生鐵，亦無匠人能鑄。聞省城軍裝内砲子尚多，今發交畫出圖樣，計共六種，祈於所貯砲子中細心查檢，每種各得八十枚，已足敷用。如或多少不等，共計大小得四百子，亦足供緩急之需。一經檢得，大約所重不過二三百斤，雇覓健騾兩三頭運送來長，卽雇長車亦可，所有車騾價值均於此間給發。再，查檢之時不必聲張，而起運之時皆須包好，總在密行部署，無人知覺爲要。所以不用所車者，亦恐一用所車，經過州縣卽將運送砲子緣由通行詳報，致涉張皇。地方官不知事體者多，務宜密之又密。本司在此預辦一切，皆不動聲色，是以民人皆熙皞如常，並無驚擾也。俟得覆音，另用印文調取。至事竣後，或仍將原物運還，或卽留貯長武營中，其料價另從本司歸款，臨時酌辦。不宣。

與咸寧長安兩縣

長武一處，今已過滿兵二起及軍標兵一起，應付尚無遺悮。但兩首縣應付兵差，當將各項官兵確查支應定例，先行知會該營將領，並行西路各站照此辦理。今綠營兵丁在内地出兵，並無車馬支應之例，已經藩臺飭知巡撫、將軍，兩標均係綠營，宜令一體辦理。又滿營既將平日所拴馬匹隨帶騎乘，其跟役有無隨帶馬匹俱應查明，每隊五百名，共馬若干匹，行知各站，以便照數備辦草料供支，并使知此再無需用馬匹。其或軍裝行李，每兵百名，需車若干之處，一併查例，傳知各站照辦如此。定例分明，該將領等卽有酌借車馬，皆知係地方官格外通融，豈敢多其需索？

今閲長安縣所發傳牌内，開撫標兵五百名，一起用車七十五輛，又該府傳牌，開將軍自帶滿兵五百名，用車三十輛，前後不符，辦理殊爲未協，以致各站無所遵循。多辦車輛於定例之外增至加倍，而官兵任意混拉支應，猶爲未足。此等車輛皆係雇之民間。昨接藩臺來札，稱軍行固宜預備，而民力亦當體恤，此仁人君子之言，實可垂爲準則。今若不定章程，該站州縣不過多派民間車馬以濟急需，豈能不滋擾累貴縣？希將以上各條查明定例，逐一覆知，幸勿踈漏舛誤。其副都統各等侍衛、參領、佐領、翼長、前鋒、校驍、騎校，並部院内郎中、員外、主事、筆帖式等官，所有勘合内應得分例，一併查開。某當卽發示，通飭各站，畫一辦理，庶將來郵政可以肅清，而地方官亦不得因應付差使之故，藉稱賠累，於吏治民生均有裨益。其從前征勦金川時，京兵及東三省兵過陝之例，亦祈查覆，以便臨時酌用。

與楊蓉裳

昨者從省中寄至手緘，並近詩一册，感念記存，實爲慰藉。唯因自駐鶉觚，軍書絡繹，且尚有本任刑名事件應須批答，是以未暇奉覆。茲者具知伏羌密邇賊巢，頗有風聲鶴唳，看來此次賊人迥非四十六年之比。往時死守化林山頂，不難聚族而殲，今忽分忽合，行蹤無定，詭譎異常，孫參將、明副都統俱已陣亡，通渭城亦破。而頃接平涼來信，謂賊衆已有四五千，大軍均在尋麻灣，未有進攻之説，殊爲不解。此時所調兩省官兵，計算已當盈萬，統領大臣已有十餘，復何所待？若因總統無人，築室道旁再作遷延之役，將賊衆愈糾愈衆，燎原支蔓，不審當事何以處之？賊勢自北而南，官軍尾追其後，非西走岷、洮，即東竄鳳、隴，而伏羌正當其間，極爲可慮。此時興、漢三鎮領兵不及千名，前赴秦安會勦，尚恐兵力稍單，未必克期制勝。幸聞體察多方，防閑甚密，且備禦有資，内間不作，或可不憂豕突耳。僕初到此間，空拳赤手，守禦所需十無一二，今已酌借兵二百餘名，并製刀矛、砲子、油燭等項，萬一有警，差可恃以無恐。吾輩好讀史書，於古今戰守事宜略知梗概，而僕從戎九載，調兵督戰，更事良多，似較鞅軩諸人稍有把握。而吾賢素性慷慨，登陣授甲，尤必能爲文人吐氣，念之殊堪自壯耳。自伏羌而至隴州，自隴州而至長武，計程不過數百里。且探得捷徑，已別設臺站，不俟兩日，文報即可達也，惟頻數寄書，以慰遠念。篔山聞在署中，閲所寄詩，已入小長蘆門逕，似此詩人，蘇、松間不可多得，幸爲致想慕之私。正賴宣勞，諸希自愛。自書草草，不盡欲言。

與南明書

前得手書，具知吾弟已經引見，但無出京日期。今聞卽日可抵西安，實深欣慰。惟某以四月二十日奏明，前赴長武堵截逆回，今賊巢已破，賊首已獲，零星竄逸者現在分兵搜捕，且行令陝省近甘州縣，一體嚴查。而各官兵以次班師，正當料理兵行，不能卽回省署。人事參商，六張五角，區區聚會之間亦多乖隔，豈真有數存其間耶？

某兩月來所進奏摺，多蒙溫旨嘉奬，但地處衝途，逢迎絡繹，文書書札不惟晝夜紛拏，且應酧所費亦屬不貲。至體中委頓不堪，精神恍惚，自覺言語亦有前後失當者，故此時不以遷擢爲望，而以引退爲期。英勇阿公卽日凱旋，見時欲力懇之，得以老病還鄉爲幸，亦不敢望改授京職矣。某雖不在署中，總須小住六七天，一則略爲休息，一則待書札往返二三次，庶可稍盡心意耳。長途勞頓，眠餐佳否？並此問候，不宣。

又

來書均悉，署內無人，疎於款待，想不以爲嫌也。僕賦命窮薄，生平不如意事十有八九，若積買山貲以爲娛老計，必不能如願。坡公云『有田不歸如江水』，晚欲買田陽羡，作楚頌亭，尚未及成而歿，況於吾等？自念天之所以與吾，厚於虚名而薄於實在，自圖安樂，恐有物以敗之，況僕年已六十一矣。柳子厚云『人生不過數十寒暑，則無此身』，今度不過再歷數寒暑耳，又安能持籌握算，仰取俛拾，求田問舍，經營不可知之局於三千里以外乎？古人言『巢、許未聞買山而隱』，倘衰病日甚，撫軍允其乞罷，則百餘畝之田足供饘粥。外此筆墨之貲，或有載酒而過者，便可消磨歲月。『夕陽無限好，只是近黄昏』，再欲點綴暮景以累晚節，僕所不能，且亦恐終不就。未審老弟謂爲何如？此未易爲俗人知也。連日大雨，未得快晴，幸留連數日，使塗泥淨盡，乃可啓行。且此時南北兩棧正值回兵，公館道路均憂阻礙，俟其過畢，亦不爲遲，正非獨以小住爲佳也。

致蘇顯之去疾

昨從李學使處作書奉寄，不審已登覽否？某自居憂後，本無出山之志，不意時會所遭，牽率以至於此。今又來駐鶉觚，堵防小醜，雖復慷慨激昂，不敢以衰遲自謝，而外强中乾，正有非旁人所及知者。軍需一蕆，卽當以病陳情矣。承惠畫扇新詩，意存招隱，高懷雅致，宛然可想。吟咀數番，彌增永嘆耳。足下如鶺籠生，挈眷同行，自晉而豫，買田之貲，未審能粗具否？琴湖烟月，不殊三泖，何時扣舷濯足，偕一二老朋舊，同此跌宕耶？邇日眠餐何似，便中尚冀有以示我。軍書旁午，悤悤把筆，不盡欲言。

上兩江李制府

啓者：江蘇鼓鑄錢文，最關緊要，每三年一次，採買滇銅四十一萬六千斤。五十年，分委員常熟令何廷鳳抵滇，採買高銅五十萬五千斤，扣至明年十一月滿限。昨奉閩撫軍來咨，以閩省奏撥蘇省錢文，亟需何令買運之銅回蘇濟鑄，當卽分飭各廠，設法赶兑。現在何令兑領之銅將次全完，春初卽可掃幫出境矣。查滇省銅廠開採年久，硐深硔少，額銅已屬不敷，兑發不無遲滯，而牛馬運脚較之始初採買，其價倍增，委員雇運，甚屬周章。而夏秋農忙之際，牲口亦難覓雇，況寶寧、剝隘一路，又多瘴癘，一切不無停留遲滯。是以極力嚴催，已逾三載，其於江省鼓鑄，終未免有緩不濟急之虞。某於接見何令時，細加詢訪，據稱『現在江蘇洋銅，百斤價銀十六兩』等語，查採買滇銅百斤價銀十一兩，加以自滇至蘇水陸運脚，委員廉俸、役食、雜費等項，每銅百斤約攤銀五兩三四錢不等。較之採買洋銅，價值有盈無縮，而洋銅成色最高，鼓鑄更爲有益。況江蘇係濱海之區，購來甚易，視滇銅程途萬里，踰越江湖，曠日持久，難易實殊霄壤。愚見似應奏請就近改買洋銅，比之赴滇採買，既多節省，又能迅速濟用。而滇中每歲省此數十萬斤採買，以有餘補不足，其益亦非淺鮮。某素蒙知愛，管窺之見，用敢謬陳可否。仰邀採擇，入告之處，伏候台裁。

春融堂集卷六十八　書事　雜著

書黄公纘事

黄公纘者，安南國王莫登庸之後。本朝順治初，莫氏微弱，退居高平，名敬耀者請内附，會卒，命其子元清爲都統。而是時黎氏據有安南，亦遣使來歸。康熙三年，因册維禧爲王。六年，維禧遂奪元清地，元清以告，遣侍讀李仙根、主事楊兆傑往諭，還之。然莫氏卒爲黎所併，殲其族略盡，存者僅一二人，易姓黄，其後爲公纘之父公舒。公舒祖父雖失國，然尚有山南海陽之地。至乾隆十九年，黎氏復侵奪之，乃以衆千餘人棲猛天。猛天，南掌地，有沙人五六千人，以種植爲生。其地距安南、南掌皆四五十日程，叢山荒箐，弗能通人行。南掌國王准第駕公滿知之，以其弟召翁堉黄氏。

先是，黎氏傳至維祺，其臣鄭檢者專政，維祺弟維禬不能安，出奔鎮寧府之猛盆。猛盆與猛天鄰，維禬思併其地。三十四年，公舒殁，公纘年八歲，維禬因率衆攻猛天，且要鄭氏助之，以是公纘不能支。而夷民阮勵求者，安南河中府宏化縣永治社人。又范廷内，安南建昌府舒池縣無礙社人，其父廷鳩，公舒之友。兩人者，皆以公舒爲師，及公舒殁，則皆從公纘居。見事急，乃挾公纘潰圍，走至普洱府外之整法隘，上書求内附。

時荊州將軍雅朗阿統兵在普洱，具以奏，而送阮勵求赴永昌，俟經略傅公詢問。奏入，上憫焉，命有司度地居之。勵求至永昌，問故，具稱如前。因詢以安南事，曰：『安南分十三鎮，一曰清華處，二曰乂安處，三曰山南處，四曰山西處，五曰京北處，六曰海陽處，七曰興化處，八曰宣光處，九曰諒山處，十曰高平處，十一曰安廣處，十二曰廣西處，十三曰順化處。前國王黎氏年號保泰者，生維祺、維禕，今國王年號景興，蓋維祺所生，爲維禕之兄子。而鄭檢自稱師尚父大元帥、總國政明威王，安南事無大小，咸決於鄭，黎氏特備位』云。經略嘉其敏贍，厚賚之，遣回普洱。而迤南道唐扆衡報，思茅東地名那可樂者，有閒田頗廣，其外皆崇山，山南有水，引以灌溉，可耕植。於是庀房宇，給口食，予籽種牛具，移其衆往居之。

南掌者，明之老撾土司，於元爲八百媳婦。夷人稱水以南，稱象以掌，其水土出象，故名。雍正七年，王島孫始入貢，其國卑陋貧窶，王所居之地距普洱尚五六千里，敻遠荒略，貢使往往稽滯逾期，有司屢檄之始至。而召翁聘公舒女鼎媽，未娶，聞公纘家屬内附，乃奉書來，願乞鼎媽歸國，上許之，扆衡具貲裝以往。於是以三十五年七月，國王具表言：『小國僻在荒裔，蒙怙冒久矣，茲復以鼎媽賜給臣弟，俾聚家室，感激懽舞，莫可報稱。謹遣叭猛報謝，且恭賀聖母皇太后萬萬歲，敬進馴象四，用表小國効順微意。』

初，公纘至普洱，言猛天與雲南建水接壤，巡撫因檄知州按之，且察公纘蹤跡。而建水之猛賴，本安南地，雖内屬，尚爲安南服役。其掌寨刀寧由興化鎮目聞於安南，安南國王遂具文來，言：『公舒父子實係氓隸，逋逃稔惡，於今有年，自投天網，乞付本國處治。』上弗許。而以三十六年七月，遷公纘于甘肅以西之烏魯木齊，四十三年始歿。而阮勵求者，讀徐、庾文，能駢體，且拯公纘於危，頗自負，烏魯木齊人稱爲阮先生云。

書奎公遺事

公名奎林，姓富察氏，大學士忠勇公傅恆之姪。傅公行十三，爲孝賢皇后弟〔一〕。公父□行四〔二〕，生明瑞及公。公年十七，即以勳貴子弟從征準噶爾，彎弓躍馬，刻苦自奉，間讀書，能小詩，人不覺爲戚畹也。性剛果，尚廉潔，志節凜然，豁達英邁，尤遠於權勢，與忠勇公弗善也。其他直唾涕視之，獨以兄事予，常以署伊犁將軍過余西安官署，深夜置酒，快飲數十盞，歷數當代人才，罕所當意。予問以如此則何者而可，公曰：『吾何好？但好王保保耳。』保保者，元廓廓帖木爾，明太祖以爲勝於常遇春，天下奇男子也。

緬甸、金川軍興幾十年，俱在行間，身經百戰，被創不動，有疾亦不介意，騎馬飲酒自如。待將領嚴而於士卒甚恕，統兵所至，遇移營，取一褥坐營門內，視各士卒帳房行李畢至，然後即安，否則不先入幕也。每日肉一盤，菽乳湯一盂，與下同甘苦，下皆樂爲之用。金川之役，將軍溫福兵潰於木果木，而阿公達烏之軍不動，由公守隘口，與賊口夜數十接，殺傷過當故也。凡奉旨移鎮他所時，春夏則出毛罽之衣及其被褥，悉以賞左右，及秋冬亦如之。飛車危坐，晝夜遄行，身無長物，家計尤不問也。不憙佛法，最惡番僧。搜捕盜賊及姦宄不法者，有殺無赦，而必不濫及無辜。世俗所傳嗜酒好殺之事，多失其實者。公由侍衛以功歷官至都統。金川平，圖形於紫光閣，襲封皇后承恩公。出爲伊犁將軍，被參贊大臣海祿劾，削公爵。久之，復爲福建臺灣提督。尋西番科爾喀犯邊，奉命以參贊大臣往西川，比及江卡而卒。上惜之，祭葬有加禮焉，謚武毅〔三〕。子二，一出爲弟明瑞後。

【校記】

〔一〕弟，底本無，據文意補。傅恆爲孝賢皇后之弟。

〔二〕『公父』下，底本空一字，按，奎林爲傅文之子。

〔三〕武毅，底本空二字，據《清史稿》卷三三一《列傳》一百十八補。

新纂雲南銅政全書凡例

一、恭錄上諭。滇省銅政，仰荷皇上燭照無遺，隨事訓飭，聖謨洋洋。承辦大小臣工，皆當時時恭閲，欽遵辦理。且閲《欽定鼓鑄則例》，歷奉上諭，皆分類恭錄。今纂銅政書亦倣《則例》體裁，將歷年欽奉上諭分門恭錄，庶仰遵聖訓，隨事敬繹，更爲親切著明也。

一、抽課收買。《周禮·太宰》：『以九賦斂財賄。』山澤以及幣餘，各有常賦。歷朝礦冶有税，前明路南州銅廠有課，蓋六府金穀並稱，固所以資平成也。滇產五金，而銅爲尤盛。本朝康熙二十四年，總督蔡毓榮始疏陳礦硐宜開，聽民開採，而官收其税，每十分抽税二分，委官監收，此爲銅政之始。迨四十四年，總督貝和諾復疏請官爲經理，抽課收買，此爲收買銅之始。見於案牘者如此，當時之奏疏部議，已散軼無存，今以抽課收買爲第一門，從其朔也。雍正元年以後，經理之官章程屢易，各廠收買之價有上中下三等，又屢次議增，至無可增，因許通商以資羨補，酌予水泄以利攻採，是皆收買次第所有事也。銅價供支，不盡出自滇省，因紀其撥運協濟，又如歸公養廉、耗捐各銅，皆抽課之類，故彙而紀之。

一、廠地。《漢書·地理志》：『俞元裝山出銅，賁古采山出銅、錫。』滇之産銅舊矣。自蒙段竊據，劃江爲界，皆無可考。元産銅之所，曰中慶、金齒、臨安、曲靖、澂江，率止一二處、數處而已。及我朝，三迤郡縣皆有之，凡四十餘廠，寶藏之興，蓋非前朝所能倫比，而銅亦遂爲滇之要政矣。各廠爲出銅之區，而各店爲運銅之路，故次即列廠店建設爲一門，序各廠各店所隸之地、子廠之數、歲出之額、歷年銅數之升降。設廠設店，則有官有役，因紀其經費，運銅程站、脚費。廠店之所交關也，因牽連而書之。亦惟經費之出於銅息者，則載於此，其他採買之程站、陸運之脚費，仍於各門紀之，以免紊亂。至管理，則止紀其官，人無一定，皆不具載。其由何人經理得法而銅獲極豐，亦詳其年分、姓名紀之。各廠中有從前封閉、後得礦復開者，故於封閉之廠亦考其地與封閉之年，詳記焉。

一、京銅。《文獻通考》：『禹鑄歷山之金。』《禹貢》：『揚州厥貢，惟金三品。』『沿於江海，達於淮泗』。『荊州厥貢』，『惟金三品』。『浮於江、沱、潛、漢，逾於洛，至於南河。』輸金鑄錢以濟民用，自昔已然。我皇上德協坤維，地不愛寶，滇銅之盛，亘古未有。因運京師以裕泉流，浮金沙江，逾江、淮、河、濟，達於河，遠歷萬里，銅政莫大乎此。蓋自雍正年間滇銅運至湖北之漢口、江蘇之鎮江，應江、楚各省採買，已肇購運京銅之漸，嗣復在滇鑄錢運京。乾隆三年，滇廠大旺，而八省採買盡歸滇省購運，於是定各廠各路陸運之法。既而開金沙江之黄草坪，又開羅星渡、鹽井渡三路水運。旋復以鑄錢之銅加運於京，其間令民計程受值，舟車人力並擅其功。自四川瀘州以至京師，委員受銅交銅，僱舟易舟，守風守水守凍，引輓增夫。各省起程，沉溺打撈，追賠豁免，回滇報銷，已備極委曲繁重矣。挨序紀之，爲購運京銅門。自瀘州至京例案，皆長運官所宜遵守者。向鈔一冊給運官，運畢繳還，今另爲一冊，以便書成可以刊發共知也。

一、錢法。九府圜法，見於《周禮》，本於太公。湯鑄於莊山，周景王鑄於周昌，大抵古者多就銅山以鑄錢。滇産銅多而鑄錢亦廣。順治十七年，雲南開局鑄錢，錢法實在銅政之先，自後分設於各府，或復或罷，或增或減。其議減議罷，損益因乎時；議增議復，酌劑因乎地，皆宜深加考究。故於案牘之中，檢其奏議備録之。案牘中無可徵者，則參諸省志以補之。分局題奏者，則以局相從，如減裁、增復、移設，及籌出錢易銀之法；合數局題奏者，則以類相從，俾各有端委，不致分淆。其有奏議已見於他門者，設局增鑄，則録其題，定事宜於此門；裁減，則於所敘局與爐之數節録之，以免重複，以便考証。至鼓鑄餘息，皆關經費，銅廠運供不前，因有參賠籌息之案。雖若無關於錢法，備録之，亦可爲後此廠員垂戒。

一、採買。自滇省銅盛，而外省錢法皆資挹注。初採買滇銅止一二省，漸遂及於九省；始本暫時通融，久之遂沿爲定例，成爲歲額。内府、外府同關國帑，亦銅政之未可歧視者。各省銅數不同，銅價不同，前後增減又不同。其輓運有期，遲逾有罰，差員之侵虧者予以重譴。總彙爲採買門，籌其兑發，愼其度支，道路之險易遠近，具見於此。

一、廠欠。採礦煎銅，宜有接濟。銅價不能無預支之數，久之成爲逋負，因有廠欠之名。雍正二年，總督高其倬奏章中已備言之。況銅價之數皆定自數十年之前，國家承平日久，生齒日繁，百物之價數倍於前。而經費有定，採銅之價不可議增，因准預支，俾其藉官項以資營運，而貧不能償暨逃亡者，逋負又倍多於前。究之，帑藏所關不可不愼，經前總督奏禁廠欠，仰荷我皇上仁覆無外，特頒恩旨，蠲免屢次，皆數十萬金，窮檐感激奮興，而獲銅得以無絀。今併紀爲廠欠門。

一、考成。《周官・太宰》以八柄馭羣臣，曰：日終考日成，月終考月要〔一〕，歲終考歲會。第其上下，以爲黜陟。滇省銅廠一年考成，分功過而示勸懲，即歲終考歲會之法也。年終考成之外，有獲銅加多專奏陞用者，有短銅誤運特劾逮治者，統爲考成奏銷一門。其京銅陸運奏銷，另附於京銅陸運。

一、志餘。凡條稟、議詳，現在通行，雖未經奏咨，而亦爲省例，均行輯入；其雖未通行而於銅政有所考証者，亦披揀輯入，以裨採擇。至銅政所重者，獲銅、運銅，其踹引、取礦、煉礦、煎銅，雖若無關於銅政，而委折多端，廠民爐戶之艱難辛苦，必深知而後能憫恤之，亦不可略而不講，爲志餘。凡所輯錄，皆紀姓名，不沒其長也。

一、書分八門，而各門中又各有類。門爲大綱，類爲條目，一切案例皆以類編。其奏疏部議，分門纂錄，各從其類，要在有條不紊，非敢意爲割裂。又或有前後援引，重出疊見，則芟其繁複，取便觀覽，然但加節刪，不敢改易其文，庶無失當日立言之旨。

一、採錄書籍。恭閲《欽定鼓鑄則例》書，『辦運京銅』及『雲南省鼓鑄』兩門內，辦銅運銅之序，固已大綱畢舉，始終該備。今將各條於現纂書内，分門録入例文，以資援引，未敢妄加增減。又如《大清會典》、《雲南省志》，或有關於滇省銅政者，又吏部處分則例，亦間有爲銅政所引用者，皆倣《鼓鑄則例》之法一併纂入。所録書籍，必標書名，以便稽攷。

一、纂録例案之中，或於此類其議尚懸而未結，待證於他門；或大義已明，而覆咨、覆奏無需纂入，則略撰數語，以便繙閱覈對，一覽而知。如是之類，俱用『謹按』二字以誌之。

【校記】

〔一〕月終，底本作『月中』，據上下文改。

友教書院規條後附田數

一、友教書院舊名友教堂，本爲澹臺子羽祠，宋程大昌有《記》，在府學南棉花街。明萬曆十五年，知府范淶檄知縣何選重修。國朝順治十一年，巡撫蔡士英重葺，記載《府志》。益以田租，延師課士，與白鹿洞、鵝湖、白鷺洲並列爲四大書院。雍正八年，巡撫謝旻、布政使李蘭重修，迨後祠祀仍舊，斆學無聞。乾隆三十三年，紳士呈請興復書院，以束脩、膏火用費不貲中止。乾隆三十八年，布政使李瀚飭縣清查田租，收租變價，供主講脩膳之費，隨詳請興復書院，酌定章程，延掌教、設監院，造就生童。乾隆四十八年，布政使馮應榴詳准重修，院中前堂爲友教書院，後爲君子堂，前後均有兩廡，計屋十二間。又於西廡之西建屋四間。五十四年春，昶又添建四間，凡二十間。其頭門三間，二門三間，圍牆三面，頭門外有屏牆，亦重修整。

一、士人當志在聖賢，力求仁義，上通性命，內治身心。疏水可甘，緼袍何恥，定不忮不求之念，堅不處不去之守。窮則獨善其身，達則兼善天下。朱子《白鹿洞條規》已舉其要，諸生但宜悉心遵奉，毋庸另立規條。

一、孔子謂『多見』、『多聞』，又謂『君子博學於文』，故『四教』先之以文，而『四科』列以文學。其後顔子言『博我以文』，子思言『博學』、『審問』，蓋博學者，聖學之所從入也。今士子於羣經且不能讀，何況其餘？弇陋空疎，徒爲識者所鄙。諸生中不乏聰穎通材、有志自立者，應將經史子集以次瀏覽，務期博雅閎通，不愧儒林、文苑。卽質有不逮，或專習一經，以一説而通衆説；或專習一史，以一史而通諸史；或通天文、算術，或爲古文、駢體，或習詩詞，或研《説文》、小學、金石文字，各成專門名家之業。

一、現今功令，輪年偏習五經。當此經學昌明之會，士子更宜踴躍奮興，精心循誦。今除五十三年已習《詩經》外，嗣後應當接習四經。昔歐陽文忠公、虞文靖公皆言，前賢授受，每日讀經三百字，遺訓可遵，豈容暴棄？在院生童等每日必讀熟經文三百字。查《詩經》四萬八百四十八字，應以一百三十六日讀完；《書》經二萬七千一百三十四字，以九十日讀完；《易》經二萬四千四百三十七字，以八十日讀完；《禮記》九萬八千九百九十四字，以三百三十日讀完；《春秋》一萬五千九百八十四字，以五十四日讀完。共須六百九十日，不及兩年卽能徧誦。監院按書按日，十日一令背誦，如有不熟，訶斥隨之，責其再讀。倘某經應讀若干日者，倍其日而猶不能背誦，則是志氣昏惰，屏之出院。其有五經之外，或兼讀《周禮》，或兼讀《儀禮》，或兼讀《左傳》，課之背誦，如瓶瀉水，則是有志研經之士，課文如在一等，作爲特等； 如在特等，作爲超等； 本在超等，卽與第一同領獎賞。

一、坊間經文，只取擬題，卽有刪讀經文以趨偷巧者，最爲士習人心之害。院中生童務讀全經，卽《禮記》『曾子問』、『三年問』之類，不得私行刪減，監院于背課時留心稽核。

一、孟子曰：『夫仁，在乎熟之而已矣。』所謂深造而自得，資深而逢源，皆熟之謂也。讀文何獨不然？ 本年開館之日，監院先問諸生： 生平讀熟古文、時文共有若干？ 寫成目錄，亦于背經之日一體背誦。而本司亦于課期至院時，酌量抽背經文，以驗勤惰。

一、《易》之《兑》象『朋友講習』，故孔子以『學之不講』爲憂。《中庸》謂審問、明辨皆講學也。陸子至白鹿洞講『君子喻義』章，學人至有愧悔流涕者，朱子以爲切中深痼之疾。今白鹿、鵝湖俱係昔賢講學之地，而友教堂本與四大書院並列，前徽未沫，嗣其席者未聞講明而切究之，未免有虧師道。今書院中定于一、六日清晨，監院先至講堂，仿大昕鼓徵之法擊鼓三通，諸生齊集堂上，院長出而升座，監院率諸生三揖，以次列坐。院長或講經一章，或講史一則，或《家禮》，或《小學》、《近思錄》，或《大學衍義》，摘條演解，總於存心養性、立身行己、居官經世之理，曲鬯旁推，極深致遠，務期諸生豁然貫通、憬然領悟。講畢，監院令能文者二人，將所講之語錄爲講章，收存院內，每月終，彙錄申送，俾本司閱之，亦得資麗澤他山之益。

一、書院內外課，皆爲正課。內課以三十名爲率，生監二十名，童生十名； 外課以二十名爲率，皆生監，無童生。至附課，生童俱無定額。生監正課缺出，則以外課屢考在前者補之； 童生正課缺出，亦於附課内照例補之。俟添置膏火、房屋，另增額數，以廣翹材。

一、每月三課：初八日，『四書』文一篇，經文二篇；十八日，課『四書』文一篇，經文一篇，詩一首；二十八日，課『四書』文一篇，經文一篇，策一道。雖專以『四書』文爲主，而使諸生各加肄習，庶不至於偏廢。至每月初八課期，本司親至點名散卷，其十八、廿八兩期，監院代點。

一、每課點名後，派首領一員在院稽查生童，毋許攜卷出院。自三月至八月，日長不行給燭；自九月至二月，給燭盡一更不再給，二更仍未完卷者，黜之。

一、增、附生在院六年，已經歲科四試而從未名列一等者，即應甄别。

一、在院諸生不許隨意出入，司閽者記之，呈於監院，出入多者戒飭。

一、書院生童，向惟南昌、新建二縣准其肄業，但既爲省會育材之地，自當一視同仁。嗣後正課缺出，即行文各學教官，將現在學院所試名列一等前三名諸生，令其送院，予以膏火。其有投刺求試者，擇其文理明通取之，務在採擇謹嚴，不得狥情受屬，濫以庸材充數。

一、書院並無書籍，何以資諸生繙閲？今置《廿一史》及《明史》一部，汲古閣《十三經注疏》一部，《通鑑綱目》及《續綱目》、《綱目三編》一部，《御纂七經》各一部，王步青《四書大全》一部，《文選》一部，《通志》、《通典》、《通考》各一部，《離騷》一部，《古詩紀》、《唐詩錄》、《宋詩鈔》、《宋詩存》、《元詩選》、《明詩綜》各一部，《老》、《莊》、《荀》、《列》、《管》、《韓》各一部，《小學》、《近思錄》、《家禮》、《大學衍義》各一部，《朱子全集》一部，《説文》、《玉篇》、《廣韻》、《經典釋文》各一部，《唐宋八家古文别裁集》一部，《欽定四書文》一部。此後經費有餘，再爲增置。

一、院中書籍，本資諸生繙閱，但無人經管，必虞殘缺。今于諸生中擇老成勤慎者一人，立爲齋長，令其每季曬晾，毋致霉爛蛀蝕。且筦其鎖鑰，如有内課諸生取閲，及外諸生欲攜以外出者，皆必告之齋長而後取，閲畢仍舊送還監院。半年一查，倘有不全，責問齋長，齋長遺失書籍黜之，庶幾免于遺失。至監院如有更换，應交代後任，出其接收册結，報司存案。

一、課期發案後，監院將超等前三名文字收起，俟年終呈送，本司擇其尤者刊刻。

一、書院房屋已修，過三年後，如有坍塌滲漏；　床席家具已用，至二年後，如有破壞損折，監院具詳請修。俟司中委員覆勘，估定銀兩，再行修理。

一、諸生課卷，由監院製備，半年造具清册請領，紙價並刷釘價銀每卷三釐。

一、每課獎賞，超等第一名八錢，餘六錢；　特等三錢；　一等前三名二錢；　童生上取者亦二錢。監院按月造册，詳司請給。

一、每逢課日，給予茶飯，每席坐六人，菜四盤，連飯給銀三錢。又總設茶鑪。均使司閽者辦之。

一、院長每年束脩一百六十兩，膳金四十兩。監院按季赴司支取。

一、住院内課諸生，向例每月膏火銀八錢，實不足以供饘粥，今加增四錢，每月共一兩二錢，薪水之資綽然寬裕。至外課諸生，月給四錢，亦不足以資鼓勵，今酌增四錢，每月共八錢，按月發給。一課不到，扣除十日膏火。

一、澹臺子栗主及君子堂諸先賢，應于二、八兩月下旬，監院擇日祭祀，報知本司主祭。並令南昌、新建兩縣東西分獻，如知縣有事不能到，即囑院長、監院代之。各用小牢一、籩六、豆六、酒三爵。祭禮每次銷銀四兩。

一、監院每年課誦生童、檢查書籍、稽察出入，頗爲勞勩，每年應給與薪水銀二十兩，亦以四季支領。

一、司閽二名，向來月給四錢，今添給二錢，並責其每日打掃乾淨。

一、書院田租二莊：　一在生米東塘官莊蕭坊業城下元坊、楊陂隴等處，歲收鄉斛租穀一百六十一石七斗七升；　一在豐安慈姑下五里余家橋地方，莊屋倉儲俱備，歲收鄉斛租穀六百十一石五斗三升。乾隆三十九年，武生嚴趙鈖捐田一莊，坐落新邑豐樂上諶圩，計田二十七畝三分九釐，額收漕斛穀一十六石八斗。四十年，知縣陶正倫收竹林庵僧田二莊：　一坐落上諶圩，一坐落俸東，共田五十六畝四分，額收漕斛穀五十四石一斗九升零。由縣經理，而縣丞及生米司巡檢督收之。以江西常平倉内每穀一石價銀六錢，共計糶得銀五百六兩五錢七分。其後又于豫章書院存餘膏火内，撥銀三百兩。四十九年，南昌府南昌縣又每歲各捐助銀四十兩。今後藩司亦每歲捐助銀一百兩。

一、計田租捐撥，共得銀九百八十六兩五錢，束脩、膏火所需，究屬不敷。今署寧都州豐城縣知縣李培、署進賢縣試用知縣徐炎、奉新縣知縣邵鳳鳴、臨川縣知縣顧鑒、新城縣知縣朱樹翬、鉛山縣知縣楊浩然、署鄱陽縣興安縣知縣陳盤言等七縣知縣，又愿每年各捐一百兩，共銀七百兩，助資善舉，甚屬可嘉。除詳明兩院永遠遵辦外，另行刻石講堂，俾傳勿替。嗣後司中按季催繳，以供散給，自可無憂缺乏。

一、通計内課三十名，每名每月　兩二錢，一月應銀三十六兩。除封印、開印外，十一個月共用三百九十六兩。逢閏加三十六兩。外課二十名，每名每月八錢，一月應銀十六兩，除封印、開印外，十一個月共用一百七十六兩。逢閏加十六兩。每課超等以五名爲率，獎賞第一名八錢，餘四名六錢。每課三兩二錢，一月三課，應九兩六錢，以十一個月算，共計用銀一百三十二兩。逢閏加十二兩。〔一〕特等以十名爲率，每名三錢，每月三課應九兩，以十一個月算，共計用九十九兩。逢閏添九兩。一等前三名及上取童生三名，共六名，每名各二錢，一月三課，應三兩六錢，以十一個月算，共計用三十九兩六錢。逢閏添三兩六錢。每課給諸生飯十桌，每桌四錢〔二〕，每該銀四兩，一月應十二兩，以十一個月共計用一百三十二兩。逢閏添十二兩。院長脩膳共銀二百兩。諸生課卷每月用一百五十本，每本三釐，該銀四錢五分，以十一個月算，計用四兩九錢五分。逢閏添四錢五分。致祭澹臺祠及先賢，每年二次，每次四兩，共銀八兩。監院每年給與薪水銀二十兩。司閽二名，每名每月六錢，共一兩二錢，一年共計十四兩四錢。逢閏加一兩二錢。

右共計每年用銀一千二百二十一兩九錢五分。逢閏添九十兩零二錢五。該銀一千三百十二兩二錢，比較一年所入一千五百七十六兩五錢七分之數，每年應餘銀三百五十四兩六錢二分，嗣後閏年及額外之用，自可有盈無絀。

【校記】

〔一〕按，此處數值有誤，當作：『共計用銀一百五兩六錢。逢閏加九兩六錢。』後文總數亦因此而有參差。

〔二〕按，前文云每席（卽每桌）『蓮飯給銀三錢』，與此『四錢』不合，當有一處不恰。

示戴生敦元

一、經學。《論語》、《孟子》，令甲以之取士。《孝經》亦卷帙無多，此外《公羊》、《穀梁》與《左傳》同爲《春秋》之學，《周禮》、《儀禮》與《禮記》同爲三《禮》之學，合之《易》、《詩》、《書》爲五種。先習一種，然必通諸經，乃於一經之旨無不明晰。凡習經，先通漢、唐注疏，再閲宋、元以後經説，始不墮於俗説。

一、史學。史有四：有紀傳之學，自《史記》、《漢書》至《明史》，所謂二十二史是也；有編年之學，《通鑑》、《綱目》是也；有紀事之學，袁樞《紀事本末》各書是也〔二〕；有典章之學，《通典》、《通志》、《通考》、《續通考》是也。得其一而熟究之，於古今治亂之故，無不了然胷臆間。上之開物成務，足以定大事、決大疑；下之擷華采英，足以宏著作。

一、古文之學。世所傳韓、柳、歐、蘇、曾、王八家之外，《兩晉文紀》、《唐文粹》、《宋文鑑》、《南宋文選》、《元文類》、《中州文表》、《明文授讀》，皆宜瀏覽，博觀約取，以一家爲宗。

一、小學。以《爾雅》、《説文》爲本，旁通金石、碑版。金石之學，上必本於經，下必考於史，故亦爲學問中之最大者。至於等韻、字母，乃出自婆羅門書，漢、魏以前無之，然包一切字、具一切音，學者不可不知。

一、九章之學。通《九章》以至推步，則各史中《天文》、《律曆》諸志，始可得而讀；即《易》學之六日七分，《書》之定時成歲，《春秋》之三十六事，《月令》之中星，皆能迎刃而解。大儒如鄭康成、孔仲達，無不明此者。

一、駢儷之文。本原《文選》，嗣後婉麗莫如徐、庾，閎博莫如王、楊、盧、駱，清切莫如溫、李，工整莫如楊、劉。雖非大儒所重，而菁華可以應世。行有餘力，不妨肄業及之。

一、科舉之學。須取本朝所定《明代四書文》理法俱備又不涉於寒儉僻澀者，擇三四百篇，則題之大小、長短、虛實、偏全、理致、典故、格式，無所不有，作法無所不備，熟讀深思，與之俱化，而又附以經典古文，則議論光燄必不猶人，亦可脱穎而見矣。

【校記】

〔一〕 樞，底本作『桷』，誤，據《通鑑紀事本末》編者名校改。

示長沙弟子唐業敬

必知學業徑途，乃可以從事，否卽浮慕古人，非流俗學，亦墮偏端。聰穎之士略觀大意，騖廣而荒，最爲害事。經云：『夫仁，亦在熟之而已。』人一能之，己百之；人十能之，己千之。沉潛反復，始有融會貫通，深造自得之致。庖丁解牛、紀昌貫蝨，不期然而然，皆熟之謂也。

經學端以注疏爲宗。《易》由輔嗣逮於程、朱，而義理始暢然。秦漢大師之傳，皆原孔氏，其略載唐李鼎祚《易解》。近日惠徵君棟撰《易漢學》、《易述》以發明之，從此尋流討源，問津更易。

《書》宗九峯，而仲達《正義》援引奧博，且鄭注多在其中，不得以宗孔氏訾之。自朱子致疑古文之僞，其後草廬、楚望及閻百詩諸君，爲之條分節解，互相矛盾，亦不可不疏通其故。當盡覽。

《詩》以毛、鄭爲宗，孔疏其冢適也，嗣後如呂成公、嚴華谷、何玄子、陳長發，其所發明博洽宏通，尤

《禮》必兼《周禮》、《儀禮》。蓋《周禮》統王朝之典則，《儀禮》具士庶之節文，條目粲然，較《禮記》更爲詳整。其孔、賈之傳鄭學，則獨有千古，學者探索終身，尚虞難竟，後儒一知半解，故爲指駁，豈非蚍蜉撼樹？

孔子作《春秋》，大指盡於三《傳》，而左氏最長，杜氏又最宗左氏，學者以此服膺可也。《公羊》、《穀梁》間有別解，何休承之，亦皆出自孔門弟子，義深文奥，牆仞難窺，不可以偶涉讖緯，輒仿陋儒指斥。

古人云：『讀書先識字。』《爾雅》其權輿也。考之以《說文》，通之以金石文字，衷之以陸氏《釋文》，庶免阿買之誚。

漢、唐經師，靡不精通推步，兼工樂律。漢之京君明、鄭康成，宋之范氏鎮、司馬氏光，明之韓氏邦奇，可概見也。陳暘、鄭世子之《樂書》，梅宣城之算術諸書，有志者宜肄業及之。

史學當取《二十一史》及《明史》、劉昫《舊唐書》、薛居正《五代史》以次瀏覽，然後徐及於杜佑《通典》、鄭樵《通志》、馬端臨《通考》、王圻《續通考》，此彙史志而成者，千古天文、地理以及民生國計，因革利弊，皆在於是。不讀此，不足成經世大儒。

言道學者，世指爲迂，然『迂遠而闊於事情』，太史公之言孟子也，何可機械變詐、突梯滑稽爲下流不肖之歸乎？誦法《小學》、《近思錄》、《元城語錄》、《名臣言行錄》及《四書反身錄》、《日知錄》諸書，寧方毋圓，寧拙毋巧，寧直毋枉，寧儉毋奢，守固窮之節，不淫不移，不與不取，庶聖賢地位乃有少分耳。

《詩》亡而《離騷》作。蕭統《文選》，屈、宋之繼別也。或謂所選雜出不倫，然沉博絶麗，實爲宇宙不可少之文，故杜少陵、韓文公皆有取焉。契其神理，擬其閎富，約爲駢體，自當獨步江東。

古文自茅氏『八家』而外，如唐之獨孤文公、李文公、皮子，宋之李泰伯、蘇門六君子、朱子、周益公、陸務觀、葉石林，皆自成一家言。至如元之吳、虞、揭、黄、柳、戴〔一〕，明之宋、王守仁、王慎中、歸、唐，均可師法。若既本經緯史，又於諸家中擇一性所嗜者，熟復而深思之，久之深造自得，旁推交通，自爾升堂入室。

詩道之多，正如漢家宫闕，千門萬戶，然其擇之也與古文同，果能熟讀深思，傅以學問，輔以才氣，壯以聲調，何患不成大家？至七言古詩，斷以杜、韓、蘇、陸爲宗，餘或偶及之，不可爲準則也。

填詞，世稱『小道』，此捫籥扣槃之語，非爲深知詞者。詞至碧山、玉田，傷時感事，微婉頓挫，上與《風》、《騷》同指，可斥爲小道乎？故竹垞翁於此深致意焉。行有餘力，間閱南宋人詞及本朝浙西六家，能於此拔幟其間，亦不朽盛事也。

時文至王、唐、歸、茅、胡、諸、瞿、薛，理純法粹，湯、許、陶、董亦自名家，若金、陳、陳、黄極天涵地負之能，而徐思曠、羅文止、楊維節、包長明諸君文，如白雲在天，滄波無極，神妙而不可知。學者欲登峯造極，舍思曠其焉歸？若欲稍近科舉，肆力陳、黄，尤爲較易。

其餘周秦諸子、漢魏叢書、六朝及唐宋文人各集，下至稗官小説，凡經籍藝文所志者，暇即取而閲之。聖人謂『多聞』、『多見』、『博學於文』，皆此意也。

【校記】

〔一〕吳、虞，底本原作『吳吳』，按，此處當指吳澄、虞集、揭傒斯、黄溍、柳貫、戴表元，且《元史》記虞集、揭傒斯、黄溍、柳貫四人並稱『儒林四傑』，故據校改。

示朱生林一

漢、魏、六朝五言古詩，妙處全在神理，而千百年來轉輾相仿，蹊逕已窮，妙諦幾盡。惟陶、謝、王、孟、韋、柳諸家，清腴高秀中兼以神悟，雖經嚴儀卿、王貽上諸公拈出，而興趣在不思議間。世有妙解人，正堪尋究。先宜以蕭閒真澹養其性情標格，然後反覆涵泳以幾自得，未可沾沾摹仿字句，襲貌而遺神也。至白公詩，雖傷淺率，然抒陳胷臆，刻畫物理，清新俊逸，神妙天然。擇其佳者，亦堪取法。

五言長古詩，至杜、韓兩家，鋪陳排比，自鑄偉詞，一變漢、魏、六朝、唐初之格，實從大小《雅》、《離騷》、《天問》、《大招》而來，凡其起伏接應，幾與《史記》、《漢書》古文同體。惟縱横一萬里，上下五千年，才氣無雙者差堪津逮。

七言古詩，變化多端，要以風檣陣馬，行於盤旋屈曲中，而開闔頓挫、言之高下、聲之長短，無不皆宜。此必將杜、韓、蘇、陸、元遺山、高青丘、李空同、陳臥子及本朝王貽上、朱竹垞諸家，擇而熟讀，當自得之。其本領全在書卷，經、史、子、集、説部、釋道兩藏，皆填溢胷中，資深逢源，乃如淮陰用兵，多多益善。『詞源倒傾三峽水，筆陣横埽千人軍。』蓋學與才、氣與法，四者缺一不可，然又須陶鑄精粹，人所應有盡有，人所應無盡無。少陵云『顧視清高氣深穩』，不深穩不可以爲清高。昌黎云『妥帖力排奡』，不妥帖不可以言排奡。否則才豪氣猛，易於語言，則如崔立之詩，往往蛟螭雜螘蚓，爲識者所嗤。余常過荊江，天寒水落，沿江千里，平沙如鏡，隨流木石，滓穢淘洗淨盡，因知造化之工。詩家研鍊，亦當如此。

七言律詩，難於高華沉實，通體完善。前不突、後不竭，八句中淺深次第，一氣旋轉。每句七字中又須一氣貫注，對工而切，調響而諧。其間使事精確，翦裁組織，妃青儷白，銖兩悉稱，至立言有體，兼以慷慨磊落出之，更爲合作。若游覽、寄憶諸詩，即景會心，天然神妙，不可凑泊者，别爲一格，與五言古同其旨趣。

七言絶句，全主風神，或灑脱，或疎放，或清麗芊眠，皆須事外遠致。我友吴竹嶼云『讀絶句，竟要令人悠然神往，或生微歎』，真知言也。若少陵夔州《漫興》、《解悶》絶句，别爲一體，後來東坡、遺山繼之，雖似頽唐潦倒，而遣詞用字，極新極巧，極鍛鍊雕琢之致，未可率意效顰。

工七律、七絶，則五言律、五言絶不煩言而自解。五、七言古詩，俱有自然音節，而韓、杜、蘇、陸諸大家，又各自爲音節。能熟讀深思，使其詩起承開闔、轉接斷續之妙懸於心目，信手拈來，如瓶瀉水，則應用之平、上、去、入，皆不煩繩削而自合。昔人作《聲調譜》，尚是刻舟求劍耳。

僕近來不憙言詩，以作詩者多，學詩者少也。學詩先博學，博而約取，舉古人詩反覆循玩，融洽於心胷間，下筆自然脗合。又宜先學一家，不宜雜然並學。河西女子聽康崑崙彈琵琶，謂本領何雜者，正坐此病。仿一家到極至處，自能通諸家。《楞嚴》云『解結中心，六用不行』，皆是詩家妙諦。僕於此事三折肱矣，可得正法眼藏，故不惜爲吾賢饒舌也。

春融堂集跋

跋

王肇和

先大夫北至興桓，西南出滇蜀，兩至豫章，一莅關陝，凡所經歷，必撰紀程。迨致仕後開雕全集，欲取有關地方利弊者，附刻集中，終以挂漏棄置。肇和嘗請倣帶經堂之例，單行別刻。先大夫又以車馬倥偬，山川風景第志耳目所及，未獲如放翁、漁洋詳加考核爲病。今捐館已二載矣，所刊全集已竭蹶蒇事。各種紀程皆先大夫從戎、瀛事、扈蹕、服官所歷之處，其間記民風土俗與夫賢士大夫之議論，皆足以廣當世見聞，因於讀《禮》之暇，次第付雕。所愧才識譾劣，先大夫患爲疏漏者，未能一一參校，尚冀博雅君子教所不逮焉。

男肇和謹跋。

又

朱寶善

吾鄉王少司寇蘭泉先生，生平所譔如《金石萃編》、《湖海文傳》、《詩傳》等不下二十餘種，而《春融堂全集》六十八卷尤畢生心力所萃。庚申之變，其文孫少逸徵君奉家藏書板東西奔走，事定溜檢，半多散亡。同治庚午，嘉善錢侯寶傳重涖吾邑，慨然捐俸金爲補刻《金石萃編》一百六十卷。而《春融堂集》修補未逮。善嘗與諸同學尚論及之，未嘗不扼腕歎息也。後十餘年，而嘉興錢侯志澄來宰我邑，政成民和，百廢修舉，自以文端公後裔與先生有舊，故益訪求先生未刻諸稿。吾友金君詠榴者，博學好古士也，會青、珠兩書院有陸君坤、楊君維城捐款，乃偕諸同學請移捐資補刻《春融堂集》，年伯陳蓮舫比部秉鈞復力贊其成。邑侯聞是説也，懽然喜前哲之澤未泯、殘帙之可復完，邑士人之能留心文獻，既嘉許之，又捐廉以足其費。乃出藏本覈刻，六閲月工成，悉還其舊。嗚呼！邑侯之徵文考獻，乃與前嘉善錢侯後先輝映，而先生文字之緣多出錢氏，不獨斯集之幸，抑亦藝林一佳話也。覽斯集者，其有興起於士林而激發於吾侯之嘉惠也乎？

是役也，董其事者爲吳滄舟太夫子昌麟、同里金明經福澄，而事盡躬親，則金君之力爲多。綜理校對者，爲古婁陳君邦樞、秀水汪君祖成、同里徐君昌照、金君福涵，而家芹甫叔宮泮與善亦從其後。刻既竣，爰書其顛末如此。

光緒十八年歲次壬辰嘉平月朔日，同里後學朱寶善謹跋。

又

王景禧

昔昌黎有言曰：『莫爲之前，雖美勿彰；莫爲之後，雖盛勿傳。』曾大父司寇公告歸後多所著書，版藏於家，而《春融堂集》亦一鉅集也。乃自庚申之變，東西奔難，所有家藏書版輒攜自隨，而平定後已多散佚，即是集計亡三百餘簡。時先徵君正擬脩補，旋以疾作未竟，僅完《金石萃編》，而是集則有志焉而未逮也。惟於祠旁隙地植桑百株，期以三年，將其息脩《春融堂集》，而數年來家貧多故，補刻無資，常以不克仰承先志爲憾。迨至今春，青、珠兩書院有餘存公款，而同邑金君文潮創議移資補刻，因商諸同學諸君子，以請諸錢邑侯，而陳君秉鈞、吳君昌麟、金君福澄又共襄其事。議定，景禧因得與甥壻張生宗浩、葉生其昶檢理原版，散亡者補之，剝蝕者脩之。第以刻資較鉅，公款不敷，皆賴錢邑侯捐俸助資，其功始得以告竣焉。而其間較對者，則又陳君邦樞，汪君永年，徐君昌照，朱君宮泮、寶善，金君福涵諸君力也。景禧忝爲後裔，庸劣無能，幸得諸君子贊襄之力，而曾大父之著作俾得脩葺成編，豈非賴有『爲之後』者而書之得以傳耶？此固景禧之幸，亦即曾大父之幸也，敢不謹識之以示不忘哉！

光緒十八年歲次壬辰孟冬月，曾孫王景禧謹識。

輯佚

輯佚

詩

以下二十八首詩，輯自乾隆十八年刻沈德潛選《七子詩選》中卷五、卷六王昶《履二齋集》

雞鳴曲

四更月始低，五更雞始啼。征人束裝別妻子，門前躑躅花驄嘶。霜風吹衣淚如雨，執手相看不能語。勸君後夜聽雞鳴，莫憶此時離別苦。

企喻歌〔一〕

健兒須快馬，蹀躞日千里。今日渡黃河，明日過隴水。

千金買寶轡，百金買寶刀。沙場風雪夜，匹馬破天驕。

【校記】

〔一〕此組詩又載於經訓堂本卷一。

秋懷

西顥司金行，素商散殘暑。皎皎弦月生，漙漙零露湑。高蟬已收聲，寒蛩初振羽。披衣出前楹，明河亘天宇。涼風吹我衿，愁來不能語。青燈耿夜長，徬徨以延佇。

昔我同盟友，綺席陳簪裾。慷慨誓相勗，追琢同璠璵。良時一爲別，歲月忽已徂。鴻雁雲中翔，悵望無來書。不惜瑤華遠，所恐道義疎。君子尚立德，努力珍居諸。

艾如張

艾如張，山之側。烏烏啞啞，飛來啄食。道中卒逢虎賁郎，引弓射之洞左腋。本爲稻粱謀，不虞見摧殘。羽毛一零落，安得高飛翻。寄語八九子，行路真艱難。不見鳳凰，遨遊太和。朝飲瑤池水，夕宿層城阿。艾而張羅奈鳳何？

西門行

出西門，有所之。還入門，心中悲。人生長貧賤，坐愁蹙迫將何爲？一解。拔劍事遠遊，上堂辭慈親。欲別不忍言別，不覺淚下沾衣巾。二解。阿母撫我語：『汝去何時還？家無兄與弟，汝父從黄泉。伶丁荼毒，門戶艱難。汝去何時還？』三解。病婦起謂我：『君家婦難爲！盎中無斗米，桁上無完衣。賤妾不敢自言苦，但煢煢廓處，徒手誰因依？』四解。我欲仰頭答，氣結不能揚。揮手出門去，愴惻摧中藏。五解。

渡江〔一〕

四顧蒼茫獨泝洄，黄沙濁浪走風雷。波濤遠向三山下，形勢遥從九派來。自古投鞭誇遠略，幾人作賦擅雄才。輕帆漸近瓜州渡〔二〕，日射扶桑曉色開。

【校記】

〔一〕此詩又載於《四家》本卷二。

〔二〕瓜州，《四家》本作『瓜洲』。

江上聞笛

孤舟遙泊楓林岸，何人明月吹羌管。纔按《涼州》淚已零，再歌《水調》腸堪斷。漂泊江關作旅人，悠悠親舍隔浮雲。那堪喚醒還家夢，落葉哀鴻一夜聞。

澄江夜泊

向晚孤舟泊，蕭蕭翠竹深。微風生遠水，纖月澹疎林。行役嗟塵鞅，躬耕愧夙心。夜寒鄰笛起，悽愴更難任。

懷沈冠雲徵君〔一〕

雲水澹寒綠，吳江逢暮秋。遙知棲隱者，散髮臥林丘。漁火蘆中棹，經聲竹外樓。疎麻誰可寄，悵望迴含愁。

【校記】

〔一〕 此詩又載於《四家》本卷二、經訓堂本卷五。

贈許丈子遜

作吏綏城去，曾爲萬里游。烟波連漳水，風雨下泉州。木落啼猿急，雲深旅雁愁。柴桑松菊在，歸隱臥林丘。

渺渺罄清路，先生此結廬。晚風梧葉下，秋水蓼花疎。把卷長松裏，孤吟夕照餘。扁舟期載酒，來往共樵漁。

秋懷寄吴澤均〔一〕

清江白露下，萬户鳴哀砧。微雲卷淡月，耿耿明横參。徘徊不能寐，起坐彈玉琴。一彈懷舊曲，再彈悲秋吟。西風吹敗葉，助以孤蛩音。感此忽長嘆，濁酒聊自斟。亮無飛鴻翼，何從寄所欽。

迢迢茶磨嶺，歷歷青芝山。君家十畝宅，卜築當其間。雲嵐互明滅，竹樹森檀欒。西齋新雨過，幽鳥鳴簷端。君時招素侣，抱琴共往還。此景足幽絕，孤標誰能攀。何當蠟兩屐，從君蹋層巒。

（以上《七子》本卷五）

【校記】

〔一〕此組詩又載於經訓堂本卷一，詩題作『秋懷寄吴企晉』。

白馬篇〔一〕

白馬耀銀鞍，赤馬垂朱纓。車騎百餘萬，羽檄如流星。借問何所之，云向西南行。天子念邊警，授鉞從專征。笳吹中夜發，旗幟皆飛騰。壯士撫短劍，意氣正縱横。豈徒簡書畏，報國情所營。驃騎絶漠北，充國開農耕。防邊有至計，能使風塵清。緬懷《采薇》詠，努力揚皇靈。

【校記】

〔一〕此詩又載於《四家》本卷一。

戰城南

戰城南，胡兵蹙。矢爲盡，車爲覆。壯士死，血出漉。烏生八九子，飛來啄人肉。莽莽平野，蕭蕭葦蒲。鬼雄夜深哭，慘澹求其軀。遥見主將，椎牛置酒，擊筑吹笙竽。朝拜捷書，夕下金符，封爵當與河山俱。求爲主將，主將安可得？求歸故鄉，故鄉渺難歸。誰知流黄婦，中夜縫征衣。

懷曹來殷

寒江聞笛夜，言共泛行舟。風雨河梁別，烟波水國秋。佳期勞騁望，暮節感繁憂。怊悵芳蘭盡，何當寄舊遊。

苦寒行〔一〕

窮冬天地閉，中夜悲風興。白日匿光彩〔二〕，積雪何崢嶸。卓錐不入地，井底凝堅冰。悲哉客游子，當此事遠征。朝度上谷郡，夕宿漁陽城。邊馬跼不前，落雁多哀聲。俯眎沙浩浩，仰視雲層層。積陰生大漠，慘懔誰能名。我行嗟歲晏，飛蓬偕飄零。毛褐不煖體，面目無人形。回首念京邑，愴惻傷中情。

【校記】

〔一〕此詩又載於《四家》本卷一。

〔二〕彩，《四家》本作『耀』。

懷吳澤均〔一〕

杳杳關河雁信遲，夜窗聽雨倍相思。青山花落真娘墓，碧草烟深伍相祠。畫舫春波中酒處，玉簫明月按歌時。舊游回首成消歇，短夢輕塵感鬢絲。

【校記】

〔一〕此詩又載於《四家》本卷二，詩題作『懷錢曉徵』。

送吳頡雲歸杭州

西風吹早雁，江上有遺音。送子西陵去，迢迢山水心。夕陽紅葉晚，孤櫂白雲深。余亦歸三泖，幽棲松桂林。

真州夜泊懷趙升之〔一〕

北風吹微寒，早雁渡江涘。心賞不在茲，幽懷誰能理。天末緬佳人，蕭條自孤寄。卜居東海濱，蒼茫接烟水。晞髮乘陽阿，商歌激山鬼。憐余未定居，遠遊困塵軌。寥寥楊子津，復此孤舟艤。夜深微月來，流光散蘆葦。霜露下亭皋，沿流采芳芷。

【校記】

〔一〕此詩又載於經訓堂本卷一。

尚湖夜泊

兹夕尚湖泊，孤舟傍釣磯。烟中村犬吠，竹外夜漁歸。澹月明山逕，疎鐙出板扉。玄棲良可樂，擬息漢陰機。

清涼寺〔一〕

尋山不覺遠，一徑入松林。斜日西巖外，天風落梵音。石橋流淺瀨，叢竹語春禽。遥望招提境，悠悠清道心。

【校記】

〔一〕此詩又載於《四家》本卷二。《春融堂集》卷三有同題詩，但内容不同，押韻亦異。

送人之武昌

斜日春塘水亂流，綠楊風送木蘭舟。瀟湘自古騷人地，烟雨長懷帝子愁。芳草萋萋連鄂渚，青山渺渺接黄州。天涯酒伴知無恙，謂鳳喈。好向西窗話舊游。

秋夕〔一〕

空堦梧葉雨聲疎，珍簟涼生夜漏餘。聽遍南樓新雁過，更無人寄故鄉書。
翠竹蕭蕭拂畫楹，藥爐經卷夜淒清。傳香枕畔三更雨，酒冷燈殘識此情。

【校記】

〔一〕 此組詩又載於《三家》本卷二。

送潘璜溪之南陽〔一〕

嗟君此去意蹉跎，貰酒旗亭共醉歌。客裏已知兄弟少，天涯況是別離多。空山雨雪連桐柏，古驛風塵到象河。試問壽卿均水地，于今父老復如何。

【校記】

〔一〕 此詩又載於《四家》本卷二。

（以上《七子》本卷六）

以下二十九首詩，輯自乾隆二十二年刻鄭廷暘選《四家詩鈔》中王昶《岱輿詩選》卷一、卷二

雨霽宿横雲山寺〔一〕

雨歇碧水清，夕陽挂喬木。西谿聞暗泉，寂歷穿叢竹。翛然羣籟閒，沖抱轉幽獨。坐石滌塵襟，支笻展遐矚。杳杳暮雲深，疏鐘出林麓。欲問楞伽字，言就支公宿。

【校記】

〔一〕 此詩又載於經訓堂本卷一。

陳授衣江皋張喆士軼青以三泖漁莊詩見贈賦答〔一〕

涼雨滴苔石，抱痾在西軒。窮巷正寥寂，密緒誰爲宣。逖思諧故侶，携手遊林園。楚江一以別，寄遠虛蘅荃。忽枉瑤華作，果愜情所敦。余家泖河上〔二〕，羣峯翳柴門。波寒晴雲碧，鳥散朝暉暄。江湖

屢行役，歸隱空憂煩。藉君辱高唱，風流被丘樊。幽棲雖未展，息景期無諼。他時候秋水，往踐莊生言。

【校記】

〔一〕此詩又載於經訓堂本卷二，詩題作『陳授衣江皐張喆士以三泖漁莊詩見贈賦答』。

〔二〕河，經訓堂本作『湖』。

過鴛湖懷家受銘西曹〔一〕

初冬陽景暄，竹樹互葱蒨。扁舟溦湖濱，蘅蕪尚連衍。馳懷軫暮節，結念屬親串。喆兄解華簪，於茲得蕭散。雖殊茂陵渴，頗學嵇生嬾。烟波遶幽居，花藥翳高館。屢空日晏如，稍喜塵累遣。夙枉新詩貽，數奉清樽讌。相望非迢遙，緘情莫云展。永懷滄洲期，來往接芳款。蘅杜霜未零，歡携庶繾綣。

【校記】

〔一〕此詩又載於經訓堂本卷二，詩題作『過鴛湖懷受銘西曹』。

雪中盧雅雨運使招集官梅亭分得蓑字

竹林孤鸖唳，微霰零瓊柯。官齋近暮節，蕭曠同巖阿。使君抱雅尚，睠此文酒和。惠招江湖士，命駕來逶迤。亭空芳席展，境寂清言多。華燈布佳酌，豈惜顏微酡。生平山澤志，遠夢依滄波。屢懷荒蹊夜，風雪携烟蓑。茲晨暢嘉會，心賞寧蹉跎。晚雲更陰澹，急響盈層坡。早梅稍坼蕚，疎香散松蘿。一與幽景遇，庶藉捐煩疴。

題家存愫蓑笠探梅圖三十六韻

昔我探梅向鄧尉，虎山橋畔攜青鞵。寒香冉冉出林莽，冷蕊歷歷低茅柴。潭東潭西千萬點，皎如玉樹臨雲堦。芳魂不愁冰霰壓，紅蕚肯被烟嵐埋。整斜疎密亂無數，一一春信回枯荄。花間孤鶴唳渺渺，枝上幺鳥鳴喈喈。霜天角斷月欲曉，菭逕彷彿逢仙娃。卻登七十二峯閣，漁洋句。丹梯碧嶂如籤排。巉巖谽谺雜檜柏，古澗窅寥叢楸槐。具區南去杳無際，一奩曉鏡新磨揩。回看孤村入晻靄，人家籬落門常闔。短垣近巖半宛轉，芳援依石多離仳。青帘縹緲見酒舍，冷磬依約知禪齋。春前臈後好風景，相於況有同人皆。長吟短詠送酬唱，金石鏗擊宮商諧。獨憐塵沙小劫在，未得卜築如晴蝸。邇來流浪走人海，窮冬作客鄰清淮。品字雙書促裁答，迴籤百卷恣編挨。遙思故山入夢寐，有若鄉味貪魚鮭。羨君落拓江海上，臺佟禽向幾同儕。已看畫格入寶繪，兼有詩調删淫哇。銅坑銅井花事動，竟櫂舴艋緣通涯。是時春寒尚料峭，同雲萬里生昏霾。龍公試手乍行雪，空江漠漠飛枯稭。埶巾窈窕穿絕壁，躡屐彳亍沿層厓。倏竹斜欹響寒玉，喬松半折飄枯釵。綠蓑青箬竟獨往，俛仰絕景堪嚌咀。歸來草堂拂練素，點染一往窮歲褱。漁汀蟹舍欻明滅，暗香疎影殊清佳。惠洪覺範不可作，千秋妙墨誰能偕。

應知揮手厭塵世，羌許勝境娱幽懷。東郭履穿不足道，矧肯待詔紆青緺。我生骨相最寒乞，羞與世俗工俳偕。漁洋法華夙約在，棲隱忍使生平乖。徘徊展畫三歎息，不惜落筆書松牌。但無硬語鬭排奡，有愧嘈雜同春蛙。

（以上《四家》本卷一）

寄朱適庭

十年吳苑路，樽酒共清吟。又作銷魂別，難爲此夕心。早梅開曲崦，歸雁下疎林。無限江南思，臨風寄遠音。

舟中至夜

遠道關河隔，孤舟雨雪頻。可堪長至日，猶作異鄉人。契闊懷良友，衰遲憶老親。夜深重剪燭，涕淚欲沾巾。

寒夜登惠山

寒月出前溪，照見烟中寺。磵道晚蕭條，鐘聲在空翠。不見桑苧翁，何人共幽賞。落葉滿空亭，寂歷寒泉響。

雨夜

遠道人千里，空堂夜五更。鄉心何處寄，風雨對孤檠。

牽牛花〔一〕

娟娟明月夜更遲，幾點秋花發素枝〔二〕。滿院凉蛩微墜後〔三〕，半庭清露欲開時。横斜玉砌愁零落，悵望銀河感别離。爲問山陰誰覓句，西風籬落倍堪思〔四〕。

【校記】

〔一〕　此詩又載於經訓堂本卷八。

〔二〕　素枝，經訓堂本作『蔓枝』。

〔三〕微墜後，經訓堂本作『微綻候』。

〔四〕『爲問』二句，經訓堂本作『休對匏瓜愁獨處，填橋正值渡河期』。

輓張藴輝〔一〕

廿年蹤跡共飄蓬〔二〕，抱被聯床事事同〔三〕。沛國經師推慶普〔四〕，陳留名士識苻融。論文客去書齋靜〔五〕，載酒人稀講席空。望斷春申江上路，不堪清淚灑西風。

【校記】

〔一〕此詩又載於經訓堂本卷八。

〔二〕廿年，經訓堂本作『年來』。

〔三〕床，經訓堂本作『杯』。

〔四〕『沛國』句，經訓堂本作『濟北經師推氾毓』。

〔五〕論文，經訓堂本作『踞牀』。

將歸松江留別

爇火香銷玉漏遲，天涯又是別離時。中年絲竹增惆悵，故國雲山入夢思。玉管歌殘燈黯黯，旗亭人去雨絲絲。消魂亞字城南路，一片孤帆趁暮颸。

邗江旅舍懷吴企晉〔一〕

七里桐江返櫂餘，茶烟禪榻伴精廬。紙牕殘雪親丸藥，竹屋明燈罷著書。元亮幽棲生事懶，維摩臥病世緣疎。揚州官閣梅花夜，慚愧風塵少定居。

【校記】

〔一〕此詩又載於經訓堂本卷九。

九日

作客頻驚節序催，西風歷下此徘徊。三秋又見黄花發，萬里仍看白鴈來。短髩蕭疎羞落帽，故鄉迢遞倦登臺。飄零枉負茱萸會，愁聽嚴城畫角哀。

易松滋陳授衣蔣秋涇招飲抱山堂遲予不至復以詩見憶賦此奉酬且爲志別〔一〕

蕭寺燈寒玉漏沉，天涯樽酒共招尋。江湖唫社增佳侶，風雪殘年感盍簪。剪韭未能陪雅集，新詩猶得和題襟。獨憐明發西溪路，斜日孤帆別思深。

【校記】

〔一〕此詩又載於經訓堂本卷九，詩題作『易松滋上舍招飲抱山堂遲予不至以詩見憶賦此奉酬時予將歸吴下』。

細林山〔一〕

芳堤十里雨初消，酒舍漁村入望遥。一路梅花香雪裹，畫船吹笛過山橋。

花宫縹緲傍層巘，松竹蕭森拂畫檐。風過西齋清磬遠，自携戒具證香嚴。

白雲隱約青螺髻，翠巘周遮碧玉屏。更愛山中風物好，紅泥新製竹間亭。

【校記】

〔一〕此組詩又載於《三家》本卷二。

寄曹來殷〔一〕

孤舟雨雪近殘年，草草分襟各黯然〔二〕。誰料天涯仍卧病，詩囊藥裹作因緣。

往事分明付逝波，湖田別鶴奈愁何。碧梧小院重門裹，曾記珠郎擫笛歌。

吟罷桐花曉夢稀〔三〕，春寒料峭入羅衣。相思西鹿城邊路，緑樹紅闌映翠微。

女墳湖北武丘東，載酒尋芳事事同。惆悵短亭疎竹外，小桃依舊亞枝紅。

江湖舊侶感飄零，香灺燈殘酒半醒。忽憶去年春社後，滄浪夜雨對牀聽。

細雨寒燈倍寂寥，髩絲禪榻度花朝。吳淞江上春波淥，何日輕帆趁暮潮。

【校記】

〔一〕此組詩又載於《三家》本卷二，詩題作『寄曹習菴』。

〔二〕各，《三家》本作『一』。

〔三〕吟，《三家》本作『詠』。

送吳企晉之武林兼作黃山之遊〔一〕

落梅風定雨初收，襆被匆匆話遠游。怊悵艫鄉亭下路，綠波芳草送行舟。

段家橋外柳如絲，渺渺烟波唱《竹枝》。最好南湖清夜月，扁舟重過水仙祠。

日暮東風起麴塵，桐廬江畔好垂綸。青山綠樹重重合，一片孤帆到富春。

縹緲蓮花路幾重，容成仙去有遺踪。知君携得紅藤杖，又上天都第一峯。

薄病輕寒不自聊，紙窗殘燭影蕭蕭。碧山明月前期在，夢落西興渡口潮。

【校記】

〔一〕此組詩又載於《三家》本卷三，詩題作『送竹嶼之黃山』。《三家》本只有前四首，缺第五首。

（以上《四家》本卷二）

以下七十三首詩，輯自乾隆二十四年刻江昱選《三家絶句選》中卷二、卷三王昶《蒲褐山房集》

春日雜感

梨花欲謝杏花稀，三泖晴波燕早飛。中酒傷春寒食後，獨聽歸雁淚沾衣。

玉堦春暝草芊芊，隔巷餳簫報禁烟。絶憶桂樓東畔路，養花風裏鬬秋千。

中庭蕙草葉初齊，繡閣梅梁落燕泥。略記年時攜手地，粉紅墻下緑牕西。

渺渺春江唱《竹枝》，楝花風細暮寒時。石州螺黛無由見，只有遥山似翠眉。

鳳脛燈殘酒半銷，蓮花漏永夜迢遥。夜深夢向西洲去，亞字紅闌隔畫橋。

年來春信渺關河，夜雨愁聽宛轉歌。寫得江南腸斷句，花箋芸葉淚痕多。

宫詞〔一〕

寶鴨香銷夜漏添，玉苔凝榭下重簾。不堪更聽平陽曲，殘月依依映畫檐。

銀荷花落倚香篝，殘葉哀鴻一片秋。依約昭陽宫殿裏，檀槽金屑按《梁州》。

金井梧桐落葉黄，盈盈明月下迴廊。承恩只有三更夢，夜夜隨風到建章。

【校記】

〔一〕 此組詩又載於經訓堂本卷八；《四家》本卷二載一首，爲第三首。

有憶

六曲屏山曉夢遲，犀梳金鏡起相思。紅襟小燕依然在，不見春風送雨詩。

芳草閑階緑漸匀，荼蘼風細近殘春。殷勤只有三更月，曾向蘭閨照玉人。

楊柳垂垂接畫墻，桂樓東畔鬱金堂。何緣得似桐花鳳，日對紋奩伴曉妝。

春夜

楊花三月夢厭厭，薄病輕寒一夜添。惆悵小樓風信急，落紅如雨下重簾。

清夜迢迢到夜分，銀荷欲謝酒微醺。自從紅豆鈎魂後，睡鴨香爐罷晚熏。

一痕新月下江波，剪剪輕風到綺羅。奏罷檀槽天似水，棗花簾卷夜寒多。

玉茗歌殘淚滿襟，紅蕤小帳夜沉沉。只應倩取緐休伯，别寫相思一片心。

秋海棠次韻

水精簾底見秋芳，仿佛春來別樣妝。落葉殘蛩無限怨，又隨紅淚近東墻。
露濃月澹影參差，常伴啼螿近玉墀。偏與斷腸時候近，明河絡角晚涼時。
燒燭看來別有神，何辭對影喚真真。秋千紅索今何在，剩有檀心映玉人。

徐蘭墓〔一〕

寒食棠梨落更開，西陵遺跡久沉埋。朝雲暮雨知何處，一徑殘紅掩緑苔。

【校記】

〔一〕此詩又載於經訓堂本卷八。

絕句〔一〕

蘭燼寒烟漏點長〔二〕，筠簾麝月掩微香。夢回卻聽西窗雨，一夜蕭蕭下海棠〔三〕。

【校記】

〔一〕 此詩又載於經訓堂本卷八。

〔二〕 寒烟，經訓堂本作『烟寒』。

〔三〕 蕭蕭，經訓堂本作『瀟瀟』。

秋夜〔一〕

明河斜轉漏聲長，雨過西窗薤簟涼。坐愛碧羅雲外月，閒移桂影上紅牆。

紗巾紈扇獨徘徊，墻角秋花半未開〔二〕。坐久不知涼露下，松梢清響滴蒼苔。

【校記】

〔一〕 此詩又載於經訓堂本卷八。

〔二〕 墻角，經訓堂本作『籬角』。

曉過虎丘偶作

迢迢春水碧于天，鐵笛新詩憶往年。一自玉山人去後，憑誰更買百花船。

侍郎遠別雲門寺，歸隱中吳舊草堂。回首何山山路近，數峯青峭隔斜陽。

青松白石山間路，曾記詩傳幽獨君。惆悵江南寒食近，棠梨細雨下孤墳。
真孃墓上題詩處，憶過春風又五年。今日重游增悵望，落花如雪柳如烟。

寄淩祖錫

經年録别悵離群，目斷春申浦上雲。惆悵蘇臺秋漸晚，荻花楓葉又紛紛。
迢遞秋風雁信遲，紙窗竹屋起相思。天涯夜雨寒燈裹，吟遍黄山白嶽詩。
蕭齋卧病已經秋，藥裹茶烟事事愁。何日横塘秋水岸，青簾白舫話前遊。

寄内時將往金陵

竹窗秋近晚涼多，陣陣微風入綺羅。寶帳燈殘眠更起，相思花底望銀河。
小院圍墻夕照曛，畫屏香冷水沉熏。閒花落盡無人到，半是相思與夢君。
點點殘更報曉遲，簷前楓葉響參差。淚珠拋盡憑誰見，只有珊瑚小枕知。
輕烟淡粉已飄零，襆被匆匆擬再經。從此吳淞天更遠，夕陽烟柳隔長亭。

題鳳喈洞仙歌詞後

碧梧涼月影參差，玉露無聲夜漏遲。吟到衍波箋上句，江南腸斷有誰知。
鏡檻書床小閣清，紅閨舊事可憐生。那堪鬢影春風裏，錄別年年唱《渭城》。
短夢前塵感舊遊，水天閑話不勝愁。消魂清鏡塘邊路，綠樹重重隔畫樓。
回憶家鄉接渚田，九峯山色翠娟娟。蘋花蘋葉秋江岸，何日攜家上釣船。

夢草書齋觀劇

細雨江城咽暮潮，疎更歷歷夜迢迢。畫簾銀燭清如水，按徧樽前碧玉簫。
銀荷花謝漏聲遲，六曲屏風對折枝。趁取分香羅帕在，自將清淚寫烏絲。

紅閨

紅閨曉日動簾波，長憶春衫卷翠荷。風過玉櫳花影定，一奩明鏡畫雙蛾。
離亭風笛不堪聞，望斷吳淞一片雲。紅袖青衫俱寂寞，知君思我似思君。

一枝香雪試疎花，小立堦前石逕斜。今夜翠禽啼冷月，憑誰攀折寄天涯。
銀押簾垂微月地，玉爐香燼薄寒天。小窗擁髻人何處，一點殘燈照獨眠。
夢回酒醒漏聲殘，惜别傷春淚未乾。剩有啼痕羅帕在，斷腸携向夜燈看。

寄張鴻勳吴江[一]

艫香亭畔卜幽居，射鴨撈蝦樂有餘。遥憶小樓閒眺望，春山一桁午晴初。
板橋垂柳復垂楊，鶯脰湖波十里長。何日草堂來話舊，一溪風雨聽鳴榔。

（以上《三家》本卷二）

【校記】

〔一〕此詩又載於經訓堂本卷八。

松陵驛前楊柳

幾枝蕉萃覆寒流，疎影微黄起暮愁。彷彿清溪橋外見，西風斜照不勝秋。

畫竹

露葉霜條起暮颸，誰人匀墨寫疎枝。分明認得淞南路，翠袖天寒獨倚時。

題朱桂泉山塘雜詩後

幾絮飛花颺曉風，回塘猶記繫青驄。嬉春舊體憑君和，擘盡吟箋十樣紅。

尋芳往事已迢遙，猶憶清游放畫橈。一路落燈風信裏，玉波春冷過洞橋。

六曲紅闌柳外明，玉箏絃索語春鶯。瀟瀟暮雨歌殘後，更向樽前按鳳笙。

舞扇歌裀事已非，落紅如雨濕苔衣。養花風定春雲澹，十里珠簾柳絮飛。

玲瓏樓閣隱芳堤，綠草芊芊碧樹齊。惆悵江鄉成遠別，夢魂長繞鴨城西。

吳中烟月感吟魂，司馬青衫染淚痕。差喜江南行漸近，一篷殘雪到閶門。

題畫菊

寒香漠漠影亭亭，誰寫霜花入畫屏。仿佛西風籬落外，夕陽開遍小金鈴。

西湖雜詠

十年載酒繫花韉，檻外閒雲尚儼然。欲擬西湖真墨本，月明雙篴寫湖天。《六研齋二筆》云：「林君復，湖山傲人，當時有作西湖墨本者狀山人隱居。」《泊宅編》沈杜贈楊蟠詞云：「竹閣雲深，巢居人闃。」「風流今有使君家，月明夜夜聞雙笛。」〔一〕

烟螺數點隔晴霞，衰柳依依近酒家。不分芙蓉花落盡，繡窗紅燭載琵琶。

淺碧秋衫淺畫眉，玉環羅纈最相思。柳洲寺外晴波綠，柔櫓烟中唱《竹枝》。

菊香遺跡半凋殘，松柏西陵起暮寒。燕子已銜春色去，碧天凉露濕紅蘭。

獨坐春風掩碧除，盼奴遺恨有誰如。梨花粉淡雙鴛去，腸斷襄陽一紙書。

蕊宮琪樹繞芳雲，宴坐清都控鶴羣。合與吳城小龍女，銖衣同事玉華君。

霜花江雁最關情，北里新詞舊擅名。別有燕歸春閣句，吳雲樂府按雙聲。「霜花欺客恨，江雁去秋寒」，周文綺生詩也。馬珪文玉有「沙暖燕歸春閣早」句，鄭士弘評云：「尤工樂府，譜吳雲于雙聲。」

十樣蠻箋浥酒痕，藕花社裏月黄昏。乘潮共憶銀蟾約，醉語横波足斷魂。見龔芝麓《香嚴詞》。

拜月何心理畫衣，謝庭才藻世間稀。聯芳只有徐孃在，步障青絲慣解圍。起句方芷齋詩，徐謂若冰，皆近日西泠閨秀也。

烏嘑芳樹晚蕭蕭，燈戶人稀夜寂寥。惆悵小紅曾按拍，錦屏殘麝夢瓊簫。

酒船風動欲生鱗，鷗外新涼起白蘋。安得花時寒食雨，月波亭上醉殘春。
漁昌漁罾散葦塘，水烟深處聽鳴榔。叢蘆作絮催寒信，不見紅船唱赧郎。
紅欄綠浪映芳洲，嵐翠層層對畫樓。一曲澄湖圓似鏡，與誰清曉伴梳頭。
第三橋外晚晴天，社鼓叢祠見水仙。正是金鈴初放日，香燈一盞薦寒泉。
西泠第一春楳塢，黄葉秋苔滿露蕪。不耐更尋香月社，花前人去夜吟孤。
催雨秋雲作晚陰，斷橋斜路掩梅林。分明真見江南畫，小雪疎香滿碧潯。見朱新仲《點絳唇》詞。
槲葉稀疎見竹房，昏鐘遥下水雲長。何時卻伴栞僧住，燈火松龕禮夜香。《北窗炙輠錄》：『東坡喜至祥符寺，栞僧惟賢房間憩。』

（以上《三家》本卷三）

【校記】

〔一〕沈柱，據《泊宅編》當作『沈注』。巢居，《泊宅編》作『巢虚』。

以下一百五十三首詩，輯自乾隆五十五年王昶經訓堂刻《述庵詩鈔》本卷一至卷一二

上之回

上之回，時泰寧。南越服，匈奴平。芝草文鼎，各以時生。迺封泰山，禪於云亭。南至會稽，北至

幽愐。天施施，況遙見十有二明。絜帛牛酒恩哉沛，願皇帝壽千萬歲。

春夜曲

柳邊明月上，流影入牕紗。清露滴芳草，微風吹落花。玉階愁畹晚，錦瑟負年華。夢憶龍城戍，蒼茫道路賒。

班婕妤

寂寥長信宮，迢遞昭陽殿。金屋聞歌吹，玉階隔歡讌。承恩詎敢忘，緘意知誰見。明月下羅幃，殷勤泣團扇。

綠墀怨

芳草依然綠，春風獨掩扉。無心調玉軫，有夢憶金微。小院梨花謝，重門燕子飛。遼陽音信斷，緘怨寄征衣。

超果寺遇雨

曉由瑁湖橋，行入雨華殿。瑞光井未湮，緑漪堂尚焕。莊嚴觀自在，慈力被震旦。想住衣錦軍，香雲展讚歎。夙因寄雲間，遷徙等夢幻。至今白毫光，世眼何由見。楊維楨《記》：『超果寺有大士像，錢王時宫中所奉者，夢感於王，欲適雲間，王命慶依尊者奉徍。』又云：『像以幻出，幻以妄用，以幻用幻，以夢夢夢，我將於瞿曇叩其覺也。』其南四賢祠，先後本同貫。殷勤炷瓣香，仰止有餘戀。瑞光井南爲四賢祠，祀張翰、陸機、陸雲、顧野王。後以顧清、張弼、陸樹聲、陸樹德爲後四賢，顔其堂曰『仰止』。風雨忽蒼涼，松篁並蕭散。更羡石門禪，趺跏習止觀。宋旭於此棲禪。

坐湖橋問舊西湖故道

客居澹無豫，振履城南行。遵涂見精藍，淺渚交回縈。石梁界葭菼，叢灌依茅衡。茲地本谷水，百頃風漪盈。池因養魚匯，灘以唳鶴名。詎知西湖景，歲久舂蕪平。環碧匙亭榭，丹泉空圖經。微吟宛陵詩，聊覺形神清。再窮龍潭勝，庶用蠲羈情。

讀兩漢書〔一〕

孝武尚雄略，萬里征匈奴。驃騎率六將，鐵馬淩風趨。一戰絶漠北，再戰收休屠。兵威雖已振，國帑從茲虚。縣官告匱乏，少府空踟躕。牢盆及皮幣，心計窮錙銖。因之用酷吏，束濕嚴刑誅。乃知尺二牘，雩淺真良圖。庇葉傷其枝，太息思長孺。

賈生非常才，夙具帝王略。致身逢清時，方思重付托。何爲東陽侯，蔽賢肆其惡。悠悠赴長沙，一官悲濩落。緬彼懷沙人〔二〕，陳詞弔楚澤。歸來宣室中，鬼神溯冥漠。上書策治安，英辭空謇諤。獨任良所難〔三〕，懷古情綿邈。

魏其富盛時，衣冠滿賓客。一朝罷官歸，門庭殊闃寂。惟有灌仲孺，來往共朝夕。武安攬朝權，聲勢益相逼，酒酣一吐辭，滿堂皆變色。嫚罵誠足豪，取禍良可惜。三復《大雅》篇，前徽尚明哲。

東京有寇鄧，一一天人姿。風塵効佐命，患難同驅馳。暨乎天下定，解組還京師。閉門謝賓客，講學敦書詩。朔望奉朝請，恩寵無衰時。日中則漸昃，月盈則漸虧。謙謙保終吉，禍患無由隨。不見淮陰事，鍾室徒歔欷。

游平本賢者，姻戚連椒宫。復從河間議，定策昭元功。密謀誅節甫，舉手清羣凶。誰知星象見，太白垂蒼穹。一朝陽德殿，變故生倥偬。持節下詔獄，棨戟懸門中。淒涼朱雀路，事去悲途窮。千秋有遺恨，甘露將毋同。緬懷武陵掾，卓犖多英風。

甘陵起黨部，廚顧揚清標。志行儼霜雪〔四〕，氣誼干雲霄。元禮與孟博，聲望同斗杓。上以斥婦寺，下以彈惛呶。吁嗟黃門獄，羅織將安逃〔五〕。我聞古君子，進退審所操。儉德可避難，嘉遯寧非高。何爲厲清議，歎息煎芳膏。見《黨錮傳》贊。悲哉郭有道〔六〕，閉戶方逍遙。

【校記】

〔一〕此組詩，《四家》本卷一載四首，爲第二、第四、第五、第六首，詩題作『詠史』。

〔二〕懷沙，經訓堂本原作『懷石』，據《四家》本改。

〔三〕獨任，《四家》本作『信任』。

〔四〕儼，《四家》本作『儷』。

〔五〕羅織，《四家》本作『禍患』。

〔六〕悲，《四家》本及公文書館本《述庵詩鈔》作『卓』。

徐昭法先生畫馬

嗚呼！世人畫馬工似馬，霧鬣風鬃任摹寫。紛紛畫肉不畫骨，眼中空歎良材寡。誰歟禿筆揮鵝溪，風雲咫尺生霜蹏。雕鞍玉勒雖未馭，騰驤意已無安西。一馬奔濤勢超突，縱橫欲蹴黿鼉窟。一馬昂首森長鳴，哀草颯沓霜飆生。更有蠻奴習馬意，揮霍紛紜恣遊戲。想見空齋落墨時，驊騮突兀生平地。吾聞先生昔遭鼎革秋，側身天地多繇憂。雒陽銅駝哀亂晉，景亳玉馬悲朝周。空山避世耽逃匿，聊將繪事抒胷臆。偃蹇寧甘羈紲榮，棲遲似謝馳驅力。流傳今已百年餘，寶貴何啻千璠璵。勸君日夕慎藏弆，不然恐化星精去。

入崇真道院謁四賢祠

神山本神皋，異境肆遐矚。況逢新雨餘，巒翠狀新沐。流鈴曳天風，絕構竦丘麓。側聞素雲翁，結茅侶麋鹿。紫霄法已傳，黄芽養旋熟。迄今巖洞間，終古閟真籙。八詠數靈區，四賢企私淑。雖嗟香火寒，尚仰冠裳肅。擬謝赤松遊，清修繼芳躅。

題趙升之秋江泛艇圖

空堂拂縑素，咫尺開滄洲。何人浮短楫，浩淼淩高秋。高秋烟水多殊狀，趙君逸興雲霞上。草澤狂歌足自娱，江湖落魄仍無恙。二十餘年工綴文，回看世上徒紛紛。袖裏琅玕誰得見，懷中錦段皆超羣。揭來愛作姑蘇客，東風相遇城南陌。示我《秋江泛艇圖》，琉璃萬頃凝空碧。彷彿瀟湘九月時〔一〕，白雲縹緲生涼颸。青楓斑竹騷人怨，芳杜崇蘭楚客悲。風塵我亦多顑頷，拂衣竟作漁樵計。破楚門邊每放遊，金閶亭下長酣醉。故鄉迢遞渺愁予，擬駕琴高赤鯉魚。歸尋仲蔚蓬蒿逕，同對青溪好著書。

(以上經訓堂本卷一)

【校記】

〔一〕九月,公文書館本《述庵詩鈔》作『九日』。

拙庵吴丈招同趙升之沙斗初黄芳亭陸聽三集遂初園有作

婪尾花殘春已過,游絲飛絮紛紛墮。天涯作客獨無憀,日向藜牀但高卧。丈人好事折簡邀,扁舟先已來溪左。詩朋漁叟各招尋,酒榼茶籃共包裹。東風吹送入名園,眼界真堪豁寒餓。風廊水榭宛天成,蟹舍牛宫隨地作。古木蘢蔥竦百尋,脩篁颯沓森千个。青瑶池館碧粼粼,一頃琉璃誰可唾。振衣更上聽松樓,佛髻晴峯圍紫邏。烟外分明見嶁村,雲中仿佛堆茶磨。興酣長嘯俯重闌,一洗胷中塵堀堁。卜夜重煩綺席開,分曹不惜匏尊大。沉醉何妨劉伯倫,狂言共聽陳驚座。人生作達合如斯,底用賓筵監史佐。炙轂談天心最歡,挑燈對榻情無那。憶君居此十年餘,種藕分魚作清課。山閣支頤理道書,水牕濯髮歌《騷》些。人間富貴比浮雲,卻笑軟紅泥没髁。平生山水亦多情,落拓風塵每摧挫。何當小築太湖旁,相伴溪田理耘播。雨膏梅坪煮紫團,月明釣艇炊紅稬。重寫張爲主客圖,茅齋日日同吟和。

題周山怡畫冊

我自梁溪放舟歸，秋潭朱適庭示我周君畫。遠峯齾缺浮輕烟，枯樹槎枒響虛籟。犖确石逕莓苔封，荒頽老屋藤蘿挂。屋中似有避世人，企脚高眠足勝概。此圖仿佛昨所經，西蠡河畔西神外。有雲逢逢山杳靄，有波漸漸水澎湃。山迴水轉見柴荊，紙閣蘆簾隔埃壒。悠然便欲覓閒田，數弓徑把香茅蓋。乃知好景無時無，只惜無人擅圖繪。愛君畫理久通神，董巨荊關得宗派。偶攜虎僕掃溪藤，穭槮更得營丘態。我如鷹隼愛風飆，擬趁輪蹄歷海岱。未逢好手寫橫圖，山林寂寞堪深嘅。安得邀君汗漫遊，貌取烟嵐入揮灑。向禽有志倘難期，日覽君圖我亦快。

吳淩雲運使招飲

皓月出海臨東廂，明河爛爛交輝光。大星森列衆星匿，寒飆不動輕雲翔。使君宴客開華堂，深夜促坐紆行觴。蒲萄之酒琥珀椀，羊臑雞臛陳芬芳。踞床頗盡庾亮興，投轄不減陳遵狂。玉山自倒衆賓醉，觥籌交錯恣淋浪。忽思昨作京雒客，春明冠蓋相徜徉。吳荀叔錢曉徵蔣心餘謝崑城最好事，痛飲不惜綺筵張。卽今身世百蕉萃，故園回首空蒼茫。京華諸子亦星散，江湖南北徒相望。歷城八月秋氣涼，草木隕落零微霜。酒闌燈昏夜未央，世間歡會安能常。短歌聲苦沾衣裳，仰睎天宇森青蒼。金波瀲灩傾西方，夢逐哀雁歸江鄉。

盧雅雨運使招同張補山陳楞山朱稼翁三徵君金壽門布衣張喆士通判董曲江庶常王載揚秀才沈學子陳授衣兩上舍及江賓谷集蘇亭賦江字四十韻

我昔計偕越淮甸，竹西亭下浮輕艭。早春梵陰風景暮，繫纜竟向枯楊椿。清晨懷刺造鈴閣，放衙畫鼓方逢逢。香凝燕寢一相見，春容妙論開愚惷。更攜舊集出示我，雅材百五能獨扛。天球河圖氣騰躍，金鏞大呂聲砰鏠。當年萬里赴沙漠，敝裘瘦馬凌崆峣。龍樓鳳闕入夢寐，想見忠愛多信悾。時以《出塞集》見示。獨惜分手遽北上，未得長傍青油幢。大防雲氣互杳靄，桑乾波浪相琤瑽。此際翹首望江界，但見華蓋明天杠。回思小秦淮上路，園亭罨藹森雞腔。蕉花倚石落翠朵，豆莢絡架纏紅豇。方池流水值新漲，瓜皮嫩綠如龍瀧。幽香漠漠飄菡萏，碧草點點蘘蘭茳。何由一趁謝公屐，並挐畫艇沿漁矼。金門射策仍失意，歸經隨苑浮烟艭。平山闌檻恣眺望，坐聽遠寺昏鐘撞。公於斯時集嘉客，戶外脫屨聞音跫。詞人間招新埜庾，畸客或召襄陽龐。琉璃簟陳青薛榻，葳蕤鑰啓紅藤牕。竹爐試荈煮雀舌，冰盤佐食陳羊羫。興酣脫帽縱嘯傲，步屧隨意凌崆峵。餘霞忽落遍魚尾，新蟾一桁懸修橦。行廚更出紅玉盌，曲屏齊上青銅釭。簷冰未消殘雪在，痛飲倒盡玻瓈缸。酒闌俯仰溯往哲，文學經濟難爲雙。歐蘇遺跡久寂寞，魚鱗簿牘徒紛哤。公也歟歷遍南北，所至治理歸淳龐。邇來鹽筴主榷酤，英簜畫節臨南邦。熬波穴竈諸弊絕，海國奉令無黮黷。公餘琢句自娛戲，筆力何啻千矛鏦。前賢著述有散佚，攟摭收拾神爲㥶。殺青汗簡惠後學，流傳要使人爭聦。即如此會亦盛事，吳越名士來跭𨅶。苔岑蘭臭迭唱和，有似柷敔笙揭椌。只憐啞鴉歸已盡，六街隱隱聞鳴梆。明朝俶裝又戒道，故山松蘜歸耕䆉。橋衡奉席不長侍，側身西望情難降。他時鴻文倘垂示，好屬塞雁橫烟江。

暑中登燕子磯眺覽

夙眷江上寺，危磯肆登臨。茲來值盛夏，炎暉麗寒潯。罕聞鮮飆發，屢冀層雲陰。方舟疲鬱軫，杖策資幽尋。倏然造清樾，偃仰銷塵襟。修帆隱極浦，疎磬移孤岑。水檻晝方寂，每見棲山禽。卽事稍閒曠，恬如緬烟林。再希芳露下，坐聆新蟬吟。

過小有天園

夙昔尚荒靄，茲來迴清幽。風廊出遙巘，烟閣臨曾丘。灌叢微逕出，振策娛良游。千尋橫石筍，萬樹陰松楸。芳池澹澄碧，蘋末來輕鯈。夕陽忽西下，倒影南湖流。依稀仇池穴，窅窕通仙洲。清景非有取，勝地寧所求。悟彼桑下宿，憑眺殷熏脩。

（以上經訓堂本卷二）

答謝崑城編修

三載辭京華，微悰託林莽。夢懷瓊樹枝，江湖悵深廣。追昔芳時游，屢徂良夜訪。虛堂玉琴寒，蕭寺秋鐘響。相於嵇阮儔，文翰共玄賞。玉露零槁梧，南歸逐吳榜。空羨大雅材，鳴珮侍仙仗。豈期枉見存，瑤華惠開獎。層飈振蘭階，圓景動珠幌。歡讌久莫同，何由展遐想。所忻接芳塵，清輝行可仰。援筆申悁勤，一用慰幽愴。

祝豫堂典籍屬題曹雲西長江萬里圖

我昔乘秋向白下，蜻蛉一葉淩空江。瓜步人烟莽蕭瑟，潤州城堞爭崆峣。荻苗風生吹五兩，遥指九派臨南邦。危磯鑱天渺萬丈，下有波浪相舂撞。東瞻浮玉極杳靄，西矚牛渚盤磎谾。螺旋蛾亘不可計，一一滴翠圍篷窗。驛樓迢遞見戍邏，禪舍隱約明雲幢。鴻鸍叫嘯散遠霧，蛟虬蠖蜺蟠湍瀧。兩舷扣足豪興發，選勝能使愁心降。頻年流宕去鄉縣，渾河清濟横輕艭。華不單椒秀嵬峩，大房懸瀑鳴琤瑽。山河兩界宛在眼，登陟恨少椶鞵雙。比來軟紅混人海，瑟縮斗室如螻蛖。忽登高堂拂縑素，江山萬里神魂㥄。浮嵐暖翠色窈窕，跳珠濺雪聲砰訇。雲西老人擅寶繪，往往落墨驚愚惷。郭夏遺跡雖已佚，郭忠恕、夏珪皆有《長江圖》。應知相合同蘭茳。眼明彷彿蜀徼外，崩流直下猶驚駹。漸資辰溆遮噴欲，畎提菌廩迴琤琮。涂經九域入碧犛，靈德一氣歸洪庬。我生足未溯洛沬，桑經酈注知非哤。吳頭楚尾佳絕處，把茅擬學襄陽龐。前游況復在夢寐，徑開西疃安耕䅋。蘆人漁子遝還往，罾罶椊椮依烟矼。題詩恐有寒具涴，還君更倒玻黎缸。

詠柿聯句三十八韻

秋晚摘芳包，殷紅照闌檻。吉人。顆勻鶴頂圓，光射虬珠閃。述菴。盈筐驗八棱，堆盤燦數點。策時。渾淪觚無棱，磊砢圭少剡。吉人。精熒日生煇，翕艴火含燄。述菴。體疑塗碙砂，形不藉規範。策時。絡資細葳裝，漬陋輕鹽鹻。吉人。甘膏鐘乳滋，細核瓠犀斂。述菴。膚柔滑可捫，梗短愁難摻。策時。幹直倚棼橑，陰濃罨嵒厂。吉人。懷橘喜同曹，持螯慎分陜。述菴。喜茲結實佳，緬彼蟠根漸。策時。香瓢過暑融，靈液逢秋湛。吉人。繁花綴金鈿，密跗翦青琰。述菴。叢條拂春庭，碎影移夏簟。策時。相呼走且僵，競采大而儼。吉人。營巢絕鴨鷗，細嘬謝蜩范。述菴。綻宜晴旭烘，熟恐獰飆颭。策時。數品滿陶盆，徵奇考竹笵。吉人。壓擔疊纍纍，盈車響轞轞。述菴。豎買衒齊擎，癡兒啗猶歉。策時。共知龍卵嘉，未許牛心掩。吉人。佳名朱果傳，別種烏椑忝。述菴。松陽冷濺牙，梁園美充嗛。策時。搗餘粉色勻，瀝後漆光黯。吉人。糕和楚米蒸，餅壓吳霜染。述菴。灰淋崖蜜凝，風戾雲腴減。策時。攜來喜硱磳，剔去憎黶黯。吉人。蒂從織錦誇，葉爲臨書檢。述菴。致用咸足珍，分嘗詎能貶。策時。火傘映移杉，金衣耀桑檿。吉人。金刀切紛綸，玉椀鋪掩冉。述菴。對物憶家山，誅茅近晴崦。策時。

吉人。設饌共園橙，登筵伴江芡。述菴。鄉味尚依稀，蕭晨忽荏苒。策時。所宜肺病蘇，豈恨食單儉。吉人。薄冷君勿嫌，清尊正澹瀲。述菴。

（以上經訓堂本卷三）

病中偶作七言長句升之復次韻見示黃與亦斐然有作意欲迫人於險乃復和一篇以自解嗣後當以一丸泥封函谷任君輩濟河焚舟也

詩才妙與江山乞，坐使南蠻文教訖。兩君合唱等朋尊，並注黃流灌芳鬱。我今悠忽類嵇康，寧有才名等陸厥。兩年從事在炎陬，暑雨梅風困沾黖。略擬孤蛩應候鳴，敢云尺蠖隨時屈。長輿槎蘖雖未能，揚波誰耐將泥掘。旅鬢蕭蕭侶病僧，客懷黯黯依塵佛。頗同宋玉愛微詞，詎效劉惔思苦物。比來拈韻騁新奇，聊仗賡吟當去聲齋祓。强鄰合計忽環攻，前此阿廣庭先生以錫字詩見示，余屬和，後升之得八首，黃與得五首，皆極工，有咄咄逼人之勢，濡筆疾和，乃能如數。堅壁謂當遺婦茀。不知游戲偶致師，豈望詩壇錫絲綍。心緒雖如眢井枯，贏瓶尚有寒泉汔。昨勻藥汁復題詩，潦倒安能細意熨。誰料先聲工薄人，欲窘深源頻擲拂。朝來氣湧忽如山，憶與羣仙曳簪紱。內朝行殿共摛毫，甲戌，與曉徵、竹君輩朝考，余居第三。丁丑，與來殷、冲之輩召試，余居第一。並了日中差髣髴。中年鏖戰更摩空，秋水爲文謝埃坲。撫卷長嗟久壓君，羣驚利翮衡飆欻。舊例：鄉、會試年，將命主司，必合內閣、六部、翰林、詹事府、給事中、御史諸衙門進士出身者，先與考試，計共二百餘人，欽第其甲乙，然後點派。己卯考試，余居第一。庚辰、壬午考試，余皆居第三。時翰林中學士湯萼南先甲、家鳳喈鳴盛、侍講周稚圭升恆、王夢樓文治、編修諸升之重光、趙甌北翼，均以工詩文及書法稱。每試輒相戲語：『今番必不相下。』及發等第，率爲余壓。自從單急試櫜鞬，已忘金閨連虆裾。隻手行看縛裸夷，埋頭差勝稽疏佗。臣之壯也更何云，斂軍應避才鋒鯏。不將堅白鬬公孫，只幸淄磷違佛肸。頽唐重爲寫讕言，氣衰再鼓愁終詘。

獨飲和升之仍用前韻兼柬黄與

生平論畸人，頗意竹林賢。永懷阮嗣宗，能以酒自全。猶嫌書勸進，一死未忍捐。不如靖節翁，歸隱侔葛天。編詩紀甲子，刬除永初年。折腰尚弗屑，肯見璽紱傳。逸民實志士，日月爭光鮮。漉巾託沉湎，閲世同雲烟。我亦慕飲酒，媿無新詩妍。鄉園久蕪廢，悽慘夜不眠。呼童聊取醉，太息終内煎。此邦酒稍劣，小酌安所便。飲酒須飲人，元遺山詩：『飲酒不飲人，屠沽從擊鮮。』白衣有深緣。折簡呼會飲，豈惜青銅錢。

書門人陳廣文絅齋詩集後〔一〕

我生不解柳柳州，石多人少空訾尤。山川人物相間發，良材何至虚薪槱。滇南卿雲矧屢告，光珠翡翠兼精鏐。金沙蘭滄急似矢，滇池洱海濃如油。崔嵬五嶽更離立〔二〕，霞彩斑駁揚旌斿。神皋奧壤靈所孕〔三〕，疑有碩士藏巖幽。我行睒詔兩閲歲，從戎潛復尋名流。南金東箭究安在〔四〕，望氣無地開吳鈎〔五〕。此邦風俗本三竺，漢唐屬吏仍戈矛。況從宋初玉斧畫，寧識文府堪遨遊。段顛高蹶再内附，聲教稍與中原侔。石淙楊一清禹山張含雖迭出，何異壇坫盟滕鄒。衰遲今復二百載，井鬼光黯殊斗牛。吾門太史蔣君鳴鹿頗嗜學，望古思與淵雲儔。兹來又忽見傑作，儼披燕石逢琳球〔六〕。古詩體格甚排奡，正始音已超蠻謳。雷車殷地崖石裂，鼎鈕躍水榮光浮。〔七〕力宗杜陵作苗裔，豈止面目同秦優。嗟我當年司攷校〔八〕，癸未會試，余在闈中得君卷，薦之，會以雲南中額僅四名，未得與也。采蘋擬作王公羞。龍門點額卒未遂，寸心耿耿魚銜鈎〔九〕。青袍如葉不一見，相見翻在西南陬。窮邊學官正蕭瑟，頻歲復駐千貔貅。輓糧泥塗戍卒詬，僦屋風雨妻孥愁。君也意氣尚踸踔，奮臂未屑爲身謀〔一〇〕。馳驅稍憩便挾策，鳴春似和林間鳩。吾聞爲學貴日益，博聞多識稱前修。蛟螭詎可雜螻蚓，願君追琢工雕鎪〔一一〕。文章末技亦尸祝，要在樹立堪千秋〔一二〕。吾衰且鈍竟安託〔一三〕，乞身便欲歸田疇。斯文付子勿慭置，待賡《雅》《頌》追商周。

【校記】

〔一〕　嘉慶二十三年刻本《〔嘉慶〕楚雄縣志》（以下簡稱《縣志》）卷一〇載此詩，詩題作「書陳絅齋詩集後」，詩署「藩司王昶青浦」。

〔二〕　崔嵬，《縣志》作「崔巍」。

〔三〕　奥壤，《縣志》作「奥區」。

〔四〕　究，《縣志》作「竟」。

〔五〕　望氣無地開吳鈎，《縣志》作「空羣無地收驊騮」。

〔六〕　儼披，《縣志》作「儼搜」。

〔七〕《縣志》於此多出「軍興六載民力殫，徵發絡繹供千椒。聖明在上海寓泰，一隅獨未安耕稷。盱衡時事屢感喟，肯以觸諱懲轉喉」六句。
〔八〕攷校，《縣志》作「貢舉」，且此句後無自注。
〔九〕銜鈎，《縣志》作「中鈎」。
〔一〇〕未屑，《縣志》作「不肯」。
〔一一〕鎪，《縣志》作「搜」。
〔一二〕堪，《縣志》作「垂」。
〔一三〕竟，《縣志》作「意」。

題胡元謹秀才載酒圖卷

橫橋三四板，老樹七八株。橛頭船一隻，獨與樵青俱。垂楊更颯沓，似有秋風梳。頭上戴筍笠，滕畔橫琴書。問君寓何意，如此行江湖。欲追杜紫微，落魄辭牽拘。小杜長唐季，方鎮爭睢盱。罪言議取魏，置衛開軍符。奇謀適不用，乃與時歧趨。今君逢盛世，綺歲勤三餘。先當既經術，次乃研叢書。成名在一藝，自可登亨衢。豈應慕蜚遯，浪跡偕佃漁。抑聞古誼士，託興多高孤。難進而易退，介石誰能渝。與爲執手熱，寧作山澤逋。與爲熏心厲，寧侶耕樵徒。鷗盟亦可尚，他日毋忘初。君聞忽踧踖，兩者非敢居。家本近圓泖，烟雨通姑胥。夙有知仁好，作畫聊嬉娛。非必傍葭葦，焚香傚倪迂。非必載鶴石，汎宅師張俞。糟丘亦非好，聊藉忘飢劬。有何揚州夢，足使心神紆。卷圖意寂默，取義良區區。載書罷載酒，努力窮黄虞。

（以上經訓堂本卷六）

題曹劍亭員外小影

不畫數稜山，不繪半江水。打頭虚茅茨，入眼罕藥卉。人空空亦空，竟到無何里。得非虚室生，游心在法喜。我聞波斯王，照影向河沚。髮白面亦皺，見精尚相似。明鏡本無臺，形貌安足擬。聞君年少時，聲名著彤𢀖。白衣蒼狗間，廿載浮雲爾。擬將謝塵緣，欲問指非指。宛宛白毫光，往跡等蒿矢。我思震旦中，含靈溷穢滓。嚴淨在毘尼，六欲非可恃。苟持清淨心，入道從此始。我游華嚴海，洪波渺無涘。近遵安養教，庶以窮暮齒。他時同安禪，一悟無身旨。此影亦鴻泥，泡幻竟何是。庶比月光童，了契圓通理。

八月二十七日就莊夜坐有作

重湖月黑星無光，一點遠火明菰蔣。飛螢照水低復昂，四面不辨山蒼茫。雲中掣電三兩行，白招拒欲鏖驕陽。將送急雨添新涼，秋菡萏葉生微香。明牕四拓開襟裳，僑居養疴足徜徉。幾度過此驅塵韁，計今可歷楓酣霜。先待成震生坤方，斷橋載酒呼野航。

廖古檀明府招同家條山孝廉劉伴霞鍊師及仲育游蘭笥山歸復修禊檀園再訂展上巳之會分賦得以字四十八韻〔一〕

九峯帶重湖，卅載付踵企。鄉園久不到，夢落烟嵐裏。矧乃祓除時，勝踐何由理。竭來舊雨逢，勸我趁腰髀。筋力幸未衰，筇杖良可以。及茲五茸春，芳草驕媒雉。意行首蘭笥，縱櫂弄清泚。寒峭未聞鶯，渚清偶躍鯉。東西兩青螺〔二〕，先唤扁艖艤。名園徵在望，徵君夙棲止。皆山閣。同游得孝廉，謂條山。謦欬中宮徵。淵然既沖和，謂伴霞。公瑾復蔚跂。謂仲育。〔三〕攬祛歷簃臺，稽古展圖史。夕陽薄崦嵫，林霏偏殷紫。忽看玉一鉤，成震已臨朏。心計秉蕑辰，誰能仿溱洧。吾友擅高情，曰歸具酒醴。乘此暮潮平，柔波滑如砥。晨興山更佳，晴光溢沙尾。相於溯精藍，獅象盡銷毁。靈峯眇無存，昭慶禪寺，本靈峯菴。月軒亦全圮。庵西屋數間〔四〕，花藥聊可喜。詩僧出相迎，謂傳衡上人。清言頗斐亹。稍嫌嗜燒豬，豈免薄蔬菲。攝衣乃並載，快及午飆駛。回指小檀園〔五〕，測影未移晷。入戶聞濃熏，鼠姑纔破蕊。古藤如長蛟，延緣走階阤。晚桃萼尚蓴，叢竹萌將起。池蘋罥淪漣，石蘚附岪崺。曲徑交縈紆，循廊各徙倚。墨花動扁跗〔六〕，茶色靜盤匜。座中老畫師，謂李築夫。黄髮更兒齒。披衿誦昔聞，往往瓶瀉水。案陳方罫碁，架列投壺矢。作達無不爲，忍俊詎能已。少選出中廚，菽乳最芳旨〔七〕。擣珍備香膏，雋味謝乾胏。半酣起分韻，横槊擬摩壘。豪堪削堯肩，雄欲主牛耳。鐙前還顧影，吾屬俱老矣。吴淞百里間，舊侶晨星似。誰歟會耆英，招尋集桑梓。竟須折簡邀，詞壇共鞭弭。展期重三三，庶盡東南美。

游想洛川同，會與山陰比。刻期朋盍簪，詩章鬬綮綺。不妨駟馬先，請再自隗始。

【校記】

〔一〕王昶等撰《修禊吟》四卷本卷一亦載此詩，詩題作『檀園修禊詩分得以字』，詩署『青浦王昶述菴』。

〔二〕青，《修禊吟》作『峯』。

〔三〕此前四條自注，《修禊吟》均無。

〔四〕庵西，《修禊吟》作『西庵』。

〔五〕回指小檀園，《修禊吟》作『回帆指檀園』。

〔六〕扁跗，《修禊吟》作『扁署』。

〔七〕最，《修禊吟》作『已』。

題李叟據梧圖

觀魚化蝶非真境，柴桑枉問形神影，差愛波斯能自省。誰爲頰上添三毛，乃公自解丹青包，據梧時坐躭寂寥。潑翠新陰照衣履，高懷應與雲林似，俗客休來煩手洗。

九月二十八日雨雪同人小集以東坡岐陽九月天微雪已作蕭條歲暮心分韻得微雪二字

衣褐始見授，雪花忽已飛。遠猶耿斜照，近漸隱翠微。蕭蕭松竹亞，漠漠烟雲霏。官齋靜於水，香茗相因依。願持歲寒意，無與貞白違。

良朋在西齋，寸簡詎煩折。歡言把一樽，眷此簾前雪。繞籬叢菊澹，隱砌寒蛩咽。感秋氣憯慄，微咏意悽切。差幸麥田滋，青蔥映丘垤。

爲袁子才題隨園雅集圖四十韻卽用其體〔一〕

《隨園雅集圖》，題者三十一。自餘闉𨻶外，與我盡膠漆。高吟戛鸞鳳，雅奏協琴瑟。羨君頌君園，詎有譽詞溢。是園在秣陵，山水信超軼。況逢君卜居，三紀理荒枿。臺榭既逶迤，牕櫳倍疎豁。望岫爭息心，翹仰等慶喬。款門牙駢闐，載酒類英達。先時章嘉公，謂尹文端公。屢作召伯茇。清秋景更佳，晴光亘溪術。青梧葉未凋，翠竹叢逾密。吳下老詩翁，謂沈歸愚尚書。朅來拄榔栗。亦有蔣苕生，籊竿釣洄汩。似村梟梅岑，披衿理書帙。君也撫龍唇，意似忘去聲鐘律。芳踪抵七賢，佳侶視六逸。圖成詩滿圖，詎能審甲乙。我昔造其園，淹留愛清謐。剪燈坐殘宵，抱被臥幽室。曾題澄碧洞，苔蘚上屈戌。游人後來捫，疑是古人筆。況聞柳絮飛，早結摽梅實。空勞許嘉耦，未獲遂靈匹。以上二事詳子才來書中〔二〕。前遊安可忘，舊夢何能詰。今茲展橫幅，風景宛曩日。獨念圖中人，長洲已枕膝。蔣尹亦仙遊，相於赴兜率。陳郎聞尚在，蕉萃依蓬蓽。其諸題詩人，逝者十六七。恆河空自照，矍圃散誰恤。我昨奉英蕩，再過金陵驛。詣君不見君，悵惘奚由畢。聞君尋稚川，又訪寒山出。腰脚老逾健，汗漫計未失。歎我久衰遲，矧抱維摩疾。深懷江上鷗，彌媿禪中蝨。行將賦投簪，扁舟溯衡泌。再續《聞笛圖》，己亥初夏，余使青州，遇君于蘭陵，同至北固山下，余少雲爲作《扁舟聞笛圖》。貌此喬松質。主客仿張爲，庶以供笑咥。〔三〕

（以上經訓堂本卷七）

【校記】

〔一〕袁枚《隨園雅集圖題詠》（民國《邈園叢書》本）亦載此詩。

〔二〕子才，公文書館本《述庵詩鈔》及《隨園雅集圖題詠》作「簡齋」。

〔三〕詩末《隨園雅集圖題詠》有注：「定香居士王昶，時年六十有九。」

夜坐

清露娟娟下，寒更歷歷傳。月明人別夜，花落晚涼天。畫扇收殘暑，熏爐罷夕烟。西風楊柳外，愁絕數聲蟬。

沐堂山舍喜友人見過

山館故人至，清言入夜佳。不知林雨歇，初月照西齋。琴酒展孤興，烟蘿托雅懷。相期拾瑤草，理屐上重崖。

水明樓是吴企晉教諭築〔一〕

尋詩向高閣，雅尚愛丘樊。落日明山郭，寒烟澹水村。鳥歸檐竹亂，風急嶺雲昏。合與維摩詰，清譚共一樽。

【校記】

〔一〕是，公文書館本《述庵詩鈔》作「爲」。

園居秋夕

屬疾耽蕭序，林居諧夙心。蕙華舒晚露，篘葉散凉陰。仙漏秋方永，孤燈曉漸沉。松風振疏響，遥夜和清琴。

村居曉起

江月墮烟靄，荒村聞叱牛。茅茨起耕作，荷蓧經林丘。曉露重方滴，野花開正稠。清溪思問渡，竹外有漁舟。

春夜小飲

一徑苔痕雪未融，幽懷空復寄牆東。最愁綺歲閒中過，莫訝悲歌醉裏工。衛玠盡稱談理勝，孫卿休恨著書窮。東溪取次韶光好，且辦青鞵訪小紅。

題泖湖水閣

結茅臨谷水〔一〕，何似漢陰居。葦葉當牕響，蘋花隔岸疎。收篷松下飯，把釣月中漁。應有鹿門叟，褰裳過草廬。

【校記】

〔一〕臨，公文書館本《述庵詩鈔》作「當」。

憶湧月亭荷花

露冷湘皋秋信遲，溪亭菡萏繫相思。可當月曉風清夜，長憶香銷粉墜時。鈿扇欹來天似水，淚珠拋後雨如絲。涉江人遠空憔悴，遠道何由寄一枝。

曉渡吴溪

蕭晨挂帆席，雲木澹清暉。廢堞連蒼靄，荒村接翠微。渚花秋漸落，沙鳥曉初飛。無限滄浪意，何由買釣磯。

葑溪夜行

歷歷聞津鼓，依依感櫂歌。風生蘋葉亂，露下藕花多。涼月曉將墮，烟江秋始波。最憐鄉思近，迢遞望明河。

喜友人過訪

茅屋崢嶸歲暮天，故人相見意纏綿。人來殘雪疎梅外，詩寫明燈曲几前。鄰笛餘音懷舊侣，酒壚殘夢憶當年。只應重話巴山雨，莫向西溪早放船。

寒山寺

新露泫蘿逕，春蕪罨竹扉。雨晴飛瀑少，風定暮禽歸。清磬長廊静，寒燈别館微。何當同法喜，初地共相依。

聞蟬

向夕凉風起，哀蟬破寂寥。烟深初裊裊，雨過轉蕭蕭。疎柳清溪渡，斜陽驛路橋。江湖蕉萃客，吟望最魂銷。

衡門

衡門新雨過，碧草忽芊眠。曉聽春禽語，思耕笠澤田。荷鋤臨竹逕，泛艇入溪烟。未草閒居賦，幽懷已悄然。

送人之桐廬

聞說桐廬好，清泉百道流。春禽啼磵戶，竹樹罨山樓。絕壁明霞麗，晴江碧草稠。戴公遺跡在，蠟屐足淹留。

虎丘

春深堤柳又飛綿，載酒尋芳有夙緣。十里烟蕪生遠岸，六時香梵出諸天。紅樓月上聞歌板，碧樹風微纜畫船。記取真孃遺墓在，裙腰一道草芊芊。

遊何山

鳥語翠微路，吴山逢曉晴。悠然想通隱，於此闢柴荊。泉響竹間下，湖光松際明。更懷南澗寺，望岫有餘情。《南齊書》：求寄居南澗寺，竟陵王子良曰：『吾輩當望岫息心。』

懷翁霽堂徵君

晚聽横塘唱《竹枝》，皆山樓閣隔天涯。江湖遠道人千里，風雨離情酒一卮。芳草長堤春社近，杏花殘驛嫩寒時。畫船回憶同游處，目斷淮南尺素遲。

山居雨夕寄曹來殷

玉漏沉宵箭，金鑪罷夕熏。空堂寒雨滴，孤客背燈聞。荷芰生虚籟，松篁入暗雲。生平惠施意，迢遞感同羣。

夜坐横雲溪館

松際落疎雨，葦間生晚涼。孤燈稍就滅，螢火度溪堂。梧竹發清籟，芰荷聞暗香。夜深西澗水，淅瀝下迴塘。

雨夜懷張策時

罷琹坐孤館，楚客軫離思。復此新涼夜，殘更聞雁時。疎燈照深竹，寒雨下秋池。蕙草微芳歇，何由枉見貽。

蓉湖夜泊懷趙升之歸松江

昨夜北風起，秋聲一枕聽。朝來湖口望，落葉滿寒汀。迢遞層波外，烟帆入杳冥。因思圓泖上，歸客正揚舲。

題朱適庭荻浦夜漁小像朱適庭荻浦夜漁小像『荻浦夜漁寒』，李中句，中有《碧雲集》。

忽感碧雲思，寒溪來夜漁。風生殘葉裏，月上暮潮初。茅屋臨江淺，葦燈隔岸疎。林泉有佳興，三歎軫離居。

梅花小冊

冉冉寒香生，歷歷疎花靜。仿佛月明時，西牕澹疎影。

孤館夢初回，幺禽啼未歇。惆悵折梅人，獨對東闌雪。

三峯

倚杖空山路幾層，古潭泉影入秋澄。迢遙清梵來初地，罨靄寒村隔短塍。霜後苔花沿石逕，烟中竹色映禪燈。名流自昔傳衣處，彈指思參最上乘。

懷朱肅徵即題其鸚鵡集後

春江日落暮潮生，十幅孤帆送遠行。回首金昌亭下柳，露條烟葉不勝情。

紅杏花殘春似夢，緑楊風急雨如絲。肅徵送春句。江南好句真腸斷，吟到香消酒醒時。

（以上經訓堂本卷八）

留別

天涯相見更離羣，怊悵江關此夕分。兩岸緑波帆漸遠，一林紅葉雁初聞。熏爐香歇思荀令，繡被寒生憶鄂君。腸斷蓉湖西去路，荻花風急雨紛紛。

漂蕭秋暮又長征，携手河梁斷靄横。別袂晚沾吴苑雨，孤帆遥向廣陵城。笛殘水閣寒颸起，酒醒溪亭遠恨生。後夜平山堂上望，江南江北倍含情。

寒夜有寄〔一〕

圓沙宿雁遠淒清，折葦疎篁夜有聲。誰念一燈蕭寺裏，藥爐茗椀伴長更。

清梵聲沉夜漏遲，淒淒風雪打牕時。斷魂忽憶妝臺畔，自炷名香熨被池。
西風料峭掩瓊扉，鳳脛燈寒麝火微。料得殘宵無意緒，玉纖慵解縷金衣。
清夢依稀到玉除，膽瓶數點早梅舒。分明六幅屏山裏，親試泥金瘦楷書。
醉後心情別後懷，愁聽檐溜響重堦。何時卻剪西牕燭，親理殘妝卸玉釵。

【校記】

〔一〕此組詩，《三家》本卷三載第一首。

靖江夜泊

荏苒年華暮，飄蕭道路長。青衫憐客子，白髮憶高堂。風起潮如雪，天寒月似霜。卻思故園上，欹枕詠滄浪。

憶鄧尉梅花寄沙斗初

與君同上還元閣，萬點寒梅作意香。竹樹扶疎明霽雪，烟嵐層疊澹斜陽。舊遊寥落真如夢，客路蕭條祇自傷。聽盡竹西亭下雨，夜深剪燭話江鄉。

高唐州道中

莽莽風沙地，蕭蕭雨雪天。亂山傳戍鼓，廢壘斷人烟。路遠嘶疲馬，雲低掠餓鳶。淩晨瞻曲陸，古道接幽燕。

送汪東湖同年歸新安

秋氣入林薄，送君歸碧山。雲峯三十六，高臥掩柴關。我亦思黄海，羣仙時往還。終當訪樵隱，采藥共追攀。

秋夜書懷

初度穿鍼節，虚堂入夜清。蒹葭懷舊侶，蟋蟀感秋聲。望遠音書絶，辭家歲月更。卻思故園上，蘋葉釣船横。

宿遷

欹枕數鷄鳴，前山月尚明。長堤流水急，茅屋亂烟生。殘雪峒峿鎮，寒蕪下相城。江南知漸近，擊楫問行程。

揚州夜泊

楚天微雨夜漫漫，聽盡江樓畫角殘。板渚人稀秋色盡，玉鈎夢冷舊遊寒。淮南水驛風生早，故國天涯歲漸闌。明發羅塘更東去，棲鴉衰柳淚汍瀾。

寄念亭

蕭瑟中峯寺，扶笻記昔遊。烟波成遠別，瓶盋憶名流。雪霽松泉急，雲深竹逕幽。江湖憔悴客，清夢滿經樓。

廣陵春日寄曹來殷

十年吟賞與君同，太息生涯似轉蓬。小閣琴樽清夢在，名園裙屐舊游空。朱氏蘋花水閣、吳氏遂初園，皆與來殷游處。楚天雲樹春將晚，練水烟波信未通。早晚秦淮新柳下，旅牕相對一燈紅。

夜雨中由京口赴龍潭口號

四山雲合雨冥冥，更上籃輿度短亭。何處人家臨水榭，小橋疎柳一鐙青。
江昏月黑夜空濛，仿佛前溪有徑通。誰識行人孤絶處，三更寒雨五更風。
生涯真似打包僧，行遍寒宵路幾層。望裹烟巒尚千疊，不知何處是金陵。

將歸松江別蔣敬持孝廉陳授衣江臯兩上舍汪韡懷主事及張喆士嚴東有諸君

新蟬迢遞落清吟，棖觸文通賦別心。烟柳長堤勞遠夢，香燈小社憶題襟。緑蕪城郭江潮急，殘笛帆檣暮雨深。爲報鯉魚君莫惜，好傳緘札比南金。

過桐鄉訪朱吉人不值

遠道三年别，閒門一櫂過。蕭晨空悵望，芳會尚蹉跎。徑曲行人少，橋荒落葉多，吴昌留滯客，相憶更如何。

泊丹徒

異縣增羈思，危檣滯客程。醉嫌魯酒薄，愁益楚歌清。霜月娟娟淨，江潮灔灔生。淩晨瓜步鎮，預想一帆輕。

秋山琴趣圖爲施定庵作

官閣寒宵永，常聞絃玉琴。知君丘壑志，縹緲寄林岑。遠籟雲松響，流泉石磵深。吴江歸櫂遠，沙雁伴清音。時定菴將南歸。

除夕寄內

殘鐙宿火夜沉沉，客路頻憐歲月侵。梅蕊晚飄官閣雪，椒花遥憶故園心。愁中烟水懷秦望，醉後香燈伴楚吟。白髮倚門憑慰藉，知君絮語更沾襟。

懷宫九敘方伯劉印于侍講兼示鞠謙牧編修

小別如前夢，重來感慨生。人迴查浦櫂，時宫往嘉興。雲隔晉陵城。時劉歸常州。雪夕聯吟地，花時載酒行。忍從清月底，獨聽炙銀笙。

別廣陵友人

涼雨楚天霽，將離感別悰。芳時紅葯晚，遠道碧雲重。松篠臨湖寺，烟巒隔浦峯。頻年吟眺處，夢憶廣陵鐘。

（以上經訓堂本卷九）

送李西華先生歸臨川

劍佩頻年侍禁林，雲山寧忍賦抽簪。行藏自定千秋計，忠孝仍懸兩地心。南苑六師移鳳蹕，西陲重譯進龍琛。昇平無事煩封駮，好放扁舟下楚潯。落日寒冰滿潞河，春明後約尚蹉跎。篋中封事留霜簡，夢裏趨朝憶玉珂。驛路風高淩鸛鶴，滄江雪霽傍黿鼉。九重應慰蒼生望，未許逍遥臥澗阿。奉手經時列坐隅，深知世業本惇儒。《禮》宗高密淵源正，先生于《周禮》服膺鄭注，于理學心折陸、王。道接金溪造詣孤。謂穆堂先生。三代通經同楚伯，《後漢書》：袁安子京仲與孫彭楚伯皆治孟氏《易》。一堂承業愧君都。潁川滿昌君都，匡衡弟子，授齊《詩》者。生平出處期無負，別淚臨風滿夕蕪。

送梁山舟編修歸錢塘兼寄齊次風宗伯杭堇浦編修及大恆讓山二長老

纔過三秋節，旋爲兩地分。艱難思後會，慘澹惜離羣。朔吹鳴官道，寒沙捲夕曛。支牀雞骨在，別語忽重聞。山舟奔其嗣父薌林先生之喪。聞道司空節，衝寒發武林。魂隨東逝水，目斷北來禽。骨肉存亡淚，京華去住心，蘭陔虛侍養，卻望更沾衿。時薌林先生方以大司空應召入都。

烟水西泠路，招邀得古歡。詞臣方習隱，宗伯久辭官。琴酒開詩社，雲山築講壇。相逢如見憶，爲我報平安。

蓮界澄湖外，松寮別嶼邊。昔遊空想像，初地足沿緣。燈影雲中塔，茶香雪後泉。只應同贊可，敷坐夜安禪。

寄懋膺律師

尊宿來秦望，名藍重廣陵。曾題秋寺竹，並坐講堂燈。沈約腰圍減，潘安雪鬢增。把茅知未得，頻夜夢金繩。律師約予買精舍於西溪，同爲歸老之計，故云。

瀟照書堂卽事

葦葉蘋絲夾岸分，芳池雨過碧沄沄。風回宮漏穿花出，晝靜仙韶隔水聞。蒼蘚漸滋廊下石，青松半掩嶺前雲。望秋蒲柳多蕉萃，愧向蘭臺伴校文。

秋夜懷吴企晉舍人

錄別紅亭已判年，吴楓南望倍淒然。芸籤自輯扶風史，茶竈空懷笠澤船。漏隔宫花聲渺渺，月臨銀漢夜娟娟。知君憶我秋池上，剪燭蘋牕枕手眠。

寄念亭

窈窱中峯一徑紆，每依修竹款精廬。自從北郭賓朋遠，深愧南泉問訊疎。飛瀑夜沾經案濕，古梅香繞紙牕虛。碧雲日暮多佳句，好寄歸鴻慰索居。

送吴澤均縣丞歸長洲

梅雨蕭蕭暗禁城，又催鈴駝向南征。停雲乍慰三春願，醉月重懷十載情。北海樽空分雁影，西園圖在記鷗盟。澤均有《寒山圖》，畫余等二十餘人，以比西園雅集。與君剩有曾題句，留在江樓付合笙。一帆歸趁伍胥潮，小謝門庭未寂寥。繡幰暫教遲捧檄，玉堂早已待揮毫。謂企晉。池塘夢草吟篇富，夜雨連牀樂事饒。況是韓康仍賣藥，捶琴遙夜伴茶寮。謂張崑南。

硯山一桁佛螺青，繚繞巖扉似澀亭。黄箋重樓催刻燭，白蓮小渚快揚舲。堆牀酒榼兼茶榼，插架琴經與藥經。此去恰看秋色好，丹楓紅葉滿支硎。

題畫

疎竹檀欒影，寒梅淺澹香。相期古君子，歲晚共冰霜。

霜後芙蓉掩冉，溪前葭菼森蕭。須畫水雲千頃，柳邊著我漁舠。

楓柏蒼寒不耐秋，茅亭依約水西頭。鯉魚風裏聞吹笛，驚起孤鴻落遠洲。

兩鬢

已歎雙牙豁，旋驚兩鬢斑。年華真老大，世路少間關〔一〕。返老知何術，叢生未可删。只應同釣叟，垂白訪溪山。

【校記】

〔一〕少，日本公文書館本《述庵詩鈔》作『飽』。

贈歌者玉蘭和慶樹齋閣學

色藝居然似楚優，玉山筵上眼波流。低眉欲授同心約，障袂仍含半面羞。歌扇招涼偏覺暖，燈花送喜轉添愁。憑君消卻尋春恨，不遣離心到石頭。時秦淮袁子才書來，君有春歸樊子之恨，故戲及之。

土銼

土銼茅簷似客郵，文園臥疾未全瘳。初三弦月暮雲掩，一兩枝花涼露稠。絕徼星河頻出塞，半牕燈火獨悲秋。西風纔動知寒早，自擁孤衾攬敝裘。

生春詩用元微之韻

何處生春早，春生瑞靄中。六符開麗景，一氣轉祥風。紀緩天文朗，膏腴地脈融。東皇催令節，先入上林叢。

何處生春早，春生瑞雪中。宵明如得月，花薄不禁風。雲重依檐舞，寒輕著地融。芳蹊挑菜路，嫩甲已抽叢。

何處生春早，春生寶鼎中。烟濃銀葉火，香裊玉階風。鴿炭添初透，龍涎膩欲融。朝回攜滿袖，應遍鷺鴛叢。

何處生春早，春生椒酒中。頌花銷靜夜，呼盞敵嚴風。燕勝依幡漾，蠶絲照火融。攔街催爆竹，傳響遍霜叢。

何處生春早，春生梅萼中。似爭六出雪，初試一番風。竹隔寒香度，冰消澹粉融。唐花俱得氣，相伴發幽叢。

何處生春早，春生麥隴中。如蔬穿潤土，似蕙轉光風。葉欲衝寒茁，泥先帶雪融。兩歧看獻瑞，嫩綠早叢叢。

何處生春早，春生土銼中。蠣牕晴有日，鳳障密無風。地比擁爐暖，人疑挾纊融。豈如煨榾柮，松火照寒叢。

何處生春早，春生餞臘中。送寒傳楚俗，索蜡嗣《豳風》。插戶桃符換，開筵椽燭融。韶華誰占得，多在小梅叢。

何處生春早，春生饋歲中。辛盤存舊禮，春磨記鄉風。東坡詩：『貧者愧不能，微摯出春磨。亦欲舉鄉風，獨倡無人和。』命使提攜數，分鄰洽比融。爭看扛臘酒，壓擔伴花叢。

何處生春早，春生守歲中。細傾三昔酒，待轉五更風。歲籥從頭改，花鍚入齒融。小牕裁帖子，芳意滿書叢。

（以上經訓堂本卷一〇）

過淇縣懷景雲客孝廉

飄泊同王粲，淪亡憶景差。百泉空婉孌，五字想清華。未傍光人冢，雲客未葬。先移谷口家。聞其家屬遷於嘉興。楓林魂魄在，應逐李輕車〔一〕。

【校記】

〔一〕『百泉』起，公文書館本《述庵詩鈔》作：『百泉留故宅，五字擅清詞。霜雪牽蘿遠，時聞雲客眷屬移住嘉興。松楸食墨遲。雲客未葬。楓林關塞黑，應有斷魂知。』按，公文書館本刷印在前，經訓堂本刷印在後。因『景差』之『差』字歸韻認識有別，致大幅修版改作。

懷申拂珊太僕

魚衣生榻晚雲陰，京雒前塵思不禁。西掖屢陪批敕尾，東華每見長班心。寒藤欲綻吟毫健，君書屋前有老藤一本，作花最盛，花時燕賞，輒有篇章。積雪初晴酒琖深。君所居時晴書屋，即汪文端故宅，取右軍帖語也。春秋佳日，君觴詠於此。倘憶江湖枝劍客，好傳瑤札比雙金。

自騰越隨師啓行

諏吉軍期早，迎降勝勢呈。攻心謀已定，犄角計還成。始釁猶堪恨，平蠻在此行。莫誇超乘勇，持重是師貞。

王寵傳三錫，軍諮祕六韜。先鳴思執馘，羣力喻投醪。雨共陰氛靜，雲隨殺氣高。犁庭期早奏，歸與薦櫻桃。

在昔

在昔誇投筆，於今屢枕戈。蝥弧誰敢呼去聲，礮火竟頻過。江闊蠻雲重，林長賊壘多。賈生虛涕淚，渾欲損天和。

晚眺次韻

年來詞賦擬《登樓》，何處家鄉望六浮。六浮山在太湖中。人似鵲飛寒不定，詩如蛩語夜難休。臨堦井脈因泉漲，依岫雲痕帶雨留。小坐渾忘邊徼遠，叢花瘦石共清幽。

胡床宛是庾公樓，屋角閒雲自在浮。薄病不禁秋乍冷，閒居仍似夏初休。茶因款語隨時注，香爲繙經盡日留。今夕更當頻剪燭，愛看月到下弦幽。

秋夜次韻

隨緣已分住邊城，一枕安閒夢不驚。疎雨乍停風又寂，茶爐自在轉瓶笙。
憂患餘生悟夙因，低窗小簟亦怡神。木樨落盡無花看，也愛丁香一簇新。
石闕銜來意未陳，孤檠三尺影相親。憑誰訴盡悲秋語，只有寒蛩最可人。
頻年風雨卧戎衣，回首家山感昨非。夢到吳淞秋色裏，蓴絲鱸膾蟹螯肥。
乍暗還明孤燭影，似喧仍寂遠泉聲。聽秋尚欲添嘉植，梧葉蕉花竹數莖。
殘鐘冷角不勝情，劇愛新涼傍枕生。夜半酒醒秋夢斷，卧看飢鼠遶燈行。

易羅池亭燕射廣庭先生以詩垂示次韻

勝踐秋來不厭疲，短衣重赴射堂期。食求鶩炙何爲者，箭似鴟鳴信有之。百戰閒身詩筆健，六鈞神技羽林知。毛錐愛與弓刀競，痛飲狂歌豈自疑。

廣庭先生復次前韻見示再成一律

顛毛種種歎衰疲，欲話刀鐶未有期。樽酒相看真夢耳，鄉園何日可忘之。牢愁每爲聞蛩攪，筋力頻從上馬知。自媿漂流同木偶，筳篿何用更稽疑。

（以上經訓堂本卷一一）

鞍背

鞍背經行二萬里，帳房坐過一千朝。年華如此悤悤過，莫怪秋霜上鬢飄。

題畫冊

近墅蒼山萬疊，緣林板屋三楹。孤負溪邊短彴，抱琴絕少人行。
雲山本非剌遢，草樹正爾蘢蔥。好個香茅亭子，相期共聽松風。

黄仲則諸子過蒲褐山房小集[一]

雙藤戶外掩斜曛，殘雪書牕燭影分。四子正宜同講德，一尊聊藉細論文。月泉已擬張吟社，時鄂樓方約文會。春渚猶能溯舊聞。從此寒宵知更永，頻來莫惜破苔紋。

【校記】

〔一〕詩題，公文書館本《述庵詩鈔》作『黄上舍仲則過蒲褐山房小集』，經訓堂本爲後印本，剜改『上舍仲』三字作『仲則諸子』四字，而題作『黄仲則諸子則過蒲褐山房小集』，疑次『則』字原當剜去而修版有誤致衍字，今校删。

清河道中别鄂樓

細雨長河霽，空堂澹夕陰。瘦驢饑伏櫪，野鵲晚投林。春色回看遠，羈懷自此深。頻年奔走地，淒絕更分襟。

題吳蓉洲秀才讀書秋樹根圖

書卷自開黄嬭，軒牕閒倚烏皮。共說風塵表物，獨饒山澤閒儀。

露下青桐未落，風來金粟初香。想見蕭齋秋曉，讀書聲繞篔簹。

寄慶似村

京雒分襟近七年，薊門雲樹思悠然。分明裙屐經過處，數本疎花屋數椽。
詩瓢畫卷送年華，盡日焚香更品茶。除是隨園仙吏外，有誰書札問生涯。
尚書絕塞擁旌旄，樹齋司馬。都統居東鎮海濤。晴村都統。誰識平津高閣裏，有人三徑掩蓬蒿。
海中仙果竟如何，同病由來感慨多。書齋司馬尚無子，聞君近有西河之痛，故及之。只盼雲藍書一紙，晚隨征雁渡黃河。

渭南見余少雲秀才華州見毛羅照舍人畫皆亡友遺墨也感而有作

解鞍每看壁間圖，一一遺蹤付歎吁。雲瀑荒涼孤鶴逝，羅照畫雲林觀瀑，少雲畫《後赤壁賦》。鞭絲風裏悼黃壚。

灞橋有寄

過盡棲鴉夜寂寥，紙牕孤燭坐寒宵。應憐柳外昏黄月，獨伴征人宿灞橋。

將赴滇南寄别半庵石華兩宗老

藍水人初别，青門望又新。才華同小庾，風調儼迂辛。著述年將老，飄零志未伸。婁江通薛㵐，何日共垂綸。

皂帽身猶寄，青箱業愈充。論年愁晼晚，惜别苦倥偬。景憶東湖好，家憐北阮窮。豬肝兼菜把，存問藉羣工。時將以屬之撫軍方伯，故云。

題慶晴村抱子圖

新詩曾寄贛江濱，去年在江西，晴村曾以《得子》五言詩寄示。聞得如來送玉麟。今日披圖還一笑，膝前頭角果嶙峋。

新沙久上舊沙堤，御賜文端公句。又見瑶環手自攜。定有簪纓傳世澤，桂花已作月宫梯。

懷中繡褓掌中擎，畫戟凝香小院清。花下秋風吹鬢影，敢將平視效劉楨。年來司馬倍承恩，猶念蘭芽未有因。倘得更開湯餅宴，何辭爛醉吐車茵。時樹齋四兄尚未得子，故并頌之。

（以上經訓堂本卷一二）

以下十三首詩，輯自各類文獻

檀園展上巳修禊詩分得嶺字

重爲蘭渚遊，眷此春暉永。遥睇山中人，晴雲覆層嶺時伴霞鍊師及衡上人未至。

（輯自王昶等撰《修禊吟》四卷本卷二，清乾隆聽吟軒刻本，題下署『青浦王昶述菴』，此書僅見上海圖書館藏，著錄名『檀園修禊詩』，書號線普長〇〇一二八七）

重至京師宿西莊兄齋中口占爲贈

殘雨空階夕霽天，款門相見語纏綿。江湖屢憶開樽會，燈火仍來抱被眠。夢裏春明嗟再到，篋中詩卷愛新編。多君話我爲官在，不道維摩已解禪。

（輯自清王鳴盛《西莊始存稿》卷十二，清乾隆三十年刻本，題下署『青浦王昶琴德』）

題竹柏樓居圖

竹柏樓，香溪濱。柏如鐵，竹如雲。表貞節，颺清芬。禮宗賢母古所敦，繪以縑素清而醇。采蘋樹萲能思親，束身圭璧終無諼。留題翰墨盈儒紳，吴中薄俗工笑顰。勵世可以端彝倫，試仰縞衣兼綦巾。

（輯自袁廷檮輯《霜哺遺音》卷四，清嘉慶刻本）

題小檀欒室讀書圖

幽篁精舍倚城隈，江海蟠胸積抱開。記得乘軒向西笑，清平山翠撲眉來。

（輯自屠倬輯《小檀欒室題詞》，《是程堂倡和投贈集》卷五，清道光刻本）

法源寺八詠之遼幢

寶塔開蘭若，珠幢記竹林。教猶傳講律，時已閱遼金。紫褐名誰攷，蒼苔字半沉。戒壇春雨細，花外語幽禽。幢在戒臺前。

（輯自北京法源寺殿外牆壁，爲《法源寺八詠》之四，題『青浦王昶』。其他七首詩名和作者爲：

《海棠》，秀水錢載；《蘇靈芝寶塔頌》，仁和余集；《唐景福元年重藏舍利記》，大興翁方綱；《象槐》，錢塘吴錫麒；《真武畫像》，武進趙懷玉；《大安十年觀音地宫舍利函記》，江寧嚴長明；《文官果花》，揚州羅聘）

題李西齋詩

吴下沙維杓張岡蹟已陳，蘭坻方薰石瓠翁春亦前塵。西泠又見西齋出，始信風騷在逸民。

（輯自清梁紹壬《兩般秋雨盦隨筆》卷三「李西齋」條，清道光振綺堂刻本。云：「李西齋，名堂，字允升，錢唐布衣。爲詞酷摹白石，著有《梅邊笛譜》二卷、《蓬窗翦燭集》二卷。」又云：「王蘭泉司寇昶嘗題其詩云……其爲前輩推許如此。」）

題守瓶公小像

瘦石甘蕉紛帖妥，茗椀爐香絶塵堁，輕衫小箑供清坐。樵青捧冊知何如。得非靈威丈人書，我欲因此窮幽虚。左神洞天尚可到，要趁西風號萬竅，與君躡履尋仙蹻。

（輯自民國王季烈等編《江蘇蘇州莫釐王氏家譜》卷二十二，民國二十六年石印本）

題觀潮圖

獨立凭虚氣浩然，華嚴法界信無邊。九秋贏縮常因月，萬里奔騰肯變田。雲夢胷疑吞八九，天池路阻擊三千。海山何意旋歸去，空使傾河歎逝川。謙谷從孫作尉浙東，繪《觀潮圖》以見志，緘圖屬題，藏置篋笥者數年。今其子仲濤書來，知以去年下世，索歸舊圖，爲愴然者久之。補題卷尾，且以嘉仲濤之不忘先澤也。

（輯自民國王季烈等編《江蘇蘇州莫釐王氏家譜》卷二十二，民國二十六年石印本）

題羅聘鬼趣圖卷

精氣爲物遊魂變，鬼神情狀奚由見？睽車垂象著蓍占，脂夜能妖徵舊典。九磬九德和龍門，致禮分明通款悃。亦有靈均解大招，敦脄血晦繁稱引。赤豹文貍逕往還，吳戈犀甲陳精悍。可堪盲史更恢奇，新大故小寧虚誕。披髮卒訊桑田巫，升歌頗驗昆吾觀。强人坡老劇能聽，著論阮瞻誰得辯。展圖慘澹陰風生，膚粟凝寒眸子眩。有形有色半模糊，非霧非烟時隱顯。短衣不及掩胜臂，夾脊何緣露肝腎。高冠無復繫纓緌，摻袂猶然綴金粉。啞羊僧或結趺跏，□□大似悲風癉。爲問骷骸暈蘚苔，定因血肉經烽燹。惡趣真成閉麗多，騰空豈望婆里旱。幸超墮落免泥犁，差勝回生充氄毨。咄咄嘻嘻雖莫聞，波波吒吒均堪憫。山人夙昔嗜禪那，宴坐緣知契天眼。身具雙瞳語豈誣，圖用九鼎應非舛。果趣曾通《樓炭經》，摹真竊比談天衍。得毋風馭到槐江，寫形常趁霜毫軟。方相魁頭信渺茫，桃符葦索空驅遣。吾生不擬送文窮，須與長恩謀綣繾。試尋南嶽紫衣人，盡啓聰明資論譔。

乾隆辛亥長夏爲兩峯老友題，青浦王昶，時年六十有八。

（輯自清羅聘《鬼趣圖卷》，南海霍氏珍藏，香港開發股份有限公司一九七〇年印行）

爲袁簡齋題十三女弟子湖樓請業圖

一卷明妝影綺羅，江湖老去首婆娑。只教分寫淩波帖，持較巫雲數已多。

繡譜鴛鴦付內家，湖樓風月更清嘉。後堂絲竹知非例，須把青綾換絳紗。

花外春風轉綠蘋，雲軿仿佛降群真。西湖居士清於雪，也搦纖毫賦《洛神》。山舟侍講。

賦茗題蕉待指南，鶯花金粉妙相參。何當縞袂青裙侶，比似漁洋咏阿男。

（輯自清端方《壬寅銷夏錄》『袁簡齋湖樓請業圖卷』題跋，稿本。詩末云：『簡齋先生屬題四絶，七十三老人述庵王昶。』並有『王昶』朱文印）

憶真妃〔一〕

涼風夜度南樓。響簾鈎。點點芭蕉細雨，餞殘秋。　孤蛩斷，荒雞亂，旅鴻愁。那許蘭閨清夢，到西洲。

【校記】

〔一〕此詞在《紅》本中，繫於「玄默閹茂」（乾隆七年壬戌，一七四二）。

臺城路　螢〔一〕

蕭蕭梅雨池塘暮，輕輝傍林初見。映水偏稠，隨風試起，認得舊年庭院。低迷醉眼。正乍滅銀釭，倦開書卷。忽憶娉婷，那時梧井弄紈扇。　紗幮涼夢又醒，捲簾還細數，花下星點。夕露生涯，曉烟身世，莫慢替他愁怨。蕪城故苑。想大業繁華，幾番悽惋。且喜清光，向人時近遠。〔二〕

【校記】

〔一〕此詞在《紅》本中，繫於『玄黓閹茂』（乾隆七年壬戌，一七四二）。

〔二〕《紅》本中，此詞後附有『同作，長洲吳泰來竹嶼』，詞云：『斜陽初下寒隄樹，柳梢乍飛青燐。隔幔隨風，當軒照水，散入琴書無定。野光隱隱。漸亂點銀塘，暗鋪苔井。誤我歸程，巫山十月夜窗永。　雲屏有人未寢，掩輕羅撲汝，團扇留恨。隋苑霜清，雷塘月白，往事淒涼誰省。江頭弄影。有山鬼寒燈，暗飛相趁。回首荒池，草枯涼露浸。』

臺城路　蟋蟀〔一〕

長堤疎柳蟬嘶斷，哀吟露蛬還續。雨澀荒苔，風翻敗葉，秋到南山叢菊。無聊宋玉。正滿耳淒涼，一燈幽獨。幾夜西堂，爲渠吟醒睡難熟。　金籠遺事已遠，剩宣和琴譜，誰按新曲。弔月痕空，驚寒信早，轉覺恨長更促。昏機曉柚〔二〕。怕又惹深閨，淚紅顰綠。聽盡餘音，隔簾霜正肅。

【校記】

〔一〕此詞在《紅》本中，繫於『玄黓閹茂』（乾隆七年壬戌，一七四二）。

〔二〕柚，疑爲『軸』之訛字。

滿江紅　燕〔一〕

芳信天涯，猶記得、年時風景。問幾處、香扉瑣合，畫梁塵冷。夜雨梨花愁去住，夕陽芳草憐形影。

向南朝、王謝舊堂前，休重省。　繁華地，真俄頃。雙栖夢，頻驚醒。見烏衣門巷，紫騮馳騁。回首春濃楊柳岸，傷心秋到梧桐井。只應同、歸雁説淒涼，都萍梗。

【校記】

〔一〕此詞在《紅》本中，繫於『昭陽大淵獻』（乾隆八年癸亥，一七四三）。

如夢令〔一〕

門外馬嘶亭堠。筵上一樽别酒。歌板莫催聲，春去花枝銷瘦。回首，回首，人隔畫橋楊柳。

【校記】

〔一〕此詞在《紅》本中，繫於『著雍執徐』（乾隆十三年戊辰，一七四八）。

解連環　秋海棠〔一〕

暈霞酥臉。愛天然娥媚，笑輕顰淺。乍弄影、欲度香階，便仿佛，春前似曾相見。誰誤佳期，到冷落、清秋庭院。記相思月下，粉淚飄零，夜冷腸斷。　風流錦江未遠。更深深步障，翠綃低掩。想瘦怯、不耐新寒，也似帶春酲，睡妝嬌軟。夢阻唐宫，但細雨、暗蛩啼怨。怕明朝碧苔，又綴褪紅幾點。

【校記】

〔一〕　此詞在《紅》本中，繫於『屠維大荒落』（乾隆十四年己巳，一七四九）。

（以上六詞，輯自天一閣博物院藏王昶《紅葉江邨詞》卷一，清刻本）

文

答簡齋先生書（三通）

其一

吴生至都，獲接手箋，如親色笑。承頒大刻，真如天風琅琅，海水蒼蒼，不意駢體中有此境界。想命筆時，直不知有徐、庾宫體及唐初四傑，又何論溫、李、楊、劉而下作者！所造往往前無古人，即此一編，真使『一洗萬古凡馬空』矣！辱賜扇頭，兼以佳咏，高華悲壯，令人眉舞色飛。但奬飾過情，彌滋慚汗耳。

弟負羽西南，出徼二三千里。所履之地，瘴海雪山，皆爲禹蹟所不到。一髮中原，幾絶生還之望。奏凱旋京，實出意外。患難之餘，頭顱如雪。雖復置身九列，然已不耐馳驅。秋盡冬初，欲乞假南還，暫爲六月之息。第是否如願，尚不可必耳。方今南中耆舊，皖江則墨莊總憲，吴下則時庵司馬，其餘禮堂、辛楣、姬傳、夢樓、尺木，皆如長庚配月，點綴江湖。而執事獨以科第耆英、文章老宿，作魯靈光，巋然爲東南士人所仰止。此固聖朝人瑞，微獨壇坫增輝而已。兹乘春圃同年旬宣之便，布候壽祺。

其二

嘉平初十日，遞至手書，如親謦欬。藉悉道履綏和，遙深欣忭。承示《詩話》中所採拙詩，十年敝帚，何足以當嘉譽。第少時生長吳淞，家家烟月，若復急裝短後，作金戈鐵馬之音，衆必斥以爲怪。至於負羽從軍，歷經滇、蜀，烽烟交警，山水崛奇，危苦之餘，迫爲險絕之作，蓋出於不得已，其時其地實爲之。使工部遭際太平，則《詠懷》、《北征》可以不作；又使太白從容侍從，則《孤憤》諸篇，亦無由而發。其故皆時與地爲之，然其中亦各有才分焉。游心沖淡者，見縱横排奡之製，咋指而嘆；其專長雄傑者，於清幽微澹之詞，亦不免斂手而退。故弟常謂才、學、氣、格，不可缺一，又必能抒寫性情，超然獨悟，方爲詣極。此非老斲輪如執事，其孰能知之？

弟少無宦情，幸逢際會，今年六十有八，耳鳴腿痛，善忘尤甚。舊遊落落，尤宜乞身而退。而有所未能者，嵇中堂年八十一，方將徘徊於進退之間。餘如常宗伯年七十九，阿中堂、留尚書年七十五，諾、瑪、趙三侍郎年七十四，劉石庵中堂年七十三，乃欲以未登七十之人，遽作懸車之請，其勢必有所不行。往常見昔人議論樂天，謂七十告休，自稱爲達，此何異老寡婦自矜守節者？今而知其無可如何。然京朝官至十年，有省墓之例。癸春正值其期，屆時驅車南下，訪大江南北諸名勝，且與執事及姬傳摻袂於莫愁、桃葉間，其言或不致如河漢也。薄病初起，殘燈熒然，援筆寫此，用代一夕之談。

其三

孟冬十三日，以事至白門。方謂把袂題襟，可浣十年離緒，而詢之學園廣文，云執事已赴徐州爲雲龍之游，非獨謦欬終疎，且不獲一見隨園近來面目。打槳而西，倍深慨息。惟聞執事年來精神日健，長笻短屐，遍歷天台、羅浮諸名勝，如飛天仙人駕飆車、御尻輪，得游行自在三昧，其欣企何如也！

到江西後，始接三月望後手書。酒座詩場，不忘舊雨；發函雒誦，如晤清芬。承示大著《詩話》，內猥及賤名，又爲莫愁、桃葉間別添一段佳話，俾附以不朽，何幸如之！弟選《湖海詩存》已斷手，亦作《詩話》以發明之。中論大作謂『如香象渡河，金翅擘海，足以推倒一世豪傑』。明歲勒成，當以呈教。弟在六詔年餘，修楊慎升庵祠，又作楊文定，鄂、尹兩文端栗主於書院，祀以春秋。又唐刺史王仁求有惠政，修其墓而新之，皆立碑以志其緣起，頗爲荒陬人士所稱。惟兩年中兩次往還京師，計程至三萬里，老憊豈能勝此，而所費更復不貲。近甫抵任，會九江諸縣又有查賑之行，水陸奔馳，翰墨久廢，勞人草草，何足爲知己告耶？冬友著譔繁夥，尚多未竟，若能收拾遺文，弟當任開雕之用。至其墓志、表碣，亦吾兩人宜分任其責。

謹乘人便，附交桂一函，又雞血藤膏二函。此膏出雲南順寧府，《本草》不載，最爲祛風養血，爲老年人所宜。昔汪文端公夫人及劉文定公大夫人服之，良效也。

（輯自清袁枚輯《隨園續同人集》文類卷三，清刻本）

履二齋尺牘（十五通）

其一　與錢辛楣

季春伏接手書，備稔道履安吉。比來著述紛繁，真如奇玉特珠，不可以計量也。承示撰次，古來金石必及宋、元、遼、金、明碑刻，真爲確見。歐陽，北宋人，故所摭止於五代。若生於今世，而猶以五代爲準，非通論矣。竊意墨刻之書，須仿洪丞相《隸釋》例，備載全文。然後將古今作者，如《集古錄》、《金石錄》、《鐵網珊瑚》、《金薤琳琅》、《石墨鐫華》諸書所有考證、辨論悉行采入，附於各通之後，始爲墨刻集成。且使考論史傳者，易於翻閱，未審大雅以爲何如？然宋、元碑刻，拓者甚少。近有海鹽敝門人往西安，屬其將現在碑刻悉行購覓，而較之古人所未載者，不過增多五六通，宋碑只三通爾。蓋搜羅之難，比唐碑殆有甚焉。非嗜奇愛癖，何能剔穴縋崖，俾盡著見於世耶！至於蘇州府學中碑，廣文老且懶事，屢慫恿之不能得也。炎暑漸熾，伏惟爲道自重。不宣。

其二　與錢曉徵

去冬曾寄一行，諒已達於左右。比來條風和煦，伏惟文候嘉賜。某以初六日至吳閶，足下尚未來。

悵望音塵，作惡殊甚。一以曩時聚處，聽雨聯床，逢花命酒，分題刻燭，雜以笑歌，乃至短李迂辛，嘲謔間出，把袂拍肩，靡間晨夕；而今一別如雨，後會何時。再則少時汩于俗學，于古人經世大業、不朽盛事並無所解；近稍知從事，而益友遠別，參稽互訂，更藉誰人。因此援筆欲書，而不勝悵惘也。

僕賦命窮薄，老親年逾六旬，遭時荒蕪，春韭秋菘而外，力不足以給甘脆。兼以先君見背，於今七年，而殯宮尚在，淺土窆窀之事未舉，虞祔卒哭之禮未行，又不能賃書種瓜自刻苦以營葬事，每念及此，不自知涕之横集也。計惟布衣蔬食，志恨終身，讀書著述，不墜世業，謹身寡過，無負《白華》純潔之義，雖老死衡茆，亦所不恨。顯揚之事，任之命耳。足下高才博學，求之本朝，當與朱錫鬯、徐原一相伯仲，此外碌碌未有倫比。主持風教，蝸廬中人實有厚望焉。臨書菀結，不盡欲言。

其三　與西莊

接讀來書，娓娓數百言，愛我之深，深爲感佩。攝生之術，曩昔亦嘗求之，然自聽鼓應官，以至馳驅，戎馬險阻，備嘗身心交瘁，豈能從事於此？且書卷無一時去手，正介甫所云『傷生伐性老耽書』者。此時病勢已成，只得委心任之。祠塾記，蒙許鉅制，已屬宗祊之幸，卽達至臘底，又何妨耶？大姪過舍，甚愧褻慢。藉候邇安，不任感切。

其四　與鳳喈

分袂以來，忽復兩月，未識眠餐嘉勝否？弟與大兄雖係疎屬，而生平相愛之情倍于常格。往讀東坡《潁州初別》詩云『征帆挂西風，別淚滴清潁。留連知無益，惜此須臾景』，輒爲淒絶，不意於身見之，真所謂『我生三度別，此別尤淒冷』者也。今自念此生，惟有發憤著書，勒成一家言，以待後世之論定。到歷城後，客中頗有經史編排抄撮，日繼以夜，寢食都廢。視人世功名得失，乃如白衣蒼狗，頃刻變化，不可把玩。所區區盤亘胷臆者，惟是舊日拍肩把臂，此景宛在目前，而一别如雨，相見無期。東坡云：『寒燈相對記疇昔，夜雨何時聽蕭瑟。』未知玉堂清夢中亦念及此否耶？州縣折腰之况，自度骨性，必不能堪。助教可考否，幸以見示也。外有經義求益者，具辛楣簡中，不備。

其五　與翁覃溪

璞堂書來，猥蒙賜唁。捧讀瑶華，道及法源蒲褐，真令感激涕零也。比來秋風淒厲，未審近履如何？想成均課士之餘，酒醆吟箋，嘉祉勝常否耶？竹君復作古人，痛何可言！渠嘗欲爲某撰墓誌，不意乃先朝露，人命如此，天咫如此，真使人氣盡也。胡生量少年慷慨，意氣超然，而善讀書，能詩畫，又爲執事所素聞，浮沉京洛，尚祈時時拂拭之。小山孝廉、畏吾比部，並爲致懷。相晤何時，不盡於邑。

其六　與陸璞堂

昨在楚雄，作一書奉寄，滇中風景，想能知梗概也。頃過博南山，蓋漢宣帝時所開，下俯瀾滄江，路如螺旋，然數十百盤。至江滸，度鐵索橋下，石刻如劍，水沸如雪，索簸漾空際，始知真落蠻荒矣，不覺涕下。放翁《入蜀記》登秋風亭，『重陰微雪』，使人『有流落天涯之歎』。放翁至夔州爾，已有此喟，若僕者所閲荒怪奇險若此，感愴又當何如耶？明晨抵金齒，俟舍館定再寓書，以慰高堂之念。援毫菀結，夫復何言。

其七　答翁朗夫徵君

違清訓者月餘，寤寐中無時不依杖履也。比接大教，備知起居佳勝，重蒙眷注，感激之私，非可言喻。某質本檮昧，少乏師承，徒以性嗜圖史，偶涉筆爲之，而又有饑寒衣食以亂其心，固知其荒陋，曾不足當覆瓿之用。乃執事欲引而進之於當代名公卿之前，撫影自思，悳然汗下。繼自今惟有窮年力學，或稍有成就，以無負長者獎與之盛心而已。伏念執事以醇儒宿學，爲世楷模，一有著作，無不十手傳抄，奉爲祕寶。而大集久藏篋衍，未授梓人，何以慰四方之想慕。顧早殺青，壽諸人世，使輇材末學，奉爲指歸，不勝幸甚。入夏來，筆墨枯澀，屬題尊照，不敢以應酬塞責，容當構思屬稿，再呈訓定。殘暑未退，惟爲道自重，不宣。

其八　與秦味經少司寇

一抵歷城，即馳書左右，奉請尊安。入秋以來，伏惟杖履康吉。某少好吟詠，撫時懷古，積有篇章，特以雕蟲小技，未敢上陳鈞覽，不意獎許過殷，推爲過江第一。昔人云：『得一知己，可以不恨。』況知己者乃在當代之大儒，而又托於門牆之末？私心自幸，感激何窮。嗣後惟有覃研經訓，稍副期望之盛意。前所呈拙稿一册，乞付曉徵庶常，以便郵寄。吉禮想已編成，奔走衣食，不獲與校讎之列，歎仄無任。藉候起居，不盡馳戀。

其九　與張遠覽

癸未夏間，屢承枉顧，備接清譚，博學多聞，殊傾夙抱。自旋里以來，興居何似，南望箕城，不勝落月屋樑之感。年兄該洽典墳，兼收金石，故是趙明誠、都玄敬輩流人物。想邇日見聞益富，考據更精，未知有所發明辨證、補先賢所未及否？碑版之學，近來惟錢學士大昕、吳學博玉搢最爲博洽。中州人士，端賴年兄，況下帷攻苦，饘粥有資，務宜旁搜遠引，成一家言，不可得半而足也。鱗鴻如便，希示好音。不宣。

其十　與楊西和

足下選詩，此時當自有法。蓋因名勝內，如孤山、蘇堤詩題，不下數百則，雖有佳篇，亦當裁汰；若一丘一壑，吟賞絶少，則詩詞卽不甚工，亦當錄入：此因地而不得不變通也。又如西河、竹坨，其詩美不勝收，轉當酌量簡汰；若畸人逸士，偶傳篇什，卽有疵纇，亦宜潤色，以存一家之言：此因人而不得不變通也。至於采詩之法，先取大家、名家各集選之，再及零星脺碎之本。蓋大家、名家必不可遺，而零星脺碎者披沙取寶，往往什不一得，且此等小家本屬搜羅不盡。嵩門家三四百種，正所謂零星脺碎之本，愚意且不必看。舍間大小詩文集已有百餘家，卽日回去料理出來，則計所未備者不過一二十家。然後開單借閲，方爲有序。再僕計之，李《志》內采本朝人詩只四十家，今增至一百數十家，較之堇浦、樊榭諸公所錄已爲繁複，若再欲加至十倍、百倍，則僕固無此量力，而《志》內亦恐不能容此多篇也。區區之見，未知足下以爲何如？不宣。

其十一　與程綿莊廷祚

前諸高齋，備聞大教，鏗鏗侃侃，當代經師，舍執事其奚屬也？某自先曾祖以來，世治《周易》。二十餘歲卽取唐、宋、元、明諸儒之書，旁搜遍覽，迄今且十二年矣。曩日頗好資州李氏《易解》，爲之疏通解駁，久而覽其稍偏，復撰《述義》一書，草稿粗具，尚未敢録爲定本。蓋著自古難之，而説經爲甚。必灼然知前聖作經之心，與後儒説經之誤，反復深潛，有不得已於心，而後可言作。若夫訾議前人，爭相排擊，用以誇異其學，即使稍有合於經，而意氣淩厲，亦非聖人信而好古之時心，竊有所未許。生平師友，如沈光禄啓元、秦司寇蕙田、吴學士鼐、惠徵君棟、褚舍人寅亮所撰《易》説，幸皆聞其緒論。而執事一空昔解，别有會心，猥以大作下頒，容齋心雒誦以究大義，未敢遽作頌揚也。專函奉布，梨洲《象數論》並呈鄴架。不宣。

其十二　與門人吴廷韓

分襟以後，忽忽數旬，未審眠餐佳勝否？年兄天材超邁，每事欲上接古人，然吾儒不朽之業，當以詩、古文爲本。至制義一途，惟取神機流恰，辭旨清華，如水流花開，雲蒸霞蔚，使雅俗共知者爲式，不必過求超妙也。若詩派古今不一，大約南人明秀，其失也至；北人雄厚，其失也傖。宜先取謝宣城、王摩詰兩家之作以爲準則，然後徐及於李、杜、韓、蘇，始爲無弊。古文則斷以韓、歐、曾三家爲鼻祖，而參以虞道園、吴草廬、王遵巖、歸震川，已足窺文章堂奥。北地贋古之習，殊不足效，想足下能默識之也。星標詩文，患于平衍，須稍見鋒芒，方能脱穎，乞以此意致之。依依臨穎，不盡顧言。

其十三　與江定甫

接閲來函，備悉一切。尊甫先牛與僕定交，無殊張、范。某雖在金川玉壘，而從夔州太守越門處魚素往還，未曾稍間，並承以詞集序文爲屬。正擬旋京給假後，道出邗江，可以題襟挹晤，並得盡讀所藏，不意二豎流連，竟爲所困。念尊甫先生信今傳後者，尤在倚聲，豈忍令其淹没？是以托張友借抄，今雖未及成編，尚須搜録，弟恐人事無常，倘某復以皇華他出，則終無由踐夙約而慰重泉。是以仍煩張友，卽此僅存四五卷先爲抄出，若得全豹，不妨陸續寄來也。並候邇安，不盡慺慺。

其十四　與盧雅雨

前函詩卷，敬祝頤期，諒已奉塵清覽。伏稔興居納祉，更勝尋常，可勝欣慰。某聽鼓應官，略無寧刻，念往年周旋杖履，趺宕琴尊，幾如天仙化人，此境不可復得也。戴君東原博古通經，當今學者夙承奬借，感激良深，今復以失意南歸，秦大司寇、金少宗伯諸公咸爲扼腕。弟以長安米貴難居，不獲代謀善地，惟執事萬間廣廈，人士傾心，諒能稍資饘粥，不待某之覶縷也。藉請臺安，臨穎不勝翹切。

其十五　與程魚門

竹西言别，忽届初春。小梅作花，江水始緑。想道履清勝，著述日益緐茹也。某自去秋旋里，殘冬復至廣陵度歲，俛仰如桔槔，未免有情，能無作惡？阮瀓園太史以歲首抵淮，定當相見，幸致鄙懷。百詩先生《劄記》、《疏證》兩書，如可購得，願祈惠我。《尚書大傳》，雅雨已開雕，刊成當即呈覽。相見期遥，惟爲道自重。不宣。

（輯自南開大學圖書館藏王昶《履二齋尺牘》清抄本）

與楊蓉裳尺牘（七通）

其一

春明分袂，彈指半年，遥跂清輝，徒勞延佇。臘底獲接手書，語長心重，足徵念我情殷，尤可感佩也。寒士赴官，實爲不易，未審資斧是否裕如？以春初起程計之，尚須於三四月間抵肅，公事有程，斷不宜於過滯。至藩臺爲人公直，僕已詳悉告知，相見時當有水乳之契。蓋以甘省州縣，迥與他處不同，地近邊關，民風淳質，而稅斂無多，亦不煩於敲扑。其間應酬事宜，請其指示，更必措施盡善也。自吴而豫，由豫而陝，其間高山巨川，故宮廢苑，皆足以發憑弔之情；倚馬而吟，聞雞而舞，新篇之富有，更何如耶？專此奉復，並訊近好，不宣。蓉裳年兄，友生王昶拜手。

其二

違晤者數年於此，中間與荔裳常相見，略悉近況，然卒未能詳也。僕以四月廿六日抵任，諸事煩促；且計赴京入覲情形，荔裳必先飛札寄知，是以未及申候。茲承專使遠來，深爲感佩！僕昨同中堂到西安，語及足下，具言往事，幾蹈不測，賴中堂格外矜全。而足下工於詞賦，實所素稔，本欲量移一處，但礙於八年開復之例，且甘省此時，苦無善地。及秋帆中丞歸，亦述途次與中堂言及。上流器重如此，黽勉奉職，不患無進步也。聞甘省自監賑兩案發覺後，物力之艱難，地方之冷落，迥與前此不同，頗有不能終日之勢。愚意晉之張軌，宋之元昊，皆竊據於此，以一隅而抗衡中國。其時用兵，既連歲不休，而官司之所給，報聘之所須，亦豈能取之他境？乃涼既相傳數十載，元昊遂至百有餘年，未嘗見其窘迫詰屈，無以自存。人民猶是，地方猶是，昔何有餘，今何不足？其故甚不可解。或彼時以偏伯之才，處世守之地，農田水利，上下皆竭力以圖之，故足以支持於日久。今則民生日用之計，有司未嘗爲之經理，止憑侵婪官帑，以侈奢麗。及至水落石出，相率而歸於空拳赤手，而地方之凋敝依然，無取盈之計，所以窮窘至此。然則取瘠土而肥之，仍在地方大吏之責矣。足下讀史考古，於此必有所見，是否如此，便中維有以示知也。此致並問好，不宣。蓉裳賢友，友生昶拜手。

其三

燈節前接到手書，備紉存注；藉稔年兄政祉勝常，宜春逢吉，用慰遠懷。維是甘省近爲貧瘠之區，良多拮据，卽善地亦已迥非昔比。今足下格於成例，未可量移，薄宦生涯，更何以爲斡旋之計？所幸中堂情殷愛士，眷顧有加，而司道諸公亦投如針芥，目前自宜安貧素位，以待後圖耳。至緣邊事簡，簿書之暇，自可不廢嘯歌。別來數載，詩筆必增長於前，而西涼舊地，河山蒼莽，尤可壯才氣而發雄情，幸祈寄示一二。僕近狀雖屬如常，而采薪屢作，精力就衰，正不知何以圖報稱？若再老病淹纏，則不得不爲乞身之計，非敢自懷逸樂也。茲因翼便，肅候邇嘉，不盡延跂。蓉裳年兄，昶拜手。

其四

昨者從省中寄至手緘，並示近詩一冊，感念注存，實爲慰藉。惟自來駐鶉觚，軍書絡繹，且有本任刑名事件，應須批答，是以未暇奉覆。茲者瑤華幾惠，具知伏羌密邇賊巢，頗有風聲鶴唳。看來此次賊回，迥非四十六年之比。往時負嵎作林山頂，可以聚族而殲；今忽合忽分，行蹤靡定，鬼域異常。孫參將、明副都統均已陣亡，通渭城亦破，而傾接平涼來信，謂賊有四五千，官軍均在尋蘇灣，未有進攻之說，殊爲不解。此時所調兩省官兵，計當盈萬，統領大臣已有十餘，復何所待？若因總統無人，築室道旁，再作遷延之局，正恐賊回逾糾逾眾，燎原滋蔓，不審何以處之？　賊勢自北而南，非西走洮岷，卽東窺鳳隴，而伏羌正當其間，極爲可慮。　現在興漢三鎮，領兵不及千名，前赴秦州會剿，尚恐兵力稍單，未必尅期制勝。　今聞回民安靜，守備有資，內間不作，或可無憂豕突也。

僕初到此間，空拳赤手，守禦所需，十無一二。　今已酌借兵二百名，並辦刀矛、礮子、油燭等項，萬一有警，差可恃以無恐。　吾輩好讀史書，於古之戰守事宜，略知梗概，而僕從戎九載，調兵督戰，更事良多，似較秣羯諸人，稍有把握。　而吾賢素性慷慨，登陴授甲，尤必能爲書生吐氣，僕亦可聞而自壯耳。自伏羌而至隴州，自隴州而至長武，計程不過六百餘里。　且已探明捷徑，別設臺站，不俟兩日，文報卽可達也。　惟頻數寄書，以慰遠念。　貴同宗在署否？　前閱所寄詩，已得小長蘆門徑，似此詩人，蘇松間不可多得，幸爲致想慕之私。　正爾宣勞，諸維自愛，不宣。　友生袒拜手。

其五

京華一別，又及兩年。　昨得來牋，具知文從已回甘省，尚仍署理伏羌，但制府垂青，自可卽還靈武也。　惟以僕私心計之，年兄文墨素優，久爲當途所重，而金城幕友弇陋居多，且制憲雅意愛才，尤爲僕之深知者。　此時雖有瑞屏上舍、敬之觀察，而年兄才藻斐然，正可暫住省城，並效毛錐之助。　似不應制錦鳴琴，遽思一割。　鄙見如此，未識高明以爲何如耶？　僕蒙聖恩垂念，酌調豫章，計於七八月間方能抵任。　但衰病侵尋，而西省更係錢糧重地，恐亦未能行歌坐嘯，稍憩勞薪耳。　令弟諒已入都，是以未及奉答，但渠有雲楣先生爲之獎借，何以寂寞如此，殆不可解。僕當寄書京洛，廣以吹噓，庶幾脱穎而出耳。率泐數行，藉問近好，餘懷縷縷，不宣。蓉裳年兄，僕昶拜手。

其六

令弟來都，辱惠手書，不啻握麈而談，翦燈而語，數年菀結，藉以破除。竊念足下，作窮塞主已久，山水友朋之樂，諒不可得，又復手版悤悤，往來賓餞，何以勝此？少陵云『男兒功名遂，每在老大時』，惟此遥祝耳。茘裳一孱書生，踰絕徼，所經萬古不毛，深虞玉樹瓊枝，不宜於此。屢從軍郵問信，則懸車束馬之餘，尚多順適；棣萼關情，差堪眉舞也。蠻荒萬里，流傳錯互，多以地形糧運爲難。所藉太乙纛旗，直窮巢窟，歸而飲至，佇受超遷也。

僕江湖奔走，歸領秋曹，而奉使隨巡，了無暇隙。明年七十矣，耳聾腿痛，筋力日衰，顧引身而退，時勢尚有未可者。近以往作詩文，叢殘放佚，終恐覆瓿，現在重加編次。而如《金石粹編》、《揭橥日録》，及《湖海文傳》、《詩傳》，亦將以次斷手。但不得與足下參之，殊多未慊耳。令弟儒雅明通，秋試定先脱穎，夏秋間讞事稍閑，當不辭爲孤竹之導也。承示詩册，情深而文明，思深而力鋭，較前所見，更進一格，顧安得全帙而閲之耶？使歸甚速，悤悤布復。卽候邇嘉，不勝覼縷。蓉裳賢友，昶拜手白。

其七

題糕令節，獲接手書，循誦數番，快如良覿。邇者午橋書來，藉稔賢友調辦武闈，賢勞丕著，金城西望，額手奚勝？荔裳萬里崎嶇，飛書草檄，業已上荷主知，寵錫花翎，特邀晉秩。從此接武夔龍，尤堪眉舞。但以賢昆仲珠玉爲心，雲霞在手，清裁雅藻，固宜駕燕許而上之。乃不獲於玉署鑾坡，總持風雅，此殆各有際會存焉，非人望所能移也。僕秋讞未完，承恩典試，嗣後又有三次減等之命，甄綜爰書，毫無暇晷，蒲柳殘年，祇增竭蹶耳。石君《律例匯鈔》，已作弁言柬寄，未審以爲何如？施太僕所鈔鄙製，歲底當卽刻成，別從令弟處郵寄也。專此覆候春祺，臨穎不勝神溯，名正具。

（輯自朱太忙標點《名儒尺牘》卷下《芙蓉山館詩友·王昶七首》，民國二十四年大達圖書供應社）

杏花春雨樓尺牘（六通）

其一

分襟五載，尊師忽入涅槃。每思支、許高風，良深愴怳。所喜詞翰猶存，門廳如故，且得長老繼之，真可以續墨花禪也。無聲詩史，應必更工，不審可見示一二幀耶？僕萬里奔馳，兼以傳書宂雜，所囑

《清華閣記》，至今未能具稿，愧負滋深。然終當乘暇爲之，以踐曩約。至尊師已成塔否？塔銘文字，亦計非僕不宜，可具事跡寄來，用資下筆。作此書時，正坐優鉢曇花亭上，時已二鼓，不啻在曹溪草堂作茶瓜話也。端行附候，微物二種，並布區區。把袂何年，不任翹企。慧照長老，樂想居士王昶和南。

其二

近日傷風咳嗽，竟夜無眠，看來浮生終不久也，風雨悽然。檢出宋版《妙法蓮華經》七冊二卷，末有思翁書跋語，實爲法寶，可以鎮山。謹同紅江石刻聖觀自在像，一並奉上，以供崇奉。歲云暮矣，焚香展禮，亦大勝緣也，不宣。慧老大善知識，王昶和南嘉平廿八日。

其三

弟有《三泖漁莊圖》八冊，俱已丐名人繪畫，惟第七圖未有，謹以奉求，祈爲點筆。望後來取，容謝不備。慧元禪老，昶和南花朝前二日。

其四

久疎獅座，伏惟法履勝常。早間復蒙枉顧草堂，未獲接清譚爲歉。然彈指噓天，妙機不隔，正無須繞身三匝也。圖章兩方，希求法大師鐵筆，宗門密語，故宜龍象爲摹勒耳。敢煩轉致，餘容報。振華導師，社弟昶和南。

其五

奉小幅一張，祈煩揮翰。遠山一角，瘦石數棱，皆可。屢瀆，容謝不備。慧兄法座，昶拜手。

其六

乍暖乍寒，唯法體安適。此時秋色，想俱出土，幸付十數本，趁潮陰移植爲便也，但須和土泥端之，勿露根乃更易活耳。此懇。慧師侍者，昶叩。

（輯自上海市青浦區檔案館藏民國青浦報紙《珠風》，一九四七年四月二十八日，創刊號；五月五日，第二號；五月十二日，第三號；五月十九日，第四號；六月二日，第六號；六月九日，第七號。除第四通與振華法師外，其餘五通均與慧照長老）

致錢大昕尺牘

前騶惠顧，簡褻良多，自送仙舟，時滋愧悚。使來伏稔道履綏和，深爲欣跂。雒誦名章，從容大雅，意致高超，惟推獎過情，蓋爲顔汗耳。同遊詩均已脱稿，合寫一册呈正。星伯世兄詩即可續書於後，前有將寫之説，即望揮豪。弟因聖明垂詢，胡大司寇以書來促，尅日赴蘇，當可于春風亭畔一抒積愫乎？詩牋畫卷一併送上。不宣。竹汀前輩同年，弟昶拜上。

（輯自百度網『二〇〇二年首次大型藝術品拍賣會・古籍善本・名家尺牘』類，上海崇源藝術品拍賣有限公司拍賣）

致吴錫麒尺牘

王昶拜啓榖人祭酒大人執事：　南薰應候，萬彙亨嘉。遥惟綦履綏和，奚勝額慶。桂堂太守處傳示鴻文，寵邀綺飾，發函盥誦，感愧交并。昶本以衰朽餘生，未敢重煩絺繡，是以前經作札奉辭。今顧以廿餘載之知心，構二千言之鉅製，星輝日麗，錦燦珠零，萃班香宋艷于同堂，合樂旨潘文爲一手。自感崦嵫之莫景，已逾算亥之年；猥叨纂組之妍詞，謬附生申之頌。珍逾趙璧，情重楚波。十讀三薰，式歌且抃。竊念昶少虚樸學，長作粗官。聲華有愧於戴匡，詞翰徒供於覆瓿。書偶登於劂氏，總是癡符；集間布乎藝林，終歸苦海。而執事濡染大筆，刻意揄揚，正如飾臃腫以丹青，饗爰居以鐘鼓。撫躬循省，靦汗彌深。惟有什襲珍藏，傳之家塾，長留副墨，永示雲礽。俾其口沫手胝，弗諼永矢爾。肅函鳴謝，順候近祺。臨楮拳拳，不盡馳溯。王昶拜手。

（輯自《國朝名家遺墨》清光緒石印本）

致洪亮吉尺牘

啓者，令弟在館，因從前未經咨部，是以不能得牌子，而此時又不便單咨，業於兩提調前說明，有三四人卽便咨部，并卽可行走也。至足下精於考訂，又工篆隸。昨奉旨命續脩《西清古鑑》，既須辨別古篆，且須繫以考證，是非老學不辨。從前陳楓厓先生卽因承辦此書，洊登卿尹，似乎未始非好機會。弟已將尊名告之曹少司寇，如能奏明承辦此事，自亦進身之一策。若來請見，幸勿卻之。蓋是書少寇與偉人少宰奉敕編纂故也。啓行匆迫，不及面辭，耑此奉布，並候邇佳不一。稚存先生足下。弟昶拜手。

（輯自《國朝名家遺墨》清光緒石印本。此札下有汪昭題跋：『余薄遊京師，偉人少宰謬以余爲楊南仲，時稚存襆被關西，燕雲秦樹，惜不得共相商榷耳。汪昭觀於小方壺。』並有『汪昭之印』白方）

答王鐵夫書（二通）

其一

昶白鐵夫足下：昨惠前綏，未經報謝。兹奉手書並示詩文一册。詩則堅蒼峻拔，獨抒所得，取法蓋在韓、蘇間；文則典重切實，於宋似李泰伯，於元似虞伯生，覺古人當畏後來也。何蘭士往日僅見其試帖，餘詩尚未之見，足下鈔得其詩否？現梓《湖海詩傳》，當取以入集。皋塘、船山實爲邇日蜀中兩傑，皋塘以同年子詩經鈔示，惟船山未得，倘有存者，亦望寄一二十首，集隘不能多采耳。虚谷書已收到，渠罷官後學問大進，中州人如此必傳無疑。地方大吏猶以一頂烏紗挾制天下讀書人，豈非腐鼠之嚇耶？賢壺書法直逼茂漪，雅箑之頒，閨人拜惠多矣。

弇山尚書四十餘年同年同事，而身後兩子尚小，兩長孫清狂不惠，内有細君，所謂『欲持荷作柱，荷弱不勝梁』者，而縉紳當事來往闃如，無人指示，故不得不小住二旬，然津梁已憊。令弟墓表現在屬藁，定於月杪奉上典籤。開春擬赴郡城，下榻塔射園中，可作三日快譚。呵管作書，目眚手顫，不復成字。

（輯自清王芑孫《淵雅堂全集》之《惕甫未定稿》卷八《又與蘭泉先生（一）》附答書，清嘉慶刻本）

其二

春寒方厲，風雨蕭條。忽枉來牋，藉紓飢渴。拙集三十餘卷，舛謬實繁。茲承指示，感荷良深。承許《郭舟山廟》兩作，緣爾時在滇南軍營六七載，篋中只帶《文選》及《唐文粹》，故約略以韓、柳爲宗。此等文體故於碑版相宜，但稍濃則近塗澤，稍奥則近贋古，故二十年來專法廬陵，中逮宋景濂、歸熙甫，下至堯峯，希冀獲其少分。惟自顧生平學術，爲古文之類有三：一累於制舉義，再累於應酬駢體，三累於文移案牘。柳子厚論文戒雜，雜則斷不能精。今日月逾邁，老老大大，卽極力洗刷而無從。且作文以自得爲貴。《學記》言『藏焉，修焉，息焉，游焉』，杜元凱言『優而柔之』、『饜而飫之』、『渙然冰釋，怡然理順』者，皆此志也。匪致虚守寂，反覆涵泳，殫勿忘勿助之功，俟資深逢源之趣，其孰能幾於此？姬傳退居日久，心定神閑，涵養純粹，發於文者，實得宋、元間名家氣韻，昶何敢望其肩背耶？

滇事乃係江撫軍私令攤賠，並非題奏，及諮部有案，且事隔十年，移花接木，李代桃僵，其中訛謬不一。前年恩詔内已有攤賠、分賠、豁免之諭，經部議，現任者分別豁免，在籍者一槩蠲除，似不必復爲催繳。現雖俟天色晴和，赴蘇與費撫軍商定，另請咨覆，然豈能遽付之達觀？如府尊再言及，幸先以此告之。

昶疲憊異常，兼以賓朋狎至，婁東志書，更番催趲，心志惛然，稍俟神情清朗，卽將墓表改寫清本奉寄。芥子先生文集前經排次，今以附覽。其中尺牘較多，尚擬量加裁汰。鱣堂有暇，敢祈點定。將來倘有餘貲，定須付諸剞劂耳。江西吳蘭雪適在座上，聞與足下舊好，見來書及《題瑤華畫卷》大作，互相吟賞。謂當今不得不以此相推，並屬致懷。縷縷之忱，不盡百一。二月廿三日，昶手復。

（輯自清王芑孫《淵雅堂全集》之《惕甫未定稿》卷八《又與蘭泉先生〔二〕》附答書，清嘉慶刻本）

與張希和書（二通）

其一

丙秋，文從入關，飫承雅教，不啻見徐霞客輩流，可謂此子宜著山巖裏也〔一〕。昨于秋汀舍弟處得都下書，具知眠食清嘉，且曾徧歷青城、峩眉諸勝。陸放翁詩：『生平不願萬戶侯，但願一作淩雲遊。』弟在蜀三年，屢負名山之約。茲聞裠屐所經，益覺自慚塵俗耳。弟本山澤之癯，忝承滇詔。案牘如山，繼以焚膏爇燭，鶴怨猿驚，不知何時得返故山。蕙帳隙駒，稍暇止，將《湖海詩文傳》及鄙人撰《金石萃存》次第付梓。而鄙著詩文等集，亦漸校訂成篇。《梅花詩話》題詞，容當捉筆以正大雅也。專此奉覆，順候起居。如遇鴻便，幸示長牋，以抒饑渴。餘惟自愛不宣。弟昶拜手。戊申二月廿五日沖。

（輯自嘉興圖書館藏清張誠《梅花詩話》卷首《自序》葉天頭，稿本）

【校記】

〔一〕可謂此子宜著山巖裏也，此句稿本前後有勾乙號，意指當删。

其二

讀《梅花吟》，五言古詩最佳，七言次之，已録入《湖海集》中矣。〔一〕梅花苦難著筆，孤山處士僅得兩聯，青丘子亦只數語。蓋如姑射仙人肌膚冰雪，真色生香，施朱着粉，猶以爲嫌，是可續以俗間塵土？凡俗語、粗語、鈍置語，皆不可毫侵犯。竊謂詠梅當如畫梅。水邊林下，山坳谿側，略加烘染，便得神理。未識足下以爲何如？案牘如山，不及走送。俟九、十月間自川過秦，再掃榻以待也。不宣。〔二〕

（輯自嘉興圖書館藏清張誠《梅花詩話》卷首諸家題詞，稿本）

【校記】

〔一〕『讀梅花吟』至『中矣』，稿本中已被劃去，改作『青浦王蘭泉少司寇嘗云』。

〔二〕『未識』至『不宣』，稿本中已被劃去。

與平恕書

違晤經時，伏稔執事興居安豫。弟以鼎湖大故，匍匐入都，前日始回吴下，備知諸生獲罪，深爲駭異。諸生寒士居多，求貸於富戶，乃事理之常。伊等或以教課爲業，或以筆墨爲生，無力償還，亦其常分。賴有父母師保之責，正宜加之憐惜，或代爲寬解，或再爲分限，俾得從容措繳。即使伊語言粗率，亦何至不能稍貸，乃至扑責寒士以媚富戶，實無情理。此非該令平日與富戶交結往來受其餽賂，即係意存庇姦，爲事後得錢之計，情事顯然，不待推求而可見。諸生之不平則鳴，有何足怪？惟是時承審之員，非該令平日結納之上司，即係狼狽爲姦之寅好。通臬將赴湖南，不顧其後，而撫軍初莅新任，以至四出查拏，牽連數十，掌嘴鎖項，淩辱不堪，成何政體！當今律令內，從未有生員借貸不還遂致責革之條，若以聚衆爲名，亦當視其應聚與否耳。漢時太學生舉幡闕下，見於《漢書》不一；唐之太學生，爲陽城而聚集；宋之太學，爲李綱而聚集；至周朝瑞等，爲趙汝愚而聚集。史冊載之不一，而足以爲美談。蓋凡事必先定其是非，如諸生理屈詞窮，糾衆以挾制縣令，重懲之宜也。若縣令先以挾私違制，則人有同心，豈能默爾，一呼百應，籲告上臺以求利斷，自無不可。斯時卽宜告承審各員，研究富戶平日與該令有無交結，何以討好如此。果無他故，然後科以性情凶暴、違制擅責之咎，仍另爲該生起限寬緩清還，諸生自必欣然而散，何至成此大獄，使士民重足而立也。

往在京中，那繹堂司空言宜撫軍爲人仁厚，劉竹軒倉場亦言其老成精細，及昨過蘇相見，謙和恭敬，抑然自下，實有古賢臣風範。特其時兩司未到，獄案已定，而執事又無一言救正，縱地方官之所欲，恣其蹂躪，此必非撫軍之本意也。今者荷蒙皇上坐照如神，洞燭其違例擅責之由，降旨再飭制軍研審，制軍居心公正，未必謂然，然成事不說，是否覆盆能白，尚未可知。倘執事以繫鈴者解鈴，則日月之更，民皆仰之矣。

弟此次進京，仰見皇上典學右文，而王韓城、劉諸城二相國以及石君冢宰、繹堂司空贊翊熙朝，愛才好士，力持大體，恐承旨之下于此亦不慊然。弟見數十年來，小省學政職分本微，奉督撫如上司，與州縣相結納，甚至幸其噂爾蹴爾之助，婞婀唯諾，殊爲可恥。若夫江浙學差，皆三品以上大員出膺任使，地分既高，卓然自立，故遇有諸生品行不端者斥之，學業不進詞章不工者，令廣文夏楚之，其餘則是曰是、非曰非，所以重人才而勵廉恥。今執事久以詞林雅望洊受主知，冀旦夕入贊綸扉，惟是扶持士類，主張名教，庶可與石君諸公相見耳。

至近來州縣所以魚肉諸生，其意蓋在立威。威立而諸生箝口結舌，則庶民何敢出而爭控？是以獄訟之顛倒，徵收之加耗，無所不至。比者言路大開，江南漕政橫徵重斂，已一一仰叨聖鑒，故制府亦力爲振作，今冬定作清漕之局。但州縣或有陽奉陰違，倍收多取，恐生監連名訐告而州縣指爲鬨堂鬧事者甚多，未知執事可能究其是否，俟案定而後量加董戒，抑或如此案不科州縣之失，而即科諸生之罪。若使仍助其燄而長其氣，則吏治之壞不知伊於何底也。

弟陳臬三司，且於大理寺、都察院、刑部三法司均爲堂上官，所見生監控告之案不勝枚舉，然未見有人因其抗令而右袒之至於此者。弟與緣事諸生並無門生故舊之雅誼，一至蘇州，卽知此案已上聞，並荷聖明指摘。所以不辭饒舌者，實以此案追債事輕，關於士氣者大，而關於將來漕弊者尤大，且爲執事風節所關。夙叨世好，度無肯效忠告之誼者，故忘其愚戇，用布區區。如或以規爲瑱，則韓文公之《諍臣論》，歐陽公之與高若訥及與杜祁公論石介書，取而研之可也。

（輯自清昭槤《嘯亭雜錄》卷十『王述菴書』條，清鈔本。該條云：『己未夏，吳中有杖責諸生之獄，今得王述菴少司寇《與平恕書》，文甚遒勁，故具載之。書云……其文亦真可與韓、歐諸文並傳而不朽矣。』）

致朱爔手札（二封）

其一

關中分袂，裘葛兩更，屢荷琅函，深叨錦注。藉悉三兄興居納祉，額手良殷。弟仰承恩旨，移任西江，奏明奏銷辦畢再行起程。嗣李藩臺以六月初一日抵滇，初五日接印任事，始得於十二日啓行。及行至武陵，具知荊州汎溢，遂由長沙繞至武昌。始□秋帆先生總制兩湖，殊爲額手。想文旆必與同行，但聞已自襄陽直至荊州，把晤無由，彌增翹企。弟現在取道信陽北上，計重陽前後可抵熱河。兩年之內奔走三萬餘里，不獨貲裝罄盡，而衰病殘年，何以勝此？餘俟僕陛見後，再將一切情形奉達，專此布候邇祺。幕中友竹、稚存諸君，並希致候，不任覼縷。秋岩三兄先生。弟昶拜上。

再，去年八月間，因雲南東川府蕭文言進京，託帶碧霞璽朝珠等四件奉呈秋帆先生。又今年四月內，因河南南召縣熊鎧之子熊學淮分發在滇，有人回汴，託帶玉鐲寶石花等四件奉寄蘭蘊夫人。以上兩項未得覆音，不審何時收到。祈三兄問明示覆，緣遠道綿綿，不獨寄信難，而得信尤爲不易也。瑣事相瀆，不勝惶悚，又懇。

再署江夏孫君誦曾，係敝門人孫道長志祖之弟，爲人頗有氣誼。近在省垣，幸隨時照料爲荷。又啓。

再啓者，間與尚書譚及禾中知好，自籜石先生而外，即詢及吾哥大人起居，並於大令郎之辭世也不勝惋悼。又云秋岩在家作何事消遣，弟以閉户課兒孫爲對。將來倘有札致尚書，可叙述數語，且與所對語相符可耳。又拜。

其二

奉接魚牋，諸承存注，伏惟興居納祉，深慰遠懷。弟自惟譾陋，不敢擬於顧廚之列，猥承諸君子推衿送抱，來集衙齋，獲與數晨夕之樂。但人情涼薄，星移物换，光景便非。而弟猥以冷官，有心無力，其有照料不周者，亦姑付之浩歎耳。邇來使節頻移，雖皆舊雨，而迎來送往，酧應實繁，多病衰年，何能堪此？邇日寒風漸厲，意緒蕭然，蓴鱸之思，惟有夢寐以之也。辱惠河南、登封兩志並嵩陽諸刻，助我良多，可勝銘切。專此布覆，順候近祺。餘具中丞緘中，不復覼縷。秋巖學長八兄先生。弟昶頓首。

（輯自近代龐元濟輯、梁穎整理《龐虚齋藏清朝名賢手札》第貳册，鳳凰出版社二〇一六年，第四七〇至四八一頁。受信人爲朱熀，參艾俊川考釋）

致王瑞鏡手札

月前顧我，兼荷多儀，時因病軀，未能把晤，耿歉良深。兹者節届履長，惟賢再姪起居嘉勝，時祉彌增，定符遥頌。愚濕瘡屢發，此次較甚於前，醫治多方，漸能平復。而昨接撫軍來信，知明歲春正重舉千叟宴，官二品而年七十以上者合須進京。愚叨受國恩，際此兩朝合慶，千古所稀，自宜束裝北上，恭預盛典。現定於本月十八日啓行，就道悤悤，恕不獲到山面别也。姪兒肇親幼時曾習店業，書數一切頗爲明晰，今年無事家居，亟欲得一棲身之地。因思賢再姪處店業甚多，應亦須人照料，兹特令其來山，望就其所長妥置一席，俾得成就，勿以同宗而故優容也。專此布達，順候近佳，不旣。瑞鏡賢再姪。昆玉並乞道懷。愚昶拜手。

（輯自近代龐元濟輯、梁穎整理《龐虛齋藏清朝名賢手札》第貳册，鳳凰出版社二〇一六年，第四八二至四八三頁）

致錢維喬手札

春間遣价南歸，謹緘啓事，恭候興居，諒已早呈記室。邇者秋光涔爽，萬彙敷榮，遙惟老世叔大人政祉罄宜，用紓微悃。此次大差竣後，想賢勞茂著，定卜升華也。比聞浙中局面又非昔比，奔走其間，恐多棘手。然宦海風濤，亦無地可圖安穩，惟有立定腳根，進退行藏姑以俟之于命。姪到此年餘，撫軍旣屬舊知，同事並多水乳，而尚復有責以世情者，亦一笑置之已耳。兹因張司馬赴杭，布請台安，臨池神溯，不盡所懷。竹初世叔大人。姪昶頓首。

（輯自近代龐元濟輯、梁穎整理《龐虛齋藏清朝名賢手札》第陸册，鳳凰出版社二〇一六年，第一四六〇至一四六三頁）

王昶手札(二封)

其一

梅根旅次,獲接清輝,匆匆判袂,斯樂難常,深爲嘅息。近閲禮闈全錄,苔生、劍亭諸交好皆上春宮而不得才人壓榜,尤爲扼腕也。弟蒙恩内用,刻下尚緩入都。如文旆過吳,幸賜惠然,以慰饑渴,不宣。敬大兄年長先生左右。年愚弟昶頓首。

其二

粤東何日啓行,弟尚有書致石君先生耳。尊著已飭家中人查出,此時未見寄來,大約二十日後必到也。數日來腰疼目痛,致稽走謁,罪罪不宣。王昶拜白。

(輯自近代龐元濟輯、梁穎整理《龐虛齋藏清朝名賢手札》第陸册,鳳凰出版社二〇一六年,第一四六四至一四六六頁)

致顧張思手札

昨日失迎，請本日傍晚過寓一談，佇候不備。雪亭世長兄。王韬便具。

（輯自近代龐元濟輯、梁穎整理《龐虛齋藏清朝名賢手札》第陸冊，鳳凰出版社二〇一六年，第一四六七頁）

說文引經考序

自秦燬滅經典，齊、魯太師各以所傳教授弟子，而弟子仞其師說，一字之微，必不肯雷同附和。如陸氏《經典釋文》所載，往往彼此歧出，至犂而爲數字者，沿及魏、周、隋、唐之間，字體益以佩離龐雜。蓋莫知其所從來。惟許叔重在東漢，與賈景伯、鄭康成相後先，親見孔氏真古文，所著《說文》，引用經傳，最爲近古可信，是以其字與今所行本或不同。洪氏邁摭其尤異者數十條，著於《容齋隨筆》，以示來學。而鄱陽劉氏爆又集爲一編，以附《篆韻集抄》之後，惜其書遺缺久矣。

吾友程君東冶，以詞賦名吳下。生平私淑於惠徵君定宇，而以江君鱷濤爲執友，故於小學尤精。自《說文》下至《玉篇》、《廣韻》，靡不究其形聲，尋其原委，耽思旁訊，用求古人六書之旨。因取許氏所引經文與今本同異者，集爲一冊，使後學由是略見古訓之遺，厥功詎不偉歟？考叔重《說文》，李陽冰刊定於前，徐氏兄弟校正於後，蓋已非叔重舊本矣。陽冰、楚金工於書，未嘗湛深經義。而陽冰之剖擊滋甚，意於叔重所引，不無芟削刊落，後人因以不獲見古人之全，尤可歎也。

然叔重之自叙也，稱《書》本孔氏，而司馬遷實問故於安國。安國從伏生受《書》，蓋距聖人不遠。乃《史記》引《書》，如以『棐誓』爲『肹誓』，以『戡黎』爲『伐耆』，其異於叔重者，又不可勝紀。豈是時倪寬都尉朝膠東庸生所傳，已多不同歟？東治疏通證明其故，當更有以進予也。

乾隆丁酉冬至日，青浦王昶謹序。

（輯自清程際盛《説文引經考》卷首，清嘉慶刻本）

唐詩録序

詩之道大矣。漢、魏以迄六朝，由樸而華，由質而麗，是爲由古體蛻變而爲今體之濫觴。唐興，自高祖、太宗及明皇諸帝皆善吟詠，以詩取士，扢雅揚風。上有好者，下必甚焉。於是衆流競作，長篇短章，各擅其勝，如繁星麗天，如驅濤湧雲，四聲八病之辭，排比鋪張之制，愈出而愈工，燦然稱大備矣。夫詩至於唐，雖足以極一時之盛，而作者既多，雅鄭糅雜；漫不加擇，涇渭鮮分。唐詩之選，殷璠、高仲武等既嫌泥於一隅，荆公《百家》又覺拘於偏見，均未能觀其會通，抉諸家之面目，以徵一代之文獻。爰思就唐三百年間之詩，鱗次選録，釐定去取，晨編夕纂，用付鈔胥。蓋欲求篇章之珠澤，文采之鄧林。世所傳誦，或在擯棄；他選所忽，搜舉勿遺。庶使學詩者於升降之故、正變之聲，知有區别而得其指歸焉。

乾隆四十九年歲次甲辰秋仲，青浦德甫王昶。

（轉輯自孫琴安《唐詩選本提要》，上海書店出版社二〇〇五年，第三三四至三三五頁。《唐詩錄》爲王昶所輯，《中國古籍總目》著錄藏於北京大學圖書館，不分卷，清抄本，有張之洞跋，今未見）

重刻江湖群賢小集序

南宋時，臨安書肆有力者，往往喜文章、好撰述，鏤板以行於世，江鈿、陳起其最著也。起所刻《江湖小集》，予於乾隆丙子曾見於揚州馬氏小玲瓏山館，然不及三十種，并言此內如利登、周文璞、趙師秀，已爲嘉善曹徵君綠波鈔去，云將刻入《宋詩存》中。庚寅辛卯間，復於大興朱氏見十四種。又嘉慶己未，於京師祭酒法君式善處見三十餘種。因念起之所集應不下百餘種，僅而存此，而聚散多寡不一，惜無好事者鐫之梨棗也。今顧君仲歐來訪，則此書已彙刻七十餘家，考訂精密，足以慰好古者未見之志。於是知古人精神才力不可磨滅，雖久之，必旁見側出以發其光彩，而不爲覆瓿投廁所淹沒，信而可徵也。然起父子又撰《寶刻叢編》、《寶刻類編》二書，皆能收采古今碑版，頗爲淵博，其書止有傳鈔之本，顧君其得毋有意乎？

至江鈿，曾撰《文海》，上接《文選》，下訖於南宋，理宗嘗欲刻之〔一〕，周益公謂：『隋唐以至五代皆與《文苑英華》相等，請將宋《文海》別加編纂。』其初，又稱《皇宋文海》，及呂氏祖謙成書，改名《皇宋文鑑》。而隋、唐、五代之文遂以罷刻。予往得其本，蓋崑山葉文莊公菉竹堂所藏，尚有圖印，凡五百卷，以較今所傳《文苑英華》閩本，頗有增多，而校勘亦極詳審。前有周益公之弟必達及金部郎中馮某等名，蓋亦藝苑之珍，而卷帙繁宂，殺青非易，故并爲顧君告之。顧君汲古多聞，著有《菉厓詩鈔》，爲江浙士大夫所稱，年將六十矣，覃研載籍，收采不倦焉。

嘉慶辛酉十月望，述庵七十八老人王昶書。

【校記】

〔一〕理宗，據周必大《文苑英華序》，當作『孝宗』。

（輯自《重刻江湖群賢小集》卷首，清嘉慶顧修《讀畫齋叢書》刻本）

王方伯詩文全集序

芥子方伯詩文本未成集，方伯自雲南罷官，歸寓海淀西太平莊。出生平所有詩詞文稿、大小叢殘，删改塗抹，凡八九本，以示其同年曹公錫寶，屬其删定而彙鈔之。曹公攜去，閱一年，而方伯卒。太平莊驟與他姓，其餘尊彝古器及書籍盡售無存。

余素聞其事，因詢曹公，則云叢稿具在，未遑編錄，因轉以授余。未幾，余告假歸。又一年，而丁憂。喪畢，補授陝西按察使，遂挾之以行。至西安，適懷寧余鵬飛、鵬翀兄弟來幕下，素知其能詩，因出方伯集，令其排次整齊並釋其塗乙不可辨者。與二小胥錄成詩四卷、詞一卷、文四卷、尺牘四卷，共計十四卷，于是其集犁然矣。方伯詩文皆以唐人爲宗，簡厚純粹，識者當能辨之。方伯以雲南賠累貧不能自存，而其壻吉君喜讀書，求其外父之著作，將託之剞劂以傳焉。余任刑部時，吉君方爲筆帖式，因其爲人極契賞之，迄今十年矣。不遠三千里來求方伯之集，故封而寄之京師，庶不致與尊彝書籍同歸泯沒也。方伯爲余癸酉鄉試座主，故詳記之如此。

嘉慶八年七月中元前一日刑部侍郎青浦王□書。

（輯自上海圖書館藏清王太岳撰《青虛山房集》十卷本卷首，稿本）

清素堂詩集序

予自丁卯、戊辰間，始來吳中。是時吳舍人竹嶼主壇坫，而沙斗初、張崑南、朱適庭輩咸以能詩名于時，常邀集於璜川書屋，分題鬭韻，一時文讌之盛，無與比也。暨予官京師，馳綑徼，宦游滇、陜，斗初諸君皆以跧伏晦匿終，後之能涵風茹雅、操三寸不律以馳騁于騷壇吟社者，多有不獲知其名，或知其名而未識其人者矣。

今幸懸車之暇，泛舟桐橋，復與諸名流修禊事。而石君遠梅與予論古今詩，原委畢貫，蓋雖未見君之詩，已知君之工於詩也。既而君出《清素堂稿》問序，予受而讀之，詞麗以則，調響而諧，而沉鬱頓挫之致，復時流露于楮墨之間。考其源流，大抵古詩步武於吳梅村，近體則出入於何大復、謝茂秦諸家，故其工若此。至于憑眺山河，關情縞紵，嘆羈旅之蒼凉，感年華之馳逐，類皆出于情之所不容已。視夫世之鞶帨其詞，或槎枒寒瘦者，其相去可倍蓰計歟？

夫吳地多才，憶自與適庭輩訂文字交，迄今四十餘年矣。君復能昌其詩以振興之，使文采風流後先輝映，而予以垂老之年，一觴一咏，復與唱酬之列，可不謂幸歟？雖然，石君之爲人也，惇名義，重然諾。生平與陸君紅樹有師友之誼，陸君歿，收恤其遺孤，以長以教，蓋其行誼有過人者，僅以詩人目君，是未知君之深者也。

乾隆乙卯孟秋既望，賜進士出身誥授光禄大夫刑部右侍郎同學弟王昶拜序。

（輯自石鈞《清素堂詩集》卷首，清乾隆六十年刻本）

漢皋集序

秋槎太守與余爲同年友，《漢皋集》詩如披蘭臺之風，發明耳目，而寧體便人也。秋槎政事之餘，襟懷蕭曠，江山助之。世有采楚風者，必以是爲冠。

（輯自清陶樑《國朝畿輔詩傳》卷四十，道光十九年紅豆樹館刻本）

心武殘編序

夫軍旅之事，難言也。才足以將物而勝之，謂之將；智足以帥人而完之，謂之帥，故曰：天下危，注意將；天下安，注意相。秦漢以來，山西多將才，山東多相才。舜舉十六相，後明帝圖畫二十八將。白馬將，護兵也。兵有連兵，有應兵，有疑兵、伏兵，又有驕兵。然『洗兵海島』，必曰『刷馬江州』。秦皇有名馬『追電』，繆公亡，駿馬潰圍。抑知鉤衡以駕馬者，則又有車。《詩》曰『路車有奭』，『輶車鸞鑣』，其斯之謂歟？唐李密以機發石爲攻城具，號將車砲。今之炮，則用火，非古之所爲砲也。曩者，余奉命從事於軍旅，參滇南者三年，參西蜀者四年，久與軍旅習。迨歸鄉里，杜門謝客，不復講求於此矣。

今薛君橘隱精於棋，自製一百四十餘局，名曰《心武殘編》。余取而閱之，其卽行軍之陣乎？陣始於黄帝，其時以蚩尤煽亂，相見於涿鹿之野，而車伍卒兩井井焉。故善陣者，或依山，或背水，有相維相制之勢，有相生相尅之機。然則薛君善棋，不與善陣者同其意哉？夫使爲將帥者之用兵，亦如薛君之使棋然，則克敵致果，無難也。使薛君以使棋之心思才力，通其用於武事，則挾策從軍，亦可佐將帥以參幃幄也。乃竟窮而在下，游藝於片楮尺幅中，能不爲其惜哉！雖然，人不患境遇之窮，而患名無以傳世，小道可觀，吾又當爲薛君慰耳。

嘉慶五年春季，同學弟王昶拜手。

（輯自清薛丙輯《心武殘編》卷首，上海圖書館藏抄本）

榮性堂集序

唐制，士登甲乙科而以才望著聞者，節度使辟爲判官、書記、錄事諸職，久之，薦擢尚書郎、御史裏行之屬，然後迴翔臺閣，出理大藩者，見於《唐書》，不可勝紀。讀其詩，亦可攷而知，蓋其人才兼文武，故能內贊廟謨，外參戎政，亦不僅絺章繪句爲能事也。

吾友吳君曇繡，自少以文行著東南，及其入內閣、直軍機，才華所播，浸受主知。由是典試楚中，督學滇省，聲名籍甚。某年丁憂家居，值福文襄郡王督閩浙，過吳，聘以偕行。嗣文襄移節兩粵，有事於安南，君復與俱，蓋古書記、參軍之任也。事蕆，擢廣東糧道。生平經歷，往往見之吟詠，而君初不以此自矜。今粵督覺羅吉公與君同事內閣，及公以協辦大學士總督兩廣，愛君詩，趣之雕板，雕甫竟，而君適晉山東布政司。于是函其集，索序于余。

發而讀之，其詩清新古峭，若冰弦玉柱，臨風而戛擊也；若織文衣錦，照日而光輝也。繇君所歷之境，山海重阻，而軍容荼火之盛，隱約發現於行間，是以其奇如此。初，余自四川還朝，始識君于京師，並讀君之詩。時君已值內廷，知制誥，走筆飛書，觀者動色，而南交內款，亦君襄贊之力爲多。比在粵東，由糧道遷按察司，平反出入，使民懷吏畏，則詩又君之餘事矣。君雖不以詩自見，然星光貝氣，烱烱然常若有干霄而上者，較之唐時參軍、記室，固已邁于杜牧、李商隱之倫；卽置身通顯，亦當不減于高適、嚴武矣。比者，君新承寵命，開藩齊魯，輶軒所至，覽河岳之崢嶸，撫閭閻之繁庶，詩篇增富，當有進于是者。余雖歸老衡茅，猶能爲君序之。

嘉慶六年十月，青浦王昶書。

（輯自清吳俊《榮性堂集》卷首，山東省圖書館藏清嘉慶刻本）

諧鐸序

昔王子猷之邀桓野，識其藝而未見其人；張茂先之接陸機，交其兄而因知其弟。差池鳳翥，雖虚聲欬于十年；迢遞鴻飛，宛接音塵于一室。嘗景斯風，期諸哲士；豈知今日，屬在同人。足下金谷風情，碧山才藻。行行玉屑，累累珠穿。粉黛烟花，江學士則六朝才子；銀箏檀板，柳郎中乃一代詞人。枉辱記存，屢登郵簡。停雲零雨，輒深寤寐之思；霽月光風，偏軫阻修之歎。何圖來价，遠歷長途；敬誦新編，頓開積抱。搜神説鬼，雖同贅客之諧；振聵發聾，不減遒人之鐸。昶乘軺始涖，鞅掌維繁。仰希陶侃潯陽，府無虚日；竊歎班超定遠，鬢有餘霜。未了浮名，有妨大雅。足下青衿座滿，學授淹中；紫氣宵浮，經傳棘下。偶以訂頑之義，托諸志怪之書。君豈妄言，吾當敬聽。慨羈宦於投書渚上，深慚老矣無能；望瑶華於斷石村邊，時冀惠而好我。

蘭泉弟王昶書於豫昌官舍。

（輯自清沈起鳳著《諧鐸》，乾隆壬子本增刊序跋）

練川五家詞選序

練川雖僻在海隅，其士人皆通經酌古，風雅相尚。與之游，率有文酒訓倡之樂。蓋自檀園、墊巾樓濫觴於前，其流風有甚焉者。予家泖上，距練川不二舍，風帆行一宿可至。

猶憶未通籍時，常往來焉，得盡識其才人鉅儒。於時叔華、殿掄、翊青、禹美諸君子，方以詩歌相角逐，獨無言偷聲減字，跌宕於紅牙檀板間。比數年，無言之詞，益富且工。諸君子吟詠之餘，亦溢爲詞章，幾於有井水處，無不能歌之。而予官京師久，琴牀硯匣，從容嘯詠之時，竟未嘗一與，爲可惜也。今將彙刻其所業以問世，郵書燕邸，屬予擇其尤者。發而讀之，小令則寓穠纖於簡厚，其慢曲乃如溪流泝風，波紋自行，而冷光翠色，一望演漾不可盡。雖五家所造，各出其奇，而綺不入靡，琢不傷巧，亦可謂異曲同工，迭奏而不相奪倫者矣。

夫詞以南宋爲盛，姜夔而下，工者如林。今所傳《絕妙好詞》、《樂府補題》，大都皆中興後之製作，而浙東、西之同起一邑者，未嘗及三四焉。今五家聯翩鵲起於海邦數十里之內，以詞名雄大江南北，一時作者之衆，遂爲古人所未有，何其盛歟！

諸君子之詩流播海內，予嘗以爲高古雄麗，有漢魏盛唐之風。序其詞，并以告世之知言者，又不得以詞人盡之也。

（輯自《練川五家詞》卷首，清嘉慶刻本，題下署「青浦王昶蘭泉」）

同岑詩選序

乾隆戊辰，予始識錢唐厲徵君太鴻於吳門。又十年，游武林，復見杭太史大宗。兩先生皆待以國士，且得盡讀其詩文，蓋越中數十年來未有匹者。及後官京師，歷四方，所交錢唐士大夫甚眾，攷其所作，卒無出兩先生之右。因以思詩文湖山之精氣，造物不輕以予人，故名家之間出爲不易也。

去年在吳門，始識仁和李子光甫。出其詩，閲之驚歎，以爲可作兩先生之繼別矣。今春來武林，光甫率其同學十一人來見，并出所編《同岑集》，屬予論之。嗟乎！方予弱冠在吳門，與曹來殷、趙升之、張策時、朱吉人、錢曉徵及家鳳喈等十餘人，常集吳君企晉璜川書屋，鬬酒賦詩，以相娛戲。時沈文愨公方以侍郎告歸，是以有吳中七子之刻。迄于今，不及五十年，太鴻、大宗久逝，而璜川書屋諸君，自予與曉徵詹事之外，餘皆零落幾盡。吳中詩酒之社，亦罕有繼聲者。獨武林人文蔚起，鏘然而韶護鳴，翕然而壎篪合。其學問才調，各有以自見，而皆足以名家。論其年，與予弱冠時相等，進而不已，其爲繼兩先生之後無疑也。

夫詩者，心之聲，天地之元氣也。播於音者其數五，而同於律也則以十二，參伍其數，錯綜其變，京房之六十四律，錢樂之三百六十律，率由是衍而推之。今以武林湖山之勝，與師友淵源之漸被，叩宫宫應，調角角動，將見吳中才俊亦且聞風欣跂，奉敦盤而襄壇坫。風會所趨，雲蒸飆舉，固有數莫能紀者。予以殘年衰病，獲親其盛，而無復有零落之嘅也，詎不快哉！

嘉慶庚申五月，青浦王昶書於武林敷文書院。

（輯自清顧光、王昶同選《同岑詩選》十二卷本卷首，清嘉慶五年刻本）

天下書院總志序

乾隆庚子，余按察江西，過廬山，謁白鹿洞書院徽國文公祠。見其廢弛玩愒，教者失其所以爲教，學者失其所以爲學，心竊憫之。欲收拾整頓，稍復舊觀，而旋以憂去。戊申，由雲南布政使移任江西，復過廬山，則其廢弛玩愒，尤有甚於昔者。因思鹿洞爲天下書院之首，其廢若此，則其餘州縣書院似此更多。遂取各省志書及府、州、縣之志所載書院，彙而録之，將剞劂以貽諸大吏，俾之留心於教養。而明年四月又以刑部侍郎内召，此書置篋衍者久矣。

後六年，年七十，以老病乞歸。又五年，遭鼎湖大故，見星而奔。入都召見，問居家何事，對以書院教書。上曰：『士大夫在家，教其鄉人子弟固宜。』及歸，明年，浙江巡撫阮君請主敷文書院。課士之暇，隨發前此彙録者，囑同志參校考訂，勒成共若干卷。

夫書院非古也，古之比、閭、族、黨莫不有長，卽莫不有教。子弟材質之賢愚，性情之純駁，地近而易知，人少而易悉，未嘗歧教養而異之也。井田廢，比、閭、族、黨之制不行，於是始以教養屬之郡縣，郡縣又不能教。至東漢，始設校官。至唐末，校官又曠厥官，而鄉大夫之有力者始各設書院教其子弟。後乃爲郡縣者攘爲己有，且各請院長以主之。而所謂院長，或爲中朝所薦，或爲上司屬意，不問其人學行，貿貿然奉以爲師，多有庸惡陋劣、素無學問竄處其中。往往家居而遥領之，利其廩給以供餬口，甚至諸生有經年而不得見，見而未嘗奉教一言，經史子集、詩賦古文之旨茫無所解。而爲官吏者，不加審察，轉以人才日衆，所取至二三百人，任其佻達，豈不謬哉！夫取一州縣之能爲文者始爲生員，又取生員之尤俊者試入書院，此其勢安得復有多人？且生員寒素居多，皆欲先爲身家之計，而所謂膏火者實不足供其仰事俯育，則在院肄業者必且游閑出入，鶩其名而失其實，將所謂羣聚州處、賞奇晰疑、審問而明辨，師友之益，從何而取？是以人數益衆，學術益衰，學術衰而人才日敝。古之所爲善政，今之所爲大弊也！

今此書已成，凡規條之詳密、議論之純正，所以發明聖賢之教無所不具。士大夫受地方大吏之任，如能反復讀之，以訓於州縣，究其實必循其名，稽乎古不泥於今，厚其廩祿而嚴責以博學篤志、切問近思之效，别之以才質，示之以徑途，共歸於達材成德。大之裕開物成務之才，小之爲專門名家之實，安見三物六行不如三代比、閭、族、黨之教？而造士進士之升其足爲國家用者必多矣！此不獨慰二十年來未竟之志，而今之督撫藩臬中舊交頗衆，行將以此告之。

嘉慶六年八月，青浦王昶書。

（輯自《〔光緒〕青浦縣志》卷二十八，清光緒五年刊本）

墨花禪印譜序

其人古質敦樸，足爲禪門圭臬，而於篆學淵源，頗有心領神悟之妙。師嘗謂予曰：『吾之於摹印也，未嘗規規焉摹擬分寸爲之，得於心形於手，因以寄吾之興而已，豈與世之誇詡爭名者比哉？』

（輯自清汪啓淑《續印人傳》卷八《釋續行傳》，清道光二十年海虞顧氏刻本。傳云：『頌經清暇，得印心之解，擺脱塵凡，冥心獨造，遂工摹印。宗文三橋、汪杲叔秀潤一派，樂與文人墨士游，有文暢之風雲。集生平所篆印爲《墨花禪印譜》，蘭泉王方伯昶曾爲作序，稱：……蓋師固超乎語言文字之外者，刻印特雕蟲餘技，禪悟之一端耳，未可以概其生平也。』恐所引非全篇）

曹慕堂先生碑銘志傳逸事册跋

余與慕堂宗丞爲同年者三十餘年，望之充然，卽之溫然。聽其言，篤實懇至，雖不多，皆足爲身心之助。是以譽望著於鄉，惇德布於朝，寧無不敬而愛之者。莊子謂溫伯雪子『不言而飲人以和』，范蔚宗謂黄叔度『隤乎其處順，淵乎其似道』，君蓋兼而有之。君歿，朱君、石君誌墓，錢君曉徵表之，翁君振三爲之立傳，而紀君曉嵐復記其遺聞往事，然後言君之嘉言懿行始備，讀是册如見君也。昔蘇子瞻、曾子固皆求先達之文以志先人之墓，今侍御兄弟不惟求有道而能文者之文，聚爲一册，以示賓客，以傳子孫，將來以驗於國史，其孝而賢也審矣。予三十年來，更踐中外，從君游之日頗少，而所聞言行蓋與諸君記載略同，故不爲卮言駢拇也。

嘉慶己未四月初十日，王昶跋於京師寓邸，時年七十有六。

（輯自清端方《壬寅銷夏錄》稿本）

王元章墨梅長卷跋

憶于鐘魚禪版間展閲是卷，忽忽二十餘年，而其家遂已失守。昔李伯時《捕魚圖》先藏姚公綬處，後歸真實居士馮太史夢楨，故李檀園深幸其得所。今竹橋先生得之，亦當爲是卷慶也。煮石山農畫梅，余見于董東山司空、錢擇石少宗伯兩家，然以是卷爲獨絶。梅華樓成，應有玉虹貫月。明春風雪中，攜柳波雲舫，余舟名，瑤華道人所題。小泊尚湖，敬造層樓，焚香酌醴，再共吟賞之。

嘉慶四年仲冬，定香居士王昶題，時七十有六，老眼生花，不能工也。

（輯自清端方《壬寅銷夏錄》「明王元章墨梅長卷」條，稿本。又，同書載嘉慶三年四月吴蔚光跋曰：『此卷爲同邑王企川所藏，乾隆丁酉攜至京師。一日，余與數人坐雨於王述菴先生寓邸，邸在懶眠衚衕之北口。而企川賃水月禪林，遣人取觀，且約與黄仲則題詩其尾。時企川寶惜如命，不肯留存一宿。述庵先生心欲以五鎰易之，無由得也。企川既没，其家斥賣圖畫殆盡，卷適歸於余手，可知翰墨亦有前因。」）

張玉川夢游竹葉庵圖跋

己卯春，曾爲瘦銅舍人題《竹葉庵夢游卷》，閲今已十六年矣。今余自蜀徼歸，復令補書是卷，俛仰今昔，不勝撫然。

丙申八月朔青浦王昶。

（輯自清陶樑撰《紅豆樹館書畫記》卷五「國朝張玉川夢游竹葉庵圖」條，清光緒刻本。按，此條先録王昶詩，已見卷七《題張孝廉商言墳竹葉庵記夢冊》，後有此追跋）

老子道德經跋

自戰國後，宗《老子》者或爲傳，爲説，爲注，爲疏，爲論，爲解，爲問； 或爲述義，爲釋解，爲集解，爲集注，爲指歸，爲指趣，爲義綱，爲序訣，爲私記； 或爲玄示，爲玄譜，爲節解，爲章問，爲玄機，爲幽易，爲義疏，爲講疏； 或爲新記、玄言，爲開題、序訣、義疏，爲指略論，爲指例略，爲道德經品，爲音義。迄唐之季，已九十五種，而宋世若蘇氏轍、王氏安石、陸氏佃等，尚不與數，可謂緐矣。今惟此本最傳，是可寶也。唐玄宗注二卷，世罕知者，然其石刻具存，與是本稍有異同，好古者當梓以並行焉。

青浦王昶識。

（輯自上海圖書館藏漢河上公注《老子道德經》四卷本末，清抄本）

杜少陵詩跋

元槧杜少陵集，皆有注本，而無注本極少。是集尾册有明張太常跋語，據云：『勝國時無注本杜集，甚少見也。』依此可以確信。夫溯有元迄明季，累百年矣；明季迄今，又累百年矣，獨是集字文俱古，楮墨猶新。晝長無俚，展閱一過，彌不禁盥露瓣香虔奉云。

乾隆甲寅春日，後學王昶謹書。按：明張太常，諱棟，字伯任，崑山人。著有《木雁軒詩文集》，平生藏書甚富，見《明史》列傳。昶又。

（輯自上海圖書館藏《杜少陵詩》十卷本卷末，明刻本）

水心文集跋

陳氏《書録解題》云：『《水心集》二十八卷，《拾遺》一卷，《别集》十六卷。』今卷數與陳氏所載同。而以黎《序》觀之，蓋編者以此合於《宋志》，實已非舊本。其《拾遺》、《别集》或亦錯見其中，然不可攷矣。

述菴王昶書。

（輯自上海圖書館藏宋葉適《水心文集》二十九卷本卷首目録後，明末刻本）

張氏集注百將傳跋

宋槧張預輯《百將傳》殘本二册，每半頁十四行，行廿四字。卷五十四之五十八一册，六十四之六十八一册，計僅十卷。玩其楮墨簇新，古香古色，雖散佚殘編，實不啻片羽吉光之可寶。後有藏者，宜拱璧珍之。

嘉慶丁巳小寒日，題於詠絮齋南榮，述庵王昶。時年七十有四，左目生花，故不工也。

（輯自中國國家圖書館藏宋張預《張氏集注百將傳》卷首，宋刻殘本）

綠曉齋集跋

孟碩詩畫不拘格律，惟書學祝京兆而更瘦勁，歿後遠近皆傳以爲仙。此數十首纂要之作，字跡飛舞軒昂，與余家藏山水小幅長題印證脗合，則仙筆真可寶貴已。

乾隆甲午夏五，後學王昶跋。

（輯自遼寧省圖書館藏明卜舜年《綠曉齋集》卷末，稿本殘本）

蔡中郎年表識語

右表參採紀傳及《律曆》、《祭祀》、《天文》、《五行》諸志，繫年多據《後漢紀》、《資治通鑑》二書。五經立石次于光和六年，則從《水經注》也。按邕本傳：董卓既誅，邕在王允坐，爲允所收，死于獄中，時年六十一。然卓誅在初平三年壬申，使是時邕年果已六十一歲，當生于陽嘉元年壬申，而光和元年尚書詰狀自陳書有『臣年四十有六』之語，計至死年止六十歲，則邕生實于陽嘉癸酉，本傳誤矣。《蔡中郎集》六卷本之陳留所刻，其中頗有足據。今以年月可繫之文次入表中，俾好古者一廣見聞也。王昶識。

（輯自王昶編《蔡中郎年表》，見《蔡中郎集》，清咸豐二年海源閣刻本）

讀易感言

余少誦《陰符》、《道德》，意以爲清静所宗。已而深究《易》旨，乃知皆原本於《易》。《易》自乾而往，數極於六，有取于《師》中之『丈人』，『王三賜命』，卽司馬子長之紀軒后也，固曰『且戰且學仙』，留侯、鄴侯亦必借劍刃上了其護生之願。《真誥》所載碧落上真類，皆血性男子，所主在忠孝節義。德甫王昶。

（輯自陳烈主編《小莽蒼蒼齋藏清代學者書札》〔上〕，人民文學出版社二〇一三年，第一二三頁）

寶山縣學記

太倉州之嘉定縣分爲寶山，城郭官署一時刱造，未暇立學也。趙君來知縣事，慨然思有以建之。會縣有歲役河夫，適是時水不爲患，弛其力而取其直，可以集事，詢之士民，稱便。遂以其議上之，報允。君又出金爲倡，衆率私錢以助。相地得城東南隅察院之故址而經始焉。梓人庀材，陶人摶埴，攻金攻石、刮摩設色之屬，執藝待事，登登合作。自丁卯二月始，至明年七月落成。于是，廟則禮殿、兩廡、三門、六戟與夫崇聖之祠、省牲之所，學則講堂、齋舍、傑閣、深池與夫校官之署、庖廩之次，莫不具舉。籩豆有序，鐘鼓在列。春秋朔望，率邑之弟子釋菜、釋奠于斯，登降俯仰，雍雍肅肅。士民咸驚嘆，以爲未有也。

（輯自王昶纂修《〔嘉慶〕直隸太倉州志》卷十三『寶山縣學』條下引『王昶記略』，清嘉慶七年刻本，恐非全篇）

金鼓洞御製詩碑紀

金鼓洞，在錢塘西湖北山棲霞嶺之北折而西，藏山坳中。外蔽琳宮，境甚紆僻。洞之名，始見於前明田藝蘅《西湖游覽志》，謂昔人伐石聞金鼓聲，因有是名。道院之建始於本朝康熙年，鶴林之名於乾隆年。至四十六年，有『飛來野鶴』四字仙跡，而名益著。然進徑欹仄，不容車馬；屋宇湫隘，難設啓座。是以高宗純皇帝六度南巡，聖駕未經臨幸。而御製《金鼓洞》二詩，亦未有墨寶頒賜。邇年來住山道士甃路加寬，構屋增廣，檢閱《杭州府志》卷首恭載御製詩，於是擇地建亭，請勒貞石，以增山林寵光。臣屢經茲土，爰敬謹繕録，俾摹勒上石，并述其始末，並垂久遠云。

誥授光禄大夫、刑部侍郎臣王昶恭紀。

（輯自清朱文藻《金鼓洞志》卷四，清光緒中錢塘丁氏嘉惠堂刊本）

陳忠裕公像贊

瀛海滄茫，三江歸之。華蓋文昌，斗牛麗之。鍾爲偉人，發爲偉辭。文武並懋，忠義兼資。漳浦京山，師範之貽。考功機部，名節之持。云何陽九，遘此囏危。懷沙抱石，從于湘纍。迨及聖世，用奬民彝。建祠錫謚，有赫其儀。斯文既鑱，遺像在兹。垂紳正笏，風馬雲旗。昭示蓺林，千載繫思。

同邑後學王昶謹贊。

（輯自明陳子龍著、王昶編《陳忠裕公全集》，清嘉慶刻本）

婁東書院祭先賢文

星輝北宋，神靈開百世之師； 名重東江，道德著三吴之望。佐國僑之鄉校，澤遍弦歌； 修高朕之書堂，才徵薪槱。立教久深於朝夕，報功宜重於春秋。適當上丁習舞之時，彌切庚子拜經之志。稽諸祀典，準少牢饋食之儀；肅以明禋，奉一獻告成之典。爰修祀事，用志景行。敬薦牲牷，翼茲臨格。

（輯自王昶纂修《直隸太倉州志》卷十四『婁東書院』條，清嘉慶七年刻本。《志》云：『五十九年，知州鰲圖修……改建二程祠，額曰「希聖堂」，内奉周子、二程子、張子、朱子及陳瑚、陸世儀、江士韶、盛敬神位，旁附宋楚望、冷時松栗主。院長王昶於春秋丁祭次日致祭。附《祭先賢文》：……祭禮皆院長出資飭辦。』）

王公師李墓志銘

公諱金增，字師李，眉菴其號也，世居東洞庭山後。明贈光禄大夫柱國少傅戶部尚書武英殿大學士惟道公九世孫。曾祖祚新，明孝廉。祖斯騋、父顯蛟，例贈儒林郎。

公生穎悟，業儒。少失怙，能以潔白孝養母張安人。弱冠，補長庠弟子員。丙辰鄉闈，卷擬魁，以後場微疵被黜。制府查公弼納奇其文，遴入鍾山書院。肄業之暇，與南豐湯椿年輯書院志，制府爲之序。又校訂《昌黎全集》、楊誠齋《錦繡策》，聲名籍甚。旋罹張太安人喪，淡於仕進。念先世滁之公有園名『壑舟』，沈石田、蔣春洲繪圖，文恪公爲記，李頤、楊廷和諸鉅公俱有題咏。公與兄槐亭、弟忍菴購朱氏廢園，擴而大之，仍顔曰『壑舟』，賦詩二十章，徵詞人歌咏之，不忘先澤也。

公友愛性成，兄弟同居，合產五十年，内外初無間言。貧士有文行者，務廣爲延譽，以成其名，故士林至今猶稱誦不衰。族有貞節，請於當道，旌表其門。先世所建坊有存者，必更新之。遇歲歉，捐金平糶，力可爲者靡不踴躍先之。戊辰秋，歲大祲，公多方振救，心力交疲，中暑，隨病不起。鄉人奔走祈禱，願以身代。死之日，道路都爲出涕。公生於康熙己卯正月初九日，卒於乾隆戊辰七月十九日，得年五十。元配朱孺人，朱君肇隆女，有慈儉之德，後公三年卒，年五十有二。壬申八月初四日，合葬紀革祖塋旁昭穴。子二：長世琦，太學生，娶徐氏；次世錦，甘肅候補州吏目，署洮州廳照磨，亦娶徐氏。女一：適席乾吉。孫五：臨伯，太學生；申伯，候選從九品；鼎伯、庚伯，俱太學生；熊伯，業儒。曾孫六：仲澇、仲湘、仲滎、仲潛、仲淮、仲寅。

嗟乎！觀公子姓繁衍，而知公之流澤孔長也。余少卽知公家居行善，孝友樂施，排難解紛，惜未見其人。乙酉夏，世錦應京兆試，從余遊，得詳悉公之生平，而是時公已下世十餘載矣。今冬昶居憂在籍，世錦將奉其生母張孺人之柩附葬於公塋，以公葬未有銘也，請銘於予。乃不辭而誌之，且系之以銘曰：

鬱鬱荷盤，鍾靈毓秀。博雅能文，至性孔厚。兆卜祖塋，常依親右。棣萼齊芳，跗連葉茂。旣固旣安，永啓爾後。

（輯自王季烈等《江蘇蘇州莫釐王氏家譜》卷十四，民國二十六年石印本）

放生會引

考吾里舊有放生橋，爲施放水族之所，年久而廢。茲復移于大悲禪寺，使興公長老主其事。每月朔望兩會，自水族以至禽物皆買放焉。放生之儀，一遵雲棲大師規範。樂助者一兩爲上願，五錢爲中願，其餘不論多寡爲普願。伏祈善人信士體好生畏死靈蠢所同，湯火刀砧，痛楚無量，安其性命，福報亦無量云。乾隆四十六年正月。

（輯自《〔嘉慶〕珠里小志》卷六『大悲庵』條，清嘉慶二十年刊本。條云：『大悲庵在祥寧浜，俗名草庵。萬曆初年建，乾隆四十六年僧重禮修之。內有丈室，額慎郡王書。大理寺卿王昶置放生會於此。王昶《放生會引》：……』）

附錄

附錄一　輯序

王述菴先生文集序[一]

施朝幹

盡天下之人而皆爲文，則文奚以傳？曰有本，曰有用。自十三經及漢以來傳注，二十三史及荀悅以後編年之紀，皆其本也。或好同而棄異，得粗而遺精，則其文必因循而不能自樹立。若夫歷代典章經制與其治亂興衰之跡，皆具於書，後之覽者苟不深求乎彼之所以得與此之所以失，而但以徵故事、攻文辭，則亦爲無用之文，幾何其不散亡而磨滅也？

吾師述菴先生，通天地人之學。於經，則古義微指，原委一貫；於史，則沿革無不悉，而成敗無不詳。故其爲文也，闢羣言之榛蕪，揭六藝於日月。而其關於經世之務，皆可推其始終，審於常變，以濟實用。當大學士阿公以定西將軍征兩金川，先生在幕府參預籌略，其間攻守之勢，緩急奇正伏應之法，往往見之於文。蓋先生之文有益于天下而必傳于後者，其本之深而用之博也如此。

先生嘗謂昌黎韓子作董晉、鄭餘慶行狀，其人不足重，則其文亦輕。又謂晚唐慷慨之士，莫如劉去華，而李義山懷其謫，哭其死，則其能與忠義爲伍可知，而大異於當時能言之士。讀其辭，若太平無事時之所云者。觀於此，其真足以破庸人之論，俾百世下皆聞而興起矣乎。往者朝幹取韓子之文反覆尋繹，竊謂唐之天下惟藩鎮與宦官爲大患，于藩鎮中碌碌無奇者皆誌其墓而揚其美，其送監軍俱文珍歸京師，則稱其有功德可歌。因思其時文人仕進，大都由藩鎮、宦官兩塗，賢如韓子著書明道，而於跋扈將軍煬竈中使，未聞建一言畫一策，殆亦有諱莫如深之意。故朝幹每謂唐儒有忠謀大節者，劉諫議一人。今者誦先生之言，則庶乎其所見可以自堅，而益歎先生之大也。

【校記】

〔一〕此序輯自施朝幹《一勺集·補遺》〔清嘉慶二年刻道光二十六年補刻本〕。

述菴文鈔序〔一〕

姚鼐

余嘗論學問之事，有三端焉：曰義理也，考證也，文章也。是三者，苟善用之，則足以相濟；苟不善用之，則或至於相害。今夫博學强識而善言德行者，固文之貴也；寡聞而淺識者，固文之陋也。然而世有言義理之過者，其辭蕪雜俚近，如語錄而不文；爲考證之過者，至繁碎繳繞，而語不可了當。以爲文之至美，而反以爲病者，何哉？其故由於自喜之太過，而智昧於所當擇也。夫天之生才，雖美不能無偏，故以能兼長者爲貴，而兼之中，又有害焉，豈非能盡其天之所與之量，而不以才自蔽者之難得與？

青浦王蘭泉先生，其才天與之，三者皆具之才也。先生爲文，有唐宋大家之高韻逸氣，而議論攷覈，甚辨而不煩，極博而不蕪，精到而意不至於竭盡，此善用其天與以能兼之才，而不以自喜之過而害其美者矣。先生歷官，多從戎旅，馳驅梁益，周覽萬里，助成國家定絕域之奇功，因取異見駭聞之事與境，以發其瓌偉之辭，爲古文人所未有，世以此謂天之助成先生之文章者，若獨異於人。吾謂此不足爲先生異，而先生能自盡其才，以善承天與者之爲異也。

鼐少於京師識先生時，先生亦年才三十，而鼐心獨貴其才。及先生仕至正卿，老歸海上，自定其文曰《述菴文鈔》四十卷，見寄於金陵。發而讀之，自謂粗能知先生用意之深，恐天下學者，讀先生集，第歎服其美，而或不明其所以美，是不可自隱其愚陋之識，而不爲天下明告之也。若夫先生之詩集及他著述，其體雖不必盡同於古文，而一以余此言求之，亦皆可得其美之大者云。

【校記】

〔一〕此序輯自姚鼐《惜抱軒文集》〔嘉慶刻本〕卷四。

述庵詩鈔序〔一〕

施朝幹

吾師述庵先生，以詩文名世垂四十餘年，而詩尤爲當世所推。其作詩大旨，曰學、曰才、曰氣、曰調，已詳于吳丈竹嶼序中。今諸同學以先生之詩體大而思深，文繁而理富，患世之不能遍觀盡識也。因取《琴德居》、《蘭泉書屋》諸集，掇其尤者，依阮亭、堯峯之例爲《述庵詩鈔》。朝幹受業門下日久，曩嘗序先生之全集矣，故復使以言弁其端。

朝幹謂先生之詩之工，不惟前四者之爲，蓋亦有其時焉與其遇焉。先生生長吳越文學之區，恭遇國家元氣翔洽，人材彬郁，相與探經史之淵源，極文章之流別，至於《説文》、小學、叢書、石墨，靡不上下其議論，睢涣交宣，宫商互應，師友見聞，博觀約取，併發於詩，所謂獲其時者此也。早歲吟詠，一以三唐爲法，暨乎壯直綸扉，進司機密，國典朝章率先起草，巡蒐則從屬車，征伐則參韜略，開藩奉使，轍跡遍於海内，而東北踰輿桓，西南出滇蜀，山川風雪之詭俶，烽火戰陳之恢奇，與夫甿風、土俗、教養之宜，咸足開拓心胷，發皇才力，所謂獲其遇者此也。獲是二端，而先生于臨戎治事之暇，猶復發篋陳書，燈窗雒誦，不翅儒生。舉一典必考群書，使一字必宗古訓，則詩之文繁理富而體大思精宜矣。

周之盛也，《生民》、《行葦》之什以頌太平，《車攻》、《吉日》、《采薇》、《江漢》之篇以志於鑠。蓋自古歧而二也，先生兼而有之，用以發揮其學，馳騁其才，極其氣勢聲調。所至弟子固仰鑽莫逮，而世之不能遍觀盡識，詎不信哉？即是鈔而讀之，沿而不之止，必有得先生之全者。遂書之以示同學，其亦大而非誇也已。乾隆庚戌七月太常寺少卿門人施朝幹謹序。〔二〕

【校記】

〔一〕此序輯自經訓堂本《述庵詩鈔》卷首，題『序』；施朝幹《一勺集》（清嘉慶二年刻道光二十六年補刻本）亦收，題『王述庵先生詩序』。

〔二〕『乾隆庚戌』至『謹序』，《一勺集》無。

述庵詩稿序〔一〕

汪學金

孔子曰：『《詩三百》，一言以蔽之，曰：思無邪。』本此以論古今之詩，猶方圓之有規矩，曲直之有鉤繩矣。雖然，辨詩於思，其疑似之間，有毫釐千里之失。孟子曰：『不以辭害志，以意逆志，是爲得之。』故楚《騷》之作，其詞託於香草美人，而意主譎諷，誠六義之準則也。漢魏以還，不廢遺旨。自六季詞人流湎失節，風雅之道始喪。沿及唐初，餘風猶煽，陳、張、李、杜之徒，相繼廓清，厥功偉哉！迹其詩，論其人，非得性情之正，慨然篤於匡俗復古之志者，不足以及此。若夫古今詩人，言論志趣，進退一節，可以傾動一時，興起百世者，莫如唐、宋之白、蘇氏。其詩隨物賦形，無所不有，而緣情之作，間出篇什。然一篇之中，如行雲之過空，飄風之度隙，以視描摹烟月，塗澤金粉者，曾不可同日而語。嗟乎！思之所以爲無邪者，於兩家之詩，不亦信哉！

少司寇青浦王述庵先生，今之白、蘇氏也。余童時於江左《七子詩鈔》中得讀先生之作。後遊京師，從友人處見先生《征緬從軍詩》一卷，諷詠心折，以爲當世作者無可頡頏。既而先生還朝，余筮仕省掖，修後進禮，遂辱知愛。嘉慶初元，先生已致仕，來主吾郡講席，始得縱觀全集。凡先生言論志趣進退一節，皆散見於詩，乃益信先生爲今之白、蘇氏無疑。雖然，作者難，知者亦復不易。世之稱詩者，家隋珠而戶荊璧矣。先生既負海內重望，鞶帨之士爭欲攀附以弋聲譽，先生固不惜齒牙獎借。余恐後之讀先生之詩者，未能反覆紬繹，或僅得其詩而不得其詩之思，必將有毫釐千里之失，故特爲推論之。而余之所以尊信先生之詩與其言論志趣者，蓋自有在。

【校記】

〔一〕　此序輯自汪學金《井福堂文稿》〔嘉慶十年汪彥博刻本〕卷九。

附録二　述庵先生年譜

嚴　榮　編

序

先生自通籍登仕途，四十餘載，歟歷中外，文事武略，皆能以功名自顯，而學問文章之業未嘗一日忘。鞅掌之餘，更勤著撰纂緝，積至數篋。迨七十歲乞身歸田，又復兩入京師，還主婁東、敷文兩書院，兼修志乘，故前所著撰，久欲詮次而未果。及在敷文，目力漸眚，乃亟請同志者考定編纂，而《春融堂集》亦以次編成。綜計先生編撰《春融堂集》而外，若《金石萃編》、《琴畫樓詞鈔》、《青浦詩傳》、《湖海詩傳》、《明詞綜》、《國朝詞綜》，俱已剞劂行世。其餘尚有四十餘種，稾藏於家，等身之富，不足多矣。

今先生已歸道山，諸同志請將《年譜》刻於詩文集之末，以資讀者瀏覽，錄譜寄示。榮忝在館甥已將三紀，先生事蹟固已熟志之。而乾隆辛巳、癸未、丙戌間，先生門下士景孝廉人龍嘗敘先生籍貫履歷以爲譜；越十餘年，先生在蜀，族弟昚焜又續譜之；更十餘年，今泉州太守王君紹蘭又爲增撰。然此三本所載，間有參差出入，而各人紀載之法亦殊。榮不自量，竊欲合爲全譜，以示來茲。乃於公餘之暇，詳悉考核，釐爲二卷，附諸集末。其中稱謂，皆以榮爲定，蓋先生同朝之侶暨同學之士，多與榮兩世科第親戚相關也。昔唐李侍郎漢爲韓文公壻，且出其門下，今榮奉侍周旋日久，故與受業者同，而見聞親切，較之前三君所紀爲詳，將來徵文考獻，知人論世，或有取於此焉。

賜進士出身浙江金華府知府前翰林院編修兼撰文充實錄館纂修官子壻嚴榮謹序。

述庵先生年譜　上

先生名昶，字德甫，號述庵。又因有蘭泉書屋、琴德居，故時亦以爲號焉。先世居浙江蘭溪縣，高祖懋忠，字思罔，始遷江南松江青浦縣西珠街角鎮。曾祖之輔，字幼清，貤贈資政大夫大理寺卿，晉贈光禄大夫、刑部右侍郎。祖璵，字魯淵；父士毅，字鴻遠，皆敕贈文林郎、内閣中書舍人，再贈奉直大夫、吏部考公司主事，三贈資政大夫、大理寺卿，晉贈光禄大夫、刑部右侍郎。曾祖母雷氏，祖母沈氏，嫡母陸氏，生母錢氏，皆晉封至一品夫人。三代事實，詳馬庶常曾魯所撰《行狀》及盧學士文弨《墓志》、錢少詹事大昕《神道碑》中。

雍正二年甲辰，先生以十一月二十二日未時生

時光禄公年四十有五，尚乏嗣。春游杭州，禱於靈隱寺，夢人授之蘭，明日市蘭以歸。逾兩旬，蘭茁笋二，一纔出土，殞；其一長尺五六寸許，葉森森如巨竹狀。及夏，沙燕栖於楹，同窠而異穴，人以爲祥。至冬，陸太夫人孕男不育，而錢太夫人生先生。

三年乙巳，二歲

四年丙午，三歲

五年丁未，四歲

光祿公授以宋周伯弜所選《三體詩》，兩月而畢。

六年戊申，五歲

讀楊用修《廿一史彈詞》，粗知歷朝事及古今名賢崖略。

七年己酉，六歲

少羸善病，是年尤劇。

八年庚戌，七歲

就傅，從同邑姜受百秀才鵬源受業。

九年辛亥，八歲

十年壬子，九歲

十一年癸丑，十歲

十二年甲寅，十一歲

十三年乙卯，十二歲

乾隆元年丙辰，十三歲

從同邑胡墅東貢生王道受業，時初學制舉義矣。先是，光禄公撰集《史記》屈原以後迄於明季凡正人君子一百二十人，爲《百世師録》。塾中歸，每日授二三十行。

二年丁巳，十四歲

三年戊午，十五歲

從崑山蔡文舟貢生瓏受業。

四年己未，十六歲

光禄公年六十。

五年庚申，十七歲

從同邑陳穎傳貢生麟詩受業。秋試於府，爲知府山西劉君堯裔所知，拔置第一。

六年辛酉，十八歲

二月，應院試，學政工部侍郎桐城張公廷瑑以第一名入學。先生先於蔡貢生館中得東野堂《韓集》、《歸震川集》、張炎《山中白雲詞》，讀而愛之。至是，乃始學爲詩詞。

七年壬戌，十九歲

秋游神余、横雲諸山，汎泖湖，作詩多效陶、謝、王、孟體，同里張行人梁劇獎賞之。

八年癸亥，二十歲

先生曾祖阡在吴縣靈巖山後硯山西獅峯，以春日祭掃，遂游支硎、光福、石湖諸勝。

九年甲子，二十一歲

正月，娶鄒夫人。夫人爲宋龍圖閣直學士鄒忠公裔申蕃先生維翰之女，居元和縣章練塘，其閥閱世德詳無錫鄒氏家譜。二月，從光禄公游西湖，入靈隱、天竺，抵韜光寺，得詩十數篇，乃彙前所作，編爲《蘭泉書屋集》。四月，光禄公病，八月二十二日逝。時先生侍疾日久，哀勞彌甚，瘧痢交作。十一月，生子肇春。

十年乙丑，二十二歲

正月，肇春殤。

十一年丙寅，二十三歲

十一月，服除。先生居喪讀《禮》，不作詩文。

十二年丁卯，二十四歲

褚左峩秀才廷璋見先生詩詞，屬先生族兄鳳喈秀才鳴盛移書相贈。三月，在長洲謁蔣迪夫恭棐、楊文叔繩武兩編修，勸學古人，以宋文憲爲法。八月，應江寧鄉試，國子監祭酒尹公會一爲學政，錄科第三。長洲吳企晉教諭泰來來定交。報罷後，往宜興游西氿、罨畫溪諸勝，因摹國山碑以歸。金石之好，蓋自此始。

十三年戊辰，二十五歲

二月，學政兵部侍郎莊公有恭歲試取第六，補增廣生，乃與張策時秀才熙純、趙升之秀才文哲、淩叔子秀才應曾輩十六人爲文酒之會。三月，游虞山，還，訪陳見復進士祖范。五月，見惠定宇秀才棟，因識沈冠雲貢生彤、李客山布衣果。定宇博通經術，于漢學最深；冠雲通三《禮》，又與客山並以古文稱。自是潛心經術，吳下詩人年齒倍于先生者，亦多爲忘年友。

十四年己巳，二十六歲

巡撫宗室雅爾哈善課所屬州縣諸生能文者，取入紫陽書院肄業，先生試第一。監察御史王公次山峻爲院長，同院中如褚搢升秀才寅亮、錢曉徵秀才大昕、曹來殷秀才仁虎，皆以經術、詩古文互相砥礪。

十五年庚午，二十七歲

四月，學政國子監祭酒蒲坂崔公紀科試取第一，補廩膳生。五月，禮部侍郎沈公歸愚德潛以年八衰予告歸，鳳喈、曉徵、來殷及先生皆游其門。

十六年辛未，二十八歲

王公次山以病歸常熟，沈公歸愚爲院長。春二月，鑾輅南巡，曉徵、搢升獻賦行在。先生以病未及與試。秋，沈公甄錄先生、鳳喈、企晉、曉徵、升之、來殷及上海黄芳亭孝廉文蓮詩爲《吴中七子詩選》。企晉別業遂初園在木瀆，擅花木水石之勝，清瑶池館、小查山閣尤幽秀，先生、定宇、鳳喈、曉徵、來殷及張古樵岡、沙斗初維杓諸公往游，文酒之盛爲吴中數十年來所未有。自庚午至是，兩年詩，編爲《三泖漁莊集》。

十七年壬申，二十九歲

恭遇皇太后六十萬壽，以春二月舉鄉試。正月，偕企晉赴金陵，寶山朱觀扆孝廉桓復大會諸名士於秦淮，凡二百四十餘人，爲《江南友聲二集》，先生與焉。四月，銅山周貢生毓崙以經學薦，抵吴，來相見。九月，莊公復任學政，歲試第六，試詩賦第一。

十八年癸酉，三十歲

先生館於朱適庭上舍昂疎雨樓，其弟肅徵莅恭、子孟容履長、仲霖用雨皆受業。三月，學政通政使寧化雷公鋐科試第三，試詩賦、經學皆第一。七月，赴金陵，與陶蘅川秀才湘、嚴東有秀才長明及程魚門秀才晉芳定交。鄉試中式第十一名，正考官內閣學士禮部侍郎蒙古夢公麟，副考官翰林院檢討定興王公太岳，同考官如皋縣知縣海寧陳公琨。十一月，由鎮江、揚州至如皋，陳公以公事出，偕族弟南明啓焜留於署者十餘日。邑中姜靜宰孝廉恭壽、宫篤周貢生增祐輩皆舊交，同游水繪園，弔辟疆遺跡，爲詩以紀其事。時夢公已任學政。十二月，還至江陰，往謁，公出《午塘集》屬序，且詢吴下諸文士，先生以企晉、升之、策時、東有告焉。江陰翁霽堂徵君照年七十餘，夙與先生交好，至是訪之，盤花旋竹，兩日而行。是冬，刻《鄭學齋集》。

十九年甲戌，三十一歲

正月北上，二月抵京師，禮部侍郎無錫秦公蕙田方仿徐氏《讀禮通考》之例，纂《五禮通考》，屬先生修吉禮。三月會試，內閣學士鄒公一桂知貢舉，正考官大學士海寧陳公世倌，副考官禮部侍郎滿洲介公福、內閣學士武進錢公維城。榜發，先生中二十四名。鳳喈、曉徵皆中式。同考官爲給事中臨川李公友棠。

時先生名滿輦下，秀水諸襄七贊善錦、嘉興鄭炳也編修虎文、保昌胡靜園御史定以文章風節名，皆愛重先生。而內閣學士仁和金公德瑛尤數招往談讌，因與秀水錢坤一編修載、王受銘舍人又曾、鉛山蔣心餘孝廉士銓友善。

四月，試於太和殿，讀卷官爲大學士滿洲來公保、大學士溧陽史公貽直、協辦大學士刑部尚書滿洲阿公克敦、協辦大學士戶部尚書常熟蔣公溥、刑部尚書諸城劉公統勳、戶部侍郎武進劉公綸、兵部侍郎安溪李公清芬、刑部侍郎漳州蔡公新、工部侍郎新建裘公曰修及陳、介、錢三公。先生以莊君培因榜二甲第七名成進士。又朝考於保和殿，欽定第三名，因驗看揀選入三等，不得用，歸本班候銓選。仍寓秦氏味經軒月餘。

山東吳淩雲運使士功以書幣來請，乃赴濟南。運使使其子廷韓玉綸及楊星標懷棟受業署中，經史頗具。又濟南山水名天下，先生益殫心經術，暇日偕其徒游大明湖鵲華橋、柳絮諸泉之勝。光禄寺卿沈公子大起元爲濼源書院院長，號善言《易》者，見先生如夙契也。

十月，以辭家久，歸省，抵蘇州，而陸太夫人已于是月二十四日逝矣。先生既痛不能侍疾，又不及躬視含殮，終天之恨慟不欲生云。是年詩，編爲《履二齋集》。

二十年乙亥，三十二歲

居憂。夢公約往校文，兩淮盧雅雨運使見曾邀往揚州，皆不赴。吴縣汪心揆秀才爲善偕其弟應奎奐受業於先生。沈公歸愚所刻《七子詩選》流傳日本，大學頭默真迦見而嗜之，附書番舶以上沈公，又每人寄憶一詩，寄先生云：『新吟兩卷重麻沙，海雨江風入齒牙。洵有詩書歸典則，偶將烟月鬭芳華。人如句曲陶弘景，詞比新宮蔡少霞。我欲據梧同詠嘯，滄溟何處覓靈槎。』

二十一年丙子，三十三歲

冬，將釋服，乃赴揚州運使之招。

二十二年丁丑，三十四歲

運使其子及孫受業。時程午橋編修夢星，馬秋玉同知曰琯、佩兮曰璐兩兄弟，江賓谷貢生昱、于九恂兩兄弟，及其家橙里昉、聖言炎，汪對琴秀才棣、臨潼張榆山貢生四科爲地主，酒坐詩場，于斯爲盛。

二月，鑾輅南巡，召試獻賦諸生，兵部侍郎李公因培任學政，以先生所獻迎鑾詩賦進呈。三月，召至江寧，試《精理亦道心賦》、《鴻漸于逵詩》、《經義制事異同論》。命乞養在籍。協辦大學士吏部尚書錢塘梁公詩正、兩江總督滿洲尹公繼善、左副都御史諸城竇公光鼐閲卷，欽定一等第一，賜内閣中書舍人，卽用。同賜官者爲曹仁虎、韋謙恆、吳省欽、褚廷璋、吳寬、徐曰璉，凡七人。

四月，歸里。六月，復往江寧，寓袁子才明府枚隨園，見總督尹公。時程綿莊徵士廷祚通《易》，頗不喜象數，先生與之申鄭、虞之説，無以難也。訪新建吕青陽布衣泰，得其《十學薪傳》以歸。

八月，赴錢塘謁梁公於里第，天台齊次風侍郎召南方爲敷文院長，杭大宗編修世駿亦家居，先生往見之。佛者讓山篆玉居萬峯山房，大恆明中居淨慈寺，以詩畫名。先生過精舍，盤旋移日。居二旬，至吳下，寓蘋花水閣，歸。

九月，鄒夫人病瘵日久，不離牀蓐，扶掖湯藥，左右需人。錢太夫人謀置箆室，以供指使，於是納許孺人。踰月，將爲北行計，因往江陰辭學政李公，遂出大江，泝圌山而下，過焦山，鐵機上人留信宿，去，抵揚州，仍寓運使署中。而紅橋、篠園、平山堂，亭榭花木，風景益勝，運使屬撰《紅橋小志》，以紀其盛焉。是年，在揚州度歲。

二十三年戊寅，三十五歲

正月，無錫顧震滄司業棟高來揚州，以所注《尚書》屬考定。居數日，東還，奉錢太夫人北行。四月，聞座主陳公予告南還，薨于途次，謚文勤。五月，抵京師，寓椿樹衚衕。八月，夢公以兵部侍郎卒于位。

梁元穎侍講同書，梁公長君也，工詩，善書法，性幽澹，不妄與人往還，而獨與先生甚密。十一月，補授中書。編丁丑、戊寅詩爲《述庵集》。

二十四年己卯，三十六歲

先是，梁公以工部尚書召入都，旋改兵部。二月，招先生館于邸第，校勘《續文獻通考》，大學士溧陽史公、常熟蔣公皆以國士相待。是秋，回部平，奉旨加一級。都中以經術文章名者，莊方耕閣學存與、申拂珊府丞甫、盧紹弓中允文弨、楊二思編修述曾、紀曉嵐編修昀、朱美叔編修筠、石君珪、馮君弼寺丞廷丞、祝豫堂舍人維誥、吳荀叔舍人烺皆來數晨夕，連茵接軫，聞者慕之。四月，考試差于乾清宮，閣部、翰詹、科道各衙門進士出身者凡一百五十餘人，上定先生第一。八月，充順天鄉試同考官，正考官錢塘梁公，副考官左都御史滿洲觀公保。先生分校《詩經》。五房得彭光斗、吳璜、夢吉等十一人。九月，協辦內閣侍讀。十一月，直軍機房。是月，詔修《通鑑輯覽》，以先生爲纂修官。

二十五年庚辰，三十七歲

皇太后萬壽開科。四月，試各衙門諸臣于圓明園正大光明殿。太倉邵鴻箴編修嗣宗第一，嘉興謝崑城編修墉次之，先生第三。八月，復充順天鄉試同考官，正考官戶部尚書武進劉公綸，副考官禮部侍郎介公福。先生分校《詩經》。四房得申兆定、白麟等十人。是月初七日，鄒夫人卒，年三十六歲。

十月，遷寓教子衚衕趙給事吉士寄園故址。屋內古木八九章，皆數百年物，先生署其室曰『蒲褐山房』，曰『聞思精舍』，境地深靚，市塵隔絕。先後與趙雲松編修翼、翁振三編修方綱及族子蓬心宸爲鄰。蓬心，麓臺侍郎原祁曾孫，爲作圖以贈。良朋萃止，黄葉盈除，爐香斷續，翛然如在世外也。先生作八絶句以紀之，後門人烏程張漢宣彤書之而刻置於壁。

十一月，萬壽恩詔加一級。詔輯《同文志》，以蒙古、額魯特、回部三種字合於國語，證以漢字，凡天地、山川、器物等名，用三合切其音，又爲注釋而疏通之。先生兼充纂修官，時秀水尚書錢公陳羣以祝釐入都，造訪寓齋，輒譚藝竟日。

二十六年辛巳，三十八歲

春三月，充會試同考官，正考官諸城劉公統勳，副考官戶部侍郎金壇于公敏中及觀公保。先生分校《詩經》。三房得孫嘉樂、馬曾魯、吳興宗、黄楷等十一人。是年，於會試薦卷中錄其佳者爲中書舍人、學正等官，得沈世燾等四人。而吳廷韓、汪心揆亦成進士，授庶吉士。五月，京察一等，奉旨加一級。七月，心揆歿於京邸。是年春，納陸孺人。

二十七年壬午，三十九歲

三月，座主介公卒。四月，復試各衙門諸臣于乾清宮，翁振三編修第一，張懷月舍人霽次之，先生第三。

五月，生女粹卿，名慧仁，陸孺人出。

八月，又充順天鄉試同考官，正考官梁公詩正，副考官觀公保。先生分校《尚書》。三房得景人龍、施朝幹、達勇等十一人。冬十二月，大學士公傅恆奏請以主事用，刑部尚書舒公赫德請爲其屬。時人士造謁者甚衆，而先生閑靜狷介，非文行有志節者謝弗見，以是入其室，研席蕭然，風味不啻書生也。

二十八年癸未，四十歲

二月，充會試同考官。蓋自己卯、庚辰、辛巳、壬午連年五次點充同考，論者謂自來名翰林所未有，可入李文公《卓異記》也。正考官刑部尚書秦公蕙田，副考官戶部侍郎仁和王公際華、吏部侍郎滿洲德公保。先生分校《春秋》。一房得吴霽、楊慰、蔣鳴鹿、甯有誠等十一人。是年，廣西、湖南、雲南、貴州文鮮佳者，秦公彙諸房遺卷屬先生合校之，緣是同考者頗不悦。五月二十一日，上啓蹕幸熱河，先生從。八月十六日，隨輦進木蘭較獵。九月二十二日，還京師。十一月，梁公薨于位，謚文莊，晉贈太傅。

二十九年甲申，四十一歲

二月，補授刑部山東司主事，兼辦秋審處。隨駕詣泰陵，往還凡十九日，撰《西陵扈從記》一卷。四月，京察一等。七月初八日，又隨往木蘭，陳星齋通政兆崙以上書房隨蹕，途次恆有倡和。九月，還京師。十月，充方略館收掌官。

十一月，紹興商寶意太守盤授雲南知府，寶意老詩人，先生集同人餞於畢秋帆修撰沅疎雨樓，以詩送行，寶意稱先生詩爲最。

先是，《三藏聖教》中頗有俚俗猥瑣者，上命諸城劉公詳加删定，公以屬先生與汪康古舍人孟鋗，取經律論，按日排閲，凡六閲月而畢。擬删唐智昇《開元釋教録略出》五卷因《開元釋教録》已入藏、元僧祥邁《辨僞録》六卷辨道士丘處機、李志常等非毁佛法之僞，而稱述楊璉真伽、明《永樂製序讚文》一卷。奏進，上從之。先生素通禪理，及是，三乘七部，窮源溯流，於宗教性相之旨益淹貫融洽矣。自己卯至是六年詩，編爲《蒲褐山房集》。

三十年乙酉，四十二歲

五月，京察一等，奉旨加一級。六月，充方略館提調官。七月，復隨往木蘭。是秋，彭君光斗爲福建永定知縣。鄉試分校得林崑瓊等七人。

三十一年丙戌，四十三歲

二月，上詣東陵，還駐盤山，先生從視河淀。三月，還京師。四月，《西域同文志》告成，議敘，奉旨加一級。是月，陸授刑部浙江司員外郎。户部員外郎西紳素以譎獷稱，與兄西慶有郄，會其三月幼孫死，孫之乳嫗，西慶妾之嫂也，欲藉以誣西慶主謀，故殺刑其乳嫗并及其夫，酷甚，將誣認，先生不可。大學士諸城劉公暨署刑部尚書李公侍堯乃使諸司十三人覆驗，果無毒狀，於是僅坐乳嫗壓斃罪，餘皆得釋。

七月二十九日，陸孺人歿。

三十二年丁亥，四十四歲

春，陞授刑部江西司郎中。上幸天津，先生從。七月，復隨往木蘭。陸璞堂秀才伯焜來京師，寓蒲褐山房。璞堂，文定公樹聲七世孫，而再從兄本蕃之女夫也。是月，兼校經咒館。上稽古右文，尤深梵筴，開經咒館，令章嘉國師偕其徒重譯《首楞嚴經》及諸經祕密咒語。凡漢、唐文字，番僧所未通，須講解之，故有是職。是年，納黄孺人。自乙酉至是年詩，爲《聞思精舍集》。

三十三年戊子，四十五歲

四月，京察一等，奉旨加一級。又奉旨交軍機處，以道府記名。開續三通館，凡纂修條例，屬先生與褚君左峩撰定而奏進之。

七月，兩淮鹽使提引事發，先生與趙君升之坐言語不密罷職。時緬甸未靖，詔以伊犁將軍阿公桂爲兵部尚書、定邊右副將軍，總督雲南、貴州。阿公，文勤公克敦子也，素知先生學問幹濟，由是請以從，詔許之。十月初十日，發京師。十二月二十四日，入滇境。二十七日，始抵雲南府。先生所歷楚、黔諸境，搜奇覓險，詩益富。取《韓詩外傳》饑者歌食、勞者歌事之意，名曰《勞歌集》，迄於凱還而止。蔣舜游檢討鳴鹿序之，以爲屈子之《騷》、《問》、杜陵之詩史彙而成此。

三十四年己丑，四十六歲

正月初三日，由雲南府起程，十一日過下關，十八日抵永昌。阿公已出萬仞關，往止丹山，襲擊緬夷村寨。三月初三日，往騰越，赴阿公招也。頃之，得旨命大學士忠勇傅公恆爲經略。四月初八日，傅公由龍陵赴騰越，巡閱沿邊形勢，而阿公赴大理，簡視馬匹，先生從。十八日還至永昌。二十一日還至騰越。七月初，猛拱土司遣其頭目脫猛烏猛來降，請早發，而右副將軍以二十日啓行，二十三日抵蠻達，酷暑。明日出銅壁關，抵野牛壩。時連旬大雨，八月初十抵蠻暮。九月十八日，水師出江口，賊來逆戰，擊敗之。十月初一日，傅公、阿公里袞至江西岸，初十日合擊賊於江中，殲其頭目賓啞得諾，獲軍械器物無算。十一月十九日，緬酋懵駁以書乞降，經略副將軍乃屬先生偕孫補山侍讀士毅草檄，諭懵駁允其降。而上先以將帥士卒染瘴病，歿者甚眾，不宜冒昧進兵，下詔班師。十二月，還永昌。

三十五年庚寅，四十七歲

先是，傅公還至省城，得旨，令同阿公籌安邊善後事宜。乃以正月初四日啓行，十二日抵省，定議入奏，而各省兵之在邊者尚未盡撤。阿公復還永昌，先生同行，至趙州取道詣雞足山，謁大迦葉尊者道場，止於石淙。遍游悉檀、傳衣五大寺，由猢猻梯陟金頂，望西域雪山，杳渺雲際。二月初三日，至永昌，乘暇游金雞村，云是呂凱故居也。浴於溫泉，又登太保山諸葛忠武侯祠、沙河寶山寺及龍泉亭諸勝。而上以撤兵三月，緬酋貢表未至，令彰總督寶遣守備蘇爾相持檄往責之。緬酋留蘇爾相，阿公乃復馳赴邊徼。九月，緬酋遣夷人具稟阿公，請暫止襲擊之舉，分兵駐各關隘。十一月，如騰越，先生暇時過毘盧寺，觀疊水河懸瀑，又城中有魯家梅甚古，城南有金家松屈曲如蟠螭，恆攜酒榼，吟嘯其下。金氏子弟出見者，爲指示文章流別。是年，浙江石門知縣黃楷鄉試分校，得莫大邦等七人，江西弋陽知縣吴興宗分校，得戴心亨等八人。自戊子從軍至是年正月，凡山川、風土、行軍調發，一一紀載，成《滇行日録》三卷、《征緬紀聞》三卷。

三十六年辛卯，四十八歲

時大兵久撤，幕府清閒，乃借《性理大全》、《語類・或問》、《王文成公集》讀之，求天人、性命、修身、立行之要。

六月，阿公罷用，理藩院尚書溫公福代之。八月，溫公至永昌，復奏留佐軍事。會四川小金川土司澤旺之子僧格桑指沃日咒詛，發兵盡佔其地，並侵據明正土司濃等寨，而金川應襲土司索諾木亦併革什咱，殺其土司。上命溫公移師赴四川督辦，溫公請以先生行。九月二十五日，與趙君升之暨中書舍人王君丹宸日杏發永昌，行次合江，諸生段雲程午夜來送，先生惘然，占一絶贈之。四川鄉試孫君嘉樂爲副考官，得葛良杰等六十人。途次來謁者甚衆。

十月初九日，奉旨賞給主事，隨往四川軍營辦事。二十日抵成都，二十四日選授吏部考功司主事。十一月，萬壽恩詔加一級，赴西路進討。自過灌縣，路皆在山腰，峭折如線，下俯絶澗，又連日冰雪凝凍，騎馬險滑無比。

十二月初二日，僧格桑遣人訴沃日詛害狀，溫公屬先生作檄斥其罪。十五日，師克斑斕山，抵達圍，破斯當安，進攻日耳寨。除夕，烽火滿山，鎗礮如雷雨，聞呼戰聲殷山谷也。至此，著《蜀徼紀聞》四卷。

是年，吴興宗分校，得黄壽齡等八人； 黄楷分校，得張敬止等七人。

三十七年壬辰，四十九歲

正月，在日耳。二月，參贊大臣五公岱與溫公訐訟，詔罷五公，命阿公往北山木雅斯底代統其衆。先生從阿公督兵，緣山而下築卡，斷日耳賊人來往路。三月初九日，賊遯，退據阿喀木雅，十一日賊復棄寨去。溫公從中路攻木闌壩，阿公循北山攻美美卡，卡北有東瑪、色渠諸碉，爲別思滿賊人來路，與美美互援應，亦次第攻之。科爾沁親王色布騰巴爾珠爾及兵部尚書果毅豐公昇額，以鞫五公事來于軍。

時南路總督桂公林統兵次達烏，賊據險，久不能克，乃以兵三千屬參將薛琮從墨壟溝經郭舟山欲出賊後，既行，大雨雪，兵無繼者。金川賊人由格六古來援，絕後路，糧盡，全軍皆沒。上削桂公職，趣阿公督南路兵。阿公奏以先生從。

五月十八日，自阿喀木雅啓行，二十三日抵成都。六月初四日，抵卡了，接到部咨，于進勦小金川、攻克斯底葉安案内議敘軍功，加一級，紀録二次。八月，接到部咨，于攻克東瑪案内議敘軍功，加一級，紀録二次。十月，接到部咨，于攻克資哩案内議敘軍功，加一級，紀録二次。

時計達烏久不攻，賊必無備，乃於十一月初四日子刻潛師渡溪，據其碉卡，翁古爾壟之賊亦恇駭，遂破其柵。二十四日，復以皮船渡水，破僧格宗，番人來降，皆釋勿殺，其得户口六千餘。十二月初五日，克美諾，僧格桑走占固。溫公亦克蒙固寨，屆美諾會師。僧格桑遁入金川，澤旺降，械送京師。十三日進討金川，議分三路： 溫公偕參贊哈國興由空喀； 阿公偕參贊明亮由當噶； 豐公偕參贊舒常往綽斯甲，由日傍俄坡。

先是，阿公奏先生獨子，母年七十有餘，深明大義，勗以殫心軍事，今從軍已五年矣，請量加拔擢。至是得旨，以吏部員外郎陞用。二十一日，哈君病歿于占固。哈君本回人，勇敢識兵機，善馭邊夷，軍中皆惜之。奉旨以海蘭察代焉。二十四日，還至僧格宗。二十九日，進次郎車爾宗，臘杪，聞座主錢公以十一月病卒。是年四月，許孺人病歿。

三十八年癸巳，五十歲

正月初一日，從師由美諾進發，次當噶山，山脊長幾二十里。賊排十四碉于上絕險處，鎗礮可互相援也。二十日攻最西山峯，克之。二月二十六日、三月二十一日，攻中兩大碉，又克之。官兵營壘與賊錯處山脊上，兵少，弗能徑下。自春徂夏，雨雪甚，賊碉在雲霧中，碉下徑仄而陗，雨久泥滑如錫，故久之未盡克。

而將軍溫公自空喀移兵木果木，屢攻不得利。賊煽小金川人各反其地，先侵登達、占固。提督董君天弼赴水死，遂分寇登春八卦碉，海君與總督奪隘出，溫公兵潰，出營數里而歿。吳君璜、趙君升之、王君丹宸歿於事，蓋六月初十日也。

是月，接到部咨，于攻克翁古爾壟案內議敘軍功，加一級，紀錄二次。金川既得，美諾乃悉其衆以犯當噶，兵皆力戰，賊不能逞。參將劉輝祖率一百四十餘人拒之，自亥迄寅殺傷賊二百餘，而領隊大臣奎公林於色木則隘口拒賊，日十餘接，皆有殺傷。賊畏當噶兵堅，遂乞降。阿公知當噶不可守，姑如其請，七月初一日撤至翁古爾壟。阿公奏沃日係進討正路，請往視師。十五日，自翁古爾壟行，先生從。抵成都，署按察使顧君晴沙光旭先爲死事諸大臣立祠草堂寺側，名慰忠，且索先生撰碑文。先生往奠哭之。

二十八日西行，接到部咨，于攻克僧格宗案内從優議敘軍功，加二級。時晨夕得警報，而詔旨詢問無虚日，先生日行三四站，夜則具章奏、治文書，以是得疾。八月初七日，抵日隆關，稍瘳。是月，接到部咨，于攻克美諾案内從優議敘軍功，加二級。上發吉林索倫及京城健鋭、火器兩營，又陝楚兵共一萬六千，南路以明公亮爲副將軍，故侯副都統富公德爲參贊大臣，其綽斯甲路副將軍、參贊如故。十月二十七日，分兵進討烏什哈達等。先進襲美美卡，據之。額君森特由資哩克阿喀木雅及沃日，海君蘭察克北山之碩藏噶阿克爾布里，合兵上據兜烏。十一月初八日，兵至大板昭，僧格桑復竄入金川，蓋八日而小金川地悉平。是月，補授吏部稽勳司員外郎，議攻金川以明年正月，三路合力進攻。

是時，得家書，具知京城冬暖，太夫人聞收復小金川捷，爲加餐飯。

三十九年甲午，五十一歲

正月朔，自美諾啓行。初十日抵谷噶，駐營時大雪，賊拒喇穆，都統海君等督兵進攻，克之。九月，接到部咨，于收復美諾案内加一級，紀録二次。時都統兵又攻遜克爾宗。十月，潛以兵旁上穆果爾山，遂克日爾巴當噶，抵達爾札克，與參贊大臣五公岱兵合。十一月，克格魯古，出滅金嶺後，賊人遁，乘勢下至江岸。明公亮至宜喜，與參贊舒公出賊不意，攻破數碉。賊堅守，又移兵攻日旁，克之。距大江不遠，與西路兵烟火相望也。

刑部侍郎袁公愚谷守侗四月中按事來川，詔令便赴軍營眎狀，袁君知軍牘皆先生一手所辦，回奏，上嘉之，有旨垂問。阿公覆奏，得旨，擢吏部郎中。是年七月，户部郎中孫嘉樂督學雲南。八月鄉試，侍講白麟典試河南，得劉師柔等七十人；中允夢吉典試山西，得閆安寅等五十人。浙江蘭溪知縣耿學模鄉試分校，得唐燦等七人；慶元知縣熊珍分校，得沈景熊等六人。前任分巡廣東肇羅道彭君樂齋端淑，蜀中靈光也，以詩古文稱，教授成都，寓書來與先生定交。

四十年乙未，五十二歲

正月，在密喇噶喇木軍營。四月，明公等由宜喜下攻，盡克達爾圖、基木斯丹、當噶、俄坡、甲索。而西路官兵亦於十五日克擦庸羣尼，十九日克木思工噶克，二十一日克下巴木通，五月十二日又克遜克爾宗。六月，先生補吏部文選司郎中。七月十二日，進攻勒烏圍。八月十六日，克勒烏圍賊巢。九月初七日，克莫古魯及達烏達圍各碉。閏十月十四日，克西里。十二月，官兵上格隆古山梁，科布曲碉寨悉下。十七日，克則朗噶克，下壓雍喇嘛寺，取之。索諾木之母阿倉及姑阿青時在河西，甲雜路斷不能歸，二十日來降。於是移大營於噶喇依之上，即乾隆十三年《金川方略》内所稱刮耳厓。而北路官兵亦進取河西之地，兵至噶喇依對岸，南路官兵取馬邦曾達，進至噶喇依南，移巨礮、築長圍，合力攻擊。是年，編《勞歌集》成。

四十一年丙申，五十三歲

正月，在噶喇依軍營接到部咨，于攻克勒烏圍案內議敘軍功，加二級。又于攻克噶喇依案內從優議敘軍功，加二級。又於金川蕩平案內奉恩詔加一級。時西、南、北三路官兵會合，四面力攻，橫橋長塹，水陸俱斷。索諾木兄莎羅奔岡達克、索諾木明楚克等相繼投出。二月，合攻益急，初四日昧爽，索諾木率其兄爽爾沃雜爾、弟斯丹巴、妻巴底土、妹得什安木楚及大頭人丹巴訛雜爾，並餘眾二千餘人，齎印出降。僧格桑先病死，并以其首獻。

是晚，用八百里馳奏紅旂告捷，兩金川地悉平。先生在軍營，前後九年，和平簡易，自科爾沁親王及副將軍、參贊大臣等無不親而重之。

三月初二日，自噶喇依班師，道路皆設戲棚燈彩以志凱樂。十四日抵省，吳沖之學使省欽、曹荔帷員外焜、顧晴沙臬使排日置酒，楊笠湖刺史潮觀、沈太守清任、彭樂齋觀察帬屐畢至，頗盡譚讌之樂。

二十日自成都啓程，四月初四日抵西安，袁侍郎愚谷方從甘肅使回至此，王夢樓太守文治、嚴東有侍讀皆在巡撫畢公署，置酒觀劇，二八遞進，逮更餘始別。初六日寅刻抵臨潼，浴于溫泉。

二十三日，至良鄉之竇店。二十六日，上令王大臣等賜凱旋諸將佐飯。二十七日，駕至黃新莊郊勞，先生用戎服行禮，賜茶。次日至京師，見太夫人康强如故，喜心翻倒，不覺流涕被面也。

二十九日，上遣皇子獻俘太廟。五月初一日，上御午門受俘，訊於瀛臺，刑部以逆酋兄弟久抗顏行，罪不赦，磔死，懸首藁街。是日，上幸紫光閣賜宴，作四裔之樂，宴畢，復被白金、緞匹、朝珠、荷包之賜。初五日，得旨：『吏部郎中王昶久在軍營，著有勞績，著陞授鴻臚寺卿，賞戴花翎，在軍機處行走。』是時，由科甲出身賜花翎者，惟大學士金壇于公及先生而已。謝恩召見，詢軍營前後八年事甚詳。是月，上命纂《金川方略》，充總修官。月杪，濕瘡發，臥牀笫者三旬餘。七月，擢通政使司副使。時上已幸熱河，乃馳往謝恩，召對，問蘇松風俗及王鴻緒、張照各家事，並九峯三泖形勝若何，詳對久之。命隨獵木蘭，復蒙召見，再詢溫福軍營潰亂，南路何以獲全軍而出，對以副將劉輝祖、劉俸及奎林等力戰之功，且奎林能與士卒同甘苦，致士心堅定故然。上笑曰：『奎林原有成勞，但性情怪異耳。』獵畢，命入大樹園筵宴，觀烟火。回至京師。

先生自庚辰秋寓教子衚衕，凡十有七年，至是移寓爛麵衚衕，京洛名流如陸健男學士錫熊、金輔之殿撰榜、周書昌編修永年、戴東原庶常震、任幼植吏部大椿、洪素人刑部朴及其弟舍人榜、張商言舍人塤、吳泉之助教省蘭、吳竹橋上舍蔚光、吳胥石孝廉蘭庭及門人張漢宣彤、黃仲則景仁、胡元謹量，執經譚藝，文酒之盛如初。

四十二年丁酉，五十四歲

自丙申小除日瘡疾復發，呻吟牀蓐者二旬餘。正月二十三日，孝聖憲皇后仙馭上賓，力疾而起，入直哭臨。上命同尚書梁公國治、副都統博清額、給事中劉謹之恭繕一切典禮。蓋以《會典》中有列后大喪儀，排日紀事，仿而志之。四月十四日，葬泰東陵，先生從。二十五日，恭奉神御還京。五月初一日，升祔太廟，禮成。奉旨，隨往諸臣加一級，先生已於三月擢大理寺卿，又以升祔覃恩得封三代，曾祖、祖、考皆贈資政大夫如其官，妣皆封二品夫人。

十一月初十日，奉旨磨勘各省鄉試中式卷。是秋甯君有誠爲江西奉新縣知縣，鄉試分校得陳曰芳等八人。楊君慰爲福建詔安縣知縣，分校得邱立人等七人。淩君夢曾爲四川南部縣知縣，分校得李傑牲等八人。先生素甘恬退，仕宦非其所尚，自蜀歸，卽有乞身之意。故是年以後，總以『杏花春雨書齋』名其集，蓋取諸虞道園詞云。是年四月，納謝孺人。

四十三年戊戌，五十五歲

正月十八日，上恭謁陵寢，先生從。二十二日，先謁泰陵，次謁泰東陵。二十三日，祭泰東陵，從臣皆於門外行禮。二十六日回京。

先是，《大清一統志》成於雍正四年，至乾隆二十三年平定準噶爾及回部，拓地二萬餘里，且府州縣添置改析者多，上命重修。迄十餘年，尚有雲南、貴州、四川、江西、江蘇、安徽、浙江諸省及外藩諸部落未成。亦命先生爲總修修之。是年，邵二雲庶常晉涵、孔眾仲庶常廣森、洪谷主事繼涵、汪劍鐔孝廉端光、張芑堂貢生燕昌、王竹所上舍初桐，而門人金雲莊主事德輿、徐尚之上舍書受、汪書年上舍大經、楊蓉裳上舍芳燦及其弟荔裳揆，常以譚藝過從。侍講白君麟會試分校，得蔡廷衡、吳璥等十一人。

四十四年己亥，五十六歲

正月初六日，女粹卿歸于榮。是時，先大夫官中書，與先生同在内閣，意氣投合，交親之誼彌篤。十六日，上以孝聖憲皇后大祥謁泰東陵，先生從。二十六日，回京師。

先生因光祿公、陸太夫人未葬，屢欲乞歸，不果，至是以二十八日具奏陳情，蒙恩允許。遂於二月十一日奉錢太夫人由水道南旋，而自取陸路先歸部署。三月二十四日抵家，上冢，以三次所頒誥詞焚黄告祭。存問親故，引親族窮乏者任卹之。四月二十六日，太夫人亦至。五月初一日，依遷葬禮服緦，且乞盧紹弓學士撰墓志，梁元穎侍讀書之，錢曉徵少詹撰神道碑，翁振三學士以分書書之。七月初十日窆，儀節規制具自撰《歸葬小志》中。届期，遠近會葬者數百人，布衣白首之交及遠方儒生居其半焉。

八月十八日赴京，過吴門，見彭尺木進士紹升與譚安養法門，甚合。布衣江艫濤聲精《古文尚書》、《説文》，來講學。至無錫，顧晴沙觀察、周抑亭太守際清、楊永叔上舍揩、和叔掄邀游寄暢園，觀王孟端竹鑪，觀察命工製一鑪以贈。九月初一日，至常州，集趙緘齋郎中繩男味辛書屋，而項秀才森者病於家，遣子以所辨《太初三統術》來就正。過瓜洲，見高旻寺僧照圓貞，照圓爲磐山法嗣，扣擊如夙契也。至揚州，汪劍鐔、江秋史德量來見，江都汪容夫貢生中以所辨《尚書·金縢》諸篇相質。

十六日，至王家營。先是戊戌秋，河決儀封十六堡，久未塞。上命英勇阿公莅工，公聞葬，遣使來賻，因往謝之。遂登陸過邳州。門人睢南同知孫步雲來見，談論至夜分乃去。二十六日，至儀封，見阿公及總河袁公愚谷、河南巡撫陳公輝祖，遂閲南北壩及引河情狀。十月初二日，由延津北上，十七日抵京。

十八日，趨赴宫門請安，召見，詢江南預備南巡事宜，高郵、寶應水勢，一一陳奏，且言河南河工大概。翌日，遂命明春隨蹕。時先生僦居東華門外西堂子衚衕，新知若貢生洪稚存亮吉、趙億生懷玉、弟子若楊荔裳、徐尚之、張漢宣、黄仲則等，數過從談讌如曩時。十二月十九日，補授都察院左副都御史。

二十一日，又有旨授河南布政使，户部尚書梁公國治言在軍機房久，多聞舊事，請留。遂以太僕寺卿江君蘭代之。

四十五年庚子，五十七歲

元旦，上御太和殿受朝，先生以副都御史上殿侍班，午刻筵宴。京師去冬少雪，是日子刻，同雲四合，從卯至午積雪四寸有餘，官民歡呼稱瑞。十二日，隨侍南巡啓蹕。十四日，次紫泉，賜直隸大吏食且觀劇，先生與焉，并命和御製詩。至夕，召觀燈火，入宴。

元夕，次趙北口行宫，復命觀燈聯句，同作者額駙忠勇公兵部尚書福公隆安、吏部尚書協辦大學士嵇公璜、户部尚書梁公國治、直隸總督袁公守侗、户部侍郎和公珅、董公誥、禮部侍郎達公椿、内閣學士兼禮部侍郎嵩公貴、翰林院侍講學士國公柱、左春坊左庶子劉公躍雲、陳編修崇本，凡十二人，得庚字七言排律五十韻。是夕，層冰皓月，積素皎然，箏版參差，魚龍曼衍。獲與賡歌之盛，真異數也。時以萬壽恩詔加一級。

十九日，次絳河，山東巡撫暨布政、按察兩使來迎，賜食、和詩如前。三十日，次泉林，賜食，復頒示御製七言律，令和之。二月初九日，次桂家莊，同江南總督、巡撫、鹽政、織造暨兩使賜食，又敕和御製詩。初十日，聖駕渡河，禱於神，卽事賦詩，次直隸廠，敕令恭和。是日，儀封十六堡決口合龍，僉謂至聖積誠所感也。

十四日，至揚州，奉命祭宋宗忠簡公澤、明史忠正公可法、本朝張文貞公玉書于京口。二十三日，至蘇州，奉命祭吴泰伯、范文正公仲淹、湯文正公斌、陳恪勤公鵬年、張清恪公伯行祠，復命。又同浙閩總督、巡撫、兩使諸臣入宴和詩。三月初二日，次杭州，命祭陸宣公、錢武肅王、岳忠武王、于忠肅公祠，又賜御製《全韻詩》擬白居易新樂府，又敕和御製《杭州即事》、《瑪瑙寺》、《葛嶺》諸詩。十五日，回鑾，次嘉興，奉命授江西按察使。

十六日，山東壽光縣民魏萬年控縣令勞敦樟派累，有旨令同刑部侍郎阿公揚阿會鞫，謝恩請訓。行清江浦，漕運總督鄂公寶來晤。英勇阿公、兩江總督薩公載、布政使吳公壇，皆以相度雲梯關海口形勢駐此，先生往見之。渡河，取王家營陸路，由宿遷、郯城、沂水、蘭山、臨朐，以二十九日抵青州。四月，阿侍郎自京師至，同讞事。十九日，讞事畢，發摺行。聞璞堂成進士，尋改庶吉士。抵濟南，見蒿庵書院院長王惺庵進士元啓，嘉興人，工推步，所校《史記·天官書》、《漢書·律曆志》尤爲精核。

行抵博平珠官屯，復命。召見，命赴江西，且垂詢母尚健否，予五日假回籍迎養。五月，抵里，遂奉太夫人啓行。六月十一日，抵南昌，接印任事。十三日，具摺謝恩，并陳到任日期與經過地方晴雨狀。十八日，太夫人從水路至。

江西環山帶水，多竊盜，如臨川一縣報竊而未獲者，自四十一年起至四百餘案。先生以爲盜者亂之漸，竊者盜之漸，人少則竊，稍多則盜，再多則亂，其勢相因，而皆起於貧民之游手無藉者。于是檄府州縣力行保甲，先書無業惰民好賭生事者，遇有竊發先詰之；次責保甲毋得容留外縣人，有則詰所從來及其所業與本籍姓名，書于冊。無業者逐回本縣，可疑者執而訊之，以杜姦宄之原。江西人聚族以居，有所爭，各選族之狡悍不畏死者什百爲羣，互相格殺，謂之羣毆，亦謂械鬬。先生曉以若輩之爭，大率山頭地角所植穀物、所產竹木，爲數無多，而彼此殺傷甚有至四五命者，實爲大惑大愚，遇事宜各三思，毋輕性命，毋蹈前轍。又有建家祠于府城省會中者，遇訟則出祠堂公產之資招請訟師，反覆告訐不休。先生曉以祠堂本爲敬宗收族而作，所以教孝弟、敦婣睦，今盤踞爲構訟地，變詐機巧，無所不至，豈前人立祠本意？嗣後有似此者，當依前巡撫輔德所奏，毁其家祠。州縣審命盗之案逾限者纍纍，先生謂承審各案，豈皆難辦，必須往返咨查，從容訪詢者，大抵州縣中或好聲色，或飲酒逸樂，流連光景，因以致此，各宜振厲奮發，刮洗舊習，依限完結，違者必揭參示儆。因飭胥吏，每因至，三日内必讞，讞畢卽發回，率先以振起之。時靖安縣張起鳳毆死其八歲甥，傷痕微渺，縣以爲顛墜死，府以爲毆死，犯者游移其詞，先生集府州縣之在省者三十餘人親往檢驗，與衆共著之，供詞乃定。凡讞事，坐堂皇，不坐燕室，計六十餘日中，讞決者百有餘案。

而錢太夫人自三月來，飲食漸減，由錢塘換船赴任，冒暑雨，病鬲益劇，既而氣逆上，以八月二十四日酉時卒。先生哀毁盡禮，蓋太夫人以是年十二月十六日年八十，宗人鳳喈光禄、錢曉徵少詹皆已先期作文介壽，而不及稍待，以是增慟焉。九月二十二日，扶柩由彭蠡出大江，順流而下，以十月十七日回籍。是年，紀隨蹕至赴任爲《屬車雜志》二卷、《豫章行程記》一卷。

四十六年辛丑，五十八歲

居憂。先是，所居蘭泉書屋年久頹圮，因稍葺之。光禄公常以思岡公來未立宗祠爲憾，又慕范文正公義莊，勗子孫有力當勉爲之，先生併欲置家塾以教族人子弟。己亥秋，卜地，於所居橋南起祠屋三進，共二十間，置田五百畝以供其用，又藏經、史、子、集四萬餘卷，金石、文字、法帖二千餘通，詳見自撰

《祠塾規條》及《塾南書目》。八月初十日，奉錢太夫人柩合葬于雪葭灣。是時，先生尚無嗣，因議以從弟曦長子肇和爲子。是年六月，四川進士楊君卓莅青浦任，請先生修縣志。

四十七年壬寅，五十九歲

住萬壽道院志局，遠方賓客門弟子雜遝過從。四月，浙閩總督陳公輝祖書來，以《西湖志》雍正初年所輯，迄今幾五十年，翠華五屆，宸章奎藻，俱未恭載，而名士藝文及祠廟寺觀重葺者，皆當蒐討續載，請先生爲總修，謝不赴。十月，禫，陳公再以書來促，乃往，寓西河陳氏就莊。先生發凡起例，粗具稿，復以病歸家。月餘，稍愈，時陳公以事落職。河南巡撫富公勒渾晉總督，甘肅布政使福公崧晉巡撫，先後抵任，皆先生舊好也。乃復往《西湖志》局。歲暮歸，葬鄒夫人及許、陸兩孺人於雪葭灣新阡，而自爲生壙焉。

四十八年癸卯，六十歲

正月十四日，復由蘇州至《西湖志》局。值上元後尚寒，湖上游人晚間稀少，先生數理小舟，乘月游歷諸勝，同局諸子呼伶人數輩箏笛隨之，遥望湖心亭及沿湖樓閣，燈火微茫，間出林際，而遠鐘星星與箏版相間，覺此游如在方壺、瀛島間。族子嶰谷宜爲之圖，諸子多作詩以紀之，開化門人戴金溪秀才敦元亦來湖上，而竇公東皋爲學使，金韻言助教學詩、沈芝生秀才清瑞在幕中，時出爲文酒之會。二月十六日，福巡撫傳旨，補授直隸按察使，時志已修十之七八，乃以稿封交撫署而歸。

二十二日，抵家。二十六日，辭家廟行，回首故園，殊戀戀也。二十八日，抵蘇州，見閔巡撫鶚元，發摺，謝恩。初一日，自蘇州行抵泰安，孫補山方伯遺人來候，始知改調西安按察使，蓋秦公承恩已陞任湖南布政使故也。二十三日，抵圓明園。二十五、二十七兩日，皆召見，命速赴新任，遂陛辭。四月初四日，出都，取道山西，二十三日抵西安，著《適秦日録》一卷。

見巡撫畢公，慰勞殊歡幸也。是秋鄉試，吳君興宗爲商州鎮安知縣，分校得王榜榮等八人；黄君楷爲儀徵知縣，分校得薛體洪等九人。十月，具奏，命盜凶犯脫逃，通緝宜行於定案之時，不應行於半年之後，使姦宄得以從容竄匿。又陝西所屬，南如興安、漢中，北如榆林、延安、綏德，皆距省一二千里，秋讞時囚徒解省恐致脫逃，請令各道就近覆録。皆得俞旨允行。時吳企晉舍人爲關中書院院長，嚴東有侍讀、錢獻之州判坫、莊似撰明府炘、徐友竹上舍堅、洪稚存孝廉、孫淵如上舍星衍及王敦初上舍復，皆在長安，公務稍閒，輒以詩詞倡和爲樂，惟聞黄仲則歿於山西運使署中，爲之纍欷竟日。先是，先生集朋好工詞者爲《琴畫樓詞鈔》，企晉請梓之，兩月而成，計二十五家，共二十五卷。是年，娶媳錢氏。

述庵先生年譜　下

四十九年甲辰，六十一歲

上年十月二十五日，榮婦王恭人粹卿歿，至是得家報，先生哭之慟。

四月，聞甘肅固原屬鹽茶廳回人田五阿渾倡復新教，糾眾攻破西安州土堡，海城小山回賊附之。

回人最尊者曰罕，其次阿渾，蓋通經典主教之稱也。總督李公侍堯、提督剛君塔由八百里具奏。十九日奉旨，以西安州距陝西長武六站，恐回人竄入陝境，命往禦之。二十日，秋讞畢，遂行。二十二日，至長武。長武有都司一員，兵一百三十名，爲提督調去。存三十名，又益以宜君兵五十名，合參將孫受兵四十二名，共一百二十名。而長武之通甘肅者有七路，各以兵役數人守之。李公已赴鹽茶游擊，高人傑督兵截殺，田五自戕死。

二十三日，提督與賊餘黨張文慶等戰於浪山，賊走會寧。時孫受所領兵與宜君兵復被提督調往，長武勢益單。又聞賊由打喇池、狼山口走安定之官川，其地爲前回人馬明心所居，新教回人最多處也。賊由此而東南，勢張甚。先生以爲甘、陝相通路徑，長武最要，鳳翔、隴州次之。總兵三君德從興安率兵至鳳翔，巡撫屬其在隴州駐守。而長武至隴州當由邠乾東折而南，計七站。若由長武而南，逕靈臺縣之獨店、麟游之天堂鎮、寶峪山，逕鳳翔至隴州，計程三百里，一日可達。乃令各縣量設驛馬，於是隴州之信朝夕相通矣。長武兵除分守隘路外，四城門及監獄、倉庫皆需撥兵防守，又運送軍須，兵無可用，乃借兵於三君，得兵二百，令通判黃秉哲率領以來，殺牛享之。分撥城內外，聲勢稍壯，民心乃安。

五月初五日，賊從官川徑瓦岔擾車黃寨。初六日，搶西鞏驛馬，初七日，搶義岡川，初八日，擾魏岔，又自馬家堡翻山走安定，典史費元登遇賊死。於是石峯堡賊附之，破通渭，典史溫模自縊死。在籍知縣李南暉率子弟巷戰，皆遇害。初九日，掠蔡家堡。十一日，明副都統善、孫參將以滿漢兵一千七百人住高廟山擊賊，賊佯退，伺官兵稍懈，四面緣山而上，明、孫戰歿，亡者數百人。

賊烽距長武不及三百里，事亟，先生乃試炮巡城，爲防禦計，數堞以分人，因人以料物。籍城外民强壯者，識其名，如有急入城協守。凡刀矛、銅鐵、炮石、燈燭、油米之類悉具，民恃以無恐。邠乾、永壽皆鑿塹填門，而長武民出入往來自若也。聞石峯賊欲由秦安之蓮花城進擾隴州，提督與將軍傅公（玉）分駐鹿鹿、黑風兩山。十七日，賊一走秦州，掠官子鎮，一走伏羌縣。十九日，圍縣城，知縣楊君蓉裳悉力固守。先是，李公追賊，輒尾賊行，至是屢得嚴旨，乃以二十二日會三君兵，擊賊於北山梁，三君力戰破之，伏羌圍解。

二十四日，賊上鎖子峽，走蓮花城，分竄靜寧水落城及底店石峯堡。而上已命大學士阿公、戶部尚書福公（康安）、領侍衛內大臣都統海侯（蘭察）領京兵從山西來，工部尚書信勇復公（興）領兵從河南來。福公以六月初五日過長武，馳抵隆德，以李公械送京。將軍莽（古賚）統寧夏兵一千，阿拉善王（旺親班巴爾）統蒙古兵一千五百，皆會隆德。十一日，先剿底店之賊，自辰至酉殺賊三百餘人，賊首馬文熹率眾降。

十五日，四川將軍義烈公保（寧）統屯練亦至，大軍進逼石峯堡。考石峯堡卽《唐書》吐蕃之石城，明成化四年滿俊據此作亂，項襄毅（忠）列兵圍之，其將出沒被擒，俊乃降。先生詢西安人曹光芳等，亦云『此堡離通渭城五十里，登鹿鹿山望之，一切了了可見。其地四面峭壁，一線螺旋上，多土窑石洞，賊匿其間』云。十七日，阿公過長武。二十一日，臨石峯堡督諸軍攻剿，又相山址要處築卡，斷其水道。七月初四日，堡內投出婦女一千五百餘名，至夜賊欲突圍走，海侯覺之，率兵邀截，射殪者無算。初五日，破其堡，阿渾張文慶、李可魁、馬四娃等就擒，餘黨逃逸者悉搜捕誅之。時聞敷君（倫泰）將踵三君赴甘肅，調太原總兵富君（敏泰）代之，先生恐其未習地利，遂由靈臺赴鳳翔、過汧陽，乘便鞫事，從隴州出長寧驛，與敷君相見，且閱各要隘形勢，復歸長武。李公械至刑部，論斬下獄，提督革職發伊犁，阿渾等皆磔於市。是役也，自陝省緑營駐防五千名之外，調晉省兵二千名、京兵二千名，絡繹過長武，需車輛馬騾約以萬計，又銀錢、火藥、鎗炮、軍裝駝載者，又以千計，危如碁累，紛如蝟集。而先生不攜胥吏，不藉賓僚，飛書草檄，咄嗟立辦。暨乎班師竣事，無一舛錯遺誤者。奏上，輒奉旨嘉許，並議敘加二級。

程魚門編修自都來訪，六月抵西安，先生未及見，以詩迎之，未幾卒於巡撫署。方事之殷也，尚與蓉裳遥相倡和。所過邠、岐、汧、隴，以詩紀其風土。又以長武學廢，兩廡圮，栗主久失，乃出俸錢，率署邠州知州張曾育、長武縣知縣樊士鋒修之，子衿奮踊輸助，閱兩月而成，勒石以記其顛末。

五十年乙巳，六十二歲

在西安時，畢公被旨陛見，以正月初十日起程，布政使圖公薩布署巡撫事，先生署布政使事。二月十七日得旨，畢公調河南巡撫，何公裕成調撫陝西。三月，何公至西安，先生仍回本任。先是，城南興善寺，隋時古刹也，前有轉輪殿，庋藏經，歷久傾圮。先生集衆願修之，并勒文以紀其略。又畢公修西郊大崇仁寺，並起五百羅漢堂，屬文爲記，令嘉定汪貢生照以隸書書之，而勒諸石。十月，得旨，何公調撫江西，以貴州巡撫永公保代之。圖君奉旨陛見，先生仍署布政使。迄十二月，謝事。嘉興張孝廉誠來謁，孝廉喜爲五岳游，蓋徐霞客之流亞云。十二月十九日，祀蘇文忠公於廉讓堂，陪祀者十餘人，作詩記之，以公曾仕鳳翔通判也。是年八月，黄孺人病歿。

五十一年丙午，六十三歲

先是，壬寅歲，先生修《青浦縣志》，稾存篋中，攜之西安。至是二月，志成，屬吳江史君誦芬善長賫送巡撫閔公，使縣令刻之。又因各省刑名皆有省例，蓋舉部駁之案及條例之異常者，纂輯成帙，以備稽考，西安獨無，遂飭吏胥盡發數十年舊案，編成五十卷，刻藏于署。

四月，圖公授湖北巡撫，湖南布政使秦君承恩調補陝西，先生復署事。六月，秦君至西安。七月，河南伊陽縣民秦國棟等三十餘人戕知縣孫岳灝而逸，畢公搜捕不獲，因奏言『伊陽壤接湖、陝，恐由熊耳諸山逃入商洛、鄖西諸處』。得旨派往督緝，於是先赴商州。以商州龍駒寨下接河南淅川，爲商民販買水陸要路，檄州同李景蓮派兵役邏之。八月初二日，奉旨授雲南布政使，仍令督捕事竣入都陛見。乃遍歷雒南、山陽，由曼川關下漢江，過湖北鄖西，抵白河洵陽，還至鎮安。責令各府州縣及參將、游擊、都司等分路搜捕，設兵役於關隘以稽出入，詰保甲於村落，以杜隱匿。

時直隸大名府民段文經、徐克展等亦聚衆爲八卦教，戕其巡道熊恩紱，上並命督率搜捕。乃還至潼關，沿河而北歷朝邑、郃陽、韓城，審視各渡口，亦分派丞、弁督兵役稽之。九月，景蓮及商州游擊張濯、山陽縣知縣孫烈，先後獲秦國棟及其子弟餘黨，解京師。屢得優旨，命即入陛見。因撰《商洛行程記》一卷。

十月啓行，過華陰，游玉泉院、雲臺觀，欲登蓮華峯，至青柯坪，微雪，罡風大作，不果行。至蒲州，景君安方爲山西河東道，出《深省堂詩集》屬爲序，蓋兵部郎中富君森布子。富君與先生善，故執禮甚恭。十一月十七日詣闕，召見，詢問歷來軍機密事及前于文襄公當國狀。又奏，因肝氣不和，精神疲憊，請改京職。上垂問所服何藥，一一奏對，溫旨不許，乃陛辭。

是時翁振三宫詹、曹來殷學士、陸健男大理皆奉使督學，都門無復有詩酒之會矣。二十五日出京，經汴梁謁畢公，置酒觀劇。遇洪君稚存、徐君友竹，款語移時而別。除夕，抵荆門州建陽驛，連日大雪，西北風呼湧，途中寒甚。

五十二年丁未，六十四歲

正月朔，抵荆州。初七日，過常德，提督俞君金鼇舊識也，門人沈世燾以雲南迤南道俸滿入都，至此，遂同飲於俞君署，乃别。三十日，過貴陽，巡撫李公慶棻率司道迎餞於雪厓洞，明日行。二月初七日，入平彝境。十三日，至省城，總督富公綱、巡撫譚公尚忠同司道來迎，遂抵任。著《重游滇詔紀程》一卷。

滇省銅政最繁，爲廠大小四十有八，每歲須京銅六百三十三萬斤有奇，九省採買銅一百四十二萬斤有奇，寶雲、東川二局鑄錢銅七十六萬斤有奇，而其他補運者又須數十萬斤，以是案牘最繁，皆當鈎摘稽考。先生昧爽而興，至篝燈，批飭猶未竟也。又以滇省產銅，雍正年間鑄錢以運京，運至湖北之漢口鎮，再運京師，後乃由各廠分兩路，水陸以達四川瀘州，復由瀘州下江入運河，以抵通州。規條數改，參差錯互，其各省採買漸次加增之故，案牘亦缺失。自運用滇銅來，其停減採買洋銅價值及鑄錢餘息，共計增帑至千餘萬兩。且開採既久，硐老山空，鑛質多龘，雜以砂石，陶冶有須十數番者，加以入山深則米販遠，鍛煉久則取柴難。自滇及蜀，步步皆蠶叢鳥道，夏暑雨，冬積雪，及瘴癘起，皆不可行，農忙少牛馬，亦不可行，運價日貴，司事頗憂不繼，而莫能推其顛末。先生盡發故籍，作《銅政全書》五十卷，然後補捄之方暨調劑之術可考而知矣。

時寧洱令揚州蕭霖工詩，太和令江西杜鈞工篆書，嗜碑版，因得段氏平定南詔碑文，又得安寧唐王仁求墓碑，遂屬知州董傑封其墓，爲文記之。又屬保山令王彝象修楊文憲公慎祠於永昌。

泮洞僻處西陲，士人弇陋，四方知名之士罕有來游者。惟鍾祥余君元亭慶長頗知亭林之學，尤邃于《尚書》，主五華書院，及其弟璟度慶遠，俱爲文字交。而昆明諸生陸藝、陸藻弟兄能詩畫。安徽潁上縣知縣陳絅齋文燦，楚雄縣人，故門生也，能詩，常以所作請正焉。布政使署中舊貯《御纂七經》，乃陳文勤公宏謀爲使時所刻，又有《朱子全書》、《近思錄》，藏版既久，多缺爛。先生補刊印行之，分置各府州縣，使諸生時習之。滇省號佛地，而釋教衰微，罔知戒律，屬歸化寺戒僧本立以十月開戒，遠近至者三百四十五人，刻爲《大悲壇同戒錄》。是年，門人孫君淵如以第二人及第，而曹學士來殷卒于廣東學政任，嚴東有侍讀卒于廬江書院，先生爲詩弔之。

五十三年戊申，六十五歲

先是，省城五華書院爲鄂文端公爾泰所刱，公歿，祀其中。至是久廢，先生乃新栗主，祔以楊文定公名時、尹文端公繼善、陳文勤公宏謀、李恭毅公湖、明公瑞，五公皆雲南總督、巡撫，清名厚德，譽望最隆。明公清廉英鋭，殉節緬中，而國子監司業王公太岳、前任布政使於銅政有功，並祀之，以從士民之望。二月次丁率府縣及書院諸生致祭，作《七賢祠碑文》，使安寧州學生劉𤩽分書以置于壁。

時騰越州城工修竣年餘，乃奏往勘驗。以三月初二日行，沿途望雨禁屠宰，先生亦齋戒，傔從皆不得食魚肉。每過州縣，晨起步禱龍神、城隍諸祠，至廣通得微雨，自是霢霂不絕。初八日得旨，授江西布政使，與李君承鄴對調，以年老多病且距江蘇本籍較遠，恐水土不宜，故有是命，聖恩體恤之至意也。

及抵下關，聞緬甸因耿馬土司來請入貢，遂往大理，偕提督烏君大經、迤西道楊君以湲詢狀。使具言緬酋孟隕輸誠屬實，乃奏記于總督，請入奏。明日赴騰越，閱城畢，總兵劉君之仁置酒于大樹園，園屋無多，前後有竹數萬挺，大樹數百株，濃陰清樾，爲州縣公讌之地。明日還至下關，雨益甚。以四月十四日回省，六月初一日李君至，十二日啓行，父老香花杯酒走送者，自城闉至鸕鴣哨、興福寺，二十餘里不絕。

十九日，出雲南境至貴州。七月初九日，出貴州境。十七日，抵常德，提督俞君云『初十日，江水潰，荆州萬城堤灃州以下，浩漫不可行，宜由龍陽出長沙，過岳州，取道武昌』，乃如其言。二十一日，至長沙，鴻臚寺少卿羅君徽五典方主嶽麓書院，來見，請往游焉。少卿出所注《詩》、《易》，頗有新意。二十七日，過岳州府，上岳陽樓，樓久不修，岸將圮，張文敏公所書范文正公《樓記》在屏上，重刻亦失真。振衣盼望，舉杯獨酌，蒼茫數萬頃，君山、编山如在几案，北望湖水，清黄各半，蓋江水侵溢之故。已而岳常灃道臧君榮青及府縣皆至招飲，示近日所產白烏，朱眸雪羽，瑞徵也。八月初四日，抵武昌，總督巡撫及兩司以勘灾故，俱不在，學使吳泉之來迎。城中水深三四尺許，而漢口亦被淹，寓江漢書院，院長門人楊西和倫也。史誦芬亦至，明日同登黄鶴樓。樓傑麗深靚，塑仙人乘鶴吹笛像，翛然出塵，勝岳陽遠甚。住兩日，雇騾行。

九月十一日，至熱河，召見，詢荆州水決情形。奏言：『據連次所問，今年各省暑雨過多，江既盛漲，而漢口及洞庭、彭蠡兩湖水皆入江以截江流，下壅而上潰，故至此。』上頷之。既而奏請京職如前時。上以十二日回鑾，遂命隨行。十六日，至遥亭，復召見，上諭以人材難得，速赴新任。十九日，回京。二十一日，出彰義門。十月初五日，渡運河，抵徐州，見族子叔華教授元勳，以李愿石幢搨本相示。十二日，渡江，見總督書公麟。是夕寓秦淮，嘉興王若農尚珏及江寧教授錢溉亭塘來，若農蓋惺庵子也，遂留飲。

二十三日，入江西境。二十四日，過東林寺，頹廢殆盡，唯三笑堂存，白蓮池亦淤爲田。殘僧三四，問以遠公及蓮社高賢，不知爲誰某；問以淨土，不知是何法門也。二十八日，至省城任事，著《雪鴻再録》一卷。會是秋，江湖水溢，近江十五縣頗被淹，前署布政使額君勒春先已查核被災分數及貧戶等差入報，奉旨賑恤。先生由水路覆勘之，所過堤堰衝塌及田畝爲沙所壓積者，皆親自履驗。由南昌新建歷餘干、萬年、都昌、建昌、德安等縣，召災民詢以所得銀米若干，務與册符，又見老弱孤寡，輒撫慰之。十二月十四日，過星子，登開先寺，上黄巖。殘冬寒沍，無瀑布，還宿棲賢。十五日，入白鹿洞書院，祭文公祠，招生徒而勸勉以正學。晚至歸宗寺，觀右軍墨池，模廊間董文敏各石刻。十七日，回署。

五十四年己酉，六十六歲

在南昌有友教書院，屋滲漏不可居，先生新之，又修宋蘇雲卿祠于東湖上。二月二十四日，得旨授刑部右侍郎。先是，高安朱文端公軾萃二十一史中名臣、儒林、循吏爲《三録》，刊成未及頒行。先生因其可以勵世，出俸金，屬高安知縣小門生張古餘敦仁印數百部。及是命下，乃舉以贈總督書公，屬其分給州縣，冀稍有裨於吏治。

先生頻歲馳驅南北，旅費既多，署布政使額君助之，始得辦裝。乃以初五日啓程，二十八日抵京師，詣宫門謝恩，召見，奏對稱旨。時京城買宅甚貴，糧道陳嵩山蘭森爲大學士桂林陳文勤公孫，云有故第在内城勾闌衚衕，可居，遂寓焉。閏五月初五日，上幸熱河，先生從。八月，上丁祭聖廟，命祀啓聖殿，又屢命和詩，賜紗緞、果蓏甚夥。又賜《詩經樂譜》、《御題春鳩墨刻》、《御題五福五代同堂記》。二十一日旋京，同大學士、九卿、詹事、科道秋讞。十月，命同磨勘各省鄉試中式卷。十一月初五日，直隸新安縣民劉巨川控總甲等於被灾賑濟及借常平倉穀均有勒索，命偕倉場侍郎蘇公凌阿往按之。二十三日，勘畢還，按察使富宜善來新安，以其父傅勤公顯行狀求爲神道碑。時同里沈惟吉明經廷枚、張書堂秀才拱先後入都，來下榻。

五十五年庚戌，六十七歲

是年，聖壽八旬，正月元日筵宴於保和殿，恩詔頒布天下，將謁闕里，告成於岱宗。二月初八日啓蹕，先生從，先謁東陵，次謁西陵，禮成。遂由秋瀾行至德州，同直隸、山東諸大吏，賜宴，觀雜劇、角觝如常儀。三月望日，上臨曲阜，親詣聖廟行禮，命分獻孟子，又命祭少昊陵，顔子墓，仲子、任子祠。

過濟寧，見黄小松司馬易暨布衣李鐵橋東琪，兩人皆深於金石，盡發其所藏碑版摩挲之。途中賜和御製詩三十餘首，同扈蹕者爲翁振三閣學、禮部侍郎鐵冶亭保，酬唱殆無虚日。還至青縣司馬莊，會高郵州典史陳倚道密揭是州書吏假印重徵，詳報布政及巡撫不辦狀，上遣兵部尚書慶公桂同先生往鞫，乃偕刑部員外郎許君秋巖兆椿行。三月十六日，至高郵，會總督書公同鞫，而書公先已獨訊，且奏所揭屬誣。上以不俟欽差，明有專擅袒庇，褫其翎頂。已而慶公等勘得重徵實情，下知州吳瑛于獄，並劾揚州府知府，罷之。尋得旨，令逮閔巡撫鶚元。行至紅花埠，復奉旨，敕訊康布政基田，并案逮治。慶公偕巡撫北行，先生獨往江寧，訊畢，其祖庇情形一一如上所指。

時姚君姬傳鼐來晤，方主鍾山書院。嚴東有子觀亦來謁。觀字子進，殫心地理，所補《元和郡縣誌》簡而能該。先是，趙君雲松從揚州安定書院來訪，古懽重見，皆可喜也。四月初六日，遵旨帶同康君取道江浦以行。五月二十八日，抵熱河，召見於避暑山莊，詢問江南吏治，對以各督撫皆務爲安靜，而州縣貪戾不法，輒相容隱，因以致此。上頷之。下其事于刑部，分別治罪，而總督亦罷職來京。七月二十八日，聖駕自熱河還，迎蹕於密雲。適湖南湘鄉縣民童高門控書吏收漕折色各款，上命同兵部侍郎吉公有堂慶馳驛鞫之。遂率兵部員外郎丁琴泉雲錦及許君秋巖啓行。

時萬壽屆期，萬方送喜，自內外四十八旗、喀爾喀、蒙古之外，西藏大喇嘛哲卜尊丹巴呼圖克圖、噶爾丹錫埒呼圖克圖，安南國王，朝鮮、南掌、緬甸陪臣，哈薩克使臣，金川、甘肅諸土司，臺灣生番巴勒布番人，咸來祝釐獻賮。先生將出都，梁元穎侍講、錢曉徵少詹亦以慶典赴京，相晤絮語移時。

八月十三日，宿新鄉，晨起望闕行禮，月杪抵長沙。九月，由水路赴湘鄉。初七日奉旨，令審湖北應城縣武生李杜控倉書科派買穀，又斂錢買馬，折收草費各款。遂發摺起行，與吉公渡湘水，十五日至武昌。十六日得旨，以江陵縣民趙學三控書吏何良弼等包攬方家淵堤工，偷減土方，復命鞫之。赴荊州，乃拜摺具言。先往德安，再赴江陵閱江堤。大江自宜都西來，入荊州境，其上兩山束之，堤自萬城始，乾隆五十三年夏秋多雨，如漢、沔、洞庭、彭蠡皆漲，爭入江以截江趨海之勢，於是江水騰溢，齧江陵堤，決二十二處，衝西門入，從北門出，漂軍民、壞房署無算。上移畢公爲湖廣總督，發帑五十萬兩修之，又命大學士阿公督辦。公相度形勢，江岸南高北下，而近南岸有窖金洲，長七八里，寬二三里，江至此不得展拓，故涌而潰。遂於北岸楊林洲、黑窰廠、觀音寺築三石磯，挑水循南岸行，以刷窖金洲，且悉犁其蘆荻，去其根結。今洲勢日削，已著成效，若數年後，洲汕盡則水不北侵，府城可永固矣。然聞居民言，五十四年夏間江漲，距堤面止二三尺許。或謂四川、陝西、湖北山木叢密處，多墾爲種包穀地，遇雨，浮沙隨水下於江，江雖深，日久漸淤，是以水勢年增，別無上策，惟高築堤以資扞衛耳。閱三磯竟，又三十里至方家淵，按故冊丈量，無減少。其殘損處應賠補者，屬知府張方理任之，民始悅。十五日，閱郝穴堤。江自萬城至此，凡兩曲，其間如祁家淵堤，爲水所刷，土時時墮水中，亦不可不亟修也。觀音寺後有陀羅尼經幢，元至正六年都水使者賽音不花造，以畏吾兒字書，因江形至此如象鼻，仗大雄力以爲控制。二十八日，荊州堤工訊畢，發摺，渡江。又命訊湖南永明縣民蒲太圻控告賄買武童等事，又得旨長沙民王澤遠告知縣勒買常平倉穀，命往鞫之。雨雪連旬，小除始微霽。除夕，同吉公及丁、許兩君小集，皆有詩。

是年，以恩詔晉封三代，皆光禄大夫，妣皆晉一品夫人，先生暨鄒夫人亦封一品。

五十六年辛亥，六十八歲

正月初一日寅刻，率曹郎於寓次望闕行賀元旦禮。初三日，王澤遠案審畢，繕摺奏聞。時蓬心來晤，年七十餘，精力愈健，諧謔間出。其近畫清蒼簡遠，直宗北苑，故能獨出冠時，爲先生作《雲棲教觀圖》。十六日，蒲太圻永明案審畢，發摺行。入楚來命鞫四案，分別奏上，敕部核議，均如所擬，奉旨允行。

十九日，過常德時，城外方有花貓堤之役，蓋沅江合九溪之水下注常德，府城正坐灣處，逢盛漲，水與堤平。畢公請帑二萬三千兩，築石櫃以禦之，櫃卽江陵所謂石磯，黃河所謂攔水壩也。櫃形三角，沅水從西南來，有櫃以抵其衝，則水迤邐而南，刷去停沙，東北入於洞庭，府城北面可以安堵。明日，遂往觀之。二十四日，抵荊州，覆勘方家淵堤工，尚未修補，乃以知府張方理草率揑飾具奏，落其職。二月初二日，過南陽臥龍岡，謁諸葛忠武侯草廬，有三顧堂故蹟，前巨碑二，刻前後《出師表》，字頗雄渾。其旁楓柏亦數百年物。初八日，抵衛輝，復讞蒲太圻所控一款上之。

十九日至海淀，二十日召見，奉旨詢問所讞諸案是否無冤，奏各處皆有姦民，然有司啓之，胥吏釀成之，亦不能薄其罪也。上以爲然。又以出使頗久，令回休息，蓋蒙聖慈體恤如此。著《使楚叢譚》一卷。先是，庚戌歲恭遇聖壽八旬，停止勾決，至辛亥以一年辦兩年案牘，入秋審者一千七百餘人。爰書繁重，每日自進署外，歸則勾稽比擬，輒至夜分，凡百餘日始畢。八月十八日至二十四日，會大學士、九卿、詹事及各科道，會勘于天安門外金水橋南朝房，乃進本。自八月二十一日始，迄九月十二日進畢，乃候勾到，在行在勾六次，在朝勾八次，十一月十二日始竣事焉。

時鐵冶亭侍郎、玉閬風閣學保、李鳧塘編修驥元、阮伯元詹事元、王懷祖侍御念孫及子伯申引之，咸在京師，文酒之會不減曩昔。冬至得寒疾，歲暮而痊。

五十七年壬子，六十九歲

上幸山西五臺，以三月初八日啓鑾，先生從。十二日，由良格莊詣泰寧山謁泰陵，禮畢，又謁泰西陵，如前儀。十七日，至王快，路漸高，四圍山勢益峻，層巒疊嶂，尚有積雪。二十日，過龍泉關，上長城嶺，雉堞參差。先生跋馬而上，石徑詰曲，俯臨絶壑，凡十五里。上嶺而下，是爲山西境矣。二十一日駐白雲寺，二十二日駐菩薩頂。五臺，梵經謂文殊師利法王子道場一名曼殊舍利，唐清涼國師澄觀著《華嚴疏鈔》於此。元時番僧始來居之，故山中喇嘛最多。近日章嘉胡圖克圖寂後，亦昇其龕塔于鎮海寺。喇嘛傳宗喀巴教，以衣黄者爲正，山中寺院崇麗者率爲所居，其餘則謂之青衣僧，然孤巖斷磵，敻遠幽絶，未必非阿羅漢所棲止也。二十九日還，過長城嶺。四月初六日，駐蹕真定，知府邱君學勄，舊相識也，出百十二家古墨見示，皆明中葉及國初名人所製者。十六日，回京師，著《臺懷隨筆》一卷。八月，順天鄉試，上命吏部尚書諸城劉公墉充主考，先生偕瑚和菴詹事圖禮副之，得聶亮采等二百三十三人。

五十八年癸丑，七十歲

時上將幸盤山，派扈蹕。三月啓鑾，至十三日，上幸天成、殊像、萬松、東西甘澗諸名勝畢。十五日，各省奏刑名事五件，奉旨均令速議，大學士等以爲明日始能奏上，先生一日皆具摺奏進。上深嘉之，賜食。明日召見，因奏松江近海地卑，離家十年餘，墳墓間有坍塌，乞照例歸省修葺。上允之。

四月初一日，由陸路行。二十七日，過揚州，薄暮抵瓜步，出大江。先上金山，宿望江樓。午夜起視，江昏月晦，隱約漁舟數點而已。晨起飯畢，放櫂過焦山，甫至廊下，青風倏倏，叢竹戛擊有聲。已而住持慧超達瑛出迎，以詩見示，頗清俊。飯罷，往三詔洞，有焦光坐像，烏紗金紫，不復作山人裝，可一笑爾。還至松寥閣上，長江東瀉，與海歕欲，夕陽照之，碎金萬點，亦先生前此所未見也。宿閣上，三更，雲霧一無所見，惟聞枯槎老鶻時拍拍有聲，蓋不至此者三十七年矣。明晨回京口，見教諭劉君端臨台拱。過常州，上儀舟亭拜蘇文忠公像。下舟，適總督書公從蘇州秋審歸，過船款語。五月初二日，抵蘇州，巡撫奇公豐額帥屬來請聖安，遂徧拜之。是夕雨甚，土人云自二月中至此，未嘗晴也。

翌日，雨中赴硯山，祭曾祖光祿公墓，松楸蔥鬱，雲烟窈冥，徘徊久之。回珠街里祭祠，詣雪葭灣祭祖考墓，以封一品光祿大夫焚黄致告。墓生芝一本，色微黄，其大逾于掌。時江浙諸郡名士以詩就正，舟航錯互，屨滿戶外。八月間瘧作，兩閲月始已。適錢曉徵少詹過訪，留宿蒲褐山房。明晨招圓津禪院僧慧照覺銘，放舟至佘山，并招汪書年及張晦堂興載、遠春興鏞飯於知止山莊。又往干山登周氏來雨樓，爲門人周仲育秀才厚堉藏賜書處，而仲育歿已七年，爲之悄然。次日，還過慧照清華閣，始別。先生輯《青浦詩傳》，自機、雲以下至於近時，女士、方外悉爲甄錄，共三十六卷。

先生以體尚委頓，欲遲明春北上，而上從熱河還，召見大臣，垂詢『王昶何以未來』，輦下諸公飛札具告，謂『當尅日就道』，而司寇胡公季堂促之尤力。遂以冬至日行，二十二日過無錫，正值七十壽辰，蓉湖浩蕩，垂垂欲雪，買惠泉酒，對山獨酌，慶者絕蹟，自以爲得未曾有。自念年已七十，宜懸車，然聖壽八十有三，天行之健，自强不息，且九列中年七十以上者凡十餘人，咸恪恭震動，陳力趨事，不宜循古禮爲辭。惟是耳聾日甚，動履盤跚，十步九息，心思如墮雲霧，又不可以戀棧誤公事。十二月初二日，抵王家營，日五更，衝寒早起，比至京，疲憊益甚。赴宫門，召見，遂以精神日減不能供職具奏，上鑒其老病，允之，謂『在侍郎中頗爲出力』，遂以原品休致。且謂：『歲暮苦寒，宜竢明歲春融回籍。』蓋自大學士漳浦蔡公以年近八旬乞身後，迄今十餘年，未有蒙體恤如此者，九卿動色，詫爲異數。上詣瀛臺，因進摺謝恩，且言『明春俟巡幸天津送駕後，啓程南下』。得旨報聞。

是年春殿試，門生陳遠雯雲以一甲第二名及第，授編修。英煦齋和、魏升之元煜授庶吉士，蔣問樵第、王畹香紹蘭成進士，以知縣用。戴金溪敦元補殿試，亦改庶吉士。自丙申至是十八年詩，編爲《杏花春雨書齋集》。

五十九年甲寅，七十一歲

元旦，入朝行禮。時京城春燠，大學士、九卿至翰林、科道及部曹諸君，皆以先生將遂初，自上元後置酒設餞，並以詩文投贈，無虚日。三月二十二日，巡幸天津，啓鑾。先生先赴黄新莊，二十三日清晨送駕，上頷之。四月初一日，赴通州下船。時北省少雨，潞河淺澀，天津以漕艘將來，沿河官吏及總兵等咸雇民夫開挖，舟行逆水而上。又東南風多，候開閘、候漕船，日不及行二三十里，六月始至濟寧。而各省俱已得雨，水漸長，漕艘亦過訖，遂放溜而南。七月二十三日抵家，乃以『春融』顔其堂。

九月病瘧，臥榻者月餘。先生留心理學，取薛河津、王陽明、魏莊渠、崔子鍾、顧端文、高忠憲、黄漳浦、馮恭定、劉戢山、孫蘇門、李二曲、黄梨洲諸家著述，闡發聖賢要指。

六十年乙卯，七十二歲

三月，赴蘇州，謁曾祖光祿公墓，墓右丙舍荒圮，因其舊而修之。前爲硯山丙舍，舍三間，少宗伯鐵冶亭書額；西三間題梵香齋，諸城劉冢宰石庵書，以前曾令僧居此故也。階前地二畝許，有小池，池中植荷，餘地植梅、桃各十餘株，雜以玉蘭、辛夷及松、竹、蒲萄之屬。南有樓，題棲雲閣，爲門人秦易堂司業承業書，翁振三閣學撰《丙舍記》，刻置于壁。修築竣，艤舟閶門，諸名流來謁者，如李尚之秀才鋭、顧千里秀才廣圻、徐澹如秀才棻、袁又愷上舍廷檮輩，朋簪雜遝，樽酒飛騰。而與王光祿、錢少詹同學同年同歸老，得數晨夕，尤快事也。

五月，榮成進士，殿試二甲第七名，與先生同，尋蒙恩點庶吉士，先生得報，尤爲喜慰。九月，至錢塘，許積卿宗彦來見。入雲棲，禮大悲懺，七日而歸。

十一月，上以明年歸政，八月先正東宫，又舉行千叟宴，詔中外臣工逾七十者皆入宴。遂以十八日起程，挈金青儕秀才學蓮由陸路行，十二月二十一日抵京。二十二日，詣闕請安，召見，詢問歷官前後及江浙年歲豐稔狀，奏對稱旨。歸寓青廠，與吴沖之少司空鄰，而那繹堂閣學彦成、吴穀人編修錫麒、桂未谷訓導馥、辛進士敬業、門人戴金溪、英煦齋、伊墨卿秉綬、徐中書炘、沈戢山樂善、鄧菽原傳安，朝夕往還，殘年旅舍，不覺岑寂也。是秋，太常寺卿施鐵如充山東鄉試主考官，得李方翀等六十九人，未還朝，即授湖北學政。王君紹蘭充福建同考官，得鄭瑞麟等八人。

嘉慶元年丙辰，七十三歲

元旦，太上皇帝御太和殿，王公大臣百官稱賀行禮。頃之，行歸政禮成，太上皇帝還宫，皇帝隨至乾清門，乃出更袞服，升御太和殿，行登極禮。王公大臣百官朝賀，奏樂如初。是日風日恬和，雲彩絢麗，咸謂重光復旦之徵。

初四日，行千叟宴禮于寧壽宫皇極殿，王公及一品大臣賜坐殿中兩列，二、三、四品官及外藩使臣坐殿門廊外，五品以下衆耆老坐階下，入宴者三千餘人。辰刻，太上皇帝陞座，皇帝侍立，羣臣依班在殿外行禮。禮畢，各就位。大學士阿桂奉樽跪獻，羣臣皆跪，又行叩首禮，乃坐。設酒饌，樂作，演劇，太上皇帝命諸皇孫舉玉巵賜殿上羣臣，各叩首而飲。酒三行，樂畢，謝恩出。酒半，微雪，霑綵服作花六出。頃之，晴霽，雲日皎然，上下無不懽呼稱慶，頒賞有差，先生受賜玉如意、楠木壽杖、紬緞、裝錦大毦、筆墨等十六件。是日，冊封皇后。午刻，復詣太和殿前，皇上陞坐，再行賀禮，退。蓋太上皇帝聖壽八十有六，文謨武烈，旁沛宇宙，鴻朗昭融，純熙悠久，超越千古，而以聖禪聖，尤生民以來所未有。先生作詩六章，用志盛軌。進呈，得旨刻入燕集中。

元夕，兩聖幸圓明園，往侍直。二十一日，陛辭。那繹堂閣學、彭雲楣司空元瑞、沈雲椒少宰初、吳沖之司空、英煦齋編修，偕同人分日祖餞。二月初一日，僦車啓行，及門人又餞於普濟堂而別。行至瓜洲，費筠圃巡撫淳以讞事赴興化，相見，言總督蘇公凌阿已聘主婁東書院。三月初五日歸家。

四月初一日，赴書院，知州于君鼇圖，直隸總督成龍曾孫，甲戌同年御史宗瑛之子，以《太倉州志》自張受先以來已一百五十年，欲續修之，請主其事。時汪敬箴編修學金乞假家居，築靜厓小圃，香燈禪版，專心淨土。先生重聽久，至是夏秋酷暑，兩目眚。迄秋，右目稍瘥，已不能潑墨揮翰矣。而江浙士人請謁無虛日，校文暇，悉以應文字之求。歲暮，還三泖漁莊，浙江巡撫玉達齋德、阮伯元學政、秦小峴觀察瀛皆舊好，同蘇鹽政楞額聘爲崇文院長，因熊布政枚先期力請，仍主婁東。且志書未畢，辭不往。

二年丁巳，七十四歲

正月，浙中當事皆折簡相招，因赴浙。由楓涇至嘉善，見同年周稺圭觀察升桓。嘉興晤馮養吾侍御浩。抵杭州，項金門墉請爲東道主，玉撫軍、蘇鹺使置酒，邀伯元學使同汎西湖。明日，學使邀集瑪瑙寺。越二日，秦小峴觀察招游龍井。二月朔，赴雲棲，再禮蓮池大師，一宿，至理安。次日，游韜光、靈隱、楊梅諸勝。門人孫臬使嘉樂、張西曹時風、孫侍御志祖暨沈觀察榮勳、龔太守敬身，皆攜酒至寓，同邑門人陳州判花南韶復約諸名士，請游梅莊。歸過桐鄉，李大令廷欽，江西舊屬，請見，門人李大令書田賡芸爲平湖令，亦來請，紆道往晤之。仍赴太倉。

八月，聞秋帆制府卒於辰州官舍。十二月，鳳喈光祿亦歿於蘇州。兩君皆籍隸太倉，因爲作傳。是時先生老病益甚，遂辭講席歸。聞人學士誠謀英勇阿公薨於位，上親臨其喪，賜謚文成。而顧晴沙、袁子才、王蓬心及王敦初復，亦皆以秋冬繼逝。自甲寅至是年詩，編爲《存養齋集》。

三年戊午，七十五歲

二月，赴硯山丙舍上冢，歸，撰顧晴沙墓銘、畢秋帆神道碑。是秋，編《湖海詩傳》畢，將梓，而江寧將軍慶公霖爲尹文端公第五子，甫抵任，以書來約。九月，買舟至秣陵，遍游寶華、棲霞諸山，天界、雞鳴、報恩諸寺，會江寧許秋巖太守、秦易堂司業諸君。聞曾賓谷運使燠以俸滿入都，送之，至揚州，寓同年沈既堂運使業富家。賓谷屢集名流招飲，賦詩聯句，五日而歸。是秋，戶部主事張君大維爲貴州主考，得黄燮等六十一人。

四年己未，七十六歲

正月，太上皇帝升遐，見費撫軍，告以入都，遂買舟行。二月初一日，過無錫，鄒曉屏閣學炳泰來，始聞京師近事。大學士和珅以言官劾貪墨狂悖不法狀凡二十餘款，上賜令自盡。又下詔開言路、肅吏治、絕貢獻、禁奢侈，溫旨絡繹，士庶鼓舞，相慶於途。二十九日，至京，寓榮邸舍。三月初一日召見，詢問歷官始末及外省吏治民情與川、楚寇盜未平之故，一一奏對。又諭云：『凡有欲言，可繕寫密封以進。』乃退。明日，詣觀德殿前，敬謁梓宮行禮。遂條數事進之，上命留覽。時百寮持服，公事之餘無私謁，惟法時帆祭酒式善、何蘭士御史道生、張船山編修問陶偶相過從，譚藝而已。清明大祭，上尊謚，并四月十三日百日期滿，俱詣行禮。十六日，具奏回籍。二十日，遂從水路南下，七月抵家。

是時，吳縣知縣因爲富商追欠，于國忌日違禁杖責生員，四學諸生不服，適平學使恕來蘇，羣往呈訴，而按察使、同知等收捕諸生，平君瑟縮不能禁止。先生移書切讓之。十一月，阮公伯元由戶部侍郎補浙江巡撫，過吳，具書請主杭州敷文書院。是年會試，鮑覺生桂星等十二人成進士，分別以庶吉士、主事用有差。英煦齋詹事充會試同考，得蔡鑾揚等十一人。

五年庚申，七十七歲

正月下旬至書院，院舊名萬松，明王文成公守仁作文記之，碑今不存，生童來課者二三百人。先生以辛酉年補博士弟子，至是已六十年。學使錢公樾、松江知府趙君宜喜請重游泮宮，乃以四月中歸里，率新進子弟祇謁文廟，禮畢，宴於曲水園。九月，復至書院。是年，英煦齋閣學爲順天主考，得張葆等二百三十人。沈戢山編修爲福建主考，得張光浩等八十五人。魏升之銓部爲四川主考，得陳兆颺等六十人。陳遠雯銓部爲貴州主考，得尹作霖等四十一人。而内閣中書張君桂齡亦充順天同考官。夏秋間，目疾甚，屢辭院，阮公堅留乃止。至歲杪，歸里。

六年辛酉，七十八歲

正月，阮公差縣丞顧某邀請大雪中過鴛湖，城郭樓臺，人烟樹木，皆在玉壺天地中，爲先生前此屢過所未見，扣舷叫絕。杭州書院有三，自敷文外，崇文則馮玉圃給事培，紫陽則御史孫君志祖，又戢山則孫淵如觀察，諸暨則禮部郎中孫君嘉樂，皆先生門下士，浙人以爲美談。夏初，適課諸生《西湖柳枝詞》，阮公閱之，歎其工，謂自楊鐵崖後五百年無更作者。選而刊之，共得三百餘首。

先生與當代名流往還書札最多，而諸城劉文清公及梁侍講元穎墨蹟尤爲繁富。陳花南恐久而漸失，請合兩家書鐫之，名《劉梁合璧》，江浙士林亦以爲墨寶。八月，英煦齋少司農典江南鄉試，得崔錫華等正副榜一百三十六人。時目疾益甚，遂辭講席而歸。

七年壬戌，七十九歲

目疾愈甚，以生平所撰《金石萃編》、詩文兩集及《湖海詩傳》、《續詞綜》、《天下書院志》諸書卷帙浩繁，尚待編排校勘，不能審視，因延請朱映湄秀才文藻、彭甘亭上舍兆蓀及門人陳烈承秀才興宗、錢同人秀才侗、陶鳧香秀才梁，各分任之，校其舛誤及去取之未當者，刻日排纂。是春會試，小門生呂兆麒、顧蒓、程邦憲等皆授庶常。

八年癸亥，八十歲

元旦，望闕行禮畢，賦七律二章，傳和者頗衆。

時詔令雲南清查各屬銅鹽虧空國帑之項，計虧至二百餘萬，無可著追，雲省督撫請於二十年來各督撫司道分賠之，先生應賠出一萬二千餘兩。貧無所措，乃至蘇州見署巡撫總督費公，及布政使汪公日章，請以所有田宅盡數入官，變賣以償，凡六千餘兩。不足，請咨部豁免，兩公皆許之。

時那繹堂少宰以讞鹽案至浙，寄書邀於中途相見，因至吳江會之。翌日，又送出滸墅關，連夜挑燈話舊，蓋不勝悵惘也。將歸，于太守鰲圖館先生于虎阜白公祠，即明季顧處士苓之塔影園，吳中諸名士載酒來訪，因作絶句十餘首記之，乃歸。陳黄門子龍詩文零落，先生前與王教諭希伊輯之，得若干卷，又考其墓，載於縣志。而是時適奉詔録明季殉難諸臣，賜謚忠裕，並翰林撰文入祀忠義祠，并考其前官，曾授兵部侍郎、翰林院侍讀學士，詳於《殉節録》。因與陳桂堂太守廷慶於墓上建碑亭，栽松柏，又於墳西半里福成庵側建祠，兼祀夏忠節公允彝及忠節子節愍公完淳、王君勝時澐。蓋忠節與公同社同難，節愍爲公高等弟子，勝時亦公弟子，難後收葬，故一併祔之。并約同人此後每歲春秋致祭，以垂不朽。又屬何書田秀才其偉與趙惠蒼汝霖、莊蒓川師洛兩貢生，重爲搜採詩文刻之。同時嘉興朱孝廉瀅亦刻公集，乞先生敘之。又於金山徐氏得所藏《安雅堂文集》若干卷，於是公之祠、墓、詩文燦然顯於世矣。

十一月，八十生辰，吴穀人祭酒爲先生撰啓徵詩，吴越士大夫拏舟來祝者，數百不絕，得詩百餘首。而京城及遠方寄詩來祝者亦衆。四川布政使楊君荔裳知先生病目，寄空青石，先生笑曰：『目本陽光，陽盡則暗，此豈可以藥物挽回者？』試之，卒不效。

先是，先生以六十年來師友所贈詩文，手自甄錄，名《湖海詩傳》，共六百餘家，至冬刻就。又嘗讀宋、元人詞集，有竹垞太史《詞綜》所未採者，撰續補入二卷。竹垞曾選明詞未竟，踵成十二卷，又選《國朝詞綜》四十八卷，至是皆刻竣。先生自中歲窮經，凡讀諸家注釋疏義有所得，輒書而藏之，題爲《羣經揭櫫》，共十數冊。自戊午至是六年，雖往來杭州、太倉，常居於臥游軒，故終以名其集焉。

九年甲子，八十一歲

神氣更衰，因思今古詩文中，惟陸放翁、朱竹垞兩先生年逾八十，尚能吟咏，其餘則否，因遂輟筆不爲，蓋欲幾於心齋而坐忘也。遠方來訪者，迎送不能出廳。是年，鮑覺生中允典試河南，得董益廣等七十一人。錢曉徵少詹、汪敬箴庶子、史誦芬、沈安成靖先後逝，實有山陽之慟焉。而荔裳方伯卒於成都，尤爲惋惜。五月間，雨水泛溢，禾苗漂沒者十之三四。幸蒙蠲賑兼施，窮黎稍濟，然猶有食糠籺者。

十年乙丑，八十二歲

二月，英煦齋侍郎與同年二十餘人郵寄八十壽文，極爲宏麗。先生杜門已久，而忠裕公祠落成，仰其節義文章，不敢以衰眊自解，乃於清明前親往致祭。曉徵少詹卜兆有期，同人偕其兄東壁、東塾求撰墓志，先生以六十年舊好，作二千言，存歿之感溢於楮墨。

時鐵公治亭由山東巡撫總督兩江，巡洋閲兵，貽書問訊。伊墨卿太守由惠州罷，復起用，隨鐵公來，亦承其勤拳記憶也。伯元中丞丁憂歸儀徵，秦公小峴自廣東調浙江布政使，許公秋巖由江西按察調浙江。曾運使、英侍郎、鮑中允常以書素見貽，而席編修煜、趙司馬懷玉、陳徵士鱣、吳秀才騫、姚上舍椿及桂堂、遠春，時時過訪，吳江潘明經眉、錢塘吳秀才引年與映湄同人皆在書舍，老病中不憂寂寞也。

是年，英侍郎充會試總裁官，得胡敬等二百三十三人，孫平叔爾準、鄧菽原傳安、孫子瀟原湘、徐直卿頲皆中式。直卿以第二人及第，授編修。平叔、子瀟選庶吉士，菽原以知縣用。十一月，《金石萃編》一百六十卷刊成。

十一年丙寅，八十三歲

元旦，得鄧太守夢琴書，寄示《麗澤講習》一册，并以《甲子鄉試重赴鹿鳴賦詩》見寄。三月，許周生來，乞其尊人春巖方伯墓志。四月，徐直卿編修亦以求撰其尊人詩集序來訪，何夢華相繼至，劇談終日。

五月十二日，微瘧，三日而愈。二十一日，寒熱復發，由是飲食漸減。至六月初三日，朱、潘二君偕來問疾，猶與論《易·隨》卦『嚮晦』、『宴息』，義極精微。初六日，病愈甚，先生知不能起，因言：『吾通籍以來四十餘年，受恩深重，未酬萬一。』遂口授謝恩表，令肇和繕寫副本，呈請當事審定轉奏。次及喪事，悉遵《朱子家禮》，無務世俗浮華之費。至墓志、神道，須阮伯元、秦小峴兩君撰之。又曰：『汝庶母侍吾垂三十年，曾典質其所有簪珥以充刻書之資，今侍湯藥，浹旬不稍懈，我歿後，汝宜以禮事之。』頃之，溘然而逝。時初七日丑時也。

附錄三　傳記資料

資政大夫刑部右侍郎致仕王公行狀

管　同

王公諱昶，字德甫，一字述庵。世居江蘇青浦。高祖懋忠，明末幾社中之一人也。曾祖之輔，祖璵，父士毅。士毅徵蘭而生公，故公又自號蘭泉。

少有才名。乾隆十九年，舉進士。二十三年，上南巡，召試取第一名，賜内閣中書，行走軍機處，遷刑部山東司主事，擢江西司員外，再擢江西司郎中，連充纂修及會試同考官，三更京察，皆一等記名，以道府用。

三十三年，兩淮鹽使提引事發，坐言語不密免。當是時，緬甸未平，故大學士阿文成公總督雲貴，奏請以公從。未幾，阿公罷，溫公福代爲總督，留公軍營中如故。三十七年，小金川土司僧格桑作亂，上命溫公移師征之，仍奏以公從。會上復起阿公會勦，公又參阿公軍事。凡公在軍中九年，奏檄之作多出其手，以功除吏部主事，擢員外，旋擢郎中。四十一年，金川平，奏凱還京師，擢鴻臚寺卿，仍依前行走軍機處。上召見，詢軍營事，條對甚悉，上喜，命纂《平定金川方略》，即以公充纂修官。上復問曰：『往者溫福軍營潰亂，南路何以獲全軍？』公對曰：『以臣所見，此副將劉俸、劉輝祖及奎林力戰之功也。且奎林無他長，獨能與士卒同甘苦，士卒感其恩，心皆堅定，故衆潰而彼獨全軍。』上笑曰：『奎林信有微勞，特性情乖異耳。』當是時，奎林蓋不當上意，而公對質直不詭隨如此。

轉大理寺卿，擢都察院右副都御史，出爲江西按察使。是時，江西多竊盜。公至，下令嚴保甲，禁惰游，不一月而盜滅。江西民故善訟，族有祠堂，蓄貲財爲爭訟費。公曰：『祠堂者，所以尊祖敬宗，敦孝弟而講婣睦，奈何用爲姦利藪？再若是，吾當代若祖父焚之！』令既下，爭訟亦稍清。丁母喪，歸。服闋，起爲陝西按察使。石峯堡回民作亂，防禦有功，遷雲南布政使。調江西。入爲刑部右侍郎，執法稱平，累奉命讞獄江南、湖北，務在潔己奉公，杜絕賄賂。初，公自爲正卿，數以老乞休。上知其才，輒不許。五十八年，公之年已七十矣，上鑒其誠，命以原官致仕。

嘉慶元年，高宗皇帝禪位，今上召公入與千叟宴，賜賚有加。四年正月，高宗皇帝崩，公聞，奔赴。上因垂問吏治民情，命繕寫密封以進，公具奏，其語密，世莫得聞。公既罷官，所餘俸率以修宗祠、置義莊，家無餘蓄。既而分賠雲南銅鹽虧空，乃盡舉田宅入官，然訖不足償。當事者知之，爲奏請，得展限完繳。嘉慶十二年五月七日，公感疾，知不起，口占遺疏授其子，遂卒，年八十一。

公少有才名，而性尤好學。雖戎馬蒼黃、羽書旁午，其於書未嘗一日廢。漢、宋之學，皆深究之。亦頗覽浮屠家言，然不爲所惑。文學宋、明，務在明道釋經，非是者不苟作。詩兼唐、宋諸人之體，讀其辭，和易而優柔，可以見其懷抱也。生平愛獎與後進，而其心尤以主持風教爲先。當其予告歸里也，適蘇州有撻辱諸生之案，公遺書學使，侃侃責之。又常病士習骫骳，氣節不立，寓書與秦侍郎瀛索《東林志》，欲刊之以爲多士勸，論者謂公之風槩不愧爲幾社後人云。生平著述甚多，已行世者《春融堂詩文集》、《金石萃編》、《湖海詩傳》、《續詞綜》，其餘尚四十餘種藏於家。公無子，以從弟曦之子肇和爲嗣。

（管同《因寄軒文初集》卷八，道光十三年管氏刻本）

刑部侍郎蘭泉王公墓誌銘

秦　瀛

青浦刑部右侍郎王公蘭泉，以嘉慶十一年六月三日卒於家，於是公致仕家居十有二年矣。孤肇和述公遺言，屬余爲銘幽之文，并郵公女夫嚴太守榮所爲《年譜》，以書抵余京師。

按譜，公諱昶，字德甫，號述庵，又號蘭泉。先世浙江蘭溪人。高祖懋忠，始遷青浦，名列幾社，以詩名。曾祖之輔，祖璵，父士毅，三世皆以公貴，累贈光祿大夫、刑部右侍郎。曾祖妣雷氏、祖妣沈氏、妣陸氏、生妣錢氏，皆贈封一品夫人。

公成童勵學，卽以擅文譽。年十七，補博士弟子，嶤然出儕輩。嘗遊長洲沈文慤公之門，時有《吳中七子詩選》，其詩流傳海外，公其一也。乾隆十八年，舉江南鄉試。逾年，成進士，歸班銓選。二十二年，鑾輅時巡江浙，以召試一等授內閣中書。未幾，入直軍機處，制誥文字多出公手。遷刑部主事，再遷至刑部郎中。

三十三年，坐言語不密罷職。會緬酋不靖，阿公桂總督雲貴，請公從。來往永昌、騰越間，軍書旁午，贊畫機宜，公之力爲多。無何，阿公罷，溫公福代之，留公戎幕如故。屬四川小金川土司僧格桑構亂，上命溫公移師討之，請以公行。會上復起阿公會勦，公又參阿公軍，除吏部主事，擢員外郎、郎中。

木果木之變，公友趙公文哲隨溫公沒於事，而公在南路，得無恙。事既蕆，隨阿公奏凱還京師，擢鴻臚寺卿，賞戴花翎，仍入直軍機處，計前後在軍營者凡九年始還。

尋擢大理寺卿、都察院右副都御史，授江西按察使。丁母憂，歸。起爲陝西按察使。遷雲南布政使。調江西。召爲刑部右侍郎，時年六十有六矣。在刑部時，屢奉命讞獄江南、湖北，咸稱平允。乾隆五十八年，年七十，乞假省墓。假還，隨以原品致政，退居三泖湖莊者十餘年而以疾卒，年八十有三。

論者謂公壯歲從戎，名望重於絶域。及爲藩臬，詧訟獄，興教化，所在有治行可稱。方按察陝西時，甘肅石峯堡之役，公督兵防禦邊境，賊以無擾，勞績尤著。公所表襮，亦既章徹於時，而余則窺公生平志事，殆將以古人開物成務之學見諸厝施。而所見者止此，尚不足盡公之藴。公嘗言其師王芥子先生太岳，位至藩伯，而其學多閡而不舒。烏呼！其卽公之所以自道與？

公窮研諸經，汎濫子史百家，著述等身。已刻者《臥游軒詩文集》、《金石萃編》、《湖海詩傳》、《續詞綜》，其它尚有四十餘種藏於家。同時名公如盧學士文弨、王光祿鳴盛、錢少詹大昕，論撰略與公埒，而金石傳播，碑版照四裔，則或遜於公。蓋由公遊歷徧中外，更事既多，故其詩文閎富，足備知人論世者之采擇，有非它人所能及。

晚年尤闡性命之旨，以宋儒爲歸。病士習骫骳，風槩不立，貽書於余，索《東林志》，欲合天下書院，萅成一編，以蘄主張名教，蓋公之志既老不衰如是。公分校順天鄉試、會試者五，主順天鄉試者一，所得多知名士，今有積官至大僚者。通懷樂善，容接後進，獎掖如不及，尤篤於故舊，厚宗族，嘗傚吳郡范氏例，置義莊、義塾。而家實貧甚，既斥私產償官逋，至以丐貸自給。娶鄒氏，系出宋忠公浩文學維翰女。無子，以從弟曦之子肇和嗣。女一，簉室陸氏出，適金華府知府吴縣嚴榮。孫二：紹基、紹祖。肇和將以嘉慶十二年二月十七日，葬公於崑山之嚴字圩，蓋卽公生時所營生壙云。

先從祖文恭公，芥子先生師也。公通籍後，文恭卽延至邸舍，與纂《五禮通考》。余官中書，後於公者十九年，而公折輩行交，以文章道義相砥鏃，垂沒，猶以銘辭屬余，其奚忍不銘？辭曰：

萬里荒徼，草檄勒銘。依然儒生，侃侃六經。出領方岳，入貳爽鳩。老而乞骸，引年退休。東南老宿，誰與人師。玉山之陽，堂斧在兹。

（秦瀛《小峴山人集》文集卷五，清嘉慶刻增修本）

誥授光禄大夫刑部右侍郎述庵王公神道碑

阮　元

公姓王，諱昶，字德甫，號述庵。以居蘭泉書屋，學者稱蘭泉先生。先世居浙江蘭谿縣。高祖懋忠，遷江南青浦縣，名在幾社。曾祖之輔，祖璵，父士毅，皆以公官累贈至光禄大夫、刑部右侍郎。母錢太夫人，以雍正二年十一月二十二日生公。

公少穎異，博學善屬文，體貌修偉。弱冠，爲名諸生。侍父疾，居喪盡禮，服除，家益貧，作《固窮賦》以見志。乾隆癸酉，舉于鄉。甲戌，成進士，歸選班。二十二年，南巡，召試一等第一，賜内閣中書，協辦侍讀，直軍機房，洊陞刑部主事、員外郎、郎中。

三十三年，以言兩淮鹽運提引事不密，罷職。時緬甸未靖，阿文成公以定邊右副將軍總督雲貴，請公佐軍事。遂至騰越，出銅壁關，擊賊江中，勝之，緬酋乞降，阿公屬公草檄，允其降。班師，旋永昌，緬甸貢表久未至，復從阿公如騰越。三十六年，溫公福代阿公，移師四川，辦金川事，奉旨授吏部主事，從溫公西路軍進討。溫公屬公作檄，斥僧克桑罪，遂克斑爛山，進攻日耳寨。阿公奉詔由北路進兵，兼督南路。公復從阿公軍，攻克美美卡，以皮船渡水，克小金川。僧克桑遁，澤旺降。進討大金川，阿公奏公無兄弟，母年七十餘，明大義，勗以殫心軍事，今從軍五年矣，得旨陞員外郎。三十八年，至當噶山，山脊絕險，官兵營壘與賊錯處，且雨雪甚。夏，溫公兵潰木果木，阿公亦退兵至翁古爾壟。時警報絡繹，詔旨疊至，公力疾叱馬懸厓，日行數百里，夜治章奏文書，于礮火矢石之中，無誤無畏。冬，大兵復進據美美卡，攻大板昭，小金川平。補員外郎，擢郎中。復從討大金川，克勒烏圍、刮耳崖。四十一年，三路兵合攻益急，索諾木等率眾投罪，公草露布告捷，于是兩金川地悉平。公在軍中，前後九年，每有所攻克，輒議敘，凡加軍功十三級，紀錄八次。凱旋之日，以戎服行禮，賜宴紫光閣，賞賚優渥。奉旨：『王昶久在軍營，著有勞績，陞鴻臚寺卿，賞戴花翎，在軍機處行走。』

秋，擢通政司副使。四十二年三月，擢大理寺卿。四十四年，乞歸，改葬光祿公暨嫡母陸太夫人，依遷葬禮服緦。秋，赴京。冬，授都察院左副都御史。四十五年，授江西按察使。檄府縣力行保甲，禁族祠訟鬥之習。坐堂皇六十餘日，決獄百餘案。秋，丁母憂，哀毁盡禮。服除，補直隸按察使。調陝西按察使，奏命盜逃犯宜于定案時速通緝，議行之。逆回田五倡亂，奉命備兵長武。時賊勢張，兵少，公試礮巡城，籍强壯，繕守具，民以無恐。京外大兵皆過長武，用車馬以萬計，公飛書草檄立辦之，暨乎班師，迄無一誤。河南亂民秦國棟等戕官，奉旨督緝，獲之。五十一年，授雲南布政使。雲南銅政繁，公盡發故籍，著《銅政全書》，示補救調劑之術。五十三年，調江西布政使。五十四年，擢刑部右侍郎。五十八年，乞歸修墓。冬，還京，以病乞休，上鑒其老，允之。諭以歲暮寒，俟春融歸。明年歸，名其堂曰『春融堂』。

嘉慶元年，以授受大典至京與千叟宴。四年，純皇帝升遐，復至京，謁梓宫。蒙召見，敕建言，公密封以進，不留草。夏，歸青浦，分賠滇銅，鬻田宅以入官，居于廟廡。朋舊贈遺，盡以刻書。五年，年七十有七，重游泮宫。十一年，年八十有三。五月，病瘧。六月初六日，病甚，口授謝恩表，自定喪禮，屬元撰神道碑文。初七日，雞初鳴，公曰：『時至矣！』遂卒。子肇和以嘉慶十二年春，葬公于崑山縣雪葭灣年字圩，卽公所自營生壙也。公妻鄒夫人祔焉，側室許、陸、黄三孺人亦從葬焉。

公之扈駕巡山東、江、浙也，古帝王、聖賢、名臣陵墓祠廟，嘗分遣致祭。己卯、庚辰、壬午順天鄉試，辛巳、癸未會試，五爲同考官，壬子主順天鄉試，皆以經術取士，士之出門下爲小門生及從游受業者二千餘人。又嘗主婁東、敷文兩書院。欽定《通鑑輯覽》、《同文志》、《大清一統志》、《續三通》等書，奉敕與纂修事。又奉敕删定《三藏聖教經咒》，徧譯佛典，深于禪理者不及也。前後奉使鞫奏高郵州假印重徵、江陵縣偷減隄工等七案，公正研求，分別虚實。高郵州案，巡撫、府、州並擬罪。隄工案以知府草率捏飾，劾落其職。

公之爲學也，無所不通。早年以詩列『吳中七子』，名傳海外。初學六朝、初唐，後宗杜、韓、蘇、陸。侍讌賡歌，賜賚稠疊。詞擬姜夔、張炎，古文力追韓、蘇，碑版之文，照于四裔。積金石文字數千通，書五萬卷。所至，朋舊文讌，提倡風雅，後進才學之士，執經請業，舟車錯互，屨滿户外，士藉品藻以成名致通顯者甚衆。公治經與惠棟同深漢儒之學，《詩》、《禮》宗毛、鄭，《易》學荀、虞，言性道則尊朱子，下及薛河津、王陽明諸家。居憂，不爲詩文，不就徵聘。生平重倫紀，尚名節，篤棐之誠，本于天性。在軍營，和平簡易，自科爾沁王以下皆親重之。爲司寇時，與阿文成公爲舊識，他非所契。嘗訓子曰：『《易》言「比之匪人，不亦傷乎」，非匪人之能傷，比者自重其傷也。』公所著書，《春融堂詩文》兩集，宏博淵雅，有關于經史文獻。《金石萃編》、《青浦詩傳》、《湖海詩傳》、《琴畫樓詞》、《續詞綜》等書皆刊成。餘若《天下書院志》、《征緬紀聞》、《屬車雜志》、《朝聞錄》等書四十餘種，尚待次第校刊之。

元居憂，受公遺言撰碑銘，不敢辭。既除服，乃爲銘曰：

恂于儒者，不達政事。習尉律者，迷誤文字。惟公兼之，經術爲治。荏弱于文，無能卽戎。折衝千里，于經鮮通。惟公兼之，乃多戰功。尊漢學者，或昧言性。悟性道者，妄斥許鄭。公兼通之，履蹈賢聖。皇熊疏義，拙于文詞。陸沈藻績，樸學不知。華實並茂，公亦兼之。公爲君子，筮匪不比。沖澹其神，靖共其位。敭歷中外，進退禮義。公爲名臣，帝嘉厥功。金川磨盾，紫閣弢弓。獄平政飭，本孝于忠。瞻彼中江，秀鍾峯泖。海內清望，雲間大老。雖不憖遺，亦旼壽考。佳城鬱鬱，葭灣之中。杳歸春雨，蒓起秋風。勒銘無媿，碑樹桓豐。

（阮元撰，鄧經元點校，《揅經室集》二集卷三，中華書局一九九三年）

清史稿·王昶傳

王昶，字德甫，江蘇青浦人。乾隆十九年進士。南巡，召試，授內閣中書，充軍機章京。三遷刑部郎中。三十二年，察治兩淮運鹽提引，前鹽運使盧見曾坐得罪，昶嘗客授見曾所，至是坐漏言奪職。雲貴總督阿桂帥師討緬甸，疏請發軍前自效。上命大學士傅恆出視師，嗣以理藩院尚書溫福代阿桂，皆以昶佐幕府。溫福移師討金川，昶實從，疏請敘昶勞，授吏部主事。既復從阿桂定兩金川，再遷郎中。刑部侍郎袁守侗按事四川，上命察軍中事，還奏言昶治軍書有勞。四十一年，師凱還，擢昶鴻臚寺卿，仍充軍機章京。三遷左副都御史，外授江西按察使。數月，以憂歸。起直隸按察使，未上，移陝西按察使。

在陝西凡十年，值回田五爲亂，軍興，昶繕守具，佐治軍需，疏請清釐保甲，禁民間蓄軍器。遷雲南布政使。河南伊陽民戕知縣，竄匿陝西境未獲，昶如商州督捕，上命俟得賊，詣京師覲見。昶既得賊，入謁上，自陳疲憊，乞改京職，上溫旨慰遣，乃上官。以雲南銅政事重，撰《銅政全書》，求調劑補救之法。旋調江西布政使。五十四年，內遷刑部侍郎。屢命如江南、湖北讞獄。五十八年，以老乞罷，上許之，方歲暮，諭俟來歲春融歸里。昶歸，遂以『春融』名其堂。嘉慶元年，詣京師賀內禪，與千叟宴。四年，復詣京師謁高宗梓宮。十一年，卒。

昶工詩古文辭，通經。讀朱子書，兼及薛瑄、王守仁諸家之學。蒐採金石，平選詩文詞，著述傳於世。

清史列傳・王昶傳

王昶，江蘇青浦人。乾隆十九年進士。二十二年，上南巡，召試一等，欽賜内閣中書。二十三年，補内閣中書。二十四年八月，充順天鄉試同考官。十一月，在軍機司員上行走。二十五年八月，充順天鄉試同考官。二十六年三月，充會試同考官。二十七年八月，充順天鄉試同考官。二十八年三月，充會試同考官。二十九年三月，擢刑部山東司主事，辦理秋審事。三十一年，遷浙江司員外郎，署郎中。三十二年五月，陞江西司郎中。三十三年四月，京察一等記名，以道府用。七月，以漏洩查辦兩淮鹽引一案，奉旨革職。

九月，雲貴總督阿桂請帶往雲南軍營効力。三十六年十月，諭曰：『據溫福奏「革職郎中王昶在滇省軍營，自備資斧効力，現已滿三年。今派令隨赴四川辦事，懇量予加恩」等語，王昶著賞給主事，所有應得分例，准其支食。』十一月，補吏部考功司主事。三十七年十二月，副將軍阿桂奏：『前經帶往辦事之主事王昶，由雲南軍營効力，復帶赴四川軍營，一切奏摺、文移，皆其承辦，頗爲出力。』得旨：『王昶著加恩以吏部員外郎用。』三十八年，補稽勳司員外郎。三十九年，以軍營奮勉，經大學士阿桂保奏，以本部郎中陞用。四十年，補文選司郎中。四十一年五月，諭曰：『吏部郎中王昶在軍機，出力年

（《清史稿》卷三百五『列傳』九十二，中華書局一九七七年版，第三十五册）

久，頗著勤勞。著加恩陞鴻臚寺卿，並賞戴花翎，仍在軍機處司員上行走。』七月，授通政司副使。四十二年，遷大理寺卿。四十四年，擢都察院左副都御史。四十五年三月，授江西按察使。八月，丁母憂，回籍。四十八年二月，服闋，補直隸按察使。

三月，調陝西按察使。十月，奏稱：『向例重犯脱逃，州縣先於本境查拏。初參限滿不獲，始造具事由清冊，分咨鄰省通緝。查命案初參，以半年爲限，閱時既久，頑獷之徒，早已乘間遠颺。請嗣後遇有兇犯脱逃，一面在本地嚴拏，一面飛咨鄰省通緝。』得旨，依議速行。十二月，奏：『陝西幅員遼闊，東南與楚、蜀接壤，最易藏姦。現飭各屬將舊有保甲逐一清理，漢中、興安一帶流寓民人，取具相識保結，方准棲止；其無人認識，蹤跡可疑者，遞回原籍。至往來過客，於歇店給發印簿，登記彙查。儻詢出命盜重犯，曾在該店歇宿，照例治罪。再，兇器必宜禁絶，除鳥槍業已陸續收繳，其餘順刀、褲刀，不惟不容佩帶，並不許製造。仍飭各屬嚴密稽查，毋任胥役藉端滋擾。』得旨：『實力爲之！』五十年，署陝西布政使。五十七年七月，遷雲南布政使。九月，諭曰：『據永保奏「臬司王昶已陞任雲南藩司，應行交代赴任」等語，前因伊陽縣逸犯秦國棟及大名案首犯段文經、徐克展等，查拏未獲，令王昶在商州搜捕。今兩案正犯尚未弋獲，正應令王昶在彼悉心督緝。乃永保以該司陞任雲南，遽派潼商道德明前往商州更换王昶，何拘泥不曉事體如此？所有陝西臬司印務，著顧長紱兼署外，王昶應仍在商州、潼關一帶嚴緝要犯，俟拏獲後，再令交代起程。』十月，又諭曰：『王昶前在商州一帶緝拏要犯，今秦國棟業經拏獲，王昶著仍遵前旨，即來京陛見後，再赴雲南藩司新任。』

五十三年，調江西布政使。五十四年二月，授刑部右侍郎。五十五年三月，江蘇高郵州知州吴煥袒庇書役、私雕印信、冒徵錢糧一案，經該州巡檢陳倚道查獲，疊稟本省各上司，遲延不辦。至是，揭報戶部，上命偕兵部尚書慶桂馳驛前往，會同兩江總督書麟審訊。嗣以書麟奏到摺内，並不細覈詳稟批發日月，嚴究徇縱情節，將巡撫閔鶚元奏參，代爲掩飾，將書麟交部嚴議。諭曰：『此案關係吏胥假票重徵，官吏通同隱蔽，王昶籍隸江南，未免心存瞻顧，且恐不能堅定，漫無主見，必致附和書麟，所奏代人受過。著將案内犯證一切卷宗，迅速解赴熱河行在審辦。』七月，命赴湖南鞫湘鄉縣糧書需索案。九月，赴湖北鞫應城縣倉書浮收案。十月，鞫江陵縣書吏偷減土方案。十一月，鞫永明縣賄買武童案。十二月，鞫長沙縣勒買常平倉穀案，各得實以聞。五十七年八月，充順天鄉試副考官。五十八年三月，奏給假回籍省墓，上允之。十二月，回京。諭曰：『侍郎王昶假滿召見，看其年力就衰，伊亦自以精神日減，難以供職。王昶著以原品休致，俟來歲春融，即行回籍，以示體恤。』

嘉慶十一年六月，卒。

（王鍾翰點校《清史列傳》卷二十六，中華書局一九八七年版，第七册）

附録四 評論

一、詩評

錢大昕《述庵先生七十壽序》：『公於下馬草露布之餘，揮灑千言，紀行書事，以詩當史，於未經人到之地，作未經人道之語，遂于李、杜、韓、蘇而外，别開生面矣。』（錢大昕《潛研堂文集》卷二十三，《四部叢刊初編》本）

袁枚《隨園詩話補遺》卷一：『王蘭泉方伯詩，多清微平遠之音。擬古樂府及初唐人體，最擅長。自隨阿將軍征金川，在路間寄《南斗集》一册，讀之，俶詭奇險，大得江山之助，方信古人云「讀萬卷書，行萬里路」，缺一不可也。』（袁枚著，顧學頡校點《隨園詩話》，頁五八三，人民文學出版社二〇〇六年版）

李調元《雨村詩話》卷八：『近體勝於古體，七律勝於五律，而七律尤以從軍諸詩爲最。蓋身列戎行，目所經歷，故言之親切而痛快也。』（詹杭倫、沈時蓉《雨村詩話校正》，頁二〇九，巴蜀書社二〇〇六年版）

廖景文《罨畫樓詩話》引《古藻堂詩話》：『七子詩出，一時紙貴，王主政昶尤秀骨天成……弔古之作，亦復激昂骯髒。』（轉引自錢仲聯主編《清詩紀事》第二册〔乾隆朝卷〕，頁一四〇四，鳳凰出版社二〇〇四年版）

洪亮吉《北江詩話》卷一：『王司寇昶詩，如盛服趨朝，自矜風度。』（劉德權點校《洪亮吉集》第五册，頁二二四五，中華書局二〇〇一年版）

潘瑛、高岑《國朝詩萃二集》：『侍郎詩體兼風雅，美擅諸家。而性情醇厚，其天獨全，洵足雄長藝林，爲一時宗匠。至於滇南從軍諸作，雄深雅健，正如東坡海外文字，尤爲奇絶。』（轉引自錢仲聯主編《清詩紀事》第二册〔乾隆朝卷〕，頁一四〇四，鳳凰出版社二〇〇四年版）

陸元鋐《青芙蓉閣詩話》卷上：『余觀先生之詩，早歲吟詠，一以三唐爲法，然尚不出漁洋流派；至其丁年出塞，親歷行間，敘次戰功之作，直使臨陣諸軍踴躍紙上，使漁洋執筆爲之，亦當退避三舍也。』（張寅彭主編《清詩話三編》，頁二五八七，上海古籍出版社二〇一四年版）

孫原湘《籟鳴詩草序》：『吳中詩教，五十年來凡三變：乾隆三十年以前，歸愚宗伯主盟壇坫，其詩專尚格律，取清麗溫雅，近大曆十子者爲多；自小倉山房出而專主性靈，以能道俗性、善言名理爲勝，而風格一變矣；至蘭泉司寇，以冠冕堂皇之作倡率後進，而風格又一變矣。』（孫原湘《天真閣集》卷四十

一，《續修四庫全書》第一四八七册，頁三二五至三二六）

王豫《群雅集》卷六：『司寇幼從文愨游，才名飆發，與西沚有「江東二王」之譽。官吏部郎，阿文忠奏請隨征金川、緬甸，畫謀草檄，文忠倚爲左右手。凱還，上其功於朝，天子嘉賞，賞戴花翎，圖像內府。旋擢官廷尉，極儒臣遭際之隆，古亦罕有。後主會試，屏絕請托，一秉至公，由是多忤於人。始欲中傷，繼復要結，司寇遂以目疾告歸。今上登極，司寇入都，上慰留再四。恐以衰朽負恩，上疏力請。其進退之節，有足法者。既歸三泖漁莊，延諸名士校勘生平撰著數十種，漸次付梓。年踰八十，凡士之以詩文見者，必令人高誦，一篇之善，必擊節嘉獎。或不善，必爲指其瑕疵。終日娓娓無倦色，而教人以砥行植節爲主。豫謂自文愨後，以大臣在籍持海內文章之柄，爲群倫表率者，司寇一人而已。戊午冬，司寇過訪翠屏，豫在邗上未值。豫兩詣漁莊，留豫商榷《湖海詩傳》。豫時亦有《明世說》之役，未能稍盡管見，殊爲憾事。潘蘭如謂其詩體兼風雅，美擅諸家，性情醇厚，其天獨全。篤論也。』（王豫《群雅集》卷六，嘉慶刻本）

張維屏《國朝詩人徵略》卷三十六引《聽松廬詩話》：『述庵司寇《北至興安南逾蠻暮》句云：「昔依北斗今南斗。」又《從征金川》句云：「我今更度大峨西，已踰江源一千里。」壯哉！蓋古名將所歷，罕及此者。』（《續修四庫全書》第一七一二册，頁六三八）

王培荀《聽雨樓隨筆》卷三：『金川既平，一時文臣歌頌競作，彪炳冊書，而進攻之難與奮擊之勇，非目睹者不能曲爲形容。王述庵昶躬在戎幕，余頗愛其工細，惜篇幅太長，每篇節錄數語，以志梗概。』（王培荀《聽雨樓隨筆》，頁三一九，巴蜀書社一九八七年版）

江藩《國朝漢學師承記》卷四：『沈尚書歸愚爲院長，選先生及王光祿鳳喈、吳舍人企晉、錢少詹曉徵、贈光祿寺少卿趙升之、曹學士來殷、上海黄芳亭泌陽令文蓮七人詩，稱爲「吳中七子」。流傳日本，大學頭默真迦見而心折，附番舶上書沈尚書，又每人各寄相憶詩一首，一時傳爲藝林盛事。』（江藩著，鍾哲整理《國朝漢學師承記》，頁五三，中華書局二〇〇八年版）

朱庭珍《筱園詩話》：『歸愚所定吳門七子，惟曹來殷、王蘭泉二人，後有進境。趙損之筆頗健，惜早死。餘俱平平無奇矣。』（郭紹虞編選、富壽蓀點校《清詩話續編》第四冊，頁二三六四，上海古籍出版社一九八三年版）

朱克敬《雨窗消息錄》：『少從沈德潛授詩，有「清露滴苔徑，暮寒生竹樓」之句，爲時傳誦。』（朱克敬著，岳衡、漢源、茂鐵點校《儒林瑣記》，頁三五，岳麓書社一九八三年版）

李慈銘《越縵堂詩話》：『閱王述庵《春融堂詩詞》，述庵學詩於歸愚，詞則以竹垞、樊榭爲宗。其詩……自《蘭泉書屋集》至《述庵集》，雖氣格稍弱，而醇雅清絕，律絕尤有風致，蓋皆其未仕以前所作，得於山水之趣者爲多。《蒲褐山房集》至《聞思精舍集》，則召試官中書直軍機房後所作，已不免塵滯遝宂。《勞歌集》三卷，乃罷官後從征緬甸、金川時之作，戎馬閱歷，滇、蜀烟雲，多入歌詠，詩又較前爲勝。《杏花春雨集》以後，則凱旋晉秩，自此揚歷中外，致位九卿，老年頽唐，可取者鮮矣。總其大要，實勝歸愚，蓋源流雖同，而讀書與不讀書異也。』（李慈銘著，由雲龍輯，虞雲國整理《越縵堂讀書記》五，頁九六七，遼寧教育出版社二〇〇一年版）

又：『五古淵源《選》體，非不清婉，而意平語滯，故鮮出色。律詩殊有佳者，七絶尤多綺麗之作。晚年才情衰謝，又勞於官場，往往率易。惟《論詩絶句》四十六首，議論平允，詩亦藴藉可傳。其極推歸愚，則師生門戶之見耳……王述庵非竟不知詩，而極目其師沈德潛，比之老杜，雖情深衣鉢，然二君（指王昶與姚鼐）以爲一家之私言，能盡掩衆人之耳目耶？此亦不自量之過矣。』（同上，頁九六八）

又：『乾隆中經儒之稱詩者，沃田最勝，蘭泉次之』。（同上，頁一〇〇四。）

徐世昌《晚晴簃詩匯》卷八十三：『蘭泉博學善屬文，詩兼宗杜、韓、蘇、陸，不名一家。』『所過名山大川皆足開拓心胷，故多恢博雄奇之作。……所著各書流傳最廣者，爲《金石萃編》、《湖海詩傳》，幾於家置一編。』（《續修四庫全書》第一六二〇册，頁六九六）

陳衍《戲用上下平韻作論詩絶句三十首》：『香樹歸愚兩大老，來殷企晉七名家。松陵選本唐臨帖，蒲褐談詩剪綵花。』（陳衍撰，陳步編《陳石遺集·石遺室詩集》卷四，頁一五九，福建人民出版社二〇〇一年版）

邱煒萲《五百石洞天揮麈》卷五：『武進黄仲則景仁爲青浦王蘭泉昶弟子……蘭泉、覃溪非不名重當時，後進經品題者，類皆紙貴。竊意五百年後，二公之名仍須藉仲則、魚山而傳耳。』（邱煒萲撰《五百石洞天揮麈》，清光緒二十五年邱氏粵垣刻本）

易宗夔《新世說》云：『論公者謂自來文學與武功、文章與政事判然兩途，至於漢宋互異、朱陸殊科，治樸學者以詞賦爲虚華，論性天者譏訓故爲繁碎，分茅設蕝，莫能相通，而得其一皆足以名世。惟公邃於經，健于文，富於詩詞，精於考證，達於政治韜略，研窮於性理，又北至興、桓，西南出滇、蜀外，所過名山大川，皆足開拓胷心，增長識力，渟泓迤演，不名一家，可謂通儒也已。』

又：『王蘭泉貫通諸學，不名一家。詩宗杜、韓、蘇、陸，侍讌賡歌皆稱旨。詞擬姜夔、張炎。古文力宗昌黎、眉山。所至賓朋文宴，提倡風雅。後進執經請業，舟車錯互，戶外屨恆滿。士藉品藻以成名者不可勝數。』（易宗夔《新世說》卷二，頁六七，四川大學出版社一九九八年版）

二、文評

胡玉縉《春融堂集書後》：『昶學問淹貫，生極盛之世，又享大年，足跡幾遍天下，故其詩文不名一體，屹然爲東南一大宗。』

又：『文根柢深厚，考證經史，多有依據，碑誌諸作，關涉文獻掌故者頗多，敘次亦皆有法。』（胡玉縉撰，吳格整理《續四庫提要三種》，頁七〇三至七〇四，上海書店出版社二〇〇二年版）

張維屏《國朝詩人徵略》卷三十六引《松軒隨筆》：『蘭泉先生論文云「稍濃則近塗澤，稍奧則近贋古」，此道中甘苦之言，學爲古文者宜知之。』（《續修四庫全書》第一七一二冊，頁六三八）

張舜徽《清人文集別錄》：『昶文章爾雅，而造述甚富。可資以考證經史及文獻掌故者爲多。所撰惠棟、江永、戴震三君墓誌銘，尤翔實可補正史傳……集中文字，亦有啓闢途徑，開風氣之先者。』（張舜徽著《清人文集別錄》，頁一九七至一九八，中華書局一九八〇年版）

三、《湖海詩傳》、《湖海文傳》評

趙翼《述庵侍郎遣人送示新刻湖海詩傳所輯皆生平交舊凡六百餘人人各繫小傳其心力可謂勤矣敬題六絕句》，其一：『涉江踰嶺採芳蓀，多是題襟舊墨痕。辛苦雅輪扶隻手，故應一代仰龍門。』其二：『有唐何止萬詩人，篇什如今幾個存。太息茫茫烟霧裏，不知多少暗啼魂。』其三：『也是生平大願船，盡收交舊入新編。淮南賓友何多幸，得附劉安總上仙。』其四：『萬骨枯成一將功，唐詩選只說荊公。由來牛耳冠裳會，專屬葵丘霸主雄。』其五：『往事傷心踏戰堋，選詩特爲百篇增。不知朽骨空山裹，可識歐陽序宛陵？』其六：『對鏡親描兩翠蛾，自矜絶豔渺横波。一從粉黛叢中過，始覺人間佳麗多。』（趙翼《甌北集》卷四六，頁一二〇六，上海古籍出版社二〇〇七年版）

洪亮吉《北江詩話》卷一：『近青浦王侍郎昶有《湖海詩傳》之選，刊成寄余……侍郎詩派出于長洲沈宗伯德潛，故所選詩，一以聲調格律爲准。其病在於以己律人，而不能各隨人之所長以爲去取，似尚不如《篋衍集》、《感舊集》之不拘一格也。』（劉德權點校《洪亮吉集》第五册，頁二二四八，中華書局二〇〇一年版）

舒位《重刻足本乾嘉詩壇點將録》：『入雲龍王蘭泉昶贊：盛名之下，一戰而霸。《湖海詩傳》、《隨園詩話》。』（《續修四庫全書》第一七〇五册，頁一六八）

林昌彝《射鷹樓詩話》卷五：『王蘭泉先生所選《湖海詩傳》至五百餘家，不爲不多，皆平平無奇，凡諸家集中佳篇可采，概不選入，豈見地有未到，眼界有未明耶？烏足以示天下！集中所選諸家，惟滿洲夢文子麟及粤東黎二樵簡二家詩，如天風浪浪，銀鑛屈曲，在諸家中可稱壓卷矣。』（林昌彝《射鷹樓詩話》卷五，清咸豐元年刻本）

李慈銘《越縵堂讀書記》：『此書（《湖海詩傳》）去取頗爲失當，予素厭之，然所載《蒲褐山房詩話》，皆有資掌故……惟過尊沈歸愚，謂爲一代宗主，雖師門之誼，然述庵於詩固無所解，宜其見嗤識者耳。』

又：『（述庵）拘守歸愚師法，短於鑒裁，故所選者往往膚庸平弱，腔拍徒存，求如明之青丘、二李、大復、大樽，國初之牧齋、梅村，以及稍後之漁洋、愚山、伽陵、翁山，竟無一首……此固去取未精，而我朝詩學之衰，亦可概見矣。』（李慈銘著，由雲龍輯，虞雲國整理《越縵堂讀書記》五，頁一〇九二至一〇九三，遼寧教育出版社二〇〇一年版）

譚獻《復堂日記》卷五：『去年閱《湖海詩傳》四十六卷一過，頗不快意，蘭泉宦成，詩學日退，皮傳韓、蘇，已非復吳下七子面目，故所録諸家，既多率意，其中名家，又未盡所長。外似紹述《別裁》，實已與師說背馳，差喜詩話足備掌故，其書遂不可廢。』（譚獻《復堂日記》，頁一二一，河北教育出版社二〇〇一年版）

潘清《挹翠樓詩話》卷一：『（《湖海詩傳》）多取格調而遺性靈。至紀曉嵐，取其試帖若干首。卽選袁、趙諸家，亦非其至者。甚矣，作者難，選者更不易也。』（張寅彭主編《清詩話三編》，頁五九六七，上海古籍出版社二〇一四年版）

龔詠樵《葴園詩話》：『王述庵司寇愛才若渴，集知交詩文爲《湖海詩文傳》，又收藏書籍金石甚富，輯《金石萃編》，蒐羅詳贍，可謂精且博矣。其詩云「漢唐寶刻搜殘本，歐趙風流得替人」，足以移題《金石萃編》後。又句云「四海人才歸月旦，千秋詩派接風騷」，此二句亦可徑題其《湖海詩傳》後也。』

（轉引自錢仲聯主編《清詩紀事》第二册〔乾隆朝卷〕，頁一四〇五）

謝章鋌《賭棋山莊詞話續編》卷二：『大抵司寇所著書，當以《湖海文傳》爲善。』（唐圭璋《詞話叢編》本，頁三五〇一至三五〇二，中華書局一九八六年版）

胡玉縉：『昶意主考證掌故，所采大率義據閎深，事實詳覈，而掉弄詞鋒之作，在所必屏，與古文家之必立間架、必分流派者不同，而論者往往弗喜……此非選本，不過藉以存故舊之文。其時考據之學正盛，如日中天，故所錄皆炳炳琅琅，並以見國家之氣運。阮元推爲明三百年來所無，此蓋提倡實學者之言，實未足爲論文者之標準。而議者必欲以古文派相責難，則於知人論世之識，抑何缺如也？』（胡玉縉撰，吴格整理《續四庫提要三種》，頁七七三至七七四，上海書店二〇〇二年版）

胡適：『（王昶《湖海文傳》）是清朝極盛時代的文章，最可代表清朝「學者的文人」的文學。』（胡適《一個最低限度的國學書目》中「文學史之部」《湖海文傳》條，一九二三年三月四日《讀書雜誌》第七期）

四、《國朝詞綜》、《明詞綜》及詞評

丁紹儀《聽秋聲館詞話》卷二：『司寇所錄各家詞，每多點竄，甚改至二三十字。如李笠湖《浪淘

沙》詞，後闋四句，竟全易之，若照原本，不堪入選。惜調舛字脱，未校改者，尚不勝枚舉……仇山村所謂言順律乖者是也。』（唐圭璋《詞話叢編》本，頁二六〇〇至二六〇一，中華書局一九八六年版）

又卷六：『余所見專輯本朝人詞者……惟青浦王蘭泉司寇《國朝詞綜》，選擇最爲美備。』（同上，頁二六五〇）

又卷十七：『司寇通籍後……自著詩文外，輯有《國朝詞綜》、《湖海詩傳》、《文傳》等書。間有小詞，不廢綺語。《法曲獻仙音》云：「白苧衫輕……只有一丸涼月。」竊怪近人刊集，凡涉麗制，每多刪棄，以自託于立言之列，得弗爲司寇哂耶？』（同上，頁二七八九至二七九〇）

謝章鋌《賭棋山莊詞話續編》卷二：『子儁（吴觀禮）笑曰：「余聞王蘭泉司寇選《國朝詞綜》，于同人之作，多所竄改，君何歉焉？」余曰：「此非法也，司寇賢智之過，予何敢效？夫人之嗜好不同，文之强弱亦異，安能盡裁以一律？况人各有心，文各有意，又安能以我意爲人意，謂人意必盡如我意？予讀司寇《春融堂集》，亦未能遠過於時賢。其選詞專主竹垞之説，以南宋爲歸宿，不知竹垞《詞綜》無美不收，固不若是之拘也。今不問全集之最勝，而只取結體之相同，則竹垞已云『吾最愛姜、史，君亦厭辛、劉』，而辛、劉之作，何以尚留於《詞綜》哉？且不獨備數而已。稼軒三十五首，改之九首，又何以入選如是之多哉？司寇則不然，同時若蔣藏園、洪北江皆有詞名，只以派别不同，蔣第選二首，洪第選一首，皆非其至者。噫！其亦異於竹垞矣。且夫一字之師，古人動色相矜許，誠難之也。丁敬禮曰：『後世誰相知定吾文者。』然則定文必由於相知，今相知未盡而遽定其文，卽不至點金成鐵，而必謂子面如吾面，得無削趾適履之嫌乎？」』。（唐圭璋《詞話叢編》本，頁三五〇一至三五〇二，中華書局一九八六年版）

譚獻《復堂詞話》：『閱王氏《詞綜》四十八卷，《二集》八卷，王侍郎去取之旨，本之朱錫鬯，而鮮姸修飾，徒拾南渡之瀋，以石帚、玉田爲極軌，不獨珠玉、六一、淮海、清真皆成絕響，卽中仙、夢窗深處，全未窺見。』（唐圭璋《詞話叢編》本，頁三九九九頁）

陳銳《裒碧齋詞話》：『詞選舊抄善本，王蘭泉祖述竹垞，以南宋爲極詣，其《詞綜》率人錄一二首，尤多詠物之作，不足以知升降也。本朝詞選，周止庵最精，張皋聞最約。』（唐圭璋《詞話叢編》本，頁四二〇〇）

李佳《左庵詞話》：『《國朝詞綜》所選錄國朝人諸詞，大半研練典麗。詠物之作各求細切，極其刻畫。然詠味之，究嫌無甚意致。』（唐圭璋《詞話叢編》本，頁三一四六）

吳衡照《蓮子居詞話》卷四：『王少司寇昶，晚續竹垞《詞綜》之刻，俾枯槁憔悴之士，垂聲藝苑，洵不朽盛事也。』（唐圭璋《詞話叢編》本，頁二四七四）

陳廷焯《白雨齋詞話》：『《國朝詞綜》之選，去取雖未能滿人意，大段尚屬平正，余亦未敢過非。

惟《明詞綜》之選，實屬無謂。然有明一代，可選者寥寥無幾，高者難獲一篇，略可寓目者大約不過數十篇耳。亦不能病其所選之平庸也。』（陳廷焯著，杜維沫校點《白雨齋詞話》卷五，頁一二六，人民文學出版社一九五九年版）